风起江南·第四辑·

陆春祥／主编

陈红华 著

这一刻的幸福

文汇出版社

图书在版编目(CIP)数据

这一刻的幸福 / 陈红华著. — 上海:文汇出版社,
2022.10
（风起江南 / 陆春祥主编. 第四辑）
ISBN 978-7-5496-3894-9

Ⅰ.①这… Ⅱ.①陈… Ⅲ.①散文集-中国-当代
Ⅳ.①I267

中国版本图书馆 CIP 数据核字(2022)第 185025 号

这一刻的幸福

著　　者 / 陈红华
责任编辑 / 熊　勇
装帧设计 / 书香力扬

出版发行 / **文匯**出版社
　　　　　上海市威海路 755 号
　　　　　（邮政编码 200041）
经　　销 / 全国新华书店
印刷装订 / 成都兴怡包装装潢有限公司
版　　次 / 2022 年 10 月第 1 版
印　　次 / 2022 年 10 月第 1 次印刷
开　　本 / 880×1230　1/32
字　　数 / 855 千
印　　张 / 43

ISBN 978-7-5496-3894-9
定　　价 / 195.00 元(全五册)

风起江南散文系列第二季（总序）

尽力猛扑而朗朗仓仓

陆春祥

1

西湖孤山南麓，有三忠祠，奉祀袁昶、许景澄、徐用仪三人。袁昶（1846—1900）为桐庐人，我的老乡，他殿试二甲，官至三品，庚子事变，力谏朝廷不可纵容义和团滥杀洋人与外国开衅而遇害。袁昶诗文、书法、藏书、刊印、西学等，诸业皆有突出成就。

辛丑春节，我一直在读袁昶的日记。袁的日记，持续时间长，从同治丁卯六年（1867）三月开始写，从无中辍，一直到被害前。他的日记还不是一般的记事，侧重在求知问学、克己慎思上，目的就是迁善改过。

看一则"癸酉正月"：

癸酉元日帖子。元日书红云，癸为揆度，酉象闭门。士君子必有闭关千日，研几极深之思，而后有揆度庶务，洞若观火之量。静存仁也，动察智也。

这一年是同治十二年（1873），鸡年春节，袁昶27岁。一个甲子后的鸡年，我父亲出生。袁昶逝后，一个甲子零一年，我也出生

了。这样看来，袁昶其实离我很近。不过，年轻人袁昶，思想已经成熟，他虽30岁中进士，却早已饱读诗书，有着自己独立的见识。

他解释"癸酉"，别有见地。

"癸为揆度"，就是估计现实情况。为什么他关注现实，从他的经历可以看出，他时刻将读书人的目的与责任和现实紧密相连，虽是保皇派，但在处理义和团滥杀洋人的事件上，眼光却远大，做事不能只顾情绪不计后果，虽被杀，不数日遂昭雪，谥"忠节"。"酉象闭门"，这是从字形上说酉字。闭门干什么？你若要有对事情洞若观火的眼光，则必须闭关千日，将冷板凳坐穿，如此才会形成自己别样的眼光，处理好各种政务。袁昶曾任江宁布政使、光禄寺卿、太常寺卿等，在各个岗位都有建树，芜湖还建有"袁太常祠"纪念他。

静存仁，动察智。胸中有仁义，决事才有智慧。这不是一个死守书斋不知变通的读书人，他将所学与现实、读书与修身、思考与反省紧密结合。

写完那则"癸酉正月"，已经过去整整一年。

又一个年三十夜，袁昶吃过年夜饭，往桐庐城里闲逛。桐君山上祈福的钟声不时撞耳，富春江两岸的爆竹尖叫着频频窜向空中，街上行人已经开始聚集，小儿成群追着叫着倏忽跑过。袁昶抬头望星空，但见北斗星的斗柄已经指向东方，他内心里不断感叹，还有几个时辰，旧的一年转瞬即过，混混与世相处，隼起鹘落，如弹指一刹那，而自己却学业未精，德行也没有进步，真让人惶恐啊。

严格自律的袁昶，每日三省己身，袁昶日记中，他悟出的人生格言，多得让我双眼停不下来，仅以甲戌年（1874）摘要举例：

人惟无欲，始能刚耳，有欲恶能刚。耐坚苦者，始能进德耳，

耽安佚者，则丧德矣。(甲戌正月)

不作无益之事，不道无益之言，不损无益之神，不发无益之虑。

心无二用，自今后作一事竟，再作一事，则心体不疲。(甲戌二月)

抄录七十二岁的黄元同《求是斋记》句：天假我一日，即读一日之书，以求其是；《畏轩记》句：读经而不治心，犹将百万之兵而自乱之。(甲戌六月)

抄录《孙思邈方书》句：口中言少，心中事少，腹中食少，自然睡少，依此四少，神仙诀了。(甲戌七月)

境遇耐得一天是一天，学问长得一天是一天，精神养得一天是一天，嗜欲淡得一天是一天。(甲戌九月)

尽力猛扑，将七阁、四库、三藏、九流、二氏，朗朗仓仓，一齐装满布袋肚子内，此师南皮之法也。(同上)

不见己之善，惟见人之善。不见己之善，故所诣日进，惟见人之善，故无怨于世。(甲戌十二月)

特别喜欢"尽力猛扑"这一句，活画其读书信念与志气。

袁昶要扑向什么？四库、七阁，指清代收藏《四库全书》的七座藏书楼总称；九流，乃秦至汉初的九大学术流派；二氏，佛道两家。南皮，借代籍贯为南皮以张之洞为创始人的学派，该派以汉学、旧学为体，以西学、新学为用。袁昶的阅读，如牛饮，如鲸吸。如此写下阅读的贪念，他暗自笑起，耳边似乎突然响起《双射雁》中穆桂英的唱词："那绣绒宝刀仓仓朗朗朗朗仓仓放光明啊。"嗯，猛扑，唯有尽力猛扑，胸中才会有光明一片啊！

尽力猛扑而朗朗仓仓，越读越有趣，宛如袁昶就站在清丽丽的富春江边，沐着五月的微风，张开双臂，身子前倾，跟我摆那个猛

扑的动作。

2

劲风又绿江南。

风起江南散文系列第二季即将面世。

通读书稿，满心欢喜，文丛的作家们也如袁昶先生一样"尽力猛扑"，他（她）们如饥似渴地扑向经典，努力汲取营养；他（她）们倾力扑向大地，扑向生长养育又骨肉相连的故土，尽情撷取自然的芬芳。他（她），身姿矫健，一路奔跑着穿过光阴，且行且歌。

周天明的《六夫随笔录》，真性率性而又抒写畅快。出自内心，平淡如水，观察细微，不乏孔见，诚如作者所言，其将身子葡匐于地，故园山水动植物及所有人与事，皆掘地三尺，人性练达，世事洞明，真知灼见频现于字里行间，诚挚感情亦满溢于纸上。

罗帆的《透视镜里的手舞》，时间的镜子，梦与界碑，生活的齿轮，作者与数位二十世纪知名外国诗人展开纸上的心灵对话，汪洋而恣肆的虚构想象，灵动而跳脱的叙述表达，个性而独特的深度体验，建立起了具有辨识度极高的阅读坐标，大大拓展了自己广阔的写作疆域。

李建军的《等一朵花开》，无论枇杷、石榴、栀子，它们都是嘉木，即便是孤荷、苔花，只要倾注爱意，它们也有独特的春天，一草一木皆有情。阳春布德泽，给孩子留扇窗，慢慢来就是快，假以时日，所有的花都会盛开，所有的种子都会长成参天大树。

金春妙的《在寂静中倾听》，心底的文字从指间如水样泻出，之所以无限流畅，是因为它们皆来自于最诚挚的心灵叙述。眼前校园

所见，身边万般人与事，抑或浪走天涯海角，只要胸中藏着善良与美，纵然未来变幻莫测，我们都可以在这世界里深情地活着。

陈红华的《这一刻的幸福》，时光深处的飞鸟与群山，少年的懵懂与青春的悸动，世间喧嚣纷扰中的多姿势阅读，浓郁江南风情味的草木果蔬，日常与无常中的岁月轮转与沉淀，只有看清楚自己以及自己生活的地方，才能将已逝的过往与活生生的现实凝聚成这一刻的幸福。

3

有人仔细统计了《诗经》中的草木虫鱼数量，计有：113 种草，75 种木，39 种鸟，67 种兽，29 种虫，20 种鱼。

我读过诸多关于《诗经》中草木虫鱼的书，不一一例举。一个简单事实是，这些鸟兽草木，只是赋比兴的喻体而已，我们的先人，想象力极其丰富，他们用这些喻体，隐晦曲折地表达自己丰沛的情感。

因此，对这样一部博大无比的百科全书，孔老师自然钟爱有加。

孔鲤从对面怯怯走过来，孔老师叫住了儿子：伯鱼呀，你仔细读过《周南》和《召南》没有？

孔鲤就怕老爸问，一脸茫然：爸爸，我没有读过呢？

孔老师感叹：唉！一个人如果不曾仔细读过《周南》与《召南》，就会像面朝墙壁站着的人一样啊！

面壁而立，不是面壁思过，而是说你什么也看不到，哪里都去不了。

《周南》《召南》都居十五国风之首，内容侧重夫妇相处之道，

教育人修身齐家。孔鲤一定听懂了，他已长大成人，老爸这是要他系统学习《诗》呢，否则，怎么能适应这个社会呢？

孔鲤在父亲的课堂上，已经多次听到老爸这样教育他的学生：《诗》三百，一言以蔽之，曰：思无邪（《为政》第二）。这里的关键是"思无邪"，"思"为发语词，"无邪"，没有虚伪造作，都是真情流露。诗三百，用一句话简单概括，就是真情两字。文学作品最需直抒胸意，最怕无病呻吟。这也完全符合我们先人即兴的咏叹，面对残酷的生存现实，恶劣的自然条件，先人们劳力之余，依然手之舞之足之蹈之，自我找乐。

国风，大雅，小雅，周颂，鲁颂，商颂，三百一十一篇，皆为民众心底里喊出，在广漠大地上回响，宫商角徵羽，有时甚至响遏行云。

真诚希望我们的散文作家，对眼前的一切，猛扑吧，尽力猛扑！不虚假，不造作，用心用情善待所有，包括天地间的草木虫鱼鸟兽。朗朗仓仓，仓仓朗朗，听，美妙的旋律，从旷野上、烟波里、花朵中清晰传来。

壬寅桃月
富春庄

内容简介

　　精选七十余篇散文，由五卷组成。叙事自然，语言质朴，表达简洁有趣。

　　卷一"这一刻的幸福"。作者的目光和思索，定格在时光深处。从村小出发，少年当像鸟飞过他的山。父亲干农活，做篾匠；母亲下地种菜，记忆中乡村的美好一览无余。而人到中年自从容，人间有味是重圆，作者深谙其道。

　　卷二"娜塔莎的爱情"。阅读连接世界，阅读也可以有多种姿势。"闭门即是深山，读书随处净土。"在作者的阅读视野里，文学，总有一种与生命有关的力量。痴于书者，任世间喧嚣纷扰，唯愿静守一隅天地。

　　卷三"往季节深处寻味"。年味里，还是一个"吃"字；一顿年夜饭，寄寓着对家的皈依。草木果蔬，择时而食；春之味，家常里，炖煮着江南风情。原地食材，名厨、坊间做法各有精妙，而持微火者，必有微茫的幸福。

　　卷四"时间之上"。在日常与无常中，在岁月的轮转与沉淀里，感知真实，触摸当下；行走与思索，皆回归自然本真。灵动的笔触，抒写的是生命的激荡和灵魂的自由。

　　卷五"天若有情"。少年的懵懂与青春的悸动，如四季流转，泛着爱的涟漪与光芒，既纯情又带有时代的印记；既难忘又隐藏着自我救赎。

目 录
Contents

▽
▽
▽

第一卷　这一刻的幸福

第四卷　时间之上

这一刻的幸福

这一刻的幸福

第一卷 ▽

目光和思索，定格在时光深处。

从村小出发，少年当像鸟飞过他的山。父亲干农活，母亲下地种菜，人到中年自从容，人间有味是重圆。这里的每一个人都与我或多或少有过交集，帮我助我。记录他们的各色人生，是我对人生最好的一份感激。

鸭　子

鸭子上路了。

村道，是一条机耕路，黄泥碎石，坑洼不平。五只鸭子，顺着竹林小径，屁颠屁颠地跟上了鸭群，好似瞬间集合了一支队伍。日头还未隐出树梢，它们已像出笼的鸟儿，晃悠在觅食的路上。小身板慢悠悠地晃来晃去，踢一脚小石子，啄几下路边的虫草，转眼又扑展着小翅膀追赶几步。

我，一个五岁的小屁孩，穿着白背心、短裤衩，拿着一根小小的竹鞭，像模像样地走在五只鸭子的前后。时而踢几脚小石子，时而在空中划出一道漂亮的弧线。竹鞭指向哪里，我的鸭子们就乖乖地晃到哪里。

这条鸭鞭是篾匠阿爹私人订制的，七八十公分长的竹根，刨光了边边角角，像一根硬气十足的鞭杖，足以指挥千军万马。阿爹好有趣，他只让我看五只鸭子。话又说回来，过完年，我就有第六只了，阿爹答应过的。正式上学堂之前，我的队伍还可以再添一员。

与下地除草、放肥料，或是拔秧、种田、割稻子相比，看鸭似乎更轻松一些，可以玩水、捉虾、摸石头，也比放牛好听多了。村里老人常说，"书读不好，看牛去。"看牛，我是不会去的。

而看鸭，充其量，我只算个跟班。前面领头的，是一个称"鸭司令"的男孩，和一个唤"鸭婆"的女孩，约莫十四五岁光景，已不上学堂了。他们一左一右，夹在鸭子两边。他们的中间，哗哗的一大片，是上百只鸭子。鸭子们嘴里嘎嘎地叫着，脚步出奇地快，一路摇着晃着，赶集似的，往河边滚。乍一看，像极了六一儿童节去晒谷场分馒头的孩子们。

夏日清晨的风，凉凉的，格外舒服。机耕路的两旁，是一大片栗子林。眼下，栗子壳外的刺刺，已泛青黄。过不了多久，带着晨雾与雨露，就可以听见栗子掉落下来的咚咚声，可以捡栗子吃了。那会儿，鸭子们也不会闲着，嘎嘎嘎，四处散乱，钻进树叶草丛里觅食去。

走过栗子林，转眼就是田野。眼下正是双抢时节，成片的秧苗，郁郁青青，齐整地泡在水田里。翻烂了的水田里，各色虫子、滑溜的泥鳅，在渐次温烫的泥水里溜来溜去。这一切，鸭子们心知肚明，哪有不想下去蹚一趟浑水的。领头的几只，试着从某个路边田埂下去，后面的鸭司令就鞭过去，几只滑入水田里的鸭子，扑腾着上来，被结结实实地抽了，嘎嘎嘎地叫着。

一大群鸭子的叫声，很快吸引了水田里人们的目光。大家不约而同地站了起来，看"西洋镜"，借此伸伸腰，活动下筋骨，手里攥着的稻秧，滴答滴答地流着泥水。

村里看鸭的，也就我们三个屁孩。每天鸭群上道的阵仗，看上去也有趣。像是一种检阅，我——"鸭军长"，很认真地举了举手中的竹鞭，生怕跟不住鸭群，也怕自己的鸭跑个没影。不知怎么的，脚步有些乱了，额头上的汗，也一下冒出来了。好在我的鸭子听话，紧跟着，一直不掉队。

眼前是一座铁桥，一二百米的样子，用许多根钢筋交叉支撑。它坐落在金紫山下，横跨于村庄与公路之间。这里，曾发生过红军北上抗日先遣队分水之战，有着传奇的红色基因。后来，每逢清明，附近的小学，都要组织祭拜牺牲在这里的十五个英烈。

鸭子们才不上桥呢。在领头鸭的带领下，它们沿着河岸走。河岸边，许多高大的柳槐，枝叶招展，随风摇曳。鸭子下水的时候，也是大树们目光所及之处。这些树的精灵，长年累月伫立在河岸边，任凭洪水、泥沙肆虐，依然挺拔舒展。它们在一旁陪伴，默不作声，像是慈父慈母，关注着自己的孩子。鸭子的出现，是一种不可替代的温暖。而我与大树，也有着难忘的纠葛。

风吹过河岸，大片的苇草四下涌动，宽阔的河面，雾气渐渐散去。眼前是一段下坡路，鸭群突然嘎嘎嘎地惊慌起来。它们争着往前挤，扑腾着翅膀，完全不听鸭司令与鸭婆的使唤，有的直接从两米多高的堤岸挤了下去，有的干脆在苇草间折腾。河水如此之近，先下水，后下水，有什么要紧呢。也怪不得鸭子，它们奔着水去，天然入戏，犹如久别重逢的情侣，早已迫不及待了。

鸭婆鸭司令，摘了凉帽，找块石头，坐下来歇。鸭子入水，他们就成神仙了。"看牢，"鸭司令看了看我，"不要走远。"

鸭子们几乎是一股脑儿地扑着落入水中的，溅起了白色的水花，重叠了光影。不一会儿，它们又一下子四散开来，寻伴玩耍。清澈的河水哗哗地流着，冲刷出一条宽窄不同的水面。有的在浅滩里撑着脚掌走着，有的在深滩中把头伸进水里钻下去，有的迎着白色泡沫向上游，鸭子们尽情放肆着自己的快活。

我的五只鸭子，落在了最后。它们不紧不慢地跟着我，嘎嘎地绕着我，等我脱了鞋，它们才下到浅滩里，拍打开翅膀，向水里扑去。

小屁孩，正是玩耍的年纪。我喜欢打水漂，早练就了一手好活，是一刻也坐不住的。小脚丫在鹅卵石上兴奋地跳着，我在寻找适合打水漂的小石头。拇指与食指绕成"O"的大小、扁平状的小石块，最易打出漂亮的十几漂或几十漂。小小的河滩，因大水的冲刷，有着源源不断的好货，捡不尽，用不完，我乐此不疲。

"噼噼，噼噼噼，噼噼噼噼……"一道道轻溅起来的水花，圈圈圆圆地荡漾了开去，涟漪点点，几秒之内，遁入无形，仿佛飞天飘逸的舞姿，瞬间消失，在视线之外，回味无穷，妙不可言。

一个美妙的水漂之后，我会傻傻地站一会儿，静静地看着水面，沉浸在水花点点中。鸭子们则顾自玩耍着，它们在铁桥的上游，安静了许多。它们才不会去下游呢，有的在靠岸的石壁下，啄着水草游虫；有的成群地漂浮着，轻松惬意；有的尽情地抖动着它们的羽翼，嬉闹着；有的上了河滩，晾晒着翅膀。

树底下，鸭婆不见了，小屁孩知道，她一定是躲开他们，去铁桥那边蹲去了。鸭司令一个人坐着，百无聊赖。他把凉帽放在一边，从一只口袋里抓了一块冻米糖，往嘴里塞。冻米糖显然有些棉了，他吃得不那么得劲，又从另一只口袋里掏出一块芝麻糖，也是绵的，但味道比冻米糖好得多。

我跑了过去。我有一小袋炒黄豆，出门前，阿妈偷偷塞给我的，有几十颗，那可是阿爹最好的下酒菜呢。我摸了一小把出来，数了数，凑上去递给鸭司令。他摸了摸我的头，看上去挺满意。小时候的我鬼灵精怪的，挺讨人喜欢。他也愿意带着我。游水，潜水摸白石头，都是他一手调教出来的。

天空阴翳，大雨说来就来了。雨点噼里啪啦地砸下来，惹得泡在水里的鸭子们，嘎嘎嘎嘎一阵子地乱叫。鸭司令和鸭婆招呼着鸭群，我也赶着慌乱的队伍，往树底下撤。小凉帽，哪里抵得住倾盆大雨，我全身淋了个透湿，像个落汤鸡。好在树大，总算压住了雨的惊吓。鸭子们纷纷聚集过来，抖动翅膀，滑落雨滴，又挤在了一起。

我突然发现，蹲着的地方，在一棵大树底下，几乎都是沙子。我用手掏出一些沙子来，慢慢地掏，掏成了一个小洞，自己靠进去，居然躲过了雨。我开心极了，向鸭司令鸭婆招手。

三个人一起掏，很快掏出了一个大洞，挤挤，正好。三人开心地笑了。这棵大树，就成了我们看鸭三人组雨中的临时"庇护所"，一直到我离开我的鸭群。后来，我每回一次老家，经过大桥的时候，总会往大树的方向望去，我想念那棵大树和我看鸭的时光。

夕阳映照在河面上，出奇地好看。红灰的光影，在桥岸、河面和苇草间徜徉。在鸭司令的吆喝声中，鸭子们开始陆续上岸了。这会儿，我和我的鸭队走在了最前头。拗不过炒黄豆的余香，鸭司令破天荒地开了戒，让我领头，多少长些本领。

"走喽，回去喽！"我不敢怠慢，顷刻间挥洒出一道长长的弧线，一本正经地指挥着鸭群。稚气的声音，在河流、村庄、田野间回荡。

村　小

　　村小在我家后山上。

　　不同方向的几弯小道，通向不甚高的山顶。爬坡穿林，成了小鬼头们一早的必修课，说实话，我们并不觉得累。

　　这里竹林幽深，树木掩映，"U"字形的泥房群，主体是宽敞的大队礼堂，做戏，看电影，大会小会，村民搬条教室里的小凳子，这里就热闹了。左右各两间教室，一至三年级的小鬼头，都挤在这里。中间是块空地，也是操场。旁边搭个小屋，烧水蒸饭。礼堂与教室的走廊夹道，是李老师和许老师的办公地，简陋的只有一张桌子，两条凳子。

　　那是一个美好的下午，非常安静，空气中弥漫着希望的味道。我正准备回家，李老师突然叫住我，"来做道题，做对了两块钱，给你二十分钟。"他朝我微微一笑，眼神里满是鼓励。小伙伴们都好奇地围了过来。两块钱？棒冰才五分钱一根呢，大家半信半疑。有这等好事，我自然不会放过了，不就是一道数学题吗？

　　好像是做了有点时间了，我交卷的时候，李老师看了看表，"嗯，十二分钟，"他看了我的答题，"是聪明。"他笑了，从口袋里掏出两个硬币。我知道，他一直看好我。他的课教得扎实，写字笔画顺序，或是听写能力训练，都很用心，能力不逊专业。

我也知道，这是他平日里扎竹丝扫帚挣的钱。他闲不下来，田间地头，也是一把好手。他是代课教师，工资那么低，还想法子激励我，我心里自然十分感激他。

凭这解决奥数的智商，我也确实嘚瑟了一阵子，就像我在左手上画个手表，裤带上吊个绳子，挂上家里和教室的钥匙显摆一样。

有那么几天了，家里的老母鸡不见了踪影。姆妈有点慌，看我灵光，就喊我去找。我爬到背面的茶山，终于在一棵大茶树下有了发现——老母鸡正窝着孵蛋。它"咽咽咽"地闷叫，又抖动着鸡冠，我哪敢惊扰，只是有事没事去转转看看。后来我写成了一篇作文——《母鸡孵小鸡》，被拿到镇中心小学当范文读。

"滴滴答，滴滴答，小喇叭开始广播了。"礼堂里，传来了令人期盼的声音。那是我阿爹的乐宝收音机（全村唯一的一只），准点传来的声音。阿爹是个篾匠，不出工的日子，就拖了毛竹，到礼堂来做，这里离家近，避风雨又阴凉。

山村里，除了课本，学习资源匮乏。小鬼头一下子哄进来，抢了阿爹扳的竹椅坐，并认真地比画起来，好不开心。我阿爹总是念叨那一句"马尾巴的功能"，然后朝我们嘿嘿地笑，我那时不知道是啥意思。

课余时间，操场泥地里，划个圈儿跳房子；手拉手，围个圈，玩老鹰捉小鸡；两张桌子一并，中间弄几块砖头一挡，就乒乓起来。我们晃荡在操场前可以爬的任何树木上……快乐的时光，不经意间弥散了整个山头。

我们也午睡。同桌，一个睡桌子，一个两条凳子一并，就是一张床，不大，甚至有些窄，小鬼头哪有什么正经睡姿，我值日时就发现，女娃也是趴手趴脚，仰面朝天的。

傍晚放学，抓一把冻米糖，约同学去割猪草，偶尔也割点草籽之类藏到篮子底下，满了，就玩田积棒。或是系把柴刀上山，挑靠近的两树，从一棵挂到另一棵，两捆就成了。

美好，终是短暂的；离开，完全是迫不得已。两年，我得从一个村庄，奔去两公里外的另一个村庄。在我心里，好似出远门似的，隔着千山万水。屋后耍了三年的小学，也渐行渐远，从此成了我的第一个母校。

清晨，薄雾笼罩山野，溪水在村庄里曲折穿行，传递着这块土地的真实。姆妈们把我们送到溪边，多少交代几句，就蹲下身子，搓洗衣物。早饭时段，大队长会捧着饭碗，站在高坎上喊话。毕竟田地里的活，记着她们的工分，养家糊口，一分也不能丢。

我们七个小鬼头哪里知道这些，一窝蜂地上了岭，翻过几个小土坡。坡上是整片的栗子林，晨露微茫，周围一片静谧，小鬼头如风而过。

若是到了夏后爆栗的日子，我们会起得早一些，散入坡里，草里，到处拾捡，如出工的农人，贪一锄鲜。用不了多久，兜里，书包就满了。红强用石头扔上枝头，再开一个嫩点的。云祥一边催促着，一边蹲下身子寻一个，又赶紧跟上队伍。红光油亮的板栗，对他们充满了吸引力，远比书本有趣多了。细细的一层绒毛，用小手一抹，衣角一擦，牙口一用劲，栗子就开了口。顾不得粘着苞衣，就听见咔咔的声响，满嘴脆香甘甜。

话说回来，书读得来读不来，有什么要紧呢。会玩，干架是一把好手，照样让人羡慕。后来果然，两个一表人才的小鬼头，都如愿入了伍，强军去了。

我们走一会儿，小跑几步，像七只水鸭，屁颠屁颠地没个队形。谁也没有注意到，小鬼头的脚步是如此轻快，嬉笑打闹中依然笑靥如花。我们的两个女生，敏芳和夏芳，水嫩清秀的面庞，在晨雾中氤氲着一层湿润的明亮光泽。

冬日寒冷，我们背甩着书包，小手拎着饭盒、菜罐，通常还有只小火盆——用铁皮箍的圆桶，上面加个弧柄。小小身躯，跨过一座铁桥，沿着公路，转上一条蜿蜒小道，直到走进一个木门。

小学像一座大四合院。平房，左右各六，对面是办公室和厨房。绕过后门，是一片开阔的地，长着柔嫩的小草，绿茵一片。我们玩耍打闹，浑身使不完的劲，都挥洒在这里。不远处有个小池塘，旁边挂着"水深危险"字样，据老坞同学忠林说，里面有鱼有虾，有泥鳅黄鳝。他是否下水摸过，不得而知。

小学又像个兜兜班，附近几个村庄，后岩，老坞，张家坞，读四年级，小学高段的，都集中到富家这里，还有初中临时的两个班。有个王姓的女老师，教 24 个字母的，她女儿正好与我们同班，肉嘟嘟的小脸，一头短发，会讲几句英文，稀奇得很。

离开了家，一切都是陌生的，小鬼头又谈何容易。第一次蒸饭，就出了洋相，饿了肚子。我把米淘了几遍，看上去没一点浑为止。又把水撇个干净，盖上饭盒，小心地放蒸箱里，再朝它看一眼，记着它的位置。

随着下课手铃的晃荡，大伙儿跑了出去，院子里闹哄哄的，充满着草木拔节的声响。一格格的饭蒸，放在水泥墩上，一下子被围个水泄不通。烫手放了的，忘了记号的，盖子离了盒子的，翻了菜罐的，慌乱中，弥漫着自由快活的空气。

　　我眼尖，一下子就瞧见我的饭盒。可一掀开，傻眼了。一颗颗看似饱满的米粒，半生不熟，怎么看都显得十分委屈。我惊慌了。

　　找着饭盒菜罐的，小跑着进教室，或是蹲在过道边就吃起来，没人会注意到我，一个人偷偷地躲一边去。土豆、榨菜皮很尴尬地看着我，离开了白花花的米饭，它们也有说不出的不痛快。

　　去要点饭吧，我心里想，也没什么倒霉的。如果我脸皮稍微厚一点，哪怕端个饭盒，在小伙伴面前把笑料抖了，凭着我班长的身份和不错的人气，也不至于饿着肚子——可我竟然丢不开面子。

　　放学一回家，我就翻冻米糖吃。姆妈细心，几句唠叨就把我的笑话揭了锅底。"水，加到盖住米多一些就行。"姆妈拿着饭盒示范了一下，又叮嘱了我几句。以后，我在村小吃饭，也就正常了。

　　让人开心的是，作业不多，课堂上完全能完事。放学回去，照例是砍柴火，或者割猪草。上学和放学，简直是两码事；学习与生活，是可以分开的，这倒成了我为师后可以炫耀的轻松自由。

　　我的班主任兼数学教师是洪先生，他有一张方正严肃而男神的脸。有一次他向我喊话："你看看，小娟课后作业做了四五本了，你一本都没有。"我并不尴尬，心里想，哪一次，小娟的分数比我高了呢。但我还是很老实地低下头，基础打牢固一点没有错，这些年，从村小升入区重点的并不多，我被洪先生指望上了。于是我恭敬地站在洪老师面前，打包票，一个星期做两本。洪先生才满意，拍拍我的肩膀，让我回去。

　　后来，全镇四年级学生百题笔算，我用时最短，并且全对，算是给村小，给老师争了光，让洪先生非常满意，他当着全班的面，奖励了我两块钱。我就请全班吃棒冰，没好意思落自己口袋，谁让我是班长呢。

班长也有吃瘪的时候。

我的语文老师何陋先生，是个小老头。一说到"和蔼可亲"这个成语，我就会想到他。教《陋室铭》，我自然也想到了他。平日里，何先生总戴着一副眼镜，往讲台一站，就透出一股儒雅的气质，让人可敬可佩。大家都十分喜欢他，他也喜欢我们。

何先生还喜欢摸我的头，他一边摸我的头，一边低下身子和我说话，"不错不错，数学噶好，作文也写得好啊，等下我读给大家听听。"他的目光温润，手有些微颤，仿佛悄悄地托举着我。我静静地坐着，眼里盛着无限的感激与憧憬。

何先生是我的语文启蒙老师，对我偏爱有加，还送了一本《山海经》给我，我语文学得愈发起劲，我不想辜负了他。

那一日，何先生去镇中心小学开会。正值夏末，枝叶零落，院子里可拾捡的枝棒也多，男生就逗着玩，闹开了。不想来了个高个子代课老师，一声大吼，我的棍子还在空中比画，就被他逮住了。这时候，最尴尬的是，有人放了两个响屁，我不知怎么回事，没忍住，突然笑了起来，整个教室也都哄笑了起来。

这下可好，高个走过来就是一个"头塔"（俗称"栗子包"），"我叫你班长带头。"高个真高，我一低头，露出了可爱的害羞。也许是被我的害羞感动和净化了，内心的纯真和美好被唤醒了，大家纷纷朝我看，却没有任何嘲笑的眼神。

其实除了这一次的教训，我也没什么抬不起头的，我成绩很好，总是第一。我说过，我学得轻松，上课听听，作业、考试也可以高分。

要么考上重点中学，要么去镇上读初中，还有成绩不达标的一类，不得不回家。小鬼头懵懂，第一次面临残酷的现实，几乎没有选择，哪像现在的孩子，初中九年制义务教育，自不用说；高中，大学，只要肯读，有的是机会。

但小鬼头并不知晓其中的利害关系，照样按部就班地读书，放学，也没有什么补习班、家教之类的东西，阿爹姆妈才没时间管这些。书不读，就不读了，有什么关系呢。书读得好不好，以后日子会怎么样，谁说得清楚呢。

我们班的小芸，那个大大咧咧没心没肺的胖妞，后来真的没书读了，去丝织厂上班，又早早嫁了人。但她活得挺真实，朴实又自我，并不觉得自己有多少委屈。每一次我们喝酒，我都能体会到发小自然质朴的感情。

回家的路上，七个小鬼头时常会在铁桥上逗留。

我们看山。打柴的足迹，早已踏破凤凰山阙。大山永生，一代代地眷顾着山民，永远惦念在我们心里。

我们看水。一遛湾的河水，恰好围着村庄，奔向天目溪，汇入富春江。我们的目光坚定，丝毫没有游离。从这里突围，绕开山，趟过河，向最遥远城镇出发，义无反顾。

后来，几乎是个奇迹：我，和我同村的堂弟利民，憨厚的炎民，还有老坞的小眼睛美女小娟、红梁，高度近视的富家利春、小妹玉莲，一同考上了地区重点中学——分水中学。

是的，我们七个，从村小突围了。

少　年

　　我坐在水池边一块空着的晒谷场上。

　　夏风热烈，将我的面孔灼热，把额头上的汗水悄悄地吸干。在村庄这种狭长的地带，被竹林包围着的狗槽湾，仿佛自己在呼气，热气一点一点地升腾着，绕着缓缓摆动的竹叶，向着上空消散。

　　与此同时，水池边的两棵桃树、梨树，一前一后在观望。泥墙内的猪栏里，不时传来两头憨猪拱槽的嗷嗷声。我的阿哥，清晨刚从这里出了两车栏粪，用独轮车推到了田头。我跑在前面拉，或是跟在边上扶。这一早，天尚未起热，算是我唯一没有胡思乱想的一段时间。

　　我在小竹凳上一直坐着，猪栏边的这条小黄泥路，是我一下午望穿"夏水"的空地。桃树，梨树，泥路，小坡尽头是一片竹林，我数着石子过河一般无聊而专注。

　　我盯一会儿路，一会儿树，目光无处可逃，自然落在中间的石灰李树上。每次走到这里，我都会停一会儿，计算着它们大致好吃的月份日子，我想象着小拳头大的李子成熟时青灰的模样，用衣角一抹，石灰粉般的一层抹净，青皮便现了身，咬一口，里面的红心甜味，透过舌尖，散发出粉红色少女的香气，清新醉人。我想象着我的结拜兄弟麻雀馋嘴的样子，他看上我家的石灰李不是一天两天了。多少年以后，我在这里起新屋，他还不忘叮嘱我种几棵。

偌大的村庄，除了这两棵，竟然没发现其他石灰李。我看着它们，它们时不时好奇地看着我，我竟然有些好笑，又有些不易察觉的得意。

越过邻居家的瓦顶，我的眼前是漫山遍野的竹子，如果说桃李是边路突破的快马，那么竹林就是中场攻防的天团。暖风刮过，每一片竹叶，宛如球迷们舞动的手势声浪，和风一样倏忽而过。

回头朝我家的老屋望去，黄泥垒成的墙面白花花的，显得十分慵懒。我看到了特别熟悉的一个身影，我的阿哥，睡眼惺忪，大抵是车栏粪出大力困了。他低下头，认真地正系好柴刀，又拿了一根两头尖尖的冲棒——挑柴火的家伙，嘴里发出冻米糖的脆响。

我想象着母亲站在灶头旁，忙着做山粉圆子。我怀想着父亲在田埂上，挽起裤脚，把篾匠粗糙厚实的双手，一辈子辛苦劳作人的手，扒开泥浆放水。

不远处，一辆自行车下坡驶过，脆响了一串。我猜想，那人一定是双放手的。

我只有十二岁，但我懂得自己性格里最要命的弱点：我太敏感了。

一放假回家，我就不想说话。这个季节，对我来说是可怕的。不停地劳作，因为过累，几乎没有对话的间隙。父亲担心的是，地里的活，什么时候能歇下来。但我知道，没有歇下来的可能。割稻，拔秧，种田是一波活；车猪粪，放肥料，又是另一波活。钻到低矮的桑树底下，挖孔，放入小瓢尿素，几个小时地蹲着挪，那个透不过气来的闷热，让人想起了老舍笔下的祥子。再闲，下午拔猪草，傍晚砍柴，有的是干不完的农事。

我被村庄的田野和大山滋养，在周而复始的劳作中，煎熬着，却似乎从没有发生根本性的变化。从某种意义上说，埋头干活懵懂的我们是过客，辛劳了一辈子敦厚的父亲也是，大山、土地才是永生的。

五六岁放鸭的时候，父亲就曾告诉我们，三面环水的村庄，背后是座大山，叫"凤凰山"。它庄严、坦荡而神秘，是村庄的守护神。连绵的山脉中，它不是最高、最美的山峰，却最为亲切。我无数次地沿着山脊，向上攀登，从这个山头，到另一个山头。哪怕就是走着，绕着，呼吸的，也是自由的山野之气，原生纯净的苍穹之光。

我爬过许多树，勇敢地学会了从这一棵挂到另一棵，我用柴刀劈下枝丫，用藤条捆上，用冲棒挑着回家。我们在山脚下的水库边玩耍，赤膊上阵，用长长的黄花菜梗对射，有时候竟然忘记了疼痛和时辰。

有一天，父亲指着岭下对面的那户人家说："像他一样考出去就好了。"他的声音低沉而单调，干瘦的手上缠着好几撮胶布。一整天蹲着身子，带着我们放尿素，他已疲惫不堪。

"就不要嘎死做了。"一阵凝重的停顿之后，父亲又补了一句。他个子不高，但能掌控全场；话语不多，却很有分量。

于是我发现眼前做的很多事是徒劳的，而父亲对我们显然有梦，要不然，他自己，挣完队里工分，晚上甚至熬到凌晨，为什么又做篾活？又为什么也要累死我们？我该怎么办？

我不再巴望眼前的桃李、小泥路和大片竹林，我把小竹凳搬回家里，藏在厅堂后面。劳作与冥想都结束了，我该读书了。

重 圆

整整一个夏天，我们都在张望中等待。

国庆假期的第二个中午，家门口，我的"阿娘"——九十七岁的奶奶，坐在儿子扳的竹椅上，双手平握，目光安定，神情淡然，颇有"一日无事，坐看云起。江山明净，忘了世相"之境。

老人穿着灰布衣裳，背稍有些拱，但坐得端正。她的侧面是一副四脚杖，离了手，也有几分守护者的声威。她的身后，是两张竹编，分别晒着渐灰的干豆和渐瘪的黄辣椒。午间的阳光，正好投射在老人和竹椅间，有一种说不出的静谧和安详。

"孙媳妇来看你了。"我上前握住阿娘的双手。

"好，来了。"阿娘抬头朝孙媳妇看，每一道皱纹里都嵌着笑。

"还认识吗?"

"嗯，嗯，你媳妇，像样的。"阿娘点点头，说得很清楚。

我记得阿娘到家的那一刻，我打开车门，小心地将阿娘的脚先移一步，再搭把她的手臂扶出来。我要背她，她推开了我的手。我把手杖递过去，扶着她走。从安徽合肥出发，五个多小时的车程，阿娘的气色依然不错，甚至比去年来时还好。她的脖间系了块灰丝巾，看上去素雅又别致。

往外一点的空地上，老人的四女婿（我的小姑父）正在洗车。这位在市政府开了大半辈子车的老人，退休了，还保持着一贯的习性，喜欢自己动手，把车擦得锃亮。

小姑是最年轻会料理的一个，来之前，已下单了不少东西，快递过来，打算住一段时间。我们帮着取，吃的，用的，好几个袋子。要在大哥这里住一阵子，她成了最忙最操心的人，我甚至可以想象她来之前做的准备，是如何的细致入微，如同她在银行工作时那样。对小姑来说，到这里是"遁入空山"，闲下来，只不过是另一种样子的忙。

二姑在台阶下一边搓衣物，一边和我们聊天，她的德国腊肠犬阿毛在一旁溜达。大叔在客厅沙发上躺着，顾自看电视，一副悠闲的样子。不一会儿，大姑和姑夫的车也上了岭，他们刚从百岁坊采货回来。新鲜土猪肉，一袋面粉，还有其他零零碎碎的东西。好像分工精细一般，大家有条不紊地进行着各自的事务。心安定下来，这里闲居的日子就开头了。

下一波，我们把阿娘扶着坐到藤椅上。母亲把紫干豆、毛豆夹、番薯苗、苋菜等搬到了门口，大姑、二姑、小姑都搬个小竹凳，围过来捡菜。院子里，一下子，比往常热闹了许多。

这个国庆假期，我的阿娘，和她的一个儿子，三个女儿，两个女婿，从安徽合肥，如约而来。全国文明村——桐庐县分水镇后岩村，是她大儿子的家，也是城里人"心驰神往"的美丽乡村。

"我们回来了，好久不见。"这些见惯了的人，见惯了的面孔，熟悉的语调和声音，又一次将我们带回原地，吃饭，穿衣，做事，散步，聊天。这是第三个年头，退休了的亲人们组团来这里小住。

不动声色，迎来送往，连村庄上的老人，也记挂、念叨着这事。

　　来的不是客，是我的亲人们。搞卫生，洗菜做饭，发馒头，做包子，炒香瓜子，炖老香瓜，他们自己动手，丰衣足食，早已把这里当成自己的家。

　　我母亲手骨折，还未痊愈，正好歇息，用不着忙七忙八，到处张罗了。这边"大嫂大嫂"亲热地叫着，那边"你歇你歇"不停地劝住，母亲尽可以享受一番，也学学城里人的饮食习惯、生活方式，也是好事。

　　十月金秋，美丽乡村山林清风拂，田野稻谷香。醒来可以呼吸新鲜空气，饿了就自己做饭。现成的土灶，干柴，山泉。菜地里，豆角、丝瓜、冬瓜、香瓜、辣椒，是我父亲朝而往、暮而归，亲手种下的"当地人吃的菜"。山野的味道，足以构成我们对村庄的重要记忆。

　　山湾竹林间，新房早已落成，楼上四间房，床榻齐全，也足够宽敞，俨然民宿般自在。什么也不嫌弃，不计较，有的是亲情散发出来的自然与真实。

　　"晚餐清淡了点。"父亲呵呵地笑着，他也习惯了，"早饭，中餐讲究，晚上稀饭，剩菜，或者下个面条，稍吃点就打发了。"为此，小姑还专门给大哥备了牛肉、花生米，下酒。山湾竹林间，又见炊烟袅袅。将镜头拉远，这里的人间，充满着烟火气。

　　第二日，二姑便在"2021快乐浙江行"微信群里发了一通图片，田野风光，村色秋波，一览无余。田间长廊上，飘扬着一面面鲜艳的五星红旗，那一抹抹红，一直延伸向远方。阿毛在这里欢快地奔跑，片刻地小憩，寻味草丛间，自然地放飞着性情，俨然是这里最靓的仔。

"嘉禾优 575"，是后岩村走出去的胡培松院士的稻谷新品，沉甸甸的谷穗，满眼的金黄，与成片青绿的番薯叶，重拾了小时候的诸多记忆。

二姑推着轮椅，阿娘在前面坐着，后面跟着我父亲几个，沿着宽阔的村道，一路缓行。这个秋天，早晚都透着凉，阿娘仍然可以无限制地出行，安静地领略这一片土地。

真是好，转一个圈子，又重新回到先头，一切随风而散，一切被时间治愈，从头收拾旧山河，安稳地生活下去——呀，原来缘分还未尽。

依稀之间，阿娘的眼角有些湿润。谁也不知道，她在想些什么。是一种幸福，还是记忆里泛起的涟漪？那个在小溪边淘衣、田间地头兜猪草的姑娘，那个上山砍柴、下地割稻被抓去的壮丁，以及与阿爷的那些前尘往事，是否还清晰在她的记忆里，我们不得而知。

叶落，终究要归根，可以回来看看，这又何其幸运。在这样的高龄活着，我们又何其有幸。阿娘阿爷的过往，终会成为云烟，我们也是。然而当下，唯陪伴是真实的存在，更接近泥土的真理，人间有味是重圆。

田野深处，亲人们在捡拾那些斑斓色彩的同时，刚好看见天空有正在散去的云朵。此刻后溪流淌，芦草拂荡。河堤上，一抹夕阳，正红。

樱　桃

母亲来电话说，樱桃红了，抽空回去一趟，尝尝鲜。

起新屋时，父亲在门前菜园种了一棵樱桃，后来又在山边种了一棵。想不到樱桃长势喜人，第一年，它就结果了。一串串缀满枝头，娇艳欲滴，玲珑剔透，味美形娇，让人垂涎三尺。自己种的当宝贝，父亲母亲舍不得吃，非要等我们去摘，结果反被鸟儿飞来衔得樱桃去，偷了个馋。这个季节，山林草木之间，都是鸟雀们叽叽喳喳的叫声，以及翅膀的拍打声，它们着急地唤着，叫着。竹林环绕的家门口，被一场即来的樱桃带雨，弄得有点慌乱了。

这一次，父亲插了根竹竿，挂了件花衬衫在上面，防"贼"。他还想到了绝招——收音机搁树上，放流行音乐，惊吓鸟雀。母亲则催我们回去，生怕我们又尝不到鲜。

我自然十分愿意回去一趟，赶在鸟雀偷食之前。家门口，两树樱桃，酸唧唧，甜瑟瑟，随摘随吃，图个生鲜滋味。这算是一场情有独钟的、多情的樱桃带雨。在这个春天里，又一次幸运地落在了我们的舌尖上。

三月初，樱桃就开出了大朵的粉白色花，晃了我的眼，也开始在我心里有了念想。雨水后，我就见樱桃隐藏在枝叶间了，似青豆般大小，攒在一起。色泽青青，要凑近了才看得分明。母亲说，樱桃，长得快，不用多久就熟了。相思莫忘樱桃会，可以想象，母亲去山边喂鸡拾蛋的时候，会瞄一眼樱桃，去菜地的当会儿，也会和樱桃打个招呼，心里计算着日子，等待儿子归来。

我心里也想着日子，母亲说的周末我都等不及了。青梅老尽樱桃熟，带雨红的一树樱桃，果形饱满，黄中带红，已撩足了欢喜心，自家种的味道，一种更接近自然的清和风味，是不是更有烟火味道？

父亲坐在屋前做竹椅，靠背稍长的那种，说是搓麻将靠着舒服，人家定做的，用料多，价格也涨 10 块。他干活的时候，脸都朝着我们上岭的方向，车子一上来，他很快就看见了，望穿夏水的滋味终于尘埃落定，换得满心欢喜。

母亲听到我们说话，就迎了出来，"今天就来了，我以为你们明天来，快摘几颗吃吃。"

菜地里这一棵大生，一串串结在树上，掩映在婆娑绿叶中，青的，黄的，黄中透红的，红彤彤的，胀鼓鼓的，圆溜溜的，摘一颗放进口中，咬一口果汁迸射，樱桃特有的酸甜香味与味蕾混合，全身心都是满满的幸福感，哪里还顾得上挑，顾得上洗。

"弄只袋子装一下。"母亲喊我。

"摘了吃都来不及，还要篮子。"我和女人相视一笑，她摘了一把给母亲，母亲硬是不要，"你们吃，就这么点。"她的心思我们懂，哪里是不想吃，是省下来一口给我们而已。

"桃子、李子也生了。"父亲在一旁搭话，他在山边石坎上顺次搭了两把梯子，正好可以上去，我就上去了。上面种着一大片的土豆，还有两棵桃树。我仔细地找小桃子，第一棵有两个，另一棵 12

个。女人也爬上来找桃子，第一棵藏得很隐蔽的第三个被她找了出来。

我们下来，又从鸡笼这边上去看李子树。这些生蛋的鸡们，从它们旁边走过去，竟然毫不慌张，也不生分，齐刷刷仰起头朝我们看，惊讶了一会儿，又顾自啄食去了。

我和女人一起数李子，不多不多，也还是有几个的。只是旁边的几棵杨桃，还不见有果，也许明年会有吧。脚下的几十棵茶树，都冒了芽，待摘待炒。罗汉笋，也长到小腿肚般高，随挖随吃。四月下旬的后山，草木愈发葱茏了。女人站在那里，有点不想下去的意思。

"后天你爸要下来，再给你们摘点来。"母亲收拾了一小篮鸡蛋说，"吃了再来拿，自己吃吃有的。"

我们要离开的时候，父亲跟了出来说，"生菜要不要割几棵去？"他的菜园子里，永远装着我们喜欢的一片绿。一垄辣椒秧，已开满小白花了。

"我们就回来吃了点樱桃。"女人朝我笑笑。其实她心里明白，我们哪里是为了樱桃而来。而我确信，在四月的风里，那棵樱桃于我而言的意义，就像家对所有人的意义，包括那些在疫情里艰难活着的人们。或许我们活得匆忙，但笃定可以在深深的爱恋中醒来，然后奔向既定的目标。

某一日，一树樱桃终要溅落一地，而与家有关的记忆，依旧清晰而芬芳。

致母亲

立夏初雨后，慈竹在后山迎风摇曳，回荡着五月最美的名字——母亲。

小笋剥去了外壳，在清水里浸泡。豌豆剪去了尖尖，装盘待炒。母亲开始在灶间烧火做饭。一场母与子的对话，一场关于时蔬与老家的勾惦，在山间村舍的袅袅炊烟里，如此亲密地弥散了开去。

此刻，任何语言，都无法真切地表达最深的敬意，关于母亲，一个村姑的世界，仍然像一段美丽的传说。你一定没有嗅到过锅巴里，"噗嗤噗嗤"的焖响，蓬松的盐油味道；没有看见过菜园子田畈里，母亲下地劳动的身影。

与母亲的对视，是我最初的感恩。母亲的微笑，是一段段故事缠绕的芬芳。发线里的丝白，就似挽着手拉长的岁月，波澜不惊里，满是回味与坚定。

十七岁的雨季，穿着发白的牛仔裤，我跳上了基干路上扬长而去的拖拉机。母亲一路奔来，她大口地喘着气，跑一阵停一会儿，她插着腰站在村口的姿势，是我成长的风向标，我离开又回来了，我害怕母亲的眼泪，和在暗夜里的孤独。逃离是我小时候对付母亲的调皮与任性；事过境迁的宽容，是我母亲的自我克制、隐忍和质朴的内心。

我自小是个求学游子。走时，母亲多少会偷偷塞一些钱给我。"钞票管好，外面都要用的，节约点。"她叮嘱了几句，巴不得把所有的都掏出来给我。我的眼泪总是在我背转身的时候不由自主。我分明地懂得，那是母亲起早摸黑一点点攒下来的辛苦。

辣椒，土豆，豆荚，芋艿，田里种什么，一早担什么去卖。天蒙蒙亮，母亲就出门了，搭把竹椅，靠在父亲的三轮车后把上，冷风吹得她紧竖了衣领。父亲下了货，去吃碗面。母亲一个人蹲在菜市场的一角，等着新鲜出炉的菜蔬有了买主。她一点也不着急，零卖或是低价批发都行，自家地里的菜就好似待嫁的闺女，舍不得又得舍得。

数完一把散钱，母亲也去吃碗面，她很安静，在喧嚷的菜市场边，显得花草般的兀自静谧。她的脸色也稍稍红润了些，在晨曦中像是一束微弱的光，在我心头里暗藏了许久。

我是母亲光明的核心部分，生命的充满和壮大，源于母亲的气息。我早已习惯了母亲的话语，"充点话费，又没有了。"她一字一顿地说，有些麻烦又不好意思的口气，而我在几秒之内搞定，暗自偷笑，母子之间，不生分才好。

村庄里的日子平静而安稳，母亲守着新屋，种着菜，养着鸡，一日三餐为我父亲盛饭，不时地在老姐妹家走动，也愈发念叨她的宝贝儿子了。而我也渐渐地学会了主动给她打电话，挽着她的手走路，节日里给她送花，有事没事回去陪她咪口小酒。

我不用真想什么，因为我已有足够的力量，让我在母亲的目光所及之处，没敢走得太远，我已是满眼热泪的村庄之子。此情已可待，我的生活就是我最好的作品，而我的母亲，她是一份慈爱的素材，生动地出现在我的作品中，安定而平静。

有时候，我的工作让母亲心生骄傲；偶尔，我的文字也会成为她的逢人夸。高尔基说，世界上的一切光荣和骄傲，都来自母亲。不错，重要的是，我活成了她觉得好的日子。在母亲眼里，我永远是她的儿子，是她反复念叨的那个人。她又觉得小时候那个喜欢出走的男孩，已经是个男人，这一点，让我骄傲。

这一天是母亲节，我和母亲站在家门口的一棵杨梅树前说话。杨梅青青，缀满枝头。我说去去枝，让它长高些。母亲说，团起来，做个造型好看。没想到我母亲，一个乡下女人，也活出了境界。像一次有趣的学习，我并无尴尬，而且认同母亲的话，和她写在脸上的笑和满足。

说着再见，我抚着母亲的肩膀，儿子辞别他的母亲。天空已明白，后山的慈竹已明白，狗槽湾、后岩村已明白，在每一个周末的时光里，预约着一场母与子的对话，在定数中温暖彼此。

正如罗曼·罗兰所言：世界上有一种最美丽的声音，那便是母亲的呼唤。至少，我不会辜负。

老境安闲

一棵枣树，种在菜园的竹篱笆边口。

上岭的时候，我会摇下车窗看它一眼。走之前，我会和女人绕着它，算计着摘的时日。八月末，枣泛青了，树梢上一颗几颗地闪着，圆鼓鼓长么么，如小微版的青苹果。有几颗冒着红点，给人一副望眼欲摘的模样。

父亲终究做了回乡的人，归园田居已近十年。新房落成后，渐次在屋旁山边，门前菜地，种下了一些果蔬。山脚是两株樱桃，垄上是三棵桃，顶上是五树李。水池边，早植了杨梅。这些种下的树，没几个年头，果子就可上口。家门口的土生土长，生脆鲜香。

竹篱笆围着的几垄，是菜园。父亲坚持将有限的菜地尽可能地铺展，水岸边的田畈和沙地，原本荒着，父亲一把锄头，几下收拾，种了辣椒，还有番薯、花生。成片的紫干豆，是父亲这一夏的最后收成，又是好几垄地。

这几年，父亲总算闲下来了。村里有活，干活；没活，种菜，做篾匠。再也不是那个到处奔波，吃"百家饭"的手艺人了。毕竟，人一老，脚步也得慢停下来。但村庄里的人，并不这么想。这个老篾匠，是歇不下来的劳碌命。七十几的人了，整地种菜，出早工，开三轮去镇上菜市场批发。回来又拿起了篾刀，是一刻也不得闲的人。

暑天那一日，我去老家，刚好父亲干活回来。湿透了的衣衫，裹紧着他消瘦的后背。"村里拔草，在堤坝上，十多个人呢。"母亲在我面前嘀咕。

"还要这样拼命做啊，噶热的天！"我有些埋怨，突然间酸出了眼泪，"快去洗洗，换身衣服。"

"早晨5点半出工，9点半歇工。时间短的，回来洗洗就歇了。"母亲解释说，"做总要做的，歇歇做做。"

也是，父亲每天干着活，新近体检，居然一个箭头指标都没有，哪像我。"劳动光荣，身体还好。"只是年岁不饶人，一大把年纪了，终归是多歇歇为好。

我总想，城里人家的父亲，一早上公园溜达，伸伸腰，踢踢腿，挺惬意。我的父亲，天蒙蒙亮，骑个三轮，搭着那些菜和我母亲，把几篮子菜批发了，又坐等有人看上那几把竹椅，才会去吃碗面，睡个回笼觉。

有时候，一早，五点多的样子，父亲会转到我住的小区来，轻轻地敲下门，生怕吵着我们，又怕我们听不见。他手里拎着一袋菜，辣椒、丝瓜、葫菜梗之类，"还有点卖不了，家里烧了吃，还嫩的。"他戴着顶帽子，额边都渗出了汗渍，看上去疲惫极了。然而我什么也做不了，甚至说不动他。

我想，其实，他大抵是想我了。

有时候，我也会试着提醒父亲，一大把年纪了，歇一歇，像城里人一样，走走路，散散步，他却不以为然。

"走路？我一天到夜走。真要走路，我可能走不动了。"他把自己要干的活儿都算在路上，如同他说的"吃饭当休息"。自然，父亲口中的"吃饭"，就是"喝酒"，他喜欢喝点。

"哪一天喝不动了，自然也做不动了。"他常常自言自语，又像是特意和我们说的。他需要自我克制与隐忍。

他也要坚持午睡，让篾刀在竹凳上，保持一段时间的静卧。让满山溜达的鸡，"咯咯咯"地催眠了他去。这是多么艰难的选择，有没有过老泪纵横的一瞬间？好在他终于肯听我的话。我说的是我父亲，我说的也是一个朴素父亲的情怀。

"做几样像样的东西，传承下来，把篾匠手艺保留下来。"我试着说服父亲。

"村里也有这样的想法，好的，我做做看，把它做好来。"父亲好像此生得到了想要的东西，他的声音沉稳有力而又坚定，丝毫不拖泥带水。

村里把父亲的篾匠手艺称之为"非遗传承"，把记忆和手艺留在文化长廊里。父亲站在一排竹器前面，微笑着。整洁的衣衫衬托了他年轻俊朗的脸，十分上照。我在另一面"育才文化"莘莘学子名录上，和父亲遥相呼应。

黄昏，夕阳没了屋后的山头，一些细微的风拂过竹林，鸡也归笼了。父亲一点一点地收拾起篾匠家伙，然后安静地坐在竹椅上，剥香瓜子。母亲走过来说，"吃几颗枣子，我给儿子留了一些。"父亲满意地接过一把，一颗一颗地吃枣。母亲转身去灶上忙，准备些菜，给父亲下酒。

老境安闲如此，足矣！

人到中年

和母亲说好了，周六下午去接奶奶、大姑和小姑，到新居看看，顺便吃个饭。她们从合肥过来小住，已有一段时日。

上周日去看奶奶，她在客厅藤椅上睡着了。手自然平叠，脚用棉巾裹着，包在暖宝里，一副安详的姿容。姑姑们无微不至的照料，在老家屋舍院落里清晰可见。阳光透窗，一点点地斜移着。暖晕一层层地铺地，屋里显得暖和敞亮。

小姑在厨房配菜，打下手。案板上有刮好的芋艿、洗净的青菜，还有新鲜的土猪肉。主厨大姑开始在灶头忙了，母亲则在锅台后烧火。一问，爹去田头干活了。

"你爹是个大忙人。"灶头那边说笑着，空气中充满着快活的味道。我那个"晨兴理荒秽，带月荷锄归"的父亲，怕是因为娘和妹妹们的到来，干得更起劲了。每次回去，难得见到他闲着。

我被这整个美妙的场景感染着。哪里有比家里的安详，更让一个中年男人从容的！我顺手拉过一把小竹椅，坐到奶奶面前，她的睡姿，有些憨憨的，我从心里笑了出来。

门外的走廊上，晒着夏天。黄豆、赤豆、芝麻、红辣椒、香瓜子，成色十足。

打盹的奶奶，不一会儿醒了，嘴里说着什么，哦，是和我们打招呼了。她一定是听到了我们熟悉的声音，心里高兴。我媳妇过去握住奶奶的手，说着问候的话语，又站到藤椅后面，让我合张影。

后来，阳光好起来了，我们便把奶奶扶出屋坐。

"今天运气好，有馒头吃。"这边母亲正说着，那头小姑就把馒头捧出来了。有原味的，有甜的，面发得饱满，馒头做得好看，有嚼劲，吃一个，挺有味道。

退休了的姑姑们，在乡间，摘蔬菜，做美食，推着老人散步，呼吸山野空气，过着自己喜欢的日子。栖息的瓦房，清茶淡饭，以最简单的方式生活。一日三餐，用我母亲的话说，"我都享受了城里人的生活。"而我赞美的言辞抵不过她们对美食的敬意。

小小村庄，承载着一个中年人的几多牵挂和念想。庆幸的是，每一次的回归，我已不再纠结什么。我几乎熟悉这里的一切：遇见的人，母亲说的事，葳蕤的田野，长着芦草的河堤，抽水基站，村史馆，党建长廊……亲切如斯，我已是满眼热泪的村庄之子。

而姑姑们的到来，使我母亲彻底闲了下来。原本急躁的性格，也平静了不少。她成了一日三餐的帮手，唠叨的话语也少了，幸福挂在她脸上，藏在心里，给奶奶夹菜，成了这个媳妇最日常的细节。

我心里算着日子，这边也不忘添些花草、物件，将新房修饰一番，让爹妈有面子，亲人高兴。这第一次，印象很重要。老两口也还没上十七楼过过门，他们不说来，我也不着急着约。我是想，父母亲都七十多了，哪能让他们劳心。这个年纪，也该有自己的心安和快活。我只待齐整搞定，让他们验收就是。

我和媳妇商量着，天气好，早点去接，顺便把轮椅也带来。深夏的午后，有阳光的日子，大家都不在家待着，出来走走也挺好的。推着奶奶，在分阳广场晒晒太阳，到江边转转，这样的画面，我等好久了。

我扶着奶奶坐沙发上。其他人都觉新鲜，迫不及待地去各处参观，由我媳妇领着。奶奶突然站起来，朝我说，"我也想看看。"我们显然忘记了她的感受，奶奶九十六，清醒着呢。

走进阳台小书房，里面有个暖色调的软沙发，奶奶朝我看看，我扶着她，慢慢地坐下，用靠枕垫着。她整个人躺平，朝着我们笑。

"舒服吗?"我母亲明知故问。奶奶不说话，笑得皱纹都起来了。

后来，我推着奶奶去分阳公园，众人跟在左右。夕阳下，每个人的脸上，都洋溢着自然而真实的笑容，那才是真正的幸福和安详。

或许，这平静的生活正是自己所追求的。清新的泥土，自由的呼吸，就这么守着自己爱的人，定制时光，消磨时光。

目光所及

【二十八年前的照片】

人和背景仍很清晰，好像是在某个下午，没课的时候，高低不平的黄泥地和手上的茶杯可以作证。

在一张缠着不少"绷带"的破旧竹椅上坐着的这位，三七分的发型，白净的脸庞，佩戴着大框眼镜，跷着二郎腿，脸上带着微微的笑意。他似乎在凝望着一个灿烂的前程，其实是在凝望那个半蹲着的女摄影师的手势。

被剪成八角的照片，人占据了几乎大半个版面。红色的夹克衫，黑色休闲裤，白色的袜子和黑头皮鞋，看上去穿着还算亮眼。如果以现在的审美来看，整个搭配不那么不协调。

这个从杭大中文走出来的文艺浪子，被流放到了最偏远的山区。当然不是犯了什么错误，仅仅是一纸调令而已。因为从他的脸上，看不出有一丝丝的不满与颓废，可能心态正好相反。你看他另外两张照片就略知一二了。

他靠在窗前，看上去十分清瘦，体重应该不会超过六十公斤。他身着红黑相间的灰色毛衫和藏青色的休闲单棉裤，目光清澈而坚定。背后是泥地操场、茫茫的白雪和凌乱的梧桐疏枝，远处的几间平房（当时是师生厨房），仍依稀可见。大熊猫吃竹叶的布帘扣在一边，好像打开了另一个世界。白纸糊的墙壁，单调且干净。

他想象着木屋子里干净的木板地、散着的书和一些卡带，譬如《梵高自传》《瓦尔登湖》，还有黑豹乐队的《无地自容》，或者是BEYONG 的《海阔天空》。没有床，他就睡在地铺上，或许枕头边有个小台灯，几米外还有个小风扇。

他在某个阴天，站在操场边高起的一块墩子上，似乎想和背后的新教学楼比个高低。他穿着一套牛仔衣裤，脚上是一双白色的运动鞋，双手插在袋里，目光文静而苍茫。

时间，固执地定格了一切。它首先定格了山村的夜色，寂静中充满着清远的怀想，一个逃离了爱情、远离了尘嚣的魂灵。它把齐声的朗读定格在每一个清晨。透过木格窗子，一张张更青涩的脸，真实而生动。

它把泥地上的奔跑定格为飞溅的泪水。下午第四节课，是少年们最喜欢的篮球时光，这里打球，不分男女。它把黄昏溪涧里的扑通畅快定格为心灵的洗涤。它把啤酒的泡沫定格为最后的撒野。也许，什么也比不了这样的放肆。

我知道，时间它厉害。我平静地接受着一切，凝望过去的时光，回想青春的容颜，不禁泪眼婆娑。

赶在时间未能最终定格我之前，我抓紧多看自己一眼，也多看一眼身边这位高大慈祥、衣着朴素、略显消瘦的老人。他叫陈运轩，已不在人世了，我仍然专注地凝望着他，仿佛又在某个傍晚，捧着饭盒，坐到他屋里。他给我倒杯烧酒，跟我讲一些故事。我像一匹驯服的小野马，安静了下来。

【与父亲站在山顶】

一九九二年的春天，我带"杭大七人组"的钟伟、罗阳、欧阳，还有孝忠、林洁等，来瑶琳仙境游玩，顺便到我农村的老家看看。

吃完饭，烤完火，我们登上了后山，这片可以俯瞰这个村庄的高处。那时候，树木还没那么高，一眼就望见了整个田野、溪水河岸、对面的金紫山和村口的大桥。

我的父亲，看上去兴致很高。他站在山顶的水池平台上，戴着一顶鸭舌帽，披着一件呢大衣，手插在袋口里，他的目光实在让人猜不透。当时，父亲四十五岁的样子，比我现在还年轻呢。两个儿子都考上了大学，无比的荣光一定是凝刻在脸上、荡漾在他心头的。除了生产队里挣一些工分，还拜师学做篾匠，闲下来就编竹篮，打簸箕，补贴家用，当然最重要的是培养我们上大学。

我穿着夹克衫和牛仔裤，围了条白围巾，手上居然还戴着手表，一副不修边幅的文艺青年的模样。我的右手搭在父亲的肩上，一定是长大了的感觉，好像多了一份担当的自信。

庆幸的是，我没有辜负了我的父亲。

【母子照】

我长久地看着一张相片。

从安徽合肥二姑微信里传过来的这张相片，原件略显斑驳老旧，

　　我猜想，这是 96 岁的奶奶一直保存下来，二姑无意间整理发现的。估计我们这边肯定不会有，确乎珍贵，就发给了我。

　　这张相片，显然是照相馆拍的，背景有些模糊黑，左偏中一点是毛主席的挂相，仔细辨看，有一行字"毛主席万岁"，下面是一座雕栏玉砌的桥，代表着那个年代照相馆的典型场景和时代意义。

　　第一眼看到这张相片，是惊喜，又是欣喜。我年轻的母亲，从没有看到过的，还有两个孩子——我和我哥哥。

　　最容易识别的，是我母亲。浓眉，双眼皮，圆脸，白净，微胖，面带轻松的微笑，洋溢着幸福的年轻母亲。

　　我的母亲名叫国仙，是小源看鸭人老费的女儿。她在乡村里长大，住在村口临街的泥房子里，门前是一棵老樟树，几米外是一条小溪。她母亲据说在她穿开裆裤时就跟父亲分开，是村里拔秧种田的一把好手，所以年轻的国仙卷起裤脚，整齐划一的秧苗，就向她前方延伸开去，干起活来，比着她母亲。她过着乡村姑娘家干农活的体面，可谓不愁嫁。

　　这种体面是她母亲精心炮制的结果。我的外婆性情强势——急躁，咄咄逼人，坚持己见，却是个大美人。她身材娇小，面庞清秀，黑色短发上夹个簪子，什么时候都弄得很清爽，每次在灶头上煮鸡蛋给我吃，我都忍不住多看她几眼。

　　母亲的体面也赢得我奶奶的欢心。当然，我父亲看中的可能是她的脸蛋。父亲和母亲的关系就像家门口纠缠不清的瓜藤，每天都为干不完的活而争吵不休。有一次，母亲将整个的竹编架子推倒，那么多蚕宝宝和嘴里的桑叶一起散了一地，吓得站在门槛上的我，赶紧逃了出去。之后几天，家里偃旗息鼓，异常平静。父亲难得耳根清净了几天，但活儿太累了，又不会做饭，他这才想起女人的好来，屁颠屁颠地跑去我外婆家，求着我母亲。我母亲也惦记着眼看有收成的蚕，和她憨憨的大儿子，她说："最好不要来。你也就这点本事了。"

但他们从不为我们读书的事情争吵。母亲每个星期天早上，就到供销社去买榨菜皮，顺便称点肉，做榨菜皮，或是干菜肉，用两个罐子装好，让我们带去学校吃。更多时候，是怕我们吃厌，直接塞钱给我哥哥，嘱咐他到学校食堂买点菜补充一下。在我们的中学时代，这种待遇何其难得。

这些年来，我多次进出母亲的灶间，她用灶头烧饭，为我做油盐锅巴。她会倒一点酒，说是陪我喝点，其实还是我陪母亲和父亲喝点。据村里母亲的老姐妹讲，我母亲年轻的时候，白酒是可以用大碗干的。但在我的记忆里，也就这几年，她才开始沾酒。我突然想，母亲不喝酒，也许是想压住自己的脾气，安定了这个家吧。

中间这个瘦小男孩，应该就是五六岁的我了。伸出半个舌头，捋起两只袖子，前额流汗还湿了发，与右边国字脸、抿着嘴、憨憨的哥哥一比，完全是一副调皮捣蛋的样子。

"我弟弟不用钱的，给他五毛，他也不要。"我哥摸着我的头，对站在学校广播室里的校长说。他拉我上二楼走廊，看全校几百人做广播操，但他并没有叫我学着做，只是叫我看看，好像是让下面做操的同学们，都能看到我们兄弟俩，也算是一种荣耀。

后来我接了我哥的班，又播放了三年的校广播。至于每周五块钱的伙食费，即使节约下来，我也没向哥哥讨过一分钱。我是多么憨厚的一个孩子啊，与哥哥的性情简直是相通的。

中饭，哥哥有时候只买一份青菜，请食堂阿姨多舀一瓢菜汤，我们就用汤下饭，顺便吃几片榨菜皮，就算一餐了。晚上这一餐，才分着青菜吃，也不觉得有什么，比绝大多数吃霉干菜的同学，有趣多了。

我们一起去蒸晚饭，跑过操场，气喘吁吁地上岭，过教室宿舍前，又下好多台阶，一路欢快地跑，共度了三年快活的时光。

我也曾好几次晚上梦游，哥哥总是寻遍了学校，他的哭声漫过夜色，在大槐树下停留，在四合院台阶上踟蹰，让蹲在某个角落的我，终于看清了熟悉的身影，也让哥哥破涕为笑。

有一段时间，我身上长疮，赤身裸体地躺在广播室的下铺，哥哥每天为我擦洗，换药，有时候背着我去学校医务室打针、配药。课间怕我孤单，又跑过来陪我一会儿。大半个学期的时间，也一定耽误了已高三的他不少功课。

独轮车出栏粪，肩上压着皮带的是我哥哥；父亲拿着竹片要打人的时候，叫我快跑，自己站在不动的是我哥哥；大学放假回来，给我带回屠格涅夫《猎人日记》的是我哥哥……如今，憨憨的哥哥啊，离我而去已经十七个年头了。

写到这里，请原谅，我又一次泪流满面了。这个午后，这张珍贵合影，成全了我的若干记忆，以及所有的想念。

清明怀想

清明，时于仲春暮春之间，人间芳菲正盛，既是自然节气，亦是人文节日。《岁时广记》里言："清明者，谓物生清净明洁。"

习惯了"雨纷纷"，其实，清明幽怨高冷，是极为寂寞的。

1

午后，提着花篮和标坟纸上山，陪哥抽了支烟，站了一会儿。

山间人头攒动，周边没有风，一丝风都没有，只有点燃的香，联系着两个世界。世界并不空寂，人心也并不清冷。我的面前，已有两束花，寄托了思念。三个标坟纸，飘在竹竿上。

十六年了，我的父母从未踏此伤心地。正月初一，清明，冬至，我都习惯一个人来，站一会儿，点一支烟轻放在石碑上，自己也点上一支。其实我并不是一个喜欢抽烟的人，偶尔会在微醺的时候点上。也许，我只是以这种方式，借此表达，我与哥此刻是同在一个频道上互动。然而置身其中，心里仍是空洞洞的，极其茫然。毕竟，亲兄弟，阴阳两隔，有说不出的滋味。这么多年了，除了照例说些

"保佑"这类的话，我无话可说。

真有灵魂吗？也许，有与没有，只是个哲学问题。然而，人们内心深处，一定是有记忆与怀想的，也一定会在某个时候，譬如清明，在现实里重温美好一刻，脑海里出现多个有交集的画面，永不磨灭。

下山的路上，碰着嫂子和捧着鲜花的侄女，心里多少有些慰藉。这么多年，都不容易。好在四时更替，人心向暖。

2

王家坞，在分水镇后岩村凤凰山的反背，我太公从绍兴新昌迁过来，就扎根在这偏远的山坞里。到我爷爷辈，我晓事的时候，已迁到了上后岩与下后岩的中间地带——"狗槽湾"。近几年，山里的其他乡亲，也陆续迁到了山口两个集中移民点。曾经的"四队"，也划归了怡华村。

"你爸去给外公外婆烧香了，你们自己去吧。"母亲说，"路好开了，儿子，你应该摸得着的。"

我自然是认得路的。我女人不太放心，"妈，用不了多少时间，一起去吧。"好像只有我母亲一起去，心里才有底。

"好的，好的，稍微等我一下。"母亲也乐意和我们多待一会儿。

进山的小道，依然曲折狭窄，但毕竟已是水泥路，车子能够一直开到底。山野深处，草木繁茂，隐约可见几簇映山红，和一些紫白色的花儿，点缀在青翠绿意里。沿路边，茅草丛生，水田荒芜，皆是物是人非的感受。只有一条清澈的小溪，泉水叮咚，保留着山里清新无尘的印象。

太公太婆的安身之地，面朝小道，周边清理得豁然，很容易识得。它看似孤零零的，其实是在另一条山道边，见阳，坐势极有风水。

我前一次进来，已是十五年前，那是刻骨铭心的一次。我记得我站在太公太婆的坟茔边，和女儿说着什么。母亲在弄着香火、锡箔，父亲在周边费力地劈着粽叶。侄女挽着她父亲的手臂，站在一旁。

其时，哥的身体尚能走动，但已病入膏肓。我当时就已经意识到，这可能是我们一起来这里的最后一次，眼泪突然就出来了，但我转过身，不想让所有人看见。想不到竟然是真的。后来，哥的身体每况愈下，第二年的正月二十六，竟永远离开了我们。

母亲不断地说着什么，我们照着做。我女人第一次来这里，显得格外虔诚。墓碑老旧，我用餐巾纸擦了擦，隐约可见一些信息，与我知道的"祖籍绍兴新昌"这类吻合。

后来，母亲和女人一起，在田边拔了些胡葱，我扳了一棵映山红带回去。后来，我和女人又去祭拜了爷爷奶奶。再后来，我和女人，又去了她念想的那些亲人的属地。

我们好像很忙，又似乎心里都有自己的底线和心照不宣，那种主动和不遗余力，都已身不由己。然而我们还是不用背负彼此的重量，死者长已矣，需要抚慰的始终是活着的人。

清明，仍是我们心中不可逾越的思念之王，这一点，永远不会丧失。那么，"活着"，活着的人，好好地活着。"活着"，也应该有活着的积极意义。

清明，惟盼心明如灯，一生清明。

活着的微妙

一树枇杷透黄嫩，几番云雨弄轻尘。等闲若得白发见，青梅把盏向天问。

我携一缕清风，走一首矫情诗。面对大地与苍穹，我跟两根白发生气，我无话可说，甚至有些难过。夏日私语留给枇杷，树下低吟还给青梅，水边浅唱赐予杨梅，而桃李不言，下自成蹊。

我在天空下，有时站起仰望，有时低身俯首。在晨光中，捕捉一刻美妙。在分享中，获得一丝美好。然而，有多少人像我一样被时间忽略，又在光阴里艰难地活着，有时又有莫名的快活，仿佛在识趣的天目溪上张目，与江水倾诉，又被牵绊着走，无论西东。

四月过后是五月，海棠过后是石榴，草木把天空染成了火红。

两根白发啊，你已把我身体剥离。一碗清水啊，你来将我魂灵洗净。瞬间跌落凡尘，无处躲藏的青春走到了尽头。唯有不舍的年龄，让人小心翼翼。我的脚后跟隐痛，腰椎间沉默，我的胃已非铜墙铁壁，酒精无奈熬过了天明，敏感的文字早已出卖了这一切。面目全非，郁闷的琐碎，以真理的手势，抽我一记耳光。

我对着我的两根白发，发呆。奶奶 97 了，她的丝发漆黑。父亲

75，他遗传了他母亲。我惭愧，我的修行不够，我一时也无法摒弃生死离合，连夜观天象的勇气也没有。我在若即若离的审美中度日，把隐痛与爱限制在文字中，只剩友人的赞美在明媚。

收拾一下。

扔掉吧，那些奖状，一张白纸，盖个印章，外面套个红本，像是羞羞的补丁，牵强中的朴素，终抵不过内心的庸碌。卑微尘世，哪里还容得下一丝可敬的高贵。

一味地纠结，逃不开的，是过去的沉湎；依然隐藏的，是昼夜之间的梦境。白发让人回归现实，又逼迫我平静地接受现实，去寻找一扇门，打开自己，确立另一种生活。

静默中，久违了的静默，没有一丁点声响。于是我重新打开自己，翻篇归零再出发。童年的记忆如昨，看鸭的日子，机耕路上的玩耍，"嘎嘎"声的亲切，村口小河里的呼唤，那么清晰而真实。搭把梯子，掏麻雀窝，一不小心滑了下来，小鬼头们一顿子的哄笑。

村小早已湮没在岁月的斑驳里，村庄变成了"全国文明村"。发小眼里顶顶聪明的人，最终在学堂里找到了自己的宿命。

眼下，一潭池水，波澜不惊，锦鲤在时光里自由穿梭。小径通幽，树影婆娑，师生在年华中轻松漫步。已是午后，起风了，枝叶晃动，鸟儿"吱"的一声掠过，初夏的光影与回响一一对应。

如果说，一无所知是我们的最初，那么，慢慢懂得才是我们的成长。两根白发，或者还有咽喉炎，其他什么的，其实正是活着的微妙。它很现实，又昭示着未来，就似我们眼前的草木花事，四季转场、更迭，在定数中保持明媚之姿，留一缕芬芳于世间，赢得自我与名声。

在抵达命运、爱与死的中途，我选择静观、留有余地与卷土重来。就让那些渗透在钟点里的妄念，颤抖着遁入虚无。让记忆的心空苏醒，保持谨慎与节制。坚持常识，开阔内心，足以支撑另一个起点。

额上少了两根白发，多了一份留白的思想。我愿意以日常朴素而准确的语言，去表达广阔而惊人的力量。也许，活着的微妙，在分寸之间，在内心深处，在每一个奔跑着的清晨。我等待着，看看有什么将要发生。

我的篾匠父亲

我的父亲是个篾匠，这份手艺，在他手上已传承了近六十年。

大小竹椅子、竹篮子、米筛、烘篓、簸箕、竹床、篾席等，大致报个尺寸，他就能编织出一片竹篾的美妙世界。

近些年，父亲回了村，除了地里忙些菜蔬，他的主业就是做篾匠。周边乡里，有这门手艺的人，已寻不出几个。仍在坚守的，寥寥无几。父亲舍不得丢了这份手艺，也因为小有名气，他的活儿，接个没完，也就坚持了下来。

一把篾刀，绑了厚厚的布条，捏在手里如意顺畅。一弯刻刀，镌在竹椅把上，字字入扣。一把锯子，可随意松紧的绑条，足以撕开数丈的成竹。一条长木凳和短木桩，"伤痕累累"，架势倒是简单实用。

这些散在墙根的吃饭家伙什，在父亲的眼里，始终散发出迷人的光亮。

竹器上硬邦邦的长条、光烫烫的转口、丝溜溜的细线，好似悠长岁月的留痕，在父亲缠着胶布的手上，活现了他干瘦的筋骨。

每一根竹条篾片，精美熨帖，或细密，或疏朗，纹理对称，丝丝入扣，堪比完美的艺术品。想起这些无比精美的物件，出自于只读了一年半书的父亲之手，我不得不惊叹，对我的父亲自然多了一份敬意。

几米，几十米长的毛竹，哗哗哗，在父亲的巧工妙手里，顷刻之间，成了一段段待加工的大大小小的竹件。多少用度用量，俨然谙熟于心。

长长的细篾，挂在木墩间，柔软绵长，正等待着进入下一道核心工序。光是披篾，从一根毛竹，到竹丝片，就得经过多道工序。

将浸水后的竹丝咬住，用小口径篾刀轻轻切开细口，拉长，再拉长，如此，收放自如。将极细的竹条放入大水缸里浸泡，待其细腻柔顺，稍加晾晒，即可取之用之。几十个功夫之后，一副光亮溜滑的篾席，完美地呈现在眼前。

"这是专门给孙女编的，"父亲长长地舒了口气，"篾席太难编，功夫大，活儿细，不是孙女，我还真懒得做。"他也有感慨的时候。他常说，篾席最费工夫，又最见功夫。手脚多，活儿细，最是讲究。

有时候，人家拿一张旧篾席来修补，他倒是很乐意，花多少个功夫，他都应承下来。毕竟，见着篾席的机会，也不多了。如今，人们都睡上了水席、皮席，但在父亲眼里，篾席仍是夏日不可取代之物，它阴凉宜身，愈睡愈显其细润铮亮，非他物可比。

而篾席的退出，可能已是早晚的事。

"篾匠篾匠，总是要灭的。"父亲叹了口气。但他依然铁了心地，干着自己喜欢的篾活。他说，干活就是锻炼，出出汗，舒活舒活筋骨，就好比在河堤上悠荡，目前还是歇不下来的。中午睡一会儿，歇歇做做，图个自在乐意。

如此甚好。

有时候，我也会在微信朋友圈里替父亲发个广告，还真有朋友喜欢竹制品，小菜篮，小竹凳，下单的不少。汪高公益汪建刚先生还说，有机会拜访一下篾匠师傅呢。

每次回村里，父亲总是坐在屋前，摆弄着他的篾刀。他戴着一副老花镜，一边听着收音机里的戏文，一边做着自己的篾活。时光，在他这里，是简单而又幸福的。

这一刻的幸福

心里一块石头落了地。

"怕妈讲,"阿庆嫂把着方向盘,车开出了村庄,"妈还说,爸不晓得多高兴呢。"我也如释重负。前几年另买了一套房,原打算装修完,再告诉老人。不和他们通气,也是因为怕老人家劳心,又劳力。一把年纪了,真该歇歇了,老家的新房起了也才两三年,他们够辛苦了;再说我这么大了,搞个装修,还是对付得了的。

新房渐成模样,我好大喜功,不免在朋友圈里晒了一晒。母亲消息灵通,与我一顿子地讲,我心里总有点疙瘩。本来是好事,搞得有点尴尬。

适逢中夏,回老家过八月半。我和阿庆嫂拎了月饼、山核桃,还有磨粉的三七,去"拍马屁",借此消消母亲的火气,那天她电话过来,脾气不太好。

父亲的三轮车停在家门口,母亲在灶上烧菜。听我们一喊,回过头来,"呵呵,送中夏节来了,刚好吃饭。"

锅里炒的是晒瘪了的黄瓜片,看着就很有胃口。小桌子上,摆着豆芽菜,盘里扣着的是一碗红烧肉,一旁的鱼干正等着下锅。

"两荤两素，伙食不错。"

"你们来了，炒两个鸡蛋。东西放下，到门口去摘一碗紫干豆来。"

我们屁颠屁颠地去菜地。竹篱笆上，挂着好多紫干豆，稍微一摘就一大碗了。这时，父亲也从岭下赶回来了，手里捧着一大把香瓜叶——又多了一碗喜欢的农家菜。

母亲说："外面的木箱里有栗子，你们自己开点吃吃，上面有块油布盖牢的。"她没有提房子的事情，这让阿庆嫂倒觉得不好意思了。在开栗子之前，一定得主动说出来。

"妈，我们前几年买了套房子，在装修，想弄好再跟你们讲的。"阿庆嫂鼓起勇气，开了口。

"晓得了，你爸不晓得有多高兴。好的，有本事的。"没想到是这个回答，阿庆嫂朝我看看，笑了出来，转身去找栗子。

我穿了双拖鞋，不便用脚踩，就看女人开栗子。她半蹲着身子，用柴刀一下一下地敲击，再用手去剥。看到裂开的，脚一踩，栗子就滚出来了。她挑一颗白乎乎嫩点的，剥开苞衣，就放进嘴里。脸上的汗也冒出来了。

这时，村里的一个阿姨来我家，手里拎着一个袋子。"又拿东西来了，表噶客气的。"母亲一边说着话，一边打招呼，"等下在这里吃饭，我就烧好了。"

"你们一文回来了吗？"母亲问。过了一会儿，她又问，"你们一仙要回来的吗？"母亲的话里藏着暗语，分明是说，"你看，我儿子回来了。"其实，她就是个什么也藏不住的人，不懂得什么拐弯抹角的。我是懂我母亲心情的。

家里多了两个人，自然就多了一种欢快的气息。我静静地呼吸着竹林山间的清新空气，感觉到了这一刻幸福的滋味。人生哪有那么多的大事情、大道理。说白了，无非是一家人在一起，互相陪伴，能感受到彼此的真心与温暖。我们把自己的心打开，不遮掩，就会有小桥流水，花开半夏。而我们不经意间传递的，都是爱的声音。

父亲倒了大半杯白酒，我喝冰镇啤酒，也给母亲倒了一杯，我们对饮。

"明天村里杀猪，肉要抢的，我已经定了两刀。明天毛豆荚也好摘了，你们再来。"母亲说着话，我们喝着酒，我喜欢这一刻的幸福。

50 岁，父亲的模样

突然觉得，父亲愈发随性了。

除夕下午，回老家陪父母吃年夜饭。新屋前后，父亲已清理干净。里间，母亲也抹得清爽。门厅前，两个皮质灯笼，连同我贴的春联，在阴雨中格外明亮喜庆。

母亲在灶上忙着，我和媳妇帮着弄酒精炉，上菜。父亲刚脱了沾满泥水的雨鞋，自己跑水池那边刷洗。后来他觉得困了，也没说一声，顾自回屋眯一会儿。于是，年夜饭，第一次少了父亲的酒话。

其实父亲已懂得歇下来了，午睡都是自然醒。农闲竹事，对老头来说，就不是个事。中午时分，喝点小酒，喂了鸡，开着小风扇，他就在沙发上躺下了。

可他今天有太多的事情要做完。院子前前后后要清理，田里地里要去整一下，他的篾活也要收尾。他似乎完全忘记了这一餐饭的意义，他实在困得不行了，眼皮子都盖一下盖一下了，不然，他不会顾自己去睡，他是个喜欢热闹的老人。

后来屋里屋外地找，隔壁邻居家寻，还打电话，都没有回应。母亲突然说，可能困觉去了，果然。我和母亲去房间看，父亲面朝着窗户，背着身，发出轻微的鼾声，我们没有叫醒他。这一年，父亲他忙得像牛，没了人形。房子装修，木料、地板、楼梯扶手、做工，什么事情都是他在张罗。

过年了，多休息一会儿吧。年夜饭，也就一餐饭。我们都回来了，他也就高兴了。

除夕过后，我虚岁五十了。我想象着父亲五十岁时的模样，那时，他看上去年轻吗？在哪里挣命呢？是否觉得日子过得有奔头？

那一年，雨下得真大，淹没了小镇唯一的一座石桥，也冲毁了堤坝，让父亲不得不搬离江边的小棚户，另寻他处。后来几经辗转，落脚在老客运站，一楼两间十几平方米潮湿的小屋。父亲在门前做篾活的时候，两个小孙女，就在前面的空地里玩耍。晚上睡觉，她们抢着睡父亲这一头。

父亲什么都做，只要是凭手艺或力气赚钱的活，他说他都可以。譬如拆桥时扎钢筋，制水泥板时拌水泥，那么瘦小的个子，却似有使不完的劲。

"花点力气，累一点都不要紧，只要多挣点。"父亲总是对母亲这么说，空下来他就做老篾匠本行，竹靠椅、竹篮子、烘篓等竹器，有人要，他一刻也闲不下来。几乎所有的除夕夜，他都是做着篾活看春晚的。

现在村里人还在说，像你爹这么肯做的人，不多的。

后来父亲承包了小镇边上一百多亩地，种菜卖菜，种桑养蚕。几十方的蚕量，连续半个来月，父亲起早摸黑地干，累死累活地忙，也舍不得多雇一个工。在他心里，隐约藏着一个叫"家"的东西，支撑着他单薄的身体。

那种溽热湿燥的日子，似夏天农村的双抢，只有亲身经历过，才有真正的体会。父亲还种菜，家门口，田间，什么当季种什么，天蒙蒙亮，摘了菜到市场摆地摊卖，空了担子，吃完面，睡个回笼觉，父亲觉得挺满足。

父亲和母亲的苦和累，晨间的雾气和露珠，夜空下的风和虫子都知道。

"钱是一分一分地赚，一点一点节约下来的。"父亲总这样说，可他并不吝啬，哥哥要在镇上买商品房，他二话不说，就去银行取钱。我那时开了个小排档，父亲总来帮忙，顺便买点要紧的东西过来。给他钱，他从来不要。后来制笔厂的几间职房工，全是他出的钱，他甚至还把存折给了我。今年老家新起的房，他也塞给了我几十万。

五十岁的父亲，全为了我们而活着。

小年夜，两个孙女一起来了，父亲的笑容从来没有这么灿烂过。他多喝了几两，脸都红了。他有些热，脱了帽子，头发湿了乱了。我女儿舒舒说，"爷爷，我们拍照，戴上。"侄女颖颖也在一边笑着。父亲捋了捋头发，乖乖地戴上了帽子，眯着眼笑了。

即使两个孙女年夜饭不在一起吃，父亲也已经不计较了。而两个刚走上社会的女孩，是否真的能够体会，那些有意味的爱，甚至意味更多。

我给母亲斟了一杯红酒，自己倒了一杯父亲自酿的土烧，心里想着，即使年夜饭桌上，父亲不坐着，我也一样陪着他喝。明天，我还可以陪他喝。

要回小镇的时候，父亲还在熟睡中。我忍不住轻轻地摸了摸他的脸，眼泪有种出眶的冲动。其实我们父子之间，无须任何礼节。父亲是懂我的，这个年纪，也不容易。身上承载着多少目光与热望，没有自信与从容、平衡与周全，谈何容易。

　　后来母亲在电话里说，父亲自然醒。她又加了酒精，火锅热起来，陪他又吃了一顿年夜饭。父亲觉得对不住我们，说眼睛眯起来了，熬不住，就睡一下，不好意思了，明天再和儿子喝。

　　父亲的自然随性里，分明藏着时光的密码，让人觉得日子舒坦而幸福。

时光里，藏着多少密码

女人坐在沙发上，挨着男人，说着蔬菜、天气和生意。男人在阅读，不时朝她看一眼，微微笑一下。

时光里，究竟藏着多少密码。

周末中午，女人跟着男人，去了趟老家。烧柴火灶，吃盐油锅巴，在门前菜地流连。临了，带回几袋子青稞，顺便搭了些马兰头、香椿，还有一小篮子土鸡蛋。女人想，两个人的晚餐，简单，随意，自己做饭吧。吃点新鲜出炉的田间菜蔬，有种活在当下的意思。男人提议钟老提到的养生菜谱，鱼头豆腐，白灼虾，营养就到位了。

菜场离小区不远，女人去买了鱼头，弄了点虾。胖头鱼、盐卤豆腐火锅炖白汤，原汁入味。明虾烫红出锅，调点拿手的蘸酱，嫩滑鲜香。香椿是春天的嫩芽，炒土鸡蛋，闻到的是春天青葱的香。猪油烧的马兰头，不油不腻，色味俱佳。果然，下饭，合胃口，不错的一餐。

天暖，喝罐啤酒，对饮。这样简单、低过尘埃的烟火，足以令人满足。

两小碗饭下去，男人陪女人去店里。疫情防控持续向好，女人也复工了。三月的街头，微暖，走动的人渐次多了起来。守店清闲，也偶有收成。反正男人空，也坐得住。但终究不像平日里，饭后趁着夜闲，逛街的人多，驻店也迟些。这个特殊时期，晚间的生意了了，很正常，早点回吧，家里还有囡囡和四小囡。有它们在，闹腾着呢。

果然，囡囡早候在门边了，脚步、开门，一点点熟悉的声响，都让它的蹲守有了意义。四只小家伙，散了一地，嗯嗯地叫着，爬着，一幅有趣可爱的画面。女人开了阳台门，让囡囡去撒尿、喝水。又把"四妹"放到了沙发上逗着玩，"四妹"是最小的那只，母的，已睁眼了，萌萌哒，准备自家养着。

"泡个脚，"女人在脚桶里放了热水，"你也一起泡吧。"

男人迟疑了一下说，"好的。"

四只脚泡在一起，还真不习惯。四只眼对在一起，男人和女人都笑了。艾草浸润的水桶里，四只脚纠缠在一起，上下揉，左右搓，如此直白，她和他又咯咯地笑了。究竟擦出了多少新鲜又不失腔调的火花，也许只有她和他心照不宣。

后来，女人又俯身下去，用两只手给男人洗脚、搓脚。她总是用"心甘情愿"缓缓地打开自己，安静男人。快一年了，男人的脚后跟一直没好。她寻了民间草方，给他弄了些草药，敷了几贴，不见好。空了给他揉揉，总要舒服一点，关键还是少走，静养。

男人顺手摸了摸女人的头发，发现女人的鬓角，有几根银丝。他搭着她的肩，仔细地挑，小心翼翼地拔。一根出来了，晃在她眼前。

"老了，有好几根了。"女人淡淡地说，她并没有抬头，继续给她男人搓脚。这个像溪边水草一样的女人，只想做棵草，以水的姿势守在他身边，随波逐流，一点点向前，一点点在时光里，看春暖，花开。

男人突然想起了一个成语，"相濡以沫"，"泉涸，鱼相与处于陆，相呴以湿，相濡以沫，不如相忘于江湖。"泉水干了，为了保住生命，两条鱼吐沫互相润湿。两个人过日子，相互依靠，彼此依赖，仅此而已。男欢女爱的激情，终抵不过寻常日子的温情。而我们很多时候，傻傻分不清楚。

"好了，脚抬起来。"男人听话地抬起脚，不好意思地笑了。女人用毛巾帮他擦干，让他坐沙发上，又说，等下再给他揉搓一会儿。

电视里放着全球抗疫信息，脆弱无常的人间，多少让人揪心。而安居于室，又何其幸运。

囡囡凑到跟前来，舔手，然后蹲着，有种依偎的亲热。四个小家伙在面前爬着，叫着，耍着。

替男人揉完脚，穿上袜子，女人总算忙完了。她靠在沙发上，长长地舒了口气，好像一日的疲倦，都消散了去。这才打开手机，开始追外甥女推荐的韩剧。男人坐回书桌前，打开电脑版"钉钉"家校本，开始批作业。8点半前，课代表可是要催优秀作业名单的。

女人夜妆补水的时候，男人静悄悄地走到后面，双手在她肩上轻揉起来，手法家常，女人喜欢。

日子，又回归了寻常。而时光里，又藏着多少爱的密码。

这一刻的幸福

第二卷 ▽

娜塔莎的爱情

即使一无所有，阅读仍能使你成为最富有的人。

阅读连接世界，阅读也可以有多种姿势。"闭门即是深山，读书随处净土。"任世间喧嚣纷扰，我只愿静守一隅天地。读书不倦，更拾人间烟火；文字不疲，游走世间百态。风起江南，我们一起出发。

娜塔莎的爱情

——《战争与和平》选读

1

如果人生中有一部最值得阅读的小说，我推荐《战争与和平》。

托尔斯泰在 1853 年阅读了屠格涅夫的《猎人日记》之后，对作者钦佩不已，立志走上文学创作之路。一生笔耕不辍的托尔斯泰，知名度最高的作品无疑是《战争与和平》。两大题材如何巧妙地应付，如何展现俄国波澜壮阔的社会生活画卷，是我对这部鸿篇巨制的莫大期望。

我用一张白纸铺陈了瓦西里、罗斯托夫、别祖霍夫、博尔孔斯基、库图佐夫、安德烈、皮埃尔、玛利亚、娜塔莎、阿纳托利等一长串名字，并且用思维导图梳理之间的关联。

画着，读着；读着，画着，慢慢就上了道，随着"战争与和平"壮阔史诗般地推进，名字已不再是我阅读的阻碍。甚至可以毫不夸张地说，简洁的文字，高超、卓越的场景描写，细腻深刻的心理分析，让人拍案叫绝。

"亲爱的玛利亚，"娜塔莎颤抖地说，"我该怎么办呢？我担心自己做出了傻事。求你告诉我，我到底该怎么办？”

“你爱他吗？”

“爱！”娜塔莎用尽全力地回答，“对，我爱他，爱他。我要去找他，去彼得堡……”

作品的最后部分，在无数次的挣扎和对爱的渴望奔涌之后，娜塔莎把过去的一切都彻底放下了，毫不掩饰地向玛利亚告白。面对如此透人心扉的倾诉，有着善良与隐忍灵魂的玛利亚，会是什么反应呢？虽然她还是觉得有些愤怒，有些纠结，但在战争的惨痛与和平的艰难面前，唯爱是真实的，不可剥夺的。我猜想，她终究会释然，不再为娜塔莎对哥哥安德烈的感情如此淡薄而痛心。她一定紧紧地拥抱了娜塔莎，并且一起痛哭一场。

凌晨三点钟，皮埃尔讲完了故事——刺杀拿破仑的计划，被俘的那段经历，自己在监狱的所见所闻，他说了一句话：“只要还活着，就会有希望，就能收获幸福。”娜塔莎睁着一双大眼睛望着他，眼里熄灭已久的光芒又重新被点燃。

但娜塔莎却又“突然低下头，双手捂脸，悲怆地哭了起来。她感觉自己隐藏了许久的情绪就要爆发了。她所有的一切，无论是面孔、声音还是神情，突然就改变了。她表现出极度的对新生活的渴望和对幸福的憧憬”。于是有了最后近乎歇斯底里的告白。

戛然而止的收尾，文字深刻又充满着某种神秘的力量。托尔斯泰将人物的性格和命运，赤裸裸地，近乎无情又充满深情地展现了出来，初读之余，内心极其震撼。

这位迷恋社交和宗教的文学大师，对舞会、宴席、战争等大场面的高超把控，以及对每个人的性格及心理透彻的分析，简洁而深刻，从无顾此失彼杂乱无章的感觉，这是其他任何作家都望尘莫及的。《战争与和平》，也因此被誉为"世界上最伟大的小说"。

2

说说娜塔莎的爱情。

在作品的第二章《娜塔莎的命名日》、第十三章《初遇娜塔莎》、第十四章《儿时梦破碎》、第十五章《舞会邂逅》、第十六章《缔结婚约》、第十八章《阿纳托利的诱惑》，以及最后一章《新生活》，在娜塔莎的情感世界里，在战争与和平的纷杂中，鲍里斯、安德烈、皮埃尔，以及阿纳托利等众多人物一一出场，个中故事可谓跌宕起伏，波澜有致。

娜塔莎第一次露出幸福神情的对象是年轻军官鲍里斯，在她的命名日。穿着短裙的小女孩，短裙下面藏着布娃娃，"长得并不漂亮，但十分活泼可爱。""她的笑声很有感染力，让在座的每一位女客们也都情不自禁地笑了起来。"

"鲍里斯是个身材高大的金发少年，他五官端正、浓眉大眼，棱角分明的脸上有着刚毅的神情。"

"娜塔莎跑到院子里，等着鲍里斯的到来。"她先是跑到花丛中躲起来，"就让他去找吧。"看到尼古拉和索尼娅接吻，她觉得真有趣，于是情窦初开，把初吻献给了鲍里斯，并答应了他四年后的求婚。而鲍里斯许下的承诺，不过是句玩笑话。

"你说的是真的吗？你真的爱上我了？"娜塔莎激动地问道。这个管教太过严苛的小女孩，纤细的肩膀和胳膊，娇羞的神态，眼神里洋溢着少女的热情。懵懂的年纪，幼稚的爱，最终无疾而终。

3

在罗斯托夫伯爵家中，安德烈见到一个黑发女孩，总是能开怀大笑的娜塔莎，"他总觉得她其实暗地里在关注着他，并故意在他面前表现自己的特别，他的心中忽涌现出年轻人杂乱无序的念头和希望。"他不再认为"就这样过完余下的生活就够了"，那个待在窗口的女孩，正逐渐改变着他的生活。

而十六岁的娜塔莎，还在猜测鲍里斯不想见他的诸多缘由，在罗斯托夫伯爵家中见到鲍里斯，她的内心特别兴奋。鲍里斯脸上也露出又惊又喜的神情，方寸大乱。的确，身材婀娜的娜塔莎，还是像之前那样令他着迷。但他告诫自己："他不应该沉溺于这种感情，因为娶这个没什么价值的姑娘会断送他的大好前程。""现在的他打算娶一位彼得堡最富裕的年轻女孩。"一两句话，托尔斯泰就把鲍里斯的心思全说了出来。

可怜的娜塔莎，自言自语地说："我不仅聪明，还美丽又活泼，能有用，会骑马，我还有一副动听的好嗓子！"像怨妇一般聊以自慰。

战争的背后，是俄国上层社会的舞会，娜塔莎的生活从不缺活泼和激情。在经历了一小段无人邀请的尴尬后，皮埃尔把安德烈介绍给了娜塔莎。"娜塔莎失落的神情荡然无存，取而代之的是幸福、满足的微笑。"

"我一直在等着您呢。"她还是初次袒胸露背的少女，神情里常常透露出几分羞涩。安德烈当然喜欢这个未被上流社会污染的女孩，活泼，更是明艳动人。他对娜塔莎更加着迷了，他觉得自己今天精力充沛，人也变得年轻不少。

　　娜塔莎也觉得自己爱上了安德烈，从第一次相遇时的好感，到命运的安排再次相遇，就有一种特别的感觉。

　　作为一名带有贵族荣誉感和责任感的公爵，安德烈答应父亲的要求，与娜塔莎定下一年的婚约，给娜塔莎充分的自由。"如果半年之后娜塔莎不爱他了，她全力摆脱他。"他把自己的顾虑告诉了她，她完全看出了他的心思，并且理解了他。

　　分别时刻，"您不要走！"她只说了这样一句话，她没有哭，没有闹，只是静静地待在房间里。她对什么都提不起兴趣，精神恍惚，有时还自言自语，两周后才恢复过来。娜塔莎显然已经不再对鲍里斯那份约定抱有希望了，她很快从那份青涩的感情中走了出来。

　　"现在的我无比坚定，在我心中没有人能超过他了。"她似乎已全身心地投入到对安德烈的感情里去。但"她还是像以前一样，过着快乐开心的生活，根本不像一个远离未婚夫的未婚妻"。

　　安德烈和娜塔莎的爱情，看上去那样真切而又充满变数，那么美妙又何其易碎，如同一面镜子，反射着当时社会人们的生活与内心。托尔斯泰描写的就是生活本身。

4

　　走进戏院包厢的娜塔莎，"显得更加漂亮、生动。她充沛的经历和精致的面孔，再加上对周遭一切事物漠不关心的姿态，更令人忍不住侧目。"

　　作为一位情窦初开却没有经验的小姐，哪里经得住阿纳托利的大献殷勤。这位一开场就因戏弄警察而被赶出莫斯科的阿纳托利，他的兴趣就是玩乐和女人，十足的情场高手，泡妞技术一流。无论他谈论，还是仔细地端详着她，都让她"觉得他已经为自己着迷了，她感到很高兴，并不觉得有什么不妥"。

"他时常露出天真无邪的笑容。"　"他说话大胆又懂得把握分寸。"

阿纳托利到底是怎样的一个人？来看看他追求玛利亚那晚发生的故事吧，托尔斯泰写得入木三分，相当精彩。

玛利亚的命运就要决定了，并且是由她自己决定。她走出书房，穿过花园，却突然听到一个熟悉的声音，是阿纳托利在说话。此刻他的眼神迷离，怀里搂着一名侍女，正对她轻声说着什么。

看到玛利亚之后，阿纳托利那张英俊的脸上露出惊讶的表情。他呆呆地望着她，甚至忘记松开抱着侍女的手。

随时随地，阿纳托利都在调情。托尔斯泰以极准确的手法与卓越的讥讽口吻，把阿纳托利的浮华心魂，贪婪、虚伪、堕落的个性赤裸裸地暴露了出来。

娜塔莎本与安德烈已经订婚，却因安德烈赶赴战场而推迟了婚期。孤独一人的娜塔莎遇到了阿纳托尔，被这个英俊且风流的男人迷倒。

这边惦念着"安德烈怎么还不回来呢"，那边又在想那个英俊潇洒的美男子。在阿纳托利这个情场老手甜言蜜语的攻击下，娜塔莎毫无还手之力，"我觉得我已经爱了他三百年了。我觉得在爱他之前，我从未爱过任何人。"娜塔莎像一个失心疯的女人，决定和他私奔。

好在最终皮埃尔及时制止了阿纳托利这个混蛋的诱拐，并把厚颜无耻的阿纳托利又一次逐出了莫斯科。

娜塔莎活泼，感性，对自己的魅力非常自信。说实话，阿纳托利才是真正打动她的人，尽管这个花花公子只是在引诱她。这个英俊潇洒的男人，代表了娜塔莎的一部分本性追求。少女都喜欢高颜值而不拘束、不掩饰内心欲望的男人，道德在这样热烈的情感冲击面前不值一提。这一段故事反映的就是娜塔莎内心道德和本性之间的对抗，最终本性一度获得了胜利，不是他人的帮助就要万劫不复。也正是这段最让娜塔莎显得鲜活生动，真实可信。

<h2 style="text-align:center">5</h2>

在险些为阿纳托利所引诱后增添了无尽的愧疚，因背叛带来的负罪感，历经磨难后的娜塔莎，来到战场上负重伤的安德烈床前，请求宽恕。

"宽恕我的行为。"娜塔莎吻着他的手，颤抖着说。安德烈看着她的眼睛："我比过去更加爱你，爱得更深。"

如果说先前安德烈爱上美丽欲滴的娜塔莎有情欲的因素，那么现在他面对娜塔莎"消瘦，苍白，嘴唇肿胀的脸"，表达的则是对于一个美好心灵的热爱。托尔斯泰把这种"神圣的爱"，一点一点地渗透到我们的心里。

一个是悲天悯人的中年人，一个是活泼感性的少女。安德烈公爵和娜塔莎之间，更多是门当户对，没有太多真正的了解和热情在里面。娜塔莎对安德烈公爵有无比的敬仰和尊重，见到了他最后一面实现了内心的救赎。但是这些和真正热烈的爱情无关，两人从来没有做到过亲密无间，也注定是一场悲剧。

6

情定皮埃尔，是娜塔莎最后的爱。

"假如我不是我，而是世上最英俊、最聪明、最优秀的人，而且是自由身的话，此刻我便跪下向您求婚、求爱。"

多日来娜塔莎第一次留下了感激和感动的眼泪。

皮埃尔对娜塔莎有着宽恕、理解、爱和奉献，最后和娜塔莎走到一起也是水到渠成的。两人都在战争中饱受洗礼，皮埃尔又一直敬慕和怜爱娜塔莎。娜塔莎和阿纳托利那段插曲也正像皮埃尔和海伦一样，皮埃尔对她的相助所体现出的纯真不仅让娜塔莎感动，更让两个人彼此理解，走得更近。

皮埃尔除了外貌外，算是娜塔莎精神和物质上最合适的伴侣。

值得一提的是，皮埃尔对于娜塔莎的爱恋一直是最纯真的，和海伦那样纯粹身体的引诱截然相反。不过娜塔莎身上，恰恰也有一些海伦的元素，譬如美丽和喜欢被爱，想过阿纳托利和安德烈公爵二者兼顾。这两个角色也在之后为托尔斯泰创造出他最著名的女主角安娜·卡列尼娜提供了灵感和肉。

娜塔莎被称为"飞入凡间的精灵"，她有少女的天真、活泼、热情，喜欢音乐，聪明伶俐，更有善良勇敢的一面。在莫斯科即将沦陷之时，娜塔莎舍弃家财，救治、运送伤员，谱出一曲高尚、美好人性的千古绝唱。当初1956版电影选择奥黛丽·赫本出演这个人物是最恰当不过了。

像一把泥土

——读《向泥而生》

这一日，雨一直下，没有停歇的意思。校园当值，我撑把伞，绕着竹林小径走。初夏的雨，几乎浸润了此间的草木。

一池方塘，水波点点。几条锦鲤，正挨着石坎呼与吸，它们缓缓地曳动，顶着零落的叶，往石阶，或是龙门这边靠。缠绵的雨，生动地唤醒了这些自由的生灵。而水，也似乎在一漾一漾里，变得透彻了。

满树的枇杷，满枝的李子，沐浴在细雨里，泛着微光，满足了我对酸甜口感的所有期待。活色生鲜，是对泥土最质朴的回报。

"悲哀啊，像一把泥土。"我突然想起"飞来峰"主编真水给我的留言，在杭大东三楼的一间教室里，我曾揣摩过这句"名言"，"一把泥土"，大地赐予；"悲哀啊"，又是极强的隐喻，似懂非懂，但一直记得。

关于"泥土"，70后有自己贴地的体会。我的案头，正好有一本邱仙萍（笔名"夏平"）著的《向泥而生》，陆春祥先生主编的《风起江南》系列丛书。不久前我刚参加了首发式，也见到了文友夏平，今日正好拜读一番。

窗外的雨，一直下着。在我心里，闭门即是深山，读书随处净土。

小半日，我便读完了第一卷"胭脂巷纪事"，也是《向泥而生》里我最喜欢的篇章。

"胭脂巷是杭州天水小区一条 200 米的普通小巷。"夏平眼里的"胭脂巷"，就是她生活的"家"。无怪乎，她对此地的熟悉，如同感知的故乡草木。

让众人惦念的"草狗"小黑，"神田川"拉面博士林晨，半夜富婆豪车送回来的阿宝，金海岸跳舞的俄罗斯美女，像极了绍兴师爷的马云同桌零售报摊主濮师傅，沙县小吃"小诸葛"，一个个生动地活现在夏平的笔端。

显然，她的世界是倾听的，接纳的，因而也是融入的。我无端地猜想，这些记忆，也是"夏平"内心敏感、丰富、平静的一段时光。

《溪渔馆的乡愁》，来自桐庐富春江的小方，一大堆晒太阳等位置的吃客，以及被大家张口就来的"桐庐一桌好菜"，勾留了"什么时候，到溪渔馆吃鱼头"的念想。

《老外王爱国的幸福生活》，是一篇相对完整的人物志。初到杭州的好奇、纠结，到四季青偶遇时的"圆滑"砍价，再到成梅家坞茶农女婿，俨然一个老外版中国励志故事。

夏平的叙述冷静而温情，她以平行的眼光和平静的姿态，在城市小巷中驻足和穿行，在日常烟火里观望和思索，捕捉生命里某些动人的瞬间。

譬如:"他的摊位在一棵法国梧桐下面,支着一把太阳伞。伞下,一把破椅子,一张旧凳子,凳子上经常有一把紫砂壶和一个暖水瓶。有时候,旁边的台阶上,还有一只鸟笼,笼子有一只欢快的八哥。他家的帅黑脖子上系个项圈,俊俏帅气。每次大伯看见小黑来找帅黑,大伯就很生气,一阵猛追,说小黑勾引了帅黑。"夏平俏皮地再现了真实场景,生活的原味,如泥土般扑面而来。

写作者表达出来的情绪,既是大众的,更是个性的。夏平早已深谙其道,因此她摒弃了"只缘身在此山中"的情绪化,而持有立于现世的冷静与决绝。

《桃园三酒友》里的庄逍遥,"能否把你脸上的酒窝/和店里的酒坛/搬到我家?"诗酒撩妹,赢得真性情。一高兴,只见"庄嫂已两手擎地,两脚'啪'一声笔直翻到墙上,本来就绷紧的衣服缩了上去,露出一圈圆圆的肚皮,像只游泳圈"。

如果夏平是匍匐于大地的泥土,那么,她一定是孤独的,也是自由和幸运的。

夏平在第二卷《贝加尔湖的少年》里,与读者分享了女儿小禾的读书时光与旅行中的美食。

"上海的牛肉粉丝",12块一碗;"香港的叉烧饭",就是《食神》里面的那种街面小吃;"大阪关东烧",是日本的人气小吃,形如煎饼、高丽菜、猪肉片、小虾、鸡蛋和面糊在铁板上烧烤而成。有一家网红小店"千岁御好烧",超大颗的新鲜虾仁,嫩滑的鲍鱼、墨鱼,味道不错。

"伦敦的海底捞",不算便宜,可以是一群人的狂欢,可以是一个人的盛宴,但对夏平来说,分明是与小禾在一起的无比惬意与快活。用小禾即兴写的诗来表达："孤雁横飞破天际，野草斑斑覆长亭。一朝惊觉梦中画，不若浮云自在游。"意境阔达，小禾已露尖尖角，有才气。

北岛说："那时我们有梦，关于文学，关于爱情，关于穿越世界的旅行。如今我们深夜饮酒，杯子碰到一起，都是梦破碎的声音。"

《向泥而生》的第三卷《蓬生麻中》，夏平站在记忆的旅途，那些层叠的山峦，清澈的河流，总在夜深人静敲打着她的心窗。

她小心翼翼地拾撷着"老母老屋和来福"，心中早已散去了母亲的火暴脾气和憋屈，母亲对她不娇宠不细心不温柔的三不主义，让她学会了报喜不报忧，学会了一个人的忍耐与孤独，学会了与人分忧。她带着感恩与慰藉，倾诉了一个个难忘的场景：年底沸油豆腐，看《霍元甲》，上梁抛馒头、糖果，哥哥把两只猪耳朵炒了下酒，给来福娶老婆……

《大佬的饭局》《非诚勿扰》《白事为大》《你这个骗子》《和丈母娘杠上了》等，这是夏平记者眼里的小场景小故事，芸芸众生，人情世故，一览无余。俏皮的夏平，好好露了一手活，读来尽可一笑了之。

第四卷《"向泥而生"的江河》，收集整理了夏平发表在《浙江经济报》上的一些文字，以记者的笔触，勾勒了浙江制造和区域经济的"向泥而生"。作为见证者与参与者，推动与解读的力量显而易见。我对其中的某些章节，还是颇有兴趣。

譬如《谁在梦里画水乡》，名噪一时的陈逸飞，他画作里的江南水乡，苏南的周庄、同里，浙江的南浔、乌镇和西塘，那份诗意的怀旧，将水乡古镇浓郁的文化特色，成就了以集群的方式入选世界文化遗产名录。

"来水乡古镇，或许就是为了感觉一下别离的笙箫、沉默的康桥，吟诵一下：'轻轻的我走了，正如我轻轻的来；我轻轻的招手，作别西天的云彩'。"我印象中清新俏皮的夏平又浮现在我的眼前。

我欣喜地发现，《能绕赤道几圈》，展现的正是我的家乡——中国制笔之乡分水镇的块状经济。"世界人人都拥有一支分水笔"，"乡镇学分水"，微利"集体舞"，"多米诺骨牌"效应，分水人所拥有的胆识与远见，小小一支笔产生的杠杠力量，是不容忽视的。夏平在不经意间，书写了一支圆珠笔的传奇，为我的家乡经济发展推了波，助了澜。

《一个"帝国"的成长烦恼》，夏平对"温州模式"进行了认真的梳理与思考，从"兵临城下"到"城的灵魂"，再到"十年突围""涅槃重生"，而今又因重树信用而崛起的独特经历，"温州模式"留给人们的远不是一声叹息和感慨，而是眼泪和欢笑、欲望和梦想所包含的启迪价值。

陆春祥先生在《总序：千万和春住》里评论邱仙萍的《向泥而生》：极强的比喻象征意义。大地上的一切都是泥土给予，欢笑和浪漫，尴尬和愤怒，悲哀和苦痛，繁荣和衰败，新生和死亡，所有的发生，都在阔大无垠的大地上成了过往。读懂土地，就是读懂人生。向泥土致敬。

《向泥而生》"后记"里说的是"中年的悲伤是无法企及"，我下一本散文集后记里写的是"活着的微妙"，好像都呼应了"中年"的话题。夏平的中年尴尬里有孤独的力量，让我看到了她默默坚守、向阳而生的温情与热忱。她根植于大地，如泥土般质朴而安静，我期待这样的夏平，在世间的喧嚣中闲出来，沉淀自己，依然花开于心。

我也愿意，"中年啊，像一把泥土。"生活可以在别处，归来仍是故乡人。去亲近自然和所爱，在无限接近土地的任何时间里，保有对世界的热情，珍惜每一次的遇见，相信爱与自由的力量，在负重前行中，依然高昂着头。

风起江南，我们一起出发吧。

把酒临风品潇洒

——读《一瓢细酌》

　　读董利荣老师的作品，我选择在五月末一个下雨的日子。初夏的雨，在草木间肆意飘洒。窗前的广玉兰，六瓣白花娇嫩饱满，轻轻地随风摇曳。天地清朗，我心自静，捧《一瓢细酌》在手，细阅之。

　　陆春祥先生在"风起江南"《总序：千万和春住》第一个点评了董利荣老师的《一瓢细酌》：重点落笔故乡，深厚的历史和人文，犹如一江碧绿的春水，浩大无边，景与境，物与事，人与情，尽情掬饮至贪婪。纤细的叙述，饱满的抒情，弱水三千一瓢饮。相看两不厌，唯有富春江。

　　陆先生的至诚推介，无疑是一份可口的饕餮大餐，唯须细品之，才得其一二。我想起去年在"富春未来号"邮轮上，董先生激情吟诵《宿在桐庐》的情景。这一首董老师自创的诗，饱含深情，有一种"众鸟欣有托，吾亦爱吾庐"的自然与适切，凝聚着他对"潇洒桐庐"的殷殷之情。

　　夜色中，江水泱泱，桐君山渐行渐远。富春江岸，灯火阑珊。

神情笃定的"董潇洒"迎风拂面，他高亢而温情地吟诵，字字珠玑，浸润心扉，仿佛瞬间穿透了富春江的夜空，何等豪迈，何等的气魄，慷之慨之，颇有几分魏晋风骨。

一方水土养育一方人，桐庐山水的筋骨与英气，在董先生的眉宇间绽放，心思里徜徉，早已深入其骨髓。

第一卷"景与境"十五篇，既有对"潇洒桐庐"的精妙概括和准确定位，又有对"清莲环溪""石泉绕舍有清音"等地方特色的细数与描摹。

天目溪边，印渚出土的头盖骨，见证一万年前生民结庐在桐庐境内。方家洲遗址，追溯着远古时代分水江畔会唱歌的"石头"。红灯笼外婆家的郑家厅，茅坪村的文安楼，深澳古村等，董老师用脚步丈量，实地考察"古建筑保护和利用"，在亲力亲为、诗文挖掘与遐想中，呈现了桐庐宜居的山水自然风貌，也表达出"我爱我庐"的心境，值得称道。

大气而厚重的"天子地"，在董老师的"万里路"上，是四季的神奇，让人流连忘返。春颂诗一样的樱花，夏赋梦一般的薄雾，秋吟画一样的山峦，冬恋谜一样的雪景。斟满一杯"天子红"杨梅酒，即使被温柔一刀，也心服口服。

油画般的"桐君山"，不知董先生走了多少回，又梦了多少次。因为在他的眼里，桐君山就是富春江上一帧绝美的艺术品。春天如水墨，呈现出草木泛青的丰富层次；夏天似剪影，凸显出交映精致的轮廓；而夏天，见证的是色彩斑斓的油画。

董先生在《宿在桐庐》里写道：严子陵隐居在富春山，书写山高水长的传奇；谢灵运夜宿富春舟中，抒写中国最早的山水诗；李白梦吟于醉眠石，开启辉煌的"唐诗西路"之旅；范仲淹借宿方干故里，酝酿"潇洒桐庐"的诗意；黄公望徜徉在富春山水间，长长的画卷绘满山居的禅意……

在董先生的笔下，桐庐的山水人文焕发出非一般的魔力，名家流连，古意深沉，戏剧而完美地呈现在世人的眼前。为了那一江桐庐色，桐庐人历来都是蛮拼的，董先生更是。因此，我敢说，董先生是最有资格最有文采来抒写"潇洒桐庐"的那一个。

善于挖掘桐庐历史与人文，是董先生作品的一大特色。

《钟山风云起歌舞》，春秋时，伍子胥寻宜隐之地，得而歌舞。"歌舞"生平迷惑人，下放的杭州知青肠子悔青，来到此穷乡僻壤之地。然穷则思变，江山代有才人出，"三通一达"众乡贤，缔造了"中国快递第一乡"的奇迹。如今，"隐陌溪上""静林原舍"等精品民宿，一房难求。"天尊贡芽"，尊为中华文化名茶。"钟山蜜梨"，远近闻名。"钟山石雕"，成为省级非物质文化遗产。

《唯一的筱山》，杭州地区唯一的少数民族乡，自清光绪元年，钟炎纷携妻迁入始。筱山三门，"雷、蓝、钟、李"四大姓氏，李氏花厅，刘秀"衣冠"传说，红曲酒百桌宴，戴家山8号网红民宿，"三月三"传统节日，董先生笔下的竹林山峦，风情畲乡，也同时感染着我。

《红了火了的旧县》，因了一档《向往的生活》，着实火了一把。旧县埠是分水江上最为繁华的古埠之一。明代徐霞客曾记载："舟子顺流夜桨，五十里，旧县，夜半过矣。"相传黄公望眺望大岭，作传世名画《富春大岭图》，后游严子陵钓台，作画中兰亭《富春山居图》。在合岭水库旁裸心园，童心未泯的贺敬之先生指着夏意初现的山村美景赞不绝口。

《独领风骚数横村》，演绎出龙伏"一门三进士，祖孙是诗人"

的传奇，丰子恺追随恩师马一浮的故事，还有"三月初八庙会"的如期相会。双亲在此工作十余年，视为第二故乡，难怪董先生对横村也情有独钟。

《清莲环溪》，一个诗意的名字，一个古韵与新风并存、古典与现代相融的美丽乡村，名声之大，超乎你的想象。古桥，古树，古街，古祠，溪水环抱相依，慕名而来的游客络绎不绝。村中周氏宗祠"爱莲堂"，传承着先祖周敦颐爱莲咏莲之风。江南古村落，在古朴与清幽中，散发出传统文化的精神光芒。

《石泉绕舍有清音》，沉寂了百年的古老村落，依山傍水，清澈透亮的芦茨溪，枝繁叶茂的香樟古树，难怪范仲淹《潇洒桐庐郡十绝》第三首写道："不闻歌舞事，绕舍石泉声。"守拙的石舍，如重见天日的璞玉，熠熠生辉。

踏遍山野寻千古，信手拈来皆文章，寓情于桐庐山水的董先生，给读者呈现了一道道文化盛宴。曾任县文联主席的董先生，对桐庐古今文化名人自是了如指掌，如数家珍。

"一瓢细酌邀桐君"，细酌的一瓢，是茶。邀的是桐君，最懂茶的知己，大隐之人，华夏中药鼻祖。唐代刘禹锡有诗云："炎帝虽尝未解煎，桐君有箓那知味。"如果说，炎帝神农氏是茶祖，桐君老人，便是茶文化之始祖，而且是桐庐人的精神偶像。

董先生在"人与情"里，有两篇，浓墨重彩地推出了北宋杰出人物范仲淹。仅在桐庐逗留几日的范公，被梅尧臣送"范桐庐"别号，自是因其偏爱桐庐。董先生寻章索句，在严谨的文献考证之下，为读者展现了范公赋予桐庐山水的阔亮与灵气——"郡之山川，满目奇胜。"

每一次去严子陵钓台，我都会抬头仰望门牌碑刻"先生之风，山高水长"，心生景仰之情。此文出自《桐庐郡严先生祠堂》，仅仅230 余字，却字字珠玑，句句精辟，为范公重修严先生祠堂所作。

董先生对范仲淹的研究颇有心得，解读《潇洒桐庐郡十绝》也是轻车熟路。但他显然更喜欢说一说把酒临风的范公，皆因范公亦喜酒，以及一直称道的潇洒豪放气派。

"浊酒一杯家万里，燕然未勒归无计。"

"酒入愁肠，化作相思泪。"

"把酒临风，其喜洋洋者矣！"

酒成了诗眼，"高阳酒徒"范仲淹，毫不忌讳自己对酒的喜爱，把饮酒、吟诗和抚琴豪放在一起，"弦上万古意，樽中千日醇。清心向流水，醉貌发阳春。"

徘徊在严滩的王阳明，亦诗亦画的沈周，一座小城与一位大师叶浅予……还有"吾兄呆人"周保尔，一直对我鼓励有加的江南才子和美食达人。董先生眼里的人与事，藏着说不完道不尽的桐庐风情。

初夏的雨，急促地下着。

掩卷之余，深以为然的是，妙笔生花的"董潇洒"，身上自带着一种桐庐人崇尚自然、不同凡俗、风流洒脱的气质。《一瓢细酌》，一如"三吴行尽千山水，犹道桐庐更清美"的桐庐山水，如诗如画，如丝如缕，只待来日再细品。

一抹最美的风景

——读《读书是最好的修行》

读书，我更愿意，是好的教育，是亲和与简单，是感动人，更是改变人。

——前言

读书，亦是一抹最美的风景。我在《读书是最好的修行》的扉页上写下了这句话。在新书的扉页上写下一句或一段文字，是大学保留下来的习惯。或是纪念，或是感言。往后翻阅，常有怀想。

"让我们都来读书吧！"特级教师常生龙在自序中写道。他选择读书作为自己的生活方式，期望通过阅读来为自己增添智慧，厚实精神底色，每周阅读一本书，并撰写至少一篇读后感，至今坚持十年。他将书放在自己的手提包里，将旅途、会议间隙、饭前饭后、睡觉之前等各种零碎时间利用起来，见缝插针就读上几页。坚持不懈地阅读，就是与最美景致一次次的邂逅。

读来让我豁然，感慨自己的运气好，能在关键时候读到对自己有帮助的书。50 本推荐阅读书目，精选了一组组有关课堂教学与学生成长的书籍，多为教育名家的著作，以及美国专辑构建的全球顶尖教育体系的思考与研究，芬兰教育道路的经验总结，有对学生创造力培养的思考，有互联网时代教育方式变革的探索。慕课、微课、翻转课堂……一系列眼花缭乱的词语背后，隐含着数字技术对整个教育的颠覆。

我所向往的生活，是活在日常里，随时又能侧身日常之外，与日常保持一段必要的距离。一如读书，我做不到足够的理智与清醒，我只想自己在内心时刻守住一根反省的弦，在时代列车里，保持有自己的加速器与制高点，在教育实践中少走弯路，在教育探索的道路上获得更多的成功。无论是对自己、对学生、对学校，这都是一件有意义的事情。

读书，是自觉地听从于内心，而有深度的唤醒。

你能够站在讲台上，面对着一张张生动的青春的脸庞，你的底气在哪里？这是当下教师必须认真思考，并有清醒认识的。

课堂的生动与高效，师生的互动与合作，是不是取决于教师的睿智与不断时尚的传达呢？自觉地沉下心来读书，于是，《语文学习》《上海教育科研》《中国新闻周刊》《人民文学》等，都成了案头的常客。客厅也俨然是另一个书房，除了专门的书柜外，沙发上，也散发着读书的气息。学校阅览室、图书室，也是每周都会光顾的场所。

坚守信念，无限相信阅读的力量；坚持不懈，让阅读成为一种生活方式，你才能不断跟进，淬火重生，在课堂上旁征博引，游刃有余，才能深度解读文本，并适度教学，赋予学生以独特的感受。

作为桐庐县第二届优秀社团"嫩瓜文学社"的首席指导老师，

首要的，就是让阅读成为学生的一种日常习惯，给学生一份信心，迈向语文殿堂；给学生一丝耐心，积聚点滴精华；给学生一种情怀，眺望诗意远方。

每周指导学生阅读与写作，每月编辑学生作文专辑，周末常带学员外出采风，邀请名家《甄嬛传》作者吴雪岚老师为文学社讲座，编撰《有兴趣　会发现　真表达——嫩瓜文学社校本课程》（杭州市第六届义务教育精品课程），则是忙碌中的守望，是嘈杂中的寂寞，是安静中的放飞，更是学生个性的唤醒。

我在"语文不得不说的事"的专题讲座时，向学生展示杭州市"四有教师"读书征文比赛二等奖，2014 年杭州市"群众学习之星"，2016 年至 2018 年连续三届县教育局教师读书征文一等奖等荣誉，我告诉学生：你家茶几上放一本书，你家餐桌上放一本书，你家书桌上放一本书，你家床头上放一本书——望眼之处，都有一本书，你读书的时间就有了。用亲身经历讲述读书的无穷魅力，激发学生阅读兴趣。

学员们的潜力让人惊叹——第十八届"语文报杯"全国中学生作文大赛上，许丽雯的《映山红》获得省级一等奖，以优异成绩入围山西太原现场决赛，受邀参加"中考作文升格训练营"；吴文义的《心中的油菜花田》、徐诗翊的《记忆／遗失的人情味》获得省级二等奖；周倩的《记忆／我的母亲》、高徽徽的《遗失的记忆》获得三等奖。群体性的获奖，嫩瓜文学社引爆校园。

坚持写下水作文，与学生把玩文字之趣，共赏文学之韵。写有博客文章 130 余篇——行走游思，印象系列；孤独散步，心语系列；记忆记趣，校园系列；边走边看，教育系列；教育叙事，捉刀系列……书海无涯，乐此不疲。

而今时常微信传文，精美的视角配图，温暖的文字传递，让身边更多的正能量，点燃我们的教育生活，让情怀落地有声。譬如青年教师的公开课，点赞助力；分层走班，或是小组合作的实践，细节推送；"校园之星"年度风尚颁奖礼，"浙大房协助教基金"颁奖礼，让优秀闪光。慢生活，呼朋唤友，与自然为伍；走农村，看父母，让孝心常驻。

读书，遇见最好的自己，同时也传递最美的心地。无形之中，你让自己真正成为你圈子里那个善良而温情的自己。

读书，是不拘泥于形式，而有别样的精彩。

在当下微信的时代里，纸质阅读与电子阅读占据着不同的学习平台。除了借助与学校图书室、阅览室进行大量的阅读以外，还充分利用微信公众号进行学习与交流。譬如"慈怀读书会""光影流刑地""南方周末""思想聚焦""三联生活周刊""学语文""新校长传媒""品质课程"等，你会逐渐明白：为什么我们会不停地刷微博和朋友圈；如何过一种更好玩的生活；有些坎跨不过去，那就别跨了；哪里都是套路，奥斯卡也不例外；越活越年轻的女人，都有什么特质；是内心强大的还是其他怎样的；宋词里的春天，十种绝美，十种心动；教师之间听课，到底听什么；谈成绩，先抓习惯；学校课程深度改革的六个关键动作；校长是学校课程实施的关键……从中摘录具有思想意义与文化内涵的知识，当下流光溢彩的生活给人的震撼与启示，深化课程改革的新思潮新动态等，结合自己的体会与感受，在课堂里睿智地运用，对学生有极大的帮助与推进，对学校教育教学的思考更深入，对教育实践获得更具指导意义。

2015 年，有幸参加浙江省"国培计划"示范性教师工作坊高端研修，尽管基本上是线上学习，但大多是更新的理念，更权威的解读与更清晰的实践路径。譬如，《今天怎样教小说》《回到"真实的写作"》《初中文言文教学探索》等，这些优秀的学习资源，让人眼界大开，也迫使自己多读书，利用自己学习的全新的教学方法以及心得体会，与时俱进，基于学情，及时更新教学设计，在课堂上旁征博引，充分运用当下鲜活的素材，结合初中教育特点，为学生创设情境，激发兴趣，开阔学生视野，因此深受学生喜欢。2015 年收获满满，获得县"感动校园"教师提名奖，成为学生最喜爱的教师。

　　读书，也使我的教学更灵动。我和我的同学们都会记得，2013年最疯狂的那个雪天。

　　"这节语文课，我们干什么啊?"走进教室，我问学生。此刻，学生的注意力仍然断断续续地在窗外。纷纷扬扬的雪花，肆无忌惮，群魔乱舞着，好一派动感静美的画境。我在黑板上写了几个字："雪""体验""表达"。孩子们欢呼起来! 感谢老天，赐予我们大自然雪的精魂。而今天的第四节课，只有我和我的学生是春雪的主人。快乐、生动而独特的体验有了极好的素材，成就了一篇篇清新活泼、质朴有生趣的习作，连同我的下水作文《花雪的秘密》而编就的专辑，谱写了这一年语文课最好的乐章。

　　现在，我的愿望仍是让孩子们下楼，踏雪，玩雪。天地间，花雪在上，孩子们在下，我跟着，看着，拍着，笑着。冬日难得一见的暖阳日子，我们也会心有灵犀，去学校小花园——孩子们最爱去的地方，语文阅读课，不那么奢侈地坐在虬枝缠绕紫藤萝下的围廊边读报，看书，交流，任时光徜徉。

　　用手抓住，你可能什么也抓不住；放开手，你可以拥抱整个世界。以学生的兴趣为原点，抓住契机，创设情境，充分利用当下教学资源，多方位激发学习内驱力，不让学生总呆坐在教室，适当地放开，或许是不错的选择。而"爱心""责任"，不正是随性地，发自内心地，基于学生的需求而因地制宜、因材施教吗！

　　每个阶段他都留下与学生们笑眯眯的照片。这些照片证明我们一直快乐，还证明读书并非步入歧途需要挽救和痛改，而是另一种坚守。

　　我记得法国哲学家帕斯卡的一句话：人类所有的问题都源于人不能独自安静地坐在房间里。那么，让我们静下心来读书吧。我想说："读书，我更愿意，是好的教育，是亲和与简单，是感动人，更是改变人。"

与文字结缘

——从《猎人日记》开始

前段时间读列夫·托尔斯泰的《战争与和平》，见"译序"里写道："1853 年，托尔斯泰读到屠格涅夫的《猎人日记》，对作者钦佩不已，并立志走上文学创作之路。"

如果说，真有一本书影响了我，那必定是屠格涅夫的《猎人日记》。我第一次接触的外国文学作品，撞车的正是大文豪托尔斯泰喜欢的这一款。

那一年的冬天，哥哥放寒假回来，从湖州师范学院带回两本书，其中一本就是屠格涅夫的《猎人日记》。哥哥清楚地知道，弟弟喜欢读书。

记得是在傍晚时分，我正挑着一担柴火，吃力地转上竹岭。哥哥跑着迎过来，把一本书塞到我上，顺手接过我的担子。我卸了肩，往门口竹凳子上一坐，就迫不及待地翻起来。砍柴担柴的疲劳，仿佛一下随之消散了。

我那年正读高二，修的是文科，学习并不紧张。想到可以在寒假读整本的《猎人日记》，这让我喜不自禁。一个乡下孩子，放假的日子，白天帮家里干活，下地除草，上山砍柴，累得够呛，但晚上的时间是完全自由的。

母亲特意为我准备了舒适的棉鞋，木桶的炭火也装实了。我搬张小桌子，坐下来读，聚精会神地读。读到喜欢的文字，就摘抄下来，随性地写上自己的心得。

乡村的夜晚是安静而美好的，父亲在外屋做篾匠，母亲在纳鞋底，哥哥大概和发小玩去了，我几乎没有受到任何干扰，渐渐地，心里有了些懵懂的写作冲动。

说实在的，我读着读着，就被作者"两三笔一勾，大自然就发出芬芳的气息"这么高超、卓越的场景描写，以及一系列独特、细腻而逼真的人物形象深深打动。有那么一回，读着读着，居然和书一起趴在桌上睡着了。

屠格涅夫笔下，那些自命不凡的、穷奢极欲的、专横任性的、千方百计折磨奴仆的农奴主们，刻画得让人惊叹不已，印象最深的是《总管》里的宾诺奇金。

地主请客人饮酒，高谈阔论。他向仆人说："为什么酒没有温？"仆人默不作声，脸色苍白。地主按了一下铃，轻声地对进来的仆人说："费多尔的事……去处理吧。"

这个农奴主看上去是那样的人道，对仆人不打不骂，他只是远远地"处理"，真像一个有教养的温和慈祥的人，却丝毫遮掩不了他那凶残的农奴主本性。这种"刻骨"入心的描写，一下子就勾住了我的心，我整个地被震撼到了。后来特别挑契诃夫的短篇小说以及鲁迅先生的作品来读，似乎与《猎人日记》的影响不无关系。

我小学就喜欢读书，成绩也不错，自然就考上了县属重点中学——五云山上的分水中学。这里有天井四合院，十几人合抱的老槐，古朴的 53 级石阶，更有唐代状元施肩吾读书处、洗砚池。用语文老师的话说，走走，熏熏，文化也被熏陶出来了。

我对武盛古街文化路口的书报亭情有独钟，《山海经》《课堂内外》《人民文学》，都是省着零花钱，兜底买来读。

百货大楼对面的借书摊，也让人惦记。这里的《隋唐演义》《三国演义》《水浒》等连环画小人书，百看不厌。最喜欢的是武打小说，《射雕英雄传》《鹿鼎记》《四大名捕》……每一次借阅，捧回的都是几大本。金庸，古龙，梁羽生，都是少年时代崇拜的武侠大咖。那时候，小镇上有不少成年人，和我一样，喜欢往这边跑，在借书和还书中度过每一天。他们大多白天干活，熬夜看武侠书，与现在玩手机、刷抖音没什么区别。

我的语文成绩一直很稳定，但作文一点也不出彩。两周一次的作文讲评课，我的拙作从未被点赞，更得不到上台当众朗读的机会，这多少成为我的软肋与痛点，以至于 30 周年同学会上，大家对我最初的写作没什么印象。

带着阅读《猎人日记》的余温，我读《契诃夫短篇小说集》《呐喊》《平凡的世界》等，后来有幸考上了杭州大学中文系，读的虽然是专科，但毫不懈怠，反而倍加珍惜，接触了更多的外国文学，世界仿佛一下子被打开了。

除了从图书馆不断地借阅，我还喜欢去西湖六公园的"三联书店"买书来读。海明威，卡夫卡，加缪，陀思妥耶夫斯基，托尔斯泰，普鲁斯特，里尔克，艾略特，莫泊桑等，一大串闪耀着星光的名字，不再让人陌生。《老人与海》《变形记》《局外人》《卡拉马佐夫兄弟》《安娜·卡列尼娜》《追忆似水年华》等，一本本经典名著，一个个不朽的人物故事，都鲜活在我的记忆之中。七大卷本的

《追忆似水年华》，追读了两年半，才算读完。

天目山路上的杭大，有着夏承焘、姜亮夫这些人文大家，连空气中也似乎弥漫着一种随性、浪漫而文学的味道。"飞来峰""晨钟诗社""树人文学社"等，当年都很活跃，有不少粉丝拥趸。新生文学大赛，文学沙龙，刊物征稿，编辑油印，每一个社团的夜晚，都是兴致盎然而去，意犹未尽而归，文学氛围浓厚得简直没法形容。

89本科班钟韦领衔的"杭大七人组"，加入了一帮专科的文学骨干，记得有沈振华、吴春雷、高滢、罗徐华、陈涌，再算上一个写小说的我，还认真地出过一期专刊。

湖州沈和瑞安吴是天生的诗人，连说话都带着性格和诗意。杭州高和泰顺罗有着女性特有的细腻，高的温婉清丽、罗"局外人"的犀利流畅让人印象深刻。黄岩陈涌斯斯文文，看上去就像个文艺青年。带头大哥钟韦，杭二中出来的，读过不少书，发过不少文，在当年杭大文学圈子里，就是咖一样的存在。

现在杭大没了，多少有些悲壮。但人还在，文学还在！2020年4月29日，杭州大学22年校园诗选《光荣和梦想》首发仪式，杭大1977—1998年的270篇校园诗歌选编发行，老杭大人22年的青春才华和浪漫情怀被整理打包，留存记忆。

而我的短篇小说三部曲《懒鬼》《酒鬼》《死鬼》，也湮没在尘封的历史中。当年写完一部，就在东二楼教室开啤酒沙龙，那种简单纯粹、燃情般的岁月，怕是再也寻不回来了。

"定向"回农村教书的日子里，我仍带着一丝阅读与创作的热情。《劳作与对话》《外马溪之恋》《哥，别走》等作品，也陆续刊登在桐庐县文联刊物《富春文苑》上，一度被县文联选为五位小说创作者之一培养，仍然记得当年施莉萌、徐一彬、邱仙萍老师的模样和温暖的鼓励。

在最偏僻的山村教书，房间木地板上胡乱散着欧文·斯通的《渴望生活——梵高传》、梭罗的《瓦尔登湖》和《海子的诗》等作品。窗外的梧桐树下，是泥地篮球场。每日拖着疲惫的身体和毫无方向的颓废，在乡村夜晚的虫鸣中沉沉睡去。

精力牵扯更多的是给孩子们以文学启蒙，而她们也十分争气，第一次参加全县的作文比赛，就拿了四个一等奖。当时的文联徐一彬老师还特地写信给我，询问我的情况，推荐我加入文联文学学会（1997 年），后来还被安排去县里参编政协文集。

而自己被耽搁了的文学人生又何其惨痛。一度停滞了自己的文学创作，就像我突然离开了热爱的足球一样，一下沉寂了。但我的生活，注定与书，与文字有缘。

教师不读书，便成无源之水，教之无味。语文教师三日不读书，则语言无味，眼里更少了诗和远方。我的客厅里安了书架，床头、沙发也散着些书，随手可取可阅。读《三联生活周刊》《慈怀读书会》《国馆》等，有新书介绍，喜欢的便上了购物车。每年 4 月 23 日世界读书日，双十一，都是淘书的好日子。只要看上，下单眼睛也不眨一下。

林语堂在《生活的艺术》一书里，专门辟了一章讲读书，认为读书是"文明生活中人所公认的一种乐趣"。我读书，自然也让乐趣传递，就参加一些教师读书征文活动，也算有所收获，得到了一些认可。

2014 年杭州市"四有教师"征文荣获二等奖，2015 年获得"杭州市群众学习之星"荣誉，2017 年浙江省第十二届教师读书征文荣获三等奖。2016—2018 年连续三年获得桐庐县"浸润书香　共筑梦想"教师读书征文一等奖，并在全县做主题分享。读书不止，获奖不停。

也开始参加一些与文字有关的活动，并小有拾撷。在分水镇庆祝改革开放四十周年诗歌大赛中荣获二等奖。在桐庐县庆祝中华人民共和国成立70周年《我们的幸福生活》主题征文中荣获三等奖，也在简书"儿时的年味"征文中获得金奖第三名。

早年，我在新浪开了博客发文，成为资深博主。2017年10月30日，我开始在简书上发文，作品被《首页投稿》《散文》《散文随笔》《原创文字集》《美食》《旅行·在路上》等多个专题收录，至今发文56万余字，粉丝上千，阅读量上百万。

近期，我陆续在钱江晚报"人文读本""晚潮·上榜"等发表作品，并有幸成为几期人气作者。由鲁迅文学奖获得者、浙江省作协副主席、浙江省散文家协会会长陆春祥先生作序的散文集《时光短笺》也在2020年6月，由海峡文艺出版社正式出版了。

从《猎人日记》开始，三十余年，一直与文字结缘，一切不可思议，一切又顺理成章。余生，与文字为伍，也不失为一大幸事。

谨记。

点亮生命的灯火

鱼得水逝，而相忘乎水；鸟乘风飞，而不知有风。识此可以超物累，可以乐天机。

——明　洪应明《菜根谭》

1

"只须五更头检点思想的是什么，便得。"

趁着居家学习，努力做一个思想者。回味过往的教育经历。感知当下，若一味固化在自己的小意识里，沉浸于分数与名次，不作自省，只能算是教育的某个败笔。之前，无论你教出多少出色的孩子，你还是个菜鸟。

2

"我那时读书最差，倒数第一呢。但是现在，看谁好，要拿出来比一比了。"这位身材保持得极好的男生，即兴扭了段舞，赢得了大家的喝彩。看起来，尽管在二线城市，拥有多家快递公司网点，他还是相当低调，生活自律，精气神不错。

十几年前，这个自称是最后一名的孩子，给人印象深刻的是什么呢？

"他总是带着笑的"，女同学很有印象，记得分明。可是，谁都清楚：一个不会读书、成绩又烂的孩子，在任何年代，都是被"近视"的。

"我该怎么办？"你可能无法想象，多少次面对批评的尴尬，直面嘲弄的无奈，一千多个日常的煎熬，他是怎样过来的？他在听天书一样的日子里，坐立不安，徘徊不定，艰难度日。面对考卷上的个位数，他尴尬得无地自容；家长会上，他的父亲摇着头，不说话。好在他自己觉得，他还是快活的。毕竟，还有从没有看低他的那个老师，和玩得来的几个同学。他并非一味地"躺平"，他不闹，也不影响别人，即使把凳子坐穿，他始终保持沉默，他在坚持让他的精神世界也在成长。

"我蛮欢喜在学校里的，老师你对我蛮好的。"他说，他笑着，眼里没有一丝的不开心。他多次上来拥抱，说着谢谢，始终如一地笑着。与此不同的是，当年的笑里面，有苦涩的，委屈的，含泪的，悸动的，但一定还有感恩的……

这才是难能可贵的品质，我们现在叫"核心素养"，也最可能是他今天有底气说话，甚至轻描淡写叫板的理由。你甚至难以想象，没有上过高中，就走上社会，最初他那个孤单无措的模样。还有创业初期，他的选择与跟随，他的低调与隐忍，和他一贯的微笑。

"现在好了。一定到我那儿看看，提提意见。"他笑着说，显得相当自信。话可能俗了，但这话不打诳语，我信这个略显质朴的农村孩子。有闲，真要走过，路过，我信他一定很客气。

始终尊重，源于爱，发现和发展每个孩子的不一样，发生在孩子身上的许多未知，只待我们去唤醒和守望，那么每个孩子的未来，都是可期的。

3

"我那时一点不读书的，六门课 99 分，就语文 86 分。"敢说这话的，是个大胖子，用他自己的话说，体重 0.1 吨多。现在开车行，做二手车生意。来接我的时候，开的是一辆两百多万的车，据说排量是五点几的。

他跟我说的，与同学说的，都是家乡的土话，听上去很亲切。

"我那时不要好的，书不读，谈恋爱，还不听话，总闯祸，总麻烦老师。我爸，打我好几回呢。"他大大咧咧的，口无遮拦，什么都会说，什么都敢说，跟当年那个小子没什么两样，真是"从小看到大"啊。

可能，正是他那种胆大直爽的性格，说话不藏着掖着的脾气，并且始终保持一份本真做人，出道是迟早的事，应该不会错。从基层销售做起，慢慢地成长，做到得心应手了。

"我就服你，不看轻人，就喜欢你上课。"这小子，还真会说话，给老师吃套路了，你还给我写过信，五大张纸的内容呢，叫我不要早恋。

"记得抽时间，减减肥。"我拍拍他的肩膀，他笑了。

我记得那时，他们还是个孩子，有那个年龄特有的心理和相应的行为。偶尔犯规，也不一定是坏事。从事情本身与个人成长出发，有足够的耐心，慢慢地等待与浅浅地期许，也许，便成就了另一个他和她。也许，教育的建立之一，就在于对话，一场真心碰撞之后的火花，彻底地放飞了心绪。

4

"老师，你现在哪里？饭吃好了吗？我们来找你玩了。"正月初一，我生日。

微信语音通话，传来了他的声音。之前，他已发来了祝福。每年，他都起头，和同学过来看我。

这是个帅气十足的孩子，一米八几的个，一身西服，头发也料理得精神。他在江南一带做品牌美容护肤行业，有自己的专营公司，还在老家开发精品民宿，三十出头，已小有事业。

门开了，六层蛋糕推进来了。"啊，噶有心的，这批小鬼。"连师母都吃惊了。今天镇上，哪有几家蛋糕店开门的，他们硬是一家一家找来的呢。

好感动！这个来自普通班的学生，不声不响地，给了老师大惊喜。

从教育的角度，认定某种结果，是一种固有思维。除非你特别有经验。否则，过程才最重要。日常的关注，譬如，你的某一个安慰的眼神、鼓励的话语，或是给他安排一个小组长、小任务，对普通的孩子来说，也许就是成功的开始。

在这里，每一个孩子，都是独一无二的那一个。走出校园，每一个孩子的背后，都有一段可以说道的故事。正如《凭什么让学生服你》一书给我们的启示：用"脑"去思考教育，用"心"去理解学生，用"情"去温暖和滋润，心被焐热了，也会用真情来回应。

复学日子渐近了，那么，请褪去所有的光环，清理自己，并一定记得：从每一个孩子的身上，看到他们的特质、潜力和希望。扶一把，送一程，且携且望，不耽搁青春，不辜负时光，这是我们做老师才有的可能，才有的担当，也最有可能带给我们意想不到的幸福感。

一段不被打扰的时光

——读蒋勋《品味　四讲》

1

所有生活的美学旨在抵抗一个字——忙。"忙"字，一边是"心"，一边是"亡"。当心死亡的时候，就是在忙碌的状态。大雪日，微雨。读完了蒋勋的《品味　四讲》整本书，我摘录了封面的一句和结尾的两句，作为我顿悟的开始。

事实上，《品味　四讲》给了我很大的启发，譬如，序言中"庖丁解牛"与"游刃有余"的艺术解读，《天地有大美》中谈到的微不足道的"衣、食、住、行"，那些平凡而琐碎的细节中发现的生活美学。

又譬如，"生活的美学的第一课应该是懂得停下来"，"生活的美学是一种尊重"，"回到大自然，回到生活本身，发现无所不在的美，这就是生活美学的起点"，"谈生活美学，该聊聊生活里点点滴滴的小事物"，"生活美学最重要的，是体会品质"等等。

与此同时，我又感到很幸运，而且很自豪。我确信自己正走在"生活美学"的路上。从 2017 年 10 月 30 日起，我开始了《简书》

写作，把乡野的原生态、生活的小确幸、周遭的美好等琐碎的时光，融入了自己的作品，至今已 50 余万字，一百多万的阅读量，得到身边的朋友或其他读者的肯定与大量的点赞。

《分水，那些勾得住魂的小吃》，三千多字的一篇文章，被不少朋友转载，阅读量上万，有朋友笑言："你把四分之一分水人的胃口都勾起来了。"《旅行/印象黔东南》，近五千字，阅读量也近五千。

日常寻趣，小镇风情，山水人文，吃客空间，亲情人间，校园撷趣，读书养德，孤独散步，从日常里汲取正能量，用心体悟个中滋味，用文字真情表达，亦是一番不错的生活美学。

而我更坚信：静下心来阅读，每天有一段不被打扰的时光，是有多美，是有多好啊。

2

生活在碎片时代，日常无疑是琐碎的，甚至能把人逼仄到某个角落，毫无还手之力。对抗琐碎，摆脱庸常，最好的办法就是阅读。不管每天被分割为多少个碎片，有那么一段不受打扰的时光，找一本喜欢的书，找一个安静舒服的角落，马上就可以开始。

"如果失去对生活美学的尊重，人活得再富有，也会对所拥有的东西没有安全感。"在阴雨湿冷的冬夜，倚靠在木板床上，细读一本关于哲学的书；或是在夏日暖暖的午后，寻觅一处银杏叶儿飘零的角落，关心一下人类诗意的栖居。

3

我来的时间不长，但对阅览室的感情很特殊。它是一间安静的教室，在三楼，靠阳，放眼空阔，视线极好。窗前破旧书桌上，摆弄着好多花草，诸如吊兰，绿萝，仙人掌，多盆肉肉，各自生长，没有声响，同时让人心安。三排木制长桌、靠椅，齐整静列；八个开放式书架，书报分类分期，清晰可选。

管理员，姓余，是个女教师。戴着眼镜，扎着马尾辫，挺斯文，四十多岁的样子，爽直勤快，把这里搞得小样而文艺。

那天，我上完两节课，独自去阅览室。我看见她的电脑桌上，放着些书，还有翻着的笔记，上面是四五行摘录文字。我很是惊讶，对余老师，有些刮目相看，还带有几分羡慕。在这里，有花自香，有书相伴。声音、语调、节奏是体恤与皈依的舒缓和慢。能享受其中，与书，与花草，互相慰藉，彼此坦诚，真是最质朴最柔软的处世之道。

有时候，一个班的学生过来，二三十个。他们静静地，径直走到喜欢的书面前，毫不犹豫地，挑一本，结伴着坐。然后摊开笔记本，开始自由自在地阅读。

我有时恰好也在，一般是下午空课时间。我坐在某个角落里，顾自翻书。面前是一摞书报，还有一杯茶，枸杞浮在菊花上，似乎看得见热气。这些孩子，都认识我，在校园里，会热情地叫我"陈书记好"，或是"老师好"。我常坐在这里，一开始，他们会露出惊讶的表情，又顾自去了，好在互不打扰。"柚稚文学社"的学员，倒是知道我好这一口，如同男人喜欢喝点花酒，是正道的文艺趣味。

遇见几次，大家看到我，也习以为常了。开朗活泼的，还会跟我打个招呼呢。

我有时会抬起头，注视着他们：有的在翻看，有的记着笔记，有的去挑书，认真而安静。我喜欢这样的面孔和气色——读书人该有的那点味道，很是难得。于是我会点点头，微笑。坐在这里，会觉得特别有意义。

我记得杨绛先生写自己在牛津大学图书馆里读书，"图书馆临窗有一行单人书桌，我们可以占据一个桌子。架子上的书，我可以自己取。读不完的书可以留在桌上。在那里读书的学生寥寥无几，环境非常清静。我为自己定下课程表，一本一本书从头到尾细读。能这样读书，还有什么不满意的呢"？

至少，我是很满意的。在这里，内心的荒芜和丰富显而易见。人文历史，国家地理，自然科学，军事瞭望……阅读的无穷发现，隐藏在鲜为人知的隐秘处，如同远方的风景在更远方。只有坚持的人，才能发现它，并体验它带来的喜悦。

在这里，也许我，可以活成有趣有味的人。

4

有若干个下午，阳光透过窗户，格外清爽。随手翻开一本书，时间似乎都静止了。在这里，我认识了卡勒德·胡赛尼（《追风筝的人》）、王小波（《一只特立独行的猪》）、尼尔·波兹曼（《娱乐至死》）、山冈庄八（《德川家康》）……也看到了无数起起落落的人生、反反复复的爱情、明明暗暗的历史和真真切切的生活。

这一天，我在这里待了两节课。进入阅读的状态，也由此进入一个更大更阔的世界。我看《作家》（2018. 11），《高密东北乡的归去来兮辞——莫言新作研讨会发言选录》，被李敬泽、格非、徐则臣等的言语、文学的力量与可能性吸引，尤其是对诺奖后的莫言，从剧作家到铁匠，实现了自己的两个理想：从人物到人民的解读，竟误了中餐。

退出阅览室，我蹑手蹑脚，轻轻带上门。心里想，明天可以再来，真是不错。

5

我们的生活是有限的、局促的、琐碎的，但可以庆幸的是，阅读是广袤的、丰富的、无拘无束的。只有坚定自己，每一天，有那么一段不被打扰的。

从某种意义上说，阅读甚至就是生活本身，它让生活成为了生活，而不是仅仅活着。即使一无所有，阅读仍能使你成为最富有的人。

读书不倦，更拾人间烟火；文字不疲，游走世间百态。书生意气，情怀担当，我将努力践行并书写生活中的美学，成为真实而美好的诗意栖居者。

这一刻的幸福

往季节深处寻味

第二卷 ▽

　　美食当前，好吃是唯一原则。对美食的钟爱，也是对美好生活的向往。

　　年味里，还是一个"吃"字；一顿年夜饭，寄寓着对家的皈依。草木果蔬，择时而食；春之味，家常里，炖煮着江南风情。原地食材，名厨、坊间做法各有精妙，而持微火者，必有微茫的幸福。

年夜饭

"赶回家，吃顿年夜饭。"

年夜饭，就是费孝通先生《乡土中国》中提到的约定俗成的"礼"。因此，很多人说，最有年味儿，也最有人情味道的地方在乡村。无论多忙多远，对中国人而言，这顿年夜饭，寄寓着对家的皈依，典藏着节与孝、合与和，自然成了春节的重头戏。

"一餐年饭送残年，腊味鲜肴杂几筵。欢喜连天堂屋内，一家大小合团圆。"一年到头的奔波与忙碌，家是母亲灶台边的忙碌身影，是父亲收拾院子的浅浅脚印，是心心念念最后奔赴的暖炕。

年夜饭，成为这个世间最为动人的情感根源，定格了这个湿寒冬日里最温暖的瞬间，也定格了人们心中最朴素的"爱"的模样。无论天南地北，山高水长，能赶回家的赶紧买票，绝不拖延。家人正等着，一起吃年夜饭。

年夜饭，吃的是团圆。

在哪里吃年夜饭，就意味着在哪里过年。一年到头，惦记着那么一点热闹，谁的心里不落个想，老人们肯定特别在意。小辈呢，也须斟酌一番，至少得有个灵活的说道，让年夜饭有念想又暖心窝。

小韩在杭州拱墅区石祥路汽车城经营惠丰车业，年前他会先去趟绍兴，给丈母娘带点年货，顺便把老婆孩子接过来，一起回老家桐庐过年，年后再去绍兴住几日。他的同学小汪落户湖州，从事快递行业，一年忙到头，也选择回老家过年。毕竟平时都在老丈人那边，过年正好回家陪陪父母，顺便和老同学小聚一下。

像他们这样的80后，在外面挣钱过日子，一般都会选择回家吃年夜饭，他们的骨子里，对家的念想，还是比较传统的。

70后的选择可能会更多元一些，传统和两头兼顾的可能性都有，有些甚至习惯拼着过——把老人都带上。家庭组合的结构，深深影响着过年的一些习俗习惯。

朋友老徐，亲家在两地，老人都健在，他的习惯是年夜饭"轮庄"吃——老家过一年，第二年老丈人这边过，这倒也让人心安，准备起来也方便。

我和老徐有些不一样，与丈人家只需十几分钟的车程。年夜饭两边吃——我老家下午四点就张罗开了，倒上酒，陪父母小酌一番。孝敬父母的红包，小孩的压岁钱，统统是要给的。当然，现在小孩自己挣钱，肯定也会懂点道理，孝顺一下。

这边还未尽兴，那边小舅子就催了。这多少有点两头为难的尴尬。我父亲就说："去吧，隔壁他们都来叫过了，年夜饭还要吃第二场、第三场，你们放心，早点去陪陪老丈人。"母亲也举杯说："早点过去，那边等也急的。"

老家这边民风淳朴，乡情醇厚，吃年夜饭，隔壁邻居、乡里乡亲跑来邀约是常有的。父母也喜欢凑个热闹，除夕夜哪会落单。老人家一通话，顺心顺气，让我也心安。

今年比较特殊，我估摸着要有个两全其美的安排。合肥的奶奶、大姑、小姑国庆过来老家住，在这里过年，小叔叔几个也要赶过来。妻子这边，姐姐一家要回来过年。另外，我在镇上刚进了新房，头一年，也要这里过的。我就和父母商量，从十二月二十九至正月初一，搞三次年夜饭，来个过年大联欢。我女人也特别高兴，特意去定了三个大蛋糕。

第一站老家过，合肥亲戚老远来，搞个两大桌。姑姑们都是徽菜高手，我女人厨艺也顶呱呱，可以露一手正宗的"桐庐味道"，一定会有舌尖上的火花碰撞。再说奶奶过年九十七了，第一次在这里过年，小辈们陪她把手工麻将搓起来，蒙张，现钱，是不是特别有气氛，特别好。

第二站，到老丈人家热闹。姐夫一手杭帮菜，一手"桐庐味道"，烹制海鲜更是一绝，期待。小军炖煮的牛脚蹄、牛蹄髈，肉质紧致，有嚼劲且大块，有大口喝酒的冲动。他们烧的菜，一碗碗，清清爽爽，味道杠杠滴，只等我这个美食达人点赞了。

第三站，选在新居，正月初一，正好我生日。牛羊鱼鸡、鲜蔬干果、煎炸爆炒、焖蒸卤烤……新鲜地道的食材原料，家人花心思下功夫的烹饪，以及传统与现代结合的精妙烹饪方法，都会在这一天"重现江湖"，一家人围桌共餐，咪酒小酌，享受又一份珍贵的团圆与浓情的仪式感。

年夜饭，吃的是传承。

一桌年夜饭，总有一道家里的拿手好菜占据"C位"。东北的铁锅炖、北京的铜锅涮肉、南京的盐水鸭、安徽的臭鳜鱼……年夜饭，是中国数千年饮食文化精致而直白的体现。

　　老家在浙江桐庐，天下美食，桐庐味道。七里神仙鸡、桐江醋鱼、干烧子陵鱼、清蒸桐江白鱼、桐江二鲜、桐君熬豆腐、腌肉笋干煲……"百县千碗　桐庐味道"，潇洒桐庐郡，现代版的富春山居图，舌尖上的味道，有时候单凭坐一坐，便醉了烟雨江南。

　　年夜饭，吃的不单是味道，更要吃出好彩头。印象中最深的是家乡的猪头肉。大年三十的下午，用猪头谢过年后，就把猪头切碎，一部分就是年夜饭的菜，另一部分熬成黄豆猪头肉冻，招待来拜年的亲戚朋友。

　　八宝菜是地道的家乡菜，母亲会做，我女人也喜欢做，年夜饭一定端上一盘。此菜做法简单，只需将胡萝卜、豆芽、冬笋、黑木耳、豆腐干等八样素菜凑足，切成丝状，烧熟干拌，即可食用。根据老人的说法，该菜又称"如意菜"，讨其"吉祥如意"好口彩。品味简单菜肴，获取满满祝福。

　　年夜饭必不可少的是炸肉圆，一般春节前几天母亲就开始准备，把猪肉打成肉泥，然后加入鸡蛋山药一点点淀粉各种调料，在盆里搅匀，起锅烧油，用手抓起肉泥从大拇指虎口处挤出一个个小肉球，再用勺子挖到油锅里。母亲的动作娴熟且快，一会就满满一锅了。刚出锅的肉圆又脆又香最好吃，每次都忍不住吃了一个又一个。凉下来之后的肉圆，煮汤也好吃，因为用料很足，纯肉大肉圆不管煮多久都不会煮散，汤里加菠菜、青菜、香菜都很鲜。

　　女人过年做春卷，我特别喜欢吃。外皮炸得松脆，色泽金黄，内馅由着自己的口味包，最爱干菜肉或芹菜冬笋馅，都是冬天出品最鲜美的下酒菜。

　　女人也喜欢土鸡清炖。老家山间竹林、坡地上放养着土鸡。处理鸡杂，特别是鸡胗子，用刀一划，翻出来满满的碎谷子、沙子，水一冲，露出金黄的鸡内金。散了架的土鸡在锅汤里沸腾，冒着油气，等到火候一到，放些枸杞、参须与生姜。砂锅端在小炭炉上，老远就能闻到香味儿。

　　腌猪脚油豆腐，青菜龙须面，腌肉冬笋，牛肉萝卜，红烧肉，白切肚，白蘸虾，红烧珍宝蟹……一顿年夜饭，吃出了中国传统年的味道，也吃出了生活的诸多意义。

春之味

胡葱酱丁

三月的后山，粉白的桃花细碎地挂在枝头上，招蜂引蝶，格外惹眼，是观赏的最佳时机。午后，沿着小路行至山间，右边是成片的橘子林，杨梅安插在坎崖边上；谷地里，桃树成片，这里也是八年级的劳动实践基地。

春光所到之处，山野日渐葱郁。除了弄春之趣，我的心思更在于搜寻那些能装进肚子里的春日之味。不出所料，松软的泥地里，一洼杂草间，胡葱三三两两，一簇一簇地疯长着，好似每一期，都等待着识货者来撩拨。

它们有的径直长在泥地里，手顶住根部一拔就出来了。有的一半身子隐藏在杂草堆里，只露出了头，只待你剥开草来，深挖缓拔。它们的根茎细长而白，状似大蒜而小，像小纺锤。葱株新鲜青绿，粗壮匀称，硬实。

顾不得踩上一脚泥泞，眼前是青绿的小葱，舌尖已是胡葱酱丁的味道。

一把把胡葱，从山野泥地里拔来，里间须草杂乱，只待一根一根地细挑清洗。挑拣胡葱费时费力，但我非常愿意，我会一根一根慢慢地挑，边挑边嗅沾在手上的葱香，毕竟遇见春天的自然馈赠，"大饕"是没法拒绝的。

先剥去外面覆盖的小膜，连同枯焦烂叶，将葱冲洗干净后，用刀切掉根须部分，择去蔫黄，留下饱满鲜嫩的部分。再用水冲洗一遍，摊开，放置通风处，沥干葱表面的水分。

胡葱的吃法，就像随一泥地就能生长的胡葱本身，亲近而家常。胡葱酱丁和胡葱干菜，心里的馋虫一下就被勾起。

做胡葱酱丁，无须将葱分成葱白和葱绿两部分，混合即可，青绿之间有葱白，也添了品相。女人做胡葱酱丁，食材简单：肉末，豆腐干，茭丁，黄豆酱。做法也简单：豆腐干、茭白切丁，胡葱切段，肉切碎。一直保持大火，锅里烧油，放黄豆瓣煸炒。炒到豆瓣色泽红亮，下豆腐干爆炒几分钟后，加茭白干同炒。差不多干爽了，撒入胡葱，翻炒片刻，起锅装盘。

"看得嘴馋了！"

"绝对下饭！"

"令人垂涎欲滴！"

一碗胡葱酱丁，隔着千山万水，惹火了朋友圈。

有几季，胡葱拔得多，女人将它们一一晾干，与干菜交合，葱香扑鼻，甚是美味，备受民间食客青睐。有心拾掇，美食绝不会辜负你。

胡葱，俗称蒜葱，老家当地人称"小葱"，古时医者也多有论述。李时珍曰：按《孙真人食忌》作葫葱，因其根似葫蒜故也。元人《饮膳正要》作"回回葱"，似言其来自胡地，故曰胡葱耳。

说到胡葱的功用，李时珍曰：生则辛平，熟则甘温。孙思邈曰：四月勿食胡葱，令人气喘多惊。陶弘景言葱能化五石。孟诜曰：温中下气，消谷能食，杀虫，利五脏不足气。亦是薰物。久食，伤神损性，令人多忘，损目明，绝血脉，发痼疾。

我对胡葱认知并不多，仅作山野谷地"野葱"而已。然古时，胡葱乃人种莳，八月下种，四五月收取，叶似葱而根似蒜，其味如薤。江西有水晶葱，蒜根葱叶，盖其类也。自然馈赠之物，不可暴殄。春之胡葱，当可闻香识味，且其有消水肿、解毒，治疗胀满之效，不失为春之味。

一碗胡葱酱丁上来，一小桌人，一瓢几筷，碗盘朝天了。新鲜入味，难得，难得。"趁周末空，我们去老家拔葱吧。"女人兴致极好，我当然陪她了。

韭　菜

山野清朗，弥漫着湿泥与青草延绵不绝的香气。草木发新，回荡出春菜舒展泛绿的色味。

娇艳欲滴的菜心、草籽心，软糯清甘的豌豆苗、蚕豆瓣，陆续上桌，令人口舌荡漾。而随意一洼地就能生长的韭菜，则是送给味蕾的绝佳春礼。映着黄绿相间的韭菜鸡蛋，卷着韭菜蛋香的煎饼，一口香的韭菜饺子，一扫冬日里的浓荤重味，带来满眼的青翠绿意与鲜嫩的春日之味。

蒿蕨椿笋皆为鲜，可最能撩人舌尖的还是春韭。

我所在的学校附近一条街上，阿驰水饺被面馆和大饼油条铺夹击；里间是菜场，出口是两家早餐店，主营包子馄饨，人头攒动；

煎饼和早餐店临街三角而立。

晨间，是各摊各店自己的高潮时刻。然而，煎饼的摊位像个例外。车摊前，偏好的食客时有时无。若是站着等，不出一两分钟，各式煎饼就出锅，装袋，满口香。

摊主是位东北大妹雷姐，她不急不躁，动作娴熟，一松一铲，一按一卷，仿佛时刻在做无声的广告：韭菜馅，还是萝卜丝馅的。因为常去，雷姐老远就认出了我，问也不问，就下韭菜馅了。

她系着围裙，站在车棚里，舀面糊，烫煎饼，简单粗暴地开火，抹点油，不调味，香煎两面，随手打个蛋，加入小把韭菜，抹点黄辣酱，放入白底红字袋中的那一刻，外酥里嫩，色泽浓郁，满是诱人的味道。

"好烫的，慢吃啊！"她笑着递过煎饼。我哪里还听得进东北大妹的这声叮嘱，早撩开了袋子，热气随即扑到脸上，酱香、韭菜香、蛋香争先恐后地往鼻孔里钻。一口尝鲜，面皮酥脆，麦香正浓，鸡蛋与韭菜透着自然之合的鲜香，这样的韭菜煎饼团着撩人的烟火气，勾人心魄，不进校门，就已落肚。没别的原因，因为它好吃啊，趁热吃。这样的一个韭菜煎饼当早点，配一碗米粥，让整个上午温润舒畅，气血复活。

疫情期间，女人渐为厨娘。她做韭菜煎饼也是驾轻就熟。和面，擀皮，三两个鸡蛋，打散入平锅，炒成黄灿灿的蛋碎，慢慢摊凉。一把把清洗干净的韭菜，一刀齐整下去，满屋都是韭菜味儿。切细的青青韭菜和白黄蛋碎，黄绿相间，煞是好看，浇上油，调下味，平锅一烫，立马让人垂涎欲滴。

包韭菜馅，捏边热油，下锅烫贴，女人做韭菜煎饼总是一气呵成。刚出锅的热烫又最香，在女人身后蹲守，锅里的饼被煎得两面焦香金黄，香气弥漫，我顾不及手里端个盘子，顺手随时迎接韭菜煎饼，大快朵颐一番。

先咬一小口，放一放韭菜煎饼里的热气，再趁热吃。只不过，在韭菜煎饼面前，谁还有空想这些呢。于是，一边真香，一边真烫，吃得跳手跳脚，鲜到忘乎所以。一口下去，霸气的鲜香连同丰盈的汁水，撩人的春色在滚烫中升华，直到我的肚皮撑得滚圆，再也吃不下。

韭菜的味道，最适合与牛肉相配，清炖牛腱，美味无边。懂行的厨师，便琢磨了这道新菜。小炉猛火，待清水沸腾，公筷一夹，牛腱下烫。再顺一把青青韭菜，自是生鲜。

像"迎君阁"这样的县餐饮协会副理事长单位，是最早一批的践行者，也带动了小镇的餐饮品种与品位。"清炖牛腱，韭菜绝配，须嫩，老了难嚼。"

确实。春韭又叫"起阳草"，顶着春寒料峭，迎着阳气生发，其貌清新，其气香浓。春天的韭菜，是难得的鲜香。到了夏天，韭不如草，味道大打折扣。

我老家一洼杂草间的春韭，生命力绝不输给杂草。老爹料理的菜地，用不了几天，春韭已有了一青二白的架势。下田里割回一把韭菜，个头不大，却鲜嫩欲滴，香味扑鼻。

韭菜炒鸡蛋，是韭菜最亲近而家常的吃法。别的不说，开春儿的头茬韭菜，单就绿的鲜明，黄的动人，就足以让人心情明媚，如沐春光。

三四月间，无论是家常寻味，还是饭馆点单，韭菜炒鸡蛋绝对是上品。《礼记》曰："庶人春荐韭，配以卵"，卵即为蛋，如此说来，韭菜炒鸡蛋，也算是源远流长，难怪大江南北的餐桌上都有这道国民菜。

嫩嫩的春韭，自然馈赠。韭菜炒鸡蛋，或是韭菜煎饼，抑或是韭菜饺子，皆是春日妙品，既抚慰了味蕾，也唤醒了思绪。

草木果蔬，择时而食，本是件日常而又自然的选择，却因有关美食记忆的微妙作用，开启了一段浓浓的念想和美妙的回味。

青 团

三四月份的江南，山野阡陌，逢春而绿。果蔬泛新，草木有心。人间美味，渐次逗引。

艾蒿，即艾草，葳蕤在四野之上。山间田垄，溪边坡地，操场花坛，随处安生。"剪青"，就是割艾草。将艾草捣碎，挤压出绿汁，跟糯米粉混合揉面，包上馅料，红枣、豆沙，或是肉馅、菜馅，做好团胚，放入蒸屉，蒸熟即可。

烟雨江南，清明时节有吃青团的风俗习惯，寓意纪念先人、团圆。青团，俗称"清明粿"，是节气食物。上海、宁波叫青团，杭州、苏州叫青团子或清明团子，南京称春团，温州叫清明饼儿，金华叫清明果儿。

据《琐碎录》记载：蜀人遇寒食日，采阳桐叶，细冬青染饭，色青而有光。明代《七修类稿》也说：古人寒食采杨桐叶，染饭青色以祭，资阳气也，今变而为青明团子，乃此义也。清代《清嘉录》对青团有更明确的解释：市上卖青团熟藕，为祀祖之品，皆可冷食。

剪艾蒿，于山野田垄间呼吸自然气息；包青团，在随到围坐中感受泥土般质朴乡情。"心之所向，素履以往"，我久远的记忆中，青团里揉捏的，是满满的人情味。

本地习俗，清明时分，家家都做"清明馃"，而且，谁家做，都排着日子。隔壁邻居，村里村外，亲戚朋友，招呼着就来帮忙。一家人只顾自己做了吃，在我们这里，是不多见的。

几个面盆里，盛着新鲜肉、腌肉、毛笋、腌菜、豆腐干、大蒜等多重馅料，艾青刚揉进面团，母亲就叫我去喊人了。我那时还没灶头那般高，在一旁揉一小团面玩，一听母亲号令，拍拍手，就屁颠屁颠地跑出去。

"阿姨，包清明馃了，我妈叫你。"我张大嗓门，朝邻居家喊。

"哦，来啦，来啦。"从里屋跑出个女人，系着围腰布，一副随叫随到的样子，"去叫，去叫。"她朝我摆着手。

转过"狗槽湾"山坳，那排竹篱笆墙边上，二层楼的砖瓦房，就是母亲的闺密家。

"我们家包清明馃了。"我怯生生地说。

"这么快，我就来。"话音未落，人已出了门，身后是她女儿小芳。小芳是我小学同学，长得清秀好看，她来，我自然乐意。想着一起吃清明馃，刚出锅的，热气腾腾，香喷喷，我都懒得去叫别人了。

等我们到家，已有七八个大人，围着团编，开始包清明馃了。我当然不能闲着，赶紧帮爸爸弄皮子，一会儿又跑去灶台后烧柴火。

"噶多人。"大伯和大妈，表哥和表嫂也一起来了。搬个板凳，捋起衣袖，就加入了队伍。大家围着，坐着，说笑着，屋子里一下热闹了起来。

"小鬼欢喜吃甜的，多包几个豆沙馃，小芳也欢喜吃甜的吧，等下多拿几个去。"母亲说着话，手里的活儿可没停。捏皮，放料，掐边，一气呵成。

包甜味的清明粿，大多用圆形印版，上面刻着"恭喜发财"字样。包好往上面一按，花样就出来了。菜馅肉馅的，纯手工掐花样，就看人手艺了。

"老头子欢喜蒸蒸吃，我欢喜吃煎煎的，还是随他点好了。"大妈说着，朝大伯笑。

"牙口好，煎煎的味道，松脆一点。哪像你老头，欢喜吃软的。"有人打趣道。

有了这么多人，干起活来轻松不少。大家说说笑笑，温情的话语不断从屋里传出。青团出锅了，热气扑面，夹杂着清香。夹一盘，几个人围着吃，边吃边聊，聊包的样式，聊菜的搭配，聊香辣味道，其乐融融。

就在这时，村脚阿婆插话说，"去把弹棉花的一家人也叫来吧，热闹！"

"是啊，是啊，怎么忘了呢？"母亲连声应道，随手指向我，"去叫啊。"看来，小孩子，就是跑跑腿的。

我和小芳（好像是拉着她的手的吧）一起跑了出去。一路上，我想起母亲告诉我的一些事来。

不知道哪一年，从江西来的胡姓老表，在村口租了一间民房，在这里"安营扎寨"。人生地不熟，生意要靠自己揽，出来打拼不容易。

"当当当，当，当当当，当……"似一首刚劲又缠绵的乐章，此起彼伏，隐隐约约，回荡在村庄深处。

村脚阿婆是个热心老太，经常送些青菜、土豆、冬瓜之类菜蔬过去，"自家地里种的，多了也吃不了。"阿婆又挑了些孙儿的旧衣服，给那家孩子穿。老表也走街串巷，串门熟络，一来二去，乡邻乡亲的，大家也不生分了。

有那么几回，我们几个小孩，专门跑去看弹棉花，手里不断比画着弹琴的样子。"远一点，这里灰尘多，脏的。"老表一边弹着他的"琴"，一边喊我们。

还在想着，就见弹棉花的两夫妻，往这边走来，手上提着我篾匠父亲给他们做的篮子。"会不会他们也会包清明馃了？"我和小芳都闪过这个念头。

果然。他们是来给村里人家送清明馃的。"今年做了六十多斤，大家分着吃，就是不晓得好不好吃。我们也做了点辣的，甜的。"

"大家都在等你们，"我调皮地去掀篮子，"呵呵，包得很好看。"

"都是大姐大婶们教的，还行吧。来，刚出锅的，吃一个。"夫妻俩热情地接过话茬，顺手递过清明馃。

我和小芳一边吃着，一边小跑着嬉戏。山野村道上，微风拂面，春意盎然。而飘香的青团里，揉捏的，分明是美丽乡村暖暖的人情味。

花菜羹

　　一道家常菜——花菜羹，寻了心思做，菜心软糯，羹汤烫贴，妙到毫厘，勾住了舌尖，自然值得分享。

　　稀松平常的花菜，石墩墩，硬邦邦，如何做出一道可口可念的美味？清炒，或是香辣；炒蛋，或是五花肉炒；胡萝卜、黑木耳焓拌，或是凉拌，都是一道家常美食。干锅花菜，还一度被认为是米饭杀手。而真正烫贴舌尖、勾惦人心的，是一道家常花菜羹。

　　这道菜，我只惦记自家女人的手艺。翻开手机相册，居然翻不出图片来，全因趁热吃了，顾不上给别人留点念想。

　　女人喜欢做菜。她清楚地知道，一蔬一饭，意为何物。有了时间和精力，就有了回归家庭的私人意义，更接近生活的真实，这使她有着主动改变生活惯性的力量，既取悦自己，也拥有了"自我"。她玩抖音，晒各色休闲女装，收藏最多的却是"美食"。于是我常常激励她，"蔬菜烧得有味，才是真功夫。"既要保持蔬菜的原味质感，又要有好的色香品相，非下工夫不可。

　　春日闲在家，一不小心，女人就玩出了这道家常小菜——花菜羹，成全了舌尖上的美味。食材是花菜，又称花椰菜、菜花，属地中海沿岸菜蔬，其形似花球，由洁白、短缩、肥嫩的花蕾、花枝、花轴聚合而成，与西兰花类似，富含维 B、维 C，品质鲜嫩，风味鲜美，营养丰富，是人们喜食的蔬菜。

蔬菜要得"生、脆、鲜、淡"之妙，出彩出品并不容易。大棚间，一株花菜，好大的个，农人捧在手心，喜滋滋的，分量就是收成。菜市场，女人随意挑一个，一副饱满敦实的模样，掰开洗净，几刀切去，段段风骨，妙处值得玩味。

女人的这道花菜羹，着实费了一番心思，做法简单但讲究。猪油下锅，加蒜和青椒拌炒出香，倒入花菜素炒，再加少量料酒、生抽，放适量山粉（番薯粉），小火温焖，至菜梗松软，即可。清水少量，山粉适量，不用大火炖煮，是这道花菜羹的火候。

出锅，大碗盛，汤汁里泛着不腻的油光，辣味和蒜香点化了花菜的软脆。花菜的清香融入汤里，延展出更多味觉的可能性。一大碗花菜羹，就这样花枝招展地呈现出来。

舀一瓢羹汁，入一小口，烫烫的，再入一小口，和着花菜的细碎，冲出来的一点点辣味，口感咸淡入味，且软脆酥爽。挑一块顶大的花菜，撕解了它，完全忘却了花菜最初的实沉，味蕾被瞬间打开，情绪得以松弛，自然气息不断地被唤醒。

花菜又似女人，像大地般的有包容心。女人料理出这么一道羹，皆出于把玩寻常日子的一份美好，惯于寻思，用心细作，悉数呈现，逐一品相，直抵家常自然之味。这样子的劳动，收获了日常里的小雀跃，能击碎鸡毛蒜皮的小摩擦，与自我和解，与世界和解，是对日子最高的致敬。

一想到微风沉醉的夜晚，我还能在饭桌上，闻到花菜羹的味道，舀一瓢烫贴入口，心里自然升起了一股暖暖的归属感。

番薯粥

番薯粥，对来自农村的人来说，并不陌生。它带着记忆和回味，在早餐桌上仍占有一席之地。

入夏后，一担担的番薯，从地里挖出来，连根带泥，堆放在农家某个角落。想吃碗番薯粥，便当得很。也不怎么讲究，削几个番薯，用清水洗净，和米煮了吃就是，十足的原味。

记挂着番薯粥的乡土味道，从老家回来，后备箱里，免不了要装上一袋二袋的。

"中午吃番薯粥。"又是番薯粥。入冬后的每个周六中餐，女人都做，吃不厌。

"什么菜下粥？"我马上想到了粥的清淡。

"萝卜条，八宝菜。"女人都想好了，"阿姨晒的萝卜条，炒起来有嚼劲。八宝菜，我爹腌的白菜不错，就少了点冬笋。番薯今天要切小块点，煮着更入味。"

下粥菜讲究，番薯粥做法却简单：将番薯洗净去皮，切成小块，把小米淘净，将小米和薯块放入锅中，加清水适量，用武火烧沸后，转用文火煮至米烂成粥。

暖胃的热粥，与香甜软糯的番薯，可谓唇齿相依。有大米的完美集合，可以原味、咸味、甜味任意选择。我比较喜欢原味，有贴心的下粥菜更好。

番薯是广东的一种叫法。有红薯、紫薯、白薯、黄心薯……每种番薯各有不同，有的适合煮粥，有的适合蒸煮吃，有的削了皮直接吃更脆。

今天女人煮粥采用的是黄心番薯，和着白粥，入口即化，色泽也暖。

一大锅端上来，小店里顿时弥漫了米粥的香气和番薯的甜味。你不说话，都觉得美好。你也没有时间说话，早用筷子和着滚烫的粥，先喝一小口，把糯软小块的番薯送入嘴里，添一大口萝卜条，或是小丝油豆腐腌菜，够味。

女人，店员，侄女，还有我，你一筷，我一筷，谁也不理谁，一门心思顾着自己的碗里，菜里。店里一下平静了下来，好似在美味面前，人人可以找到平静的感觉。

我用的是盛汤的碗，相当于两小碗，觉得这样吃起来才够爽。一碗在滋滋味味中下去了，想再添个半碗，一看，锅里不多了，小块番薯都落了底。本来女人招呼，都是管够的，这下，有点尴尬。

"谁还要吗？"我在厨房里这一问，用意明显。她们一一谦让了。我乐呵呵地出来，继续余音绕梁的滋味。

"好吃吧，下星期六，我多烧点。"女人说着话，很满足的样子。她有这个底气，所以从容。

入冬了，里街小巷，烤番薯的扑鼻香气弥漫。而番薯粥，早上起床时，放入电饭锅，等刷牙洗脸好了，粥也就好了。

一碗原汁原味的番薯粥，端上来的，全是生活的自然味道。

小炒春天

1

窗外，修剪过的桃树枝头俏，小花一朵，几簇；粉白的，粉红的，不觉活泼了我的思绪。一下课，我便迫不及待地赴一场春天之约。没曾想，脚下的草丛里，冒出几丛胡葱来，看上去略显清瘦，却让人有捻拔的冲动，"春之味"胡葱酱丁瞬间缠绕舌尖。

江南的春天，就是野菜的一场秀，马兰头、香椿、荠菜、水芹菜、地木耳等，山郊坡地，田畔溪边，拾撷可得。春天占据餐桌 C 位的就是新鲜出土的"野味"。香椿掐出那新绿最尖头的地方，跑个鸡蛋，清香而又诗意，至于荠菜和马兰头，切碎了混合豆腐干小炒或者凉拌，就是最清新的春日滋味。

而通往舌尖的春天记忆远非这些。云在上面，风正吹过；树上花，枝上芽，春天裸露了它妩媚的身姿，我愿意捧出我相随的心，把紧揣在怀里的秘密，吐露一丝半缕，给一心找寻春天的人们。

2

摸螺蛳。

小的时候，中午大太阳，几个小伙伴光着膀子，提着脸盆或袋子，去泥塘里摸螺蛳，运气好的话，河蚌也能摸到。

泥塘嵌在村庄的山坳里，仅有一条蜿蜒小径通向那里。我家的几分水田，就在泥塘坝下。拔秧、种田、割稻的间隙，大人小孩都会到坝上草滩休整一会儿。这里青草蔓生而顺柔，不要说躺下，光是踩踩，就格外舒坦，也因此变得亲切。这里也是担柴下山，停歇玩耍的好去处。

那个时候，泥塘在我眼里是有多大，就凭我这水性，差不多要两个来回游到头，我竟也没有勇气尝试一回。我胆子小，不逞强，只在坝边几米远的水里，探身下去摸螺蛳。

泥塘里的水本来就浑浊，几个小鬼头一折腾，泥水就腾云驾雾了，水下就见不着东西了。但这并不要紧，这些水性好的家伙，甚至不用睁开眼来，两脚一蹬到塘底，手一抓，就一大把。那种手抓不下的满心欢喜，就像上山拔野笋，一窝一窝的，手都不知道往哪里伸了。螺蛳的繁衍能力确实惊人，水底下到处都是，哪一天来摸，都不用愁。

摸完螺蛳，我们去河床的淤泥里找河蚌，它们总是在那里窝着。我们的脚也会不经意间踏到这硬物，保护它的壳暴露了它。蚌几乎是闭合的，有一种意志里的抵抗和傲慢，而一旦它被切成段片，炖了雪菜，它就彻底成全了自己。

摸回来的螺蛳和河蚌，养在大水缸里，让它们自个儿逍遥。它那暗紫色的鳞片，是害怕合拢的。无论是在缸底，还是爬满缸壁，螺蛳都显得笨拙，即使我用手指头去触碰，它们都置若罔闻。也许在螺蛳眼里，我就是一条稀奇古怪的鱼。而河蚌，一吸一呼之间，吐尽了泥腥，暴露出了它天生的鲜味。

把螺蛳一一捞出，在竹篮子里一顿搓洗，唆啰唆啰的脆响，全然摒弃了泥塘里的摸爬滚打，现出一副清爽可人的品相，独特鲜味隐约可闻。用剪刀或者老虎钳，去剪，或者敲去螺蛳屁股，再用清水冲洗干净，就可以下锅了。母亲依着我们的口味，有时清水煮螺蛳，放点小米椒、蒜段；有时又放一瓢黄辣酱，或者豆瓣酱，爆炒。她的火候扣得特别好，装盘的螺蛳，既嫩又好嗍，每一盘都是自然的馈赠，美味至极。

池塘、水田和缓流的溪河中，那些螺蛳，和这些栖身之地合而为一，低调到了可以忽视的地步，它是沉默的大多数，却并不深沉。譬如天目溪一放水，分水江的河滩上就热闹了，抖音里、微信朋友圈也跟着热闹了，喜欢嗍螺蛳的人们，晒着摸的一面盆螺蛳，还有端上饭桌的一盘，竟有说不出的欣喜。

民间素有"清明螺蛳赛肥鹅"的说法，今年天暖，春分前，螺蛳就上市了，肉质肥美、口感也好，上菜场挑青色的、个头中等的螺蛳，清炒放点紫苏，爆炒舀瓢辣酱，轻嗍一口，就滚到嘴巴里去了，满口鲜。

3

掐草籽。

车子开进村庄，眼前是一片青青田野。阿庆嫂突然停下车，"想掐碗草籽吃"。雨水后，餐桌上已摆上这道春菜，但显然不是当地的食材。去年二月二，我们曾在这一片掐过几把草籽，带回去尝鲜。

草籽，也就是紫云英，土地休耕时播种，花盛时，水田里青芒紧簇，一派氤氲，看上去，鲜嫩无比。早年，因为草籽疯长，割了当猪草，一筐一筐地挑回去，煮了喂猪。人们很少吃，最多在它的嫩芽时掐一捧尝尝鲜。

在我的春天记忆里，掐草籽总是和割猪草联系在一起的。

我们割猪草，常常选择一处长得盛的草籽地，蹲下身子，快速地割几把草籽，又翻开竹篮上面的猪草，偷偷地把草籽藏到竹篮子底下。等到玩甩洞游戏时，把草籽放在挖好的泥洞里，谁丢得准，草籽就归了谁。女生打猪草多、割草籽快，但我甩镰刀时手感好，差不多都是赢家。我后来投三分比较准，大抵是那个时候扔出来的。

近处有几垄油菜花地，金黄一片，有小蜜蜂在花丛里寻芳。几只白鹭，一会儿在水田，一会儿又飞起，栖在老栗子树上去了。我们下车，往一大片青青草草、花花点点的水田走去。

4

拗"兰鸡头"。

在桐庐俗称的"兰鸡头"，就是蕨菜，被称为"山菜之王"，是不可多得的野菜美味。它的幼苗小而尖，卷曲地向内弯抱着，形似猫爪状，又叫猫爪、拳头菜、龙头菜。

清明前后，上山祭祖，总是被山边泥地、坡地里的兰鸡头吸引。春日雨后，在矮墩的土坡，在蓬松的泥土里，兰鸡头如春笋般破土而出，伸长了它的"鸡头"，并且迅速生长，一至二尺长，叶柄渐成黄褐色，不日可拗。

　　小时候，母亲总是用围腰布捆回一大堆的兰鸡头，长长短短、粗粗细细的都有。母亲将满是泥巴的雨鞋脱下，刷洗干净，晾晒在屋檐下。我在母亲笑的时候，看见很多汗珠从她的额头里滚落下来。她把兰鸡头倒入水池里清洗，再用大锅煮，用竹匾摊开，照几个日头晒干，做兰鸡头干焖肉给我们吃。火锅里升腾的那个味道，三碗饭都窝得下去。

　　阿庆嫂也喜欢拗点兰鸡头，顺便在春日里松松筋骨。新龙村的山边坡地对她来说很熟悉，每一次，她都有备而来，换好鞋，外套是一定要穿上的。但她对我一点要求也没有，即使我在路边无所事事，她也不会生气。她对兰鸡头那一层黑褐色茸毛一点也不见外，粗壮而短小的，瘦长的，只要嫩，都照单全收，一概入袋，也不用多少时辰，一餐两餐足以应付。

　　阿庆嫂先将兰鸡头摘去老根，洗净后焯水，再用凉水冲洗切段。锅里倒入热油，加入一包雪菜，一把小笋，几片腌肉，和蒜、干椒丝炒香，再倒入兰鸡头，最后加入盐胡椒粉、醋和鸡精再翻炒一会儿，加盐焖上几分钟，撒上葱花就可以了。雪菜小笋煮兰鸡头，色泽红润、质地软嫩、清香味浓，确实是春日下饭的绝佳菜品。

　　在面对鲜嫩欲滴的春日时蔬时，我会忍不住给自己加戏，心里总是蠢蠢欲动，想请某些识货之人，来一起小炒春天。田间地头溪边，人间烟火那么近，找寻春天，才不辜负这一季的风物。

五月鳅鳝

立夏入夜，田间沟渠里的泥巴，像个闷炉，接着季节的厚赐，在热热的水泡里敦实。三月鳅鳝，修炼了五十来天，还是闷不住了，纷纷钻出来，透口气。滑溜的身子，悠闲地躺在软踏踏的水上，听着四周青蛙的狂曲。

哪里知道，危险就在不远处。几个抓鳅钓鳝高手，正在一边蹲守着。

五月流萤，田野间，一闪一烁，镶成一块低垂而美妙的星幕。泥鳅、黄鳝刚入朦胧的粉红欲界，"哑"的一声，出其不意，扎子上身，血出了孔，身子扭几下，挣扎着，在泥水里抖着，这下完蛋了，网兜稍顺一把，就入瓮了。

阿民是此间高手，应承着不少饭馆的货源，价格也实惠。泥鳅，被誉为"水中人参"；而黄鳝，有着"赛人参"的说法。民间俗语，冬吃一根参，夏吃一根鳝。前面再加个"土"字，营养自不必多说。七八十年代的农村里，稻田间、沟渠里，泥鳅、黄鳝多，大家抓得方便，吃的也多，也营养。一两百斤的水田稻子，麻袋一把就上了肩头。

　　小时候抓泥鳅、黄鳝，跟着大人去，根本不用学就会了。第二日，约几个小伙伴，顶着烈日，一只竹簸箕，一只水桶就够了。沟渠纵横的田间，随便哪个田埂一站，竹簸箕往沟渠那头一放，用脚踩，压实。这边趟水，慢慢地搅浑过去。到头了一提，活蹦乱跳的泥鳅、小鱼小虾、黄鳝就不少。再换个地方，半个来钟头小半桶，够吃一大餐了。

　　眼下，正是阿民大显身手的时候。菜地里挖些蚯蚓，去菜市场里寻些鸡肠鸭肠，买点猪肝，切成小块当饵料。带上网兜、地笼，寻一处浅水低洼地，顾自忙去了。一夜之间，水桶里，装着的新鲜活跳的，自不会让人失望。

　　闲着钓个鱼，钓个黄鳝，捉点泥鳅吃吃的人，在农村不在少数，而且很"吃香"，吃客自然容易成为朋友。你看此类中人，筋骨独特，神采非常。

　　黄鳝用"断背"的敲法，切成段，大火爆炒，加葱段、青椒黄椒，料酒去腥。小火再炒至黄鳝微黄，出锅装盘即可。趁热吃，肉皮连筋，口感嫩滑爽腻，而且大补。小火慢炖一两个钟头，黄鳝煲也是滚烫中的绝美一味。桐庐横村的黄鳝煲就非常出名，辣子当头，段段入味，远近之人，纷纷慕名而往，吃个特色。

　　泥鳅烧火锅是美味。泥鳅绕丝瓜、泥鳅枕茄子、泥鳅钻豆腐等，让食客各有偏好，堪称入香入味。分水镇的各个饭馆，这道火锅是热门菜。而且此坊间有一说，动筷子先夹泥鳅的，必是重口味之人。

　　单说"泥鳅钻豆腐"，颇有小趣味。但据考证，纯属想象。名厨、乡厨百般试验，也未见泥鳅真的会钻豆腐。美食文化，亦是可以用坊间流传与想象来增添品味的。

　　小泥鳅搁干，下酒，又是风味一绝。此类水中活物，烧法中，

"收汤"这一关最是讲究。只见阿民两眼紧钉着锅，"呲呲"声里，翻炒，出锅，一气呵成。

有了泥鳅、黄鳝做主打菜，炖个火锅，做个煲，加些自家地里的时鲜蔬菜，猪肉土鸡蛋，一餐饭请起来，清一色的乡间土货，实惠又倍有面子。

阿民偶尔会送些泥鳅、黄鳝过来，也请我吃过几次，味道真是好，我因此常常记得，且用小文记之，与吃客朋友分享。什么时候来江南小镇、乡下，住特色民宿，尝新鲜蔬菜，过不一样的周末。土泥鳅、土黄鳝，是不是很有吸引力呢。

寻味早餐

晨间走街，万步之间，吃遍分水。

小镇的早晨，以武盛古街的名义，从十字路口开始热闹。先是菜摊在百货大楼沿街摆上了，整篮子新鲜的辣椒，几十个青润素红的西红柿，圆鼓鼓青嫩的小香瓜，一把把齐整扎捆的番薯藤（苗），茄子、丝瓜、毛豆、芹菜、黄瓜、大白菜，砧板上的盐卤豆腐，摊上的新鲜水果，清新而烟火的一天开始了。

边上的老店铺陆续拉开了门。老人们首先见证了清晨的面孔，他们穿着凉鞋拖鞋，着了短衫长衫，有的戴顶小帽，摇着蒲扇，边上拉把椅子坐定了，聊起了家长里短，一边看哪家包子店里冒上了热气，哪家油条晃了眼了，熟悉的那边喊一声，一个个慢吞吞地找自己欢喜的早食去。

今年 68 岁的王大伯，在这里开杂货店 30 多年了。每一天，他早早地在门口摆几条小凳子，等待老哥老妹们过来坐一坐，唠会嗑，周边吃个早餐，一天的日常就这样开始了。

也因此，他熟悉每个人的习惯：石爷喜欢吃面，每周一碗猪肝面；徐哥馄饨加量不加葱花；张妹一副大饼油条，一碗咸浆或豆腐脑；陈婶胃口好，一笼肉包，外加两个菜包子，面前放点醋酱；王伯自己在店里下点白面，榨菜、番茄、青笋干放一点，清淡入味。口味与偏好，左右着早餐的选择。

早餐讲究的是热乎乎，烫口热，热气腾腾。一碗馄饨，囫囵吞，不嫌馅儿少；两只菜饼，烫手烫口，叠着咬一口，却也欢喜。

有的是闲，可别打包了，坐着吃，吃得逮劲，吃得稳当。千万别小瞧了那些小铺小门店，煮锅茶叶蛋，蒸几炉粽子，煎个鸡蛋饼，炸个油食馃，花样还不少，小镇上的人们，可就好那么一味香，一年三百六十五天，换口味，也用不着换心情。

武盛古街东关入口几十米远，有个菜饼铺，十几平方米的小地方，一口大铁锅，旁边一煤饼炉，婆媳俩有时候忙得都转不过身来。这边锅贴还冒着泡，客人就催了，一小袋、一大袋地拎走，排队也得等，谁让人好这一口呢。我去过几次，人实在多，等不了，也落空过几回。说实在的，里面的馅料同样是榨菜豆腐，她那一口，就是汤汁多而入味。自己做，没那个味。

小镇面馆忒多，口碑也不错。吃面，老主顾都好自己的那一口，各自有各自的勾留。约几个跑个步，吃碗面，加盘牛肉、白切肚片，炒个猪肝，搞点油渣，围着桌，聊会儿，各自忙去，城市里早茶的味道就出来了。

且不说分水江对岸的，光是文化路口新华书店附近三十几年的老面店，院士路农家菜对街，美景步行街口子起，联华超市后街，西关老车站一带，原铁塔旁边，就有不少招牌面铺。零散的街角巷末也多，面团大战，各自撑起了各自的营生。

我好一口当地改良版的"兰州拉面"，里面可以由着自己加一些佐料，榨菜、青辣椒、香菇，价格是上去了，但那口汤，对比隔壁地道的"清真"本味，要自由乡味一些。

就近，顺路，也是早餐的一种选择。

赶时间的主，大多数时候，有着饥不择食、慌不择路的窘迫与尴尬。但街边顺个糯米饭团，干菜肉丝馅，或是榨菜豆腐馅，还是有的选，再搞个小瓶温热的豆奶，也遂了心了。

转角的大锅炒粉丝、炒面、炒粉条，加点微辣，三下五除二，一盒上手拎了去。沿街的包子铺，菜包、肉包、豆沙包，随便挑。糯米饭团，干菜馅料，顺根黄酥油条，打个包，拎着吃也行。

像"印渚食堂"这样的大店，不仅正餐丰富，早餐的品种也让人眼花缭乱，可选择的余地也大，就近的，都愿意在这里坐一坐。当然，直接去毕浦小笼包、大老魏包子、满口包子铺的，去御锦堂吃饺子的，也有的是，人们就像料理自己的头发一样，有各自的站点。

早起进货的，微信联系一下联华超市边摊的菜饼大妈，什么馅料，多大分量，由着自己定。几大面盆堆得高高的肉馅、菜馅，和她前倾的身躯一样，做完才歇。晚上九点之后，赶在第二日袋粉、佐料落底之前，这里的出饼量惊人。辛苦是辛苦，客人嘴角的油亮、入味的松脆，辛苦是值得的。赚钱也是赚钱的，不过赚的纯粹是辛苦钱。可以料想，做早点的那些人，是在外经得起摔打的人。

也有赶早不急的，譬如那些菜场里的大爷，忙停了，早餐还挺讲究。明明就是吃一碗面，加的是一只红烧鳖，或是半只猪肚、一盘虾，两三人一坐，搞瓶啤酒，或是二连土烧，落胃了。多少让人刮目相看，不得不感慨：高手在民间哪。你问他们，他们挺直白，"每天起噶早，辛苦的。做做吃吃的人，吃好点，不亏待自己。"

说的也是。那些行走在烟火边缘的人们，才活得真实有劲，呼吸自由。我只有停下来，才看得清，听得见。

"包子——""包子——""包子——"熟悉的吆喝声，从街口传来，那位大妈的声音显嫩。这辆走街串巷的包子小铺车，唤醒了沿街的店铺。每一次的停驻，都能闻到包子的飘香。

分水，这座始建于唐武德四年（621）的千年古镇，正散发着悠悠古韵与魅力新姿。而寻味早餐，惦念那一口，捉住了目光，也勾留了光阴的故事。

夜宵烟火

夜色，格外撩人。夜宵，则更具人间烟火味。

街灯暗影，几顶钢棚，一排烤架，氤氲在路灯与街面的嘈杂里。一把把烤串，滋滋作响，在升腾的烟气里，诱发出阵阵肉香。旺旺的炭火，犹如烈焰般，点燃暑夜的激情。

"浮生若梦，为欢几何"，一碟盐水毛豆，一盘酱爆螺蛳，一把撸串，成了扎啤最好的搭档，都不知让多少人陶醉。清蒸生牝、蛏子、炭烤茄子、韭芽，用托盘装的小龙虾，蒜泥的、十三香的、红烧的、清蒸的，一应俱全，迎合着食客的口味。前后吆喝忙乎的店家，来往走动或坐定的人影，混杂中弥散着热气。人们都饿了，或者继续下一场，很自然地走进了这里。

分水人吃夜宵，第一个想到的是去江边。

分水桥头，往蓝天宾馆右拐，夜宵一条街名副其实。这边"叶记烧烤""革命小串""高老庄""亚兴烧烤"，连成一片；对面"老三饭店""东北烧烤"，桌子也紧挨着。

落日余晖之下，烧烤架与配菜佐料、桌凳碗筷，便悄然占据了人行道。烤串的，下火锅的，煎饺的，帮衬着走单。朋友小圈微起来，啤酒开起来，夜幕下的烟火气，便弥散开了。

小镇不大，熟面孔多了去。要在往日，热闹着呢，走桌敬酒的，觥筹交错之间，活跃了一方俗世人情。

夜宵一条街从这里出发，沿着滨江路，一直延伸至"万紫千红"，再右拐至南门大道农商银行对面的"元始纸上烤肉"。一路灯火璀璨，有"大树下粉干""好灶头""朱大龙虾""阿土烧烤""万州烤鱼""三国烤鱼"，还有转型升级做夜宵的"火辣辣""敏记菜谱""酱小七老火锅"等。

长铁瓢"咣当"两声，起锅底了，带着锅巴的一碗炒粉干出炉了。三四只铁锅同时开火，炒年糕、炒面、蛋炒饭，这边客人吩咐一声，那边锅里就翻炒起来，小香瓜丝、肉丝、大白菜、豆腐干，什么佐料都可以。大伙儿奔着"大树下粉干"来，整的就是一个"快"字，还有就是粉干带着"锅巴"的味道。生意好的时候，老板都是光着膀子，站着干活，肩上搭块毛巾，随时擦汗。

开瓶啤酒，再上个辣味鸭头、几个鸡爪，大快朵颐，大汗淋漓的一餐夜宵，就这样打发了。

随着"中午随便吃点""中午不喝酒"等习惯的渐次形成，加之疫情之下，中餐的客人愈发少了，小镇上的酒家饭庄也随之改变着生意的经营，另辟蹊径，寻思着晚饭与宵夜的连贯性，试图突出重围，营造出更有利润的空间与氛围。

"敏记"老板从业二十几年了，这位专注于农家菜的大厨，又重拾夜宵之路。"中午就几桌散客，没什么生意，"他一屁股坐在白色的椅子上，桌子上是一杯清茶，"轮班，辛苦一点，做着看看。"店里主厨的包头鱼、酸菜鱼、臭鳜鱼、土鸡、小龙虾，以及那一锅羊骨汤，总让人有几分惦记，人气就是靠一分一分的努力攒起来的。

而隔壁的"火辣辣"，早已把夜宵作为自己的主阵地。这里的小龙虾、各色清爽小炒以及各种火辣，赢得了不少主顾的喜欢，忙到凌晨自然也是常态。

马路对面的"元始纸上烤肉"，则颇受年轻人的青睐。暑期店里除了独家推出"自助宵夜"，酒水饮料，免费畅饮，还搞"毕业季，团价"以及"学霸们，看过来"小营销。桐中学子，享元始半价。400 分以上的，享元始超值 50/位。此外还常出些新品，譬如夏天的开胃菜——酸辣藕片，限量供应，推出的是尝鲜价，实惠。暑期档的宵夜，店家推出一些让利促销活动，顾客是欢迎的，"翻桌"也就顺理成章了。更有随点随配的烧烤食材和底料，堂食之余，亦可在自家或山水之间，寻得另一番烟火。

"到阿岩吃点。"林先生呼我，他是为数不多叫得动我吃夜宵的朋友。"那里卤货、小龙虾不错。"九龙路上这家卖卤味起家的小店，不少人提起过。那里的卤牛肉、卤鸭、卤鸡爪，猪耳朵、小龙虾、生蚝等都挺出名，每一日都卖空。天热起来，又多卤了些货，做起夜宵来。这里小街小巷，人不多，也算安静，店门口摆张小桌，再加个盐水毛豆、炒螺蛳，简单的几个下酒菜，足以了却坐一坐、喝几杯的小心愿。

剑哥喜欢照顾"小黄鱼"生意，南门超市二楼的"川府火锅"军老板，除了打理门店里间的生意，烧烤已有些年月了。二楼平台空旷，又正好在电影院、超市、KTV 出口，看得分明。搞一个大烧烤架，摆两三张桌台，就可以约起来。除了老客，也有不少观影结束，顺着"小黄鱼"和肉香吸引过来的。酥脆的"小黄鱼"、各色烤肉、烤串，似一套舌尖组合拳，伺候好着呢。

移动公司和中国银行之间的庆云路上，也称得上夜宵一条街了。"老街坊""格妈美食""好食汇"风生水起，经常凌晨两三点才歇业。

"老街坊"主打面馆生意，也接单炒菜。二楼还单设了包间。这里的"盐卤鸡"、酸菜鱼非常受欢迎。

"格妈美食"专注于烧烤，操作间与堂食分开，空间还算大。烤猪蹄，油炸馒头夹香肠臭豆腐非常卖座，美团外卖量不小。

"好食汇"既有重口味的鲜辣卤鸭、生炒鸡、酸菜鱼，也有清口的腌豆角、盐水毛豆、青椒小鱼干，还自己卤衢州鸭头、鸡爪。主厨一手小火慢炖、大火收汁的功夫，自然有红烧猪脑、豆腐鱼的入汁入味。"好食汇"会照顾客人的口味，菜品也丰富。

话说回来，夜宵也不一定人见人爱，有人养生减肥，坚决不吃。有人就是偏好，不管不顾。有时候，觉得吃什么，很重要。有时候，又觉得吃什么，真的不重要。夜宵有地方寻，总归是好的，你不喜欢可以不去。想了，就约，不羁放纵爱自由。

晚饭后，我沿着心里绘制的小镇"夜宵路线图"现场走走，夜色中，我心有忐忑，连拍个照也偷偷摸摸的。事实上，有小惊喜，也略有小忧虑。毕竟，疫情之下，宵夜的复苏也仍待时日。

一方水土一方人，一方食客一方情。夜色很贵，夜宵也不便宜。那些大快朵颐的酣畅，大汗淋漓的宣泄，掺和着食欲与情愫的每一个夜，活色生香，生生不息，滋养着小镇的芸芸营生。

而时光声响，也在那一瞬间，永远地镌刻在千年古镇与分水江的夜色里。

小家年味

1

我的年味，从一碗素面加一个鸡蛋开始。

住进东门首府，周边几无早点可寻，女人自然家里做。馄饨、饺子，汤粉干、汤年糕，番薯粥、南瓜粥，腌罐萝卜、炒盘腌菜，对一个倾心于家庭的女人而言，原生食材是根，蒸煮煎炒是本，顺手拈来即是味。

女人不知从哪里买来的阔面，还有抖音里下单的新合索面，一煮一捞，刮点猪油，撒点窗台边侍弄的葱花，筷子一撩，送清香入口，蘸点醋酱，十分落胃。简单烹饪，亦可成就日常里的美味。假期的早餐热气腾腾，年味也就开始了。

新居落成，女人特意在走廊上安了根铁杆，专门挂晒各种腌货，六七刀猪肉，四五个猪脚，三四串香肠，两三挂鸡鸭，还有一两拎螺蛳青鱼干等，衬着门上的喜联，年味感十足。

装饰一新的家，窗台上，放一束银柳，越过越有。书架上，几盘多肉，书香里亦多了几分喜气。

2

我的年味里，还是一个"吃"字，满眼都是食物，自然少不了年夜饭和生日宴。年夜饭，自然是回老家陪父母吃；生日宴，正好春节，正月初一，女人午后就开始忙活了。

文火慢煨，一只猪蹄膀正活泼地上下翻滚着，咕嘟咕嘟，蒸腾着热气。骨筋肉皮，一股脑儿地汪洋恣肆。热气腾腾、暗红褐色带皮的肉块，一口下去软糯香甜，入口即化。这道堪称江南人家宴席上的压轴菜，一看就让人垂涎欲滴。也是因为我的偏好和过年的喜庆，女人便下手炖煮。

冬日里，火锅简单又实惠，是年味里的标配。肉骨头汤，则是锅底的原味首选。小火慢炖约一个钟头，再倒入电锅。佐菜一一上桌。羊肉卷、牛肉卷、虾滑、土豆片、肉丸子、藕片、金针菇、鸭血、大白菜、龙须面，足工足料。清炖，热气香气弥漫，鲜香溢满口腔。

另一只锅里又在炖什么呢？清炖土鸡。散了架的土鸡在锅汤里沸腾，冒着油气，等到火候一到，须放些枸杞、参须与生姜。一瓢汤，原汁，原味。吃惯了油腻，来一味清炖，正好。

腌猪脚油豆腐，青菜龙须面，腌肉冬笋，八宝菜，干菜肉，白切肚……

自古以来，过年最看重的是吃，日子好过了，每天过得像过年。寻常百姓，过年又有了新的诉求，海鲜自然就少不了。

这让我总想起表弟，除夕当日，他总会送珍宝蟹、毛蟹之类过来。表弟活络，趁过年，兜点海鲜生意。反正我们也需要，也乐意托他。不曾想，前年他出意外了。我的年味里，又多了一份怀人之念。

3

小镇一个家，山村一个家。我的年味里，自然也有两味。老家的年味，还是小时候那个味，父亲母亲的那个味。

做豆腐了，几家拼着做，少了些脚桶、纱布等准备的琐碎。一板一板地做，一点也不着急。磨黄豆，包紧裹，摊直布，压平板，挤出的汁水，滴答滴答地作响，小孩子围在边上看得真切，听得出神。你若空，就搭把手；你若有事，这边自会有人看着，你去忙别的吧。

做豆腐的当日，母亲一定会喊我回家。做好的豆腐，热油下锅，轻松翻滚，几下就黄灿灿的，勾人味蕾。灶头边，母亲早侍弄了一大碗蘸酱——我喜欢的酱醋加小米椒。

"趁热。"母亲笑着，只说了这两个字。我赶紧蘸点酱，下口。原味与酱汁脆嫩酥烫，入香入味，多夹几个，也没人笑话。吃撑了，过瘾了，我不忘到灶间添把柴火。柴火煮过的食物会更加香美，有一种烟火气在里面。顺便和母亲说说话，这也是我的年味里最重要的一部分，与陪父亲喝点酒一样。

村里打年糕，大致有一两个点，早打招呼，排个时段就行了。刚打出的年糕，热乎乎地，趁手叠成井字形状，冷却了后扳开，散放在竹编上晾，后又叠成井字形状存放，待吃的，浸在水桶里，及时换清水即可。年糕备好，年味就渐渐出来了。

黄豆肉皮冻，是儿子在母亲心里的分量，是我母亲必备的年货。

过年家里聚餐，一桌子菜上来，别人以为上齐了，母亲又端上一碗黄豆肉皮冻。

"我儿子欢喜吃的。"母亲会做一面盆，只要我来，她就切几块，盛一碗。刚熬煮的猪头浓汤进入了锅里，就是给黄豆注入了灵魂，再把油豆腐切成小块，加些冬笋丝、肉丝，再煮透冷却，成琥珀色，美味"冻"人。晶莹剔透的颜值，Q弹轻盈的口感，简直就是无声的幸福在味蕾里徜徉。

这道颇有江南水乡特色的年味家常，餐桌上首屈一指的凉菜，仿佛瞬间穿越母亲的土灶间，悄然弥散在村庄的炊烟里，历久弥香。而这一份浸透在食物中的爱意，绵长细密，直抵心房。

譬如，瓜子，母亲总是买来自己"焐"。起个大铁锅，添个桑树根、毛竹头之类柴火，甩开膀子翻炒，十几斤瓜子就在盐巴中"焐"起来，躁起来。晾晒烘干，咸香入味。过年吃的，就是母亲亲自"焐"的咸味瓜子。

"吃饭了。"厨房里传出母亲的声音，连同饭菜的醇香，久久回荡在家的方向。于是，在我眼里，老家的年味，还不曾远去。至少，它还保持着村庄一贯的朴素和实诚。

4

过年居家，安之一隅，父母子女齐聚，是寻常百姓的幸福小日子。年味里，有尊严地寻找治愈自己的良方，也是传递另一种美好。

走过的2021年，值得回味。这一年，算是小有收成。《桐庐味道》年刊里，有四篇文章入选，其他发表和获奖的作品，也是历年之最。将其一一整理，且做自我慰藉和新年献礼。而加入中国散文学会，算是 2021 年最大的惊喜，感激之余，更倍加珍惜。

　　我的年味里，还有独一味，那就是享受读书和写作的乐趣。《汪曾祺文集》《以文记流年》《诗里有画》等都待细读，《文城》也还有一小部分。定下新一年的读书计划，做一个屁股坐得住的人，将写作作为阅读的逆向输出。沉醉于文字，我的写作，自然也不会倦怠。闲下来，第二本散文集，也正好润润笔。

　　《三联生活周刊》里有一句话，"持微火者，必有微茫的幸福。"而我的年味，将愈发有味有文，有暖有爱。

冬日南瓜粥

冬日南瓜粥，每一口都是温热又甜糯的欢喜。

清风掠过江南的乡野，家门口坡地，墩头石坎溪边，田间菜地一角，一丛丛宽大的长藤叶下，南瓜带着特有的粗犷和硬朗，带着甜黏的味道于时光的沉淀中，渐变成甜糯的一锅晨粥，在冬日里不紧不慢地透出一股厚实与清香。

"明早煲个南瓜粥，欢喜吗？"

临睡，女人探我的口味，带着某种甜蜜的口吻。前几日，老家西墙角的那堆南瓜，她挑了两个带回来。我就知道，我有口福了。

其中一个南瓜，女人用清水摸洗，切大块，平锅格空蒸煮。那天刚好是周末，两人居家小半日，享受十七楼的透气暖阳，也踏踏实实地享受了一顿小时候"焐南瓜"的味道。黄灿灿的色调，细糯微甜的口感，着实让人欢喜。

留了手柄的那一块，满满的小时候的记忆，但谁也没主动伸手。后来女人硬是塞给了我，我也不推辞，我把第一口送进了女人嘴里，又喂了她一口。女人的开心整个地洋溢在脸上。最后我们抢着手柄玩，有点不肯丢的意思。

另一个南瓜，煲南瓜粥。

可能不欢喜吗？冬日清晨，那一碗番薯粥的温热与香甜仍绕于舌尖，又换上一口家常南瓜养生粥，是怎样的一种体验和美好。

转开盖子，一股淡淡的甜香从锅子的缝隙里悄悄溢出时，我仿佛听见山泉滴落于涧谷的回响声，单纯、清寂、空灵，不惹尘埃。只见一层厚实的黄，清亮透明在整个白粥之上，如一汪清泉，那么自然、纯粹，还未入口，仿佛已拂去了身心的尘绊。

盛一碗，入口轻盈丝滑、微甜悠长。南瓜紧致的肌理肉身，在沸腾的清水里肆意欢畅，在米粥的重重纠葛与缠绵、丝丝渗透与包裹中，脱胎换骨，散发出乡野谷物特有的清香与甘甜，便如一位柔情蜜意、温情脉脉的江南女子般入驻了我的心底。

下几筷子女人准备的腌萝卜条、腌菜，微甜与酸脆的自如切换与细微交融，瞬间在每一个毛孔里游走，连老饕也没什么可以挑剔的了。

我忍不住，又舀了一碗。这一碗热气腾腾的南瓜粥，瓜香浓郁，口感香甜，细滑黏糯，是我对我女人的褒奖。她穿着睡衣，睡眼惺忪，看着我欢喜的样子，既温暖抚慰，也挺好看。何况，我是舍不得辜负南瓜粥的。

瓜类是时蔬食材中的极品，我颇为偏好。丝瓜、西瓜、冬瓜、南瓜，都在藤蔓之下，自由生长，牵连出原汁原味的乡野风味。一地的山西瓜，吃出乡村夏天的味道；丝瓜肉片、丝瓜炖泥鳅，欢喜得不行；冬瓜小炒、一锅乱炖，怎么吃都行；香瓜丝炒粉干，一季吃不厌；"焐南瓜"，其实我们这里叫"焐香瓜"，自然的甜香滋味。

夏天的南瓜，堆在墙角，转眼入冬了，它原生的糯甜才沉淀出来。父亲是懂得土地和村庄的农民，对时令与蔬菜，有着无与伦比的信念，他的每一季尝试，自然与土地的回馈多半是成功的，也因此成了我每次回村的念想，而懂得一日三餐的女人，是不会错过这些好食材的。

阿甘说过，人生就像一盒巧克力，你永远不知道下一颗是什么味道。而在我的心里，对于一个偏于美食的普通人，浮生的滋味是日常，就像眼前的这碗南瓜粥，迎接我的，一定是人世间的暖意与乡情里的甘甜。

吃两碗温热甜糯的南瓜粥，清香入味，心满意足，熨帖无比，我渐渐从冬日的清晨苏醒，为一天的忙碌蓄上力。

舌尖上的家

捂在家里，俗世的快乐，不是没有可能。

一碗汤面，一盘春天小炒，一桌家常菜，足以抚慰人心，澄清我们内心的迷雾。家，很庆幸，是最不缺烟火的地方。女人总能通过蒸煮焖炒炖，拴住你的胃，表达自己的朴素心意，而我也识货识趣。

其实这段时间，睡得都挺晚，起个床也没个时辰，凑合着吃是常态。煲个粥，下碗饺子，蒸笼包子，随性。香蕉，牛奶，蛋糕也可以。我更喜欢汤汤水水的，比如，汤年糕。我能想到的幸福，就是用心享受面前的这一碗，让此刻愉快的感觉更醇厚。

一碗汤年糕，食材简单。青菜心，从老家地里割回，茎叶粗壮生劲，入口却软嫩，好似男人硬气的身板与柔软的内心，又像极了春天蓬勃的姿态。年糕用清水洗净，去味，切片，入锅翻炒，小会儿即软糯。刮点自己熬的猪油，一小瓢，见油就收。

喜欢吃辣，佐料用红辣椒，切成圆心小粒状，在菜心青与年糕白里鲜亮，入口脆，辣味尽出，头皮立马燥热。小滚圆的一粒，竟有一种以小博大、舍我其谁的霸气。

中午时分，口味偏重一点，年糕就炒着吃。勤快的女人会讲究一点，再配碗番茄蛋汤，或笋干汤，调和轻重口味，这和蛋炒饭的混搭一样，都是女人的小心思。

一餐两餐走心，一周两周也料理得过来，难的是一个月居家，花样翻新，弄点好吃的不容易，让味蕾撞击到完全陌生的感觉，实在不啻为一场邂逅，这倒让人记得女人的好处来。

年前囤货是女人的习惯。一长串腌猪肉，一大缸腌菜，番薯粉麦粉，龙须面，土豆春笋，年糕粽子，水饺馄饨，都是不可缺的，厨房内外，冰箱里，橱柜间，都塞得满满的。老家不远，地里的蔬菜随时可以去摘。超市开门了，再采购一些蒜苗、春笋之类蔬菜，鲫鱼鳊鱼、鸡爪这类荤菜，稍稍一整，一小桌菜就上了。

"我们什么也不做，只做菜。"女人就站在厨房门边，朝我点点头说。外面有疫情，窝在家，有的是时间，去改善我们的伙食。只要她自己愿意，那么，对时间的利用就算是积极的、热情的。

吃腻了萝卜带鱼火锅，换个口味，来个红烧带鱼，炒得略微干酥一些，接近离刺，碎末与青辣椒一起下，硬是多口饭。

鸡爪，用小火慢炖个把小时，趁热空吃，一下就是七八只。骨头带皮，也是小宠囡囡最喜欢的。饭点，她就在你的左右不离，直直地仰着头，看着你，一动不动，或者不停地搭你的裤脚，等待你留一口给她。

有些食材舍不得拿出来做，因为太稀缺。比如十贯里的阿姨，好不容易晒的笋干，只送了两个外孙女，一人一包。这笋干，看上去就老，颜色深灰，不招人待见。可一下锅，与肉骨头炖一起，连我这个齿松年龄的，都说水嫩。真是好货不可貌相。

菜吃腻了，搞个火锅乱炖。锅底是肉骨头汤，小火慢炖近一个钟头，再倒入电火锅。佐菜一一上桌。羊肉卷、牛肉卷、虾滑、土豆片、肉丸子、藕片、金针菇、鸭血、大白菜、龙须面，足工足料，清炖，鲜香溢满口腔，盘里、碗里，很快光了，又添一些。吃火锅，热气香气弥漫，拖的时间又长，其实，很容易饱。又有什么要紧呢，意义都是书本上的表达，日常生活里，谁也不会去想意义。自己觉得怎么好，就怎么做。

我时不时会去厨房里转转，算是关心粮食和蔬菜。待一只菜出锅了，就拍它的样子。说实在的，拍出来的菜品，没有摆在桌上的好看。一碟平常小菜，全是日子的本味，也说不出喜从何来，眼里都是好，比吃还好。

青菜心炒龙须，是一道不错的素菜。用细盐，扣咸淡。炒得稍干且疏散一些，龙须易撩且有松劲。不得不提女人的拿手菜——红烧肉。这才发现，自猪肉价格上涨后，她竟然没怎么露手艺，于是甚至想念。大火爆炒，小火慢炖，一筷子下去，温醇、酥软。吃一口，带骨带皮的，全精的，红烧肉已经炖到足够烂，汤汁在肉里若隐若现。舀一汤勺汤，多下半碗饭。

我们在桌上正谈着吃，这个时候，没有人会出现在我们面前。在人间的这个点上，人们各行其是。有人在安睡，有人在拼命。关于吃，有人没有时间去想；有人在纠结吃点什么好呢，是否还喝点酒。但这就是生活，而我们中的一些人，已经永远地死去。

活着，无论现实怎样，各安天命，有尊严地寻找治愈自己的良方，也是传递另一种美好。人类无数次的折腾，仅仅容得下一张饭桌，一个温暖的家，安定自己，仅此而已。

十月芋艿香

我承认，我对煲汤上瘾了。

在我眼里，煲汤是所有美食的语言，也是胃口的归宿。尤其是夏冬季，甚至可以摈弃所有的世俗，去迎合一碗煲汤，譬如芋艿骨头煲。

"芋艿"，俗称"芋头"，其叶卵形，柄长而肥大；花黄绿色。浙北山区，深藏于地下的单子叶之子，肉质球茎，褐色富含淀粉，深秋十月间，立刻在唇齿间被激活，给予人间美味。我都不知道，用怎样的语言去讲述，从泥土底下，挖出的外须内滑之王。

记得汪曾祺先生的《人间草木》，第一篇就是《芋头》。

"我忽然发现了一个奇迹，一棵芋头！楼上的一侧，一个很大的阳台，阳台上堆着一堆煤块，煤块里竟然长出一棵芋头！大概不知是谁把一个不中吃的芋头随手扔在煤堆里，它竟然活了。没有土壤，更没有肥料，仅仅靠了一点雨水，它，长出了几片碧绿肥厚的大叶子，在微风里高高兴兴地摇曳着。在寂寞的羁旅之中看到这几片绿叶，我心里真是说不出的喜欢。"汪老笔下，芋头朴拙如斯，与人得趣，如斯人也。

　　我的篾匠父亲晚年归园田居，种得一手好菜。十月，正是芋头大出的季节。自家地里的菜，稍加用心，就是与季节共处的好货。这种感觉就像每周与父母、与村庄相逢，让人倍感亲切。

　　三轮车突突地驶出下坡岭，转眼上了村道。我跟着父亲下地去挖芋艿。

　　干净的村道边，红叶石楠红透了，成片的稻子金黄了，芋艿大叶宽绿了。田野里，秋色蔓延着一种因收成而喜滋滋的情绪。

　　我家菜地，在高坡栗子林下，拢在一片稻田与桑田之间，足有半个篮球场大小。父亲起早摸黑，在这里拾掇忙碌。他的辛劳，小白菜，青菜，辣椒，冬瓜，每一株季节里的菜苗都记得。

　　眼前铺陈开来的一垄大肥绿，叶柄长而高大，遮田蔽人。父亲瘦小的身躯，在里面若隐若现，我都看不清他在哪里。

　　"这里这里。"几扇大叶倒了下去，父亲在那边喊。我开始下地，在大叶间穿行。

　　一株碗大的"芋头"，一般都连生着多个芋艿。芋艿的外皮，套着棕色"蓑衣"，粗犷憨实，有的圆润，有的曲长。父亲一刀剪了长茎，宽大的叶往一边倒去。他掰下芋艿，去了泥，往竹篮子里丢，接着往下一处挖。我拎着竹篮子，跟在后头。

　　芋头大，用两个袋子装。芋艿小，竹篮子够用了。大叶，几刀剪了，就丢在了田里，我突然觉得有点可惜。多年以前，温饱未解，嫩一些的大叶炒起来，滑滑的，软脆软脆，味道还是不错的。

　　刮皮搓洗之下，芋艿稍稍让手有些瘙痒。洗净入锅，湿布收紧锅盖，用烫烫的小火炖，一两个小时的百般刁难后，芋艿软糯至极。滚烫的大锅里，无与伦比的芋艿汤，飘着肉骨头的香。喝一口汤，芋艿骨头汤，浅白的颜色，朴素的品相，软糯烫口的味道，谁不爱？吃！

这些天，父亲凌晨三四点，去菜场给芋艿刮皮（专门的机器脱皮），然后几个袋子、几十斤地往饭店里送。一季下来，差不多也有几千块的收成。

母亲又在另一口柴灶上炖芋艿了，和着番薯炖。一开锅，喷喷香。今天中午，就这个当"饭"了，还有早晨，母亲做的一笼面包。起炭火，萝卜青菜干锅，另外蒸了碗鸡蛋。

当然，立冬过后，差不了多久，芋艿会被萝卜所替代。无论是萝卜骨头煲，还是萝卜青菜羹，还是其他关于萝卜的传说，都不紧要，各家自有路数。只因季节，决定了食味。

而惦记着一道家常煲汤，是否也是对家的一种皈依？

黄豆肉皮冻

小年过后，愈加惦记黄豆肉皮冻了。不光想吃，更想熬"冻"的人。

"妈，今年黄豆肉皮冻做了没有？"我试着打电话问。小时候吃惯了，一到过年，就想尝一尝。

"做了，晓得你欢喜吃的。刚刚，阿姨还在讲，'你还做这个啊'，我说，'儿子欢喜吃的'。"我听出了儿子在母亲心里的分量。我猜，母亲还记着，儿子还欢喜吃鱼冻，下泡饭呢。

老家在桐庐分水后岩村，毗邻天溪湖，三面环水，民风淳朴，是全国文明村。204 户人家，冬日里的餐桌上，原先，都少不了一道黄豆肉皮冻。只要黄豆肉皮冻一上桌，从来没有不吃的道理。老人顾不及牙口的冷热，小孩手抓一块就往嘴里送。切一盘，就是男人们最好的下酒菜。对女人们，简直就是纯天然的胶原蛋白啊。

小时候，只要家里条件允许，母亲就会做一面盆，想吃，就切几块，盛一碗。这道颇有江南水乡特色的年味家常，餐桌上首屈一指的凉菜，仿佛瞬间穿越母亲的土灶间，悄然弥散在村庄的炊烟里，历久弥香。

　　年味，像一层厚厚的雾气萦绕着村庄。涮完火锅之际，就是吃黄豆肉皮冻最好的时候。一顿饭下来，大鱼大肉吃腻了，来块黄豆肉皮冻，晶莹剔透的颜值，Q 弹轻盈的口感，简直就是无声的幸福在味蕾里的徜徉。

　　自家田头坡上的黄豆，夏夏黄灿结实，冬来贮藏，是季节里农人早出晚归的剪影。自家做豆腐，或者村里邻里几户一起做，一板几板的，各自安备。顺便下锅油个豆腐，围着灶头，趁热蘸点酱，原味与酱汁脆嫩酥烫，入香入味，馋几口就多夹几个，都没人笑话。

　　与此同时，农家也留些黄豆，浸水而润，几个小时，滚圆生香，专门做黄豆肉皮冻吃。

　　熬"冻"，用的是肉皮。肉皮本身不贵，早先靠天吃饭，肉皮冻只有天冷了才能做出来，大冬天的才能尝尝鲜。而最好吃的肉皮冻，一定是自家熬出来的。倒不是母亲有什么妙招，实在是因为母亲有足够的耐心和细心。给家里人弄点好吃的，费多大劲也愿意。

　　美食的秘密，只有时间和懂得的人知道。

　　收拾干净的肉皮，简单焯一会，去除异味，肉皮变软捞起来，保持胶质。一条条皮带宽的肉皮铺在案板上，刀过留痕，保证肉皮内的油脂被剃干净。肉皮下锅，大火烧开，小火慢熬，一两个小时后，母亲看到汤汁黏稠浓白，肉皮绵软晶亮，浸润饱满的黄豆就可以下锅了。

　　猪皮软烂有嚼劲，与黄豆荤素搭配，在汤汁里相互碰撞，又相互被驯服，又慢慢地糅合。数九寒天，盛在一大盆里，要不了多久，就凝结了。只待馋一口时，切盘上桌。

　　儿子的嘴巴是被辣椒调教过的，单一难免无趣了些，母亲便开始了"调味"之旅：刚熬煮的猪头浓汤进入了锅里，就是给黄豆注入了灵魂。再把油豆腐切成小块，加些冬笋丝、肉丝，再煮透冷却，成琥珀色，美味"冻"人。

"吃一块添，你欢喜吃，又吃不坏的。"母亲又往我碗里送了一块。

从黄豆肉皮冻，到油豆腐黄豆冻，我感恩母亲，一直惦记着儿子的口味喜好。即使很多人早已淡忘了家乡最初的美味，她却尝试做得更好。而我，哪里还记着母亲喜欢吃点什么呢！

像我，即使一碗白粥，几片藏在粥里的油豆腐黄豆冻，润润地舀一口滑进嘴里，也是极为满足的。微微黏糯的米粥质朴温和，油豆腐黄豆冻清凉，随着咀嚼，谷物与肉夹缠在口，在唇齿间共舞，相互交叠递进，寡淡的味蕾顷刻间清醒过来。

天寒露重，吃冰凉的油豆腐黄豆冻，那种自上而下的清凉缠绵，别有一番惬意在心头。无妨用一口，一解这一年到头的忙碌与辛苦。而熬"冻"的人，是否更需要我们的惦记呢？

包子的味与道

小时候乖巧，到镇上，大人问要吃什么，半晌不出声，只说是买书，其实是惦记"矮子包子"，分水武盛古街，新华书店巷口那家。母亲总是善解人意，"就去那边吃包子吧。"我赶紧地跑到前面带路去。

小弄堂口，四五张方桌，几条长凳，几个煤饼炉子，十几叠小蒸笼，夫妻俩忙得抽不出手来。人们排着队，占着道，也没人计较——谁会跟吃过不去！

"一两分钟，就好的。"游哥一边麻利地盖上小蒸笼，一边用筷子衔点馅，一手捏皮子，一下两下，放小笼里。不一会儿，满笼了。这边热气腾腾地出炉，那边顶上新的一笼。时常是两笼三笼地出。

往小碟子里倒点醋，那醋香又酸又爽，勾人肠胃，再蘸点辣酱，一夹，一蘸，一送，皮薄肉香，汤汁溜烫，那一口腻过嘴角的鲜香，上了点年纪的都留着味，过瘾。

小镇早点颇多，包子铺也不少。大老魏包子，在武盛古街老百货店斜对面。大蒸笼，包子个大肉满。干菜，豆沙，各种菜馅，三个管饱。"毕浦小笼包"也在镇上开了几家连锁。这种"小包子"，现蒸现吃，一口一个，十块钱一笼。再添碗豆浆，或来碗粥，落胃。其余包子，也各有味道。

单说"包子"，要独辟蹊径，弄出点名堂，搞出个花样，又谈何容易。而"宴春阁"包子，显然有备而来，并且下足了功夫。女主吴红霞，2007 年开始在东溪寻了几间店面，做农家菜。后又在天目溪边，经营了一阵子"砖山·望湖"。这位从小喜欢跟着母亲做小吃的女人，对美食，尤其是小吃情有独钟。

或许正是源于"小吃"情节，她总是惦记着要做点什么。疫情原因，饭店堂食时多时少，有外卖单子也做。一空下来，她就想到要做早点，做包子。

"两头做，不辛苦啊，你一个女人家?"

"欢喜做，辛苦点不要紧的。"她的脸上洋溢着乐观的笑容，看得出，她是个吃得起苦的女人。

后来她专门去阳普学做"毕浦小笼包"，一学就是三个月，每天起早去义务劳动，一门心思学手艺。师傅基本上不教什么方法秘诀，全凭自己参悟。每天一站几个小时，这样的辛苦，丝毫没有使她打退堂鼓，反而历练了她坚毅的性格。

"包子要好吃，才会吸引顾客。"那一次，抖音上一则山东包子吸引了她，为了寻得吃味道，她又跑去山东了。一周时间下来，她从搓粉捏团、掐皮入馅做起，渐渐懂得：包子要好吃，得纯手工做，而且馅料要鲜香充足，有小时候包子的回味。

凌晨四点多，天还蒙蒙亮，吴红霞就在"宴春阁"忙开了，她先是熬米粥，再磨好豆浆，之后开车去定点的杀猪师傅那里买土猪肉。

"不是土猪肉，味道就不一样了。"她明白，肉包子最讲究的就是肉，正宗的土猪肉做包子馅，再用调料配制，肉味扑鼻。

一位上海客人慕名而来，几个肉包子下去，竖大拇指，"外观好看，肉馅也好，小时候的味道，吃到 26 年前的味道了，能打包吗？再来五十个。老板娘加个微信，下次快递。"

"谢谢夸奖，有，有，有，微信扫你。"吴红霞由衷地笑了起来。除了店食，出笼现吃，还有速冻配送，或者快递等，她的经营模式，也是呼应着顾客的方便与市场需求。

包子要好吃，馅是关键。无论是肉馅，还是菜馅，都讲究一个"味"字。

笋干是菜包子馅的必备品。吴红霞用的是罗汉笋干，专门从合村农家一家一家收来，自己晒制，囤好。这种农家罗汉笋干，一煮即软，即使"四十齿松"，也不塞牙。咸淡扣牢，口感自然糯软脆鲜。

正宗的盐卤豆腐，切丁，加葱花配料；还有干菜肉，葱花香；或佐以萝卜丝、香菜等配色，就是简单而完全意义上的"色香味俱全"。

开包子铺，要有人气。吴红霞深谙此道，"宴春阁"选"点"就得天独厚。这家饭馆，在东溪与柏山交口处，地面开阔，正是往来的三岔路口。左往桐庐方向，右往分水、千岛湖，于潜、安徽方向，有"通衢"之便。看似偏于一隅，实则好地方。周边开阔，往来货车频繁，便于停车吃饭。

下公路转弯，则通向徐凝小学。早餐，怎么少得了孩子们呢。除了主营各类包子，还有豆浆、米粥、卤鸡蛋等早点。

"你们还欢喜吃点什么？"吴红霞常常问顾客。是否合口味，是她交流的主要话题，以此提升服务质量。你看，"宴春阁"包子的

"个头"定位，差不多就在大包子与小笼包之间。

实体店有多难？对自己从事的餐饮、小吃，吴红霞有一种与生俱来的热爱和自我的坚持，在我看来，是极其可贵的。红尘千履，甘于在缝隙里坚定生长，仍有光芒抵达。

"出锅了，趁热吃。"这个做包子的女人，从不说辛苦，她热情地招呼着，跑里跑外，忙这忙那。叮咚一声，扫码的微信、支付宝里，到账的声音此起彼伏。而她的店铺门口，常常是长长的等待包子的队伍。

分水江畔，晨间微凉，空气清新，夏风拂面。"宴春阁"的檐角窗台下，青红紫蓝，飘散着花草香馥之味。一根躺赢的粗壮枯树，青蔓花簇；靠边的夏千木椅边，藤蔓瓜香；几张木桌，敞亮在天空下，竟有几分闲逸之感。

那么，来一碗豆浆，一笼"宴春阁"包子，美好的一天，又开始了。

舌尖上的榕江

重返榕江，馋一碗牛肉粉，好一口酸锅汤，惦记一份"忠诚"牛瘪。

第一次来榕江，是在 2019 年的冬日。临行前宵夜，我们在"乐吉百吉"酒店街边，找了一家牛肉粉。一到榕江，就听说了这道家常美食。据说，这里的人们，一日三餐，少不了这道米粉，牛肉粉也好，羊肉粉也好，都是当地人的日常与舌尖念想。

我们每人要了一碗牛肉宽粉，底料是牛肉、香菜、芫荽，用红油辣椒调味。又要了一大盘牛肉，一碗牛杂、牛舌，围着四方桌，稀里哗啦地吃起来。我口味重，自己添了醋，加了辣，吃起来更是一波接一波的味道刺激，满嘴留香。刚卤好的牛肉，取材当地的黄牛，特别鲜嫩，像我这样五十齿松的，也是来不及缝塞，早已落胃。

再看这店的格局，面街窗口是两个大锅，一锅煮粉，一锅汤料。店中间是两个四方桌，左右各三个长方桌。里间是配料工作间，卤牛肉、水煮牛舌等，还做牛杂火锅，再加些米粉下去，味道也是杠杠的。

这次有幸去"大利"侗寨看看，这是一处还未开发的侗寨，有一种"遂与外人间隔，不复出焉"的感觉，绝对的"世外桃源"。

"这里的青壮年，随随便便出去打工一年，挣个几万，几年后，造个房，安逸得很。"阿杜校长如是说。

第一次近距离地见识雾气弥散的高山梯田，杳无人迹的山野绝境。上山下山的曲折高远，连阿杜也觉得晕头转向。

贵州有"天无三日晴"的说法，这不，"大利"侗寨又下起了小雨。穿着短袖，略感微凉，我跑了几步，过侗寨风雨桥，就见寨子里的一家小店，屋檐下搭个棚，有一个宽大的木桌和几条木凳。

一个盘着侗族头巾的女人，带着两个娃，在吃米粉。屋门边，一口大桶，里面盛着沸水。木桌上，篮子里是待煮的白白细软的米粉，还有牛肉、香菜等佐料，红油辣椒、香醋、酱油等各色调料摆在一边。

浓睡不消残酒，我的肚皮早已"咕咕咕咕"地叫了，"来一碗，可以扫码吗？"

"可以，客人坐。"

屋子外地方不大，旁边坐着的一位女人，突然拉起孩子让座。我心生感激，说着谢谢，也不客气了。和她聊，这个在家带孩子的母亲，早餐也喜欢和孩子一起吃碗米粉。

"多少一碗？"

"六块。"

"加点牛肉，给你十块。"

"你自己加吧，多少随你。"侗寨女人的低语里有着天然的质朴与慷慨，一些温暖的因子瞬间遍及周身，想象那些食材一样，与天地，与万物，进行一次毫无戒备的畅谈，我因被妥帖和安静地对待而感动，让人一下子有了不虚此行的感觉。

不知什么时候，又来了个姑娘，也要了一碗米粉，捧到屋里，找了条小凳子，坐下来吃。我猜想，她也是好这一口的游客吧。好吃，屋里屋外吃，坐着吃蹲着吃，有什么要紧呢。

抹抹嘴，我们往村寨里走走。高处的鼓楼，屋前的捣谷槽，依然可掬一口的古井，溪水上的风雨楼，近可期颐的四合院，狭窄的上房木梯，原生态的历史遗迹，印刻在尘埃深处。

2019年，我们为"忠诚"而来。东西部协作，我们与黔东南，与榕江，与忠诚镇中有缘。忠诚镇在黔东南州榕江县中部，城北9公里的古州盆地北端，被称为"中国牛瘪之乡""中国第一瘪城"。第一次来，热情好客的主人，就请我们尝"牛瘪"。

牛瘪，又被称为"百草汤"，是黔东南地区独特的一种食品，被黔东南少数民族视为待客上品。"牛瘪"的制作工序复杂，人们将牛宰杀后，把牛胃及小肠里未完全消化的内物拿出来，挤出其中的液体，加入牛胆汁及佐料放入锅内文火慢熬，煮沸后将液体表面的泡沫过滤后食用。

食"牛瘪"古已有之。据宋代朱辅的《溪蛮丛笑》记载："牛羊肠脏，略洗摆羹，以飨食客，臭不可近，食之则大喜。"

临街，"牛瘪"特色招牌，民族美食店一家挨着一家，生意红火。大抵是一张低矮的圆桌，一张凳子，大家围着坐。

朋友介绍说，牛瘪有汤锅与干锅之分，汤锅牛瘪比较鲜嫩，而干锅牛瘪香味更浓郁、热烈。初次与"牛瘪"交口，还是先来一份汤锅牛瘪吧，但我们还是颇为犹豫，有几个还是下不了口。我试着尝一口汤锅牛瘪，入口之初微苦味，还好有牛肉、牛杂、香菜和辣味等的一众掺和，闭着眼睛下去，还行，饭后才知菜香味重。

"口味蛮适应，回去网上下个单，自己烧个吃吃。"对口味的童校说。网上下单，味道可能也是不错的，但终究会差了那么一点点。那种滋味，大概是现场找寻、等待所赐予的。在食物这件事上就是这样，如果时时刻刻都吃得上，那便不可称之为美食。真正的美食当中，有时间和历史的刻度，同时也有一些地域故事的承载。

重返榕江，来忠诚，除了馋一口汤锅牛瘪，还有酸汤锅。

又是这家"牛瘪王"，一楼已聚了三桌。除了牛瘪这个当家菜，当中还有一个特色酸汤锅。牛肉、肠子、包心菜、香菜、薄荷、大蒜等几小盘佐菜，应有尽有，让人有种"吃着嘴里的，想着碗里的"感受。

酸类的菜品也多，酸肉小炒、笋丝小炒，里间夹和着当地西红柿、大蒜配料。"酸汤辣味"，无疑是黔东南美食的一道底色。食材本地天然，调味自然独到。"三天不吃酸，走路打圈圈"名副其实。

我们上了二楼包间，自然又有口福了。

"宁可肠子洞洞，不可感情缝缝。"热气腾腾的人间烟火，瞬间在榕江这片神奇的土地上聚拢了。

临行，凯里朋友过来请我们吃早餐，顺便送我们去高铁站。

我们到体育场旁边的一家姊妹小店，吃酸汤粉。配料是猪肝片、鹌鹑蛋、小肉圆子、香肠、包心菜、黄豆芽等，佐料是辣椒面、油辣椒、折耳根、番茄酱、青椒、葱花、蒜末。调好酱料，把粉放入拌着吃，囫囵吞，酸酸叽叽，味道好又解酒。

抹抹嘴，抬头看见店广告，365 元吃一整年，一天只花一块钱。酸汤免费喝，学生和环卫工人吃粉一律半价。汗水要挣，情谊心中是最美。

而舌尖上的榕江、凯里，一碗酸汤粉，就值得你来，值得你留下醉美记忆。

赶一场八鲜家宴

疗休养到宁波鄞州，同行的小姜，有个同学张望，在消防支队工作，专程从老家赶回来，邀我们小聚。

入座一聊，竟然是老乡，连就读的母校也一样，就不那么生分了。菜满桌入味，酒也随意尽兴。张望肯喝，量也好，不断地和我们碰杯，差不多走了一瓶 53 度的白酒，看上去潇洒随性，进退自如。据说他每天五公里，即使宵夜酒多，第二天也雷打不动。这种军人作风，能够一直保持，对人生真是一种自我激励与唤醒。

酒酣，也不知是否说了一句喜欢海鲜之类的话。张望有心，第二日，便约我家宴，这让我有些不好意思。他一早就在微信里喊话，老师喜欢海鲜，特地从宁海带了些过来，请了大厨来做，晚上一定赏光。

我女人怕麻烦人家，说这么远，又热，又是初次见面，算了吧，反正这边也有安排。我说，人家有心，不去反而不好，至少对不住人家的热情。话又说回来，我这人脸皮厚，可能还是好一口海鲜。

"这个季节，还是禁渔期，不能租船出海，但吃一口鲜，还是可以有。"张望说着，把我带进了厨房，"你看，请了大厨掌勺，我战友。"

眼前是请人吃饭的那种客气与热情——厨房里，早已热火朝天。

帮厨伙计小葛，挺直的腰杆，帅气的发型，一看就是军人的潮派。他在水池边洗菜，回头说，这里热，你们客厅坐。一盘盘洗净的海鲜，端在了砧板边上。乍一看，蟹，虾，鱼，不重样。

"青蟹蒸下去了，还有几个鱼，快的，你们先吃起来，凑热。"一边的大厨刘剑，已整得满头大汗，后背一大块，全湿透了。

张望指着他们说，两个战友，一个喜欢捕，一个喜欢烧，他只管吃就行。"我家厨房，他们熟门熟路的。"

"你们好吃起来了，这里热。"刘剑朝我们扬扬手。

碗筷齐备，酒水上桌，海鲜出场了。

第一道，白灼望潮。

"好像是八爪鱼，就是小一点、细一些的感觉。"女人很好奇，这个菜普通，我们这边也多，还比这个块头大，且粗壮。

张望好像明白我们的心思，"这个是章鱼仔，八爪鱼的弟弟，叫'望潮'。"

刘剑回头补充说，"这道菜叫'白灼望潮'，正当季，新鲜滑嫩，蘸着吃，看看调料味道怎么样？"

原来"望潮"是这个样子的，我承认，这一刻，作为民间美食达人，我肤浅了。

"看它不起眼，价格到门的，老师猜猜看。"

"多少一斤，一百块差不多吧。"

"这里不以斤算，按个论价，差不多十七十八块一只。"

刘剑介绍说，望潮最通行的吃法是红烧，"清水里养一段时间，让它把泥吐掉。"他开始说书，"用沸水烫死，它的长爪会缩成一团。

把油烧热，放入姜末、蒜泥，煸出香味，将望潮入锅，放上酱油、茴香、料酒，用文火炖烧十分左右，望潮收缩成一团变酱红色，收汤起锅装碟就好吃了。今天时间紧，我白灼，吃原味。"

"看上去都是整只的。"大厨这么一详解，我一下有了求知欲。

"必须整只烧，不要剖腹断足，不然膏黄会流失。来来来，尝一尝。"

我也不客气，给女人夹一只，自己也夹一只，在姜醋里轻轻一蘸，送入嘴里。

"怎么样，口感？"

"肉质结实，原汁原味，既嫩又鲜。"我作十二字评价，又赶紧倒了罐百威敬大厨，"长见识，吃大餐了。"

第二道，清水煮青蟹。我是极爱吃蟹的，就着姜醋回味无穷。十月的太湖蟹，就让我十分惦记。

"螯封嫩玉双双满，壳凸红脂块块香。"我想起《红楼梦》里面林黛玉所作写蟹的诗句，非常形象地描述出打开蟹壳后的画面，让我顿时口舌生津。

而宁海七月的青蟹，肉质如此结实饱满，是完全出乎我意料的。去掉硬壳，里面酥白紧致的肉身，蘸上配好的姜醋料，满足了我对蟹的单纯口感。

大厨好像很懂我，又去下了一小盘红烧青蟹。

"老师喜欢，我多带了几只，慢慢吃，今天吃饱。"说实话，我馋这一口，连姜醋也多倒了一次，吃撑了为止。

第三道，水煮长街蝴蝶蛏子。蛏子，对宁波人来说，就像东北人饭桌上的酸菜，四川人饭桌上的辣子，普通，日常，却不可缺少。这几天疗休养，中晚餐都上蛏子，即使蒸煮，蛏子入味提鲜，到底是好吃的。

水煮长街蝴蝶蛏子，一听就有地方风味。

"这道菜的关键，首先是选料，长街的蝴蝶蛏子，之所以更合口味，就是因为它的肉紧鲜嫩，吃起来很Q。"看我们疑惑，大厨解释说，意思是有嚼头，弹劲儿十足。

第四道，豆腐丝瓜跳跳鱼。灰不拉叽的跳跳鱼，是滩涂里的一种小鱼，鱼皮光滑细嫩，透着一种亮度，像极了南方水田里的"水中人参"泥鳅，日本人称其为"海上人参"，清水光汤地煮，连味道都是原生的。

大厨用白嫩的豆腐与时令的丝瓜清水炖煮，味道香醇且厚，肉嫩鲜美。又是一盘混搭得体、清淡入味的好菜。

第五道清水煮三黄，第六道白烧海鲈鱼，第七道油爆草虾，第八道红烧米鱼毛豆……精挑细选的新鲜食材，炮制出一桌好菜——八鲜家宴，个中藏着多少份浓情蜜意。

"百威空罐了，"大厨丝毫没过瘾，和我们侃大山，把小葛的几段情事说得挺有意思。

"少喝点，差不多了吧。"张望家的美女，做完一个多小时的瑜伽回来，我们还在喝，就劝了一句。

"酒刚刚有点味道，有电话的吧，再叫一箱来。"在战友家里，他一点不客气，已经六七瓶下去，好像洒洒水而已，体质是真好。

"回分水，记得微我。"临别之际，街灯明亮，灯火里分明有家的味道，即使是在异乡，也不会有丝毫的陌生感觉。

张望的这一桌八鲜家宴，满足了我对宁波海鲜的美好印象，值得用"不虚此行"来感谢。那么，去行走，去想象，去发现美食与情感……

舌尖滑过的寒香

一支烟一杯酒，一支笔一幅画，"1998 大排大"的许国华先生，宛如诗意富春江上的一幅写意山水，在《松梅相依》处，寻松柏古风禅意，品梅香馥郁清悠。

我见过他在《今日桐庐》"桐君山"版面上的国画《寒香傲雪》，一派寒冬腊梅风骨，似凌霄花一般，把自己悬在空中，飞旋出一种力量的美，纠结的美。它的藤枝，粗壮凌厉，一圈圈拧巴上去，横陈点簇，寒而不语，艳而不娇，似入云海之潜龙，颇有嗔喜之意。江南几度梅花红，有些峥嵘的气息里，能体味出闲适清高的气象。

墨客如此，又醉心于满身烟火色的餐饮，会是什么滋味。

那个阴冷潮湿的下午，我凑个空，去寻许国华的"1998 大排大"。据说它藏在"红楼"对面的街口。

暮色已沉，富春江畔点点街灯却给足了温馨。细小的雨滴扑在脸上，含蓄地撩拨着行人的心弦。这家叫"大排大"的餐厅里，原木色配着淡红的墙饰，素朴而本真。装饰一新的店面，素净而温雅，模样也周正，颠覆了我的想象。

说重点。

许先生对食材与菜品的严苛是出了名的。

"主打桐庐味道，家乡始终是我的主场，"许先生说，"鲜，辣为主，也参考其他菜系进行改良。"一家餐馆，撑场子的往往有几道特色"店菜"。老客都知道，"1998 大排大"20 年前那道鲜辣卤鸭，酱色，小段，肉质小性感，有嚼劲。辣得真当够味，从喉咙直入胃肠，辣气一直荡漾在里头，有种 50 几度土烧下去的冲劲。二十多年出了名的辣，不知勾住了多少辣客的魂，那道鲜辣卤鸭，打包带走的，快递十几只的，比比皆是。不早约，还真吃不上。

说话间，一道雪菜毛豆肉丝端上来了。将雪菜、新鲜猪肉丝、红辣椒一起爆炒，刚出锅，还流淌着这三样味道交织出的热油，当真鲜辣分明。"1998 大排大"又加上毛豆，毛豆口感好，同时又在乌色中又跳出一丝绿，更增加食欲。

"雪菜蛮要紧的，要那种脆、酸、新鲜、咸的，颜色要呈那种健康的茶色，介于青和褐之间。"许先生对食材挺讲究。雪菜，乡下老家腌制，也是他这辈子都在追寻的东西。

乡食难忘，不仅因为它美味，还在于它的呵护性。它总是能让常年漂泊在外的人，瞬间热泪盈眶。

即使像带鱼火锅，也极讲究。用萝卜丝，还是腌菜佐料呢？哪里的带鱼最适合烧火锅？要怎样煎带鱼才好？比如，小煎带黄松，肉质就会细嫩鲜香。萝卜最好是当地农家地里挖出的，切片切丝，入味入口。带鱼与萝卜的量也须适宜，再放点大蒜叶，和着辣味，咸淡扣好，味道就不一样了。

江南地区多喜吃笋，浓汤笋干鸭煲，江南笋的"脆"被很好地凸显出来。鸡煲里放几片鱼干，小有风味；黄豆粉、红糖浆蘸的糍粑年糕，糯而不腻；家常豆腐上撒一些浑圆小黄豆，好有意思。看来好饭未必昂贵，佳肴平易近人。

"肴馔之美，不言而喻"，味的美妙，其实是没有本质区别的，取决于你每一次的尝试。"1998大排大"菜品多了去，如果觉得好，可以自己来品尝。吃饭是小事，也得讲究不是。

席间，许先生总让大家品鉴，直言菜品。他对菜的味道、品相有完美的追求。

"蒸煮烹炒，是一方面。一桌菜，有四只脚，才有品。"文联李龙先生眼界独到。

美食文化"总理"周保尔先生则对摆盘赞不绝口。"器具就是面相，就是品。"

我喜欢那只蟹，盐巴蟹。一改蘸醋的食法，晶洁的盐巴沾在蟹壳上，由着性子，轻轻拨弄，一口咬去，蟹脚椒盐的味道就出来了。还有椒盐猪蹄的味道，我猜你也喜欢。

一喝一聊，我才明白，我和许先生都是被时光预约了的人，一个喜画，一个弄文，也是缘分。日常那些打动我的，常常是一些更为细微的事物。这些年，我一直活在素朴构筑的语境中。

而美食是一种语言，有时候是一种最真实的语言。我味蕾里所感受到的清淡腥咸，比我所看到的和想到的，更值得信任。美食是当下的，正如生命是具体的。

微醺里，一幅《奇石醉梅》，许先生几笔勾画，在我眼里已是了不得的作品。画室里的《铁骨生春》《红梅报春》《暗香笼月》《呼唤》，每一幅，都是随心所欲，随心而生的。有时候，因为喜欢，一个人的收敛与沉浸，真是一种境界。

窗外，微雨沁寒，冬日的湿冷阵阵袭来。许先生叫了车，送我。

一杯茶饮，一口辣爽

1

假期出行，单挑"长沙"。用 00 后淼苗的话说，是奔着"茶颜悦色"和舌尖上的味道去的。我也正好会会湘菜，譬如辣椒炒肉、"长沙霸王别姬"等。

我们的第一站是"一城一味·壹盏灯"，毗邻预定的"知奕酒店"。淼苗攻略已久，自会挑"舌"，这次出行，全是她一人张罗。据她介绍，"壹盏灯"因店铺门口悬挂的一盏老灯而得名，有着 22 年的品牌历史，经营口口相传的正宗长沙本帮菜。

夜色撩人，灯影婆娑。桥栏石砖，一帘有梦。门口"壹盏灯"，挑起了湘菜之"鲜香辣爽"。

"正宗湘菜，辣得味道。"淼苗喝着"茶颜悦色"推荐，她和妈妈、阿姨排了几十分钟，才喝到心心念念的"茶颜悦色"，"到长沙，必须先来一杯，每天至少喝三杯。"

"壹盏灯"是一家名副其实的网红店，需叫号等桌吃饭。我和斌斌先一步来，这里有等候区。"小桌快的。"我们拿的是大桌号，需在一边多"晾"些时间，顺便阅菜谱点单。我闲不住，往里间走，看店厅格局布置，感觉有点像快餐店"印渚食堂"，仿古青砖砌墙搭台，木质桌椅，市井古风与现代时尚元素有机结合。

"先来碗粉，垫垫肚。"斌斌看着菜谱，"网红菜也来几个。"

我们分开挑。"爆炒田鸡""鸭掌筋""湘村黑猪炒肉""酸萝卜炒肚丝""酸辣鱿鱼丝"，挑的也差不离。

跑堂过来说，"爆炒田鸡"没了，"鸭掌筋"也是，红烧猪脚也卖完了，"爆炒牛蛙"还有一份……看样子，吃网红店苦头了。来迟了，想尝，也未必如你所愿。

手里拿着菜谱点单时就发现，这家极富特色的长沙口味菜，忠实顾客的口碑传播，使得生意越来越火爆，知名度大幅提升，顾客排队等候已成常态。

据文案介绍，"壹盏灯"经典菜回味无穷，新品菜色味俱佳，人气与口碑出现跳跃式暴涨，让记忆中的长沙味在繁华商圈飘香十里。长沙五一商圈国金中心旁的蚂蚁工坊，长沙美食中心坡子街华远中心，武汉荟聚购物中心，门店陡增至十几家。

"还好没带辣酱，不然笑死了。"女人朝我笑，在江西上高服务区吃粉，我还惦记老家的一口辣椒。

"湘村黑猪炒肉"不错，获得一口赞，像极了阳普"景阳冈"的青椒肉片，只是这里的肉精，味辣，色泽更馋胃口。

泡椒鸭掌也辣得入味，每一掌，筋皮松软，连骨脆碎，辣爽得不得了。斌斌说，这一餐，头皮都出汗了，还好有青岛啤酒压阵。淼苗用餐巾纸不停地擦汗，"辣伤心了。"

湘菜的"鲜香辣爽"，在"壹盏灯"舌尖遛弯，缠绕不去。

2

大众点评必吃榜·长沙必吃菜第一名，推荐"费大厨辣椒炒肉"，在长沙商业圈，是抬头可见、无人不知、无人不晓的。

淼苗她们去一家"茶颜悦色"排长队，我和斌斌先去"费大厨"拿号。在长沙，网红卖场卖点，都要排队候场，这几乎成了年轻人的天下，拉着行李箱的情侣，穿着热辣随性的小姐姐，年轻的脸庞，弥漫着青春的气息。

等候区，一位"费大厨·全国小炒肉大王"绶带小姐姐，推车送上免费的冰镇饮品。柠檬水，可乐，雪碧，薄荷糖，青豆，小饼干……这一份贴心，让人觉得好凉快。

"微辣，跟厨房说一下噢。"淼苗跟候在一边的小姐姐说，又转过头，"昨天'一盏灯'，辣得伤心，脸上长痘痘了。"

一小姐姐送上高温消毒的餐具，顺了一句体贴的话，"刚出炉，小心烫，桌上公筷可随取随用"。没了先前的辣，我们大快朵颐。

第一道是"皮蛋青椒捣茄子"，店小二捏根小圆棒，往罐里倒腾几下，碎细了的皮蛋，和着糊了的茄子，连着青椒片丝，往碗里一放一夹，和着米饭送入口中，软糯迷香，来不及细品，又捧碗下饭。

接着是主菜——"辣椒炒肉"。辣椒炒肉是以辣椒、五花肉作为主要食材，以豆豉、大蒜子、酱油、油盐、味精等作为辅料制作而成的一道菜肴，口味香辣，是湖南人每家每户必吃的招牌"土菜"，最具代表性的湘菜之一。

"费大厨辣椒炒肉"，出锅皮肉不分离，入口清香，鲜辣开胃。猪肉肥瘦相嵌，口感香而不腻，很香很下饭。传统工艺酿造的酱油，渗透到肉汁里面，满口的醇香，全是记忆中的儿时味道。

费大厨，连"锅"，打的都是自己的品牌。

吃得正欢，一小姐姐过来，顺了锅铲把辣椒炒肉一翻，笑笑走了。我猜一定是怕粘锅底。一个细微的小动作，体现的是店家的良苦用心。把餐饮服务做到极致，这一定是"费大厨"的经营之道。

后来我们走"五一大街"，抬头就见"费大厨"，就像满大街见"茶颜悦色"一般，已是长沙饮食日常的一分子了。

3

长沙，大家都奔着吃来。天虽热，人气反旺。

"茶颜悦色"，可以说是长沙知名度最高、最受欢迎的茶饮了。沿街最多的店铺，就是"茶颜悦色"，几米，几十米间就有不大不小的店铺，商场里面，也随处有。可以这么说，"茶颜悦色"俨然成了长沙旅游的代名词、金名片，已融入日常生活的血脉之中。

不少年轻人就是奔着它来的，淼苗就是其中的一个。早一杯，中一杯，晚一杯，堪称"三杯不过夜"。

"黑豆腐，一定要吃的。"不少来过长沙的朋友叮嘱。

一句"吃'黑色经典臭豆腐'，长沙没白来"，收拾了多少大饕。沿街可见的小店铺，冒暑排队等候的队伍，其人气可见一斑。

等了半个多小时，终于候着了，夹一筷，吃一口，外酥里嫩，口感馅料中有萝卜丁，汤也下了工夫，味道独特，难怪勾人味蕾。

回味湘菜之"鲜香辣爽"，众人又各来一杯"茶颜悦色"，作别长沙。

赶一场有趣的宋朝饭局

1

辛丑年的第二个节气"雨水"，正是节后开工的一天，我也淡出了迎来送往的年味，刚好给自己身心放松片刻。静下来，在碎片化的时间里"开卷有益"。

这次闲读的是历史专栏作家李开周的三本书，年前订购的《食在宋朝》《君子爱财》《千年楼市》，主讲宋朝文化，涉及舌尖上的宋朝、古代名人经济生活等，有趣有料，值得一读。

说实话，我最感兴趣的是《食在宋朝》。一是民间美食达人的好奇心与历史感，二是延展"美食达人"的口味与文化感。宋朝的那些美食，那些烟火以及故事，足以勾留人心，就像我读汪曾祺的《人间草木》《四方食事》和舒国治的《台北小吃札记》，多少有一些探觅之乐、分享之趣。

《食在宋朝》，正如作者在"开场白"中所言："因为它是历史，生猛鲜活的历史。历史不能吃，也不能喝，对现实生活未必有什么参考价值，可是它就像你家阳台上的盆景一样，可以让你开心快乐，怡然自得。"

2

宋朝有包子吗？宋朝笔记《东京梦华录》里的"王家山洞梅花包子"，实际上是馒头，用菜叶裹馅儿的菜包，馅料单一，口味寡淡，与汤汁汩汩、勾得住魂的天津"狗不理"包子，或是刚出笼的毕浦小笼包不可同日而语，相去甚远。

东坡肉呢？一直以来，人们都以为是苏东坡发明的，是地道的宋朝美食。可是任你翻遍苏东坡的诗词、信札和笔记，也找不到任何一种东坡肉做法。用苏东坡撰写的《猪肉颂》和《煮猪头颂》去"复原"他做的猪头肉，远远没有现在的东坡肉好吃、好看。苏东坡倒是亲手做过肉，做的是猪头肉，方法非常简单，大锅猛煮，小火慢炖而已。

杭州有道名吃"西湖醋鱼"，又名"宋嫂鱼"，据说它也是宋朝美食，宋高宗也确实尝过西湖岸边宋五嫂做的鱼羹，且赞不绝口，让她在杭州饮食界瞬间走红，生意好得不得了。但是她当年卖的鱼羹与现在杭州的西湖醋鱼有任何关系吗？绝对没有。鱼羹是喝汤的，西湖醋鱼是喝汤的吗？

那么点心呢？宋朝人说的点心，主要是指加餐。为什么要加餐，因为只吃早晚两顿，中间会饿。一碗剩粥，或是半条鱼，都是点心，就是用一些非正式的饭菜来安慰饿极了的胃。

3

如果穿越，去赶一场有趣的宋朝饭局，千万不要赶在中午去，因为宋朝好多饭店是不卖午餐的。翻开《东京梦华录》第八卷，有这么一句话："至午末间，家家无酒，拽下望子。"午时（上午十一点）到末时（下午三点），饭店门口挑着的旗子，拽下来，表示打烊，不再营业。

宋朝皇帝当然不会只吃两餐，有也是做样子给人看的。上完早朝吃一顿，到了下午四五点再吃一顿，这就是两顿正膳。中间饿了，吩咐太监去街上买点小吃当点心。晚上如果加班批奏折，睡得晚了，就吩咐太监或某个嫔妃开个小灶，做一碗夜宵，这叫"泛索"。一天下来，可能要吃上五顿六顿饭。

4

宋朝人拥有的食材非常丰富，据南宋两部地方志《咸淳临安志》和《淳熙三山志》记载，蔬菜、水果、肉类、鱼虾、海鲜等，在宋朝的菜市场都能买到，跟今天很接近。

但宋朝没有番茄、土豆、玉米、红薯、辣椒、葵花子、苹果、菠萝，连西瓜都要到了南宋才能吃到。这些，连同花生、南瓜、洋葱、莜麦菜、西兰花、荷兰豆等植物，统统是在明朝以后才陆续移民到中国，宋朝人见不到。

金庸先生写《射雕英雄传》，开篇第一回，南宋中叶，杭州郊外，两个农民请一位说书先生去一家乡村酒店喝酒，店小二"摆出一碟蚕豆、一碟咸花生、一碟豆腐干，另外三个切开的咸蛋"，四个下酒菜，至少花生是跟历史背景相悖的。

如果穿越，去赶一场有趣的宋朝饭局，就不要点青椒肉片、辣子鸡丁、西红柿炒蛋了。当然狗肉也没得吃，"狗肉不上席"这句谚语，就是宋朝开始流行的，因为宋朝士大夫不吃狗肉。一是大家爱狗，拿狗当宠物，不忍食其肉（苏东坡语），二是嫌狗脏，宋朝的狗吃屎，比较恶心。（《宋元小说家话本集三现身》）

5

那么，宋朝的饭局到底是怎样的呢？这里讲几个有意思的故事。

印象深的是蔡京煮面。

有一年酷暑，蔡京在家里组了一个局，请八位同僚吃饭。这个局有个名堂叫"凉饼会"，"凉饼"，放到今天其实就是冷面。

出乎意料的是，蔡市长请客，大小官员想趁机讨好，都不请自来，一下来了四十八位。"蔡四素号有手段"，不愧为"冷面杀手"，不出半个钟头，就做出了四十碗冷面，每个客人一碗，吃起来还挺鲜，挺入味，一看就是现做的。大伙儿边挑起面条呼噜呼噜往嘴里扒，边对蔡市长的手艺赞不绝口。

还有陆游的年夜饭。

八百年前，陆游在绍兴老家过春节，大年初一那天晚上，他写下了这么一首七言长诗：

扶持又度改年时，耄齿侵寻敢自期。
中夕祭余分馎饦，黎明人起换钟馗。
春盘未拌青丝菜，寿觥先酹白发儿。
闻道城中灯绝好，出门无日叹吾衰。

"中夕祭余分馎饦"，"春盘未拌青丝菜"，全家聚餐，主食是"馎饦"，胡人发明的面食，直接用菜羹煮熟；配菜是春盘，往年配菜里有青丝菜（韭菜，刚发出来的韭菜又细又软，状如美女发丝，故名），今年没有。唉，年近八旬的陆游，日子过得挺憋屈，晚上本打算赏灯，也没去成。

南宋杭州有句民谚："冬馄饨，年馎饦。"宋朝人管饺子叫"馄饨"，冬至那天吃；馎饦是除夕和正月初一吃。北宋开封也有一句俗语："新节已过，皮鞋底破，大担馄饨，一口一个。"冬至那天使劲吃，到了春节反而没得吃了，只能用菜羹煮馎饦。

6

如果穿越，去赶一场有趣的宋朝饭局，无酒不成席，其实无菜更不成席。请客吃饭，没有酒还说得过去，没有菜绝对不行，否则餐桌上空空荡荡，几个人拘着酒瓶子咕咚咕咚干喝，或者端着大瓷碗呼里呼噜干吃，肯定没劲透顶。喝一杯酒，吃几口菜，吃着喝着聊着侃着，这才符合咱中国人的饮食习惯。

宋朝人组织饭局，一样需要有酒有菜。菜分两类，一类是下酒用的"肴"，一类是下饭用的"核"。酒席上的菜肴主要是下酒菜，不过宋朝管下酒菜叫作"按酒"，喝一口辣酒，胃里翻江倒海，必须吃一口菜才能把不断上涌的酒气按住，非常形象写实。

北宋大诗人梅尧臣写诗赞美竹笋："煮之按酒美如玉，甘脆入齿馋流津。"他夸竹笋是最地道的下酒菜。

大的饭局，先上冷盘，腌肉这类；再上果盘，葡萄、金橘这类；最后正式的大菜才一盘一盘地端上桌。大家共同喝完一杯酒，侍者把菜肴撤下去，再端上新的菜肴，喝九杯酒，上九道菜，酒喝完，菜也吃干净了，就如苏东坡在《前赤壁赋》里写道的"肴核既尽，杯盘狼藉"。

7

说到宋朝美食，不可不提美食家苏东坡。他的《老饕赋》《饮酒说》《蒸猪头颂》写得都很生动，隔了千年读，依然活色生香。

但美食达人未必是好厨子，就像我，能写美食的人未必能做美食。

据苏东坡自己讲，他擅长做鱼羹，而且得到多人点赞："予在东坡，尝亲执枪匕，煮鱼羹以设客，客未尝不称善，意穷约中易为口腹耳！"（《东坡志林》卷九《书煮鱼羹》）

东坡爱吃肉，不爱吃鱼，怎么能擅长做鱼羹呢？其实很简单，猪肉在宋朝很便宜，鱼比猪肉更便宜，苏东坡穷到买不起猪肉的时候，只好买鱼来解馋，做鱼做得多了，自然就把手艺练出来了。

鲜鱼的肉，也就是鱼生，宋朝的大文豪几乎都爱吃鱼生。欧阳修、梅尧臣、范仲淹、黄庭坚等人，都是鱼生的忠实粉丝。鱼生火，肉生痰，多吃鱼容易上火，多吃鱼生更容易上火。苏东坡是出了名的老饕，得红眼病的时候，也不会听医生的劝，因上火而戒掉鱼生。

掩卷之余，拾撷一二，好似赶一场有趣的宋朝饭局，是不是有点意思。

这一刻的幸福

第四卷 ▽

时间之上

日常如常，然而有趣。无常亦是日常，犹如一个微小隐喻。

清晨，一些美好潜滋暗长。走过村庄，向一条河流仰望，我在季节里打开自己，更清晰地感知这里的一切，触摸日常的脊背、身躯和灵魂。在日常的表象底下，始终有一些精神层面的东西。而在时间之上，更有一个让人们彼此看见的深广些的生活。

走过村庄

1

除夕午后，天有些放晴，接连几天的湿雨阴霾，渐渐散去，我独自往村庄和田野深处走去——这是我第一次如此慷慨地贴近村庄。

母亲和大姑二姑在准备年夜饭，父亲干些杂活，阿庆嫂要关店门才过来，我贴了春联，看看也帮不上其他忙，就自作主张，独自下岭，往狗槽湾，沿村道走。一路踩着素净的柏油路面，一路见民俗民风墙，以及村民门前的对联、灯笼和停着的小车。年味渐浓，不大的村庄，迎来了难得的人气。

庄重伟岸的村委大楼，红漆简木、挂着门铃的村史馆，乡村治理、文明实践超市兼容的法治广场，以及融党建、非遗文化和乡贤教育一体的乡风民俗苑，一一彰显着全国文明村——桐庐县分水镇后岩村朴实生动又砥砺创新的独特气质。

"后岩"，这个五百来号人的小村庄，背靠敦实厚重的凤凰群山，一湾后溪清流环绕村庄。前人连取村名都显示出地理位置、性格和情怀，就像一个人抚书，有一种自然温暖的手感。

我熟悉这里，又似乎有些陌生。我试图用脚步丈量，更清晰地感知这里的一切，触摸村庄的脊背、身躯和灵魂。

前溪河坝，从百岁坊王家坞口，一直通往三槐村，似一轮圆月弯刀，把后岩村三面环水的轮廓，勾勒得分外清晰。我一直想从村头到村尾走一遍，将自己整个的身心，在某个瞬间，和草木、泥土、庄稼及村庄定格。除夕之日，终于成行。

2

桥头是入村门户，也是疫情防控点，身着志愿服的一男一女在这里守候。我和他们打招呼，顺手递上烟。金紫山下的这座桥，恰似将村庄两段勾连延展，下一段，蜿蜒至三槐，与天目溪相接。

这里铺满了儿时的记忆。正月里拜年，沿着山溪边小道，经云头、西华、贺州、上吞、乐平，去往外婆家。小时候有一次放假，我挑着两把小竹椅，外婆拎着几只竹篮子，一路沿村叫卖。

"靠椅哪个做的？"

"我师父。"

做篾匠的父亲小有名声，围过来的路人也不说破，称我乖巧、调皮。那段憨憨吃苦的记忆，与外婆相依相伴的生动影像，让人印象深刻。

河坝底下，我家的那二亩四分田，到底是哪一块，只有大致的印象罢了。小村庄，背靠山，但多贫瘠。所有生计都在凤凰山与后溪之间的一大片开阔水田里。

双抢季，各家忙各家的，无暇帮工。一家四口，顶着热辣的太阳，踩着火烫的泥水，比着速度：割稻，一路向前；插秧，一路后退。热血沸腾的年代，村庄里最热辣的一幕，终将在这里封存。

后来，父亲开垦的那块沙地，也在这河坝下。回想辣椒当季的四月，带着凉帽的母亲，筐了一车的青辣椒、红辣椒。我和媳妇在眼花缭乱的辣椒地里，手不择路，分享着果蔬鲜嫩的喜悦。

3

我不再多想，选择往上段走，这里有我小时候放鸭躲雨的大树，跳水摸石洗澡的溪岸，还有炸鱼网鱼的大河滩。岁月有些久远，但拾撷一二，自有一份欢喜心。

斑驳的石栏杆，一地的荒草绿苔，纷落的枝干碎叶，片刻间凝固成冬日清冷孤寂的画面，隐约地折射出村庄寂寥的面目。但我并不伤感，眼前的一切，皆是现实中的真实，是这片土地真实的模样，对于一个本土本村的中年人而言，既陌生，又有一种说不出的亲切。幽静中，我一个人融在无边的山野里。

那几棵大树，枝叶杂乱地缠攒在一起，几乎倒垂于水面，纷扰中自有沉浸。让人惊喜的是，有一群鸭子，正从树隙间，迅速向对岸游去，一晃，视线就被阻隔了。我竟然有些恍惚，五岁开始放鸭的经历，机耕路，钢筋桥，缓缓流动的清澈的河流，晃悠着身子、河里异常活跃的鸭群，瞬间蒙太奇般浮现。

我坐在堤坝边的石头上，茫然若失。伫立在岸边的那些树，枝干正张牙舞爪地伸向天空，远没有少年时爬上去玩耍的那般喜爱。小片竹林和几垄剪过的桑树，和挂着几串红灯笼的菜地，成了堤坝外独有的寂寞的风景。

那些堤坝，为何不沿岸而建呢？我猜想着往前走。也许考虑实际了些吧，只是凭空缩小了村庄的范围。

一路向西，北望山冈。

连绵的山头，曾是我爬过的高地。儿时，特别到下半年，我们都要跟着父母上山砍柴。天未亮，就手拿柴刀、肩扛扁担，翻过家北面的凤凰峰，进入山背深处，要到中午甚至下午才挑着柴火回家。一担担的柴火，从山顶山腰间挑下来，压实了少年略显瘦弱的肩膀。山上挑回家的柴，父亲分门别类，粗大的劈好整齐码于檐下，自然风干。细小的捆成小捆，也整齐置于大柴边上。

那些弯曲不平的山道，湿了又干了的汗渍和毫不犹豫的坚实脚步，印证了村庄生生不息的人间烟火。

4

田野里有一排栗子林。七八棵栗子树，齐整地立在田埂的两边，颇有章法和气势。散落的黄叶，和田里的青菜，勾勒出青黄相间的水墨画，这画里有青色的底色和合理的留白。村庄的乡野气息扑面而来，不得不说，我是欢喜的。

未到柏油路的尽头，突然听到了阵阵轰隆隆的巨大声响。我料定是上村口河水的轰鸣。溪河胜景近在咫尺，万千美妙触手可及。

果然。

眼前是一帧堪称完美的冬日溪流图。背景是层峦叠嶂的群山，山野清朗。遍地清流，氤氲出悠远、空灵的意境。两层阔大的堤坝，形成白花花的水势，在溪流和山道边肆意横贯、倾泻。山道边的水流回返，溅起清澈的水花。与堤坝间排山倒海般的水流，迅速集结，奔涌而出。冲刷之下，水汽升腾，瞬间白雾弥漫。

留意于物往往成趣。我耐着性子，坐在一块石头上，静静地聆听着这自然间最纯粹最美妙的声音，我感到了无与伦比的畅快——上善若水，"临清流以洗心"，老家的这一方水土，彻底洗涤了我的浊心。

我又蹲下身子，抚摸那些略显黝黑的鹅卵石，它们在水里愈发地润泽生动，可以看到坚硬之外的灵性。自然之物总是贮藏着一些野趣，伴随自然之力而落于荒野僻郊。

我下到最低处，用手掬一口水，喉间瞬间沁凉沁凉的。我忍不住拍起视频，"我在老家后岩……"我竟然情不自禁地解说着，有些语无伦次，但出奇地真实，情感抒发毫不掩饰。独处的这一刻，在村庄的河流里，我享受着自然带来的清澈和奇妙。

5

往村庄人家走，抬眼可见晒着的腌肉、鱼干和萝卜条等年货。远远看见一个熟人，小学许老师的女儿，她坐在门边剥笋。我过去打招呼，刚好许老师从村舍边过来，他递烟给我，我说不抽。他说你不是抽的，我说喝酒高兴了搞一支，我又说，空的时候喝杯酒。他笑笑，说，好啊。他喜欢喝酒，而且豪气。

山居邻里安宁互助，鸡犬相闻习惯往来，日子就悄悄地过去。我告辞，往村里走。一排排民居点，依稀记得这是发小敏芳家，这是胡培松院士家，那家是供电所李家兄弟，小广场边是临安"云相见"民宿郑李方家……

季节里，天有些凉了，"捣蛋精灵农乐园"里的栗子树，正一片一片，寂寞地落着它的叶子。

"回家。"一个声音徐徐响起，在苍穹之下，大野之上，清流之畔。我往家里走，内心平静而充实。

清风沉醉

　　美院深静草木葳，白露闲坐茗香寐。树影往来拂杏道，夏色凭栏风独醉。"美院"在我心里，大概就是一段旧时光，看见自己的身影，隐没在小径与树影里，携风而行，穿林打叶，听鸟语声，积攒着光阴的厚度，或者，还有一捻恍如隔世的缘。

　　这个清风沉醉的下午，我独自徜徉在"满陇杏语"。这里偏于一隅，适合散步，满足沉思，也应承了"闭门即是深山，读书随处净土"的诗性。

　　几棵银杏当道，碎石铺就的小斜坡，刻有古诗的青石板，这条不足百米的小径，静谧而悠长。一树苍绿，疏密相生，老而劲。风摇白果，活泼无间，熟而透。银杏树下，木质长椅，干净而幽致。阳光泻了一地，唯此处荫蔽可依。

　　我熟悉这里，常在这里逗留。因为懂得与沉浸，我来回地晃荡，闲坐，遐想，自由如沐清风。我索性半卧了下来，用臂弯作枕，四目紧闭，心随之平静，并感到了自己的存在。几分钟，或更短的时间，我不确定。

　　我站定在某个角度，想象着一些画面。

　　一身素雅的格子碎裙，一张巧兮倩兮的清纯面孔，自他方虔诚而来，如品读《霍乱时期的爱情》，或掩卷《尘埃落定》，连同虚化的群像，定格在我的记忆里，形同草木的蓬勃与相思。

　　我的篾匠父亲，也曾在木椅前坐定。他穿着素朴齐整，像出客一样，认真地保持着姿势，脸上的表情自然而平静。带上远道而来的亲人，光顾儿子值守的一方净土，父亲俨然带着些许骄傲。

　　那一日，作家陆布衣偕夫人重游"美院"，走读旧事，话叙当年，也曾在此忘情逗留。走到教师宿舍 3 号楼，陆先生站定了，"前面这一间，做婚房；后面这间，做厨房，我们在这里结的婚。"在美院的日子里，人约黄昏后，先生是否也醉了一地花黄。

　　黔东南榕江、西藏色尼、南京高淳、上海、开化等地同行几多羡艳的目光，都曾在此停驻，回望，冥想，惦念一地的纷扬。

　　倏然间，"啪啪"，两颗淡黄的白果，不偏不倚，重重地砸在木地板上，瞬间"炸"裂了，喷出一股奇异的清香来。一米开外，我定了定神，庆幸自己脑袋未被瞄中的同时，抬头望向串串果黄，不由地惊叹风物之神奇。

　　而那些砸进泥土里的，会被路人掩住鼻息，敷衍上一两句。但同样会以脂肪酸的方式积攒着，滋养虫草。时间不多了，待到杏叶飘零，金黄满地，这里的风情将一一裸现。

　　此刻，我像个孩子，乘着一缕缕的清风，沐着树间透射的微阳，倒着走，顺着走；坐着看，躺着望。时光在这里偷偷地恬淡，岁月在此处静悄悄地闲散，它们绝不会因此笑话一个孩子，一个与夏天与自己对话的朴素灵魂。

　　一些触手可及的美好，瞬间被占有。

　　深情的单向奔赴，本就毫无意义，也似乎总被我们轻言放弃。

即使身处福地，也并不知福之所依，轻松何许。所有的喧扰与沉静，堆积与释放，往往在一念之间。安一份闲心独处，寻找一个出口，是一种幸运，更是一份内心的安宁。而那些关于孩子、关于坚守的东西，都值得在夏天被我们重新提起。

再羸弱的少年，也会低声说一句"老师好"，只要回应，就会有触碰内心的柔软。再顽皮的小鬼，也听得懂"乖一点"的循循善诱，只要耐心，就会有静下来的奇迹。而且，在师与生之间的相互依存中，极易获得一种积极面对未来和希望的东西。

于是，我把最高的尊重，献给那些蹲下身子，面朝孩子，并且听得懂孩子说话的人，他们是最忠实的聆听者、最无私的奉献者、最虔诚的坚守者。

我选择了这样一条安静且适合自己的院间小径，在每个午后，与一缕清风相约，与一卷书、一杯茶交好，这里面颇有一些隐喻意味，譬如事业、修行与爱。人生的诸多事，大抵如此。

这些年，我试图向世界敞开一些什么，我用书写的方式，记忆那些发生了的，或正在发生的日常细节，用丝丝缕缕的温情，记着一些人，和他们背后的烟火。我活在日常里，又常常侧身日常之外，用洞察的眼光，保持着一段合适的距离。

前面是一方水塘里，清水微澜，锦鲤欢游。一旁高大的广玉兰，宽厚的掌叶发出"唰唰"的声响。小径边的三色堇，也着了魔似的晃动。其实草木的心里，也有些许禅意，只是我们不知道罢了。

在夏天，有些东西，会疯了似的，发出自己的声响。

时间之上

小寒后的这一天，恰好周末，驻足书房，挑了七卷本《追忆似水年华》，重温最后一章《重现的时光》。作为意识流小说的巅峰之作，普鲁斯特的文字，无论从哪一卷、哪一章、哪一页开始读，都极具吸引力，百读不厌。诸如某个场景的一片遐想，我都可以细加回味。

三百多万字，末句破折号后面的八个字——"那就是在时间之上"，突然想到普鲁斯特在写这部著作之前的一段文字："有一天晚上我出门去，人们觉得我脸色比以前还好，因为看到我还居然完美地保留着我那一头黑发而感到惊讶。"

瞬间有一种莫名的顿悟——在时间之上，真有一个让人们彼此看见的深广些的生活，而我真实而从容地活在当下，试图透过时间的窗，回溯日常，发现那些微小却意义深远的画面，何其幸运！

有那么一日，在街头遇见一好久不见的老哥，他身材高瘦，盯着我看了一会儿，寒暄几句，毫不掩饰地对我说："你的头发少了。"感慨时光易逝之余，丝毫不提我头发全黑的事实，我自然笑而不语。

据说人活一百岁，第一因素是基因，遗传至关重要。我奶奶九十七，丝发几无白。我父亲七十五，鬒发皆黑。我当然亦在发黑之列，我得感谢我的祖辈。

据说第二因素是身高。"抖音"里有一种说法，2015年公布的一份数据（未考证），长命百岁的身高标准是一米五七点四六。也有科学家认为，人类存在一个最适宜生存的高度，男子165~168厘米。是不是常识抑或科学，可信或不可信。幸运的是，我在所谓的标准和最适宜的高度内。当然，我也不会被身高或数据所累。

对一个"五十知天命"的男人而言，更幸运的是父母健康，乡间生活惬意自在。儿女各安其生，拼出自己的精彩。

这一年，经历了太多的不真实——身边有一些人离去，有的年纪尚轻，毫无征兆；有的病痛缠身，未及抱孙。疫情在线，世事难料，人生不确定又何其艰难。而我，依然能常伴父母，关照子女，夫妻相守，交好朋友，又何其幸运！

"来吃午饭，我们空，菜都有，一下就好的。"周六上午，母亲的电话又过来了，她总是脱口而出，尽管没说我们回家，对她来说是一种快乐，是她现在所有的快乐。

媳妇朝我看，我点头，她便连说好的。每逢周末，我们也习惯了回家走走。也有例外，就像盖尔芒特先生曾风趣地确定过那样，"不能来，就撒谎。"那多半是我"昨夜雨疏风骤，浓睡不消残酒"的状态。

此时，对我来说，我可以离开书房，离开波特莱尔眼里"广袤而浑圆的苍穹"，去贴近土地和村庄，去蹲守一门心思与竹为伍的篾匠，去嗅闻灶间"噗嗤"的盐油锅巴，它将对我带上特殊的情味，具有不同寻常的印记。

我洗个头，整装出发，顺便带上两箱牛奶和两壶油。这也是母亲特意交代的：奶奶喜欢吃纯牛奶，出院回家每天可以喝点，顺便过年备点油。

车子上了岭。母亲正和邻居说着什么。几个长竹编上，这次换了花样，晾着干菜。过了几个太阳晒得瘪软的萝卜条，装在竹篮里，待腌待炒。灶间，新鲜大萝卜炖在小火炉上。炭火正旺，切成块的萝卜在沸水里翻滚，一点一点地渗出了它的原味，有点寡淡，有点微甜。待挑净洗净的香菜、菠菜入锅。

小姑拿着小盆问我："冬笋怎么烧？"我说，也放火锅里清炖吧，嫩。这一锅清炖，筷子夹一撮，烫几秒出锅，清口落味。满满的一大盆香菜、菠菜和冬笋，尽落了盆底。

小姑的红烧鲫鱼也不错。为了迎合我们的口味，她特意放了些青椒，肉嫩辣鲜，一定又是光盘的模样。还有切片蒸的腌肉，一摆盘就让人嘴馋了。小姑父一边夹两块，一边嘀咕着，腌肉再切大片一些。估计是好吃，大块的更带劲吧。

小姑昨日读到了我在"钱江晚报　小时新闻"里的那篇小文，提到了那张照片——母亲、我和阿哥的合影。我便翻出来，让母亲看。

"你还小，三四岁样子，你哥六七岁。"母亲接着说，"那时你还没有去放鸭，还吃奶呢。"媳妇笑了起来。母亲说得更起劲了，"你站着都要吃的。人家说，奶多吃点，身体好，小时候你奶吃饱的，你看现在身体多少好。"

母亲把这隐秘抖了出来，我多少有些尴尬。时间沉淀了一切，又折返回来，而我们有幸听闻了小时候鲜为人知的真实故事，也渐渐懂得——儿子任何时候的幸运，都源于父母绵延不绝的爱。

"我爹呢？"

"进大山挣钱了。"小姑一边端菜，一边笑着说。大姑去医院陪奶奶，今天小姑掌勺。

"那边又催了，说趁天气不太冷，做几天活。你爹晚上住那边，不回来。四个背篓，每天一个工夫。"母亲说着这话，心里一定是挺暖挺自豪的。这老篾匠，还是有人惦记着他的手艺。

"大山高，还以为三轮车上不去，你爸说还好。"母亲又补了一句，心里也一定惦念着我硬朗的父亲。

"好的，阿爹欢喜点酒，晚上喝点，不开车也放心。"

家门口，菜地依然葱绿，青菜、香菜、大蒜正当季。竹篱笆边的那棵枇杷，第一次开花了。后备箱里，母亲备了些蔬菜、猪肉和鸡蛋。媳妇去倒车，我和母亲作别，母亲又说着"几号放假"这类的话。

一路上，我想：如果我能用热情和善意来书写目光中的土地，让内心的光芒照亮世界，我又何其幸运。

日常与无常

1

我被推进了康家医院"胃肠镜"室。

从候诊室到诊疗区，短短十几米的距离，口罩和白大褂，在吊着盐水的手臂边迅速移动，我的脑袋瞬间也跟着晕眩。

"有点紧张，手心都出汗了。"女医生的微笑从口罩里传出来，稍带着看轻的成人幽默，多少让人尴尬，"第一次做，都这样的。没关系，睡一下就好了。"她的本地口音与温和语调，让我稍稍安定了一些。

"来，左脚伸直，右脚弓起来，身体尽量往后贴紧。"病床右侧的男医生一边说，一边顺势将我安顿舒服。简洁的专业话术和略带温和的语气，分明暴露了他名院专家的身份。几分钟前，我在准备间挂吊瓶，他拿着检验单，站到我的病床前，似问非问："有高血压，看你年纪不大。"

我说吃药了，正常的。

"吃药还算正常啊，多久了？"专家对病人似乎有着与众不同的较真与关怀，"吃药前，有没有饮食加运动调理？"专家继续问，似乎带着些遗憾——也许有些事情，在他专业的角度来判断，是可以通过努力来挽回的。

我说三年了，先前并不高，临界点……我又说单位体检，医生说我吃得早了一些……我不知道自己为什么那么多话，跟做胃肠镜有什么关系。

"放松，睡一会儿就好。"他的话音刚落，我还没体味他的温暖好意，左手就被毫无知觉地上了麻药，几秒钟之后，我就什么也不知道了。

这正是我一直焦虑和担心的。在周身全麻的时空里，恰似窒息的夜，微弱的天光，世界如一片飘忽不定的云，人根本无法掌控。尽管我的身体某处，正在被各种仪器探索着，即便有痛，也是一种毫不知情的痛。我向来不是一个焦虑的人，从我妥妥的体重看得出来，但这次是个例外。

朋友帮我预约了两次，也曾不厌其烦地试图说服我，打消我的疑虑，我却毫不意外地爽约了。一根哪怕再细软的管子，从喉管或后门进入，向着你的胃肠进发，那种滋味，一生之中，第一次，多少有些不同寻常。焦虑是一种日常体验，它在 21 世纪是不是越来越普遍了，尤其对像我这样的中年男人？生活一直教我们如何行世，如何跟自己的内心独处，如何与世界和解，对于日常，生命……我何曾懂得几多？

开春后，如厕次数较往常多，心里不免有些点担心。"做个检查，放心一点。"阿庆嫂在耳边多次怂恿，我终拗不过她，只好硬着头皮上。

戴口罩、测温、亮码、挂号、做检查。从常规生化全套、心电图、血常规、幽门螺旋杆菌，到 48 小时核酸检测，人不多，走几个科室就成。结果，多项指标没有箭头，即使有也比前次体检大有好转，算是焦虑中的另类收获，稳定了军心，不禁暗喜。

2

说说前一日的忌食进食，清胃清肠。对于一个"美食不可辜负"毫不自律的人来说，确实有点难熬。

"给你烧碗面，我自己吃蛋炒饭。"阿庆嫂这么一说，我就嘀咕开了，"你等下一个人坐到客厅里去吃，离我远点。"我讨厌没有自由选择的晚餐。

阿庆嫂就坐在我对面，一碗蛋炒饭，饺子皮裹的四只春卷，一罐萝卜条，一碗大蒜腌肉，一碗小炒豆腐干，相比我面前的一碗光面，一碟霉豆腐，她的晚餐足够丰盛，也馋人。我的脑海里突然闪现出抖音里那对"冷战第几天""自己做自己吃"的夫妻搞笑画面。

"蔬菜，水果之类不要吃……"医生朋友也一再叮嘱。

我出奇地冷静，低头享受专属的这碗面。一种忍无可忍的淡定和强烈的自律，在我这里雄壮地响起："So, so, alone, I'm alone"，也为我的另一个焦虑——清胃清肠，做好了准备。三大包菠萝味微甜的"和爽"：晚八点，温水冲服1000ml；凌晨三点半，又得喝2000ml，有点吓人的。

我很快冷静了下来，自己烧水，调温，并且用喝啤酒的方式，灌自己。除了胀肚子，也没什么困难。说好的一小时之内喝的量，我十分钟不到，就全下肚了。一边看新闻，一边绕着茶几走动，"妹妹"也跟着我转，好似陪我走过一段艰难的旅程。阿庆嫂则在厨房里忙着，她把老丈人从山里拔来的毛笋，用腌菜腌肉一起煮了，待我明日一饱口福。

经过世界睡眠日耐心而专业的教育，阿庆嫂终于同意十点半就上床，而且手机自觉留在客厅。这是个好开头，如果能一直延续，继而成为习惯，就算大功告成。

于是我便选择不惊扰她，深度睡眠对女人的健康尤为重要。凌晨三点，我悄无声息地移到客厅。自己烧水，调温，泡粉，大口喝，在客厅与卫生间来回走，一趟，二趟……后门起飚的快感，肚子里咕噜咕噜的较劲和愈来愈浓的睡意交织在一起。

"夜总是太长了些。"我盖着毯子眯一会儿，或拿本书翻，或刷下手机。没料着，阿庆嫂穿着睡衣，两眼惺忪地走到客厅，"去床上睡会儿。"也许，整个晚上，她都在担心。

这一夜，注定难以如常入眠……

3

"没有息肉。"从麻醉的末端里清醒过来，第一句听到的就是这个好消息，竟然有一种失而复得的快活，至少暂时不必再担心某种仪器在胃肠里倒腾了。当然，电子结肠镜报告单里，仍有诸如浅表性胃炎之类病灶，但这已经不让人那么担忧了。

"放心了吧。"阿庆嫂拉了拉我的手，好像我是她的病，她是我的药。我们安心地走出了康家医院。我饿得慌，想着吃点什么。阿庆嫂说，电饭锅里，正预约着我的白粥。

此刻，我躺在十七楼书房的靠垫里，透窗的阳光照在整个人的身上，有一点明晃晃，有一点暖洋洋。若是周末，这样的日子堪称美妙。翻阅刚收到的《散文海外版》，或是《文学报》，是该有多么悠闲惬意。而当下，我想我需要安静一会儿，一小会儿就可以，稍作休整，我得赶去上班。陪了我小半日的阿庆嫂，也得去守店了。

也只有安静的时候，我才会想起自己的真实与琐碎，心里的念想在一点点地扩张，我在迎接着勃发的春日，然后我可以自己走出去，寻那春风的闲处，就像小时候一样，雀跃地跑出去，立刻，马上，重返春天，迎接每一个未来。毕竟，许多事，必须亲历，才能恍然大悟。

日常如常，无常亦是日常。人入俗世尘间，犹如一个微小隐喻，深历焦虑与平静，哀痛与喜悦，须叩问与自省，保持一份精神的向度，那么，与你有关的都将重生，走出多出来的鲜活的生命。

藏在岱山的禅意里

记得 2019 年的《浙江散文》，有一期"此刻，在岱山"，里面有赵丽宏的《岱山之夜》、谢鲁渤的《天作纸，海为墨，大写岱山》，还有苏沧桑的《与好成说》等佳作，游岱山，绘岱山，咏岱山，欣赏旖旎风光与渔乡风情之余，抒写抵达海岛的人生审美。

身未动，心已远。海岛的风情与诗情，在李白的《梦游天姥吟留别》、柳永的《煮海歌》等文人墨客的诗词里若隐若现。

2021 年 7 月，趁着疗休养之风，在"摆渡"到岱山即将成为历史的盛夏，领略"蓬莱仙岛"的真面目，岂不快哉！

作为第一次到岱山的外来客，我对海岛的印象，源于嵊泗列岛、东山岛、南麂岛等的记忆和影像留存，大抵是海腥潮湿风大，美食生猛海鲜，天空明净澄澈，诸如此类。

到达三江码头，车缓缓地停了下来。等待是漫长的，师傅说，有充足的时间，可以下车去方便一下。骄阳似火，大大小小的车辆，井然有序地排着长队等候着。

我们并不着急，无非是中饭晚点而已。假期出行，懂得安静和安心，不失为一种修身的心境，而岱山，正是这样一个少热闹的地方，值得期待。

岱山的海，是喧嚣的，这让孩子们变得无比的真实。好玩的年龄，加上有大人在身边，是一定要下水的。

"真舒服啊！"赤着膊，他们享受海浪拍打的乐趣，即使海浪张牙舞爪，他们也不会转身就逃，喝几口盐水，又有什么要紧呢，与海的亲近，几乎是与生俱来的。与海的嬉闹，是最痛快的自由与放纵。

清代文人刘梦兰曾诗云："一带平沙绕海隅，鹿栏山下亦名区，好将白地光明锦，写出潇湘落雁图。"赵朴初先生对鹿栏晴沙也有"东方奇观，神州罕见"之誉。

卸下满身的疲惫，洗涤内心的尘埃，鹿栏晴沙，人不多，浅滩细沙，可以静静地期许，在东海之一隅。

我带了泳裤，并没有纵身而下，真是愧对了"华东第一"之称的鹿栏晴沙。但我还是喜欢下水，淌水，淌沙，踏浪而行。动作稍微大一点，拖鞋就滑去了，索性赤了脚。一粒粒细小的沙子，调皮地挤进脚趾缝。轻微的酥痒，曼妙的沉浸，是何等的舒服。

女人不下水，并非因为海水的浑浊，而是怕晒，这她有经验，她甚至都没换凉鞋。但她并没闲着，只远远地站着拍照，或者躲在太阳伞下静静地等待。或许，海洋的深邃与豁达，才是女人的彼岸花。

我并不会一直晾着她。

稍微尽了兴，我就蹚上沙地，陪她在"铁板沙"上闲走，小跑。3600 米的海滩，静谧而辽阔，正好避开人群，独享两个人的时光。

是的，就像做两滴深情的海水，被岱山温润呵护的海水，做两滴世间最幸福的海水，这样的生命是何等的幸运，何其的丰腴。在这里，山海间，蔚蓝的天空下，洗尽铅华，一切都是放下了的单纯和明媚，都是喜欢的样子。

于是，我的手机里有了女人的各种模样，临风而立的，展开双臂的，羞羞的……背景是壮美而辽阔、泛着祥和光芒的岱山的海。

不远处，鹿栏晴沙的泥螺山上，一根镀金的定海神针，矗立在休渔祭海正中原生石的海眼上。

即兴赋诗一首：岱山夫如何？摆渡仙岛来。铁板生细流，龙宫脚底踩。泥螺鸡冠远，神针已定海。观潮思浩荡，临风拥入怀。

海天之间的磨心山，也叫"摩星山"。"摩星"与天更接近更密切，"磨心"显得更浪漫，更有禅意。

观景台的风，扫去了海岛残留的热气。高楼，海岸，大小庙宇，飘着红旗的船只，岱山仿佛一览无余，尽收眼底。人们极目远眺，纷纷在此合影留念。

拾级而上，沿柱绕梁，西游人物图景故事一一呈现，停停看看，脑海里闪出某个章节场景，颇有意思。反正有走不完的台阶，转晕了，出阁停留，迎风而立，绕塔望远，又一派独特的海岛风情。七层玉佛宝塔之上，目光所及，旷远而悠长。

"居宝刹胸中得禅意，登摩星足下起祥云。"三圣殿前的这幅对联颇为写意。

拾级而下，第一次见着了开着门迎客的斋房，整整有两个教室那般敞亮。里边零散又整齐地放着餐盘碗筷，面盆里透出的全是素食的气味。外面的空地里，有笋干、干菜等多种晒货，也净是素食，寺人的清淡寡欢可见一斑。只有石栏前的几株紫色绣球，明亮了静谧的山林。

慈云极乐寺，梵语清音渐起，四位身穿土黄色长衫的寺人，在一位老者的指引下，唱和着，听上去熟练、随意而释放，是一种接近极致的开放与快活。你不得不停下来，静心，放下要离去的偏执，安乐如常。

这在接下去的行程里有了某种暗示与对应。比如女人和我，站在香樟树下，上下观望了起来，并不急着赶路。香樟树的树龄、认养人，好像突然和我们建立了某种联系。世间事，就是这么的神奇，情不知所起，一往而深。

出磨心山，即赋诗一首：蓬莱圣境自澄怀，摩星山上祥云开。西游悬塔七重天，宝刹胸中禅意来。

穿行在东沙古镇——中国唯一的海岛古渔镇。此刻，天空露出单纯又狡黠的神色，白花花的晃眼。一条幽深小巷，两旁街坊店铺；一桌三人麻将，一处老鹰捉小鸡；两家临街开铺，几簇探出瓦罐的红花，把小镇点缀得朴拙闲趣。

一切都是安静的，连时光在这里也变得闲淡。平房、楼阁错落有致，四合小院保持着一贯的矜持。

恍兮惚兮，董家的雕刻古朴雅致，俞家四口用来腌制成鱼的落地巨桶还在。别致的飞檐和窗格、门楣、梁柱，经得起海风的吹刮，耐得住长久的寂寞，当繁华褪尽、余下的是从容、淡泊，不与世争。

推开明清建筑风格的四合院大门，谁也没有料到，这里竟然是中国海洋渔业博物馆。古朴的民居里，设有十几个展馆，海洋生物的多样性在这里一一陈列：一米宽的翻车鱼，三米长鱼、珍稀的中华鲟、鹦鹉螺、色彩斑斓的贝类标本……种类繁多的海洋生物散发出大海的气息。

各种渔业生产工具、渔船导航设备以及生活用品，定格成博物馆里的一艘木船、网具、一件渔夫的蓑衣，静静地躺在那里，诠释着渔俗文化的种种故事，让人重拾对海洋的记忆。

在这儿待一会儿，想象着自己正跟随一艘在风雨中飘摇的渔船出海，起网，打捞，鱼虾在甲板上活蹦乱跳，海鸥在上空飞翔鸣叫……

金维映纪念馆也在一处四合院内。查看图文资料，见识这位长征女兵、定海女将的传奇经历，巾帼不让须眉，让人肃然起敬。我不禁举起右手，重温一次入党誓词，算是一种正式的纪念与传承。赋拙诗一首为记：海岛渔镇三家店，入党誓词一人念。定海女将红色魂，渔歌唱晚东风恋。

来岱山吧，留住你多情而禅意的目光。请来岱山吧，蹚过细沙，闲游渔镇，登临玉佛，观博物馆，瞻仰英烈，海岛风情万种，一定会让你铭记于心。

对一条河流的仰望

1

天目溪，古名桐溪、学溪，流经桐庐分水境内，称之为"分水江"，溯源于天目山系，经昌化、於潜、阔滩、乐平、七坑、桐庐县境内五里亭水库，绕毕浦、瑶琳、横村至桐庐县城北注入富春江。

河流的另一源后溪，上承瑶麻二溪，于合村乡双溪口合流后，东流于云峰山西麓入怡合乡，复迤北纳竹源、定源诸水，迤东入印渚，纳东夏坞之水后，于贺洲东南入江。

我循着河流的走向，走进一条河流的内心，并依傍着它，如同爱上自己，爱童年的纯真、青年的丰瀚、中年的沉静。我试着以自然又谦卑的姿态，仰望天地人间，把自己的情感投射到养育的母亲河与故土之上。

2

依稀记得，晨雾中的灰泥土路，老家后岩往金紫山脚方向，一群十二三岁的孩童，一手拎着饭盒，一手甩着书包，向着邻村的小学走去。刚刚在土墩上拾掇的栗子，在嘴里发出咯咯的脆响，瞬间填补了白糖泡饭后的温饱。

冬日里，裤袋里摸出一把黄豆，彼此心照不宣，连小火桶，也会心一笑。小小年纪，乖巧地算计着时间，等待老师走出教室的那一刻，几粒黄豆在小铁盒里爆裂的声响和脆香，兴奋着围过来的每一个小伙伴。

跨过一条河流，稚嫩的脸庞，连同岸边那束摇曳的野菊花和长柳枝，构成了江上美丽的虹。而谁的母亲，在村庄的小溪边，一边搓洗着衣物，一边又在挂念着谁。砰砰的木槌声，渐渐送远了孩子。连土墩上成片的栗子树，似乎也听得见隐约的惆怅。

稚气未脱的孩子，去往邻村富家求学，竟有一种远行的孤独感。而这条后溪，在晨昏间，汇荡着涓涓细流，开始用亲切的手语迎来送往。那延绵不绝的清澈，把我生生地摄入了它的心窗，我从此不再是这条河流稀有的客人。

夏天的河流，是孩童们快乐的源泉。它的爱，是赤裸裸的，如同冲刷得精光的鹅卵石和柔绵的细沙，纯粹，一览无余。

金紫山下，公路旁的古槐边，熬过了热烈的午后，一块块大小不一、毫无规则的白石头纷纷扔下了河。屁孩们脱了裤衩，光着腚跳下去，扑腾后的水花溅开了水面，泛起一波又一波的涟漪。年轻的面庞，在水面上露出黝黑的光亮。

每一个似乎都是天生的游泳好手，哪里需要教和学。扑通几下，多喝几口水，"狗爪爬"几回，就与水相亲相爱了。小伙伴们一字排开，双手摇摆，两脚踩水，嬉笑里充满着自由欢快的味道。大半天浸泡在水里，顺便还可以摸点鱼虾蟹上来。

往上游不远，上后岩的村口，是我记忆中母亲的河源。这里细水浅溪，赐予周边草木重生，滋养一方生灵。

　　天蒙蒙亮，炸鱼的讯息悄无声响地传遍了村庄。出早工的老汉，烧早饭的女人，赖床的小孩，老老小小，男男女女，一窝蜂地涌向了河流。河坝下，提着网兜的，拎着铁桶的，捧着脸盆的，一股脑儿地卷起裤脚下河去。浅滩里，泛白的小鱼小虾张着嘴，一呼一吸，一大片一小片地漂着。较深一些的水里，红丝鱼、石斑鱼、白条鱼毫无抵抗力，一兜就入了网。悄悄拿起脸盆，往水里猛地一兜，也能扑腾几条。

　　"挑几条去，我这里好几碗了。"

　　"小虾也倒一点，小孩吃吃好的。"

　　"下一次炸鱼早点来抓。"

　　活泼而丰腴的河流，满载而归的喜悦，生动着村庄日常朴素的图景，勾连着人们在艰难岁月里互相取暖。那时候，有一点儿微小的人间之爱，都会让人热泪盈眶，哪怕是一瓶酱油，一盒火柴，一根葱，一句从河流中飘来的话语。

3

　　家是根，河是魂。这一条河流，贯穿了我整个少年和青年的旅程，在我眼里，就是一位伟大的母亲，孕育出无数的生命。河流两岸，密集生长着不少的村落和集镇，像一棵大树，生发出蓬勃的枝桠和繁茂的枝叶。后岩，富源，三槐，砖山，东溪，新龙，三合……

　　一九八三年，我考上了县属重点中学，五云山上的分水中学。我沿着后溪，蜿蜒而下，一转眼，分水江的风光就迫不及待地从枝枝蔓蔓的树丛间闪现出来。我觉得河流的布局，像是路边老杨树密生的枝桠，或是房前屋后成片的竹林，将整个村庄连在一起。我愿意，将我轻快的脚步，驻足在河流与时光的最深处。

我的脑海里闪现着《少林寺》里的一些影像，李连杰饰演的小虎展开双臂，桶里的水轻快地晃荡着，丁岚那首清新脱俗的《牧羊曲》，瞬间温暖了水边的少年。日出嵩山坳／晨钟惊飞鸟／林间小溪水潺潺／坡上青青草／……

那个燥热的夏天，在少年收到录取通知书之后，无比兴奋地领着小伙伴们，跑去十多里外的南堡，看《少林寺》，吃棒冰。在山坳间的晒谷场，热烈的人群，混杂着热辣与微凉质感的风，让人心生感念，同时唤起诸多记忆，短暂而琐碎，鲜亮如眼前的光影。新奇的世界，仿佛一下子展开了。

一年一度的传统越野赛，少年兴奋地跑过分水江，第一个冲过操场上的终点线。这里唯一的一座铁桥，历经风雨，它简陋却坚实，见证了我狂奔的脚步和发狠的眼神，也曾不止一次地淹没在这条河流之下。

学校离分水江并不远，黄昏的时候，我有时间来到河边，躺在青青的草坡上想事情——十几岁，一个人的脑子里多少有奇怪的想法。最想的，一定是邻班的那个女孩，扎着辫子，露出酒窝，她的眼睛，如同她的白衬衣一样晃眼。同学和我打趣着，我突然哈哈大笑起来，身后的草全开花了，一大片，粉红的，嫩白的，暗紫的，我放肆地一笑，把众人和不远处的芦草全惹笑了。

草坡在水边，逆流而上，这条河一直通向家的方向。每一次回校，少年舍不得两角车费，宁愿在公路、乡野与河流间穿行而过。而对村庄的印象，触角已延伸至篱笆墙、柴火灶、小鱼塘和谷堆上，目光所及，朴实本分，土地的热情，表达出山林与河流间一种深沉的坚强。

一九八九年的某个周末，暮色微凉，印渚至南堡的水湾深处，满是少年莫名的惊叹。乡民的稻地，早已遍野金黄。而那个少年，也暂别了六年里，一刻也不曾离开的这条河流。此刻，无声胜过任何表达。

我想起 1831 年果戈理在《狄康卡近乡夜话》中形容第聂伯河的一段话："天下没有一条河可以和它匹敌。没有一颗星星可以逃得出它的怀抱，除非已经在天空熄灭。"

4

一九九三年，我截胡在这条河流的上游后溪，在一个山坡上教书。岭下静静流淌的清澈无比的溪水，见证着我孤独又执着的三年。

泥地篮球场旁，一边是两间平房，是烧柴蒸饭的食堂。另一边是两层木楼，一层学生住，二楼教师宿舍。石坎上是三间平房，里间有一张乒乓球台。教学楼独一栋，立在最高处。简陋与质朴中，我和孩子们真实而快活地生长着。

后溪流经外马溪，有一处小型水电站。坝下河道宽阔，水流舒缓而清澈，有大片的石头群，或为砥，或落出水面，也有大小卵石铺地，是野炊的最好去处。那些年收藏的欢乐和朴素的情感，一一浸润在这条河流里，或散落于山林中。

夏天的外马溪，山林草木葳蕤。暖和的午后，我和孩子们系着柴刀，推着独轮车，上山砍柴，差不多要去两三回。学校的柴房，堆满了师生拉回的柴火，可供整个学期用。

后来我调离了，往分水江另一源保安方向去，在那里服务了十年。直到教育资源整合，我才回到分水江畔的小镇，在玉华和玉泉，待了十二年。

从与孩子们打成一片的一介书生，渐渐成长为与学校休戚与共的教育追梦者，不经意间，我已步入中年。庆幸的是，我还穿行于这条河流，这一次，我幸运地去了下游的毕浦中学入职。

分水江河道曲折，洲滩众多，素有"溪有十八滩，一滩高一滩"之说。自上而下有贺洲、砖山、南堡、五里亭等洲滩 52 处，大弯道 5 处，水患多。1969 年"7·5"洪水，当时的印渚南堡大队遭受灭顶之灾，全村 231 户房屋被夷为平地，村头仅剩一棵苦楝树。"泰山压顶不弯腰"的英雄事迹就是南堡人民与洪水搏斗的真实写照。

而在我的几经辗转之中，歇歇停停之间，这条河流，好似积攒着春末的凉意，又蒸腾着初夏的温热，却听不到一丝深夏簌簌的喧响。一切是如此的开阔和安静，空气里弥漫着草木的清香和河流的润泽。天上的云，脚下的路，还有我的拙作《时光短笺》，都是真实而安静的。

5

如今，这条河流，一如既往地滋润着我的老家——分水镇后岩村，就像当年北上抗日先遣队分水之战的金紫山，守护并庇佑着这个全国文明村。这里，也滋养了诸如水稻专家、中国工程院院士胡培松等乡贤，而我，有幸能时常回来坐一坐。

我可以留出大把的时间，光顾这里，成为村庄与河流的逗留客和父母的座上宾。毫不掩饰地说，我十分愿意亲近这里的一切，村民，村道，乡野，还有河流。

"水无心而宛转，山有色而环围。穷幽深而不尽，坐石上以忘我。"此去经年，兜兜转转，这情是藏不住的，总有那么一刻，它猝不及防地扑面而来。

村庄的干净，如雨后的天空，几乎不染一丝尘土。在很深的暑气里，愈发沉静的我，愿意去亲近路边瓦罐里的小花，木架上的藤萝，墙角一排排的盆栽，院前小菜园里待摘的菜蔬。偶尔，两只土狗跑到面前，刚好打扰了我的心绪。山风吹过村庄、田野，我嗅到了桑葚的芬芳，锅巴的味道，还有小时候跟着爷爷翻新泥土的气息。

我初拙的文字里，也留下了不少村庄和河流的影像。既是内心真实自然的表达，亦是一种认知和皈依。河流既是一种阅读，也是一种写作，无论如何，我对一条河流的仰望，姿态是自然而又谦卑的。

眼下，我从 17 楼的间隙里，深情地注目。不远处的分水江，依然奔流着先贤施肩吾、徐凝们的水，从未停歇。我想，最幸福的生活，莫过于上班在小镇，周末在乡村。而河流，贯穿并通灵了我们的情感，且不可分割。

凝望一江春水，唯敬之，仰之。恍惚间，从历史走向现实深处，一条河流，一个村庄，一座小城。分水江，注定是我一生离不开的河，守护一生的诗意栖居地。

在春天里打开自己

1

世间嘈杂，劳碌的人，是顾不上春风的。一到周末，就大不一样了。卸去了俗务，隐藏了身份，褪去了尘嚣气息，各种跃跃欲试，仿佛一下子降临了人间。

春光乍泄，桃花粉，杏花红，梨花白，油菜黄，各种千娇百媚，都挣脱了冬的束缚，寒的裹挟，比赛似的，没日没夜地撒着欢，偷着乐。

有"色"，才是春天的符号与标配。有"色"，才是春天的物语与风情。一个"色"字，说浅了是一己自我，说大了就是万里河山。春色勾人，见"色"起意。趁着春光，打开自己，且不可辜负了。

2

客厅的窗台上，君子兰在 23 度的天空下，暖出粉嫩的花蕊，嵌在宽厚的叶片中央，红扑扑的，煞是好看。

紧挨沙发的柜台上，雪柳，过年的干枝，遇水开花，姿态优雅，陡增春意，仿佛在花里写上一首春曲，赏心悦目之余，感受那白嫩清新的生命，感受独一份的岁月静好。惊蛰日，万物萌发，一丝春意已悄无声息地落入居室。

"去新龙走走。"阿庆嫂端一碗小馄饨给我，"多久没去了？"这一问，犹如春风撩人，心生意气。周末，将繁芜的琐事摞在一边，也来赶趟儿。你随，我也随，带着小欢喜寻春，把自己放逐在旷达的山水之间，也算是一种清放。

女人一身休闲，黑色棒球帽，红色短袖体恤，阿迪达斯三叶草。淡淡的红润，映衬了她清朗的面庞。眼神里，跳脱的是说不出的欢喜。

偌大的分阳公园，囡囡和妹妹，绕着，跳着，嗅着，追逐着，它们是春天欢快不羁的音符。线上风筝在天空自由飞翔，小孩和大人的脸上，也露出了久违的欢笑。

我微眯的眼睑，也在勃发的春意里，渐渐苏醒了。我想卖力地打开花苞，用我知天命的眼，打量这个世界的斑斓。相互凝视，彼此都不言语，我试想捕捉更多的美，然后，我才能更加翩跹，或者，开得更加灿烂。

极目远望，整个江面都是活跃的，呼之欲出的。分水江浅蓝的微波，不矫揉，不做作，飘荡左右，任意东西，尽在八曲山舍与龙潭清亭之下。

不是吗？这个春天，大路驿站开满油菜花，阳山畈也有桃之夭夭。下洋洲樱花夹道，钟山梨花满山。玉华那方白兰飘香，三一书院这边蔷薇繁茂。"美院"内，花开次第，纷纷扰扰，急迫得不再矜持。你是润白，我就是嫩青；你开成粉红，我就开成蓝紫，各有各的颜色，各有各的情场。

一切都是簇新的，都是素纯的，都是安静的。春，不再羞答答地，而是扑腾腾、坦荡荡地来了。

3

得了一时的闲暇，沿江自由慢行。

草坪里，隐匿着春天的特征。草木的根茎处早已经返青，一丛丛的新绿，都是毛茸茸的，软软的。一旁小径蜿蜒，春风拂面，几树花瓣儿零星飘落。倏忽间，有一只几只、黑色粉色的蝴蝶翩翩而来，又翩翩而去，不觉间就花痴了。

悠悠荡荡的江水，浸漫着一堆堆鹅卵石，如温润的碧玉，丝丝缠绵；又像爱人念着、恋着、缠着的手掌心，汩汩温暖。连斯文著称的垂柳，也被撩拨得心颤，顷刻间失去了端庄，哼着找不着调的小曲子，逗引着碧水江色。

我和女人，安静地坐在岸边的摇椅上。也许只有在安静的时候，才会听到彼此的心跳，才会在心里生出一汪又一汪的感动，才有喜悦与幸福的感觉。也唯有此时，才会感谢自然的赐予。

一片一片的阳光，把江面照射得明亮清澈。而我的心，也开始浓缩成在柳枝上嬉戏着打滚儿的露珠，有活力，且健康。这一生，这一世，我们始终在用力而温情地活着。

4

分水江畔，村野田间，油菜花香，桃红李白迎春黄；野菜娇嫩，陌上花枝粲然俏。这小半日，我没有任何跌宕的心情，只有平静中的小欢喜。

车子绕过老屋，停在路旁的自留地边。出人意料的是，篱笆里的几垄油菜花，像模像样地开出了阵势，那些片片嫩嫩的黄，一直摇曳着，斑斓如画，香气四溢。旁边的几垄地，青菜长出了茎花，就拣当头那么一点嫩；萝卜空心失势，老爹连根拔去；大蒜茎叶粗壮，还当季，炒腌肉，喷喷香。其间豌豆已开出淡紫微红的小花，点缀在竹篱间。松软的泥地里，土豆茎叶泛青，成片延展。蚕豆的小白花，羞羞地藏在茎叶间。

这些冒鲜的春菜，映在白墙黛瓦的江南风情里，勾勒出一幅令人垂涎的自然食材图谱。

三月的胡葱，长势喜人，女人下田去，不一会儿一大把了。"蛋炒饭放一点，香。"其实，真正让女人惦记的，是水芹菜。油菜花开的季节，正是水芹菜最鲜最嫩的时候。每一次回新龙老家，她都和水芹菜在老地方见。只见她蹲在水沟边，撩着，摘着，挑着。

"一碗够了，再给大姐摘一碗，她欢喜吃的。"

我们选择往田野里走。这里曾经是风噪一时的七彩百合园，花盛放的时候，车流一直延伸至前溪与分水江合流处，人群簇拥，没入花海。如今整片地种了中草药，也栽些猕猴桃、柚子之类果树，终究失去了原有的花海美感，就似命运徒遭寂寞的叩击。除了沿江绿道偶尔走动的人们，几无趣可寻。想看一场花开的心情，在不经意间，被无情地辜负。

小草夹杂在深灰的泥土里，一垄一垄的田埂，坚硬而冷寂，一朵小花也不见踪影。春天的影子在哪里呢？真叫人着急。

不远处，空旷的田野深处，有俩人躬身地间。三月初的暖风似乎打乱了春天的节奏，也撩拨了跃跃欲试的寻春人。难道在剪马兰头，或是采荠菜？所谓"不时不食"，春天占据餐桌 C 位的就是新鲜出土的"野味"。马兰头和荠菜，切碎了混合豆腐干凉拌，就是最清新的春日滋味。香椿跑个鸡蛋，春笋"笃"个汤……

这么想着，我就注意起这俩人。旷野之外，他们居然戴着口罩。我跟阿庆嫂嘀咕了一句，笑他们的正经。没曾想，那男的摘了口罩，与我打招呼。距离有点远，我看不清他，就喊道，"有马兰头剪了。"那人回应，"还好的。"我不免有些尴尬，就招招手，不再说话，转身朝江边绿道走。

江水微澜，对岸的建筑和远山轮廓分明。贵宾"妹妹"在木廊下撒欢，阿庆嫂逗着它，拍着视频，我快步跟上去。沟边的树枝上，探出一点点的青涩和迟疑，仿佛春天离得很近又有些远。我们在"天涯漫步"石碑旁留影，眼前细柳垂丝，阿庆嫂一回头，嫣然中平添了一份春色。

动物对自然的敏感显然超过了人类，抱在手里的"妹妹"，不停地扭动身子，草木的清香和泥土的芬芳加速了它的挣脱。

绕到百合园的大道上，两旁到处是猕猴桃树，"一枝素影待人来"。要在五六月才开花的奇异果，是闻不着春的气息的，随它去吧，前排的樱花自会成全我。冒出头的一簇一簇的花苞，招引着我。应了苏轼"江城白酒三杯酽，野老苍颜一笑温"这一句。密枝毫无章法地自然生长，那些红扑扑的苞衣，裹着粉白的嫩，无处不在。我按着自己挑剔的眼光，随拍，竟也生出几分欢喜来。原来，心性里的春天远没有逝去。

回程路上，突然觅得一株桃红，独在人家偏屋前，顾影自怜，孤芳自赏。人间最美，是否恰是懂得悟一花一草的慈悲呢。这样想着的时候，却惊觉此时春色已是最美。而我，似乎也渐渐读懂了春天的某些表情，青葱，安静，纯洁，干净，那么天然，那么友善，不带一丝做作。

阳光开始不温不燥，又有春风拂面，挺惬意。毕竟，距离草木生发的日子一定是越来越近了。我想我与这个春天已经和解，尽管它藏着掖着，不紧不慢，似乎又不近人情，我仍然期待它早日归于田园，赋予我灵魂的清澈和安宁。如此，还有什么所求呢？

我所愿意靠近的，始终是温情的；而我所期待得到的，一直都是美好的。于是，我也十分愿意，在春天的此刻，无限地打开自己。

清晨，一些美好潜滋暗长

1

多好啊，清晨。

晨雾在山林间渐渐弥散了，那些住校生也抹开了眼，惺忪地吮吸着丝丝清润，连他们的脚步，也显得格外轻松。直道上，月季、野菊、葱兰，还有些带着露水的不知名的小花，点点摇缀，招引着青春的脸庞。穿过林间小径，听鸟儿一路叽喳，相随，竟寻不见其身。食堂的炒面、面疙瘩，早已热气弥香，随早随到。

六月的凌霄花，迎着晨间的清风，在围墙内外俏亮。手上捏着豆浆、饭团的通校生，忍不住多看了它们几眼，又加快了脚步，往校门口赶。老师说了，最不可辜负的，是清晨的那一点点晨光。

打开窗户，清风拂面。捧起课本，凝神举目。"蝉噪林逾静，鸟鸣山更幽。"再吟一句，"闭门即是深山，读书随处净土。"古诗文的晨诵，划破山林间的寂静，成了这世间最纯最美的声音。

清晨，带着一份清新，带着一份憧憬，似孩童般，撩拨着青春萌动的音符。

2

多好啊，清晨。

一抹晨曦，在雨后的天空微茫。江滨公园的几个廊架上，皆有凌霄花俏若红榴，乱藤旋舞纷纠，仿佛天空也深染了栀黄色。

石阶路边，金丝桃簇簇铺陈，蔓延着黄灿。小径深处，栀子花徐徐展卷，暗涌着幽香。风袅袅兮，一两声脆鸣。杨柳岸，渔者孤舟。

"生命在于运动。"向着远方奔跑吧，微汗从肌肤里渗出，仿佛可以听见自己的骨骼，在摆动的节奏里咯咯作响。向着天空、江河呼喊吧，几声长啸，释放所有的焦躁与疲惫。长长的堤岸，平静而宽展。远山含黛，江水微波。小镇上晨练的人们，舞一把太极剑，跳几曲鬼步舞，拉伸舒展，拥江抱水，遇见草木的滋长，在自然里呼与吸，悠然自在，真是一段难得的好时光。

清晨，带着一份明媚，带着一份姿态，似青年般，汇聚成自然律动的力量。

3

多好啊，清晨。

洒水车的声音，差不多准点从小区门口从容而过。我想起了每一个清晨，小区里那位瘦小的大妈，普通的环卫工人，风雨无阻，在树下清扫的孤单落寞。每一次我跟她打招呼，她总是一笑，说，老师早啊，去上班了。我说，您辛苦了，这么早。我想小镇上那么多的像她这样的人，包子铺外、面馆里、菜饼摊前，都是清晨忙碌的身影。

又一辆公交车从眼前缓缓驶过，满载着上学的孩子们。菜市场，早已灯火通明，吆喝声此起彼伏。学校门口两侧，戴着红袖章的教师，已护学多时。去省城进货的车，早已停在了四季青拥挤的道口，批货的主，正挨个亮绿码、测温进场。所有那些携一缕清风的，都是最美的身影。

清晨，带着一份光亮，带着一份责任，似中年般，承载了担当初心的模样。

4

多好啊，清晨。

我忍不住要赞美你。我看见村庄的天空下，田野间，那些单薄劳作的身影。一把锄头，清除着一堆杂草，挖开了一抔湿土，那是清晨里农人的寂寞。一只菜篮，装下了几把辣椒、几个番茄、几根黄瓜，那是餐桌上儿女的欢喜。他们大多是老人，一辈子离不开这土地。

青蓝色的小三轮车，停靠在路边，好似驻守着他们，正如他们眷恋着这片土地一样。待农人地里收拾停当，一车带着露水的时鲜蔬菜，生动了他们沾满泥草的脸，也满足了他们内心踏实的喜悦。

清晨，带着一份朴素，带着一份守望，似老年般，蕴藏着日子平静的怀想。

清晨，不经意间，一些美好潜滋暗长。我想，不辜负这时光的，多半是幸运儿。不知不觉中，生命的定数里，又多了几分长度与宽度，也多了几分色彩与美好。

天若有情

少年的懵懂与青春的悸动，如四季流转，泛着爱的涟漪，既纯情，又带有时代的印记；既难忘又隐藏着自我救赎。

世事纷扰，人心涌动，西麦几乎身不由己，在隐秘的世界里沉浮。

春·生

那一年，雨下得很急；水稻需要收割的时候，雨还耽搁在水田里。太阳出得早，稻田里的泥水很快升了热度。大人们说，等不及了，稻穗挂得沉，不收就晚了。西麦也是这么猜想的，在天气和庄稼一类的问题上，他从不多嘴。

打稻机拖入水田，溅起一身的泥水，两个大人拎起稻桶柄，深一脚浅一脚地往前蹚，女人和孩子跟在后面推。前方，几垄地的稻子，已经一小堆一小堆地横在水田里。女人们早先一步，豁开一片，不耽搁男人们打稻。

西麦的年纪和气力，正是干活的时候，割稻、装袋、背货，样样拿得起。作为前三十名的少年，西麦已保送重点高中，但这并不意味着他有享福的权利。"双抢"时节，多一个人帮忙，干活的心情就是不一样。

八十年代中后期的村庄，人丁兴旺，到处弥漫着泥土和庄稼的混合气息。田野粗犷而放浪，让西麦体悟着生命的激荡与劳动的快活。

生产大队的机耕路上，突然传来了连串的自行车铃声。水田里的人们，慢慢地停下了手中的活，站住了。忙碌的收割与耕种之余，"卖棒冰了，赤豆棒冰"的声音，最是让人期待，然而这次是个例外。

来的是一男一女，只听男的朝这边喊："哪个是西麦，上来，问你点事情……"水田里的人们齐刷刷地朝西麦这边看。

"我女儿是到你这儿来了吧？……你不要装作不知道！"男的怒气冲冲，一副质问的口气。西麦怔在那里，一动也不动，他有点懵。西麦认得，这是他的同桌春的父母，一个在邮电支局当领导，一个是人民医院的护士，大老远地骑着自行车来，不是兴师问罪这么简单，也许他们正思量着：这小鬼，什么本事，居然让闺女神魂颠倒。

这闺女是省城下放知识青年的女儿，清秀精致的瓜子脸，有一对会说话的小酒窝。平日里，她常扎着小辫，着一身素净的衬衣，小巧玲珑又紧致的身材，几乎吸引了所有男生的目光。从乡下来的西麦，哪里抵挡得住春这般的清新脱俗。

"是不是你？"母亲好似明白了什么，她一改往日的温善，歇斯底里地喊道，"心里想点什么东西！你还没有 16 岁啊？"母亲气急败坏，好像自己也受了委屈，"人家都赶到家里来了。"她怔怔地站在水田里，沾着泥水的脸红一块、灰一块的，湿漉漉的稻谷在她手臂间不停地淌着水。

西麦几乎被母亲的话震慑住了，忽然觉得心里有多憋屈。他扛着湿漉漉的麻袋，泥水顺着他的肩膀一直地淌。抡圆的胳膊，有着使不完的气力，一二百斤重的稻谷，他双手一拎一甩就上了肩。

"我没有。"

西麦重重地将麻袋甩在机耕路边，向着自行车旁的一男一女顶了一句，又像是和水田里的众人表了态。对春的父母，照理他应该怯生生又客客气气的。现在他显然生气了，不再搭理他们，顾自跳进水田里，几个大步就赶到打稻机旁，继续往麻袋里装湿谷。心里想："什么情况啊！白白受了冤枉气。"他一早就干活，累得慌，还平白无故地吞了几口苦水。

"怎么就找到这里来了呢？怕是自己的那点小心思也藏不住了吧。"他这么一多想，心就有些发虚，又觉得多少有点好笑。西麦，一个乡下孩子，发育得早，少年老成，思想狂奔，很快就在少年世界里占据了上风。但在隐秘世界里，他还是一棵嫩草。

望着自行车远去的方向，西麦突然嘿嘿地笑了几声，心里有一种说不明白的畅快，那些对春一日三秋的惦记，瞬间消散了，解脱了。

除了一开始的惊讶之外，水田里的人们并没有在意这些，他们继续沉浸在打稻机隆隆的声响里，他们关心的是收成，以及尽快了结在泥水里的闷热和煎熬。

西麦不再多想，他要把使不完的劲，统统发泄在水田里。双抢季节，家里有的是活，割稻打谷，拔秧种田，拔桑树草，撒尿素……他扛着麻袋跑了起来，"啪啦啪啦"，他如蜻蜓点水般，在水田里撒开了欢。溅起的泥水，也仿佛充满了力量，让年轻的身体无比轻快。

可是，夏日的劳作，与无端的念想，还是成了他绕不开的梦呓。

其实，西麦扛得住百来斤的稻谷，扛不住春的气息。春如《山楂树之恋》中的静秋，那股纯真和青涩，身上淡淡的体香，那么贴身地摄住了西麦的魂魄。他的眼神有意无意地，落在春的脸蛋和渐渐隆起的胸前，哪怕就那么几秒。他的这点小心思，完全暴露在春的眼皮底下，不超过四分之一张课桌的距离。

"看书。"春常常羞涩一笑，瞥他一眼，用肘子轻轻顶他一下，算是回应。至于心里怎么想的，谁知道呢。

那时候重点中学的初中生，学业真的无甚压力，于是青春里多了几分遐想。夜色弥漫，在古朴的四合院，学生宿舍的木通铺间，西麦会闭上眼睛，想一些美好的画面。譬如，他坐在树下，五云山上有许多不知名的树。春喜欢待在树上，离地两米高的枝丫上。他那时面若桃花，她姹紫嫣红。她问为什么爬竹竿这么利索，一下子就到顶了。爬竹竿是学校简易又轻松的一种游戏，十几米的竹竿立在沙坑里，随时等待机灵的少年，晃荡在竹竿之间。西麦像猴子一般上下，惹得春情不自禁地轻轻拍掌，红润的脸上，瞬间露出了纯真而甜美的微笑。

西麦又说，回去砍柴，经常爬树，可以从一棵树挂到另一棵上去。春接话说，那太危险了吧。西麦说，没事。他的话多了起来，说家里活太多了，干也干不完，还兜猪草。春就"咯咯咯"大笑，"男孩子也兜猪草啊。"她差点从树上掉下来。

在镇上读书，春享受着通校的优越。她早出晚归，不动声色地守着体制内的父母严格的规矩，又十分优雅地把控着文艺汇演主持人的话筒。台上那双无辜清澈的大眼睛，外加一点俏皮可爱，一颦一笑，她的清纯沁人心脾；一呼一吸，她的气息直抵人心。

西麦那时掌管着学校的广播站，文艺彩排的时候，他提早在操场调试音响，春则在一旁试音。离春那么近，西麦心里既紧张又开心，还十分羡慕那个和春对台词的男主持人，而他自知不是那块料。在西麦的眼里，自己和春之间，就是纯纯的喜欢，一种不可逾越界限的爱。可笑的是，男生几乎都这么想。

一种从未有过的骚动情绪，在西麦体内悄然滋长，而西麦的沾沾自喜，也仅仅停留在近水楼台，这使他几度迷醉。同桌之下，并不寂寞。西麦的话不多，总是微笑地望着她在说话间神采飞扬。讲了什么也许不那么重要，他只看见她那双眼睛生动而明媚，眸子就像小辫那样黑亮。在他心里，她成了他的姑娘。他怯生生的样子，正是从村庄田野里生长出来的谦卑。而他单手摸筐的潇洒和过硬的分数，滋长了他的孤傲。

情窦初开的何止西麦一个，春这般的清新和自信模样，是那个年代校花的标配，纵容着许多人的单恋。春的美，就像风一样，轻轻拂过你的脸庞，有一种说不出的惬意。

"过了假期，她和我又坐在一起，谁也抢不去。"西麦固执地想，"这是多么美好值得珍惜的现实啊。"他既敏感又卑微，总是往美好处想。

早自习前，西麦会不自觉地在走廊上趴着，盼着春轻快的脚步和胸前抱着书的完美身影。偶尔，他也去看一楼布告栏上的球讯，这里是通向教室的必经之地。春也好像很享受这一份心照不宣的邂逅，她前脚走进教室，他后脚就跟进来了，然后两个人相视一笑，开始读课文。在文字与感情的世界里，西麦可不比春逊色。

一个少年的目光追随着一个少女，在校园的各个角落，操场，台阶，橱窗报刊前，四合院……其实，"在一起"的时间远远超过了一天的二分之一，还有什么可遗憾的呢。

而西麦一度的痴，随着水田里的追问，迷乱了，失心了，寡淡了。

转眼上高中了，西麦和春被分到了同一个班级，有意思的是，他们又成了同桌。西麦就偷偷跑到办公室，对班主任说："我想换个位置。"班主任说，怎么了。西麦说，坐了三年，坐厌了。与此同时，拽在手里的那些与春有关的日记，终于没有送出去。

后来有一些片段传到西麦的耳朵里：西麦在水田里疯狂劳作的那些日子，春跟外校一位跳霹雳舞的学长好上了。她那严肃的领导和护士把她锁在屋里，她竟然有本事跳窗出去……西麦不得不承认，关于春的一切美好，似乎都是假象，哪怕他一直坐在她的身边。归根到底，自己是一厢情愿的痴。他的孤独，就如同当年齐秦的《狼》所表达的情绪。而春，恰似一团火，不顾一切地燃向自己喜欢的那一个。

他也曾妄想，春的心里，笃定是有他的，只是她一贯的矜持，或是过早学会了用羞涩回避这种可能的亲密。但春暖花开的季节，又怎能怪得了春的盎然。

更多的时候，人是寂寞独行的，而世界却在观望。你若是努力，你的周遭，人气会慢慢聚集。后来西麦开始写诗，在班上朗诵汪国真、席慕蓉的诗。这个沉默敏感的小子，开始习惯接受女生的纸条。他中气十足，大声地说话，陪女生看电影，甚至拉拉手。

喜欢的那个春，还在五云山上，同一幢教学楼里。后来文理分班，西麦和春分开了。那段时日，西麦一心扑在书里，对他而言，一个来自山里的少年，读书是唯一的出路，也是他证明自己的一切，这一点，他并不含糊。

偶尔，他们还会在楼道，或是其他什么地方遇见，西麦的眼神已不再惊慌，在对视的那一瞬间，盼着彼此还藏有一份隐约的欢喜。毕竟在内心的某处，仍蛰伏着年少的那份羞涩。

只有母校的四合院，那些台阶，那几棵虬枝横生的老樟，依然默默地注视着，如西麦与春这般的孩子，懵懂地走过。而在西麦的心里，有过初恋的人，终究是幸福的。

夏·长

西麦活得安静，晚上一回家倒头便睡，一早正常上班，连自己也感到意外。尽管应酬开始无缘无故地多起来，吃饭，唱歌，各种介绍应接不暇。有认识的不认识的，单身女子扑面而来，让人心旌摇曳，但西麦显得非常冷静。

那一天，他接了个电话，那边说了她是谁谁谁，绕了几个弯。他终于明白她是谁了。和这个叫琴的女人吃过一两次饭，有印象。她身材不高，紧身的轮廓温润饱满，胶原蛋白在披肩的黑发里若隐若现，不久前也落单了，似乎对他挺有好感，想聊一聊。

KTV里，人不多，但气氛热烈，几杯酒下去，琴借着点歌，身子几乎就紧贴着他了。她裙摆下白嫩的大腿，几次有意识地顶在他的关键部位，他不由得坚挺了起来，她也明显感觉得到，她心里几乎肯定晚上要一起滚床单了。

西麦不到四十，浑身充满着野性的力量，他个头不高，温文尔雅，样子也周正。在不少女性的眼里，他就是一眼就让人喜欢的人。

真的可以顺理成章地带她回家，但西麦显得异常冷静，毕竟是第一次接触，而且他对琴也有些初初的印象：一点酒下去，稍有好感，眼神迷离，是那种会扑上来的性情。

一起走到街口的时候，西麦突然说："下次约，今天有点事。"他快步跨过街面，把琴晾在了一边。琴站了多久，有多少的尴尬、惊讶和失望，他不得而知。

西麦到家的时候，突然收到了琴的一条短信："能借我两千块钱吗？急用！"他就傻了，试探，还是其他？这种女人，挺吓人的。他为自己的冷静感到庆幸，若是带回来云雨一番，会是怎样的烂摊子。

西麦对第二次婚姻，渐渐产生了恐惧感。

七月如火，嘶哑燥热的空气，弥漫在小镇的每一条街道。

"两只小菜炒得蛮好，老板娘也有味道。"同学大刘约西麦喝点小啤，说在老街，一家小饭馆，在武盛古街通往水暖件厂区的拐角处。说完，嘿嘿着挂了。

穿过狭窄的老街，在一个不起眼的菜摊对面，一间小店，四张小桌。一个女人在掌勺，看上去，身材不错，脸一转过来，是有些女人味。见西麦入座，大刘嘿嘿几声。看来，他一直是喜欢看菜吃饭的。

其时，大刘还未去贵州采矿，也没到上海做快递，在小镇上有个煤气公司，顺便忙点红酒生意，开着辆大奔，喜欢运动，打个球什么的，为人热情、豪气，隔三岔五，与西麦小饮。

那时西麦正单着，几个月前被"踢"出了婚姻，就像自然的高明，春天的花盛开到了极致，就悄悄撤离了枝头，在风中自由地飞舞，自由地滑落，在心酸与安静中，屏住呼吸，简单等待，寻找自己最后的皈依。

杯酒过盏，一个女人悄然进入了话题。大刘待人的真诚不言而喻，他主动介绍，直截了当，满嘴的溢美之词，纯朴，本分，顾家，一个人带小孩，这么多年，没再找。没什么闲言碎语，样子又好看什么的。西麦稀里糊涂地听着，应和着，直到大刘真的开车带西麦去见真人。

"肯定好的，你肯定欢喜的。"大刘一路开，一路逗着西麦，说得还挺正经。说着说着，车开过了头，停远了。大刘借着酒劲下车，西麦没有跟着，就坐在副驾驶室，转头看。

午后的阳光，在道旁的树荫下，失去了燥人的小脾气。二三十米开外，一个女人坐在店门口的小竹凳上，随着大刘的手指，往这边看。她扎着长发，穿着卫衣，一身休闲打扮。她站起来，身材极好，正朝西麦这边笑呢，笑得自然又灿烂，很暖人的样子。旁边一只贵宾犬，跳来跳去，甚是可爱。

西麦对这个女人有点模糊的印象。几十年了，偶尔一次相遇，也只是打了一个照面，一截取向模糊的画面。第二招待所临街的梧桐，那时就老高了。西麦把女儿架脖子上，她刚学说话，"树，树，树"，她朝着那些梧桐一个劲地说着，稚气的声音，清晰地在夜色里回荡。

"酷啦啦"童装店就在不远处，过道似的一小间，略窄，但清爽。女店主，身材修长，脸蛋红润，一头黑发，微微卷起，非常迷人。

女儿在试裙子，女主在一旁帮衬着，左右地转。"好看"，她浅浅地笑。不知是说女儿漂亮，还是说裙子穿着好看。

长久的只是岁月，也许还有彼此的记忆。后来她说："看上去，你们很幸福。"

心忽然有点莫名的乱。多年前的初见，她向着西麦的那一刻，眼神清澈，一瞥惊鸿，恰如一缕春风，分花拂柳，袅然婀娜，吹皱一湖静谧，粼粼，微澜。

西麦突然觉得有些庆幸。周末的偶然，得以宽裕，不至于在第一时间与她面对面，得以在一个时间里整理自己。斯时的他，已不再青涩，不再懵懂无措。

可是，有些心绪，翻飞如叶。西麦其实呼不出她的名字，就像校园里那些花树，第一眼的一见如故。第一眼之后，所有的开始在开始。他人永远不知道，有些遇见就在心底，而西麦知道。他没有下车，内心的忐忑与浅浅的心动肯定是有的，只不过，也或许，西麦还没做好重新出发的准备吧。

这个朝西麦笑的女人，从那一刻起，注定会是他的女人。就像一部爱情小说，这个女人就那么偶然又必然地走进了西麦的生活。梭罗在《瓦尔登湖》说："每个人都会有自己遗失的猎犬、栗色马和斑鸠。有的人一辈子都在找，有的人无动于衷。"

说实话，西麦是个小人物，从小山村出来，靠读书有了饭碗，过着自己的小日子，人又本分，身不由己地生活在脸色和不安中。加之不羁放纵爱自由的个性，很多事情在习惯的驱使与猝不及防中，早已面目全非了——也许生活的原本就是这样。

一度迷失到谷底，只让西麦冷暖自知。单着的日子，却是他最把握自己的时候。要知道，男人四十有多香。贴上来的那么多，那么乱，没有定力，尘网并不能轻易地挣脱。要知道，重新构筑感情世界，需要多久？看破，放下，随缘，又有多难。

就让心暂时安静一会儿。西麦每天早早地回家，倒头就睡，他没有什么可以多想的，他睡得挺安稳。当西麦遇见那个朝他微笑的女人，他也习惯性地面带微笑了，突然明白：什么都要依靠自己，主动出击，才有希望的美好。

心若动了，就有了行动。西麦有事无事地，就请大刘媳妇约饭。他在红树林订了雅间，驻足等候。窗外夜色撩人，他心事如流。多年前的某一幕，淡如飞花入帘来。他淹没在无边的流年，有些无措，有些温暖。今夜，她，会不会来？他焦心地等待着。

终于，有了叩门声，一个熟悉而久违的身影半入门，"不好意思，给儿子做个饭，来晚了。"笑靥如花儿，那么迷人。看来，岁月的霜刀还未曾改变过多的容颜。那份从容、矜持与风韵，是青葱岁月所无力具备的，更是一份耐人寻味的魅力。

她坐在他身边。相视，微笑。后来，他给她斟酒，她浅浅地笑。她能想象得到他眼里的热度么？她也还是她，在他的眼里微笑、淡定。是的，这样相见，这样相处，感觉真好。不需要戒守什么，不需要虚饰什么，相处洁净，坦诚自由，有一些怀旧，有一些亲切。

她朝大家微笑，看上去，落落大方，不忸怩。人家敬酒，她站起来，咪一小口，说着谢谢，又坐下。显得低调，温情，简单，纯粹。

"我喝不来的。"她很礼貌，也不推脱，慢慢地喝，两杯红酒，就下去了。结果，给了西麦陪她挂盐水的机会。

静夜更加静了，又好像喧哗着，无限的大，又极其的小，小成二人世界，只有她和他。而在心里的某个位置，他把她放稳了。

其实，大家都知道，西麦是个温情的老男人。恋爱中，更显出特质来。陪伴的日子是蜜不可言的。起初两人略显生分，西麦烧点馄饨，带本杂志，待在急诊室，默默地陪伴，做点看得见的暖心的事。慢慢贴近了，就常守在店里，两人说着说着就笑了。

西麦觉得，就站着，看着，面对着面，都觉得喜欢。人，大多是由于气息而相互接近的。于是，风起的时候，是她的味道；空气里弥漫着的，也是与她恋爱的味道。于是，所有的心思，都沉浸在恋爱中，那种若即若离，隐隐的，自然质朴的情愫，充满着整个身心，是那么的美好。

她会留言："晚上想吃什么呢？"发一个调皮的表情。"午睡了吗？要休息一下的。"西麦哪里经得住这样的，内心就这么一丝一缕地，一点点地被暖意击中。这个时候，罗密欧的话，应该改成："脆弱啊，你的名字叫离异男人！"

她是那样的清新，如行政楼前四月的蔷薇，让人沉醉，让人难以捕捉；她是那么的淡雅，似体艺楼侧的木槿花，清冷，却怎样都抹不去。

和她有说不完的话语，能聊什么呢，奇怪，难以想象。"一个多小时了。"说话中，两个人都笑了。惊诧之余，隐隐地感受着滚烫的内心。是的，只想贴近她，轻触她的微温，拨动她孤独火热的琴弦。很多时候，不需要多余的话语，一个眼神，一个简单提示，简洁对白，所有的都已经清晰明了。

第一次 K 歌，她唱《勇气》《后来》，声音清亮圆润，真好听。他想，下次，就点一首《萍聚》吧，还有《很爱很爱你》，这样地享受静好的时光，才配得上此刻的心情。

其实他的心有些痛，有些殇，因为觉得，自己老了，心里再没有如水的温软，如花的烂漫。但是她让那悸动、欢喜、惆怅、柔美，一点点将他萦绕侵袭，感受一些世尘之外的唯美。于是，就这样喜欢着。

她烧得一手好菜，小心地养着西麦的胃，有时也跟着他出去吃饭。家里又料理得清清爽爽。她成了他眼中"上得了厅堂，下得了厨房"的女人。

西麦的心终于沉静了——在她面前，他不再豪气万丈，不再意气恣肆，"酒也放不开了。"兄弟们如是说。就让他在低调中沉入市井俗语之中，放下曾有的禀性与硬气，收拾过往的心情，重新做回自己——洗尽铅华后的自信与收放中的留有余地。

一切都无话可说，幸福已经扑面而来。于是他开始不断地改变着，相互影响着，都觉着很开心，很满足，日子很有奔头。爱已经陷入了日常，这时的空间是开朗的、明净的。没有她陪伴的旅行，不再是旅行；没有她一起的饭局，都没了兴致。为她去做应该做的事情，那真是无言的幸福！

命运，亦从此不同。简单的交织，缠绕在日常。遵从内心，回到原点。他和她，沉浸在彼此相伴的气息里，沉浸在天气、蔬菜、老家、天边，以及隐秘的世界里。西麦认定，此生，就这个女人了。师父的话，也只有应验到这里了。

那天是女神节，西麦在她耳边轻声地说了三个字——"我要你！"

秋·分

七月，是残忍的。

时间定格在一九九三年，某个寻常的早晨，几箱书和一些残存的记忆，从杭州天目山路往武林门方向，随着三轮车的嘎吱声，渐行渐远。西麦的孤独与伤悲，随即飘荡在省城燥热的风里，没有告别的逃离，也许是他唯一的选择。

两个多小时的长途，再搭个边三轮，他就到家了，一切美好与苦涩，随即烟消云散。昨夜还说着再见，眼里噙着泪水，握住对方的手，也许永不相见。这样的画面，西麦脑海里不知萦绕了几回。多情自古伤离别，所有的送别都是那么的艰难。

为什么我没有在天目山路的大街舞蹈，在人们欢呼毕业的时候？为什么我没有拥你在怀——当你走下东三楼的宿舍，穿过激动的人群跑向我？为什么我没有打开一听啤酒？——和身边高挑的女孩干一杯，而想不到有一天我会站在道路的尽头。

西麦有些歇斯底里，他敏感而卑微，放不下心里的秋，一个不动声色的女孩——小眼睛里，眯着浅浅的笑；她温润的目光里，满是对世界的宽宥与爱意。西麦和秋的感情，兜兜转转，一切都和曾经的一样，一切都和曾经的不一样。夏日相逢私语，冬去有痕无意。当春日再次来临，两人又牵手，爱情又心有不甘地续上了。用电影里的台词讲就是："对于爱情似乎永远都找不到一个很清楚的定义，人与人之间一切看起来自然又简单，其实却也不尽然。"

　　毕业前的狂欢，一顿喜极而泣又悲情万端的散伙饭，满地的酒瓶子，所有的情绪都在肆意地释放。西麦一直很 Rock，一首 Beyond 的《长城》，唱哭了一众女生，也碎了西麦和秋最后的爱情。那一晚，没有表白的都表白了，宿舍里那些平日里不声不响、没什么动静的男生，都没有回来过夜。而西麦，鬼使神差地与秋分开，各自归营，仿佛一夜间，时间和爱都凝滞了。

　　记忆如此清晰：从东三楼秋的宿舍，出校门，沿着保俶路一直往西湖的方向，他和秋亲眼看着，路两边的梧桐由绿变黄，在风中起舞旋转；他们亲眼看着，西湖边亮起万家灯火；他们亲眼看着，杭大路排挡里传来酱爆螺蛳和麻辣豆腐的味道。

　　秋只穿平底鞋，她十分顾及西麦的感受，她从他游离的目光中体会到一种来自乡野的卑微。晚风拂过他们的肩，落在夜色的某处，发出温柔而心照不宣的静谧。秋的心里，总是惦记着一些微妙而唯美的东西，要不然，像她这么见人眯眯笑的姑娘，怎么会主动示好呢？

　　那一日早课后，坐在后排的西麦照例要秋的笔记。她是个认真的姑娘，上课总抢第一排的位置，端坐，低头笔记，不苟言笑，她清秀的笔记里，是对知识的尊重与渴望。有时，她也会带一把热水壶过来，给上课的老师倒水。就是这样一位姑娘，在笔记里藏了自己的小心思，"下午四点，我在宿舍楼下等你。"

　　西麦确信，这是他与秋的第一次约会，他早早地在楼下等着。

秋如约款步而来，白色的连衣裙随风曳动。她迎向他，浅浅地笑着，双手捧着一本相册，灰白的底色，版式凹凸有致，颇有艺术范。

"不知道你是否喜欢？"她依然浅浅地笑着，转身摆摆手，"我回去了。"西麦心里欢喜，不知所措。他怔在原地，突然想，她和他之间，一定会发生点什么，或者是他和她真的恋爱了。

某个周末清晨，宿舍门被轻轻地敲了，又敲了。大家赖床呢，谁也不起来。门又被轻轻地敲了几下。靠门的室友懒散着起身，大家齐刷刷在被窝里伸长了脖子。秋款款而立，一脸的羞涩和尴尬。她身着灰色长袖 T 恤，棉质格子裙，黑卷的长发披在一肩。修长的身材，端庄优雅的姿态一览无余。

大家朝西麦看，西麦张大了嘴，他什么也没说，快速起床，拉秋坐在床边，自己去洗漱，然后披上外套，拉着她的手，小跑了出去。

"轰轰烈烈地爱一场。"西麦开始主动约秋，两个人有了更多独处的时光。校园小径，自习教室，图书馆某个角落，来宾餐厅，毫无违和感地在时间里浸泡。秋的文笔细腻动人，西麦从心底里被触动；西麦的小说和评论，叙述自然，文笔老到，秋深深地被吸引，两人就常常粘在一起。

夜色温柔，西麦和秋，情不自禁地缠绵在校园的草坪深处。人生的第一次吻，让人透不过气来，谁也不想分开。夜更深了，他把头深深地埋在她白皙嫩滑的酥胸里，她拥着他，秀发凌乱。

中文系的课业相对比较轻松，一上午的课之外都空。西麦一般会去文学社沙龙，图书馆看书，或是操场踢球。周四的上午，是电影评论课，也算是空课。要么一起去看电影，要么，秋会到操场看西麦踢球……在保俶山上，在西湖边，在太子湾公园，西麦和秋，甜蜜地注视着对方，依偎拥吻，爱恋碰撞的火苗不断闪烁。两个至纯炽热的心，在一九九二年的春天，释放出无限的想象。

　　夜色中的游泳池边，灯影妩媚，水波微澜。西麦第一次知道，杭大还有这么温情的雅所。秋的骨子里，有着单纯而优雅的气质。想必，这也是她有意营造的浪漫气氛，而且最要好的闺密也陪着来了。西麦的心里，有着隐约的不安，毕竟，离毕业的日子不远了。

　　甜点，冰淇淋，水果拼盘，还有红豆。这些东西，乡下的西麦哪里享受过，这让他一下拘谨起来。秋要了瓶红酒，他没见她喝过酒。在他的面前，秋始终保持着一种不动声色的优雅。她一直喜欢看着他喝酒，抽烟，自己安静地坐着。前夜，西麦还梦见自己和秋在海边，拥吻在水里，自由贪婪地呼吸。

　　一时间，谁也没有说话，就连师大的夜也变得无比的静谧和神秘。

　　"你到我家里去吗？"秋终于忍不住地问，她的声音温柔而低沉，带着一点略显刻意的平淡。

　　"你说什么？"西麦困惑地扭过头。

　　"我是说，你去不去我家……为什么不去？"她执着地问。

　　他把手搭在前额，似乎一下子没了主意。"没想过，不敢去，"他说，"……那么远。"

　　她抿着嘴，抬起头看着夜空，突然扭头，扑在闺密的肩膀上，小声地哭出来——那么无助，内心隐隐作痛，一下子全释放了出来。"匪我衍期，子无良媒。将子无怒，秋以为期。"也许是注定，秋的失望可想而知。

　　西麦心里也不好过，他清楚地懂得，他只是秋的过客，他没有勇气，单枪匹马地朝意志和直觉的顶端进发，即使身边有那么好那么合的姑娘秋，还有她无限渴望的眼神。

西麦的朋友们后来说，海子·在山海关卧轨的那个夏天，西麦在田野里疯狂地劳作。

冬·藏

初冬的雨夜冷风肆意，街道遁入无边的迷茫与混沌里。西麦刚从维多利亚跑出来，他径直站在路灯下，仿佛静止在古城的边角，一刻也不能动弹，只有掌心还是湿热的。

恍惚了一会，他拿出手机，很快找到了微信里那个熟悉的名字，删了。然后，点了支烟。雨滴飘进衣领，西麦莫名地战栗了一下，酒劲似乎涌上了喉咙，他蹲下身子，吐了。按他的酒量，不至于如此。

西麦想起上一次这种感觉，是在大哥冰冷躺着的时候，他突然觉得透不过气来。他蹲在地上，使劲地捂着肚子，吐了好一会儿，他觉得自己已经没有力气去念自己写的悼词了。西麦的心里藏着一个人，就认死理。

寒风袭人，雨丝飘零，西麦一直蹲着，心里有些难受。没有谁知道他此刻的心情。半夏游离的目光和普世的热度瞬间撕裂了他的心。这使他突然明白，在这个人世间，无论如何挣扎，最后只剩下一声叹息。就这么独守寂寞，让自己内心平静如水，不再痛彻心扉，反而如释重负。

今晚，那个熟悉的半夏一度让他兴奋、着迷。

"学校来古城游学，顺便来看你。"几天前，西麦试着约半夏。

"好啊，等你哦。"半夏爽快地答应了。西麦想象着她说话的样子，呵呵的，透着明亮与温暖。只要说是西麦的女友，无论是银行丰润的小依，还是身材高挑的护士小诗，自然都飘在半空。而半夏例外，她的眼神里，似乎有西麦透着热气的影子，他可以抬起屁股马上去找她。

"半夏，我等了太久，而你姗姗来迟。"如此大胆的想法，对西麦而言，也许，有些突然。尽管单身，囿于年龄，他实在无法多想，而且他已单了很久了。有些爱，欲爱不能，又欲罢不能。反而愈不能，愈爱。而思想本身，并没有罪。

西麦来了，带着一帮人，来古城参观游学。学校外出活动，作为主任，他有主动安排的提议。于是他动了小心思，去半夏驻店的古城，或许，他可以与半夏见见面，待一晚。

在西麦安排活动的当口，半夏已在酒店电梯口等着他。一袭米灰色的羽绒，裹着她紧致的身体，眼睛依然那么明亮，而且有一种久别重逢的微笑。西麦就很感动，有拥抱和爱抚的冲动。但他不敢放肆，骨子里对半夏的感情让他学会了收敛。他迎上去握了握她的手，有些冷，又捂住她的双手好一会儿。半夏什么话也没说，只顾低着头，眼睛里打转了泪花。后来西麦说，他有些后悔。自己太实诚了，缺半夏一个大大的拥抱，甚至可以亲她一下，真辜负了顶着冷雨打车过来的女孩。

半夏的亮相，让饭堂一下热闹了起来。她脱了外套，很自然地坐在了西麦右手边的位置。带着微微的腼腆，依着西麦的介绍，她站起身来，一个个打着招呼。有人过来给她倒酒，她也不推辞，礼貌地说着谢谢。她一个个地敬酒，自己也一饮而尽，俨然忘记了自己的酒量。她似乎也忘记了自己，或者已经把西麦当成了朋友。后来她温热的手掌一直扣着西麦的手指。

初冬，雨夜，冷风。异地，遇见，红酒。有时候，氛围渲染了情绪，一切都是那么自然而美妙。趁着酒兴与夜色，西麦牵着半夏的手，打车去 K 歌，大伙儿嬉闹着一起去。

维多利亚的包间大而阔气，一帮人随便怎么坐都舒坦。西麦要的就是这种自由宽松的味道，他是个玩得开的男人。这时候，有兄弟，又有心仪的女朋友在，可以玩嗨了的。

半夏跳着去点歌，她也许已经把自己当成了女主。而她一出嗓子，张惠妹的《听海》，莫文蔚的《他不爱我》，自然成了夜场上的主角。她唱着，大家敬她的酒，她由着性子地喝，不停地在场上穿梭游弋，像一条渴死的鱼，不羁放纵爱自由。

西麦的目光始终在半夏的身上，几乎没有离开过。他觉得此刻，自己充满着幸福的感觉。微醺了的半夏，红扑扑的脸蛋，紧身的羊绒衫衬起了她浑圆的胸，让他有一种抱抱的冲动。很奇怪的是，半夏始终没有回到他的身边，这使得他渐生妒忌，甚至怨气。她一直在别人的欢呼声里，看上去热情似火。年轻和酒精让她快活，而眼里全然没有了他的存在和心情。

西麦莫名地走出了包间，一直往外走。离开一会儿，把持续触碰的冷，背后的冷，变成可以原谅的，甚至暖吗？也许太在乎反而羁绊了自由，这并不好。那么现在，在冰冷的街口，西麦在等什么呢？他躲避着一切，他此刻多么厌倦生活，在自我的禁锢中，如同困在栏里的猪。他想对什么说些什么呢？对谁说呢，也不需要谁知道。一切事物似乎找到了自己的位置，比如身体，在街灯里找到了自己的影子，而他什么也没有。

一切都会过去的，那些隐忍、委屈，甚至背叛和妒忌。但是，灵魂是可以拯救的，就像最初的半夏和西麦。爱情的高潮和过多的恐惧，都在各自的 U 盘里，而且私密，别人不会找到什么，这很好。疼痛如无边的黑暗，几乎吞噬了西麦，他蹲下身子，又想吐了。

"把手机给我。"

西麦吓了一跳，转头，半夏就蹲在自己身边，一手正拽他的胳膊。她湿发散乱，目光微冷而坚定。她什么时候跟出来的？

"拿来。"她伸手拿走，一副不容置辩的口吻。

"好了，加了。"她抿着嘴笑了。"找不到你，我跑出来了。我错了。"她摘下自己的灰色丝巾，替西麦围上，在他耳边低语，"我们回去吧，大家等着呢。"

飘零的雨中，好像有一把伞，撑住了整个湿冷的夜空。

终于登上了古城墙。

人类总是有旺盛的创造力，凭着智慧与想象，寻着历史的脉络，自然而巧妙地结合。就像这座严州古城，在战火中走过几百年，经历了无数岁月的沧桑，人们依然能让它"重现天日"，再现往日繁华。

站在古城的一角，原始的那座城墙就在那里。墙头，满身的枯草，斑驳的藤蔓，每一块石头，都有痕有迹，轻轻地触碰底下的那些面，上面的苔藓都是鲜活的。尽管保留着那么一小段，无论谁注目，都有一种历史沧桑的印记，似乎无声地传递给你，属于那个时代的故事与风华。

半夏来古城一年有余，居然也没有光顾过这里。

"没人一起啊，一个人也没有兴致。"挽着西麦的手臂，她撒娇似的说，"有你这个文化人作陪，才有意思呢。"最好起个早，撇开众人，两个人的世界，不拘不束，挺好。在湿冷的街口，西麦捂了捂半夏的手，放在胸口，又捧起来亲了亲。他们约在古城墙下见面。

清晨，这条古街，还不算冷清，不少店铺开门了，尤其是小吃店、百货店。在俗世的日常里，人们按自己的方式生活、生产，每一张面孔，都是那么真实，并非复制，这里也一样。古街，看上去没有尽头。宽大的青石板路上，半夏像个快乐的孩子，一会儿挽着西麦的胳膊，一会儿跑去店铺，她对糖葫芦、冰淇淋、臭豆腐，还有些手工制品都有兴趣。西麦跟着她，心里满是快活。

眼下，古城还在复建中，还原并不是一件容易的事。但一些融于建筑、景观、山石、草木之中的主题与雕塑作品已然有模有样了。沿街的"古街印象""中酒残春""刻本遗风"，让人有了些印象。

沿街有茶楼、小饭铺、旅馆、戏馆、澡堂等，招牌的制式统一、协调。打铁铺、箍桶店、酱菜店、棕麻店和篾匠店等手工作坊，也可以在这里遇见。还有新华书店、电影院、邮局等，比较完整地展现了当地人们独特的生活景象和民俗风情。走一段，就有牌楼牌坊，这些俨然成为了古城新的文化地标。

西麦会在每一块牌楼下仰望，识字句，拍照。可以想象，这些文字的背后，一定有一个特别的人和他的故事，以至于后人仍能够惦记着他，仿佛能重新唤醒那些荣光，也见证古城一段传奇的历史。

这个时候，半夏会站在他身边，抬头看匾额，也会转头看他。他专注的样子，在她心里是生动的，有纯度的，她开始喜欢他这个样子了。她也注意到了他的发际线，有点高，但头发货真价实，全是自然黑的。还有他额头上的皱纹，这里清晰地镌刻着他的阅历。

她完全没有否定心里一些不切实际的想法。

眼下是路，青石板踏实稳当。抬头看天，天空阔亮明净。半夏想起了她来古城的第一个生日。那天上班，传达室大爷送上来一大捧鲜花，是本地一花店送过来的。她一时想不出会是谁送的，她想到过西麦，但觉得不太可能。离开了，什么也没有发生，也许，一切都过去了呢。但她又隐约地感觉到，会是西麦，她也希望是，又不确定。

十点钟左右，西麦发来了微信，"生日快乐！永远的半夏！"半夏一下明白过来，心里一热，她的眼眶有些湿润。她趴在桌上，想起了一个人异地的孤单，想起了离开前一天聚餐时，西麦当着大伙儿面给她献花的惊喜。

"送你。"她记得他当时就是这么说的，她当场哭了起来。

这以后，就像风筝失了线，除了微信步数上那个1。半夏心里十分清楚，这是西麦每天的必修课，他会一直想着她。

"去里面看看，"半夏拉过西麦的手，"有钱人家的豪宅，见识一下。"一直飘在街面，走进去，才有真体验。古街上有不少建筑讲究的厅堂，大底是大员、乡贤、富贾们的居所。

果不其然，厅堂亮堂，正中摆着八仙桌，靠背椅，做工、雕工花纹极考究。两层正房，左右厢房各一。四方檐角下一口天井，廊间有不少的盆栽。过一个小门，是主人家的后花园，这里假山池沼，竹树花草，皆是古风古韵，俨然江南私宅、清末民国大户人家的标配。

"啧啧，这里的日子，贵人过过的。"器物如斯，让人感怀良久。也许，站在这里的每一个旅人，都会有同样的感受。

再往里间走，右拐居室的风景，则更精致亮眼。一排书架，与创意十足的器物搭配，有一种分明的错落感与现代感，且不失雅致。一进门，仿佛走入一家咖啡馆，在轻松舒缓的音乐声里愉悦身心。

"先生，在这里住一晚吗？"

吧台里一个姑娘正摆弄着杯子，看上去挺年轻，身材与脸蛋都不错。"今年新装修的，十月一号开张，现在优惠价 580，要不要看下？"

"老板娘是美院毕业的，花了些周折租过来，设计成自己喜欢的样子。"经姑娘这么一说，半晌之闲，可以体味匆忙的日子里一份难得的舒适。

"住一晚。"西麦朝半夏笑了笑，顺手搂住她的肩。

"住一晚。"半夏也朝西麦笑了笑，微微翘起的嘴角，淡若微风。

"创意真不错，古朴与时尚结合得很妙，还有韵味，有机会真来住一晚。你喜欢这里吗？"西麦很认真地说。

"你先在这里住一晚试试。"半夏咯咯地笑了起来。她的双眸，每眨一次，都会拨乱他的心。他和她牵着手，跨出了门槛。阳光点亮了青石板路，古城突然袭上了一种异常鲜活的颜色，仿佛热血沸腾，在街面上丰富起来。

简单地打点了行装，西麦就出发了。

阳光很好，天空中漂浮着幸福的空气。西麦把茶杯塞进车架框，也把夜晚的思念塞进去了。他打开计程表，他的灵魂，开始指引着他的身体出发了。这些天来，西麦魂不守舍。他不止一次地翻开手机相册，里面满是半夏的照片。每一张的背后，都有他的故事。其中的两张，他看了无数遍，想了无数次。

一张是在县城"今夜无眠"酒吧，画面里，一盏柔和的挂灯下，半夏安静地坐着，手里握着茶杯，微笑着地朝他看。在她的眼睛里，可以捕捉到他的眼神。他把这张做了办公电脑的桌面。

另一张是在小镇"因为单着"茶室，她靠在沙发上，灰色印花蕾丝衫，格外引人注目。他和她谈论《霍乱时期的爱情》，惊讶于她居然比他还熟悉细节。依然是拨动内心的眼神和笑容，他把这画面做了手机背景屏幕。西麦特别喜欢这两张，他喜欢她的眼睛，专注、明亮而纯净。

原本，西麦有自己喜欢且擅长的方式去表达，比如，写信。他心眼不坏，文笔不赖，嘴皮子也厉害，静夜无边，思念悠长，他有足够的能量去"勾引"，但他觉得自己消受不起这样的痴迷。俗世有太多的羁绊与悲苦，可有一种一次了结的方式？

西麦不再是一个羞涩的少年，好像一张明净的白纸。他已经可以穿透生活的迷雾，去寻找自己想要的。不多想了，灵魂指引着他自己的身体，就出发吧。几个小时后，半夏，就在自己的眼前，多好啊。

"你怎么这么傻！"半夏的眼泪一下就流出来了。她一手抓着西麦摘下头盔的手，一边去捋他憋成一团的头发，汗从他的额头上渗出，湿了她的手，也疼了她的心。半夏早算过两人的实际距离，298公里。"骑行了多久？"她拿了茶杯让他喝口水，其实已经不想知道答案。她直直地看着眼前这个男人，这个不羁放纵爱自由的家伙，硬是不肯放过她，让她的灵魂战栗，不由自主。

西麦拥着她，一副决胜千里的姿态。灵魂指引着身体出发，多好啊。无论如何，骑行奔向她的方向，让她真实地感动到了。他想，一切美好，都将毫无保留地开始了。

后　记

　　2017 年 10 月 30 日，我的第一篇原创散文《父亲》发在简书上。这一年，我四十五岁，曾经的"文学梦"，早伴着山村的晨雾与小镇的暮霭，在水云间淡出，并渐行渐远。

　　因为熟谙一些日常，对山野、溪河与生俱来的亲切，以及看护父母的心思；也因为时光里，沉淀着遵从自己内心的东西，于是，那个下午，我用文字铺开了一段全新的旅程。

　　抓住空闲，一个字一个字地码，让生活在字里行间有趣。写熟悉的人和事，在平静中积蓄力量。拓宽路径，在阅读与行走中丰富体验，用心经营，乐此不疲。2020 年 6 月，我的第一本散文集《时光短笺》，由鲁迅文学奖得主、浙江省作家协会副主席陆春祥先生作序，海峡文艺出版社出版。

　　毛姆说，人生处处是起点，无论什么时候开始都不算晚。余华也说，坚持写，写着写着，也就写出来了。"月光照在地上，像是撒了一把盐。"《活着》流淌着一种静默的悲壮和善良，充满了能让人感受苦涩与温暖的力量。

　　借助着这样的阅读体验，我开始思考：活着，什么是人生最理想的生活状态？余生该过怎样不辜负的日子？写作者，乃至作家，是否一定得有丰富的人生历练，足以支撑的文学素养和文化积淀，才可能形成自己的创作思想？

这一点，四十一岁的托尔斯泰没有直说，他的《战争与和平》替他发了言，史诗般地展现当时俄国从城市到乡村的广阔社会生活画面，探讨俄国前途和命运，特别是贵族的地位和出路问题，堪称鸿篇巨制。带着朴素的景仰和阅读的极致快感，我不由自主，又自不量力地写下了《娜塔莎的爱情》。

我看《觉醒年代》，有一个画面印象深刻。鲁迅紧锁眉头，一幕幕痛心疾首的场景在他眼前闪过。他铺开纸，写下"狂人日记"和"某君"几个字，镜头推向寓所外，那一树枯藤张牙舞爪，像极了深夏，作者置身的暗夜。在昏黄微弱的灯影里，在半夜无眠的寂静里，鲁迅手刃腐朽的第一笔，一出手，就是一顿棒喝，没辜负陈独秀、李大钊、胡适、钱玄同等一众人期待的那一剂猛药。

时间，空间；活着，生命，对每一个个体，都是如此的珍贵。那么我，一个草根写作者，是否也应该叩问自己，去抒写每一个活着或逝去的灵魂。生命与死亡，是文学永恒的主题。我愿意持续推进生命每一分每一秒的正能量。我的文字，必须，也应该是这个时代的见证者与书写者。

饱含着对父亲忍辱负重，又低调敦实的岁月细节，我用《我的篾匠父亲》，无声地表达着自己的尊重和感激。落笔之余，情不自禁地为自己的父亲骄傲。这个埋头做事朴实倔强的男人，在我面前，就是一个真实的父亲，让我更坚定的男人。

我把"我们的幸福生活"主题征文获奖作品《父亲的天空》荣誉证书，立在书房的显眼处。每次父亲过来，都会在这里站一会儿，我感觉得到，他的内心是暖的。

我惊叹于世间的奇妙，也感怀于家族的变迁，以及人之间的亲密，因此，发自内心地愿意记录每一份美好，《人间有味是重圆》就是一种尝试。

除夕的那个下午，我一个人走过村庄。脚下的每一步，每一处停留的目光，都凝结着我的记忆与回想。小时候河边洗澡，摸石头子，放鸭子；上山砍柴，下地打猪草；小学老师，邻居，那些相识不相识的人，以及贯穿了我整个少年和青年旅程、绕不开的河流。

惊蛰一到，春离得更近了。老丈人家篱笆里的油菜花已经开出了阵势，灿黄片片，香气四溢。在新龙村走一圈，我又坐到了十七楼的书桌前。我愿意，以好学和谦卑的姿态，与诸多伟大的灵魂对话，走出我自己和我们这个时代的浅薄，一直将我的目光和思索，定格在时光深处，那些活着或逝去的灵魂深处。

里尔克说，你要爱你的寂寞。我想我应该记住这句话，用勤勉和爱，把一生中最好的礼物，带到某个也许遥不可及的地方。

最后我想说的是，很荣幸《这一刻的幸福》作为"风起江南"（第四辑）出版，特别感谢鲁迅文学奖得主、浙江省作家协会副主席陆春祥先生的倾力指导，还要感谢杭州金马文具林海先生在出版上的鼎力支持。

风起江南·第四辑·

陆春祥／主编

周天明 著

六夫随笔录

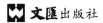文匯出版社

图书在版编目(CIP)数据

六夫随笔录 / 周天明著. — 上海：文汇出版社，
2022.10
(风起江南 / 陆春祥主编. 第四辑)
ISBN 978-7-5496-3894-9

Ⅰ. ①六… Ⅱ. ①周… Ⅲ. ①散文集–中国–当代
Ⅳ. ①I267

中国版本图书馆 CIP 数据核字(2022)第 185028 号

六夫随笔录

著　　者 / 周天明
责任编辑 / 熊　勇
装帧设计 / 书香力扬

出版发行 / **文匯**出版社
　　　　　上海市威海路 755 号
　　　　　(邮政编码 200041)
经　　销 / 全国新华书店
印刷装订 / 成都兴怡包装装潢有限公司
版　　次 / 2022 年 10 月第 1 版
印　　次 / 2022 年 10 月第 1 次印刷
开　　本 / 880×1230　1/32
字　　数 / 855 千
印　　张 / 43

ISBN 978-7-5496-3894-9
定　　价 / 195.00 元(全五册)

风起江南散文系列第二季（总序）

尽力猛扑而朗朗仓仓

陆春祥

1

西湖孤山南麓，有三忠祠，奉祀袁昶、许景澄、徐用仪三人。袁昶（1846—1900）为桐庐人，我的老乡，他殿试二甲，官至三品，庚子事变，力谏朝廷不可纵容义和团滥杀洋人与外国开衅而遇害。袁昶诗文、书法、藏书、刊印、西学等，诸业皆有突出成就。

辛丑春节，我一直在读袁昶的日记。袁的日记，持续时间长，从同治丁卯六年（1867）三月开始写，从无中辍，一直到被害前。他的日记还不是一般的记事，侧重在求知问学、克己慎思上，目的就是迁善改过。

看一则"癸酉正月"：

癸酉元日帖子。元日书红云，癸为揆度，酉象闭门。士君子必有闭关千日，研几极深之思，而后有揆度庶务，洞若观火之量。静存仁也，动察智也。

这一年是同治十二年（1873），鸡年春节，袁昶27岁。一个甲子后的鸡年，我父亲出生。袁昶逝后，一个甲子零一年，我也出生

了。这样看来，袁昶其实离我很近。不过，年轻人袁昶，思想已经成熟，他虽30岁中进士，却早已饱读诗书，有着自己独立的见识。

他解释"癸酉"，别有见地。

"癸为揆度"，就是估计现实情况。为什么他关注现实，从他的经历可以看出，他时刻将读书人的目的与责任和现实紧密相连，虽是保皇派，但在处理义和团滥杀洋人的事件上，眼光却远大，做事不能只顾情绪不计后果，虽被杀，不数日遂昭雪，谥"忠节"。"酉象闭门"，这是从字形上说酉字。闭门干什么？你若要有对事情洞若观火的眼光，则必须闭关千日，将冷板凳坐穿，如此才会形成自己别样的眼光，处理好各种政务。袁昶曾任江宁布政使、光禄寺卿、太常寺卿等，在各个岗位都有建树，芜湖还建有"袁太常祠"纪念他。

静存仁，动察智。胸中有仁义，决事才有智慧。这不是一个死守书斋不知变通的读书人，他将所学与现实、读书与修身、思考与反省紧密结合。

写完那则"癸酉正月"，已经过去整整一年。

又一个年三十夜，袁昶吃过年夜饭，往桐庐城里闲逛。桐君山上祈福的钟声不时撞耳，富春江两岸的爆竹尖叫着频频窜向空中，街上行人已经开始聚集，小儿成群追着叫着倏忽跑过。袁昶抬头望星空，但见北斗星的斗柄已经指向东方，他内心里不断感叹，还有几个时辰，旧的一年转瞬即过，混混与世相处，隼起鹃落，如弹指一刹那，而自己却学业未精，德行也没有进步，真让人惶恐啊。

严格自律的袁昶，每日三省己身，袁昶日记中，他悟出的人生格言，多得让我双眼停不下来，仅以甲戌年（1874）摘要举例：

人惟无欲，始能刚耳，有欲恶能刚。耐坚苦者，始能进德耳，

耽安佚者，则丧德矣。（甲戌正月）

不作无益之事，不道无益之言，不损无益之神，不发无益之虑。

心无二用，自今后作一事竟，再作一事，则心体不疲。（甲戌二月）

抄录七十二岁的黄元同《求是斋记》句：天假我一日，即读一日之书，以求其是；《畏轩记》句：读经而不治心，犹将百万之兵而自乱之。（甲戌六月）

抄录《孙思邈方书》句：口中言少，心中事少，腹中食少，自然睡少，依此四少，神仙诀了。（甲戌七月）

境遇耐得一天是一天，学问长得一天是一天，精神养得一天是一天，嗜欲淡得一天是一天。（甲戌九月）

尽力猛扑，将七阁、四库、三藏、九流、二氏，朗朗仓仓，一齐装满布袋肚子内，此师南皮之法也。（同上）

不见己之善，惟见人之善。不见己之善，故所诣日进，惟见人之善，故无怨于世。（甲戌十二月）

特别喜欢"尽力猛扑"这一句，活画其读书信念与志气。

袁昶要扑向什么？四库、七阁，指清代收藏《四库全书》的七座藏书楼总称；九流，乃秦至汉初的九大学术流派；二氏，佛道两家。南皮，借代籍贯为南皮以张之洞为创始人的学派，该派以汉学、旧学为体，以西学、新学为用。袁昶的阅读，如牛饮，如鲸吸。如此写下阅读的贪念，他暗自笑起，耳边似乎突然响起《双射雁》中穆桂英的唱词："那绣绒宝刀仓仓朗朗朗朗仓仓放光明啊。"嗯，猛扑，唯有尽力猛扑，胸中才会有光明一片啊！

尽力猛扑而朗朗仓仓，越读越有趣，宛如袁昶就站在清丽丽的富春江边，沐着五月的微风，张开双臂，身子前倾，跟我摆那个猛

扑的动作。

2

劲风又绿江南。

风起江南散文系列第二季即将面世。

通读书稿，满心欢喜，文丛的作家们也如袁昶先生一样"尽力猛扑"，他（她）们如饥似渴地扑向经典，努力汲取营养；他（她）们倾力扑向大地，扑向生长养育又骨肉相连的故土，尽情撷取自然的芬芳。他（她），身姿矫健，一路奔跑着穿过光阴，且行且歌。

周天明的《六夫随笔录》，真性率性而又抒写畅快。出自内心，平淡如水，观察细微，不乏孔见，诚如作者所言，其将身子匍匐于地，故园山水动植物及所有人与事，皆掘地三尺，人性练达，世事洞明，真知灼见频现于字里行间，诚挚感情亦满溢于纸上。

罗帆的《透视镜里的手舞》，时间的镜子，梦与界碑，生活的齿轮，作者与数位二十世纪知名外国诗人展开纸上的心灵对话，汪洋而恣肆的虚构想象，灵动而跳脱的叙述表达，个性而独特的深度体验，建立起了具有辨识度极高的阅读坐标，大大拓展了自己广阔的写作疆域。

李建军的《等一朵花开》，无论枇杷、石榴、栀子，它们都是嘉木，即便是孤荷、苔花，只要倾注爱意，它们也有独特的春天，一草一木皆有情。阳春布德泽，给孩子留扇窗，慢慢来就是快，假以时日，所有的花都会盛开，所有的种子都会长成参天大树。

金春妙的《在寂静中倾听》，心底的文字从指间如水样泻出，之所以无限流畅，是因为它们皆来自于最诚挚的心灵叙述。眼前校园

所见，身边万般人与事，抑或浪走天涯海角，只要胸中藏着善良与美，纵然未来变幻莫测，我们都可以在这世界里深情地活着。

陈红华的《这一刻的幸福》，时光深处的飞鸟与群山，少年的懵懂与青春的悸动，世间喧嚣纷扰中的多姿势阅读，浓郁江南风情味的草木果蔬，日常与无常中的岁月轮转与沉淀，只有看清楚自己以及自己生活的地方，才能将已逝的过往与活生生的现实凝聚成这一刻的幸福。

3

有人仔细统计了《诗经》中的草木虫鱼数量，计有：113 种草，75 种木，39 种鸟，67 种兽，29 种虫，20 种鱼。

我读过诸多关于《诗经》中草木虫鱼的书，不一一例举。一个简单事实是，这些鸟兽草木，只是赋比兴的喻体而已，我们的先人，想象力极其丰富，他们用这些喻体，隐晦曲折地表达自己丰沛的情感。

因此，对这样一部博大无比的百科全书，孔老师自然钟爱有加。

孔鲤从对面怯怯走过来，孔老师叫住了儿子：伯鱼呀，你仔细读过《周南》和《召南》没有？

孔鲤就怕老爸问，一脸茫然：爸爸，我没有读过呢？

孔老师感叹：唉！一个人如果不曾仔细读过《周南》与《召南》，就会像面朝墙壁站着的人一样啊！

面壁而立，不是面壁思过，而是说你什么也看不到，哪里都去不了。

《周南》《召南》都居十五国风之首，内容侧重夫妇相处之道，

教育人修身齐家。孔鲤一定听懂了，他已长大成人，老爸这是要他系统学习《诗》呢，否则，怎么能适应这个社会呢？

孔鲤在父亲的课堂上，已经多次听到老爸这样教育他的学生：《诗》三百，一言以蔽之，曰：思无邪（《为政》第二）。这里的关键是"思无邪"，"思"为发语词，"无邪"，没有虚伪造作，都是真情流露。诗三百，用一句话简单概括，就是真情两字。文学作品最需直抒胸意，最怕无病呻吟。这也完全符合我们先人即兴的咏叹，面对残酷的生存现实，恶劣的自然条件，先人们劳力之余，依然手之舞之足之蹈之，自我找乐。

国风，大雅，小雅，周颂，鲁颂，商颂，三百一十一篇，皆为民众心底里喊出，在广漠大地上回响，宫商角徵羽，有时甚至响过行云。

真诚希望我们的散文作家，对眼前的一切，猛扑吧，尽力猛扑！不虚假，不造作，用心用情善待所有，包括天地间的草木虫鱼鸟兽。朗朗仓仓，仓仓朗朗，听，美妙的旋律，从旷野上、烟波里、花朵中清晰传来。

壬寅桃月
富春庄

目 录
Contents

▽
▽
▽

第一卷　山川足迹

第三卷　碧海犁花

第四卷　情愫萦怀

山川足迹

第一卷 ▽

神奇的鳌山

　　它名不见经传，但砥柱中流；它并不高耸入云，却四维可仰；它形同巨鳌探天，且呼风唤雨。此山坐落在江南街道白垤里村的东面，石柱镇下里溪村的西面，六夫老家的南面，白云山的北面，当地人叫寺山，老家人叫水泽岩，地形图上标龙头岩。因它整个山体像个硕大的乌龟，又像个浮在水面的巨鳌，故六夫更喜欢叫它鳌山。

　　这是一座巍峨的山。哺育永康南部原石柱区六个公社几乎所有土地和人口的雨水，汇成李溪和南溪两股洪流，在鳌山脚下冲开一个豁口，转个直角弯夺路奔走，一路踉踉跄跄向西奔去，途经白垤里、园周、溪心，汇入永康江。沿途留下万顷碧波，千种颜色。小漓江桃红柳绿，水泽滩鹭凫莺飞，钓鱼台笠翁放线，塘端桥车水马龙。任凭江河澎湃、惊涛骇浪，鳌山一如既往，岿然不动；任凭花开花落、云卷云舒，鳌山宁静致远，傲视苍穹。

　　这是一座有底气的山。栖霞余脉，莽莽迤逦；石城遗迹，轩辕剑指；历山犁痕，虞舜云耕；一丛丘壑如蛇灰蚓线，万千壁垒到此戛然而止，化为巨鳌之身，沉浮于天地之间。若晴天，鳌体葱翠，鳌头迎着旭日生机勃勃；若雨天，云遮雾罩，鳌身时隐时现似在博海中弄潮；近观是巨鳌拜天，远望是浮鳌戏翠。更不可思议的是，此鳌具形你不管从何角度观察始终如鳌，也不管你离开多远，只要在永康地界，你都能找到它的鳌影。

这是一座神奇的山。地理上，它纵横南北，中分东西，聚焦八界；空间上，它隔断阴阳，分割朝暮，调节时雨。日月星辰到此换位，樵庐耕户看影升炊，农妇村姑望峰收晒，远行游子循踪回返。它是晨昏分界线，风雨观测站，指路方向灯。若登临鳌顶，南枕白云，东注黄寮，北临五指，西染大寒，把个丽州全境尽收眼底。若从山麓绕行，白垤里至池宅畈，曲水流觞，渔舟唱晚，茂林修竹，骚人弄梅，一路有看不完的风景，抒不完的诗情。

六夫爱鳌山，它是他的发小。从牙牙学语起，母亲便讲着水泽弄峡兄弟十人扛金大梁的故事；它对面的茅弄坑是六夫童年牧牛的老地方；水泽滩是六夫少年时经常渔猎的好去处。如今金大梁梦想不断成为现实，从永康城的千年巨变到园周村的脱颖而出，从石城山上的十里长城百幅壁画到山水新城的长远规划蓝图，一座现代化的城市正在迅速崛起。

六夫爱鳌山，它是他的向导。六夫在高中时的第一篇散文就是写水泽滩上的蚕豆花；高中毕业约同学攀登的第一座山就是鳌山；务农后想老天下雨看的第一眼，就是鳌山上的云朵；谋生远行返家寻找的方向就是鳌山，有了鳌山，不管走得多远，未曾迷失过一次路。鳌山是六夫心中的定海神针，不管风云变幻，依然淡定；任凭时代变迁，初心不改。

六夫工作后四处奔波，鳌山渐行渐远，而心头烈酒越酿越浓。丁酉冬开同学会，欣闻鳌山脚下铺了人行绿道，急约妻子前往一游，随之一发不可收拾。除了徜徉于山水风光外，六夫还于元旦日独登一次鳌顶，大雪过后又携孙子再登一次鳌顶，其感受妙不可言。经过几度左右观察，上下推敲，终于解开具象如鳌并且四面皆仰的秘密。

　　原来此山，除整个山体像鳌之外，顶部有四块峻峭的崖体分别构成鳌的头部、嘴部、前爪部，并且布局巧妙，在不同方位虽然显示的是不同的崖体，但构成的图案永远是一个浮出水面仰天观望的模样。再者，由于永康是个盆地，东南北三面高，西面低，中间是田野与低山，南部的历山一脉延展到鳌山已到尽头，鳌山虽然比群峰矮了一截，但在低山中却鹤立鸡群。

　　大自然的造化令六夫惊叹不已，屡屡流连忘返，并写下许多咏叹诗句。博友柳明先生读后即兴留《鳌山读咏》律诗一首：

> 底气昂扬傲太清，茫然一派石成城。
>
> 栖霞余脉知高下，壁垒惊天接地平。
>
> 虞舜云耕兴社稷，轩辕剑指利苍生。
>
> 千年典故人方说，万代英贤我发声。

写于 2018 年 3 月 24 日，首发《永康乡愁》，转载《金华日报》

路过凉亭

　　人生旅途无数次路过凉亭，或歇脚，或乘凉，或邂逅，或观赏，平添几许慰藉，几许苍白，几许感慨。

　　最初接触凉亭，是六夫小时到离家三里远的一个叫毛车垅的凉亭前采鹅草。这是一座泥坯凉亭，坐北朝南。当六夫专心致志挑田荠时，有一个在凉亭中歇脚的过路人，大声叫他快回家，说一个小孩独自在荒郊野外，不怕被狼吃了？看六夫未有所动，他竟绕道到他家中嗔怪他父母。

　　后来，六夫随同村里的放牛娃到七八里外的红山脚、弯塘、牛金岭一带放牛，中途都要经过大路塘角凉亭。那凉亭是砖造的，比一般的高档，但坐在水田中，常年地面潮湿，一到夏天，便显得分外清凉。红山脚下有一口庄塘，他们在放牛之余常到庄塘洗浴摸鱼，塘角山坡处也有一座泥墙凉亭，但那座凉亭里常烧着大焦灰。

　　令人难忘的是，六夫每年去三十里外的方岩方向拜年，途经魁山五木岭和俞溪头九里畈两座凉亭。五木岭凉亭是泥卵石混构，有两间屋面。但据说有男女在此殉情而死，不免心生疑影，便少有驻足。而九里畈凉亭是过路长廊式结构，有三间屋面，其中一间砖墙筑庐，二间桁柱架廊，左右各一排长凳，还有茶水招待，有故事传闻，自然每到必歇脚。

还有去葛塘山与去河南的路上各有一座泥坯凉亭，葛塘山凉亭坐落统塘下，主要摆放些牛犁耖耙、稻桶车铺之类。河南凉亭坐落杨山沿嘴，主要供过往石柱方向的行路人休憩，但此处僻静阴森，常听村上人说有鬼火出没，间或长魂叫声，人每临经过，顿觉毛骨悚然。

因此，六夫对凉亭并无多大好感，尽管它是为有需要的人提供挡风遮雨、休憩乘凉的场所，但因其孤零零、阴森森、脏兮兮的样子总让人欲近还远，很少入内消受。直到有一年上历山打柴，半路遇上狂风暴雨，看前不着村，后不挨店，急迫间隐约见一凉亭，忙避于内，免除了一场受凉犯疾之苦，才感到凉亭的意义所在。

从此六夫开始关注凉亭，发现这些凉亭大都建在古道上，如毛车垅凉亭，就是建在阳龙、塘里方向通往县城的古道边；杨山沿嘴凉亭和大路塘角凉亭建在河南通往石柱的古道边。只有少量的建在田畈深处。这些凉亭大都简陋，方形盒子式，占地约三四十平方米，墙面大多为泥土，少量为青砖，山区以卵石为主。梁柱和坐凳以木石为主要材料，覆顶一概为缙云土瓦。梁柱上大多刻有乐助者姓名，对散捐者即会挂一匾额书名表彰。

不是所有的凉亭都建在野外，有些古道经过的村庄也有凉亭，如台金古道上的方岩杏桐园凉亭和温衢古道上的历山里珠坑凉亭。这两座凉亭都建在村中，由石子卵砌墙，配有大缸免费供应茶水，有时还有草鞋挂于墙头任由过客自取。金温古道上的上下里溪两村交接处有一座砖造凉亭，附有用房，为专事凉亭管理者所配。可惜这些凉亭，随着工业化社会的到来，大多已然湮灭。

凉亭是农耕社会肩挑脚量时代的产物，并由众多爱心人士各显其能完成。基于节俭实用的价值取向，永康当地的凉亭少有阳春白雪般的楹联诗对，倒是墙上常常画满下里巴人调侃的句子，如什么"秤不离砣，鸟不离窝；锅不离勺，米不离箩；人生最苦，床上无婆。""天怕乌云地怕荒，鸡怕老鹰羊怕狼。花怕寒流霜怕日，孩子就怕跟后娘。百姓怕官行不正，庙堂只怕太监腔。"活脱脱表现出社会底层民众的艰辛、忧愁与迷茫。

与草根族直抒胸臆的表白不同的是，一些风景名胜、渡口关山，由豪绅巨贾捐造的凉亭即要气派和文化得多。用材架构自不待说，还有亭名、亭碑、亭墩，且楹联诗对齐全，文化气息浓郁。六夫在外旅游时曾经记下几副：如"山远秋泉白；溪深晚照红""一路山花迎来客；数声鸟语送归人""欲赴远程聊驻足；既来中道暂停肩""万里江山分月色；九衢风土带花香""君意可如之，且向江亭静坐；客舟才去也，暂停渡口谈心""天上日炎，旅客政商，正好息肩坐坐；亭中风弱，文人学士，聊堪驻足谈谈"。这些联对集中表现的是凉亭的处所与功用，让人在歇脚乘凉中拓展视野与心胸，延伸了凉亭的文化内涵。

其实，帝王官宦人家也有凉亭，那式样六角的，八角的，廊式的，蓬式的，重楼式的，飞檐翘角的五花八门。材料也是楠木紫檀、白玉花岗、琉璃青铜，无所不用其极。但那只不过是权贵们炫耀和挥霍的点缀之物，在偌大的宫廷后院或私家花园中配上凉亭，用以供公子小姐们吟风弄月，娱乐调情的消遣，与凉亭遮风避雨、歇脚休憩的民间功效搭不上界。可是士大夫们闭眼不见民间疾苦，所有文诌诌的句子都是些"日晴空乐下仙云，俱在凉亭送使君"，"怎如和我凉亭共戏，醉荷风碧簟相依"的情怀，可见精英脱离底层的悲哀。

随着时代发展，耕作的机械化和交通工具的现代化，使得凉亭的实用性逐步递减，而观赏性逐步提升。原来的皇家宫苑、富绅园林早已收归国有，供百姓共赏。城市建设，景区开发也少不了用凉亭作为点缀，公园中有一阁，山道处有一亭，顿觉灵气活泼，含色生香，使人流连忘返。

永康新农村建设以来，一方面重视古建筑的保护修复，一方面大力加强村容村貌的塑造，很多村或在村口，或在后山，或在水边，用花岗岩或波罗格造一气派的或方或圆、或六角或八角的飞檐凉亭，既美化环境，又满足村民的休闲生活需要，凉亭正以全新的形象来到劳动人民中间。有诗云：

千年风雨过凉亭，又伴寒霜又伴星。

远道招留孤寄客，近畴相挽众浮萍。

王家公主吟诗白，山野樵夫画炭青。

今日村头多换貌，花岗飞角到云庭。

写于 2019 年 1 月 29 日，首发《永康乡愁》，载《方岩》杂志

又到鼠麴花黄时

阳春三月，百花盛开。在这抗疫胶着的日子里有点烦，心中期待的事像翻烙饼，心中反感的事像粘狗屎。看前阵子每天爆棚的微信悄然退潮，好像应该回归正常生活了。

惊蛰已过，冬藏的虫蛇龟蛙也将出来，开始新一轮较量。大自然就是这样奥妙，生生息息奔腾着它的规律。受疫情的警告，人们着手整理锄头簸箕，那一亩三分地将比以前倍加珍惜。失地的人怎么办？多向田头寻蒿莱，似乎成了不少老年人的默契，毕竟他（她）们是饿过肚子过来的人，有未雨绸缪的天然警觉。

清明将至，首先浮上六夫脑际的就是，一种生长在田垄上土话叫"气"的草，六夫小时候，每到清明节，家家户户都采这种叫"气"的田间小草做蒸团印清明粿。至于为什么要用"气"做，六夫并不知道，只知道它好吃。六夫成家后，妻子不仅清明节爱用"气"做蒸团，还爱在春季采来贮藏，时不时拿出来做蒸团以调全家胃口。每当吃她做的蒸团，那是连整日里挑肥拣瘦的孙子也狼吞虎咽的。

去年冬至，妻本来要做蒸团过节，可懂事的儿媳说，做蒸团要用笋做馅才好吃，现冬笋太贵，还是等等吧！不料一拖到了春季，闷家久了竟使六夫想起"气"来。

这"气"草究竟应该怎么写总该有个正名吧？六夫先后曾查过"萋""芷""弃"都觉不妥，最后才查到这草学名叫"鼠麹草"，而别名竟有"鼠耳草""毛耳朵""清明蒿""白头草""黄花果"等五六十个，说明它分布极广，但就是没有"气"的单字别名。是否因这草的叶子像老鼠耳朵，永康本地话叫"鼠"为"起"，跟"气"是上声与去声之别，便有了"气"的叫法了呢？

后来六夫又查到一个与"气"同音且字形相近的"芞"字，这个"芞"字连《辞海》中都查不到，它是通过拼音从百度上查到的，其解释是古书上说的一种香草，亦称"藕车"。

如果是"藕车"，又牵扯到西汉大文豪司马相如了，其《上林赋》中有"藕车衡兰，稾本射干"句，若此"芞"即彼"气"，说明"鼠麹草"两千多年前就被皇家列为与衡兰、稾本、射干等有药用价值的香草齐名的珍品了。

可是查"藕车"，说是一种古时用于除臭味及虫蛀，黄叶白花，高数尺的香草。这与叶青花黄，味甘气淡，高不盈尺的"鼠麹草"大相径庭。六夫难以判断此"芞"即"鼠麹草"，但因它带草字头，还是喜欢用它代表"鼠麹草"。

虽然这"芞"草不陌生，可六夫正儿八经也没在意，毕竟它太平常、太普通、太不起眼，脑海里留着的也就是毛茸茸、白胖胖、黄花花的样子，以及用"芞"做蒸团好吃的概念。

为了采"芞"做蒸团，六夫与妻绕着村前屋后田畈一周竟毫无收获。第二天六夫独自跑到高铁南站前一带的田野山地翻找，发现凡有"芞"的地方早已被人采走了，留着的也是或枯黄、或落败的零星残余，那种满田黄花，玲珑可爱的娇柔模样全然不见。六夫用了整整一个大下午采回约半斤"艻"，又被妻子以不正宗的理由剔去大半，气得六夫差点吐血。

六夫问妻"什么叫正宗，你带我去采！"惊蛰那天，她带他往永祥坑走，可是又忘了具体哪个位置。他们在一处荒芜的山庄前停下，就近在荒丘、田埂、果园、玉米地、萝卜地里寻找"艻"踪，可劳累了一上午，收获寥寥无几。六夫心有不甘，继续往远处追寻，终于在一偏僻处采到长势旺盛，奇嫩无比的"鼠麹草"。

其实"鼠麹草"这东西很贱，随处可以生长，从冬到春，也随时可见它的踪影。不过从幼苗至开花，大致会经历3—4个月。一丘田里，幼苗与成株共存是普遍的。幼苗出时单株，一般在草丛里单株生长，如果周边生长空间足够大，它底部就会长出许多分叉，向四周摊大饼似地延伸；延伸过程中又会分叉，然后上翘，形成整丛簇状；然后株株头上顶着金粟般的黄花，自成一道美丽的微型风景，煞是好看。至于它的种子，因为实在太小，肉眼自然就看不见了。但可肯定的是，它们都散落回土地上，生生不息地延续着物种，只要该地块保持足够的静态时间和养分，它就会不出意料地给人惊喜。六夫在心里问自己，这鼠麹草是否就是我们芸芸众生的缩影啊！

她（他）把采到的二斤多"艻"拿回家，连夜去杂洗净煮熟，第二天绞成汁状，按配比拌进糯粉麦粉并揉透，用九头芥菜生、豆腐、鲜笋、鲜肉为馅，又用油煎煮馃叶垫底，经过一番精细操作出来的蒸团，自然与到市场上购买的相比是天壤之别了。

据说，"鼠麹草"还是一服中药，具有化痰止咳，祛风除湿，解毒之功效。可用于咳喘痰多，风湿痹痛，泄泻，创伤，水肿，蚕豆病，赤白带下，痈肿疔疮，阴囊湿痒，荨麻疹，高血压等症。六夫想，古人是否因"鼠麹草"有化痰除湿解毒功效而引进食品中呢？

民间流传"不识都是草，识得都是宝"，实践证明此话不虚，经过这次冠毒疫情的洗礼，会让人们更加认识到中华医药的博大精深，就像这让人熟视无睹的"鼠麹草"，也会开出金灿灿的花朵。

2020 年 3 月 9 日，首发永康乡愁公众号

舟山石宕交响曲

有一种石头从远古走来，生生不息。有一种声音从天外传来，而叫天籁。每当酌触及舟山镇的石宕，一股莫名地冲动排山倒海。那般雄浑，酷似女娲再造；那种气势，有如盘古重开。宕井如潭，宕檐如盖；宕壁如幕，宕棱如桅。千形万态，千奇百怪，怎描摹只恨不逮。王母瑶池大当如此，玉帝琼宫也难相违；现代投影绝无可比，航海巨轮略输风采。站在寂静的石宕边，似乎听到东方维也纳的交响乐骤起，“乖叮，乖叮”的凿石声重现舞台。

大约在人类起源前的时代，造山运动隆起了括苍山脉。七千年前的永康先民，便制造了石斧石槌；黄渡桥边播稻种，老胡爷山留壶嘴。悠悠传承几千载，麦磨洗臼成碾类；老牛拉磙叫碾槽，双脚踩板称踏碓；猪槽狗槽贫家用，柱础牌坊富户垒。

到了我们这一辈，砌基造房盛用石；上世纪七十年代整门窗，上世纪八十年代半墙坯。遥想当年起三更，四十里路买石材；一行十部独轮车，都是非友即亲戚。白岩石宕尚不深，山头条石崭齐堆。手工开凿钢钎撬，“嗨唷嗨唷”竹杠抬。每车叠上五六块，套上背带往家推；一路只听“吱嘎”声，到家已近夜半黑。

直到上世纪九十年代初，有缘舟山去履职。重温旧地下石宕，热火朝天响如雷。放炮先削山头被，砸钎一排大铁锤。"叮叮当当"石缝裂，钢钎契入石脱胎。升炉焠火工具锐，精雕细琢出品牌。远近闻名传天外，拖拉机队"嘭嘭"追。喜得匠汉乐开怀，铜罐煮饭不需菜。晴天赤膊汗浃背，雨天当浴冲凉快。勤劳致富面貌改，屋宇家具就地材；石墙石柱又石瓦，石桌石凳配石柜；鸡笼狗舍也石制，菜橱粮库亦石堆；炭火装进石炭坛，秤杆悬吊石秤锤；石狮门前平安立，石猴水上吉祥卫；白岩不虚清一色，玩石成为人最爱。

一别二十年，偶尔结伴随。天栈云横在，青山面目非。机械已换代，切石快如飞。工场人如蚁，日月没尘埃。万层嫌糕薄，千仞摄魂归。宕深无穷尽，岩斜濒临危。仰看霄关人，俯视鬼门回。景象虽雄伟，毕竟隐祸灾。当局机立断，关宕转产为。齐力保生态，发展宏图裁。灵湖是洼地，百水源头来。舟山本大船，何愁无风吹。旅游兴产业，湿地梧桐栽。五年已见效，村村吐蓓蕾。

余足虽少出户，但观故地动态。保护古迹当赞，启动新景可佩。白鹭已然翩舞，凤凰还须精培。石宕别具特色，视觉冲击厉害。加上内涵挖掘，便是一只美丽画眉。且看羽弈先生岩宕诗词三十五章，摘几篇共醉。

"沐雨条梁采，披风星月戴。青恋幽碧潭，有否闻天籁。""斜阳古宕映苍苔，半壁青崖迎客来。喜看家山新月异，千年眉锁一颜开。""壁立浓浑四望开，神飞心旷远尘埃。凝眸静谧空灵处，似有梵音天外来。""鬼劈奇潭，神凿幽峦。水云间，澄碧回还。雄浑若剑，立仞如悬。揽岩中刻，刻中裂，裂中天。清波翻影，留声彻谷。凝眸望，犹越经年。苔痕滴漏，遗韵流连。醉景酣赏，心酣畅，梦酣然。"

　　东方维也纳的大幕收起又拉开，石宕处处大舞台。琴瑟奏响主题曲，石壁刻划五线谱，台面跳动八音符。忽低沉，忽激越，悠悠画卷如珍数。山顶洞人的燧火，郑和西洋的船队；太行山的咆哮，黄河浪的澎湃；纤夫的号子，匠人的脊背——无不在这里上演着精彩。这是金与石撞击出的交响乐，这是中华大地上的丰碑！

2019 年 1 月 22 日

白岩下行

　　己亥暮春周日，随爬山队友去舟山镇白岩下村一游。在村口"和塘山都"下车，踏上绕舟山溪蜿蜒而上的红色塑胶道，湿漉漉的田野透发着花草的芬芳。

　　零落的紫云英暗淡了，闹猛的油桐花正上枝头。种在路边的佛豆蓬勃高拔，上部盛开白色小花，下部挂满乌蒂，从叶茎间长出许多狭长饱满的豆荚，顺手摘几颗，剥开一咬，嫩滋滋满口留香。

　　向导领着一行人穿过阡陌，来到白岩山岩宕。一字排开的几十座石宕，掩隐在悠悠白云之下、巍巍青山之中，或壁垒万丈，或飞角千重，或大鹏展翅，或骏马奔腾，或碧波荡漾，或深窟莫测，令人叹为观止，流连忘返。

　　据介绍，白岩山岩石形成于1亿多年前的侏罗纪时代，为凝灰岩，色白而细密，采时松软，采后变硬，是种"见风硬"材质。岩宕始于明清时期，村中流唱着一首歌谣："蓝采和，提花篮，德有师，始打岩，带出徒弟一大班。"村民为谋生上山采石，因工具简陋，开采量有限，岩宕也多以开采者名字来命名，如业法岩宕、德相岩宕。

随着时代发展，用材量急剧上升，从上世纪六十年代开始，周边几十公里内，或村民竖屋砌墙，或集体建库造坝，都到白岩下岩宕买条石块石。由于白岩石色相好，材质不风化，坚固耐用，声誉渐隆，到上世纪八十年代末已形成广泛的市场需求，每日到白岩下石宕运条石的汽车拖拉机络绎不绝，产品远销杭金衢嘉等地。需求驱动生产，白岩下人不断改进开采工具，从锤敲钎撬到机械开凿，不断投入人力物力，直至2014年，为减少自然灾害，提升可持续发展而封宕止，共留下岩宕88口，成为艰苦创业记忆的宝贵遗产。

进入白岩下村，一步一景都可验证精美的石头会唱歌的印记，屋是石头垒的，路是石头铺的，门前狮子是石头打的，池上金猴是石头雕的，整个村落参差有致，新旧有别，可有一样相同，不管前建后建都离不开石头。矮屋墙体块石如削，虽零碎但平直整齐；高楼墙面涂刷一新，但墙体仍为条石垒成，处处彰显白岩下人匠心独运。

徜徉于路巷村弄、庭前院后，不经意间，会发现不少房屋外墙有突兀的方形凸块，原来那是壁橱巧构所在。为节省房屋占用空间，白岩下人大都会在约30—40厘米厚的墙体中构个壁橱，或为放菜肴，或为置书籍，或为搁雕像使用。

队友进入一户"石客小栈"，主人家里的菜橱就设在块石垒成的墙壁中，上下横石打上楔木，装上纱窗门；两块竖石上端各刻着和平鸽，下端刻着毛体"提高警惕，保卫祖国"的凸线铭文，既美观又兼具报国的情怀。

这是一户石匠传人，一个名叫应江师傅的石刻技能大师，在他家里摆放着众多石磨、石像、石兽、石墩、石槽，甚至还有石簸箕、石秤砣、石方盒、石踏床，件件形象逼真，精美绝伦。

如果说"石客小栈"摆设的是让有喜欢的人容易带走的精美小品，那"有高祠堂"中展览的就是让人怀旧的古物了。石谷柜，石菜橱，石鸡笼，石狗窟，石团瓶，石炭瓮，恐怕当今年轻一代已无人能认识和理解。

最为震撼的是，祠堂南侧那个建于1970年的石制粮仓，由456块条石砌就，构成长7.2米，宽6.6米，高6.8米，可储粮100余吨的石库。这石库不算大，但精致程度绝对无与伦比，456块条石严丝合缝，经半个世纪风吹雨淋毫无变形；石砌拱顶线条流畅，完美无缺，完好如初；立面的图文除五角星有些许风化外，"提高警惕，保卫祖国"，"备战备荒为人民"和"红岩下大队仓库"等22个宋体楷书均毫发无损；地面除被长于大门顶端的一株梧桐树，伸下两支粗壮的根系，盘扎后形成小缝隙外，几无破损。

令人费解的是，那梧桐树为何能在门上端半空中长出来？又为何能把粗根扎向门首两侧，并分别内外延伸、吸收地下水分和养分？在室内的根系为何引成了如巨蟒般的匍匐状？莫不是梧桐是守护神，虽然粮仓荒废了，它仍坚守岗位，时刻戒备着鹰鸷犬鼠辈的偷袭么？

除石文化展示外，白岩下人还经营着竹艺，茶艺及食艺。队友进到"关林竹语"参观，内所展示的凉笼篮、小饭篮、栲栳、乾坤篮等竹艺，件件精美玲珑，令人爱不释手。以饮食为特色的"和塘山都"，景色宜人，装点庄重，物美价廉，服务热情，让顾客有宾至如归的感受。这大概是封宕后，匠人们再次化蛹为蝶的原因吧！

笔者曾经于30年前来过该村，当时的印象是，该村有农户连楼板都是用石片构成的。后来虽然屡从村边公路经过，看村貌一次比一次改观，心想社会主义新农村建设真是推动强劲，能够让百年旧貌换新颜，却不料匠人们的石文化积淀有如此深厚，精神内核会如此丰富多彩。感慨之余，写下些许文字以记：

精美石头会唱歌，风标引领未蹉跎。
山中岩宕锤声远，梧下粮仓故事多。
五载转型升老业，一朝化蝶闹新荷。
农村前景令陶醉，巨手推高又一波。

2019 年 4 月 16 日

古韵幽幽碧水长

丹霞深处有大船

　　莽莽括苍山脉延伸到永康境内，在东南角形成一片丹霞地貌，以方岩山为代表的奇山异水横贯南北，自古人文荟萃，游人如织。

　　距方岩山南面 5 公里处有一个村庄，开始因人烟稀少，又处在山头旮旯，便取名叫"陬山"。不料此处临古驿道，是台州与婺州相通的必经之地，也是婺州的永康、处州的缙云、台州的仙居三县的交会点，因此，商贸交流十分发达，每年海边人将海货、食盐贩往内地，又从内地将稻米、茶叶、丝绸带回海边，来往客商或在这里交流易手，或在这里歇脚投宿，聚集的人越来越多，村子也越来越大，形成了下前田、鱼池街、四份里、上田和楼宅等几个片区格局。

　　直到清末民初，人们发现村子的门前山的形状就像一艘大船，迎风破浪朝方岩方向行驶，觉得现在村子大起来了，原来"陬山"的名字已不合适，"舟"与"陬"同音，便用"舟山"取代"陬山"，正好象征和寄托生活的航船驶向彩霞满天的未来。

舟山村是永康市东南面的最大村落，村中有黄、楼两姓，现共有户数1000多户，人口3000多人。从南往北排列舟一、舟二、舟三三个行政村，其中，舟二村户数450户，人口数1200人，是舟山黄姓最集中的聚居地，也是古建筑群最多最密集的地方。舟山一直为乡镇政府所在地，人民公社化时，舟二村为公社所在地，撤社设乡后，乡政府所在地移到石临公路边的三村地界。

黄姓望族源远流长

舟山村除一村有部分人姓楼外，其他都姓黄。说起舟山黄氏渊源颇深，据《永康姓氏志》和《陕山黄氏宗谱》载，黄氏之先，源于嬴姓。相传颛顼帝曾孙陆终这一支子孙，在周武王取得天下时，被封于黄国（今河南省潢川县之西一带），公元前648年黄国被楚国吞并后，陆终子孙逃散各地，开始以"黄"为姓。

宋大中祥符年间（1008~1016），有黄赡三世孙黄淳、黄湜两兄弟回迁金华，黄湜的孙子黄庭坚，字鲁直，号山谷老人，为宋江西诗派首创者，与苏轼齐名，并称"苏黄"。黄庭坚长子黄庆，黄庆生黄漠，起为永康知县。宋绍兴年间（1131~1162），黄谟退职后与其子黄庸（官工部侍郎）卜居永康由义坊（原武义巷一带）。黄庸生黄清，黄清生黄胜，黄胜仕江西安抚参议，于宋景定年间（1260~1264）从由义坊转迁三眼井，生三子黄永、黄政、黄端。其中次子黄政为舟山黄氏始祖。

舟山黄氏历经750余载风云，不仅子孙繁衍昌盛，遍布舟山、大塔、小坦、上方几个村落，而且人才辈出，大放异彩，其中，有黄卷式的官场名士，也有黄传韬式的经营奇才；有黄成江、黄成侠式的革命救国先驱，也有黄文虎式的科技报国精英；有黄传德式悬壶济世的一代名医，也有黄明军式才华横溢的各类翘楚；他们的事迹不仅声名在外，如雷贯耳，而且抓铁留痕，踏石有印，成为今日留给子孙后代的宝贵财富。如：

黄卷，字惺吾，1550～1620年，明万历年进士，授河南道监察御史，秉性刚直不阿，断案公正无私，巡视直隶长芦盐场时，督促沧州府建立州县学官，解决盐工子弟入学困难问题；巡按山东时，帮助困境百姓重建家园；在朝四大臣因直谏触怒皇帝，被革职削籍，众皆不敢出言，唯黄卷挺身而出为其辩护，广受众人爱戴。

黄文虎，1926年出生，1949年毕业于浙江大学，1981年获评首批博士生导师，1995年当选中国工程院院士，现任哈尔滨工业大学教授，中国振动工程学会名誉理事长，长期从事振动、控制及稳定性理论方面的研究工作，是我国著名的力学家、振动工程专家和教育家，为中国航天事业作出巨大贡献，被授予"航天部有突出贡献专家"和"航天劳动模范"。

古建筑群流光溢彩

舟山村先人聪明勤劳、艰苦创业，素有永康首富之称，民间有"芝英大祠堂多，舟山大富豪多"之说，新中国成立时舟山全村有人家600多户，富豪就占52户。舟山二村至今仍保留着上百幢清末至民国初的古建筑群，其中80多幢古建筑有历史记载。目前，该村已公布为市级文保单位的不可移动文物有2处，已公布为市级文保点的不可移动文物有5处，在第三次全国文物普查中，已正式列入的不可移动文物多达30多处。考察时发现，该村古村落形态保存较为完整，村落的历史环境基本存续。村内水系、街巷格局保存完好，众多的宗祠、民居、商业店铺、古井、骑街楼等都是近代代表性建筑。其中，相当一部分建筑质量高，具有丰富的文化内涵，可以说是宝贵的历史文化遗产。

舟山二村的历史建筑具有两个很大的特点，其一是雕刻工艺精湛，时代特征明显。舟山二村历史建筑精致、典雅、活泼，其木雕技法娴熟、精湛，像印若公祠的牛腿雕刻，其雕刻技法有锯空雕、半圆雕、圆雕、浮雕等。图案内容有吉祥动物、山水名胜、戏曲故事等，活灵活现，有血有肉，栩栩如生。

至于时代特征，则体现在建筑风格上。这些房子，建筑时代多处于清末至民国初期，这正是我国东西方文化大融合的时代。其建筑外形已较大地受到西方文化的冲击，而建筑内部的结构、用材、装修等方面仍保持着我国传统建筑模式。这种中西合璧的建筑模式具有鲜明的时代性，在永康域内极具代表性，可以说舟山二村的历史建筑是永康市保存最为完整的近代建筑的杰出代表。

舟山二村历史建筑的另一个特点是建筑布局注重防御功能，极具地方特色。在这些房子之间，很多都有骑街楼连接。这些用骑街楼连接的建筑物在二层楼上都能互相通行，并可一直通到村外山脚。骑街楼的两侧设有瞭望口与枪眼，具有侦察哨所的功能。战时，守御人员可以通过骑街楼相互增援，或撤退到山上。同时，在这些建筑物的底下，挖有通往村外的地下通道，平时可排水，战时，村民可从这里安全地转移到村外。这类设计的房子，不仅数量众多，类型丰富，而且特色鲜明，在永康乃至整个金衢地区都具有代表性。

在建设社会主义新农村的感召下，舟山二村筹措巨资，大力加强古建筑群的保护和修复，印若公祠、传灌三层楼、黄奕悦古宅、黄传鼎九间头、监察御史府第、骑街楼、防御工事等 20 多处正在陆续修缮中。

舟山二村的古建筑群一经曝光，立即吸引人们的眼球，一批批游客慕名而来，大家赞叹不已，更加增添了该村干部群众爱护和建设家乡的积极性，先后获得了"永康市社会治安综合治理先进集体""永康市文化示范村""永康市文明村""金华市全面小康建设示范村"等荣誉称号。

非遗文化深入人心

为丰富村民的精神文化生活，舟山村每年要组织三次大的文化活动，正月元宵节的迎龙灯活动，五月端阳节的古民居文化旅游节活动，八月中秋节的迎胡公案活动。

正月十五元宵节迎龙灯时家家户户灯火通明，灯笼高挂。龙头来到家门口，就点上鞭炮迎接。接上灯板的队伍，等全村游遍就集中到全村最高的后山晒谷场上团龙。团龙的最高艺术就是龙尾巴团住龙头不让它走出来。这就出现了斗智斗勇的一幕，月夜下灯火一会儿急急如水涡旋转，一会儿左冲右突交相辉映，玩到高潮处，雷动山鸣、惊心动魄。

八月十五中秋节迎胡公案是永康特色，相传北宋时兵部侍郎胡则为家乡人民做了许多好事，人们就在方岩山上建庙塑像纪念他，每逢八月就以保为单位组织迎案活动。

舟山共保的除舟山一二三村外还有马关弄、小坦、溪塘、江窑等村，从八月初开始准备，每个村组织一个以上节目，有打罗汉，三十六行，打莲花，十八狐狸，十八蝴蝶，大面姑娘，哑口背疯，踩高跷，等等。从八月十三开始，人们簇拥着胡公，一个村一个村表现过去，男女老少无不奔走相告、喜笑颜开。

三次活动数五月份的古民居文化旅游节的游客最多，它专为吸引外地游客量身定制，内容形式多样，有黄员外招亲、祈福大会、评书、旗袍秀、土特产展销等活动。黄员外招亲传承祖辈传统的婚嫁习俗、婚嫁的礼仪；祈福大会弘扬和亲睦族、兄友弟恭的宗族文化；评书讲述黄氏先祖们的丰功伟绩，弘扬先辈们吃苦耐劳、开拓进取的精神。古民居文化旅游节成为了游客眼中的活民俗。

舟山二村还不断丰富村民的娱乐生活，加强村民的精神文明建设。村中建有健身器材、篮球场、露天舞池等，为村民健身娱乐提供了便利条件；村中成立老年协会，设置老年活动室，逢年过节都会给老年人送上红包、礼品等；每年也会出资组织老年人外出参观旅游，每当村中有老年人生病时，老年协会会代表村两委、村民等送上真诚的慰问；村妇代会也会出面给有困难的人家一定的帮助；为更好地保障村民人身、财产安全，村里专门成立由 21 人组成的护村队，分组在夜间进行巡逻值班；村民的农村合作医疗保险也由村里统一出资购买……所有的一切都是为着一个目标——创造更加和谐幸福的生活。2018 年，舟山二村列入第四批浙江省非遗旅游景区之民俗文化村。

绿水青山就是金山银山

舟山地处杨溪水库饮用水上游源头，为保护全市饮水安全，舟山人民作出了巨大的贡献。在市委、市政府的号召下，舟山村于 2005 年 3 月份开始着手"三清四改"工程，在整治工作前，村中组织村三委成员、党员、村民代表以及各类整改项目负责人前往多个整治示范村"取经"，远至江苏省华西村，吸取各村庄典型的工作经验，并结合本村特定环境，为各项工作的开展奠定坚实基础。根据"六化"标准，村两委积极做到整治与保护相协调、建设与提高相结合，按循序渐进的原则，逐步开展村庄整治各项工作，村中道路硬化、村庄美化、四周绿化、溪塘净化、村庄洁化、路灯亮化"六化"工作成为同期开展工作的村庄典范。

在村庄整治中，村里积极对荒废的山坡进行顺势改造，保持原貌、维持原生态，建成一个绿树成荫、绿草成海，幽静而又优美的休闲场所。值得重点突出的还有一个亮点工程——同心干公园的建设。同心干公园因同心干水库而得名，当年村民齐心协力一起用手工挖掘出了可容四五万方水的水库，强有力地保障了村民的农田灌溉用水。在前人的基础上，村两委决定在水库周围修建一座公园。村两委计划在保持原山体、原生态植被，引进其他花草，在公园内添设座椅、公厕等硬件设施以丰富公园内容的同时，还决定新增一些人文精神方面的元素。这座被村民戏称为"小西湖"的公园为村民增添了娱乐休闲的好去处。

随着环境保护的深入，2010年上级要求关停库区内的全部企业，舟山村冲床遍布，机器轰鸣，一夜之间全部停摆。2014年，作为条石之乡的舟山，上级又要求全部关宕，同时要求全部农田退耕还林，建造舟山溪流域湿地公园。在每一个压力面前，舟山村干部群众都能顾全大局，克己奉公，为全镇人民带好头、做好样。

如今，一个以新发展模式为引领的崭新舟山，就像湿地公园中飞翔的白鹭，或像荷花池中露出的尖尖头角，惊艳地闪亮在人们眼前！

梦里家山待我来

舟山是我梦中的家乡，虽然我生在县城，长在县城，可襁褓中的我就已依偎在奶奶的怀抱里聆听过舟山晨鸡的报晓，也抱过爷爷的脖颈观看过屋后晒谷场上的团龙灯。从蹒跚学步起，便常登上我家楼上的露台，居高临下瞭望对面的舟山和山下乌鸦鸦一片的井格瓦顶。及至入学，反倒越来越没时间回到这我爷爷爸爸生于斯长于斯的地方了，偶尔年节放假，去也匆匆回也匆匆，把爸爸妈妈常叮嘱的"不忘祖根"的教导扔到脑后。

近年来，耳边常传来夸赞舟山古建筑群的声音，受神秘感的驱使，心中掠过一丝窥探的冲动。借助外公曾在舟山任职，有舟山半通的条件，向他请教一番；又去舟山二村古建筑群考察了印若公祠、传灌三层楼、骑街楼等古建筑，其精致的雕塑和护防的构置令人叹为观止。随机采访当地耆老，他们对舟山黄姓渊源和舟山发展史如数家珍，言语中洋溢着对家乡饱含的深情，对生活充满自信。当我了解到舟山在历史的洪流中有过诸多不顺，例如 1998 年的 7·23 洪灾，例如，为保护杨溪水库饮用水安全而遭受关厂封宕停耕的损失，心中不免泛起不平的涟漪。可看到舟山的乡亲父老谈到这些问题都是淡定泰然，波澜不惊，这是多么伟大的人格和阔广的胸怀啊，对比自己，真差点从衣袖里掉出"小"来。

舟山的历史就是一部说不完道不尽的兴荣教科书，我只是采撷了几朵微不足道的浪花，待到我学业有成时，定效先贤，为我可爱的家乡献上浓墨重彩的一笔。

黄周屹辽，写于 2019 年 9 月

苦槠的味道

小雪节气了，尚有春眠的感觉，走在林荫大道上的六夫，脚步沉沉，昏昏欲睡。也许今晨起得早，又爬了老半天的格子，有点累了。看看午后的太阳，拼命往树林中灌热量，前面是上坡路，再走就冒汗了，六夫只能半路折返。

因是周末，路上游人络绎不绝。六夫踉跄走来，猛听一外地人问一对母女蹲在路边捡什么。那母亲用普通话响亮回答："捡苦槠。"

"苦槠啥样的？"六夫条件反射般接过话头，使自己都大吃一惊，感到好笑。那女的听六夫是本地口音，便转而用本地话介绍起来。

说来真的很菜鸟，六夫虽然出身农门，本地大小果子也认得有八九成，偏偏这苦槠好像跟他隔了一层膜似的。少时老家山前山后没有苦槠树，放牛砍柴时没有在意过苦槠树，上市落县没有买过苦槠果，走亲访友也很少尝过苦槠味，他自然对苦槠知之甚少。

但六夫知道有槠树这一物种，砍柴时听人说槠树与木荷燃点高，不宜当柴火烧。可是那时连茅草都不好找，哪来这大柴料可砍？学木匠时懂得槠树脚、木禾框、樟树面是当地打家具的最佳搭配，但那接触的是现成木料。走乡串户期间，物质已越来越丰富，发现不少地方都有苦槠树保护标志，也有人递上苦槠果品尝，才略知槠树样子和苦槠滋味，但觉得那只是一种树而已，又认为苦槠有苦味，比不上桃子橘子等栽培的有味道而不屑一顾。

使六夫条件反射的原因是，最近散步时常发现有人在地上捡什么，是毛栗？是檫子？抑或是蘑菇？当年"小秋收"情景久违了，当听到是"捡苦槠"，便更觉惊讶。"苦槠是捡的吗？"

六夫在那位母亲的指点下，看看小女孩手中塑料袋里的苦槠，又看看她们认真在地上寻找的样子，始知那株高耸入云，树叶长椭圆形带锯齿，树干略显白色，树皮纵裂翘起的便是苦槠树。

这么高大的树爬上去采摘当然不现实，只能等它自然落地后捡拾了。六夫也学着她们，围着苦槠树脚，捡到圆滚滚、黑溜溜的几颗，然后放到小女孩的塑料袋中。

捡完后母女俩走了，可六夫已睡意全消，心想这么厚的树叶，怎么能只捡面上的几颗呢？六夫用木棍拨开树叶，果真发现藏着不少油亮滚圆的苦槠果子。六夫又试试生苦槠的味道，发现并不那么苦，反而有一点清香味。就在六夫为意外收获喜形于色之际，又发现有几拨人在不远处采集。

当六夫捡完欲回家时，有俩姐妹似的向他走来对他说："我们刚才捡的地方很多，你还是到那边捡吧。"六夫看她们捡的时间不多，却有二斤左右的分量，顿时感动她们的无私而忘了自己的腰酸背软，来到她们所指点之处，用树杈扒拉一下树叶和草丛，一颗颗苦槠果便像爆豆子似地跳了出来，捡得六夫满头大汗。

树林里暗淡下来，视力体力原因，六夫揣着两半衣袋的苦槠果，捎带着小得意回了家。妻子见六夫捡回一堆苦槠果，笑嗔着说："一个大男人捡这些东西干吗？"六夫说："少时没经历过，体验一下，你捡过吗？"她说："我也没捡过，但知道苦槠很苦，不喜欢。"六夫说："我生吃了两颗，不苦。怎么炒你知道吗？我听那女的说，炒苦槠要加豆。可家里没有黄豆怎么办？"她说："那就用乌豆呗。"六夫说："乌豆只有豇豆粒大，而苦槠果有莲子粒大，苦槠未熟，乌豆便会焦，放在一起怎么炒？"妻子被六夫问住了。

第二天是爬山日，六夫忽生一计，不管三七二十一，先把苦槠炒熟，带爬山队分享，让他们教他炒苦槠方法。六夫早早起床，遵妻嘱把苦槠果洗干净，一咕噜倒进锅里，开足火力，"令朗，令朗"炒了起来。待薄薄的果壳略显焦色，熄火倒出，迫不及待剥开试尝，感觉浅浅的苦味中有一丝香气，嚼完后舌齿间留有淡淡的回甘。

拿到爬山队每人一小撮，大家反应强烈，有惊奇的，有怀旧的，有谈感受的，有说炒法的，跟六夫已然了解和六夫自己体验的基本相同。

妻子品尝后也觉得味道不错，只是嫌太硬了些。再次散步时，她也兴冲冲地参加了捡拾。拿回家后，她采用煮的方法试图改变苦槠硬度。六夫尝了觉得果肉是柔软多了，而香味却减少了，建议她重炒一遍。因果肉已熟，为加乌豆创造了条件，她就用小量槠果加乌豆试炒。炒后再尝，果香回到干炒时的味道，而与乌豆同食，可以提高香味。如此看来，炒苦槠放入豆子，并不能改变苦槠本身的口感和香味，而只能掺进去从咀嚼中达到目的。还有，槠果不论干炒还是煮后炒，放久了都会变硬。据说用苦槠磨粉做成苦槠豆腐还有涩味。六夫每天坐在电脑桌前爬格子，时不时往嘴里丢进几颗咀嚼，竟然咀嚼出瘾头来。

现在水果琳琅满目，美味佳品数不胜数，可总提不起那个食欲。为什么小小苦槠引起六夫的兴趣？因为它不单单是一枚苦槠，而是一种未知探索，一次久违相遇，一种过程享受，一道苦甘回味，从里面可以咀嚼出漫漫人生路上许许多多的逻辑与道理。

写于 2019 年 11 月 30 日，首发《永康乡愁》

下沈浅行

又是一个爬山周日，轮值队长安排到杨溪水库库尾的古竹畈村。今年天气特别，仲冬的太阳光芒万丈。库水已落到远处的山湾角，古竹桥下只剩一片坑坑洼洼。按习惯思维，到古竹畈就是去仙岩听瀑，那里环境清幽，可登山道，也可礼佛。

过了桥，忽见左首有一新做的机耕道。循着机耕道上溯，葱翠中有一高耸入云的水杉彤红如火，映衬着一堵雪白的墙格外抢人眼球。

"那里有人家么?"六夫好奇地问。"那里有人家，叫下沈。"同行老黄肯定地回答。六夫来了兴趣，邀同伴一起探个究竟。可是大多数人未去过仙岩听瀑，更向往去著名景点，只有老黄老方随六夫同行。

很快到达下沈村口，迎面而立的是一株腰围数人合抱的古樟。古樟标载700年，树干已中空，上段无主枝，再生枝遮天蔽日，形同巨盖。据说这棵古樟的历史就是这个小山村的历史。他们想进村找人聊聊，可是转了一圈，皆关门闭户，所有通道都设置了隔离网，只有村旁的十四娘娘庙和好像是土地庙里的几尊菩萨接待了他们。

还好，村中挂满红灯笼，策马奔腾的旗帜迎风飘扬，主人一首《吉祥三宝》诗"天生石狮望太阳，千年古樟迎风扬。佛灵飞瀑在今朝，永康事业更兴旺。"和"大小打石头破石头，电话……"的墙头广告，告诉了他们该村的有关信息。

他们拍了几张照片欲返，忽发现机耕道往山谷延伸。看看阳光照射下的山色明媚，神清气爽，不由自主地牵动着他们的脚步向深而行。

田畴未荒着，平整的窄畦里播种的是药材吗？山脚边田后坎摆放着一溜十多只蜂箱，蜜蜂还出来活动吗？乌桕树上挂满白花花的桕子，怎么没人采了呢？问号未拉直，机耕道又来了个左折，山谷由东西向转为了南北向。

虽然时间已近上午十时，可太阳还是没能越过山背，南北向的山谷有些凉意，但进入其中有种返璞归真的感觉。有限的水田里长满油草，像个披头散发的女人透着野性。旱地牛羊不顾，成就着白茅灿若琼花。镶嵌在绿野中的几口方塘出奇的宁静，荷叶塘依偎在山崖下等待斜阳夕照；菖蒲塘肃立在山影里倒插蜡烛佛香；里屋塘踞守在隔离网内自赏着故地渔乐。

这时阳光已把半个沟谷染成金色，不知是为了觅食还是为了迎接他们，成群结队的小鸟前呼后拥叫个不停。要不是机耕道已终止，前面山高林密，时间又不允许，六夫真想一直追踪下去。

回返的路上六夫找到了《吉祥三宝》诗中的石狮，原来它就在村子后面的山上，远远看去像个面朝夕阳的狮子头，眼睛鼻子嘴巴惟妙惟肖。六夫欲寻找道路上山凑近拍几张照片，进入村旁竹林中寻路不得，见一处门栅虚掩着，冒着被疑窃贼的风险寻找上山路口，只听见几声犬吠，四面铁桶一般，只得遗憾退出。

　　悻悻走出村口，遇一在田畈烧焦灰的老农，六夫遂与老黄向前询问，方得知下沈村和里屋坑村的大致情况：下沈村是古竹畈的一个自然村，村民姓沈，始祖从安徽迁来，至今有 700 年历史，析迁地有舟山桑园、缙云岭头坊等地。该村原有村民 20 多户、60 多口人，多数村民已移居古竹畈，只有一户村民在此坚守，土地也转让给外地人种药材。下沈村所处的这条坑叫里屋坑，以坑深处的村名代坑名，里屋坑村也是古竹畈的自然村，只有几户人家，早已搬到古竹畈，村子也消失了，现在只剩下一口用隔离网围着的鱼塘可作标志。

　　当问及有否通上石狮的路？老农说有，就在庙旁。中饭已到，六夫只能等待下回拜访。随着工业化的风云漫卷，一大批古人眼中的桃源仙境在不知不觉中消弭无踪，感叹之余，六夫草占一首：

　　　　古竹桥西里屋坑，苍黄衬映白墙横。
　　　　老樟撑顶可追历，狮石居高长守清。
　　　　叶覆荷塘山鸟逗，蜂鸣田垅野茅萌。
　　　　一幽深谷桃源地，日近朝阳夜近星。

　　　　　　　　　　　　　　　写于 2019 年 12 月 16 日

洪洲古地俞溪头

洪洲名下古村落

在永康东部，五木岭内，绝尘山北，杨溪湖畔，有一个近千年历史，600 烟灶，1800 人口，以俞姓为主，名叫俞溪头的大村庄。这村庄东靠仙岩，南望云溪，西接湖塘，北邻下寮，藏在群山环抱之中，山清水秀，风景旖旎，物产丰盈，人文荟萃，自古声名远播。

据仙居九郎溪俞氏宗谱载，九郎溪俞氏三世祖俞镜（1104—1162），号天锡，是台州总领俞元之孙，被授婺州教授，秩满返里，途经永康，玩游山水，于城东见"两山拱秀，鸿浮碧渚，荻满苍洲"，就取"鸿""洲"两字叫"鸿洲"。

随后北宋时期的著名政治家、文学家范仲淹的第六代孙范开基，于南宋淳熙年间（1174—1189）偕父由姑苏徙迁到永康洪洲。据说鸿洲因洪姓人始居而易名为"洪洲头"。

但是据《洪洲俞氏宗谱》载，洪洲俞氏始祖叫俞苍老，字太原，号冲虚，是北宋景德四年进士俞桌之孙。俞苍老原籍仙居九郎溪，幼从仙居县令陈述古先生学，赘本里吴氏，家颇饶裕，因与当地豪侠有忤，就变卖家产，于南宋绍兴年间（1131—1162）从仙居迁到永康城北横山殿前。又因恶其土地瘠薄，再迁到合德乡高厚。尔后丁众旺发，再析分赤岩口、麻车口、后塘书院、洪洲头、湖塘口、天表、仙岩、端头等地。

俞苍老是个性敏笃而颖悟，通易义，工诗文，好善乐施，善于培英的人。生三子，长子俞高赘东阳。次子俞厚居俞皮，于1175年登詹骙榜进士。幼子俞隆居高厚。俞隆生一子俞盘（1239—1305）。俞盘从吕东莱先生学，配可投应少师应孟明女为妻，生四子，其长子俞恭居赤岩口，次子俞良居后塘书院，三子俞温居麻车口，幼子俞敏（1265—1327）居洪洲头。虽然四子各占一隅，但可前后照应，抱团发展，这分明是雄起的布局啊！

果不其然，俞敏自居洪洲头后，大展抱负，一是娶宋室女赵氏为妻，成为郡马爷；二是以祖传旧存宗支图残本为线索，于1295年首纂《洪洲俞氏宗谱》，称俞天锡（北宋960年湖州教授）为十一世祖，天锡生俞渊、俞叟。俞叟生俞松、俞柏、俞桌。俞桌生俞炎、俞飚。俞炎生黄老、苍老。这就与仙居九郎溪的记载有很大区别，但继承了始祖俞苍老厌恶豪强、与人为善、耕读传家、以文传后的价值取向；三是与柯陈巡司、元延祐永康县志修编陈安可联姻，推出儿子俞旭（1289—1356）从其学，并让陈安可以"眷生"（旧时两家通婚后，尊长对姻亲晚辈的自称）的名义，为《洪洲俞氏宗谱》作序，进一步奠定了宗支世系传承图谱；四是继续努力培养人才，儿子俞旭由莲城总郡掾始，授江西信州提举，升福建市舶提举。孙子俞拱即荣登进士，从而开启了洪洲俞氏几百年辉煌的大幕，也意味着当俞氏家族落地洪洲起，这一带注定成就一支俞氏望族。

至于说洪洲头原为洪姓人所居，而今也只能从村中遗迹和谱牒所记去认知了。虽然九郎溪俞氏以武功制胜，而洪洲俞氏以文才见著，发展各有所长，但九郎溪人有一点是说对了，俞溪头这地方"鸿浮碧渚，荻满苍洲"，环境优美，极宜人居，除了俞氏旺发之外，其他姓氏亦络绎而来，光户主姓氏就有范、胡、陈、应、李、郑、吕、王、黄、周、徐、芦、程、朱、汪、吴、楼、林、杨、富、郎、梅、杜、陆、郭等达 26 个之多。

《俞溪头志》载，宋时，洪洲为合德乡，里曰永泉。从元代至民国初，俞溪头一直称洪洲村，属合德乡三十七都。直至民国十八年推行村里制保甲制，洪洲村才改名为俞溪头村。新中国成立后，俞溪头村属石柱区俞溪乡。1992 年撤区扩镇后，俞溪头村属石柱镇。历史上，俞溪头分别于元代、民国，以及新中国成立至公社化前为乡址。

俞溪头村明代时辖洪洲、后塘、仙岩、塘湖（端头）4 个自然村；清代时辖洪洲、端头、仙岩、亭后、上陈、万寮屋、柯陈、沈洞坑、大箬坑、陆色、后金、九里 12 个自然村；民国时辖除后金外 11 个自然村；新中国建立后辖俞溪头、大箬坑、陆色、柯陈、九里 5 个自然村；2019 年起辖俞溪头、下寮、大箬坑、柯陈、九里 5 个自然村。

科甲联缨家族群

先于俞氏迁到洪洲的范氏，其第二代范九畴，于南宋淳熙八年（1181）荣登进士；第三代范钟，于南宋嘉定八年（1212）荣登进士。这榜样的力量无疑更激发了俞氏家族的发奋攻读精神。早在公元 1150 年前，一世祖俞苍老受祖父俞皋荣登进士的鞭策，就设义塾乐育英才，成就了其子俞厚于 1175 年荣登詹骙榜进士，从而整个家族的尚学风气蒸蒸日上。宋淳熙（1174—1189）年间，二世祖俞厚与同门陈亮、吕祖谦、应孟明在回光书院聚徒讲学。1190 年，四世祖俞良在翠屏山下创办后塘书院，专注于培养族内子弟，随后有俞拱、俞仕宏、李草阁等在这里潜心治学。俞拱（1312—1350）因聪明好学、博览群书，以神童著称，于元至正八年（1348）登王宗哲榜进士，先后拜司辇，擢翰林修撰，为永康元代唯一中进士者。

　　到了明代，洪洲俞氏学风更盛。弘治十八年（1505），俞敬（1463—1545）登顾鼎臣榜进士，先后任南京工部司主事，广东惠州府通判，福建延平府同知，贵州思州府知府，云南永昌府太守，成为一代名臣。俞敬从弟俞玘（1472—1538）在村西一里处筑经堂山书院，被众人推为浙东学会会长，正德十一年（1516）中举人，先后任江西德兴县知县，广西宾州知州，云南大理廷尉，安宁盐井提举。除此之外，其他洪洲俞氏学子都有不俗表现，例如，俞申任广西南宁府儒学训导，俞良德任福建龙溪县知县，后升江西布政司检校，俞希声任四川梓潼县事。俞希声还师从王阳明，与儒堂卢可久、芝英应典、应廷育、独松程文德等讲学方岩寿山。

　　到了清代，俞有斐、俞玉韬、俞坦等人以石室山和回光洞为主要讲学场所，另有俞芝谷设席讲学，俞美材创办塘湖书院，俞懋昆主席颐七六公祠，胡崇鏊执教俞氏宗祠，进一步推动了子弟教育。顺治十八年（1661），俞有斐（1618—1687）登马世俊榜进士，先后执教太子书，任江西瑞金县知县，担纲《康熙永康县志》主编。康熙十一年（1672），俞玉韬（1638—1705）中举人，先后任武康县训导，安徽安庆府望江县知县。道光二十四年（1844），析分德清的俞樾（1820—1906）中举，派人来洪洲俞氏大宗报喜。道光三十年（1850），俞樾再登陆增祥榜进士，官翰林院编修，后改河南学政，主讲苏州紫阳书院、上海求是书院。其孙俞陛云，清光绪二十四年（1898）登进士。俞陛云子俞平伯，为著名的红学家、文学家、历史学家。

民国时期，俞溪头创办了国民初级小学，新中国建立后改为俞溪头乡中心小学。1951年开始办俞溪头初中，为社会主义建设输送了大量人才。

据统计，科举制时，俞溪头有科贡类高级人才20多人，历代仕宦生员达180多人，这与家族长期重视崇文重教是分不开的。家规中有云："人家兴替，视子孙之才不才。子孙才，虽微必昌；子孙不才，虽满必损。教训之不可不予也。"开学伊始，家长带子女上学，必须先拜至圣先师神位，再拜塾馆书橱，然后叩拜塾师。凡学生家中婚丧喜庆，必请塾师席居首位。学生违反塾规或不能按时完成作业，轻则受训斥或面壁站立，重则被戒尺击打手心。

俞氏大宗为激励子弟读书，规定凡族内子孙在大宗学校就读的一律免收学费；每逢清明冬至参加祭祖的，均可分到"份子"一份，小学毕业两份，初中毕业三份，高中大学依此类推。

俞溪头建村八百年中，出现了许多勤奋好学的优秀生员：宋代俞盘，从小就有超凡卓志，不与群儿嬉戏；元代俞拱，被人称为神童。处士俞仕宏，饱览群书，结交名流；明代俞敬、俞玘俩兄弟徒步远行衢婺二州求学传为佳话；清代俞有斐在石室山力学不倦，俞玉韬在回光洞苦读不休。俞峻10岁能著文作诗，俞士煌好读书一目数行。俞芝谷幼时家贫，借月光夜读，考取庠生。这些身边人，身边事，像和风细雨，滋润着一批又一批蒙童的心田，朝朝代代繁育出茂盛的禾苗，且脱颖出栋梁大树。

物华天宝花厅路

近千年的历史发展，不仅给俞溪头留下群星闪烁的时空，也留下偌大的村落布局和深厚的文化底蕴。站在翠屏山俯瞰，俞溪头就像是靠泊在蔚蓝色港湾中的航轮，又像是伺机而动的隐形 UFO。

俞溪头街路巷弄主要由外田街、花千门街、花厅路、大塘路、上宅路、忠房东路、忠房西路、俞洲祠路、小祠堂路、学前路、中宅路、下宅路、墙后路、四百井路和千秧园市基构成。这些街路巷弄中分布着俞氏宗祠、德高公祠、德信公祠、颐七六公祠、俞洲公祠、延缵公祠、清正公祠、沙泉公祠、可亭公祠等 9 座，大会堂 1 座。还有郡马府、憩耕楼、俞沙泉接官亭、俞玉韬府第、信房厅、七份里厅堂、九里经堂、五封庵、水口经堂路亭、水口城、惜纸炉、胡公庙、水碓、碾房、吊马石、洪氏人居住遗址、后塘书院遗址、俞有斐进士门、明代孝子门、清代乐成庵、楼府君庙、永泉井、花千门桥等遗迹古物不计其数。

俞溪头地处相对闭塞，至今尚处半农耕状态，这既是坏事，但也是好事，可以避免很多有价值的文物遭受不应有的损毁。带着好奇的心探秘其中，按图索骥徜徉于巷弄可见一斑。

外田街，位于村西侧，长约 150 米。原是处州通往方岩的大道，每年八九月间香客云集，川流不息。自从建了杨溪水库后，这条通往方岩的大路就彻底断了，俞溪头也清静了许多。外田街在清顺治年间建有俞有斐进士门，门楼飞檐翘角，大门左右有旗杆石墩，内有前厅、中厅、后堂、夹厢数十间，花园数亩，花园有官塘一口。

现门内外只剩两大市基。街道两侧是明清时旧建筑。从清代开始，这里就有集市贸易。

花厅路，位于村南侧，从市基千秧园沿大溪东上，路长约 250 米，是村民出入主要通道。明代时永昌太守俞敬在上浮塘边建有花厅和接官亭，用于接客会友场所，大约废于清乾隆年间。

花千门街，位于村东南，长约 200 米。南接花厅路，北至上宅路，内建有明代俞承纲孝子门。

大塘路，位于村中心，系古时村中东西主要通道。从"颐七六公祠"东上，与中宅路纵横连接，长约 300 米。元宵节闹龙灯就在大塘北侧大明堂接灯喜庆。"颐七六公祠"位于村西，祀俞芳，坐北朝南，雕梁画栋，朱漆油画。前进挂俞芳下八世孙俞有斐等先贤匾额。清咸丰年间因战乱被毁，同治辛未年重建，道光丙午年间作学馆，民国时期为乡公所用房，新中国建立后为供销社店屋。

上宅路，位于村东，通往上宅的大路，长约 200 米，是元明时期洪洲村民的聚居地。西接中房东路，沿小溪东上月池塘上宅，古名后塘书院山脚。村东上宅建有"德信公祠"，祀蒙十九府君俞忠，字德信，为俞焞弟。二进大三间，左右厢房 6 间，1931 年建造。

宋末元初，上宅建有洪洲始祖俞敏郡马府，建筑规模宏大，建有川堂、前厅、后堂、东西照厅、内外台门、崇祀观，共计百余间，花园数亩。郡马府前有月池塘、吊马石。内台门毁于民国初，外台门为建队屋而拆除。村中有"十星拱二月"之说，意即月池塘、大塘为月，十口小塘为星，现留月池塘、大塘外，大多已填没。每年元宵节迎龙灯，要围月池塘绕两圈半，然后在外台门小憩后朝拜祖宗、鸣炮喜庆。

忠房分东西两路，位于村中心，忠房祠堂前有一广场，长约 35

米、宽约 20 米，是村娱乐场所，有商店 7 间，设有早菜市。忠房祠堂即"德高公祠"，位于村南，祀蒙十一府君俞烨，字德高，为进士俞敬、举人俞玘祖父。坐东朝西，大三进，五开间，二天井，左右厢房各 7 间。1931 年建造，后作村办公室、民校校址、碾米机厂。

俞洲祠路，位于村中心，从俞洲公祠向北，与大塘路连接，长约 150 米。"俞洲公祠"位于村南，祀俞洲，坐北朝南，二进大三间一天井。1939 年建造，后作民房。

小祠堂路，长约 160 米。从小祠堂前至外田街，原处州通往方岩大路。"可亭公祠"位于村西，坐西朝东，三进二天井，深红油漆雕刻花卉飞禽。祀祖俞双兴，号可亭。其子化鹏从麻园塔回迁洪洲，于 1921 年建，后为民居，1972 年火圮。

学前路，位于村西侧，长约 180 米。这里旧建有"俞氏宗祠"，后设俞溪头小学、俞溪头初中。"俞氏宗祠"坐北朝南，有前后二天井，东西厢房 12 间，朱漆油画，飞鸟走兽，技艺精湛。前厅建有大戏台，夹厢有戏房。中进四天王大圆柱要两人合抱，梁上挂历代祖先功名匾额，堂上奉祀列坐百千万巽以后 16 代先祖 300 余神位。

中宅路，位于村北侧，长约 100 米。南起上宅路，北接下宅路。元明时这里是俞氏民居，经历代兵乱后废，后重建民居，名苍园。

下宅路，位于村北，长约 250 米。东接中宅路，西通俞下公路。这里是明清时洪洲村民古老聚居地之一。"沙泉公祠"位于村北，翠屏山脚大塘边，祀俞敬，号沙泉。坐北朝南，二进五开间，二天井，祠宇恢宏。1951 年毁于大火。

墙后路，位于村西，长约 270 米，北始学前路，南通永俞公路。"廷缵公祠"位于村西，祀俞廷缵，有"太妃遗风"匾额登载堂上。二进一天井，1930 年建，曾作校舍，后作民房。

　　四百井路，位于村东，长约 200 米。西从大溪百廿桥头至小溪，与上宅月池塘路相接。

　　千秧园市基，位于村南侧，长约 100 米，宽 80 米。是永俞、石俞公路连接处，设有车站。市基西侧有各种商店 8 间，是村重要集市场所和文化娱乐场所。"清正公特祠"位于村南，坐东朝西，二进大三间，祀高种，字清正，从麻车口迁居洪洲。1917 年建，后作民房。

　　随着时代发展，不少历史痕迹被抹去，抢救保护古迹文物成为俞溪头人的共同担当，先后进行了编纂《俞溪头志》，重修楼府君庙、永泉井、月池塘、古祠等。与此同时，还开辟了翠屏山和怡园两大公园，供村民休闲娱乐。

水光山色神仙境

　　俞溪头一带山水竞秀，林竹葱翠，怪石嶙峋，瀑多谷奇，旅游资源极为丰富。绝尘山的山光云色，杨溪水库的鱼鲜味美，塔石岭的古道盐夫，大箬坑的啼春布谷，回光洞的学子书朗，洪福寺的悟禅钟响，九里畈的桃红柳绿，洪洲头的鹜鸥翔鹭，都会使人流连忘返。以俞溪头为轴心，往东南西北各个方向出发，都可达到不同体验的逍遥游。

　　往东方向是马坑，长 5 里。从大箬坑拾级而上 2 里为陆色，有一株高数十米的大松树王和戏台山古迹。这里山形如藏龙卧虎，泉水淙淙，被称为世外桃源，战乱时期是乡民的避难所，太平时期是闲人的钓乐场。马坑山峰峰如芙蓉静莲、峭拔俊秀，其山北麓，到处苍松澄桔，香风拂面。这里还有汶山寺遗址，大箬坑自然村是应飞浙东游击纵队经常活动的老革命根据地，白岩宕是筑就杨溪水库大坝后留下的奖牌。

往东南方向是塔石岭，长 6 里。这里山峰奇特，怪石嶙峋。出村口有一"楼府君庙"，相传为秦始皇所赠，早年为洪氏本保殿，俞氏卜居后移址于此，供奉的是本保大王，四海龙王。过"楼府君庙"是石仓水库、长塘、塔塘和众多梯级坑坝，如线串珠，集于一涧。这些梯级坑坝始建于唐宋，经历代疏浚整治共有 32 道。这些水利设施本为灌溉之用，但每临雨季便成了美丽风景，几十道瀑流各显千秋，有似垂帘，有似散花，有似滚雪，有似落珠，有似万马奔腾，有似九天舞练，堪比九寨沟之美。

途经有一山峰如笔架，中间有一大缺口叫"封缺"，封缺深 30米，宽 10 米，长 25 米。据说秦始皇想长生不老，永做皇帝，听信可投应要出新皇传言，命人打断龙脉。但龙脉日破夜长，经洪洲本保显灵提示，用狗血破之。秦始皇念其功高，便封此地本保殿为"楼府君庙"。

塔石岭古木森森，石级累累，是通往台州、仙居、临海的必经古道，也是俞氏本宗与仙岩、端头等支宗联络的主道。站在岭头，或游览仙岩，可纵览群山，俯瞰大地，与野莺对话，与星月握手，难怪清代文人周望莲至此发出"洪洲地近绝尘山，适有神仙聚此间"的赞叹。

往南方向是绝尘山，又名龙溪山，海拔 560 米，周 10 里。四面峭壁，石峰丛列，拔地而起。北面入山只一关可通，两石对峙号称天门。山上云雾变幻无常，山顶土地平旷，有田地 60 亩，竹林葱翠，清泉满谷，俞有斐有《登绝尘山》诗云：

绝巘岩峣万仞间，森森古木映霞关。

扪罗径险疑无径，到壑山深复有山。

数亩白云呼鹿起，一池青霭钓鱼还。

相逢野老浑闲事，茅屋清风好驻颜。

山上有五福寺遗址，是永康早期名刹之一。相传五福寺建筑设计精绝，地下还建有 10 多间客房地窖，金华太守的千金来山进香时，被和尚藏于暗室调戏诱奸。太守大怒，下令清剿，官僧激战天门关下。僧人利用天险，用滚木、石头打得官兵抱头鼠窜。太守采纳峰箬人献计，把灯笼挂于羊颈，一面驱赶着羊群沿陡壁上爬，一面使人高声喊杀。僧人一看，夜幕下到处是灯火闪烁，喊声四起，以为官兵攻了上来，赶快弃关落荒而逃。当年和尚在山上建了长数千米，高 6 米的石头城，加上历代义军修复，至今仍巍然存立，令人感叹。

南天门北侧建有白马寺，与五福寺相对。山上还有绝尘湖、狮子头、万岁牌、炼丹洗药池等景观或遗址。站在山顶铁架处，可极目鸟瞰丽州大地，把个山川风物尽收眼底。

往西方向是石室山，距村 3 里。山形如钟，高 150 米，丹霞地貌，内里中空，洞厅面积 1500 平方米，南北贯穿，可容千人。洞内建有唐会昌五年（845）的洪福寺。洞口立有洪洲始祖俞盘在南宋淳熙年间，捐金重建法堂大殿，置钟楼、山门两厢，又助田 20 亩的功德碑。

石室山也是历代学人聚众论学的地方，宋代吕祖谦、陈亮、俞厚、应孟明在此设文会堂。元代李草阁、俞仕宏、俞标在此率徒讲学。明清俞敬、俞玘、俞希声、俞玉韬等在此切磋学问。抗战时期，杭州灵隐寺洪超法师在此藏书千册，供人阅读。

石室山周围有狮、象、钟、鼓诸峰环列，石鼓高 100 米。道士岩顶有一 800 平方米白岩洞，洞内有寺，香客众多。湖塘桥对面的寺前坑也有洞穴诸多，其中一洞竟达 1400 平方米，洞有多深，奇妙莫测。这些洞穴除被利用作纳凉避暑、建寺设馆外，也有被用来堆置物品、甚至安放棺椁的。

往北方向是回光洞，距村 3 里，坐落在拔地擎天的羊石尖悬崖峭壁中。景区包括九曲峡、羊石尖、明光寺、回光书院、太医洞、凌空栈道、母子洞、悬空寺、羊角洞、扁刀洞等。

九曲峡，为原麻车口、赤岩口至下寮这一段溪流。这里溪面狭窄，两岸山峰陡立，河道曲折，水急滩多，素有"小三峡"美称。杨溪水库建成后，大坝高耸入云成了另一道风景，沿着大坝和绕山公路，不仅可以欣赏高峡平湖的旖旎风光，还可穿越那个手敲钎凿年代，经艰苦创业形成的连环人工隧道。

羊石尖，又名鳄鱼山，像一把插入云霄的利剑，在亿万年漫长的演变中形成大大小小数百个洞穴，最大的回光洞达 1700 平方米。

回光书院，从宋至清约 600 年间，这里留下无数学人的足迹，回响过无数名流的洪钟大吕，有记载的就有俞厚、陈亮、吕祖谦、俞盘、闻人梦吉、李草阁、唐以仁、俞仕宏、俞澄、俞标、俞濬、俞敬、俞玘、俞希声、应典、卢可久、程文德、应廷育、王麓泉、俞有斐、俞玉韬、俞调燮、俞诚等几十人。

太医洞，是被誉为"江南小华佗"的明太医官俞良昌寓所。他研六经，辨药理，行医济世，后人感其德，故名。游览其中，顿时穿越时空般敬仰黄帝御医、俞氏开姓始祖俞跗，在新冠病毒流行全球之际，更感中华医药的博大精深，庆幸俞溪头自古至今出了无数的医界高人。

柳暗花明又一村

俞溪头的文化资源也十分丰富，一是《洪洲俞氏宗谱》中的不少序言由社会名流所作，例如，陈安可、李草阁、应廷育都是当时有影响力的人物；二是艺文一块有大量的诗词寿序酬赞，除本宗外，像刘伯温、李草阁、程文德、王麓泉的作品都十分珍贵；三是文体活动丰富多彩，俞溪头的醒感戏一度技压群芳，轰动全县，1963 年又在原省感班的基础上筹建婺剧团。至于每年正月迎龙灯，八月游案，那更是家常便饭；四是讲好俞溪头故事，用好故事教育后人，譬如行善积德的有《俞伴松造桥铺路》，帮人解困的有《俞溪头与青山口》《勤政为民俞玉韬》，励志勉学的有《俞玉韬发奋读书》，神话故事有《沙泉公巧遇金华老龙》《楼府君庙和封缺传说》，革命故事有《参加红军》《九里畈大捷》，等等。

俞溪头本是个革命老区村，有着优良的革命传统，早在 1927 年大革命时期，就有俞焕章、俞汝生、俞春茂等带领村民组织"农民协会"，开展"二五"减租斗争。次年 6 月，重建中共合德区委，俞汝生作为中共永康县委委员身份兼任区委书记。1929 年 6 月—1930 年 10 月，中国工农红军第十三军第三团在俞溪头、仙岩、龙溪山一带活动，建立了中共地方组织，选举俞溪头村应章火为书记。

1930 年 9 月 5 日，中国工农红军第十三军第三团攻打壶镇。俞溪头村参加这次战斗的红军战士有俞汝生、俞春茂、俞思火、俞金玉、俞章寿、俞加水、俞章货、应章火、黄长德等 50 人。俞加水个子高，力大无穷，是加三扭火药炮队队员，当时被誉为神炮手。在战斗中，俞加水、俞章货、黄长德 3 人不幸壮烈牺牲。

攻打壶镇时，为防国民党永康县当局派兵抄后路袭击，红三团派遣胡宝火部 50 多人，用俞溪头大宗祠堂准备用来上方岩游案的台枪、火炮（加三扭），坚守五木岭，以防不测。

9 月底，省保安 7 团与舟山保卫团联合进剿龙溪山，一路烧杀到俞溪头。保安团一进村，青年男子四散避入山林。保安团抓不到人，便强行拆除红军俞汝生、俞思火、俞金玉、应章火、俞春茂的房屋 10 多间，并予烧毁。

1945 年，以应飞为领导的六支队，经常在大箬坑一带开展革命活动，周田娘被应飞尊称为革命的老妈妈。1948 年 6 月 5 日，应飞支队经过长时间的侦察和准备，实施对驻在灵岩的县常备队进行伏击，大箬坑周汝春参加了支前活动。这天俞溪头集市，县常备队到俞溪头逛市。时至下午，当常备队第一中队征完粮回返灵岩时，很快进入六支队的伏击圈。埋伏在大猫山上的游击队战士向敌人猛烈开火，打得敌人晕头转向，四散逃窜。中队长徐义康等 13 人被当场击毙，还俘虏多人。缴获长短枪支 15 支、机枪 1 挺。接着徐义康的头被悬挂在俞溪头外田街桥头示众，并打开粮仓分给群众，张贴标语开展政治宣传。这就是著名的俞溪头九里畈大捷，又叫下寮岭伏击战。

当年六支队取得下寮岭伏击战胜利后，国民党当局则派汤恩伯部 102 旅步兵 12 团来永康清剿游击队。7 月，汤部一过马过滩（前陈溪滩）见人就戮，俞溪头被戮者有陈莲荣（柯陈自然村）、俞兴传、杨中钦、范金土四人，反动派又欠下了人民一笔血债。1949 年 5 月，解放大军势如破竹南下。8 日永康解放。10 月 1 日，伟人在天安门城楼宣告，中华人民共和国中央人民政府成立了！中国人民从此站起来了！

为纪念六支队的烽火岁月，前些年下寮村投巨资建立了纪念馆和纪念碑，成为著名的爱国主义教育基地。早在 2008 年，永康市委、市政府就在下寮村建立了"浙东人民解放军第六支队纪念广场"

及"永康市革命武装斗争史展示室",将下寮村建设成为永康市级革命武装斗争史教育基地、爱国主义教育基地、国防教育基地,成为永康市具备革命武装斗争特色的又一红色旅游景点。

历史进入新时代,新的长征重新开启,初心不断回归,绿水青山就是金山银山,每一个利好消息都给了俞溪头以机会。充分挖掘历史的、自然的,物质的、文化的,红色的、农耕的各种资源,加以整合利用,将是一笔不可小觑的财富。

恰好2019年初,下寮村与俞溪头村合并,这对俞溪头来说,是又迎来了一次新的发展机遇,不仅输入了下寮村能人多、善经营的发展动力,也输入了一块著名爱国主义教育基地的品牌。利用好这块品牌,做强红色文章,带动农耕游、钓乐游、登攀游、寻古游、访贤游、探秘游,做大规模蛋糕,必将为振兴老区经济插上腾飞的翅膀,让这个极具底蕴的古村重焕青春活力!

元末明初,生活在金华后仕国子监助教的李草阁与洪洲处士俞光大(仕宏)交情甚厚,常到洪洲光大家中谈诗论学,举盏交杯。一日,他要离开前诗兴大发,写了一首情深意切的《别俞光大山居》诗相赠,权借来用作本文结语:

　　尝怀秉烛赋新编,忽复开樽就别筵。
　　奔走为谁频道路,栖迟无分共林泉。
　　黄肥梅子千溪雨,红烂桃花五月天。
　　此祭思君远相过,葛衣萧瑟晚风前。

写于2020年3月20日,首发《地名文化》,载《乡土守望》

白云呼鹿绝尘山

一

在永康众多名山中，有一座远观如莲峰，近仰如天阙，闻之如梵音，游之如仙境的山，叫绝尘山。

据清道光十七年（1837）《永康县志》载："绝尘山俗呼为东溪山，为东南之望山。距县35里，高500丈，周10里。四面皆峭壁拔地而起，石峰丛列如插戟，然一径萦纡斜穿岩石间，以达于其巅，有两石对峙如门。入其中，周围如城郭，有田60亩，地倍之。又有大井，常汲不竭。每有寇警，乡人多以此避焉，真绝尘之奥区，神仙之窟宅也。旧有寺，曰崇福，今废。其诸名山相附近者，北五里而近为石室山，南十里而遥为斗潭山，东十里为灵岩。"短短百五十字，把绝尘山外貌真容全盘托出。

由于历史的局限，古人的以上描述还是有些偏颇，绝尘山不仅俗呼东溪山，还有一个称呼是龙溪山，"龙"与"东"虽一字之差，但寓意完全不同。它坐落于永康县城东南面的石柱镇正东方向。它的高度有说 500 丈的，有说 560 或 561 米的，但按 1995 年版《永康标准地名图册》标注高度是 533 米。它的四邻有北石室山，南斗潭山，东灵岩，但最具特色的是，绝尘山西与水峰岩、石城山、白云山、历山遥相呼应，成为永康东南部石柱区域范围，东西两道屏障上最耀眼的明珠。若从石城山脉向东瞭望，绝尘山就是一座缥缈在云海之中的蓬莱仙阁。

二

绝尘山俗名叫东溪山，是因为它系栖霞岭余脉在永康境内五大主山脉之一，处在永康县城的东面，山体走势西高东低，水流向东入舟山溪（旧称下东溪），在苦竹桥与新楼溪（旧称四十四坑，又称峡川）汇合入杨溪，环绝尘山脉一圈后进入李溪，在水峰岩与南溪交汇，然后注入永康江。因溪的源头之一是绝尘山，又因溪流围着山脉转，俗名称为东溪，主峰叫东溪山，溪名山名虽有从地理上界定的成分，可也是实至名归。这东溪风光旖旎，有西街明代进士，著名文学家、诗人徐文通（1515—1565）八韵十六句排律《东溪行》为证：“仙源何处访东溪，溪上人家秦世遗。路僻春生芳草遍，水流日坐白鸥期……”

其实，当地民间更喜欢称绝尘山为龙溪山，而不是东溪山，表面看是“龙”“东”谐音，以为是误读误写，其实不然。绝尘山北麓有一俞姓为主的大村庄叫俞溪头，明朝年间出了个才子叫俞良德（1519—1585），字世卿，号云溪，是永昌太守俞敬之孙。俞良德自幼有慧质，好读书，精文才兼武略。明嘉靖二十八年（1549）举乡例贡，隆庆六年（1572）任福建龙溪县县令。他所任的龙溪县地处东南沿海，常年受自然灾害侵袭和海盗滋扰，人民苦不堪言。可俞良德主政龙溪县3年，尽职廉明，唯贤是举，强兵励学，兴业抗灾，一面加强士军训练，威慑盗寇；一面积极组织抗灾，发展生产，为龙溪百姓做了大量好事，受到当地百姓衷心拥戴。万历三年（1575），俞良德升任江西布政司检校离开龙溪，可百姓仍念念不忘他的恩德。俞良德致政归乡后，常登东溪山往南眺望，谓东溪山为真正的桃花源地，自娱其中，并把东溪山改称为龙溪山，寄托自己对龙溪县百姓的牵挂之情，甚至死后也把自己埋葬在龙溪山上。这时的龙溪山被赋予了官民水乳交融的纪念意义，因此得到普罗大众的共鸣，龙溪山称呼从此流传开来。

　　至于绝尘山的称号在民间并不流行，而是主要反映在有关志书和文人的笔墨之中。例如，明正德（1506—1521）《永康县志》载，"绝尘山，县南二十九里，高百余丈，其山崭巉出尘故名"。清初顾祖禹（1631—1692）所撰《读史方舆纪要》载，永康县"绝尘山在县东南二十九里。以山势崭巉出尘而名"。俞溪头清顺治十八年进士俞有斐（1618—1687）有《登绝尘山》诗云："绝巘岩峣万仞间，森森古木映霞关。扪萝径险疑无径，到壑山深复有山。数亩白云呼鹿起，一池青霭钓鱼还。相逢野老浑闲事，茅屋清风好驻颜。"这无疑为绝尘山的险峻与脱俗增添了神秘色彩。

　　"绝尘"在这里是超脱尘俗的意思，大概文人们认为绝尘山挂天立地，峭壁悬崖，山势巍峨奇特，常年云雾缭绕，貌如瑶池琼阁，内有田有湖，可耕可钓，苍松翠竹，枕星眠月，胜如桃源仙境，便赋予了这一雅号。据说古代骚人墨客常到绝尘山上吟诵钓乐，登高抒怀，俞有斐的《登绝尘山》诗就是对这种生活场景的感悟和写照。据说康熙十年（1671）俞有斐编纂《永康县志》，因山上幽静，是写稿的理想场所，便寄庐凭烛，若干文稿于此完成。

三

由于绝尘山山景绝佳，处境清幽，不仅受文人骚客的推崇，而且也受佛家子弟的青睐。早在后唐长兴四年（933），山上建崇福寺又名五福寺一座，是永康较早名刹之一。相传崇福寺建筑设计精绝，寺宇层次井然，三进大殿，庑房僧舍上百间，且地下还建有客房地窖十多间，最多时聚有僧众 500 余人，吸引香客络绎不绝。众多人聚集必须解决衣食住行，因此，拓田垦土，掘井挖塘，筑城建舍，设关铺道，碾谷春米，升炉淘埠，无所不臻。经过长年经营，绝尘山成为僧陀们的一方乐土。

崇福寺大约废于明嘉靖十五年（1536）至嘉靖四十五年（1566）之间。据清康熙三十七年（1698）《永康县志》载，有 31 座寺庙在"嘉靖间奉例查废官卖除额"，崇福寺和洪福寺皆在其中。但嘉靖年《永康县志》已无原本，从 1989 年吕师濂手抄版中看到是嘉靖元年（1522）编的，里面有"崇福寺，东山后，后唐长兴四年建"字样，但查不到有"查废除额"的记录。直到道光十七年（1837）的《永康县志》，在卷二中对康熙版关于嘉靖年间废寺情况进一步说明："明嘉靖十五年（1536）奉例清查废寺官卖除额二十有一"，其中无崇福寺。紧接着又说"续奉清查官卖以助饷除额者十有四"，崇福寺和洪福寺都在其中，说明崇福寺在嘉靖十五年还存在，只是到第二次清废时，由于当时的限佛政策非常严厉才被清除了，连洪福寺这样的老牌寺院都不能幸免。愚修堂主曾于 2006 年许前往考察，认为崇福寺"在元代时已经荒废"。但从其述上世纪六十年代中期还存有一数千斤重铸铁大钟，以及现场采集留拍到加工稻谷用的大型石碾槽石碾子块件和精致的殿前"七如来"莲花座等遗物看，这些应是明清时代制作的物件，似乎也为崇福寺更晚一些消失提供依据。

崇福寺毁废的原因除明代限佛政策外还有两种说法：一种说法是毁于朝代交替时的兵乱。据《俞溪头志》载，此地其间经历过三次兵乱，第一次是元末（1355）括苍人吴英七起义，义军攻克永康县治。第二次是明末（1642）浙东大旱，东阳人许都发动起义，永康人朱升响应，占领县城并殃及俞溪头一带。第三次是清初（1648）五月，东阳义乌永康三地数万人反清，义军进入俞溪头一带纪律失控，所到之处纵火杀戮。三次兵乱，俞溪头皆处抵制一方，但损失情况无考。

第二种说法是寺中和尚犯事。绝尘山麓及远一带民间流传着这样一种传说，崇福寺有和尚违反戒规，修建了许多地窖供淫乐。当金华太守之女到崇福寺进香时，被花和尚藏于地窖中诱奸。太守大怒，下令清剿，官僧激战天门关下。僧人利用天险，用滚木、石头打得官兵抱头鼠窜。太守在峰箸人献计下，把灯笼挂于羊身，一面从马过滩驱赶着羊群漫山遍野向绝尘山奔去并沿陡壁上爬，一面使人高声喊杀。僧人一看，夜幕下到处是灯火闪烁，喊声四起，以为官兵攻了上来，赶忙弃关落荒而逃。太守怒气未消，便一把火烧了寺院。

四

笔者于1984—1989年间在俞溪头乡工作，听到过不少绝尘山的故事，也曾在其间率乡干部，去帮一对勇于上山承包土地的云溪村年轻夫妇插秧，顺便观察了解到一些情况。譬如说一遇兵荒马乱，附近的村民便到这里避难。而历次义军起事也把它作为攻防要地。革命战争年代，这里上演过激烈较量，1929 年至 1930 年中国工农红军第十三军第三团在龙溪山一带活动，红三团征收大队大队长胡宝火、党支部书记应章火，在这里建立中共地方组织，并为攻打壶镇准备。红军攻打壶镇失利后，反动派到山上报复，烧毁民房五间，应阿水妻被害。当年和尚和历代义军修建的高大石头城墙，进山险要关门，以及田舍井路布局，无不展示着血与火的痕迹。这里的山林有一部分为下杨等各村所有，田地即大多属云溪村所有。山上原有几户住民，集体化后迁到云溪居住。云溪村曾经在此建副业队，利用集体的力量经营瓜果田园。现在因山高路陡，那些土地都荒芜了。1994 年，在云溪村有关村民倡议下，在原崇福寺遗址东南侧建起五福寺大殿，古老的香火有望得到恢复。

五

如今绝尘山成了爱好登高、休闲、寻古、探秘者的向往去处。从山北俞溪头、云溪、天表步行入山只一条道路可通，入口有两石对峙，称天门。上山途中可经天表楼龙山庄，云溪云星湖，登游步道进入北天门。进入后即有五福寺、古井、绝尘湖、俞良德墓等可注目。从山南舟山古里溪入山，沿途有幽谷、瀑泉，经栖息庵，进入南天门即有狮子头、千米古石城、白马寺遗址等可观赏。从东侧仙岩、亭后入山，有仙气氤氲的仙岩、景色妩媚的菱塘湖、吕洞宾炼丹洗药池遗址等可驻足。从西侧峰箬直接入山路程最短，但必须配备登山鞋、绳索等攀爬工具。攀登过程既是探险，也有仙牛脚印、月亮弯、纱帽岩、美女献花、风车斗、金交椅、飞来石等千奇百怪的造型景物来争夺眼球。现有了从云溪进入的简易机道，驾越野车上去可直达山顶。

整个山顶地势平坦，地域广阔，山水田相伴，屋竹果相依，环境优美，生态环境保护完好。登上最高点山顶铁架处，环顾丽州大地，可把个山川风物、万千气象尽收眼底。特别是与石城山、历山遥相对望，会感受着浓烈的帝舆气息。还有李溪、南溪江水如练，石柱、前仓阡陌纵横，白云山、水峥岩仰首苍穹，大寒山、五指岩屏障如列，城际路、高架桥流水行云，日月星、村镇城交相辉映，无不令人眼界大开，心潮澎湃。蓦然回首，葱山层叠，紫霭云蒸，灵湖荡漾，丹崖如困，惠风扑面，彩鸟和鸣，仿佛置身于青埂之巅，红尘之外，飘飘欲仙，恍若登天矣！

2020 年 4 月 16 日，首发地名文化公众号

野竹神游记

野竹者，下杨也，这是六夫最近发现的秘密。

下杨村坐落在石柱镇东三华里处，北靠凤凰山，村东、南、西三面皆临溪，人口 1450 多人，主姓为杨姓，是原俞溪头乡绝尘山下的第二大村，从始祖公杨安（952—1023）于宋自台州仙居迁居于此，立村已有一千多年历史。

曾经在该乡工作六年，并驻村下杨两年的六夫，自认为是半个下杨通，可是下杨村原名叫"野竹"，令他颇感意外。"竹"是高风亮节，清纯淡泊，虚心坚韧，宁折不弯精神的象征，加个"野"字，更显得这竹有种立天地而长啸，自坚强而不息的豪迈与自信。

刚好组织部选派下杨村任第一书记的广电台干部阿军寄言六夫，希望为下杨挖挖材料，六夫觉得这里有故事，就试着答应下来。

事情起源于六夫欲考绝尘山，写到一半，略感素材不够丰满，遂往那一带求家谱搜罗信息。下杨村在康灵公司做高管的阿贤热心提供帮助，说绝尘山有很大一部分山林属下杨村所有，并邀同村在大炮头办企业的阿万一起来谈谈。已 30 多年未见面的阿万，一见到六夫，便滔滔陈述当年离乡闯天下，辜负了乡政府春节恳谈会赠包之情的旧事。

六夫经阿万一提，猛想起确有这回事，阿万是区农技站老章的妹夫，是下杨村喝改革开放头口水的能人。那时刚任乡长的六夫在春节召开过群英会，邀请阿万出席，对阿万寄予厚望，可是阿万却闯荡江湖去了。对此，阿万好像抱有歉意，感慨地说，在外闯荡多年，觉得还是家乡条件好，如果当时就在本地发展，不至于现在这点规模。

六夫于 1984 年到俞溪头乡工作，第一站就是被派到下杨驻村，离开 30 多年了，有些事已经淡忘。可是话题打开后，便唤醒封存已久的记忆。他记得阿万与阿贤同住一个大明堂里，那时阿贤尚小，可他父亲然公是六夫在石柱就认识的信用社主任，他的哥岩又是六夫高中时上下届同学，有这几层关系显得亲近，六夫还曾经到他们两家蹭过饭，不料后来他们都成了发展经济的弄潮儿。

阿贤领六夫往家中取谱，绕着村子转了一圈，看一排排林立的高楼，已认不出原来的模样。经七弯八拐在一幢独栋小楼处停下，六夫趁阿贤去取谱的空隙，下车浏览一下周边地理，发现这是新老住宅的交接处，一条清澈的过村水堰让六夫的脑海里浮现出旧时景，那水堰原在村前，堰内是村庄，堰外是防洪沙栋。现在堰址未变，而沙栋内外全变成整排整排的高楼大厦。还有那口原为区隔向东发展标志、依堰而生的六百塘，现完全变成了村中央大池塘，塘水清澈、碧波涟漪，石坎抱岸，栏杆围护，映衬着山光楼景。以堰为界，堰北为老宅，堰南为新宅。以塘为界，西岸为老宅，东岸为新宅，现如今下杨也不知扩大了多少倍。过去觉得很大的一个下杨村，现在只是夹在凤凰山和高楼大厦中的很小一部分。

阿贤取了谱带着六夫沿水堰西行出村，迎面见一村办公楼，有些老旧，这勾起六夫对当年在下杨驻村的许多美好回忆。支书先阿祥、后阿同，村主任阿忠，村会计阿兴，村妇女主任阿莲，一个个身影清晰如昨。六夫同他们一起清水堰，筑堤坝，宣国策，促致富，一心一意带领村民建设和治理美好家园，配合是那么默契，对事业是那么忠诚，任务执行得是那么的坚决。记得《森林法》实施那年冬天，下杨村集体到绝尘山开山伐柴，有不少村民夹带松木杂树，涉及乱砍滥伐，引起上级关注。六夫作为驻村干部负有直接责任，连夜召集村两委研究制止。村主任阿忠立马开通广播宣传，要求夹带木材的农户明日全部交回村集体，第二天果真一根不落收回。"七·二三"特大洪灾发生后，村支书阿同带领全村干部群众，日夜奋战在工地上，圆满完成乡政府下达的防洪大堤筑造任务，为后来的发展打下一定基础。原来横冲直撞的河流现已锁得规规矩矩，溪岸都抱了坎，大面积的溪滩地成了村民造房基地，成就着一幢幢崭新楼宇矗立。村西头开辟出绿树成荫、景色明丽的公园，一条宽阔的马路绕溪而上，到村东头分别直达姓付和前郎。隔溪则铺上游步道，配上廊亭，提供村民茶余饭后一边唱歌跳舞、闲游散步，一边欣赏水光山色、迎送朝日夕辉。

　　村办公楼旁边就是著名的下杨小学。下杨小学办学历史悠久，是石柱区范围开办于民国初期最早的学堂，六夫的父亲就是就读并毕业于下杨小学，这成为他父亲一生向人炫耀的资本。父亲虽为野老村夫，但一生手不辞卷、性格开朗、喜好结交、豪爽耿直、公心大义，据他自己说，这与小时在下杨小学受到良好教育有关。

　　下杨村很少出"刁民"，有一年，有个违章的农户提了两瓶酒到六夫家，想求六夫放宽处理。第二天一早，六夫亲自拎回酒到他家，批评了他的错误做法，耐心解释了违章处理的必要性，该农户很理解地表示服从，没有表现出纠结和埋怨情绪。

多年后，六夫发觉类似该农户的现象在其他地方不多见，联想到父兄总爱跟下杨人打交道，才明白见贤思齐的感染力。如有一个叫东才师的下杨裁缝，从六夫出生到高中毕业，一大家子的衣裳布穿，都是请他带着既是徒弟、又是女儿名叫珍的上门做的。究其原因，东才师手艺好，人品也极高，很替东家精打细算，连一寸布头都不会给浪费。六夫的大哥汉有一叫飞的结义兄弟，也是下杨人，在里溪初中读书时结交。后来汉因顾家放弃学业专心务农，而飞学成后在外吃皇粮，但飞一如既往初心不改，每次回永康必上门探访汉。

由此可见下杨人的实诚不比一般，六夫自出来工作起，接触过许多下杨出身的领导干部或师尊，先后有法公、福公、芳公、灯公、熙公、兵公，等等不计其数，发现绝大多数都具备这种待人真诚、厚实可靠的特质。

这特质从何而来？六夫虔诚地打开《华溪野竹杨氏宗谱》，想从中寻找答案。可是该谱无帝王封诰，无科考功名，无历代官宦等荣耀记录，只是有历代修谱序，以及大量墓志铭，处士传，或耆老行状。六夫统计了一下，光涉及处士的传、状、铭就达 24 篇之多，牵涉士子 24 名。处士是古时指有德又有才而隐居不愿做官的人，后亦泛指未做过官的士人。男子隐居不出仕，讨厌官场的污浊，这是德行很高的人方能做得出的选择。

《史记·殷本纪》："或曰，伊尹处士，汤使人聘迎之，五返然后肯往从汤，言素王及九主之事。汤举任以国政。"这例子说明隐居的处士很多是有真才实学的栋梁之材，如隐于箕山的许由，隐于莘野的伊尹，隐于渭水的姜公，隐于隆中的诸葛亮。对这些处士，不仅民间敬仰，庙堂亦不敢轻慢。

六夫细心查看这些人的传、状、铭的撰写者，发现有不少当地和近地名人，如金华翰林侍制王袆，俞溪头进士永昌太守俞敬，温州进士南京吏部侍郎章纶，兰溪进士福建按察司佥事章懋，括苍进士河南道监察御史俞俊，东莞进士永康教谕卢皡，李溪举人顺天府光禄署丞章嵩，本邑举人候选知县王环，等等。

为什么下杨有这么多士子甘愿隐居作处士？从华溪野竹九世孙杨权（1280—1357），字秉中，于元至正辛巳（1341）年作的《杨氏历世源流》中可看出端倪。下杨村口的《下杨简介》中归纳说："下杨始称野竹，始祖杨安（952—1023），字永宁，为汉太尉杨震公三十世孙，于宋自台州仙居迁居于此。"《杨氏历世源流》叙尽杨氏历世的辉煌，感叹家族中落后，历经磨难，甚至连宗谱也"因家难没于湖塘"。杨权本想为家族发展计，穷尽搜罗续写历世源流画系图，可是世事茫茫，天不遂愿，直至过了142年，到了明成化癸卯（1483）年，族内才重新续谱。可是时过境迁，很多资料难以追踪，最后作出明智选择："谱牒之作以明宗系、联族人，非夸耀显庸，以张大其族。旧谱因家难之后，今则谱其所可知者得存，刺史公墓铭自观二公以前一撤而去。"家规中也规定"后世以谨名分，崇爱敬为先，一以略浮文，敦本实为务。吾宗乃清白之后裔，以清白传家为本。"从此，这种在族内"以清白为本"的教育一以贯之，世世代代，深入骨髓，成为族内约定俗成的优良传统，这大概就是遵循始祖观二公杨安取"野竹"之村名的初衷吧。

在以追求物欲为价值导向的时风里，"野竹"的高风亮节，清纯淡泊，虚心坚韧，自强不息精神格外珍贵。六夫曾在前年随休闲团队到过下杨伟丰农庄用过餐，这农庄利用杨溪之滨，依山傍水，环境清幽，交通方便，地域广阔，以自然为特色，价廉物美，非常受顾客青睐。特别是以金华"两头乌"为特色的招牌菜，绿色生态，色美味鲜，赢得顾客一片赞誉。人们在享受口福之余，或抛钓于鱼塘，或散欢于林野，或采菱于溪湾，或徜徉于柳岸，都是不错的选择。随着社会主义新农村建设步伐的加快，美丽的杨溪曲水与古朴的野竹清杨已玉璧天成，交相辉映，成为绝尘山下的又一处桃源仙境。

六夫考察绝尘山，意外收获野竹清杨，貌离神合，探骊得珠，受益匪浅。末了，久久凝视玩味下杨秀才杨望元（1691—1756），于清乾隆年间刊行的、其父杨章如在清康熙年间留下的一组诗作，觉得人生如梦，灿似昙花，如能安然若泰，有所为有所不为，臻至如此境界便知足矣！

2020 年 5 月 16 日

金园掠影

　　庚子冬大雪前三日，阳光微煦，天气暖和，景象分明，六夫应邀参加影视办在西溪镇金园村举办的第 88 期影视文化沙龙暨采风活动。

　　到达目的地，那山，那水，那荷田，那村庄似曾相识。猛想起 2017 年夏，与一群市机关退休的老同志到西溪休闲，从西山影视棚顺溪而下，到石江后折访玉川。走到玉川村尾，见一长长的山谷幽境，阵阵山风扑面吹来，不仅把骄阳暴晒下的一身汗渍擦去，而且似有一股淡淡的香味从鼻翼穿过。一行人醉了，便迎着山风一路寻来，果见阡陌纵横，绿意盎然。满畈的荷花盛开，摇曳的莲蓬亭亭玉立，蜻蜓肆无忌惮地欢腾打逗；少许的田块还种着水稻，青葱的禾苗没过小腿肚，明晃晃的耘田竿在农人手里翻舞；青蛙见有动静，蹦蹦跳跳进池塘，爬在起翘欲立的菱角禾上"呱呱"唱起歌；漫坡的桃子熟了，红得像害羞的女孩犹抱琵琶半遮脸；天罗棚下的钓翁悠闲自在，却放下狠话，不管钓上来的是鱼是虾、是鳅是鳖，一概天罗滚豆腐，活脱脱一幅山村耕乐图。行至一村庄，觉得该村正在整治，因时间已近中午，一行人匆匆路过，只记得村前的池塘好大，形状奇特，还有一幢房屋上镶着 1993 几个标记建造年份的数字，当时不知这就是金园村。

从车上下来，六夫特别留意门前那口大池塘，发现它的形状就像一颗硕大的金刚钻石，水光山色中活力四射。再看看九曲十八弯的彩虹村道，很像佩在美人胸前的翡翠项链，高低起伏别有风韵。三年过去了，原来斑驳的墙体，狭窄的土路已焕然一新，这里已成为西溪影视基地的后花园，据介绍，现拥有为影视配套的高端民宿13 家，评上省级金宿银宿的有 3 家，可同时提供住宿百余床位。

在镇村领导的引领下，他们进入一户叫"清镜山院"的民宿参观。在电梯口等待时，主人向六夫打招呼，六夫愣了一下，似曾相识，一时又记不起在哪儿见过。后来通过回忆，才想起他是第十三届市人大代表徐金高，原是徐氏工具的老总、金园村党支部书记。2019 年底金园、玉川、马坞三村合并后，现是三联村党支部书记、村主任。记忆中老徐为人诚恳，寡言少语，很会干实事，快近 20 来年不相见了，他还是保持实干本色。

金园村位于西溪镇东北部，原由水清安、陈敢塘、杜坑三个自然村组成，距离西溪镇 3 公里，全村共有人口 370 人、农户 141 户、6 个村民小组，共有党员 27 人。上世纪 80 年代，西溪被称为"金三角"，是乡村工业经济发展的样板，其纺织配件行业的发展为整个西溪带来辉煌，也为金园村的发展带来机遇。而改革开放多年后，由于制作纺织配件的设备落后，金园村的发展停滞下来。近些年随着西溪影视基地的规模不断扩大，背靠西溪影视基地的金园村迎来了新契机。在党支部书记徐金高同志的带领下，村干部和群众团结一致，2009 年杜坑自然村进行整体搬迁并入金园村。2015 年借镇政府旅游特色小镇创建机会，金园村依托自身四面环山、环境清幽的资源，和毗邻寺口影视基地的便利，举全村之力，打造观光农业，种植莲子100多亩，造梯田种桃子和油菜花200多亩，为金园村实现旅游兴村迈出新步伐。

2017年开始，金园村为打造高端民宿进行统一规划建设，将所有道路白改黑，大会堂改造成多功能餐厅，综合楼改造成金玉马影视讲堂，布置豪华的投影会议室和影视民宿展示馆，并在路口村畔建坊阁亭台。其中一处叫"荷塘月色"的水阁别出心裁，造型别致，古朴典雅，文房四宝皆备，茶棋书画兼修，配上当地文人大家的诗联字画，极大地提升和激发了村民的自豪感和参与热情。在利民政策的鼓励下，不少村民改造自家民居，加入民宿发展行列。而精雕细磨、打造精品民宿是金园村建设者的追求，民宿墙面上爬满了蔷薇花，未经斧凿的石块砌成石级或小墙，门口种植多肉和各种花卉，使清幽中彰显雅趣。从风情墙绘、古风摆件到名牌配置又见华贵，处处可见匠心独运。徐金高的"清境山院"一尘不染，布置高档，视线开阔，从窗台望去，青山列嶂，绿水浮鸥，炊烟袅袅，鸣鹭回旋。老徐说："为保证质量，我们村民宿对各家装修、家具、布草都有严格要求，家具一律用原木，床上用品、毛巾、地巾、浴巾，一律按星级宾馆统一采购，统一标准。"

穿梭于别致的庭院，洁净的村道，水阁、亭榭、长廊交相辉映，荷田、村落、群山错落有致，分明世外桃源，满眼都是生机盎然的怡人景象。此时此刻，忽然一种神圣、庄重感在心头油然而生。西溪，原是龙山区所在地，永康地理的高地——黄寮尖在龙山，永康文化的高地——状元出龙山，改革开放之初的"金三角"在龙山，当今新的行业形态影视勃起之秀又在龙山，地域性民间文刊《龙山文苑》也先发龙山，甚至有可能代表上山文化之一的文字起源——

上蒋村上路阵图也在龙山。这龙山属龙，特别生猛！

观其金园，前有上岩山、天山尖拱卫，后有东溪水缠腰，北有横店风吹拂，南有寺口光普照，形若聚宝盆，拱有众星月，难怪228元一床的价位让游客纷至沓来，皆称"金园"名副其实，"民宿"物有所值。感动之余，赋一阕《沁园春·金园》赞之：

笔架峰高，三百塘宽，鹿跃鹤鸣。有东溪环绕，涌泉不竭；括苍逶迤，被雪无惊。纺配烟消，葱禾陌起，莲叶田田花动蜓。天机也，忽银光闪烁，再启征程。　民生霞蔚云蒸，在破壁丛中化蝶行。继愚公之勇，垦荒添景；梧桐其茂，聚凤来莺。大院餐香，荷池月朗，影视堂前民宿盈。金园火，又遍燃龙域，如日东升。

写于 2020 年 12 月 8 日，首发《影视永康》

邂逅应飞
—— "喜迎建党一百周年，讴歌永康新腾飞"
红色主题征文

　　我生在新中国，长在红旗下，从小受红色故事的熏陶，敬仰先辈、崇拜英雄便成了我们这代人的标签。和平年代不需要我们流血牺牲了，但他们的精神永远激励着我们前进。在众多的革命故事中，当地民间传得最多的当然是应飞了，其神出鬼没，英勇无比的传奇故事可谓是家喻户晓，人人皆知。我有幸在学生时代，工作期间，亲属圈里，生活业余，数度与我心目中的英雄应飞邂逅，纪略如下：

小时常听应飞故事

　　我于 1963 年秋进入设在上里溪的石柱区中心小学读高年级，第二年秋，学校组织学生到俞溪头进行革命传统教育。步行约二十里，到俞溪头九里畈，听取俞溪头战斗经过的介绍，了解到大致情况。

　　1945 年，以应飞为领导的游击队，经常在俞溪头大箬坑一带开展革命活动。1948 年 6 月 6 日，在浙东人民解放军第六支队成立的第二天，应飞支队为震慑敌人，经过长时间的侦察和准备，实施对驻在灵岩的县常备队进行伏击。这天俞溪头集市，县常备队到俞溪头征粮，时至下午，当常备队第一中队征完粮回返灵岩时，很快进入六支队的伏击圈。埋伏在大猫山上的游击队战士向敌人猛烈开火，打得敌人晕头转向，四散逃窜。中队长徐义康等13人被当场击毙，还俘虏多人。缴获长短枪支15支、机枪1挺。接着徐义康的头被悬挂在俞溪头外田街桥头示众，并打开粮仓分给群众，张贴标语开展政治宣传。这就是著名的俞溪头九里畈大捷，又叫下寮岭伏击战。

从此，应飞成了我心目中的大英雄，对跟随应飞闹革命的姨父也羡慕不已。每当我到离家三十里外的岩后井头村姨父家拜年，经过九里畈凉亭时都要驻足缅怀；到姨父家，也总要缠着姨父问这问那。可是姨父吕绍山大约是在1947年底，或俞溪头下寮岭伏击战后参加应飞支队的，我问他，参加过哪些战斗？受过什么枪伤？他总是笑而不答。这很令我失望，认为姨父的革命经历太不精彩了。每当我表示出不满时，姨母却拍拍我的头说："明，你还小，等你长大了，自然会知道姨父那辈人革命的艰辛。"

我听了似懂非懂，后来渐渐长大了，才知道什么叫枪林弹雨，什么叫抛头颅、洒鲜血。原来与姨父一起参加革命的许多同志都牺牲了，他能活下来已很满足，不愿再提及往事。还有一个更深层次的原因是，姨母1947年初与姨父确立姻缘关系后，他却悄无声息地消失了，这给姨母心头落下深深的阴影和牵挂，直到永康解放后姨父才重新出现在姨母面前。革命胜利后，姨夫吕绍山先后任武义中学校长，芝英区委委员、人武部长，永康县人民医院院长。

俞溪头有幸会应飞

1988 年，我在俞溪头乡担任党委书记，6 月的一天，突然接到县委指示，要求做好应飞等老革命探访革命老区的接待工作。我喜不自禁，马上作了精心安排。

原来这年 6 月 6 日是俞溪头下寮岭大捷 40 周年纪念日。那天艳阳高照，策划指挥下寮岭战斗的原六支队支队长兼大队长应飞、应飞夫人、路南交通员王一苹、副大队长吴甫新、支队参谋李西京、侦察员胡一鸟等一行 6 人，在县委党史部门负责人胡春容、林锦泉等同志的陪同下，风尘仆仆来到俞溪头乡。我们一见面，在陪同人员的介绍下，应飞那双宽大的手把我紧紧握住，深情地说："俞溪头是块红色的土地，你一定要把它搞好，让老百姓过上幸福生活。"我向他汇报了俞溪头革命老区乡、老区村的命名情况和经济发展态势，他连夸："好！好！好！"

在乡政府稍事休息，我们便驱车前往大箬坑。途经九里畈和下寮岭时，应飞一行人下车久久驻足，深情缅怀那铁马金戈的岁月。

到了大箬坑，区区十几户的小山村顿时沸腾起来，大家一拥而上把应飞一行团团围住。应飞人高马大的身躯在乡亲们面前始终微屈，四方形的脸庞带着笑容，蒲扇般的巴掌挨着一只只伸过来的手握个不停。这时一个满头银丝的老大娘出现了，应飞一眼认出是"堡垒户"周田娘。应飞大步迎上前去，亲热地叫声"老妈妈，您还好吗？"周田娘连说"好！好！好！"然后端详着应飞，欣慰地说："四十多年过去了，看您一点不显老。"应飞爽朗地大笑说："我们共产党人永远要年轻。"

为了报答乡亲们的恩情，应飞邀请大箬坑当年参加支前的周汝春等数位耆老同进午餐。就餐地点放在自动化仪表厂的食堂里。席间大家畅谈甚欢，再现军民鱼水情的激动场面。餐后一同拍照留念。

妻家住进应飞支队

应飞到访俞溪头革命老区的事，后来我妻知道了连连责怪我不早说，否则也让她老母亲去见见这个家里的常客。原来我妻娘家早年住在田畈林村南面一个叫"托布山"的小山村。这小山村只有 8 户人家，早期岳父和乡邻参加过红军，跟随红三团攻打壶镇失败后死的死，散的散，但依然同情革命。托布山地处偏僻，应飞当年打游击常带队员到这小山村落脚。

1948 年 6 月俞溪头大捷后，惊动了国民党反动派，反动派当局派汤恩伯部 102 旅步兵 12 团来永康清剿游击队。8 月 1 日—3 日，汤部一过马过滩（前陈姓付溪滩）见人就杀，整整三天，俞溪头、灵岩寺前——新楼舟山一带被杀民众 43 人，其他地方 10 人，反动派欠下人民累累血债。

而应飞六支队为了保存实力，不得不辗转各地。有一天应飞队伍从东义赶赴处州执行任务，因长途奔袭，精疲力竭，便冒险摸黑进入托布山借宿。几户村民急忙黑灯瞎火，腾床铺草让队员休息。住在我岳父家的正是应飞。

第二天天未亮，应飞从地铺上起来，集合队伍要走。一干乡亲也起来相送。应飞关照乡亲们收拾干净痕迹，收拾完赶快外避一下。乡亲们遵嘱马上收集净地上铺的稻草，一呼噜跑散了。可是我岳父在外，岳母的娘情急之下先带两个外孙提前离开，岳母挺着个大肚子行动不便，本想也早点离开，又怕让匪兵看见地上有稻草，被点上火烧掉房子而连累大家。等收拾完稻草，又去鸡窝摸来鸡蛋揣进兜里，以便在外万一做产好补养身子。婆婆妈妈忙完打开北门，不料匪兵已从田畈林方向越过堰坑桥奔过来了。

岳母慌忙回头往杏花村方向跑，匪兵在后面追。岳母因缠小脚加挺大肚子，兜里几个鸡蛋又怕碰碎，急得像热锅上的蚂蚁。她急中生智把鸡蛋藏到柴蓬里，用尽最后的力气逃到杏花村，可是杏花村家家闭门塞户。正在她感到绝望时，忽见一叫宝贞的妇女家门开着，岳母急忙逃进她家，躲到她床上蒙起被子瑟瑟发抖。

匪兵追到杏花村，左右看看无人影，唯看见宝贞站在门口，便一边对她扇着耳光，一边骂着："叫你跑，叫你跑。"然后骂骂咧咧回去了。岳母躲过一劫，当这个女婴产下后，便把她取名"杏珍"，意为杏花村人保护下来的宝贝女儿。岳母寿九十五岁终，对这事始终清晰如昨，但从不向外人提掩护应飞和六支队的事，只因跟我妻一起生活时间最长，闲着无事时总要拿出来当"大话麦"唠叨，连我也跟着耳熟能详起来。

历山上的应飞足迹

2010年，我受邀上历山挖掘材料，在里山头自然村，碰到我在新店乡任职时的历山村主任应子明，问及历山革命历史，应子明请出他的父亲应江洪。应江洪老人即提出一只小木桶，声称那小木桶是应飞用过的。应江洪回忆，应飞到历山就住在他家楼上，有时几人，有时十几人，大家打着地铺。枪支即放到谷柜里。里山头缺水，大热天应飞常提着小木桶到泉井边汲水冲凉。

问及还有哪些遗物，应江洪老人叫我到隔个山头的缙云西青头去看，那里有革命历史陈列室。我冒着酷暑，爬过山梁到西青头参观了陈列室，果真展有当年游击队用过的梭标、大刀、猎枪、步枪、弹夹、军帽、皮带、挎包等物，甚至还有游击队营地为解决生活需要的碓槽、洗臼、麦磨、蓑衣、箬帽、槽箩、地簟等物。

随行的大陈村宿耆陈文有对我说，西青头曾经是处属（丽水）特委机关驻地，层峦叠嶂的历山为游击革命活动提供了绝好条件，西青头若无历山村民几乎人人参加革命做后盾，则绝无革命历史的辉煌。1947 年 8 月，中共浙东领导人为配合全国解放战争，于西青头举行台、处、婺三州联席会议，成立"浙江壮丁抗暴自救军第三总队"，总队下设台、处、婺三个大队，金华武装大队属第三大队，大队长乃应飞。

西青头一带的革命活动招来反动派一次次清剿，而游击队每于危急之际，无不以历山里山头村为避险之地。而历山为此献出生命的就有历山武工队负责人陈宝法、其妻巧娜、其母王妙英，历山武工队队员陈云土。他们倒在永康解放的黎明时刻令人唏嘘，且至今真坟不知所终。

我在 1971 年读高中时，学校曾请陈宝法的胞弟、历山村支部书记陈宝财来校讲历山的革命斗争故事。1993 年我调任新店乡党委书记，专门去拜访尚健在的陈宝财老书记，同时祭扫了革命烈士的坟墓。可是由于历史的局限，没有为烈士做更多的工作，回想起来惭愧至极。

那次调查，我把这事作为重要事项列入，且把材料编进《舜耕历山》丛书中，作为对烈士的一种告慰。在迎接建党百年之际，为牢记先辈们的不朽功绩，搜索出存封记忆里的以上片段，以示缅怀。

2020 年 7 月 31 日，入编《百年风华》，《永康红色故事》

八月桂花遍地开

—— "喜迎建党一百周年，讴歌永康新腾飞"
红色主题征文

　　躲在白云生处避疫消暑，慢慢熬得清风一鞠，来到仲秋门口，伸伸懒腰，出户活动。抬步公园，看五颜六色装点，满眼的栾树泛着翡色，如火焰奔腾，又如阆苑舞美，把个江山占了。可幽幽之香沁人心脾，蜜蜂儿围着嗡嗡叫的不是栾树，而是桂树。栾树如花皆是果，桂花如粟是真花，蜜蜂儿总是辛勤地从事它的职业，不作无故收获，只作无私奉献。

　　八月桂花遍地开，今年的桂花特别早，她要提前为明年七月开放。自从鲜红的旗帜竖起来，桂花就是工农大众的向往。100 年前的桂花开前，一个伟大的信仰诞生了，从此，人民有了自己的主心骨。93 年前桂花开时，秋收起义爆发了，从此，工农有了自己的武装。91 年前桂花开时，苏维埃政权遍地燎原，光辉灿烂闪出新世界。71 年前桂花开时，新中国诞生了，中国人民从此站立起来。

　　永康的桂花照样炫彩，1927 年 5 月在培英小学建立了中共第一个党支部，同年 7 月建立了中共永康临时县委，同年 10 月建立了中共永康县委。由于永康共产党人革命意志坚定，不畏牺牲，前赴后继，工作成绩突出，于1929年8月在练结被上级升格为永康中心县委，受中共中央直接领导，管辖永义东缙武宣六个县委。自此后虽风云变幻，组织归属屡有变更，但中心位置始终独占一筹。这不是浪得虚名，而是从1927年永康为民主主义革命献身的第一个共产党员黄锦章开始，至1949年5月永康解放的22年中，共有牺牲的党员、红军和游击战士达443人，其中，有县委书记5人（胡斗南、李立卓、徐阿宝、刘辛夫、李立倚），县苏维埃主席1人（徐英湖），区委书记3人（陈玉成、章思赞、应金献），军事指挥员7人（永康农民革命军总指挥胡思友，永康工农军司令吕思堂，红十三军第三团政委楼其团、营长王振康、大队长杨家尚，浙西工农红军第一大队大队长陈龙虎，六支队七大队大队长李文华）。正是由于他们的浴血奋战，才取得了最终胜利的结果。

八月桂花遍地开，秋高气爽的季节，本是人们登高望远、赏月畅怀的美好时光。可回望当年，风雨如磐，天道黑暗，三座大山压顶，人民水深火热，国家奄奄一息。永康的共产党人在党的领导下，舍小家顾大家，不惜赴汤蹈火，抛头颅洒热血。大革命时期，以叶岩襄为代表的共产党人率先建立党的组织，把革命的火种播散在永康大地上。到1927年底，党员就从开始的7名发展到700多名。

土地革命战争时期，农民运动蓬勃发展，反革命镇压也日益疯狂，党组织四遭破坏四经重建。永武联合暴动惩处了两名恶霸，但也付出沉重代价，先后有县委书记胡斗南，工农军司令吕思堂牺牲，大批共产党人被捕被杀。女共产党员陈珠玑被捕后坚贞不屈，任由百般折磨和诱惑，被关牢狱三年始终保持气节，堪与红岩的江姐媲美。在革命处于低潮时，永康共产党人不气馁，坚持组织工农武装，进行游击战争，并于 1930 年 5 月在方山口建立红三团，归入红十三军建制。红三团建立后迅速壮大队伍，四处伏击敌人，取得辉煌战绩，引起敌人恐慌，并对根据地进行无情清剿。7 月 18 日永康第一个苏维埃政权主席徐英湖被捕，不久被杀害。8 月 26 日永康中心县委书记李立卓被捕，三天后在壶镇壮烈牺牲。为了替烈士报仇并扩大根据地，取得与浙东南红军的联系，红三团于 9 月 5 日组织了对壶镇的攻打。由于经验不足，这次攻打壶镇失败了，革命遭遇重大挫折。可是战斗正未有穷期，尽管有人逃跑，有人叛变，但党组织屡毁屡建，武装斗争越挫越勇，红三团余部改组为浙西游击队，在永缙边界山区坚持斗争达 6 年之久。其间红三团政委楼其团，营长王振康，永康县工委书记徐阿宝，浙西工农红军第一大队大队长陈龙虎先后牺牲。白色恐怖笼罩永康大地。

抗日战争爆发后，国共合作一致对外。永康共产党人高举团结抗日旗帜，积极参与战时政治工作队的组织领导，开展抗日救亡的各项活动。可是国民党顽固派不断搞摩擦，县委书记刘辛夫牺牲，接任的王志远叛变，使永康党组织再次瘫痪。但野火春风斗古城，革命党人就像雨后春笋，不仅遍地燃起抗日烽火，而且发展了大批重要的党员骨干，为中国人民的解放事业积蓄了力量。

日寇投降后国共和谈，新四军和游击队主力北撤，坚持原地斗争以应飞为首的永康共产党人，着手收聚力量，发展党员，成立中共金华地区临时工委，并建立武工队。武工队从弱到强，1947 年壮大为浙江抗暴自救军第三大队，1948 年壮大为中国人民解放军第六支队。六支队成立次日取得俞溪头下寮岭战斗大捷，极大震慑国民党的反动政权。反动派猖狂报复，杀害我民众 53 人，县工委书记李立倚，七大队大队长李文华，共产党员徐老驮、徐业莲，游击战士黄双林、陈振东等在黎明前先后壮烈牺牲。

八月桂花遍地开，金秋时节本是收获的季节，可是在那万恶的旧社会，永康这个七山一水二分田的弹丸之地，70%的土地被地主老财占有，96%的农户靠挑起铜壶担背井离乡谋生。每逢地涝天旱，底层百姓生活更为困苦。在共产党的感召下，知识分子黄锦章、胡斗南、李立卓觉醒了，贫苦农民吕思堂、徐英湖、王振康觉醒了，手工业者楼其团、徐阿宝、李文华觉醒了，他们聚集在党旗下，英勇战斗，前赴后继，为劳苦大众的生存权流尽最后一滴血。忘不了芝英的平粜和盐案斗争维护了多少百姓的利益，忘不了两次进城请愿和永武联合暴动唤起了多少工农群众；忘不了华溪两岸的烽火，忘不了大山深处的枪林；忘不了县衙门上高悬示众的头颅，忘不了金坑井里被牵连孩子的哭声；忘不了方岩山麓刘英张贵卿的丰碑，忘不了历山顶上陈宝法陈云土的假坟。忘不了，忘不了，忘不了！"我失骄杨君失柳，杨柳轻飐直上重霄九。问讯吴刚何所有，吴刚捧出桂花酒。寂寞嫦娥舒广袖，万里长空且为忠魂舞。忽报人间曾伏虎，泪飞顿作倾盆雨。"

八月桂花遍地开，又是一年金秋到，我坐在党史办和作协组织的采访大巴上思绪万千。经过偌大的永康科技工业园，占地16平方公里，聚集百家科技工业企业，成为永康经济发展的引擎。想当年这里号称长城山背，黄土坡上长着松毛，鸟不拉屎，一座刚建不久的焦炭厂成为我们1970届石柱高中生的学工基地。可就是靠这像张思德烧炭方式的原始炼焦法，让我们学到了自力更生精神，参与把一个贫穷的农业国，建设成了今天工业体系完备的强国。车行到五木岭高速路，旧时这里是强匪出没，盐商畏途之地，现成了北通杭金衢，南达台丽温的大动脉。须臾到方岩下高速，到得前黄村，新楼崭齐，花池拥簇，展览馆、文化礼堂焕然一新，这是李立卓李立倚兄弟俩的老家，英魂长伴斯土，乡亲们没有辜负烈士的愿望，1986 年率先办起村工业区，成为全县发展工业经济的领头羊。现在前黄村阔步走在不忘初心的道路上，继续充当革命摇篮的角色，新一代接力棒茁壮成长。

回转方岩，参观刘英烈士陵园新开辟的展览馆，大屏幕上的英烈栩栩呈现，上前点亮一盏心灯，无限缅怀。途经方岩景区，搬迁工作完成，新的蓝图绘就，一个全新的旅游胜地即将脱颖而出，令人欣慰。沿曲折的山道蜿蜒而上，重访金竹降，虽然对此地并不陌生，可出于对"永康的井冈山"特别情感，再一次凝神听取党史介绍，似乎听见"山下旌旗在望，山头鼓角相闻。敌军围困万千重，我自岿然不动"的历史回响，革命老前辈应光耀亲述的《金竹峰的足迹》，他和战友们的身影如走马灯似地在我眼前浮现。经历过土地革命战争和解放战争洗礼的金竹降人民，至今还是那么纯朴，他们守着大山，用辛勤的劳动建设着自己的家园。与金竹降隔一个山头的方山口村是红十三军第三团的诞生处，同样是工农红军和游击队的最重要根据地。而今方山口村打造"走红军路，穿红军服，吃红军饭"特色旅游品牌，在建设小康路上健步迈进。还真不要说方山口的方山柿名扬天下，就连方山口的土烧酒、缸爿饼、土鸡煲也已名声在外，羊耕堂主先生吃了一顿便呵成锦绣文章，随着《行担外传》的绝唱将会传播更久更远。

下寮村是俞溪头大捷所在地，当年六支队成立次日，支队长应飞、政委卜明，就率部队埋伏在下寮岭头，等驻扎在灵岩寺的敌人从俞溪头征粮回返时给予迎头痛击。离下寮岭一里地的大箬坑村是应飞部队的根据地，下寮岭战斗胜利与大箬坑群众支持分不开，

1988 年 6 月，当年的支队长应飞，副大队长吴甫新，支队参谋李西京，侦察员胡一鸟，路南地区交通员、应飞夫人王一苹等一行 6 人回访俞溪头革命老区，我作为该乡党委书记负责了整个接待工作。为建杨溪水库，下寮村部分村民上移至下寮岭战斗发生地，2008 年，永康市委市政府在下寮村建立了"浙东人民解放军第六支队纪念广场"及"永康市革命武装斗争史展示室"，将下寮村建设成为永康市级革命武装斗争史教育基地、爱国主义教育基地、国防教育基地，成为永康市具备革命武装斗争特色的又一红色旅游景点。在通往雕塑像的纪念广场上，花岗岩石板上并排刻有数十双脚印及脚印者的名字，象征着六支队旗开得胜的坚实脚步。循着这个脚步回望，我似乎更领悟到练结祠堂里成立支部，特别是成立中共永康中心县委时的铿锵誓言，也亲身见证了共和国成立后 70 年的辉煌成就。

八月桂花遍地开，而今胜景莫相违，流连于乡间，闲步于江岸，徘徊于公园，徜徉于漫道，到处莺歌燕舞，四季如春。所不同的是春天通红一片，秋天黄金铺地罢了。看金胜山下，南都大道，铺天盖地的金色，随着车流起舞，让人也真醉了。等到中秋国庆双节，我要到金胜山上拜月。

2020 年 9 月 19 日

百年澎湃我兼程

——庆祝中国共产党成立100周年献礼作

红旗下成长

　　我于1953年4月出生在浙江永康的一个小山村，当时正是中国共产党领导新民主主义革命取得胜利，建立起中华人民共和国后，又在朝鲜战场上打败美帝国主义的侵略图谋，完成土地改革后进入社会主义建设的转折时期，一切昭示着欣欣向荣的美好明天就在前头，因此，长辈们把我取名为周天明加以寓意。

　　当我混沌初开，已然发现到处是热火朝天的建设场面。为了改变旧中国遗留下来的一穷二白面貌，父亲上山烧炭，母亲下田劳作，长兄到河流中洗铁沙，硬是熬着肚子，像千千万万的工农大众一样，在党的领导下创造了"盘古开天"的奇迹。到我长大成人，国家的工业体系已基本建立，工农业剪刀差逐步缩小。千万座水库建成了，千万亩荒地开垦了，千万条渠道挖通了，汩汩清流灌溉着每寸土地。粮食从单季稻改双季稻，高秆稻改矮秆稻，常规稻改杂交稻，农业机械进入田头，化肥农药开始使用，科学种田深入人心，农林牧副渔全面发展，全国呈现出繁荣昌盛的景象。

我于1957年入幼儿园，1960年秋季入学，学校就在家门口，得益于新中国成立之初的普及教育，农民扫了盲，适龄儿童个个上学。村校老师虽只有一个，但承担1—3年级三个班教学任务，白天授课，晚上家访，还兼扫盲，与村民打成一片。我小时很顽劣，但老师谆谆善导从不训斥，不久便把我吸收进少先队，并委以副中队长鞭策。1963年秋我升入石柱区中心小学高年级就读，刚好全国掀起学习雷锋的高潮。在雷锋精神的熏陶下，我从小立志做一个对人民有用的人。学校经常进行革命传统教育，当年的校长、书记，还有不少教师，都是参加过革命的老共产党员，他们经常给我们讲革命故事，组织如"飞夺泸定桥""抢渡大渡河"之类的红色校外活动，用革命精神滋润着我们年轻一代的心田。

特殊年代走与工农相结合的道路，使我养成了吃苦耐劳的精神，磨炼了意志，使我在后来的繁重体力劳动中很快适应，成为一个上山敢攀险，下水敢探渊，夜路不信鬼，就餐不挑食的生存适应者。最令我难忘的是，1970年秋—1972年夏，我有幸在石柱高中读书，成为农村办高中的首届学生，当时全国兴起"学哲学，用哲学"的高潮，我在学校的统一辅导下，研读《共产党宣言》《实践论》《矛盾论》等名著，辩证唯物主义和历史唯物主义的世界观从此在我心中萌芽。对立统一的宇宙法则，一分为二的观点，使我学会对客观世界看得更为全面；内因与外因，量变与质变的关系，使我对主观世界的改造更为自觉；透过现象看本质，去伪存真的分析方法，使我对事物的分析更深一层；抓主要矛盾，学会弹钢琴的处事方法，使我在后来纷繁的工作中不致无序。高中两年时间虽短，却是我成熟最快的黄金时期，我思想上向党靠拢，积极要求进步，班级工作努力，成了一名光荣的共青团员。

磨砺中前行

高中毕业后我回到农村，牛犁耖耙样样学会，耕种收割事事当先，1977年2月有幸成为民办教师，旋又被任命为学校负责人。我工作勤奋，服从领导，党叫干啥就干啥，各项成绩突出，连续四年校际排名夺冠。1980年我向组织提交入党申请书，1981年在庆祝建党60周年之际，我光荣地成为中国共产党预备党员。

就在我加入党组织之际，也是我人生最跌宕时期。其间1981年夏，我参加民师师范考试，获374分（语、数、理化、政治共四卷总分400分），居全县第二名，被以"民师未在编"为由淘汰。同年冬参加全省招干考试，获250分（语、数、政治三卷总分300分），居全县第一名，地区第二名，又被省里以"在教民师"为由不取。1982年夏重新参加民师师范考试，以半分之差屈居第二，但仍名落孙山。一周年之内连挨三棒，人们为我叹息，可我坚持信念，被组织认定经得起考验而批准为正式党员。1983年5月政社分设时我被选举为石柱公社副社长，1984年6月我被录用为合同干部，并选举为俞溪头乡副乡长，1985年4月当选为俞溪头乡乡长，1986年9月主持全面工作，1987年3月被任命为俞溪头乡党委书记。

我从一个落魄的民办教师成长为党的基层党委书记，这个经历使我深深体会到，个人的命运必须与党的期望密切契合，一个人如果不肯牺牲个人利益，不肯顾全大局，那就有可能走向反面，成为自暴自弃的人，那是不符合入党誓词和宗旨的。

　　我主政基层 10 多年，调动过多个乡镇，虽然碰到过不少困难和挫折，却始终坚持信仰和宗旨不动摇，集中精力发展经济，每到一地都为当地的发展殚精竭虑，做到功不在我，谋在实处。始终坚持清正廉洁不动摇，做到防微杜渐，洁身自好，宁可降职丢官，不做欺天罔人的亏心事。始终坚持服从组织不动摇，党叫干啥就干啥，不好大喜功，不讨价还价，按照党员干部要求，光明磊落，坦荡行事，坚守一个共产党人应有的品格。

　　我的工作和为人得到了党组织的高度肯定，先后被评为优秀党务工作者，县先进工作者，区镇乡优秀干部，荣登先进事迹报告团成员宣讲台，1990 年底还被破格录用为国家正式干部。因我妻早于我两年在民师招录中转正，按政策儿女都转为居民户口，得以进城上学就业，后来还在城里建了集资房，这是我一个农家子弟连做梦都难以想象的奇迹，只有在共产党的领导和培养下才有这等逆袭的机会。

虚位间务实

　　1998 年 3 月，因工作需要我到人大工作。人大与乡镇工作相比相对超脱，但作为权力机关和监督机构需要相应的业务知识和法律知识。而我对人大知识缺乏，业务生疏，便成了我首先要突破的缺口。我一到人大便自觉地把学习宪法与相关法律法规摆在第一位。通过认真学习和领会，我试写了《正确处理四个关系，确保宪法贯彻实施》的论文，发表在永康日报和金华人大刊物上。这篇 7 千多字的文章名为论文，其实是一个学习后的汇报。

　　作为一个长期浸淫于执行层面的基层出身干部，我更擅长于直面问题，解决问题。通过调研，我有针对性地发表了《乡镇人大工作现状与对策》《适应形势发展，提高代表素质》《地方人大临时议案初探》等文章，为加强人大内部建设出谋划策。对外方面，我更关注社会悄然发生的事件，当大量外来务工人员拥入永康城时，我提出了《关于加强外来人口管理工作的议案》，为政府决策敲响警钟。当乡镇换届出现不良苗头时，我及时提出《乡镇人大换届选举面临的问题与对策》。当某镇一选区选举遭到众多非议并引起媒体曝光，将影响换届选举时，我深入实际，查明真相，对照法律，条分缕析，做好各方工作，及时化解危机，使该镇工作得以顺利推进。

2002年2月，组织上把我从人大代表工委调动到法工委，直接从事法律监督工作。在依法治国日益深入人心的时刻，我知道党和人民对我的厚望，虽然法律监督难免得罪人，可有心做泥鳅能怕糊泥田吗？

不料一上来就碰到一个棘手的案子，经招标人、评标人、监标人一起审核同意确定的一项市级重点工程施工招标，忽然中途卡壳了，理由竟是竞争方对一条附加条件事后有异议。在当时牵涉项目工程属敏感话题，当事人几方都陷入沉默，可拖的是市里重点工程。我经请示领导同意后，就出面与各方进一步学习法律法规，厘清必备条件与附加条件之间的关系，为工程按期完工赢得了时间。

接下来一个案子更令人揪心，我市一电动工具厂按外贸的质量技术要求，生产一批总额为117.58万元的电动工具，出口美国和墨西哥后有部分退货。这本是一个普通的外贸合同纠纷案件，首先应适用《合同法》进行民事调整，再不然用《商检法》进行行政调整。可我方厂长却被以生产销售伪劣商品罪判刑7年，罚款50万元。我接到来访后，认真对照法律，认为用《刑法》调整，以生产销售伪劣商品罪判罚过分了。我积极反映情况，在市人大领导和金华法工委的支持下，与当地人大积极沟通，最终对那个厂长的判决予以纠正。

我在人大法工委工作 5 年，接待受理各类来信来访 2100 多件，列入重点监督 180 多件，有效监督处理了一批人民群众高度关注的案件。除个案监督外，实行常规监督列入人大常委会审议讨论议题 23 个，组织开展视察、执法检查 41 次，开展专题调研 15 次，组织大型评选评议活动 3 次，协助人大常委会作出决定规定 5 个，作出审议意见、视察和执法检查意见 150 多条。

以上工作和活动的开展，有力地保证了宪法和法律在我市的贯彻实施，较好地监督和支持了"一府两院"的工作，促进了全市经济和社会的发展与稳定，保护了人民群众的合法权益，也是我在党的不断培养下，向党交出的一份较为满意的答卷。

夕阳里炫彩

我的退休正赶上又一个新时代。十八大召开那年，我开通新浪博客，时刻关注着时代风云变幻，对新一届党中央领导充满期待。同是那年，我加入了中华诗词学会，以诗词作武器，对日寇妄图吞并我钓鱼岛的狼子野心予以严厉谴责。

时光转到 2017 年，迎来了党的十九大胜利召开，以习近平总书记为核心的党中央为实现中华民族伟大复兴，为实现全面建成小康社会脚踏实地、锲而不舍地奋斗着，取得了全国全党的高度信任和拥护，特别是重拳打击腐败赢得了党心民心。我在大会召开期间守在荧屏前感动得热泪盈眶，连续写了《念奴娇·欢庆》《沁园春·振奋》《七律·欢呼新班子亮相》《七律·宣示》进行热烈讴歌。

一个团结的党，一个有作为的领袖，是人民之福，国家之福，民族之福，这是我深入研究了大量家谱、宗谱、族谱后得出的深刻体会。有人说历史可以造假，但家谱、宗谱、族谱中记载的生卒、夭亡、失踪、被掳、灾害、兵祸、瘟疫等血泪斑斑的史实都是第一手资料，绝无造假的可能，而且任何一个人都不会把自家没有经历过的不幸，无缘无故地填报到谱牒上。我常常想，如果没有毛主席、共产党领导人民打下天下，建立起新中国的社会主义制度，我们是否将会如同祖辈那样流离，像中东那样战火一片，像非洲那样贫弱不堪？

作为一个草根出身的农家子弟，应该为伟大祖国感到骄傲。作为共产党的一员，更要为有这样伟大的党感到自豪。我从1998年开始写作，通过写作锻炼才干，凝聚智慧，陶冶情操。退休后更是笔耕不辍，把写作作为终身学习、修身养性、抑恶扬善的工具，至今已累积230多万字，先后已出版《坐爱枫林》《信马泥牛》《法路迢迢》《永康周姓稽考》《罗山周姓考拾》《舜耕历山》《酌走巅溟》《罗驸马罹难记》《诗涯樵客》《那个白云边》等十余部散文诗词小说故事谱志著作。

为了进一步落实延安文艺座谈会和习近平文艺工作座谈会精神，坚持文化自信，坚定走文艺为工农群众服务的道路，创作出更多源于生活高于生活的好作品，我今年积极加入了永康市作家协会和金华市作家协会，多向老作家学习，不断提高自己的写作水平，以便既为党和人民作出更多奉献，也让自己的晚年过得更加充实美好！

建党百年将临，此际百感交集，唯祝我敬爱的党青春常驻！祝我亲爱的祖国繁荣昌盛！

2020年8月22日

六夫随笔录

人间观照

第二卷 ▽

从蛮荒时代到三帝起南屏

　　永康地处浙江腹地，钱塘江、瓯江分水岭上，素有"鲤鱼背"之称。老人说，这"鲤鱼背"实为"鳌鱼"潜形，地底下有"鳌鱼"驮着，显形于地面就是永康地图。在遥远的洪荒时代，永康曾发生"鳌鱼转仄"，意即鳌鱼驮累了要转转身。鳌鱼转身时大地颤抖，天崩地裂，岩浆喷发，火焰腾腾，生灵涂炭，万物成烟。千年马尾松埋进地底变为后来的永康一宝——松化石；万丈火山灰深积层叠成现在绚丽多彩的丹霞地貌——方岩山。

　　2018年3月22日，中国科学院古脊椎动物与古人类研究所教授、中国科学院院士张弥曼，被联合国教科文组织授予2018年度"杰出女科学家奖"。随后一幅张弥曼教授拍于"永康磨石山顶"的考察照片流传于网上，立刻在永康引起一股地质科普的旋风。原来，1959年浙江石油地质队，以及1968年张弥曼教授，揭开了永康丹崖地貌和磨石山故乡的地质真相。至今留存的历山龙王潭火山口和同为古永康境内的缙云仙都步虚山悬崖边的火山遗珠，都在诉说着"鳌鱼转仄"时的惨烈场景。

　　民间有"落油雨"的传说妇孺皆知。说的是女娲抟土造人后，却因祝融与共工不和造成"落油雨"灾难。共工怒触不周山，导致天柱折，地维陷，人种灭。女娲含泪炼五色石补天，砍鳌足挂地，教兄妹成婚以繁衍人种。这传说似乎附会，可永康的山石如丹崖多姿多彩，永康的地图如鳌甲活灵活现，永康的精神自强不息越挫越勇，这都是不争的事实。在永康境内现已发现1万年上下的人类活动遗址，就有老胡爷山咀遗址、岙山遗址、湖西遗址、庙山遗址、太婆山遗址、麓山遗址、长田遗址、长城里遗址等8处，是全省上山文化遗址最多的县市。

这些遗址除太婆山遗址在胡库外，其余均集中在永康城区约20平方公里的范围之内，是迄今为止的上山文化遗址最为密集的区域。更为震撼的是，湖西遗址内发现了万年炭化稻粒、彩陶及环壕遗存，是研究稻作起源，新石器时代早期先民的生业形态最为典型的案例。庙山遗址内则发现了夹炭红衣陶片上粘有稻壳，并出土大口盆、双耳罐、石磨盆、磨棒、石球、石片等属于上山文化早期的物件。永康成为全省上山文化遗址中，唯一拥有早、中、晚三个阶段完整的县市，难怪省考古队队长蒋乐平惊呼："一万年前，永康就是人类聚居的'主城区'"。

除此之外，永康还有新石器时代的大量岩画发现。除舟山碧湍里岩画外，2020年8月17日，永康日报又发表了署名为陈晓明《上路阵图巨石岩画初考记》的文章，认为西溪镇上马村上蒋自然村的上路阵图巨石岩画是史前古越人岩画，至晚不迟于5000年前的新石器时代。陈晓明认为，上路阵图岩画功能当属祭祀用途，当时的古越人在此进行原始宗教活动，希望借助天神、祖先、图腾之庇护，达到自身繁衍、部族繁衍的愿望。其岩画内容丰富，保存完好，历经千万年时光，安然屹立钱塘江源头，是浙江文化的瑰宝。

　　穿过时空隧道，把历史拉回到 5000 年前，中华民族的人文始祖轩辕黄帝已涉足永康这块宝地。据《山海经·海内南经》晋郭璞注引魏·张氏《土地记》载："三天子鄣……东阳（郡）永康县南四里有石城山，上有小石城，云黄帝曾游此，即三天子都也。"康熙《浙江通志》《金华府志》和光绪《永康县志》也都有类似记载，证实黄帝曾游永康石城山。

　　1998 年，永康组织专家学者对石城山黄帝文化进行论证，通过大量资料研究后得出，过去总认为黄河是中华文明的摇篮，随着考古学的推进，证实长江流域也是中华文明的摇篮，我市石城山就是南中国黄帝文化的中心辐射地。金华市艺术研究所所长、浙师大洪波教授，通过查阅大量古籍、辞书，三次实地考察，考究黄帝在南中国的活动足迹后认为，黄帝在中国南部以永康石城山为中心，足迹遍及金华山、浦江仙华山、缙云仙都山、安徽黄山、江西庐山、广东鼎湖山等。在这里黄帝播下文明的种子，尤其是黄帝在此铸鼎，炼剑，实为我市五金产业的源头，黄帝文化乃为五金文化始祖。

　　永康先民早已把黄帝文化融入血脉，在民间传说的黄帝故事就有 100 多个，例如，黄帝为什么驻跸石城山，裁缝师傅为什么把量衣的尺称为"轩辕尺"，果农为什么把柿子称为"黄柿"，黄帝采铜山之铜怎么运输，湖西泥为什么耐火，等等，都可以从这些故事传说中得到答案，说明黄帝到永康不是无中生有。

　　舟山镇新楼铜山村至今留有传说黄帝采铜的矿场遗址。铜山采铜历史悠久，直至清道光十七年（1837）的《永康县志·地理》中还清晰记录宋代的采铜情况："铜山产铜，宋元祐（1086—1093）中置场钱王、窠心两坑，课铜 128000 斤；宣和（1119—1125）中以课不及额废。绍兴（1131—1162）复置，课铜 2355 斤，又以苗脉微渺，采亦无获废。"

铜山的矿脉枯竭了，可是黄帝传授的冶炼铸造五金工艺技术却生了根，使世世代代生在"七山一水二分田"贫瘠土地上的永康男子，可以一头挑着湖西泥做的坩埚，一头挂着嫘祖教桑织成的铺盖，走南闯北讨生活。姑娘家的走不远，但也可持着"轩辕尺"到上下山处谋生。在家务农的即在房前屋后田岸头种植水果之类，特别是传说黄帝亲培的方山黄柿久盛不衰。早在明清时期，有民间高手托名陈亮撰就《永康地景赋》流传极广，通篇900来字，嵌入130来个永康地名，对仗工整，形象生动，永康山川景色、风物之情跃然纸上，其中"尝方山之柿，其味如兰"句如神来之笔吊足胃口，令方山品牌黄柿畅销各地。

黄帝游石城山当然不是游山玩水，而是为统一神州。他在石城山最大的功绩就是锻造兵器，操练军马，制服了东南方向的九黎族部落联盟首领蚩尤，使四海归服，成为天下共主。上古后来的帝王竞相追随芳躅，在永康留下了许多千古佳话。

最先沿着黄帝足迹来永康的是大舜。全国最权威的百科全书《辞海》记载，相传"舜耕历山"较著名的有7处，其中永康的釜历山居第六，其中介绍说："釜历山，在浙江省永康县南，圆峰屹立，状如覆釜，山巅有田、井、潭，皆以舜名。"比较《辞海》上介绍的7座历山，唯有永康的历山有田、有潭、有井，最具耕作条件。

而据《古今地名志》记载，"舜耕历山"在全国有21处之多。全国为什么有那么多历山？永康为什么会有历山？其实，这是由舜帝本人的巨大影响力与舜帝后裔的巨大推动力，交互作用产生的名牌效应。

舜帝是一个形象极其高大上的圣人，被称为中华民族的道德始祖。据司马迁《史记·五帝本纪》记载，"舜耕历山，历山之人皆让畔；渔雷泽，雷泽之人皆让居；陶河滨，河滨器皆不苦窳。一年所居成聚，二年成邑，三年成都。"由此可见，舜是一个处处为百姓谋利益的圣明之主，他到哪里，哪里就政治清明、兴旺发达，老百姓都愿意追随他。民间传说舜帝大臣中有一个叫"后稷"的农官，是他制耒耜、教稼穑，创造了农耕文明的开端。从湖西遗址发现的万年炭化稻粒推想，到舜帝时期，永康的农业已发展到一个新的高度。

舜于公元前 2123 年受尧禅让登帝位，建都于山西永济蒲城，先后摄政 28 年，在位 39 年。舜在位期间，每 5 年一次巡狩南方。浙江永康为黄帝铸鼎之地，舜帝南巡必定首选，且把"行宫"建于石城山脉南端的历山上是情理之中。舜帝在南巡中积劳成疾，辞世于苍梧，葬湖南永州九嶷山。永济、永康、永州，成为舜帝生前活动的"永"字牌铁三角。

浙江永康是舜帝后裔的密集聚居地。据 2015 年永康日报十大姓氏排名，永康第一大姓氏胡姓（62080 人）和第二大姓氏陈姓（47980 人），皆为舜的后裔。陈、胡两支舜的后裔在永康历史悠久，不仅占有人口数量上的绝对优势，而且精英荟萃、人才辈出，状元陈亮，兵部侍郎胡则，都是响当当的历史人物。除胡、陈在永康成为望族外，姚、田、陆、孙、王、孔等舜的后裔在永康都人口众多，整体几乎占永康常住人口的一半。正是由于永康已成为舜帝后裔集结地，后周广顺二年（952），由曾任乐清县令的大陈始祖陈旺牵头，将酷似祖籍地河东胜境的荆川西山追号为历山，并在历山上建立舜帝庙，供奉舜帝、两妃和九司官像，设置六十四签书，还派陈姓子孙充当庙祝管理庙产，自此香火不断。

五帝时期，天下洪涝灾害严重，百姓苦不堪言。尧帝派禹的父亲鲧治水，带上息壤——一种会生长的土，试图把洪水围起来，结果把石柱、新店、前仓一带变成汪洋大泽。水越涨越高，息壤也越长越高，天帝发现这样长下去不仅威胁到天庭安全，也威胁到石城脚下黄帝裔孙的生命财产，一怒之下在羽山宰了鲧。

舜帝执政后，派禹继承他父亲鲧的职位继续治水，禹不辱使命，从会稽山出发，来到黄帝筑就的石城考察受灾情况。他沿着白云山、天马山、龙头岩、麦磨岩、水泽岩一路反复踏勘，三过家门而不入，最后决定在水泽岩与牛金岭接壤处开通一条天河泄洪。为了不使下游百姓遭殃，禹来到东村、大园、白垅里一带挨家挨户动员村民转移。万事安排妥当，禹化为龟蛇两仙，抬着镇水用的麦磨岩往西南移百米，顿时滔天洪水从水泽弄峡夺路而出，滚滚向西奔去，从而解除了石城山东西两麓百姓的苦难。禹因治水有功，被舜帝选拔为接班人。

千万年来，那个禹化身的水泽岩与龙头岩，像两只永远随着波涛起伏的巨鳌和蛟龙，守着麦磨岩，昂着头面朝东北，密切注视着南李两溪水涨水落，决不让水患干旱危害黎民百姓。

到了三国时，孙权的母亲吴国太到乌伤县上浦乡烧香，祈求永葆安康，从此，永康这地方置县建州，兴旺发达。人们原以为那是吴国太烧香祈求来的福分，殊不知这是黄帝、舜帝、大禹给永康留下的福祉。黄帝给永康铸下五金之根，舜帝给永康播下厚德之种，大禹给永康拓开水利之便。

自古以来，石城山有黄帝洞、历山有舜帝殿、东村有大禹庙为证，更有《山海经》《太平寰宇记》《四库全书》《辞海》等鸿篇巨典记载。如今，只要站在永康城朝南观望，一尊卧佛横贯永康南屏石城山，从历山主峰大岗山起往东北方向看，依次是白云山、天马山、龙头岩、麦磨岩、水泽岩一列排开，气势磅礴。整个石城山脉隐约像一尊安详的卧佛，头枕历山，手拢白云，背倚天马，足抵龙头。这尊大佛奇妙无比，贯穿黄、舜、禹三帝，以黄帝居中，舜、禹分侍左右，横亘南北，中分东西，俯瞰丽州大地，庇佑永康子民，为永康新一轮发展昭示吉祥。

　　　　　　　　　　浙江文史记忆约稿，写于 2020 年 11 月 9 日

文明码头的灯火

人类从茹毛饮血中走出，打着石头站起，经过母系方式繁衍，进入洞窟寄居、钻木取火、训耕育种，这一点山越人比中原人恐怕更甚，否则不会发生中原共主屡征"蛮夷"的战争。

衣冠南渡虽带来了中原文明的星火，但因南渡人口毕竟有限，难以改变山越地区一地一方言的现状。这一点永康话尤为突出，外地人调侃："天不怕，地不怕，就怕永康人说永康话。"

永康人是山越人的杰出代表，不但延续了古越人正直、刚毅、血性、好义的传统，而且善于变通，勤劳、智慧、创造、经学济世，以致"府府县县不离康"，推动着文明的潮水一浪高过一浪。

按照永康地名行家应宝容先生于 1997 年编著的《永康姓氏志》，三国至五代期间，永康的姓氏有陈、胡、应、吕、王、徐、赵、孙等 8 个。至清代旧志载录有姓氏 123 个。至 1985 年姓氏调查统计有姓氏 343 个。可是查当时存有的 244 宗家谱（家谱、家乘、族谱、宗谱统称家谱，下同），无一例姓氏来源追溯能与中原脱离得了干系，譬如陈、胡追溯的源头是周代封于陈国的妫满，郡望颖川和安定；吕氏追溯的源头是姜姓，自河南迁来，郡望东平和河东；应、周追溯的源头是姬姓，郡望汝南。那么问题来了，原来的山越人到哪儿去了？

自从黄帝征百夷功成，在石城山铸一鼎，昭告天下"真金作鼎，百神率服"，神州一统业已实现。接着大禹治滔天洪水成功，亦在会稽会盟，铸成九鼎，代表九州一统。这鼎代表国家权威，神圣不可侵犯。

从近代出土的青铜器来看，吴越文字与中原文字属同一个系统，说明早已融入中原文化。作为一个统一国家的一部分，经过两汉400年的文化融合，到东汉后期，平原地区已是越汉不分家。而像永康这种连通浙西北与浙东南孔道，且手艺人到处闯荡的生态，更比那些纯处山谷地带的越人容易同化。加之孙权建立吴国的过程，也是不断讨平山越的过程，至晋统一中国时，本地山越人的汉化过程已经基本完成。

中国的谱牒原为帝王和士大夫们所垄断，作为区分亲疏远近，以决定他们所享受特权的工具。由此产生的弊端，曾到过永康，并留下《泛永康江》千古诗篇的、梁武帝时的尚书令沈约一针见血指出："凡粗有衣食者，莫不互相因依，竞行奸货，落除卑注，更书新籍，通官荣爵，随意高下。"

直到宋代以后，谱牒方普及到民间，修谱的目的，与魏晋南北朝为了谋取直接的政治经济利益迥然不同，主要在于团结宗族，帮助后辈了解祖先，教育后辈发扬祖先孝悌、勤俭、学而优则仕等传统，以光大门户。北宋欧阳修的《欧阳氏图谱》与苏洵的《苏氏族谱》，为南宋以后的家谱撰编创造了标准模式。从此，家谱成为与国史、方志并列的，构成中华民族文化大厦的三大基石。

永康的谱牒同其他地方一样数不胜数，大凡有建村的姓氏，或分迁另立的姓氏，都会千方百计谋求立谱。从宋以降的千年中，少说也有几千宗。可是由于沧海桑田，世态更迭，不少谱牒淹没在历史的烟云中。近30年来，很多家谱得到了恢复，进行续修。但还有些因湮没或由于各种原因未能如愿。2017年版《永康市志》号称，现存图书馆、档案馆、或民间散藏，有据可查的永康各姓氏宗谱有768部，而实际上相当一部分虽在历史上曾经有过，现实已不复存在。

从现存的明清家谱中可以看到，南宋后的谱牒内容大大增加了，除欧苏创建的序、图、表、传外，还增加了历次修谱旧序、封官的诰敕、祖像及赞、传记（包括墓志铭、行状、寿序、小传）、家法族规、艺文、祠堂图及祠产、墓图及墓田、宅基图及有关契据文书，甚至翻刻的《朱子家训》《朱子祭仪》等，这为后世留下了极其丰富的文化遗产。

南宋以来，程朱理学占了上风，随之朱熹所制的《朱子家训》便流行开来，成为各家族教育子孙的范本载于谱中："君之所贵者，仁也。臣之所贵者，忠也。父之所贵者，慈也。子之所贵者，孝也。兄之所贵者，友也。弟之所贵者，恭也。夫之所贵者，和也。妇之所贵者，柔也。事师长贵乎礼也，交朋友贵乎信也。见老者，敬之；见幼者，爱之。有德者，年虽下于我，我必尊之；不肖者，年虽高于我，我必远之。慎勿谈人之短，切莫矜己之长。仇者以义解之，怨者以直报之，随所遇而安之。人有小过，含容而忍之；人有大过，以理而谕之。勿以善小而不为，勿以恶小而为之。人有恶，则掩之；人有善，则扬之。处世无私仇，治家无私法。勿损人而利己，勿妒贤而嫉能。勿称忿而报横逆，勿非礼而害物命。见不义之财勿取，遇合理之事则从。诗书不可不读，礼义不可不知。子孙不可不教，童仆不可不恤。斯文不可不敬，患难不可不扶。守我之分者，礼也；听我之命者，天也。人能如是，天必相之。此乃日用常行之道，若衣服之于身体，饮食之于口腹，不可一日无也，可不慎哉！"

各家的家法族规虽然不尽一致，但总的不外乎教诫族人要敦祖睦族，要尊长爱幼，要遵纪守法，要勤奋上进，要忠君报国诸内容，具体视该家族在社会中的地位而有侧重。

胡则这样的官宦家族家法族规就比较全面且严苛，一共有五篇。

行善篇。家道盛衰，皆系于积善与积恶而已。何谓积善，居家则孝悌，处事则仁恕，凡所以济人者皆是也；何谓积恶，恃己之势以自强，尅人之财以自富，凡所以欺心者皆是也。诚则致祥，狡则致祸，自古以来未有伪而得善者。凡我子孙永宜蹈矩，有犯此禁者责之于庭削其名于谱。

修身篇。正人君子，淡泊明志。为人应以忠孝仁义为上，当以家国为重；先忧后乐，鞠躬尽瘁。吾家本寒族，世以清白相承。人情之戾莫不起于争，大谋之乱莫不起于争，自古以来未有争而不忿，忿而不争者。凡我子孙永宜戒斯二者，以成一团和气。

勤业篇。族中子弟当各勤生业，士者攻其学，农者力于耕，工者专于艺，商者蓄其贷。毋学赌博以废事业，毋酒色以乱德性，毋摇唇鼓舌以生是非，毋游手好闲以荒岁月，毋玩法而犯刑，毋浪费而破产。由俭入奢易，由奢入俭难。

劝学篇。为人者至乐莫如读书，至要莫如教子。子孙虽愚，经书不可不读，即使冥顽，纵有开悟之时。夫何但知争讼奢靡为事，而不教子读书，此有家者之大患也。当以争讼之心，为教子之心，以奢靡之费，为读书之费。读书志在圣贤，为官心存君国。穷则独善其身，达则兼济天下。

孝悌篇。万恶淫为首，百善孝为先，子孙敢有忤逆父母，气凌尊长者，亲房不得徇情。恩莫大于父母，情莫切于兄弟。

俞溪头俞氏家法族规也相当严厉，一面办书院、开塾馆，要求子弟必须上学，无钱的常产资助，且对取得不同层次学历的进行不同奖励；另一面对族人严格管理，发现有触犯族规的严惩不贷。乾隆年间就有两次共9人被以犯窃或不孝而削行籍，况且这被削行籍的都还是上了年纪的老人。

为了教育子孙行孝悌，大陈陈氏家族还将50句150字的"大陈孝三言"家训铭刻于屏上，摆在祠堂中厅昭告众人。周氏家族则以周敦颐的《爱莲说》为座右铭，崇尚"出淤泥而不染，濯清涟而不妖"，要求清清白白、坦坦荡荡为人处事。

华溪野竹杨氏家族则是另一种情形，该族的家谱不载帝王封诰，不载科考功名，不载历代官宦荣耀记录，只载历代修谱序，以及大量墓志铭，处士传，或耆老行状。光涉及处士的传、状、铭就达24篇之多，牵涉士子24名。处士是古时指有德又有才而隐居不愿做官的人，男子隐居不出仕，这是德行很高的人方能做得出的选择。他们的家规明确规定："谱牒之作以明宗系、联族人，非夸耀显庸，以张大其族。后世以谨名分，崇爱敬为先，一以略浮文，敦本实为务。吾宗乃清白之后裔，以清白传家为本。"

家庙即祠堂是敦祖睦族，教育励志的又一种载体。遍布永康城乡的家庙体现了人们对祖德的感恩，对子孙繁荣、家族兴旺的厚望。在封建社会，为了有利联宗活动，各大姓氏在城内建有总祠，而各村即建有宗祠，房派下还建有特祠，富裕家庭还建有家祠。"芝英大，祠堂多"，这是流行于永康民间的口头禅，据统计，芝英8个村拥有各种祠宇竟近百座，其中应氏祠堂72座。至清末，永康全县有总祠、宗祠 280 多座，特祠、家祠 700 多座，总计达千座。到 20 世纪 90 年代初尚存 500 多座。

这些祠宇绝大多数属清代建筑，少数为明代建筑。城内的徐震二公祠、吕棋五公祠、高川周华三公祠、楼氏总祠、郎氏宗祠，农村的后吴吴氏宗祠、胡堰街的胡氏宗祠、儒堂头的喜亭公祠、山西的惠峰公祠、金川的松柏祠、岩上街的绍常祠堂、岩下街的草墅周总祠、金江龙应氏宗祠、下柏石陈氏宗祠、象湖里李氏宗祠等，这些祠宇建筑宏伟，占地均在 1000 平方米以上，中轴线上多数建有前、中、后三厅，四柱抬梁斗拱，雀替马腿，雕梁画栋，精美绝伦。不少祠宇还建有古戏台，顶部饰以藻井，朱漆油画，光彩夺目。

祠堂是合族子孙举行祭祀、议事、文娱活动、喜庆宴会、课授的主要场所，承载着精神哺育教化的功能。随着时代的发展，祠堂逐渐淡出人们视线。随着老城改造，城内的祠堂除徐震二公祠等少数得以保留外，其他大多数祠宇已拆除。处在农村的也因疏于管理而落败。

近些年来，中华传统文化逐步回归，保护文物得到重视，祠堂的修复和利用又提上议事日程。后吴村最先利用古祠保存完好的优势，每年举办后吴文化节活动，推动新农村建设。园周村最早修复特祠，挖掘周琦名人，利用石城山黄帝文化做大旅游文章。周岩方凭个人力量买下桥头周"仁曦"公祠加以保护，最后奉献国家。各村利用祠堂作文化礼堂，进行社会主义核心价值观教育。祠堂正以全新的面貌重焕生机。

浙江文史记忆约稿，2020 年 11 月 12 日

清廉三父子　誉满舟山镇

　　永康市舟山镇舟山二村，是浙江省历史文化名村，自古是富庶之地，此地上百幢古民居建筑群印证了这一史实。其中，有一座高矗的门楼，门楼上书写着刚劲稳健的"名儒"两字，据说，这是"察院公"黄卷的府第，至今已有 400 多年历史。"名儒"两个字是后人修缮时题写的，见证着明朝年间，黄卷家族的辉煌荣耀，也传颂着其父黄卷，其子黄一鹗、黄一鹏勤政清廉，刚正不阿的动人故事。

　　黄卷，人称"勤政无私清御史"。黄卷于万历五年（1577）登进士，万历七年（1579）授河南道监察御史，在道内负视察百僚，巡按州县，监察狱讼等重任。黄卷去河南道上任时，听说原巡抚劣习较多，影响不好，他就立意革弊。别人上任为显威风大讲排场，而他则不着官服，青衣小帽，轻装简从，避驿馆宿小店，隐踪潜行，一路了解民情。到了台府，黄卷仍同吏员一起参加清扫庭院，随众就餐。小住两日后，黄卷方整衣戴冠，携印击鼓坐堂。众吏员一见昨日"小吏"乃今堂上巡按，莫不暗暗吃惊，自此悄悄收敛了平日秽行，开始遵章守法，规矩办事。官正即风正，风正即气顺，当地社会很快转为稳定，经济繁荣，老百姓无不交口称颂。

黄一鹗，人称"一身两地廉知县"。明天启四年（1624）由廪贡生授乌程县训导。三年后升广平府威县知县。勤政爱民，励志清操，有人请托，坚决推辞，不予行事。上司赞其为官廉洁，又有能耐，命其兼任清河县知县。以一身兼任两县知县在当时很少见。威县百姓说："我公也，何可借？"意思是黄一鹗为官清正，请托不行。清河百姓说："我公也，谁不可借？"意思是黄一鹗一心为民，谁都可依靠他。可见黄一鹗深得民心，后被提为福建延平府同知。离任时行李萧然，囊中仅有图书数千册和一些随身衣物用品而已。

黄一鹓，人称"敢杀皇亲铁面官"。由武功庠贡入仕，初任山东济宁州同知，因治政廉明，断案公正，升任东昌府通判。上任后微服察访，了解到作奸犯科者多系显贵门第或权臣悍仆，遂约法五章布告震慑。一日，部卒捕得一犯，押解军门听候通判定夺。那犯自恃皇亲国戚，趾高气扬，叫嚣"黄通判怎不出来迎接我！"黄一鹓问："你可看过布告？"答曰："看过，按律当斩！但你敢吗？"黄一鹓令人录下，让他画押，然后命武士推出斩首。那犯威胁说："你敢杀我，明日就叫你丢官！"黄一鹓义正词严道："莫说丢官，即使丢命也要杀你以平民愤。"说完，不待武士动手，挥剑将罪犯头颅斩落地上。全城百姓无不拍手称快。后黄一鹓转任山东都察院经历，为护国执节而死，事迹详见《两浙通志》。

2020年7月8日，金华地名中的清廉故事征稿　首发《金华晚报》及金华新闻客户端

卢子安清名留三厚

永康市江南街道山后卢村山清水秀，环境优美，白云缥缈，石城环列，自古传颂着黄帝到此地巡游，在千户十八井屯兵操马，铸铜炼剑的美丽佳话。可是想不到，山后卢还有个惊人的原名叫"三厚"。为什么山后卢原名叫"三厚"呢？这里有一段清廉的故事。

山后卢始迁祖卢子安，登宋宝庆丙戌年（1226）进士。宋宝祐二年（1254），卢子安任山东德州通判。有人对他说："德州这地方太小了，好像发挥不了您的大用。"卢子安回答说："皇上派我到德州任职，我哪能挑三拣四呢？我的责任就是履行好我的职责，上对得起社稷，下对得起黎民，这叫从政要仁厚。"

及到任上，卢子安见德州虽小，可人情世故一点也不少于洪都巨郡，争权夺利就像猪狗一样毫无人性，有权有势人如饥渴的饿狼越过道德底线，频频触犯法律。卢子安刚正不阿，凭公断案，触犯了不少权贵的利益。这时又有人对他说："世上哪有不讲人情的人呢？还是给自己留条后路吧。"卢子安义正词严答道："沙堤溃于蚁穴，礼乐崩于曲巧，如无衡斗刑墨，岂不让厥民遭殃？只有以法严之，才显宅心宽厚啊！"

宋宝祐五年（1257），卢子安任期已满要告归，德州百姓感其恩德，纷纷上书挽留。可是木已成舟，米已成熟饭。德州百姓只好含泪去送卢子安，送行的人塞满郊外，车辆都有数百辆。一路上听到有人说："先生施未究才，位未满德，不可走啊！"有人说："为知己者用，为不知己者隐，今先生上下倚庇，责望隆重，岂能走呢？"还有人说："凡致仕者应是年纪大的，可先生壮年，精明强干，应不负天下苍生所望。"不少百姓还箪食壶浆，送来礼物表示心意。卢子安一一谢过，对所送礼物分毫不取，反将自己随身所带物品分送给贫苦的鳏寡孤独。众人皆感叹其廉性清厚。

卢子安原籍仙居峡阳，后迁永康白云山下。从德州致政回乡后，卢子安把"白云山下"的村名改为"三厚"，还把门前山也命名为"历山"，效法大舜厚德载物，期望子孙继承"仁厚、宽厚、清厚"的优良传统和作风以发家。卢子安生四子，后分派为本处、桥头、前后处三个分村落，统称三厚。可是后来的人因村处白云山北麓，又卢姓人居住，久而久之叫白成"山后卢"了。对此，分派到城内河头的卢氏 33 世孙旌贤，于 1918 年在《卢氏祠图记》中有注解。

2020 年 7 月 8 日，金华地名中的清廉故事征稿

首发《金华地名文化研究会》

考季打翻五味瓶

又到一年考季，对于像六夫这类年近古稀，儿女已无牵挂，孙辈尚在蒙童的人，有点远离硝烟的味道。可是汹汹然的某省高考科取中，鸠占鹊巢事件连连曝光，搅得六夫寝食难安。如果最后一道公平防线崩溃，国家将如何是处？好在铁拳出击，雷霆回应，总算抚慰了六夫焦虑的心情。

高考对于一个人是多么重要？那是赌一生的命啊！遥想当年六夫参加高考，三考三中，却名落孙山，那是连死的心都有了。那还都是明着来的，如果遭遇"三只手"那就比窦娥还冤。

1977年恢复高考时，六夫刚参加民师工作，旋被公社抽去工作组忙得不可开交。加之突然降临的爱情，沉浸在幸福之中，根本没有想去报考的念头。后来戴了顶学校负责人的小帽子，产生了小进即满的心态，便错过了几次高考的机会。直到1981年夏，在爱人的鼓励下，才去报考有民师待遇的师范类生。

六夫是1972年毕业的高中生，基础并不踏实，可是矮子挑长子，居然考了374分（语文、数学、政治、理化四卷满400分），居全县第二名。六夫自己满心欢喜，却被以"民师不在编"理由淘汰了。公社、区委和组织部推荐六夫参加当年冬季的全省招干考试，考出来就是国家干部，比教师政治地位高多了。这次六夫考了250分（语文、数学、政治三卷满300分），居然得全县第一名，地区第二名。六夫以为塞翁失马，不料报到省里又被以"在教民师"为由刷了。1982年夏，六夫重新参加民师师范考试，成绩与第一名落差半分居第二，但仍被"民师不在编"理由拒绝录取。看看，人倒运时连喝水都梗喉咙。

当时公社主要领导劝六夫不要再教书了，安排他到公社电影院等待机会。刚从外地新调主管局上任的陈局长了解到六夫的情况后，认为他的"不在编"是组织造成的，应予追认，并亲自上门挽留六夫回校工作。六夫因在教育战线几年够拼的，年年拔得本社校际排名头筹，可前主管这样处理对待，使他心灰意冷，覆水已难收回。但陈局长这种实事求是的踏实作风却感动并影响了六夫一辈子，成为他后来工作中处理问题的榜样。

1984年春，六夫被录用为合同干部，职务不断升迁，可是夜里做的梦都是校园生活梦，梦醒后便是绵绵的怅意，心想这辈子与上学无缘了。忽然柳暗花明，1985年6月，县委党校开设浙江省中专刊授政治专业辅导班，六夫毫不犹豫报了名。想当年肩上压着一个乡的担子，脚底踏着一家四口吃饭的责任田，风里来雨里去，起三更睡半夜，硬是通过三年多努力，闯过了一道道难关，到1988年8月拿到中专毕业文凭。只是六夫稀里糊涂不知这中专学历与高中学历有啥区别，但心里清楚他图的就是圆个读书梦。

1990年底，六夫被破格转为正式国家干部。拔泥上岸，转户入城，按理船到码头车到站好歇菜了。可是校园憧憬未了，1999 年 9 月又意外获得浙江大学为期 1 年半的行政管理半脱产进修。2000 年 12 月获进修成绩合格后，六夫又鬼使神差接读大专自学考试课程，到 2002 年 12 月，终于得到一张浙江省高等教育自学考试行政管理专业毕业文凭，是一百多位参考者中少数最先出彩者之一。由于成绩突出，得到一本沉甸甸的"优秀毕业生"荣誉证书，还有厚重的一等奖金。与此同时，六夫还参加浙江师范大学马克思主义理论与思想政治教育·法学专业（方向）研究生课程学习，2001 年 4 月获研究生课程结业。

2003 年，六夫根据工作需要，跨界担任人大法工委主任。为了适应新岗位工作，2005 年 8 月六夫又毅然参加中央党校函授学院的法律本科学习。到 2007 年 12 月，13 门功课，7 门得 90 分以上，5 门得 80 分以上，1 门得 60 分以上，顺利拿到毕业证书，再次被授予"优秀学员"荣誉称号。有人说这些文凭不可靠，可六夫是真学习真用功，考试都是自主发挥，未耍过半点掺作使假。

可是六夫书读毕业了，人也退二线了，到 2013 年退休了，学的那些东西也归零了，又重新起步学习些舞文弄墨的玩意儿打发时光。前些天他把这经历发到朋友圈，一位哈尔滨的好友留言说："真不容易啊！偌大岁数还搞这劳什子！哈哈哈哈，学习我所欲也！酒亦吾所欲也！证不证无所谓啦！笔头子好，管用就行啦！"六夫回答说："酒在其中，欲在其中，劳什子折腾过就心满意足了！"

有时想想结果真的没那么重要，有这个经历就够了。六夫翻翻当年自己写的那个学员毕业总结，行云流水，龙飞凤舞，一气呵成，还颇有文采，真为自己当年感动一把。回忆小学毕业后二度失学，重获上学机会倍加珍惜，学习愈发努力。投考三中三汰，圆梦读书更为强烈，以致问学路上马不停蹄。实践证明，每一道门坎教你沉淀积累，每一次挫折使你学会坚强。当一扇窗口关闭会弹出另一扇窗口，当似乎天黑洞洞时，曙光已在前头。人啊，不折腾就无所得，无磨难不成人生。衷心祝愿每个学子都好运！

2020 年 7 月 5 日

黑洞图片

这几天，六夫为他的《那个白云边》故事集配图，除了精选自己平时从崇山峻岭中摄取的大量照片外，也想从网络中寻找一些与故事情节洽合的图片加以补充，以增加效果。可是连找了两天，发现网络中再没有过去唾手可得、丰富多彩的好图片了，每打开一个搜索，都要注册、验证，心想，社会发展到什么东西都难共享了。因技术和资金受制，六夫只好放弃。

恰在此时，轰动全球的第一张"黑洞"图片出炉，这是全球众多科学家经几百年不懈研究的成果，更是近十余年经 200 多位天文学家集体协作的成果。可是图片一发布，旋即被一场比"黑洞"还爆炸的事件淹没了。六夫恍然大悟，知道了网上找不到图片的真正原因，从黑洞想到了百慕大，又从百慕大看到了视觉劫，科学是发展了，人心呢？

以下是这三天搜到的有关消息，可知黑洞，百慕大，视觉劫之间的微妙联系与区别。

黑洞是现代广义相对论中，宇宙空间内存在的一种天体。黑洞的引力很大，使得视界内的逃逸速度大于光速。"黑洞是时空曲率大到光都无法从其事件视界逃脱的天体"。

"黑洞"一词在 1968 年才由美国天体物理学家约翰·惠勒提出来，但早在 1783 年，英国地理学家约翰·米歇尔便已经意识到：一个致密天体的密度可以大到连光都无法逃逸。这也是普通人在今天对于黑洞的最基本认识：吸入所有一切，连光都逃不出来。

这个名字的第一个字"黑"，表明它不会向外界发射或反射任何光线，也不会发射或反射其他形式的电磁波——无论是波长最长的无线电波还是波长最短的 γ 射线。因此，人们无法看见它，它绝对是"黑"的。第二个字"洞"，说的是任何东西只要一进入它的边界，就休想再溜出去了，它就像一个真正的"无底洞"。

关于黑洞的更准确的说法是："黑洞是广义相对论预言的一种特殊天体。它的基本特征是有一个封闭的边界，称为黑洞的'视界'；外界的物质和辐射可以进入视界，视界内的东西却不能逃逸到外面去。"正因为黑洞如此"只进不出、贪得无厌"，所以，才有了一个不雅的外号："太空中最自私的怪物"。

百慕大三角地处北美佛罗里达半岛东南部，具体是指由百慕大群岛、美国的迈阿密和波多黎各的圣胡安三点连线形成的一个东大西洋三角地带，每边长约 2000 千米。由于这片海域常发生人们用现有的科学技术手段，或按照正常的思维逻辑及推理方式难以解释的超常现象，因而到了近现代时，它已成为那些神秘的、不可理解的各种失踪事件的代名词。

人类历史上第一个涉险经历百慕大三角的人物，是世界上著名的航海家哥伦布。公元 1502 年，哥伦布率领的远洋船队第四次远航美洲。船队在靠近百慕大时，海面上突然刮起狂风，船只好像航行在峡谷之间，几乎看不见天日。有丰富航海经验的哥伦布急令船队掉转航向，向佛罗里达海岸靠去，以避开这股凶猛的暴风。令哥伦布感到惊奇的是，此时船上所有的导航仪器全部失灵，舵手和水手们晕头转向，无法辨清方向。还算他们运气好，最终船队歪歪扭扭地从波峰浪谷间摆脱了危险。事后检查，船上的磁罗盘的指针方向已从正北方往西北偏离了 36°。

关于船只和海员在百慕大三角连人带船神秘失踪的事件，最早的记载是在 1840 年。当时，一艘由法国起航的船只"罗莎里"号，运载大批香水和葡萄酒，行驶到古巴附近失去联络。数星期后，海军在百慕大三角海域内发现了"罗莎里"号，船只没有任何的损坏痕迹，船上空无一人，所有船员如同人间蒸发了一样。但是货舱里的货物均完整无缺，而且水果仍很新鲜。可是，为什么船上的水手都失踪了，没有人能够解答，船上唯一幸存的生物就是一只饿得半死的金丝雀。到底船上发生了什么，没有人知道。从此之后，类似的失踪事件在百慕大三角频频发生。

1916 年，德国天文学家卡尔·史瓦西通过计算得到了爱因斯坦引力场方程的一个解，这个解表明，如果将大量物质集中于空间一点，其周围会产生奇异的现象，即在质点周围存在一个界面——"视界"，一旦进入这个界面，即使光也无法逃脱。这种"不可思议的天体"被美国物理学家约翰·阿奇博尔德·惠勒命名为"黑洞"。黑洞无法直接观测，但可以借由间接方式得知其存在与质量，并且观测到它对其他事物的影响。借由物体被吸入之前的因高热而放出 xx 射线和 γ 射线的"边缘讯息"，可以获取黑洞存在的讯息。黑洞的存在也可借由间接观测恒星或星际云气团绕行轨迹推测出，并取得其位置以及质量。

2019 年 4 月 10 日 21 时，由美国华盛顿、中国上海和台北、智利圣地亚哥、比利时布鲁塞尔、丹麦灵比和日本东京同时召开新闻发布会，以英语、汉语、西班牙语、丹麦语和日语发布"事件视界望远镜"的第一项重大成果。

北京时间 4 月 10 日晚，人类发布史上首张黑洞照片。4 月 11 日上午，知名互联网自媒体"互联网的那些事"在微博曝光，国内知名图片网站视觉中国称自己获得了该图片的版权，如果有机构或个人想将其付之于商业用途，需要与该网站取得联系。但很快中科院院士武向平接受媒体采访时表示，该照片一旦发布，全世界都可以自由使用，只需要注明来源就可以了。4 月 12 日上午，欧洲南方天文台（ESO）明确表示，此前视觉中国有关黑洞照片的版权主张不合法，ESO 从未、也不能将他们的图片版权转让给任何其他个人或组织，且视觉中国从未就黑洞图片联系过 ESO。

当然，这只是开始，事情后续的发展远远超出了人们的预料。

有网友发现，在视觉中国网站上，国徽、国旗、党旗等图片都被视觉中国声明了版权所有，同时南孚电池、海尔、凤凰网、苏宁等企业也惊讶地发现自己公司的 LOGO 也被视觉中国声明了版权所有，一瞬间仿佛全世界都是视觉中国的。

随着事件的不断发酵，相关关键词一度登顶热搜，视觉中国的回应也从开始的狡辩变成了道歉。同时，也逐渐暴露了目前图片版权市场的乱象。

据公开资料显示，视觉中国是一家以"视觉内容"为核心的互联网科技文创公司。但是据网友反馈，近些年视觉中国正在成为一家以版权进行"钓鱼盈利"的公司。其开发了一套系统，可以检索网络上所有使用它版权图片的网站和机构。同时，它在建设自有版权库的过程中，故意逃避自身的责任，甚至故意设置版权的坑，引诱用户使用，然后定期检索，以侵权名义提出大量、大额诉讼，适时收割。这不是光明磊落的做法，这种盈利模式有钓鱼式盈利模式的嫌疑。

但是正如前文所说，视觉中国图片库中的图片，版权真的全都是视觉中国的吗？当然不全是，在视觉中国曾经的逻辑中，即使是用户上传的图片，只要打了视觉中国的水印，那么版权就被声明为视觉中国所有。这一套逻辑，使视觉中国在版权市场上对使用这些图片的大中小企业、自媒体大肆起诉，无往不利。据统计，2009 年至今，视觉中国主体公司视觉（中国）文化发展股份有限公司及其关联公司以"侵犯著作权""名誉权纠纷""侵犯作品复制权纠纷""侵害作品信息网络传播权纠纷"等为由发起诉讼案件高达 12000 多件，四大银行、移动、电信、腾讯、新浪等均名列其中。

4 月 11 日夜，天津网信办连夜约谈视觉中国负责人，并责令其关站整改，目前其官网已无法打开，并且没有确切的恢复时间。受此影响，今日股市开盘后视觉中国迅速跌停，市值蒸发近 20 亿元。

4 月 12 日上午，中国三大图片供应商的另外两家：全景网络、东方 IC 也关闭官网，截至发稿，东方 IC 已能打开。

针对版权乱象问题，国家版权局官方微信发布文章，要求各图片公司健全版权管理机制，规范版权运营，并将把图片版权保护纳入"剑网 2019"专项行动。

人民日报也发文称，避免版权保护陷入"黑洞"，与提倡版权付费一样重要。这真是：

天悬黑洞现凶饕，掠得芒光无处逃。

射电八方拼慧眼，剥权一版有神刀。

风吹蓼草河滩发，火炽星球夜梦熬。

若不扫除云上翳，何来视觉品如膏？

2019 年 4 月 13 日

也说"按闹分配"

最近西安一王姓女子在网上哭诉，自己花 66 万元买了辆进口奔驰轿车，车还没有开出 4S 店的大门，就发现发动机漏油。她要求退货或调换车辆，却遭到店方百般冷漠和推诿。女车主一直理性与店方交涉，可拖了半个多月，店方迟迟不予答复。万般无奈之下，女车主坐上奔驰轿车引擎盖，痛诉店方逼迫她，从一个体面的知识女性变成一个骂街的泼妇。

视频一传开，马上引爆社会舆论，网民排山倒海谴责店家的不良，吐槽监管的不力，声援女车主的合理诉求。在汹汹民意面前，媒体介入了，监管出手了，店方总经理才姗姗来迟，出面向女车主道歉。女车主不接受道歉，进而要求公开解答车辆的售前检验记录，以及收取 1.5 万多元金融服务费的依据等 8 个方面的问题。

迫于压力，4 月 16 日，店方以为女车主更换新车、返还金融服务费、补偿交通费等条件与女车主达成和解协议。在整个事件中，女车主自喻做了回"泼妇"，是被社会"按闹分配"逼的。网友们则纷纷点赞女车主在维权中"条理清晰""答辩如流""进退有据"，不愧为高学历的知识女性。调侃"若不读书，连吵架也不会赢"。

中国人以"相信政府"和"遇事讲道理"著称，可在现实中，往往有理无处诉，有法走不通的情况大量存在。随着社会飞速发展，一方面利益格局越来越分化，贫富差距越来越拉大，道德滑坡越来越严重；另一方面管理事项越来越繁杂，系统越来越庞大，层级越来越交织。我们几十年来所建立的政策体系、法律体系、工作体系、服务体系，似乎都遭受极大的挑战，面临运转失灵的困惑。

以法律体系为例，本来以为建立"有法可依，有法必依，执法必严，违法必究""法律面前人人平等"的法治秩序是我国社会治理的根本所在。可实践证明没那么简单，法律只能是道德的最低底线，而当道德崩塌之时，法律变得软弱无力，甚至反而进一步伤害社会。

管理当然是不可或缺的，中国人一直崇拜清官，但如果清官无生存的土壤，恐怕也令人失望。当前，政府提倡"一站式"办理，可如果不废除一整套浩如烟海的繁文缛节，"一站式"也只能是个大画饼。六夫曾经代缺少表达能力的弱势群体向有关部门反映他们的一些合理诉求，得到的回答竟是"要他们本人自己来反映"。管理退化到如此地步让人无语，难怪有那么多的人投诉无门。

"按闹分配"这词不知是谁发明的，听了感到很悲哀，希望重拾"相信政府"和"遇事讲道理"的信心。细细思量，"闹"往往是由强势一方逼出来的，要想天下太平，强势者应负更多的责任，譬如官员要更体恤百姓，商家要更守信用，老板要更关爱员工，执法要更公平正义。

当今社会，"建立人类命运共同体"的理念应该成为所有人的共识，不管你是官员还是平民，富豪还是乞丐，老板还是员工，商家还是顾客，谁都别想逃离"循环报应"的规律。据说这次奔驰车维权事件一出，中国汽车板块股票市值两天蒸发166亿元；去年奔驰车销量 60 万台，有 30 万台提交金融贷款服务，每台违规收费 1. 5 万元，合计 45 亿元未上税，需补交税款 10 亿元，可以扶持 1 万个贫困家庭。

幸福是靠奋斗出来的，世上从来就没有什么救世主，也不靠神仙皇帝，中华民族的祖先一直教育我们，前面有山，要学会"愚公移山"；前面有海，要学会"精卫填海"；洪水来了，要学会"大禹治水"；火种断了，要学会"钻木取火"。对敢逆历史潮流而动的一切污泥浊水，只有像先辈们那样，敢于抗争，善于胜利，才能到达理想的彼岸。

2019 年 4 月 18 日

巴黎圣母院的大火

巴黎圣母院大火过去五天，网上沸沸扬扬后消停下来，很快被其他话题淹没了。可是六夫总觉得像失落点什么，伸手捉摸，虚无缥缈，茫然转身，又如影随形。

尽管每种文物的毁灭都令人痛惜，可不挨到自身，感受毕竟不一样。就像人家死了亲爹娘，儿女会捶胸顿足，如果别人也如此模样，大概会被认为很假，误以为疯了或有什么企图。如果有人触景生情，或落几滴眼泪，或发些许感慨，甭管情真情假亦属自然，无须锱铢必较，拨弄是非，甚至以卫道士的面目出现，叱斥人家为"伪君子"。

可是有些人偏偏愿做这样的"卫道士"，当有网友提及英法联军焚烧圆明园的往事时，便有国人跳出来指责这是"狭隘的民族主义"，大言不惭地宣称"巴黎圣母院是世界瑰宝"，"是全人类的共同遗产"。

呵呵！当今世上真有胸襟如此开阔的"国际主义者"，把人家的父母当做自己的父母，把人家的儿子当做自己的儿子，这真令长眠在九泉之下两千多年的孔老夫子眼笑眉开，他笔下的大同世界已然实现，不必再耿耿于怀。

可是转眼一看，这些"国际主义者"的嘴脸好像并不"国际"，当美军大兵伙同新闻记者抢劫伊拉克博物馆，破坏世上最古老的巴比伦文明时他们没有吭声；当强盗在中东肆无忌惮到处杀人放火，把伊拉克、利比亚、叙利亚等国的一个个城市变为废墟时，这些貌似"国际主义"的更是欣喜若狂，鼓掌喝彩，居然把强盗的胜利当作自己的胜利，把强盗的快乐当作自己的快乐。

原来屁股决定脑袋，这些人要么无知，要么被洗脑，要么就是一伙长着黄皮肤黑眼睛的内贼。我更认为是后者，他们在国内愚蠢而紧密地配合域外主子节奏，认为从圆明园抢去的宝物放在巴黎圣母院是世界遗产，从全球掠来的奇珍异宝放在富豪口袋是世界财富。他们理所当然地认为抢到手就是天然拥有者，雨果嚷嚷应该把抢来的宝物归还中国，真是可笑至极，这胸襟也太狭窄了。现在被一场莫名其妙的大火烧了，还要求大家跟着他们一起如丧考妣、捶胸顿足才对，不能提及当年抢劫时的不义，更不能以轮回报应加以揶揄。

"上家打媳妇，下家谨坟头"，前车之覆，后车不可不鉴，真正的国人都明白，巴黎圣母院的一把大火，不仅给保护文物安全敲响了警钟，而且其燃起的熊熊烈火更是穿越百年前的时空，万里远的油疆，不由自主地使人联想到那个金碧辉煌的圆明园，以及富得流油的阿拉伯世界。清醒头脑，扎紧篱笆，谨防强盗和走狗再次扰乱我们平静的生活才是王道，一切跪舔豺狼屁股皆为枉然。

巴黎是第一个诞生无产阶级政权的地方，也是《国际歌》诞生的地方，有着真正国际主义的光荣革命传统。要说对世界文明的贡献，这才是最伟大，无与伦比的贡献，其精神财富和文明成就，不是十字架上的几颗生锈的铁钉可以比拟的！

2019 年 4 月 20 日

凉兄与热弟

凉兄霸占舞台已一个多月，在即将让位于热弟时，二人发生了一场烈度 8 级争吵。

争吵的起因是，凉兄向热弟交班时说了一句颇为得意的话："人们都在夸奖这个梅雨季节很凉快。"热弟却不以为然，反唇相讥道："你快把人变成鱼鳖了，是否要把丧事当喜事？"

凉兄一听，脸上顿起愠色，反击道："有哪一年哪一夏，不是你把田农逼得像滚汤泡猪毛似的？要不是我借些风与你，让田农在树荫下清凉片刻，或在弄堂头停歇一阵，那田农早恨不得把你剥皮抽筋了。"

热弟听了哈哈大笑道："你怎么还翻老皇历？时代早已从麦秆扇到电风扇，又从电风扇到空调扇，都换几代了，田农还稀罕你那一鳞半爪的屁风？"

兄弟俩你辩我驳，唇枪舌剑，谁也说服不了谁，只能不欢而散。

凉兄偷偷跑到居民住宅区，发现有房子被洪水冲走了，志愿者正在清理街道，电力工人正在抢修电力线路。室内传来婴儿的啼哭声，学童缠着母亲一个劲喊热！热！热！状况惨不忍睹。而另一幢豪华的别墅里，自备的发电机"隆隆"响着，几匹大空调送出强大的冷气。突然发电机故障，主人开出宝马车，带着一大家子到深山老林避暑去了。

热弟大步走向田头，金灿灿的稻谷正在收割，火辣辣的太阳烤得田农挥汗如雨。这时一片乌云飞来，阴影掠过身上，田农感到无比凉爽，手中挥舞的镰刀明显快了许多。晒谷场上的农妇看到乌云飞来，刚刚还喜洋洋的脸立马阴沉下来，嘀咕一句："挨千刀的，又要下雨了。"

凉兄和热弟重新碰到一起的时候，两人羞愧不已。

2020 年 7 月 13 日

买　肉

伊欲往菜场买肉，君欲往街上沽酒，一路同行。至交叉路口，忽见一小肉店顾客盈门。伊入内，君待旁观之。

伊问："夹心肉何价？"答曰："一斤二十七元半。""来三斤。"那操刀的女店主朝伊看了看，转而道："要好的也有。"便热心地介绍起另一爿肉来。伊问："何价？"答："三十元一斤"。平时喜欢衡量性价比的伊爽快地确定下来，并还增买一斤。

君正疑惑伊的反常举动，不料伊对那女店主道："我姐都是从你这店买的，我也信你。"那女店主莞尔一笑，汗津津的脸蛋上嵌着一双漂亮的单皮眼，玲珑小巧的身材透着一股精明灵气，让人怎也无法把绣花纤手与鼓刀屠者画上等号。

来店买肉的人络绎不绝，大约十平方米的小店挤得满满当当。可那操刀的女店主麻利得令人惊讶，挑、割、剁、称诸作业行云流水般一气呵成，无须顾客等候。还有面目慈祥的两位翁妪，始终乐呵呵地打着下手，一个帮顾客把肉绞成泥末，一个在旁招呼客人兼收银。

片刻，从菜场方向驶来一辆电动车，骑车的老汉粗发稀疏，面带佛相，身材魁梧。车到店门戛然止住，用脚挂地，当街对着店内高喊："夹心肉来两斤。"女店主应道："夹心肉售罄。"老汉道："我看还有两条，莫非欺我老汉不成?"女店主又莞尔一笑，忙不迭地捡出过秤，报价"五十一元"。老汉讨价还价"五十元"。店家老翁笑吟吟道："那我今天又亏大啰。"女店主则一边伸出五指，一边大声嚷道："只能让利五角。"

老汉从兜里掏出百元，店家老翁接手后找还五十元。一切交易都在"润物细无声"中完成，让旁观君在这个梅伏交替、有点烦躁的季节里仿佛沐浴了一股春风。

2020 年 7 月 14 日

小事大事

六夫退休已经三年了，可是还有不少人向他诉说自己遭遇的不幸。

北街的亲戚来诉说老屋八年前倒塌了，一家三口住到相隔数里的丈人家，如今儿子过廿奔卅，批基报告打了十几份，赶镇里市里上百遍，可永远石沉大海。

东镇的邻居诉说他的屋基批下来六年了，可永远得不到落实，眼看原材料、人工费一个劲往上涨，夫妻做农业加打工收入有限，儿子也到婚嫁年龄，老两口都已六十岁，头发都愁白了。

还有南山的一个老农民，因六夫帮其讨回过一次公道，也反复过来向他诉说着一个旅游小项目被卡七年的委屈，就好像六夫是一根救命稻草似的。

对这些诉苦六夫哭笑不得，他早已抱着万分酸楚的心情为他们说了多次情，几乎是换一任领导说一次。可是六夫内心十分明白，自己算哪根葱，光说一下情能改变现实吗？

面对他们，六夫知道自己无力改变他们的命运，但也不能在他们的伤口上撒盐，只能用宽慰的语言劝他们要放宽心情，相信党和政府是会逐步解决他们的问题的。

六夫抱着不再参与政事的心态，一头扎进虚拟世界写写诗玩玩博，可是昨天的一件事让六夫的心凄凄惨惨滴了一天的血，想不到回归现实生活已经寸步难行了。

原来，昨天六夫和老伴起了个早，驱车一小时赶到 W 县出租一间不足 30 平方米的单身公寓。想不到经过半个月拉锯式交涉的电表虽然给安装上了，但两个通电线头还是不给接上。电话询问管片电工，管片电工回答说："你自己找人接上。"

六夫终于忍无可忍说："你这样刁难我一个外地人，我只能去投诉了。"管片电工不屑地回答说："有本事你去投诉吧！"

六夫的这不足 30 平方米的单身公寓是 6 年前抵债得来的，2013年过的户，本打算升值后转让，挽回一部分经济损失。可眼下"去库存"，房价大跌，希望落了空，六夫与老伴都急了，商量着拿来出租。于是两人从 4 月份开始，前去打扫卫生，置办家具，联系广告。

等到 4 月 11 日，有人来看房，发现该房没有通电，客人走了。

六夫急忙询问门口的老大爷，门口老大爷给了六夫一个管片电工的联系号码。六夫按号码打过去，管片电工就过来了。六夫非常感动，赶忙递烟赔笑，心想经过群众路线教育，行风转变了。

不料管片电工在六夫那幢房的三个电表箱中查了一会儿说是找不到线头，又去看电费公布表，发现 180 多个用户名单中也找不出六夫这个房号的电表号，就对六夫说："我是今年刚来管这个片的，我也查不出线头，你要去找原来的房产公司。"

六夫恳求说："这个房产公司是外地人经营的，早已倒闭，小区又没有物业，你们是专业，有问题还得求你们当地帮助解决。"

管片电工说："我没时间，要么我帮你找个电工，费用你自己出。"

六夫听了心中犯疑，电表线头就在这幢房的三个电表箱中，找线头应是电工的基本技能，作为专职管片电工，为什么拐着弯要找别人呢？就忐忑地回答说："你只要帮我找到线头，按照收费规定，应出费用我都会支付的。"

管片电工大概觉得六夫那句"按照收费规定会支付"不够大方，就改口说："那我解决不了，你自己解决吧。"

在六夫的概念中，电力管理关系人民生命财产安全，电力部门管理严格，是很严肃不能胡来的事，电工解决不了应该找供电所，六夫就要求他提供当地供电所的电话号码。

六夫当即打电话到供电所，反映管片电工因是新来的，找不到通向他房间的线头，要求帮助查找线头。

供电所答非所问，要求六夫提供房主姓名、表号。六夫报了房主姓名和房号。供电所回复说："这房子没有立表，办理申请立表手续后可以通电。"

六夫对"立表通电"的理解当然包括找到线头。

4 月 13 日，六夫带着房产证户主——老伴来到供电所，再次说到管片电工找不到线头一事。供电所让他们办理了立表手续，答复这两天给安装。

两人千恩万谢离开供电所。可是，不一会儿管片电工来电，说已接到供电所立表通知，但装表前必须由六夫自己告知线头位置，否则无法立表。

六夫一下懵了，连忙再次致电供电所，供电所这次回复说："电表以下是私人产权，不是供电所服务范围。"

反映问题居然又回到原点，找线头仍然悬而未决。对供电所强词夺理式回复，六夫心里虽然不快，但为了息事宁人还是接受了。

4月18日，六夫带上本地的电工朋友来到W县，不费吹灰之力就找到了电线头。

六夫马上打电话给管片电工，告知线头位置。管片电工说："我会把这事报告班组长，安排给你安装，但不可能确定安装时间。"显然供电所答复"这两天给安装"的承诺被电工任性了。

4月20日，六夫在老年大学上课，管片电工打来电话说："今天给你装电表了，你自己过来。"

六夫回答说："我过去路远不方便，线头我已找好了，在中间那只仅留一只电表空位和两根线头的电表箱里，没有任何选择余地，已经反复检测，准确无误。如果你要开灯检验，门口老大爷处有房门钥匙，拜托您了。"

至此，六夫还深信行业职工有基本的职业操守。

4月24日周末，有人来看房。六夫和老伴又驱车一小时过去洽谈。打开房门按电灯，照旧静悄悄没发一丝光亮。

六夫控制着愤怒的心情，电话中柔声细语地向管片电工询问原因，他竟然回答说："电表已装好，线头你自己找人接上。"

六夫怒不可遏地责问他："既然你不给我接线，为什么叫我自己找线头告诉你呢？线头找到了，你又不给接上电表，这不是故意刁难吗？你究竟要干什么？"

他理屈词穷说："我明天再给你接线。你明天再过来。"

"够了，为了你们的一点可怜垄断，反复地玩弄我们用户，算是看透了你们伪善的行业规矩，几十年来'电老虎'的本质一点没变。"

六夫和老伴横下心来做一回上访户，准备逐级反映。

两人先来到与房子相距一公里处的供电所，因为是周末，只能向值班员投诉。

值班员也不让座，也不做记录。那个曾向六夫灌输"电表以下是私人产权，不是供电所服务范围"的年轻人插了进来，仍是滔滔不绝向六夫讲解他们的行业规矩。

六夫气愤地反驳他：

"产权和服务是两码事。牵涉到房产私人空间的不只是你供电一个部门，为什么供水部门能够找到我房号的对应表号？为什么电视电信部门一个电话就能上门服务？你反复辩解'电表以下是私人产权，不是供电服务范围'，这破规矩为什么在我向你们投诉要求解决找线头问题时不向我告知，而只要求我来立户？为什么叫我自己找线头时，不同时告知我，把线头接到电表上同样不是你们的职责？你们耍猴子似的要我一次次两县城之间跑觉得开心好玩吗？况且房产建成时，电表箱在楼梯口，那时该房子的灯是亮的。现在电表箱移到了户外，难道移动庞杂的线路时，你供电部门会放弃嘴边的肥肉不参与吗？弄丢线头难道真的没有你们的责任吗？你们在查接电表线头这本应属于同一环节轻而易举的小事上左挡右推，足见你们这行业有多霸道。我可以跑回本地再带上电工来接线头，但你们这样做是否站得住脚我会展开调查，同时我也会逐级反映，如何处置，你们看着办好了。"

不知是出于何种原因，值班员开始反复催促六夫前面带路，同意为六夫去接线头。本着解决问题的精神六夫适可而止。

到了电表柜前不消半分钟，闹心了半个月的电线头在尴尬的氛围中接上电表。

晚上，六夫一夜无眠，不知是自己老了，还是世道变了。总觉得现在有些现象真是太奇怪了。

2016 年 4 月 25 日

上坡下坡

　　每天清晨，从山后卢出发，六夫偕老伴到园周村长城脚下去散步。走到青条石铺就的鸟坑山道中段转弯处，总要问一问老伴："往上走？还是往下走？"老伴见问，知道六夫问的是向山上走，还是向山下走。寻思向山上走到青石宕，约一公里路，有点坡度，会脚酸出汗；向山下走到园周村，也约一公里路，一马平川，轻松自如。就回答六夫说："往山上走挺累的，还是往山下走吧！"

　　民间有一句俗语形容爬山，叫做"上山乌龟爬毛竹，下山葫芦抖粟"，说的是上山艰难吃力，下山容易省力。但这要看什么情况，有过砍柴挑担经历的人都有体会，在肩挑脚量年代，爬高山过大岭是家常便饭，当挑着一担柴，或一担盐，"嗨哟，嗨哟"上坡时，四肢用力，脚筋挤直，汗如雨下，喘气如雷是真实写照。而一旦爬上岭头转向下坡，则要轻松得多，有如释重负，东风借力马蹄疾的感觉。

　　可是，这种感觉只适用于坡度较缓的山岭，而像南方这种山，莽莽苍苍，大起大落，山路曲折，坡度陡峭，其实下山的难度有时比上山还大，其中"踏空"是最大风险。人行走在崇山峻岭，上坡是面山而行，脚踏实地，用的是实力；而下坡背山而行，面临虚空，恐高、脚抖等不确定因素增加，不仅需要实力，还需要巧力、定力。在六夫的经历中，但凡在山道上出事的，往往是下坡途中，要么恐高不敢迈步，要么失重崴了双脚，要么踏空跌下山崖。

有人说"下坡容易上坡难"，大概指的是人要进步需很努力，若不努力就会很快退步；也有人说"上坡容易下坡难"，大概指的是人际交往中"好上马难落马"的意思。这两者应是上下坡本义的延伸，而就上下坡本身来说，不管上坡下坡，都有利弊长短，都是一个事物的两面，都是不可或缺的过程。在没有电气管道，没有公路铁路等现代化设施的时代，不管担柴担盐，都要跨越几十里几百里，穿越千山万水，经过千辛万苦，靠肩挑脚量，翻山越岭，栉风沐雨，日夜兼程，方能解决千家万户的烧柴问题，食盐问题。樵夫担夫面对巍巍崇岭，只能靠芒鞋木拄，酥肩肉脚征服一道道山梁。对他们来说，最高的山，最长的岭，也像红军长征那样，"五岭逶迤腾细浪，乌蒙磅礴走泥丸"，这就是长期艰苦生活练就的本领。

现代人对上坡下坡的概念已然模糊，交通工具的发达剥夺了年轻人的体验权利。樵夫担夫消失了，皮翼岭、石子岭、塔石岭、岘峰岭等古盐道成了野草丛生的洪荒古道；杨雪坑、坛瓶坑、白云坑、岗谷岭坑等老林区成了遮天蔽日的原始森林；公路修上绝尘山，上方岩早就可坐索道了；城市已经电梯化，连老旧楼房都可安装了；发展旅游的目标是经济，是愉悦，提供方便安全的服务成为业界最神圣职责，即使到黄山、华山、张家界、桂林诸名山大川旅游也无需劳步了。人们假惺惺要健身，天天泡到健身房，看似骨骼健硕，但提不起、扛不动几十斤重的物品；孩子个个养得虎头虎脑，膘肥体壮，可走不上三里地便气喘吁吁，魁梧将军肚，银样镴枪头成为特殊风景线；时尚休闲潮一浪高过一浪，可传统的动动腿、爬爬山让渡给了聊天、打牌和品味农家菜；少年、青年、老年鸟不粘笼，唯一感兴趣的话题是不输起跑线，认为吃得好、穿得好、连轴转、得高分就是爱孩子，可是宜昌一中学发现，本该人人能拉伸能翻杠的基础项目已全军覆没。

短视成为判断上下坡的最大障碍。若从永康江一直往西，虽水往低流但可到达昆仑；若从石柱一直往东，虽节节爬高却濒临深海。世间事物，就像一个铜板的两面，一部车子的两轮，既具有辩证性，也具有驱动性。古人有云，祸兮福所倚，福兮祸所伏；失之东隅，收之桑榆；塞翁失马，焉知非福；因祸得福，乐极生悲；物极必反，否极泰来；天将降大任于斯人也，必先苦其心智，劳其筋骨，饿其体肤，空乏其身……上坡下坡就是大自然给人设计的巧妙机关，就像地面有摩擦力，车轮才能前进；道路有弯曲，有利提醒行车谨慎；狂风暴雨可以荡涤污垢，竞争对手是教场陪练，这些基本常识在现代人眼中，高深莫测，不可理喻。

两千多年前老子提出"道法自然""无为而治"，仅从社会治理方面去理解看来是不够的，从当今社会发展形态看，同样适用于人类的生活方式。当"科学"成为人类共识后，冒"科学"名义的忽悠越来越多，一味创新科技，满脑赚钱生意，导致从物质到精神，从意识到体格，无不埋伏隐患。人类社会出现原子化、浅表化衰退，感觉这世界除了物欲以外一无所有，金钱唯上、享乐主义严重荼毒人的灵魂，是需要改变了。

在生活方式上提倡"道法自然"，不能仅限于到乡间兜兜风、转转圈、洗洗脚、尝尝菜，而是要真正学习老农民的生活方式，日出而作，日落而息，亲力亲为，自耕自食。这种生活看似清苦、辛苦，实则是千万年积淀而成的生态、科学、健康的生活方式，也不失为当今工业化浪潮冲击下，人们为躲避各种污染而采取自保的方式之一。

前些天，与女儿的同学蕾一起就餐，得知她去年勇敢地生了二孩。谈及单位工作压力大，养小孩真很辛苦的话题，六夫发表议论说，人的一生中，感到辛苦往往是人生的上坡期，感到幸福往往是人生的下坡期。女儿和蕾听了深以为然。

记于 2021 年 1 月 16 日

小鸟入住油烟管

昨天，六夫被老伴狠狠抽了一"巴掌"，结婚43年来从未这么惨过。

2018年7月，六夫离开山后卢4年后又回来避暑，从此长住下来。翌年，老伴跟六夫说，油烟机排气不通畅，想请师傅洗一洗。六夫说，你自己主张便是。老伴为了省钱，自己动手对油烟机拆洗一番了事。

过不久，老伴又说排烟不通畅，炊事时要关上厨房门，打开厨房窗，以便油烟外散。从此，无论春夏秋冬，风霜雨雪，南风北风，都照此办理。

有一天老伴忽说，油烟机里有小鸟"喳喳"的叫声。六夫说"不可能，定是你听错了。"隔一段时间老伴又说，确实听到油烟机里有鸟叫声。六夫赶紧到厨房仔细听，却什么也没有。如此反复多次，六夫一边埋怨老伴发耳朵疯，一边却去观察了好多遍。

油烟机里肯定藏不进小鸟，只有排烟管里或许有这种可能。六夫爬上楼梯，打开橱门，透过排风管，发现排风洞是透明敞亮的，证明洞内没有堵塞物。六夫又跑下楼，仰头观望安装在三楼的排风口外有否稻草之类悬挂，想以此判断鸟类是否有出入，发现也没有。至于排风管内乌黑一片，六夫天然认为那是油污，鸟很爱惜羽毛，绝不敢钻进油分的管道里，否则它怎么飞？

老伴唠叨归唠叨，六夫气闲神定，一直坚持自己的调查和判断结果：排烟管里无啼鸟！

昨天六夫牙痛上火，勉强咽下早餐，刚准备上楼，老伴又对六夫喊："来听听，鸟又在油烟机里叫了。"六夫走过去仍旧听不到任何声音，不耐烦地向老伴嚷道："请有一点常识好不好，鸟敢钻进油烟管里吗？你这样神经分分，不相信我的调查结果，我去搬来梯子让你自己上去看看吧。"

六夫搬来梯子，指着透着亮光的洞口说："你看看，洞口不是透亮透亮的吗？哪来鸟啊？鸟敢住在油污里吗？"

老伴不信，叫六夫下来，她自己爬上楼梯，拨弄了一下油烟机与排烟管接口处，不料排烟管从油烟机脱落开来，露出的草碎末"哗啦啦"掉了下来。

六夫霎时惊得目瞪口呆，脸上火辣辣地觉得好像被撑掴了脸。六夫赶忙叫老伴下来，自己上去拉动排烟管，欲取出里面的堵塞物。可是堵塞物越取越多，六夫叫老伴拿来一只大号塑料袋在下面接着仍不济于事。六夫干脆端出整个排烟管拿到卫生间清理，足足清出 1 公斤的鸟窝杂物。其中以松毛为主，伴有少量羽毛和纸屑。本以为应有鸟蛋鸟崽，但翻遍一大袋杂物，连蛋壳片也没一枚，真不知这是什么鸟。

这鸟在六夫家烟囱里，且是现代的排油烟管里做窝，打破了六夫"油烟管里不敢住鸟"的思维定势。六夫寻找这鸟为什么会反其道而行之的理由，原来油烟机输出口有两片闭合页，启动时闭合页张开，关机后闭合页收拢。六夫因有 4 年不在此间住，前期用得少，也没积多少污渍，鸟趁机鸠占鹊巢了他的排烟管。此鸟智商又高过六夫，它干脆筑巢抵达闭合页，利用排烟管下端油污的遮蔽，留着上端透明光亮，而瞒过六夫的眼睛，且巧妙地隐藏它的爱巢数年之久。六夫不知它在此生育过没有？若生育过儿女，又究竟有多少？房前屋后，小鸟一天到晚"叽叽喳喳"叫个不停，不知哪些是他的房客？

可是六夫郑重寄语这些房客说："山后卢山高林密，洞穴遍布，你们做窝实在找错了地方。若因油污、排风不当造成意外伤害，对你对我都不好，万一碰上哪个讼师挑弄引发争执，对双方都没好处。你们要做窝可以到房檐下，但在排油烟管处真的不可以！"

为了双方安全起见，六夫和老伴花了整整半天时间来解决这个问题。老伴提出用铁丝网网住洞口，但因没那么高的梯子，没法子去安装。六夫从老伴的提议中得到启发，量了洞口直径是 17 厘米，找到相应尺寸的一个塑料桶，锯下后，在桶底打出 28 个孔眼，然后粘连在排风管口，再安装进墙洞。这样就既保证了不影响排烟，又拒绝了鸟类进来做窝。

通过昨天这事，六夫在"没有调查就没有发言权"这至理名言中又加深了一层理解，实践—认识，再实践—再认识，以至往返无穷，才是接近真理、认识真理的不二法门。

记于 2021 年 4 月 3 日

六夫随笔录

碧海犁花

第三卷 ▽

读张泽宏《行担外传》

　　捧着张泽宏兄的新作《行担外传》，用两天时间一口气读完，第一感觉是"厚""重""精""妙"四个字。

　　"厚"指书本厚，底料厚。29万多字387页，出自行担亲历者之手，抖的都是真材实料，生猛海鲜；加上作者扎实的文学功底，其幽默的文字笔调，鲜活的人物形象，跌宕的故事情节，构成趣味横生，引人入胜的文学迷宫，使人欲罢不能。

　　六夫与泽宏兄是同时代的人，虽然年龄略差一二岁，出身天壤之别，可有着相似的经历和遭遇。那些失学游荡，捕鱼挎鳜，上山下溪如出一辙，只是六夫蜗居在与世隔绝的小山村，泽宏兄出生在县城。想当年，六夫每每从邻家窗下经过听行担者们回家时数钱的声音，以及到生产队劳动听出门人的奇闻逸事，都会在心头留下烙印。偶尔一次出门学艺，中途夭折，却给六夫对当年的行担盛景和坎坷窥得一斑。随着时代变迁，那些久违了的事物像放电影似地不断浮现于脑海之间，常有捉笔把弄的冲动，但碍于积累不济，功底不逮，惟余怅然而已。

　　泽宏兄的《行担外传》不期而至，他的很多精彩篇章和抖料，例如，写古城大话，市井调侃，江河搏浪，火车奇遇，山路夜行，作场斗法，神秘宝盒，半截铁墩，以及抖料出的刻芰剑的技法，治蛇伤的秘方，打铁器的技巧，鋬风箱的工艺，甚至扛赌的套路，行窃的门道，格斗的绝招，等等，无不像三维动画一样清晰展示，其中，用祖冲之圆周率"山巅一寺一壶酒"巧记法破解密码箱令人拍案叫绝，适逢其时地填补了六夫的知识空白，也找回他们这代人久违的记忆，此情不谓不厚。

"重"指分量重，意义重。一楔四篇一后传，四十多个章节，巧句星罗，趣闻棋布，铺设有致，手法奇出，高潮迭起，前后呼应，深得文体其要。

纵观全传，从楔子用宏大背景铺张，以油漆担，铜壶担，锅炉担，打铁担为主线，由点及面、由浅入深，用顺叙倒叙插叙轮番逐次展示当年包括打铜、修锁、补铜壶、补面盆、刻芰剑、磨剪刀、打铁、打镴、打金、打银、钉秤、修地磅、镶牙、染布、油漆、泥水、做木等各行各业。写人呼之欲出，描景绘声绘色，抒情百感交集，言志高屋建瓴，析理广征博引。时代特征的叙述牵动人心，行业秘籍的解密引动眼球，大量的典故和方言运用，也极大地增加了作品的耐读性和趣味性。

更为可贵的是，主人公周中翰的塑造非常成功。他与命运抗争，入浊流而自强自净，见义利而择善择德，当行担中遇到被蛇伤的儿童，他冒着被埋怨的风险施予救援；当碰到神秘宝盒，他冒着被埋汰的风险智破迷津；当遭遇豪强欺男霸女，他冒着被杀身的危险巧化恩怨。桩桩件件，峰回路转，不仅在险恶江湖中站稳脚跟，赢得尊重、赢得爱情，而且为某些被污名化了的"康宅罗"恢复正名，也为今日繁荣昌盛的永康经济铺垫了健康的注脚。至此，后传行担魂有了安心落肚的归处，也有了对未来更深更多的思考和展望，此义不谓不重。

"精"指技法精，艺术精。整个作品看似零散，实为严丝合缝，浑然一体，就像油漆担中描写的砂面，披灰，调漆，上漆，描画，贴金，道道工序，精雕细琢。又像锅炉担中所描写的锅炉老师备材料，白粘土要三堆，黑炭末要三筛，砸稻草要三细，塑模具要三无，烊铁水要三到，每个环节做到万无一失。这种严谨的工匠精神运用到文字中做到炉火纯青，通读全篇，酣畅淋漓，并无违和感。

张泽宏叙述的是一个宏大的历史年代，那个年代离现在已远去近半个世纪，50岁以下的人不曾经历，你不管怎么写都可能信以为真，但当年的人现大多数还健在，如果不贴近事实，难以唤起认同。张泽宏以丰富的生活积累，厚实的文学素养，睿智的思维头脑，用朴实无华、妙趣横生的笔调娓娓道来，不管是写世事沧桑中的喜怒哀乐，还是写天地风雨间的兴荣衰竭，抑或是写盲眼忠的绝活、发小的形态、大舅的本分、二舅的流俗、应金传的侠气、老宽哥的宽性、老甘的猥琐、无粮仓的刁钻，无不入木三分，活灵活现，生动反映社会特征、人间万象，此笔不谓不精。

"妙"指构思妙，意境妙。作为一个草根写手，首选不能脱离脚下这块生我养我的土地，不能欺宗忘祖。看眼下有些作品脱不了诉苦的窠臼，特别写那个年代的作品，多以打悲情牌博取眼球，缺了一种士子担当的情怀。《行担外传》巧妙地处理了历史与现实的关系，苦难与成功的关系，聪明与规则的关系，谋生与道义的关系，潮流与传统的关系，爱情与金钱的关系。在写家庭不幸，个人遭遇，社会不公，利益诱惑，世间倾轧，人性丑陋等敏感问题上理性解读，条分缕析，坚守底线，引人向善，没有单纯为写作而写作，为记忆而记忆，为娱乐而娱乐，充满了智慧和远识。

由于错综复杂的时代背景，为了集中力量办大事，那个年代确实存在农民生活困难，出门人耍奸使滑，时局刮红色风暴等情况。作品在这些问题上点到为止，而把大量笔墨用到描述底层人顽强拼搏，吃苦耐劳，机智勇敢，帮弱解困，不畏牺牲，伸张正义的大道天理上去，浓墨重彩地塑造以周中翰为代表的一大群手艺人的正面形象。即便写反面角色，也仅为衬托正派的永恒性与反派的可教育转化性。这种写法在主人公在华桥为解救依艳父亲出赌局，从而得罪郎强一家，遭到追杀，主人公以德报怨，反去抢救落水的郎强儿子，从而化解恩怨最为突出。无粮仓极尽无耻，但迎合社会浊流，呼风唤雨，坐拥财富江山，可仍免不了"魔藤鬼窠"的冲击，结局是携巨资移民美国，扔下儿媳满屁股欠账不管不顾。即便如此，周中翰还是顾全大局，让已接班的儿子伸出援手，帮对头的家族免遭破产。从中看出作者的用心何其良苦，一切的一切都是唤醒人们，人类本共处于一条船上，狂风暴雨中没有可逃脱的幸运者，只有同舟共济，方能走得更远，此喻不谓不妙。

当"滥觞"充斥社会时，伤痕文学横行，花边娱乐肆虐，眼泪使人迷失方向，金钱成为唯一目标。《行担外传》的问世使人眼睛一亮，它用大视野、深思考解读社会，解读人生，解读价值，解读苦难，解读因果，解读过去和未来，确是一部别开生面的好作品。

　　　　　　　　写于 2018 年 11 月 15 日，首发《影视永康》

《大陈岛誓言》观后

　　我已久不看电影，也不看电视剧，盖因这些年来人心浮躁，影视耗时长，作品也离我的口味有点远。"芯片"不同，难以兼容，为保一片净土，我画地为牢。

　　羽弈兄邀请我参加今年的第一场观影活动，可我因事缺席。兄又致电相邀对《大陈岛誓言》写点评论，我婉言相辞。兄微信再勉，我想他身为永康影视业界主管领导必有原因，问之，原来该片是永康宣传部加盟的本土电影，故我不能再推辞。再者这几年我虽不看影视，却常浏览网上高手郭松民老师的影评文章，其短小精干，言简意赅，鞭辟入里的风格真叫一个绝。虽然我的才学胆识不及郭老师，但若学到他的万分之一也是人生成就。

　　按羽弈兄的指点，打开百度看了《大陈岛誓言》影片，第一感觉这是一部恢复文化自信的好影片。影片从1949—1955年解放战争后期和一江山岛战役引入，场面恢宏，令人震撼，吸引眼球。然后转入始于1956年大陈岛开发建设的主题叙事，整个叙事跌宕起伏，引人入胜；衔接紧密，逻辑贯通；情节合理，令人可信，给观众有身临其境的亲切感受。片尾即以60年后的垦荒队员聚首在垦荒纪念碑下作结，让人回味无穷。贯穿整个影片的主题按照官宣的说法是时代在变，垦荒精神不会变。"垦荒精神"的建立、弘扬、传承是我们共同的记忆与努力。

那么大陈岛誓言誓的是什么言？垦荒精神究竟垦的是什么荒？从影片中我们看到了垦荒队员们长长的一段誓言，以及一片无比荒凉的土地。可是从故事情节的塑造并不这样直接而且简单，而是战火与和平相较量，建设与破坏相掺杂，死亡与生存相搏斗，坚守与退缩相抗争。其中，三次对拳，三个片段，三种情景的设计，至少体现了三层深意：一是为人民打天下谋幸福的初心不能忘记，二是对敌斗争的意志不能削弱，三是改造客观世界的同时要努力改造主观世界。

影片中有三次对拳意味深长。第一次是主人公向云同与战友方刚的对拳，这是在解放一江山岛的战场上，面对敌人的顽固抵抗，两位生死相依的战友为了人民的解放事业所表示的要顽强战斗的互励对拳。第二次是方刚中弹后，向云同扶着方刚，方刚表达要回家结婚的愿望，向云同即表示要吃方刚的喜糖，两人再次对拳，可是方刚已捏不紧拳头，手随着滑落，有种壮志未酬身先死的无奈。第三次是垦荒队员王宇明听说要出海，高兴地跳起来与向云同对了一拳，引起向云同对牺牲的战友深深缅怀，重修了烈士陵墓，并领着李小花去祭拜未婚夫方刚。这三拳好像不经意，实则围绕一个目的，不能忘了千千万万的先烈为初心献出的生命。

影片中有三个片段教人清醒。第一个片段是黄姓队员去摘山果蹊跷死亡，牵出敌对势力的"金刚计划"。第二个片段是围绕炸掉淡水池，以破坏垦荒计划的实施，敌我双方进行长时间的较量。第三个片段是特务连长佟剑的残忍无情到极点，这个家伙在面对一边是亲兄弟的向云同和至爱妻子林怀玉的挚诚规劝，一边是他心中党国的复辟大业，宁愿放弃亲情爱情，在被包围无法脱身的情况下选择饮弹自尽，彻底暴露了其弃宗背祖，丧失天良的反动本性。这种设计超出了我们多年来信奉的超阶级主张模式，很有点否定之否定的味道。

影片中的三种情景值得喝彩。第一种情景是知识青年到大陈岛途中，向向云同借水壶冲洗双手，向云同趁机进行节约用水的宣传。第二种情景是知青咽不下带汽油味的饭而对三海叔大发牢骚，向云同趁机进行革命传统教育，亲自示范吃带汽油味的饭。第三种情景是黄姓女青年死后一批女青年要卷铺盖走人，舒云用誓言和黄的日记打动人心，从而挽留住了同伴。现实中这都是司空见惯的现象，但如果处理不当容易陷入空洞说教。影片类似的细节还有很多，例如，如何耐饥渴，如何拿锄头，等等。知识分子本有脱离实际的弱点，只有与工农群众相结合才是出路，可是在伤痕文化泛滥时被丑化了。影片的时代特征有后来的"上山下乡"味道，但该片用积极的"三观"去讲故事，演绎了伟人曾经说过的话，共产党人要在改造客观世界的同时努力改造主观世界。

当然该片也有短板，一是砌蓄水池的场景感觉太假。二是黄姓女青年死亡跳跃太快。三是金钱为王的背景下，正能量作品难以普及，偶尔看到一个，再找就难了，甚至想再查一下那死者名字也无法查，只能用黄姓代替。

惟勤可待，砥砺生辉

羽弈主创主编的《光影诗话》第三辑又出刊了，其高产的速度令人惊奇不已！

羽弈大约从 2013 年入门诗词，一开始就与高手过招，得到行家真传。如中华诗词论坛开山鼻祖、当代著名诗人包德珍，浙江诗词学会副会长、诗词大伽楼立剑等，对羽弈的诗词作品都给予很高的评价。

羽弈写诗连篇累牍，浩浩荡荡，激情四射，喷珠吐玉，有感而发，用情真挚。写了三年后，2016 年底，市文联专门组织了一次羽弈创作座谈，推动收录其诗词精品 735 首的《流光撷碎》集成发表。这本诗集对六夫有很大震撼，也给永康诗界打开视野，对永康此后掀起对外交流，提升创作能力与水平，提供了很好借鉴。

2017 年，羽弈以政协副主席身份担纲永康影视文化产业发展领导小组副组长、影视办主任职务。在这里，影视行业的气质与羽弈艺术的底蕴触碰出电光之火，引发的热度如岩浆迸发，熊熊燃烧。2018 年，羽弈取得在永注册的影视公司和工作室达到 1569 家，实现影视总产值 31.1 亿元，同比增长 51.7% 的骄人成绩同时，创作与影视和永康风土人文相关的诗词联赋也达到 268 首，2019 年春结成《光影诗话》第一辑，以记录"追梦天涯客，风行影视人"的足迹。

2020 年年初新冠疫情肆虐，影视产业受到影响。羽弈一边组织行业抗疫，一边宅居静心思考，写下了大量抗疫题材和影视发展的诗赋文章，到 6 月收录 284 首诗词赋的《光影诗话》第二辑又与读者见面了。在这些作品中，羽弈的赋特别抢眼，《永康影视赋》《影视发展大会赋》《影视文化沙龙赋》《己亥永影赋》《永康影视出品赋》《永康影人会赋》《永康影评赋》《"影人杯"颁奖盛典赋》《抗疫赋》……篇篇紧密结合自身工作实际，用中国传统文化艺术，或概括，或讴歌，或赞美，或激励，给影视行业人员以极大的鞭策和鼓舞，凝聚起一股战胜困难，积极向上的精神动力和创业勇气。

在后来的日子里，人们从影视文化公众号中读到很多影视方面的楹联，羽弈又开辟了用民间古老的楹联艺术为影视摇旗呐喊的空间。今天晚上，影视办又像往常一样，利用业余时间，召集大家举办第 99 期影视沙龙活动。当接到近 300 页沉甸甸的《光影诗话》第三辑书籍，发现内含 700 副楹联，40 首诗词，10 阕辞赋，无疑其中楹联占了这大半年创作的大头。

仅仅数年，羽弈创作了 2000 多首（副、阕）诗词联赋佳作，以强劲实力冲上中华诗词学会、中华楹联学会殿堂，其诗、其词、其联、其赋无一不专，成为众人瞩目的一颗耀眼明星。他的作品屡见于《中华辞赋》《诗词》《诗国》《香港诗词》《浙江诗联》《长白山诗词》《古今谈》《清风雅韵》《虎啸龙吟》《向劳动者致敬》等众多大牌专业刊物上，获得诗词联赋界行家里手们的广泛认同和赞誉，且屡屡获奖。这对钟情于"戴着镣铐跳舞"的大多数同好来说，是难以企及的。

羽弈悟性极高，才华横溢，干一行爱一行成一行，且涉猎广泛，为人诚恳，为政从艺，虚心低调，眼睛向下，深得民心。从他创作的大量文艺作品中可以看出，他热爱家乡的山山水水，如《永康赋》《方岩赋》《历山赋》《西津桥赋》《五指岩赋》《龙溪山赋》《菱塘村赋》等，把永康山水民风展现得淋漓尽致，填补了前人这方面的空白。他热忱地讴歌永康人民富有成效的创造力，写下了大量带有历史性记忆的篇章，如《永康治水赋》《永康建置沿革赋》《永康农商银行赋》《永康历代名人赋》《大司巷小学赋》《大国工匠赋》《图书馆赋》《腊八节赋》，为永康文史留下宝贵财富。

羽弈出身军人家庭，从小受到良好的传统教育，先后经历过地质勘探、报社记者、组织人事、政务办公、政协领导等多岗位磨炼，养成爱岗敬业、勤勉为事、体恤民生、爱苦劳心的可贵品质和风格。由于他的文艺才华，吸引了域内外一大批专家学者的青睐，纷纷与其唱和题赠，成为一方艺术品牌；由于他的热情好客，吸引了大批影视从业大伽加盟永康，使永康影视新业态浪潮一浪高过一浪；由于他的亲力亲为，永康的影协会、影人会、影评会等各种活动丰富多样、如火如荼；由于他的率先垂范，吸引一大批文学爱好者也纷纷加盟摇旗呐喊的行列，大家不辞辛苦，不计报酬，起五更睡半夜，咬文嚼字，赶鸭上架，抖落出或成熟、或稚嫩的影评心语，甘心情愿为永康影视的发展助上一臂之力。

刚刚4个月前，省文联党组成员、书记处书记赵晓刚率队调研永康影视时赞叹说："永康不仅是五金之都，而且也是文化名城。永康作为一个县级市，能有这么多的企业、基地和作品很不容易。与东阳、象山等地相比，永康有自己鲜明的特色，能利用自身独特的区位优势和自然资源优势开发影视基地，践行'两山'理论，因地制宜，接轨金华全域影视发展，成绩斐然。"

　　"静如处子，动如脱兔"是羽弈其人其形的真实写照。你看他绵言细语，文静谦和，彬彬有礼，颇具学者风度；可行动起来赛如灵兔奔跑，机敏矫健，灵动自如，表现出很强的执行力。他喜欢运动，爱打羽毛球，爱下棋。打羽毛球有利增强体魄，下棋有利锻炼思维，大概"羽弈"这笔名取自他的爱好，也是他工作既有激情，又有才情的源头活水。

　　从政为艺当如此君！

2021 年 4 月 8 日

林枢密"龟潭庄"探究

　　我少年时，每到县城赶市经过高镇，或到白云山担柴经过溪心，父亲总会对我说，我们的祖根在高镇，大太公的坟在溪心石龟潭。后来年事长了，便对石龟潭有了特别的留意。

　　1997 年，得到一本市政协编辑出版的《永康揽胜》，忽见里面有石龟潭的记载，便认真看了起来："石龟潭在白云风景区溪心村边，南溪畔有石如龟，匍匐水面，伸头向溪中饮水，龟尾与龟潭山相连，形象逼真，惟妙惟肖。传说石龟每晚都要出来饮水，农夫路过，可以听到清脆的饮水声……宋代枢密史林大中曾在此筑龟潭庄隐居。"

　　2018 年春，为了写好"江南山水新城"故事，我在江南街道园周村周银斗先生的陪同下，去实地考察了石龟潭的地形地貌。一路上，周先生兴致勃勃地给我讲述"乌龟盗粮"的传说。而我心里格外在意《永康揽胜》中的另一段文字："宋代枢密史林大中曾在此筑龟潭庄隐居。"当时想，林大中那么一个大官，在石龟潭建庄园，具体会是什么地方呢？还有痕迹吗？而后翻过一个又一个小山包，看到石龟山地势平缓，坡谷包容，盘水映带，风光旖旎，我对林枢密在此建"龟潭庄"深信不疑。

可是今年 3 月，项瑞英老师在《三江六岸公园命名刍议》中提到，根据《龟潭庄记》详载，原溶剂厂到后曹桥西，今人民法院附近，"这一带是礼部尚书、端明殿学士、签枢密院事林大中的私家庭院龟潭庄旧址。"

项老师对"龟潭庄"的这一推论，颠覆了我原先的认知，"龟潭庄"究竟在哪儿，成了我心头一团挥之不去的疑云。

为了解开"龟潭庄"所在谜团，我按照《永康揽胜》所提供的出处，从 1990 年版《永康县志·旅游》中找到"龟潭庄"条目："龟潭庄，宋林枢密大中之别墅，在县城之东，约 1 公里，濒南溪之西侧。有石壁峭出，其中一巨石蜿蜒入潭，浮出水面，形体似龟，因名为'龟潭'。大中归里后，觅地筑园龟潭之上，曰'龟潭庄'。客至必摘杞菊，取溪鱼，觞酒赋诗，时事一不挂口，悠游林泉，自得其乐，先后十余年。龟潭庄，因世事沧桑，早已不存，惟一泓溪水，仍昼夜绕潭漾流，令人缅怀。五云叶通尝作《龟潭庄记》，清王环有诗。"

1990 年版《永康县志》根据《龟潭庄记》认为，龟潭庄"濒南溪之西侧"，《永康揽胜》据此认为"石龟潭在白云风景区溪心村边"，而项老师根据《龟潭庄记》推演龟潭庄在"今人民法院附近"，两者记述差距实在太远了。

那么《龟潭庄记》到底是怎么记的呢？从道光十七年（1837）版《永康县志·艺文卷》中很容易查到这篇五云叶通写的《龟潭庄记》，全文经笔者断句如下：

"龟潭庄者，致政侍郎林公之别墅也。古丽近治之山水皆土冈小阜，龟潭山特横亘一里许，石壁峭出，一石蜿蜒入潭，浮水面而上如龟，因以名其潭。潭源出酥溪，自北东而西南汇为潭。又西而小花溪，图志溪旁有碧桃洞，时浮出花瓣者此溪也。东面酥溪，西背山，右枕潭，为庄娱老堂。正东面群峰环列，而可名者华釜、翁媪、方山、黄岗、东岩、马鞯、石马、巾山、白甊、白云尖凡十，而不可名者，大抵簇簇如芙蓉，四方相距三十里皆平地，大溪盘贯其间，山水相照衍迤，明秀景物历历可数，古丽绝胜之观盖在是矣。

娱老堂左为海棠之亭曰数红，右为杂花之亭曰秀野，堂荫相比有轩，轩前有荷池，轩曰龟巢。秀野少南有桃曰霞隐，少西有橘曰霜余，少北而西有月池，循月池而北有竹曰细香，南为藏书精舍。循月池而西北夹径，稚松鬔鬔，行百余步为射圃，曰吾不为，蹴跎滑台是足为戏耳。西为望邑，屋数千家，朝暮烟霭葱蒨，楼观翚翼，江山城郭之胜实兼有之，此山间之大凡也。

自霞隐而下石壁，倚壁瞰流为鸥渚，可以俯石龟，有古桃石竹悬崖而横。出檐闲亭去水不数尺，夏潦荡突，亭不为动。客至则偃卧其下，仰玩桃竹，睥观波流之浩渺，竟日忘去。自秀野而下，连壁木芙蓉百数株，为芙蓉城。过芙蓉城而登舟泛潭，潭袤可二里。深绿多鱼时，与客把钓，课得鱼多少为酒罚相笑乐。自数红而下为安坻，壁跟有小池。安坻之左伊渠经焉，舟行自潭北小浦入渠。过安坻，抵伊渠桥，望见湖石滩而止则泊舟。柳下饮咏徜徉无不得所欲，此又山麓溪干之胜也。

庄占山百亩，其可著亭榭处甚多，公独曰，吾得退而享是亦过矣，又何以多为？凡所名亭之花，往往散漫无伦次，菜甲草花丛出其旁，公方有夸色。而富人贵公子来观之，辄掩议窃笑要之。龟潭之胜不以人力，天地之所划，仙灵之所绘，与公之胸次犁然而当超然，而相得者，岂待土木花卉而后为工哉。游龟潭者，水陆有三道，其一从邑之泉井巷踰涧北上，步至东南三里至龟潭庄之门。其一自涧东南沿溪而上，至霞隐后重门而入。其一自公所居第，步至下小花溪而上至龟潭。凡三道皆三里云。"

从《龟潭庄记》可了解到以下信息：

《龟潭庄记》写于林大中任侍郎期间。林大中于宋绍兴三十年（1160）登进士，先后任乌程县主簿，抚州金溪县令，湖州长兴县令，干办行在诸司粮料院。宋光宗绍熙元年（1190）迁殿中侍御史，三年出知赣州，五年迁给事中兼侍讲。宋宁宗庆元元年（1195）知庆元府，五年提举武夷山冲佑观，六年致仕。宋嘉泰三年（1203）起为吏部尚书，端明殿学士，签书枢密院事。宋嘉定元年（1208）卒，寿78，谥正惠。由于林大中在任侍郎期间，得罪了奸臣韩侂胄，被贬职或罢官十余年，致政居家五年（约1200－1205），龟潭庄应是此间或稍早建成。

《龟潭庄记》所描述的别墅、娱老庄、龟潭等坐落在今人民法院至塔海这一带。这在文中有大量印证，一是"潭源出酥溪，又西而小花溪，图志溪旁有碧桃洞，时浮出花瓣者此溪也"；二是"正东面群峰环列，而可名者华釜、翁媪、方山、黄岗、东岩、马鞯、石马、巾山、白甎、白云尖凡十，而不可名者，大抵簇簇如芙蓉，四方相距三十里皆平地，大溪盘贯其间"；三是"西为望邑，屋数千家，朝暮烟霭葱菁，楼观翠翼，江山城郭之胜实兼有之"，"游龟潭者，水陆有三道，其一从邑之泉井巷踰涧北上，步至东南三里至龟潭庄之门。其一自涧东南沿溪而上，至霞隐后重门而入。其一自公所居第，步至下小花溪而上至龟潭。凡三道皆三里云"……看看这些溪名、山名、桃洞、巷名，以及相隔距离空间，是否有似曾相识的感觉？

《龟潭庄记》与《梅城林氏家乘》印证相符。永康林氏始祖林秀，来自福建莆田，先居永邑华川之古丽坊，又称沿城勘力，寻迁车头（同见永康姓氏志）。林大中为林秀五代孙，生于1131年。这与《龟潭庄记》中"公所居第，步至下小花溪而上至龟潭三里"是非常吻合的。从林姓主要聚居于邑之东部的黄城里、长城、大坟山沿、田畈林一带，也可看出林姓家族向东发展的趋向。

《龟潭庄记》与道光志中的其他记载一比较，可看出明显出入。奸臣韩侂胄被诛后，林大中得以重用，起为吏部尚书，端明殿学士，签书枢密院事。卒于宋嘉定元年（1208）。《林枢密墓碑铭》称其"六月壬申薨于位上""二年十一月已未葬于南塘山之原"，道光年间《永康县志·名墓》中进一步说明"资政殿大学士正惠公林大中墓在县西火炉山南"。道光年间《永康县志·人物志》中谓林大中"世居在城，县治左侧，有别业在八都，后徙居县东十里，以龟潭为游息之所"。旧时八都在城西，包括上至杨公下至桐琴都属内，是否就是因"别业在八都"而把墓安在城西呢？道光年间《永康县志·地里山川》称南溪"于水峥岩合李溪而西流汇石龟潭，其涯为林枢密别墅故址"，从中可看出，各种说法有点混杂，却能融于道光一部县志中。这情况只能说明，经600多年的时间消磨，不用说民间已经忘却，连志书也不能甄别明白了。

考证《龟潭庄记》和县志、家乘中所牵涉的地名：

古丽坊（又称沿城后勘力）县东北四十步（见道光志卷一地里），位置在原人民医院现骨科医院至思源（罗马柱）广场一段。此处拆迁前叫"十八曲"，原地势较高，岩石褐红色，有桃花洞，常有桃花浮出，溪名因"景象妍丽故曰华溪"。附近有村称桃花村，有巷称桃花巷。《龟潭庄记》中的"小花溪"应指华溪。华溪起源龙山太平，在塔海与酥溪交汇，经桃花洞过和平桥（古称仁政桥），与南溪交汇称永康江。大概古丽坊一段处华溪下游，故称"下小花溪"。

原溶剂厂在东塔路 15 号，城市改造后的东塔路从东库路山背起至城东路香格里拉止。这一带原是小山岗，地势较高，向四面瞭望视野开阔，正所谓"四方相距三十里皆平地"。塔海村坐溶剂厂东南约半里处。塔海东侧是车头自然村，两村相连。车头是林氏从古丽坊沿城后勘"寻迁"的第一个落脚点，也应是林大中"龟潭庄"的具体所在地。

但凡溪流，都会绕山破石穿行，溪涧中伏龟卧龙状，且以此命名、建庄筑舍的现象比比皆是，故"龟潭庄"究竟在哪儿，答案已经不重要。还是清代王环的《龟潭庄》诗写得好：

> 谁占此中五亩园，石龟潭里诹桃源。
> 问津不假渔郎引，入境惟闻鸡犬喧。
> 万笏青山环柳郭，一湾清水漾花村。
> 赋诗觞酒人安在，且向林间听鸟言。

写于 2020 年 4 月 21 日，首发《永康日报》和文化丽州公众号

"龟潭庄"探究后续

　　《林枢密"龟潭庄"探究》一文先后在文化丽州公众号和永康日报上发表后，引起众多网友和读者的关注讨论，从各方提供的信息看，"火炉山"是今花街镇尚仁村西边的柏山，"火炉山南"即指柏山前今城市卫生消纳用地。"八都别业"是指林大中母李氏系城西李庄名门之女，意指有产属名下。这些都排除了林大中有产业在溪心一带的可能性。从《龟潭庄记》中看出，南宋时永邑只有屋数千家，酥溪、华溪、南溪横流，要跨越诸多河流极不方便，坐船当然可以，但溪心一带急水险滩，去园周那边也不大需要。园周的周氏也要到宋元交替时才迁过来，到明代有了周琦登进士后人气才兴旺起来。

　　永康报社孔香翠女士提供了去年林毅先生写的《龟潭庄记作者考》文章，文中说"十多年前永康一些老先生按图索骥找龟潭庄，得出结论位置就在车头村附近的龟潭山，核心点就在如今的龙洋潮小区。如今凡年过半百的车头村林氏仍清晰记得龟潭山自然轮廓景貌，个别林氏还能吟诵龟潭四景诗。"

　　原市文化局局长，《永康揽胜》主编林克成先生在微信中对我说："林大中的龟潭庄应在原溶剂厂一带,《龟潭庄记》明确无误。《永康县志》和《永康揽胜》都误传了。后者是我主编的,深感遗憾。"他还给我发来早年与王张威先生共同署名,发表在报刊上的《龟潭庄遗址考》文章,以纠正原来误读的说法。

今年 4 月 26 日《三帝起南屏》首发式上,溪心戴村潘振东先生认为,石龟潭就在其村边上,现尚留着上辈人传说下来的林大中龟潭庄庄址遗迹。

溪心戴村旁(即园周西北侧)的龟潭庄是何来历?据原市档案局局长、市文联主席周跃忠先生考证,明正德癸酉年(1513),世居岭下村义十二之孙周希贤是位隐士,时年 57 岁,他选择石龟山筑屋隐居,不久离世,引来了山后周村周琦长侄周正的注意。约正德丁丑年(1517),周正鸠工庀材于石龟山,建起了石潭山居,并营构书屋其中,把祖父周琦遗籍架列保存于此。山居左枕山,山峻而壁立,右临水,水纡而带环;凿地为蓄鱼之池,夷土为种花之圃,筑防为沙涨之田,饮水为自舂之臼,刳木为野渡之舟。山居墙垣百堵,楼屋数十间,引沟洫之水绕屋而出于潭,悠闲雅静脱离尘俗。

如此仙境胜景,自然引雅士接踵而至。周正沾沾自喜,把字号也改成了淳甫。有石川人赵懋德作《石潭山居记》,称山居"山可樵、水可渔、田可粒、春可炊、舟可来往、游观取乎居"。芝英应照、厚仁李鸿、古丽赵懋功、兰溪章恺等都有诗作,赞美石潭山居妙境。值得炫耀的是兰溪状元章枫山、大司空章朴庵、金华进士潘竹涧(程文德岳父)、昆山状元顾鼎臣等"皆称重之",或有诗文以状其懿,一时名贤吟咏甚多。顾鼎臣《题石峰》称石潭山居是"小蓬莱",全诗诗文如下:

万顷寒陂玉一堆，空明突尔见崔嵬。

风波如许原无恙，岚翠谁招漫自回。

碧落撑来真柱石，瀛洲分出小蓬莱。

卓哉君子深相得，坐对忘形笑口开。

不料，意外的一场大火烧毁了石潭山居大半，幸好遗籍大部抢了出来。周正非常悲痛，感觉无颜面对先君子，因为他孝敬父母，中举后25年来，无意仕途，不愿远走他乡，"不以官爵介意""对人未尝肯语服官事"。这次他改变了想法，把家中之事交代给妻儿，选得湖广楚王府审理正任之。他的朋友山阴刘水澄、晚生胡经、绸庵胡裴、永嘉王激、晋庵应廷育、晚生程文德、姑苏钱贵、山阴潘壮、沙泉俞敬、金华翁以中等都赠诗，以示祝贺。

但不幸周正第二年就病逝了，临终时"凝神立气，惟嘱其子居，以清修劬学缵承先绪而已，又口占七言律诗，末云'从来一理通幽显，莫讶存亡是二天'，吟毕，乘化而徂"，享年59岁。其子周一居承其志，继续经营石潭山居，山居与书屋旧景也渐渐恢复，还购求古书法帖数百卷，以增加藏书。到了明末，因战乱山居消失。

由此可见，这两个"龟潭庄"本来是明确的，此龟潭亦非彼龟潭，前者称"龟潭庄"，后者称"石潭山居"，只是因林大中名气大，随着时光流逝日久，社会信息不畅，导致误传误读罢了。正可谓：

千年烟火转茫茫，两个龟潭共永康。

山水桃源皆近治，主人异姓不同庄。

北湾塔海大中立，南畔溪心周正扬。

宋代明朝三百隔，苍穹已老旧时光。

　　我根据1995年版《永康市标准地名图册》古丽镇图，又到实地勘察后进一步分析，林大中龟潭庄娱老堂具体位置还是在塔海车头最符合，它建在石龟山东端的山炮头之麓，所以，既可看到东南面的诸多山峰，又可以从酥溪上游引水建"伊渠"得"山麓溪干之胜"。至于庄园，有说在人民法院，有说在龙洋潮小区，有说在溶剂厂一带，都有道理。因庄园有百亩之广，即包括石龟山及山麓至堤岸整个地带。现在的东为城东路，南为华溪北路，西为丽州北路，北为东塔路，已超容纳百亩庄园体量。但整个庄园的核心是娱老堂，所以车头是重心，也是龟潭的所在。现龙洋潮小区和西侧建在山背头的老房屋还在，足可见证石龟山的真实地势，周边即已降低基础达七八米左右。现在塔海车头又在改造，原两村相区别的标志只留下一株大樟树了。我把两处石龟潭画出全景草图以示（见下页）。

2020年4月27日，首发文化丽州公众号

附：塔海车头林大中龟潭庄和溪心戴村周正石潭山居示意图

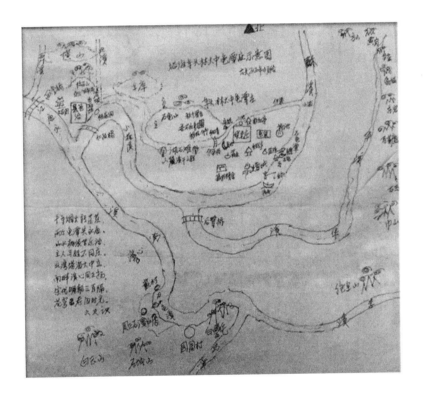

读孙儿诗有感

　　5 月 26 日周六晚,孙儿突来兴趣与灵感,第一次用稚嫩的手写了三首诗,据他妈妈讲是一气呵成的。我从微信中见了喜不自禁。诗是这样写的:

　　第一首《鸟鸣天》:麻雀自小,至五脏齐全。观我鸣天,万里传。

　　第二首《天咏》:一人我,饮诗志涯,天下合一,无与伦比。远在天边,近在眼前。

　　第三首《贺诗歌》:贺诗天,忙诗勇,万里黄河犹猛虎,万里长江如神龙。掩强不迫,自得名。

　　看这三首小诗,皆不咬文嚼字或循规蹈矩,字里行间透出的是雄心和理想,且意境高远,颇有豪迈气概。想当年伟人一首《咏蛙》七绝,“独坐池塘如虎踞,绿荫树下长精神。春来我不先开口,哪个虫儿敢作声”,赢得了先生的赞誉。我孙儿小小年纪就有这般志向与抱负,怎不令老朽感到欣慰?我寒门虽不奢望出光宗耀祖之栋梁,倘若能出一个有别于当下醉生梦死过着寄生虫生活,而靠自我拼搏,在世间取得一立足之地,且能有益于他人者,也是家门之幸啊!

　　昨天周一,孙儿放学回家,我在肯定他的作品的同时,试图指出诗句有生造词语之嫌。不料孙儿甩过来一句话："你不懂!"当时把我这个有20年诗龄的老油条气得可以,认为孙儿太傲慢,这是进步的绊脚石。老伴看我生气,忙劝我要以鼓励为主。我当然知道应该鼓励孙儿的雄心、抱负、灵思、洒脱和敢创,但孙儿的过分傲慢、叛逆,且缺少勤学苦练、持之以恒的精神,满足于一知半解、浅尝辄止的毛病也是必须指出来的,过分溺爱会害了他。

当下的教育确实令人担忧,孩子从小背着沉重的学习包袱,在不输在起跑线上的语境下,孩子成了不断旋转的机器。看着很多孩子失去童真,失去快乐,我既佩服孙儿的淡定与从容,但也担心他的自满与不屑。淡定与从容有助潜力积蓄,利于远途跋涉;自满与不屑阻碍基础打实,会导致半途躺下。真理越过半步便成谬误,只有达到战略上藐视敌人,战术上重视敌人的境界,才能立于不败之地。

孙儿是聪敏的,两岁会知道拉住爸爸的手,不让他在汽车临近时过马路;四岁能纠正爷爷奶奶的每个发音;六岁开始阅读课外读物,能写出较流利的文章;八岁能在专注电脑游戏时,在吵闹场中接收到呼叫他的讯息;今年九岁了,又给了我们一个惊喜,一挥而就写成处女诗作,竟然如此大气,让我们对他的数学成绩不佳的担忧有所缓解。

人的一生本来就充满挑战,如果不谦虚,怕吃苦,粗枝大叶,得过且过,就是有最远大的理想和抱负,也会成为空中楼阁。自古以来,成功者都是厉行亲力亲为,百折不挠的勇敢探索者。所谓"千里之行,始于足下","不积跬步,无以至千里;不积小流,无以成江海";凡有大成就者"必先苦其心志,劳其筋骨,饿其体肤,空乏其身。"孟子早就告诫过世人,"生于忧患,死于安乐",可是美国战略家布热津斯基,为了遏制中国崛起,对中国实施"奶嘴"计划,通过"发泄性娱乐"和"满足性游戏",把大批青少年陷于泥坑不能自拔,其教训惨不忍睹。现我们如若执迷不悟,仍停留在"再苦不能苦孩子"的旧观念上,让孩子"衣来伸手,饭来张口",那肯定不仅毁了其个人的前途,也会毁了国家和民族的前途。

我们都知道"幸福"是相对的,饥饿的人有食物就感到幸福,寒冷的人有衣穿就感到幸福,黑夜中的人见到光明就感到幸福,经受过恐惧的人才能感受平安的幸福,锦衣玉食惯的人稍不如意就感到痛苦。得到越多,胃口越大,这是人性使然。"幸福是奋斗出来的",只有经过自己奋斗取得的成果,才能真正获得快乐感、幸福感。有些发达国家定期送孩子野外生存,痛苦体验,不是没有道理。

理想与现实的结合,需要内因和外因的共同作用。内因是变化的根据,外因是变化的条件,只有充分调动内因的主观能动性,培养的目标才能实现。家长在促使内因变化上,尤须掌握内因的底线与极限。底线是唯物论,孩子的心智和身体健康是第一位,只要人格健全,习惯良好,基础打实,留有潜力,发展自会水到渠成。极限是辩证法,发展的好坏,每个个体千差万别,需要因人而异,并随时势变化而变化,切忌脱离实际的空想,如果一味好高骛远,也会落个物极必反的结果。那些"猫爸虎妈"的说教纯属胡扯,孩子成才与否,多半靠他自己的主观努力,学校与家庭只是起了催化作用。

说这么多,都是想告诉我的孙儿,你很棒,是棵好苗子,但好苗子只有在风雨中经受锻炼,才能长成参天大树!衷心祝愿我的孙儿在漫长的人生道路上,永远保持一颗积极进取的心。结果不重要,重要的是在奋斗的过程中,你真正做到努力了!

2018 年 5 月 29 日

也谈评帖

上中诗论坛半年了，任版主 5 个月，其中，因"评帖"引起的是是非非不绝于耳，是六夫入道写诗 20 多年、在博客玩 8 年来所没有遇见过的，因此感触良多。特别在今天为"防黑客攻击"而限帖的情况下，更是引发许多感慨。

在六夫看来，"评帖"是诗词交流活动最基本的手段，如果一首作品发表后，没人看，没人评，那是悲哀的，不仅是作者不愿看到，也是不符合版方办版宗旨的。中诗论坛有近百版块，有些兴旺，有些冷清，这跟"评帖"有直接关系。六夫曾经去试过几个版块，但凡久久不与置评，或评帖零零落落，或评语口气不屑的，就不愿再踏入第二次。

评帖如何评好，按照传统观点，一首诗词写得好不好，有 20 多个衡量标准，但现在是信息时代，交流不是一对一，也不是搞选拔赛，任何顶级专家都耗不起这个精力。当然也有的非要较真，但效果往往适得其反。为什么？原因非常多，如有的人好为人师，但不知把尊重作者放在第一位；有的人好引经据典，但只知有此不知有彼；有的人好谈空灵，但不知关注现实；有的人好谈格律，但不知形与神的结合；一个汉字本有多重含义，不同语境表达不同意思，诗词本又是浓缩的艺术，各人因经历、知识、智力的差异可作出不同的解读，可是偏要以专家的姿态强行质疑。凡此种种，在论坛司空见惯。

有个词叫"敝帚自珍"，每个人对自己花了心血的作品都是爱惜的，除非你是诚心并委婉相待，否则很难接受你的评头品足，尽管口头上会说欢迎指导，其实内心非常清楚，世上完美无缺的东西本来就没有。从作者角度，他发表作品，关心的是有多少关注度和点击率，并不在乎你说了什么。现在连参加诗词竞赛的热情都在消减，原因恐怕就是得奖的不是艺术最好的，但必须是关系最铁的。

论坛反对"灌水帖"和"盖章帖"，但六夫时常要运用，为什么？"灌水帖"是因为欠人家的情太多太久，六夫一共投5个版块，平时版主们对六夫不薄，反之六夫回报极少，有时于心不忍，要抽空去"灌水"回报一下。"盖章帖"是因为六夫打字速度慢，加之信号经常捣乱，打一个字花几分钟耗不起；其次是水平低，看不出好差在哪里，只好以肯定鼓励为主；第三是撒胡椒面，对来版客人给个迎宾礼，如遇有心交流的再深互动。可惜不少诗友只求服务，不屑互动，反怪版主们"盖章"，这是带偏见的。

六夫一直认为，评帖看似评别人，其实是在评自己，就像六夫评别人，别人就可以从六夫的评语中看出他的学识、涵养、品行一样，是当慎之又慎的。六夫曾经接触过几个例子，精于平水韵的不知词义演变，如"揣"，古韵中只有"度量"的意思，没有"放置"的意思；指责人家生造新词的不知有"形单影只"的成语；出镇楼诗开评的开题诗就出律，并且不知所出地名的来历和专有名词的另个含义；学术专家不知"返璞归真"和"本然"的合理性；做首版的全是挑剔评语却不知"枕头腥"啥意思。当然任何人的知识面都是有限的，若以平等姿态相磋则会令人尊重，反之只会令人讨厌了。

诗词在当今处于边缘地位，爱好者大多当作自娱自乐的方式而已，大家到论坛中无非有个消遣去处，萍水相逢谁也不认谁，谁也不靠谁，有缘相处一遭，无缘一拍两散。那种寻求高大上的未必有真才实学，唯故纸堆为瞻的未必懂得人生百味。衷心希望论坛诗友和谐相处，阳春白雪、下里巴人各得其所。在初入坛时，看到某版诗友恶狠狠驱逐非该版题材的诗友，当时就隐隐觉得要出事，今日之黑客难道可排除是那时之可怜的被驱逐者吗？

2017 年 7 月 25 日

诗论观感

　　群中胡老发出英雄帖，要求诗友围绕杜甫的《两个黄鹂鸣翠柳》、李商隐的《锦瑟》、张若虚的《春江花月夜》、李贺的《雁门太守行》，进行解读评论。看到大家讨论热烈，深有见地，六夫自知望尘莫及，不能应胡老之邀写出诗论，只能作一拙诗《诗论之观》，及附带由讨论引发的一些感触，以助氛围。

　　　　　　朦胧山里看朦胧，众说缤纷皆认同。
　　　　　　世事本无标准尺，龙王自有雨霖功。
　　　　　　闲花落雁谈何易，愁旱哀涝叹未穷。
　　　　　　我只随心锄垄上，以缘汗滴化盘中。

　　六夫读书不多，读诗更少，且读过即忘，只留下一些朦胧撮要。六夫从青年时代起，对诗词便有好感，这主要受毛泽东同志大气磅礴诗词的影响。后来得暇余有所研磨，但主要在格律层面，其他则进展缓慢，如意境层面正在探索，技巧方面远未成熟，诗论更无从谈起。尽管如此，却不影响六夫写诗，我手写我心，生活是什么写什么，有感而发，不求出彩，只求自娱自乐，锻炼思维，延缓衰老。几十年下来，感到颇有成效。

以六夫的体会，诗是一种特殊的语言表达方式，因其高度的概括性和修饰性，可以融叙事赋景抒情言志为一体，往往使得诗的意思表达就如寺庙里的签书一般，要么晦涩难懂，让人"不识庐山真面目"；要么八面玲珑，任人"横看成岭侧成峰"。诗本从民歌起源，可自从被上层社会改造后，便成了精英们垄断话语权的工具。凭借这种工具，精英们可以吟风弄月，冷嘲热讽；也可以悲天悯地，抒怀壮志。经过千百年来的发展，诗体蔚然大观，且门派林立，律规烦琐，既有亮丽精华，也有污眼糟粕。

因诗的朦胧性，给诗的作者和读者都提供了巨大的自由发挥空间，由此才会出现像李商隐《锦瑟》这样争论上千年不得其要的现象。更因读者的出身、经历、学识、观点等差异，对同一首诗作出迥然不同的解读再正常不过了。六夫一般不去看诗评文章，一是因为自己外行怕被尴尬，二是不少出自书橱之手的文章与社会现实脱节严重，三是诠释者往往以个人好恶曲解了作者本意。六夫翻了一下所列几篇诗作，除了构思巧妙、铺陈华丽、妙语连珠外，他看不清里面的"斜月沉沉藏海雾，碣石潇湘无限路"。有时作者是根据自己的生活积累和文字功底信笔写来，诗中不一定局限于命题，而是借题发挥，包含了咏物、抒情、言志、说理等要素，可读的人会不知触到哪根神经，眼泪就噼里啪啦了。像李煜的《相见欢》："无言独上西楼，月如钩。寂寞梧桐深院锁清秋。剪不断，理还乱，是离愁。别是一番滋味在心头。"如不了解背景，大多会作相思解读。

现在文化普及了，写诗从象牙塔回流基本层。这是好事，但感到存在问题一是坐井多，二是铺面多，三是登楼少。所谓坐井，指的是局限小天地，或者只在技巧上做文章。所谓铺面，指的是什么都写，连篇累牍，浮于表象。所谓登楼，指的是突破自己，再上一层。当然六夫自己就是其中之一，不要说艺术上去与前人比肩，就连气魄上都难及那些英雄豪杰之万一。

感恩时代，知耻慎独。按理说文人应有文骨，可是泥沙俱下之际难免迷糊了双眼，我们能做的就是用唯物的眼光去观察，用辩证的思维去思考，用初心的理念去坚持，用平淡的心态去对待，"不管风吹浪打，胜似闲庭信步"，坚持与民众相结合，以生活为源泉，以美德为崇尚，为正义而发声，辛勤守护脚下的这片土地。

2020 年 2 月 22 日

《诗涯樵客》首发感言

今晚我的新诗集《诗涯樵客》有幸在影视办会议室举办首发式，感谢诸位不辞炎热辛苦，冒雨参加活动！我虽然从事业余写作 20 余年，也编著过多部作品，但基于自娱自乐的价值取向，一直未有举办过首发仪式。这次出版《诗涯樵客》，得到了铜雀台诗社首版栗泽甫先生的悉心指导并赐序，得到了好友羽弈先生的大力支持和鞭策，羽弈先生不仅热情洋溢地为本诗集作了序评，并且鼓励并策划搞这个首发式，大家欢聚一堂交流创作体会。对他们两位的提携我深表感谢！

本着增进交流的精神，现我把《诗涯樵客》的成集情况，以及写作中的一些感受与诸位作些介绍，以期起到抛砖引玉的作用。

先谈谈《诗涯樵客》的成集情况。《诗涯樵客》是我自学诗以来的第四本诗集，内收录我 2015 年 7 月至 2018 年 6 月这三年间的部分诗词作品，共计 987 首（个），其中绝句 323 首，律诗 469 首，词类 121 阕，联对 67 个。分旗帜颂歌、感时即事、江山揽胜、咏物抒怀、鉴史酌古、缅怀凭吊、灵山悟世、闲情偶寄、题赠酬答、藏嵌拾趣、诗林评慨、梓里乡愁、山乡行吟、同窗回首、美满天伦、撰联对句等 16 个类目编收，每个类目按体裁及时间排序，成为有机整体。

　　我分别于 2002 年、2006 年和 2015 年出版过三次诗集，本次与前三次不同的地方有：1. 内容上更纯粹，不再搞诗文合集，而是真正的诗词专集；2. 题材上有转变，过去的诗作以山水为主，题材相对单调，本次以感时悟世、题赠酬唱为主，题材涉及更为广泛；3. 格律上更规范，特别注意用韵标准，注重诗词的格律要求；4. 选材上有所取舍，在 1400 多首作品中选取 900 多首较佳者用之，以示更上层楼的自我要求；5. 放弃攀尊附贵，归本清源，面对诗词不卖座的现实，不再寻求正式出版；6. 不赶潮流，节约资源，为与已出的八部文作整齐划一，延续大 32 开版本，内页排版也更为紧凑。当然事物都是一分为二的，在追求个性化的同时，也觉得有许多不如意的地方，如具体诗作不能在目录中索引，相近题材会出现于不同编目中，等等。

　　关于《诗涯樵客》书名的含义，是指我虽在诗海中游了好久，可是要游到彼岸，还是茫茫无尽头；我又像大山深处的樵夫，虽然壮心不已，但能采回家的不足九牛一毛。

　　关于"六夫云阁"的含义，是指我一生当过农夫、渔夫、樵夫、匠夫、教夫、吏夫，虽经历多多，理想不灭，但都像云中楼阁，可望而不可即。正所谓"又采南山千日余，披星戴月卒当车。诗涯渺渺无穷尽，樵客惶惶求索如。屡借灵台磨利刃，常沾禅水洗慵蛆。六夫为取云崖暖，每得春风助倔驴。"

　　关于写作中的个人感受大约有以下几个方面：首先写诗要甘于淡泊，当作修身养性的一项基本功来做。在中国传统文化艺术中，诗词较有代表性，它对人的精神陶冶，智力开启，文化涵养，情思寄托都起了不可替代的作用。时代发展到今天，在众多文学艺术门类中，诗词还是较少受商业化运作影响的殿堂，还保留着纯洁艺术的本色。随着社会各种危机频发，人活着究竟为什么？什么叫幸福？什么叫品位？各种叩问接踵而至。进入诗的境界，你可获得精神满足，是修身养性的最佳选择。

其次写诗要基于自娱自乐，作为一种健康的生活方式。人各有爱好，有的喜欢喝酒，有的喜欢打牌，有的喜欢钓鱼，有的喜欢运动。而喜欢诗词的人一定要基于自娱自乐，不要寄望于扬名，不要寄望于夺冠，更不要寄望于赚钱，否则，作为一种健康的生活方式也会受伤。中华文化博大精深，中国汉字奇妙无穷，中国典故多如牛毛，每个人难以穷尽，诗词艺术又是戴着镣铐的舞蹈，尺有所短，寸有所长，修行有深浅，视角有不同，遵从内心才是解锁。

再是写诗一定要与工作生活实际相结合，切勿无病呻吟。伟人一直教导文艺要走与工农相结合的道路，可是如今无病呻吟，隔山打牛的作品越来越多，这不是好现象。我最欣赏羽弈先生的诗风，他把高雅的诗词艺术与本职工作实行无缝对接，既通过创作升华自己对本职工作的认识、布局和引领，又对所辖的每个企业，每个项目进行精准指导、支持与激励。政府的资金支持是有限的，而他这种通过文学艺术诗词方式的激励是无限的，可以说羽弈诗话影视必将留下浓墨重彩的一笔。"勇立潮头谋锦篇，胸怀澎湃合时弦。沁园春竹西川秀，卜算子梅南岭妍。古赋新声扬一帜，工辞雅韵载千船。灵犀健笔随心颂，登月推高影视巅。"这是我对羽弈诗话影视的粗浅感受。

除此之外，写诗还应量体裁衣，循序渐进，攀登不止。诗界一直为用新韵旧韵争吵不休，也为诗词评判标准各执一词。我的感受是鞋合不合脚只有自己知道，每个人的知识，智力，经历都不一样，起步也各有早晚，别人的经验学不来，只能从自己的实际出发。我学诗初始用永康话作韵，后来用中华新韵作韵，最近默认了平水韵和词林正韵，认识都是一步一步来的。当然现在年轻人知识储备雄厚，智力超凡，一二年就驾轻就熟了，但就大部分人来说会有一个循序渐进的积累过程。我是一个木鱼脑袋，但我会慢慢去揣摩适合自己的路径，不会人云亦云。

写诗更应弘扬主旋律，小我情怀应融合于国家民族命运。这是个大道理，但我本人遵循道器结合这样的理念。我的诗词也有很多感叹，但更多的是思考，表达的是淡泊乐观、积极向上的人生态度。

我不是个合格的诗人，只是个会忠实记录内心感受的诗词爱好者，虽然浸淫博客和诗词论坛多年，自觉有所收获，但因受"真理越过半步就成谬误"的忠告，始终遵守"诗为心言，有感而发，贴近生活，与民相通"的原则，正所谓"踏脚山头日益稀，开窗只望幻云期。提神还靠烟丝妙，落架无非酒量疲。听惯涛声来又去，难知雨意向谁痴。栖身陋室自编织，废纸堆高白水诗。"今天是个好机会，还望各位畅所欲言，给我多多批评指正！再次谢谢诸位！

2018 年 8 月 12 日

《那个白云边》首发感言

谢谢大家抽出百忙里的时间，冒着一九严寒参加我的新作《那个白云边》民间寓言故事集首发仪式。

这是我从 1998 年开始写作以来的第 10 部作品，也是第一部民间寓言故事专集，全书 20 多万字，收入 67 个五花八门的民间传说故事，分为白云山的故事，罗家庄的故事，地名村落故事，市井坊间故事四个编目。舒启华先生评价我是"永康市地域内，首位创作和结集公开出版民间故事的文学作者，填补了永康自新中国成立 70 年来，个人单独采写，编集公开出版发行民间故事图书的空白。"

要问为什么出这本故事集，主要是由去年上半年山水新城、市文联共同组织的"山水新城故事"征稿活动，和下半年市文化局组织"村落故事"征稿活动引发的。

我自小生在农村，长在农村，耳闻目染各种生活场景，道听途说各种传说故事，埋在心底长期休眠，可一有机会，竟也会派上用场，两次征稿活动，我竟先后投了近 30 来篇文稿，算是为我市民间文学做了一点助力。

去年底，舒启华先生建议我做个民间故事专集。听了他的建议我深受启发，就把本打算故事与散文合著的计划取消了，重新收集以前自己作品中的故事题材，发现也有 10 多篇，加上之前周俊故事改编，以及老家故事和人生感悟积累，整理出来便有 70 来篇的量。后来提交出版社审稿时被审掉 3 篇，67 篇得以出版。

我的故事基本从生活出发，要么亲耳听到过，要么亲手经历过，要么亲自考证过，要么亲身体验过，根据个人的感受和认知，表达自己的情感和向往；也根据自己的构思能力和写作风格，把若干"大话麦"或串联、或扩展、或借用、或重构，尽量塑造出有情节，有趣味，有依托，有启迪的故事以飨自己和他人。

例如，《三帝起南屏》《狮象云中护帝宫》《龟蛇相会的故事》《霸王别姬岩的传说》《狮子口中躲油雨》《纱帽岩与蛤蟆岩的传说》《二层半崖的传说》《留金潭的故事》这一类是实有其景，考有传说，借有文史，巧妙糅合而成的。

例如，《樵罗白云山遇仙记》《水族界蒙难追思会》《登山历险记》《树叶西施追寻记》《寻找磨石山记》《智斗夜佬》这一类是本人真实经历加以虚化构成的。

例如，《仙脚迹与铁扁担》《大牛精与井龙王》《三和里与田螺姑娘》《二眼塘与三眼塘》《十姐妹和十兄弟》这一类虽有地名但无实景，因是老家，借助一些传说故事赋予美好寄托。

例如，《黄坤米焦的东西》《野元人的金磨》《介狗驴与乖乖猪》《不输起跑线》《狐狸替水鸭愁》《牛哥蚕姑的故事》《三姐妹嫁夫》《蚂蚁也重德》这一类主要是针对社会现象，运用千百年来人们口口相传的许多有哲理性的劝世寓言，加以串联重构穿越，以期起到一定的寓教于乐效果，起到裨益社会的作用。

　　我把这本传说故事集定名为《那个白云边》，盖因白云象征着美好、洁净、飘逸、有灵性；又因白云山是永康邑南的门前山，古人称其"展诰"，承载着大量古圣贤的传说，对其有太多的赞誉和期待；白云山也是我人生走进社会的第一站，是我一生魂牵梦萦，从未离开过，几乎踏遍沟沟壑壑的地方；现在白云山脚又是江南山水新城开发地，永康新一座现代化的城市即将拔地而起，故而书中大多故事围绕着它或它周边的事物而展开。

　　我一生做过农夫、渔夫、樵夫、匠夫、教夫、吏夫，足迹几乎踏遍永康。再加之在职时辗转于永康各地，退二线后又进行过大范围永康周姓和历山地域的深度考察研究，多种生活经历和见闻便成了这些故事的原始沉淀，每一个故事都能从这些经历和见闻中找到源头。这些故事里有山水景致，民俗风情，圣贤足迹，鬼神行踪，草木悲欢，鱼兽离合，兴衰角逐，人生况味，市井百态，蝼蚁鸣声……总之，仁者见仁，智者见智，皆博一笑而已。

　　要说体会好像有这么几条：

　　走进自然，发现题材。山水新城的采风活动，大多数作者是去村里采访，而我更多的是走向大自然。为了寻找新题材，我四次翻山越岭，第一次是从皮翼岭上，沿山杠向南，到老鼠梯下，白云水库出。此次中途冒两波阵雨，全身淋透。收获的一是发现了三天子都上大象的逼真形影，写出了《狮象云中护帝宫》的故事；二是发现了老鼠梯上惊心动魄的龟蛇石，写出了《龟蛇相会的故事》；三是发现并拍到了天马山上的将军石和老鼠梯处的石锤岩，为文章构造情节提供了思路。第二次是从南都寺后山上，沿山杠往东，皮翼岭下，这次收获主要是真实感受和拍下天马山的气势，座鞍、鬃毛、马头皆惟妙惟肖；向北拍即园周长城和钟鼓楼气势如虹，可惜天灰蒙蒙，手机差劲，图片效果不好。第三次从皮翼岭上沿山杠往北，小佛头尖下，英山坑出，中途无路，几乎是破荆斩棘、摸爬滚打过来的。收获是发现和拍到小佛头尖上的三块石锤，为《二层半崖的传说》塑造情节提供了依据。第四是从园周到池宅不知跑了多少次，反复观察周边地形地物，发现了英山脚的狮子山、水泽弄峡的鳄鱼头石和寺山上的霸王别姬崖，写出了《狮子口中躲油雨》《留金潭的故事》《霸王别姬岩的传说》等作品。这些作品通过实景、大话麦、史料三者有机串联，形成了穿越时空、曲折离奇、诙谐有趣、又不失生活真实的故事，期望能引起读者喜欢。

热爱生活，就地取材。我有一些故事取材于自己的真实生活，譬如：《登山历险记》是写我和爱人的一次惊险登山活动，《树叶西施追寻记》是写我本人采树叶做豆腐的有趣经历，《寻找磨石山记》是我去年揭开全市关注和热议的有关张弥曼教授磨石山之谜的一次冒险行动，《智斗夜佬》是记录我与老鼠斗智斗勇两个半月的真实故事。这些事很平凡又很离奇，不需要添油加醋，把它以实道实写出来，实践文学创作的源头作用感到很有意义。我喜欢按照毛泽东延安文艺座谈会精神和习近平文艺工作座谈会精神，创作以生活实践为源泉，与人民群众相结合，发挥自己生活经历比较丰富，勤奋精神比较足，吃苦耐劳毅力比较大，观察分析问题的能力比较强的优势，作品力求朴实简练，通俗易懂，其中虽然没有高深的学问，但有理性的思考；没有奇特的文采，但有绵长的心语；没有吊睛的字眼，但有流水的情怀，就像一杯清茶，入口清淡，转口却能嚼出一些味道来。

平常心态，不为物累。我长期醉心写作，损失很大，收获也很大。损失的是钱财，印书要钱，卖书无路；抽烟要钱，省茶无获，家人很不理解。可我收获也很大，精神愉悦，固养丹田，修身养性，安静自处，相比较去享乐，去保健，去赌博，去玩股，我又赚翻了。我把写作当作一种高尚的养生方式，不禁锢章法，随心所欲，拓展兴趣，重在养心。通过写作，锻炼自己的思维，净化自己的灵魂，扩展自己的视野，提高自己的定力。我的很多作品就是这种心态下的产物。我写作以自娱自乐为目标，没有功利目的，作品也不计较别人怎么评说，怎么转载，怎么挪用、抑或有无稿酬，但发现有连作者名都不署的会善意提醒。我对知识产权的滥用表示反对，例如，像今夏发生的某些图片公司窃取垄断黑洞图片的专用权现象，我深感忧虑，中国的文化自信、文化繁荣会毁在这些人手里。

坚持导向，不忘初心。我们所处的时代是一个风云变幻的时代，国际国内矛盾错综复杂，意识形态斗争十分激烈，利益碰撞刀光剑影。一方面是开放的门越开越大，另一方面是隔膜的板越构越重，邻里、同事、上下级之间关系日渐淡薄，人的三观扭曲的丑恶现象时有发生。我是党教育培养起来的基层干部，做人做事不能给党抹黑是我的底线，我的文字必须为正义发声，为我脚踏的这片土地负责，所以，我的作品撰写或者改编都基于上述立场。譬如：永康民间有许多周俊的故事，也已列入我市非遗目录，可是很多故事给周俊是小恶脱脱落的形象，虽美其名曰周俊是永康的阿凡提，但没有阿凡提之实，我就试图扭转这种状况，改编了 6 大篇，把各种元素重新打乱调整，给周俊以正名，给永康以正义。这事周跃忠先生给了大力支持，全部在永康文艺公众号上进行了发表。还发现有不少的村镇和单位在利用，有的在利用时虽未署名，但已达到我的正名愿望，心里就感到欣慰，我改编的周俊故事正在得到传播。

20多年的笔耕得到了众多领导和文友的提携和帮助，先后有胡德伟、杨倪忠、胡潍伟等领导的支持指点，有不少领导好友或作序或题名或推介，有舒启华、应跃鱼两位老作家的多次力推出版，有各家报纸刊物和公众号的登载传播，有众多同好笔友读者的支持鼓励，还有家人的宽容。今天这个仪式又得到了山水新城管委会的扛鼎，在朱长林主任，舒启华、周跃忠两位老文联主席的精心谋划下，得到了众位同人好友的光临捧场，再次感谢大家，希望大家畅所欲言，给我多多批评指正。自嘲《那个白云边》民间故事集出版：

> 自小浸淫大话中，消闲知理启鸿蒙。
> 一朝春雨百花放，十万丛山双脚疯。
> 传说莫当真故事，悟禅何惜借崆峒。
> 西游路上本无戏，只是徒儿欲抢功。

2019年12月27日

首发式上意浓浓

2019 年 12 月 27 日，在即将跨入新一年前夕，我的新作《那个白云边》民间故事专集首发式在江南山水新城管委会隆重举行。

老天特别眷顾，收起连绵阴雨，放出灿烂阳光，为我迎接在百忙中抽出时间、踏着严冬寒霜而来的老领导、老朋友，文坛前辈和当今翘楚。

上午 9 时，仪式在管委会朱长林主任热情洋溢的欢迎辞中开始。朱主任在逐个介绍了与会人员后，就由我畅谈《那个白云边》创作出版概况和体会。

说实话，我要说出自己的亲身经历和体会并非难事，但由于 20 多年的笔耕基于自娱自乐的价值取向，虽然我出到了第 10 部作品，除去年在胡潍伟先生的鼎力支持下办过一次《诗涯樵客》首发仪式，其余都是低调处理，从未想过要扩大什么影响。而这次故事集的创作出版，是我人生写作的又一个起点，一是历史的沉淀更加清晰，坚持什么，倡导什么，承载什么，笔管的分量愈感沉重；二是前路的方向犹存迷茫，一个经受外来世界观侵蚀的民族文化，重拾自信尚需时日；三是如何提高作品质量、出版质量、扩散效果，正在途中远未穷期。

为此我小心翼翼，连个发言稿都修改了近 10 次之多，甚至发言时都照本宣科，不再多作补充。当然这其中主要是为控制时间，以免牵扯过多而挤占了与会者评论的机会。

我发言完后，由几位领导向市文联、市档案馆、市图书馆赠书。然后仪式进入发言高潮，大家争先恐后发表感言。

文坛老前辈、著作等身的老作家应跃鱼说："天明是我和启华办'丽州文存'的入选者，每次一投就是两部作品，先后由作家出版社和中国文联出版社出版，从中可见他是个勤奋高产作家。这次出版《那个白云边》故事专集，把永康的乡邦文化推向了高潮，应该感谢他。"

老领导翁其龙说："我家有病人需要照顾，可天明出新书我必须到场祝贺！他为人耿直，讲情义，工作努力，做事认真，有能力有水平，文章诗词都写得很好，佳作不断，并且很接地气，文如其人。"

徐天送老师说："天明有不好的地方，诗词学会要散架时他不出来担当，我当时很有想法。殊不知他是躲起来做'炸药'，著作一部接一部爆出来。这人的水平我是从三个方面发现的，一是我有个学生作文很好，感到奇怪，后来才知道是他女儿；二是两次发言，分别在胡德伟主任和张泽宏笔友的著作首发式上，他的点评精准全面，说出了与会者的心声；三是他跟胡春鸿很像，人生道路曲折但有才华，作品接地气忧国忧民，应该感谢当年的压力和挫折。"

老领导胡德伟说："我跟老翁的看法相同，天明是忧国忧民之士，想做的事做一样像一样，从不计较个人得失。我们在人大共事 10 年，他是担当监督职责的骨干，学法用法到位，不怕得罪人，使人大工作卓有成效。颇具影响的纪实文学《法路迢迢》就是他写人大监督场景和历程的。"

　　老领导杨倪忠说："天明勤奋进行乡土文化挖掘、抢救的精神，值得大家学习。《那个白云边》书名取得好，有乡土味，也站得高。这个书也像白云边酒那样，闻之有香，饮之适口，回味绵长。"

　　老作家、老同事舒启华说："我在序言中写过：周天明是永康市地域内，首位创作和结集公开出版民间故事的文学作者，填补了永康自新中国成立70年来，个人单独采写，编集公开出版发行民间故事图书的空白。这是有依据的。他的作品主要两块，一块是传说故事，一块是生活故事。体现三个亮点，一是过去素材的挖掘整理；二是敢于对社会阴暗面的讽刺揭露；三是有厚实的生活源泉。建议到新华书店正式上架。"

　　项瑞英老师说："书名取得很好，值得我借鉴，我也在写一本类似的故事，但局限在城内。我们这类人是两百五，费心费力又费钱，做的是公益的事。呼吁政府应予支持鼓励，出台应有的扶持政策。"

　　老学者陈广寒说："能为社会留些精神食粮比什么都好。天明兄能几十年笔耕不断，一是佩服，二是祝贺。"

　　老学者麻建成说："老周做事认真，写作勤奋，拿到书后看了部分作品，有些历史跨度很大，但读起来没有违和感。"

　　老朋友胡发东说："老周一是退而不休，二是知难而进，三是勤耕不辍，值得大家学习。"

　　老领导朱寿安说："天明是我老朋友，但他已达硕士研究生学历和已出版到第10部书，令我十分惊讶。建议他把作品送老年大学图书室供大家阅读，也向下一代读者推广。"

　　文联主席胡培新说："老周是党培养的好干部，有情怀，希望多支持广电的华溪大话堂栏目，为了给大家贡献更多作品，建议他加入永康作家协会。"

老文联主席周跃忠说:"与老周一起出来,虽未同事,但有二次合作,一次是《永康周姓稽考》他约我作序,一次是去年山水新城我约他写稿。他有几点很突出:一是不怕辛苦,勤奋耕耘,努力支持工作;二是把写作当养生;三是写的东西正能量,又很接地气;四是不计较报酬。这些都值得年轻人学习。"

文化丽州主编陈春萍即席赋诗:"白首犹锄九畹兴,频敲平仄古风承。才思满腹勤连缀,且把心灯作路灯。"

老领导俞福才说:"我一直把老周当作大哥,相识四十多年,他为人正直,敢于主持正义,例如,《法路迢迢》中就有一个是写我在高速公路指挥部时发生的招投标工程废标事件。老周当时是人大法工委主任,知道后据法监督,使市重点工程得以顺利完成。至今我记忆犹新。"

朱长林主任最后小结,他说:"老周是我敬重的老领导,自从桥下一别,我每年都要去看望他。从我当市委办主任,他开始写第一本书叫《坐爱枫林》,嘱托我说服楼国华书记为他题写书名起,一晃间他已出了10部著作。人有立德、立功、立言的人生追求,老周可以说都已达到。老周其人是个厚德载物的人,有傲骨,不唯上。他又是个勤奋的人,不怕苦,不怕累,做事执着。他也是个有成就的人,每到一地都留下政绩,譬如在桥下,工业区就是他开发的,当年他决策,我们去执行。若不是过于正直,他不会止步于科局级职务。老周其书是接地气的书,一是实现了若干首创,填补我市民间故事个人出集空白;二是对流失的民间故事进行抢救;三是对已有的故事进行深度挖掘;四是对各种传说故事进行改造升华,使之更有利于社会主义价值观的建设。老周其功不可没,为我山水新城的建设提供精神食粮,今天这个首发式放我山水新城管委会举行,是对我管委会的支持和信任，我乐意为之。我建议市文联要积极争取，搞个政策出来，对个人出公益类图书的给予奖励，对知名公众号给予扶持，对有质量的作品精编成乡土教材，为说好永康故事服务。"

座谈完后，集体合影留念。会前因有急事不能出席首发仪式的张泽宏先生发来《"六夫"之外又"一夫"》的书评，给我作品以充分肯定。会后胡发东先生马上发来评论："今天这个会开得太棒了，至少有以下几个好：一是地点选得好，二是主持人好，三是你的经验体会谈得好，四是大家发言积极评价好，五是你的书装帧、设计、印刷、编排、内容都很好！热烈祝贺你的第十本佳作顺利出版！"永康乡愁连夜发出《新书讯》，第二天早晨我起来一看，阅读量已近千，其中文后留言充满鼓励之情，一位我并不熟悉的读者说："现在像周老师这样的作者已不多了，亲自体验生活，热爱生活，从民间走来，一步一个脚印，值得我们学习。"文化丽州公众号也当夜发了张泽宏的书评文章，引起了社会的高度关注。梅园公益阅读协会即向我索书，在 29 日的《名师大讲堂》活动中赠送了 200 多本。值得一提的是，参加首发式的永康日报记者吕高攀、金华网络作协副主席黄素霞，他们分别把作品带回家后，引起孩子的强烈兴趣，每日如饥似渴阅读，说明该作品适应小学低段学生的阅读能力。

这次首发仪式是在朱长林主任和舒启华、周跃忠两位老文联主席一手精心谋划下举行的，得到了众多领导、前辈、老师、同好的捧场，衷心感谢他们。通过这次仪式，我深深感受到做人的真谛，文字的力量，以及沟通的重要性。它将为我以后的文学之路提供更好借鉴！

2019 年 12 月 30 日，首发永康乡愁公众号

附：张泽宏《 "六夫" 之外又一 "夫" 》

——读周天明先生《那个白云边》

　　花了两天时间，把天明先生新著《那个白云边》通读了一遍。在深深地为天明先生几十年来执着于永康民间文学的搜集、整理、创作精神感动之余，我在想，是什么样的动力，驱使天明先生既费心力又费财力，去做这件事情的呢？我努力想从书中 67 篇精美的文字中，从舒启华先生的序言和天明先生自己写的跋语中寻找，但似乎都没有找到我最满意的答案。掩卷沉思，仔细回味玩赏书中的每一篇，每一段，再联系启华先生和作者自撰的跋语，我才慢慢地咀嚼出其中的味儿来——只有对自己家乡爱得深入骨髓，对家乡每一座山，每一寸土地，每一条沟渠每一口河塘，以及在这些山川河流土地上生长的每一株小草，每一只鱼鳖虾蟹，每一穗谷麦黍稷，乃至于蛇鼠蚁虫都爱得投入，爱得深沉的人，才能写得出如此精彩绝伦的好文章。

　　细品本书，最吸引我，也最让我钦佩的主要是三个方面：

　　一是它的故事性。67 篇故事，每个故事都有非常好的情节结构和发展脉络。有伏笔，有高潮，包袱的设置符合故事发展的规律，包袱抖开后的结果出人意表，可也在意料之中。如：《天表》的地名来历，作者从查百度 "天表" 入手，按一般此类文章的写法，都是一怎么怎么说，二为什么这么说，然后再切入正题说出自己了解和研究的结果。但是天明先生却没有落入这个俗套，他先说姓氏来历再说地名来历。并且他也不是一上来就把事情挑开，而是把故事先引到浙江历史名人李草阁身上，然后宕开笔锋，再写天表始祖俞光大如何结识、交往李草阁，从而引出李草阁的"方岩喜雨"一诗和俞光大由此联想到的有关"天表"的几首诗，最后确定以天表作村名。故事，人物，诗句，一波三折，一枝多花，娓娓道来。这个地名来历的故事，窃以为可以当范文来推送。

类似的高超叙述手法，在书中比比皆是。如《二眼塘与三眼塘》的故事，先用秋娃和雪妹的爱情故事开篇，然后又写十兄弟造天河，引水入三眼塘，最后天河水激活了沉睡千年的秋娃和雪妹，把故事又拉回到秋娃和雪妹爱情的结局。故事不但引人入胜，劝人向善的道德导向也十分明确。

二是它的知识性。我十分惊叹于天明先生有着如此深厚的历史、地理、古诗词、姓氏族系文化、地缘文化、地名等综合文化知识的积淀。从书中的许多故事中，我们不仅看到他知识结构的丰富多元，更可以看出他轻松驾驭使用这些知识的能力。这些知识几乎贯穿于全书的每一个篇章和故事。

在第一篇《三帝起南屏》中，我们就可以看出作者曾经查寻了《山海经》《太平寰宇记》《四库全书》《辞海》等典籍，把黄帝、舜帝、大禹三帝在永康活动的轨迹进行了一个扼要的阐述，为全书奠定了一个方向性的基调。在第二部分《罗家庄的故事》系列里，我们更为包含在书里那些族系起源、村庄、地名、塘名、山名、景点、人物、历史传说以及市井坊间口耳相传的丰富的知识所惊诧。要知道，要搜寻这些淹没在卷帙浩繁的书海中的典故和从时代久远的历史传说中遴选雪泥鸿爪，是需要付出多大的精力啊。从罗驸马蒙难到辗转永康，从长溪令章剪迁永康李溪，到其后裔章嵩题写"后罗省墓"诗，再到作者从中繁衍出来的一系列的故事，都是有理有据有来历，从而把读者带入了一个探微知著的阅读愉悦之中。

许多知识还不露痕迹地隐藏在其他的故事之中，让读者在不知不觉中得到一些闻所未闻的知识。比如在"牛栏头"的地名村落故事里，作者把地名故事和有关"牛"的知识巧妙地结合在一起：如何识别牛的强弱老嫩，如何通过牛牙齿的个数、颜色、斑痕（印）、磨损程度等来判定牛的年龄；还有牛牙郎怎么跟买卖双方在袖子里，在草帽底下探口风探底线并进行讨价还价，最后敲定双方满意的成交价格；等等。在我的《行担外传》，我也曾经写了一个牛牙郎的人物"阿然哥"，但是由于对这些细节缺乏更细致深入的了解，所以人物形象的塑造有点苍白。当我读到这一段的时候，惭愧交加：要是早点能和天明先生交流，我书中的"阿然哥"，肯定会更加鲜活灵动。

三是趣味性、可读性。在《那个白云边》的 67 篇文章里，几乎篇篇都是脍炙人口的好故事，读起来让人不忍释卷。在他的笔下，现代人可以和古人对话（《罗驸马家园——后罗》），可以跟神仙交媾（樵罗白云山遇仙记）；生物、动物们可以聚集开会，可以有人类的思维和语言（水族界蒙难追思会），人类和神魔精怪居然可以相聚一堂（《三和里与田螺姑娘》《毛画底传奇》）（溪边汪的传说），但读起来却丝毫没有"关公战秦琼"的尴尬。作者在作品里赋予这些神魔精怪花鸟鱼虫，帝王将相商贾农夫或善良、或丑恶、或侠义、或贪婪的人物的性格，读这些故事时，你会与故事中的动物人物一起悲伤、一起欢乐、一起横眉怒对、一起举杯庆贺。这也是《那个白云边》奇特的魅力之一。

在作品中，作者不仅把自己丰富的思想情感倾注于远古的传说，倾注于家族迁徙兴亡、瓜瓞绵递，倾注于典籍碑刻，更倾注于自己亲身经历的事件之中。他踏遍了白云山、石城山、历山、方岩、绝尘山等永康名山；游遍了李溪、南溪、永康江等江河塘库；探秘于前罗、后罗、下里溪等一山一水一石一碑一草一木一村一景，把自己跟这些他所深爱的山水村景融为一体，与它们同悲欢共离合，几乎达到了山就是他，水就是他，他就是山，他就是水的境界。在《樵罗白云山遇仙记》和《树叶西施追寻记》里的樵罗，在《登山历险记》里的伊凡，在《寻找磨石山记》里的阿吉，在《智斗夜佬》里的阿金等人物身上，我们都可以找到作者的身影以及他的生活轨迹、生活态度：年近古稀而体健如牛敢冒险，爬起山来不要命，视绝壁鸿沟如无物；对食物不挑不剔，冻粽子冷橘子照样吃得如山珍海味；他有大智慧，上下五千年，可以究天人之道；他有小聪明，像个老顽童一样，可以采树叶西施做树叶豆腐，可以跟老鼠夜佬四脚爬斗智斗勇……读了这些故事，忍俊不禁之余，更多的是冷静之后的思考。

写到这里，我有点犯嘀咕，我是不是犯了"下笔千言，离题万里"的文章大忌了？我的题目是"六夫之外又一'夫'"。得，现在言归正题：天明先生为《那个白云边》添了个眉题"六夫讲故事"，并在跋语中说自己"做过农夫、渔夫、樵夫、匠夫、教夫、吏夫"，故自称为"六夫"。但在我看来，天明先生虽然"六夫"都做得很好，但独独忘了自己另一"夫"的角色也当得相当出色。你看他，退休前后，如老骥伏于枥而壮心不已，在民间文学、乡土文化、族谱研究、诗词创作等领域笔耕不辍，著作丰盈，出版了数百万字的书籍，即使不算巨匠，也足可当"文坛耕夫"之誉矣。

"六夫之外又'一夫'"——"耕夫"。不知天明先生以为然否？

2019 年 12 月 26 日

《永康文联志》编写建言

去年6月，我受文联胡培新主席的委托，担任《永康文联志》的主编任务，现把进展等相关情况汇报如下：

去年7月7日，市文联首次召开碰头会，我介绍了初拟的编写纲要与实施方案，经大家讨论后基本确定下来。7月23日，市文联召开正副老主席会议，向他们征求意见。9月11日，市文联召开各协会主席、秘书长和联络员会议，布置收集资料工作。9月18日，市文联召开文艺界老前辈座谈会，向他们征求意见和征集材料。文联的这一系列活动，有力推动了编志工作。与此同时，作为担任主编的我，军马未动粮草先行，8—10月份查阅了几万份文联存档官网文件、认真研读《常州文联志》和《北辰区文联志》两部范本、查阅了《永康市志》相关章节和市文联建市20周年《出版图书录》以及翻阅自有的200多部本地作者图书，在头脑中形成了较为清晰的编写思路。去年11月—今年3月份，是实施正式编撰阶段，我选择《常州文联志》为主要参考蓝本，结合本市实际灵活掌握篇章设置，千方百计克服官网档案浩繁杂乱且不能复制的困难，牢牢抓住文联工作主线，抽丝剥茧撷取历年文艺精华，到目前止（2021年3月3

日），已完成 80%以上的编写量，净文字计 22 万余。

这个阶段所缺材料情况。从各协会已上报的材料看，要求上报的 6 项内容参差不齐，有的比较详细，有的非常简略，所幸文联档案中有的大部分已经摘出录入，没有的也只能缺着。下步将根据他们提供的情况进一步增改。但其中有几项是必需详细提供的，一是 2020 年文联大事记，包括文联全委会召开情况，人事变动情况，下属单位（杂志社）活动情况等；二是 2020 年各会员单位开展的文艺活动情况，要有时间、地点、活动内容等要素，包括协会班子人员变动情况；三是 2020 年止永康籍全国文艺界各会员名单和浙江省文艺界各会员名单，需要分门别类列明；四是 1983 年 5 月—2020 年 12 月底，在省级以上出版社出版的著作、或在省级以上刊物上发表、或获得省级以上单位表彰的作品名称、作者、时间、体裁、赋予机构，以便列表一目了然，特别时间、体裁、赋予单位不可或缺；五是编纂委员会名单，该名单须有一个文件形式。

下步需要解决的难点问题，一是艺术人物，上报材料中参差不齐，有的报很多，有的没有，笔者一时无从着手；二是人物传，尚无入传规范可循；三是图片，因我精力有限，技术所制，力有不逮，未能涉及。

鉴于艺术人物这块易发生争论，参考《常州文联志》也忽略不提，唯以具体实绩说话，建议不表，改为在附录中对加入省级以上的会员，以个人简介的形式作介绍。参考《常州文联志》从新中国成立后逝世的文艺界翘楚以卒年排列顺序入传，建议先推荐，再集体决定。图片有集中图版和分散插图两种形式，也有合而为之，请文联酌定，若插图请指定专人负责。参考文艺工作越来越受重视，讲求规范成为新时代命题，志书又是千年大计，影响深远，建议列入正式出版行列。

　　按照实施方案，今年4—6月是审稿阶段，我会不拖后腿，按时甚至提前拿出第一稿供大家审稿，稿子的纯文字数量，在求实求精的基础上，力争达到28万字以上，真实全面地反映永康文联37年辉煌历程，用实际行动向党的百年大庆献礼。

　　又经过一段时间的紧张工作，我于3月22日把27.7万字的第一稿志稿提了出来，以便加快进程。经过把文联提供的2020年总结和大事记等有关材料收进志稿，现有28.7万字。志书的综述、大事记、组织机构、重要会议、团体会员、重要活动这些章节已比较完整。但文学成果、艺术成果、人物传略、附件部分的省级以上会员名单和个人简介仍须补充。下一步需有针对性作些调查考证，以弥补不足。从第一次审稿情况看，效果不够理想，讲外行话的比较多，希望文联组织力量，围绕重点，攻克难点，提供切实有效的素材，切忌在一些枝节问题上纠缠，以便使修志工作顺利进行。

　　　　　　　　始写于2021年3月3日，修改于2021年4月15日

地名公园命名建言三则

一、江南山水新城道路公园社区命名建言

根据江南山水新城规划建设理念和区块特点，该区块命名宜提倡，一是彰显黄帝南都文化传承，二是突出永城南屏山水特色，三是尊重民间习俗记忆。为此提出建议如下：

（一）道路

将拟名的"胡则路"改为"展屏路"。理由：胡则坐方岩胜境香火千年，早已声名远播，名片亮丽，再用新城道路命名对当地三帝文化有挤压感。A 这段路东西向，从牛栏头到五金大道，贯穿整个山水新城，且沿途尽览整个石城山脉雄姿，三帝起南屏仰佛形象逼真，兆示吉祥；B 大岗山、白云山、天马山、金鸡山、龙头岩、麦磨岩、鳌山、姚山一字排开、美画徐展，座座山峰如旌旗列阵、群马奔腾；C 南屏主峰白云山古称"展诰"，喻"展示帝王诰书"又叫"状元峰"；D 柳永《迷神引》"水茫茫，平山雁，旋惊散。烟敛寒林簇，画屏展。"因此命名"展屏路"意蕴丰富，嚼味无穷，会令

人浮想联翩。

将 Z1，Z2，Z3 分别对号命名为舜王路、轩辕路、禹王路。理由：在永康民间传说中，黄帝、舜帝、大禹是造福永康的先圣和大神，五金之根，五谷之衍，五水之利皆为三帝所赐，不仅传说不断，且造庙建祠、命山赋水贯穿古今，留下众多的实物遗迹和历史文献，这些实物遗迹和历史文献都唯这一带是属，如石城山有黄帝祠，历山有舜帝庙，东村有大禹庙遗址，黄棠有姚山。因此，将并行于南都路两侧的三条路分别命名为舜王路、轩辕路、禹王路，既是对南都路、展屏路的呼应，也是纪念先圣、传承文化、进一步突出江南山水新城追根聚贤的需要。

将 H 系列的 8 条路用老地名或老故事，按照雅名化和易对号的办法命名。

H1. 命名为"凤凰路"。理由：这一带传说出过公主下嫁、孝女守节、神仙救族等故事，且已有凤凰城小区，又与凤凰塔相望。

H2. 命名为"湖西路"。理由：湖西耐火泥与五金齐名，湖西遗址有望超河姆渡遗址。

H3. 命名为"同枝路"。理由：此处为老鸦堰村，前身叫梅家庄，村中传说着梅氏太公与慈鸦互为报恩，演绎梅鸦同枝同生的故事。

H4. 命名为"富山路"。理由：这里原为云山乡所在地，大肥山也叫大富山，合绿水青山就是金山银山的理念。

H5. 命名为"渔歌路"。理由：这是大溪塘村所在地，濒大溪塘水库，有踏渔而歌诗意。

H6. 命名为"蟠龙路"。理由：这里原为上山龙、下山龙、后宅一带丘陵，又东临南溪湾和石龟潭，溪流与山岭均有盘龙之势，又对应石城山口有蟠龙石。

H7. 命名为"天马路"。理由：此路朝天马山，天马山是白云山的东首拱卫山，处三天子都前，传说为黄帝坐骑，有无往而不胜之功。

H8. 命名为"天禄路"。理由：此路临天禄山，天禄山是白云山的西首拱卫山，处高铁南站后，原名黄光山，传说黄帝养天鹿处，寓意福寿齐天。

（二）公园

1. 湖西——湖西遗址公园。因湖西泥和上古村落遗址而得名。

2. 金胜山——金豚山公园。因放金豚保境安民传说得名。

3. 大肥山——丽州先贤园。建议永康先贤文化归于一处。永康历史上出状元榜眼传胪进士亚元，官至宰相枢密尚书侍郎御史等职的不少，开发出来都有一堆动人故事，应由政府统一进行宣传纪念。

4. 大溪塘——听鹿渔耕园。因大溪塘边有黄光山，相传黄帝养鹿处，常有鹿鸣。建议辟为校园亲子活动基地。

5. 南站前——问鼎工坊园。因与黄帝石城山炼铜铸鼎相对，故名之。

6. 石城山前——石城文化园。因黄舜禹三帝文化在这一带传播久远，应专辟一园。

7. 南溪湾——白鹭飞公园。这里山水奇胜，故事密集，取一漏万，可形象化之。

8. 姚山——望鳌公园。姚山与寺山隔溪相望，寺山形如巨鳌，有望鳌折桂之意。姚山，因黄棠多姚姓，姚出虞舜，全国多历山、姚墟之谓，故姚山有追思舜德之意。

（三）社区居委会

建议根据路名或富有意义的老村名命名居委会名称，避免地名繁杂，带来不便。

2019 年 9 月

二、三江六岸命名建言

我市的城市建设日新月异，成绩斐然。特别是南溪两岸风景秀丽，宜居宜游，为广大市民津津乐道。市委、市政府在重视城市外观建设的同时，重视城市文化内涵的充实，提出对三江六岸公园道路命名，赋予精神灵魂，与弘扬民族文化相接轨，这是很有见地的举措。

1月8日，在市文联的牵头下，到市建设局看了南溪湾大桥—丽州桥段航拍视频，其旖旎的风光令人震撼，深深为永康城市的大变化而自豪！

回溯旧永邑，见之于今乃为一隅，前人尚且爱之入髓，留下许多脍炙人口的或故事或传说、或诗词或碑刻，为子孙后代留下一笔宝贵财富。而今我们的城市不知扩大了多少倍，放眼望去高楼林立、马路宽广、绿树成荫、碧水长流，无处不现勃勃生机。可仔细品味，总觉得少了一些历史承载，物名是新的，亭台是光的，点缀是单的，读不出古邑千八百年来人文荟萃、争奇斗艳的厚重积淀。

这次市文联与建设局联手征集意见，给公园道路冠名的举措将填补这一缺憾，我的建议是：

1. 在遵循地名命名法律法规的前提下，尽量与历史相衔接，多挖掘当地有影响的典故、传说、人物、事件等加以命名，使生活在当地的居民有归属感、亲切感、联想感。

2. 与已家喻户晓或耳熟能详的老景致、老地名、老传说、老故事相衔接，切忌喜新厌旧、推倒重来。历史反复证明，翻新越快，丢失越多，想留下记忆便得靠传承。譬如，东郭望春、松石招云、西津晚渡、古塔斜阳、万案疏钟、白云晴雪、双溪流月、桃洞浮花这永城旧八景就不能放弃不用。

3. 与山水新城相配套，与石城文化相衔接，与以吕公望为代表的永城八景诗相匹配。纵观吕公望八首诗中，有五首以石城和白云山为具象，描写永康美好山河，抒发热爱家乡情怀。前人尚且如此，后人更当力行。

4. 取名最好平仄音兼顾，诗意化，形象化，给人以诗情画意的感受。忌贪大求洋、标新立异、取悦庸俗。

南溪湾大桥—丽州桥是当前永康江最精彩的地段，不仅江面宽，桥梁多，碧水长流，而且两岸楼盘密布，学校栉比，府首镇砥，实为永城之要眼。为此我认为配上与老八景相应的名号与诗句很有必要。拟如下：

棠棣凌波

> 户对白云情未消，闻鸡讶动上山樵。
>
> 隔溪问祖圣王在，涉水沉沙冷月挑。
>
> 谁个留名曾炮火，后贤衔旨架金桥。
>
> 立碑姚岭棠花放，天堑通途大字标。

题记：黄棠南临水，面对白云山。东街姚岭，受南溪来水正面冲击，经九曲八弯，由此折西汇入永康江。古时江面宽阔，水流湍急，过渡成两岸民夫困扰。特别是邻近一带采樵于白云山者众多，至此涉水落江者无数。民国间有姚永安者，在沙田处造一双行石板桥以渡。上世纪七十年代有黄棠村在石板桥下游处建一石砌多孔桥与溪心相连。而今有南溪湾大桥从滩头跃上姚岭，天堑变通途。是以记。

　　注：此配黄棠地段江边公园。棠含黄棠地名，此处江面宽，旧时无桥，民皆涉水过江。至民国间，有黄棠村出一叫姚永安者，为北伐军炮兵独立团团长，作战英勇。回家在江上造一石板桥，供上下山处到白云山砍柴及过往者行走，其功甚巨。整个诗句含此地理位置，民生情景，圣贤传说，过渡往今诸内容。

天女浣纱

> 轩辕南狩石城巍，嫘氏植桑滩土肥。
> 一统山河同济世，十方尘血染征衣。
> 粗麻有赖村姑织，金鼎无忘炉火围。
> 碧水澄清辉两岸，浣纱旧地鹭群飞。

　　注：此首配溪心地段江滨公园。传说黄帝驻跸石城山，其妻嫘祖即到溪心一带种桑养蚕，织布洗衣，助丈夫完成统一神州大业，留下了溪心一带桑园遍地的佳话。

凤鸣汀渚

> 天河喜怒见无常，涝旱每须济粟荒。
> 有凤来仪施布袋，筑堤拦坝润膏粱。
> 鸥翔汀渚流波碧，人倚栏杆照影芳。
> 禹府门前多贵客，乐为一助丽州长。

注：此首配高镇—丽州广场地段。此地传颂着高镇明朝进士、忠烈公周凤岐捐粟济饥、出银筑坝、跑马开堰的感人事迹。现是市政府所在地，风景秀丽，游人咸集。

惠风芷岸

水天潋滟共云镇，剪紫裁蓝沐艳阳。
一线城垣疑海岸，两涵物影恰鸳鸯。
静听似有神人语，骋望原来仙鹭翔。
若问瀛洲何处是，石城山下永康江。

注：此首配城南别墅段公园。此地见一群友连发九图，始疑海岸风光，细察乃永康江天水一色，美如蓬莱仙境，遂叹而赋之。

牛市问津

依江牛市起宏图，名士布衣雀跃呼。
玉带盘桓开胜景，笙歌曼舞遍金湖。
文龙激学莘莘子，鼻祖叮规恳恳夫。
工匠精神如鼎铸，石城高处壮征途。

注：此首配永三中地段江边公园。此处对面旧时是牛市溪滩，现是龙川公园，文脉鼎盛，陈亮的事功学说与传说中的黄帝铸鼎的工匠精神是一脉相承的，为永繁荣输入源源动力。

东郭望春

龙川公园前地段，应用吕公望之首诗，不宜另起炉灶。其他地段有相适者亦然。

写于 2020 年 1 月 10 日，改定于 2 月 11 日

三、三江六岸第二期命名建言

鉴于第二期地块大多数处老城区地段，前人留下诸多脍炙人口的诗句和意境声律俱佳的美称，故本人倾向保留不动。在县城八景诗方面有徐友范和吕公望两个版本，比较起来吕公望略胜一筹，现版《永康市志》所采集的《古城十景》亦基本以吕版为主。另命名不宜过细，否则喧宾夺主，易生疲劳，冲淡概念，对于提高城市形象，指认方向并无好处。

故对号建议如下：

（一）对图 1—3 号命名"西津晚渡"。理由：取自吕公望诗，意境四季皆宜，动静结合，平仄相谐，积淀深厚。

（二）对图 4 号命名"南浦春烟"。理由：取自徐友范八景诗，南苑地段，极合其意，平仄相谐，诗意袅袅，引人遐思。

（三）对图 5 号命名"石城罗碧"。理由：取自徐友范八景诗，此处为老县府正对石城山地段，古人隔江远望石城，尚且念祖怀思，而今我市正在开发江南山水新城，更不能目近尺寸而忽观也。

（四）对图 6 号，上次已定"牛市问津"，不必重提。

（五）对图 7 号，这是三中地段，也已命名过。

（六）对图 9—10 号命名"双溪流月"，但三江广场可保留。理

由：取自吕公望诗，意境四季皆宜，动静结合，平仄相诣，积淀深厚。

（七）对图11—12号命名"桃洞浮花"。理由：取自吕公望诗，动静结合，平仄相诣，积淀深厚。

（八）对图13号命名"曲水疏钟"。理由：此处是华溪大拐弯处，正对"万案疏钟"和"松石招云"两个旧址，有名状怀幽之意。

（九）对图14—15号命名"华溪钓隐"。理由：新版市志说，明代名臣童燧有"华溪钓隐"诗，指后槽桥—华川桥段，我以为然。

（十）对图16—17号命名"龟潭枕秀"。理由：此为林大中龟潭庄旧址，新版市志号称"龟潭明秀"，我意改"明"为"枕"，有个动词显得有生气。

（十一）对图18号命名"白云晴雪"。理由：取自吕公望诗，动静结合，平仄相诣，积淀深厚。可与张泽宏建议设吴绛雪公园相融合，永康有南北两座白云山，吴绛雪为保境护民牺牲在北白云山下的白窖岭，用该名能起四面圆通之大效。

（十二）对图19号命名"古塔斜阳"。理由：取自吕公望诗，意境四季皆宜，动静结合，平仄相诣，积淀深厚。

（十三）对图20号命名"霞山锦树"。理由：取自徐友范八景诗，其"翠岚入袖朝犹爽，红叶题诗夕更佳。坐看山樵歌且笑，九光丛里着芒鞋"的诗意与此处景象颇合。

2020年7月26日

永康地名赋

序　言

永邑人杰地灵，山川秀美，文脉昌盛，素有小邹鲁之谓。明清际，有托名宋状元陈亮者，撰就《永康地景赋》宏篇，收入地名近150个，因组合巧妙，文采焕然，阅者无不击节称颂，以致代代相传。

余素有怀旧情结，有生之年目睹社会变迁，先后撤县建市、撤区并乡、及工业化进程，大量地名渐趋消失，对此深为惋惜。为留一份念想，余遂于1998年底，根据当时市地名办所编的24个乡镇的《标准地名图册》和市政协所撰《永康揽胜》两份权威资料，以原6个区为基础单位，参考行政区域新变化，收编行政村名附带少量地名，草就《永康地景咏》。加上首篇总领乡镇、风景、城区地名，尾篇拾遗域内自然村名，共用8个篇幅收进市镇乡村地名近1000个，风景地名100多个，基本囊括了上世纪90年代永康地域内所存有的乡镇村名和风景地名。

时间一晃过去20多载，此作越来越受人们喜爱，不断被有关媒体和网友翻出传播。为飨读者，再略作修订，因当时称"咏"是为了与前"赋"区别，今改为《永康地名赋》，与《永康地景赋》仍存一字之差以免淆也。另篇目也加上特指区域，为方便读者认领，所有地名都设置了下划线，诚然为意境计，部分地名用了谐音，请读者谅之。是为序。

之一总领篇

东海之滨纳浙江，居中置市号永康。

古丽蕴含千年山川风采，芝英凝聚百代人杰地灵。陈状元桥下读唐诗，从此童宅园人才辈出；胡则公胡库施银钱，谁得象珠盒富甲一方？前仓街头工商运服生意兴隆通四海，八字墙内农林牧渔桃红柳绿五业兴。古山金、舟山石、中山矿，山山奉珍献宝；清溪水、西溪纺、棠溪菇，溪溪流金淌银。方岩、柏岩顶起擎天石柱架烈桥，新楼、新店构成四路花街庆永祥。

悠闲时：天门洞开架飞桥赴仙岩听瀑，西津晚渡石龟潭上白云游湖。五峰书院观高人墨宝，公婆岩背随诗翁吟风。灵岩寺求签拜佛祈洪福，竹林庙伏虎听诵修德清。魁山岩餐风，青山口泉可解渴，釜历山笋可充饥；裁云亭露宿，石鼓寮和衣斜靠，试剑石半片枕头。春暖，九仙潭牛郎织女相聚；秋凉，滴水岩碧湍眠石梦恋。夏酷，大寒山龙宿塘沿避暑；冬严，陶德洞五指生姜御寒。双涧横秋连接十八曲，半天长廊可通古石城。龙湫瀑奋起一泻春秋成万趣，小漓江正对七叠飞泉映重楼。

溯往昔：黄帝石城山操练兵甲森严壁垒，虞舜龙王塘躬耕陇亩广植麻粮。刘光武皇渡桥虎口脱险，吴国太上封寺还愿进香。烈妇祠西街纪悼吴绛雪，震二徐公祠落晖武义巷。松石招云吕公望名彪史籍，双溪流月应均儒蘸笔题画。龙虎塔、凤凰塔雄踞江岸锁大势，虹霓巷、大司巷格定九门十六坊。许码头停泊龙泉舫，山川坛捎信问永安。

最刮目：华东飞渡引灵湖水浇方山秀色，龙川公园借五金城造京华花苑。三马九铃跑过华丰迎紫微，解放丽州溯流而上可望春。高镇升旭日，端头落余晖，分坐江东江西。黄染店办厂，应店街经商，永拖南北奔忙。东库、西山、南园、北溪，成四方之位；应家、周塘、牟店、白塔，纳百姓之家。牛市溪滩雅筑公园里，十里南苑通幽下园朱。金温铁路穿贯，西园畈凌空；大小公路纵横，双股金钗交错。高楼座座华溪两岸矗立，电磁阵阵卫星天空盘旋。刘英陵园先烈伟业载青史，河头大院政通人和铸丰碑。

之二　环城篇

长城巍巍，东湖浩荡；田宅阡陌，塔海昭彰。

皇城里，英阁挺拔，大小花园桃花缀点；金山厦，凤楼高耸，下楼即见几株黄棠。苏溪、夏溪、临溪、石溪、骑马驾龙会盟溪碧山；城塘、邵塘、排塘、青塘、湖塘里壁高论大塘王。姜太公西水垂钓定西周，葛仙翁西居敲棋收雨童。马竹岭拉起麻车头直闯白雁口，里龙溪裹走乌牛山潜伏水坑下。羚羊奔走南山之巅，云狸穿行东村之野。葛塘山、黄塘山、牧笛同归山后卢，葛塘下、方塘下、钓翁凝神大塘沿。白埕里，横山构筑前新屋，大溪堂，雅榭置酒宴亲朋。

湖西景美连溪口，鲤鱼喜跃龙门；河南宝地建仁村，品行堪称上范。大坟山变样，杏花村喜迎大路客；上水碓闲置，老鸦堰再砌新埠头。翁埠鸡鸣早，勤风可嘉；范宅德清高，民风淳朴；颜库储钱粮，永丰后代；华村景色秀，新添双锦。章店五金，李店电器，赵店饮食，傅店成衣，上把赵东街大显身手；曹园栽桃，栗园培栗，大园种柿，周园植桔，小告朱山下春风得意。下店午，一畈平田瓜菜绿；山门头，永青西卢吊大兰。朱岭脚，拱瑞杨梅誉满十里牌；水碓头，胡公豆腐远销马岭下。大塘头遍植栝坑梨，其甘如蜜；栝坑口运出大坑矿，其色如萤。

樟塘、鸦塘、库水连溪心，郎家、刘家、同耕下田园。

之三石柱篇

石柱崖山通云天，妙端巧结金杭丽。里溪迎送三江水，泉湖浇灌万顷田。

湖塘鱼泽藏洋龙，峰鸟高飞入云溪。西麂信步田畈林，横鹿悠闲渡华川。前罗塘里出甲珍，百鸟朝凤在下陈。灵山电机产姓付，孔雀箦里育厚莘。彩练挥舞长端头，吞云吐雾麻车口。小桥流水里溪寨，金花遍栽前塘头。俞溪头桔上下杨，下寮相聚前后郎。磨山秀石江瑶景，新华天表照前阳。

石狮岩下大塔尖，马关端头置疆沿。一、二、三舟游溪塘，后畈洪茂注清源。石雕精刻白岩下，石塘徐摇枇杷鲜。白沙流萤淘金石，坦郑撷英通途边。沅口水阔凭鱼跃，道坦路平任奋蹄。陆宅申亭唱花鼓，前村台门啼杜鹃。魁星才点下东桥，上桥又聚醉八仙。

峡川新楼十里长，铜山延绵廿三庄。里外木坦采条石，上下丁众车木忙。方丘水飞上溪里，方山口柿品牌响。凌宅有意插槐花，大路任植高夏杨。西岸晓渡出渠口，洋溪不觉到大江。高寮远瞩关山月，山坞正值果飘香。

自古华山无二道，谁见荆州还东吴？殿下空有金宝座，隋唐江山已是无。何须石下开塘花，只采历山云雾茶。后吴蚕茧后郑芋，后项铸造郎村砂。池宅刺绣姚塘果，豆岭蜂蜜杨坑瓜。塘头本扎大陈旗，厚仁新店共天涯。

界牌迁折定南疆，彩印标牌举世彰。溪坦地上高楼立，麻车店里见辉煌。白岩石角光耀目，王元滚滚金斗量。大坞柴垛宅树下，麻糖罐头不时尚。大坑有水斗潭满，法莲寺里和乐响。善塘川塘新下雨，璋川朝川架罗桥。停车坐爱枫林晚，神迷大处廿七庄。金鸡起舞施贤笑，南部一镇数前仓。

之四芝英篇

芝英毓灵杰，胡库喻存富；古山显刚毅，方岩含秀逸。智、财、伟、秀天设置，竹、柏、松、梅地造就。

竹之灵：桑园下雨后春笋，排列整雅；古竹畈新开先盆，再耕陈园。杏桐园栽云下竹，清影双摇；金竹降临南山沿，琴弦上胡。象鸣畈嫩竹上时，味美鲜雅；象湖里竹篙纵筏，放游前航。可投湖仙凌飘渡，弄竹空灵；继绪塘忠孝堂慈，福竹成荫。灵岩寺前奔橙鹿，草席西卢卧书郎。前皇后灵崇尚儒家，黄家赵家望子成龙。后塘弄书香门第，青后叶下读前书；儒堂头尊师重教，鲤鱼塘沿造文楼。游溪堂招贤纳仕，上英雅应群英会；两斗门吟诗作对，坑里坑口共峥嵘。

柏之质：谁论下畈厚浅？分明葩柏参天！管你铜坑铁打铜铸，难不倒王南山愚公善于干。前山杨扦柳柳成荫，清塘下赶鸭鸭成群。

椰山殿穿皮店衣，寺下屋喝汤店鲜。黄泥勘点土成金，大江畈涌雪堆银。大坟山旧貌换新颜，前榆树老权抽新枝。黄店、楼店、王上店，店店生意兴隆；亳塘、隔塘、柳前塘，堂堂锦上添花。大园东钢材贸易赚取前金，杜山头木材买卖除本下余。墁塘衡器美名歌扬，横沿电器盘亘溪岸。炉头火焰熊熊，堰头铁水奔流；岘口机声轰响，宅口产品包装。马坊不再有，街头轿车跑；柏石造孙宅，长坑通大道。人间天堂今方是，仙女也羡郭山寮。

松之风：岩后大峥，刀削斧劈，仍见独松高占，溪干沙端，荒原大漠，还有鹰击长野。宋江三打祝家庄，车马河风起云涌；胡堰街庙口摆擂，胡祖坑喊声震天。李世民机智果断缔大唐，武则天无字碑纪大唐周。浩山头旌旗蔽日，前陈后沈操兵练马；古塘里车水马龙，西村井头筹备军粮。上胡坑冲出金江龙，鱼虾遁形下溪池；后山头飞起可投鹰，鸦雀无声山头树。宁塘、晏塘、弓塘、黄塘坑会盟，前塘、雪塘、定塘、下西坑聚会。荆山陈橙里王冠，松塘园义结金兰。上徐店沽水浒酒，下徐店把好汉夸。

梅之韵：葛山高峰煞是好，亭后仙岩雪方晴。抬头岩上梅枝闹，近看前园梅瓣清。石塔下雪撩梅花香扑面，里塘下梅拈冰壶影自明。柘岭下松抱梅簇同映雪，麻塘头梅伴青竹喜迎春。梅闹西坑，派溪桥里车水马龙；梅俏岩下，寮前寺后游人如织。梅清后都，后郦佳秀超凡脱俗；梅香前坑，彩蝶飞舞郑村下宅。西卢日暖，上里叶蜂滋绿泽；练结解封，下堰头鱼动波粼。下邵犁大园，下蔡培香果；林坑陈倩影，风流应南溪。

之五龙山篇

崖路溪桥天下通，唯有此处景不同；龙马精神世代颂，率效先贤状元公。

卧龙山文龙端坐，寺口上坛雄辩群儒；龙窟寺龙川出招，渔川大川气贯长虹。推倒西山之智勇，开拓万古之心胸；睿蓄洪塘之智慧，笔走玉川之文彩。为保社稷太平，几陈持戈义门；力倡农商互籍，主张济事溪田。格山岭脚，柘溪桥头，谁不诵"人过侧过"？张岭西坞，寨口道门，皆会唱"牛吊石柱"。壶坑洞古龙布雨，桐塘、菱塘、西塘龙腾虎跃；前珠山梅龙呈祥，丁坑、潘坑、董坑龙飞凤舞。龙鳞一片，黄溪滩变成金园；龙水一吐，樟塔塘长满芰杨。龙盘虎踞，后景崖上莲屋迎旭日；大泽龙蛇，溪边崖下孔村育传人。

马山头马嘶人叫，勇士披甲上马，直取下奠口；吕南宅笙歌悠扬，上将论功行赏，设宴上堂头。丰山头傍溪建马坞，青山口天然成牧场。战马鏖战后岗头，飞马凌渡尚黄桥。骏马驰骋四路口，烈马飞奔楼山坑。棕马拉动里麻车，青马驮运大宅口。黑马金山头赶猎，白马上弄口产驹。老马西溪桥下乘风凉，小马上马横沿乱撒娇。渴马石江边饮水，汗马张溪头洗澡。壮马胡塘下养膘，弱马百念秤过磅。人欢马叫，柏东柏西忙造林；一马平川，下贵下里好犁园。马不停蹄，贾宅贾处生意急；马到成功，上徐下徐厂正红。金戈铁马，后宅新屋豪华宇；万马奔腾，上卢下赵俱精英。

之六象珠篇

山灵生虎象，水秀潜蛟龙；五指护象珠，清溪吟唐诗。

中山坐镇，龙山盘亘；前山挥麾，下山开道。黄杜山上塔儿头，笔架伺候；里岭脚下古竹城，明星荟翠。格山沿，凤山寺口仁坛论道；方山脚，山西孔雀庙下开屏。箬岭下，潘川船泊岩渡里；山端头，长川直驱岩洞口。周坑、金坑、安坑手背走，椒坑、横坑、张坑手心行。枫岭脚峡源建新村，上柏石岩前构雅堂。春燕裁柳墅，三儿头成婚雅侣；喜鹊唱桐墩，大园童喜庆华诞。有朋自山西来，快请上厅就座；捷报送大儿前，雅庄顿成欢娱。

竹川流翠，荷川溢美，苔川铺锦，官川统汇。三渡溪倒溢后渠，泉头如涌；三井头提水郎川，浇灌黄岗。塘里坑直泻九里口，王溪田滋生五谷；石塘明汇扬三溪水，茹录畈四季如春。木渠横渡，山涧清流注下田；桐溪泽被，金畈禾苗绿上叶。英村、汪村共食江头水，邵宅、叶宅同洗溪边衣。石湖坑，谏庄新筑上新屋，后力坑，小童殿试中上考。石桥头舒目，滔滔前溪接云路；象牙里精镂，朱明塔石依新河。

南湖泛舟，莲湖采菱；泽塘施露，藻塘聚萍。白莲塘莲花盛开，塘上双桨轻摇；白麻塘水族集队，塘下水波拍岸。八口塘天然荷园，陈路塘人造横洋。长塘头，夏杜曹撒网捕鱼；石湖口，官英堂雅位陪酒。黄塘下，十里栋陇成兰街；前桑园，半年白窖连长村。清渭街，派溪吕福祉长恬，清塘庄，楼下陈庄口尚仁。西竹园，郑家又栽新竹；寺口吕，塘东重修西寮。宝殿后杏里花开四季春，前渡金富贵雅仁年年红。

之七倪宅篇

　　廿里花街，富展田园物产；烈桥之下，淘尽西域风情。花川、新川、易川、赤川山南发迹；方村、金村、炉村、吴村八桥连珠。杨公岭张分把国道大门，下时驮陈各自严守哨卡。长木杠担起楼塘梧涧，游草塘闯进黄鱼塘鲸。后金龙起飞，鹰雁惊走前山头，上蟹潜入溪湾周；龙盘岭探天，下王深居杨坑口，大鸳独霸塔石头。七村八坑五路连枝，四川六宅横桥飞贯。

　　上宅口，潜村朴村三朝元老廊下谈致富；横山下，大徐俞皮各路能人黄阁论开发。油坑、章坑，溪边汪里造定桥；柄坑、枫坑，下姓王前栽金杜。陈弄坑劈石，下堑变通途；寺口方填土，尚仁盖下殿。枫树塘沿开塘店，西田畈里种荸荠。雅陈植芦笋，东陈栽黄柿，里屋织尚裘，寺前开矿机。山后狐安居副业场，颜宅燕收获金长园。

　　下田桥双溪映月，上田桥江村如画。叶儿坑、桐塘头汇流成河，龙潭里、小东陈龙蛇共酌。下宅方楼宇拓新，大屋楼飞来金凤。阔塘后鲤乌追逐，枫坑口横雁低掠。后麻塔黄羊漫踱，新溪岸前柳轻舞。吴坑鹘飞越八字墙，倪宅鲵作波王慈溪。应宅燕莺欢唱山头蒋，项宅宝象饮水金古泉。横山脚驰骋马宅良驹，塘头鹰看护潘宅仙桃。

之八遗玉篇

　　皇天后土，浩荡乾坤，物易星移，四序更替。主名之咏固可佐餐，雅名小筑更招人爱。

　　诸如梅端、瑶弄、前郿、后荷描其雅也，泉口、田心、后角、山窦喻其置也，可安、下安、益寮、茂西祈其福也，派岩、瓦灶、田厂、铁店谓其工也。高山、岭后、山屺、深坑、野猪窠出没，毛村、刘宅、朱家、陈店、郑板桥醉诗。戴村董宅，大园堂前栽仙杜；东畈上园，田畈中央种木棉。贵至上方显贵，贱至下郎夏作；高至公山岭上，低至沙田下宕；物至横街上产，心至念凹成理；莫不尽名尽表，至美至赞。

　　山色娇美，田岩俊秀。于是乎王坑、王庄分坐里王、外王，王家坑也称山头王。大龙盘踞龙山街，黄龙游弋龙山边，下山龙称霸盘龙殿。凤凰山脚横卧龙凤村，左有梧桐山，右有虹霓塘，后有翠竹庵，前有长春畈。杨溪王高坐神坛，宫妃跪大安，侍女端燕窝，上下王僚列班朝拜，大小杨官奏章上呈。石锦案上处罢上陈黄务，携宫后游春。跨过五锦桥，步上瑶山，看东山头日灿云天，祥山头彩云缥缈。金峰寺晨钟脆耳，莲花井泉喷如练。画眉岩玲珑可爱，将军塔威武生风。东岙果园飘香，南坞梅箦放彩。里荷塘蜻蜓倒竖莲花，江麻园蝴蝶成双结对。

　　踏上横栏头，穿过板桥铺，来到石宕下。岩头湖上舟，驶入古里溪，危崖扼水角，蜿蜒如长蛇。仰观两岸：黄公山秀峰倚立，桐岭头梧枝摇风。里外东寮云烟华笼，桃树岭头花丛锦簇。落英山鹰庄挂崖，方山顶岩雕雄视。黄雉朴楞毛草窝，白獐窜跃大石坎。三间屋有猎户窥视，后坪头有英犬蛰伏。茶叶坑村姑掬采，白水堰老妪洗衣，扫帚坑青儿拾竹，万寮屋白翁扎箕。峰回水转，绕过大弯便是半月沉江，九里锦川别有洞天。但见羊角塔水中探月，乌龟背入水无声。乌岩洞引人入胜，像型头百态千姿。湖堪头格面窝螺，大岩下绿水浮鸥。大雪口清凉宜人，桃源口雅构花楼。东有赵侯殿，上书院富藏苏家诗文，下经堂饱读舒家真经。西有延福寺，牌楼下题联："家堂山施孝福满云塘，德茂塘布泽寿长东山"。

汝若春风岭脚下马，抬目辽下，大田畈满眼绿色：百秧畈秧田披露，后姚畈叶园迎风，上考畈葡萄爬架，鸟立畈青豆结枝。马长山上畈犁翁田，牛栏头后垄耕下畈。长塘湾水飞姚家垄，山荷里莲开五岗塘。火棚山脚围马寮，水库后勘放生塘。坟庵辞古柄收存田畈屋，炉后车古头迁入下山段。上塔背建造荷花庙，岩塔头留下松明坑。大肥山杉木油翠，小芦塘荽笋雪白。地塔田里结柯橙，荒塘头沿种大谷。横桥塘巧置寺山脚，山坑叶移栽东家园。

呜呼！奇哉：

陈宅安发家福建寮，下金园生辉黄岩口；鲤鱼头跳入永康塘，杨姑娘烧香崇道观。

作于 1998 年 11 月，修订于 2020 年 8 月

情愫萦怀

石柱高中，一个魂牵梦绕的地方

　　马鞍山脚，李溪河畔，金温公路蜿蜒穿过，田畴沟渠环绕其中；此处村庄密集，人文荟萃，先有谪仙饮马之说，后有放翁城隍之立；石柱区委坐镇鹅岩，南李两溪交汇水泽；天然福地注定这是一个培英育俊的摇篮。

　　我从11岁秋季开始，由村校升读石柱区中心小学四年级，从此与此地结下不解之缘。每天睁开眼，拎上书包，来到村口汇聚，结伴着一同上学。伙伴中有同班的，有高年级的，也有在读初中的。行过野狼出没的黄金山峡，穿过桑青稻黄的下陈畈，经过鳞次栉比的下里溪街，越过金温公路边的那座宽敞凉亭，进入上里溪村口后，伙伴们便分道扬镳，向左进入小学，向右进入中学（当时还是初中）。

　　四年级并排两个教室，西头是甲班，东头是乙班。教室外是个大菜园，菜园围墙外就是进中学的大门，可以听见大门口值班大爷的敲钟声。五年级搬上刚刚新造的教学楼二楼，可以瞭望石柱中学的半个操场。窗下清澈的堰水静静流过中学的围墙边，围墙角有棵大樟树傍桥而生，午休间常会与中学出来的学生邂逅。

冬天来了，中学生在校有寝室住宿，小学则没有。我们离家八里远，相约寄宿同村的中学生处，可是要等到他们晚自修结束后才能进入。有一次，我和阿湘、阿鸟三个人去晚了，校门已关闭。我们不敢爬墙，只能悻悻退回四甲班教室。深夜里寒风呼呼叫，三人龟缩在教室里瑟瑟发抖。冷得实在没办法，就用自带的煤油（备于睡觉前在教室点灯自习），点燃废纸取暖。废纸和煤油都非常有限，又不能把书簿也拿来烧掉，三人只能抱在一起相互取暖熬到天亮。还有一次，天黑不见五指，我复习完功课，急忙忙往中学投宿，过桥时误以为白晃晃的是桥面，一脚踩去跌落堰中成为落汤鸡。我爬上岸后哭了，哭声惊动了许多老师，他们赶快找来干燥的衣服让我换上，班主任李保恩老师还留我住了一宿。

小学毕业那年遇上"文革"，延读七年级；1967年未能受荐升读；1968年春有幸升读农中，但仍在原四年级乙班的教室里。不久农中解散，并入初中，才得以正式进入这座久仰的学府。

在我的印象中，石柱中学一直是这样方方正正的一片天地，前身是上里溪中学，我大哥在大炼钢铁年代就在那里就读了，"文革"中改为东风中学，我初中毕业时又改叫石柱公社初级中学，这是适应普及教育，社社办校的需要。初中毕业半年后的1970年秋季，石柱公社和新店公社率先开设高中班，我有幸成为石柱中学首届高中生。1971年春季，新店公社高中班并入石柱中学，与石柱的高中班组成70级，又在全区招了三个班组成71级，以后招生成为常态，直到进入新世纪后，随着教育形势的发展，石柱中学退出历史舞台。

我们70（1）班有56名学生，绝大部分是石柱公社范围内的农家子弟，极少部分是在本区工作的干部或工人子弟，由大队推荐，公社批准入学。学校收费很低，每学期学费5元，书费2.5元，住校柴火费 4 元，共计 11.5 元，有困难的可申请助学金。课程开设有语文、数学、机械、化学、英语、农技、音乐、体育等几门功课。学校注重培养又红又专的社会主义建设人才，教师因材施教，运用启发式引导式教学，广泛开展学工学农学军活动，经常组织文学创作、文艺表演、体育比赛等活动。学校鼓励学生积极上进，专门配置青年老师担任团干，班里组建团支部，发展了大批团员，平时很注重在实践中操练文笔和思辨能力，为进入社会打下良好基础。正如翟幸生同学所言："高中两年，是我从小学到大学，最舒心、最获益的两年"。毕业后，同学们很快融入社会，不断被输送到各部门各单位，不少同学被提拔到领导岗位或成为业务骨干，在各自岗位上作出自己的贡献。更可喜的是这个班的同学思想健康，精神向上，有正确的人生观、价值观，步入老年后，绝大多数家庭美满，事业有成，其乐融融，这些都是与当年石柱高中正确扎实的教育培养分不开的。

　　我因几次求学的艰难和几番失学的遭遇倒逼出求学欲望。进入高中后，我一改过去顽劣脾性，如饥似渴学习各科书本知识，课外努力阅读革命导师著作，特别注重唯物辩证法营养的汲取，虽然学识浅薄，读起来似懂非懂，但那种世界观、价值观、人生观的引领，影响我一生。

　　那时遇到了一批好老师，如吕茂占校长，严肃与温和兼备，苛刻与关怀并重，尽显长者风采；朱锦湘班主任，学富五车，文采绵长，善良敦厚，谆谆善诱，儒家风范；任立祥数学老师，逻辑严密，课教精湛，深入浅出，丝丝入扣，耐心和悦，爱生如子；朱章国英语老师，激情四射，智力超强，融合贴心，落土生根，赤子一个；沈新宏物理老师，英俊潇洒，文体全能，才思喷涌，待人谦和，活力四射。这些老师的言行举止、音容笑貌一直镌刻在我的记忆深处，历久弥新。

步入社会后，因诸多曲折以及错失高考机会，无缘进入高等学府深造，为此我痛心疾首。日有所思，夜有所梦，一度时间里，我夜夜梦见自己坐在教室里聆听老师讲课，梦境出现的全是石柱高中的画面。为弥补遗憾，我从 1985 年到 2007 年整整 20 多年的时间里，利用工作之余参加各类学习，先后取得思想政治专业文凭，自学考试大专文凭，法律专业大学文凭，马克思主义硕士研究生文凭，晚年后又自学古典诗词创作方法，成为中华诗词学会会员，终于圆了深造的梦。

我的学业生涯止于石柱高中，我的自强之梦始于石柱高中。石柱高中，一个魂牵梦绕的地方。

2018 年 3 月 20 日，首发《永康乡愁》

遥远的印记

趁着清明祭祖，从大厨山下来路过塘端桥头，突然想停下来走一走。

因近来从白垤里到寺山脚，再朝南溪上游到郎村池宅走多了，而朝李溪方向从未走过。虽然早已知道李溪经过整治，但不知道究竟啥模样；更何况李溪河畔有六夫的母校，从11岁至20岁，六夫的大部时间在那里度过。

伫立塘端桥头，看到清澈的河水，脑海中浮现出旧时与同窗在石板桥上拍照和跳水的情景，可惜把那些照片都弄丢了。一路行去，原来荒草丛生的沙栋、溪滩早不存在，展现眼前的是，高大的堤岸花红柳绿，莺歌燕舞，生机盎然；北岸是塑胶步行道，南岸是柏油大马路，河床中绿汀芳草，曲水流觞，小径蜿蜒，漏墩巧渡，简直就是园中盆景，景中画廊。

再前行数步，一座耸天水塔跃入眼帘。心想这是六夫母校石柱中学旧地，看看旧校舍还存在吗？从堤根围墙窥视，偌大的操场，气派的将令台，恢弘的建筑，哪里还有半点过去的影子！

记忆中的石柱中学，北面隔着百米良田才达金温公路，南面隔着数百米高低起伏的旱地才临李溪堤岸。而如今，已为石柱小学所用的校园，门口开在国道边，围墙筑到堤岸脚，变化令人难以置信。

正凝思间，几株硕大的古树令六夫怦然心动，这株是苟树，那株是椰树，身上缠的古藤叫白蓬。这是六夫读小学期间常去捉鸟捕鱼俗叫"大篑"的地方。那时每逢午餐，六夫与伙伴们捎上自带的午饭，有时凭着树干、有时借着沙滩就餐。吃完午饭，同学们忽儿爬树摘白蓬、油皂、苍蝇（苟树种子，形状像苍蝇，有黏性，可贴在脸上玩），忽儿下水捉花斑、泥鳅、沙钻；有时还会到拦水坝下游泳，甚至爬上石坝往下跳水。大概那时命贱，不管树爬得多高，水跳得多深，从未出过危险。

如今留着的古树也就三五株了，旧时的石头坝石板桥被活动坝水泥桥替代。六夫估摸这就是流经学校水堰的入口，可是地面上是学校与农房紧挨着，看不出水堰的痕迹。

六夫慢慢在一条稍宽的村中道路踱着，忽见一校门，门口挂着陈旧的牌子，上书"石柱初级中学"。原来小学与中学倒换了位置，原先的石柱中学所在地变成了现在的石柱小学所在地；而原先的石柱区中心小学所在地变成现在的石柱初中所在地了。进得门去，因是周六悄无人声，看了橱窗展示的老师风采栏，方确信这真是初中校园，消除了六夫对初中还否存在的疑惑。

从初中校门退出，一回头猛见一排旧房，虽然已面目全非，但六夫立刻觉得这是他五十年前就读过的教室。再细致观察，旧房两个教室，东头那个虽然把街沿封闭了，可参照西头那个样子，还有东棚头厕所的模样，对角姚同学的老屋也还存在。六夫完全肯定了初始的判断，这排旧房就是他从村校升读石柱区中心小学时首读的教室，西头是四甲班，东头是四乙班，更庆幸的是，教室前的祠堂轮廓也还在。

六夫急忙绕祠堂一周，来到祠堂正门处，那条最熟悉不过的上里溪街出现了，显得沧桑老颜。对着祠堂门口，原来要踏几步的台阶没有了；门口高大的两块门护也见低沉与破碎；门里天井已长满杂树，高度超出屋栋，隐约中显露着前厅几个方方正正的石柱，似在重复着蒋良玉校长、朱日福书记在开学休学典礼时向同学作报告的身影。六夫想寻找点这个老祠的历史，除门口石上依稀有"王氏宗祠"的踪迹，以及右手窗檐有"起敬"墨迹外别无收获。

这时出来一位村妇，好奇地看着六夫并问他做什么。六夫回说五十年前在此读书，并询问祠堂现在为何如此落败。她说祠堂已归还村里，只是未加利用。

回到初中门口，遇上学校保安，六夫向他打听有关情况，回答说是新来的。但他透露了两条重要线索：一是学校门口下就是水堰，二是那排六夫就读过的教室后面是教办。这使六夫想起1977年刚参加工作时曾在这里教过短暂的两个月书，当时的初中校长是王仁永，教导主任是胡淑柳，他们后来成为六夫的入党介绍人；当时六夫住在祠堂内右厢房第一间房间，教课在1963年中心小学时建的教学楼二楼西边第二间教室。后来六夫辗转各地工作，曾拜访过已移到这里办公的教办胡德洪老主任，只是物换星移，现在变得老地方也认不得了。

六夫努力寻找那座建于1963年的青砖黛瓦教学楼，那是六夫读五、六两个年级的地方，里面盛装着六夫成长的点点滴滴。班主任胡勇贵老师多才多艺，关怀爱护，使六夫倍受感染和温暖；算术主课俞振洪老师和蔼慈祥，不愠冒犯，激发学生独立思考；课外辅导徐杏村老师轻声细语，严肃认真，励人无数。教学楼前是偌大的操场，1964年冬季的一个下午，课间十分钟同学们从教室一拥而出到操场活动。六夫猛然发现隔溪对面浓烟滚滚，就赶紧向在走廊上一边抖动单腿、一边吹着口哨的胡勇贵老师大喊："起火了，大家快去救火啊！"胡老师和同学们听到喊声，立即像潮水般奋不顾身向火场冲去。师生循着火场方向拼命奔跑，越过河流，越过后项村庄，越过田野，看四面八方救火的人群赛如千军万马。到了殿下村火场，大家奋力当先，尽管火焰冲天，可没有一个人退却的。火被扑灭了，六夫全身湿透，但心中的激动久久不能平静。可是这座珍藏着六夫许多美好记忆的教学楼消失了。

去年12月，六夫的发小、同学，也是曾任这里教办主任兼初中校长的周跃湘，应同学要求，牵头组织了一次小学同班同学会，当年的豆蔻少年都已银丝满头。见面时有些印象犹存，闻音可辨，有些却连名字都记不起来了，真个物是人非啊！

2018年3月25日

绵绵豆腐情

读永康乡愁公众号吕观德先生《白嫩豆腐有乾坤》文章如身临其境，把六夫的思绪拉回五十年前家中也做豆腐的点点滴滴。

1967 年遭遇百日大旱，粮食歉收，很多有手艺的选择外出谋生。六夫兄弟四人因受父母老实本分的影响，不敢冒"走资本主义"的风险，由大哥策划了做豆腐养猪娘的家庭副业，从此与豆腐结下不解之缘。

按哥的说法，大豆耐旱，增强地力，产量奇高，农民爱种，人们爱食，做成豆腐，成品换钱，豆渣喂猪，蛋白丰富，养猪长膘，母猪产崽，卖崽生钱，猪粪下田，田增粮食，这是个良性循环的生财之道。

因家里有现成的猪栏，有现成的麦磨、豆腐桶、豆腐袋和大灶台，这个做豆腐养猪娘的计划很快付诸实施了。父亲从许码头牛市溪滩买回一只凿壳（指未生育过的）猪娘，还买了一缸盐卤，算是备齐了实施的基本要件。

好像做豆腐就是他们的天生本领，母亲称出约 6 斤的黄豆，放在米筛里过筛一下，然后叫上六夫，把掺在黄豆中的小石块、烂豆等杂质挑出，然后用清水洗过，再倒进小水桶里浸泡。到四更时分，父母、大哥和六夫就起床磨豆浆，父亲、大哥和六夫轮流搭配撑磨龙扎头，母亲掌勺灌豆，每转 5 圈灌一两左右带水的泡豆，灌多了磨不细影响出浆，灌少了石磨空转产生石粉，这都是大忌的。

磨了约一时许，浆磨好了，就把豆腐桶抬到厨房，母亲用专门从古井里打来的矿脉水冲进豆腐袋里反复淘洗。洗到一定程度，提出豆腐袋，搁到豆腐架上再反复挤压，直至把浆水挤清挤干为止。

浆挤好后，舀到大锅中，烧火煮到浆水冒泡（要控制火温，不能使其澎起，否则会快速溢出锅台），说明已熟，就可以点盐卤了。盐卤放在勺中，慢慢沿着浆水就入，轻轻搅几下，豆浆便开始凝结。此时把豆腐袋里的豆渣倒掉洗净，把凝结的豆浆再次舀入豆腐袋中，搁到豆腐架上，用板墩压几下，使其水分挤出成型。等凝固完毕，用豆腐斋盘反扣于豆腐袋口，倒过来抽走豆腐袋，一灶豆腐终告完成。

那用古井矿脉水做成的豆腐其味无穷，豆腐生加点酱油小葱便使人口水直流，还有豆腐锅巴和豆腐渣都是好东西，经母亲一过手便活色生香。六夫家的猪娘也是幸运的，长期吃豆浆水、豆腐渣，产的崽又多又健壮，上市很好出手。罗村人口少，每天除留一小部分给有预约的邻居外，都由父亲挑到 5 里外的河南、葛塘下一带换。那时用钱买很少，大都用豆换，大约二斤半豆腐换一斤豆。父亲人缘好，加之豆腐老，品质正，味道鲜，交换公道，很容易脱手。父亲每天天蒙蒙亮出门，回家还能赶上生产队开工去赚工分。

做豆腐遇到的最大问题是柴火需求量大，那时山上荒芜，家里每年要花大量时间到白云山、岗谷岭坑、杨雪坑、历山背等处弄柴。六夫从 16 岁开始便奔走各处山头，直至 22 岁才结束。这个过程锻炼了六夫坚毅的体魄和意志，增加了阅历，使他受益匪浅。经过长期野外训练，使六夫养成淡泊简单的生活习惯，利索快捷的行事方式，以及清心寡欲的价值追求，食有一饭、菜有一腐、茶有开水、衣能蔽体、屋能安居、车能代步就觉满足。

　　吕观德先生的文章引经据典论述了豆腐的宏大乾坤，涉及历史、人生、信仰等方方面面，充满辩证唯物史观，给人以满满的正能量。六夫满怀敬意拜读三番，感同身受，故不揣浅陋，用自己的亲身体会附和声之并赋《咏豆腐》诗一首：

> 千磨万沥出家常，洁本清归任化浆。
> 不厌贫寒调色味，何攀富贵忘炎凉。
> 采柴高岭两肩瘦，点卤深更一板方。
> 已静村头呼卖久，惟留那景忆犹长。

2018 年 8 月 21 日，首发《永康乡愁》

故乡门前的大窝塘

　　六夫的故乡，是石柱镇北部一个古老而神秘的小村庄。每次回到老家，都要经过门前那口大窝塘。据说这口塘是一个姓罗的驸马爷开凿的，至今已有上千年历史。六夫出生和成长在大窝塘边，六十多年了，乳发变苍颜，不变的是那儿时的回味，青葱的憧憬，和老来的留恋。

　　从有记忆起，就是阿驰（母亲）背着六夫到塘埠头，一边洗衣裳，一边唱山歌，"大窝塘，出前罗，五六十亩不算多。春挎鱼，夏采荷，菱角莲子满槽箩。仙囡五更埠头洗，小侬乌印（傍晚）井沿歌，日升月落望白鹅。"唱完，阿驰会指着夕阳照耀下泛着粼粼波光的池水说："你看，景色多美！"

　　到了会牵牛赶鹅的年龄，六夫就与一群小伙伴到池塘的入水口学着挎鱼。每当雨季来临，大夹脚（大人）到下塘角排水口截流，捕捉从塘中退出，或者从华溪长途跋涉游上来的鱼。小夹脚（小孩），即守候在上塘屋角的水坑沿守株待兔。水坑很短，溯流而上的真鱼壳、长江麦、小鲶台，很快游过水坑进入千秧畈。他们挎着捞兜，整排站在石板路上，一发现有鱼游过，就拿捞兜去瓣。每当此时，在一旁的哥哥姐姐便会过来指点和帮助。

　　少年时节的六夫，几乎就是在大窝塘度过的。下塘角裸露的岩塔皮一直延伸到塘底，坡缓又干净，是天然沐浴良港，全村男子，不论老少都到此尽情洗浴消夏。小夹脚更是把它作为学习游泳和嬉戏的最佳去处。放牛的，望鹅的，挖猪草的，挎泥鳅的，扒松毛的，上学回家的，无一例外向这里聚集。每个人一到便迫不及待脱去衣裳布裤，赤条条露着小吊"扑通，扑通"直闯龙宫。放牛的会在水中表演"倒立骑牛"，望鹅的会抱起公鹅表演"水上芭蕾"，总是玩得忘了回家。

　　六夫七岁那年夏，刚开始学游泳中最初级的踏水空。突然有侬扑到水塘中追打他久玩不归的儿子，旁人忙劝架，混乱中六夫被劝架侬的手乃头（胳膊肘）碰了一下，加上水的推力，把六夫卷入深水中。满塘的洗浴侬只注意劝架，并没有注意到六夫已溺水。

　　六夫呛了几口，拼命想喊"救命！"可是洗浴侬太多，搅动的波浪此起彼伏，没等六夫喊出声便沉了下去。六夫心想这下完了，但一想起阿伯（父亲）讲过，大窝塘有本保大王管顾（保佑），从未淹死过侬。六夫顿时增添信心和勇气，拼命挣扎着让自己浮出水面。过了片刻，果真有一只强有力的手把六夫从鬼门关拉了出来。

　　从此，六夫下决心学好游泳，不仅学会踏水空、打皮趴、仰泳、侧泳，还学会跳水、沉没头。当年，大窝塘团圈有一排排的大树，有杨树，有柳树，有枸树和松树，也有柏子树和紫荆条，其中伸向塘中的枝权，就是他们小夹脚的天然跳台；从下塘角一个没头沉到上塘井头沿，是六夫与小侬伴比赛的目标；塘底沉着两段大枫树，一段连着树墩，一段连着树权，是他们练力气或打水仗的凭借工具。

　　到了秋天，满塘的菱角和莲子散发着清香。大队按照每十户一组安排，进行统一采集。轮到的农家自带菱桶、插勺和稻把。菱桶用来渡水和装货，插勺用来划水和卸货，稻把用来当坐垫。每家都盼望早点轮到自己。有一年轮到六夫家时，阿伯让他去代摘，高兴得六夫一夜睡不着觉。六夫知道阿伯的用意，他平时教育六夫"菱角塘莫洗手，果树下莫抬头"，而集体打菱角莲子，是允许尝鲜的，阿伯是有意让六夫享受这份福利。只可惜不允许带回家，否则六夫会带些回去分给小依伴。

十只菱桶一字排开，也是场面壮观。油油起翘的菱角禾下长着白胖胖的菱角，亭亭玉立的莲蓬头上镶着圆溜溜的莲子。开摘之初，几乎所有依像小介狗落屙缸，口嘴夹个不停。但一个依的窝肚毕竟有限，没多久就食腻了，只听到埋头采摘的"索索"声。一排排的划痕像喷气式飞机滑过，六夫年纪虽小，食的并不比大依多，手脚却比大依快，这都是从小在大窝塘下挖鹅草练出的手艺。

转眼到年底，一年一度的大窝塘挎鱼活动不期而至。挎鱼活动由各户自报，每报一份称一脚。有劳力的可多报，缺劳力的可少报或不报，鱼挎上来后按脚数平分。全村百来户农家，根据自报分成若干组，每组12人。等塘水自流排放到营洞口（涵洞），一溜排起四具水车，每轮踏水时间为一炷香，日夜兼程接龙排水，"吱嘎，吱嘎"的水车声响彻云霄。

经四日四夜人歇车不歇地排水，塘水被抽干。这天，是全村男女老少狂欢的日子，虽然三九严寒冰天雪地，众人凭着"鱼头出火"的激情，一概赤脚裸臂、摩拳擦掌，奋不顾身跳入糊泥听汤的塘底挎鱼。报过脚数的在前面挎整，未报过的跟在后面撮散（拾零碎）。为防止撮散依混入抢鱼，大队组织护卫队，用长竹竿悬上稻草隔开，挎一个坑隔一个坑。尽管如此，还是有依要去抢，护卫队便用扁担借水，把抢鱼的溅成一个个黄泥小佛。挎鱼侬碰到大青鱼乌子，常会被拱翻到泥水里，弄得全身只露出眨巴眨巴的眼睛，引起哄堂大笑。

鱼挎上来后堆放在后山箅基，按脚数多少和大小鱼搭配分成份数，大致分匀后撮阄到侬。分到鱼后，家家升火杀鱼，煮酒呼朋，围坐一起享用"上塘鱼，落山笋"的美味佳肴，由此拉开过大年的序幕。

每次大窝塘挎鱼，便是小夹脚们丰收的日子。放水后，他们会时刻守候在塘埠头边，拾取一年来全村侬洗衣时脱落的角子，有一分头、二分头、甚至五分头，钱到手后，买上一两串小鞭炮，显摆显摆自己过年的神气。

鱼挎完后，还会常去塘岸的岩头缝里转个不停，寻找隐藏在洞中的鳗鱼。那时大队很注重担塘泥肥田，塘干后会晒上几十天，他们趁此机会进入塘中或田里，拾取散落在泥中的菱角、莲子，或藏身于塘泥中的泥鳅、乌鳢。有一次，六夫在下塘角车埠头处闲逛，看半干的泥中有一出气孔，以为是泥鳅，就用手指去挖，不料挖出的是个一斤多重的四脚（甲鱼），吓得六夫一边紧紧按住回头咬他的四脚，一边大声呼叫大哥过来帮忙。这是六夫平生第一次挎到四脚。

14岁那年天大旱，山塘水库晒得底朝天，唯有大窝塘留下半塘水防火。有挎四脚师傅晓得四脚都会逃到大窝塘里，就邀六夫的阿伯大哥去挎，果真挎来一渔笼四脚。回家养在酱钵里，不料当夜逃个精光。自那以后，大哥虚心向师傅请教，学会一套挎四脚本领，后来又在全县首开人工养殖先河，带领不少农户走上养殖致富的道路。

第二年，受师傅引导，六夫也用毛竹片和牛角牛骨自制了一把鳖车，坐在大窝塘井头沿学吊鳖。开初用稻秆帚作瞄准物，练到有点准子后，便一圈一圈绕着大窝塘寻找浮鳖，想在实战中提高本领。当第一次吊上鳖时，六夫内心狂喜不已，慌乱中竟踩到了自己横在地上的鳖钩。这鳖钩由钢丝制成，共有四道，每道两两相对，锋利无比。它靠尾部的镴锤作为引力，在飞行过程中快速旋转，入水后能钩住任何弹性物体。如遇活体挣扎，只会越钩越多，越钩越紧，最终使它动弹不得。

六夫踩到鳖钩，带动了镴锤滚动，几道钢钩立马把脚缠住，其中有两道钢钩紧紧钳住他的左脚后跟。六夫忍着疼痛，带着鳖车，把鳖关进相距五十米远的渔笼里。可是回头解脚上的鳖钩时却遇到了难题，其中一道钢钩两头都扎进肉里，那钢钩两头成 30 度对应锐角，捅哪一头都堵着皮肉，怎么弄也解不下来。六夫咬紧牙根，把一头使劲往筋骨深处扎入，空出另一头终于拔出。等六夫把所有钢钩都拔出时，脚后跟已血肉模糊，全身直冒冷汗。

"吃一堑，长一智。"后六夫渔猎江湖多年，潜过大溪大潭无数，再未出现溺水、自伤事故，这要感谢大窝塘对六夫的预先磨炼。

参加工作及成家后，六夫的责任田就分在大窝塘口。每年春播夏种、秋收冬藏，六夫都会带上一家四口去耕耘他的土地。牛犁耖耙是生产队时学会的，便利灌溉是大窝塘赋予的，鱼虾鳅鳝在大窝塘泄水口和自家农田中便可随时获得。老婆孩子喜笑颜开，享受着渔耕的别样乐趣。六夫在外工作忙，常常会耽误农时，每当播种收藏紧要关头，亲朋好友，隔壁邻舍，都会伸出援助之手，使他这个迁出故乡近 30 年的在外游子，至今难以忘怀，每每想起，总有一股暖流涌上心头。

随着时间推移，大窝塘四周都造了农房，从原先的村边塘成为了村中塘。塘的面积缩小了，下塘角洗浴场、上塘角洗衣埠头、上塘沿水井也先后消失，塘水污染成了人们的心病。可喜的是，"五水共治"和"美丽乡村建设"，又给大窝塘带来了勃勃生机，这几年，大窝塘周边进行了抱岸砌坎、路面硬化和庭院前绿化，环境大为改善。

六夫每次回家，看到家乡日有精进，天开始变蓝，水开始变绿。六夫努力寻找阿弛口中"日升月落望白鹅"的情景，蓦然从波光粼粼中看出白鹅翩翩起舞的样子，感到由衷地欣慰。

祝故乡越来越明媚！

2019 年 1 月 12 日，首发《永康乡愁》，载《方岩》

我有一幅画

　　我有一幅画，这幅画已珍藏了很久很久。她藏在我心里谁也偷不走。要问画中是什么，没人能猜得透！不是金银珠宝，不是将相王侯；不是桂林山水，也不是平遥古楼。后人已不知晓，前人已不开口，唯有我的记忆未曾抹去，完整地把她保留。要问她究竟是什么，悄悄地告诉你，那是我独有的故乡愁。月光，老屋，草豹地，紫荆条，还有八角树与大斑鸠。

　　阿妈跟我说，那是一个月光如水的早晨，正是我出生的时候。啼哭声惊醒左邻右舍，姑婆嫂过来帮脚帮手；叔公为我起名，婶娘为我熬粥；星星送来微笑，小鸟早起"啾啾"。

　　伴随着天井的木芙蓉花开花落，眼看着大门旁柚子树果肥叶瘦。四合院人声鼎沸，仙间厅佛香袅稠；十字走廊，凉风习习吹夏曲；回字街沿，鼓板声声说春秋。后生依一碗饭端起，九家菜尝遍；老成依半坛酒打开，八仙桌不够。送一只鸡，回一只鸭；你一条羊腿，我一个猪头。谁比谁优越，谁比谁落后，都是乡里乡邻，都是非亲即友。青砖黛瓦坐享山景，泥墙木柱也觉清幽。石板路奔跑着"汪汪"小狗，荷塘岸徜徉着"哞哞"老牛。

　　直到穿上开裆裤，我赶小鹅踏碓后。踏碓后有几座草豹丘，草甸结实绿油油。青蛙跳，八哥搜，蚯蚓蟋蟀地穴苟。小鹅绒绒真可爱，走路乃乃像摆舟。歪嘴撮食新嫩草，斜眼朝天望日头。彩云飘飘葫芦叠，螳螂提斧巡四周。桃红李白池荷丽，柳上知了鸣不休。忽然警报"嘎嘎"投。老鹰转，黄鼠瞅；鹅娘张膀充猛鸷，公鸡耸毛欲报仇。急得我如热锅蚁，不知如何解隐忧。巧好来了大哥哥，教我用棒对敌酋。

　　到了学龄年，便去识字求。祠堂屋宇阔，挂起黑板黝，半读半嬉也自由。教室读书朗朗响，操场陀螺阵阵抽。跳洋房，钉包围，打弹子，满身糊泥像黄油。阿伯屁股乖乖响，阿馳眉头紧紧皱，劝我读书勿油头。

　　我说晓得了，提起书包往外走。来到草豹地，对着月光吼。"上下来去，下去上来。大小多少，山上门口。月亮婆婆，点灯敲锣。赶落温州，温州偷牛。"见鬼了，谁知我胡的是什么诌？可是还好，期中考试得个优，当个队副也算头。常聚一群小侬伴，前推磨，后溜鳅，地涂筋斗像水流。封神水浒又西游，如痴如醉赛酣酒。这个演哪吒，那个扮孙猴；手舞金箍棒，脚踏风火球，喊喊打打闯九州。

　　玩完草豹地，转向紫荆头。一坵八十田，坐落祠堂后。团圈植紫荆，高有丈把楼。干粗如锄柄，花茂掩田畴。紫荆坚且韧，盘坐稳又柔。摇喔摇，生葡萄，堪比学堂跷跷板，胜过天井荡千秋。边摇边唱颠屁猴。男生骑白马，女生舞红绸；学个新郎娶新妇，坐船扛轿晃悠悠。小侬一起哄，细囡便脸羞，逃回后山大坟头。

　　大坟头，拜坛留，簟基晒谷刚刚收。细囡约我猫捉鼠，对着簟筒把石丢，一不小心伤眼眸。哇哇哭声招看客，都说新妇已到手，劝我别把眼泪流。我说她大我五岁，怎能与她共床头，笑得人仰马翻沟。

　　不跟你们玩了，自个到踏碓屋中去煨豆。一头扎进八卦炉，江湖行担得传授。采一块石，刻一个模，烊几粒镴，毽子就这样拥有。自力更生，丰衣足食，从小听从咱领袖。红毛芋，向日葵，乌乔麦，好奇中播下种子；清明旋，花纸鹞，乒乓板，兴趣中收获劳酬。山核仁，蓖麻粒，乌桕子，寄托芝麻开门的梦想；鸡肫皮，乱毛发，废铁料，期待拨浪鼓声的问候。

　　"咯咯嘎，咯咯嘎"，那边传来母鸡的歌喉。又是我家那只不争气的小丑，把蛋产在八角树下的草兜。一片合抱参天的八角树，已有八百年高寿；土地公显露怪异，古石板掩埋灵柩。因为阴森恐怖，没人愿往里走。都说八角刺是鸟不宿，可我常见出没着飞禽走兽。野山兔探头探脑，赖痢屙散满坟头。一日阿弛说老母鸡又不见了，我竟大胆地去探幽。果见它在草窝中悠闲地孵着小鸡，六个鸡蛋圆溜溜。

　　从此，我每日留意那边动静，又发现更大"阴谋"。太阳未起床，就传出"咕咕"的叫唤声；月亮刚上山，便有成群乌影钻进八角树头。我问阿弛那是什么，她一会儿说是布谷，一会儿说是鹧鸪，一会儿又说是斑鸠。唉，好复杂呀！我还是自个去探个究竟。它跟鸽子一般大小，也会报告晴雨气候；瓦背顶常见它的踪影，八角树上有它的窠臼。各地叫法有别，正名应叫斑鸠。原来它也是我的邻居和朋友。

　　我的这幅画，已珍藏很久很久。尽管时过境迁，那些景物早已扔进历史的纸篓，可我镌刻在灵魂深处的眷恋依旧。罗驸马家园的最后痕迹，千年风雨沧桑凝固为不朽。我将这幅画抛上云霄，权当放飞伴随巨轮远航的海鸥！

2019 年 1 月 17 日

外出学艺

在六夫的人生旅途中，唯有一次外出学艺的经历，说起来一波三折颇为艰辛，也颇耐人寻味。

上世纪七十年代走集体化是大趋势，六夫兄弟四人都围着田头转，看人家冒着风险外出闯荡，传说着"三日百"的故事，也并不眼气。只图在家搞些合法的家庭副业，以期勤劳致富。可是大哥育萍种和六夫上山打柴都曾遭人打压诟病，才不得不选择"千秧八陌，不如手艺盘身"的道路。

父亲给六夫联系到木工师傅，该师傅是六夫堂姐夫的妹夫，名叫应济时，城内人，瘦高个，白皙皮肤，英俊飘逸，和蔼寡言。1974年中秋国庆节过后四五天，六夫便随师傅去江西上饶德兴过学徒生涯。

一同去的还有一个即将出师的徒弟，崇道方向人，名叫徐某法。师徒乘公共汽车到金华，然后买火车票到上饶，再转乘汽车去德兴。一路上碰到的都是永康出门人，开口就是"罗，罗"叫着。六夫有点不习惯，可他们认为是亲切的表示，不管认识不认识，一声"罗"便表示是同乡，相互询问做什么行当，也全是暗语，给人有黑话的感觉。

在车站时，师傅让阿法从工具箱中拿什么，可工具箱抽屉的拉手掉了，只留下一颗小螺丝钉，阿法总打不开。六夫见了，忙用纱线绕着螺丝增加拉力，把抽屉拉了出来。阿法感激地对六夫笑了笑。后来他出师离开时，悄悄告诉六夫在师傅身边要注意什么。六夫听了也点头笑笑，感谢他的好意。因为大家都忙于干活，不善言辞，在一起三个多月中竟很少交流，分开后就再没有见过面。

从德兴县城出来后，挑着工具箱和随身行李，行了数里，天色已晚，来到一户师傅曾经落脚过的主人家借宿。主人热情接待了他们，给安排了晚餐和床铺。晚餐后师徒早早上床休息。不料睡到半夜，突然有"抓贼"声四面响起。六夫被惊醒，条件反射般一骨碌从床上坐起便要去抓贼。睡在旁边的师傅一把将六夫按住，叫不可离开房间。六夫问何故，师傅说："如果贸然出现在门外，人家不了解你会把你当贼，你到时会百口辩不明的。"听了师傅的话，六夫深以为然，佩服师傅的真知灼见，真是"八十还输八十一"。

第二天，师徒三人就起程到香屯铜矿冶炼厂，冶炼厂依傍着一条风光旖旎的河流，据说是电影《闪闪的红星》外景拍摄地，"小小竹排江中游，巍巍青山两岸走"的歌声响遍大江南北，给那时千千万万青少年滋养和荡漾着清纯美好的心灵。不料冶炼厂处于半停工状态，工人们的心思大多用在搞木头、打家具上，风靡着相互攀比，谁比谁的样式更新颖，谁比谁的用料更讲究。

师傅悟性很高，对东家提出的要求会很快理解消化，画出草图与东家探讨，满足东家的需求。因此，生意非常好，东家招待也非常至诚，每餐更换菜肴名点，这对像六夫这样出身于缺衣少食家庭的人真可谓是"小介狗脱厕缸"了。

　　六夫认真完成师傅指点他的每个动作要领，熟悉每样工具的使用和磨锋方法，在墨弹、尺量、斧劈、锯裁、刨削、凿造等各个环节，细心体会师傅的思路、意图、架构、具象，三个月下来，已把手艺学到"眼睛里"。其中除农历十一月底梦中感应到姐姐不幸去世而泪流不止外，整个学艺过程开心快乐，有满满的成就感。

　　年终，师傅给六夫 15 元钱的学徒报酬，六夫舍不得买新衣过年，也跟父母兄弟说明使用这 15 元钱的打算，来到城内溪下街的铁铺上，买回斧头、锯条、锤子、刨铁、凿铁等铁件，回家装上硬木柄、硬木身或硬木架，初步置办了一副做木行头。

　　春节过完后，六夫随师傅回到香屯冶炼厂，做了一个多月，就碰到打击流窜活动。他们拿出证明，却被要求回乡参加农业学大寨。俩人只能起程回家，在从香屯回德兴的路上，六夫的双脚不知啥情况，竟不能走路。六夫从小爬高山涉长途，去年原地踏步三个多月也无这情况出现，这次一个多点月就出现脚力严重衰退情况，令六夫对是否适宜做木匠营生产生了怀疑。

　　学艺中断了一年半，此间，六夫一边参加农业生产劳动，一边继续研究家具构造，把一些难度极高的例如六脚脸盆架的构造斜度等画出图形，注上角度，以便将来使用；一边继续添加工具，按鲁班尺的标准，制造出曲尺、斜尺、墨斗、板锯、凹凸线刨、锯矫、工具箱等，至此一套木匠行头基本备齐。

　　到 1976 年下半年，堂姑妈看六夫学艺半途而废觉得可惜，便叫六夫拜她的女婿、六夫的表妹夫李传秋为师，六夫跟着表妹夫又学了两个月左右。在表妹夫家做活时，听到他的邻居从山东购回一种水田鞋，适宜冬天下水作业，对六夫家父兄冬季渔猎非常有利，便托她帮购了几双，从此，渔猎不再赤脚破冰遭受寒苦。

1977 年 2 月，六夫被录用为民办教师，不久，又遇上漂亮能干的姑娘，很快坠入爱河，年底便操办婚事。六夫无钱置办家具，这时所学的手艺派上用场，他利用自己上山打柴积累起来的一些木料，经精心算计，为自己打造了具本地特色的大衣橱、假天床、四尺凳、面盆架还有菜橱，高高兴兴把媳妇迎回家。

因几十年在外打拼，这些工具和家具现大多已流失，想来很是可惜，它见证了六夫青年时期虽艰辛但充实的生活历程！诗云：

一寸光阴一寸金，寸金难买寸光阴。

若从财富论高下，何解天干秩丙壬。

昔日锄禾青汗付，不期红运秃头临。

艰辛享乐轮番转，未有终生定贵钦。

2019 年 3 月 28 日

养鹅的那些事

"鹅鹅鹅，曲项向天歌；白毛浮绿水，红掌拨清波。"大文豪骆宾王小时所作的这首咏鹅诗生动活泼，趣味盎然，使六夫每每念起，便勾出小时与鹅相处的许多往事。

六夫的孩提记忆，有一幅是从鹅开始的，大约四五岁时，母亲带六夫到田间劳动，递给一根毛竹桠，叫六夫看牢七八只小鹅。那小鹅毛绒绒的样子和走路"乃乃"的憨态，一下子吸引了六夫，其剪影留刻至今。

和所有的小朋友都爱小动物一样，小时的六夫整天与鸡鹅狗猫处在一起，但感情最深的是鹅。原因很简单，与其他家养动物相比，鹅最温顺，鹅最依赖，鹅最具本地特色。

永康是著名的灰鹅之乡，那时养鹅是家家户户必须的事，谁家没养鹅，那简直是不可思议的。因为那时小孩多，收入有限，生活清苦，有鹅才有小孩的用武之地，有鹅才有上学读书的费用，有鹅才有大人补身的来源，有鹅才有过年过节的味道。大人们要为生计奔忙，这养鹅也就成为小孩最能助力家庭的普遍选择。

清晨起床。六夫做的第一件事不是去读书，而是把鹅簏（一种圈鹅的篾具）打开，把鹅赶到后山青草地去食草。与此同时，东家的阿开，西家的阿正也都来了。小鹅的"噜噜"声，母鹅的"嘎嘎"声，公鹅的"咁咁"声汇成一片，后山顿时成了欢乐的海洋。

鹅群互相寒暄一阵后开始低头食草，小伙伴们则持着看鹅棒守在一边。因为鹅的天敌很多，天上的老鹰，地上的狐狸、黄鼠狼，甚至老鼠、蛇，都有可能是杀手。牧童没有父母准许，是不敢轻易离开鹅群的，如果少了鹅，就会被父母认为不入事，轻则责备，重则挨老颌究（弹脑壳）。直到鹅匦（鹅颈部的食囊）食滚圆后，小伙伴们才把鹅赶回家，圈回鹅簌里。

圈在鹅簌里的鹅还是要经常添食，每天至少三四次。六夫的父亲把木板锯成六角形状，在边上钻几个孔，分别打上竹签，用稻草绳一圈一圈往上打墙，做成上能盛食，边能透水，鹅能伸颈，踩而不倒的鹅槽。母亲即负责投饲，喂小鹅的要切得很细，随着鹅体长大，饲料逐渐加粗。有时拌上谷糠、麦麸之类。特别到晚上这餐，不管是否在外面放养过，如果看鹅匦还不饱满，即使点上油灯也要上料，并看着鹅吃饱后才放心离开。

鹅的食量大，养得又比较多，往往每家都养有七八十几只，所以除了放鹅，采鹅食就成了小孩读书之外最主要的任务，也是小伙伴们学习劳动技能、获取生活乐趣的基本途径。

采鹅食有"冬挑田荠春掏卜，夏挖鹅草秋拾谷"之说，意思是冬天挑田荠，春天掏萝卜，夏天挖鹅草，秋天拾谷头。这个说法与农时规律和养鹅周期是基本洽合的。

一般来说，小鹅冬天产出较多，而冬天正是田野荒芜，田荠（一种野生荠菜）大量生长的时候。田荠鲜嫩可口，易切细，不仅是小鹅的上等饲料，也是人们做菜的佳品。挖田荠俗称挑田荠，工具叫田荠钩。田荠钩由一根尺把长、如小号佛香粗细的铁棒和木柄组成，铁棒一头折个钩，钩顶钩尾都磨尖，另一头装上手柄。握着手柄，把带钩一头插进田荠根部，轻轻往上一提，田荠就随着钩头挑出来了。

小伙伴们冒着冬寒成群结队挑田荠，挑到田荠满篮，就要停下来玩"丢田荠钩"的游戏。规则是在田港中画一条线，各挑一把田荠赌输赢，然后轮流把手中的田荠钩向十多米远的竹篮内丢去，丢中的为赢。下一轮重新挑田荠一把，不许拿篮中的充抵。如此循环往复，直玩到日头西沉，即使输的，也因有一篮田荠兜底，回家不会受父母责备。

春天到了，田野开始春耕，田荠越来越少，小伙伴们的身影转移到已拔去萝卜的田间地头。那时长辈教育很严，集体的萝卜地是不敢轻进的，只有收获完后，才敢进去收集那些拔断采剩的残根余叶。这是小伙伴们收获最轻松的季节，往往不须费多大力气，就可挖出断在泥土中的大量萝卜头。提回家洗净，用萝卜刨刨成丝，再用刀剁几下，拌上麸糠，就是饲鹅的好料。

进入夏天，稻苗长到齐膝高，便是鹅草丰盈的季节。鹅草，一种以鹅为命名的稻田中水草，长不过二三寸，叶子长条形，端部椭圆，根须雪白，为鹅天生食料。每当学前学后、周末假中，挖鹅草的小伙伴成群结队，一起交流鹅草各地长势，相互比拼挖鹅草的速度。阿开比六夫小一岁，可是他钻入闷热难耐的稻丛中，可以长时间不抬头，不擦汗；挖起鹅草来两手并用，奇快无比，要胜他人一筹。挖完鹅草后，一众人便就近跳入水塘戏水。沉没头，踏水空，跳水，打水仗，玩得不亦乐乎。

到了秋天，金色铺满大地。丰收的季节里，牧童争相赶着已从鹅雏长成凿壳（青年）的鹅，追着稻桶尾巴拾碎捡零。鹅斜着眼睛撮食泥地里的每一粒散谷，牧童即掰开稻秆堆寻取每一棵夹在中间未脱净的稻穗。这时的鹅已性腺成熟，饱食终日的公鹅追着母鹅"咁咁"叫着，母鹅"嘎嘎"应和着，相呼良久，母鹅会伏下身子，乖乖地让公鹅骑到背上行不轨。为了争夺交配权，阿正的老公鹅额冠高耸、凌厉无比，不仅攻击同类，还攻击所有从它身边经过的人，吓得大人小孩无不抱头鼠窜。

每逢端午中秋两个民族大节，人们除了裹粽子烤麦饼，会选择一只公鹅宰杀，鹅汗（蒸烤整鹅产生的津液）用于体力不支的长辈补身，鹅肉供全家人分享。母鹅一般舍不得杀掉，选取优良的产卵，进入下一轮繁殖期。鹅孵卵期间，六夫母亲小心翼翼对着灯光，检查每个鹅卵是否上照（成胎），发现有未上照的就撤下来，腌成咸蛋作配菜。

冬至过后，母亲又会选择一两只体大冠高的公鹅，用玉米稻谷等精料填饲，等待过大年时谢天地。其他有多余的，即拿到市场出售，换得的钱，或请个裁缝为全家人添件新衣服，或为孩子准备些学费，或买点油盐酱醋针头线脑。

总之，鹅伴过了六夫的幼年、童年和少年，它给了六夫生命的阳光，生活的乐趣，生产的体验，生存的意义。

2019 年 11 月 11 日，首发《永康乡愁》转载，《金华日报》

我的父亲母亲

　　今年的农历二月十五日是父亲逝世十周年的日子，农历二月二日是母亲逝世十一周年的日子。清明节快到了，每年都会由大哥带领一家子大小去老人坟头扫墓。只是像例行公事，谁也不会去唠叨老人的过往，因为父母太普通太平凡了，几乎乏善可陈。

　　可是随着时间的推移，在世风日下的当今，忽然觉得父母的形象越来越高大起来。遍观寰宇，芸芸众生，滚滚红尘，他们身上散发出来的点点滴滴，才是金风玉露，熠熠生辉。

　　父亲生于1921年农历五月廿二日，母亲生于同年农历九月十五日。父亲是自耕农的小儿子，上有二姐一兄；母亲是芝英锡匠的大女儿，下有两个妹妹。据说外公好赌，我母亲10岁就到前罗村做童养媳。我的祖父勤劳节俭，置下一些薄产，可是分到父母头上的财产就是两间约计60平方米的伙房屋，上无楼板，下是泥地，四面透风，猪栏挨着锅灶，五个儿女共挤一铺。

　　到我懂事时，家里已经揭不开锅了，父母亲都病得不轻。父亲是外出做小买卖掉入河中得病的，母亲是逃日本人得病的，可两位老人从不提及那些悲惨往事，只是母亲在稀粥中捞出一小碗米粒时告诉我，这点要留给阿爸补身子，阿爸到仙居卖碗夜里过桥时，箩筐碰到涨水被带入河中，冲了三四个担拄头（指挑担时停歇的路程），才被下游桥墩搁住捡回一条命。

那时我已患上母亲传染给我的气管炎，每当我喘不过气来的时候，母亲眼泪汪汪，会骂上一句"挨千刀的日本佬"。我问母亲为什么，她才道出真相，为了逃避日本人，全村人躲到鹅弄坑，母亲正做头产，每日风吹雨淋，又背了几里路湿透沉重的地簟，从此就得病了，并且再也治不好。

父母对自己的病总是熬着，母亲只用几分钱一包的麻黄素片缓气，对大姐的病也应付着，唯对我的病倾尽全力医治，在极度困难的条件下，只要打听到哪里可治疗，就不惜血本求治。我曾经到田桥田辰医师处在左手拇指下开过刀，到金华某医院在胸部开过刀，到溪岸卫生院打过清针，吃过无数民间秘方，最终是什么东西治好的连我自己也不知道，总之到 11 岁已经痊愈。

父亲性情耿直，为人豪爽。他小学文化，喜欢读书，做过小百货和碗碟小买卖，也到姚永安伤兵连当过兵（其实是逃避抽壮丁），健谈好交，爱喝酒抽烟，不屑鸡鸣狗盗，在最艰难的岁月里也拒绝嗟餐乞食，但对人仗义友善，不管自己多困难都行善乐施，这为他获得了上下三处的极好人缘，不管走到哪里，都能愉快融入当地人群。

早年父亲去绍兴卖碗，那里正闹饥荒，饿殍遍野，他毅然收留了一名章姓流浪少年回家，以兄弟相待。后那人遭日寇掳掠，久无音讯，日寇投降后方返回。父亲在分家后自家无力安顿的情况下，与祖母一同协力，把他介绍到下里溪入赘落户，而今子孙满堂。

1946 年夏，池姓邻居的独苗儿子溺水后生命垂危，父亲极力支持爷爷不惜献出自家耕牛用来抢救小孩生命，小孩得救了，自己家的牛却死了，但父母从不后悔也不欠口。

1967年大旱，百谷无收，有两个外地人帮周姓邻居打岩头砌墙基，外地人厌恶周家的老祖母大小便失禁，吃不下饭欲离去。父亲可怜周姓邻居孤立无援，苦苦挽留打岩人，并把他们接到自家来盛情招待，使打岩工作顺利完成。

"文革"初期，公社书记及干部群众常常遭人批斗追捕，人们避之不及，父亲和大哥冒着被株连的风险，大胆留置家中，给他们极大的庇护和温暖。

三年困难时期，家里揭不开锅，母亲要去集体田里弄些青菜萝卜给孩子充饥，但父亲见了暴跳如雷，还对母亲动了粗。那时大哥二哥正在上学，大哥学习很优秀，上下学路上捡回路人丢弃的萝卜皮，回家洗净腌过后成为一道美味食材。二哥却以未吃饱为由逃学，并把家里唯一的铜锅偷走卖了换食品，遭到父亲严打。我上学后，家里经济一直拮据，父亲却勉励我好好读书，不管多困难都要让我上学。我上农中时学校大乱，我拼命保护老师，贫管组长不了解情况，向我父亲反映说我在学校是个大王头，父亲听了很生气，对我严厉斥责了一顿，可见父亲爱憎分明，对家人要求极其严格。

大哥后来考上建德冶金学校，为解除家中困顿，入学了又放弃，卷了铺盖回家专心搞农业。他谋划家庭养猪娘，做豆腐，织土布，育萍种。虽然都是大哥的主意，但父亲起了很大作用，例如，豆腐做出来都是父亲挑着去邻村换（卖）的，别人换（卖）不掉，父亲凭着好人缘很容易脱手；又如推广萍种，那个受过父亲和大哥保护过的公社书记复职后出了大力，知道情况后帮助向各地推荐了养萍肥猪肥田的好处，使大哥辛苦培育出来的萍种成了抢手货，家庭当年就收入 1200 元，用这笔钱盖起三间土瓦房，排解了兄弟挤居一隅的困境。

母亲温顺善良，吃苦耐劳，虽未上过学，但知书达理，从小给我们灌输正统的为人处世道理。她的很多故事，例如，"菱角塘莫洗手""赶考生帮蚂蚁过河""老爷子隐瞒被打""做贼儿咬掉娘奶头"，等等，大概都来自民间的口传文化，对我们起到潜移默化的深远影响。

母亲一生深受病体折磨，但意志坚强，毅力惊人，从无唉声叹气、怨天尤人的悲观情绪流露出来，也从未停止过辛勤劳动，一年四季无日无夜操劳一大家子的衣食浆洗。直到晚年病入膏肓，特别是骨盆跌伤后，医生说她永远不能走路了，可她仍顽强地站起来，继续下地浇肥、上山打柴。

父亲性子比较暴躁，有时会拿母亲出气，但母亲总是默默忍让，过后恩爱如初，从未翻过脸撂个担，受委屈时也是准时做好饭菜，让孩子们安心就餐，然后该干嘛干嘛去。因此，一家子十多口人虽然难免有冲突的时候，但还是其乐融融，团结向上，这跟母亲的仁慈厚道有直接关系。

后来我们子女几个都成了家，也各自建了房，俩老人仍住在那四面透风的老屋里。我大哥大嫂力劝他们搬到他的新屋住，我和妻子也劝他们搬到我家新屋住，但父母亲都拒绝了，理由是"不给你们糟蹋了"。俩老看到儿子们事业有成备感满足，那个与他们相伴 70 多年的老屋、老床、老灶台大概早已习惯了。

母亲去世后，父亲第一次流出眼泪，当时骨灰寄放在殡仪馆，等待第二年清明前入土。就在我们筹备母亲葬礼的时候，父亲突起急病，循着母亲的足迹去了，在另一个世界里得到重聚，创造了夫妻同年出生，同时入土，同屋同床共枕共灶 70 多年的佳话。

父母在他们同龄人中是体弱多病最严重的，但又是同龄人中最长寿的，父亲 88 岁而终，母亲 87 岁而终，两人都因患急性脑梗塞抢救医治无效而离世，除遗憾于他们在重症病房被捆住手脚期间可能感到过痛苦之外，其他应该是安详的。我们在清理老人遗物时，满柜装着黄白酒，各种饮料牛奶、饼干果品，不少已经过了期，足反映出他们的节俭、爱惜，也反映出他们的晚年生活在物质方面是丰足的。

当今人们都在为追求幸福快乐、富裕享受、健康长寿而绞尽脑汁，但我从父母身上看到的是另一种人生态度，他们是那样的无欲无求、乐观豁达、顽强坚毅，大概这就是两个生命体看似脆弱实为强大，看似渺小实为伟大，看似活不长却能高寿的原因吧！

愿敬爱的父母在天堂永远保持百摧不折、随遇而安的可贵心态，快乐永恒！

2018 年 3 月 18 日

附：致母亲的悼词

我母亲应氏宝梭，因患急性脑梗塞、慢性支气管炎伴感染、急性呼吸衰竭等症，经医治无效，于 2007 年 3 月 20 日（农历二月初二凌晨 4 时 48 分驾鹤西归，享寿 87 岁。

母亲于 1921 年农历九月十五日出生在芝英镇一个贫苦农民家庭，1930 年来到前罗村做童养媳，直至病逝，跟父亲相依相伴了 77 年。

母亲生有四子一女，由于家境贫寒加之体弱多病，为了养育子女，她承担了一般人难以想象的艰难和困苦。特别是在二十世纪五十年代，母亲带领子女在饥寒交迫的死亡线上挣扎，终于用其伟大的母爱，把五个子女抚养成人。

母亲于1942年产头胎期间，为避倭难落下病根，患有慢性支气管炎，长年受病痛折磨，但她意志坚强，顽强地与病魔抗争。随着子女长大，生活一步步好起来，她的身体状况也渐渐好转，特别是步入老龄后，生活逐渐安定，终于创造了体弱多病者享高龄的奇迹。

母亲心地善良，在前罗村生活了77年，从不与人发生口角，邻里之间和睦相处，对家人宽厚善待，处逆境时也能默默忍受，表现了中国妇女的传统美德。

母亲一生勤劳俭朴，她终年劳作，即使是病情发作，也从不手闲。晚年虽然脱离了田间劳动，但仍承担着烧饭、洗衣、打柴、清扫等全部家务劳动。母亲生活上也非常节俭，对自己的一衣一布，一菜一汤都非常爱惜，从不浪费，是一个勤俭持家的杰出典范。

母亲的一生是艰苦奋斗的一生，是勤劳俭朴的一生，是忠厚善良的一生，是意志坚强的一生。"勤劳俭朴持家方使枝繁叶茂，忠厚顽强处世得来鹤寿松年"，这是对母亲的真实写照。

我们要学习和继承母亲自强不息、艰苦奋斗、勤俭持家、忠厚善良的优秀品质和良好作风，子孙后代要和睦相处，加强团结，刻苦学习，奋学上进，修身养性，忠良善德，艰苦创业，勤俭持家，把母亲留下的好品德、好作风、好精神、好风格发扬光大，代代相传。

母亲在世期间多承众亲友源源不断的关怀和帮助，今天又亲临追悼会，在此一并致以最衷心的感谢。

亲爱的母亲安息吧！

2007 年 3 月

记小姨几件事

周六夜在荧屏前突然接到大哥来电，告知小姨不幸去世了，我痛惜不已。刚刚两周前，我还去医院看望过她，询问身体康复情况，小姨回说好多了。观气色，小姨精神矍铄，思维敏捷，看来确实恢复得不错，我还向她询问了我外公外婆及我父母的有关情况。想来在我的至亲中，在世的长辈也就小姨了，如能再健康活几年，也是我们后辈的福分，心中不免欣慰。不料天有不测风云，好好一个人怎么突然就走了呢？

我赶写完手头文稿，致询表弟玮奇，玮奇把抢救前后经过讲述一遍。原来小姨因胃部静脉出血，抢救无效而逝。此病已患多年，也开过刀做过手术，医生叮嘱再复发会殃及生命。以前几次住院，小姨他们为免打扰人，从不跟我们通报。去冬入院，是大哥得到消息告诉我，才得以几次前往看望。但我看她精神一次比一次好，80多岁的人了，有毛病很正常，就没放在心上。

我母亲姐妹三人，外公外婆早亡，又无兄弟，姐妹之间感情特别好，亲戚之间可交心走动的也就这几个。开始时小姨无依无靠，大姐二姐帮着，后来小姨家境趋好，我家极度困难，我父亲经常唠叨小姨小姨夫的好处，因之对我影响特别深刻。等我懂事后，渐渐了解了小姨的为人处事，六十年来，点点滴滴，深深震撼着我。

小姨心地特别善良，一生喜欢扶贫济弱。我小时到杏桐园二姨家拜年，常听到该村一孤儿衣食无着、四处漂泊的故事。住在井头村的小姨看不过去，就接孤儿住到了自己的家，再后来小姨竟把美如天仙的宝贝女儿——我的表妹也许配给了他。20世纪90年代，小姨因病住人民医院，与同病房的一山外青年相识，那青年父母双亡，孑然一身，小姨顿起怜悯之心，两人惺惺相惜，遂结为忘年之交、姐弟之谊，几十年间，始终相扶相助。这次住瑞金医院长达两个多月，我第二次去看望时换了病房，我看是抢救室吓了一跳，后从医护人员口中得知，原来是抢救室的一位病员惧怕另一个病危者，小姨知道后与其调了病房，自愿与病危者相伴，难怪该院医师和护士交口称赞小姨的高风亮节。

小姨性格也很倔强，自强自立。她出身贫寒，4岁亡父，12岁亡母，四处飘零，生活艰辛却意志坚强。成为革命家庭后，养儿育女，接济贫弱，从不懈怠。我印象中，小姨一生勤劳，自食其力，儿女都在县城，她却喜欢在老家独自种菜吃素。井头村南朝灵岩，北倚方岩，香火鼎盛，她却悟出"佛在心中"的道理，默默做着助人为乐的各种善事。她不谙断文识字，但读了我的《法路迢迢》后，认为"困难时期到小姨家，……让大家吃个饱"与事实不符，声称要把书退还我。住院治疗间，外甥孙炳亮包了个红包给她，小姨三番五次要我带还给他，说没有事帮到过重孙子，不可收他的红包。我们每年去拜年，小姨必要烧上满满的鸡子索面，临走还非要回上土出的蔬菜、水果、索粉干，你不收下，她就不依不饶，离开不得。

小姨名叫应月香，1935年生人。丈夫吕绍山，1947年追随应飞参加革命队伍。两人组建家庭后一直低调做人，热心做事，从不以功臣自居，自始至终践行大道良心，两袖清风，一肩明月，就在病重期间亦谆谆告诫子女，丧事一切从简，切莫给他人添麻烦，其心天地可鉴，其情草木动容！

昨天与遗体告别时，玮奇告诉我："清明前母亲多次讲，清明后的二月廿九要回老家去，当时不知蹊跷，还问她住院好好的，为什么要回家？去世后按风俗让先生择个吉日入土，择出来的竟是农历二月廿九，不知是天意还是巧合。但愿母亲回归父亲身边，到天堂一路走好！"

小姨，您一生辛劳，默默无闻，所做的事常人一时难以理解，但桩桩件件超凡脱俗，光前裕后。现在您虽然停下了关爱的脚步，相信春暖花开的季节，您曾经的福种一定会漫山发芽，抽枝，长叶，直至硕果累累！请安息吧！

　　　　　　　　　　　　　　　　　记于 2018 年 4 月 9 日

附：与小姨对话

时间：2018 年 3 月 23 日上午

地点：瑞金医院五楼病房

人物：小姨，我

我：小姨，身体好点了吗？

小姨：好多了，你又来看我啦？

我：今天有关父母的事想请教下您，父母去世十多年了，我想把他们的事记点下来。

小姨：哪方面的？

我：我母亲为什么10岁就到前罗做童养媳？不是说外公是个芝英街上的好锡师吗？

小姨：你外公确实是芝英街里有名的好锡师，可是他赌博，把家都赌光了，让我们母女赁屋居住，靠你外婆为人家浆洗来养活我们。你母亲10岁到前罗做童养媳时我还没出世，这应是真的。

我：小姨，你今年多大了？听说你也到前罗住过一段时间，是什么情况？

小姨：我今年84岁了。我命苦，4岁奶奶去世，5岁父亲去世，七八九岁逃日本人，12岁那年3月我母亲去世，随之到前罗大姐家寄居，八月初七到杏桐园二姐家寄居，是你父亲与二姨丈商量的。因大家都不宽裕，到年底由井头我外婆做主，说是许给井头吕绍山，可是不久吕绍山去参加革命了，新中国成立后才回家，婚事才确定下来。

我：我母亲是怎么落下气管炎毛病的？

小姨：你母亲是逃日本人落下的病根，那年她生你的大姐。我在你家住了几个月，那是1946年夏天，气管炎夏天好些，要冬天才发得厉害。那个夏天有两件事对我印象特别深刻，一是你娘刚生你大哥。二是那年夏天有一小孩溺水，大家都说脚都倒浮上面很久，没救了。那时是我放的牛，叫我牵回家，在你家门前的小明堂，是从上一台基上把小孩搁上牛背的。小孩救活后，在牛背上铺一块红布还是红纸记不清了，只记得有人口里说着"两个好，两个好！"然后把牛牵回牛栏。

我：您知道我家为什么那么困难吗？

小姨：你家上几代家境都不错，族中都是当头人。你祖父种田、撑船、贩粜粜样样出色，前罗村有碾槽、踏碓的也就你家。你祖母是芝英街大户人家的囡，你伯母是你祖母娘家的内侄女，可能分财产时有偏心。你娘又为人温顺，从不会去争财产，原来住在楼板房里，分家到伙房里也无怨言，明明知道吃亏也不声张。加上你父母俩人都很传统，身体又不好，儿女多，慢慢地生活就困难了。你父母都是好人，唱公事的会留宿留食，讨饭的会省口布施，连我并头到前罗唱公事的老先生都赞不绝口。

我：小姨，外婆叫什么名字？

小姨：外公应祝芳，外婆吕苏银。

这时护士来换药，我告别出来。

（注：两周后，即4月6日早晨4时许，小姨因胃出血，到人民医院抢救无效病逝。）

沉痛追思我的姐姐

　　我的姐姐周夏莲，生于 1942 年农历三月廿二日，卒于 1974 年农历十一月廿七日申时。

　　姐姐是个苦命的人，在她呱呱坠地时，正逢日寇的铁蹄踏进永康。母亲为免遭毒手，一面怀里裹着刚出生的她，一面肩上扛着湿漉漉的地簟，冒着靡靡风雨，逃到鹅弄坑搭简铺躲避。自此，娘俩都患上严重的支气管炎，终身未得痊愈。

　　新中国建立前夕，姐姐与同年出生早两个月少三日的堂兄周超如同时上学，接受在本村周氏祠堂中任教的私塾李国文先生的启蒙教育。小男孩比较顽皮，先生常会用戒尺把他的小手掌打得通红且起肿，而姐姐非常乖，学习也很好，从未尝过戒尺的滋味。

　　可是好景不长，母亲于 1953 年农历三月生下我后，姐姐就不能再上学了。那时我上面又已有了两个哥哥，生活担子一下子压得父母喘不过气来。加之父亲因外出谋生不慎落水也得了病，只得让姐姐辍学在家照看我，从此她稚嫩的肩头就与我相伴了。可是姐姐求知的欲望不灭，尽管淘气的我闹着她到处游玩，并无理地乱抓她的头发，扯破她肩头的棉袄，但她还是哄着我溜进祠堂，暗暗躲在教室外的板壁下听先生讲课。

后来我也染上了支气管炎，病情越来越严重，家里却越来越困难。母亲和姐姐舍不得花钱治疗，每日仅用几厘钱一粒的麻黄素片解缓，却集中全力到处为我求医问药，直至把我治愈。三年困难时期，家里已揭不开锅，为了活命，在祖母的主张下，19虚岁的姐姐带病许配给葛塘下忠厚青年王云木。与此同时，堂兄考入杭州大学中文系，我也进入村校读书。后来我常常想，如果没有我的拖累，或家里境况好些，姐姐也会像堂兄那样，成为一名出色的大学生。

姐姐对我情深义重，不仅抱养我成长，还时时刻刻关怀着我，我每次路过她家，她必倾其所有招待我。那时鸡子索面是待客的最高方式，姐姐给我烧鸡子索面定用鸡蛋三个，比通常多一个；煮面更是下足了猪油，从来看不到汤，整锅索面都是油得发亮，用大碗装满尖，一碗就顶两碗。我有时上午一趟，下午回返，她照样像初来乍到一样礼待我，甚至第二天还是照样，可见姐姐对我是何等怜爱。我的生日从未做过新衣，也唯有姐姐在我十岁和二十岁两次大生日时，给我做了当时最流行的衬衣，让我很是风光自豪了一阵子。

姐夫是个好人，对我姐姐是爱护包容的，包括对我父母和这些兄弟都非常尊重和爱护。可是长病床前难消磨，生活总有不如意的地方，姐姐有时会跑回娘家哭泣。每当此时，母亲会耐心劝解，但父亲性急了会呵斥她。我看姐姐一次比一次削瘦，病情一天比一天严重，心如刀绞，可我连茅庐都未出，有什么办法呢，只能在心底默默祷告，祝愿姐姐一切安好。

1974年农历八月廿日，我平生第一次出远门，去江西上饶德兴香屯冶炼厂跟随木工师傅做学徒。农历十一月底的一天夜里，我忽然做了个奇怪的梦，梦见我在一处田野中，看空旷的阡陌远处曲曲折折走来一人，走近一看是我姐姐。我忙"姐姐，姐姐"叫着，迎上前去问姐姐何故到这里，要到哪儿去？姐姐指着远处连绵起伏的群山对我说："我到那个青山上去。"我猛醒过来，眼泪自行喷涌而出，第二天一边做活，一边眼泪仍流个不止。我心中虽有疑惑，但不相信姐姐会出什么意外。

到了年底，我回家过春节，在去下里溪的路上我突然问大哥，姐姐的情况怎么样？大哥告诉我姐姐因病去世了。这噩耗犹如晴天霹雳，打得我如决堤的江河，号啕大哭。第二天我急忙来到葛塘下，要外甥儿女带我到姐姐安放在葛塘山南面叫下山的坟头去看望她。那时的我肝肠寸断，除了悲痛还是悲痛，既无怨恨，也无理想，只怪自己一无所有，也看不到任何改变命运的希望，唯盼我姐姐留下的一男二女能健康成长。

又过了十五年，我的姐夫也去世了，三个儿女相继有了各自的归宿。我心里本想能尽量帮外甥儿女们一些忙，可自己一路颠沛流离，无钱无权无势，能帮上忙的微乎其微，甚至连安居乐业，这种现代社会人们认为最起码的基本诉求，发生在外甥儿女们身上，都会受到弱肉强食般的重重阻力，我每次都得花九牛二虎之力才能助其有所排除，生活在底层的人太艰难了。

今年正月拜年时，外甥对我说，奔跑了十多年的屋基终于有解决的苗头了。阿弥陀佛，从来不信鬼神的我也要向佛祈祷了，保佑我外甥心想事成，让我牵挂在心头已十多年，也为之换了无数脸皮而不得，搁在心头对不住姐姐的块垒早日消去。姐姐的孙子都已三十岁出头了，也该有间房让他成家了。如果这事成了，姐姐也可地下安息，这是我的最后一个心愿。

与姐姐同龄的堂兄今年正月十七也走了，二月十八出的殡。我送他落土后回来，忽然想起去年十一月份在葛塘下王氏宗谱中查到了姐姐生卒的时间，回忆起姐姐的历历往事，又止不住地泪流满面。正值清明节来临，写下此文，借以沉痛追思我亲爱的姐姐，愿姐姐在天堂一切安好，不再遭受在人间时的诸般苦难！呜呼：

生于乱世病留根，三十三春竟断魂。

自少双肩扶幼弟，终其微力陷魔坤。

爱深难挽青山去，悲极无消苦水存。

愧怆声声呼我姐，何方再觅至亲恩。

2019 年 3 月 25 日

追忆发小阿龙

　　阿龙与六夫同村同宗又同学，比六夫小一岁，且小一辈，排行孝字行，生于公元 1954 年 11 月 23 日，卒于公元 1983 年 4 月 18 日。

　　阿龙矮小精干，眼睛有神、瓜子脸、宽额头、棕色肤、厚唇皮，是父母的宝贝儿子。他母亲雍容慈祥，一副贵夫人模样，据说娘家比较道地，是半路嫁到罗村后生下阿龙的。阿龙的年纪与上面两个哥哥相差 10 多岁，取名也没与两个哥哥相沿袭。当时他家生活条件不错，父母再婚得子自然对他格外宠爱一些，他也就没有六夫这些比较贫困、或子女成群的家庭孩子辛苦和耐劳。

　　因此，阿龙虽与六夫同居下处，但养鹅放牛打猪草、或在一起嬉戏玩耍的机会都较少。再加之六华里的上学路上，六夫们喜欢闹个不停，可他寡言少语、性情内敛，有时干脆住到学校附近的亲戚家里。所以，我们虽然小学同窗，但任凭六夫拼命回忆，也找不出与他交集的清晰片段。六夫对阿龙有深刻记忆，且对他刮目相看，是从少年团开始的。

　　1965 年下半年，有上面工作队进驻我村，一群调皮捣蛋小伙伴整天吵吵嚷嚷，工作队顺势为我们成立了个少年团，叫六夫当团长。

20 多个小伙伴兴高采烈，便自制各种装备，学着电影里的样子，浩浩荡荡组织风靡当时的各项活动。

有一天下午，不知谁报来消息，有人在破坏山林。大家脑子一热，便背着红缨枪一咕噜冲了出去。到目的地一看，原来是一个大叔在挫草。大家面面相觑，觉得不好意思。可是那位大叔觉得伤了他的自尊心，不容解释，便大发雷霆，对人要非礼。这时那些小伙伴们都惊得像木鸡，站在一旁不敢吱声，唯有阿龙跟着六夫上前抗议，那大叔自觉过分才罢了手。

从此，阿龙成了六夫最要好的朋友之一。其实，阿龙思想已经发生飞跃，他要摆脱离群索居的状态，做个勇敢的人，融入小伙伴们的群体之中。这从后来的一次表现也可以看出。有一天晚上月明星稀，六夫正坐在小明堂乘凉，阿龙悄悄来到六夫身边，对六夫说："村上明天要破除迷信了，我们少年团怎办？"六夫说："你说怎办？"他说："我们先开个头炮，把老太公推掉。"六夫知道他说的"老太公"是指一块象征"土地公"的石座。六夫为了鼓励他就说："老太公就在八角刺树下，翻一下不费力。"说完，两人真走过去动手把老太公的石座翻了个身，表示要移风易俗了。可是这事两人都没有宣扬，只表示他们作为新中国的少年要追求新的精神风貌。

1967 年初大队推荐上学，罗村四个小学毕业生，阿龙因二哥参军成为军属，有幸推到芝英初中读书。阿湘、阿兰是贫字头，推到农中读书。据说六夫家是下中头，因名额限制，只能歇菜。那时六夫年小不懂事，有读没读无所谓，乐得整天优哉游哉。不料学校也是停课，到年底基本解散了。

1968 年初重新推荐时，风向大变，阿龙的军属身份突然变成了敏感身份，据说他的母亲出身不好。这样阿龙失了学，阿湘和阿兰上石柱初中，六夫上石柱农中。

　　阿龙失学后在家务农，千方百计想谋些生计。1970 年上半年，阿龙办了一具爆米花机，兴冲冲来邀六夫一同去爆米花。六夫陪着他到云山一带转了一圈，在大园村才叫到一宗生意。阿龙摆开阵势放了几炮，结果成功的少，失手的多，把他累得满头大汗。看看天色将晚，只得收拾工具悻悻回家。路上两人又饿又渴，坐在大牛精的岩塔皮头，搜刮麻袋里残留的爆米花渣，就着塘中勺来的清水充饥解渴。

　　后来六夫有幸上高中去了，毕业后就上山担柴。到 1973 年秋，有一天，阿龙突然来找六夫，口中唉声叹气，话语中带有不满的情绪。六夫赶忙制止他，叫他不要乱说，并邀他一起上白云山打零工挣钱。但阿龙说他身子弱，吃不了那般苦，然后扭头就走了。

　　过几天，公社管人武的池部长突然出现在六夫家，严肃地查问六夫与阿龙有过什么秘密联系。六夫吓了一跳，问阿龙出什么事了。池部长口封得很紧，只叫六夫自己交代清楚。六夫马上意识到出了什么事，坦然地说："阿龙找我诉过苦，想我帮忙，我叫他上山打工他说吃不消。至于他有些牢骚话，我已进行了批评。仅此而已。"第二天，池部长又带着公社梅书记来找六夫，六夫还是重述一遍昨天的话，并申明自己和阿龙都是贫寒出身，生计艰难，有些牢骚话并不奇怪，也翻不起浪。如果阿龙有什么说错的话请领导谅解。梅书记听了六夫的话非常友好，邀六夫一起走走。三人一路走一路谈，到象角山洋桥头（原太平水库渠道上），梅书记停住脚步爽朗地对六夫说："我相信你，你也要相信公社。"这算是给六夫一个定心丸。

　　阿龙是个纯朴的人，只是因生活艰难而发泄一些情绪罢了。可是他太单纯了，在不当的场合说了不应该说的话，结果被社里扣了起来。一扣起来他又怕了，很快供出六夫来，因他除六夫之外没有再与第二个人谈过，只好交代清楚以示诚实。这事弄得各方虚惊一场。

第二天阿龙就放了出来。他又来找六夫想表示歉意，六夫止住他，叫他什么都不要说了，好好过下去比什么都强。后来六夫人生旅途极度颠簸，他也再无联系六夫。直至后来听说他遇难了，兔死狐悲，六夫心头像刀割一样。

后来六夫打听他是怎么遇难的，原来他父亲1979年过世后，他与母亲相依为命。可是母亲不久也瘫痪了，他端尿端屎极尽孝道服侍母亲。有一天风雨大作，在田畈干活的阿龙急急往家赶，怕蜗居在简易搭建房中的母亲，因隔壁移屋而被雨淋湿。不料一进家门，阿龙当场被掉下来的椽树砸中，再也醒不过来。这一天是公元1983年4月18日。

阿龙是个有情有义有孝心，有德有才有胆魄的人。可惜生活在社会最底层，长年挣扎在心力交瘁的生死线上，止于30岁虚龄，连媳妇都没讨。几十年来六夫每每念及此总是潸然泪下，也总恨自己无力拉他一把，这就是草根的命。

阿湘回忆说，阿龙写得一手好字，夏日午后爱抱一门板置弄堂纳凉睡眠，惜于错失民师选拔机会，如果进取心强些，也许会改变命运，但人生没有如果。

今作此文，作为对发小阿龙的一个深情怀念，愿他天堂安好，永不再受磨难！

2020年7月6日

清明时节雨纷纷

"清明时节雨纷纷，路上行人欲断魂。"今年的清明节显得特别凄楚，年前年后先后失去两位亲人。为了不刺激老伴的脆弱神经，六夫刻意淡化，再不提起他们的名字，只在心里默默祝祷，愿亲人们一路走好！

可是老天没有忘却，连日倾盆大雨，甚至雷电交加，似乎要替六夫表达无比沉痛的心情，为六夫喊出悲愤的声音。六夫忘不了他亲爱的老伴一手带大的侄子遭受病魔折磨时的痛苦脸庞，忘不了年迈妻舅整天围于家务的劳碌背影。现在终于解脱了，从某种意义上说也是一种重生。他们生前克勤克俭，忠心耿耿当好家长，当好长子，为一大家子遮风挡雨，为亲朋好友牵线搭桥；一生心地善良，呕心沥血，脚踏实地，无私奉献。可是应了一句老话，"好侬不留种，恶侬掰掰动"，历史总是惊人的相似，灾难总是莫名其妙地落在善良人的头上，这世道怎么了？

联想到我中华民族勤劳朴实，埋头苦干，总是以"有客从远方来，不亦乐乎"的宽阔胸怀拥抱世界。可是西方列强总是以海盗的逻辑对待我们，强加给我们屈辱的历史：1840 年 6 月英国发动鸦片战争。1841 年 1 月英国侵占香港。1842 年 8 月英国强迫清政府签订第一个不平等条约《南京条约》。1856 年 10 月英国发动第二次鸦片战争，同年法国参战，组成英法联军。1860 年 10 月英法联军火烧圆明园，使这座艺术宝库毁于一旦。1894 年 7 月 25 日，日本对中国发动甲午战争。1894 年 10 月，日本侵占旅顺、大连，并进行了整整四天惨无人道的血腥屠杀。1895 年日军侵占威海卫，逼迫中国与日本签订《马关条约》，辽东半岛、澎湖列岛、台湾被割让给日本。1900 年 6 月八国联军进攻中国，不久攻占北京，次年逼迫中国同八国签订《辛丑条约》。1931 年 9 月 18 日，日军进攻沈阳发动"九一八"事变，由于当局不抵抗，致使日本侵略军迅速占领中国东北，并成立伪满洲国。1937 年 7 月 7 日，日军在北平附近挑起卢沟桥事变，12 月在南京屠杀我 30 万军民。

列强把中国按在地上反复摩擦践踏，山河破碎，生灵涂炭。多少仁人志士奔走呼唤，欲救国图存。可是国家积贫积弱，当局腐败无能，群众一盘散沙。多少头颅枉埋大漠沙丘，多少豪杰饮恨长江黄河。只有十月革命一声炮响，给中国送来了马列主义，中国共产党应运而生。在以毛泽东同志为代表的中国共产党领导下，实现马克思列宁主义的中国化，通过走农村包围城市的道路，依靠工农群众，革命队伍从无到有，从弱到强。他们抛头颅洒热血前赴后继，先后赶走了日本侵略者，打倒蒋家王朝，推翻了压在中国人民头上的三座大山，终于在 1949 年 10 月 1 日建立起了中华人民共和国。

通过在一战二战中发战争财起家的西方霸主，继承老牌帝国主义的衣钵，迅速纠合一批豺狼，妄图以朝鲜半岛为跳板，剑指我新生政权。伟人洞若观火，组建中国人民志愿军，把以美帝为首的所谓联合国军打回纸老虎原形，从此中国人民真正挺直了腰杆做人。

直到今天，帝国主义欺凌掠夺世界的海盗本性一点未变，它们利用和平演变的戏法，放出颜色革命的大招，企图重新把中国推向任人阉割的泥潭。为了达到它们的罪恶目的，它们可以不择手段，不要廉耻，翻手为云覆手为雨，军事战、间谍战、贸易战、科技战、舆论战、金融战轮番上演，自由行、民主行、人权行、环保行、基因行、病毒行全面开花。伊拉克、利比亚、叙利亚已被它们搞成一片废墟，伊朗、中国、俄罗斯是它们的下一个目标。

党中央应对敌对势力的图谋胸有成竹。为了千千万万先烈用生命换来的江山不被毁于一旦，提出"不忘初心，牢记使命"主题教育。值此中国共产党成立 100 周年之际，又作出了学习中共党史的部署，让我们及下一代牢记共产党人的崇高使命，继承和发扬先辈们光荣的革命传统，重振崇尚英雄、捍卫英雄、学习英雄、争当英雄的强国之风！

我们一定要让洒满清泪的纸钱带上英灵的心愿飞舞！让帝国主义和一切反动派在暴风骤雨前瑟瑟发抖！

2021 年清明节

汝南高川周氏宗谱杞县周寨支谱序

　　这是高川周氏进行第十二次修谱活动的又一个丰硕成果，在杞县周寨支谱即将付梓之际，谨以宗亲的名义致以最衷心的祝贺！

　　童年的时候就听父亲经常念及，我们高川周氏有一支宗亲迁往河南省杞县，可惜后来失去了联系；还说我们的始祖来自金华，是理学名宗周敦颐的后裔。说者有意，听者入心，五十年后，当新世纪的钟声敲响，神州大地掀起抢修宗谱热潮，追宗问祖之种子像雨后春笋般生根发芽，我有幸亲历了全国及浙江周氏联谊大会，交流了永康各支周姓来龙去脉的研究成果，并着力推动金华泮塘始祖墓重建和周公文化园建设，也为高川周氏宗谱第十二次续修提供了自己多年来所收集到的宝贵资料和经验。在这过程中，我深深体会到寻找资料的困难和联系外迁宗亲的不易，因此，当祝友公告诉我，已赴杞县找到了失去联系整整四百年的宗亲，我很是高兴和深受鼓舞！

　　迁杞宗亲是高川周氏的骄傲。在明嘉靖二十九年至三十年（1550—1551），高川始祖君实公的七世孙德行二十四梅元房周滢公进升太医院吏目，被选派到河南开封负责周王府医事，在杞县城南八里处建周庄（今前葛老庄）定居。明万历七年（1579），周滢公逝世，寿年六十九，葬杞县城南新阡（今坟角村）。明万历十一年（1583），周滢公三子九皋公荣登朱国祚榜进士，授直隶真定府推官。明万历十五年（1587），九皋公进士及第后在城南三里处建周楼庄（今八卦亭村为当年周楼庄的后花园）。明万历三十五年（1607），九皋公长子光燮公荣登黄士俊榜进士，授江西右参政、湖道广东左布政、大理寺左评事。明天启五年（1625），九皋公幼子光夏公荣登余煌榜进士，授江西赣州巡抚。周家一门三进士，父子科甲联缨，成为杞县名门望族，也在永康各支周姓中独占鳌头。

可是世道沧桑，明崇祯十一至十四年（1638—1641），周楼庄的周氏家族遭到明末起义军战火重创，从此望族不再，至清代名不见经传。清道光五年（1825），黄河决口，周楼庄被洪水冲毁，仅存后花园的八卦亭，周姓族人四处逃散，死伤无数。灾后一部分回原地重建家园，一部分即聚居周寨，还有的下落不明。

迁杞宗亲于明万历三十七年（1609）高川周氏第二次修谱时参与合谱，到1683年第三次修谱时，因隔时太久、联系中断、家族中落等原因失去合谱。2009年，高川周氏组织第十二次修谱活动，修谱理事会派遣祝友、祖强、其正、开会四公千里迢迢赴杞县寻亲，在当地县志办的热心帮助下，历时七天终于如愿以偿，从此，两地宗亲重新团聚，来往不绝，成为一段千古美谈。

因修谱工作面广量大，迁杞宗亲一时难以收齐所需资料，高川周氏第十二次修谱仍难以将迁杞宗亲实行合谱。其中，周寨宗亲周军、久诚、志威、武成、希动诸公率先行动，在高川周氏修谱理事会的指导帮助下，通过三年努力，一部《高川周氏宗谱杞县周寨支谱》即将问世，其行甚壮，其功甚伟，迁杞始祖周滢公当含笑九泉矣。

今年是理学名宗敦颐公诞辰一千周年，全国各地举行隆重的纪念仪式，作为敦颐公的后裔，我们当弘扬"出污泥而不染，濯清涟而不妖"的传统美德，继承勤学励志、敦祖睦族的优良家风，在新时期守住初心，昂扬进取，为社会作出更大的贡献，为家族增添更多的光彩。

承杞县周寨宗亲嘱托，要我写点文字，我奉阅了其中架构和篇章，觉得脉络清晰，考据充分，内容翔实，史料丰富，衔接得当，不失为一部正本清源的家族好谱，不仅为迁杞宗亲重溯了族源，也为今后高川周氏实现统谱打下了良好基础，实为幸甚，是为序！

高川周氏第十九世孙　周天明　谨识

公元二〇一七年八月

跋

今年是中国共产党建党百年大庆之年，全党、全军、全国人民围绕党的辉煌历程尽情追溯、尽情讴歌、尽情祈望，祝愿我们的党、我们的国家、我们的民族、我们的未来更加繁荣昌盛。我作为新中国成立后出生的一员，受党的光辉照耀近70年，受党的培养滋润整40年。在这个节点上，我与亿万同胞同志同感受、同赞叹，期望用一种崇高的仪式来庆祝这个非凡的时刻。

去年"七一"过后，我地的红色文化组织和作家协会就开始部署百年党庆的采访与创作活动，我参与其间，先后撰写了一部分稿子，这给我在选择献礼方式上一个启迪。作为喜欢些文字又退了休的老人，我唯一的积累就是历年应邀写的文章，或者自娱自乐留的文字。我想这大概可以表达我的心意。

经过整理审视，我发现这些文字有描写赞美山川风物的，有对世事观察评价的，有读后感想的，有应邀建言的，有怀旧感悟的，有思亲启迪的。林林总总有80多篇。我按照建设有中国特色社会主义新时代的价值观要求，对每篇文章进行甄别遴选，收取60来篇作为献礼作品。分为山川足迹、人间观照、碧海犁花、情愫萦怀四个篇章安排，贯穿一条爱党、爱国、爱民、爱生活的积极主线，以励自己和他人。

我本想用《又到鼠麴花黄时》冠以书名，源于出现在清明时节的鼠麴草很不起眼，种子也很小，可是它很顽强，有香气，是芸芸众生的缩影，也是幽幽情思的载体，寄托着我很多的联想和感受。但经陆春祥老师热心指点，现改用《六夫随笔录》为本书书名。

我的文章属草根文化，出自内心，平淡如水，观察细微，不乏孔见。作为一个长期工作生活在基层第一线的观察者、实践者、写作者，没有炫人的文采，唯有一颗跳动的心。时代发展出现既开放也闭合，各种利益圈子自说自话的现象，文化圈的"阳春白雪"与"下里巴人"始终同存，而我只满足于"鼠麴草"般的存在，用根吸养、用淡表白、用心写作、用情点缀，与这繁花似锦的春天共见证。

出版本书得到了浙江省作协副主席、浙江省散文学会会长陆春祥老师的审阅推荐，得到了金华市作协主席李英老师的鼓励支持，在力扬文化传播有限公司和文汇出版社各位行家的辛勤工作下，得以成功出版，借此机会，一并致以衷心的感谢！

2021 年 6 月

风起江南·第四辑·

陆春祥／主编

等一朵花开

李建军 著

文汇出版社

图书在版编目(CIP)数据

等一朵花开 / 李建军著. — 上海：文汇出版社，
2022.10
（风起江南 / 陆春祥主编. 第四辑）
ISBN 978-7-5496-3894-9

Ⅰ.①等… Ⅱ.①李… Ⅲ.①散文集–中国–当代
Ⅳ.①I267

中国版本图书馆 CIP 数据核字(2022)第 185029 号

等一朵花开

著　　者 / 李建军
责任编辑 / 熊　勇
装帧设计 / 书香力扬

出版发行 / **文匯**出版社
　　　　　上海市威海路 755 号
　　　　　（邮政编码 200041）
经　　销 / 全国新华书店
印刷装订 / 成都兴怡包装装潢有限公司
版　　次 / 2022 年 10 月第 1 版
印　　次 / 2022 年 10 月第 1 次印刷
开　　本 / 880×1230　1/32
字　　数 / 855 千
印　　张 / 43

ISBN 978-7-5496-3894-9
定　　价 / 195.00 元(全五册)

风起江南散文系列第二季（总序）

尽力猛扑而朗朗仓仓

陆春祥

1

西湖孤山南麓，有三忠祠，奉祀袁昶、许景澄、徐用仪三人。袁昶（1846—1900）为桐庐人，我的老乡，他殿试二甲，官至三品，庚子事变，力谏朝廷不可纵容义和团滥杀洋人与外国开衅而遇害。袁昶诗文、书法、藏书、刊印、西学等，诸业皆有突出成就。

辛丑春节，我一直在读袁昶的日记。袁的日记，持续时间长，从同治丁卯六年（1867）三月开始写，从无中辍，一直到被害前。他的日记还不是一般的记事，侧重在求知问学、克己慎思上，目的就是迁善改过。

看一则"癸酉正月"：

癸酉元日帖子。元日书红云，癸为揆度，酉象闭门。士君子必有闭关千日，研几极深之思，而后有揆度庶务，洞若观火之量。静存仁也，动察智也。

这一年是同治十二年（1873），鸡年春节，袁昶27岁。一个甲子后的鸡年，我父亲出生。袁昶逝后，一个甲子零一年，我也出生

了。这样看来，袁昶其实离我很近。不过，年轻人袁昶，思想已经成熟，他虽 30 岁中进士，却早已饱读诗书，有着自己独立的见识。

他解释"癸酉"，别有见地。

"癸为揆度"，就是估计现实情况。为什么他关注现实，从他的经历可以看出，他时刻将读书人的目的与责任和现实紧密相连，虽是保皇派，但在处理义和团滥杀洋人的事件上，眼光却远大，做事不能只顾情绪不计后果，虽被杀，不数日遂昭雪，谥"忠节"。"酉象闭门"，这是从字形上说酉字。闭门干什么？你若要有对事情洞若观火的眼光，则必须闭关千日，将冷板凳坐穿，如此才会形成自己别样的眼光，处理好各种政务。袁昶曾任江宁布政使、光禄寺卿、太常寺卿等，在各个岗位都有建树，芜湖还建有"袁太常祠"纪念他。

静存仁，动察智。胸中有仁义，决事才有智慧。这不是一个死守书斋不知变通的读书人，他将所学与现实、读书与修身、思考与反省紧密结合。

写完那则"癸酉正月"，已经过去整整一年。

又一个年三十夜，袁昶吃过年夜饭，往桐庐城里闲逛。桐君山上祈福的钟声不时撞耳，富春江两岸的爆竹尖叫着频频窜向空中，街上行人已经开始聚集，小儿成群追着叫着倏忽跑过。袁昶抬头望星空，但见北斗星的斗柄已经指向东方，他内心里不断感叹，还有几个时辰，旧的一年转瞬即过，混混与世相处，隼起鹘落，如弹指一刹那，而自己却学业未精，德行也没有进步，真让人惶恐啊。

严格自律的袁昶，每日三省己身，袁昶日记中，他悟出的人生格言，多得让我双眼停不下来，仅以甲戌年（1874）摘要举例：

人惟无欲，始能刚耳，有欲恶能刚。耐坚苦者，始能进德耳，

耽安佚者，则丧德矣。（甲戌正月）

不作无益之事，不道无益之言，不损无益之神，不发无益之虑。

心无二用，自今后作一事竟，再作一事，则心体不疲。（甲戌二月）

抄录七十二岁的黄元同《求是斋记》句：天假我一日，即读一日之书，以求其是；《畏轩记》句：读经而不治心，犹将百万之兵而自乱之。（甲戌六月）

抄录《孙思邈方书》句：口中言少，心中事少，腹中食少，自然睡少，依此四少，神仙诀了。（甲戌七月）

境遇耐得一天是一天，学问长得一天是一天，精神养得一天是一天，嗜欲淡得一天是一天。（甲戌九月）

尽力猛扑，将七阁、四库、三藏、九流、二氏，朗朗仓仓，一齐装满布袋肚子内，此师南皮之法也。（同上）

不见己之善，惟见人之善。不见己之善，故所诣日进，惟见人之善，故无怨于世。（甲戌十二月）

特别喜欢"尽力猛扑"这一句，活画其读书信念与志气。

袁昶要扑向什么？四库、七阁，指清代收藏《四库全书》的七座藏书楼总称；九流，乃秦至汉初的九大学术流派；二氏，佛道两家。南皮，借代籍贯为南皮以张之洞为创始人的学派，该派以汉学、旧学为体，以西学、新学为用。袁昶的阅读，如牛饮，如鲸吸。如此写下阅读的贪念，他暗自笑起，耳边似乎突然响起《双射雁》中穆桂英的唱词："那绣绒宝刀仓仓朗朗朗仓仓放光明啊。"嗯，猛扑，唯有尽力猛扑，胸中才会有光明一片啊！

尽力猛扑而朗朗仓仓，越读越有趣，宛如袁昶就站在清丽丽的富春江边，沐着五月的微风，张开双臂，身子前倾，跟我摆那个猛

扑的动作。

2

劲风又绿江南。

风起江南散文系列第二季即将面世。

通读书稿，满心欢喜，文丛的作家们也如袁昶先生一样"尽力猛扑"，他（她）们如饥似渴地扑向经典，努力汲取营养；他（她）们倾力扑向大地，扑向生长养育又骨肉相连的故土，尽情撷取自然的芬芳。他（她），身姿矫健，一路奔跑着穿过光阴，且行且歌。

周天明的《六夫随笔录》，真性率性而又抒写畅快。出自内心，平淡如水，观察细微，不乏孔见，诚如作者所言，其将身子匍匐于地，故园山水动植物及所有人与事，皆掘地三尺，人性练达，世事洞明，真知灼见频现于字里行间，诚挚感情亦满溢于纸上。

罗帆的《透视镜里的手舞》，时间的镜子，梦与界碑，生活的齿轮，作者与数位二十世纪知名外国诗人展开纸上的心灵对话，汪洋而恣肆的虚构想象，灵动而跳脱的叙述表达，个性而独特的深度体验，建立起了具有辨识度极高的阅读坐标，大大拓展了自己广阔的写作疆域。

李建军的《等一朵花开》，无论枇杷、石榴、栀子，它们都是嘉木，即便是孤荷、苔花，只要倾注爱意，它们也有独特的春天，一草一木皆有情。阳春布德泽，给孩子留扇窗，慢慢来就是快，假以时日，所有的花都会盛开，所有的种子都会长成参天大树。

金春妙的《在寂静中倾听》，心底的文字从指间如水样泻出，之所以无限流畅，是因为它们皆来自于最诚挚的心灵叙述。眼前校园

所见，身边万般人与事，抑或浪走天涯海角，只要胸中藏着善良与美，纵然未来变幻莫测，我们都可以在这世界里深情地活着。

陈红华的《这一刻的幸福》，时光深处的飞鸟与群山，少年的懵懂与青春的悸动，世间喧嚣纷扰中的多姿势阅读，浓郁江南风情味的草木果蔬，日常与无常中的岁月轮转与沉淀，只有看清楚自己以及自己生活的地方，才能将已逝的过往与活生生的现实凝聚成这一刻的幸福。

3

有人仔细统计了《诗经》中的草木虫鱼数量，计有：113 种草，75 种木，39 种鸟，67 种兽，29 种虫，20 种鱼。

我读过诸多关于《诗经》中草木虫鱼的书，不一一例举。一个简单事实是，这些鸟兽草木，只是赋比兴的喻体而已，我们的先人，想象力极其丰富，他们用这些喻体，隐晦曲折地表达自己丰沛的情感。

因此，对这样一部博大无比的百科全书，孔老师自然钟爱有加。

孔鲤从对面怯怯走过来，孔老师叫住了儿子：伯鱼呀，你仔细读过《周南》和《召南》没有？

孔鲤就怕老爸问，一脸茫然：爸爸，我没有读过呢？

孔老师感叹：唉！一个人如果不曾仔细读过《周南》与《召南》，就会像面朝墙壁站着的人一样啊！

面壁而立，不是面壁思过，而是说你什么也看不到，哪里都去不了。

《周南》《召南》都居十五国风之首，内容侧重夫妇相处之道，

教育人修身齐家。孔鲤一定听懂了，他已长大成人，老爸这是要他系统学习《诗》呢，否则，怎么能适应这个社会呢？

孔鲤在父亲的课堂上，已经多次听到老爸这样教育他的学生：《诗》三百，一言以蔽之，曰：思无邪（《为政》第二）。这里的关键是"思无邪"，"思"为发语词，"无邪"，没有虚伪造作，都是真情流露。诗三百，用一句话简单概括，就是真情两字。文学作品最需直抒胸意，最怕无病呻吟。这也完全符合我们先人即兴的咏叹，面对残酷的生存现实，恶劣的自然条件，先人们劳力之余，依然手之舞之足之蹈之，自我找乐。

国风，大雅，小雅，周颂，鲁颂，商颂，三百一十一篇，皆为民众心底里喊出，在广漠大地上回响，宫商角徵羽，有时甚至响过行云。

真诚希望我们的散文作家，对眼前的一切，猛扑吧，尽力猛扑！不虚假，不造作，用心用情善待所有，包括天地间的草木虫鱼鸟兽。朗朗仓仓，仓仓朗朗，听，美妙的旋律，从旷野上、烟波里、花朵中清晰传来。

壬寅桃月
富春庄

目 录
Contents

▽
▽
▽

第一卷　草木含情

等一朵花开

草木含情

在冬天，储蓄能量

叶落时节，白天开始瘦身。清晨上班，霜重风涩，寒意逼人。

到了中午，暖阳融融，独自走向食堂，见食堂外两棵小树被砍得面目全非，所有的枝叶都被砍掉，零落地掉在树下，一个老人正在清理。走到它们身边，低头看被砍落的枝叶，在阳光下依然泛着生命的光芒。

它们没有死去，但是它们必须离开。裁剪的老人说：

"没办法，这些树还小，新移栽过来的，到了冬天，没用的东西必须都去掉，否则活不成。"

在冬天，树根无法供给足够的养分给枝叶，如果这些枝叶不以这种方式离开，那么整棵树都将难以存活。舍掉枝叶，留住生命的根本，明年春天树会更大，叶会更茂盛。

这就是生命本来的样子。就像一个人，外在的枝叶太多了，根性就迷失了：过多的人际交往，没完没了的应酬；过多的名利欲求，没完没了的争斗；过多的自我考量，没完没了的哀怨。在这些混乱不堪的迷雾中，往往会忘记自我。"当华美的叶片落尽，生命的脉络才清晰可见"，当这些迷雾散尽，我们才能找到真实的自己。

十年前的一个冬天，冬雨凄寒，独自行走在公园小池旁，临池而立，池中淤泥里交错着荷花根，这些根就像枯死的藤一样沉寂在水中，毫无生气，雨点打在池面，泛起一层层涟漪，这些枯黑的根很安静，要知道在炎炎夏天，它们可是满池荷花的依托，那时它们隐藏在花叶之下，蓬勃着生命的灿烂，引来无数人驻足观赏。我就是其中之一，从夏走到冬，一直看着它们从绚烂之极归于寂灭，还记得当时写了几句诗：

"繁华落尽红尘梦，若到了时皆寂然。"

十年后再思考这种寂灭绝非死亡，是在绝望中积蓄力量，在安静中酝酿希望，走过这威严的冬天，第二年夏天满池的荷花又将连成一片，艳阳下再一次绽放生的光华。

不要因为夏的盛开，忘记冬的冷寂；不要因为冬的沉默，忘记夏的灿烂。生命在每一个季节都有自己的使命，冬季，我们的使命就是"舍"，就是做减法，抛弃那些枝枝叶叶，非根本性的东西，直面死亡，直面自己，积蓄充分的能量，安安静静面对最简单最本质的问题。

等一朵花开

"等一朵花开，需要很多的耐心和微笑。"

——林帝浣

　　正月初一开始一直宅家抗疫，说是抗疫，除了捐钱，能做的只剩下关注每天的疫情。这个冬天，好像特别漫长。

　　闲暇时，打开窗，望望门后的中山西路，看看望春桥，往往一天下来，只有几辆车经过。人，除了保洁阿姨，很难再见一个。望春桥南面原是一块荒地，开垦后被整理得整整齐齐，有青菜，有豌豆，阳光和煦的晴天，还有两个人戴着口罩锄地松土施肥，对他们而言，似乎多了口罩，生活没有其他变化。荒地尽头是尖尖的三角形一直延伸到河中，两棵瘦弱的树立在三角形上，没有一片叶子，河中是树的倒影，同样的孤独。只要耐心等待，会有两只白鹭飞来，每天都是由东而来，掠水照影，缓缓飞到树上，静静立上许久才离去。

　　我每天的必修课除了看书写文章上网课，还有一件就是倒垃圾。临行前须戴好口罩和水笔，提着垃圾桶小心翼翼换好鞋，将桶放地上，从口袋中抽出笔来，用笔尖按电梯，提起桶进电梯，一股股浓浓的酒精味，再用笔尖点一楼，电梯缓缓启动。到了楼下，迅速跑到垃圾回收处，倒了垃圾赶紧撤退，小区内毫无生气，连楼下的树木也都是枯黑的枝干，没有一片叶子，没有一朵花，空气似乎不再干净，让生命难以见容于大地。

"一月否极，二月泰来"，大地渐渐回温，太阳也渐渐有了威力，晒在被子上，能闻到久违的香味，冬日负暄，脱下厚厚的羽绒服，身心轻了一层。疫情也渐渐到了转折点，每天的数据开始下降。心情为之一振。

下楼倒垃圾，楼下的玉兰花结出了花骨朵，小指头大小，嫩嫩的绿，一只只春天的眼睛，还没苏醒，禁不住站在树下，凝神细望。

于是，每天下楼又多了一层期许，哪一天花会开？等花开也成了生活的一部分。然而上上下下，进进出出一周，花依然是老样子，安安静静立在枝头，丝毫没有绽放的意思。有所改变的是自己，不再坐电梯，选择爬楼梯健身，每次爬到家总是气喘吁吁，眼镜由于嘴里的热气也蒙上了一层白雾。

美好的事物需要时间等待，而在这一过程中我们唯一能做的就是调整自己的心态，那么就耐心静静地等待，不急不躁，美好，会在时间的沉淀中显现。

阳光一天比一天好，等到傍晚，抬头望，一轮红日西沉，玉兰在夕阳下已开了一朵，周身洁白，走近细看，花底隐隐一层粉色，好像一只玉杯倒了一层红酒。一朵花点亮了一棵树，点亮了整个世界。过了几天，一树的玉兰都开花了，夕阳晚风中，一身洁白的素衣，摇曳而不轻浮，静谧而不失活力。

洁白，是今年最动人的颜色。

等一朵花开，需要很多的时间，很多的耐心，就像等每一个生命的蜕变，等每一次灾难的退去，等所有的创伤被抚平。等待绝不会是浪费，是为了遇见生命中的美好，为了见证平凡人的奇迹，为了我们共同期待的春天。

孤　荷

昨天去校园，看到校园内立行园的水池中开着一朵荷花，孤零零一朵，其他两朵早已成了莲蓬，唯独这一朵半开半合，微粉微白，在丝丝秋风中摇曳生姿。这份孤独让我想起了贺铸的《踏莎行》：

杨柳回塘，鸳鸯别浦，绿萍涨断莲舟路。断无蜂蝶慕幽香，红衣脱尽芳心苦。

返照迎潮，行云带雨，依依似与骚人语。当年不肯嫁春风，无端却被秋风误。

初读此词是在张如安老师的课上，他说自己大学时最爱这首词，每次放学独自回家，一边推着自行车，一边吟唱该词。张老师是个彻底的学者，除了做学问，似乎连生活也不会。他的课堂很热闹，每讲一首词，他都会先用粉笔在黑板上抄录一遍，然后严肃地吟唱一番。至于听者，初时极为震惊，听多了发现每首的唱法如出一辙，但是张老师每次唱都像第一次那场般庄严肃穆，一丝不苟。

他在课堂上是完全忘我的，讲到一朵花零落时，会用双手做叶子衬在头下，向我们展示一朵花凋零的姿态。讲到美人见弃时会做出一副哭容。有时觉得他怎么像个小丑，然而课下他又是极为严肃的，问他问题他总是认真作答，全然没有课堂上的活泼像。

如今回忆起来，似乎知道张老师为什么喜欢贺铸笔下这朵执拗的荷花。文人骨子的清高注定他们必须坚守，而这坚守本身就是一种孤独。

大概是从旁听李亮伟老师的《诗词格律》起吧，开始认真读诗词，每天傍晚独自去图书馆研读一首诗或一首词，不仅读而且开始填诗填词，自己的处女作发表之后得了 30 元稿费，于是拿它买了本《宋词三百首鉴赏辞典》，每天看一篇鉴赏文章。翻看过程中发现周汝昌和叶嘉莹两人的品评极为独到，于是买了《叶嘉莹论词丛稿》《千秋一寸心》，带着这些书独自骑着自行车到郊外的小湖边静静看一下午，也许是在那时更深切地感受到张如安老师独自推车，吟唱诗词的心境，那份孤独的坚守中充满了自由、宁静、充实和快乐。

今天傍晚，再次去学校，昨日的荷花竟然只剩下一片花瓣，凄凄惨惨，孤零零立在西风残照中，时间是如此残酷，一切美好的事物只允许它们做片刻停留就香消玉殒，仿佛就是一瞬间而已，一个生命就从绚烂走向了寂灭。我的脑海里又浮现了另一首词：

菡萏香销翠叶残，西风愁起绿波间。还与韶光共憔悴，不堪看。

细雨梦回鸡塞远，小楼吹彻玉笙寒。多少泪珠何限恨，倚阑干。

王国维在《人间词话》中评说开头两句"大有美人迟暮之感"，这与贺铸的"无端却被秋风误"似有相通处。然而古代文人只是随物起兴，借花自况，他们都没有继续追问人在时间中的终极意义：人是不是能获得永恒，人如何面对死亡。于是古代文人的孤独总是多一点文学色彩，而西方学者的孤独就带有哲学意味。

之所以会想到这层区别，是因为在看到这朵荷花之前，在家看完了周国平的《人与永恒》。所以当下坐在黑夜中回想起那朵孤独的荷花，我想到的是生命的短暂与永恒。这自然不是荷花考虑的问题，它只管像王维笔下《辛夷坞》中的花那样"纷纷开且落"，是那样的自在。周国平说：

> 思得永恒和不思永恒的人都是幸福的。不幸的是那些思而不得的人。

但是，一个寻找终极价值而终于没有找到的人，他真的一无所获吗？至少，他获得了超越一切相对价值的眼光和心境，不会再陷入琐屑的烦恼和平庸的忧患之中，不问终极价值的价值哲学只是庸人哲学。

若以终极价值反观贺铸的诗，"依依似与骚人语"是不是可以理解为诗性的回归，即便被"秋风误"依然坚守着内心认定的人生终极价值追求。也许张如安老师就是这样一个人，抛弃了俗世的琐屑，永远活在诗性的追求中不知老之将至。

面对朝开夕落的生命，面对终极意义，人是需要在孤独中追问的。

枇杷树下

冬天已近尾声，落尽繁华的树开始偷偷抽出新芽。一个人，行走在寂静中，此时校园里的思源桥，是我游戏的船，池里的金鱼是漫无目的的旅人，在不大的世界里，做着平凡的梦。

看着他们，原来全世界都可以是我的。

走到教学楼与行政楼之间的角落，学校唯一的枇杷树被遗落在这里。许久未见，竟快长到三楼高了，岂止亭亭如盖，简直郁郁苍苍，直欲伸出楼层，接近那蔚蓝的天空，轻抚悠悠飘浮的白云。

记得四年前初来时，这树可只有两层楼高，那时，我所任教班级恰好临树，上完课，时常和学生站在阳台上，看着阳光洒在墨绿色的树叶上，泛起闪闪烁烁的金光，那是风和树叶间亲密的游戏。

这枇杷岂止供人观赏呢？三年前的冬天，一个孩子咳嗽得厉害，久治不愈，课堂上常是她痛苦的咳声，课后，我让她去摘几片学校里的枇杷叶，回家后拿雪梨、冰糖一起炖着吃，但她不敢去摘，不好意思，怕被人看作是破坏公物，最后还是拉着一位朋友去摘了几片。不知最后治愈孩子咳嗽的是不是那几片枇杷叶。

一到夏天，枇杷满树金黄，"一树枇杷一树金"，是的，阳光下金灿灿一片，惹人垂爱，学校每年都将这些成熟的果子奖励给学生吃，让孩子们懂得枇杷的精神。明代王象晋的《群芳谱》称："枇杷秋荫，冬天开花，春天结果，初夏果熟，备四时之气，他物无以类者。"以此启迪孩子要学会积淀，濡染不畏寒暑，努力生长的精神。

然而孩子毕竟是孩子。

枇杷树北面班级是一群调皮的学生。常常躲在树身下玩耍，用刀割树皮，那些刀痕随着岁月的流逝已经由深而浅，但永久无法还原如初。

一声鸟鸣打断了我的思绪，等抬头寻找时，却又寻到它的踪迹，从一个缝隙间才找到它，一身黑色的羽毛，只有脖子处是金色的，一个无忧无虑的它，立在枇杷枝上小憩。此时的树，此间的鸟，得到了片刻的宁静，在这孤独的角落里享受时光。

一个校园，需要这样一个安静的角落，有树，有鸟，他们可以自由生长，可以自由飞翔，让人在宁静中获得生命的喜悦。

一草一木皆教育

亲近自然，不仅带来审美的愉悦更能唤醒生命的感悟，我爱在班会课上带着学生到自然中去，学一些课本和社会上学不到的东西。

学校有棵柳树，在一个台风天，被雷电劈成两截。校长将这个树留下来，命名为"生命树"，一则告诉孩子们生命是多么脆弱，在自然面前，不堪一击；二则教育孩子生命又是多么坚强，虽遭此飞来横祸，却依然能抽出新芽。

珍惜与坚强是生命的两大主题。

当我讲述这些时，学生问我：

"老师，断了一截，为什么前半截还能活着，抽出新叶。"

我赞扬学生观察得细致，同时将手指向树根说：

"你们看，树的根还在，被雷劈过的地方依然有一小部分连着树桩，所以树根才得以把养分输送给枝干和叶子。"

"难怪我以前在公园看见整棵树被砍倒，只留下树桩，树桩周围还是能长出小叶子来。"学生联想后说道。

"是的，根在什么都在，根没了枝和叶就很难再存活了。即便活下来也长不大。"

看完树又带着孩子们走向跑道，一片红色的椭圆跑道上画着道道白色的线条，我让孩子们在这跑道上自由地去找生命的踪迹。孩子们像一群觅食的小鸟飞向跑道各个角落，蹲下身子聚精会神地寻找。这时的阳光很好，静静照在这群鸟儿身上。

"找到了——我找到了——"

同学们一下子围过去，一起蹲在一个角落，然后欢呼道：

"老师，我们找到了，我们找到了，跑道缝里有小草。"

我走过去静静地说道：

"当时浇筑水泥跑道时可是里三层外三层把这土地封得严严实实，时间过去了十多年了，小草的根在地下埋了那么多年，终于冲破了一切，像你们一样见到了久违的阳光。"

回到教室，同学们带着微笑坐在自己位子上，我请同学静静思考五分钟，然后谈谈自己的感悟。教室里一片安静，窗外柳树上鸟儿的鸣叫则更加清脆了。五分钟后一个学生站起来说：

"我从生命树和小草中感悟到了生命的顽强，他们不怕自然或者我们人的打击，依然坚强地活着。"

话音刚落其他同学也纷纷举手，另一位同学站起来说：

"生命可以很坚强也可以很脆弱，生命树让我想起了《秋天的怀念》中的史铁生，他的双腿残疾了，但是最后战胜了障碍，获得了新的生命。"

"我觉得生命是一种坚持，我从小草冲破塑胶跑道想到了小思的《蝉》，他们都要坚持很多年才能看见阳光。"

"我想到了我们每个人都要充满希望，心中有信念地活着。"

"我觉得我们要充满希望地活着，小草为了看见阳光等了那么多年，柳树虽然被雷劈了，但是没有放弃希望，所以又抽出了新芽。"

……

等同学们尽情讲述完自己的感悟后，我跟孩子们一起分享了一句李渔的名言：

"草木之花，经霜必死；其能死而不死，交春复发者，根在故也。常闻有花不待时，先期使开之法，或用沸水浇根，或以硫磺代土，开则开矣，花一败而树随之，根亡故也。然则人之荣枯显晦，成败利钝，皆不足据，但询其根之无恙否耳。根在，则虽处厄运，犹如霜后之花，其复发，可坐而待也，如期根之或亡，则虽处荣膴显耀之境，犹之奇葩烂目，总非自开之花，其复发也。恐不能待矣。"

解释大意后，与同学们分享了自己的感想：

"生命是平等的，我们能从自然中学到很多宝贵的人生哲理。生命树很坚强，因为它的根没有坏，依然连着树干，所以它能坚强地继续将养分输送给枝干，让柳树在风中绿意盎然。小草被压在地底多年，但它的根没有死，它在地下积蓄能量，日复一日，年复一年，终于有一天重见天光。这根就是生命最重要的东西，只要这根在，不论受到怎样的打击、挫折、磨难，终有一天会重新绽放出生命的绿意。那么同学们，我们的根是什么呢？"

"是希望。"

"是理想。"

"是坚强。"

"是坚持。"

……

"这些都是根的一部分，让我们将这根深深地扎进自己的生命中，那样我们的生命就不再惧怕自然的风雨和生活的磨难。"

　　课后为了学生能巩固所见所想所思，便让他们写了关于这堂课的随笔，效果极佳。回头想想，其实德育最怕说教，理想的德育当是从生活的细枝末节处感悟生命的真谛，正因如此，一草一木皆可以是德育的注释。

为什么你的花枯了

期初考试结束了，走进教室，宽敞明亮。直到视线投射到我在教室的办公桌，唯有一盆植物绿意盎然，其余几盆经过一个月的抛弃早已叶败花枯。

我知道那盆充满生命力的植物是小贝的。每次他都细心地照料这棵小生命，所以暑假之前，听到我的嘱咐，唯有他把这盆小生命带回家养着。想到这里，我不禁笑起来。同学都感到奇怪，都诧异地看着我。我让大家停下手中的笔，思考这个问题：

"为什么一盆植物依然充满绿意地活着，而另外几盆却干枯了？"

初听这个问题，大家都有点呆了，不知如何作答。一阵沉默之后，第一个答案出现了：

"因为小贝喜欢这盆植物。"

"嗯，不错，我也这样觉得。还有其他想法吗？"

"因为他比较细心。"琪同学轻声说道。

"为什么说他细心呢？"我继续追问。

"因为别人都把花留在这里，只有小贝想到把植物留在这里可能会枯萎，所以把它带回去养。"

　　我满意地笑了笑，跟我自己想的差不多了。然而思考和回答还在继续，看着孩子们的眼睛，我直觉到还有不同的声音，但是这个声音还在沉默中挣扎。这一刻，我完全可以将我的"细心说"跟同学们分享，然而，我更希望孩子们能带我走向另一条不可知的道路。

　　沉默片刻后，我让卢同学谈谈自己的想法，他在位子上（平时上课，学生不需起立回答问题）说：

　　"我觉得这是对生命的一种尊重。"

　　这时，我的目光、其他同学的目光都转向卢同学。

　　时光在这一刻稍作停留，我总结道：

　　"生活中很多小细节能看出一个人的品质，一盆小小的植物，我们看到了小贝的细心、爱心，甚至是一种对待生命的态度。对于自己喜爱的事物我们真的做到珍惜、尊重了吗？比如，你肯定爱你自己吧。那么你有好好认识自己，发展自己，完善自己吗？比如，你爱你父母吧。那你好好跟他们沟通过吗？用行动感激过他们吗？所以我们的花枯了！而且枯了之后也没有想办法去挽救。趁着花还没死，趁着你还年轻，趁着父母健在，善待这一切吧！"

　　讲完这些的时候，我很得意，把道理深入浅出地演绎了一遍，同时语言还富有文采，顿感轻松自在，回到办公室坐在自己位子上，喝口茶，发现我自己的花也枯了……

石榴树

南教学楼的北侧种着一排石榴树，与学校同龄，前几年是半人高，夏初开花，秋深结实，因为树龄小，结出的果子都如婴儿拳头大，吃不得。西北风起，这些小拳头便渐渐成为黑色，枯萎在枝头，再无人问津。

今年夏末，这些石榴树竟奇迹般结出许多果子，老师们都很好奇，不知其中原委。一日与总务主任闲谈，他告诉我是他在暑假时施了些肥，所以长得这样诱人。但他也告诉我，这些石榴还是不能吃的，长太多了，没有几个能真正长大。

然而，石榴确实比前些年更好看了，像一只只小灯笼，挂在密密的绿叶间，随风摇曳。每次经过都会发现，这些石榴没有被偷摘，完好如初。客人来学校也惊叹于学校的教育，能让每个孩子都能如此谨守规则。

如果我是这个学校的学生，会怎样？回想自己童年经历，在学校里扒树皮，挖"喷泉"，偷桃子……也许我会是第一个摘下石榴的人。在谨守与放肆之间我想起曹文轩的一篇文章《柿子树》。

文中作者回忆了自己柿子树和日本一棵柿子树的命运。

日本的柿子树命运是这样的：

"柿子终于成熟了。它们沉甸甸地坠着，将枝头坠弯了。二十八颗柿子，你只要伸一下手，几乎颗颗都能摸着。我想：从此以后，这二十八颗柿子，会一天一天地少下去的。因为，这条小道上，白天会走过许多学生，而到了深夜，还会有一个又一个夜归的人走过。而山本家既无看家的狗，也没有其他任何的防范。我甚至怀疑山本家，只是一个空宅。因为，我从他家门前走过无数次，就从未见到过他家有人。

柿子一颗一颗地丢掉，几乎是件很自然的事情。

这些灯笼，早晚会一盏一盏地被摘掉的，最后只剩下几根铁一样的黑枝。

然而，一个星期过去了，枝上依然是二十八颗柿子。

又过去了十天，枝上还是二十八颗柿子。"

……

"秋深了，山本家柿子树上的柿子，终于在等待中再也坚持不住了，只要有一阵风吹来，就会从枝上脱落下三两颗，直跌在地上。那柿子实在是熟透了，跌在地上，顿作糊状，像一摊摊废弃了的颜色。"

曹文轩家的柿子树却给他带来了无尽的烦恼：

"后来，事情果然像母亲所说的那样，这棵柿子树，使我们家接连几次陷入了邻里的纠纷。最后，柿子树上，只留下了三颗成熟的柿子。望着这三颗残存的柿子，心里觉得很无趣。但，它们毕竟还是给了我和家人一丝安慰：总算保住了三颗柿子。

我将这三颗柿子分别做了安排：一颗送给我的语文老师（我的作文好，是因为她给了我很大的帮助），一颗送给摆渡的乔老头（我每天总要让他摆渡上学），一颗留着全家人分吃（从柿子挂果到今天，全家人都在为这棵柿子树操心）。"

……

"我打开院门追出来，就见朦胧的月光下有个人影斜穿过庄稼地，消失于夜色之中。

我回到院子里，看到那棵柿子树已一颗不存，干巴巴地站在苍白的月光下。"

两种文化制度下的人，两种极端的表现。人的本性过分释放和过分压抑都是背离教育最初的起点和最终的目的的，时下中国教育一直在向外求，对于日本人的国民素质更是崇拜到了无以复加的地步，而这种素质的形成在一定程度上是以极度抑制人性为前提的。我看当下教育是过分借鉴日本了，抹去人的自由意志，尽可能抹杀人性中"无邪"部分，将孩子所有可能犯的错误统统归纳整理，加以严刑律令，于是言行统一，而心底各种欲念横生。

看着枝头咧开嘴的大红石榴，我伸手从中掏出一粒果实，酸甜可口。回到办公室又看了一遍《柿子树》的结尾。曹文轩说在他的长篇小说《红瓦》中给这件事留下了一个美好的结尾：

在柿子成熟的季节里，那位孩子的母亲，总是戴一块杏黄色的头巾，挎着白柳篮子走在村巷里。那篮子里装满了柿子，她一家一家地送着。其间有人会说："我们直接到柿子树下去吃便是了。"她说："柿子树下归柿子树下吃。但柿子树下又能吃下几颗？"她挎着柳篮，在村巷里走着，与人说笑着，杏黄色的头巾，在秋风里优美地飘动着……

冬日漫笔

一

清晨上班,从校园熟悉的银杏树旁走过,阴暗的天空下,雨已经收敛,银杏树上零星点缀着几片顽强的银杏叶,昔日蓝天白云下那一树金灿灿的身影,如今早已成了灰色的枝丫。

树枝间立着两只鸟,此情此景,想起自己八年前写的一首诗:

醉卧东君不晓愁,春来寒意尚悠悠。

一片枯枝栖瘦鸟,满天冷雨入江流。

准备马上离开,因为班主任工作容不得我多做停留,不知为何,脑海中出现了电影《赛德克·巴莱》中的一个场景:

莫那首领在起义后,抢了日本军队的两捆枪支,快速飞奔在山间路上,此时,周围的樱花树大部分是枯枝,只有一枝上开了一朵娇艳的花,莫那继续飞奔,但是视线专注地看着那朵花,此时镜头放慢⋯⋯

这朵花之于莫那而言,像是一种神迹,而与神迹相遇又是这样突然，一时让人不知所措，根本来不及思考，命运已催促你继续快速前进。

想到此，我拿出手机准备给枯枝瘦鸟留个影，但是当我拿出手机，面对那两只鸟时，他们竟不约而同地笔直飞去。

二

天还未大亮，匆匆走进校园，还是那棵熟悉的银杏树。此时已是深冬，树叶已凋零干净，灰暗的天空下是银杏树清晰的枝干，横斜交错，构成一张密密的网，习惯性地放慢脚步，又想起了一首熟悉的诗歌：

在双唇与声音之间的某些事物逝去。
鸟的双翼的某些事物，痛苦与遗忘的某些事物。
如同网无法握住水一样。
当华美的叶片落尽，
生命的脉络才历历可见。

——［智利］聂鲁达

黄磊在《似水年华》中将末尾两句加了注解：

"当华美的叶片落尽，生命的脉络才清晰可见——那就是清晰、勇敢和坚强。"

冬天是一个考验万物的季节，寒风杀尽一切繁华，让生命露出所有本来的面貌，这样的季节最适于思考。生命的本质蕴藏在冬季中，但是很多时候我们却只关注其他三个季节的过眼云烟。就像眼前的银杏树，春夏时的大片浓绿已经很美，但是依然觉得不足，于是等到秋天，满树绿叶由绿而黄，傲然立于湛湛青空下，这是我们欣赏的，更是我们追求的，追求外在的、转瞬即逝的美。

也许，我们忘了关于永恒的事，繁华背后的事，这些事需要在所有华美的叶片凋零之后才能思考。只是大家的步履都过分匆忙。昨天义仔细读了曹文轩的《草房子》，把书的跋文看了五六遍，跋义题目是《追随永恒》，脑海中交织的是两句话，一句是董卿在《朗读者》节目中说的：

"你是选择喧嚣一时的功利，还是坚持平静永恒的善良。"

另一句是 2017 年我最喜欢的句子，来自宗白华先生：

"我现在也正渴想到一个寥无人迹的森林中去，忏悔以前种种无意识的过分的热望，再来专心做一种稳健的适宜的狭小而有实效的小事业。"

一个人只有懂得抛弃外在社会给你的价值、观念之后，形成自己的价值取向定位，才算是审视过自己生命的有意义的人生。而这样的人生肯定是在追随永恒之路上的。

莳花不在远

古人九大雅事：焚香、品茗、听雨、赏雪、候月、酌酒、莳花、寻幽、抚琴。

眼下春日清寒，百花萌动，许多游客纷纷进入名胜景区，一览壮观的花海，给人以视觉的刺激。对于这样刻意的出行，我不喜欢。我爱随心游走，凭借自己的脚步，慢慢寻找，慢慢欣赏。

工作日，单位的玉兰花含苞待放，如千万支蜡烛在黑色的枝丫上燃烧，惊艳了所有爱生活的过客。

周末信步寻芳，于老小区废旧荒芜处，见一树梨花，在阳光下，闪闪烁烁，每一粒光的孩子与每一朵冬雪似的花朵互相挑逗。在树下掘了一碗土，准备回家养花，回来路上，邻居家墙壁上开出一枝桃花，两三朵开，五六朵闭，破旧的路因这一树桃花，别开生面。独立花下，春风拂面，几只蜜蜂闻香而来，在花间喧闹。

我喜欢在花前驻足，倾听上帝安放在它们身上的气息。

记得一年前，步行上下班，经过幼儿园，园外一排白色铁栅栏，铁栏杆上爬满蔷薇，四月时节，春风既起，千朵万朵，空中、半空中、地上，红色，粉红色，白色，构成了一道花墙，走在花墙下，就像走在童话的世界里，经常会停下脚步，在晨曦中，我好像面对一张张孩子的脸。

五月，雨多，风紧。蔷薇花落英缤纷，整条路都是花瓣，"花径不曾缘客扫"，这条花径不知道能有多少客人。"夫天地者，万物之逆旅；光阴者，百代之过客。"花于我，是过客；我于花，也是过客，花和我，之于天地光阴，都是寄居而已。

走过花开花落，风里开始带点热气，透过鹅黄色的窗帘，送到书房，研墨润笔，展开一张旧宣纸，叠格折痕，平铺桌上，举笔凝神，脑海中出现四字：

一花亦真。

落穷款，钤白文余姚李氏，朱文李建军印，闲章正好用"如寄"压脚。

我知道这幅作品对别人而言只是普通四字，对我而言却是一春的记忆和一季的领悟。而这些美好的情思都在身边。

是的，会心处不在远，莳花亦是如此。

冬日有嘉木

无数次，在冬天，一个人，站在一棵没有叶子的树下，静静仰面凝望。

错落交叉的黑色枝丫，把天空割裂，黑的更黑，白的更白。这就是冬天的树。

记得以前上班都是步行，等到初冬时节，地上会出现各种各样的树叶，两种树叶最美。一是法国梧桐，一是银杏。

法国梧桐立在道路两边，叶子像一颗颗硕大的星星，而且是黄色。下小雨的早晨，天色有点灰暗，地面是湿黑的，梧桐叶落了一地，好像一颗颗星星在夜空张开了眼，踩在这样的星空上，生命就像一场奇妙的旅行。偶尔也会停下来，看看那些梧桐，高大、浓密，这种树很奇怪，长到一定高度就分叉，大多是横向发展。

与法国梧桐相比，银杏树就高大了许多。每个校园都会有银杏，走进校园，初冬的银杏绝对是一首叫人流连忘返的诗，不知是哪个早晨吧，银杏叶就全黄了，阳光下，蓝天白云间，一树金灿灿，这是天地给冬天最美的诗句。然而，只要一场雨，一场风，不知不觉间，所有的叶子都没了，散落在地上，华丽的外衣就这样一下子落到了地上。

就像今天中午，开完会出来，扑进眼帘的就是一地深黄色的银杏，在冬雨中述说今春和前世的故事，我停了几秒，不知不觉被人流带回了办公室，开始习以为常地忙碌。

当我坐下时，脑海中却是一棵没有叶子的树，那是上个月在湖州图影湿地的记忆。走到湿地中央，连天的残荷，枯黄，败落，倒影在水中，黑沉沉的，残荷中央则是一棵掉尽了叶子的柳树。我不能再继续前行，有一种力量吸引我必须驻足。

因为是第二次来这里，记忆里依然是夏天来时，那满池荷花，风荷一一，绿柳迎风，顾影含情，春意连天的景象，盘旋在心底。那时，自己也许也正春风得意，是一个写诗的年纪，不知道天高地厚，于是生活和工作上很多事情都是横冲直撞，悲喜都随境而转，如今，真的是时过境迁了，经历了人事的变动后，才痛彻心扉地知道人世的不易与难得的温情。

这样，再看这冬日的残荷枯柳，不知为何，好像有一种强大的生命力在心中扩张，眼前是第二年春天时，一朵朵簇新的叶与花，那柳树也是将茂密的树影绰约地倒影在池里。也许在这时我才真正明白那句诗：

当华美的叶片落尽，生命的脉络才历历可见。

人应该有这样的勇气，在去掉身上所有华丽的伪装后，依然有勇气直面人生，直面自己，直面孤独，在寒冷的寂静中，保持着春的希望，诗的梦想，这是自然赋予人以哲学冥想的良机，让人心不至于在繁华中迷失。

栀子流香

六月，可爱的似乎只有傍晚。退去了一天的酷热，天地间杂乱的声音渐渐平息，晚霞殷红，飞鸟点点，相与而还，河上是晚霞和世上人家的倒影。

于习习晚风中信步游走，"前念已断，后念未起"。忽而邻家的栀子花香扑鼻而来，"花气熏人欲破禅"，这阵浓郁的芳香像一阵风吹皱了心底一池春水。

十多年前就读于宁大文学院，酷爱读书，日暮时，吃完饭，略作散步，便去图书馆，固定的楼层——三楼，这一层是原宁师院旧藏图书，大多数的书籍比我的年龄都大，整一层楼都是老书的古味。固定的位子，那桌子是20世纪90年代的写字台，方方正正。

一个夏日的傍晚，熟悉的心境，走到熟悉的楼层，熟悉的位子，不同的是桌子上多了一个透明的花瓶，三四朵洁白肥大的栀子花，浓绿茂盛的叶子。晚风起，吹动纱帘似水波动，花香弥漫，与图书馆中的书香交融，坐在椅子上，我该读什么书？似乎什么书都可以，但又没有一本书合宜。脑海中泛起的第一句话是老子《道德经》开篇第一句"道可道，非常道"，此时真意，"欲辩已忘言"。

就这样，安安静静，沉思许久，直到夜幕四合。

第二天去时，花还在，一半已泛黄，叶子凋零在桌上。第三天，只有几瓣花留在枝上。曾经的美丽已成为记忆。"一朵花的美丽在于它曾经凋谢过。"海德格尔这句富有诗意的哲言是对每一个曾经存在过的生命的最好注解。

关于栀子花的记忆并未停止，因为这种花的花季与毕业，与离别发生关联。

大学毕业晚会当晚，觥筹交错，大家沉醉在离别的忧伤和酒精麻醉后的迷狂中，酒后与朋友一同漫步校园，熟悉的阵阵栀子花香充溢着整个校园。

"摘一朵怎样？"

"你摘吧，我更喜欢让它们自开自败。"

"哈哈，那好，我来当采花大盗。"

寻找片刻，选了一朵盛开的花折下，用力过猛，掉落了好几片花瓣，震颤了夜的平静。惊枝未定，后方传来熟悉的声音：

"确实是摘花的年纪，但是折一朵让父母满意的花可不容易。"

仔细看，是阿德尔老师，一个一身诗意而又安于平静的人，他每天都会在校园各个角落散步，他的魅力就像这栀子花的香味一样，令人神往，但是又那样短暂，大学四年只听过他一节课，只记住他说的一句话，就像图书馆那束花一样。

现在，会留意栀子花，是因为毕业季。工作满十年，送走一届届学生，他们的青春像栀子花一样在绽放，而自己的青春，在这个时节更多的是回忆，"等闲离别易销魂"，初读不懂，词人何等地位，阅历何等丰富，普普通通的离别为何会销魂？如今读懂，鬓已星星。在这栀子花香熏人时，"心情其实过中年"。

暖阳里的浙师大

　　浙师大的夜晚是静悄悄的，周遭都是苍松与古柏，让这冬夜更添了一分清寒，叫人不敢闲游。

　　白日里的师大则又是另外一番景象。从美术学院出来，向南便是校友林，这片林子还有坡度，铺了石子路，有人走上坡，接着身影随着下坡而慢慢隐没，让人想起侯孝贤电影里的长镜头。

　　美院的东面则是大草坪，也是凸起的，每个学校都会有个情人坡，这里估计也是吧。正想着，一对情侣坐在暖阳下的草坪上接吻，这一吻比这冬日里的时光还曼妙，所以当我从百米开外走进时还没有结束。

　　钢琴声从音乐学院里传来，敲打着美丽的午后和静静的时光，女高音的歌声也响起了，这个中午愈发地热烈。还是不要接触那些目光吧，太陌生了。绕过美院向西便是初阳湖了，一个学校能有这样大的湖是一种惬意，宁大也有小池塘，实在太小，且是死水，一次带着北方的朋友去看，他说这哪里是池，在我们北方就叫坑，确实没有诗意。

　　而眼前的初阳湖开阔了许多，湖成葫芦形，周边都打上了水泥，形成一条沿湖的小路，路边每隔十几米又安上了半月形的椅子，以供人休息。沿岸还零零星星有几棵柳树，因为是冬天，半卷的柳叶在风中零落，稀稀疏疏躺在路上，行人踩在落叶间，发出沙沙的清脆声。柳树上挂着一块牌子写道：英语专业晨读点。

这多少让人产生些联想，最好是春天的清晨吧，太阳尚未照到此地，而天地已经光明，湖的周边是三三两两的读书声，有的站在柳下，有的坐在椅上，有的靠着假山，渐渐地，阳光的脚步近了，微风下，初阳湖迎来了清晨的第一缕阳光，在湖面上泛起淡淡的红光，这时鱼儿也会来凑热闹，把头伸出水面来看看这人世。

而我与浙师大缘浅，没有时间去等待这样的时日。

走到湖的北岸，有个老人静坐在湖边垂钓，而他身后就是假山，我在他身后，他亦没有发觉。我接着往西走，是一片松树岗，一路走才发现师大的树都是排着队的，就连行道树也大多由松树充当，这是一种诗意还是一种奢侈？夜时，月挂松间，松风如潮，漫步在初阳湖边，伴着沿岸悠悠的灯影，则又是另一番境界了。

信步走了半个师大，接着要去寻找新世纪书店，因为搬迁，找了很久，找到时发现这书店竟在一户普通人家，里面则是密密麻麻的教材，有一本叶朗教授的《中国美学史》放在地上，这是一种等待，也是一种相遇。买了书又回到美院，看到有人坐在草坪上看书，自己也跟着走了进去，找到一棵树，躺在它身边，发现这里的天空是久违的湛蓝，树凋叶零的枝丫嵌在蓝天中，偶尔还会有鸟儿的身影掠过，让这油画般的天空产生动静。

这就是印象中暖阳里的浙师大。

等一朵花开

蓦然回首

抬头不见月

　　夜渐沉，站在阳台上想看看月色，放眼望去，是小区内一座座十八层的高楼，四四方方的轮廓挡住天空所有的景致。月亮躲在建筑物身后，只剩下一层层光晕，暗暗隐没在天边。

　　这与自己童年在农村望月的情景截然不同。

　　芒种时节，夜里跟着阿爹去田里放水，没有路灯，却有皎洁的月，照得水田通亮。父子两人一前一后沿着田埂走去，溪水潺潺，蛙声鼓鼓，月光将我们的影子拉得很长。到了自己的田界，阿爹挖开用泥拦着的河道，溪水汩汩涌进田内。我们坐在田埂上，静静看着，偶尔抬头望向月亮，天地空阔，毫无遮拦，地平线上是参差着的两层楼房，月光平分给每一户人家。

　　等水放好，秧田中便出现了月的倒影，清风拂过秧苗，月影开始在水田中摇曳。

　　回去路上，陪伴我们的依旧是这一轮明月。

　　等到读书，这样的时光，就很难再复制了。直到读大学，空闲时光增多，又有机会悠然在校园游走。秋日清爽，晚间独自骑车，来到校园桂花树下，"人闲桂花落"，坐在树下石凳上，桂花如雨，簌簌落到衣上，落到地上，不多时，草坪上已是一片淡黄，此刻抬头，一轮明月，朗朗挂枝头，月华与落花齐下，暗香悠悠，在脑海中挥之不去。

工作成家后，似乎没有闲情"举头望明月"，面对鸟笼般的商品房和两点一线的工作路径，夜是孤独的低头看书，让自己游离在明暗的分界线上，视线变得逼仄，人生的向度趋向单一，包裹心灵的是现实。

如今年近不惑，连年东奔西跑，锐气渐平，能触动内心的事物越来越少，偶然间遇见了《月亮与六便士》，让我重新想起，原来头顶还有一个月亮存在，当自己的人生轨迹转入每天为"六便士"奔波，再也没有心情抬头去关心头上的月色，也渐渐失去了自己的追求与梦想。沉浸在个人得失中，心随境转。

即便是在今天，想再抬头看看久违的月色，眼前的高楼已遮住了自己的心。

唉！"清风明月本无主，闲者便是主人"，而我已不再是我自己的主人。

一次回老家喝喜酒，回来路上夜气清寒，车行至盘山路上，转过一个大弯，忽见车窗外一轮硕大的圆月沉沉悬于关山之间，明月朗朗，清辉如洒。从未见过如此的月，摄人心魄，唤醒沉睡在心中的另一个自己，最初的自己。

抬头可见月，只要你想，只要多走几步，就会遇见，就会发现，诗和远方就在心间。

一碗空屁汤

　　冬日暖阳下，与同事三人一起就餐，说起挑食的话题，在我看来，人之所以挑食，是因为在童年的生活中有食可挑，没有选择又何来的挑呢。这个观点来自我早年的经历。

　　五岁时跟着父亲，从一个封闭的小山村到小镇，一家四口人租在一个十平方米的小房子里，吃喝拉撒都在这里。

　　新地方，要站稳脚跟，经济上可能要几年，而精神上，也许要一辈子，也许永远无法融入。

　　头一年，家里常常揭不开锅，尤其是月末，父母囊中羞涩，连菜钱也没有，咋弄弄？阿爹笑着说：

　　"今天我们又要喝空屁汤喽！"

　　一边说，一手拿酱油瓶，一手拿热水瓶，往大碗里倒好酱油，打开热水瓶冲开水，开水从碗沿下滑，在碗底流转，慢慢上升，白色的水汽也袅袅升起，唯一的菜诞生了。

　　四碗白饭，一碗深红的空屁汤，日子很简单。

　　偶尔也有机会改善伙食。

　　一种是隔壁邻舍借我们场地杀猪。

夜深了，100 瓦的灯亮起，照白了场地，待宰的猪被抬上长凳……我们在家里听着惨叫声，一直到夜恢复平静。

美味在第二天来了——猪血，作为酬谢我们的礼物。到了晚上，阿爹将猪血切得方方正正，油炸，淋酱油，加水焖煮，撒一把葱花，好香，这一天我可以吃三碗饭。

另一种是家里做祭祀。乡下人，相信举头三尺有神明，一年三次的祭祖少不了，如果没有这些仪式，我们就会失去神明和祖先的庇佑，那么在外立足就更难。每次祭祀大概要七道菜或九道菜，这样丰盛，一年中能有机会，然而祭祀过程中，只能干看着，不能接近，连椅子也不能碰，直到三炷香燃尽，蜡烛烧完，菜都凉了，这时才有机会大快朵颐，还没等开饭，我会偷偷用两只手指抓起一块肉，迅速放进嘴巴里，解解馋。

等到正式开饭，赶紧抢鱼、肉和蛋，姆妈总是说：

"牢监刚放出来，慢慢吃！"

谁管那么多，依然大口大口吃，一直吃到肚子鼓鼓的。

吃完后还剩一些菜，印象最深是在七月祭祀时，这些菜必须一碗不剩地倒掉，我拦住姆妈急切地说：

"明天还可以吃！"

"这么热的天，到明天全馊气啦。"

看着姆妈将菜一碗一碗倒进垃圾箱，又用筷子一点一点将碗里的汁液清干，我知道又要等很久才能有这么丰盛的菜肴了。

空屁汤也许这辈子再也不会去喝，偶尔吃猪血也不会再有那时的味道，祭祀时的佳肴，现在看看，也不过如此，然而那时这些菜的味道却能在脑海中停留那么久，那么深，这是现在任何一道大厨的菜都做不到的。

老　井

　　老家中庭有口老井，边缘是六边形石栏，中间是圆形石井盖。井水冬暖夏凉，但不能喝。

　　七月酷暑，没有空调，电扇难以驱散夏日的威力，傍晚时分，老井出场了。阿爹拿来吊桶，将绳子在左手上绕几个圈，捏紧，右手抓住桶底，直直地坠入井中，"轰——"一声巨响，水桶已没入水中。

　　我站在井口，看着渊黑的水面泛起一层层水泡。阿爹特意将桶向下沉些，然后慢慢拉上来，直到绳子末端，瞬时用右手抓紧桶圈，放在地上，我跟姐姐马上围过去，将手伸进桶里，冰镇一般，一时间手上慢慢起鸡皮疙瘩，凉意渐渐传遍周身，传递到心间。

　　阿爹不许我们多浸，他提起桶往地上泼，泼完一桶再提一桶，一直到中庭变得阴凉为止。最后再提一桶，将一瓶老K啤酒，一瓶汽水和一只西瓜浸在桶里。我们搬出桌子、椅子还有碗筷和菜，过不了许久，拿出啤酒和汽水，跟冰箱冰过一样，透心凉。我总喜欢慢慢喝，毕竟只有一碗啊，但是阿爹在饭桌上规矩很多，连我汽水喝得慢也要管：

"怎么跟喝老酒一样，喝这么慢。"

真是讨厌。

饭后，收拾完桌子，冰镇西瓜来了，切瓜的永远是阿爹。他拿起菜刀，先在西瓜藤上稍稍削下一块皮，拿着皮擦擦菜刀，再从西瓜当中深入一刀，瓜应声裂开，再将它切成小块，我急急地抢来中间半圆形那块，像老鼠一样啃起来，啃完一块，再拿一块，坐回椅子上，吃一口，抬头望望夏夜的星空。偶尔还会调皮地滚到阿爹怀里，让他握紧拳头，隆起肱二头肌，用小手去捏他的硬邦邦的肌肉。

这样的夜晚，估计现在的农村也难有了吧。

等长大些，我也学着阿爹打井水，两脚弹直，立定，弯下腰，用两只手拉起井盖，慢慢移到一边，然后缠好绳，提起桶，扔下去，没有巨响，只有桶撞到井壁的声音，试了好几次才成功，但是满满一桶水，不住地晃，凭我的气力根本提不起来，只得把绳子绑在井边，等阿爹来处理。阿爹见了，冷笑道：

"这么多年的饭都白吃了。"

阿爹是十几岁当学徒，一直拿着榔头打铁，有的是一身力气。那时真渴望有他一样的神力。他那双手不仅力气大，还巧。会编篮子，打各种绳结。冬天清晨，阿爹早早打起一桶井水，给我们洗脸，这时的井水是温温的，临出门前，阿爹见我围巾围得不严实，就取下来，先密密绕三匝，然后穿来穿去打出一个漂亮的结。没想到这双粗壮的手竟能做这么细巧的事。

读初二那年，阿爹工作出了意外，右手两个手指都断了，用钢钉接上的。此后，他又自己创业，不识字的他四处碰壁，弄得家里也一片狼藉，没有安稳日子。夏日里打井水泼地，一家人一起吃饭的情景，似乎再也没有出现过了。

阿爹似乎再没有提过水。那几年，他时常不在家。也不知道他一个人在外是如何打拼的。几年后他一败涂地地回来，四处给别人打零工，维持一家生计。

几年后，我上了大学，很少回家，一次暑假回去，老井不见了，取而代之的是一间小小的厕所，老井竟变成了化粪池。那天我就跟阿爹解释这样做很蠢，等到下雨天，水位上升，厕所就不好用了，再说这么好的井，怎么舍得拆掉！

可是他听不懂，似乎也不愿意听，不愿意接受。那天他喝了不少酒，而我吃完饭就闷闷离去了。

老井其实还在的啊，父亲也是，只是时间改变了他们的模样。

老街地摊琐忆

热闹的集市，早已是二十多年前的回忆。

读书时，一到周末就会翻看日历本，看农历三七十是不是正好在这两天，如果日子正合上，那么就可以在周末一大早去热闹的老街了。

一定要起个大早，兜里揣个十来块钱，空着肚子上路。平日里宽阔的马路，早已被各种摊位挤满，摊主用一块大布铺出一块方形的摊位，用竹竿撑起一排架子，低价的衣服平摊在地上，稍贵点的挂在后边，整条街两边都是这样的衣服摊，有专卖儿童装的，有专卖裙子的，有专卖运动装的，老街一下子亮出了活力。

先不忙着看衣服，填饱肚子要紧。

穿过熙熙攘攘的人群，来到菜场入口，整一排的点心摊。印象中有几种搭配，首推是生煎加猪油馄饨，生煎底酥黄而脆，肉鲜嫩，馄饨皮薄，滑；肉嫩，香；汤油亮，鲜。其次是大饼油条配豆浆或豆腐脑，大饼油条香脆，豆浆呢，一定要点咸浆，端上来就沉淀出厚厚一层花，吃前先用勺子拌匀。如果能多出点钱就能吃到老街最贵的美食——牛肉粉丝。由于它的尊贵地位，一般不用搭配其他点心，一碗便能让你得老街美食之真谛。

走进店内，长桌长凳，桌子凳子厚厚一层包浆，黑亮黑亮的，老板娘拿出一只大碗，往里放了调料，用大勺子舀起雪白的粉丝，铺一层细细的干牛肉条，最后再淋一道秘制的汤，撒一把翠绿的葱花。搬到客人面前，由客人自己拿起调羹拌匀，粉丝软嫩，入口即化；牛肉松脆，香气扑鼻；汤汁清鲜，不带一丝油腻，咬一勺牛肉粉丝，"嗖——"一声入口，"哈——"呼出一口气，这滋味，是可以让人忘却尘世一切的，难怪晋朝人张翰，在洛阳做官，见秋风起，想到家乡苏州味美的鲈鱼，便弃官回乡。家乡的美味，是单纯美好的味觉记忆啊！

吃完早点，可以尽情游逛，集市上最热闹的是"大力士"卖狗皮膏药，他在老街的十字路口设摊，手拿一大袋洗衣粉，袋口咬个小洞，然后在地上一边倒，一边生成一个个精致的大字，这第一个项目就引来了众人的关注，片刻工夫，一群人围上来，等到围成一个圈，"大力士"开始变魔术，手拿一把扇子，往脑袋一敲，一个银币便在扇子顶部长出来，再敲，又是一个，看得我们眼睛发直，嘴巴微张，连连称赞。变了几个魔术后，他终于拿出自己的秘制膏药，晶莹剔透，可治百病：小儿尿床、老人高血压、年轻人气虚……太神奇了，我其实也想买一块，因为那时我还尿床，可是钱不够，一块膏药就要50元。买的人不少，哈哈，肯定没什么效果的，这世上哪有如此神奇的药。

有时我也会跟着姆妈一起上街，往往是为了买衣服，一次我看到一件帅气的马甲背心，很想要，姆妈跟摊主讨价还价了好久，一直无法成交，姆妈没顺我的心，决定不买，我一气之下便跑回家，咬破了家里的蚊帐。姆妈回来后，我告诉她干了这坏事，不知为什么，姆妈没有打骂我，这可是家里唯一的蚊帐，我们一家四口挤在十平方米小平房里的防护罩。姆妈也没有给我去买那件马甲，只是抹了抹泪，给蚊帐打了一个补丁……

关于老街的回忆还有许多，只是二十多年不曾再逛过这样的地摊、这样的集市，感觉生活少了些人间烟火气，如今国家提倡地摊经济，真想再往这样的老街走走，于市井中回味童年。

石门雨

　　通往石门下鲁村的路，曲曲折折，最后一段仅容一辆车通行，我坐在表哥的车上，去送伯母最后一程。记忆中，下鲁村没有班车，小时候每逢过年，所有亲戚聚集，父辈骑自行车，我们这群小孩便坐在车后，行上半日才能到我下鲁伯母家。

　　我的下鲁伯母是童养媳。当时家里穷得揭不开锅，经人介绍来到石门下鲁大伯家，从此再没离开过这个山村。每当过年过暑假，我都会去伯母家。

　　那时过年很讲究，我们一到下鲁伯母家，几个姐姐马上搅出热毛巾，洗洗尘。然后是一杯热腾腾的茶，大人喝的是伯母自采自制的茗茶，孩子喝的是黄糖水。伯母见到人齐了，马上忙起来，一大桌的菜由她指挥，这时她的三个女儿、一个儿子都围着她干活。那时的每道菜，都由大灶烧，印象最深的是芋芳羹，半锅芋芳，一锅水，小火慢慢炖，伯母每隔几分钟就要用铲子搅拌一次，一直把芋芳炖得软软的，才起锅，我们小孩子就用羹汁拌饭吃。等我们都大块朵颐地吃完，伯母才忙完，吃我们的残羹剩菜。

　　到了晚上，伯母又要一个个安排床位，人多床少，自家的孩子要去别人家借宿，我怕自己没地方睡，就问伯母我睡哪里，她认真地说：

"你没地方睡了，用篮子吊。"

我听后也极认真地找到屋顶的大篮子，要是睡在这里面，会不会掉下来啊！

这是过年，到了暑假，也去伯母家住，没有电视，没有玩具，白天便去河里抓蟹，带回十几只，油炸了吃。晚上，我们搬一把竹椅，坐到桥上，头顶群星灿烂，闪耀于四围山巅，溪流中是星空的倒影，山风习习，没有一丝夏天的热感。伯母用她那把发黄的蒲团扇为我扇风，为我驱蚊。等到夜静人散，我们又搬着椅子回去，伯母又用这把扇子给我驱蚊，她瘦小的身子钻到蚊帐里面，各个角落都用扇子过一遍，然后又定睛看一遍，直到确定没有蚊子，才让我钻进去睡。

印象中伯母是很小气的，大伯每天都会给我买一支棒冰，阿琴姐也会给我买零食，但伯母可是从来不给我一样东西的。那时心里还埋怨过，现在想想真是不懂事，这是伯母的无奈，更是她的处世智慧。

后来三个姐姐出阁，表哥搬到陆埠镇上，我们过年就再也没去过石门下鲁了。直到我高考那年，要问伯母拿些东西，便又去了一趟，那时的下鲁早已不是往日模样，村中不少人已搬离，好些房子的屋顶凹陷，没人修缮。其时，伯母家正好也在重修房子，准备将明堂做大，以便他们百年后有个宽敞的地方做身后事。

如今，真的站在这明堂上，面对伯母的遗照，生死两茫茫，记忆又回到了上次在下鲁的情景。

那天，天蒙蒙亮，为赶早班车，来不及吃早饭，我跟着伯母赶山路，走到下山转弯处，细细的山雨密密地来，我们赶紧跑起来，一直到车站，上车后，雨渐渐停了，一路伴着流水潺潺，还有石磨

"吱吱呀呀"的响声。

来到镇上，伯母第一回请我吃点心（也是最后一回），我只要了一碗馄饨，我知道伯母很节省。她自己也要了一碗馄饨，还为我点了一份小笼包。小笼包我只吃了一半，伯母见我不吃，便说：

"你是小伙子，胃口好，把小笼包都吃了。"

我故意说：

"我吃饱了。"

"真是哑巴肚肠。"说着吃了剩下的。

伯母做人从来都是这样明朗，每次见她都是乐呵呵，大概是十二年前查出患了糖尿病，她的身体一天不如一天，因为并发症眼睛动了手术，后来肺不好，又住院，于是她的笑容一天天少了，当她和我们回忆往事时，唯一感叹的就是当年家里为什么将她送人，真是一口饭都吃不上吗。我现在能想象伯母年轻时的苦处，可她每次说到这里就不再往下说了。

在冷风中想到这些，眼泪簌簌地落下。

晚上要守灵，道士穿上道袍，拿出锣、磬、鼓，激扬地演奏起来，这音乐像极了儿时听戏文时开场前的序曲，让人回到混沌初开时，渊黑一片，阴阴阳阳，生生死死，消泯了界线。

一直到凌晨，细细密密的冷雨又来了，一直下到清晨。要在雨中送伯母最后一程了，路上选了三座桥停车跪拜，"过河拜桥"是中国人最朴素的感恩心，因为桥，我们少走了多少弯路，因为桥，旅程便多了一处风景。在我心里，伯母也是一座小小的木桥，给我童年带来丝丝缕缕的温暖，成为生命中重要的记忆。

送伯母入土后，我们也要离去。石门，何时会再来？没有答案。

石门的雨，停了。脑海中，这雨还一直淅淅沥沥落着，落着……

蓦然回首

夜色开始笼罩整个大隐，这个小镇在幽黄的街灯中入眠。

在安静中走到大隐小学，特地到那幢曾经读过书的老学堂去看一眼，其实心里知道，那幢在岁月风雨中陈旧的老房子早已不在，但还是按捺不住去看看到底新建了什么？

矗立于眼前的是一幢两层行政楼，是的，一切都变了，毕竟离开这里已经十六年，十六年足以让一个柔弱的孩子长成健壮的青年，也足以让一个正当年的男子白发苍苍，于是记忆没有了依凭。只有校园后头的老水杉和千年古樟依然在天地间静立，无声。

小学对面便是大隐初中，也彻底变了模样，没有进入的理由，只在校门口静望，是不是记忆太多，太杂，脑海中竟浮不起半点涟漪，离开时还是个雨季少年，不知世路多艰，不晓离恨别苦，而今回来，白发几缕，心绪沉沉。

我不能停留太久，今晚的目的地在刘家塔，在一个曾经陌生，今晚将要熟悉的地方。

绕过旱溪头，一路是行道水杉，往南是低矮的山脉，温柔的曲线在空中缓缓起伏，已经十多年不曾走过这路，不知刘家塔究竟在哪个方位，问了几个人说在新村，于是走进新村，迷宫一般，不着边际，幸而在桥头遇见初中同学黄超，他开车送我去志刚家。

与志刚不相见，已十三年了。前不久听同学说起他的近况，去年他父亲因肝癌辞别人世，今岁，他也得了同样的病，而家中孩子尚在襁褓，一个家庭何以维系？

今晚见到志刚，他一眼认出了我，脸上还是像十多年前一样的笑容，笑着撩起衣服给我看肚子上的伤口，长长一道，纱布包裹着，他说：

"也没医保，只有农保，谁能料到，这么年轻会得这个病，之前连伤风咳嗽都是没有的。"

志刚说话还像读书时那样轻声细语，他的脸还是当年那样清秀，只是言语间平添了许多暮气。岁月是个神偷，不知不觉间偷走了我们许多东西，乌黑的头发、光洁的皮肤，这些都是外显的，那些内在的锐气、意志则在人生的渐进中一点点、一滴滴褪去，志刚是这病一下子让岁月偷去了许多东西。而我们呢？是志刚的同学，也是而立之年，也在平缓的时间中渐渐消磨着自己。

以前是见书上说"天有不测风云，人有旦夕祸福"，那时以为周遭人中何至于用生命去印证这句话，如今，这句话却发生在自己同学身上，才知道这话离自己有多近。也正因为如此，不得不让自己站在三十的关口驻足、停留、回首、瞻望。

人生前三十年已静静悄悄流逝，物非人非，检点过往，原来心中挥之不去的是与非、对与错、曲与直、爱与恨，算什么呢？浮尘一般，最好雨打风吹去，留在心间永远是前行的挂碍。

明了三十年前尘旧梦，再往前看，以后的路会有怎样的风雨，谁都无法预测，"人生无常便是常"，存在主义哲学家萨特说"人是向死而生的存在"，既然死是在某个远方等着我们的事情，我们怎么可以放浪形骸？又何必心存执着呢？

当我站在三十而立的节点，蓦然回首，隐溪河在平稳的夜中无语流淌，两岸街灯临水相照，在这流水般的岁月中，人事风物，渐次迷离，当年的执，如今的惑，似乎在路灯中慢慢清晰。

灯火人世两悠悠，走过的路和未走过的路也因这灯火，渐渐明晰，渐渐开阔。

天寒何物以下酒

秋风起，天气渐渐转凉。晚来一杯酒，暖暖身，驱驱寒，惬意。喝酒最好是有点下酒菜，西北风下的螃蟹，膏肥肉嫩，好吃。要是买不到也没关系，买包花生，剥几粒，嚼嚼，再咪一口，滋味也不错。

当然，酒客多不挑食，挑人！一位同事在酒席上说，就是王八看绿豆，看对眼了就喝得舒服。我也是，最喜欢的莫过于跟老友一起喝，随便点几个菜，最好选在二楼，临近一个靠窗的位子，两三个人，安静坐着，往事信手拈来。

记得上次与阔别多年的大学同学喝酒，两人对坐窗下，夜微凉，酒微醺，十年前大学里的前尘往事随着酒香慢慢从口中溢出。我们两个都是老做派的人，每日读书写毛笔字，周末看山看水，看花看草，无大志，只愿坚守自己，顺着时间给我们的一切，从容地行走在人间。大学毕业那阵子，每个月彼此通信一封，以慰拳拳之思，这样通信多年，后因朋友家中多难，他与兄弟失和，阿姨、母亲又先后得难治之症，加上工作中不幸将学生的手骨折，心境颓凉，音信渐少，最后他抄了一份《心经》给我，信内并无一字。

　　时过境迁，这些往事在寒冷的夜又流出来，成了彼此最好的下酒菜，和着酒，慢慢回味，暖暖的，淡淡的。

　　然而人生知己难得相逢，我们都在岁月中自我雕琢，孤独是生活馈赠给我们永恒的礼物。在这一个个寂寞的寒夜里，常常是只有酒，没有老朋友也没有下酒菜，这时候，枕边案上，自己喜爱的书成了最好的下酒菜。

　　据说，宋代苏子美酷爱饮酒。他住在岳父家中时，每天晚上读书总要饮一斗酒。他岳父觉得很奇怪，就偷偷摸摸地去看他，只听他在书房中高声诵读《汉书·张子房传》。当读到张良狙击秦始皇，误中副车（指随从待卫之车），就拍案大叫道："惜乎夫子不中！"说完就满饮一大杯。又听他读到张良汉高祖说"此天以臣授陛下"时，他又拍案叫道："君臣相遇，其唯如此！"说完又满饮了一大杯。他岳父看到这种情景后大笑道："有如此下酒物，一斗不足多也。"

　　读书至此，酣畅淋漓，来杯酒，足以畅叙幽情。这种读书如遇故交的默契，只可心领神会，不足为外人道也。

　　今年开始读木心，看他的《文学回忆录》，心有戚戚；看他的诗歌《云雀叫了一整天》，击节赞叹；看他的散文《哥伦比亚的倒影》，相见恨晚。他像一个导师，又像一个老朋友，跟你面对面坐着，此时还要什么下酒菜，唯有满饮一杯酒，才叫痛快。

当你老了

"这是谁，你晓得吗？"

"不晓得。"爷爷摇摇头。

"这是你小儿子，"妻子努力地提醒道，"你有两个儿子，大儿子是阿明，这是二儿子阿江，你忘记了？"

"印象没了。"爷爷依然摇摇头。

养老院里静悄悄，我们再也找不到其他话语。坐在一旁的岳父无声地望着自己的父亲，无法说出一句话。他的脑海里应该是爷爷年少独立外出闯荡的身影。爷爷是大户人家长子，母亲早亡，从小寄居舅家，读完高中便一人闯世界，曾在四明杖锡山扛枪打游击，也曾在镇海县委挑大梁，风风火火大半辈子，结果孙子不争气，把他留下的财产输个精光，每月的养老金还不够还债，每天晚上引来一伙人来闹事……

临到走时，爷爷一定坚持要送我们，他弓着身子，像一个问号，一步步挪着，一直把我们送到电梯口才折回。

回去路上，岳父一直沉默不语。爷爷得了阿尔茨海默病，所有的记忆都没有了。妻子宽慰说：

"这几年爷爷太辛苦，这么大年纪还受到精神上的刺激，失去记忆对他可能是好事，这样不用活在痛苦的回忆中了。"

然而，入冬以来爷爷的病情越来越严重，整宿整宿不睡觉，去爬养老院的门，管理的阿姨没办法，隔三岔五给岳父打电话，最严重的一次，爷爷什么人都不管不顾，见了自己儿子都要伸出拳头来打，无奈只能不断让医生换药吃。

这几天情绪渐渐回归平静，竟然记起了许多事情，甚至还念叨起孙女来，妻子很震惊，因为爷爷一直重男轻女，从来都是照顾他孙子，对于这个孙女瞧也瞧不上，当年妻子考大学时，爷爷冷冷地说：

"你要是真能考上，就是我们家祖坟冒青烟了。"

如今为了这一句念叨，妻子决定第二天再去看看爷爷，就怕这是回光返照，以后时日不长，又欢喜这片刻，彼此是真正意义的重逢。我们带着孩子，买了一大袋零食，驱车来到养老院，冬天很冷，养老院里更冷，隔壁寺庙里梵音袅袅，像是在超度亡灵。走到爷爷住的大房间，他坐在椅子上，见我们来，张着嘴盯着我们，妻子说道：

"我是阿瑜，知道吗？"

爷爷仔细盯了一阵，不点头也不摇头。妻子拿出蛋卷，剥了一根喂给爷爷。孩子待不住，早已跑出门外，我跟着孩子的脚步离开，走廊墙上的图画吸引了孩子的目光，都是宁波老底子的儿童游戏，有"斗鸡"，有"丢手帕"，有"跳皮筋"，这些图画肯定会勾起院里老人们的回忆，记忆该是人存在的依据，那爷爷呢？没有回忆，这一生对他而言还剩什么？对我们而言他的存在是一种温暖的寄托，就像马尔克斯在《百年孤独》里说：

"父母是隔在我们与死亡之间的帘子。"

如今爷爷老了，走到了人生的暮冬，这层帘子随时都会被揭掉。

回来时，妻子又向我叙述爷爷的往事，我知道所有的记忆都会在她梦里被反复咀嚼，这滋味是冬天里的火炉，把我们的脸照得红彤彤，隔绝冬天的寒冷。

米升子

去年搬家，姆妈一再叮嘱，务必把那只老的米升子带回。说是家里唯一的老古董。

这只米升子圆口圆底，漆早已脱落，外面是一个个虫蛀过的小洞。哪里算什么古董，它的生命也就七十余年。但它见证了我们家三代人奋斗的记忆。

1947年夏月，凌晨三点，弦月惨淡，山路上树影斑驳，荒冢遍野，一个矮小的身影匆忙行走在这无人的月色下。他的心是抽空水的河道，没有颜面见祖宗。这些年被国民政府抓去当壮丁，修河道，造飞机场，吃尽了苦，现在青春被榨干，年近四十的人，无家无业无分文，孤身逃回老家。

新中国成立了，村里的广播发出震惊寰宇的喊声：

"中华人民共和国，中央人民政府，成立了！"

全村锣鼓喧天，他生命的春天终于来了。在同宗兄弟帮助下娶了妻子，妻子带来一套新家具，米升子就是其中一件。寓意"生子"和"孙子"。她生下三个儿子，三个女儿。

他就是我公公（爷爷），新中国给了他第二次生命。十多年后，三年困难时期，全国上下一片困难，我们家也难以维系，米升子常被闲置，即便做饭，也是舀一把，淘洗后放锅里，再放番薯进去，熬成粥。无奈之下，公公把我的大姆嬷送人家做了童养媳，本来我的阿爹也要送人，但阿爹坚决不肯，说不用吃米升子里的米，就是喝门口的溪水也能长大。一家的困难折射一国的困难，国不富何来家之安。

后来，大伯成年，他是家中最聪明的长子，当时生产队买来拖拉机，大伯看别人开了一遍就马上学会了。他还精于生意，各种买卖都不在话下，改革开放，他脑子灵，处处赚钱。所以他早早就当上了生产队队长，就像《平凡的世界》中的孙少安，十八岁就当了生产队长，带领大家脱贫。又可以大勺大勺地用米升子舀米，大灶大锅，木锅盖木柴火，烧完闷个半小时，一开锅，雾腾腾，饭香满屋。

没几年，大伯就将老房子翻新，挖来河里的鹅卵石，搭起高高的地基，建立新房子。就在一家人充满希望地迈向新生活时，噩耗传来，大伯永远离开了我们。

那日，他用拖拉机耕完田回来，经过青龙山水库，因为耕田时车轮全是铁制，有菜刀似的铁片在车轮四周，车不稳，开到水库中间，拖拉机拽着我的老伯翻入水库中，车轮上的铁片割穿了他的内脏，鲜血慢慢在水中绽开，流淌，沿着水库洞口，一直流，一直流……

大伯的儿子，也就是我的大堂哥建飞，他还那样年幼，那几日依然与村中的孩子一起戏耍，村里人问道：

"你爹没了，怎么还这么高兴。"

"这两日屋里和饭（菜）交关（非常）好。"

三十年后，建飞哥讲那一幕，眼泪止不住地往下流。他常常借着酒劲流着泪向我们讲述自己失去父亲后的生活。

家中顶梁柱断折，兄弟分家。伯母向阿婆要走了传家的米升子。为了房子分多分少的事，妯娌间每日争吵。不久伯母改嫁，临走时手忙脚乱，没人在意那只不起眼的米升子，这只米升子不知因何机缘到了我们家。

我的堂哥，遗传了老伯的智慧。初中时成绩就极为出色，中考离余姚中学（余姚最好的中学）分数线没差几分，这样的成绩花点钱是可以进这余姚最好的学校的，如果选择二流的学校自然也没有问题。但是他没有了父亲，新组建的家庭，没有给他自己选择的机会，新伯伯希望他出去做生意。

于是，十八岁的堂哥开始了四处流浪般的生活。他说第一次出去跑生意，什么也不知晓，到了北方一家汽配店，准备去卖余姚的汽配，结果一群人围住了他，问他手中的是不是假货。堂哥说他是余姚人，卖的是正宗的余姚汽配。那人不由分说一个巴掌狠狠扇过来。

他就像余华小说《十八岁出门远行》中的少年，带着一身残破回家。不知哪一年，也不知什么事情，建飞哥的一根手指头被砍了下来。然而他的生意很多年都没有起色。他说阿婆去世那几日，他还在江西，说是路远无法回来，其实是他生意没有挣到钱，不愿回来。

我知道他想以怎样的方式回到故乡，这块让人流泪的地方。阿婆出殡那天，建飞哥算准时间，来到门口，拿着三支香朝着西方，青龙山的方向含泪跪拜。一个家就像一个国，哪有随随便便说富就富，说强就强，幸福生活都是用血和汗水奋斗出来的。

21 世纪初，国家支持百姓创业，堂哥得到了好机会，贷了款，借着政策东风，凭自己努力，终于在广州安身立命，买了两套房，开上了豪车，但他永远不忘本。在我即将高考那年，他托我二姆嬷带给我一句话：

"一定要长口志气。"

简单的一句话，却让我在新年的晚上流下泪来，我知道，我身体里流着与堂哥一样的血液——不屈、倔强、自尊、自强。

我是五岁离开老家，随着阿爹来到大隐镇。

十五岁时，姆妈做车床工，机器砸到手指，那日回到家，看到姆妈右手食指缠着厚厚的纱布，纱布里还有殷红的血色，看着姆妈用左手拿着筷子艰难地吃东西，看着她眼里含而未流的泪水，我竟不知作何言？吃完饭，不忍多看姆妈的手，暗自回到房间关上门，靠着墙，眼泪无声滑落。第二年，阿爹因为同样的事故，两个手指完全断落，急送到宁波救治，医生说拿回手指还能接上，于是又重返大隐，拿回被切落的手指，用钢钉固上。

那些时日，姆妈在宁波照顾阿爹，我与姐姐两人在家。每天吃青菜年糕，吃梅干菜，吃酱油汤，米缸常空，每顿饭都要算好量多少米，米升子常常是装好了再倒出一点。那艰苦的岁月让我学会了坚强，后来一人在外求学，不论寒冬酷暑，清晨五点起床，披星戴月，埋头苦读。2005 年，我考进师范学校，成了李家第一个大学生，也是家里第一位党员。毕业找工作，没有分配制度，不需要走后门托关系，凭实力考试，上课，这就是我们 80 后的时代，凭实力说话！凭借自己扎实的基本功，马上获得认可，开启教书育人之路，当时正值课程改革，在我自己的领域内投入全部精力，钻研课改，因为业绩突出，工作第三年就担任教研组长，第六年就担任校办主任，同时连续担任十年班主任，作为一名基层党员教师，为祖国教育事业发展尽一份绵薄之力。

成家时，姆妈特意从家里将这只老米升子带给我，放在米缸内。

如今，爷爷和大伯离开我们已经三十多年了。米升子见证了他们的艰辛岁月。我和堂哥继承了他们的精神，通过奋斗，白手起家，用双手打拼，靠毅力奋斗，这只米升子也见证了我们兄弟的成长。

偷时间的人

三十而立。

三十岁对一个人而言像分水岭。

二十岁进大学，早上常起不了床，为了赶上第一节课，匆匆买几个包子一袋豆浆，蹬上自行车，飞速骑向教室。有时，冬天，一直睡到早饭午饭一起吃。时间就这样任它自流。

毕业工作，当老师，周一到周五每天一大早就要起床，从早上六点一直忙到傍晚六点。周末，室友们延续大学的作息，早饭中饭一起吃，甚至一整天都懒得出门，泡方便面度日。

不愿意如此狼狈。于是周末保持八点起床，这时门卫师傅的笛声已悠然而至，循着笛声下楼，离去，吃了早餐，进公园，二胡声不绝如缕，歌声咿咿呀呀，一队人舞动太极拳，衣袂临风，樟树丛中，偶尔会有老者提一支长笔，在地上的方格内背临法帖。我在每个地方都会逗留很久。然后去逛旧书店，就是一个下午，这样的周末时光，悠然自适，不知岁月之外的红尘烦恼。

自从有了孩子，这一切都变了。我和妻子的生活都围着小家伙转，晚上起来几次，喂奶。白天吵闹时要哄他，逗他，陪着他，好不容易等他酣然睡去，自己已经筋疲力尽，于是昏昏然，倒头睡去，正做白日梦，一阵阵哭声在梦的影子里回荡，于是在梦中强迫自己睁开眼睛，眼皮怎么也拉不开，这时哭声越来越大，浅梦中似洪流涌来，终于睁开眼了，转向孩子，发现孩子依然在睡梦中。

工作日，在班级教室里管理午自修，坐在椅子上，不知不觉低着头便睡去了。

一天的时间，有几分钟是属于我的？后来看《朗读者》，董卿采访许渊冲先生，许先生翻译成就洋洋大观，这位老先生每天都忙到凌晨三四点才睡。进行翻译工作，老先生说："生命不是你活了多少日子，而是你记住了多少日子，要使你过的每一天都值得记忆。"

这句话直击心灵。

从那以后，孩子午睡时，我会在旁边拿一本书，能看几页是几页，有时孩子睡得香甜持久，就在书桌上展开旧报纸，临褚遂良的《圣教序》。这些偷来的时间很宝贵，必须专气致柔，像我的孩子一样，没有任何杂念。为了让每个简短的时间得到最好的使用，平时坐车，走路，或者有几分钟间隙时间，我会思考孩子睡觉时我可以做些什么，怎么一步步有计划地做，于是在偷时间的同时我学会了规划时间。

更重要的是学会了做减法。以前时间充裕，读书贪多，贪快，往往心血来潮，同一时间读几本书，合上书本，书里内容忘得一干二净。现在不行了，每年年初先规划好看哪几本书，专业书看几本，文学书看几本清清楚楚，强迫自己必须看完一本再看下一本，看了一本要在脑海中将阅读的内容反刍，转化成自己的东西。

三十岁，作为分水岭，对我而言，不是学有所成，而是学会偷时间，学会做减法，让自己的人生在烦乱中也能找到一丝内在的从容。

孩子的成功当是多元的

读小学时，尚有农忙节，每年都要去田头陇上帮父母干活，往往一日下来，一身臭汗，浑身发痒，临休息时，姆妈笑着问我：

"长大要当农民还是当居民？"

"农民怎么样？居民怎么样？"我好奇地问。

"农民，就像现在一样辛苦；居民，每天坐在办公室，空调吹吹喝喝茶，多少惬意。"

在父母眼中进城里，坐在办公室里工作就是成功。而想要获得这样的成功，先要好好读书，考个好高中，然后进个好大学，这样才能实现坐办公室享受空调的待遇。

这就是我父母眼中的成功。

最近，广东清远的五十多个父母"六一"前带孩子看豪华别墅，借此来激发孩子的成功欲。"这些家长在带孩子们参观的过程中，都会大致地告诉孩子：财富代表了一个人的社会地位，也是一个人成功的标志，只有从小努力学习，树立财富理想，渴望成功，长大了才有机会成为富贵一族，有能力购买几百万元一套的度假别墅。每到假期、周六日就可以带上父母、孩子来这里度假。"

这就是现在父母眼中的成功。

前几日，几个老师坐在一起吃饭，与一位老师共谈龙应台的文章，彼此都佩服龙先生的文章和教育理念，特别是"人生三书"——《目送》《亲爱的安德烈》《孩子，你慢慢来》。谈兴正浓时，一位科学老师发问：

"我想问一下，龙应台这么有名气，她的孩子有什么成就吗？"

我与交谈的老师相对无言，确实龙先生书中根本没有提及他儿子得过什么奖，获得什么特殊荣誉，也没有写他儿子品格方面超过常人之处。于是我们谁也没有回答科学老师的问题。

然而仔细思考科学老师的提问，我们会发现，她所认为的成功的教育当是怎样的呢？从其所问中不难发现，所谓"成就"亦即中国古人常说的"立德、立功、立言"吧。

这当是教育者眼中的成功。

我的父母都是单纯的农民，他们不希望我重复他们的辛苦，所以希望我的人生能清闲些，于是指引我走向城市，但是他们不知道，当我身在城市时，内心却迷惘不知归路。远清的父母，他们看到现在孩子的安逸，生活没有目标，所以希望孩子们能有奋斗的目标，努力学习，但是他们不知道孩子还太小，这样只能刺激他们心中的物欲和占有欲。教育工作者，希望自己的学生出类拔萃，成为社会的精英，得到社会的肯定，这样自己也能得到社会的认可，但是我们的教育工作者只关心孩子飞得远不远，没想过他们飞得累不累，不知道他们的精神世界是否快乐。

回到龙应台的"人生三书"，"龙应台跟孩子分享了自己成长的南部小渔村，叙述了贫穷而缺乏养分的环境，让她学到对弱势的同理心与悲悯；叙述了安德烈如何捍卫自己喜欢的摇滚乐，喜欢电影，并且如何从 60 年代的嬉皮文化中，叛逆出一种值得深思的价值；在叙述这一对母子在面对该为中国队还是德国队加油时，拉扯出关于国族认同的辩证；更多的是一种相濡以沫，对于理性，对于文明正义，对于教养的理直气壮，超越母子的辈分关系"。我们会发现，书中虽然没有展现孩子的成就，但是孩子的生活却是充实的，他的精神是独立而自由的，他做着他那个年纪喜爱做的事，对这个世界有自己的想法，会为了自己的理想而付出努力，这样的孩子也是成功的。

所以，孩子的成功当是多元的。父母、老师没有必要强行要求孩子往一条路上走。迫切需要做的是还孩子一个健康的体魄和健全的人格，在此基础上让他们去实现各种成功，是不是更有意义呢？

老樟树下的小学堂

暑假，每个傍晚都要到大隐中心小学打篮球，这里就是自己读了六年书的母校。

一日，乌云骤聚，天降大雨，跟着同伴躲到新教学楼下，甩甩雨水，定定神，抬头望去，熟悉的谢山隐没在天际乌云之间，天地间那棵千年古樟依然默立，而古樟隐蔽下的小学堂却成了一片废墟，工人们正在清理工地垃圾。他们不知道这片片垃圾中留下了多少人的回忆……

1992 年 9 月 1 日清晨，阳光很好，适龄的孩子都要去学校报到。我趴在床上不肯起来，对于学校，心里有无限的恐惧。姆妈硬生生拽我起来，把我拉出家门，一直押到学校，这是人生中第一次与这老学堂相遇，是个简单的长方体建筑，地基很高，足足有我的两个身子，整个楼都是青色，墙面上装的都是木头框子的玻璃窗。坐在教室里，朝南望就是山，山下一条直直的路，路边就是那棵千年古樟树，郁郁苍苍，我所有的故事都在他心里。

一个清晨，老樟树的枝叶间跳出一只松鼠，一蹦蹦到我们教室，于是一群男生拿起扫把与畚斗拼命追，教室水泥地本就破损不堪，一经这么折腾，碎了一大块，从水泥间又扬起了许多灰尘，终于抓到了那只小可怜，这时它已经没有了呼吸，胆大的男孩又把它扔到了樟树里，一到树上，它又奇迹般地活了过来，一个个小脑袋都挤在窗口观望，看了许久才又回到教室聊昨晚电视的内容，一直聊到走廊的铜铃声"当——当——"响起，才坐回位子咿咿呀呀读起书来。

老师出场了，教师里鸦雀无声，每个老师都没有好脸色，从未见过一个老师在课堂上给我们开玩笑。稍不留神讲句空话，语文老师轻则吃"栗子头"，重则罚站一节课；数学老师轻则用三角尺"劈"头，重则一阵"佛山无影脚"外加"九阴白骨爪"，其他老师是不怎么修理我们的，因为一周副课也就那么几节。

班里男生很少不被"修理"。一日我们十来个男生在自习课上互相扔粉笔，弄得教室一片狼藉。班主任让我们排好队走到学堂楼梯拐角下的铜铃下，一字排开，人人行少先队队礼，人要站正，手要伸直，不准言语举动……就这样一直站了一节课，下课时许多学生从我们身边经过，对着我们指指点点，暗自偷笑，我们倒没有什么颜面扫地之感，反倒是大大方方，微笑以对。

这样的惩罚对我而言只是小菜一碟，最大的惩罚莫过于叫父母来校。那时电话尚未普及，故而老师要叫家长则需将我们留至饭后。那日因为打大型游戏机，被老师留到夜幕降临。我们一排男生面墙而立，班主任则与数学老师一同共进晚餐，闻其香而不能尝其味，加上腹中空空，此间痛苦又不能说，唯有一遍遍咽口水，这时一位同学放了个臭屁，片刻所有站着的人都闻到了，都憋不住笑起来。

班主任觉得叫家长来尚不足以惩治我们，于是决定让我们这群人罚扫一星期，包括教室和包干区。于是问题又来了，扫教室尚不难，包干区可是还包括了男厕所和女厕所，男厕所也好办，女厕所就麻烦了，因为被罚的都是男生。

第一日打扫完，还剩女厕所，一群人站在一起商讨到底由谁担任此一重任。商量再三，推脱再三，强迫再三还是没有人去，最后决定猜黑白和石头剪刀布，才把这国际级难题给解决了。

在学堂里，课后的时光是最美妙的，好像都不知道有作业，人人都可以尽情释放，我们几个男生会在走廊里玩"抓逃"；在学校水沟抓虫子。玩累了口渴，就直接冲到自来水管下，嘴对着铜管直接喝。到了午自修时间，学校规定必须睡午觉，但是我们这些调皮的男孩都睡不着，于是成群结队翻出围墙（围墙是用些乱石堆成，差不多一米高），跑到学校后面的毛竹林，管理老师见了我们就喊道："里做索啦！"我们听见声音迅速伏倒在地做隐蔽状。管理老师无奈地骂道：

"打游击队啊！"

不光去山上，还会去河里抓螃蟹，把螃蟹卷进裤腿里带到学校来玩。

除了这些有趣的事，也免不了苦恼。四年级时，因为玩大型游戏，成绩已经垫底，两门主课都刚好只是及格。于是五年级每天早上第一件事情就是抄作业，以维持与老师之间表面的和平。一日数学老师面批，问我什么是"单位一"，我立在那里一句话也说不出，这次不知为何数学老师没有打我，耐心地又给我讲解了一遍，可我还是一窍不通。

眼泪无声地流了下来。

广播操声音响起了，老师让我先回去，等广播操后自己再去学习下，我拿着本子独自回到座位，没有去做广播操，一个人静静地在阳光下坐了很久，直到广播声音结束，同学们陆续回到教室，我还是低着头想这个数学问题，坐我前面的是我们班的班长兼班花，我让她给我讲讲"单位一"，她看看我，然后耐心地讲了一遍，那时似乎听懂了……像是从那天起，我成了各科老师心中进步最大的学生。

时光有时也像个孩子，玩着玩着就到傍晚饭点了，我们玩着玩着也要毕业了，班主任很有心做了一张全班同学的联系表，还开了联欢会，就这样简单地告别了六年的小学堂。

如今共读六年的同学不知都去了何方？那时的班主任也不知调到了何处？记忆中熟悉的校歌只剩下"翠竹青山掩映着我们的校园，那就是大隐镇校"，记忆中那熟悉的学堂也被夷为平地。

抬头望去，唯有那千年古樟，依然在风雨中默默伫立着，静看着人世的变迁与事物的兴替。

临海寻医

姆妈的脚疾已近两年了，两年来四处寻医，去过宁波第一医院、中医院，去过余姚朗霞的皮肤病专科，也去过慈溪的各色医院，均不见好，前些日子她打听得临海有位好医生，便星夜前往，果然有效果，于是决定这几日再去走一遭。

动车穿过一个个幽长黑暗的隧道，到了古城临海。

下车的人们挤在车厢的过道上，姆妈一眼便认出了陈医生——我们此行要找的医生。她刚从深圳开完学术会议回来。初看，没法与杏林高手相联系：上身素黑衬衣，下着纯青色丝裤，黑色皮鞋，俨然一位邻家阿姨，向她道明我们的身份后，她笑着说道：

"这么远过来，辛苦了，一会儿有车来接我，你们就跟我一起走吧。"

出了火车站，一个小伙子来接陈医生，因为并不同道，陈医生嘱咐司机先将我们送到临海第一医院，一路上陈医生与那陌生的出租车司机闲话家常。过了约莫半小时，到了目的地，她特地走下来与我们道别，我拿出钱包准备给司机车钱，陈医生急忙止住我说：

"要是让你们出车钱，我就不会让你们坐车了，你们先找个地方住，我今天实在累了，本来下午给你们看看好，真不好意思。"

别过陈医生，我与姆妈就近找了一个小旅馆，晚饭随意吃了些面条，本想散散步，但是姆妈说先找好回去的公交车，于是又找了近一个小时。回到住处，一身疲倦，草草入眠。

第二日，凌晨四点。天尚昏暗便起床前往医院，等候排队。此时的临海城没有一丝杂音，唯有路灯静照无声。我们是第一个到医院的，把卡插到排队的机器上，便坐在旁边静等开机取号。第二个来的是一位白首老太太，对着我们讲了几句难以听懂的临海话，见我们不是本地人就不再说，仰着脸睡去了。

天，渐渐发白，人也渐渐多了起来，等到6点，机器开了，而我们排的机器一直卡在那里一动不动，旁边好心的大哥帮我们挂号，结果也没有办法，于是又排到另一个机子后面，如此反复，已挂到了二十几号，姆妈又怨又气又担心，怕晚了赶不回余姚。

等到陈医生来时，姆妈急着向陈医生诉说无奈。陈医生听了，将我叫过去喉咙沙哑着说道：

"来，你帮我把这些号子按照顺序整整好，这样等下你们就是第一个号，我先给你们看好，好吧，不要担心。"

我点点头，瞟了一眼陈医生的办公室，里面很简单，一个洗脸盆，一块毛巾，一个旧式搪瓷杯，一个放大镜，还有一块"党员文明岗"的展示牌。

我不敢怠慢陈医生交代的事情，于是一个号一个号开始整理，直到助理过来。人越来越多，一张桌子上全是病历卡，等到助理看到我们这本时，发现我们只有发票，没有号子，我飞也似的往楼下跑，可再也找不到那个号子了，转念一想，既然医生已经同意第一个给我们看，我只需再挂一个就行了，于是再去排队取了一个号，又飞奔回诊室。过了不久一个中年妇女过来，拿着我们的号，想用这个号看医生……

我和姆妈也不愿多说什么。

待到我们进去看病时，已是 8 点，姆妈让我跟着进去，因为陈医生许多话她听不懂。陈医生拿着一个放大镜，一个脚趾头一个脚趾头地查看姆妈的脚，然后就去做各种检查，抽血、验尿，等拿到结果已近 10 点，又匆匆赶回去给陈医生看，这时已经有好几人在诊室，陈医生说：

"这是余姚来的病友，远来的都是贵宾，先让我给她看好吧？谢谢了！我们临海人都是高姿态的。"估计那位病友是临海人。我和姆妈赶忙道谢。陈医生看了检查后的数据，又建议我们做 B 超，但是 B 超需憋尿，看看时间已近 11 点，再去排队肯定是来不及了。陈医生见我们为难，于是特地打电话给 B 超室：

"小刘，我这里有个余姚远道来的病友，中午急着赶回去的，麻烦您帮帮忙给她加个号做 B 超。谢谢！"

娘俩于是又跑到 B 超室。等到所有检查都齐全了，终于可以开药了，陈医生特别叮嘱我拿好药后再上来一趟，她拿着药，一种一种给我们说明如何吃，如何用，在外标明用法，还特意嘱咐我们什么不能吃，以及袜子消毒的办法。

此时，时间已近 12 点，而排队等就医的人依然不少，陈医生跟我们说完便去洗脸，我和姆妈不断向陈医生道谢，也不知作何报答之言，真的，拿什么报答呢？

回去路上，姆妈一直说从来没有见过这么好的医生，是的，我也没有见过这么好的医生，所谓大医精诚，当是如此吧。然而想着又有些惭愧，每个人天赋不同，能力各异，一个行业能做到什么程度要看造化，也要看个人努力，我仔细查了陈医生的简历，发现她只是温州医学院毕业，后来虽曾进修，最终的学历也就专科，而她的能力却远远超过那些本科生、研究生。可见，大医的"精"当在她能一门深入，心无旁骛；大医的"诚"在体恤人心、悲天悯人。

笔墨往事

不去招宝斋，已三年了。

记得初到镇海时，常去邵老师的招宝斋买笔墨纸砚，还有石头，也常让他带我去刻章。邵老师很热情，人高而清瘦，头微微有些秃，说话中气十足。他常常给我介绍镇海篆刻的名家，坦诚地指出哪家好，哪家弱，哪家盛名之下，其实难副；哪家名不响而技艺精。当然他也会送我印谱、旧毛笔，给我讲关于金石收藏的故事。

几年前，他手上有一块上好的鸡血石，一位老板三番四次到他那里买，始终未能如愿。情急之下，老板以借石观看为名，拿走石头，扔下一叠钞票，逃走了！邵老师对我叙述时还是三分无奈七分愤慨，继而释然大笑。

记忆中在邵老师处刻过一方白文名章，一方朱文"上善若水"闲章，还有一方朱文姓氏章。自从三年前换了工作单位，便不常去招宝斋了。甚至已不常动笔墨，对于金石、书法也没有那几年痴迷，只在百无聊赖之际，拿出笔墨，涂鸦几笔，白纸黑字常常连自己也难以认同。

这几日反复筹划着去买块好点的石头，想在而立之年刻一方章。

未料来到招宝斋，看到"店面转让"的牌子，邵老师不在，他的妻子管着店面，我问道："怎么好好的要转让了？"

"怎么好啊！没生意。"

"邵老师呢？"

"上班去了。"

悻悻出门。想来如今网络发达，购物之事，自然多可以在网上解决，既便宜又实惠，想起之前在网上刻的章也确实如此，加上眼下大家对书法热情的淡化，这样一来店自然是不好经营的。一路闷走到白龙路，见一家店面门口写着"厂房直销龙泉青瓷"，便过去凑个热闹，见到一个笔洗，素净雅致，于是问老板价格，他出价八十元，我还价四十，几番回合后，五十元成交。旁边一位大叔见了说道："这个烟灰缸不错。"

一件衣服

他总是成为班级同学的笑柄。

一日上课，见他破天荒举手，便很高兴地叫他回答问题，结果他说他想上厕所。更令人无语的是我在准备默写时他要上厕所，还带着语文书过去，全班一片哗然。班里调皮的男生总会嘲笑说：

"一股强大的力量在翻滚。"

于是笑声更加欢烈。我也无奈地笑着。然而他总是不言语，把头掉向一边自顾自跑去厕所。

前几日上课，见他 T 恤上有破洞，我特意走近看，其他学生见我凑近看就知道我在看什么，在旁的贝嘉煜说：

"他就两件 T 恤，不知道穿了多长时间了。"

他把头枕到手臂上，像鸵鸟遇到危险一样。

又过几日，看见他老是穿一件白底上布满污点的校服，而且衣服的领子永远立着，我问他为什么不去洗洗，他不好意思地把舌头往右吐，把头枕在手上。这时在旁的同学拉下他的领子说：

"他就一件校服，这件校服的领子是红的，是她姐姐给的。"

于是班里又是一片哄笑声。

我看实在不像样，就对他说明天别再穿了，男人怎么能穿这样的衣服。

第二日，他果然穿了新衣服。旁边同学说：

"李老师你猜这件衣服多少钱，十九块，三江超市限时买的。"

被这么一说，他的头又枕在手臂上了。

找心里的愧疚也便由此开始。我的言语举动无形中伤害着他的自尊。前两日在办公室改他的作文才发现城关里的学生并非都是富人。他的文章题目是《听听奶奶的声音》：

我奶奶是个和蔼、慈祥的老人，受旧观念影响有五个儿子，都不咋地。老大已退休，老二不错，可惜前几年去世了，老三终日无所事事，游手好闲，老四也就是我爸终日在家休息不上班，酗酒爱抽烟，老五早年家境不错，后来因赌博输光了钱，贷款开了家怡华超市，因经营不善转让，又到原超市旁边开了家伟良大黄鱼，也不知道最近怎么样。老三还经常闹事，到她家蹭饭吃。

奶奶信佛，家里供着个观音画像，每天上香，总是祈求保佑我能考上高中，不知道灵不灵，不过奶奶一直对我很好，还总问我父亲在上班没有，当然回答注定让她失望了，对于父亲，我表示无语，老师你不会明白的。

虽然不是他的班主任，但也知道他妈妈只是超市普通营业员，估计每个月也就千把块工资，原来他是真的没办法像其他学生那样穿得光鲜艳丽。我把作文读给其他老师听，说了他的状况，有个老师讲我该送他一套校服。

我确实该送他一套校服，自己小时候因为家境窘迫在同学中穿得像丑小鸭一样，很多衣服都是邻里送的。如今自己在城里教书，不但没有用心扶起同类人，反而用异样的眼光去说三道四，何尝不是我灵魂的卑微与污秽。

放学后与一个学生同去找卖校服的商店，听说是在"山外山"对面，走到那里才知道搬走了，问了附近的店主说是搬到某处，也不知道这路如何走，两人便在街上游荡了半小时又绕回原路再问其他店主，终于指了条明路，找到那个"春芽子"店，心里是热的。然而老板却说校服已经卖完了……

"李老师，马上冬天了秋季校服也不能穿多少天了，给他买件长袖 T 恤也好，他就两件 T 恤。"

一路上同行的学生一直说班里有钱的那个男生一双鞋上千，气垫坏了就被他妈妈扔掉了。用的手机是苹果的，四千多……

这个世界就是这样"有人花钱减肥，有人饿死没粮"。

……

来到专卖店，最终买了件外套。

一路上心情很复杂，我知道于心而言我该买这衣服送他，但是他的家人是否领情则是另一回事，对于一个自尊心强的人而言又会怎样想，这是我无法预知的。抛却这一切不管，我心灵的罪恶日深一日，这在毕业时便已开始。我是农村出来的小孩，虽然读书时并未受到多少恩惠，然而我的根在农村。有一群这样艰苦的孩子需要更好的教育。

这群小孩，单纯、简单，他们不懂得礼貌，嘴巴没有那么甜，手跟衣服经常黑乎乎的，但他们的心是鲜红的。

十年一觉高考梦

高考，如今想来，已是十多年前的一场旧梦。

高中离家很远，要换乘三辆车，一路上要耗去三个小时，为了节省这些时间，于是每月只回一次家。周末在校，常常以方便面为主食，也不参加其他活动，所有的时间都是围绕读书、背书、做题、复习，如此而已。

平时脑子里的法条拧得更紧，即便是冬天，也是五点便起床，穿上三件羊毛衫，厚厚一件羽绒服，先不吃饭，径直朝教学楼走去，通常比我用功的女生早已打开教室的灯火，隔绝黑暗，静静在教室背书，她们很聪明，多拿一件衣服盖在自己的膝盖之上，也会带个热水袋，借以取暖。印象最深的是默默，一日她洗好头便来教室，结果头发都已经发硬结冰，于是一脸嬉笑着说：

"你们看，我的头发结冰了。"

我们都感到惊奇，于是凑近摸摸，结果真是冰棍一般。

在那无数个冬日，陪伴我们的只有那颗启明星，它静静立在杉树之上，给心灵带来微不足道的慰藉。

没过多久，大雪下了三日，地上足有三寸积雪，校园清晨还是那首《雪绒花》，但此时却格外不入耳，因为道路实在难行，那时与同桌赵鹏是互相搀扶着去食堂，进教室，偶尔停下脚步看看学校背后的渚山，负雪层层，静穆无言，只有鹅毛大的雪片纷纷直落，偶见脸盆大的雪团坠机般陨落，那是至今所见最大的一场雪。

在这严寒中，有比我们更用功的人。他高一开始便每日四五点起床，因为还从家中带菜，于是早上起床便伴有阵阵锅碗相碰声，尚在梦中的人常被吵醒，怒而不好言，因为他家里条件相对较差，出于尊重，我们常是背后抱怨几句，每次见他脸色都是苍白，行色匆匆，不参加娱乐活动也不常与人交谈。就是这样埋头用功的人，高考落榜，老班劝他读个差点学校得了，没有必要再苦一年，但他心意已决，毅然复读。第二年考了二本，据说与他心爱的女生同一个学校，多希望他的复读是因为这个美丽的因缘。

有人勤奋，也有人玩世不恭。吃喝玩乐者有之，糊涂混日者有之，寝室就是一个小社会。

那时，严寒中感冒的人有很多，常常是感冒一周，好几天，又被传染，实在熬不住就要去看医生，而那里的医生水平极差，简单的感冒都无能为力。一次实在难受，便在晚自习请假，独自去看医生，打点滴，孤坐在病座上，饿得难受，尿又憋得紧，而吊瓶还有一半，于是自己摘下吊瓶往厕所走，等到下面舒畅了，上面橡皮管上已经全是回血，赶忙叫护士，护士见了大惊失色，连忙让我坐下，拔出针管，把血挤出，眼见地上一摊血，自己也被吓得失神。

回学校路上，没有一个人，没有一盏灯，我玩命地疯跑，在黑暗中，在恐惧中，在寂寞中。

到了学校马上进教室做作业，能在灯火中奋斗，真好。

我想我是几近变态了！

考前几日，心理压力更大，总觉得自己中暑了，于是又去看医生，结果怎么检查也没事，庸医说可能等下体温会升高，配点消炎药。

那天窝在寝室，不愿去上课，晚上到老班处打电话给父母，拨通后，是父亲接的，没说几句，眼泪就流了下来。

第二天一大早父亲与姐夫套车赶来，接我回家，去看赤脚医生，用刀挑经络去瘀气，本想打营养液，但是赤脚医生说不如吃三勒浆，于是又去药店买了一盒三勒浆。在家住了两日，情绪终于稳定了，便独自前往高中，准备应考。

高考前一日，人人紧张，我至凌晨亦难以入眠，后来才知道大家都是如此，起来后轮流上厕所，上了一趟又一趟，精神上的高度紧张变相反应在了身体上，为了强作镇定，一起坐着看电视，看到点歌台播放 CBA 的主题曲，血管里的细胞顿时沸腾，于是大家便扯着嗓子大声唱，边唱边互相击掌，其实大家心里都清楚，自己内心依然是胆怯的。

走进考场，心情终于缓和些。

真正开始考试，自己也不知道在答什么，梦一样进，梦一样出。这就是所谓的决定一生的考试。

吃饭时，大家纷纷议论，有个学生，答案没有抄进去，最后结束铃声响了才发现，等到必须交卷了，她跪下来哭着求考官让她把答案抄进，监考老师无奈道：

"我也想让你抄进去，但是我要是这么做了，我是违法的！"

……

我们听完后，都莫名有种怕，不知为什么，也有一种幸，也不知为什么。

考试结束，天色已晚，我坐车到南站，结果没车了，只能先坐车到陆埠，想找表哥，然而不在，在公用电话亭打电话给家里，让姐夫来接。如此折腾后，一个人在大街上坐等到天暗，看着眼前车来车往，形形色色的人走进自己视线，又匆匆走向他方，我的前方是什么？

如今再看十年前的经历，是梦，如此真切；是现实，那样渺茫。很多人感激高考，因为这场考试改变了他们的命运，也许我也应该是这些人之中的一个，没有这场考试，我可能只是一个山野村夫，重复着父亲的故事；很多人诅咒高考，因为这场考试摧残了他们的青春，也许我也该是其中之一，高中三年，我亲自埋葬了看书、练字、打球的爱好，从强迫自己背教材，到一直麻木地看教材，我也成了应试的机器。

然而站在十年后的今天再看当年的高考，再看那三年的辛苦，真的不算什么，生活的苦难，工作的烦琐，人生意义的追寻远比那场高考来得艰难，当我梳理那段经历后发现：

十年前以为读书、考试、奋斗是此生唯一的出路，十年后发现，原来人生的道路形形色色，关键是要脚踏实地。

十年前以为高考是人生最大最高的坎，十年后发现，人生真正的坎永远在未来。

十年前以为我要去征服整个世界，十年后发现，自己连征服自己也做不到，不论何时何地，遇到何种困难，都要与自己和谐相处。

炊烟缕缕故园情

小时候每天都会跑到山上、河里去玩，也没有手表，不知道什么时候该回家，于是姆妈就告诉我说"家里炊烟升起的时候就该回家啦"。如今一人在外漂泊了近十年，姆妈这句话还是这样清晰地在耳边，只是那梦中的炊烟该有多少年不曾见着了。

一天傍晚，独自走在甬江边，发现这里竟然还有田园风光，一片青菜地里点缀着几间黑瓦平房，更妙的是瓦顶的烟囱里正升起缕缕炊烟，袅袅地盘旋而上，一如小时候每天召唤我回家的记忆，仔细想想自己已经好多年没回过儿时居住的老屋了。

记忆中的老屋是间小平房，墙是石头混着些黄泥砌成的，房顶盖着黑色砖瓦，窗户还是老式的木窗，老屋前面是一片泥地，周围长满了野草，我就在那里和小伙伴们一起玩过家家的。一时，曾经在老屋中的往事又随着炊烟袅袅升起……

两岁的时候，姆妈带着我去割草，她让我站在田埂上别动，我却好奇地走到另一头田埂上摔了下去，手折了。当时天下起了大雨，阿爹又在外地工作，姆妈只好一手抱着我一手撑着一顶破伞，走到十多里外的镇上请医生给我接骨。回来后我一直昏迷不醒，姆妈一直守在我旁边，直到半夜我醒来说想吃东西了，她才松了一口气。这件事不知道是姆妈什么时候告诉我的，我却一直记在心里。

上小学时沉迷电子游戏，被班主任留在学校。天色暗沉，一排男生空着肚子站在操场上，一定要父母来接才能回去。阿爹来到学校异常生气，走到面前就是两巴掌，然后把我领回家。姆妈让我先吃饭，我知道她一定很生气，等我吃完后准会打我，于是我吃得很慢，等机会溜掉。可是正要溜时却被她喝住了，走到我身边，拿起自己的拖鞋含着眼泪狠狠地用鞋底抽我的手。那时不知道姆妈为什么会哭，后来语文老师的一句话点醒了我，那天他用教鞭打一个父亲早逝而且沉迷电子游戏的同学时气愤地说道：

"打在儿身，痛在娘心你知道吗?!"

听到这句话，我的眼泪不住地流了下来……

几年后我们全家搬到阿爹工作的地方，于是一年基本上只有一两次回老屋的机会，只有阿婆一个人还住在那里，还清楚地记得自己最后一次回去是我阿婆病重了，那年我中考失利，情绪很低落，感觉自己前面好像没有了方向。到老屋后更是一片伤感，屋子已经破落得不成样子，外面机械运转时"咚——咚——"的响声，每震一下整个屋子的瓦片好像要被击碎一般，走到里面是一片昏暗，空气中夹杂着霉味。阿婆躺在床上，听到有人来便吃力地坐起，看见是我就问我有没有考上高中，我说考上了但我不愿意告诉她其实我考得不好。

"考上就好，考上就好。"说着从枕头底下拿出一个红包塞给我，我死活不肯要。阿婆有气无力地哭着说道：

"你这个苦命的东西，这是阿婆最后的一点心意，给你在学校买点吃的，你还不收下。"

　　当时不知道阿婆为什么说我苦命。如今回想起来倒是有点清楚，自己一周岁时没有公公（爷爷），四岁没有外婆，十二岁没有外公，那两年父母也相继因为工作发生事故受伤，家里日脚难过，而如今阿婆自己又躺在病榻上，生死未卜……

　　我摊开阿婆给我的钱，一百八十六元。这些钱是阿婆平时省吃俭用才攒下的，以前每次和阿婆一起吃饭她总是会把我最爱吃的蒸蛋一勺一勺舀到我碗里，然后自己一只手托着头笑眯眯地看着我狼吞虎咽地吃，而她自己却总是在我们吃完后不停地舔碗里的剩汁……

　　在我读高二的那年暑假，阿婆走了。走之前因为痰塞住喉咙而无法开口说话。那日家人都到齐，阿婆伸出手来，家人一个个伸手去试看看阿婆想拉谁的手，每个人都试了，阿婆的手始终张在那里未动。下鲁伯母将我叫下去让我去试试，伯母在阿婆耳边说：

　　"阿姆唉，阿军来了。"

　　阿婆紧紧拉住了我的手，过了一会儿慢慢放开了……

　　如今每年春节回趟老家，整个村子都成了工厂。山已不是那座山，水已不是那些水，那傍晚时分的缕缕炊烟早已无从找寻，而老屋除了地基也全换了模样，我已经近十年不曾踏入其中。

　　那些如炊烟般轻柔渺茫的往事呵，都留在了记忆深处。

大块头阿娘

老街头，在八九十年代是大隐最热闹的所在，各色摊贩沿街设摊，买卖水果、衣服。随着通往大城市的公路开通，老街也渐渐失去了人气，唯一还有一丝热闹的是小店。

大块头阿娘便是小店的老板娘。她身材高大，喊起话来，声音响彻街头巷尾。不仅如此，她还力大无穷，一次亲眼见她徒手拍西瓜，只听她"嘿——"的一声，那厚实的手掌仿若一块铁板沉沉地砸在瓜上，一个大西瓜被震成了两瓣。

然而她最大的魅力并不在此，而在于她的吸引力。每到傍晚饭后，尤其是秋天，邻居们在家无事，都会不约而同地来到小店内，天南海北地讲闲话，而中心人物常常是大块头阿娘，她用那高亮的嗓子讲自己年轻时如何帮人介绍做媒，讲自己年轻时遇到的色狼坏蛋，讲"文化大革命"时的往事。

这个时候店内围满了人，年纪大的"雨落翁"已是八十高龄，年纪小的是蛋糕店的"小圆圆"尚不会说话。小店内专门放了许多椅子和凳子，这里不像北方的茶馆，要点了茶水才能入座。来到小店的都是老街头的邻居，随便坐哪里，随便坐多久，而且长年迎客。

客人们也讲四面八方听来的或经历过的传奇故事，热闹异常。

最让我不能忘怀的是关于大块头阿娘的两件事情。

20世纪90年代流行买零食送刮奖纸，一次一个小男孩买了一包零食，拿出刮奖纸在手中慢慢划，他好像不认识字，我赶紧走到他身边，拿起刮纸激动地说：

"一等奖！一等奖！快看！"

大块头阿娘皱起眉头，瞪大眼睛冲我喊道：

"每回侬顶慧，每回这样！"

有了这一次的训话，后来我便不敢再急着帮人看奖了。过了一年多，一个小女孩买零食，拿出刮奖纸，看不清纸头上写的字，其实上面写着"奖励五角"。我却说成是"谢谢惠顾"。大块头知道后没说什么，给我吃了两块糖，给店里另一位客人吃了一块糖。

另一件事让我一辈子感激她。

1990年读书要交学杂费，学校为了尽快收齐费用，在各个班级之间展开竞争，看哪个班级最快收齐，我们班只有我和另一位家境贫寒的学子没有交上。班主任把我们叫到办公室，没说几句，就被赶回家去取钱。我一个人哭着走回家，世界只剩下自己的哭泣声。到家后找到妈妈，她实在没办法拿出钱来，于是牵着我到大块头阿娘的小店内，把事情前后说了一遍，阿娘盯了我一会儿，拿出钥匙数出240元钱给我妈。

那年年初一，一大早，我跟着妈妈给大块头阿娘拜岁，她高兴地从瓶里拿出几颗泡泡糖说：

"我们以后就像泡泡糖一样黏在一起了！"

好像这是我记忆中听她讲的最后一句话。后来上了初中，学业压力增大，就没去小店坐过。高中、大学都是在外求学，更别说去小店了。也不知道什么时候小店房子的主人从宁波回来了，于是大块头阿娘也就搬回上街头了。读大学时听说隔壁剃头爷爷的女儿，以三分利向各个邻居借钱，大块头阿娘也心动了，把自己辛苦开店攒下的几万元都投了进去，不料几月后那户人家一夜间消失，再也找不到踪影。大块头阿娘一时血压冲顶，中风偏瘫，要依靠拐杖才能走路。

一个傍晚，天气闷热，我从大学回家，走到老街，空无一人。天上下起大雨，我从包中拿出伞来，这时前方拐弯处出现一个高大的背影，一手拄着拐杖，一手拿着蒲团扇遮雨，我认出是大块头阿娘，于是加快脚步想去为她打伞，可是没几步，她便到家了。也许我跑过去就好了，默默给她打伞，她回头一看，一个陌生后生，然后我给她讲我就是小时候常常到她店里的小歪，就是那个她想用泡泡糖和我黏在一起的人，那样我一定可以再听一回她爽亮的笑声……

后来再听说大块头阿娘的消息已是她的死讯了。

现在乡村里不仅开了公路，各种超市也纷纷出现，那些小店也大多消失，即便存在，也大多与棋牌室相连，那特殊年代里茶馆式的小店，一群人聚集闲坐的"故事会"已经成为岁月的长河中的沙子。然而每当我遇见一家类似的小店，脑海中依然会想起那爽亮的笑声。

蜜岩访古

公交车渐渐趋入满目青山绿水的樟村，妻告诉我这里是因多古樟树而得名，而蜜岩村名据《应氏宗谱》记载："吾村有公山曰'蜜岩'，亦称'蜜山'，山上多岩石，蜜蜂筑巢其上，岁久积蜜。遂以'蜜岩'命名村庄。"此名沿用至今，千年未易。

妻子是蜜岩应世先祖应彪公嫡传，应彪公，字德彰，汝南人，汉司隶校尉应奉后裔，封观阳侯，唐长庆年间任明州刺史；应彪十二世孙应高于宋代时迁入蜜岩，娶蜜岩刘氏女为妻，死后葬于社山，应高由此成为蜜岩应氏的祖，其后 800 多年，应氏家族就在此繁衍开来。至今蜜岩古庙中依然供奉着应彪公的遗像。

妻子的太爷爷曾是樟村第一任镇长，被当地人称为"地大房""地王"，还通生易经，曾在宁波开柴房，并以此作为共产党秘密联络点，为抗日工作输送物资，其间由于脱党，未能再加入党组织。风光一时的太爷爷继承了"奠蕨居"，此名典出《尚书·盘庚》："盘庚既迁，奠厥攸居。"意思是建立了很适宜的居住地。

如今的"奠蕨居"唯有墙头伫立在寂寞的巷口，而"奠蕨居"三字也在"文化大革命"中被砸得模糊不清。紧挨着的"容车马"

墙门被破坏得更为严重，"容车马"三字永远只能在文字中寻见。入门，见门环已是锈迹斑斑，当年钟鸣鼎食之家，多少人叩门环以期结好，多少人跨入着高高的门槛以求名利，而如今，显赫的门面也只剩下赤裸裸的木板和无人再叩的门环。

里面的屋子经过翻修，已经没有当年的模样，掉落的青砖被安置在墙脚，砖上的花纹依然清晰，而那墙脚也早已是满眼青苔和稀疏的野草。

离开墙头，向西走到桂馥堂，这是如今蜜岩唯一保留下来的祠堂。是应桂馨出资捐建。应桂馨是民国风云人物，中过秀才，教过书，当过上海流氓帮会"大"字辈头目，辛亥革命时加入同盟会，曾任沪军都督府谍报科科长、南京临时政府总统府庶务科科长兼管孙中山侍卫队等职，不久被孙中山撤职。后为袁世凯收买，委以江苏驻沪巡查长之职，参与刺杀宋教仁一案，事发后被捕入狱。1913年底脱狱赴京，请求袁世凯实践"毁宋酬勋"的诺言。袁否认与其有关系，遂愤然出京。1914年1月19日被军政执法处侦探长郝占一在京津火车上用电刀刺死。一说应桂馨是故意面见袁世凯，让天下人知晓袁世凯的罪行。

教科书上没有应桂馨的名字，如今对他的评价也是悬而未决，斯人已去，空留此桂馨堂，而这祠堂早已面目全非，正中门曾被改为储蓄所，现已废弃。左侧上方依稀留着"文化大革命"时毛主席的语录，右侧曾被改造成剃头店。绕道侧门向内观望，里面已是狼藉不堪。

走到村外，有两棵古樟树默立在公路边上。不远处即为万安桥。沿着黄尘古道走到桥边，桥身上下爬满了瓜藤，桥阶上是半人高的荒草，透过藤蔓和野草，桥身依稀可见，桥体用水中或圆或方的石头堆叠而成。桥下溪水了了，只有细细一道，静静流向远方。

　　据史料记载，万安桥建于 1912 年，曾是蜜岩到许家岩下的必经之路。最初，这里是板桥，洪水来时，常被冲垮。因此，桥边备有渡船，里人出村，可乘船过河。到天晴水落，又将木板架于水上。直到有了这座石拱桥，洪水再也冲不垮了，备用的渡船功成身退。但现新修的道路和桥梁早已畅通了蜜岩和外界的联系，这座石拱桥也退出了历史舞台。

　　站在桥墩下远远望去，半圆的视线中，青山重叠，起伏温柔。很多时候我们的视线都会被有形的物体遮蔽，就像在时间上我们永远看不到未来。谁会想到当年的名门望族会门可罗雀，谁会想到曾经叱咤上海的风云人物会寂寞身后名，又有谁会想到造福一方的万安桥，如今被藤蔓包围，被野草侵占，连桥名也被裹进了绿色中。

　　《菜根谭》中有言曰："狐眠败砌，兔走荒台，尽是当年歌舞之地；露冷黄花，烟迷衰草，悉属旧时争战之场。盛衰何常，强弱安在，念此令人心灰。"

　　盛衰强弱都抵不过悠长的岁月。建筑如此，人事又何尝不是如此。

　　抬头望蜜岩山顶的晚霞，悠悠浮动于蜜岩山顶，静静潜伏在溪水之下，一群水鸭正自由游弋，一位白头老妇人正与妻述说往事，那些往事就像这晚霞和流水，静谧无声。

长乐网红生煎

生煎是宁波人老底子美食，要吃到正宗的宁波生煎，不容易啊！走到各种美食街，多的是上海的灌汤生煎，生煎包里注入汤水，一咬，油腻腻的汁水四溅，没法多吃；抑或是北方煎饺，将水饺往锅上煎，太小，吃得不痛快。这些外来"物种"，尝尝鲜可以，但没法勾起童年记忆里留存的味道。长乐的生煎能满足老宁波人对老味道的渴望，这家店一直做了近三十年，不知不觉成了网友口中的网红生煎。

妻子在长乐住了近二十年，也吃了二十年的生煎。这二十几年，吃生煎的记忆从未改变。一大早，做生煎的师傅（兼老板）就在门口摆上摊位，现包现煎，猛火上架着一口平底黑锅，木头盖子紧紧盖着锅面，等到生煎熟了，师傅开锅，"呲——呲——"声不绝于耳，撒一大把葱花，拿起铲子，连体铲起，要几个铲几个，这时等的人早已排成了长队，你五个，他十个，一眨眼功夫，啊呀，一锅没了。可是眼前还有好几个排着队。师傅笑眯眯地说：

"莫急莫急，到马好。"

他洗净了锅，倒上油，一边倒一边说：

"不知道转基因油好不好，不知道好坏就不用。"

说着将包好的生煎一个个排入锅内，架到锅上，开猛火，油煎后，倒入热水，再蒙。再等几分钟，一锅又好了，终于排到，七个生煎放入盘内，这时刚点的馄饨也好了，再拿个小碟子，倒点米醋，放点辣糊，用筷子搅搅，抹匀了，不急，先吃一个不沾酱的，一口下去，上齿咬到柔软的面粉，卜齿咬到酥黄松脆的底，两种截然不同的口感交织在一起，一柔一硬，一阴一阳，这还不够，继续咬，香嫩的猪肉就跑到舌尖。享受了生煎原始的味道，第二个开始就要蘸点调料，辣糊微辣，伴着醋的酸鲜，让生煎的味道又提升了一个境界。再喝点馄饨汤，这一天的生活就在丰富的美学享受中开始了。

师傅做了这么多年，店面从来就是那么大，自己当老板，自己当师傅，自己当小工，谁知道竟成了网红生煎，声名远扬后，不断有远来的人来享受美食。疫情期间，大家都点外卖，很久没有尝过记忆中的美味了。妻子的同事听说后，禁不住也让妻子带些去作为早点。我怕去晚了买不到，于是一大早和妻子前去排队，人不多，但还是要等，趁着空闲就与老板闲话家常，老板说道：

"像我一辈子做生煎，也只能把生煎做好，也没能力做大，做大了也不知道怎么经营，还是老老实实把每个生煎做好就好。"

"有道理，就是要把这手艺传下去才好。"

"啊呀，"他一边捏生煎一边感叹道，"现在年轻人谁会来吃这个苦。而且钱也赚得不多，一个月五六千块钱，我呢，再做几年也就不做了，差不多了。"

蒋勋在《品味四讲》里说："生活美学其实是呼唤我们对于人最基本的一个尊重，回来做自己，回来把自己本分的事情做好。"在这样躁动的时代能安静做好每一个生煎，是对生活的尊重，也是对自己的尊重，而我们好好品味每一个生煎，不也是对自己应有的关怀吗？

　　闲叙间，一锅生煎又好了，将三十多个生煎打了包，走出门外，路边是南北各色小吃，还有上班族匆匆步履，这些小吃能满足我们味蕾一时的新奇，却无法在我们的记忆中凝结成乡愁，老底子的东西里有我们祖祖辈辈的回味，也有我们童年记忆里的故事，希望这网红生煎能像"长乐"这个地名一样，"长乐未央"，永远留在我们回味中，以后也能成为我们孩子味觉里的乡愁。

来不及好好告别

　　昨天下午，望向窗外，阳春布德泽，满眼绿意，连河洲上的那两棵枯树也长出了几片叶子，望春桥桥身上的树，一身葱茏，风行水上，波光灿灿。拿出手机拍下这个时刻，对比冬天时的照片，时间已悄悄走到了一个端点——线上教学结束。

　　今早，上了线上教学最后一堂课，下周一要进入正式线下授课。钉钉群里热闹起来了，小师姐将所有视频放在一起拍了照，满满当当，都是我们一步步走过的路。我们学校比较特殊，属于五四制，教材内容与其他学校不同，无法正常使用市里区里的微课视频，于是群策群力，组内每人都制作微课，每周讨论教学内容、教学流程，分享授课经验、生活趣事。

　　小师姐是个完美主义者，对自己要求很高，她的微课往往是凌晨12点才发到群里，她做的微课不但内容扎实，而且制作精美，讲解也是娓娓动听，另外两位年轻老师，头脑活络，善于剪辑，将微课效果提到了新的高度。

　　尽管花了许多心思在制作上，但是直播依然会遇到各种问题。我的电脑已运转十年有余，开机就要五分钟，打开 PPT 又要缓冲，所以每次上课之前，要预留半小时准备开机和打开 PPT，还要到信号最好的角落里窝着，不然随时就有掉线的危险。

就这样上了几周，电脑与我相安无事，有一天中午电脑罢工，拖不动了，就像奄奄一息的老黄牛再也无法犁地，无奈之下，回家搬来妻子的电脑，妻子原是学设计的，电脑配置高，速度快，但是打开一看没声音，于是打电话咨询电脑老师，在妻子指导下卸载、安装、重启，一番折腾，电脑终于能出声了。但是没过几天，声音又没了，于是又是一阵卸载、安装、重启，好不麻烦，老丈人实在看不下去，把他厂里的台式电脑搬来，这下是"三老聚首"，共襄网络课堂之盛事。

然而网络的另一端呢？一个全然未知、充满想象的世界。有时网课开始已半小时，一些同学还未进来，问其原因，什么上厕所啦、网络坏啦、电脑失灵啦，无奇不有。最是交作业一项令人头疼，鉴于网课学习，放慢进度，也减少作业量，但是有些同学随便网上搜下答案，有些同学拿原来写过的作业来糊弄，有些催到半夜也没动静，欲哭无泪，心塞如堵，更有甚者，直接发个 SB 来诅咒你。让你一厢情愿，让你信守"教不严，师之惰"的信条。唉，俱往矣，今天这一切都随着开学将画上句号了，这个句号怎么圈呢？阿 Q 画圆，临死也画不圆，这个句号不容易画的。

李安的电影《少年派奇幻之旅》的结尾有句沉痛的独白："人生就是不断地放下，但最遗憾的是，我们来不及好好告别！"很多时候，我们根本不知道要好好道别就已经出发了，一直盲目地前行，继续碰壁，继续哭泣，继续前进。对很多人而言，生活没有给我们好好告别的时间，疫情期间那些死去的人，从进重症病房到离开人世，哪有时间跟自己想告别的人说声再见！再见时已是生死两端，留给活着的人是什么，是生活的重量以及慢慢学会放下的无限岁月。

网课结束了，这期间的一切，总结、反思、记录，肯定是一笔巨大的财富，有更多的时间备一堂课，课堂的目标是教知识还是建构概念，培养素养。有更多时间备一堂课，教学的流程是主观定夺还是依据学生学习的逻辑。有更多时间备一堂课，课堂语言是简单率性还是将其作为第二文本雕琢研磨……

太多问题值得总结，但是我们似乎没有时间，马上要准备投入到线下课堂教学，边防疫边教书，新的挑战铺陈在眼前，不得不放下，马上要前行，这不就是生活吗？

等一朵花开

教育故事

第三卷 ▽

做一个有故事的老师

如果有一天，我垂垂老矣，回顾教育生涯，令我心动的应该不是一张张奖状，而是一个个教育故事，这些故事承载了我教育生活中最美好的往事。

做孩子故事的记录者

孩子的世界充满爱和善，真与美，当我们静静聆听他们的心声，细细观察他们的言行，一定能触摸到一颗颗柔软的心，这颗心也让我们的心软软的。从教开始，我便记录学校里发生的一个个小故事，这些故事像一颗颗珍珠，串起我的教育时光。印象最深的是这个平淡而隽永的小事。

当时临近中考，午自修已开始，窗外雨声渐止，教室里是同学在交头接耳，互相说笑。

在我一句严肃的命令后，教室里一片安静，只剩下大家写作业的"沙沙"声，扫视他们专注的神情，很是满意。直到视线末端，角落里的 g 同学，手拿着《中学生规范》的牌子，上下摆动，真是不像话，都初三了，还有心情玩，想马上高声制止，念及全班和谐的学习氛围以及这个孩子内向的个性，于是先悄悄走近他，去看个究竟。他摆弄一阵后，用左手食指去窗口的伞上接一滴水，然后轻轻点到牌子上，接着继续原先上下摆动的动作，摆动时两眼逼近那滴水，目不转睛地盯着。

这小子，平时一句话也不爱讲，估计是在玩水。再走近看看。

他的眼睛把水珠盯得更紧了，上下摆动的幅度渐渐变小，我把头凑近，发现一只小蚂蚁被黏到牌子背面的双面胶上了。小蚂蚁不停地用力拔脚，却始终没能完成逃离。

我的心头一震，原来是这么一回事。

"来，让我试试。"

我也用手指从伞上接了一滴水，滴在小蚂蚁身上，像他那样缓缓摇动，但依然不见效。于是从隔壁桌上拿了一支笔，伸到小蚂蚁腿下，用笔尖慢慢帮它脱离胶面，果然有效，两只脚在我轻轻拨弄之下，从胶面脱离，但是用力稍微大了一点，将小蚂蚁的一侧身子黏到了胶面上，这下黏住的更多了。

我懊悔地说道：

"完了，这个方法不好。"

"它刚才自己拔出两条腿过。"g 同学像往日那样淡淡地说道。

他从书本上撕下一个角，然后用那小纸片去挑蚂蚁的身子，反复十几次，小蚂蚁终于得救了。

"把它放回外面去吧，放教室里，又会被什么黏住的。"

g 同学听了我的话，手里捧着蚂蚁，就像捧着一个小小的世界，走到教室外，将它送回大自然。

我把这个故事原封不动地记录下来，投给《班主任之友》，马上发表出来，正当我把故事读给学生听时，关于这个孩子的故事发生了猛烈转变，由于疾病，孩子出现幻觉，医生建议不参加中考，但是孩子不肯，他坚持每天在家学习，自我调整，就像故事里的小蚂蚁，努力挣扎，渴望自由，渴望草地，而我也努力做一个帮小蚂蚁的人，在他背后默默支持。

中考时，我望着 g 同学走进考场的背影，希望他以后的故事能像小溪一样，安安静静。

就这样十几年过去了，记录的故事已经有两百多个，每当回忆这些美好的故事，我的教育世界也会随之明亮。

同孩子一起书写故事

教育是为了让孩子走向更好的自己，这时需要我们跟孩子一起去发现世界，发现人生，感悟自然，提升自我。我是一个不安于现状的老师，总是希望带孩子们去领略课堂以外的世界，与他们一同谱写一个个富有诗意的故事。

春天，我带着孩子去亲近自然。

学校有棵柳树，在一个台风天，被雷电劈成两截。学校将这个树留下来，命名为"生命树"，一则告诉孩子们生命是多么脆弱，在自然面前，不堪一击；二则教育孩子生命又是多么坚强，虽遭此飞来横祸，却依然能抽出新芽。

当我讲述这些时，学生问我：

"老师，断了一截，为什么前半截还能活着，抽出新叶。"

我赞扬学生观察的细致，同时将手指向树根说：

"你们看，树的根还在，被雷劈过的地方依然有一小部分连着树桩，所以树根才得以把养分输送给枝干和叶子。"

"难怪我以前在公园看见整棵树被砍倒，只留下树桩，树桩周围还是能长出小叶子来。"学生联想后说道。

"是的，根在什么都在，根没了枝和叶就很难再存活了。即便活下来也长不大。"

看完树又带着孩子们走向跑道，跑道上严严实实，一片红色的椭圆跑道上画着道道白色的线条，我让孩子们在这跑道上自由地去找生命的踪迹。孩子们像一群觅食的小鸟飞向跑道各个角落，蹲下身子聚精会神地寻找。这时的阳光很好，静静照在这群鸟儿身上。

"找到了——我找到了——"

同学们一下子围过去，一起蹲在一个角落，然后欢呼道：

"老师我们找到了，我们找到了，跑道缝里有小草。"

我走过去静静地说道：

"当时浇筑水泥跑道时可是里三层外三层把这土地封得严严实实，时间过了十多年了，小草的根在地下埋了那么多年，终于冲破了一切，像你们一样见到了久违的阳光。"

回到教室，同学们带着微笑坐在自己位子上，我请同学静静思考五分钟，然后谈谈自己的感悟。教室里一片安静，窗外柳树上鸟儿的鸣叫则更加清脆。

夏天，我捡来蝉蜕，与他们一起思考人生的感想；秋天，我们一起来到银杏树下，静静凝望，用诗歌记录那一刻的心情；冬天，我们关了灯，听听窗外飘零的冷雨。

我们的故事就在四季轮回中沉淀，变成一首首动人的诗歌，变成一篇篇真实的周记，变成多年后我与学生美好的回忆。

与孩子一起创造教育的故事

八年前中途接手了一个"放牛班"，该班让许多非本班的学生和家长都闻风丧胆。课堂几乎无纪律，老师上课就像进了菜市场；课间打架斗殴，学生联手在厕所整治别班同学；午休集体翻墙出校，在外吃千里香馄饨。再看成绩，惨不忍睹。全班三十五人，语文及格的只有十几个，十多个学生作文只有开头一段话或者一个题目。

于是准备让班级内每个小组写小组日记，一周五天，每组正好五到六人，每人写一天。一开始学生兴致很高，觉得这样写小组日记别有趣味，但是写出来的东西却不伦不类，有的学生一轮到他写就写天气预报，有些男孩画猪头，画奥特曼打小怪兽。组里其他同学看了也失去了兴趣，也开始随便涂鸦几笔了事。如此一来，原本美好的愿望破灭了，日记成了形式，失去了应有的意义，也达不到预期德育的目的。

学习始于模仿，为了让学生学会日记写作，我买了厚厚一本笔记本。扉页自己题词为"教育心灵史——七班日记"，由自己亲手来写班级里出现的事情、对这些事情的看法、处理方法、处理时和处理后的心境以及相应的反思和启发。让同学们在后面像帖吧中一样进行跟帖，发表自己的想法。这样做在语文方面培养了学生阅读和写作能力，在德育方面则激发了学生关心班级事物的热心，提高了分辨是非的能力，对于班级良好舆论的形成有着极大的帮助。

班级日记中也会有这样的惊喜，一天午间，打开《教育心灵史》，书中夹着一片枫叶，上面是孩子稚嫩的笔记：

"你从树上落下，是为了遇见我吗?"

我在本子上写了一首诗回他：

秋天的落叶

我从树上落下
是为了遇见你
充满忧郁的日子
也能触摸鸟鸣的空灵

我从树上落下
是为了遇见你
灰蒙蒙的天空里
也能听到阳光的身影

我从树上落下
是为了遇见你
离开大地的滋养
带来生命的欢喜

我从树上落下
是为了遇见你
没有悲辛没有忧惧
只是为了遇见你

傍晚看见这位同学给我的回复：

你拥有一个秋天
有一片温柔的星空
尽管显得遥远

你拥有一个秋天
一个拥有玫红色的午后
尽管显得怅然

你拥有一个午后
不为星空的温柔
不为怅然感伤的午后
你等了很久，我等了很久
直到那一刻，我们邂逅

我拥有一个秋天
他就在我心间

　　这样意外收获是语文写作教学的成功还是美育或是德育的成功？在我看来成功与否已不重要，重要的是我的教育开始没有了痕迹。

　　最后这个班转型为蝉联十周优胜的力克·胡哲班，孩子们也都找到了属于自己的人生方向，我们一起创造的教育奇迹永远留在那本厚厚的《教育心灵史》里，留在我们心底。

　　……

　　有一天，当我老去，坐在夕阳下，落叶满地，回首往事，相信这些故事是我作为老师最珍贵的财富。

金子般的心

因为代课，有机会接触另一个班级。班里有一个学生，经常傻笑，还喜欢用笔头钻自己的鼻孔，同学们叫他"争哥"，我也跟其他同学那样叫他"争哥"。

原以为他像其他特殊学生那样，什么都不会，但是他却能背书，还能写一小段文章。一次我在班级里抽背古文，好多同学背不出，然后抽到他，大家都起哄，但是争哥很淡定地站起来，迅速把整篇文章给背出了。一般这样的孩子，都会负责一些班级里的琐事，比如擦黑板、倒垃圾，争哥也不例外，他跟另一个同学负责擦黑板，我去上课，常常看到他一个人慢悠悠地擦着黑板，然后他头上、衣服上是一层薄薄的粉笔灰，如果他没擦，我这节课基本是没人会上来擦黑板了。坐在前排那些成绩优异的学生不需要做这些事，只需刷题。

让我与争哥建立联系的是在今年社会实践，临到中午，大家开始掏钱买中饭，争哥走到我旁边说：

"老师，能不能借我十块钱，我去买面。"

我掏出钱给他，但是之后，他一直没有还我。这倒是让我两难，借钱不还自然不好，然而根据他衣着判断，这孩子估计家中贫困，于是想了个两全的办法：

"争哥，你上次考了 35 分，期中考试能考 50 分就算还了 5 元，期末考 50 分就算还了另外的 5 元。怎么样？"

他笑着点点头。

于是他背书、默写似乎都有进益处。

班里很多同学默写一塌糊涂，一句话也懒得背，我在每个小组设置一个 VIP，只要默出一句就可以加一分。一日默写两首古诗，争哥默完后独自走上讲台，把默写本放在我桌前，我一改，只错了两个字，按照 VIP 的身份他可以加十多分，于是他的小组长就拿起他的本子向我要求加十分，争哥不乐意，走过来抢走组长手中的默写本，并坚定地说道：

"我只要加一分。"

组长急了，高声向我说道：

"这不行，规则制定好了，本来就可以加这么多。"

"要学会尊重别人。"我低沉而坚定地反驳。

今天轮到争哥在班级里推荐读文章，昨天他就指着前面的同学跟我说："老师，你让她先读。"

我知道他不敢读，本身说话就不清楚，读文章就更费劲，为了鼓励他，我坚决地对他说：

"一定要去的，我看好你。"

争哥知道自己躲不过，于是早早拿着一本《鲁宾逊漂游记》在看，寻找适合读的片段。上课伊始，大家知道是争哥读书，爆发出雷鸣般的掌声，但是争哥的声音实在模糊不清，我认真听了许久，只能听清楚只言片语，于是大家开始打哈欠，低头看自己的书，但是争哥没注意到，他依然坚持按照自己既定的计划读，读了十分钟，十五分钟……我叉着手，靠着墙柱，脑海中回忆起争哥背书时和拒绝 VIP 时的样子，我决定就让他完全展示自己，哪怕听不清也等他读完。

那些成绩优异的好学生坐不住了，频频看表，然后转头看看我，一个学生为了阻止争哥继续往下读，率先鼓起掌来，周围的同学也激烈地鼓掌。我严厉地批评道：

"谁允许你鼓掌的！"

争哥若无其事，继续按照自己的语调在讲台上读，我看他不停地咽口水，读着读着还会在那里傻笑，直到读了近半小时，他开始看时间，虽然看了时间，他还是要坚持把那个章节读完，整整半个小时，他分享的内容终于读完了，放下书，呆呆地看着我，我问他为什么推荐这些内容。他说：

"这个片段很生动。"

说完他静静地走回位子，临坐下时又犹豫了片刻，继而又转身，跟大家说：

"不好意思，浪费大家时间了。"

我的奋斗，不是为了绽放

那是十二年前，一身西装革履，到外语实验签合同，校长问了一个我这辈子也不会忘记的问题：

"小李啊，你个子这么小，给你两个班级你管得住吗？"

我想了想，回答说：

"邓小平个子比我还小，整个中国都能管好。"

不知道是不是因为这句话，校长第一年就让我当班主任。当时对自己的要求是：千万不要因为自己工作失利，而被领导找去谈话。

所以每天都早早起来，一般都是第三个到食堂吃饭。第一个永远是食堂师傅，第二个是校长，然后是我。那三年每天都吃同样的早餐：

两个白馒头，两碗粥。

一个是为了提醒自己不要忘本，不能忘记当年的贫苦；再一个是告诉自己，只有努力，才能在中饭、晚饭时吃得丰盛。

班级顺利带下来，第二年，年度考核，得到了优秀。同组的一位老师说：

"小李啊，我工作二十几年，从来没有拿到过一次优秀，你才工作两年就有优秀，跟我说说，有没给领导送过礼？"

"无亲无故，单枪匹马来镇海，领导家在哪里都不知道，怎么送礼？"

第一届学生带出后，学校给我"校优秀班主任"的荣誉，我知道那三年确实很努力，但那时的努力只是为了让领导放心，让家长安心。那时自己做一切都围绕着"责任"二字。

第二届学生是中途接班，一个不折不扣的放牛班，臭名昭著，甚至让许多非本班的学生和家长都闻风丧胆。副课老师上课就像进了菜市场；课间打架斗殴，学生联手在厕所整治别班同学；午休集体翻墙出校，在外吃千里香馄饨。再看成绩，惨不忍睹，年级垫底。

当领导通知我走马上任时，心，一直沉重了一天，脑子里抱怨了一天，当天晚上情绪中暑，一夜无眠。

刮完痧后，开始仔细研究档案，有很多特殊家庭，于是决定利用暑假时间挨家挨户家访，就在家访中，我对自己、对教育有了一番新的认识。

一天晚上，到白同学家，一家人很热情，她妈妈没有工作，家里还有老人，全家人只靠她爸爸的收入维系，而她爸爸眼睛也不好。跟她爸爸聊天过程中提及小孩的小学老师曾帮他们打过贫困证明。他没有说下去，但我明白言外之意。

出来时，她的爸妈让她和我说再见，但她始终不好意思说出来，她的父亲陪我下楼，一直走到大道，告诉我何处转弯才停止送我的脚步，当我转弯回头时他还一直站在原地。

出来已经九点半，路上很安静，只有幽黄的灯光和沙沙的树叶声陪伴我，骑着自行车从五里牌到立人，这段路，前所未有的孤独。我的脑海盘旋着很多人，很多事。

　　我想起小学四年级时，因为家里穷，交不起学费，被班主任赶回家去拿钱，那天的情景我一辈子都无法从记忆中抹去，我独自一人走在大街上，周围是车水马龙的喧嚣，但这一切我都听不见，我的世界只剩下我自己的哭声。

　　我是从农村出来的，眼前的孩子也一样，他们可能很皮，但是他们更加单纯，我要做的不是抱怨，而是努力让他们转变。

　　为了改变这些孩子的精气神，我跟他们一起看力克胡哲的视频，一起读他的《人生不设限》，一起把班级改名为"力克胡哲"班，把墙上的标语改为"跌倒七次，爬起来八次"，每天一起喊班级口号，一起写班级日记。两年后，放牛班成为蝉联8周流动红旗的优秀班。我根据这个班级写的论文也登上了《班主任之友》封面推荐文章。

　　中考后，是我的生日，学生送来两个蛋糕，一张贺卡，上面写着：

　　没有你，我们就完了。

　　从那时起，我知道我的努力、我的奋斗已经不仅仅是自己的事，更是一个个家庭的大事，能改变一群人人生轨迹的事。这就是努力的成就，这就是奋斗的幸福。

　　转眼五年过去了，自己通过努力也累积了一些荣誉，这时的自己开始飘飘然，觉得教育教学也就那么回事，拿着旧教材，过着新日子；装着旧理念，教着新学生。直到有一天，跟特级教师范维胜老师一起去录制专题课，他的PPT准备了很长时间，录制前反复查看，录制后又谦虚地问工作人员哪里有问题，不行就重录，我知道，范老师已经出过三本写作方面的专著了！

　　看着自己的前辈这样细致、认真、努力，回来路上一直很惭愧，后来读范老师的新书，其中有这样一句话：

"我跟语文的恋情才刚刚开始。"

被这句话久久地震动，并鞭策着自己：

我的奋斗不是为了自己的绽放，而是为了每个孩子的盛开，为了多年前跟语文此生契阔的约定，为了跟教育这场恋爱谈得更浪漫、更持久、更美好。

平静而永恒的善良

央视的《朗读者》栏目风靡全国，每期都有感人的朗读场面，作为一个教育工作者，最感动我的是第三期的来宾：郭小平。

2004年，临汾第三人民医院院长郭小平看到艾滋病区的几个孩子到了上学年龄却没法上学，便和同事一起办起了"爱心小课堂"，在社会各界的帮助和支持下，2006年9月1日，临汾红丝带学校正式挂牌成立，2011年学校被列入正式国民教育序列。临汾红丝带学校是国内唯一一所艾滋病患儿学校，郭小平也从院长变成了校长，艾滋病感染儿童在这里接受治疗的同时也能安心接受与正常孩子一样的教育。每天照顾孩子吃饭、吃药、学习，在办学校十多年间，郭校长每年过年都和孩子们在一起，他说：

"大过年的，家家户户都贴对联，挂灯笼，放鞭炮，留这些孩子冷冷清清在学校，我不忍心。医院少个院长不重要，家里少个家长估计也没那么重要。"

怎么可能不重要呢！对于家人而言，每一个家庭成员都是唯一的。

也有很多不理解的朋友，问郭校长：

"值吗?"

郭校长说:

"每个人的经历不同……这个社会不缺少有钱的人,不缺少有权的人。"是的,作为一个教育者,这样一个特殊学校的校长,他在情感价值和人生意义上的收获远远超过那些名利的占据者。

主持人董卿在这一期结尾有句话也扣人心弦:

你是选择喧嚣一时的功利,还是坚持平静永恒的善良。

是的,教育就是这样在平静中一直坚守内心的善良。

最近几年看了不少教师抛弃体制的事,因为外面的世界更精彩,有人离开学校,做家教一年能有几十万甚至上百万收入,一年抵得上原来十年的工资总和。这种赤裸裸的诱惑,太容易让人丧失内心的平静。

最近几年打开教育视野,进了许多教育群,太多的名师在兜售自己的"教育思想",不断出书,到处上课,借此名利双收,于是很多老师也按捺不住内心的渴望,通过各种媒体手段,包装,宣传,这种隐形的诱惑,太容易让人迷失在虚伪的理想中。

美学大家宗白华先生在给郭沫若的一封信中写道:"我现在也正渴想到一个寥无人迹的森林中去,忏悔以前种种无意识的过分的热望,再来专心做一种稳健的适宜的狭小而有实效的小事业。"

面对纷繁的世界,不起心动念是不容易的,关键是要能安静地回到"寥无人迹的森林中去",观照自在本心,找一条适宜的路,这条路不宽,走在上面你的心平静如水,这条路上很苦,但你走在上面却不觉其苦,这条路上有满满的收获,都是来自一颗颗善良、单纯的心,以此鉴照你这颗永恒善良的心。

同在一片蓝天下

初春三月，风，像孩子轻快的步伐，迎面而来。带着余秀华的诗集《月光落在左手上》来到宁波市特殊教育中心学校。

湛湛晴空之下是大气典雅的校舍。入门内，保安师傅特别热情，不断指引我们方向，因为不放心，还目送我们，在转弯口还朝着我们喊："可以转弯了。"

这或许就是文化。

课尚未开始，走到广场看孩子们做操，每个孩子都很认真，尽管动作不是那么标准，老师们也在一旁做，没有人去检查，去扣分，大家都在蓝天下享受阳光，享受运动带给人的春天。我抬头望校舍上的天空，蓝得没有一丝杂质。

上楼去听孩子们的课吧，第一节是数学课，关于分数的初步认识，上课前老师教孩子们做手指操，做舌头操，还跟现场的老师打招呼，每一个动作，每一个笑容，都是纯洁的白云，慢慢融进每一个老师的心。这些孩子听力有问题，所以说话也困难，自然学习也费力。但是我们的陆丽群老师也像一朵纯洁的白云，用耐心、用方法去推动每一朵小云的思维。我是语文老师，也能感受到这堂课巧妙的逻辑设置，同时我认为陆老师也是一位很好的语文老师，真的，每个题目都要让孩子们朗读，这就是锻炼孩子们的说话能力，因为他们身上其实是有语言能力的，只是因为听力障碍而没有开发出来，每次陆老师张大嘴巴，露出舌头，大声读一些字词的时候，我都深有感触，这就是朴素而纯粹的"生本"理念。

第二堂课是陈静老师的《罗圈腿的小猎狗》，陈老师给孩子很多时间去读，去讨论，虽然这些问题在我们看来，或者在普通孩子看来没有什么难度，但这就是最好的"把握学情"，孩子们讨论得很认真，用手语互相交换意见，互相补充，激动时还会发出声音，但这声音只是"呀——呀——"和"啊——啊——"要是他们能说话该有多好，他们表达出来的内容和观点会很精彩。

一个男孩子用手势表达自己的观点，经老师陈述，真的，一点不比普通孩子差。有时他手语比画到激动处就会发出金石般坚实的声音，每次听到这声音，心灵都会被撞击。

课堂最后一个环节是"学习《罗圈腿的小猎狗》这篇课文，我想说……"老师给出了提示，可以对小猎狗说，可以对猎人说，可以对十只猎狗说，也可以对自己说，老师还展示了示范的例子，这不就是课堂上最好的台阶吗？孩子的展示也格外精彩，一个女孩子对自己说："面对困难，面对缺陷，内心必须强大。"

在语言训练中不是实现了人文教育了吗？而且这人文教育又是那么切近学生，真是润物无声的教育。

两节课后，参观了学校，孩子们画的画、设计的服装、写的毛笔字、刺的绣花都是精致的艺术品，真被这群极具灵性的孩子打动。

下午是一节小学二年级的课，孩子们看不见，读盲文，上课的是年轻的男老师——邓后龙。真想不到，一位男老师竟这样耐心，还没上课孩子们说"今天好热",于是老师让大家脱下衣服,说是轻装上阵,又悄悄帮孩子挂好衣服。因为课文是《笋芽儿》,老师特地带了7株笋,每人一株,让孩子触摸感受,找到尖的是头,找到文中说的"衣服"就是笋的壳,还要孩子们手举着笋,把自己想象成一株笋,进而去感受笋的"扭"和"钻",孩子们在快乐的活动中体会到了"扭"和"钻"背后笋儿的心情。情境感受之后再让孩子们读这些句子,自然能读出其中的情感。

当老师跟孩子们讲笋妈妈的"唠叨"时,让孩子们联想自己妈妈的唠叨,理解唠叨的意思,体会唠叨背后的含义,教育孩子学会感恩,这一切的人文教育都在自然中生成。

之后让孩子们站起来"喊"的环节和想象笋儿还看到其他什么东西的环节,也是这样贴近孩子。

听着孩子们的朗读声,尤其是前面那位声音细腻的女生的朗读,美到令人心碎,要是这些孩子能看到这蓝天白云该有多好。

课后,邓老师嘱咐孩子把衣服穿好,几个男孩子还上去跟老师聊天,他们之间没有一丝杂质。是一片片纯洁的白云,手牵手,一起在看春天。

三堂课后,内心一直激动着,久久不能平静。

其实,我们的学生、我们的老师也在同样的蓝天下,我们要向这些孩子和老师学习的地方有太多。

为什么我们的孩子身体健康,却没有特殊学校孩子的学习积极性,没有这些孩子懂感恩,我静下来思考了很久。正因为健康所以不懂得珍惜,正因为还拥有就尝试去挥霍,也正因为眼前的东西太多太迷人,所以失去了方向。

张老师说:"人这一辈子,做好一件事情就很好了。"是的,但是老子说"五味令人口爽，五色令人目盲"，外面的花花世界，这样精彩，很多孩子，甚至我们很多大人都无法静下心来学习和做好一件事。

此外，特殊学校的孩子，他们的缺陷是外显的，而我们很多学生的缺陷则是内隐的，比如狂躁、自卑、自残等心理，我们没有很好地去研究学生，课堂上一味快速灌输知识，以取得好的成绩，导致孩子们精神上和心灵上的缺陷日益加深。在课堂和日常教育中关注孩子们这些内隐的缺陷，我想也是"生本"。所以特殊学校的校长说：

"每一个特殊孩子都是普通孩子；每一个普通孩子都是特殊孩子。"

在同一片蓝天下的还有老师。当我坐在邓后龙老师的课堂上，看着他出色的教学时，冒出了一个世俗的想法，这个老师的水平去当普通学校的语文老师会很出色，会在我们这个体制里获得很多奖项，他在名与利上都会取得丰厚的回报。但他坚守在只有七个孩子的教学班内。

做教师是要有自己的理想的，有了理想才会有自己的坚守。对于外在的名与利可以视之如浮云，但是对于自己的教育理想，我们永远在路上。我相信邓老师是一个有理想的教师，所以能这样耐心、细心，从而温暖每个孩子的心。

同一片蓝天下，我们的文本是"取之不尽，用之不竭"，今天两堂语文课，我想两位老师都是有自己选择的，这两篇课文不仅文质兼美，更重要的是贴近这群孩子的心，给这些孩子真正带来灵魂的启迪。其实，我们普通学校老师，尤其是我们语文老师，选择文本也是很自由的事情，根本没有必要束缚在教科书上，完全可以将那些不贴近孩子心灵的文章去掉些，或者让孩子课后阅读，课堂上自主选择适合自己班级学生阅读的文章，这样我们的人文教育也就不会那么虚伪，我们的"生本理念"也会更加扎实。

　　写到这里我还想提一提余秀华，我是很不愿意用"脑瘫诗人"去形容她的，她有缺陷，但她只是一位诗人。她说："即使我被这个社会污染得没有一丝干净的地方，而回到诗歌，我又干净起来。诗歌一直在清洁我，悲悯我。"

　　我们每个人都需要一块净土，安放自己浮躁、疲惫的灵魂，诗歌是余秀华存在的家，诗歌让她干净、勇敢、坚强，不需要用"脑瘫""农民"等词去包装自己。我呢？文学爱好者、语文老师、教育工作者，语文文字是我的一个精神栖居地，学校，一个快要沦陷的净土，是不是需要我尽一点绵薄之力去坚守呢！这块地方失守，孩子们的精神家园又在何处寻找？这是不是也是一种"生本"呢？

　　文章最后，我想用笨拙的笔写一首不像样的诗，来纪念我这一日的收获：

同在一片蓝天下
蓝天之下
飘动着——
一片片悠悠白云
我睁大灵魂的眼睛
去偷听他们的悄悄话
哦，原来是
上帝牵着孩子的手
述说着人世
同样的温暖

我们偷偷做坏事

第三节课后的大课间，是学校传统活动——毕业班爱心义卖，七班的小孩早就按捺不住，心飞到了教室外。我走到 8 班教室，看到 8 班小孩早就开心地跑向操场，于是让七班小鬼们也去参加活动了。

自己也跟着学生的脚步走向操场，阳光下，一片热闹的叫卖声，我像在旧书摊一样，找自己喜欢的书，班里的女生跑到我边上，盯着我的书，于是问道：

"你喜欢吗?"

"喜欢，没带钱。李老师能不能借我点钱。"

"好的，这书我买了送你。"

"谢谢李老师。"

我继续淘书，廉价购得《简·爱》《骆驼祥子》《蜗牛教我慢慢活》，活动后回到教室，感觉心很轻。于是坐在讲台上安静看起书来。

等到学生陆续回来，抬头发现 8 班好些学生站在教室门外，走出一看，陈同学用校服遮着头坐在教室门下台阶上，其他几个同学站在外面一脸无奈。

其他同学也陆陆续续回来了，陈同学说："我们回来太晚了，老师不让我们进去。"

我看看时间，其实还未上课。如果我直接把他们带进教室，对任课老师不尊重，让孩子们站在外面一直晒太阳也不像话，是学校组织的有益活动，本来就该积极参与。我灵机一动，故意大声骂道：

"你们这些人，一点时间观念也没有。都什么点了也不知道回来，平时又不好好学习。"

我一边骂一边用钥匙开门，其他学生都捂着嘴巴笑。

上课老师见这群熊孩子被我放进去，就骂道：

"一点时间观念也没有……"

我笑着离开，回到另一个班级，小鬼们买来雪糕、果冻，享受难得的自由时光。

相逢一笑

从涨监碶公交车站下车，外面的世界春日如洒，惠风和畅。

笔直往西走，一个熟悉的身影在三十米开外，是我第一届一个学生的爷爷，九年前他还染一头黑发，如今看去满头银发，依然是那副厚厚的眼镜，我们四目对视，他马上将头转向别处，怕我看到他。九年前的往事，在这三十米的距离间一米米展开。

那年秋天，初登讲坛，刚当班主任，许多事不甚了了，对于特殊学生的处理也少有经验，他的孙女就这样成了我第一个"刺头"。第一个星期做值日，她跑到包干区去找某个男生玩（男生高大漂亮），与劳动委员发生矛盾，我说她几句，她便不高兴，把扫把一扔背起书包就走。之后她爷爷来找到我，他很担心，颠来倒去跟我讲了一大堆她小学时的经历。

接下来每天破坏纪律，与同学打架都有她的名字，一批评她就哭，哭完之后走进教室就对着同学大笑。

一天中午，我走到教室，发现讲台桌上黏着口香糖。怒不可遏，问谁吃的，一个学生主动站了出来，说是她给的。把几个学生家长叫来，她妈妈一开始不肯来，来了之后态度又极差，一再说：

"好了，好了，还要怎么样。不会读书让她坐三年就好了。"

当时我就给她母亲说你这个样子，她以后还会不断发生事情。果不其然，过了一阵又出事，每天电话去骚扰另一个男生，一次还用剪刀剪他睫毛，结果被狠狠踹了一脚。于是把双方家长叫来，而她似乎更加疯狂。开始逃学，第一次逃回家，中午她爷爷和妈妈过来把这件事讲清楚，让那个男生因为那一脚向她道歉。这时她笑了，笑得很邪恶……

那日数学课，她又逃走了。数学老师领着一堆男生去追也没有追上。就这样前前后后逃了好多次，凡是她心情不好就逃，尽管我在班级里上了一堂关于这类题材的班会课，而我看她是一点也没有听进去，一直都趴着。最严重那次是直接不来上学，因为没有按照她的想法给她换位子，让她觉得心里不舒服。我在她空间看见了"遗书"，而且这次人也不见，同学说她是上学路上乘车去了宁波。后来才知道是从她爸爸那里骗了一百块（她爸爸脑子动过手术）。中午她是自己回来的，清晰地记得她回来后我跟她站在四楼走廊，她说了一句狠话：

"如果你不把我位子换好，我就在这个世界消失。"

这句话震动了政教处，于是政教处建议为了她，全班的位子都换成单人单桌。但是换了位子后，她依然我行我素，第二年的六一节，复印了许多传单，要召集全校叛逆学生集体出游，我知道不能与她正面冲突，于是拿过其他学生手中的单子，一一没收，她暴跳如雷，跑到我面前说：

"想跟我斗，你找死！"

说完独自走了。那天后再也不肯来上学，她爷爷急了，不断找学校，甚至将我告到教育局，教育局领导将投诉内容反馈到学校，我被领导叫去反映情况，期间他不断来找我，还威胁说要到宁波市教育局，到浙江省教育厅去。我没去理会他，只是那年暑假在政教主任陪同下，到她家进行家访，然而印象中，那次家访，我加起来也没说三句话。一直是她爷爷颠来倒去还是第一次见面时那几句话。

之后，她一直没来读书，直到中考参加了考试。填报志愿时，因为她分数低，我特意叮嘱她爷爷，准备报区外技校，但他不听，认为自己能找到一个更好的学校，结果错过了区外学校报名时间，于是又找来了小孩的七大姑八大姨到我这里，问我有什么办法，这次我毫不客气地说：

"我早就让你去报区外学校，为什么不去？你孙女会弄成现在这样，一半是你的原因！"

说完，我拂袖而去。

……

三十米，其实没有这么长的记忆，但是九年过去了，这些经历却在彼此间筑起了一重厚厚的墙，这九年间偶尔见面，却十分尴尬，彼此没有好感。这次见了，我笑了笑，问他：

"小孩现在在哪里？"

"在家里。"

我的心咯噔一下，不知如何接下面的话。倒是他先说道：

"你胖了。"

我又笑了笑，走回春风春日中，一路上不能平静。

追柳絮的少年

阴雨天，我常站在四楼教学楼阳台往下看，他总会一个人静静倚着走廊阳台，双肘撑着栏杆，两手托着下巴望向远方。

还记得第一次与他相见是在去年暑假，学校组织返校，他迟到了。直到所有学生都走完他才到我办公室，瘦瘦高高，半脸雀斑，见了我就问好，没有一丝羞涩。

开学后他是第一个跟我顶撞的人，一日课堂上让他回答问题，他没做作业，估计是觉得很没面子于是垂头丧脸，甚至出言不逊，为了继续上课，我先让他去了办公室。那时以为这是个不羁的家伙，然而随着时间推移慢慢发现他身上的可爱之处。

大课间跳绳，旁边同学没带绳子，他会把自己的绳子扯成两截给别人；跟同学一起出去闲玩而上课迟到他会主动揽下罪名；看曹文轩的书会看得情不自禁跑过来与我诉说其中妙处……

渐渐地，我在他身上发现了诗人的气质。一日果真拿了一首自己写的诗来给我看，虽然不能成一首完整的诗，但个别章节的语言极富灵性，是我教这些年语文以来见过学生中写得最为出色的。于是我把这首诗分成几个章节，取名《断章》发表在了学校的刊物

《寸草心》上。

　　这是他第一次发表自己的作品，可能也是第一次得到这样的认可，所以特地从我这里拿去一份报纸。

　　诗人的心多是易感伤的，在他乐观的外在下隐藏着柔软的一角。

　　记得那日上苏东坡的《水调歌头》，讲到月亮的意象，讲到团圆时我说：

　　"不论两人相隔千里，只要心里住着对方，抬头望明月时，彼此的心已经在一起。"

　　讲到这里，第一次在我的课堂上落下了眼泪，那个人就是他。

　　同学都觉得怪异，我却说"我懂得"。我知道他是个单亲家庭的孩子，他母亲远在他方。现在的他每日与他父亲生活在一起，父亲工作很繁忙，没有时间照顾孩子，每天傍晚放学，别的孩子的父母早早地等在校门口，唯有他是孤独地在校门口久久等待着父亲的到来。

　　一次我吃完饭回来，校门口只有风吹树叶发出"沙沙"的声音，他还是在风中等待，我走上去从手中袋子里拿出一只苹果给他，一开始他坚决不要，在我再三要求下他还是拿下了，说道：

　　"我会把这只苹果种在心里，让它生根发芽。"

　　第一次听见这么美的感谢。

　　然而这颗苹果种子好像只长出了文学的芽，无法接受现代教育的阳光雨露，所以他的成绩一直未有起色，他的父亲很焦急，不知如何是好，也常常打电话来咨询我。我知道孩子的心一直飘着，就像他自己说他最喜欢云一样，他喜爱自由，不想受束缚。

　　一次课上我讲阅读理解，内容关于母爱，他一下子把试卷卷拢扔进桌子。我很气恼，准备打电话叫家长来，拨了一半回过神来方知其中原委，但是箭在弦上，如何是好？只能假装打了电话，让他去我办公室自己看看那书。

课后我去看他，一个人静静蹲在办公室看《草房子》，见了我说道：

"老师，你知道我为什么……"

"我知道，但是很多事情需要你用智慧去面对，有些事实必须接受。"

"老师，这本《草房子》你一定要看看，写得很好，尤其是杜小康和他父亲的经历。"

这本书是他向我推荐了好几次的，他本想把家中自己那本带来，但他说自己家里那本看了太多遍已经破得不像样子了。这次图书馆可以借书，这本书是他特意为我借的吧。

又想起了他在春天时给我采来的那束野花，想起他在课堂上与我探讨纳兰容若，探讨诗中的意象——柳絮、白云。我的眼前展开了一幅关于他最美的画面：

阳春四月，时值正午，漫天柳絮纷飞，他与一个伙伴一手拖着扫帚，一手在空中抓柳絮，一边抓一边随风追。他们不知道，这时有个人静静站在阳台上微笑着看着这一幕。

为什么不想办法开门

　　开学第一天，暖阳融融，我还是按照习惯，提前一个小时坐到教室门口，一边看书一边等他们的到来。我相信教育也是一种表演，一种行为艺术。

　　走到教室门口，发现自己班最早到的是章同学，他平时从不学习，上课睡觉甚至打呼噜，我将门打开，让他先打扫卫生。隔壁班（其实原来也是我班级的学生）最早到的是胡同学，他平时只爱学习，疯狂刷题，每天沉浸在题海中逍遥自在，不知东方既白。我拖出一把椅子，坐在太阳下看于漪老师的成长经历，看了一会儿，发现胡同学一直愣愣站在门口，而其他同学一个也没来，于是我对他说：

　　"怎么不开门？"

　　"没钥匙。"他淡淡地回答。

　　"那你自己去想办法啊！"

　　他不说话了，沉默地低下头。我继续看我的书，时间慢慢流逝了十几分钟，他还是一个人默默地立在门口，这时章同学已经将教室拖了一遍。

他是不是不知道怎么办？是不是要用他熟悉的方法启发他一下，于是我对他讲：

"假如这是一道试题，让你想办法将这扇门打开，你有几种方法，你选择一种把这扇门打开。"

他依然沉默。

"我给你 5 分钟完成这个任务，现在给你计时。"

5 分钟后他依然站在那里，一动不动，于是只能再一次跟他讲：

"你为什么自己不去拿钥匙？你知道你在这里耗了多久吗？"

"不知道。"

"我给你看过表了，将近半个小时。你要是不知道钥匙哪里有，可以找班主任啊！"

他依然不说话，这时班内另外一个同学来了，走到门口，跟胡同学交流了一番，没过多久，那个孩子放下书包，径直向门卫处走去，不到三分钟就拿来钥匙将门打开了。等他准备还钥匙时我特地拦住他，让胡同学去。

其实这样的经历上次开学时也同样发生过，而性质有所不同。那是暑假后开学，我还是一个人坐在门口看书，隔壁班没人带钥匙，结果门口围了一堆人，他们都在等人来开门，但是就在等待中消耗了近半个小时。最后还是我让一个男生去门卫处取，结果那个男生却说：

"为什么是我？"

不敢相信，眼前这批还是成绩在年级出类拔萃的学生，连解决基本生活问题的能力都不具备，连出面为集体做点事情的热心都没有。

我经常在班级里给学生讲，当你埋头刷题的时候，一定要学会抬头看看生活，看看世界，除应付考试之外，我们还有许多能力需要锻炼，许多问题需要思考，许多责任需要担当，人不能成为机器，只会机械地应试，哪怕学到的是真理，那也是死的，生活才是活的。

我也常在家长会上呼吁，多给孩子在生活中历练的机会，有机会让孩子多学学待人接物，这些都是活生生的学习。但是家长则反驳我说这些还早，现在要的是敲门砖，等到拿到敲门砖了再学那些也不迟。

真的不迟吗？只对今天负责的教育永远是迟到的教育。教育从根本目的而言肯定是面向将来的。完整的教育不仅要对眼下负责，更要对未来负责。否则如何会将教育说成是"十年树木，百年树人"。

功利的教育只能培养出功利的人，功利的人永远打不开生活真正的大门；完整的教育才能培养出真人，真人才能打开通往幸福生活的大门。

孩子，你慢慢来

午饭后散步至思源桥，见班内一学生慢慢走过，两只鞋子都没有系鞋带，我唤住他说：

"G 同学你鞋带散了。"

"我知道的。"他淡淡地回答。

"那你怎么不系好？"我不解地问道。

"我不会系。"他低声说。

"那你以前怎么穿鞋子的？"

"以前都不穿这样的鞋子。"

说完我蹲下身子，解开鞋带来教他，一秒钟工夫一个蝴蝶结就打好了。他愣在旁边看着我，手里直直地拿着鞋带不知所措。我见他这副情状，便把节奏放慢演示给他看，结果他连第一个环节也做不了，于是我把几个动作分解，先教他第一个动作，他蹲在地上半天也学不会，这时围观的人渐渐多了，有几个学生叫道：

"老师，你们在做什么？他连鞋带也不会系吗？"

"没有，我们在玩一个小游戏。"

说着让 G 同学跟我回办公室，我还是反复教他第一个动作，但他还是怎么也学不会，他并不笨啊，甚至理科上的思维还是超过一般同学的，怎么这么几个动作也这么费劲？我拿起他的鞋带给他演示，同时自己临时总结了几个要点：

1. 总是右手使力。

2. 第一个结传过去时底下要拉紧。

3. 把圈当成一根带子。

如此反复之后他终于完成了第一个动作，然后按着我的要领完成了第二个动作。为了看看他是不是真的学会了打结，又让他独自系另一只脚的鞋带。

会了！我在心里松了口气。

他直起身子，汗水居然湿了他的鬓发。

目送他离去，想了许多。很多时候是我们太急，没有蹲下来从孩子的视角看这个世界，他们不是我们，不可能有我们想象中那样成熟，有些基础的生活能力都需要慢慢学，更何况精神的宽度。

蝉 衣

初夏清晨，路上人影稀疏，没有一丝风，也还没见到阳光，闷热是这几天的主旋律。

走到校园，熟悉的银杏树努力伸展着自己的绿意，我像每个清晨那样驻足在树下，抬头看那满树的绿，那是生命的昂扬。准备前行时发现脚下有只死去的知了，一队蚂蚁正在啃食他的肉体，在知了周围有好几个蝉衣，想起自己和孩子们一起学过台湾作家小思的《蝉》，据说蝉尚是卵虫之时，要在地下被埋个几年，甚至十几年，出来后却只有一个夏天的生命，等到秋风渐起，树叶泛黄，蝉的生命也就会消失。

我蹲下身去看着这个可怜的生命，又无可奈何地离去，未走几步，又停了下来。蝉虽已亡去，这些蝉衣可依然是宝。于是小心翼翼拾起一只只蝉衣，轻轻放进自己的公文包，这几只蝉衣或许会成为今天课堂上的亮点。

走进教室，室内比室外更沉闷，偌大的教室只有两只电扇在"吱——吱——"打转，我打开公文包，小心翼翼地拿出一只蝉衣，接着又拿出另外几只。将它们安放在讲台桌上，孩子们伸长脖子，身体前倾，坐在后面的孩子直接站起身来看个究竟。

"这是蝉衣，是蝉脱去的壳。"

"是的，这就是蝉成长后脱去的外壳。还记得我们以前学过小思的《蝉》吗？"

"记得，蝉要在地下埋好多年才出来。出来后只活一个夏天就死了。"

"是的，蝉的生命很短暂，然而每一个生命都有出生、成长的过程，今天大家看到的蝉衣就是蝉每次成长后脱下的，旧的壳已经阻碍了它们的身体，所以它们必须从壳里出来，让生命更好地继续。我把它们捡来是为了送给需要这蝉衣的人，数量不多，所以想要的同学必须说出要的理由，理由合理才有机会将其中一只蝉衣拿走。"

沉闷的教室，又只剩下电风扇"吱——吱——"的声音。

班长率先站起来说：

"李老师，我觉得我需要这个蝉衣，初中两年里，在你的引导下我看到了我自己身上的不足，但是我一直没有办法克服，还剩下一年时间，我也想像蝉一样能让自己有质的飞越，今天我要许下一个承诺，一年后的今天我将以全新的姿态出现在时间的另一端，而这只蝉衣将是这一切的见证。等到我真正蜕变的一年后我就把蝉衣扔掉。"

班长许诺后笑了起来，全班同学也笑了。

"好的。"我说，"蝉衣不必扔掉，既然是约定，那么我们一起来见证你的成长，等到一年后你再把它还我，那我这个蝉衣就会有新的故事，我也可以将新的故事传递给新的学生。请你上来领取吧。"

我跟班长握了握手，然后将蝉衣放在他手心。

接着又有一位男生申请，理由与班长大致相似。最后一只蝉衣，一位女生举手站起来，关于她，这学期我用了各种办法去提高，甚至用了激将法，但依然没有多少效果，一次因为扫地不认真还与我有语言上的冲突，没想到她能主动举手。

"我想要这只蝉衣，我想把它作为我的励志信物放在我家里的写字台上，提醒自己，每一次成长都是不容易的，但是又是必须的，不扔掉自己身上陈旧的做法、想法，自己将永远被困在狭小的壳里，永远长不大。所以我希望老师能将这只蝉衣送给我，让大家一起见证我的成长。"

三个蝉衣送完了，我想到了没有得到的同学，于是接着说：

"很多东西会束缚我们的成长，比如自己不好的习惯，陈旧的想法，自卑、自负的心理等，我们每个人身上或多或少都有，有的人看到了，有的人一辈子也看不到，就像蝉衣，它是有形的，但是藏在我们身上的需要褪去的东西却是无影无形的，在成长路上会阻碍我们前进的步伐。我们要做的是时不时地审视自己，在时间中不断完成自己的蜕变，也许这个过程很慢，令人备受煎熬，但是蜕去这层壳后，你的生命才能焕然一新。这就是老师给大家看蝉衣的目的。"

掌声响起，打破了沉闷的空气，电扇"吱——吱——"地响着，让人想起蝉的叫声。

回到办公室，公文包里居然还有一只蝉衣，上天安排给我的？我将它放在办公桌电脑前，看着它背上的破口，我也是个成长过程中的学生。

君子不器

上午历社老师特地来找我，说天诚最近很狂，让他做笔记，他随笔画几下，让他做作业，他随便写几笔，问他怎么回事，他说：

"我觉得这样可以了。"

这个小孩一直有一股傲气，觉得自己的方法总是对的，认为自己的想法总是有理的，加上上学期成绩不错，我也曾略加表扬，估计近来又开始浮躁了。曾国藩说："庸人最怕一惰字，才人最怕一傲字。"一个人恃才傲物是很容易走向失败的。于是决定中午找他谈话，我带班初一都是以严厉为主，初二则以引导为主。因此这次找他谈话也想在轻松的氛围中进行。

饭后走进教室，看天诚在做作业，桌子边上有瓶水，我让他一口气把水全喝干，他开始很犹豫，不明所以。但是还是喝完了。我又让他自己去灌自来水。灌满后叫他到外面，问他：

"这个瓶子能装多少水？"

他很疑惑，不过几秒后，他还是聪明地找到了 350 毫升。

"一个瓶子想要更多的水怎么办？"我继续追问。

他一时没法回答，不知道如何作答，因为他的思维被装进了瓶子。

"换一个容器啊！大瓶子，大盆，甚至小池，甚至大湖，甚至大海……容器越大装的水才越多。而你现在就像这个瓶子，只有 350 毫升的水。"

"老师，我明白你说的是什么事了。"

天诚微笑着说，我也笑着让他回去继续做作业了。这个孩子是聪敏的，再往下说，我就显得笨了。

回头想想，这件事对我也是很好的教育。我们的心，我们的脑，如果只当它们是有形的容器，则必然只有一定的容量，等到满时其他一切良言善语、思想观念便难以流入，于是我们也会变得自我封闭，自我满足，终而止步不前，所以孔子说"君子不器"，我们不能只是个器物，否则人生就会停滞不前。

就像昨天读王尚文先生的文章《教师应当比学生更可教》，他说：

"不管是对自然、社会还是对自我的认知，大家都只是走在路上，谁也不能说自己已到终点，除非是连海边都不曾梦见的不可教的井底之蛙。其实说到底，任何一个人都是井底之蛙，爱因斯坦也不例外，只不过他能持续不断地从一口井跳到另一口井口更大的井。"

读到这段文字，莫名产生一种力量，就像当初读吴非老师的书一样，这种力量来自观念的革新，来自人生的形而上的思考。我们都是"未完成的人"，所以我们一直在路上，只有保持这样一种认知，才能让自己不被自己的经验、积习左右，才能"苟日新，日日新，又日新"。

我们慢慢来

二十年前的一个上午，春日暖阳斜斜地映入二楼教室。二十年后那阳光在我心里是一块惨白的裹尸布，不寒而栗；在那位班主任老师心里是岁月的一粒细沙；在我那位"受害"的同学那里又会是什么？

"翁同学，回答下这个问题！"年轻的班主任兼语文老师严肃地叫翁同学回答，一向老实的翁同学站起来一言不发。

老师火了，用手抓住她的头发狠狠往墙上撞去。

"咚——咚——"

我们听到了墙颤抖的声音，一个个惊恐地看着这一幕……

"给我站到后面去！"

翁同学拿着书本，靠着墙木木地站在后面。我们的魂魄还在游荡，语文课马上又继续了。

过了十几分钟，班主任又开始歇斯底里：

"怎么回事？怎么了！"

我们一个个张大眼睛往后看：

一道水缓缓地在教室水泥地上流淌，是黄色的，微微带着些臭气。

她站在后面不知所措。

"赶紧回家去换裤子！"

中午翁同学的爸爸来了，满脸通红，浑身散发着酒精的味道，直冲冲走进办公室就跟班主任打起来。打完后，我们又成了出气筒，中午被狠狠骂了一顿。

因为他姓邹，所以我们在背地里都喊他作"邹扒皮"。多少年后重见到他，我没有去理他。我想我的许多同学也会像我这样。

二十年过去了，如今自己是班主任，是语文老师，自己的年纪也与当时的邹老师相仿。我深切地体会到了一个年轻老师内心的焦躁与易怒。

每次训斥完学生后内心总会忏悔，毕竟只是孩子啊！孩子与成人之间是有差距的，孩子与孩子之间是有区别的，没有必要过于苛责孩子。每个孩子背后都有一个世界，如果不了解他们的世界，可千万不要轻下结论。只有真正看到眼前一个个鲜活的人，内心才会泛起一丝慈悲，教育需要金刚怒目，更需要菩萨低眉。

一晚临时弄月考试卷，一直到凌晨才基本完成，早晨起来，一身疲软。又要开始一天的忙碌。

在自己班上《陈涉世家》，接着上节课翻译。还是老办法，先自读一遍画出不会翻译的句子，然后组内讨论那些不懂的句子，最后每组翻译一部分。翻译的顺序是打乱的，我随机点一个组，然后随机点一个人。这次我点到了第四组的白同学。刚点到时别的同学都笑起来，因为在班级里很多同学都把白同学当异类，觉得她长得不好看，平时一句话也不会讲，甚至身上有些异味，于是同学都远离她，她拿过的本子，很多男生不愿再拿；她站的地方，别的男生甚至有几个女生不愿和她站在一起，更恶劣的是有学生在网上恶意地把她选作"校花"，借此来愉悦自己无聊的心。

其实接手这个班级时第一批去家访的就有白同学，那天晚上，走进她的家门，一家人很热情，但是她妈妈没有工作，家里还有老人，全家人只靠她爸爸的收入维系，而她爸爸眼睛也不好。跟她爸爸聊天过程中他提及小孩的小学老师曾帮他们打过贫困证明。他没有说下去，但我明白言外之意。

那晚出来，她的爸妈让她和我说再见，但她始终不好意思说出来，她的父亲陪我下楼，一直走到大道，告诉我何处转弯才停止送我的脚步，当我转弯回头时他还一直站在原地。

开学后帮她办理了贫困补助，一直想着改变周围同学对她的言行，但是一直未能从心底让周围同学改变。现在周围的同学至少不会说那些话了，我让大家给点鼓励，学生很配合地鼓起掌来。

白同学站起来，说话声音很轻，就像当年我们班里的翁同学。其他同学都聒噪起来，我让他们安静点，仔细用心听，肯定能听见。我走到她身边，静静听她一句句翻译，等她翻译完一句我把她说的内容再复述一遍，每当有难以翻译的句子时，我把几个较难的生字先给她解释好，有几个简单的地方她翻译不出来，班级里静悄悄，然后她组里同学小声地告诉她答案，甚至其他组的同学也转过身来轻声给她说。白同学用轻轻的、缓缓的声音一句句翻译着，站在一旁的我眼睛里涌出了泪水，但是我强忍着，我不知道为什么会想流泪。

半个段落的翻译，用了近十分钟，刚翻译完最后一句话，全班自发地响起了掌声。

我准备开口表扬，讲讲自己的感想，当我刚想讲时，眼泪竟然止不住地流了下来。学生递来了纸巾，可是莫名其妙地眼泪就是这样尽情地流着。那一刻说不出自己具体感动在何处，学生也看着有些呆了。自己过了好几分钟才缓过神来，当我接着讲下面的内容时，眼泪依然流着⋯⋯

教育也是一种行为艺术

《教育力》中有这样一则小故事：

从前，一个禅师想在法国的土地上推广禅，他所采取的办法是每天在人潮熙来攘往的公共场所盘腿打坐，一动也不动，日复一日。开始的时候，人们只是投来好奇的目光，后来逐渐被他那沉静、威严同时又散发出的一股轻松自在的神态所打动，一股莫名的东西在人们的心田慢慢滋长。不久，一个人开始学着他打坐，接着，又有一个人加入……

教育的作用其实就是如此，很多时候并不仅仅是靠说教，我们的沉默的行动，蕴藏着一种惊人的力量。语文教材中的一篇经典文章《从百草园到三味书屋》中也有一个类似的片段，鲁迅先生这样描述他的私塾先生寿镜吾：

后来，我们的声音便低下去，静下去了，只有他还大声朗读着：

"铁如意，指挥倜傥，一坐皆惊呢；金叵罗，颠倒淋漓噫，千杯未醉嗬……"

不仅大声朗读，而且"将头仰起，摇着，向后拗过去，拗过去"。

　　这是一个耐人寻味的片段，我们发现寿镜吾先生对于读书的痴迷，全然忘我，忘他，一心沉浸在书中，少年鲁迅对于这一幕观察得如此仔细，一个细节都没有放过。可见这无声的教育行为对学生深远的影响。且不论三味书屋的教学方式是不是禁锢人，寿镜吾先生这样近乎行为艺术似的读书状态是值得我们老师去学习的，现在课堂上还有哪个老师能如此陶醉地看书，我们做的最认真的事情莫过于改作业、改试卷、批评学生，在这样的机械劳作中，不仅消耗了自身大量的精力，对于学生学习兴趣的培养也没有任何裨益。

　　教学靠做练习是没有出路的，教育靠说教也是没有出路的，不妨静下来，在学生面前展现自己安静的学习状态。记得有一次上最后一节课，由于时间充裕，我便带着书进教室，我危坐在讲台上，一动不动地看书，下面学生安安静静地写字，一段时间后，几个调皮的男孩子坐不住，开始窸窸窣窣地讲起话了，我放下书，轻声地对他们讲：

　　"请不要打扰我的幸福。"

阳春布德泽

第二次中途接班，一段时间后，几个任课老师不约而同地问我："q 同学怎么样？"

"还好。"我说，"我看他挺热心的，看到公共设施倒了会主动去扶，看到垃圾会主动去捡。"

"这些只是表象，他不仅成绩垫底，而且行为上十分古怪，上课时会在教室里乱爬，发起神经来，真是常人难以理解。"一位老师说。

"不过他朗读不错的。"原来的语文老师补充道。

朗读是个难得的优点，正好学校最近要组织一次关于"孝德"的朗读比赛，不如让他参加。于是找到他本人，让他先读一段课文，读得虽然有模有样，但是许多常用字也读不准。要是这样去参加比赛，不仅拿不到好名次，而且对他的教育效果也会大打折扣，我一般很少干涉学生的活动，但是鉴于情况特殊，于是静下来思考一段时间，需要在朗读内容、朗读形式等方面对他进行全面包装。

反复思考，决定让他读李密的《陈情表》选段，看似高难度的朗读内容，但是他的模仿能力强，而且只读一段，应该不难掌握，读完后再加一段感悟性的话，找班内两个气场强大的学生为他助阵。

那几天放学后，我都会把 q 同学单独留下，一对一进行朗读指导，并让他回家后再反复朗读，直至背诵为止。每次第二天早上到校，他都会自豪地跟我说：

"老师，我昨晚读了四十遍。"

就这样，他对这篇占文越来越有感觉，不论是语调还是节奏卜都很到位，但是朗读情感上还是有所欠缺，那周五放学时，我又把他单独留下，站在教室外走廊上，此时夕阳西下，淡淡的余晖铺在走廊上，照在我们脸上。我将《陈情表》的写作背景、大意、情感仔细地讲给他听，然后亲自示范朗读，让他周末回家后再找找朗读时的情感。

临近比赛，利用中午时间反复进行排练，班内同学这时也积极参与，提出各种建议，比如手势、着装，同学们告诉我，他们看了海报，评分要求中有这几条要求的，还是同学们细致，为了让朗读效果达到最佳，于是再做谋划，扩大参与面，在观众席中设置十个后援团人员，齐坐一排，一齐朗诵其中两句话，然后由嗓门最大的 h 同学带领全班喊：

"小 q，你最棒，十二班最强悍！"

同时为了增强现场效果，我做了 PPT，并配了背景音乐，再让 q 同学跟着音乐反复练习。

比赛当天，我把自己的西装、领带借给他，同时也让助阵同学借来了正装。因为抽到的是第一个，所以开始之前，我就把各个部分的人员进行了安排……

比赛真正开始时，自己反而异常平静，看着他们顺利地把节目表演完成，接着就是全场雷鸣般的掌声。坐在旁边的老师说：

"肯定第一了！"

结果毫无悬念，一等奖第一名。

q 同学在比赛后一直跟在我身后，追问我为什么选他参加比赛，是不是觉得他长得帅。

是的，为什么选一个上课坐不住、满地爬，雪白的校服都会穿得花花绿绿，作业一塌糊涂的你呢？如果说得煽情点是老师希望给你，给你们绽放自己长处的机会，希望每个人都能看到自己的闪光点。

但是当一切平静之后，独自坐在办公室，我想原因是老师在你身上看到了当年的自己。

给孩子留一扇窗

　　同学们上完音乐课回来，教室里有些凌乱，几只书包堆放在过道，几本书被风吹落在地上。

　　坐在前排的 Z 同学从书桌里找出两把钥匙对我说：

　　"李老师，不知道谁在我的桌子里放了两把钥匙。"

　　我接过钥匙，L 同学说：

　　"老师，是我的，但是钥匙扣不见了！"他失落地说。

　　"钥匙扣又不值几个钱。"

　　"不是的，老师，他的钥匙扣是按比例缩小的枪，很贵的，五十多一把，有两把。"旁边同学争着说。

　　看着 L 失落的样子，能够想见这两把枪对他的意义。旁边同学又补充道：

　　"他经常把枪拿给我们看，来炫耀。"

　　"没有，我只给班里几个同学看过。"L 反驳道。

　　"他平时把枪都藏书包最里面的。"同桌补充道。

　　根据这些信息推断，暗中拿走钥匙扣的应该是自己班级的同学，这样范围缩小就很容易找，最简单的莫过于调用监控，麻烦点的话根据谁迟去上课、谁早进教室也能顺藤摸瓜，找出这个同学。但是这些思路都没有继续，我的脑海里又回忆起第二届学生类似的一件事：

一天中午管理班费的同学把我叫到外面，说班会费少了很多，她算来算去数目都不对。我听着点点头。

回到教室思考几个问题：

首先，基本是自己班内学生拿的，如果是别班进来肯定是到处翻找。其次，肯定是中午回来或者音美体育课回来时拿的，因为那时才有时间。这样一分析要找拿钱的同学其实已经很容易了，只需问问同学谁最早回来即可，因为昨天只有一节去体艺楼的课。

然而这样找出来又有什么意义呢？让这个孩子在全班面前成为小偷！临近中考了，这是大家都不愿看到的事情，再说一个班级同学能聚到一起很不容易，有同学犯错也是难免，伤了大家的团结是件多么遗憾的事情。

我在同学面前讲了此事，并希望拿钱的同学能偷偷地将钱放回老师办公室，老师绝对不会追究此事，也绝对不会查是哪个同学，这样老师与同学以及同学与同学之间依然如初见。

到了傍晚，又到了每天写一句《论语》的时间，这次特意挑选了一句"智者不惑，仁者不忧，勇者不惧"向学生讲解道：

"一个人真正的智慧在于面对这个社会各种迷惑而依然能保持自己，坚守本心。这个社会有太多的诱惑：金钱、名气，等等，那些智慧不足的人定力也就不足，所以在面对这些时就迷失了自己，所以孔子告诉我们真正的智者是不惑的，面对外界社会依然有足够的智慧去分辨是非。仁者，爱人。不会去做损人利己的事情，所以他的内心永远是坦坦荡荡，没有什么人世的忧愁可以来侵扰他，他的品德像一座山那样稳固不易，于是内心也没有忧惧。真正的勇者内心是没有惧怕的，有时候勇气不是上阵杀敌，不是玩极限游戏，对于中国人而言承认错误或者放下面子比上面所说的更需要勇气。今天讲这几句不仅仅是讲给那位拿钱的同学听，更是讲给在座的每一位，甚至我自己，要知道做到这些是多难的事情啊！"

第二天，钱又回到了原处。我到班级里向全班同学做了说明，并希望每位同学以学业为重，不要去任意揣测那位同学究竟是谁。

这些年过去了，我依然不知道是谁做的这件事。

我把这个故事原原本本地告诉现在班里的学生，同时明确李老师这几天都是五点半离开办公室，早上 7 点 10 分进办公室，这两段时间都可以来归还。

第二天早上进办公室，办公桌上已经放着两把金光闪闪的模型枪，我拿在手上看了一阵，这一天的好心情也随之而来。以前说班主任是侦探，是消防员，是法官……要处理各类烦琐的事务，但是班主任的根本角色还是教育工作者，是生命与生命、灵魂与灵魂相互触动的创造性工作，如果是单纯的侦探，把"元凶"查出来即可，但是班主任工作不能如此简单，侦查需要智慧，班主任的侦查还要在此基础上维护孩子的自尊心，试想，聪明的班主任在全班面前查出真相，这将对那个一时失足的孩子带来多大心灵的伤害，学校是一个允许犯错的地方，甚至是同一个错误反复触犯，我们的工作是要给孩子们留下一扇窗，让他们的情感有一个出口，犯了错依然有一条路可走，犯了许多错误依然相信、接纳并给予改正的信心。

等一朵花开

风雨故人

多年师徒成兄弟

　　汪曾祺老先生有篇文章叫《多年父子成兄弟》，我与老范则是多年师徒成父子，多年父子成兄弟。

　　与老范初识是在 2011 年夏末秋初之际，在学校用完午餐，总务主任将我们几个年轻人叫去，说是帮忙搬东西，出门发现一大车的家当，一半是书，家当的主人就是老范——语文特级教师。对语文特级教师，普通老师总是充满崇敬，大家心中的特级教师，应是一脸沧桑、半头白发，谈吐潇洒从容，上课娓娓动听；应是高深莫测、著作等身，写文章引经据典且语出惊人。

　　因为有这么多期待和想象，所以当得知语文特级教师范维胜要来学校讲学时，老师们都很兴奋。没想到眼前的这位特级，是一个身高不足一米六的"小老头"，一身旧衬衫，下面搭一条灰色西装裤，脚踏一双老式皮鞋，看上去平凡无奇，甚至朴素得有些土气。

　　第一次听老范的课，觉得与自己期待的"精彩"相去甚远，于是有些失望，心想这个特级教师不仅人长得普通，连课也是这样平平淡淡。可老范总说"平平淡淡才是真，本色教学最重要"。再听了几堂课，我有点儿明白老范的话，语文本就不应太过花哨，应让学生能沉下心来感悟语言文字的美。渐渐地，老范的课吸引了很多老师来听，语文组的老师来听，社会组的老师来听，就连音乐组的老师也慕名而来。听完之后，大家的评价都是"朴实，却很有味道"。

为了更好地理解老范的教学，我得知他出了新书《语文的事，和你细说》，便厚着脸皮去找他，想要一本来看看。谁知老范早已准备好要送我的书，还在扉页写着"请李建军老师雅正"。

看到这几个字，心里真是惭愧得紧，赶忙翻开书。没想到，这一读就放不下来，直至最后一页。合上书，掩卷长思，明白老范之所以能成为特级教师，不仅仅是他善于学习、善于思考，最重要的是语文在他心中有至高无上的地位。他在序言中说："语文是我的眼，也是我学生的眼。我不会丢下语文，更不会舍弃语文，我和语文的恋情才刚刚开始……"

读到这里，我才发现与老范相比，自己对语文连一知半解都难以论及。我反问自己，语文于我而言是什么？谋生的手段抑或毕生的事业？理想的追求还是精神的寄托？这些好像都不是，语文于我，不是与身不亲便是遥不可及，唯一真切的是自己在现实中沦丧，看不到本质，分不清当下，在盲目中赶路，在名利中起伏，在时间中飘荡。老范却不同，他看得清、看得透，他说自己是一个"彻头彻尾的本色语文的追随者"。他没有高深的理论，没有夸张的语言，不去争名夺利，不懂人情世故，只是本能地活在这世界上，带着对语文的爱，诗意地追寻着。这种追寻并不激烈，是淡而真，是深而远，如幽谷出山泉，清澈而悠远。

对语文的爱有多深，才能在这条路上走多远。我们有时就是过于患得患失，失去了做事、做人的本色。我读懂了老范和他的语文课，决心做一个老范一样的语文本真的追寻者。

　　恰巧机遇垂青，老范开设了名师工作室，而我也成了老范第一批学员。工作室成立大会上，老范嘱我作为代表发言，我写了一篇《素心侠气》的发言稿，在我心中老范就是这样一个素心侠气的语文人。作为徒弟，不仅要学老范先进的教学理念，踏实的治学精神，更要学他为人处世的品格。

　　此后我的每一次公开课都由老范把关，从区优质课到区教坛新秀课，从宁波市展示课到市教坛新秀课、市优质课，每次试教，老范不论多忙都会过来指导，听完课，他的听课本上都是密密麻麻的字，评课时他又一条条清清爽爽地跟我分析得失，为我指明了方向，带着我迈出语文教学的第一步，看着我一步步扎实地走在语文教学的路上。可惜的是自己资质愚钝，胆魄不足，每临大型比赛就怯场，所以每次比赛都不理想。

　　市教坛新秀比赛，老范给我的任务是保二争一，结果却只得了三等奖，知道结果后，内心无比失落，还没回到宁波就给老范打了电话，电话那头的他很焦急，嘱我不要有思想包袱，一切等平安回到宁波，再慢慢思考得失。回去后，老范并没有直接安慰我，我们闲坐在办公室，他向我讲述了自己的成长经历，一路从一个僻远的农村学校一步步成长为特级教师，他说成长的每一步都必须走得扎实，每一步都在我们日常的课堂中，课堂是老师成长的生命道场。

　　不知老范是否特意安排，那年工作室的学习用书是《从零开始，重新构建你的课堂》，老范和这本书都给了我莫大的勇气。"经师易得，人师难求"，在老范的耳濡目染之下，我钻研自己的课堂，坚持撰写教学反思与教学论文，一开始文章还需要老范帮忙才能发表，渐渐地，自己的文章也能得到报刊的认可，甚至还有一篇论文被人大复印资料全文转载，拿到期刊原件才发现，很多地方都经过老范润色。

就在我语文路上磕磕绊绊前进时，生活上受到了重击，一时一蹶不振。家中父母都是大字不识的农民，他们无法理解我内心的痛苦与挣扎，那些日子常常去老范办公室，每次去他都为我泡一杯茶，跟我聊语文，谈文学，讲生活，让我放松心态，争取这两年内先要上个孩子，其他一切杂事包括工作都放第二位，他就像一位老父亲开导迷惘的孩子。

老范是我精神上的慈父。不论我遇到何种困惑，语文教学或人生问题，他都耐心地引导我。

2016 年，老范带着我去他老家安徽肥东上课，课堂教学任务结束后，与老范的几位朋友共聚畅饮，其中一位李校长是老范多年的兄弟，回忆起当年老范离乡的场景，他将老范送到火车站，老范将照顾妻儿的重任交给了李校长，动情处，李校长眼含泪光。是夜，李校长送我和老范回住处，三人围坐床上，李校长拍着我的肩说：

"小李，你是男娃，又跟我范哥在同一学所校，我拜托你，必须把我范哥照顾好，做兄弟，第一就是义气。"

几年过去了，这句话依然萦绕在我耳边。以前我把老范当师父，当我精神上的父亲，都是他一直在照顾我，我何曾在生活、工作上有点滴帮上老范之处！那次回来，不论何时何事，只要能照应到老范的地方，我都不遗余力，尽我所能。从此，老范不仅是我导师，是我慈父，也是一路打拼、互相扶持的兄弟。

只是生活所迫，我与妻子两地分居，不得不离开镇海，不得不离开老范。

离开时，老范约了我一起吃饭，作为送别。我们喝了一瓶白酒，七年往事成了彼此最好的下酒菜，酒醉夜阑，老范执意要送我，一送送到了地铁站，拥抱道别，我坐上电梯，不敢回头，电梯尽，步上天桥，还是忍不住回了头，老范矮小的身影依然立在耀眼的路灯下，还是一身旧 T 恤衫，西装短裤，往事一幕幕回荡在脑海间……

我的眼瞬间模糊了。

师父张霞儿

我的师父张霞儿，是我见过的最具智慧的女性。

她是慈溪人，读书时学习成绩一直优异，临近中学毕业，在她父亲的建议下去试一试中师考试，不写作文，看看自己的实力如何，结果依然被录取。于是顺着命运的道路，读了师范。毕业后分配到慈溪天元镇中学，由于教学出色，在各大比赛中脱颖而出。我毕业工作那年，师父正好担任宁波市教研员，当时，她是宁波唯一的初中语文特级教师。

那时听师父讲座，就像看偶像一样，她每次都是悠悠然，慢慢地讲述关于语文的故事，不急不躁，让人如沐春风。然而我印象最深的还是师父教给我的人生课。

一次她去接女儿，刚将孩子抱上车，发现自己的钱包没了。

"妈妈，你为了接我，钱包丢了。"

师父笑笑说：

"还好，丢的不是你。"

我从来都是一个患得患失的人，每次自己遇到舍得权衡的时候，都会想起师父这件小事。关于语文教学，师父似乎从来不教我一招一式，都是在平时的言行中感染我。

一次与师父一起参加命题工作，我们已将试卷反复读过几遍，按理当是万无一失，临到印刷，竟然又出现了一个小问题，师父不放心，决定在印刷室再重读一遍，我们在旁说让我们来校对吧，师父不忍心，决定还是自己去，让我们趁着中午好好休息下，走向印刷室的路有点陡，师父膝盖不好，走得很慢，我看着她的背影，心中的酸楚一下涌到眼眶，连忙赶上前去，与师父一起并肩走向印刷室。印刷室狭窄闷热，我们一起坐在椅子上，又将试卷细细地，一个字一个字朗读了一遍。

我是个心浮气躁的人，做事没定性，每每意乱心烦时，想想师父，总能多多少少定定心，安静地把事情做完。

我们虽是师徒，但是相见相聚都不容易，有时一年见一两次，有时整一年都是手机上问候，每次相聚，师父总不肯让我们掏钱，有时既请我们吃饭还送我们礼物。她做师父从来没有师父的架子，更不会刻意指导我们。唯一一句教导我的话是：

"建军，不要期望特级带徒中，我能教给你什么，我只能给你提供一个平台，后面的路靠你自己去走的。"

师父的话时在耳际，只是自己资质愚钝，心性疏懒，如今而立已过五年，依然一事无成，常有辱没师门之感。今年参加教坛新秀比赛，与备课组同人一起备课至深夜，思路受阻，这时师父的电话无意间打到小师姐手机上，小师姐顺便说了我比赛的事，电话那头，师父遥祝我一切顺利。想起这些年的碌碌无为，我强忍住眼泪道：

"真是惭愧，我是师父最差劲的徒弟。"

不仅仅是专业上无所建树，还因为工作的事，连累师父担心。

前几年因工作调动的事，一时在学校内吵得沸沸扬扬。一日师父到我们学校指导教学工作，我因代课无法前去接待，直到课后才赶过去，半路上教导主任见我就说：

"赶紧过去，张老师见不到你又着急又担心。"

嗨，师父真是。

见了她，我轻松地说道：

"给一位怀孕的老师代课，课调不出，所以没过来。"

师父见了我，仔细打量，然后笑了笑，什么都没说……

经历一番曲折后，调到宁波，不论是教学工作还是生活都不顺，有时甚至会生起悔意：在老地方顺门熟路，有行政地位也有教学实绩，更有丰富的人脉资源，到新地方，感觉处处不如意。第二年暑假，接到消息，师父推荐我去"三江名师"上课，又把我的教育随笔编入《宁波名师》。为了打磨那堂课，师父亲自从教研室赶来指导。我这个人没什么优点，但是有自知之明，"三江名师"平台上一起执教的都是已成名的成熟教师，而我只是一个异区过来且尚未被认可的"骨干教师"，市教坛新秀的荣誉也只限于三等奖，如此忝列其中，令人惭愧难当。我知道这是师父的抬爱，更是鞭策。

师父的爱从来都是这样无言的，不给人任何负担，她很少强烈表达自己的情绪，只有 2020 年，在我第二次参加市教坛新秀失利后，她特意发短信过来，让我上课要按自己想法上，上自己想明白的内容，又叮嘱我不要有思想包袱。那段时间，一直沉浸在失败的阴影中。后来区里组织上公开课，教研员陈老师想让我将这堂课重新上一次，我婉言相拒，她拿出与师父的对话，师父希望我能重拾信心再上一次。

沉默许久，还是答应了。

准备了很久，按照自己想法重新设计课堂教学，执教当日，师父特意叮嘱我不要有压力，只要按照自己想法上就可以。课顺利完成，师父上去评课，她一改往日的淡然，语调提高了很多，激动地赞赏我的课。师父对我的课从来是批评居多，这次，我知道师父是希望我能走出失败的阴影才会如此表扬。

那年，除夕夜给师父发祝福短信，师父特意回复道：

建军，能看到你健康成长，我很欣慰……

原来师父的心一直为我悬着。脑海中浮现出师父发的一则微信朋友圈：

一个下暴雨的午后，一只鹰般的大鸟，立在师父家窗外避雨，前方是玻璃，无法前进；后面是瓢泼大雨，无法后退，进退失据是这只鸟的现实困境。师父看着揪心，却又没办法帮它，就只能这样一直默默注视着，祈祷着。

我的心一震，傻头傻脑而又后知后觉的我，终于明白师父那天到我学校，看不到我时，为何会如此忧心！明白师父看到我重新振作时，为何会如此喜悦！

吾师喜平

与董老师不相见已经十年了。

去年因为人生走向之事，重新联系了董老师，拨通号码之后手一直打战，听到声音之后心情才开始慢慢平复。

关于董老师，印象最深的是他的名字，还有他的穿着。记得一次语文作文课，他说：

"写文章要'文似观山不喜平'。"

"哈哈哈……"同学都笑了起来。

"呵呵，我的名字正好有'喜平'。我觉得人还是平淡些好。"

其实董老师平时与同事相处一向是低调的，只有在我们这些孩子面前才像个大孩子，这一点如今的我也继承了。一次星期六的兴趣课，他来临时上课，衬衫、马甲、西装然后是黑色皮鞋，头发油亮，整齐向后，用如今时髦的话讲就是 all black，这个形象即便是十年后回忆起来依然是那样有神采。以后在高中历史书上看到一张陈独秀的照片，像极了彼时的董老师。

他是极富才华的人，一动一静，张弛自如。平时课间或者周末，我们几个爱打篮球的男生总喜欢跟着老师们一起玩，尤其是董老师，他的妻子俞老师曾说董老师的近视很厉害，有一千多度，所以打篮球时必须戴着眼镜，而那眼镜在运动时又极容易掉落，所以董老师便自制了眼镜带绑在头上，样子非常可爱。每次跟他打篮球他都喜欢教我们该怎样防守怎样进攻，记忆中他的每次讲解都是那样严肃。

董老师的严肃是出了名的，所以同学们对他都敬畏。印象最深的是一个晚自修的课间，临班有同学打架，很多同学都围在旁边观看，甚至有人叫好助威，场面处于紧张时董老师来了，回到教室董老师怒容满面，声色严厉地批评了十几分钟，其中一句话我至今依然记得：

你们就像鲁迅笔下的看客，伸长了脖子像鸭一样。

如今自己当老师，回味起这句话自然倍感辛酸，教师总希望教育出一代新人，而眼下的学生却依旧根深蒂固地留着民族千年而来的劣根，心里自然是悲凉的。

董老师平日里面对着大家是严师，而一到私底下却极其随和而且待人很有耐心。我当时是语文写作科代表，每周都收周记本，一次写了篇小说，董老师便叫我过去问我如何创作的，花了多少时间，甚至会在一个字旁边写上一大段评语。如果有文章写得不如意，他也会耐心地教我怎样删改，怎样处理结构和语言。那时教室与办公室隔个操场，而且门又远。幸运的是董老师坐在靠窗的位子，所以我常常爬上窗趴在窗口听他的教诲，那种感觉是如此的亲切，如今自己当了语文老师，可曾如此耐心地辅导过学生？想想便觉得惭愧。

初二下学期董老师还组织大家创办文学社，收集同学间写得好的文章，大家的热情都很高，董老师替文学社取了个名字叫"玉苑文学社"，虽然与家乡一处风景区重名，但其含义还是美好的，将文章比之玉，是玉则需要"如切如磋，如琢如磨"。如今想想我们一个个学生又何尝不是这需要琢磨的玉呢?

　　董老师是爱文学的，他不仅带领我们筹划文学社，自己的文章也常见诸报端，他也喜欢在晚自习读文章给我们听，他写文章喜欢半文半白，有民国文章气韵，他的文章喜欢将真我无保留地展现给读者，这些又何尝不是我写文章的归止。

　　前些日上《藤野先生》，对于藤野先生是那样亲切，仿佛处处是在写着自己的老师一般，于是上完课给同学讲了自己与董老师之间的师生情。出门这些年未曾再与恩师谋面，但每每想起总是心存感激，于感激之外还有惭愧，惭愧自己于教学、文章、书法、为人上不及恩师之万一。

温柔敦厚亮伟师

四川自古出才仕，李亮伟老师也是四川人，课堂上他也常以此为豪。

李老师是饱读诗书、学养深厚的学者。不过他没有我们想象中那样的才子外形。初见亮伟师，是在大二《中国古代文学史》课上，但见一个秃顶、头发花白、身材矮小的老人走进教室，对着我们微微笑笑。

一般大学老师都是坐着上课，但是李老师从来都是站着，他说这是对自己所教内容的敬畏。他的课都是干货，每堂课都有PPT，每张PPT都是他自己先从书上摘抄入笔记本，然后再一字字输入电脑。所以李老师的课，大家无不喜爱，尤其是他主讲的《山水文学》和《红楼梦研究》往往座无虚席，一些理科生也来旁听，一睹李老师风采。李老师在外形上自然没有风采，但是只要一听他的课，马上被他深厚的学养吸引，让你欲罢不能，下次还来旁听。我就旁听过他的《红楼梦研究》，因此与《红楼梦》结缘，一直读，每次读这本书脑海里还是当年李老师讲课的场景。

他每讲《红楼梦》，必穿一件纯红色外套，一个寒雪日，窗外大雪纷纷，一下子天地俱白，这时再看穿着红衣、站着讲课的李老师，此情此景，可待成追忆。

课堂上的李老师是那样认真严谨而又滔滔不绝，课后的他低调得像邻家老人，少言寡语。

一日中午放学，我们寝室几个人一起横排走，说说笑笑，毫无顾忌，我偶然回头，竟是李老师，骑着一辆低矮的小红自行车，慢悠悠在我们后面一直跟着，我赶紧让大家让道，他点点头，向我们微微笑笑，然后又慢悠悠骑过去。

当时他是我们文学院中文系主任，有些场合他也必须作为嘉宾出席，既是嘉宾自然免不了上台发言，按理说依李老师的学问，说几句华丽的话不是难事，但是我们在校四年却从未听见李老师在这样的场合口若悬河。每次等到李老师发言，都是简单的一句话。比如文学院成立新的话剧社，前一位嘉宾引经据典，大肆祝福话剧社未来大展宏图，等到李老师发言，他拿起话筒，留白片刻，听众满心期待，而他只说一句话：

"祝话剧社越来越好。"

没了？没了。

也许这样的场合并不适宜于一位真正的学者。学者的阵地在书房，在教室，这两个地方，他们的思想、才情才能自由飞翔。

与李老师真正私下接触是在一次课题研究的请教上。那日已是傍晚，夕日照甬江，我们几个学生想要研究宁波名胜地区楹联，请李老师做课题导师，李老师在办公室等我们，这时他叫的外卖刚到，放到一旁，微笑着一手拿起笔，一手接过我们的稿子，他一字字看，用笔勾画错别字和病句，关于内容他未做一点改动。等李老师修改完，夜幕四合，他点的外卖已冷。

李老师平时都是这样微微笑，从未见他动情发怒或忧伤，所以有两次见李老师动情讲课题外的事，让我记忆特别深刻。

一次是关于新版《三字经》，李老师看了之后，怒不可遏，写了一篇长文，指出其中许多荒谬处，有音韵的错误，有措辞不当，有思想落后处，李老师越讲越气愤，最后叹了一口，对我们说：

"仅限于此，也只能在课堂说说，我也一身束缚，只有在这个教室里是自由的。"说完他就删掉了自己那篇精彩的驳论文，而且是永久删除。

还有一次是汶川地震，其时，李老师正给我们讲山水文学，他没有像往常那样站着，刚开课就坐在椅子上，一言不发，想要说话时，眼泪已落下。

整个教室，静悄悄，有同学上去递了一包餐巾纸，有同学动情地说：

"李老师，加油。"

那节课，师生安安静静坐了一节课。李老师什么都没说，但是那堂课我们却学到了很多。

如今李老师早已退休，他在课堂上说过的都变成了笔记里密密麻麻的字，他没有说的，成了我们人生道路上的一盏灯，萤萤如豆，从未熄灭。

印象赵老师

在我小学阶段，经历了两位班主任。一到四年级是邹老师，长得高大帅气，每天西装革履，有时戴个鲜艳的领带，有时换成一束穗子。可以说是学校第一美男，不仅如此，他上课生动形象，朗诵优美动听，太多优点集于一身。

但是学生们尤其是男孩子们特别讨厌他，背后叫他"邹扒皮"，因为他只关心家中有钱有势的学生，经常把他们叫到身边，搂着他们，温柔地跟他们说话。我们这些调皮的男生没有这么好的待遇，常常是犯了错，被叫到他身边，训斥一顿，或者被罚打手底心。有一次，我的一个伙伴骂了他一句，他竟然让我小伙伴脱下鞋子，挂在脖子上绕着操场走，小伙伴哭着走了一圈，回来时狠狠地把鞋扔到邹老师身上。

唉！还好，五年级时他走了，来了一位新班主任——赵荣铭老师。他个子不高，黑炭一样的皮肤，平时上课一点也不精彩，常常是趴在讲桌前读教参，索然无味。

不同的是，他常常把教育的目光投到我们这些调皮孩子身上。我那时是双差生——学习差、纪律差。在班级里也是"危险分子"，常常爬出学校围墙去挖树皮、捉田鸡。有一天心血来潮，积极参加劳动，赵老师就当着全班同学的面表扬我。干涸了四年的心田，突然下起了春雨，于是越干越卖力，赵老师还特地补充说：

"劳动上进步这么大，学习上也要多加油啊！"

一场甘霖之后，勤奋的小牛要开始认真耕田了，上课仔细听，作业及时完成，到了学期末，成绩突飞猛进，从下等转为中上等，赵老师非常高兴，但是各类积极分子的名额有限，于是他拿出五本粉红色练习本，特地到教务处盖了章，在全班面前郑重地送给我。他不仅善于鼓励学生，也有胸怀包容错误。

还是我开头提到的小伙伴，因为被赵老师批评了几句，就伺机报复，将赵老师自行车的气门芯给拔了，但赵老师没有生气，第二天在班级里微笑着把事情经过讲了一遍，教育我们要学会听逆耳忠言，我们听得都笑出了声。

一碗水端平的老师，自然是大家敬爱的。

以前参加各类比赛，名额都是邹老师亲自指定，都是那些家庭条件优越的学生，我们这些寒门子弟只有看的份。但赵老师不一样，他看实力。六年级举行毛笔书法比赛，因为我在写字上略有天赋，在班级选拔中脱颖而出，成为参赛人选，还有一位也是清贫人家的孩子。这在以前是不可想象之事。

如果说自己在书法上能保持兴趣，坚持练习，真要归功于赵老师当年的赏识。那样的机会，于我而言是人生中第一次殊荣。

然而，有一件事，是赵老师给我留下的小小伤痕。

九十年代，读书要交学杂费，学校为了尽快收齐费用，在各个班级之间展开竞争，看哪个班级最快收齐，我们班只有我和另一位家境贫寒的学子没有交上。赵老师把我们叫到办公室，没说几句，就被赶回家去取钱。我一个人哭着走回家，世界只剩下自己的哭泣声。到家后找到妈妈，她实在没办法拿出钱来，于是牵着我到大块头阿娘的小店内，把事情前后说了一遍，阿娘盯了我一会儿，拿出钥匙数出 240 元钱给我妈。将钱上交后，赵老师在全班面前表扬我为班级考虑，不拖班级后腿。

如今自己当班主任，知道很多事情也是被逼无奈。

近二十年没有见赵老师了，也曾在网上搜索他的信息，但一直无法得到他的联系方式，深以为憾！赵老师教过的课文也忘得差不多了，只有一篇课文依然留存在脑海中，大意是讲一位学生路上遇见自己的老师，于是深深鞠躬，感恩老师当年的栽培，而老师却谦虚地说自己只是"无心插柳柳成荫"而已。如果有一天能与赵老师重逢，一定会像课文中的学生那样给他深深鞠躬。

记忆中的刘老师

　　刘老师是我见过的老师中上课最为严厉，做事最为认真的。

　　关于他的形象，只大概记得是方方正正的脸，一头向后的卷发，戴着一副大框的褐色眼镜，一次活动课，他给我们讲少年英雄打九头怪的故事，讲累了摘下眼镜，我们惊叹道："哇——原来刘老师眼睛这么小啊！"

　　第一次见他，是在我家中。他坐在廊檐下，给我姐姐讲解题目。因为我姐姐是插班生，四年级时到大隐镇中心小学，跟不上班级的教学进程，所以刘老师常常到我家中义务给姐姐辅导课程，那时姐姐就蹲在刘老师身旁，认真听刘老师讲题，而我则不敢接近。

　　等到三年级时，刘老师正式担任我们班的数学老师。听他以前的学生说他是出了名的严格。一个严冬的早晨，竖排坐着的几个男生冻得瑟瑟发抖，脚不停地跺地，双手塞进大腿间猛搓，刘老师在寂静中听到这异样的声音，拿起手中三角板，一招"雪饮狂刀破巨浪"狠狠砸在那几个男生的头上。顿时，那几个男生头上"冬雷阵阵"，马上正身危坐。

　　当然，这只是耳闻，等到亲眼见时则更为惊悚。

同窗一位男生很是调皮，在课堂上不停乱动，刘老师跑到他面前，张开五指。似九阴白骨爪一般按住同窗的头，像拧一个尘封的罐子一般，用手尚不足以解恨，外加一阵"佛山无影脚"——从桌子下猛踢一阵，方才作罢。

于是，刘老师的课很安静。没人敢说一句不相关的话，没人敢做一个不相关的动作。又一次，我对一个问题满腹疑惑，于是举手提问。刘老师却说：

"影响上课进程，教学进度都被你打破了，坐下！"

从此，我便不敢在课上提问了。

刘老师在课堂上是如此威严，甚至凶悍，但是一到了课下却又是那样的慈祥。

期末考试结束后，他会挨家挨户进行家访，小学老师其实没有一个来进行家访的，所以小学期间，我们家除了刘老师没有一个老师来过，他不仅来而且是年年来，家家去，直到六年级不教我们为止。

第一年寒假，我一人在家看电视，门外传来敲门声，我跑下去，吓了一跳，是刘老师，他怎么知道我的住址？他见家里没人，便拿出一刀期末试卷，抽出我那张来与我一题题分析，分析之后又跟我讲班内其他同学的成绩情况，叮嘱我寒假作业认真做，那时说话的语气跟他在活动课上讲故事的语气是一样的：平静、温和、慈祥。

跟我讲完后，刘老师便骑上自行车往下一户人家去了。如今回忆起来，那年月交通不便，又是寒冬腊月，刘老师像第一天上班的邮递员一样摸索着找他要找的人家，真是不易。然而，不懂事的我，那天竟连一杯茶水也没有给刘老师倒。

第二次来我家家访几乎临近过年，那时家人都在，阿婆也在，姐姐也在，于是一家人迎接刘老师的到来，家里人极敬重老师，奉之如上宾，而我则躲在二楼不敢下去，任姐姐怎样叫我也不好意思去见刘老师。

寒假时挨家挨户地家访，暑假里刘老师则是要给数学成绩落后的同学免费补习，他要求期末考试不及格的学生都要到学校参加补习课，每天卜午由他亲自给这些孩子上两节课。

时值酷暑，烈日炙人，学校教室正好太阳直射，炎热难耐，教室里没有空调，只有两只吊扇，而且电工安装时也异常糊涂，将这两只吊扇装成了串联模式，于是一只转得旺时，另一只则几乎是爬行，讲台上方是没有吊扇的，刘老师那些日子都是一件白色背心外加一件白色衬衫，而衬衫的扣子永远都是解开的。然而这一切，没有一个学校领导知道，也没有一家媒体报道。

后来才知道刘老师是一名老党员。

如今回忆起来，已有十六年没有见过刘老师了。也不知道他家在何处，电话多少，若有机会再见，真想给刘老师倒一碗热茶，鞠一个躬，说一声：

"谢谢刘老师，学生一直记得您。"

就差一根线

　　早年习字，全凭兴趣，兴致来时，毛笔蘸水在木板上涂几笔。大学毕业后在网上下载了书法课程，每日练一字，这样稀里糊涂竟然坚持了几年。偶尔也写个作品，博得大家点赞。

　　前年经朋友介绍，认识了镇海书法家协会的郑锡敏老师，郑老师很热情，引荐我认识他的师父，是甬上书法名家。我拿了自己几张书法作品给老先生看，老先生一脸严肃地跟我说：

　　"小李，你的书法还没入门。"

　　老先生又为我一一讲解作品中的不足之处，最后叮嘱我：

　　"跟牢锡敏，中国传统书法讲究师承，没有师父，难以登堂入室。"

　　那晚，我来到郑老师家中，拿出白天的几张作品，悬挂在他的创作室——未名斋，同样的文字内容，问我哪一张更好，我竟无言以对。郑老师见我功底不足，于是拿出纸笔，一个字一个字，甚至一个部首一个部首给我演示。"家"字连笔未交代清楚，"倍"造型失准……临别时，郑老师嘱我：

　　"若要真正走上这条路，楷书还要再练三年，至少三年。"

那一晚，醍醐灌顶，发现自己这些年习字尽是野狐禅。

此后选择了褚遂良的《雁塔圣教序》，日日临习，每月拜访郑老师，而郑老师从来不吝赐教，每次去都会给我讲解两个小时，亲自演示写法，一一指出习作中每个字的不足。一次去郑老师未名斋，他问我近来习褚遂良的字心得是什么。我答不上来，胡乱说了一气，郑老师说：

"练字不仅靠勤奋的反复练习，更重要的是提升观察力和不断进行自我总结，这样才会有更快的进步。"

此后，我不再一味地埋头练习，练完之后，第二天还会站在字前看看，对照字帖，思考得失，以便改进。但是很多精妙处依然不得其法。比如褚字的点和勾，点的前方是圆润的弧线，而背面则是方硬的三角；勾则需要将笔顿一顿后将笔锋顶起，然后写出一个饱满的勾。这些点画即便郑老师一次次示范，我总是不得要领，偶尔写出几个正确的，过后又"雾失楼台"，一片迷惘。

学了半年，时近岁末，郑老师邀请几个书友聚餐，酒酣夜深，我们一起挥毫泼墨，老师见我几个点画依然难以掌握，笑笑说：

"字的结构，就差一根线。"他用手指为我指明正确的位子，然后又为我示范，写完后让我自己试试，见我提笔忘意，郑老师用他厚实的手握住我的手，让我感受正确的行笔过程。师父手的温度，让我在冬夜全没了寒意。

后来郑老师开馆讲学，我作为小徒弟每周去郑老师处练习，郑老师教得很认真，只要我们想学，不拘时间，一直为我们演示讲解，说定的两个小时一次课时，往往上三个小时才结束。每次上课都会有满满的收获。那段时间很单纯，心无旁骛，抛开尘世的烦恼，忘却自我的孤独，心在字上，念兹在兹，其乐融融。

　　那些日子，郑老师跟我说得最多的就是"就差一根线"。然而就在我还没找准这一根线的时候，就要离开镇海了。最后一堂课，郑老师一直为我讲解演示到九点半，师母特意给我们拍了一张合照。

　　离开师父，书法路上又重新回到独自摸索的状态。然而我并未停止书法练习，每当自己习字松懈，随意应付时，就会想到师父的话：

　　"就差一根线。"

　　这一根线是中国传统文化里最神秘的地方，一根线里有师承的默契，有只可意会不可言传的经验，有师父对徒弟的严与慈，也有徒弟对师父的敬与爱。

秋雨声声忆故人

入秋，微凉。秋雨声声，会有多少人听听这连绵多情的雨？

晚上在阁楼中一边听雨，一边写毛笔字，或者翻翻汪曾祺的《人间有味》，生活安静从容。这份宁静，也让我怀念起在镇海与毛炳全老先生相交的日子。

十年前的一个寒雪日，独自走进香溢路上一家书店，久久伫立在一堆字帖前，一本本翻阅，寻找与心相契的字帖，这时一位老人缓缓走近我身旁。抬眼看去，他，六十左右的年龄，一脸清秀，温润如玉，传统的学者发型，零星点缀几丝银发。他拿起俞和的隶书字帖，一张张翻阅，一字字细品，直至最后一页。见他是爱书爱字之人，于是搭讪道：

"俞和的字变了汉隶的古法，特别是起笔，明显用了方笔，没有汉朝隶书的'蚕头'。"

"是的，他将楷法融入了隶书，也算是创新，虽然不古，但是依然美观大方。"老人温和地说道。

"您是书法家吗？"我追问。

"只是一个爱好者，平时喜欢写字，画画，后海塘有我写的一块碑。你的手机号多少，我们留个联系方式，以后可以互相探讨，我叫毛炳全。"

"啊，毛老师，哦，我早就在各个展览上欣赏过您的字，幸会幸会。"

……

道别后，我冒着风雪到后海塘，行至一半，骤雪时止，暖阳如洒，想到了王羲之的《快雪时晴贴》，不觉精神大振。沿着古城墙箭步至后海塘，寻到毛老师的字，独立在寒风中，欣赏了近半个小时。

一别经年，后经张存老师雅荐，重续前缘，到毛老师书斋——山茶书屋做客。书屋隔成两间，每间墙上都是书架，放眼看去，顶上一排是外国文学名著，中间几排是历代书法字帖和书论，最下面一排是画册。书架下是书桌，铺着毛毡，放着笔墨纸砚还有各色颜料，中西文房用品一应俱全。书架相对的一面墙上是毛老师的作品，都是油画，是景物写生，看笔触应是印象派画法，我最爱那幅《百合花》，清新淡雅，着色柔和，一朵含苞待放，一朵半开，另一朵盛开，构图错落有致，细品还有中国古典哲学《易经》的意蕴。

蒙先生不弃，成了忘年交，每晚有空便到老先生处闲坐聊天，也会把自己的书法作品拿去请老先生指点一二。印象最深的一次就是一个秋天的雨夜，我临了《乙瑛碑》中的两页请毛老师指教，毛老师挑了一支好笔，蘸满墨，准备下笔，感觉不对，又打开那盏用宣纸做灯罩的台灯，先生眼睛动过手术，目力不济，必须借强光才看得清字帖上的点画。他弯着身子，翻到我临的那页，一笔笔给我示范，一点点给我讲解，茶斋内是老先生温柔敦厚的讲解，还有一只蛐蛐的叫声，室外是淅淅沥沥、绵绵密密的夜雨。那一晚的秋雨，静如太初之道。

离开镇海后，许久未去拜访先生，思念来时便展开先生送我的墨宝，见字如面。窗外依然是淅淅沥沥的秋声，窗内唯我一人怀旧空吟。

有温度的评语

　　记得小学时参加书法兴趣班，教室里安安静静，方老师拿一支大号毛笔，蘸蘸水，在黑板上写个"样字"，然后我们便在米字格上认真写起来，这时方老师会走下来，在每个人身边转一圈，看谁握笔姿势不对，他会亲自拿起那位同学的笔，示范给他看。有谁一个笔画写不好，他会弯下身子，用粗大的手握住同学稚嫩的小手，完成那个笔画。

　　我也常享受到方老师这样的指导，因为淘气，写到后面就懒得好好写，他见了，用整个身子将我圈住，然后用他大大的手包住我小小的手，慢慢一点一画写"样字"，这时整个人都会发热，心怦怦跳，老师这样指导过之后可不敢再不认真，反反复复找老师握住我手写时的感觉，这样出来的点画进步就会很明显。等到回家写作业时，也会时时寻找那个感觉。

　　如果说自己在写字方面有一丝进步，完全来自方老师那传统书法教学中温度的传递。

　　读初中了，电脑并未普及，家里连电话也没有。每次成绩报告单肯定是要老师手写的。印象最深的是初中班主任黄老师写的班主任寄语。黄老师是江西汉子，教数学，每次班主任寄语都有严格的范式，开头永远是基本评价"该生在校遵守……"，然后是这一学期的基本表现，最后一句是对学生的期望，每次发成绩单时都要好好看几遍黄老师的寄语，看看一学期来他眼中的我表现如何，看看他对我有怎样的希望，看看他那个鲜红的印章。看着这一切，好像是当面听着黄老师的教诲一样。难怪古人说"见字如晤"。

十多年过去了，我也成了老师，当了八年班主任。每当看见学生写得不堪入目的中国汉字，常感痛心。且不论点画歪歪扭扭，间架结构全无，连基本的笔顺也是"五彩缤纷"。教学之余，偶有机会，会给学生教教基本笔画，还是像当年方老师一样，在黑板上写个"样字"，讲解基本笔画，结构要点，然后到同学中，手把手地教学生，不论是怎样调皮的孩子，每当我教他们写字，都会听话，煞有介事地一笔一画"照葫芦画瓢"，是不是因为这种温度他们从未在最应感受到的年纪感受过？

每个学期的期末寄语，我也像初中黄老师那样坚持手写，在班主任一日就坚持一日。至今已坚持了十二年。

每到期末都是老师最忙的时候，尤其是班主任，一大堆东西要交，让人"疲于奔命"，加上电子学籍系统的完善，写评语更是易如反掌，"优等生""中等生""后进生"三个栏目中选一个，然后就会有成百个评语形式出现，选其中一个一点就完成任务了，然后用电脑导出，省去了书写的烦恼。然而这样的评语连学生也知道是网上下载的，因为他们已经在小学阶段看了无数这样的评语。

有时，写完寄语，去盖章，同事会说："别人都是电脑打的，就你一个手写，不好，别跟人家不一样。"

我笑笑，总要有人将这温度传递下去。

等 一 朵 花 开

纸上情缘

第五卷 ▽

一纸情缘廿五年

　　与《未来作家》报结缘，始于小学一年级。我就读于大隐镇中心小学，入学不久，老师发给我们一份报纸，就是《未来作家》。因家里穷，我没有读过幼儿园，也就没看过一本课外读物，这份报纸让我找到了一扇通往另一个世界的大门。依稀记得这份报纸头版上是三个第一天进入学校的小朋友聚在一起聊天，一个说是父母让自己来读书，一个说不知道为什么来读书，第三个说为了自己而读书。

　　为什么而读书，是《未来作家》报给了思考的起点。

　　想到这里，拿起笔来一算，《未来作家》创刊已25周年，也就是1994年创刊，而我也正是在这一年入的学，我是资深老读者。

　　从那时起，每月看报，成了我们同学最兴奋的事。有一次看到报纸上正在进行有奖问答活动，班里独我一人将题目一一认真答完，剪下来放进信封，用胶水封口，贴了邮票，走到邮局，踮起脚尖，将信投进绿色的邮箱。

　　不知过了多久，我早已忘记自己寄过这封信。门卫送来一封信，是《未来作家》报社给我寄来的回信，顿时全班同学都围到我身边，盯着我拆开信封。我用拇指和食指捏住信封一角，从封口一点点慢慢撕，等到全部撕开，从里面抽出一张贺卡，是只大红色的梅花鹿，打开，写着几行字：

李建军同学：

感谢你的来信，祝你身体健康，学业有成。

这封信一直放在老家的抽屉里。信封霉点斑斑，每次回家看看，温暖如初。

到了初中，对文学产生了莫名的兴趣，写诗歌，写小说，语文老师非常欣赏我，常常指导我写作，也将我的小说寄给《未来作家》报。可惜，学生时代的自己，文笔稚嫩，从未有文字见报。

工作后，何日不营营，文学梦揉碎在日常琐屑中，直到一个秋天，学校文学社邀请夏珍主编来讲座，我又想起了《未来作家》，看到同事晓怡姐在上面发了一篇关于六一儿童节的文章，便向她道贺，晓怡姐鼓励我也去试试看，于是投了一篇《一草一木皆有意》，没想到发表了。不仅发表，时任中学部主编的蔡卓贤老师打电话给我，鼓励我坚持创作，尤其是写教育随笔。那通电话后很是激动，于是不断写作，陆陆续续发了许多教育随笔，《未来作家》报成了我精神的后花园，埋藏多年的文学之花再次绽放。

不仅自己撰稿投稿，也鼓励学生投稿，印象最深的是陈同学，这孩子其他几门课业都非常优异，语文最弱，一次看到她写的一篇周记充满真情实感，细节生动，我就将这篇文章打成电子稿发给报社，不出意外，发表了，这给陈同学带来强大的信心，她的语文成绩步步高升，进入优秀之列。

轻抚往事，如在眼前，与《未来作家》报的点点滴滴实在太多太多。这二十五年，巧了！我不知不觉见证了这份报纸的诞生与成长，《未来作家》也默默陪我走过了十多年求学生涯，十多年教书生活，这一纸情缘，在时光中渐渐泛黄，也在光阴中慢慢沉淀，幻化出一个个美妙的故事。

书籍，成长中的一扇窗

书籍，打开精神世界的一扇窗

我的童年在一个小镇上度过，那里没有高楼大厦，没有灯红酒绿，只有温柔的山脉和一条静谧的隐溪河，我们这群小孩的课余时间除了山上就是河边，世界很小。通向外界的媒介是电视和书籍。

清晰地记得，我读的第一本书是《钢铁是怎样炼成的》，当时是因为看了同名电视剧，所以心血来潮买了人生中第一本课外书，当我看完整本书时，心中有种莫名的成就感和模仿欲，于是自己也学着这本书写自己的自传，结果那个暑假自己的写作水平突飞猛进，语文成绩从"下流分子"一跃成为"上流人物"，语文老师也对我刮目相看。

对于语文的喜爱便从此一发不可收拾。然而，我们的镇子太小，只有一家几平方米的小书店，店里只有几十本书，加上零花钱每日只有一元，所以需得两星期不吃零食，积攒下十几元钱方能购得一本课外名著，每得一本，视若奇珍。花上两个星期看完，然后再去买。如此一来便看了许多书，如《爱的教育》《茶花女》《论语》《孙子兵法》《三国演义》《西游记》《十五少年》《鲁迅小说全集》《浮士德》《莫泊桑小说集》《欧亨利小说集》……这些书构成了我的童年不同于其他农村孩子的精神世界。促使我写下人生唯一的理想：

做一个好老师。

到了高中，因为升学压力，三年只读了一本《围城》，那三年在枷锁中没有自由阅读的空隙。偶尔在周末，独自走在学校跑道上，边走边唱，看着操场上枯黄的野草，在风中摇摆，原来它们的"寂寞如我高"。

大学时，每周必做的事就是逛书店。这时的书多得让人眩晕，各色书籍扑到眼前，让人不知所措。有枫林晚、企鹅、思哲、诚章、左图右书，等等，在那些书店里邂逅了朱光潜、宗白华、狄更斯、歌德……当然最重要的还有佛经。

最常去的是思哲书店，因为是旧书处理，对于穷书生而言，这样的书店是最妙不过，一则价廉，二则考验自己识书能力。然而常常是淘到一个善本，老板便坐地起价。最可亲可敬的是本部思哲书店那位女老板，每次到她的店，凡我选中之佛经必免费相赠。只可惜如今重回宁大，老板已不在。

买好书后，自然要看，然而自习室多为情侣所占，不宜单身汉前往，我独钟情于甬江，坐在堤上，远离尘嚣，夕阳西下，倦鸟归巢，船舶返航，江水滚滚东流入海，黄花摇曳于西风之中。在一片澄明中展开书卷，如与故人久别重逢。此中风情，只可神会，难以言传。

书籍，打开写作的一扇窗

阅读是激发写作的源泉。工作后，发现大家都忙于管学生、改作业，等到周末则是睡觉、旅行，最后剩下的就是对当下教育现实的抱怨。偶然的机会看了张文质的《教育的十字路口》，他认为对于一线教师而言最重要的就是写教育随笔，将教育生活中发生的事情的解读和感悟写下来将是一笔巨大的财富。看了张文质的书，开始学着写教育随笔，一开始是简短的几百字，慢慢地随着阅历的增加，随笔的厚重感也渐渐提升，不仅仅是文字上，内容上也从原来简单的叙述，发展演变为教育的抒情和理性的思辨。

如果说《教育的十字路口》开启了教育随笔写作的窗口，那么接下去教育类书籍的阅读则真正促发我对教育进行深入思考，让我看到了窗外的风景，并且让我学会了用手中的笔描画风景的细节，更重要的是这些细节都是经过思维沉淀的。

读王尚文《老师比学生更可教》时，一个例子对我产生了深远的影响。他认为每个人都只是一个井底之蛙，每个人的视野其实都存在着一定的局限，想让自己真正走出井底，首先要保持一颗谦虚的心，时时提醒自己存在着局限性，这样才会不断阅读，不断学习。基于这个理念我写了一篇教育随笔《君子不器》。其主要内容源于教育中的一个真实案例：

社会老师抱怨班内蒋同学非常自负，不仅上课不听，老师教导也充耳不闻。我将他叫出来，问他如果想要有一瓶水，怎么办？他说拿个瓶子。我接着问如果要一缸水呢？他回答说拿个缸。我问如果要一池水呢？整条河整片海的水怎么办？他沉默不知如何作答。

我将自己对一个人的局限性告诉他，将井底之蛙的解读告诉他，他笑了笑，明白我的意思。

回去后重读王尚文先生的文章，再将这段经过写下来，每个细节都融入自己的教育思想，最终提出"教育最终要走向自我""教育学生就是教育自己"这两个观点。对比以前写的教育随笔，感觉大不一样。将阅读、实践、写作这三者真正结合在一起时，阅读和写作的价值才能最大化，对个人的成长才能产生深远的意义。如果用古贤王阳明先生的观点就是"知行合一"。

阅读不仅能提升写作的思维品质，还能濡染一种情怀，提升文字的境界。前几年将吴非老师所有的书都读了一遍，印象最深的是《不跪着教书》和《致青年教师》，在吴老师的文章里没有学究式的说教，也没有花里胡哨的文字技巧，只是简单的带着一颗热切的心写自己身边的故事和感想，而正是在这些文字的背后却隐含着一位资深特级教师的教育理想和教育情怀。

这种具有情怀的文字是我目前一直追寻的方向，"虽不能至，而心向往之"。

书籍，只是人生的一扇窗

对于阅读本身，还是需要回归理性。目前出版业高度发达，这是一个谁都可以出书的时代，同时也是一个令人迷幻的时代。书籍作为窗口，打开之后却看不到风景。充斥在市面上的很多书根本没有读的意义，甚至一些教科书也含有有毒成分，很多人很多事也不是读几本书就能将问题解决，就像克里希那穆提在《教育，就是解放心灵》中的观点那样，一个人要走向心灵自由、灵魂和谐的境界，不能依赖书籍，也不能依靠老师，最终要靠自己心灵的静悟。

同时，我还相信苏轼的一句话"人生忧患识字始"，当一个人进入真正阅读的状态，他必须思考"生存""生死"等哲学问题，而这些问题会在很大程度、很长时间内让人产生困惑，产生"生年不满百，常怀千岁忧"的忧患意识，而对这种生命意识的解读、领悟必须回归生命本身，很难再从书籍中得到答案，或者这些问题本身即无答案可寻。就像鲁迅关于"铁屋"的经典案例一样，书籍作为一个窗口让我们看到了窗外的世界，但是怎样走向另一个世界，路究竟在哪里，书里是没有现成答案的，只有靠自己去参悟，正如克里希那穆提在《一生的学习》中提出的观点：

"无知的人并不是没有学问的人，而是不明了自己的人。当一个有学问的人依赖书本、知识和权威，借着它们以获取了解，那么他便是愚蠢的。了解是由自我认识而来，而自我认识，乃是一个人明白他自己的整个心理过程。因此，教育的真正意义是自我了解，因为整个生活是汇聚于我们每个人的身心。"

要走向自我了解之路，理解世界之路，依赖书本是不行的，书只是一扇窗，要走向窗外，必须靠自己悟识，就像最好的教育最终要走向自我教育一样。

一路蒋勋

　　早早起床，开车上班，开启一天的忙碌。车上的时间很单调，还好 FM105.2 每天都播放《蒋勋给青少年说红楼》，蒋先生学问博大，温文尔雅，声音充满磁性，伴着他那不急不缓的解读声，早上的心情会格外愉悦。

　　因为播放开始时间是在 6 点 35 分，所以每天提前十分钟起床，又因为车程只需要 15 分钟，为了多听一段先生的声音，看见前面绿灯明明还有十秒，就慢慢踩刹车，停下来一边等红灯，一边享受这美好的慢时光，一看红灯只有 30 秒，真是泄气，这时候真希望每个红灯都是 90 秒。

　　其实与蒋勋先生结缘是在十年前，网上买书，为了凑单买了一本《苍凉的独白书写：寒食帖》，是先生讲解天下第三行书——苏轼的《寒食帖》。关于苏轼的字，且不说一般人欣赏不了，即便是练字有年的人也难以理解其中妙处。甚至连苏轼自己也嘲笑自己的字是"石压蛤蟆体"写得扁而肥，我练字也已十年有余，也曾翻过苏轼的字帖，没有一张帖能静下来读，一直到遇到蒋勋先生，他解读苏轼的字，眼光独到，先生认为《寒食帖》不能单一看某一个字，整个篇章，一起看布局，才感受得到交响曲乐章般庞大壮阔的配置，感受到创作者行走于文学与书法之间惊人丰富的魅力。阅读《寒食帖》上的字，则会发现其实豪放的大架构里不失细节的温柔婉约。蒋老师从《寒食帖》读到了一个在自我调侃、自我嘲笑里完成一种毁誉之外，超然豁达的苏轼。

这种深刻的领悟源自蒋先生自己曾有幸得见真迹，且有老师在旁指导欣赏。我读先生的解读文字也有一种天朗日清的感觉，对于书法内涵的美也有一番新的领略。

沿着书法这条路，又读了蒋先生的《汉字书法之美》，他以身、心、灵感知的视角切入书法这个古老话题，将书法之道与现代人身心调适相结合，从而寻找逐渐遗忘的汉字记忆，能将汉字书写历史以及理论讲得这样娓娓动人，真是爱之不尽。印象最深的是讲"波磔与飞檐"，自己以前临写《九成宫》，往往陷入僵化的格局，没有对书法传统进行梳理，所以写"一"像一根木棍，沿着蒋先生的讲解，去看书友的字，看历史上书法家的字，这个横笔也是万种风情，自从跳出《九成宫》，临《圣教序》，这个横画成了拦路虎，才知道书法的第一步有多难，又有多生动。而这一画可谓是道之本源，由此才能"道生一，一生二，二生三，三生万物"。

在友人推荐下看了蒋先生的《艺术概论》，我对美学的喜爱源自大学时看了宗白华先生的《美学散步》，蒋勋先生的《艺术概论》不像教科书，一板一眼，处处玄之又玄的理论，而是别开生面，充满浓郁的抒情味。这种浪漫色彩，基于先生诗人、小说家的本色。

之后呢，又看了先生的《舍得舍不得：带着<金刚经>去旅行》，其时，自己正处在人生转折口，留在原单位是九年的积淀，成就，离开就一无所有，重新开始，舍得舍不得？书中有一段写蒋先生自己多年前游黄山，得一歙砚，"我喜欢这样没有雕饰的砚，仿佛随时回到溪涧，还是一块石头，等待溪水回荡"。文人喜欢爱砚台并不出奇，可把喜欢的缘由写得如此朴实动人，确实难得，文字和砚台一起返璞归真了。而我自己呢，也愿意做这样一块砚，去留无意，随遇而安。这个故事似乎是我人生的答案，这本书的书名也成了我这几年每日必修的一堂课。参悟舍与得，渐渐看破，看淡，看散。

其实还看了蒋勋先生其他不少书，《生活十讲》《吴哥之美》《此时众生》，等等，回头看这一路对蒋勋先生的阅读，也知道先生"博而不精"，从未在他的某一项领域进行理论式的研究，不对某一作品做理论式的肢解，而是以生命体验来证悟，才不至于死于章句，获得人事的美好本质。也正因为这种直指人心的直觉经验写作，让书中的每个字都有人世的温情。

清明读《寒食帖》

初读《寒食帖》是在十年前，于网上随意浏览，得见蒋勋先生《苍凉的独白书写》一书，装帧精美，爱之如宝。于是每年清明时节都会拿出此书，一并置《寒食帖》影印本于案几之上，诗书文互照互赏，现在大家都过清明，鲜知寒食，而在古人，寒食的意义大过清明，尤其对于古代文化人。

寒食节在清明前一天，禁烟火，吃冷食，纪念介之推。

《寒食帖》就写在这个特殊的日子，是天下第三行书，当然除了专门研习书法之人会知道苏轼的这帖字，一般人只关心天下第一的《兰亭序》。《寒食帖》又名《黄州寒食诗帖》或《黄州寒食帖》。是苏轼撰诗并书写的，墨迹素笺本，横34.2厘米，纵18.9厘米，行书十七行，129字，现藏台北故宫博物院。元丰二年（1079年）苏轼因文字狱，陷"乌台诗案"，幸得其弟苏辙以及太皇太后相救，才免于一死，贬官黄州。在黄州第三年的寒食节作了二首五言诗：

"自我来黄州，已过三寒食。年年欲惜春，春去不容惜。今年又苦雨，两月秋萧瑟。卧闻海棠花，泥污燕支雪。暗中偷负去，夜半真有力，何殊病少年，病起须已白。""春江欲入户，雨势来不已。

小屋如渔舟，蒙蒙水云里。空庖煮寒菜，破灶烧湿苇。那知是寒食，但见乌衔纸。君门深九重，坟墓在万里。也拟哭途穷，死灰吹不起。"

通读苏轼所写之诗歌，以为至贬官黄州后，其诗境界始大，感慨遂深。在此之前，除了与他弟弟的唱和诗以及写西湖的诗足可一观，其他则多有拘束感。

这两首《寒食帖》一任天真，汩汩流淌，毫无阻碍，把自己一颗颓然的心全盘托出，毫无保留。他的门生黄庭坚题跋曰：

"东坡此诗似李太白，犹恐太白有未到处。此书兼颜鲁公、杨少师、李西台笔意。试使东坡复为之，未必及此。他日东坡或见此书，应笑我于无佛处称尊也"。

黄庭坚是江西诗派鼻祖，又是宋书法四大家之一，诗书俱佳的他对苏轼此帖毫不吝惜褒扬之词。他说东坡这首诗像李白，这在中国诗史上是至高无上的评价，李白是"诗仙"，是中国诗歌的一座高峰，"犹恐太白有未到处"，好像越说越夸张，而事实上一点也不夸张，李白的诗歌"天然去雕饰"，发自肺腑，一片天真烂漫，无拘无束，东坡这首诗一开始就奠定了这种基调，"自我来黄州，已过三寒食"毫无刻意做作，然而透过这简单的独白，内心的荒凉感却扑面而来。结尾处的"君门深九重，坟墓在万里。也拟哭途穷，死灰吹不起。"更是将苍凉的底色晕染得痛彻心扉，"致君尧舜"的儒家理想已破灭，退而尽孝的心意也未能实现，君门深深不胜寒，而家中坟墓远隔万水千山，人生就像到了穷途，想哭，而心已如死灰一般。

教科书一直教导学生苏轼最伟大的品格是"豁达"，不论身处何种境地，都能坦然自处，可是没有一本教材让我们看看苏轼的这两首《寒食诗》，看看苏轼豁达背后内心的悲凉。

看古人的诗文，最好看真迹，铅字印刷少了笔墨的情意。

以前看苏轼的字，很不喜欢，忽肥忽瘦，结体扁平，苏轼也自嘲说自己的字是"石压蛤蟆体"，还说自己的字是"我书臆造本无法"，因为这些原因，后世许多书家不认可他在书法方面的成就，认为苏轼是伟大的书法理论家却不是书法家。但是细看《寒食帖》，就会发现还是黄庭坚深知东坡，看出《寒食帖》中的字虽是"臆造"，而处处见先人笔意，将前人笔法熔于一炉，然后随性挥洒，字字不着法而字字见法，"羚羊挂角，无迹可求"，而精神意气弥漫篇内。这种状态只有在写草稿时才能出现，就像《兰亭序》是草稿，《祭侄文稿》也是，黄庭坚又说"试使东坡复为之，未必及此。"这是得书家三昧的箴言。

东坡这首诗现在读的人很少了，作为中文系出身的自己也未曾在教材中学过，更不曾听老师讲过，我们更过关注的是东坡的词，或豪壮或婉约，大开大合之间确实展现了苏轼文学的造诣，然而要真正读懂东坡，《寒食帖》是绕不过去的，这里有他最隐秘的忧伤，最绝望的独白。

读帖即读人，读书写者，也读自己。外在的遭遇是不可预知的，就像清明时节的雨，不知何时来，不知何时去，"也无风雨也无晴"是苏轼的旷达，也是读者向往的心境。

阿长与《山海经》的内在联系

　　进入《阿长与<山海经>》文本，我们发现阿长与《山海经》之间的关系只在于阿长替幼年鲁迅买了该书，从而使鲁迅心存感念，久久难忘。然而跳出文本，比照阿长与《山海经》之间的异同，我们会得到一些有意味的联系。

粗糙质朴的外表

　　阿长的粗不仅是长相的粗，"她生得黄胖而矮"，而且生活习惯也粗，"夏天，睡觉时她又伸开两脚两手，在床中间摆成一个'大'字，挤得我没有余地翻身，久睡在一角的席子上，又已经烤得那么热"，这还只是睡相，生活中的阿长还喜欢切切察察，背后论人之是非。

　　更深一层的粗是在"我"母亲暗示她之后，她依然没有改变，连孩子都听懂的暗语，不论阿长懂不懂都体现了她的粗枝大叶。

　　这些外在的粗也就难免于阿长买了粗制的《山海经》，文中说道"可是从还在眼前的模样来说，却是一部刻印都十分粗拙的本子。纸张很黄；图象也很坏，甚至于几乎全用直线凑合，连动物的眼睛也都是长方形的。"

在这外在的粗糙之下，我们依然能发现其内质的纯一与相似的命运。

单纯无邪的心性

《山海经》不仅是地理著作，其丰富的神话故事，是中国先民的性格写照。刘再复在《原形文化与伪形文化》中提出"《山海经》则是整个中华文化的形象性原形原典。它所凝聚、所体现的是一种'知其不可为而为之'的中华文化精神，其中的英雄无私无畏、不知算计、不知功利，他们代表着中华民族最原始的精神气质"，"《山海经》所呈现的中国原形文化精神是热爱'人'、造福人的文化精神，是婴儿般拘围质朴内心的精神"。

阿长的内心世界也保持着先民中质朴的要素，她的内心是简单透明、纯朴真率的。以本文中着墨最多的买《山海经》为例，对于"我"的渴慕，别人都没有在意，"问别人吧，谁也不肯真实地回答我"，这时只有阿长来关切，文中有个颇有意味但是容易被人忽略的小细节，那就是阿长买书的时间，"过了十多天，或者一个月罢，我还很记得，是她告假回家以后的四五天"，由此可见，阿长对于这件事也是极其上心，过了这样一段时间，依然记得在告假后特意去买这套书。要知道，阿长是一字不识的，她连书名也不知道，说成"三哼经"，可以想象买书过程中也是需要费周折的。

就是这样一个粗枝大叶的阿长，却这样细心地记着少年鲁迅神往的书，"不知算计、不知功利"地去做这件事，这就是中国人血液中最淳朴的因素，与《山海经》中描绘的先民在精神内核上有共同之处。

卑微飘忽的命运

阿长与那本《山海经》的命运都如尘埃一般，在他人看来是如此无足轻重。所以文章开头交代阿长的身世时说："记得她也曾告诉过我这个名称的来历：先前的先前，我家有一个女工，身材生得很高大，这就是真阿长。后来她回去了，我那什么姑娘才来补她的缺，然而大家因为叫惯了，没有再改口，于是她从此也就成为长妈妈了。"

姓名是一个人的终身符号，在中国人看来姓名是极讲究之事，所以对人尊重的首要表现就是记住他人名姓，而阿长是个无足轻重之人，这个所谓的代号"阿长"也只是另一个人的符号而已，而在阿长自己呢？似乎也没有为自己正名。

文章结尾说道："我的保姆，长妈妈即阿长，辞了这人世，大概也有了三十年了罢。我终于不知道她的姓名，她的经历，仅知道有一个过继的儿子，她大约是青年守寡的孤孀。"

这是鲁迅式的抒情，熟悉的"大概""大约"出现了，是的，鲁迅也许是唯一还记得阿长的人，但这唯一记得她的人，也只能用缥缈的词汇，这是阿长的悲哀，也是鲁迅的悲凉。

那本《山海经》的命运也是如此，鲁迅结尾提了一笔："这一部直到前年还在，是缩印的郝懿行疏。木刻的却已经记不清是什么时候失掉了。"

物失人去，物和人都只是风中飘蓬，那些单纯的生命，这样离开时，对于鲁迅而言都是难以把握的悲伤，所以他才会在结尾说出那样凄美的祝福：

"仁厚黑暗的地母呵，愿在你怀里永安她的魂灵！"

《公输》中两个"吾不言"的妙用

《公输》一文中出现了一处有趣的语言现象：

公输盘诎，而曰："吾知所以距子矣，吾不言。"

子墨子亦曰："吾知子之所以距我，吾不言。"

结合下文来看公输盘说出"吾不言"时读者能理解其不说的用意，然而子墨子为何也不说呢？等到楚王问了才说出来，有必要在这里卖关子吗？通过下文子墨子所言内容，他也具体说出了"不言"的理由，那么直接说出来不是一了百了，何必这样彼此打哑谜，抑或是子墨子耍脾气不高兴了，于是想气气公输盘？两个"不言"的背后到底蕴藏着什么玄机呢？

通观整篇文章，公输盘都是处于理亏的一方，不论是第一次与子墨子相见，被子墨子设圈套而浑然不知，于是只好将责任推卸给楚王，还是之后的模拟攻防，公输盘都是完败。于是他起了歹心，想杀子墨子而后快，如此既可扫除攻宋过程中的障碍，也可在楚王面前立头功。那么子墨子又为何"不言"呢？还是让我们回到文本，公输盘是先"诎"接着说"吾知所以距子矣，吾不言"。"诎"的后面句读的人加了逗号，非常巧妙，可见公输盘此时有思维停顿，然后才有接下来的阴招。而子墨子则是"亦曰",是在公输盘说完之后立马回身一枪,刺得公输盘青筋绽裂,挑得楚王是云里雾里,可见子墨子早已想到公输盘会有此一招。于是对于这个"不言"我们有了第一种推论:

子墨子早已胸有成竹,看透公输盘的伎俩,不想再多做口舌之争。

第二种推论是故意气公输盘。既然你不说,那好我也不说。我有能力猜到你的阴谋诡计,看你有没有这个智力水平想到我的锦囊妙计。

第三种推论是此时子墨子知道公输盘要杀自己,而公输盘也知道子墨子知道自己要杀他,然而此时楚王不好直接说出口,子墨子于是故意"不言"以引起楚王疑惑,引导楚王追问原因,然后揭开谜底。让楚王停止攻宋。

第四种推论是子墨子对公输盘之为人完全失去了信心。表面上"吾义固不杀人"这是假仁假义,之后被说服又故意将攻城的责任推卸给楚王,最后竟这样厚颜无耻地想到以卑劣的手段取得胜利,可谓无所不用其极。这样反复无常的小人多言又有何意义!

以上几种推论个人更倾向于最后两种的综合,因为最终子墨子要说服的是楚王,所以借"不言"引起楚王的好奇,进而和盘托出自己计策让楚王停止攻宋。当然最后楚王确实也以"善哉。吾请无攻宋"而妥协。

对于公输盘,子墨子自然是失望的。了解墨家的读者都知道墨家门人是以制造各种守城器械出名的,他们主张"非攻"和"兼爱",可见他们不仅仅有"术",更重要的是"道",而公输盘也善于制造各种精巧之械,只是他缺失了"道义",将"道义"作为标榜物，自称"吾义固不杀人"实际上则造"云梯""不杀少而杀众"，即便是听了子墨子的"道义"之言还是死不悔改，招数愈发阴险。子墨子的失望和无语当然也在情理之中。

此外这两个"吾不言"在文章推进上也起了重要的作用。子墨子与公输盘以及楚王一番智慧的碰撞后，让我们见识了子墨子的机智善辩，然而这样的口舌之争或者模拟攻防是无止境的，而且前面所有的描绘已经淋漓尽致地展现了子墨子的风采，如果接下来还是无休止的对抗已经失去了意义，于是两个"不言"巧妙地再次激化双方之间的矛盾，将整个故事的情节推向了制高点，而这个制高点的生成却是"不言"，然而"此时无声胜有声"，读到这里读者脑海中就有了一幅子墨子与公输盘两人针锋相对的情状图，于是这两个"不言"的另一个作用又凸显了出来，不仅仅吸引读者阅读的兴趣，还调动了读者的思维，我们不自觉地会去猜测公输盘有何诡计破子墨子，而子墨子又有何妙计以安天下。

一般读者自然是望洋兴叹，自愧智力之不足，于是我们只能乖乖地像楚王一样"问其故"。

当我们从子墨子处得知答案后不禁会对子墨子和公输盘重新审视一番，公输盘这"不言"之中暗含着多少阴险与奸猾，还会由衷地佩服子墨子筹划之精妙，在未到楚国之前已经预见各种情形，成竹在胸，可谓深谋远虑，不仅有胸怀天下生灵的悲悯，还有通天人之际的聪颖。

我们在佩服子墨子精神之时，细细回味文章语言，对于记录墨子言行的弟子也会肃然起敬，不禁击节赞叹：真是文章妙手也。

从"梳洗"推敲主人公复杂的内心世界

　　温庭筠的《望江南》和李清照的《武陵春》，这两首词不约而同地讲到了女子的梳妆：

　　"梳洗罢，独倚望江楼。"

——《望江南》

　　"风住尘香花已尽，日晚倦梳头。"

——《武陵春》

　　虽然都是梳妆但背后的心理却不尽相同。《战国策》中提到"女为悦己者容，士为知己者死"。可见女子的打扮是希望有人欣赏，尤其是自己喜爱之人。《望江南》的主题从字面而言是等待，抒写主人公梳洗完毕，一个人独自倚靠在望江楼上。其实这里有丰富的意蕴值得我们推敲。之前我们曾提到"女为悦己者容"，这种行为的背后是一种希望得到肯定的期盼。而这首词中的"悦己者"却是一个模糊不定的存在，我们不知道这位"悦己者"是谁，何方人氏，何时归来。只留下一位女子在望江楼苦苦等待。于是我们可以推测这位女子梳洗时不仅仅是一种期待，还是一种矛盾心理。她希望见到自己等待的人，所以用心梳妆，但是从下文"肠断"可以推测这种等待已经不是一天两天，很有可能今天梳妆得特别动人而他依然没来，又是白费一番力气。然而转念一想，万一今日恰好盼得君归，而自己却是不堪入目又如何是好，最后还是梳洗完了罢。

有趣的是"梳洗"之后用了一个带有叹词意味的"罢"好像一口气长长叹出了心中的百转千回。心中这样苦苦自我纠缠之后等来的却是"过尽千帆皆不是"，于是再看结尾处的"肠断白蘋洲"是不是更容易理解其"肠断"之因由？

再看易安居士的"风住尘香花已尽，日晚倦梳头。"这里我们都会问不是"女为悦己者容"吗？怎么到了"日晚"了还是倦于梳头呢？此时一般的解读方式自然是"知人论世"。稍微了解些易安居士的读者都知道她遭遇了国破家亡之痛，尤其是她丈夫赵明诚的去世对她来说是一生中最大的打击，"物是人非事事休"，从此她失去了"悦己者"，于是梳妆也就失去了意义，之后她又遭受了第二段失败的婚姻，人生的不幸仿佛一直纠缠着这个精神诗意而生活悲苦的女子。可见词中抒情主人公的"倦梳头"不仅仅是失去"悦己者"，还有山河破碎之悲，身世飘零之愁，更是一种精神寄托失却后的百无聊赖。这真是"物是人非事事休，欲语泪先流"。

其实品读这句"日晚倦梳头"，不应从后一句"物是人非"入手进而知人论世，首先当关照中国古典诗词最基本的手法——"比兴"。"比兴"是中国诗歌中的一种传统表现手法，宋代朱熹比较准确地说明了"比、兴"作为表现手法的基本特征，他认为："比者，以彼物比此物也"；"兴者，先言他物以引起所咏之词也。"

好的"比兴"手法所言的"他物"与"所咏之词"的内在意蕴

上是相同的。可以借《武陵春》中的"比兴"手法说起,"风住尘香花已尽,日晚倦梳头。"前后两句看似无关联,只是一般的"先言他物以引起所咏之词也",然而细细琢磨却另有一番意味。

"花已尽"其实点明了时间是暮春,缘何道此?可参看下阕之"春尚好"一个"尚"字暗暗点明了时间。暮春时节,又逢百花零落,想到自己身世不免有"美人迟暮"之叹了。对于"花"这个意象估计是古诗词中出现最多的,对于花,中国文人有种异乎寻常的喜爱,甚至可以与他们的性命相关。《葬花吟》中的"花落人亡两不知"就是很好的例证。

于是我们可以想象诗人"日晚倦梳头"的直接缘由是她看了一天的风吹花落,直到风住香残,进而联想到自己亦如同这晚春时节的残花一般终将香消玉殒,然而花尚有尘土是其归处,还有诗人自己在珍惜与留恋着,而诗人自己呢?

基于此我们是否能了然"只恐双溪舴艋舟,载不动许多愁"呢?

最是小令回味长

写诗，绝句最难；填词，小令最难。难在用短小的篇幅含蓄地表达丰富、复杂的情思。而晏殊最擅长的就是小令，这首《浣溪沙》更是在宋词发展史上占据一席之地。

晏殊是位少年天才，十四岁应试，赐同进士出身，庆历二年（1042 年）官拜宰相，这首词当作于词人功成名就之时。此时的晏殊阅尽人间繁华，对时间和生命的感悟自然要比常人更深一层。

词的表面意思并不复杂，宴会之上，高朋满座，创作一曲新词，便饮一杯酒，这是文人雅集常有的活动，也许是饮酒使人恍惚吧，词人感觉周围的事物乃至天气与去年的别无二致，仿佛人生就是在不断地循环。

但是酒尽宴罢，夕阳西下，分明又在提醒词人，时间是有尽头的。于是上阕末尾，词人发出了一个看似无理的问题："夕阳西下几时回？"从科学角度讲，当然是明天早上回啦，这还需要问吗！如果这样解读就显得索然无味，这里作为意象的"夕阳"是时间也是生命的象征，于是问题成了："时间或者生命能追回吗？"这样理解，问题又来了：时间或者生命都是直线前进的，又谈何"回"呢？

　　词人没有给我们答案，真要是给了，反而没有品味的余地。但是晏殊留下一个千古名句"无可奈何花落去，似曾相识燕归来"，如果把这句话的零部件拆开，非常普通，"无可奈何""似曾相识""花落""燕归"，然而这些零部件一旦组合在一起，就出现了奇妙的表达效果。花儿在时间中凋零，就像人的生命会在时间中老去一样，是不可把握、令人感伤的，值得欣慰的是旧时的燕子，如今翩然归来，可见不论时间如何流逝，美好的事物总会以不同的形式进入我们的视线。生命是不断流动、丰富多彩的，任何事物都不会因为一时的拥有而永久留存，也不会因为一时的失去而陷入一片虚无，这就是人生的意义所在。

　　在这复杂情感和思绪的交织中，诗人独自一人在"小园香径"中徘徊。这个结尾和开头的宴会是个鲜明的对比。宴会上，觥筹交错，热闹非凡；宴会后，花间晚照，孤独一人。正是这安静的氛围才适于思考，对生命真切的思索也只能在这份孤独中才能缓缓展开。此时的晏殊，可能沉浸在往事的追忆中，可能追思着生命的审美价值，也可能正在构思这篇必将传世的《浣溪沙》。

等一朵花开

原来梦一场

7 路车站

2015 年初冬的一个午后，镇海的天空阴沉沉。我跟着领导去教育局办事，正在等候文件，手机响起。走到办公室外，接起电话，那头是妻子久泣后低哑的声音：

"我们的孩子严重畸形，医生说不能留。"

"啊！——"

脑子一下子一片空白。

"有没有查仔细，要不再查查。"

"已经查了三遍了。"

一时竟忘记了去宽慰妻子，抬头望窗户外的天空，乌云层层。

"我马上回来。"

挂了电话，匆匆赶到清水浦地铁站。电话又响起，是丈母娘：

"我们回来了，外面落雨了，你先回家去拿几把伞，到 7 路车站去等我们。"

7 路，歧路。今天我第一次将 7 与歧联系在一起。

冒雨回到家，暮色四合，拿了两把伞急急夺门而出。冬天的雨很细，很密，飘到身上一阵阴森，此时的 7 路车站空无一人。我站到候车檐下，看着公交车一辆辆驶入，一辆辆驶出，期望、失望、期望、失望……这个地方太熟悉，三年前的国庆节，妻子就在这里等过我。

那是第一次去妻子家，两只手拎满了礼物，一路坐公交车从镇海到徐家漕，到7路车站时，妻子站在车站前，一身黑白色连衣裙，我打开窗向她挥手，她也举起手笑着向我示意。做毛脚女婿，很紧张，也不太会说话，很多时候还是妻子帮我圆场，在酒店吃了中饭，回来后丈母娘做了糖甩蛋，丈母娘知道我来，特意买了双黄的鹅蛋，煮了两大碗，妻子吃不下，把她那碗给了我，硬生生地在中饭后又吃了这两大碗鹅蛋，肚子鼓了一整天……

灯亮了，洒下一片昏黄，抬头看矗立在暮色中的灯，照出了一片朦朦胧胧的雨丝。7路车又开进一辆，丈母娘扶着妻子从车上下来，我连忙走上去为她们撑伞。

回去路上，很安静。

丈母娘先开口说了：

"事情已经在了，也没办法，医生说了一千个里面一个，你中奖了。先自己调整好，到时候就去把孩子拿掉，严重畸形，生下来也活不了，反而是害她。"

我们再也没有说话，走到小区弄堂，这条路我和妻子曾经走过无数回，有时是看完电影回来，一路有说有笑；有时是两人吵架，一路争执不休。

而今天，是一路的沉默。

快到家了，丈母娘提道：

"这件事千万不要告诉你外婆，她年纪大了，受不了刺激。"

打开家门，丈母娘叫妻子先去休息，让我跟着她一起去整理衣服，她把本来给小孩准备的衣服一件件塞进塑料袋，一件不留，交到我手上，嘱我偷偷地将它们扔掉。随后她打电话联系在医院工作的亲戚，落实住院的事，挂了电话又开始整理去医院要准备的衣物。

　　窗外的雨一直没有停，那一夜，我们都失眠了。我抱紧妻子，希望能分担她内心的一丝丝痛苦。但是所有的痛苦最终只能由她自己去承受。

　　7路，歧路。

　　这是我和妻子第一次遇到人生中的大挫折，命运的轨迹突然转变，把我们带到一条陌生的分岔路上，年轻的我们，措手不及。

我们在一起

　　第二天，我将此事告诉了姆妈，她匆忙从大隐赶来，看到妻子独自背身坐在床沿，姆妈叫道：

　　"阿瑜。"

　　妻子依然背着身子。

　　"阿瑜。"

　　房间更安静了。

　　"好了，你先出去吧。"我向姆妈命令道。然后走到妻子身边，陪着她静静坐着。

　　"建军，我们出去吧，我不想待在家里。"妻子终于开口了，"去吃点好吃的，吃点孩子会喜欢吃的东西。"

　　"好好好。"

　　步行到地铁站，这一路我最怕见到孩子，不论大小，尤其怕见到母亲抱着婴儿，一旦看到，我就用身体遮住妻子的视线或用话题转移她的注意力。

　　地铁站里是一张张陌生的面孔，我们第一次不愿看到任何一个人，偏偏一对母女坐在我们对面，转头看妻子的脸，她的眼睛一直盯着那个小姑娘，小姑娘戴着红色的苹果帽，一身雪白的羊绒衫，火红的皮鞋，就像童话里的小公主。

"那边有两个人的位子，我们坐那边去吧。"

"不，没事，我们女儿要是健健康康的，我一定会把她生下来，把她打扮成公主的样子。但凡有一丝希望，我都愿意去救她。"

我的视线情不自禁地跟着妻子的视线，一起欣赏眼前这个可爱的小公主。她嗲声嗲气地问她妈妈：

"妈妈，妈妈，我们去游乐园好不好啊？"

妻子的视线再也没能从那个小女孩身上移开，直到我们下车。来到天一广场，特地选了一家从来没吃过的饭店，以前觉得这家店贵，不舍得吃，今天破例点了一桌菜，我把菜一筷一筷夹到她碗里，妻子想了好久，说道：

"你给孩子取个名字吧。"

我放下筷子，望向窗外，沉默许久后说：

"那就叫小雪吧，时令差不多也是小雪，雪，洁白美丽但是短暂，就像我们女儿，她在人间只有短短的六个多月，给我们带来了无限的惊喜，也给我们带来了无限的悲伤。"

说完，妻子的眼泪静静地流了下来。她抓起筷子，夹了一大筷子肉往嘴里塞，塞完一块不够，又狠狠地往嘴里塞各种菜。

我的手机响了起来，是工作电话，没去接。结婚后一直忙着自己的工作，没有好好陪过妻子，很多时候觉得她一个人能行，殊不知，她只是一个女人。

记得上次妻子怀孕，不到一个月就生化了，那次医院检测结果不理想，我在单位请了两小时的短假，联系镇海妇保所的院长，再到那里去做检验，因为检验结果出来需要时间，我就跟妻子说单位有事，请假时间到了，打了的，匆匆离开，妻子送我出来，站在路口一直目送我离去，我看着汽车反光镜里的她，越来越小，越来越小，直到消失，就这样留她一人在妇保所，那次是她独自一个人承受了最坏的结果。

　　这次我直接向单位请了三天假，断绝所有工作上的事，安安静静陪着妻子，陪着她肚子里的孩子，一起面对即将到来的磨难。

深夜产房

待产区里很忙碌，陪同生产的都是一大家子。几个人围坐着嗑瓜子，大声聊天。

在我，是这样的刺耳。

姆妈待着无聊时喜欢凑上去跟他们一起聊，说她儿子是当老师的，在学校是做领导的，我忍受着这一切。直到接下去的对话……

"你们什么时候生，知道男孩还是女孩？"

"我们今天晚上，照过了，是男孩，你们呢？"

"我们，我们是小产。"姆妈的声音渐渐低了。

我咬咬牙，压低声音，叫道：

"姆妈，你回来好不好。"

等她走过来，我压低声音狠狠地说：

"说什么，有什么好说的！"

姆妈愣了很久，转过身，举起右手，用袖子擦干自己的泪。我静静看着姆妈的背影，明白了她为什么逢人便说她儿子，想起她来医院的一路艰辛。

姆妈不识字，妻子住进医院，我急匆匆打电话给她，让她自己坐车来鄞州人民医院，她根本不认得路，而我只是冷冷一句"打的就行了"，然而她根本讲不清楚医院的名字，还是让出租车师傅给我打的电话。住进医院后，妻子的饮食起居都靠她。脑海里又是姆妈艰苦的半生，我的心像铅块一样，沉重地坠着，但是拙于表达的自己，此时却不知如何是好。

妻子拍了一下我的袖子，将我拉到她身边，轻轻对我说：

"向你妈道歉。"

我立起身，朝着姆妈的背影轻轻叫道：

"姆妈。"

她赶紧又用袖子擦自己的眼泪。

……

夜晚来临，丈母娘也早早地从家里赶来，今天夜里就要强行让孩子出来。护士的针来了，一针下去就要开始宫缩。

"什么时候能去生？"

"疼到要死要活才行，正常怀胎，是瓜熟蒂落，反而不那么疼，小产是强行摘瓜，比普通生孩子肯定疼得多。生之前尽量吃点高热量的食物，多走走。"

可是妻子什么也不想吃，丈母娘不同意，必须要吃东西，嘱我去买粥，多加咸菜，我转身即去，电梯口都是人，于是飞奔到楼梯口，迅速跑下楼，买回白粥，还买了巧克力。

妻子看见白粥，没有任何食欲，吃了两口便不想再吃，丈母娘坚决不同意，一口一口硬塞进妻子的嘴巴，妻子一边哭一边说：

"妈，我疼死了。去叫下护士吧。"

护士过来，拉起帘子，没过多久就出来跟我们说：

"早着呢，才打开两指。让她走一走。"

　　于是我们揿起妻子，一步步从床挪到门，又从门挪到床，其实床位跟门之间不过几米的距离，但是每挪一次都要花去十几分钟时间，往往是挪到一半，妻子说肚子疼得厉害，是失禁了，要上厕所。反复折腾很久，妻子实在受不住，"哇——"吃下去的粥全吐了出来，我们不再逼她，扶她上床躺一会儿，妻子躺下去，闭着眼睛，眼泪无声地从她眼角滑落，一直落到枕头：

　　"妈，我快死了。"

　　丈母娘叹了口气。

　　护士来了，检查后说可以去产房了。我们一起把妻子推到产房，她安安静静地躺着，一句话也没有。时间已经到午夜，医院里一片冷寂。

　　当一切只剩下等待后，心反而更加空落落，想起了《心经》，此时唯一能做的就是默念《心经》，希望妻子在产房里面能不再那么痛苦。产房门口，还有一个家庭等着，门开了，车出来，前头睡着母亲，后头一个刚出世的婴儿，那一家子赶紧围上去，长辈看后头的孩子，丈夫看自己的妻子，平安二字值千金。

　　过了很久，门又开了，妻子出来了，苍白的脸上没有一丝血色，我们把她推回床，姆妈偷偷拿出藏在床底的电饭锅，盛出一碗红糖面，给妻子喂下。

　　唉，这一关总算过去了。

　　我在走廊床上睡了几个小时，凌晨五点半，匆匆又将离去，请假时间已到，又要上班了。走出医院大门，天很黑，灯很亮，楼很高，空气很冷，这就是都市，马路横在我眼前，沿着马路走，一家包子铺已经开门，买了四个包子，在冷风中一口气吃完。

　　坐在车上，天色渐渐亮堂，不论什么事，咬咬牙总会过去。

生活的重量

"政入万山围子里,一山放过一山拦。"

这就是生活。

妻子接下去还要面对刮宫的痛苦。又是她一个人进去,承受一切。不仅如此,生过孩子,会有奶水,为了回奶,必须忍受随时袭来的肿胀。土方说生面粉可以回奶,我随即跑到医院旁边的点心店,四处打听,终于在一家烧饼店买到。又说炒麦芽效果好,然而这些土方都没有传说中那样神奇,到了夜里,妻子依然会因为肿胀而难以入眠,临盆、刮宫,已让她苦不堪言,本该好好休息下,没想到痛苦的事还是缠绕左右。

她心里一直还有一个更大的痛苦在萦绕,跟我说:

"如果以后生不了孩子怎么办,如果你介意,我们趁早离婚吧。"

不论我怎样安慰,她都不相信。最后我在妻子、在丈母娘面前保证:坚决不离婚,如果以后不能生孩子,那就领养一个。我知道,不论我如何承诺,她都无法安心,但是这个承诺是发自肺腑的,我永远记在心里。

在医院休养几日,必须出院了。那天依然是阴天,冬日的风渐渐开始具有威严，妻子不能受风，整个人裹得严严实实，我叫了一辆出租车等在医院门口，行李很多，妻子走不快，我们慢慢挪到门口，进了车，司机师父正在听《大悲咒》。

这段佛经很熟悉，自己曾默念过，也曾听姆妈念过，此时听到这段经文，仿佛是在超度自己的孩子，也在超度自己过往种种是非。一路上我们都默不作声，静静聆听这梵音，心，渐渐平静。

回到镇海住处，打开家门，一片狼藉，沙发上，床上，椅子上全是我的衣服，桌子上堆满了杂志和书本。将妻子安顿下，我和姆妈匆匆忙忙收拾一番，回头看厨房，除了盐没有变质，其他的都已无法使用，拿着布袋，带着伞，出门去买油盐米。

回来时，天渐渐开始下雨，越落越大，一手拿着袋子，一手提着米，没走几步，提米的塑料环断了。只有两只手，而这两只手已经提不动必须提的分量了，于是只能收起伞，改用双手抱，真是百无一用是书生，然而米袋子太滑，没走几步，摩擦力就给不上力了。

手已经没办法了，只能用肩扛。

走到中心小学，雨越发下得大，袋里的米粒分布不均，前后滑动，我得用肩膀不断调整，感觉肩上的东西随着步伐越发重了。雨水打湿了头发，顺着脑袋一道道流下，用手揩揩脸，把水甩掉，看看前面的路，就快到家了，咬咬牙，用力耸肩，把快滑了的米袋子震到脖子口，继续前进。

这些重量都是生活给予我的，这些雨水也是，对于这些，没有任何回避的路可选，两只手不够用，告诉自己还好还有肩膀，还好，家，就在前方。

回到家，姆妈已经把家收拾得能住人了，我用干毛巾擦干头发，换了衣服，马上开始淘米煮菜。经历过生活的无常，发现这样简简单单在家吃饭很幸福，每天能在家吃饭，多好。

四方求医

　　妻子一直在家休养，身体渐渐恢复，但是每天躺在床上，实在无聊，只能看电视，刷手机。到了晚上，我喜欢坐在床上看一会儿书，她便让我读一些给她听。

　　我把自己喜欢的作家的文章一一读给她听，有林语堂，有沈从文，有琦君，她说这些作家的文字都很好，最喜欢的还是琦君，我把琦君的生平经历告诉她，她更加喜欢琦君了。于是我把自己收藏的琦君的书一一找出来，还到网上买了好几本。每天晚上读给妻子听，从小说《橘子红了》到《母心·佛心》；从《青灯有味似儿时》到《爱与孤独》，我和妻子一起经历琦君的经历，跟着琦君的文字反思生活，反思自己的人生。琦君的文字充满了浓浓的佛教思想，佛的广大慈悲，让作者能平和地接受生活中的一切苦难，这是此时的我们最需要的。

　　每晚读到万籁俱寂时，我们开始静静接受生活给予我们的一切。

　　出了月子，妻子的眼睛突然肿胀难忍，我们去医院检查，眼压明显高于常人，一般人眼压只有15、16而妻子则有25、26，最可怕的是医生无法解释这是怎么回事，因为没有任何其他症状，这反而让人更加焦虑。医生只配了一些普通的消炎药，滴了之后眼睑里的炎症消除了，但是眼压依然如故，甚至越来越高，为了确认眼压高的问题，我们又找了不同的医生，试图找到原因，但是一个医生一个说法，第一医院找了几个，第二医院找了不同的专家，谁都无法说明原因。

印象最深的是第一医院一个眼科老医生，精瘦，半头白发，一把紫砂茶壶摆在桌台，他说：

"不是什么果都有因的，我们这个世道好的东西还剩什么，吃的，穿的，哪样东西是干净的，睁一只眼闭一只眼，命里有时自会有，命里无时莫强求，让自己活得傻一点就好了。"

旁边的病友听了道：

"我没听错吧，这是在布道吗？"

妻子不死心，最后找到第二医院眼科顶级专家，妻子回来说：

"大医果然不一样，一个老奶奶来看病，他把奶奶搀扶着离开的。他也给我解释了很多，最终说是天生高眼压。"

经过这一次次求医后，妻子的眼压再也测不准，眼压跟人的血压一样，人一旦紧张测量就难以准确，所以别人测眼压只需一次，妻子往往要测很多次，还是测不准，有时 30 几，有时 20 几，无奈，只能留院测 24 小时眼压。那次她不肯让我陪她在医院过夜，我知道，反反复复就医，我的态度已不耐烦。

结果眼压还是高，于是妻子决定去上海。这次她依然坚决不要我陪去。

上海的检查结果其实是一样的，也找不到原因。只是上海的仪器设备好，测验眼压的机器可以有效屏蔽心情因素，但眼压依然高。医生建议每隔半年做一次眼底视网膜检测。

　　妻子终于渐渐平息焦躁的心态，第二次我们一同去上海，下了车，来到一条老街上，晴空湛湛，两边是民国建筑，法国梧桐硕大的叶，一张张飘落，铺了一路，我们牵起手一起踩在叶子上，"沙沙"作响，路的尽头还陈设着一个老式电话亭，红色。已经很久没有这样一起走，就像当初恋爱时一样。

外婆桥

外婆还是知道了妻子的消息，自此她的身体一日不如一日。

外婆住院后，医生观察几日后建议回家。92岁的老人家，其实生了五十多年的病。

外婆原是薛家大户人家千金，她的姐姐天生耳聋，待到外婆出生没有这病，于是取名"德英"，谐音"得音"。外婆少时也想像自己的几个兄弟一样进私塾学习，父母不肯，大哭大闹，未能如愿。但是外婆依然聪慧过人，女红手艺极佳。嫁给外公后，不能从事体力劳动，却善于经营买卖。

外公家祖传酒坊，以酿酒为业，"文化大革命"时毁于一旦。家里共有四男二女，丈母娘是小女儿。岁月艰难时，当掉了家中所有值钱的东西，外婆壮着胆偷偷做些生意，贴补家用。老大穿破的衣服，她不是简单地缝个补丁，而是剪出一个动物形状，严丝合缝地补上去，让孩子有童年的自尊，外婆补的衣服，她的孩子都乐意一穿再穿。即便自己有四个儿子成家立业的压力，外婆依然愿意帮助更艰苦的人，她常让外公把多余的菜默默放在邻舍家。

四十多岁，外婆得严重胃炎，术后胃割除三分之一，后来又得了冠心病，脚也得了病，但外婆从未放弃生活的希望，她自己琢磨锻炼身体的方法，虽然病恹恹，以药度日，到了九十多岁思维依然清晰活跃，还能跟外孙辈谈笑风生。

妻子的遭遇是她晚年所受最后一次打击。医治无效回家后，外婆已不能言语，我和妻子一起去看时，外婆躺在老家床上，丈母娘拉起外婆的手大声在外婆耳边说：

"阿瑜来了！"

外婆点点头。

"阿姆，你要保佑阿瑜唉！"

外婆点点头。

妻子走上去也拉起外婆的手。

屋内坐了许久，我和妻子出门走走，龚家有河流经，多石桥，大多是简易的石板桥，平铺两岸，妻子指着一座桥说：

"这座桥就是我老爹当年掉下去的地方。"

原来老丈人第一次上门，骑着自行车前来，经过此桥，不慎掉落，幸好下面有条船，刚好掉在船内，他向村人叙说自己是谁家毛脚女婿，外婆急忙带着人来拉。

这个故事成了我们家里的一个大笑话。

妻子还在读书时，偶尔来外婆家吃饭，回家时外婆都要出来送，因为腿脚不便，外婆每次拄着拐杖把妻子送到这座桥边，然后站在桥头，目送妻子去上学。等妻子坐上车，车窗外依然是外婆站在桥边的身影。

……

正月初一晚上，外婆走了。

"天也空，地也空……"哭灵人的吟唱声和鞭炮声弥漫在新年的空气中。丈母娘全权负责葬礼，每笔账都要记住，这时的她看不出一丝悲伤，丈人听着哭灵动情的吟唱，默默出来了，走到一边，眼泪偷偷跑了出来。

出殡时，周围邻居也来送外婆最后一程，是几十年的老邻居，竟跪地送别。

从入祠堂到火葬场火化，丈母娘没有流一滴泪，她胸前背一个大包，里面装着纸笔，还有计算器，进出每一笔账都要记得明明白白，各种杂事都要经她之手，等外婆的遗体送入火葬场，所有的工作完成也告一段落，她"哇——"一声，大哭不止。

随缘而行

妻子引产后，我们开始两地分居。她进了海曙的新单位，而我还在镇海。周末夫妻，周末的时间要用一天去帮妻子做各种眼科检查。还有半天时间剩给我们，于是决定坐地铁，想到哪里下就在哪里下，到一个陌生的地方随意走走。

那时 1 号线刚开通到北仑，我们就沿着这条线一直坐，一路从城市的高楼大厦，到山野乡间的青青田野，地铁像时空转换机，心情也能渐渐轻起来。

"这个地方的风景挺好，我们就在这儿下吧。"

我们就这样下了车，穿过公路，来到一个小村庄，村子里很安静，村中有个大池，池前一棵老樟树，树下一把长木椅，我们坐在椅子上，静静看着池塘，夕日余晖透过阴云，一道道淡淡的红光落在池上，光影和云身在池塘里缓缓飘移。

我常常异想，某些自己喜欢的时光能凝固，时间在此冬眠，这一瞬间成为永恒，就像第一次与妻子在甬江边散步，第一次牵起她的手。

"我想起去那间老房子看看。"妻子用手指了指池子右边的老建筑说。

我们起身走去，妻子说：

"我家祖上也是这样的房子，在樟村，房前还有三个洋牌坊。"

走至房前，屋内无人，妻子进去看了一回，便出来了，说里面完全是新式的，我们沿着屋子走到后门，后面几个小厢房只剩下断壁残垣，青翠的瓜藤排满了墙壁，人事有代谢，而花草年年枯了又生。我的学究气又来了，开始对着妻子发表自己从书里看来的观点：

狐眠败砌，兔走荒台，尽是当年歌舞之地。人生没有什么会是永恒的，尤其是人刻意营建的亭台楼阁，都经不起岁月侵蚀、人事的消磨。不如这些自然生长的植物，岁岁荣枯，却能长长久久。

"你的执念太深了，你的思考都来自你看的书，书中有的你就信，没有的你就不信。你的眼睛已经被你的心困住了。"

第一次体悟到，读书会困住我的思维。

之后，我们决定继续乘坐 1 号线，但是要去更远的地方。这个地方几乎家家户户门前都种一棵香泡树，黄澄澄地挂在枝叶间。我们沿着山路一直走，一间正在修建的房子，大门立柱上的对联刻着：

花即是禅，鸟即是禅，山耶云耶亦即是禅，钟磬声中随你自寻禅意去；

男可成佛，女可成佛，老者少者都可成佛，松柏影里何人不抱佛心来。

妻子让我解释，我说天地间每样事物中都藏着禅机，我们每个人都怀有一颗佛心，关键是要自己去悟。又想到了道家的思想，就说了一通道家思想，道在枯枝败叶间，在日常起居饮食间。

妻子对我掉书袋的思维方式一直持怀疑态度。

我们继续走，山脚下有一处革命烈士的纪念碑，拾级而上，正碑下方立着两位烈士的雕像，都是正值青春芳华之际，为自己的理想献出了宝贵的生命。妻子不愿久留，关于"死"，对于她依然沉重。

而这一寺一碑，在我脑海久久徘徊不去。"死"，是西方哲学思考的起点，但中国人却很忌讳，孔子说"未知生，焉知死"，然而不去思考死，生的意义很难真正审视。明白自己的生命是"向死而生"的过程，才能在生命过程中寻到意义，不论这个意义是不是具有价值，都是自己穷尽思考所得。苏格拉底说"未经审查的人生是不值得过的"，未经审查而盲目的信此信彼，都是盲目的自以为是，回顾过往，我有多少想法是自己审查，思悟所得？似乎从小开始就都在接受父母、老师、社会给予我的观念，所以我一直活在别人的眼里，活在自己读过的每本书里，活在自以为是的执念里，从来没有认识过真正的自己。

我们继续走，山上有古道，一步步爬，一路山光鸟鸣，爬累了，坐在石阶上，望下方，山峦层层叠叠，山下平野良田，阡陌纵横，山外海涛声依稀，正凝神听，清晰辽远的晚钟声响起，回荡在天地间，也回荡在心间。

随缘布施

又到年关，这一年太颓丧。

年三十才除好尘，发现今年忙得都忘了买对联和窗花。我们去了超市，跑了附近几家店，都说没有。我从来不重这些形式，就劝妻子说算了，但是她不肯，一定要买到，让我不必去，她自己一个人去。于是就这样一个人沿着大路，她径自离去，我转头回家，还没到家又有些不放心便折回，又沿着妻子的方向快步追上去，走了一半，她的身影从一家店内出来，手里拎着一个红袋子。我放慢脚步，继续朝着她的方向走，走到一起，她拿出袋子里的大红对联，高兴地说：

"我问了附近所有小店，都没有，这家很巧，这是他们买保险时送的，卖给了我，十块钱。"

到了家，妻子坚持要自己亲手贴好这副对联和横批，对联内容早已忘记，横批至今留着——"新年大吉"。那一刻，我理解妻子的执着，也理解了中国人为什么要贴对联，这大红纸上有中国人对生活的信心和笃定。

一天夜里，妻子偷偷告诉我，她将两千元打给了安徽的一家寺庙，脑海中的第一反应是受骗。把忧虑讲给了妻子，她不以为意，并告诉我她将继续行善布施，特地买了一本功德簿，将自己做的好事一件件记录下来。这令我反感，我觉得做好事需要随缘，没有必要这样刻意。妻子是看了《了凡四训》后才选择这样做的，她相信"命由己做"，通过做好事可以改变自己的"运"。

每次去鼓楼，都会遇见乞丐，妻子都会一个个给他们钱，有时身上没带现金，还会跟乞讨的人说不好意思，今天没有带钱。每个月都会去一次宁波的居士林，捐赠两百块，请居士林的志愿者写了发票，也不收着，点着火，烧在香炉内，妻子双手合十，闭上眼，虔诚地朝向佛祖拜三拜。

妻子成了居士林的常客，与里面的老居士都成了熟识，会介绍我们看一些基础的佛经，让我们听诵经大会。一次《法华经》诵念大会，居士满座，高声诵念，烟香雾绕，置身其中，万念澄澈。见弥勒佛"大肚能容，容天下难容之事"，观佛祖、菩萨慈悲低眉。此时一位女居士头顶居士服，低头缓步，默念经文慢慢步入。这是无需制约的虔诚。

周末傍晚都是我和妻子一同去买菜，每次买完，妻子都要去鱼摊，买一盆小鱼或一条有籽的大河鲫鱼，拿去放生。她提着一个注满水的尼龙袋，走到菜场外的河边，打开袋子，一手捏住袋子角，将袋子倒倾，一条条鱼跳跃着回到河中。鱼游得很快，刚入河马上就不见了。妻子甩甩袋子，看看有没有漏下的，然后将袋子扔进垃圾桶。说实话，我很反感，今天放了，明天还是会被捕去，浪费这闲钱做什么。

放生次数多了，鱼摊老板也认识了我们。看到我们过去，会主动拿起袋子帮我们装那些小鱼苗，一装就是一大袋子，有些小鱼特别机灵，很难抓，老板不会因为影响他生意而放弃，总是不遗余力地将那些小鱼一一抓起来。有时没有小鱼，就帮我们仔细挑一条有籽的大鱼，然后再抓一条，说是帮他也放生一条吧。

地得一以宁

　　经历了一年缓冲，经过各种繁杂的检查，我们决定试着再要一个孩子。

　　备孕的过程，正赶上妻子准备参加单位里迎新晚会，妻子选了一首小哥的《月下待杜鹃不来》，歌词原是徐志摩的一首现代诗，为了练这首歌，我们一有空就去 KTV 唱歌，每次唱两小时，我天生五音不全，好多句子怎么也唱不对，我常常熄灯后唱给妻子听，不停地让妻子纠正，最后勉强能唱下来，后来我还将这首诗搬上课堂，与学生分享，甚至在课堂结尾时大胆地把诗歌唱给学生听。妻子原是上台晕，这次却非常自信，一点也不慌，就在那之后，我们待来了自己的"杜鹃"。

　　天遂人愿，元宵节时妻子又怀上了孩子。惊喜之余不免担忧，所以每次检查都是提心吊胆。每次抽完血，等结果的时间都是那样煎熬，恨不得马上看结果，妻子怕自己感冒发烧，直到温暖的春天一直穿着羽绒服。可她还是感冒咳嗽了，这下急坏了家里所有人，每天都煮冰糖雪梨水，橙子加盐煮，一直吃了一个月。感冒咳嗽好了，得了孕期糖尿病，又买了测试器，天天测餐后血糖，每天吃糙米饭，菜也不敢随意吃。慢慢地，肚里的孩子比正常情况发育慢了，一开始慢一周，接着慢两周，最后甚至慢四周，妻子的营养也一直跟不上。

一日，她坐车上班，刚下车走几步，头晕目眩，晕倒在了马路上，好心人经过，帮忙打了电话，找来同事，赶紧送了医院。而我则在几十公里外的镇海，得知消息，赶紧赶过去，赶到叫妻子已经做好了各项检查，我唯一能做的就是扶着她回去休息，然后又匆匆赶回镇海。

那些日子我们依然分隔两地，除了周末相见，平时选一到两天来回。因为路途遥远，每天晚上回去要开一个半小时，早上出发需要五点半起床，来回折腾，还顾不上家。唯一能做的就是替孩子想名字，应妻子要求，喜欢民国范儿，有书卷气息的，我打开自己最喜欢的两本书《论语》和《道德经》，从第一页看到最后一页，想出了两个名字。其一，李乐成。取"立于礼，成于乐"之意。其二，李以宁。取"天得一以清，地得一以宁"之意。

最终，妻子选了"以宁"。那些日子，妻子每日一得空就抄写《金刚经》，选了柳体楷书，一笔一画都不苟且，一直抄到肚子直挺，无法安坐为止。

以宁顺利地来到了人间。小家伙一天一个样，上午还丑兮兮水肿的样子，下午就变成了一个白面小书生的文气样，小手细长，我把手指塞给他，他的小手就抓住我的手指，一直看着我。那一刻，前所未有的幸福流遍全身。

云销雨霁

孩子一天天长大，从会翻身到会爬行，再到走路，每一步的成长都给我们带来无尽的喜悦。尤其是当孩子会叫"阿爹，姆妈"的时候，自己的身份再一次被确认，那种喜悦是任何外在成败毁誉所无法取代的。

我放弃了在镇海的工作，到了海曙，没有什么比一家人在一起更重要。有一天妻子忽然问我，以后会向儿子提起他还有一个姐姐的事吗。

我说会的。

我们要让他知道每一个生命来到这个世界都是不容易的，都有必要好好珍惜。告诉他有个姐姐，不是让他背负沉重的压力，而是启发他去思考生死，一个人只有对生死切身思考过，才会去过有意义的人生。

妻子拿出了关于我们女儿所有的记录，说把它烧了吧。我拿出一个搪瓷碗放在雨后微湿的地上，把本子安放在里面，点了火，火焰慢慢蔓延，越烧越旺，我们静静站在一旁，天边放出一道霞光，洒在地上。

　　火灭了，火星在黑色的灰烬上流走。我们把所有的灰烬装进一个袋子，沿着霞光的方向，准备将这些记忆埋掉。

　　没走多久，霞光隐去，路的尽头是一条河，妻子建议就洒在这条河里吧。我凑近看了看，水不是很干净，建议再走走，或者带回我老家那条清澈的河去。妻子说：

　　"没有必要这样执着，都一样，随缘就可以，既然走到了这里就洒在这里好了。"

　　我打开袋子，把灰烬洒向水中。

　　傍晚的河流，很安静，隔岸房子、树、路灯的影子在水中安静得恬然欲睡，风行水上，波纹粼粼，那些影子开始飘动，原来稳固的静物变得生动有致。

　　不同的两个世界，平行存在，虚实不二。我相信每个人都有两个世界，物质与精神，肉体与灵魂，现实与浪漫，过去与未来，残酷与美好，生与死……任何一个世界都需要审慎地活着，没有一个世界能够偏废，也不要在任何一个世界过分奢求，顺着这个世界给予我们的一切，遇见更好的自己。

　　回忆这段往事，用笔记录，不是为了咀嚼痛苦，而是为了让自己的两个世界实现平衡，明了两个世界本属同一个我，我在这两个世界里融为一体时，能看见另一个我，两个我能在当下和解。

　　如此，小雪就永远活着，不曾离去。

原来梦一场

丙申年正月初一日夜，走在寂静的乡间弄堂，寒意阵阵，此时的古林褪去了新年的华衣，鞭炮声早已被似近又远的犬吠声取代。三个人急促的脚步划破了路灯投在地面的光，这就是我们，奔丧的人。赶到旧屋，一个身影在灯火中突然消失，屋里面已是一片狼藉，外婆的遗体也已运往祠堂。

枯坐在老屋内，看着外婆留下的《轮回经》，繁体竖版，每页纸都泛黄，此时的夜，连犬吠也没有了，唯有屋内的老式时钟在嘀嗒嘀嗒地走着。走到第二日，家人齐聚祠堂内，披麻戴孝，哭灵人带着哭腔唱道：

"天也空，地也空，生也空，死也空，人生原来一场梦……"说到动情处，哭灵人自己也流下了眼泪。人生原来就是一场梦，外婆活了九十三年，她在世时就常说："人活一世，什么意思？"

是的，什么意思呢！外婆四十多岁时得了胃病，术后捡得一命，之后的五十年一直病快快，病快快，这五十年来的生命质量又有多少？外婆常在我们晚辈面前说自己当年也是大户人家，出嫁时是八抬大轿，凤冠霞帔，风风光光，又说富贵算什么，等到饥荒年月，金子银子都拿去当光了，富贵也只一场梦，只是要等到财尽人去才知道富贵原来亦如水如尘。

外婆也常说困难时期天天没饭吃，饿得自己的子女都想寻死，是她用借，用当，用省，用尽各种办法才让一家人相聚相守，共渡难关，又说那些最苦的日子算什么，如今有吃有喝，有住有穿，贫穷也只一场梦，因为度过了，回头想想，那艰难的时日原来也只是短暂的回忆。

尽管如此，外婆的梦却依然不是空的，她在临走前还惦念着生前最心爱的旗袍，当丈母娘说：

"让你带着旗袍走，好不好？"

外婆的嘴角露出了久违的微笑。可是外婆不知道，她那件心心念念的旗袍早已失去了当年的柔软与颜色，变得脆硬无光……

谁都知道是梦，可是多少人看得透这一空字。即便看得透那花花绿绿，金金银银，又怎么看得透鲜活的生命由生向死，魂归无处寻呢？

乙未年十一月，我和妻满怀欣喜地等待着孩子出生。彼时，孩子已在腹中六月，常常触摸到孩子的胎动，每次听，每次摸，都是一次生命的惊喜，两家人都憧憬着未来岁月的烦恼与喜悦，就在交织复杂的心情中等待，等来的却是一个晴天霹雳：孩子严重畸形，必须引产。

那几日，世界狭隘到容不下一丝杂念，临引产，看着妻痛苦难耐的样子，欲哭无泪。妻什么也吃不下，只能吃咸菜就白粥，丈母娘在一旁逼着不断吃，塞下一口是一口，她深知等到临盆可再没有吃东西的空闲，她实在躺不住，于是我们轮流抱着她在病房挪步，直至所食之物全部吐出，又不断如厕，如此折腾到凌晨，毫无半点力气才推进产房。

　　看着推车上的妻，我竟木木然不知作何语。在走廊上默念《心经》，希望大慈大悲的观音菩萨能庇佑我的妻，一切灾难化灰尘。

　　时间已是凌晨一点，看着别人家推出来，前头睡着伟大的母亲，后头睡着一个刚出生的小毛头，又一个人要来经历红尘了。而我的孩子没机会了，她只在她母亲腹中逗留了六个月，这与她阿太的九十三岁相比，真是庄子笔下的"小知"与"大知"，她无缘这红尘一梦，也就不必来人世遭受苦难，然而，孩子若是有意识，那六个月，她会不会想原来也是梦一场呢？

　　如今，我的耳畔一直回荡着哭灵人那句"天也空，地也空，生也空，死也空，人生原来一场梦……"，这尘世间，"有什么可以执着的呢？又有什么会是永恒的呢？"

　　都没有，只是我们都要在经历后，才知道"原来"二字的分量有多重。

跋

2021 年初，与厉校长相约龙赛中学，他带着我参观校园。

寒假中的校园格外安静，一草一木、一石一花都在初春的暖阳中静默，我们走遍了校园的每个角落，在操场驻足，这里种着一圈白杨树，高大、挺拔，湛湛晴空下显得格外耀眼。我们就在树下凝望，慢慢沉浸在自己的精神世界中……

临别时厉校长感慨道：

"一辈子以校为家，也很幸福。"

我没有接话，但我明白这句话背后的坚守与深情。

一所学校由原来的人事、风物两凌乱，多年励精图治，现在校园处处是人事和自然的风景，回头看，至少尽最大努力构建了一片自己理想中的桃花源。信步其间，自足、丰盈。

如果说这个世上还有净土，我相信是校园。当我以自由之躯行走在校园中，为每一棵树，每一朵花停留；与每一个有理想的老师，每一个有活力的学生照面，幸福感油然而生。

出于对校园生活的这份喜爱，我用这十多年的时间，记录自己在教育世界里见到的一花一树，可爱的人，有趣的事以及生活中的爱与烦恼。因为这些文字，让我从狭小的世界超拔出来，带着一颗柔软的心，行走在教育路上。

我在教育路上磨砺，也在文字路上修行，两者合二为一，人生最快乐的事莫过于自己所爱恰恰与工作高度融合。也正因如此，才愿意以校为家，像一棵树静静立在校园某个角落，听风听雨，四季安然。

一直很喜欢《圣经》中的一句话：

"要像一棵树栽在溪水旁，按时候结果子，叶子也不枯干，凡他所做的，尽都顺利。"

我相信这句话构建的图景会成为我的生命意象。

不是每一个生命之根都能得到舒适的生长，不是每一场暴风雨都会预先告知，无常是生命的常态，面对这不可预知的世界，我们能做的就是让自己的根系深深扎在大地上，坚守自己的方寸之地，将根须伸探到溪流上，精神的源头便永远不会枯竭。

我渴望自己成为这样一棵树：立在教育的土壤上，一条文学的溪流静静从身边流过，按时结果子，叶子也不干枯。

李建军

2021 年 7 月 13 日于悠云路上

后 记

前不久有学生来看我，向我倾诉内心的痛苦：

他不认同社会的价值体系而内心的价值取向尚不稳定。想回到故乡，回到农村——自己的出生地，住一段时间，放下所有的浮躁、悲喜……静下心来思考该怎样和自己相处，怎样和世界相处。

这个学生曾在我的办公桌上放了一束野花，送我林帝浣的《时光映画》，如今自己的第一本书编辑成册，主编建议书名是《等一朵花开》，正好与小林的书重名。我曾多次咨询这样命名会不会侵权，答案是一致的：不会。如此，我才放心用这个名字，然而细想，作为一名普通一线教师的书，可能更适合这样的书名，我们需要很大的耐心和智慧去等一朵朵花开。

我告诉眼前的学生，梭罗和卢梭都曾有他一样的经历，一样的人生追问，这样的生活状态也是自己曾经的回忆：

工作前，整个暑假都闲在家，每天练字、看书，等到傍晚便一个人来到无人的野径，看群鸟归巢，看逝水悠悠，看晚霞映在水田间。万物静观，和我的心一样安然自得，这份心境是远离尘嚣后，故乡给我打下的精神底色，让我不论走到何处都能保持一份宁静，与自然和人世保持欣赏的距离。

当我将这些分享给学生时，他说这一切他都懂，但他必须自己去亲身经历这样的生活，自己去寻找答案。

要给孩子时间，让他自己去寻找，与自己的原生家庭和解，与这个社会和解，然后与自己和谐相处。

当时采野花送我的还有一个男孩，听说他现在沉迷网络，不事工作，更糟糕的是他父亲身患绝症。我想跟他好好聊聊，但他不愿意，我知道他现在还不知道该如何面对我，更不知道该如何面对未来，面对自己。我等着他走出困境后来找我。

跟他妈妈聊了很久，最后他妈妈说：

"谢谢你，你是我们一家人在这个陌生城市里，最亲的人。"

那一夜，久久难以入眠。原来我能给孩子、家庭带去这样重大的影响。我相信我的文字也会有一种力量，微弱而有光亮。

理性告诉我这是一本速朽的书，而我自珍爱书中每一个字，那都是我生命的精华。最后借此表达我的感恩之情：

感谢我的家人，尤其是妻子对我工作的支持，感谢师父们的一路引领提携，感谢学生、家长对我的包容和支持，感谢生命中每一个相遇的人。

2021 年 7 月 14 日于望春桥畔

风起江南·第四辑·

陆春祥／主编

透视镜里
的手舞

罗帆 著

文匯出版社

图书在版编目(CIP)数据

透视镜里的手舞 / 罗帆著. — 上海：文汇出版社，
2022.10

(风起江南 / 陆春祥主编. 第四辑)

ISBN 978-7-5496-3894-9

Ⅰ. ①透… Ⅱ. ①罗… Ⅲ. ①散文集–中国–当代
Ⅳ. ①I267

中国版本图书馆 CIP 数据核字(2022)第 185031 号

透视镜里的手舞

著　　者 / 罗　帆

责任编辑 / 熊　勇

装帧设计 / 书香力扬

出版发行 / **文匯**出版社

　　　　　上海市威海路 755 号

　　　　　(邮政编码 200041)

经　　销 / 全国新华书店

印刷装订 / 成都兴怡包装装潢有限公司

版　　次 / 2022 年 10 月第 1 版

印　　次 / 2022 年 10 月第 1 次印刷

开　　本 / 880×1230　1/32

字　　数 / 855 千

印　　张 / 43

ISBN 978-7-5496-3894-9

定　　价 / 195.00 元(全五册)

风起江南散文系列第二季（总序）

尽力猛扑而朗朗仓仓

陆春祥

1

西湖孤山南麓，有三忠祠，奉祀袁昶、许景澄、徐用仪三人。袁昶（1846—1900）为桐庐人，我的老乡，他殿试二甲，官至三品，庚子事变，力谏朝廷不可纵容义和团滥杀洋人与外国开衅而遇害。袁昶诗文、书法、藏书、刊印、西学等，诸业皆有突出成就。

辛丑春节，我一直在读袁昶的日记。袁的日记，持续时间长，从同治丁卯六年（1867）三月开始写，从无中辍，一直到被害前。他的日记还不是一般的记事，侧重在求知问学、克己慎思上，目的就是迁善改过。

看一则"癸酉正月"：

癸酉元日帖子。元日书红云，癸为揆度，酉象闭门。士君子必有闭关千日，研几极深之思，而后有揆度庶务，洞若观火之量。静存仁也，动察智也。

这一年是同治十二年（1873），鸡年春节，袁昶27岁。一个甲子后的鸡年，我父亲出生。袁昶逝后，一个甲子零一年，我也出生

了。这样看来，袁昶其实离我很近。不过，年轻人袁昶，思想已经成熟，他虽30岁中进士，却早已饱读诗书，有着自己独立的见识。

他解释"癸酉"，别有见地。

"癸为揆度"，就是估计现实情况。为什么他关注现实，从他的经历可以看出，他时刻将读书人的目的与责任和现实紧密相连，虽是保皇派，但在处理义和团滥杀洋人的事件上，眼光却远大，做事不能只顾情绪不计后果，虽被杀，不数日遂昭雪，谥"忠节"。"酉象闭门"，这是从字形上说酉字。闭门干什么？你若要有对事情洞若观火的眼光，则必须闭关千日，将冷板凳坐穿，如此才会形成自己别样的眼光，处理好各种政务。袁昶曾任江宁布政使、光禄寺卿、太常寺卿等，在各个岗位都有建树，芜湖还建有"袁太常祠"纪念他。

静存仁，动察智。胸中有仁义，决事才有智慧。这不是一个死守书斋不知变通的读书人，他将所学与现实、读书与修身、思考与反省紧密结合。

写完那则"癸酉正月"，已经过去整整一年。

又一个年三十夜，袁昶吃过年夜饭，往桐庐城里闲逛。桐君山上祈福的钟声不时撞耳，富春江两岸的爆竹尖叫着频频窜向空中，街上行人已经开始聚集，小儿成群追着叫着倏忽跑过。袁昶抬头望星空，但见北斗星的斗柄已经指向东方，他内心里不断感叹，还有几个时辰，旧的一年转瞬即过，混混与世相处，隼起鹘落，如弹指一刹那，而自己却学业未精，德行也没有进步，真让人惶恐啊。

严格自律的袁昶，每日三省己身，袁昶日记中，他悟出的人生格言，多得让我双眼停不下来，仅以甲戌年（1874）摘要举例：

人惟无欲，始能刚耳，有欲恶能刚。耐坚苦者，始能进德耳，

耽安佚者，则丧德矣。（甲戌正月）

不作无益之事，不道无益之言，不损无益之神，不发无益之虑。

心无二用，自今后作一事竟，再作一事，则心体不疲。（甲戌二月）

抄录七十二岁的黄元同《求是斋记》句：天假我一日，即读一日之书，以求其是；《畏轩记》句：读经而不治心，犹将百万之兵而自乱之。（甲戌六月）

抄录《孙思邈方书》句：口中言少，心中事少，腹中食少，自然睡少，依此四少，神仙诀了。（甲戌七月）

境遇耐得一天是一天，学问长得一天是一天，精神养得一天是一天，嗜欲淡得一天是一天。（甲戌九月）

尽力猛扑，将七阁、四库、三藏、九流、二氏，朗朗仓仓，一齐装满布袋肚子内，此师南皮之法也。（同上）

不见己之善，惟见人之善。不见己之善，故所诣日进，惟见人之善，故无怨于世。（甲戌十二月）

特别喜欢"尽力猛扑"这一句，活画其读书信念与志气。

袁昶要扑向什么？四库、七阁，指清代收藏《四库全书》的七座藏书楼总称；九流，乃秦至汉初的九大学术流派；二氏，佛道两家。南皮，借代籍贯为南皮以张之洞为创始人的学派，该派以汉学、旧学为体，以西学、新学为用。袁昶的阅读，如牛饮，如鲸吸。如此写下阅读的贪念，他暗自笑起，耳边似乎突然响起《双射雁》中穆桂英的唱词："那绣绒宝刀仓仓朗朗朗朗仓仓放光明啊。"嗯，猛扑，唯有尽力猛扑，胸中才会有光明一片啊！

尽力猛扑而朗朗仓仓，越读越有趣，宛如袁昶就站在清丽丽的富春江边，沐着五月的微风，张开双臂，身子前倾，跟我摆那个猛

扑的动作。

2

劲风又绿江南。

风起江南散文系列第二季即将面世。

通读书稿，满心欢喜，文丛的作家们也如袁昶先生一样"尽力猛扑"，他（她）们如饥似渴地扑向经典，努力汲取营养；他（她）们倾力扑向大地，扑向生长养育又骨肉相连的故土，尽情撷取自然的芬芳。他（她），身姿矫健，一路奔跑着穿过光阴，且行且歌。

周天明的《六夫随笔录》，真性率性而又抒写畅快。出自内心，平淡如水，观察细微，不乏孔见，诚如作者所言，其将身子葡匐于地，故园山水动植物及所有人与事，皆掘地三尺，人性练达，世事洞明，真知灼见频现于字里行间，诚挚感情亦满溢于纸上。

罗帆的《透视镜里的手舞》，时间的镜子，梦与界碑，生活的齿轮，作者与数位二十世纪知名外国诗人展开纸上的心灵对话，汪洋而恣肆的虚构想象，灵动而跳脱的叙述表达，个性而独特的深度体验，建立起了具有辨识度极高的阅读坐标，大大拓展了自己广阔的写作疆域。

李建军的《等一朵花开》，无论枇杷、石榴、栀子，它们都是嘉木，即便是孤荷、苔花，只要倾注爱意，它们也有独特的春天，一草一木皆有情。阳春布德泽，给孩子留扇窗，慢慢来就是快，假以时日，所有的花都会盛开，所有的种子都会长成参天大树。

金春妙的《在寂静中倾听》，心底的文字从指间如水样泻出，之所以无限流畅，是因为它们皆来自于最诚挚的心灵叙述。眼前校园

所见，身边万般人与事，抑或浪走天涯海角，只要胸中藏着善良与美，纵然未来变幻莫测，我们都可以在这世界里深情地活着。

陈红华的《这一刻的幸福》，时光深处的飞鸟与群山，少年的懵懂与青春的悸动，世间喧嚣纷扰中的多姿势阅读，浓郁江南风情味的草木果蔬，日常与无常中的岁月轮转与沉淀，只有看清楚自己以及自己生活的地方，才能将已逝的过往与活生生的现实凝聚成这一刻的幸福。

3

有人仔细统计了《诗经》中的草木虫鱼数量，计有：113 种草，75 种木，39 种鸟，67 种兽，29 种虫，20 种鱼。

我读过诸多关于《诗经》中草木虫鱼的书，不一一例举。一个简单事实是，这些鸟兽草木，只是赋比兴的喻体而已，我们的先人，想象力极其丰富，他们用这些喻体，隐晦曲折地表达自己丰沛的情感。

因此，对这样一部博大无比的百科全书，孔老师自然钟爱有加。

孔鲤从对面怯怯走过来，孔老师叫住了儿子：伯鱼呀，你仔细读过《周南》和《召南》没有？

孔鲤就怕老爸问，一脸茫然：爸爸，我没有读过呢？

孔老师感叹：唉！一个人如果不曾仔细读过《周南》与《召南》，就会像面朝墙壁站着的人一样啊！

面壁而立，不是面壁思过，而是说你什么也看不到，哪里都去不了。

《周南》《召南》都居十五国风之首，内容侧重夫妇相处之道，

教育人修身齐家。孔鲤一定听懂了，他已长大成人，老爸这是要他系统学习《诗》呢，否则，怎么能适应这个社会呢？

孔鲤在父亲的课堂上，已经多次听到老爸这样教育他的学生：《诗》三百，一言以蔽之，曰：思无邪（《为政》第二）。这里的关键是"思无邪"，"思"为发语词，"无邪"，没有虚伪造作，都是真情流露。诗三百，用一句话简单概括，就是真情两字。文学作品最需直抒胸意，最怕无病呻吟。这也完全符合我们先人即兴的咏叹，面对残酷的生存现实，恶劣的自然条件，先人们劳力之余，依然手之舞之足之蹈之，自我找乐。

国风，大雅，小雅，周颂，鲁颂，商颂，三百一十一篇，皆为民众心底里喊出，在广漠大地上回响，宫商角徵羽，有时甚至响过行云。

真诚希望我们的散文作家，对眼前的一切，猛扑吧，尽力猛扑！不虚假，不造作，用心用情善待所有，包括天地间的草木虫鱼鸟兽。朗朗仓仓，仓仓朗朗，听，美妙的旋律，从旷野上、烟波里、花朵中清晰传来。

壬寅桃月
富春庄

目 录

Contents

▽
▽▽
▽

第一卷　时间的镜子

第二卷 梦与界碑

第三卷 生活的齿轮

透视镜里的手舞

时间的镜子

第一卷 ▽

时间就是你所凝视的镜子

我对我陈旧的排水沟而憔悴

那些廉价的习惯堵住你的去路

我父亲毕生都试图把我造就成一个男子汉

一种精神的空缺使写作变得贪婪

和童年的腮腺炎一样熟悉的地方

我不是尘世的月亮

要改变你的语言，你必须改变你的生活

时间就是你所凝视的镜子

罗伯特·潘·沃伦（1905-1989）：1905 年 4 月 24 日出生于肯塔基镇，父亲为银行职员，母亲为教师。美国第一任桂冠诗人。早年为"新批评派"代表之一，晚年诗风发生重大转变。

1. 藏青

天空有谋杀在眼睛里，我
有谋杀在心里，因为我
只是人。
我们彼此看着，天空和我。
我们彼此理解，因为

夏至日业已下坠，我站着
等。美德得到奖赏，那是
梦魇，而我必须告诉你

很快，甚至

早于白昼之光拯救的时辰，太阳，

在西边黑松山脊上空

像腐烂鲨鱼的断牙，下沉得

更低、更大、更白森森，红过了

一个母亲的发火，仿佛

罗斯福从未掌过政，或第一张叶鞘

从未有过梦的纹路。时间

就是你所凝视的镜子。

　　　——沃伦《镜的本质》

　　1979 年，沃伦的诗集《此时与彼时》获普利策诗歌奖，在此之前抒情诗集《应许》（1954-1956 的诗）也曾赢得普利策诗歌奖。沃伦的晚年成就他的一生。在房间里翻看《沃伦诗选》（周伟驰译），读到心动处，坐立不安，抬头望向窗外，父亲一边抽烟一边思考单机版游戏（红心大战），嘴里振振有词：这种牌再叫我怎么打？除了打牌，烧饭，接送我的孩子，锻炼，抽烟，听听国际新闻，看看报纸，偶尔和母亲拌嘴。安详的生活啊！也算是，父亲的晚年成就他的一生。

　　评论家《影响的焦虑》的作者哈罗德·布鲁姆对沃伦晚期的诗作了高度评价：沃伦在 1966-1986 这二十年间，写出了美国诗人在二十世纪下半叶写出的最好诗歌的大部分；沃伦的晚年，足以与哈代、叶芝、斯蒂文斯"伟大的最后阶段"相提并论，毫不逊色。布鲁姆评出了他所认为的沃伦最好的诗，排第一的是《树叶》。而我在读《沃伦诗选》时，第一首触动我的诗却是《明尼苏达回忆》，大概那时恰好在脑海里构思写家乡埠头的长诗（暂名《埠头纪事》），有可借鉴的地方。《明尼苏达回忆》的叙事弯折新奇，诗中对老格莱梅这位人物的雕塑，以及时明时暗的光影（大手电筒、旧灯笼），给整首诗布上一层古朴的色调。这种色调仿佛我早已熟悉。《埠头纪事》的开篇，我便打算以太婆布衣的藏青为诗歌的叙事色调，为什么是藏青，与我而言，它是儿时惊悚又舒朗的颜色。

记忆里的童年有一排纽扣。解开第一粒。1992 年的某个夏夜，藏青色与惊悚埋在一起。那年我 10 岁，太婆 97 岁。如同往常，父亲在学校值夜班，母亲守着小卖部。我把晚饭放进车篮，深一脚浅一脚踩着三脚架里的踏板，风风火火地从学校赶回车门里村。太婆没有抽着长烟杆坐在门口的石板凳上等我。推进房门，一身藏青的太婆跌坐在床边，头耷拉着。叫喊。摇晃。凝固与窒息。我突然下意识地"哇"一声，飞奔出去，喊大人们来。"没了"。大人们摇着头。衣柜里的藏青，藏青棉袄、布衣、小脚裤、毛线帽，后来被母亲统统扔了。有一件藏青棉袄，永远地留在了相框里，它的衣角有个火窟窿，挨着太婆而坐的我的红棉袄也有一个，那是我们馋嘴的烙印，在火钵里烤红薯时烫的。

太婆是我儿时的第一个玩伴，血脉似天的湛蓝，所以藏青也是我日后处理友情的色彩，至少舒服。车门里村很小，只有四十来户人家，我和太婆的游乐地只有隔天井的囡囡鬼家、村边的溪流、陈摆东家门口的大樟树，以及村口晒谷场的石板凳。在稀少的地方长大，人情便宽，适宜培育热情的气候。我那眼角的鱼尾纹正是被洋溢的笑所拉细拉长的。

我的太太（从小这样喊）。傍晚撒手人寰的时候
敲了敲装在两个世纪
（生于十九世纪末，逝于二十世纪末）
长烟杆里的烟丝，在她裹小脚的布鞋底

它们交头接耳，仿佛古老的话散架
在床头床尾，您一生呆着的地方
缩在被炮火轰炸幸存的银壶
改朝换代的银元让您续命

然后就有了我的父亲的父亲
父亲就有了我。我应叫您：太婆
爷爷墓碑上的您是母亲
您的墓碑上是您

我的父亲的父亲的母亲
我儿时最要好的玩伴
　　——罗帆，未完成的《埠头纪事》选，诗句弱了点。

生于晚清，涤荡民国，见识过日本鬼子。动荡、战争、饥饿、穷，太平。到长眠。太婆的一生没有传奇，又似个传奇。她说的古老话充满生活的哲理，但我还没有在她活着时长成能听懂的年纪。她的藏青衣裤，铺成我今后生活的主色调。她的精瘦，遗传给了我。她的晚年和我的童年在做同一件事，敲碎酥饼吃，烤红薯吃，到田里摘黄瓜吃，等白糖棒冰融化了吃。她走得平静，不像是一个经历

风霜的世纪老人。她和沃伦写的老格莱梅一样。面带平静。可以说，
它有一种天真的表情。

> 借着大草原第一丝曙光他们发现了他。
> 挂在带刺的篱笆上走错了
> 路，没有听到呼唤，也许。
> 至少有一里路。面带平静。
> 可以说，它有一种天真的表情。
> 　　　　——沃伦《明尼苏达回忆》节选

2. 鞭炮筒点燃的梦

突然地，老苏格弗利德——格莱梅——不见了——或似乎如此：
就像有时他是这么安静，像是不在，但
现在两个锡灯点燃了，你可以看清。他也许
只是走到外边响应大自然的召唤，暂时外出，
看雪花飘落，飘落，一站就是半小时，
一动不动，沉浸在世界里，像上帝自己世界的
一部分，一个旗杆，一棵光秃秃的树，粪堆，或石头。
到畜棚去了，他们猜测。是啊，总得有人去做。
嗯，牲口还好，你要养牲口，
就得让它们吃好、睡好，用斧柄
凿开水槽上结的冰。

他们堆上了更多的木头，听到钟摆在说

大地吐出最后一口气时会说的话："滴"和"答"。

但他们听到的并不是他们想听到的。

有人看到了新灯笼。

去拿一个旧的来，杰蒂想。或拿

他的玩具来。大手电筒——他们这么叫它，

他对它喜欢得不得了。接着杰蒂走了，很快又回来。

一只手提着一个旧灯笼，亮着、另一只手

是老格莱梅的玩具——但它灭了

像一只怪异的鲶鱼眼。他用它

用得太多了。她不说一句话，只是尖叫。

她的方格纹毛毯半披着，尖叫着，跑了

出去。他们似乎听而不闻。但喉咙里

都感到了它。尖叫声

跑出了门外，比死还

黑。他们点亮灯笼，两个灯笼，

然后跑，有人提着新的那个。有人

停下来关门。有人

不得不仔细想想。

　　　——沃伦《明尼苏达回忆》节选

　　第二粒纽扣掉在操场的司令台下。钻进去，黑黢黢一片，散在角落的酒瓶、杂草、烟头、零食袋，司令台上站着威武，而台下是荒芜的乐园。每逢正月迎龙灯，仿佛天上的星星掉落人间，大人们舞灯，我和小伙伴们收拾梦境。

　　一九九几年那个时代，经常停电。蜡烛不光是点亮知识，还有梦。滚烫，透明物，跌落，凝固。这简直和造梦的过程如出一辙。每逢晚自习停电，母亲小卖部最畅销的，除了零食就是蜡烛。白白的，透透的，同那个年代一样，纯洁。整个教室营造着白色的浪漫，会不会在烛光里许过太多愿，所以一愿未成。

梦的火把，梦中发明。

把燃放过的大鞭炮掏空内核，滴满蜡油，冷却。迎龙灯的操场人满为患，我们在司令台下忙于造梦。

有人举着鞭炮筒四处张望，一张张脸在人群中恍惚。我的脸在别人眼里是一幅什么画面？从小，我就手举自卑的火把。想要修炼一张天使的脸孔。

他会认出什么？无名的脸
在某只黎明前公鸦的梦中——要说什么，
做什么？一切梦魇
的残渣都相同，我们称之为
生活。对此他清楚得很，作为一个人，
清楚一切生活的残渣是梦魇。
除非。

除非什么？
　　——沃伦《永不知其结局的梦》节选

3. 无花果和大樟树

这里无花果树垂下叶子，无花果树

的叶子有五根手指，手指
宽广、状如竹叶、蠢、
残疾，无辜——但属于一只手，而这只手

使我躲开广阔世界的光芒，安顿下了
羞愧。我是
需要隐藏的东西。我潜伏
在无花果树的阴里。停下。
不再走了。就是此地。

到这里我带来了我的悲痛。
人的悲痛是树叶要隐藏的猥亵。
　　　　——沃伦《树叶》节选

　　陈摆东家门口有两株树，一株是无花果树，还有一株也是无花果树。为得仿写鲁迅《秋夜》，还有一株无花果树，事实上是一株大樟树。这上面的夜的天空，奇怪而高，我生平没有见过这样的奇怪而高的天空。后面这句，倒是可以直接引用，也不为过了。

　　我作为一名不成熟的写诗者，对诗的迷恋，不亚于大自然。读诗读到动容，右手抄写的五根手指，好似演奏五线谱一般。这时，对自己便生出苦涩来，为什么我就写不出呢？为什么我就不能这样写呢？为什么呢？然后，静静地望着这些诗句，很有冲动提笔写，又担忧写不出佳作。悲喜交加，一连好几天。

　　诗，把熟悉的事物写成陌生，再把陌生写出温情。沃伦的《树叶》第一诗节，把我十分熟悉的无花果树叶的五根手指喻为：

宽广、状如竹叶、蠢、残疾和无辜。"残疾"两个字，刺痛我的泪腺，我曾写过不下十几篇陈摆东的文章，除了太婆之外的另一位儿时的玩伴。后来看到电视剧《封神演义》里的土行孙，村里人调侃他，我则仰慕他。再后来他的家被一场大火烧了，他的母亲被活活烧死，他跟随马戏团浪迹天涯，我再也进不了马戏团看热闹。

我的童年的第三粒纽扣，竟然是悲伤。

有个晚上突然梦见村口的大樟树，还有早早远嫁的姑婆，醒后写了一个梦《井边女孩》。

想念陈摆东。"帆帆，你什么时候才会长大呀？""陈摆东，为什么你和我爸爸同年，却总是长不大呢？"我们在夕阳下挽起手臂，怎么也不够怀抱住大樟树；在第二天的早晨又来一遍，怎么还不够怀抱住大樟树；在第十二天的黄昏，怎么就是不够怀抱住大樟树；在第七十九天的夜晚，怎么才能够得怀抱住大樟树；在第一百八十六天的午间，怎么怎么还不够怀抱住大樟树；在第三百四十五天的不知什么时刻，怎么怎么就是不够怀抱住大樟树；在第九百一十三天的随便何时吧，怎么怎么才能够得怀抱住大樟树；在第一千八百五十天，我的父母亲带我离开了村子，住进学校大院；在第三千六百四十二天，断断续续见过陈摆东几次；在第？天，村里人跑来学校喊我们，陈摆东家着了大火，等我们赶到，他已没了家；在第？？天，我去外省求学，他跟着马戏团走了。某天醒来，彻底失去了陈摆东，儿时的小伙伴。后来，整个儿排斥有关"小矮人、侏儒"的字眼。一看，就会想到陈摆东。想到他用屈辱博取笑。想到四处讨生活。想到熊熊烈火中的他的家。想到或许在将来的某一天，能被我们怀抱住的大樟树……

　　　　——罗帆《井边女孩》节选

　　这粒梦的纽扣，扎得真实又痛。沃伦的《树叶》仿佛为我和陈摆东而写，诗的共鸣，巧合性，同姻缘一样说不清。

我对我陈旧的排水沟而憔悴

埃迪特·索德格朗（1892-1923），芬兰著名瑞典语女诗人，二十世纪北欧诗歌先驱。她早期受表现主义、象征主义及未来主义的影响，后开创北欧现代主义诗歌之先河。她的诗作都是对自己的生活、爱情和死亡的写照，对上帝的冥想。

1. 呼吸

索德格朗在十六岁时患上严重的肺结核，1923 年仲夏，在芬兰的雷沃拉死于肺结核和营养不良，年仅 31 岁，留下两百多首诗歌作品（其中包括一些句子残缺的作品），这些作品都像天鹅临终时所唱的哀歌一样，优美而哀婉。以上是译者董继平对索德格朗的赞誉。我对肺不好的诗人或作家容易产生同病相怜的情感，仿佛我们对"呼吸"这事有着某种紧密，仿佛我们张口闭口、写诗读诗都是为了"呼吸"，为了活着。

2016 年夏，体检时发现右肺里有个坏东西，主任医生说：位置长得不好，担心不是个好东西，还是切了吧！切肺叶前和闺密去了趟泰国，从普吉岛回曼谷的飞机差点出事故，虚惊一场回国，在医院病床躺了半个月，回家足足休养了一个多月才上班。自从少了一片肺叶，呼吸和活着，两件事无比重要。2018 年初提笔学写诗，好像找到了一项练习"呼吸"的技能，缓解生活的重量。

> 我想到竹海呼吸余生
> 厉刃稀软成薄雾。
> 倘若你想起我，
> 那么找溪水问一问
> 我是其中的哪一滴。
> 或许，蝌蚪此时摇摆着我
>
> 晚上，你就去问萤火虫吧
> 不用担心
> 满山都是我的爱人
> 　　　——罗帆《爱人》

这是 2018 年 6 月写的，没有任何诗的技巧。像说一句话，而不是朗诵一句话。也不懂得词语与词语、句子与句子之间的换气，诗的形体（比如十四行诗之类）。

索德格朗的天赋和早熟不光体现在年龄，她在 1916 年写的《我看见一棵树》，就富有哲理诗的韵味。她的"呼吸"练习得熟练。尤其"我还看见她输了"，深刻的阀门关停在此，诗令人在某些语境下产生窒息感。

我看见一棵树高大于其他树

挂满我的手不可企及的球果；

我看见一座高大的教堂开着门

所有出来的人都苍白而强壮

准备好死去；

我看见一个女人微笑着涂脂抹粉

为她的运气而抛掷骰子

我还看见她输了。

一个圆圈画在这些东西周围

没有人跨越它。

　　　　——索德格朗《我看见一棵树》

　　哲理和叙事诗向来是我的弱项，一叙事就啰唆，一哲理就浅薄，其实抒情诗的"呼吸"也不熟练，我的诗的"呼吸"还没有练到炉火纯青。曾有好几个朋友好言相劝，要不写诗，要不写小说，两种文体的语言要求不一样。挣扎很久以后，我还是无法选择放弃哪一样，因为同样热爱。像我的肺，热爱在树林里"呼吸"，也热爱"呼吸"人群。我无法阻隔多样性的热爱，比如我还热爱音乐、画画、书法，这些精神罪恶的本源，我无法阻隔对它们热爱的"呼吸"。所以，至今我的文本，诗的文本，小说的文本，散文的文本，都夹带着类似由青草、水腥、泥土、柴油等混合而成的气味。不知别人是否闻得惯，反正我是挺热爱的。

2. 老房子

多么新颖的眼睛面向古老的时代

如同那些没有心灵的陌生人……

我对我陈旧的排水沟而憔悴，

我那阴郁的伟大哭泣出无人见过的

辛酸泪水。

我与那把新居建造在伸向天边的

蓝色山丘上的陌生人

继续生活在旧日子的甜蜜中，

我与被俘的树木柔声谈话

有时又安慰它们。

时间多么缓慢地消磨事物的核心，

又无声地踩上命运那沉重的脚跟。

我必须在这里等待那给我的灵魂

带来自由的温和的死神。

　　　　——索德格朗《老房子》

　　每天在部队大院散步，快递收发室排房的路口有两棵水杉树，并排着、紧挨着，像知己又像红颜，总令我想起沈尹默的《月夜》：霜风呼呼地吹着，月光朗朗地照着。我和一株顶高的树并排立着，却没有靠着。我总想象自己是其中一棵水杉。排房边上还有两棵连理大樟树，也是令我时常抬头仰望的。左边一棵是阴树，她的枝干有女性的柔美；右边那棵必定是阳树，看他挺拔的英姿。心下，自言自语。军官饭堂前有一棵奇怪的树，我总幻想着某天它能跳出一只大龙猫来，举着它可爱的雨伞，飞到人间。

而我所住的老房子，是上世纪六十年代仿苏联建筑造的，我曾写过一首《大院纪事》，也像只不打鸣的公鸡，昂着头，每天大院里转来转去，一晃转过了数十个春秋。

你的父亲是位苏联工匠
他有没有蜷曲的大胡子，喝着烈性
伏特加，用黏稠的性格涂抹你东方的裂缝
以至于你刚毅得不像个南方姑娘。

你的母亲是原始人
她土生土长，气候聪慧而内敛
你的父亲骂着她听不懂的长串音符
他们相对而视时，大胡子会吹起气来。

你的父亲和母亲
是世界上最强大的穷苦联姻
但这不亚于某位满脸麻子的葡萄牙公主
坐在四溅泥浆的马车嫁给某位西班牙王子。

——罗帆《大院纪事》节选

索德格朗的老房子埋着古老与甜蜜，陈旧的排水沟排着我们体内的污秽，当我们某天同它们一样憔悴，陈旧，生命显露出锈迹，然而一抬头看这些郁郁葱葱的树，"呼吸"又缓过来。我常常在工作一天的疲倦后，躲进树林。像只不懈的蚂蚁，来回。搬运林间，那些有光的日子。

假使索德格朗的老房子有个花园，房子里的某堵墙挂有十字架，她应该是在那儿写出《悲哀的花园》和《基督式的忏悔》。

唉，那窗户看见

墙壁记起，

那一个花园能够伫立又悲哀

一棵树能够转身询问：

谁还没有来，什么不好，

为什么空寂沉重而又一言不发？

苦涩的石竹在路边丛生，

云杉树的黑暗在那里变得深不可测。

　　　　——索德格朗《悲哀的花园》

李先生分配到的老房子，是个小合院，刚住进去那两年，墙院里有两棵高大的水杉树，出客厅门口到小院子极不方便，一不小心就会撞到其中的一棵。不过住久了，连两娃都学会了绕道而行。索德格朗的一棵树能够转身询问，我家的两棵树直接被砍了，起先只剩两个树桩，后来父亲花了好几天砍树桩，可我们早已习惯绕过水杉树生长的地方。

父亲蹲在窗外砍树桩

被削的碎皮被母亲装入麻袋

笑着说：他在愚公移山

我绕着树桩兜走回忆
仿佛十几年前刚住进来时的端倪
孩子大了，树老了
我捡起树皮，切断的年轮
遗忘年龄，包括父母亲的
只是在夜晚起身时
我又不自觉地绕过树桩
　　　——罗帆《树桩》

　　不知从何开始，越来越逃避生活的现实，这首《树桩》写于
2019 年，至少那时还会记录生活里的小感小悟。时间慢慢把我磨成
一个没有温度的人，写的文字束之高阁，哪天跌下来会摔得很痛的。
我反复质问自己：为什么？身边关注我作品的朋友，同样问我这个
问题，为什么？为什么不写真实发生的事？比如，孩子的教育，工
作上的事，婚姻，等等。可能我害怕失去，可能害怕深究容易造成
幸福失衡，也可能会得罪人，所以没有勇气写。

幸福不是我们所梦之物，
幸福不是我们所回忆的夜，
幸福不是我们所渴望的歌。

幸福是我们从不想要的东西，
幸福是我们发现难以理解的东西，
幸福是为每个人而竖起的十字架。
　　　——索德格朗《基督式的忏悔》

没有勇气写，毕竟幸福对我来说，太需要，和呼吸、水、阳光、爱一样重要。请允许我在不切实际的文字面前，深深地忏悔。

3. 我们女人

我相信，我是个女人，我对女人的直觉。爱，是一个女人一生苦苦追求的。爱，是一个女人的全部。

我们女人，我们多么接近褐色泥土。
我们询问布谷鸟春天他期待什么，
我们用双臂拥抱光秃的松树，
我们在日落时寻找预兆和忠告。
我曾经爱过一个男人，他什么也不相信……
他在一个寒冷的日子带着空虚的双眼而来，
他在一个沉重的日子带着眉头上的遗忘而去。
如果我的孩子没有活着，那是他的……
　　——索德格朗《我们女人》

读到这首诗的最后一句，震撼住，为了不理解出错，又确定了一遍。没有活着，就是死了。如果我的孩子死了，那是他的……

索德格朗写爱情也是委婉的，大抵经历了刻骨的经历。以女人的心思来探讨，太甜蜜的爱，一般写不出惊人的诗句，尽收眼底的美景，也是一种缺憾。

河流在桥下流动，
花朵在路边闪烁，
森林躬身对土地喃喃低语。
对我来说，一切都不再高或低，
黑或白，
自从我看见了一个白衣女人
在我爱人的怀抱里。
　　　　——索德格朗《黑或白》

　　我对感情有条界线，是个黑白十分分明的人，喜欢就是喜欢，不喜欢就是不喜欢，爱就是爱，不爱就是不爱。当读到索德格朗这首不怎么起眼的小诗，我却是欢喜的。这好似在万千人群中觅知己，对写作的人来说是寻找文字上的灵犀。更何况，我和索德格朗同样肺不好呢！如果能相遇，会成为闺密的。

　　从文字中断定，索德格朗对待爱情，懂得冷峻的。

而王后询问她的秘密顾问：
谁是我丈夫爱着的邪恶的女人？
——他爱所有激起他的热血的女人。
可这些女人中最为必须反对的是谁？
——你最必须反对的是你自己的黑色脾气。
但我将怎样反对我自己的黑色脾气？
——当太阳落下的时候，让使者吻你。
　　　　——索德格朗《一个忠告》

　　女人在爱里的智慧，比男人要无穷。男人可能横冲直撞，女人有柔有刚。婚姻的桌布上，摆着柴米油盐酱醋茶，孩子作业谁管，上学谁接送，晚饭吃什么，被子谁叠……曾有几位朋友，直言不知该如何天天面对一个人，而且天天共处一室。我说：你一定不够爱，或是不够孤独。我和李先生结婚十五年，尽量互相裁剪出碎花布，尽量让婚姻这块桌布精致些，靓丽些。婚姻嘛！像一件衣裳，缝缝补补，合不合身的一辈子就过去了。

　　出家人不打诳语，李先生。
　　你我，并非遁入空门
　　然这几年的境遇，像个木鱼
　　念念不忘，人生无常的深意。

　　那日你通过视频哭泣，
　　命运考量前途的刻度
　　在你生命的标尺上已模糊。
　　接不住的泪更令人伤感
　　认人生可喜之事悦雀般疏离枝头，
　　你说假使羽翼不丰满
　　如何带着我们，飞往温暖的南方。

　　我干枯的眼，像冬日的草木
　　渴望在春光明媚的时日
　　与你同行。

今日你遥寄白云

同片天空下，我们是两棵青松

有明月晚照。

　　　——罗帆《晚照》致李先生

　　算算写给李先生的诗还真不多，2017 年部队换防送他去火车站，倒是写过一篇《你的背包》：嫁给李先生的这些年，我学会了与孤独相处，学会了在无助中冷静，学会了独自面对困难，学会了无视自己的矫情，学会了既当爹又当妈。

　　我们女人，我们多么接近褐色泥土。

那些廉价的习惯堵住你的去路

卡瓦菲斯（1863-1933）是希腊最重要的现代诗人，也是 20 世纪最伟大的诗人之一，其诗风简约，集客观性、戏剧性和教谕性于一身。他是个同性恋者，在他为数不少的情诗里，对象常常是模糊的，他的大部分情诗都写得温柔，略带无奈和悲哀，不至于使读者感到难堪。

1. 就这样，一个单纯的少年变成了值得我们去看的东西

日子是单调的、百无聊赖的，并且走到哪里都一样，用他自己的话说："我能在哪里过得好些？下面是出卖皮肉的妓院；那边是原谅罪犯的教堂；另一边是我们死亡的医院。"唯一的拯救便是接受，听任时间的宰割和腐蚀，这种消极的态度不失为一种对抗，只有这样才能获取片刻的安宁。写诗也是一种消极的反抗，同时又是一种慰藉、一种寄托，以便忘记时间以及它所带来的无穷无尽的痛苦和烦恼。黄灿然为《卡瓦菲斯诗集》写于 2002 年 3 月 22 日《译序》里的一段话。由此话引出卡瓦菲斯对诗的态度。如果诗是一座城池，

我们这些写诗者跋扈地站在墙下拉弓、射击，那个对手与敌人，不是温煦的太阳，而是自我本身，那颗火热的心。

我与一位诗人的对话，正是与自己的对话。一看《卡瓦菲斯诗集》目录：1903 年的日子、1896 年的日子、1901 年的日子、1908年的日子、1903 年 9 月、1903 年 12 月、3 月 15 日、关于犹太人（公元 50 年）、西顿的戏剧（公元 400 年）、西顿的年轻人（公元400 年）、在公元前 200 年……也是一个细枝末节的人。通常我的小聪慧发挥在两样事物上，一是对人的退让，二是对时间的静止。我脑海里那些有关时间的数字，如同二进制码在生命里编程序，令我陷入情感的循环，什么时候、什么人、说了什么、做了什么，这些木偶线提着我，叮当哐啷。我的眼神多么轻易就能洞察敏感，而时间的沉着，告诫我豁达、善良、记恩，堵住漏水的心灵孔洞。当你瞥见将你置身事外的对视，退让，吸一口气，微笑，转身离开。你要记得没有一个人可以躲过木偶戏的命运。

　　他做学生的时候怯懦地想象过的一切
　　如今都摊开在他面前。而他四处逛荡，
　　整夜留在外面，没有头绪。他新鲜热烈的血液
　　就像应有的那样（对我们这种艺术来说）
　　被感官快乐品尝着。他的肉体被那
　　受禁止的情欲狂喜淹没了；他那年轻的四肢
　　完全任其摆布。
　　就这样，一个单纯的少年
　　变成了值得我们去看的东西，有那么一刻
　　他也经历了那被人吹捧的"诗歌世界"，

这位有着新鲜热烈的血液的年轻感官主义者。

——卡瓦菲斯《经历》

就这样，一个单纯的少年变成了值得我们去看的东西。假使有一位朋友，愿意陪你回顾过往，聆听时闪烁着萤火虫的光芒，愿意陪你畅想未来，而当下，记得珍惜便好。我的敏感总是来得后知后觉，又像个水桶垂挣在井口。经历雕琢，冷峻的面孔、包容的心、善意的眼眸、轻飘的身体，我成为山后的人。

> 七月末的某个清晨
> 我从雨中醒来
> 远处的峰峦弥漫雾中
> 山的背后一定有人
> 静坐还是行走
> 望不透的事物反正我已望不见
> 因为这些年总有山有雾
> 对山后的人也不再好奇
> 我不买他的柴火
> 我不在此地生起炊烟
> ——罗帆《山后的人》

2. 自九点以后

我的房间，最辛苦的不是床，而是台灯和书桌。凳子也累的，不过好在我瘦弱。我的刻苦，连累了好多物件。刘家琨为游小苏油印本写的序言，时隔不久回头翻读，钟鸣的刻苦给我的刻苦带来无限文字快乐，但愿我写《读诗札记》会延续这种快乐的文字生命。"有个孩子，他感到生活太贫乏了些，每天晚上瞌睡前，都要把手压在胸膛上，就是做噩梦也不后悔。一夜，飘来一个鹤发童颜的老人，说道：汝必造一天梯，登至云轻雾渺处，方得解脱。"于是，他开始造梯子了。他自己锯，自己钉，自己包扎大拇指。一个人偷偷地干，因为人家知道了会边剔牙边笑：你的呀！过了九九八十一天，梯子好歹造出来。可他爬不上去，原来他从小就在方方的天井里待惯了，近视眼，满心脚，还有头晕病，他一面哭着，一面推倒梯子。毕竟是下了功夫的，梯子又大又重。它倒下来，轰隆一声压塌了围墙，伸长在大地上——铁轨就这样发明出来。"这是目前我所见过最有趣的序言，多以学术成就或是个人感慨的方式写，像刘家琨这样写的，寓意深刻又不失风趣，所以让我爱不释手。"

我的刻苦的快乐，就在于此，这点对人、事物和文字的后知后觉的小小敏感。

十二点半。自九点我亮了灯
坐在这里以后，时间过得
真快。我一直坐着，既不阅读
也不说话。完全独个儿在屋子里，
我能跟谁说话。

自九点我亮了灯以后
我年轻身体的影子
就紧缠着我，提醒我

那些关闭的散发浓香的房间，

提醒我过去的感官快乐——多么无畏的快乐。

它还给我带回

现在难以辨认的街道，

现已关闭的热闹的夜总会，

已不存在的戏院和咖啡馆。

我年轻身体的影子

还带回来那些使我们悲伤的往事：

家庭伤痛、分离、

对我自己的人民的感情，对

不为人知的死者的感情。

十二点半。时间怎样消逝啊。

十二点半。岁月怎么消逝啊。

——卡瓦菲斯《自九点以后》

拖着一天的疲惫，回家。先填饱肚子，在树林行走发呆一小时，接着去学校接大娃（晚自习放学），洗澡洗漱，差不多九点以后，才是我个人的独立时间。我的刻苦以此计时。这两天，有幸跟着朋友们采访《雨果诗选》《高乃依戏剧选》《兰波诗选》《拉马丁诗选》《恶之花》等作品翻译家张秋红，他回忆当初翻译《雨果诗选》的刻苦，白天在厂里干体力活，晚上通宵达旦，查阅字典推敲译文，赶在出版社指定时间内完成译稿。我的刻苦，和贡献相比，真的微不足道。

再有夏多布里昂《幕后回忆录》里写德·博蒙夫人的社交圈子，她的父亲是阿尔芝·马克·德·圣埃兰，路易十六时期担任外交部长。她性格中的强硬和急躁来自她性格的力量和她身体上的痛苦（肺结核）。看看肉身的刻苦与精神的刻苦，它们如同卡尔维诺《未来千年备忘录》里的其中几句：你不能折叠一片洪水；放进抽屉；因风儿已发现它在外面；泄露你的松木地板。刻苦是一片洪水啊！怎能放进抽屉呢？

有关伏案的刻苦，写过几段具体的文字。

> 桌子的四只脚不是壁虎的
> 虽然我很想和它那样卧在雨林
> 而不是伏案的辛劳，那样
> 可以爬，穿过未曾到达。
> ……
> 短暂地思考
> 尾巴被雨切断
> 桌脚为什么没有鞋子
> 我该回来写作了
> ——罗帆《没有鞋子的桌脚》

伏案于1米长、55厘米宽、75厘米高的木桌子上，台灯照着发黄的书籍，我像个穿着燕尾服的指挥家在执掌我的文字帝国。这是我打算写的长诗《指挥帝国》的序，至今没有写，"打算"两个字，某种程度上听起来一点儿也不刻苦。

3. 那些廉价的习惯堵住你的去路

糟透了，为了宏大而高贵的行动

你竟惨败至此，

你不公平的命运

从未给予你鼓励，却永远不让你胜利；

那些廉价的习惯堵住你的去路，

琐碎，或者冷漠。

你放弃的那天又多么可怕

（你松手并放弃的那天）

你走上前往苏萨的道路，

去投靠阿塔泽克西兹国王，

他很友好，在皇宫给你一个地方

并给你管辖区之类的——

这些东西你都不想要，

但是在绝望中你还是照样接受下来。

你期待着别的东西，盼望别的东西：

百姓和辩士们的称赞，

那来之不易、无价的喝彩——

那广场、那剧院、那桂冠。

你不能从阿塔泽克西兹那里得到这些，

你永远不会在管辖区找到这些，

而没有它们，你过的将是什么样的生活？

　　　——卡瓦菲斯《总督管辖区》

　　从小，我就善于各种看。看哑巴的外婆用手往张开的嘴边摇动，带着慈爱的微笑，发出啊哇啊哇的声音，我便知道，外婆是在问我饭吃过没有。通常，吃过了我也会乖巧地摇摇头。外婆的乐趣，给我烧一碗酱油炒饭，看我哗啦哗啦大口大口地吃，这是一种爱。看父亲刨木板，卷起的木屑薄透而清香，我捡起来乱涂乱画，天马行空有个正当场所为非作歹。看母亲数硬币，十个一叠排好，卷进剪好长度的废报纸，一角的，五角的，一元的，一百个一筒卷好排好，觉得好玩我也跟着卷，母亲说这或许是导致花钱大手大脚的罪魁祸首。看文不对题的话语从嘴巴里溜出来，笨拙的蛆虫蠕动它肥胖的身躯，看失落的皮屑浮于自卑的水面。看某人的多样性，不曾与我的专一结藤，看蔓藤感伤的花开，都不值得，都不值得。看向东流的溪水向西走，仿佛一条溪流，一个我。看夕阳沉入山头，它滴下的眼泪，浇灌我新酿的酒，却再也不能喝。看一个人远去，连身影都变得模糊，看到这样的残忍……

　　这些廉价的看，无谓的看，关爱的看，任性的看，执着的看，廉价的习惯挡住我的去路。我所看的那样渺小，永远离不开一个人，一个人的身影，一个人的爱，一个人的浮沉，一个人的清醒却醉了，一个人醉了又何必清醒，一个人的哭与笑，一个人的生和死，一个人的一个人。我无法摆脱这些生命中最珍惜的许许多多：一个人。这些许许多多，一个人，有了我的生命，有了我活下去的动力，有了甜蜜、温暖，有了眼泪，有了欢笑，有了不是我一个人的一个人，有了树的绿液，有了无声息的水，有了集合的我。

　　我的去路，这样窄，我的瘦弱陪我一同，挤进这样的窄。这是卡瓦菲斯的《城市》，但我不绝望。

你说："我要去另一个国家，另一片海岸，

找另一个比这里好的城市。

无论做什么，结果总是事与愿违。

而我的心灵被埋没，好像一件死去的东西。

我枯竭的思想还能在这个地方维持多久？

无论我往哪里转，无论我往哪里瞧，

我看到的都是我生命的黑色废墟，在这里，

我虚度了很多年时光，很多年完全被我毁掉了。"

你不会找到一个新的国家，不会找到另一片海岸。

这个城市会永远跟踪你。

你会走向同样的街道，衰老

在同样的住宅区，白发苍苍在这些同样的屋子里。

你会永远结束在这个城市。不要对别的事物抱什么希望：

那里没有载你的船，那里也没有你的路。

既然你已经在这里，在这个小小的角落浪费了你的生命

你也就已经在世界上的任何一个地方毁掉了它。

　　——卡瓦菲斯《城市》

　　我刚从一座城市回来，从一群会说美丽又崇高的（卡瓦菲斯《安娜·达拉西尼》中一句：她从不说"我的"和"你的"这些冰冷冷的话）长者们身边回来，独自重新面对这些死循环、很窄的去路，我的气氛与他们的生命在一起仍然是有力的（引自卡瓦菲斯《爱奥尼亚音步》，原句"我"是"你"）。

我父亲毕生都试图把我造就成一个男子汉

耶胡达·阿米亥（1924-2000）是公认的以色列当代最伟大的诗人，也是20世纪最重要的国际诗人之一。他的诗透明而睿智，善于把日常与神圣、爱情与战争、个人与民族等因素糅合起来。时间是阿米亥诗作中最重要的主题之一，作为犹太人，他对民族生存的延续、历史极为敏感；作为一个人，他尤其对时间在人身上刻下的年轮、年岁敏感。

1. 这世上半数的人们

一个诗人的命运钩锁与其中一首诗被人们送上传诵带息息相关，阿米亥是我学写诗时最早接触的诗人之一，他的名字被断续的碎片化阅读牢记。最初记住他的一首《假如我忘记你，耶路撒冷》，将他片面定义为写战争题材的诗人，是个语言用力的诗人，不太符合瘦弱的我。然而，认识我的人或多或少了解我的脾性，内心不似外表瘦弱，反而我发现这些诗非常适合我暗涌的力量。时间，正如契合的清晨与雾气，在诗作中产生晶莹的露珠。

这世上半数的人们

爱另一半，

半数的人们

恨另一半。

难道因为这一半和那一半

我就必须像雨水循环，

去无休止地流浪和变动，

难道我必须睡在岩石间，

像橄榄树干一样变得饱经风霜，

听月亮朝我吠叫，

用忧虑掩饰我的爱，

像铁轨间惊惶小草一样抽芽，

像鼹鼠一样生活在地下，

只属于根须而不属于枝干，

不感到我的脸颊贴着天使的脸颊，

在第一孔洞窟里恋爱，

在一顶支撑着大地的

光的罗伞下与我妻子成婚，

演出我的死亡，总是

直到最后一口气和最后

几句话而无须理解，

把旗杆插在我的房顶，

下面修一个防弹掩体。并且外出走在

只为返回而修筑的路上，经过

所有可怕的车站——

猫、棍棒，火、水、屠夫，

在羔羊与死亡天使之间？

半数的人们爱，

半数的人们恨。

在如此对等的两半之间我的位置在何处，

透过什么样的缝隙我将看见

我的梦的白色的建房计划

和沙滩上赤脚的奔跑者，

或者，至少，小山旁

一个少女的手帕的挥动？

　　　　——阿米亥《这世上半数的人们》

　　这世上半数的人们爱另一半，半数的人们恨另一半。诗里排布阴阳八卦的阵容，联想到高中时不记得在哪本杂志读过的一篇文章，到百度一查居然能找到大概：一个快要做妈妈的女人在自己的院子里种了一棵百合和一棵金盏花，她想如果金盏花先开就是男孩，百合先开就是女孩……她盼望的是金盏花先开，看来她想要个调皮的男孩子了（这个时候我以为又是有一个重男轻女观念的妈妈，可是接着往下看，却和想象真的是不大一样啊）。她不是不喜欢女孩子，恰恰相反，她是太喜欢女孩子才希望金盏花先开，她觉得一个女孩子来到这个世界成长是多么不容易，如果长得丑，来到这个世界肯定有很多烦恼。"世间每绽放出一株百合，上帝就会创造出一株金盏来陪伴她，即使最平凡最卑微的那一株也不会例外。而让我们与生命中的金盏百合擦肩而过的，往往是那颗期待爱情而又害怕受伤的卑微的心。"每绽放一株百合上帝就会创造一朵金盏陪伴，这个故事一直印刻在脑海里。

半数的人们爱，半数的人们恨。半数的百合，半数的金盏。多完美的阴阳学。

2. 一间屋里三四个人当中

为了赶书稿，我已经好久没有和朋友们欢聚了。平时往日，我们时常相约，挤在一间屋里高谈阔论。那天，我对一友说：在清醒的我的眼里看你们，还是需要靠酒精和香烟来刺激说出一些绕不过去又不得不绕过去的事情，这样的场面令我感伤又无可奈何，毕竟我不喝酒，所以，有些绕不过去的事，清醒的我开不了口，只得硬生生跨过去，隔阂的沟壑只得让情义崴脚了。有时，十分讨厌自己的清醒，或许朋友们也忌讳我清醒。拥抱过彼此的丑态，会不会更自如些呢？

一间屋里三四个人当中
有一人总是伫立在窗前。
被迫观看荆棘丛中的不公，
山上燃烧的火。

完整地离去的人们
傍晚被带回家来，像找回的零钱。

一间屋里三四个人当中

有一人总是伫立在窗前。

暗黑的头发覆盖着他的思绪。

他身后，是喋喋的人声。

而在他面前，文字漫游着，没带行李。

没有资粮的心，没有水的预言，

被放在那里的大块石头

依旧封闭着，像信函

没有地址，无人收到它们。

————阿米亥《一间屋里三四个人当中》

对朋友的歉意不仅是喝不了酒，抽不了烟，还保持着一份绝对的清醒，张望明亮的审视，吐露着条理清晰的话，乐趣失去的空隙，我也是无法缝补的。酒过三巡后，我不能假装同样醉酒，我想表演的肢体是僵硬的，我想表达的真情是肉麻的，我想挑出的刺不是长在鱼身上的，我想编的故事又怕伤害到朋友们，我想要献出的好意可能会被一瓶醋打翻。你们看，一间屋里三四个人当中，有一人总是伫立在窗前。那个人，总是我。

酒杯不再盛满友谊。

难道喝不出被在意勾兑的误解吗？

那具与夜晚搏斗的形骸，指着

沉重的苍白金属门说要进来再坐一会儿；

再坐一会儿，朋友；再坐一会儿，天就放明。

难道就让自己一醉了事，然后

嚷着：再坐一会儿，某些郁结的心绪

就随晨雾散去了吗？

你难道分明都知道却假装不知道，

我就真的不知道了吗？

想起过去蒸馏的香醇；想起过去

友谊的酒杯透明得交心见底。

想起这些，我想一饮而尽。

　　　——罗帆《想起这些，我想一饮而尽》

不说某天！或许因为扯不平的荒唐，我出走友谊的屋子，请试着记住一些细节吧！

试着记住一些细节。记住你所爱

之人的衣着

以便在失落之日你能够说：最后一次看见

穿着如此如此，棕色上衣，白色帽子。

　　　——阿米亥《试着记住一些细节》节选

这儿，朋友们，改一下细节：穿着如此如此，白色长裙，黑色帽子。这是我的装束。

3. 假如我忘记你，耶路撒冷

假如我忘记你，耶路撒冷，

那么让我的右侧被忘记。

让我的右侧被忘记，让我的左侧记忆。

让我的左侧记忆，你的右侧关闭，
你的嘴张开在城门附近。

我将记住耶路撒冷
而遗忘森林——我的爱人将记得，
将散开她的头发，将关闭我的窗户，
将忘记我的右侧，
将忘记我的左侧。

如果西风不来临
我将永不宽恕城墙，
或大海，或我自己。

假如我的右侧将被遗忘，
我的左侧将宽恕，
我将忘记所有的水，
我将忘记我的母亲。

假如我忘记你，耶路撒冷，
就让我的血被忘记。
我将触摸你的额头，
忘记我自己的，
我的嗓音
第二次也是最后一次
变成最可怕的声音——

或沉默。

　　——阿米亥《假如我忘记你，耶路撒冷》

　　前面我有提到，最初读阿米亥正是这首诗，一位诗人永远离不开故乡和爱情两个主题，一块是身体的土壤，一块是精神的花园。所以，等我无聊时，把诗人们所写故乡的诗搜罗到一块儿，也是件有趣的事。而那些发呆的瞬间，都留给一首诗带来的触动、震撼和情不自禁。

　　下面这首《媚兰之眼》写于我初学写诗时，一个字都没有修改，归还初学者的诗的本来面目。后来陆续写过几首故乡的诗，始终原地踏步，近来也有两个月没有写过一首，我知道日月星辰的部署还没妥当。

01
我的家乡是个埠头小镇
她美得安静，像颗星辰。

清澈的水，淡淡的云
抬头可望高大的梧桐与水杉。

老街是小镇的中轴
串街走巷的茶馆店里旖旎着白汤水汽
煤炉上冒着天南地北溯古追今之事
人们煮着淳朴，度过一年又一年。

02

我童年所有的粉红记忆都与这些有关
江水、茶汤、老街、学校大院、故人们
还有我外公家的糕点店。

十六岁那年，离家外出求学
第一次意识到家乡的美
把她写进了我稚嫩的诗里。
未曾想到，此去一别
竟成了一辈子的事。

03

父母亲卖了祖房随我流浪
家，自离了家乡
已少了一角墙基。

很多次，想回去看看
那埋葬了年少时光的地方
那淌着青春热血的江河
那回不去的美好光阴。

04

如今，似乎越发回不去了
家乡正在发生翻天覆地的变化
青砖黛瓦的老屋被粉刷成五彩缤纷

埠头江边的石子路演变为欧洲风情小街。

那不是我的家乡。
不是记忆里的
也不是灼烧的一颗游子心。

我多么想拥有一双媚兰的眼睛[1]
"像是顽皮的世界上做出的两件好事，
的确也像是两支周围有遮挡的蜡烛，
什么风也吹不着，光线柔和，
放射着重归故里的幸福光芒。"
[1] 玛格丽特·米切尔《飘》一书中，瑞德描述媚兰的话。
　　　——罗帆《媚兰之眼》

这首稚嫩的诗，记载我成长的步伐，以及关闭不了的记忆阀门。
我的诗还没精确到一片夏云，不够纯净，不是远离故国不久，
而是我要跋涉的路程还在远山。

耶路撒冷是这么一个地方，那里的人
都记得他们忘记了什么，
却不记得那是什么。
　　　——阿米亥《爱国歌曲组诗》第21章节选

我的埠头小镇，我记得我是那里的人。

4. 我父亲毕生都试图把我造就成一个男子汉

在参加工作前，我的头发从未长过肩，小时候我有几个绰号，"六分头""铁钉辣椒""番茄"，大抵都与发型有关，准确说是个"野小鬼"（家乡话，意思是像个男孩）。父母亲婚后盼着能生个儿子传宗接代，偏偏赶上计划生育，他们的遗憾——我的幸运——独生子女。从小，父亲把我当男孩培养，母亲也是一身凌然，丝毫捕捉不到一丝女人味。我是父母亲的影子，倔强、刚硬、野小鬼。

> 我从父亲那里学到的是：痛苦和大笑
> 还有一天三祈祷。
> 我从母亲那里学到的是：闭紧嘴唇、衣领、
> 碗橱、梦和手提箱，把一切都放回
> 原处，还有一天三祈祷。
> ——阿米亥《你可以信赖他》节选

我并没有从父母亲那儿遗传到聪慧，小时候被问得最多的一句话：你是谁家的女儿啊？认识父亲的说，大概你像母亲，认识母亲的说，大概你像父亲。都认识父母亲的，只能说：龙生龙，凤生凤，以后会出息的。出息，父亲给我取名时也只是希冀于：一帆风顺，就好了。

我父亲毕生都试图把我造就成一个男子汉，

以使我有一副柯西金和勃列日涅夫式的硬面孔。

就像将军、舰队司令、证券经纪人、行政官员等等：

我造就想象的父亲以取代

我父亲。

我不得不给我脸上拧进英雄的表情

好像一只灯泡拧进它的硬螺口插座，

拧进并点亮。

在我一生中我父亲都试图把我造就

成一个男子汉，可我总是溜回

到大腿的柔软和祝福的渴望之中：

"按其意愿造我者"。而他的意愿是女人。

我父亲害怕无益的祝福。

祝福果树的造就者，不要吃苹果。

祝福而无须爱。爱而无圆满。

我吃而不饱也不祝福。

我的生命铺展和分裂：

童年时代尚有国王、鬼怪、铁匠的

故事，现在是玻璃房子和闪亮的宇宙飞船，

辐射的寂静而无希望。

我的双手伸向一个不属于我的过去

和一个不属于我的未来：以这样的双手

难以爱，难以拥抱。

犹如屠夫以刀磨刀

我以心磨心。心

变得愈来愈快，愈来愈薄，直至消失。但我的灵魂依然在磨砺，我的噪音迷失在金属的声音之中。

——阿米亥《游记》节选

我的双手伸向一个不属于我的过去和一个不属于我的未来：以这样的双手难以爱，难以拥抱。我想还是要感谢我父亲毕生都试图把我造就成一个男子汉（这些细节的例子，留给回忆），以至于我没有输掉生活的阵营。

一种精神的空缺使写作变得贪婪

托马斯·特兰斯特罗默（1931-2015），20世纪瑞典著名诗人、北欧诗坛代表人物之一。他的作品充满古典形式诗歌、巴洛克时期诗歌、现代超现实主义诗歌的相互比较和借喻。其诗歌的意象来源于对周围自然界的观察，寓意丰富，风格极其简朴，他把印象主义、象征主义、表现主义和北欧抒情诗歌传统融为一体，给瑞典诗坛和整个北欧诗坛带来了一种新的诗风，影响甚大。他是诗人，也是心理学家，这种双重身份和他的创作紧密地联系在一起。1971年，在回答瑞典诗人贡纳尔·哈定的采访时他这样说："我相信它们之间有一种非常密切的联系，尽管看不见。一个人写作的一切都是积累的经验的表现。而一个人在飘忽不定的世界中遇见的问题，很大程度上展现在我所写作的东西里面，尽管它并不总是直接显现出来。但它一直就在眼前。"这就是特兰斯特罗默。第一本诗集《诗十七首》一问世，就宣告了他那种与众不同的新诗风的诞生。

1. 一种精神的空虚使写作变得贪婪

读特兰斯特罗默的诗之前，先来读他的随笔，这些行动的语句心旌摇荡，像深入一口井，打捞出一小桶自己，流水沿着苔壁。"我敏感地意识到被认为局外人的危险，因为我打心里怀疑自己是局外人。我被吸收在正常的孩子们不会有的兴趣里。我自愿参加绘画班，速写水下的景色：鱼、海胆、螃蟹、贝壳。老师高声评论说我的画非常特别，而我的惊慌又回来了。有一种感觉迟钝的成年人总想指出我有些古怪。我的同学真的更加容忍。我既不合群也不横行霸道。"这段话摘自特兰斯特罗默《初级学校》，诚恳、幽邃。而在此之前，我对这位诗人完全陌生，当我研磨粉末般读着他的文字，整个刮风的午后，我是踮起脚绕过童年起舞的。我不敢对童年回忆过多，因为那是一段十分清楚的自我否定的过程，那种羡慕别人聪明的荒凉感，如同刚被收割过的稻田，金甸甸的谷粒属于别人，我永远是跟在队伍后面的拾穗者。

这些年能博弈的对象，特兰斯特罗默在答文刊《乌尔伊拉斯》写道：诗是活跃的沉思，它们要使我们保持距离，而不是把我们推入睡眠。在前几天，没选择好接下来要走的文学路，友情的硬币帮我抛向上空，一面小说，另一面诗。诗的一面取自善意，贪婪点想，或许是一种勉励的馈赠。我尝试着在文学堡垒中当一名采蜜人，那些花开得很鲜艳，无论哪只蜜蜂也要飞向诱惑，然后罩一层黑色面纱，遮挡感伤。那个对话的人，隐匿在花蕊丝、花瓣中、蜜蜂的毒针、蜂窝里，请不要对我使用迷惑的巧语，我只是一名采蜜人，对待生活和采蜜一样严谨，裹挟风险，我不擅长以蜜勾兑蜜。

一个夏天的早晨，一把耙钩住
死者的骨头和破碎的衣衫。——他
在泥碳沼排干之后躺在那里
而现在站起来走上他那光芒中的路。

金色种了在每一个区域围绕着
古代的罪孽而漩动。装上甲胄的颅骨
在耕耘过的田野中。一个流浪者在途中
而山峦密切注视着他。

在翅膀合拢的子夜，射手的管乐
哼哼响在每一个区域
而往昔扩展在它的崩溃里
比心灵的陨石还要黑暗。

一种精神的空缺使写作变得贪婪。
一面旗帜开始发出噼啪声。翅膀
围绕战利品而合拢。这骄傲的旅行！
信天翁在那里衰老于时间之腭里的

一片云。而文化是一处鲸鱼加工场
陌生人在那里行走于白色的
山墙、游戏着的孩子中间，并且
他依然随着每一次呼吸感到

那被谋杀的巨人的出现。

　　　　——特兰斯特罗默《挽歌》节选

　　最喜《特兰斯特罗默诗选》里的《挽歌》，原本想模仿写一首上面提到的采蜜人，因为每次遇到生活里的甜，便陷入循环，享受甜，害怕失去甜以后的苦。往往我采用的方法：克制。我对人和物的热情，保持在我能掌控的距离范围内，所以，我压根不懂什么是爱、恨，仿佛我不会游泳，永远不懂水的温柔。这个惯性，往前跨一步不一定是悬崖，往后退一步不一定是安全的草坪，"距离感"这双无形的大手牵着我。

蜂窝涌动在胸口和锁骨间一寸的地方
泡形的肺气鼓嗓私语：爱用什么手法？
罩层黑纱的情愫笊篱似修女的手
从心脉的横切面掏出凝固的蜜

那是被黄昏着色的液体，一个人
游走世间的风流唾液以及一朵鲜花
埋尸绽放的瑰丽。爱用什么手法？
它像提取一滴晨露，像粒肺气泡

牺牲一个空白的热吻，堵住呼吸与
秘密的下坡道。鲜花就盛开在旁
开遍春夏秋冬的颜色，它们昂首妖媚

发出咕噜咕噜晚霞般的羞嗲声

为之着迷，疯狂采摘它们的蕊、笑容
鲜嫩和多汁的美味。醉饮甜蜜
吸管倒流体内黑红的瘀血，痕迹
沾湿六角形的泪珠。炊烟

剥离下来童年失重的颗粒。锈钝的
手艺令他再次弯腰磨难
风沙赤壁，听得懂上苍
恩赐于一个幽小精灵的咕噜咕噜声

一只蜜蜂横冲直撞。
　　——罗帆《手法》

2. 夜曲

　　假使命运给我最好的，我该拿什么回报？拿我的平庸吗？拿我无用的善意吗？拿我假装不痛不痒的爱吗？拿我一身病的柔弱吗？拿我不值当的眼泪还是其他的什么？我都回答不上，回答不上。

　　夜晚来临的时候，这些琐碎的思绪像月光洒进我的房间。音响里播放着贝多芬、巴赫、莫扎特、肖邦、李斯特、瓦格纳、马勒、西贝柳斯、德沃夏克、肖斯塔科维奇、萨蒂、舒曼、德彪西、柴可夫斯基、坂本龙一、舒伯特……随音符起伏，爬出晶莹的露珠结在我的枝头。我对自己说，大概肺结节是被这些精灵们装满的。

他在约会之后沿着街道走来时

空中飞旋着雪花。

当他们躺在一起之际

冬天来临了。

夜晚发白地闪耀。

他快乐地疾行。

整个镇子都在山下。

微笑掠过——

每个人都在竖起的衣领后面微笑着。

自由了！

而所有的问号都开始歌唱上帝的存在。

他这样想。

一种音乐突然爆发

迈着大步行走在飞旋的

雪花里。

万物都在通往 C 音符的路上。

一个颤抖的指南针指示着 C。

一个高于折磨的时辰。

这是容易的！

每个人都在竖起的衣领后面微笑着。

    ——特兰斯特罗默《C 大调》

之前有段时间写了几首古典音乐诗集，最早的一首以萨蒂钢琴曲第一号裸体舞曲为母体的诗《吉娜佩蒂》，她是我对话的虚拟对象，源自一条河流，溪水的回旋，以及道别的晚安。后来陆续又写了几首，是我日常对音乐感知的文字结晶。我的母亲会弹风琴，也会在钢琴上弹奏曲子，这是我最羡慕母亲的时刻。她那为了我的身体四处挖蒲公英、金银花，料理家务的双手，摆在琴键上多么突兀，像我的生活与诗摆放在一起，也是多么不合时宜。

　　黑夜垂下泪。像个老妇人娓娓道来：
　　我恨我的天生与不美丽
　　我恨我寥廓的苍穹被人所知甚少
　　我恨我的明天又将苍白
　　我恨我的圆缺时时被云雾围绕
　　我恨我痴心的爱
　　我更恨我的无边无际
　　时常令自己看不见摸不着。

　　今晚的夜曲，低沉地在林间回荡……

　　我这个凡间的幽灵，该作何回答？
　　我连恨、厌倦，哪怕热爱的事物
　　都如此渺小。然而刺的针孔
　　扎向自我时又庞大得明朗而坚定。
　　我无法回答，唯以看不见摸不着的拥抱
　　忘却恨，遗漏爱，在黑夜的地板上来回布道。
　　　　——罗帆《降 E 大调夜曲》

　　还有一首夜曲不曾写，逃避触及。就像夜晚总是和醉酒有关，那些清醒时克制说的话，如同等待黎明的等待，迟迟不肯到来。这样的夜晚因等待而动容，忧伤爬上窗棂，似破了洞的丝袜，罩着我。不能再扯，要不然只剩一条单薄的腿裸露于寒风中。

3. 黑马

　　导演贝拉·塔尔的《都灵之马》是我十分喜爱的电影之一，当然还有他的《撒旦探戈》，那纷飞的黑，铺满我整个儿。布罗茨基《黑马》：它在我们中间寻找骑手。普希金的马在嘶叫。特兰斯特罗默的马站在宫殿。

　　　　一尊雕塑陈列在虚空里：
　　　　大厅中央独自站立着一匹马
　　　　但当我们起初被所有的空寂
　　　　吸收时，我们并没有留心到他。
　　　　……
　　　　这是移动的时候。我们朝着
　　　　那匹马走过去。它硕大无朋，
　　　　黑得像铁一样。在王子离去时
　　　　放弃的一个权力的影像本身。

　　　　那匹马说："我是唯一的。
　　　　我抛掉了那驾驭我的空寂。

这是我的厩棚。我正在悄然生长。

我以这里面的沉默为食。"

　　　　　　——特兰斯特罗默《宫殿》节选

　　写第五匹马，朋友说无意义，被否定的一个构思。我总太在意别人的说法。这匹马就成了匹野马，从未在我的疆域驰骋。大娃读初一那年第一次上心理课，回来和我说被老师表扬，原因是他阐述了与众不同的想法。老师提了两个问题，分别用一种动物和植物来形容自己，大娃用了长颈鹿和落花生。他从小埋下谦卑的种子，看待自己很清晰，像颗落花生，哪怕熟透了也不被人轻易看见，不像苹果、橘子等，一眼便能辨认出来。我听了不知欣慰还是担忧，不过儿孙自有儿孙福，大娃、小娃这两匹马会长大，他们有他们的疆域驰骋。

　　自权力有座位

　　很多人埋于地下

　　苹果火红，橘子黄澄

　　它没有傲人的标志

　　孩子已懂得自然法则

　　他在心理素质课上比喻

　　自己相像的植物，是颗

　　成熟的落花生

　　像尼采抱住痛哭的马

　　没人在意马和马的主人

要是足够幸运的话
兴许能平安度过一生

孩子过早缄默
我的泪是滴在心底的
成熟的落花生
　　——罗帆《成熟的落花生》

4. 辙迹

特兰斯特罗默诗句的动人之处在于意象，信手拈来的意象，将我从疲惫中拉回来。有人不停用调皮和我说话，有人用权威，有人用提防，有人用讽刺。我在疲惫中读诗，好诗振奋我，如下面这首《横道线》，当我穿过那跟随我如此之久的街道，街道的全部力量围绕我而群集。

当我穿过那跟随我如此之久的街道，
那格陵兰的夏天从水洼里闪耀的街道时，
我眼睛里的冰风和太阳
在泪水的万花筒中跳舞。

街道的全部力量围绕我而群集，
那一无所忆、一无所需的力量。
一千年，在大地的深处
尚未诞生的森林在交通下面静静等待。

我有了那街道能够看见我的念头。
它的视线如此黯淡，太阳本身
就是黑色空间里的一个灰色的球。
但现在我闪耀着！街道看见我。
　　　　——特兰斯特罗默《横道线》

　　在我的作品里，提过太多家乡埠头小镇的老街，也提过工作了近二十年的国贸街。对于一辈子窝在一个阴沉而狭隘的地方，奉献青春，奉献力量，奉献默默无闻，年轻气盛时多少有些不甘。

国贸街落着满地樟树籽
被封道的另一个路口
逆风弥撒被人们踩踏的味道
我像其中黑乎乎的一粒
走来走去从未远离
　　　　——罗帆《远离》

　　这是一个我无法撤离的地方。还有一个，家乡，故人。

凌晨两点：月光。火车在外面的
田野中停下。一个远远的镇子的点点星火
在地平线上冷冷地闪忽不定。

当一个人在梦中走得如此之深
当他再次返回屋子之际，

他绝不会想起他到过那里。

或者当一个人在疾病中走得如此之深
以致他的日子都变成某些闪忽的火花，蜂群，
虚弱而寒冷于地平线上。

火车完全静止不动。
两点：强烈的月光，稀疏的星星。
　　　　——特兰斯特罗默《辙迹》

悼念我的傻子表舅，写过《老三》；我儿时的小伙伴陈摆东，写过《红棉袄》《井边女孩》。《红棉袄》里写着："你多愁善感，你年轻，美丽，温顺好心肠，犹如矿中的金子闪闪发光，真情就在那儿苏醒，在多瑙河旁，美丽的蓝色的多瑙河旁。香甜的鲜花吐芳，抚慰我心中的阴影和创伤不毛的灌木丛中花儿依然开放，夜莺歌喉啭，在多瑙河旁，美丽的蓝色的多瑙河旁。"多年后，我懂了点欣赏音乐，又懂了些诗，卡尔·贝克写出了我的乡愁，小约翰·施特劳斯演奏出了我的乡愁，我的埠头就是那忧郁的蓝色多瑙河，时常徘徊萦绕在我的梦里。在农历十月半小镇交流会时一个来表演的马戏团的头儿看上了摆东，说他长得像土行孙，刚好可以演这个角色，说服他跟着马戏团四海为家。好像一个人的故事只需要几句话可以轻描淡写一笔带过，结尾我也只需要告诉大家是个悲剧，他在四川境内的一个小山村里永远离开这个世界了，"酒债寻常行处有，人生七十古来稀。"挺吉利的数字，摆东。

我回不去的家乡。一个远远的镇子的点点星火，在地平线上冷冷地闪忽不定。

和童年的腮腺炎一样熟悉的地方

奥西普·曼德尔施塔姆（1891-1938），俄罗斯白银时代最卓越的天才诗人，著有诗集《石头》《悲伤》和散文集《时代的喧嚣》《亚美尼亚旅行记》《第四散文》等。在俄国诗歌的谱系中，他是最另类的一个，阿赫玛托娃对他极其推崇，布罗茨基则认为曼氏比他更有资格获得诺贝尔文学奖。

1. 黑马

我的诗歌世界绕不开两个人，一个曼德尔施塔姆，一个阿赫玛托娃。一个疲倦的午后，窗外的石榴树开着残败的红花，像只猫不知该如何梳理自己慵懒的毛。就这样，马蹄铁、肥胖的十指以及童年的腮腺炎钻进我的毛孔，令我振奋。这是怎样的诗，这是怎样的人写出的诗？一口气读完诗选，曼德尔施塔姆这个名字，吱吱嘎嘎，切割着我的语言体系。

随后的日子，但凡遇到诗人朋友都会提起他，像提起一位故人般亲切熟悉。他所处的年代是我所不知道的年代，也不想身处的年代。但不乏些许相似的境遇，张不开的嘴，阉割过的语言。如果设身处地去读他的诗句，就不难想象他在人群中是怎样成为一匹黑马的。曼德尔斯塔姆从来是反时代的："不，我永远不是任何人的同时代人，我不配这种荣誉。那个令我讨厌的同名者，并不是我，而是另一个人。"

曼德尔施塔姆看待周遭警醒自知，就是因为太警醒所以痛苦，像青草原上奔来一匹黑马，诗风黑压。

普希金死后引出的 1837 年的黑马，当时许多团体建议运送诗人遗体，不用马来拉灵柩车，而由人肩扛。最后还是一匹黑马将他秘密地运走。这个意象，成为曼德尔斯塔姆黑太阳主题中的变奏，出现在《双重花环》里：人一死去，沙子变得冰凉，黑色担架抬着昨天的太阳。《斯克里亚宾》：诗人的身躯像太阳，在黑色的担架上他们抬走了昨天的太阳。

由于一首诗，曼德尔施塔姆过着颠沛流离的生活，逮捕、流放，再次逮捕、再次流放。他的夫人娜杰日达所言：人民热爱他们的统治者而统治者却只爱他们自己。他们赐予一个作家的最高荣誉就是偷走他的身体，像对普希金一样。我的书桌上一直摆着几本大部头书，蓝色印花书皮的《曼德施塔姆夫人回忆录》和《第二本书》，绿皮的《五卷书》，灰白色的《墓后回忆录》，以及红色七卷本《追忆似水年华》……仿佛一个庞大的回忆堡垒伫立在桌上。这些大部头书，是我解乏的良药，疲惫时翻几页，神奇的是不管时间消逝多久，哪怕落满灰尘，也不影响我的阅读记忆。经典书籍就是富有这样一股魔力，它用语言当鞭炮，随时被点爆。

曼德施塔姆夫人在《毁灭之路》里写道：奥·曼在选择死亡的方式利用了我们领导人的一个出色品质，即他们对诗歌过分的、近乎迷信的爱好。他常说："还有什么可抱怨的呢，只有在我们这里才有人爱诗，爱到因为诗而杀人。要知道，在其他任何地方都不会因为诗而杀人的……"

> 马蹄铁依然敲响
> 古老的岁月。
> 守门人睡在柜台上，
> 像一捆皮子。
>
> 而仆役，疲倦得像个国王，
> 听见有人在敲铁门，
> 便起身，打着大大的哈欠，
> 他们吵醒了往昔的西徐亚人！
>
> 那时，奥维德怀着衰竭的情爱，
> 在诗行中把罗马和飞雪弄混，
> 在我们野蛮的辎重车队里，
> 歌唱着牛车。
> ——曼德尔施塔姆《马蹄铁依然敲响》

马蹄铁依然敲响。卡塔耶夫走近阿拉尔斯克，他看见一匹骆驼，便立刻想到曼德尔施塔姆："瞧它挺着脑袋，完全像是奥西普·埃米利那维奇……"尽管卡塔耶夫认为曼德尔施塔姆是一匹骆驼，但他在我心中永远是一匹来自黑夜的马。

2. 和童年的腮腺炎一样熟悉的地方

福楼拜所言：作家在作品中必须像上帝在宇宙中那样，无处不在又无影无踪。这种悬浮的感觉，如今时隐时现。在我感到特别压抑时，无处不在无影无踪。曼德尔施塔姆时刻准备着被逮捕，他的诗只能酝酿并发酵在他的脑袋里，倘若身边有可靠的人，或者口述给他们背下来，记下来。诗随它的主人，窗外的天气决定诗的存活密度。就像我对"肺"格外敏感。卡夫卡对布罗德写道："无论如何，今天我和肺结核的关系，有如孩子和他紧抓着的母亲裙子的关系……我试图继续解释这个病，因为到头来我来不及了。我有时感觉，我的大脑和肺部都在我不知情的情况下结成同盟了……"

肺结核、肺病和腮腺炎，我的这些童年病。你们可知道，当我读到《列宁格勒》这首诗，像我身体里被切除的右肺叶，流淌鲜血又要呼吸热土的感受，麻药过效后疼痛愈加。

我回到了我的城市，这像眼泪，血管，
和童年的腮腺炎一样熟悉的地方。

你到家了，那就赶快去吞一口
列宁格勒河岸鱼肝油般的灯火吧。

趁还来得及，去跟十二月的日子相认吧：
美味的蛋黄已经拌进了不祥的沥青。

彼得堡，我还不想去死：
你有我的电话号码。

彼得堡，我还有一些地址，
我能从那儿召回死者的音容笑貌。

我住在楼梯间里，嘈杂的门铃
撞击我的太阳穴，撕裂了那儿的皮肉。

我彻夜等待着可爱的宾客，
门上的链子，就像镣铐哗啦哗啦响着。
　　　　——曼德尔施塔姆《列宁格勒》

我选的诗由杨子翻译，也读过其他几个版本，但我个人还是偏爱杨子翻译的语言，更有力道更带劲。曼德尔施塔姆用眼泪、血管、腮腺炎来比拟他所深深热爱的列宁格勒，同艾青用"为什么我的眼里常含泪水？因为我对这土地爱得深沉"如出一辙。作家用不同的笔法来表达对一片土地的热爱，来读普鲁斯特对某个地方熟知感的表述，他在《驳圣伯夫》里写道：我的侧胸部失去知觉但还能移动，试探着周围的方向。从孩童以来它经历过的一切渐渐呈现为模糊的记忆，围绕着记忆集合着我睡眠时选择的一切位置。这些位置我多年来从未再想起过，直到我死或许都不会再想起的位置，但也是我将永远不会忘记的位置。我的侧胸部记得房间、门、走廊以及睡眠中浮现的和醒时发现的思想。

我也曾试图记录切除肺叶的感受，在一篇小说里面酣畅淋漓了一场。

　　我的肺出了点问题，和我的思想一样长了块臭息肉，不大，七毫米，指甲盖这么点，但医生说这恶势力足以灭了我的身躯。

　　躺在病床上挨了一刀，切了一片肺叶，身体里插了一条导流管，连着胸腔引流装置，一个塑料方盒，里面是从肺里排除出来的血和脏东西，看了它就想吐。然而这些流自于我体内。

　　我知道，不好的东西被切除了，包括脑子里的，我恐怕要重生一回。虽然医生查房时总要掀开我的病服，眼珠在我饱满而白润的乳房停留许久，但我重生的脑子不让我往坏处想，医生肯定是在研究我的伤口有没有好一点。

　　麻醉师也常来看我，他抚摸我的伤口时很温柔，笑起来一点不猥亵。我知道自己长得很漂亮，不亚于明星，别人也都这么说。我想他是出于关心病人才来探望我的，这是一个医生起码的职责嘛！

　　我现在就是这样思考问题的，任何事情换个角度就换个想法，我觉得很有趣，也很新鲜，比我之前沉浸在埋怨里好。

　　人总要积极向上的，我的主治医生经常找我谈话，反复传达着这个思想。我很感激他们，当他们让我不断咳嗽以扩展恢复肺活量，伤口很痛，我很坚强，压着管口使劲咳，为了活下去。

　　白白的墙，白白的天花板，白白的床，白白的衣服，白白的消毒液味，纯净了我。拔掉管子的那一刻，我决定重新做人，做个好人。

　　——罗帆《新时代》节选

　　曼德尔施塔姆的列宁格勒，我的肺，都是和童年的腮腺炎一样熟悉的地方。

3. 火车站音乐会

每年的怠倦期，我会出门躲避几天，如果假期允许，不介意多避几天的。夜间突然醒，好似灌得很重的水桶，突然沿着转轴沉落井底。睡眠使命拉我上来，但越拉越沉，只得在叹息中度过漫漫长夜。很多事不能深思，一深思就演奏成了夜曲。夜晚堆积越来越高的失眠柴火时，最好的方式，来一场旅行，来一首摇篮曲。

巨大的停车场。火车站是一个玻璃球体。
一个符咒再次掷向铁的世界。
列车车厢庄重地调转方向，驶进
雾蒙蒙的福地上回声的盛宴。
孔雀尖叫，钢琴的低音旋律——
我来迟了。我害怕。真是一场噩梦。
我进站，这玻璃森林。
小提琴的和声零乱，啜泣。
野性生命的夜之合唱，
出自腐烂床板的玫瑰的气息，
那儿可爱的影子在一大堆旅行者中
在玻璃天空下穿过黑夜。
　　　——曼德尔施塔姆《火车站音乐会》节选

当然，曼德尔施塔姆奔赴的火车站不为旅行，而是逃离或是押送。在他苦难的奔波中，声音象征着生命的寓意。就像他在诗里写的：我来迟了。我害怕。真是一场噩梦。而我捕捉到的仅仅是某个特定场合下的特定感受，个人情绪在生命面前只是个微弱的低音。

列车，飞驰。风声隔绝，光阴倒退于田野、树林，无尽的房子、人群，过往的，新生的，茂密，繁盛。冯静倚在窗边，心思穿梭，他很讨厌自己的颓然，路还很长。旁边的小朋友们很吵，在车厢里撒欢，看待事物如崭新的一天般新鲜，冯静真是羡慕这份童真。

"叔叔你看，那朵云一直追着我们。"小女孩一脸欣喜地指着窗外。

冯静透过她清澈的双眸，云朵执着地追逐地上奔跑的伙伴。

"它过会儿就跑不动了。"话出口，冯静就有点后悔了，他总是轻易破坏美好的事物。前妻曾这样数落给他，不懂得珍惜，和他一起生活灰蒙蒙的，欢喜的色彩已在调色盘干枯。

"不要紧，叔叔你看我的眼睛，它们会拍照，一眨眼就把窗外的风景拍下来了。"

颓丧被削成卷，丢入小女孩热气腾腾的锅。他好奇地望着小女孩，问她今年多大了。女孩说十一岁了。冯静想起他七岁的儿子，好像有一个月没见了，不知他会不会想念，这个糟糕的爸爸。他冷漠，对生活不抱希望，或许前妻说得对，他适合孤独终老。

并不全然如此，阳光照在池塘也会剥离。一层波光粼粼，一层黯潜水底。此刻，他想浮出水面。

以上几段选自前几年写的小说《平庸四章》第一章：记号。那时特别想表达的一种情绪，因为平庸，在人群中显得特别渺小，在强烈的不存在感的推动下，想给自己做个记号，以便容易令人认领。还原本身，卑微的意识未破除，才会如此渴盼。

前面说的是同样人群密集地的不同感受。再来说音乐或是声音。有阵子迷恋指挥家卡拉扬，还有电影配乐大师莫里康内、坂本龙一，反复播放聆听他们三位的古典乐，哀伤的、悲怆的、欢愉的、生与死……这些音符像诗句一样跳跃在脑海里。

在肥沃的黑色土地上，阿尔河流经
阿尔高州，蓝色三伯爵领地。
雄鹰葡萄大地，一零二零年筑起城堡
名为：哈布斯堡。英勇的王朝
脚蹼横跨莱茵河西岸流域。
一队步兵轻快地走过大街
扬起胜利的旗帜挥舞星辰
人们追随如燕，掠过老约翰·施特劳斯
挨于瓦檐上的乐谱。咚咚咚
大鼓雄浑震响，雄鹰凌空而起
小提琴激昂额头，大提琴长笛为凯旋挤眉。
拉德茨基不光彩的历史沉船
人们打捞湮没艺术蚌壳里的珍珠。
一九八七年的维也纳新年音乐会，指挥帝王
赫伯特·冯·卡拉扬谛听神圣掌声后转身
雄鹰与燕群齐舞金色大厅
我终究无法数清有多少壮丽的数目
　　　——罗帆《拉德茨基进行曲》

那段时间写了好多首古典乐的诗。但没有一首媲美：野性生命的夜之合唱。

我不是尘世的月亮

安娜·阿赫玛托娃（1889-1966）是现代俄罗斯文学史上最富魅力而又最复杂的文学家之一。这位身高一米八十，有着高贵气质的女诗人，不但以其风度和睿智折服了所有识荆的文人哲士，以其上承俄罗斯传统而又自出机杼的诗艺，比众多的白银时代女诗人高出一头，更以其卓荦特立的人文精神跻身俄罗斯乃至世界一流诗人之列。

（1）我们再不会共用一只酒杯
太阳和月亮拴在你俩的心房
那个你，你的他，我能懂得的情怀。
你俩不贪恋世俗的儿女情长
只求在你的诗中有他的清音回荡
在他的诗中有你的余音袅袅。
火，吻和玫瑰红的双唇
再不会共用一只酒杯……

一九一三年，藤蔓盛开着葡萄花

今宵你已二十年华。在你加倍的年纪
我端着夜的酒杯，缓缓迈入冷色的舞池
渴望冒着气泡的水自玻璃杯底上涌
没有世事经得起浮沉，哪怕爱
再爱到无力以及深爱以后的虚无
我们像两面镜子的阴影重叠
短暂性，覆盖我劝退余温的唇

（2）星期天正午时分

星期天正午时分，瓦尔河口附近
那幢灰色高楼，在一轮殷红太阳
灰蒙蒙烟霭的凝视下，你拜访诗人
亚历山大·勃洛克与之畅谈。

我能想象那日的黄昏
你一定像欢快的鸟儿穿越林中
我不能说在这座城市，友谊枯竭
只是没有一个房间任我的想法自由出入

近一年来的所作所为，不做解释
不求理解，认同。孤独的蘑菇
行走在自我的腐蚀和死亡的锈土
如同晾在竹竿上空荡荡的衣衾

我很少去见你，即使翻阅过几本

有可能等同对话的大部头书

我把所学所知藏进自己的蟹脚

不断被深邃的海洋消化，咀嚼，翻滚

(3) 秋日旷野的泥土

皇村的泥土松软又温暖

你这只负伤的孤雁

扑棱金色羽翼发出敦促的长啼

"时候到了，该登程了。"

车门里村深埋着我眷顾的故乡的泥土

那是坚硬而蜿蜒的水域

没人对我说：启程，腾飞

唯有满天的飞尘牵我追随摆脱的梦

我没去过你那伟大的民族

秋日时节，或许是成片的白桦树

我抬头除了云，天上的流水，便是

高大的梧桐，笔挺的水杉

粗大的枯卷和细小的针叶

莫名的忧伤常挂枝头

一直欺凌我的童年，直至

半生走过的泥泞，铭记心里的上上签。

　　　　——罗帆《写给阿赫玛托娃》

1. 月亮

细读阿赫玛托娃的诗是一本《苏联三女诗人诗集》，里面还有英蓓尔、茨维塔耶娃。因为她和曼德尔施塔姆的友谊，爱屋及乌吧！令我对她本人产生很大的兴趣，从意大利美术大师莫迪利阿尼为她而作的裸画感沐这位线条轮廓硬朗的高贵女人，不敢说我身上拥有她的部分特质，假使我们生逢同个时代，我也会拜倒在她的石榴裙下的。如今我的微信头像换成了阿赫玛托娃的头像，不是诗人的朋友们问我这是谁，我说是我的月亮。大概就是从她的一首《我们将不在一个杯里共饮》开始：你关心太阳，我关心月亮，但我们全活在一种爱上。

> 但灰眸的慌张我能明白，
> 你就是我的病痛的源起。
> 我们不曾增加短暂的会晤，
> 我们注定要把安宁维护。
> ——阿赫玛托娃《我们将不在一个杯里共饮》节选

《曼德施塔姆夫人回忆录》一书里的《错觉》篇提到曼德尔施塔姆对阿赫玛托娃的牵挂（那超出情人的感情，目前我无法理解）。文中这样写：他会在半夜把我叫醒，说安娜·安德烈耶夫娜被捕了，正被押去接受审视。"你为什么这样想呢？""我觉得就是这样……"在切尔登散步时，他在沟沟坎坎里四处寻找安娜·安德烈耶夫娜的尸体。那种如影随形的牵挂，烙印在这两位诗人身上。"在那带刺的铁丝网后面，在昏睡原始森林的深处，我的影子被带去受审。"阿赫玛托娃写着这些诗句。曼德尔施塔姆绝对是最忠实的读者。

女人读女人，敏锐度和男人读女人不一样，曾和一男诗友探讨过阿赫玛托娃，他说一直读不进去她的诗。我自然理解他为什么读不进去，因为他不是女人。就像我最喜欢阿赫玛托娃的诗句，在他人看来是非常奇怪的，但却深深打动我，我的每一寸活着的肌肤。

他说过，我没有竞争的对手。

对他来说，我不是尘世的女人。

——阿赫玛托娃《远方的声音（二首选一）》

爱情对任何一个女人来说，永远是生命中最重要的。这位在苏联以前是"颓废""色情"的诗人，"苏共二十大"以后戴上"诗歌大师"的桂冠。她的桂冠其实是她爱情的墓碑。世上那个最懂她的人已经不在了，她所有的寂寞都留给了回忆，老去的岁月。一个女人头上生的白发，为爱所生；手上长的冻疮，为爱而长；深一道浅一道的皱纹，为爱而皱。

我逐行逐句指着，仿佛那儿躺着我。我知道你都懂的，也假装都不懂。林原，你也知道的，友情比爱情来得持久。为什么？因为友情允许一个与无数个，而我的爱，只能容纳一个与另一个。而你呢？你渴望所有的星星为你而亮，我不愿成为其中的一颗。我常引用阿赫玛托娃的诗：我不是尘世的女人。女人就是月亮。我真的不是尘世的月亮，你知道你错过了什么吗？一个洁白而闪亮的圆月。我对林原说，都过去了。像我劝慰他那时一样，他劝慰我。好了，天快亮了。我不想我的人生，除了劝慰还是劝慰。我该让记忆的沙漠湮没我们之间的脚印，那样我就看不见来时的路。

这段话被我写进小说《林原的房间》系列之《第五朵玫瑰》。这个系列不长，三万字左右，但写了将近三个多月，因为渴望持续而不能持续的状态下写的。有位经营书店的朋友是这个系列的忠实粉丝，每回他来问有更新了吗？我才写一点，恰好某段故事也推进一点。

2. 最后会晤之歌

有阵子研究戈麦的诗，在他的诗里面嗅到了与阿赫玛托娃般的爱情诗句，像退到荧屏后观赏戈麦的爱情和阿赫玛托娃的爱情故事。两个不同世纪不同性别的诗人，演绎着不同的爱情，相同的爱。

从何说起呢？我和 X 说：如果我大胆猜想且不实际的话，他应该爱上了一位道德名义不能爱的女人，很有可能那女人比他年纪要大，对他影响至深，他强烈意识到他用完了这一生的爱，而爱会是维系他未来的纽带，所以他选择自杀。X 说可以写个罗生门类似的小说呀！我至今没有尝试，我对世间的爱，理解得还不够通透。准确说，我还不懂得爱。

上面这段话算是读完《戈麦诗选》的读后感。我所等候的人一定不是感情冷漠的人，出现在《黑夜我在罗德角，静候一个人》。他的诗《我的告别》和阿赫玛托娃《最后会晤之歌》有异曲同工之妙，其实，同为诗人的我能深刻感受到他（她）们一直敞开着爱情的大门，一直未关闭。

最后的时刻
乌木家具的房子里

我，不去歌唱苦难

不会为镜中的影子所击伤

不会去诅咒飞翔的纸鸢

诅咒为蚕虫蛀蚀的门的把手

在无知的风中左右摇摆

我不会去思念你

像白帽子的人朝拜几千年来嚼烂的栗子

不会因此而陷入沉默的沼

　　　　——戈麦《我的告别》节选

这就是我最后的会晤，

房子像羞辱一般暗晦。

只有房间摇曳的蜡烛，

送出一缕昏黄的光辉。

　　　　——阿赫玛托娃《最后会晤之歌》节选

大司祭阿瓦库姆的妻子精疲力竭地问他："我们还得走多久啊，大司祭？""一直走到坟墓，夫人。"于是，妻子又站起身来，继续赶路。这或许，也是阿赫玛托娃所期望的爱情结局。

3. 还是离不开爱的诗

成为"诗歌大师"前，阿赫玛托娃所有的诗几乎都离不开爱。《阿赫玛托娃诗文集》译者序写着：阿赫玛托娃早年以撷取生活的戏剧性细节表现恋爱中人物的心理活动见长，因而有"俄罗斯的萨福"

之称，其作品被冠以"室内诗"。诗人中晚年作品的题材，爱情固然仍占有一定的比例，但更引人瞩目的是对蹂躏人的尊严和权利的暴政的鞭挞，对生与死这一永恒主题的思索。

日丹诺夫丑诋阿赫玛托娃的那句"名言"："不完全是修女，不完全是荡妇，说得确切些，是混合着淫秽和祷告的荡妇和修女。"评论家艾兴包姆说："因双重性（更准确地说——矛盾性）而令人难以置信的女主人公已开始成型——不知她是情欲强烈的荡妇，抑或贫困的能求得上帝宽恕的修女。"而未来派诗人谢维尔亚宁在其题为《阿赫玛托娃》的十四行诗（写于1925年）中也有这样的句子：

> 爱之修道院的见习修女，
> 虔诚地逐一抚摸着念珠。

我前面大言不惭地说，拥有和阿赫玛托娃身上某部分的相似性，我指的不是她独有的高贵，而是重感情。我是个靠感情维系生活的人，家人之间的、闺密之间的、朋友之间的、同事之间的……这些虚无的东西占据了我生活的全部，所以，我难过有时候不是为自己难过，我喜悦有时不是为自己喜悦。

吐（切除的肺用不上"叹"的力）了口气。我想我真是个失败者。在人世里，头越埋越低，与桌上的台灯、书、笔记本低成平行线。像曼德尔施塔姆夫人所说：我们的语言就会憋在嗓子里，我们就会变得比水还静，比草还低。我不知道，低，是否仅仅代表卑微，是否仍存有希望，安抚起自我时是否更容易够得着。而以我十分的敏感触及着万分的外界，与其说我对外界多么眷顾，不如换言之：外界对我多么贪心。出版社问我：有何奖项、有何名气、有何身份？

很惭愧，我说，都没有。领导问我：有何进展、有何亮点、有何成效？很惭愧，我说，都没有。同事问我：有才华有何用，会写几首破诗有何用，多读几本书有何用，不还是和我们干着一样的活，不还是要点头哈腰？很惭愧，我说，的确没有。朋友问我：谈文学，你能拿出什么作品，读过哪些伟大作品，读懂了几分，在哪里发表？有何资格对等谈论文学？很惭愧，我说，的确没有。父亲问我：画什么画，唱什么歌，写什么破诗，花头经这样多折腾出名堂了没有？很惭愧，我说，的确没有。母亲问我：叫你买的菜买了没有，电费充了没有，大减价的玉米油抢购了没有？很惭愧，我说，都没有。真的都没有，的确没有。

　　我的《林原的房间》之五：未来之外，如实写着我对身边人与事物的情感写照。

　　　　透过垂下的眼睑
　　　　我看见，你我在一起，
　　　　在你的手里，有我的
　　　　永不打开的扇子。

　　　　我不需要伺候
　　　　在令人讨厌的窗户旁，
　　　　在令人难过的幽会中，
　　　　我所有的爱获得满足。
　　　　　　——阿赫玛托娃《彼得堡的诗》节选

　　关于彼得堡，阿赫玛托娃在《我的简历》一文写道：1914 年 3

月我的第二部诗集《念珠》出版。这本书的寿命只有六个星期左右。5 月初，彼得堡的气氛变得紧张起来，大家纷纷逃离。这次和彼得堡的分别竟成了永诀。我们回来的时候已经不是彼得堡，而改称彼得格勒了，从 19 世纪一下子进入了 20 世纪，包括市容在内的一切，都变了样。

而在 1924 年列宁逝世后，改为列宁格勒。"那个假装成我的故乡的可怕幽灵使我大吃一惊，以致我用散文描写了与故乡重逢的情形。"

《我的简历》结尾语：我没有停止写诗。对我来说，诗歌连接着时代，连接着我的人民的新生活。我写诗的时候，我生命的节奏与我国英勇的历史的节奏是一致的。我很幸福，因为曾经生活在这样的年代，亲眼目睹了那些无与伦比的事件。

要改变你的语言，你必须改变你的生活

德瑞克·沃尔科特（1930-2017）：诗人、剧作家、画家，生于北美洲加勒比海地区，原英属西印度群岛中的圣卢西亚岛首府卡斯特里市，父亲是英国人，母亲是非洲裔，此外他还具有荷兰人血统。拥有英国、荷兰和非洲的混合血统，本土文化与殖民文化的冲突、多元文化下的复杂心理不仅困扰了沃尔科特的一生，也是他作品的重要主题，加勒比海文化更是他全部文学的背景。1992 年，他因作品"具有伟大的光彩，历史的视野，献身多元化"获诺贝尔文学奖。诗集《白鹭》获得 2010 年度艾略特奖。

1. 不是在抽烟中，就是在点烟中

泡好茶，花了整整一个下午，仔细读完爱德华·赫施写于 1986 年的《德里克·沃尔科特访谈》。如果手头有烟，我也想点一支。在海浪翻滚的诗句里，寻找属于自己的海岸。读这篇访谈，是读完手头所收集零零碎碎的诗选，以及各种不同的译本之后，才回顾的。沃尔科特是个超级大型项目，我总是毫不夸张地对人提起。一首诗，哪怕再简短的一首，只能反复地读，反复敲打，那些结痂的字词，像海底的宝藏一样丰富多产。翻看沃尔科特的诗，感觉自己是个赤脚的孩子，站在无知的沙滩上，聆听四面八方的声音，那种使地平线拔高如同长大的声音，充满搏击的力量。我们需要这样辽阔、壮观的力量，度过一个个磨难。也是诗歌的力量。

"我从来没有把写诗和祈祷分别开来。我越来越觉得它是一种天命，一种宗教天命。我在《另外一生》中描述的，关于在山上感受到的一种幻灭，是年轻作家常有的经验。我感到忧郁的甜蜜，一种生命有限之感，也因为大地的美，把我们包裹起来的生活的美而感恩。当一个年轻作家有了这样强烈的感受，它能让你流泪。那是一种清澈的泪水，自然而然流淌下来，而不是从扭曲的脸上滴下的。感受到它的身体融化了，变成它所见到的东西。这个过程在诗人内部持续下去。"

在这样紧密的访谈中，仿佛读到的不仅仅是某种讯息，而是亲近一位智者，坐在翻腾的海浪上。你听着这位大师告诉我们：如果你想无限接近那种雷鸣，或那种言辞的力量，那么对别人都嘟囔点什么的那种节制的声音是不行的。也听着他告诉我们：要想表达自己，大姿态和夸饰比谨小慎微、踮着脚尖更好。而当恰好人到中年的你，听他告诉我们：不管哪个诗人，在三十到四十岁之间，都会有一个关键的迷茫期，因为在此期间你或者沿着同一个方向继续前行，或者把你早期的作品看成是幼稚的，只是因为隔了一定距离才觉得还不错。你必须怀着这样一种心态来到四十岁，也就是重新创造混乱，并从中学到一些东西。

爱德华·赫施在访谈中提到：这个生活在"大海剧院"的诗人，勤奋与多产，常常凌晨四点半起床写作，一连写四五个小时才停下，这时其他人才刚起床。有时你会感觉，虽然他以诗闻名于世，却忙于如此多的其他项目，写诗只能见缝插针似的。勤奋的大师每天埋头于文字和吞云吐雾：不是在抽烟中，就是在点烟中。而惭愧的我们，在忙碌什么？

2. 要改变你的语言，你必须改变你的生活

好多事情正在起步，冒着无知者无畏的探索精神。耳边回荡着坚定的信号，仿佛心中暗藏一个大海，每个诗句卷起一朵浪花，而我始终是个光着脚丫的孩子，不安而神往地张望着文学世界。仿佛它有个饱满的未来，未知的高点。大部分时候，怀着这份自负奔腾。最不堪的时候，也是最脆弱的时候，被海浪拍打在岸边，起不了身。那种被雷与闪电打垮的，仅仅是要命的一瞬。我尽量克制不让自己发生这一瞬，然而文学有时候却依赖这一瞬，在矛盾因果当中，我走过文学道路不好不坏的这几年。

当诗人朋友们和我聊起沃尔科特，大海一样的诗人，我自惭形秽地讲：我只是一条溪流。我想溪流最符合我的诗歌气质，小，柔弱。宏伟与宽阔，那是挂在冬天屋檐下的冰凌，那晶莹剔透的灵物，如同诗歌一样，脚尖要先够着。我常问自己：够着了吗？没有。溪流的内部替我发声，当我凝视自己体内静谧的溪流，缓慢的水，那种焦虑与恐慌，时而翻卷过来，尽管我已经伸长脖子，踮起脚尖，拼命去够着那坚固却易溶化的灵物。

有好一阵子，诗歌成为我的全部梦想。

每天磨诗像磨一把枪

抢劫不了别人，也未必

能枪杀自己的思想。
如今我是一头毛驴
卸下轱辘，常年垂头
哪怕上天的旨意久居我的磨坊。
　　　——罗帆《磨诗》

　　但什么是诗？情绪的抒发、时代的记录、生命的探讨、人生的意义、苦难的悲悯，还是现实与梦想的界碑？在读了这些诗集之后，写了这么多诗以后，像深爱了一个人，却不知道自己为何爱，同样的困惑。只知道，爱。我爱诗，就是爱一个人。

　　为这个困惑，抒发过很多次情愫，也和好多朋友探讨，终究离不开自我束缚的狭隘。生活是个瓮，久坐其中，唯有饮着星辰这片大海。也曾尝试改变，前行的脚步抬起来容易，落下去也容易，走久了，再抬再落，就不容易了。

　　患有精神分裂症，被两种文体所扭曲——
一种是雇佣文人的受雇散文，我挣取
我的流亡。我沿着月光下镰刀形的海滩沉重地走了数里，

暴晒，灼烤，
以蜕掉
这份对海洋的爱恋，亦即自恋。

要改变你的语言，你必须改变你的生活。
　　　——沃尔科特《遗嘱附言》节选

我对改变生活有过无数幻想，最终归于失败。只能把不安分的思想根植于文字中。在《平庸四章》里，我以记号、肤浅、刻度和声音来表达内心想要激发的改变，回头去看，还是不够洪亮，不足以改变什么。或许下面这段故事是我虚构出来的自己。

吴康新已在帐篷里换好了他的演出行头，镶着许多亮片的白色制服，腰间别着鲜红的绸带，此时他正襟危坐地凝视着自己红扑扑的脸，它已涂抹上了廉价的胭脂，看上去的确像个小丑，可这不重要。每天他最期盼的时刻即将到来，那是干涸的花草在渴盼大雨将至，拯救与自我救赎。他需要收集虚荣的声音，来维持度过颓废的其他时光，只有在木桶里飞转时他感受到自己活着，真正地活着，那些喝彩的声音并不是来自于外部，而是灵魂的呼唤。伴奏响起，吴康新推着他的自行车缓缓入场，秋光和煦，微凉的风吹过耳畔，脚踏板越踩越快越来越轻，离心力拽着人车连体绕木桶画圈，螺旋状上升，至木桶顶边，腰间的红绸带散开，像天女散花。迭起，澎湃，血液似通了电流在血管急速上冲，一切戛然而止，除了自己的存在。要是夜场，绸带换成白色，霓虹灯变换色彩，红橙黄绿蓝靛紫，吴康新最喜紫色，恍若银河。坐席上的观众并不吝啬掌声、口哨声、喝彩声，在他听来那是生命的乐章，浑厚、华丽、道劲、铿锵。声音犹如人性里劣币逐良币的自然倾向，臧否交响乐，吴康新是曾无数次欣赏过的，用听字未免肤浅了。他是听的主体，耳朵是受益者，可从未欢愉，或许这便是庸俗的缘故。

　　——罗帆《平庸四章》节选

但我至今未曾冲破这些外在的和内在的声音，以及城池。所以，我的文学仍旧生涩，像个孩子不明事理。

3. 与某个只有一种气候的人在一起吧

悲伤来的时候，不由自主地唱起老狼的《虎口脱险》这首歌。大抵因为身体不允许抽烟，所以开口一唱，深深触动，无奈感与无力感并行。把烟熄灭了吧/对身体会好一点/虽然这样很难度过想你的夜。敏感而多变的气候，有时我挺烦这样的自己。而大多数夜晚，我都埋头于书堆和音乐，直到深夜抬起疲惫，那种失落与坚定的雨滴，同时下坠，交加的情绪不如下一场大雨。

选择文学，或许是选择艺术里最苦的；选择诗，或许是选择文学里最苦的。既然，选择了苦，那只能承受苦。

我召唤诗神缪斯，她推说头疼，
但也许她只是羞于被人看见
与某个只有一种气候的人在一起吧
——沃尔科特《钢琴练习》节选

我常用雨水来形容自己的气候，在组诗《赫米西王国》里勾勒了一个虚拟的王国，一个虚拟的自己，向往原始森林，向往宁静，向往自由。

余晖笼罩大地
赫米西公主在青草里拖曳长裙

她望着遥远炊烟下的群山

一缕缕夹揉阳光

迤逦的风景平实而无味

她不想依赖熟悉的宫殿

她的困惑就是熟悉。

梦幻朦胧是她想建树的王国

有一群山，一条河流，

一片田地，一个种族

不动而稳固的山川是她的壳

她的家园不能迷失祖宗的传承。

不颁发律法，她追崇自由

不约束情感，她渴望每一刻都

令人愉悦而激情。

她开始像耶和华神造天地万物

阿圭厄拉河像她所生养的

雨水气候，动植物脾性。

有人说她源头是座天上的雪山

而有经验的猎人认为她是地下瑰宝。

人要经历什么才会思源

不亚于一株花，一条鱼和一个种族

只有赫米西公主明了她心中的王国

梁柱葡匋下的农奴

她想布道晨曦：世间饮渴。

　　　　——罗帆《赫米西王国（一）》

当我意识到诗不该这样写，而是对一件事重新定义或命名，这种多雨的气候太黏稠了些。当我读到沃尔科特引用英国历史学家弗劳德《尤利西斯的弓》：曾经有过浪漫史，但那是海盗和强盗的浪漫史。生命的天然恩赐并不在这种状况下显现。严格说来，那里没有具有自己的性格和目的的人。

溃败感，相形见绌，常常是一段文字遇见另一段文字。

即便如此，还得窝在一种气候里生产诗，生产自己。

4. 群岛

沃尔科特的语言生来是大海的语言，加勒比海海域边的浪花、海风沐浴一个伟大诗人。以我在溪流边长大的人生阅历，性格是糯的。我想拥有咆哮、坚硬与风骨，在激昂中奋斗了数十年，竟无建树。我像怜悯万物一样怜悯自己，甘于只能做一朵小浪花，沉浮于世。

对于大海，我是如此陌生。正如对辽阔的胸襟，同样陌生。诗歌的疆域，被我的小家子气所阻隔，词语、气息、形体，只能堆积着我的小型建筑物。读着沃尔科特《散步》开头：暴雨之后房檐重复着它们的念珠，作为画家的他以诗的笔刻画出唯美的画面；读他的种族之痛《远离非洲》：我被二者的血液所毒害，分裂直到血脉，将转向何方？非洲和我喜爱的英语之间如何选择？背叛二者，还是归还它们所给予的？我怎能面对这屠杀而无动于衷？我怎能背离非洲而生？哪怕是读他的柔情，怀念他的第二任妻子玛格丽特：对我而言，醒来之日是玛格丽特的；玛格丽特走了，但所有的街道仍是她的。读他的乐章：雪从第一个单词开始堆积，堆成从未被听说过的章节。这些诗句像一座座群岛围绕着诗人，终结了一个时代的诗歌浪潮。

> 在这句子的结尾，将开始下雨。
> 在雨的边缘，一片帆。
>
> 慢慢地那帆将望不见群岛；
> 整个种族对港口的信仰将进入
> 一片雾霭。
>
> 十年战争结束了。
> 海伦的头发，一簇灰云。
> 特洛伊，一个白灰坑
> 在细雨濛濛的海边。
>
> 细雨像竖琴弦般绷紧。
> 一个眼神忧郁的男子捡起雨丝，
> 弹奏《奥德赛》的第一行。
> ——沃尔科特《新世界的地图之一·群岛》

我知道自己至今没有写出一行真正的诗。没有诗形的伞，我要举起诗和雨。外界的风声、暴雨，能击垮伞骨，我要像一只白鹭，憩息于诗的水面，自在且自如。

透视镜里的手舞

第二卷 ▽

梦与界碑

第七朵玫瑰

　　伊凡·哥尔（1891-1950），二十世纪前半期最重要的法国现代主义诗人之一。他的诗歌风格体现出从表现主义到超现实主义这一转变过程。他的早期作品富于表现主义的抒情性，渗入他晚期作品的超现实主义精神中，他的晚期诗作比较朦胧，渗入人类精神、自我、梦幻和死亡的领域中进行探索。

1. 一朵不该忽略的玫瑰

　　《伊凡·哥尔诗选》的翻译家董继平老师在序言《一朵不该忽略的玫瑰》里写着：哥尔的生活与创作几乎都是在两次世界大战之间度过和完成的，自 1915 年以来，他就成了表现主义运动的领袖之一和超现实主义的倡导者。纵观哥尔的诗作，创作历程是一个从表现主义向超现实主义转变的过程，他把表现主义的抒情性渗入超现实主义精神之中，使之成为一种文化边缘。1924 年，哥尔发表了《超现实主义宣言》，与布勒东分庭抗礼，他以自己对超现实主义的理解方式去创造"超现实"，用新的联想、意象、隐喻去写作。

　　布勒东的《娜嘉》和巴塔耶的《天空之蓝》是我所偏爱的两本小说。偏爱，在于它们的故事荒诞又超现实。这种荒诞性与超现实主义，在读到某些片段时，令人毛骨悚然，怎么能如此真实而大胆地写？仿佛一记耳光打在脑海，似曾的经历，或是臆想的历经。那么，哥尔与布勒东的超现实主义不同在哪里呢？还有由于他的卓越的诗歌成就，令许多现代艺术大师，如马蒂斯、达利、毕加索等人均为其诗集插图呢？

　　出于女性对爱情虚无缥缈的疯狂热度，我的读诗本能，所谓女人的第七感。这个名词出自我最近在试图翻译的美国女诗人 Audre lorde（奥德丽·罗德）诗选中的一首"The seventh sense"（第七感）。第七感，我的理解大概比第六感更朦胧诗意。这首诗我也只翻译出了一小段，因为还没有对奥德丽·罗德进行深入了解，所以，不敢轻易翻译，担心扭曲诗的本意。更多的原因，忙于生计。

Women

who bulid nations

learn

to love

　　　　——Audre lorde《The senenth sense》

女人

建造国家的

女人们；她们熟记

如何爱

　　　　——罗帆译《第七感》

读到哥尔的这首《第七朵玫瑰》，我的第七感整个儿排山倒海啊！

第一朵玫瑰是花岗岩

第二朵玫瑰是红葡萄酒

第二朵玫瑰是云雀翅膀

第四朵玫瑰是铁锈

第五朵玫瑰是怀念

第六朵玫瑰是锡

而第七朵

最为骄傲

那信仰的玫瑰

那夜之玫瑰

那姐妹般的玫瑰

只有在你死后

才会长出你的棺材

　　　——伊凡·哥尔《第七朵玫瑰》

诗的拟物化：花岗岩的冷峻、红葡萄酒的沉醉、云雀翅膀的自由、铁锈的怀旧味、锡的晶莹沉着，第五朵的直白怀念，到了第七朵玫瑰，最为骄傲的玫瑰，像朵永生花开在心田。我极其害怕怀念，一怀念就感伤，一感伤就堆积在体内恶化，这第五朵玫瑰，不去采摘了吧！第七朵呢？为爱情而绽放吗？为爱情而死去吗？我要倒挂它的魅力，拔去它的刺，风干它，吻它。

2. 我孤独我孤独于我的肉体之塔中

　　有几种轻薄的隔阂，在人与人之间，怎么形成的，在何时形成的？午间，望向窗台，耳朵里播放着萨蒂的第一裸体舞曲。有多久了？像条蚕宝宝吐着丝线，我的问题出在哪里？它们似窗台上摆放的干花瓷瓶，具体成像在我面前，我使劲画，从多个角度，展现的也仅仅是它们的外表。当片面的凌乱由八方而来，拧紧的发条立马令我散架，原来我是如此在意这些轻薄的感受啊！它们聚集在一起，首先是一片乌云，接着密谋下一场暴雨，淋得我遍体湿透，我在别人眼里是那样一个人啊？不完美的缺陷太多的人啊！玻璃碎片扎着的人啊！浮夸而表面的人啊！

　　　你与你要保持在你的肉体之塔中的
　　　防火的天使有什么关系？
　　　也许这五十种痛苦
　　　在发霉的墙壁之间建筑起来的
　　　躯体对他来说太狭小
　　　并且那火焰般的天使在躯体的
　　　栏条上擦伤其歌唱的翅膀？
　　　　　——伊凡·哥尔《给可怜的我的哀歌》节选

　　写诗，在某种程度上戕害我。普通人远离我，好像我是个高级的人。我何尝不是个普通人？职务高等的武断我，因为写诗而懈怠本职。路人冷嘲热讽，哦！是个诗人啊！诗人不是过错，并不高级，不清高孤傲，更不浪荡。要是连说真话都不允许，说客观的话都是错误，那文学的存在就是罪过。

　　我孤独我孤独于我的肉体之塔中
　　我张开我无声的嘴唇
　　我闭上我盲目的眼睛
　　我孤独我孤独
　　因为天使遗弃了我
　　　　——伊凡·哥尔《给可怜的我的哀歌》节选

　　有时什么都不想做，书不想看，音乐不想听，就想找个人说说话，翻了一遍手机里的通讯录，无人可约。有的人想见但不能约，有的人想约又隔着距离，能约的只有自己。中年人的孤独如同墙上的壁虎，别人不敢靠近自己又不放松，牢牢地趴在那儿，长期适应阴暗与潮湿，偶有青春的绿藤拂动，留一尾叹息，左摇右摆。

　　部分孤独静止。大部分，属于夜。夜晚分娩出孤独的多胞胎。临睡前，不敢想事情动脑子，一旦活跃，陷入黑洞的深渊，彻夜难眠。如今我学会圆规式的理解姿势，去理解别人的焦虑。那种对平庸的焦虑，对升职的焦虑，对表现的焦虑，对圆（完美）的焦虑。看着偏激、盲从、唯唯诺诺、奉承、诡计，人们像一只只八爪鱼，在孤独的深海夜行。

　　夜是一种原料
　　它有点像棉花

它制成睡眠
有时制成梦幻

睡眠由黑棉制成
梦幻由全棉制成

因此有了夜的副产品：
焦油和悲伤

焦油常常摧毁生命的道路
悲伤常常加工最廉价的死亡
　　　　——伊凡·哥尔《夜的产品》

曾陆续写过几篇《一个诗人的房间》，打算写上几年。一个诗人的房间，除了书，盛产孤独。肺开刀后，不能饮酒，能痛饮的只剩孤独了。把孤独裁成剪纸挂在台灯下；把孤独粉刷成鲜红贴在绿色窗棂；把孤独在白墙上划条水平线，画上几个叉叉圈圈，失落、兴奋；把孤独塞进拖鞋，大拇指与四指夹带不同重力的风；把孤独拉到路易十六自制的断头台，咔嚓一声，有些牵挂断了也就断了吧！

3. 当你注视我，你就属于我

"梦见你弯下身来，伸手触碰这片湿漉漉的草地，当你抬起手时，几颗露珠竟如泪光般落下"——西奥·安哲罗普洛斯《哭泣的草原》。

今天是我非常喜欢的导演安哲诞辰86周年,《尤利西斯的凝视》《雾中风景》《永恒的一天》……那些迷蒙的画面,凝视着我。诗的画面犹如安哲。伊凡·哥尔又成为一位我所深深凝视的诗人,这份名单目前罗列着:曼德尔斯塔姆、阿赫玛托娃、兰波、叶芝、里尔克、阿什贝利、博尔赫斯、策兰、米沃什、阿米亥、卡瓦菲斯、奥登、沃伦、沃尔科特、佩索阿……欢迎这位新客来访一个诗人的房间。

你不可抓获

如一条小溪

在它的薄荷丛间:

你常常颤抖于

我的影像下面

当我向你躬身

星星就升起来

当你注视我

你就属于我

就像眼睛属于面庞

而你在你的唇上带着

我的一支歌

你将去迎接死亡……

然而你逃避我,你逃避

如同源于我的曼陀铃的一颗音符

不可抓获

如同云雀——如同鳟鱼

啊!一次爱情的梦幻!

啊！一次梦幻的爱情！

　　——伊凡·哥尔《你不可抓获》

　　有阵子，遇到诗人朋友就像推销员，和他（她）们提及这个被策兰的光辉所湮没的诗人。印象很深刻，参加一个诗会，和同住一间房的女诗人（我叫她嫂子，因为她丈夫也是诗人），从饭店吃完晚饭，沿着山间小公路走回民宿，一路上我便和她谈伊凡·哥尔，我背诵了《第七朵玫瑰》（当然其中有些词没那么准确），以及《给可怜的我的哀歌》里的几句，回房间立马打开电子书（因肺开刀后对纸质书的尘螨特别敏感，基本改为读电子书），逐行逐字念给她听，好像喝过酒的是我。嫂子是个温和的人，她并不认为我是在卖弄，而是出于真心喜欢哥尔，而我的的确确是真心喜欢。我经常读到令我不安的诗，就想和人诉说一番，或许对牛弹琴，我也愿意的。

　　某个仲夏的某个夜晚。闯入一只萤火虫，它在我的生活里亮了好几年。时隐时现。我不曾见过它不发光的模样。某瞬。它敞开它的双翅拥抱我，用它的柔光亲吻我。我的世界，从此有了等待。然而，它只能飞在阴影的安全地带。我从未在白日向它挥手，吐露心声。——你常常颤抖于我的影像下面，当我向你躬身，星星就升起来。当你注视我，你就属于我（给这句诗，造了个梦境）。

　　我会从日历上擦去

　　那些你欺骗我的日子

　　从地图上抹去

　　那些你逃离的道路

　　　　——伊凡·哥尔《回来吧！》

　　然后，我从未寻找过它，在白日或黑夜。它懂的，有些毛茸茸的丛林，我们不能跨越。我自知的，即使荆棘拔除，光明与黑暗，不能永久相拥的。它的翅膀有片蓝天，我手里的线，只牵着一朵飘忽的云。所以，我不会去追随。

　　我时常做这样的梦，凌乱，迷蒙，昏沉沉，跳着读过的诗的舞步。

4. 我应该成为这棵桦树

　　我很少和别人说，树。我也很少写，树。或许，我太渴望成为一棵，树。因为我每天在树林里走，它们枯，我悲悯，它们荣，我欣喜。它们是我的命运。

　　　　我只不过希望成为
　　　　你的房舍旁的雪松
　　　　雪松上的一根粗枝
　　　　粗枝上的一根细枝
　　　　细枝上的一片叶子
　　　　叶子的一个影子
　　　　影子的一片波浪
　　　　它把你的眉头
　　　　冷却一秒钟
　　　　　　——伊凡·哥尔《我只不过希望成为》

　　前几天，在林间发现落了一地的泡桐花，记忆里的味道涌现。

它们仿佛止步的童年，重新唤回我的过往，轻淡的岁月。院子里参天的水杉，我每天望。记得曾对人提起，喜欢水杉，因为直立又坚挺，我想成为的。我不知对方是否记得，毕竟人家不知道，我很少和人说，树。

> 从黄昏步入黑夜
> 身体的余温被地表吮吸
> 残存与我相伴的始终
> 是几棵笔挺的水杉
> 它们耿直得令人怀疑
> ——罗帆《黑夜的路》

白桦林的北方，从未谋面，这是一个遗憾。那个疆域宽广、长满白桦树的文学民族，黄金时代和白银时代的作家，在我的阅读清单上布满褶皱。读伊凡·哥尔，不知怎的，总有种读曼德尔施塔姆的错觉。诗的特质，如何表述我的感官呢？就像大院靠东围墙外的印铁制罐厂，一到黄昏，天没有黑透的时分，葱郁的树林、白色的水塔、湛蓝的天，车间里透出来的黯黄。明亮中的昏黄，大抵是这样的诗特质吧！恕我词穷，只可意会的诗。

> 我应该成为这棵你如此
> 热爱的桦树：
> 我应该拥有一百只手臂来守护你
> 一百只绿色的温和的手
> 来抚摸你

我应该拥有世界上最好的鸟儿

在拂晓时来唤醒你

在傍晚时来安慰你

夏天我可以把你

掩埋在阳光的花瓣下面

夜里我会把你的

受惊的梦裹在我的影子里……

我渴望我是这棵桦树

他们将在它的脚下为你掘墓

而他将用它的根

继续紧紧缠绕你

　　　——伊凡·哥尔《我应该成为这棵桦树》

5. 年轻的波浪

　　伊凡·哥尔好几首诗，出现波浪。起伏的事物，在历经一次和二次世界大战。一个诗人的生活，是诗的母体、灵音、形体。比如《一片波浪拉开》：她走下时间的阶梯朝我而来/走下大海的整个楼梯。《怜悯之间》：疯狂的波浪甚至消融了时间/钟在水库旁边反向而行。《河流下的隧道》：从生命进入死亡没有习惯/在冷漠的波浪上面。《桥》：时间的目击者/总是跨坐空寂与危险/拨开海绿色的罗盘之花/一片接一片波浪/一片接一片花瓣。

　　年轻的波浪，你的真理是什么？

　　年轻的波浪，你的遗忘是什么？

从波浪到波浪

我的日子散开

······

把我的日子还给我！

我不想一直溯流而上

到我最初的啜泣

　　　　——伊凡·哥尔《年轻的波浪》节选

　　我的家乡是个埠头小镇，溪流和江水养育我，而我已不再年轻，很多事不能再等。卖了老屋后，很少回，难得走在江堤上，看水流平缓，不像大海惊涛骇浪，既欣慰又遗憾。从小，我见过的经历的事物，平缓。老人们说，这是福气。我知道没有波浪是福，我也知道有波浪才是人生。在我的家乡，一个生活有波浪的人，称为"花头包"。父亲常数落我"花头经真多"，这是个贬义词，不管出不出于父爱，都是无力辩解的词语。我的"花头经"都浪费在对艺术的追求，弹古筝，如今束之高阁，落了厚厚一层灰；画画，素描本、油画棒、彩铅笔、丙烯颜料，一大堆只好放在孩子们的钢琴底下；写小楷，什么狼毫羊毫，什么生宣熟宣，信笺，荣宝斋的印泥，阴阳文印章，歙砚，等等；买了一堆大大小小、方方圆圆的瓶瓶罐罐。书架更不用说，母亲已到院子里捡了好多回木板，父亲又在钢琴房四周、客厅开疆拓土，多装了好几排好几层书架。

　　我的确"花头经多"。

　　从波浪到波浪，我的日子散开。像三十岁以后才留长的辫子，散开，散开。而我怀念小时候剃的"六分头"，后来的"平菇头"，年轻的波浪啊！把我的日子还给我！

你能看见纪念碑吗

伊丽莎白·毕肖普（1911-1979），立足于美国诗歌的传统，继狄金森、斯蒂文斯、玛丽·摩尔之后，用同样可靠的技艺表达一种个人化的修辞立场。她的诗富有想象力和音乐节奏，并借助语言的精确表达和形式的完美，把道德寓意和新思想结合起来，表达了坚持正义的信心和诗人的责任感。

1. 鱼鳞

清晨，读到西默斯·希尼《数到一百：论伊丽莎白·毕肖普》，我便开始四处找毕肖普的这本名为《在乡村》的自传体小说资源。和往常一样，最终求助的，还是 L 君。他问我为何觉得欢喜，我说因为"鱼鳞"。

他说周琰有翻译过几篇，随后发我两个公众号链接，标题为：《乡下老鼠》（上下篇）。两篇里面都没有找到我想要找的。不过，L 君真是神奇，像是个活人图书馆。那么容我先说说我的鱼鳞。

前几天，莫名梦到自己变成了一条鱼，被看不清面孔的人群刮去整身的鳞片，我知道梦的隐喻，它已瞧见我的气数被剥光，今后乖乖听话、乖乖服从、乖乖低头就是了。当暗涌提着它的皮靴踏过我的头顶，我那洒落在废墟上的鳞片，散发着腥臭、白银银的反光色。这令我作呕。

我从没想过，美味能与很多事进行比拟。美味是我儿时对鱼鳞的第一印象。母亲从小穷怕了，她过度的节俭在很多细微的地方体现。我家的餐桌就是其中之一。比如买黄瓜、丝瓜，等等，永远是弯的；藕节肯定不是中间的，两头的细丑，自然便宜；草鱼、鲢鱼、鳕鱼、三文鱼，更是不知其味，永远是用买一条大鱼的钱从小贩那儿扫尾回一盆小鲫鱼。然后我看着那些活蹦乱跳的小鲫鱼被母亲压在砧板上刮去鳞片，残余零星的几片炒落盘中，像一个个小月亮。美味是真的美味，油炸着吃，红烧着吃，或与弯弯的黄瓜煮成鱼汤。

那个鱼鳞的梦魇，或许就是通常所说，诗有时是拟物，把一样熟悉的东西写成陌生。

在富足的房间里，我翻看着另一位女诗人的作品，坐立不安。她体内的鱼鳞比我小时候吞下的有趣多了，不安到我想试着倒回童年，把那些蠢事重来一遍。

异常神秘地，贫穷的格莱小姐——我知道她很穷——给了我一枚五分硬币。她欠身将它丢进那件她亲手缝制的红白相间的裙子的口袋里。那是一枚小巧的、亮晶晶的硬币，乔治王的胡须像一小朵银色的火焰跳跃在上面。因为它们看起来像是鲱鱼或鲑鱼的鳞片，所以，这种五分硬币被人称作"鱼鳞"。传说人们会在鱼肚子里发现他们的戒指，或是找回他们丢失已久的折刀。但如果你在刮洗一尾鲑鱼时发现每片鱼鳞上都有一小幅乔治王的头像，那将会怎样呢？

为了更安全起见，在回家路上我将这枚硬币放在嘴里，而后竟吞下了它。据我所知。数月之后它还呆在我身体里，并将它珍贵的金属转化成我蓬勃生长的头发和牙齿。

希尼继续写道，日后在她身上发现的那种特质——"一种闪烁不定的随意性"。真好啊！闪烁不定。但这不适合我现在上班的地方。

母亲如今很少买那样整脸盆的小鲫鱼，大概出于自然保护，也大概……这个不好乱说。反正，我的胃很久没有品尝贫穷的味道，贫穷是另一种美味呀！有时候，看着对面楼栋猫奶奶养的半野不野的猫，很想问问它们大鱼和小鱼的滋味有何不同？它们应该体会不到富裕和贫穷的差别吧！不过那些猫，比人还傲气，我一走近，它们就翘起尾巴慢吞吞地走开了。除非，它们饿，才会低头，或是喵喵示弱几声。其实在别人看来，我和它们很像。

我很想知道，毕肖普在吞下"鱼鳞"硬币后的童年还发生了什么，好像她弥补了我未曾经历过的荒诞。有关鱼的记忆，还有水。母亲说我们搬进这个大院后，故乡就失去了。每回听到这句话，我就觉得自己不孝。一个连故乡都守不住的人。所以我的梦里时常有水，从故乡的小溪流过来；所以我时常化身为一条鱼，游过来游过去，就为了拥抱故乡；所以我的眼泪不值当。

在《二月二十日梦魇》里面，我是这样记录的：

我在上岸前，只是大海里一条很小很小的鱼。

听我的祖辈们说，我们这样的鱼群类，不仅因为小，更因为太平常，所以只给穷人们吃。这点不假，我的祖母产下一堆鱼子后，就被一户破旧人家用了一碗米，和渔夫换了一网兜祖母的兄弟姐妹们，洗净，抹盐，晾干，整整吃了几年。

我的母亲在产下一堆鱼子后，她的兄弟姐妹们被渔夫卖给了一位鳏夫，他还有一个女儿，他把鱼汤炖了又热，热了又炖，多年后，他的女儿出落得亭亭玉立。虽然美丽，但仍旧过着穷苦的生活。父亲和我说，人有命数，鱼没有。

当我有一天进化成人，离开大海。我的父亲，替我剥去鱼鳞，一片又一片。父亲说，人身上也有鳞，但它们不叫鳞。如果有一天，你身上的鳞被命运剥夺，那么你就回到大海里来。孩子，鱼活着比人简单，要不生，要不死。人活着，多半靠这种叫心气的鳞片。

我光着身子来到人群，寻找着买祖母的破旧人家，买母亲的鳏夫和他的漂亮女儿。不知是他们和我一样太平常的缘故，还是人群大部分都是这样的人，我一直没有找到吃了我祖母和母亲的人家。

有时，我想念大海。她的宁静，和癫狂。我摸着自己身上长出来的鳞片，回想父亲说的话，我很难过。我意识到我开始长的鳞片不是鱼的鳞，而是心气的鳞。体面，尊严，权力，感情。每当夜晚来临时，我就自己抓身上的鳞，却怎么也抓不掉。

于是，我开始憎恨那些太平常的人，太平常的事。又过了一些时光，我的憎恨更加浓烈。我身上的鳞更加茂密。又过了很长一段时光，我身上好像长了一片森林，但一切，还是没有音信。终于，有人和我说了事实，这世上有太多穷人和平常人，如果他们是有权有势的人，早就找到了。我也早就可以回到我的摇篮去了。

我无比想念海。而我却背负着森林。阴森森的，好似总有不遂如愿的东西在生长。

有一天，快接近大海的时候，我再也走不动了。身上的鳞片也长不动了。我对着日思夜想的海，却回不了家。我这样躺着的时光，总听见父亲叮咛的话：如果有一天，你身上的鳞被命运剥夺，那么你就回到大海里来。

我的父亲。我的大海。有些东西剥掉就再也没了，有些东西长了就剥不掉了。

2. 纪念碑

我住的大院有好多石碑。其实是我的错觉。但我没有停止好奇的脚步，每天在院子打转，想象天上飘浮的那些碑和云朵。北岛那首《回答》：卑鄙是卑鄙者的通行证，高尚是高尚者的墓志铭。高尚者的墓志铭，多么符合那些洁白的尤物。

经过一番周折之后，我才发现我要找的碑，并不是什么疑神疑鬼的宝贝，而是一块被青苔铺满的水泥板。最不堪的是，它真实的用处，哎！老侯搬去他家门口水泥盖板上的花盆，指着它对我说，你看你要找的那块碑和我家这块一样的，下面就是化粪池。我的想象摔裂，我好像对好多事都会陷入自成的幻想之中，结果总是折断美好的翅膀。李先生听了我的找碑的故事，一定笑的颤抖得厉害。

故事是这样的：1965 的春天，一支苏联工程队入驻大院，其中一名建筑设计师叫林夫可达耶斯基，他是个诗歌爱好者。他的故乡在彼得堡近郊的一个村子，皇村。那儿曾住过一位被誉为俄罗斯诗歌的月亮，阿赫玛托娃。设计师来中国时带了她的诗集，一来思念故乡，二来闲时读几首诗。他在一天清晨，看到浇捣后风干的水泥盖板上落满了粉色的桃花瓣，那浪漫却萧瑟的画面令设计师感伤，他呢喃念着《虽说不是故乡》，捡了小石子在盖板底部刻上这几句：

夕阳在太空的流浪中显得那么涟漪/使我不由得生疑/这是白昼的终了还是世界的尽头/或者是秘密的秘密又潜入我心底。

　　李先生问，然后呢？我沮丧万分，然后就没有然后了啊！他说怎么就没有然后了呢？故事可以继续发生的嘛！我说，原本我要找到这块碑，找到碑上的诗，找到浪漫的世纪故事，找到两国友谊的见证，但美好的事物被破坏了，怎么还能继续呢？这就是我的毛病。所以，我爱不了缺陷。

　　　现在你能看见纪念碑吗？它是木头做的
　　　有点像箱子。不，有点像
　　　按大小顺序排列的许多箱子
　　　一个叠着一个。
　　　每一个略微变圆，这样
　　　它的角尖就轮流指向
　　　下面一个的角和侧面。
　　　而最上面一个正方体被摆成
　　　一种迎风木做的鸢尾花的形状，
　　　长长的木质花瓣，戳着奇数的洞，
　　　四边形，僵硬，教会一般。
　　　从它这里四根细长、歪曲的杆子弹出来，
　　　（斜得像钓竿或像旗杆）
　　　竖锯从这些杆子上挂下，
　　　四条削减的模糊的装饰线
　　　越过箱子的边缘
　　　接近底部。

纪念碑三分之一靠海；

三分之二面对天空。

视野被调整得

（那是，观察的视野）

这么低不能"高瞻远瞩"，

我们站得又很远。

变窄的大海，水平线

伸向我们孤立的纪念碑背后，

它长长的谷粒左右交替着

好像地板——斑斑点点，集体照一般，

又静止不动。天空与此平行，

它是苍白的，比海更粗糙：

劈裂的阳光和长纤维的云层。

"那古怪的大海为什么不作声？

是不是离我们太远？

我们在哪儿？我们在小亚细亚，

还是在蒙古？"

　　　　——伊丽莎白·毕肖普《纪念碑》节选

现在你能看见纪念碑吗？

3. 六节诗

　　除了喜欢毕肖普的《纪念碑》，还窃喜她的另一首《六节诗》。不仅沉醉于六节诗的诗韵形体，更迷恋诗中对人物、场景和年代雾

气的铺设，营造朦胧梦幻般的语境。这是丙烯颜料戳点我的童年所
熟悉的画面笔触，整首诗像一位矍铄老人娓娓道来：奇迹牌火炉、
历书、水壶、泪花、祖母……

九月的雨落在房子上。
在衰退的光线中，那老祖母
和孩子一起坐在厨房
小小的奇迹牌火炉旁，
读着历书上的笑话，
有说有笑藏起了泪花。

她认为她那秋分时节的眼泪
和打在屋顶上的雨珠
两样东西都被历书所预言，
但只有做祖母的才明白。
铁皮壶在炉子上唱着歌。
她切下一些面包并对孩子说，

现在该喝茶了；但孩子
正观察着水壶上坚硬的小泪珠
像个疯子在黑热的炉子上跳着舞，
那情形好像是说，雨珠必定要在屋顶上跳舞。
收拾完毕，老祖母
把聪明的日历

挂上绳子。如同鸟儿一般，那历书
半张开在孩子的头顶上，
半张开在老祖母的头顶上
还有她装满深棕色眼泪的茶壶上。
她颤抖着说她觉着房子
太冷，就往火炉里塞进更多的木柴。

那奇迹牌火炉说，它总是这样。
我明白我知道的一切，历书说。
孩子用蜡笔画了一座僵硬的房子
和一条弯曲的走道。接着孩子
又往里加进一个衣扣像泪珠一样的人，
并把画骄傲地拿给祖母看。

但是，当祖母
在她的火炉边忙活时，
那微弱的月光像泪珠正偷偷地
从历书的书页间
掉落到孩子精心种植
在屋前的花圃里。

是种植眼泪的时候了，历书说。
祖母对着神奇的火炉唱歌
而孩子开始画另一座难以预料的房子。

　　　　——毕肖普《六节诗》

这首被希尼媲美狄兰·托马斯十九诗《不要温柔地走入良宵》的《六节诗》，夸赞她在诗中的叙事及戏剧成分也迅捷地使关注的焦点从高超的技艺层面偏移开来。在这首诗中，祖母房间中短路的痛苦，冥冥之中历书传达的不可规避的痛苦，在孩子描画的奇妙之屋中被暂时抑制住了。仅就它回应的那些病弱的精灵被囚于盒子、树木和石块的古老童话而言，这个结论显示了对否定性条件的胜利。但从另一个角度看，它仅仅返回了初始时的格局，危险仍在继续，问题只是得到了某种想象性的解决。

有关我的童年的六节诗，目前还未写出。因为很多问题没有得到某种想象性的解决。

我做过不会做梦的石头的梦

奥克塔维奥·帕斯（1914-1998），墨西哥著名诗人、散文家、文学艺术批评家、社会活动家和外交家。一生博览群书，学识渊博，天赋超群，才华横溢，在当代拉美和世界文坛享有盛誉，以杰出的文学成就获诺贝尔文学奖、塞万提斯文学奖等重要奖项。

1. 反复咀嚼的自己和口唇

我对帕斯的陌生正如对自己的陌生。近几日白天的忙碌压垮我，不得不承认"感性"是我的屠夫。当我无助地陷入权威递增的死循环。我不是没有思想的人，然而在工作中尽量表现得像个傻子，傻子安全，至少不懂得对权威挑战，上面说什么就是什么。我苦于不能别人说什么就做什么，好像真的成了傻子，在错误的决定面前盲从。不过我又说错话，"决定"哪来的错误。我这点似傻非傻，似柔软非柔软，压得我喘不过气。阴郁中，唯有文字能带领我走出沼泽地，抑或一份浅浅的关心。一直认定自己的坚硬，面对困难时手握一把镰刀，朝那些荆棘砍去，朋友们能感受到我体内径流暗涌的河。

"感性"开了口子，我的泪腺便开闸。我是个十分爱流泪的人，笑着流泪，哭着流泪，仿佛流亡故乡的水。

帕斯是个热爱反复咀嚼自己和口唇的诗人，尽管人们对他赞誉最高的诗是《太阳石》，但我觊觎着他在诗中散播的"自己"和"口唇"。

时间和虚空组成的白日：
把我驱逐，涂去我的名字和我自己，
使我充满你：光线、空寂。

我漂浮着，纯粹的存在，已无我自己。
——帕斯《白日》节选（自己）

燃烧吧，一切声音，
燃烧吧，口唇：
在最高的花朵上，
住着停滞的黑夜。
——帕斯《人之根》节选（口唇）

在我的瓦砾中幸存的绿色：
你在我的眼睛里将自己注视、触摸，
你在我身上认识自己，想念自己，
你在我身上延续，在我身上消失。
——帕斯《花园》节选（自己）

让我消失在言语中吧，

让我变成口唇中的空气，

一股飘荡、无形、

被空气冲散的气流。

　　　　——帕斯《诗人的命运》节选（口唇）

自己对自己陶醉，

在自己身上休息，

自己给自己灌水，外溢

在自己身上上升

升向我们听不见的另一种歌声。

　　　　——帕斯《半夜》节选（自己）

未接过吻的口唇烧伤冷却：

清澈的水永远不停止，

有的水果成熟即坠落；

　　　　——帕斯《朴素的生活》节选（口唇）

　　帕斯的很多诗中反复出现"自己"和"口唇"两个词语，我在现实生活特别想封存的词语。我的爽朗的性格，导致口唇也爽朗，一个"口唇"，祸从口出是对的，具象的，爱从口唇里出，恨从口唇里出，坚持从口唇里出，反对从口唇里出。我从我"自己"的"口唇"里出。

　　这种自我对话方式是迷离而富有节奏的，帕斯吸引我的地方，跳跃式的节奏感。把这些文字铺开在书页上，仿佛逛地摊挑选小摆件一样新鲜而兴奋。没有人能体会被"感性"阉割的我读到一首好诗的幸福。以及，由一首诗诞生一首诗，《一切源自一个人身上的一个点》就是读帕斯这些"自己"和"口唇"受精卵孕育出的。

一切源自
一个人身上的一个点
不容我说破的点；
我的你的所想、所为
就是这个点。

我认定，但我不会
告诉你，我想要的点
是什么，我看到你的点里
有什么，有没有饱满
有没有我。

黎明前的一份思念，
黄昏潜入时
告别站在拐角的引力拽住，
迟迟不肯
这个点我是感动思慕的；
星辰的勺柄牵我走，
往前，退后
我讨厌正直的路
一如讨厌大多数时间

正直的你；
你说拼凑七巧板的点
要各尽其责
凑成三角形的家
不要倾斜；
你不能用不烫不冷的沸点
将我粉条般松脆的心
泡软，又变硬；
你这棵树落下的一个点
成为我这片叶子的魂
宣告生命它已结束；
我是握在你手里
灯盏的一个点
将草地铺成金黄
会迷失的，你不信。

我是你无限扩大的一个点
反过来难道不是意味着
用小数点的分子除以无限大的分母
我们之间的比率接近无穷吗？
用白天邂逅黑夜，是零
用水搅和泥土，是零
用呼吸呼吸空气，是零
用拳头比划酒兴，是零
我对你的相信

我对你的不信，是零。

一切源自
一个人身上的一个点
容我说也说不破的点。
　　——罗帆《一切源自一个人身上的一个点》

2. 写下你睫毛的活动

想念一个人通常和天气有关，和场景有关。后来我提醒自己，想念又能怎样，空间和时间横亘在中央，跨哪一步都跨不过去的。所以，大部分想念的时候，像读书时寝室熄灯后偷偷蒙上被子，打亮一盏手电筒，匍匐着看书或是写信。或许会怪我理性，无情，令想念一天熬过一天，到最后遗忘了只言片语，其实哪有那么容易，只是我没有告诉。镜头是想念一个人最好的记录者，它睁着爱慕的眼神，凝视，回播，把一个人看得透透的，死死的，一丝乱发都不会漏过。

我早已习惯数日子，对家乡的想念，对故人的想念，对朋友的想念，对过去的美好的痛苦的想念。我在时间与空间当中穿过这些想念，终于磨成平静而无趣。

我翻到白天这一天，
写下你睫毛的活动
告诉我的一切。
　　——奥克塔维奥·帕斯《穿过》节选

（1）
（我看不见，你也没告诉我）

一天，又过去了。
在猜测中，苦苦等信中
铲子挖掘思绪深处的用力
笔尖唰唰书写
镜片后凹进又摸不到的脸颊
秋千没有起床，荡漾梦
车窗外四十迈的热风
晚上没有收回家的被单

（2）
当它只是一个名词（一天的空间）
永无止境的自我对话（发生了什么呢）
在五十度酒精发酵下（缩短我们之间的距离）
多变、缥缈还是自由（当我给它寻找形容词）
事迹甩了甩衣袖（早起时皱巴巴的）
干枯的下巴衰老、下垂（岁月总是最残酷）

（3）
（我看见了，你的未来）

一天，又过去了。

在悔过中，潮起潮落中

脚丫踩碎木地板一天的灰尘

太阳斜过远山

广场的钟楼敲了敲自己

轰鸣静下来

一杯水摇晃夜的薄凉

临终没有拷贝完的数据

　　　　——罗帆《一天》

在一首诗中埋下一粒种子，一个人，一份忧伤，一份喜悦，出于狡猾的技巧让外人读不出把种子埋在哪儿，把人放在哪儿，把忧伤拧在哪儿，把喜悦提到哪儿。不久前有过一个天真的想法，计划把每首诗是怎么写出来的，背后藏了什么故事，按照这个思路写本故事集，出于勇敢这只拦路虎作祟，还是提不动笔写。毕竟不是所有的诗，蕴含的观点都是光明正大的。我没有那么伟大纯洁，我只是人间的一颗煤球粒，为自己燃烧煮熟饥饿的生活。就像此刻，我嘴里念念叨叨着，手指被声音使唤着敲下这些文字。这是你们所看不见的我的睫毛下的活动，有点古灵精怪，有点魂不守舍，有点顾名思义，也有点调皮捣蛋。

3. 你的背包

这些年像只候鸟，不断迁徙、迁徙。从家乡埠头小镇迁徙到城里，部队大院、城里的家以及婆家，李先生换防后跨省的家，我的洗漱包长年做好撤离的准备，平日常住大院，节假日去婆家，跨省探亲的家，还有时常去打扫空着的城里的家。这些年，这么多家，早已习惯了疲惫，也习惯了随港口飘摇。

> 在黎明的时刻，
> 我要对这个小世界，
> 唯一真实的世界道别。

> 再见，这升起的白天的
> 艰难的睁眼：
> 梦，遮掩着下半个脸，
> 从它犯罪的地方逃窜。
> 心灵是一座被遗弃的广场。

> 再见，椅子，
> 每天晚上我在你身上搭衣裳，
> 你每天都忍受绞刑。
> 再见，扶手椅，我失眠时的岩石，
> 闪电劈不开、
> 大水冲不裂的岩石。

> 再见，诚实的镜子，
> 我把我的面具留给你，
> 为的是下到无尽头的底，

——却永远下不去:

你只有表面，没有底?

　　　——帕斯《和家道别》节选

　　李先生刚离开家的日子，难免感伤些，失衡的扁担压在我一个人肩上，我并不擅长处理生活中的柴米油盐酱醋茶，更不善于处理三姑六婆的家长里短，亲朋好友们晓得我的木讷与后觉，恩赐包容。几年前的一篇短文《你的背包》写于李先生刚离开的时日，如今翻阅，依然温情。

　　已经数不清这是第几次送李先生去车站，当离别随着他满满当当的背包，以及那熟悉的背影渐渐消失在站台的人群里，我对自己说：要坚强，不要哭，要微笑着和他挥挥手说再见。

　　然而这一转身，牵挂被拉长，蜿蜒的铁轨从此便开始承载沉沉的思念。

　　丢了魂似的一路走回家，走进家门，望着空荡荡的房间，才突然意识到，这次不是短暂时间的外出演习、海训、拉练，而是长久地离家出走了。

　　一想到这点，便瘫坐在地上大哭起来，送别时强忍住的眼泪，此时如倾盆大雨落下，伤心得像个孩子找不到回家的路，无助、害怕、孤独涌上心头，不愿去面对这份真实。

　　假使某天，和大院道别，和绿窗绿门绿油油的一切道别，最舍不得：再见，椅子/每天晚上我在你身上搭衣裳/你每天都忍受绞刑。的确，每天晚上我伏案看书码字，都要往椅子身上搭件衣裳，以免受凉。

4. 我做过不会做梦的石头的梦

帕斯的著名长诗《太阳石》以阿兹台克人打造的石历为创作灵感，呈圆形，用整块玄武岩雕成，重达 24 吨，雕琢得十分精致，中心刻着口吐长舌两手紧握人心的太阳神，周围刻着竖起的利剑，各种图案、象形符号、羽毛蛇等。其中，15 组符号组成阿兹台克纪年，最后一位数是 584。《太阳石》一诗恰好 584 行（结尾的六行诗不计在内，因为与开头的六行完全相同）。这首诗采用首尾相接的环形结构，体现了帕斯关于诗的一种理论。他认为："诗，无论是抒情性的、史诗性的，还是戏剧性的，都是连续性的、重复的，有如日历上的日期或仪式。"他还说："在一首诗里，第一行包含着最后一行诗，而最后一行诗又唤起第一行诗，诗是我们反抗直线的时间的唯一手段。"

正襟危坐地一口气读完《太阳石》，来不及摘记，重头又来读一遍，再一遍。直到同事推开办公室的门，说声：早啊！我才轻轻抬起头，回一声：早啊！心里却无比悔恨：太晚了，一切都太晚了。和文学的重逢，和一个人的遇见，和一段往事的告别……帕斯真是位顶尖裁缝，把诗里的每个字裁剪隽秀。

一棵亮晶晶的柳树，一棵水灵灵的山杨，

一眼随风摇曳的高高的喷泉，

一棵挺拔却在舞动的树，

一条弯弯曲曲的河流
前进、后退、转弯，
但最后总是到达：
　　——帕斯《太阳石》首尾

冒号用以整首诗的闭合、环形，首尾呼应。这是我学编程语言里的 if 和 for 的无限循环关系。诗的开篇引用奈伐尔《阿尔忒弥斯》：第十三位复归……实为第一位重现靓影；始终唯有一位——或者说唯有一个时辰；因为你，不管是第一次还是最后，你是否女王？而你，唯一或最后的情郎，你是否国王？

对着这段话足足发呆了半个多小时。我常常在文字面前久久发呆，宛如无数个钟在敲打我，无数只蜜蜂蛰我，无数只小船涤荡。父亲常数落我是个书呆子，母亲不数落，她用她的勤俭支持我，替我修剪生活的枝丫。午间休憩时模仿凡·高画橄榄树，我问手中的画笔：如果我们不写诗就画画如何？画笔不会回答，就像我也回答不了自己。这是一个无法回答的闭合循环。

我想继续前进，走得更远，但不可能：
瞬间坠落，落在另一个，另一个瞬间中，
我做过不会做梦的石头的梦，
过了若干石头般的岁月之后，
我听见我被囚禁的血液的歌声，
大海在用光的声音领唱，
城墙一道道倾覆，
所有的门都已毁坏，

太阳从我的额头开始抢劫，

扒开我紧闭的眼睛，

剥掉我生命的包裹，

让我离开我自己，

让我脱离我昏睡了多少个石头世纪的梦境，

它那镜子的幻术死而复生

　　——帕斯《太阳石》节选

　　苦难的人儿啊！我想继续前进，走得更远，但不可能：瞬间坠落，落在另一个，另一个瞬间中，我做过不会做梦的石头的梦，过了若干石头的岁月之后。

我得到过一个黄昏和一个村庄

豪尔赫·路易斯·博尔赫斯（1899—1986），阿根廷诗人、小说家兼翻译家。博尔赫斯喜欢的主题有：追求不可能实现的事物，讽刺性地实现人类的梦想，理想主义哲学的各种含义，存在之混乱和无益，时间的周而复始，以及理性的失败。据他本人所言，博尔赫斯的成败将取决于他的诗歌。

1. 梦和镜子，以及布宜诺斯艾利斯

最早读博尔赫斯是他的小说《小径分岔的花园》，而印象最深刻的是《两个人做梦的故事》：一个开罗人在梦中被告知他的财富在波斯在伊斯法罕，他跋山涉水来到此地，遇到抓盗匪的队长，把他关进监狱，在审问中队长告诉他的梦（开罗一座花园的一座日晷边的一棵无花果树后的喷泉下埋着一大堆钱），而队长所描述的花园无花果树正是开罗人靠着做梦的地方。结局当然是神奇而美好的，开罗人在喷泉下挖出一大笔财宝。于是，博尔赫斯在我的意象中是一个写梦的诗人和小说家。

　　梦和镜子，成为他的文学母题。博尔赫斯在小说《特隆·乌克巴尔，奥尔比斯·特蒂乌斯》写镜子：镜子与交媾都是污秽的，因为它们使人口增殖。植入梦境和哲理的书写，正是博尔赫斯的风格体。埃内斯托·萨瓦托《散文集》写道：从博尔赫斯对存在之残酷现实的恐惧中产生两种互补的态度，虚构世界中的游戏，以及对柏拉图式的、最纯粹的理论的坚持。

　　当我的书桌摊满各种摘记本，诗、散文、小说等分类本，博尔赫斯总会占据某块片域。在《博尔赫斯诗选》里，诗中反复出现他的故乡布宜诺斯艾利斯，用克莱夫·詹姆斯在《文化失忆：写在时间的边缘》里评价他的作品：在博尔赫斯的作品中，当代史几乎不存在，这样来看，他的历史感一如他笔下的布宜诺斯艾利斯，一座没有当下的城市。他的政治风景图是一座渺无人烟的大理石鬼城，来自他童年的记忆，散发着诡异的僧侣气息，仿佛雷科莱塔的公墓。失明之前，他会在街上散步，但通常是夜晚，尽可能避开所有人。

　　　就是沿着这条沉睡而混浊的河
　　　开来了船舶，建立了我的故乡？
　　　小小的彩船必定曾经上下颠覆着航行
　　　在栗色激流中的根块之间。

　　　仔细思索，让我们推想这条河
　　　当时是蔚蓝的，仿佛是从天空中流下，
　　　有小小的红星标志着胡安·迪亚兹
　　　受饿，而印第安人就餐的地方。

肯定有一千人，又有千万个人
渡过了一片宽达五个月亮的大海而来，
那里仍然是塞壬和海怪的居所
是让罗盘发疯的磁石的居所。

岸上他们竖起摇晃的小屋几间，
不安地入睡。他们说此地是里亚却洛，
但这却是在博卡编造的谎言。
这是我所居住的一片街区：巴勒莫。

一片完整的街区，但坐落在原野上
展现给黎明，雨和猛烈的东南风，
一片同样的楼群，仍然在我的街区：
危地马拉，塞拉诺，巴拉圭，古鲁恰加。

一家杂货店绯红如纸牌的反面
光彩夺目，后屋里有人在玩着扑克；
绯红的杂货店生意兴隆，雄霸一方，
成了街角的主人，已经怨恨，无情。

第一声风琴越过地平线而来
送出多病的乐曲，它的哈巴涅拉和呓语。
大院里此刻一致推选伊里戈扬。
某架钢琴弹奏着萨波里多的探戈。

一家烟铺像一朵玫瑰，熏香了
荒野。暮色已深入了昨天，
人们共同担负着一个幻想的过去。
缺少的只是一样：道路的对面。

很难相信布宜诺斯艾利斯有什么开始。
我想它就像水和大气一样永恒不灭。
　　——博尔赫斯《布宜诺斯艾利斯神秘的建立》

　　一个诗人离不开更绕不开：故乡。我最初的写作从故乡开始，
写故乡的风景、人和事。这些印刻在脑子里的影子，时常在梦里起
身推我醒来，陷入无眠中。人追忆的江水一直流，而我只是江岸边
一粒小石头。中途有段时间，害怕写故乡，大概对故乡的写作起笔
前有太大抱负，而这个抱负一直落不下翅膀，所以隔了很长一段，
近乡情怯。博尔赫斯在《阿根廷作家与传统》里阐述：因此，我要
重说我们不应该害怕，我们应该把宇宙看作我们的遗产；任何题材
都可以尝试，不能因为是阿根廷人而囿于阿根廷特色，因为作为阿
根廷人是预先注定的。在那种情况下，无论如何，我们总是阿根廷
人，另一种可能是作为阿根廷人只是做作，是一个假面具。
　　自我的故乡被环境整治，打造什么风情小镇，改造成年轻人爱
去的网红打卡点，江边的老房子被刷成五颜六色，老街翻新得太新。
我就再也没有回去。不是我不愿意回，而是太热爱这片土地，这片
我已不认识的土地。像赫拉克利特所言：任何人不能两次走进同一
条河流，这是因为河水总是在不断地变换着，而我们并不比任何河

水的变化更小。离开故乡的这些年，我知道体内的河流已经发生某些变化，但唯独对故乡的旧颜，一直未变。所以，如今的改造变换了我对故乡的记忆，在我没有释然前，无法再次走进同一条河流。

2. 书的迷宫

有人称呼博尔赫斯是作家的作家，源自他的博学，当然还有他的梦境。看博尔赫斯的生平，1955 年被任命为国立图书馆馆长，他每天与书做伴。看看他如何形容书的特别：在人类浩繁的工具中，最令人叹为观止的无疑是书，其余的皆为人体的延伸，诸如显微镜、望远镜是视力的延伸；电话则是语言的延伸；犁耙和刀剑则是手臂的延长。而书完全不同，它是记忆和想象的延伸。这段话摘自《拉丁美洲散文选》博尔赫斯人物篇章的《书》，这是本充满神奇色彩的书，淡绿色的封皮，封面上涂鸦奇形怪状的图案，好似一个像仙人掌，另外几个好像有镰刀，好像有山头，总之迷幻。

我的父母亲对我时常拿回家的书堆的快递，投以不支持又无奈支持的眼神，我也回以不管支持与否都要坚持的眼神。现在我很少买书了，好多都是朋友们的出版书。以前每逢收到朋友们的寄赠书，一边替他（她）们高兴一边替自己着急，不知何时会诞生属于我的文字结晶。《书》里引用安瑟伦的名言：把一本书置于一个无知者的手中，就像把一柄剑放在一个顽童手中那样危险。博尔赫斯爱书，宣称对书我们虽不能迷信，但我们确实愿意从中找到幸福，获得智慧。

困惑。去年一直沉沦困惑。对自己的文字界碑无法提升再一度的高位，原地踏步或是倒退着走，都意味着失败，为这些而困惑。

那时写的诗大多能读出我的颓废感。

> 书读得越多，越感觉
> 像个泡沫，写什么都不值得一写
> 苦痛什么也没有什么苦痛
> 幸福什么也没有什么幸福。
> 你说：属于自己的圆圈越来越大
> 我认知得却是越来越窄。
> 这越来越窄的也是，泡沫
> 这越来越大的也是，泡沫。
> 然后，生活被我摆在砧板上，滴血
> 横着切竖着切，只要一刀。
> 这一刀能切开我的清醒吗？
> 这一刀能撇除我的泡沫吗？
> 你说：属于自己的圆圈越来越大
> 我认知得却是越来越窄。
>
> ——罗帆《泡沫》

母亲为了消散我体内的结节，给我煮了太多的蒲公英喝，而我的身体对这份慈母心好像无动于衷，就像我对文字的刻苦，文字没有读懂和回报我的一片苦心。生活就是这样一种不对等的关系。父亲给我装的书架，越来越高，原先和钢琴平身，如今快到天花板。这仅仅是大院里的家，城里的家整个客厅一圈都装了书架，我如今看着大部分无用的书，我才看清自己的虚荣，就像生活里好多不必要仰望和跳的悬崖，毫无意义。但对书，还是无比热爱的。

爱德华·菲茨杰拉德《在一封致伯纳德·巴尔顿的信中》：对于一本偶然的诗集，这样的人并不多，他们有闲暇阅读，着魔于他们心灵的无论什么音乐，但在他们的自然生命里大约到二十次无力写诗：以一种正确的星辰排列，对这样的机会加以利用并无害处。

3. 我得到过一个黄昏和村庄

达喀尔就在太阳，沙漠与大海的十字路口。
太阳在我们眼前把苍穹遮蔽，流沙如埋伏的野兽破坏
道路，大海是一腔仇恨。
我曾见过一位首长，他的披风上有比燃烧的天空
更加炽烈的蔚蓝。
靠近电影院的清真寺闪耀着祈祷钟声的宁静之光。
背风的荫蔽令棚屋远去，太阳如一个窃贼攀上了墙头。
非洲的命运在永恒之中，那里有战功，偶像，王国，莽莽森林
和刀剑。
我得到过一个黄昏和一个村庄。
　　　　　——博尔赫斯《达喀尔》

　　S君为我拍过一组黄昏时分的"我"，在镜头里，帽檐下的我，脸角分明。我一度害怕"分明"，因为不糯，我恰好渴盼"糯"。一个女人水灵灵的糯。没有戾气。儿时的黄昏，像一枚硬币，在无数个感伤不已的时刻，实用地购买我的感伤，然后丢弃。读初中后，我对黄昏的色调十分敏感，好像田里袅袅升起的一团烟雾。数以日计的黄昏为我系上情绪的丝带，我的眼眸和躯体为之迷离。如今，

面对镜头已然没有紧张感，我在镜头里呈现的是本真的我。在小说《林原的房间》系列里面，我曾写过镜头下的黄昏。

> 我沿着山坡走了两遍。捡了几片银杏叶，不敢回头。凡·高用笔描绘着落日的余晖，狂热，是我所向往的。你说我不够女人味。我知道的。很多事，我都知道的。山的远处，稻草堆垛里生起了烟。我指着，塔可夫斯基《乡愁》里也有类似的烟雾感，男诗人说他已厌倦这病态的风景。我使劲在找那生起烟火的主人，为我和你之间的白色，升起氤氲。对着镜头，我如此苍白，像面对你。那团烟拯救了我的乏力。随着空白，返回到失去联系前的那个夜晚。我没有选择去你的房间，而是去奔驰黑夜，像红拂夜奔。你听着我的困惑，那些颓废的应验，坚定地告诉我：沉下去，写下去。
>
> ——罗帆《林原的房间之吉纳佩蒂》

更多短暂的一瞬，似捕捉一阵凛然的风。不曾遗忘突如其来的话语、微笑，一个动弹的眼神，以及某种方式的靠近。黄昏住着我的童年，我的中年以及我的老年。

> 天空整个儿退下去预示我们的落幕；
> 我不想做稻田里的小丑。你给我插面旗帜
> 仿佛就能赶走来偷食鸟雀的信仰，我不招摇
> 尽管晚霞给我整张枯草的脸涂抹得红扑扑。
>
> 心跳在凉风灌进喉咙灌进肺之后，加速
> 剧烈的咳嗽将我内部的废物呕吐而出

我突然觉得自己拥有天使的轻，挥舞不动那面鲜红
尽管空旷的稻田紧紧拥抱住黄昏时分不定的我。

再没有人似它的空旷而来得真实而来得饱满
再没有鸟雀理睬我手中我脸上的鲜红
黄昏时分不定的我，像大地一样平躺；

孤独吻过我，我吻过孤独
黄昏到来时你给我戴好黑色的帽子
以免长长的散发遮挡了沉沉的幕布。
　　　　——罗帆《黄昏时分飘忽不定的我》

　　那么我在黄昏里得到的村庄呢？除了那生我养我的车门里村，在父亲所说的一个道士之言：有位远游的道士，一到村口便摇头晃脑说风水不好。不好在哪里呢？村口溪上两条桥就是双筷子，整个村就是个破口的碗，一个碗加一双筷子，不正是乞丐的行当。于是村民们拆了一座桥，把村子建了围墙开了墙门，车门里村由此得名。想来滑稽可笑，但童年在这些神神叨叨的传说里消磨度过，也是一份珍贵的回忆。

这里又一次，饱含回忆的嘴唇，独特而又与你们的相似。
我就是这迟缓的强度，一个灵魂。
我总是靠近欢乐，也珍惜痛苦的爱抚。
我已渡过了海洋。
我已经认识了许多土地；我见过一个女人和两三个男人。

我爱过一个高傲的白人姑娘，她拥有西班牙的宁静。

我见过一望无际的郊野，西方永无止境的不朽在那里完成。

我品尝过众多的词语。

我深信这就是一切而我也再见不到再做不出新的事情。

我相信我日日夜夜的贫穷与富足，与上帝和所有人的相等。

——博尔赫斯《我的一生》

博尔赫斯的村庄和他的一生黏连着神秘。我还没有找到哪些词语、哪些诗句、哪些飘起来后又能踏实落地成我的语言。

片　段

约翰·阿什贝利（1927-2017），生于纽约州罗切斯特。后现代诗歌代表人物，其诗集《凸面镜中的自画像》获得美国国家图书奖和普利策奖。阿什贝利的诗机智幽默、抽象深邃，是继艾略特和斯蒂文斯之后美国最有影响的诗人。

1. 那些打动我的只言片语

阿什贝利说："我最好的作品是在我被打扰了的时候写出来的，人们给我打电话或是让我完成必须的差事的时候。就我的情况而言，那些事似乎有助于创造过程。"这句话似乎能解释他诗歌中为什么会有那么多的枝节、转移、分岔、异质语境，换言之，包含一切。在这点上，他倒与奥哈拉有共同之处，奥哈拉在写诗时，如有同事推门进来说，"弗兰克，你能把窗户关上吗?"他马上会把这句话写到诗中。《约翰·阿什贝利诗选》上册第一首诗《两个场景》中，阿什贝利就用了他耳畔即兴听来的片语。

巨大的设备悬在一个老人的头上
在一些油漆桶的蓝色阴影中
正如军校学员们笑着说，"傍晚
每件事物都有一个时刻表，只要你能发现它是什么。"
　　　　——阿什贝利《两个场景》节选

有些拉家常的话也被搜罗进他的诗。

她欢迎我们来到她家，为我们奉上冷饮。
"我儿子在墨西哥城，"她说。"如果他在他会欢迎你们。
但是他在那里的一家银行工作。
瞧，这是他的一张照片。"
　　　　——阿什贝利《使用说明书》节选

还有一些夫妻、朋友间的对话，也是栩栩如生。

"在突眼的房子里
度假是多么愉快，"她搔着
裂开的下巴上孤独的毛。她回忆起菠菜

并且想去问维姆皮他买了菠菜没有。
"亲爱的，"他阻拦道，"今天平原上布满了雷电，
它将如你所愿。"他搔着
帽子下的脑袋。
　　　　——阿什贝利《风景中的农具和芜菁》节选

一天一个男人在我出去时打来电话
并留下这训示："你把整个事情都弄糟了
从开始到结束。幸运的是，仍有时间
去改正事态，但是你必须迅速行动。
方便时去看我，请不要
告诉任何人。另外你的生活极大地依赖于它。"
当时我什么都没想。

　　——阿什贝利《恶化着的事态》节选

有时，假借其他事物说出他想说的话。

天空说，"我在这里，姑娘小子们！"
棍子试图藏在噪音中。叶子，幸福，漂过肮脏的草坪。
"我希望看见它，"有人谈论脑袋，它停下来装成一座小镇。
看！它已经发生了一种可怕的变化。耳朵掉落——它们是
咯咯笑的人。
皮肤也许是儿童，他们说，"我们是儿童，"靠近海的是茫然。

　　——阿什贝利《如意的算盘》节选

甚至自我对话也安插在诗句当中。

"一次我让一个人向我吹气。
我几乎放弃经验。
现在数年之后，我想起它

没有激动。没有要重复的欲望，

也没有不安。也许如果环境适合

它会再次发生，可是我不知道，

我刚好有其他的事情要想，

更重要的事情。和谁上床

是不重要的。感情是重要的。

我想的最多的是感情，它们充满我的生活

像风，像滚动的云彩

在一个充满云彩的天空，云彩叠着云彩。"

　　　——阿什贝利《分成三部分的诗》节选

　　我在怀念一个释然的人时，常常会用自言自语的方式以及脑海里记住的那些感伤或美好的话。当我发现在那时听来感伤的话，如今我对别人同样说起，因为感伤才是爱最好的解决方法。而当时听来美好的话，简直像张绑票，始终被捆缚着。

都过去了；

如今你是掌管夏日的满天星。

都过去了吧！迟到十几分钟的警戒线

匆忙的公文包，上车后的打盹

指着你指的目的地。那儿我似

溪水潺潺流动在你眼底

有月色将你我搂紧

你说：蛙声哎，我立马命令耳朵去听。

是都过去了。当你不再挽起衣袖

伸手去捞那沉在回忆里的星
真的都过去了。哪颗是你
跳入我们之前的倒影。
　　　　——罗帆《都过去了》

2. 片段缝补者

我在《一个诗人的房间》系列曾写过一篇《片段缝补者》，其中片段二正是写读完阿什贝利的长诗《片段》所感。

片段二：这周读马永波翻译的《约翰·阿什贝利诗选》，记得2018年因伊老师相约见过马老师一面。悔在那时读阿什贝利不多，碎片化地读过几首，书架上至今还躺着两本新版的阿什贝利诗集。有一首《马来四行诗》挺吸引我，递进式的写法挺新鲜的，我抄全了，虽然手腕因写字过多而受伤，但还是没忍住。

《马来四行诗》

眼睛的闪烁没有神秘，
脚印渴望过去
穿过有许多黏土管子的模糊的雪，
而商店里有什么？

脚印渴望过去，
普通的迟钝的毯子。

而商店里有什么
为国王最喜爱的人所准备？

普通的迟钝的毯子
醉醺醺的歉意和发挥
为国王晶喜旁的人所准备。
是的，先生们，遗忘的鉴赏家，

醉醺醺的歉意和发挥，
那就是为什么一条看门狗会羞怯。
是的，先生们，遗忘的鉴赏家，
这些日子短暂，易碎；只有一个夜晚。

那就是为什么一条看门狗会羞怯，
为什么陷入银色风暴的法庭，正在消逝。
这些日子短暂，易碎；只有一个夜晚
而它很快就会过去。

为什么陷入银色风暴的法庭，正在消逝！
为了安全我们拥有一些迟钝的伪装
而它很快就会过去
因为它们必须运动。

为了安全我们拥有一些迟钝的伪装：
眼睛的闪烁没有神秘

因为它们必须运动
穿过有许多黏土管子的模糊的雪。

　　坐在办公室里，头昏脑涨，突然偷偷地读到这首诗，我为它的韵律而着迷，像是昏黄午后有人搂着我跳一曲旋三，蹦恰恰，蹦恰恰，太美妙了。句子与句子之间的咬合力，段落与段落之间的承启，又令我坐立不安。

　　然而，就在昨天，为他的一首《片段》而磨了一个上午，被其中的句子敲打，依然提起酸涩的手腕，抄了一小部分。

检验这些时代没有什么益处
除了太阳起了斑点，小小的，在金色的沙上
并逐渐重估距离。
这款待使心脏昏迷，铁钟
撞破天空透明的金属
每一天都使思想方法慢下来一点
直到渗出可触摸的死亡的汁液，时间的成败。
　　——阿什贝利《片段》节选

　　以上是《一个诗人的房间——片段缝补者》中的一段。回头来聊阿什贝利这首《片段》，这位手艺精湛的裁缝大师，将众多的元素拼接设计成一件思想上的黑色披风，极酷极帅！假使告诉大家一个你们无法证实的真实，我是听着舒伯特四重奏读这首诗的，会不会绝大部分人认为我在装格调。但事实上，这与格调无关，这就是我真实生活的一个片段而已。假使换成阿什贝利听着舒伯特四重奏写出这首诗，大家会不会不易质疑呢？我想答案是肯定的，这就是所谓的诗人的气质和语言的格调，也是我孜孜不倦努力想拥有的。

3. 对于你，这姿态是一部小说，对于我是全部

对于你，这姿态
是一部小说，对于我是全部。
　　　——约翰·阿什贝利《片段》

（1）一则新闻

就在今日清晨七点，朝露滴挂，烟雨氤氲的埠头小镇，迎来了一场国际时装秀。知名设计师 Mr jin 带领他的团队，在厚大溪畔的堤坝上举行了令世界瞩目的时装秀。

与此同时，著名设计师 Rick Owens（瑞克·欧文斯）在威尼斯的一座小岛屿，以"2021 年秋天"为主题与之遥相呼应。这位世界级的歌德式极简主义设计师曾言："衣服是我的签名，它们是我期待捉摸到的冷静高雅，它们是温柔的表现，和不寻常的自傲，它们是活力充沛的理想化现象，也是不可忽视的强韧。"Mr jin 作为国内青年设计师的一枝独秀，曾在 Rick Owens 门下拜师学艺，将中国风与极简风设计理念相融合，此次是他回国后的首秀，更是眷顾故乡这片土地的情怀秀。

Mr jin 以"埠头之梦"命名这场时装秀，然而在明媚的春天却以灰黑色为主基调，似乎有些跳出蓬勃画框的美感。在采访 Mr jin

之后，才得以释然，一切源自他少小离乡时裹挟的一个梦。

载自 2021 年 3 月 5 日《小埠日报》

（2）时装秀的余波

人群中站立着一双焦灼的眼，我未曾发现。所有的注视都献给了高挑的模特。候场的一排溜儿站在坝坡上，用作换衣间的小木屋搭在堤岸上，顶上垂过几缕翠柳。那些候场的模特儿，上面穿着宽大蓬松的短棉衣，下面裹着紧身半裙，裙摆往外撑开似鱼尾，从远处望，堤坝上游走着一条条美人鱼。这一幕，我是熟悉的，这份熟悉感像口嚼泡泡糖，嚼着嚼着便吹起儿时的回忆。

> 与此同时
> 在熟悉的形式的修正中
> 展开新的段落。
> ——约翰·阿什贝利《片段》

在我并没有从人群中辨识出那双焦灼的眼睛时，那双焦灼的眼睛却打量过我无数次。自然，这是事后那双眼睛的主人告诉我的。当他对我说：你身上情感的落脚点永远踏在原地，像一部小说的开头和结尾。这句话的余波也足足让我震荡了好久。他的话让我从脑海里搜索出阿什贝利的诗《片段》，某种契合得相似。

音乐从溪面缓缓升起，作曲家 Shardad Rohani 的曲子 Connie's butterly，灰白的雾气笼罩钢琴曲与管弦乐的感性对白。模特们沿着溪岸踩着碎步，黑色的人鱼，灰色的人鱼，黑色的口罩，灰色的口罩，灰黑色的坝石，银闪闪的溪水，对面苍翠的竹林黯然失色。我蓦然流下滚烫的泪，滴在心底的符咒上，一直以来我认定一个人受地域的狭隘会限制才华的伸展，看报道介绍，Mr jin 和我年龄相仿，人家已跻身世界舞台。不像我写诗，一直没有写出小镇；不像我的生活，一直没有走出埠头。

悲观地想，一切都没有尽头。

小时候和院子里的小伙伴们经常玩走秀的游戏，个子由矮到高排列，我，程颜，徐萍。从家里搜罗出各种千奇百怪的衣物或破布，沿着粮仓外侧的楼梯往下走，臭美而张扬地和底下的观众挥手。其实，观众从来只有两个，一个阿狗，一个金韩。漂亮的也从来只有两个，程颜和徐萍。我常嘲笑自己，因为外表的缺陷才想用内涵来修补。每天，除了上完课改完作业，我便埋头于书堆，偶尔到堤坝上吐露一天的疲倦。

我厌倦吗？厌倦这平淡无波澜的生活？厌倦这巴掌大的埠头小镇，半个小时仿佛就能把她走穿？厌倦这日日夜夜奔走想汇入大海的溪流吗？厌倦这熟悉而无法改变的世俗吗？厌倦自身不漂亮的皮囊和不华丽的灵魂吗？厌倦时而的清醒针剂，去戳入麻木的血肉吗？

（3）坝上

"小西。"身后有人喊我。好像很熟悉，却又隔着时间的陌生。

我停住，回头。高我一头的黑风衣男人，像呢喃在我耳边未找到合适译名回旋许久的诗题：Return。译为：归来，还是：往返。看到他的一刹那：归来！

脚步不确定，心里浮现的名字，是不是他的名字。他快步跟上前来，明明一张愈来愈清亮的脸，走近时又变得光晕离散。"你是……?”我看着他，像刚才站在人群里似的茫然。起雾而不出航的日子，容易钝。老人们说的就是我这种迟缓的人。

"金韩。"

"我爸姓金，我妈姓韩，所以我叫金韩。那个金韩?"

十岁时，第一次见到他，他就是这样自我介绍的。程颜指着他的家问，怎么没见你姓韩的妈妈? 徐萍指着他的家问，你爸爸怎么和我们家的爸爸不一样? 阿狗指着他的家问，这些玩具可以借我玩吗? 我胆儿小，准确说是自卑，我没有指着他的家问东问西，只是觉得他家的的确确和我们不一样，他的爸爸也和我们的爸爸不一样。

"嗯，就是那个金韩。"他长这样高了，准确说是我没怎么长高。五官这样挺拔了，不像小时候扁平在脸上。不敢想象，眼前这个时尚先锋 Mr jin 是我所认识的那个金韩。

"你要是不说，压根认不出来。"

"你一点没变，和小时候一模一样，刚才在人群里，一眼就认出你来了。"

或许是没变。我们像两棵树，直立在岸边。他看着我，我低下头。好似他随父亲离开小镇后，一切的一切都被封存在此时的静默中。关于他这些年所发生的，仿佛是我一首未写出的诗，也是未翻译出来飘忽的诗句。

You did not clock the turning of the leaves

the silent browning of the grass

nor view brief bright November

rising out of the hills

　　我试图在翻译的 Auder Lored 诗"Return"第一句，久久找不到合适的词。一切来得匆忙，过去的人，过去的事，像晨起的行人迷失在雾里。

　　我们沉默，看雾渐渐消散。对突如其来的他，不知该说些什么，即使岁月给我们各自都记上凝重的一笔，但橡皮擦已然擦拭掉了。我该和他说什么？说我羡慕他的成就？说一直有个模糊的人影在我梦里打转，但醒来后我又不能明确是谁的？说怪罪，为什么当初匆匆忙忙离开？为什么离开后不和我们联系？说身为一个人最起码的情感，为什么我们都要回避？

（4）断臂的树枝

　　只停留了几分钟，Mr jin 立马被光鲜围住。我识趣地退场，他是那么多人的希望与光环，我只属于我自己。走回学校的路上，我知道那些我一直坚持而飘忽不定的东西，像只猛兽又扑上来了。我的家人，同事，老人们，乃至全镇的人，都说我心气太傲，这样的姑娘家，在他们眼里是可悲的。我催眠自己并不可悲，但某些时刻（比如黄昏时分，比如青草被溪水湮没，比如一个熟悉的人突然离去）来临时，我那高耸的信念重锤般坠入，沉沉一击，留下魔鬼的大脚印。

　　为什么要回来？而且是凯旋？我为他的归来而雀跃，又为他的归来而感伤。他只属于童年放逐的风筝。线早就断了，他不该飞回来的。雾已散开，世界变得明朗，停顿在脑海里的那句翻译不出的诗句，钻了进来。

　　你无暇顾盼树叶的摇曳

草地悄然的褐变
你忽视沿山坡弥漫而升的
十一月的青岑

接下来的几句，缓缓而至。

You came

with the sun set the bough stripped

to the curtness of winter

an acconplished act

你来了
在日落时分　像古朴冬日
断臂的树枝
一个自然而然的发生

梦到了现实里。我这样跌跌撞撞地回到学校，回到宿舍。金韩的身影挥之不去。他那一身的黑，简直就是个幽灵。哦不！那闪烁着光芒的眼眸，像太阳灼灼刺伤我，我的贪心，不自信，以及遥不可及的梦。

记忆徘徊，想起粮仓里金黄金黄的谷粒，我们几个人坐在谷堆里，抓一把互掷，我永远没有目标，傻傻地等着别人来扔。程颜和徐萍一人对应一个敌手，阿狗和金韩。在五个人的世界里，我看起来永远是多余的那一个。想起棉花收获的季节，我们爬进雪白柔软的棉堆，欢跳的童年，我却早早显露出晦涩的忧郁。想起粮站后面成片成片的稻田、棉花田和玉米地，每日无止境地探险，沾满田塍里的泥土味。想起夏日在小溪、渠道里嬉水，金韩和阿狗帮人们追逐被水卷走的漂流物。想起无数个在一起发呆的日出与黄昏，跑过夜晚的影痕。想起金韩迷幻的家，迷幻的父亲，只在照片里见过的母亲。想起那些闪亮在隧道的旧时光……

　　一直到天黑蒙蒙地降下来，喝了口水，肚子叽里咕噜一番撕扯，才迈向房外，走到老街。和往常一样，不愿回家，只是在老林头的拉面馆吃碗青菜肉丝碱水面，老林头夫妇晓得我爱喝面汤，少几根面，青菜择梗少叶，搁勺红椒和陈醋，呼啦啦的一碗面下肚，身子暖和和的。老林头问起：那金花头（花头，爱折腾的意思）的儿子回来了？我说，嗯。他继续念着：没想到，这小鬼（小镇上称呼年轻的小伙子）倒是出息了。老林头的妻子在旁边凑着：想想这小鬼真是个可怜人，没有妈，金花头一个人又总在外面浪，对他不管不顾的，可这小鬼倒也奇怪，总能把自己收拾得干干净净，又懂事又乖巧，镇上的人看见他都心疼。老林头接过话茬：可不是，金花头那年从广州回来，带了一堆乱七八糟的水货，什么金手表、金项链、石英钟、打火机、彩色电视机、录像机，骗了多少人哦，后来混不下去才跑走。我认真听着，好似老林头夫妻俩在说一个我所不认识的人，一段我所不知道的过往。

　　其实，当金韩和我们扎堆玩在一块儿时，我的父亲，一位古板的会计师，就竭力反对。幸好母亲瞒着，她总对我说：只可有个讨饭的娘，不可有个当官的爹（意思大致是娘更会照顾孩子），母亲也总塞给我零花钱，让我带着金韩去老林头家吃拉面。穷人家的孩子早当家，金韩是在母亲这儿学的缝纫活，他像个大家闺秀，静得下来，十一二岁时就学会替他和金花头缝补衣裤。

只有在老街，在埠头，在母亲面前，在老林头家的拉面馆，我才会顺从地低下来。父亲明白我的心高气傲随他，孤僻随他，有时气不打一处来，有时只得作罢。也只有写到这些熟悉的人和事物时，我的文字才会落下来。

（5）一直未变的

夜色浓重了些。像颗星子移走在溪岸边。

白天时装秀的余热已散去，我毕竟不是时尚人士，对这样的艺术欣赏未有热情。只是，内心的地表有了起伏。我不是浪漫主义者，却渴求浪漫；我不是虚无主义者，却一直虚无；我不是现实主义者，却回避现实。我是自我的硬壳。

金韩何时追上我的，像清晨的露珠吗？不知何时孕育的生命，又不知何时干枯。我大概太清楚，和金韩除了叙旧再无其他，妄想也好，未来也好，都是缥缈的。所以，理性告诉我，只能像欣赏露珠一样欣赏他，不要触碰。

"小西。"我又被这熟悉又隔着时间的声音，惊动。

"怎么是你。"

"我刚忙完，就想着来找你了。"

"哦！"刚想问他是怎么找到的。"小时候你常带我去老林头家吃拉面，刚才我去吃了，还是以前的味道。小西，你知道吗？这次回来，我真的很开心，一切都没有变。你还和以前一样，埠头也和以前一样。"

"你觉得不变就是好吗？"

我的冷漠在淡淡的路灯下，显得更冽。他好像并不在意。"当然好啊！一个人一辈子能保持不变，是多么难能可贵。每当我走在罗马、巴黎街头，对着那些依然坚挺的古迹时，我就莫名感动，特别想念埠头，想念小时候。"

"在我看来，不变是一种悲哀，因为无力改变。"晚风吹过溪岸，有些清冷。打了个寒战，身子缩得更瘦小了。金韩脱下他的黑夜外套，披在我肩上，从影子里看差不多拖地了。淡淡的清香，或许是款世界名品吧！我不敢动，生怕他昂贵的风衣被尘土弄脏。

"小西。"他抬起头，看着月色的苍白，欲言又止。"金韩，我不知道离开埠头后，你经历过什么，但今天能再见到你，而且这样成功，我为你高兴。但是，我不知道该怎么形容，你一直在说我没有变，其实不是的，我变了很多，变得不再快乐，不再天真，不再对一个人一件事能耐下心。"

他的风衣、身上，隐约飘过来的香水味，他优雅的气质，俊朗的轮廓，令我自卑又反感。从小一起摸爬滚打的人突然成了圣台上的尤物，很亲近的人突然变得陌生，我知道是自己可怜的自尊心作怪，但事实就是如此。

"不是的，小西。我能看出来你没有变。或许你尝试改变，但其实你一直没有变。你的善良，你的乐观，你的那股劲，都没有变。"

我无力回复。或许吧！我只是很想改变，而一直变不了。

后来我们说了什么，已不记得。只记得加了微信好友，互留了联系方式。只记得他送我回宿舍，在夜色里转身离开。只记得发了条感慨在朋友圈，试图暗示，摘自十分喜欢的阿什贝利的诗《片段》。

你在其中读到你自己的部分
是从这里发展出来的。你的解释

极为令人难堪，对结果绝无益处

除了继续发展之外。最好是断绝

所有进一步的选择。

　　　　——约翰·阿什贝利《片段》

（6）归来

如镇上人们所意料的，Mr jin 带着他的团队第二天便离开了埠头。我庆幸我的理性，一夜过后梦就醒了。

仍旧早起，去坝上晨跑。吃完早饭，到教室早自习，备课。案头 Audre Lorde 土黄色的诗集，像一只大黄蜂蜇着我。

So you well could say

"I never trusted autumn"

who did not cradle the weeping root

of flamed October sorrel

nor taste the bitter hard-won peace

red-browning autumn brought

也许你会说

"我从不信赖秋天"

谁不惋惜因燃烧而

丧失领土的十月酢浆草

谁不苦涩于那秋天的红褐变

我又摊开笔记本，埋下头，抄写好翻译好，这些未成熟的诗句。

那些暗涌的思绪，酒精般强烈地刺激着我的疼痛。你不该归来的。归来，意味着撬开被封存的隐秘。

第二天的新闻，刊登 Mr jin 近些年的历经和作品。我没有特意去读，害怕被一份虚无的感情填满。当小镇到处流传金韩的故事，父亲派母亲向我打探，我对母亲坦诚没有什么可说，不是不想说，是真的不知道说什么。昨天短暂的两次见面，我都像个梦游人。母亲见我如此平淡坚定，不再追问，只是抛下一句话：其实你爸一直知道，这些年你在等什么，现在他回来了，你好好把握吧！

我翻着案头的书，母亲离开了。等夜色再深一点，收到金韩发来的信息：回小镇短暂的停留，很幸运，我又见到了梦中那个微笑的女孩，她仍然是记忆中的模样。这段时间我去忙另一场展，假使你愿意，请等我归来。

one whom you loved

and left

to face the dark alone

一个你所爱的人

离去了

你独自面对黑暗

译完"Ruturn"最后一句，合上书本。窗外的小镇宁静，天空布满星子。它们烁动着我的，梦、明日和归来。

人群中站立着一双焦灼的眼，我未曾发现。所有的注视都献给了高挑的模特。候场的一排溜儿站在坝坡上，用作换衣间的小木屋搭在堤岸上，顶上垂过几缕翠柳。那些候场的模特儿，上面穿着宽大蓬松的短棉衣，下面裹着紧身半裙，裙摆往外撑开似鱼尾，从远处望，堤坝上游走着一条条美人鱼。这一幕，我是熟悉的，这份熟悉感像口嚼泡泡糖，嚼着嚼着便吹起儿时的回忆。

三座纪念雕像

威廉·巴特勒·叶芝（1865-1939）是爱尔兰著名诗人、剧作家和散文家，1923年度诺贝尔文学奖得主。一生创作丰富，其诗吸收浪漫主义、唯美主义、神秘主义、象征主义和玄学诗的精华，几经变革，最终熔炼出独特的风格。

1. 十字架上的玫瑰

朋友应该喝了酒，问我方便电话吗？早上十点，能听出来他已经把自己喝醉了。往往在这样的时刻，我会伸出友谊的手，接听电话或是一束带刺的玫瑰。他说我写得太累了，不用那么着急写的。隔着几个省的距离，我唯有耐心解释，为自己找一个台阶。我自然明白近期高密度写作的无力与空虚，我没得选择。不要问我为什么，我堵住他要问的理由。我说不好，只是明确自己要完成这份书写。好像爱错一个人，但那成为我身上的一部分，残缺的部分。

我又反问他，最近和甜甜怎么样？他说不知如何继续。我抛下手头的活以及同事们的好奇，对他说了一番肺腑，挂电话后我才发觉自己的口气，和电脑里的公文一样官方。我说他身上的诗人气质太鲜明，要把诗与生活分两个坟墓埋葬。和朋友标榜自己，要像我，诗就是诗，生活就是生活。我想欺骗别人是容易的，欺骗自己是欺骗不了的。朋友相信我把诗和生活的关系处理得体。非也。我把两者的脚埋进了同一个墓穴。

叶芝在《拙作总序》一文中开宗明义地说："一个诗人总是写他的私生活，在他的最精致的作品中写生活的悲剧，无论那是什么，悔恨也好，失恋也好，或者仅仅是孤独；他从不直话直说，不像与人共进早餐时那样，而总是有一种幻觉效果。"

我能感受到朋友如此孤独。吸烟是孤独，醉酒是孤独，来电话是孤独。一朵玫瑰，一朵绽放的玫瑰，一朵带刺的玫瑰，一朵枯萎的玫瑰，一朵开在十字架上的玫瑰。

> 红玫瑰，骄傲的玫瑰，我一生的悲哀的玫瑰！
> 请来到我近前，听我歌唱那些古代的故事：
> 奋勇与凶险的大海浪潮搏斗的库胡林；
> 那鬓发灰白，目光平静，幽栖山林，
> 给佛格斯周围撒下无数梦和祸根的祭司；
> 还有那脚跟银屐在海面上舞蹈，渐已
> 衰老的群星用高远而寂寞的曲子
> 所歌唱吟咏的你自己的悲戚。
> ——叶芝《致时光十字架上的玫瑰》节选

绽放在叶芝十字架上的玫瑰，是一位美貌的民族主义者毛德·冈。《箭》里有句："颀长而高贵，胸房和面颊，却像苹果花一样色泽淡雅。""我一生的烦恼开始了",我相信这句话的力量。我没有勇气直面,遇见一个人之后,我一生的烦恼开始了。我用力生长,是为了够着阳光。我用力颓废,是为了与大地更亲。我用力爱,爱没有赠予我玫瑰。

> 欲望注塑而成的玫瑰
> 枝头的鲜活镶嵌在硬币
> 你说幻想牵引力转动全获多面体
> 手握苛刻冷漠的刀锋
> 对你所有的包容封疆于此
> 我只有正面的爱
> (人们认为爱只是爱情)
> 和恶的善意
> ——罗帆《硬币的玫瑰》

2. 一棵树,两棵树

我每天在院子里走,熟悉每一棵树,熟悉每一棵树上的月色,以及对每一棵树的期待。有一棵树伸出弯折的枝髯,我总渴望某天会从中会出一只大龙猫,宫崎骏电影里的龙猫。它很可爱,替我消除短暂的烦恼。而另一棵连理树,每次经过都在心里确认一遍,左边妖娆的肯定是阴,右边直挺的肯定是阳,哪来的肯定,无非是自我安慰。有段时间,同事看出我思想上出了问题,午休时间拉我去外面游走,被人看出问题是可怕的,那时我便和同事坦诚,我的脑子里长了一棵树,每日每夜地长,这比拔去一颗钉子要难很多，毕竟钉子不会生长，只有腐烂。比起腐烂的事，我更害怕生长的事。

> 亲爱的，凝视你自己的心里，
> 那神圣的树就在那里生长；
> 从欢乐中生发出神圣的繁枝，
> 颤巍巍的花朵缀满枝头上。
> 它那果实变幻的斑斓的色彩
> 用悦目的光给群里作嫁资；
> 它那隐蔽着的根须实实在在
> 已经把寂静栽种在黑夜里；
> 它那满头的繁叶频频的摇曳
> 赋予了海浪以澎湃的旋律，
> 也使我的双唇得与音乐结合，
> 为你低唱一支迷幻的歌曲。
> ——叶芝《两棵树》节选

我与院子里的树成为恋人，因为我每天望着它，每天吐露我的心声。这是一场动人的恋爱，有风有雨，不比人逊色。看着一排水杉树下横躺着的断枝，它姿势优美得多像我的爱，安静无声，却在心里喊过了无数话语。

有一对恋人：我，一棵树。

早安是重复，晚安是重复

　　　　风儿重复。尽管你是一阵速度。

为什么总让我仰望

　　　　一动不动，只有季节来临。

（两种活动）

1. 阳光有时替它伸出拥抱，雨水从它的额头落下泪珠，月色悄悄。

2. 我像只石狮蹲在你的脚跟下守护。

（四重奏）

累了吗？我们凝视如此之久？

与你并行而立的另一棵树。

身上的树牌，挂着我不相识的生长。

你要埋我入土，与你共存。

有一对恋人：我，一棵树。

　　　　——罗帆《我和一棵树》

　　爱是一种冷却凝固，重复。因为拥有甜蜜而害怕失去，所以不敢全身心靠近。我讨厌自我保护。但自我保护在爱情里如此必要。我讨厌我的不纯粹，讨厌我身上不鲜明的色彩。但说着讨厌又不改变的我，才真正令我讨厌。

　　后来，我还是没有砍掉脑子里的树。不过如今已任其蓬勃。外界雨水影响不了它的生长，也不影响它的枯萎。

没有一根枝条由于严冬的寒风而枯萎；
枝条枯萎是因为我对它们讲述了我的梦。
　　　　——叶芝《树枝的枯萎》节选

3. 三座纪念雕像

他们举行公开集会，在我们
最著名的爱国者伫立的地方，
一个高耸在空中群鸟当中，
两个较矮些矗立在两旁；
所有知名的政治家都说
纯洁建立起国家政权，
然后又防止它腐败堕落；
都告诫我们要坚持这点，
不要理睬一切卑鄙的野心，
因为才智会使我们骄傲，
骄傲则把不纯洁引进：
那三个老流氓哈哈大笑。
　　　　——叶芝《三座纪念雕像》

此诗作于 1925 年 6 月 11 日爱尔兰参议院就离婚法案辩论前。都柏林市欧康奈尔大街上有英国海军大将霍瑞修·耐尔森，爱尔兰政治领袖丹尼尔·欧康奈尔和查尔斯·斯图亚特·袖内尔雕像纪念碑。三者私生活均欠检点。

在诗人朋友开的书店里，曾听过一个故事：十几年前的某天深夜，两位朋友还在报社工作，醉酒后血气方刚，拎起颜料桶往市民广场走。广场正中央有一匹马，马头朝东，马尾朝西。有好事市民到报社投诉，为什么要把马屁股朝西，原本西区经济不发达，按迷信说法更不吉利。当时两位朋友觉得可笑至极，在报纸上为此事发表意见，被领导狠狠批评，这样的小事何以有宣传价值。两人当晚趁着酒劲在那匹马下面附了一首打油诗，诗的原文已经记不得，大概是讽刺的意思。两位朋友想来后怕，幸亏那时没有监控这种高科技产品，要不然第二天肯定上头版头条。我问他们后来那匹马下的诗怎么样了？他们面面相觑，说不敢去看。我倒是觉得这两位诗人真性情，只是做法不要效仿。

有阵子，打肿脸充胖子，翻译过几首诗。无知者无畏，这话是很有理的，正因为不知道翻译多严谨。下面是尝试翻译的美国诗人Audre Lorde（奥德丽·罗德）两首诗《纪念像》，不知是否歪解原诗的韵味，抑或是以我的语言翻译出来的。

> 如果你踩得柔软
> 像风来到树林
> 你会听到我所听到的
> 看到我的悲伤所看到的。
>
> 如果你落得轻盈
> 像露柔成的线
> 我会欣然接受你
> 不再过多地要求你。

你坐在我的身旁
安静如同一声呼吸
只有那些死去的人
将死亡永远铭记。

如果你来我就止语
不同你说重话
我不问你为什么，现在呢，
也不会问怎么啦，做什么呀。

我们将柔软地坐着这儿
在不等的两个年份
以及富饶的大地之间
喝下我们的眼泪。

　　　——奥德丽·罗德《纪念像》

吉纳维芙
你凝视着什么
在我清晨睡意的镜子里
像只饥渴的小鸟往外张望
垂帘于我的眼底
你是否还在苦苦找寻一个女孩
在我身体里逐渐消失的
类似于她的模样

你是否记得
我无法认领那张暮气的脸
时至今日的你

你所伫立的时间旷野
比我愈加窗广
杰纳维芙　请告诉我
那仙逝的姑娘摇曳在
夏天过后的哪儿呢？

我愿我再次邂逅你
哪怕离我遥远　甚至
似鸟　斜飞太阳的心
你光芒的双眸刺瞎我
吉纳维芙。

　　　　——奥德丽·罗德《纪念像 II》

　　为翻这几句话，在脑子里翻箱倒柜寻找合适的词语。一个接一个，一句接一句，以作者的口气，突出诗的韵味，真难。好在，初学者，不怕。总比我写诗，不上不下的境地有盼头，站在半山腰对于文学创作者来说，迈出抖动的双腿再往上爬，需要很强的意志力，毕竟半山腰处也能欣赏云雾缭绕。

　　彩虹桥一路向北，
　　渺小的心思

轻轻，蓝蓝
随淡薄的云放飞。

穿婺州公园，单就色彩而言
还似，走在春天。

江北的公园比江南更古
更有韵味，参天的梧桐能拥抱你
整个儿的梦，不像五百滩江边
稀落的柳条，及那断臂的艾青雕塑像。

今日是个好时光，仿佛它也在翘首以待
明日鲜亮的新，旧是旧的过往
新的，总还有希望。

雅堂街上有香火兴旺的西华寺
"心中有佛，亦莫做个过路人。"
同行者言家世变故后来此参拜
有无灵验，好比是寺建北宋
今人难以修复当日的模样。
　　　　——罗帆《今天是个好日子》

这首诗是 2018 年初写诗时的作品，我大概太听话，有位朋友告诉我少用叠词，"轻轻，蓝蓝"这样的词语在后来的诗里面几乎不会使用，连形容词都很少用。诗原本就是形容，重新形容、定义、感悟或阐述某人某事某物。少用叠词和形容词，大体来说是对的。初写诗那会儿，鼓励很重要，那时分辨能力不高，读过的诗人不多，读过的作品碎片化，只是被夸几句：有天赋啊！信以为真，就在心目中把自己刻成一座诗人的雕像，一副诗人的面孔，远远不够的。没有下过苦心，没有敏锐，没有见识，这座雕像即使雕成也不存在。我要克服的具体，不光靠一个信念，而是沉下心去研磨，去创作。正是叶芝《三座纪念像》里的：不要理睬一切卑鄙的野心，因为才智会使我们骄傲。

女性应该始终成为秘密

D·H·劳伦斯（1885–1930）以"两性小说"名世，掩盖了其诗人的名望，但两性、身体、大自然之生机的概念，亦贯穿于他的诗作。他一生的诗，有厚厚几百页。他擅长写花鸟虫鱼，晚期患病将死，于死又有诸多深刻思考。

1. 两性诗人

除了读过劳伦斯的长篇小说《查泰莱夫人的情人》，还读过一本他的中篇小说《干草堆的爱情》，很多细节忘了，只是一个写小说的朋友经常提起他，朋友说劳伦斯是他最喜欢的小说家，没有之一。我问怎么不是卡夫卡，而是劳伦斯？他说因为劳伦斯的小说具有阴阳两性，他从未读过哪个小说家能把男女各自的心理描写得如此细腻，如此真实。这是对小说家劳伦斯的评价，而读完他的诗，无疑，劳伦斯是个很懂女人的男诗人。

郁达夫评论《查泰莱夫人的情人》：本来是以极端写实著名的劳伦斯，在这一本书里，更把他的技巧用尽了，描写性交的场面，一层似一层，一次细过一次，非但动作、对话写得无微不至，而且在极粗的地方，恰恰和极细的心理描写能够连接得起来。尤其要使人佩服的，是他用字句的巧妙。所有的俗字，所有的男人女人身上各部分的名词，他都写了进去，但能使读者不觉得猥亵，不感到他是在故意挑拨劣情。而林语堂拿劳伦斯的这本书与《金瓶梅》作比较：金瓶梅描写性交只当性交，劳伦斯描写性交却是另一回事，把人的心灵全解剖了，在于他灵与肉复合为一。在于劳伦斯，性交是含蓄一种主义的，这是劳伦斯作品与《金瓶梅》之不同。

从诗人生平看，1912 年，劳伦斯与情妇弗莉达（他的一个老师的德国妻子）私奔到了德意等国，1914 年，弗莉达与前夫解除了婚姻，与劳伦斯结婚。这段经历对《查泰莱夫人的情人》的书写是否带来回忆感，不得而知，但如克里斯多弗·吉尔所说："劳伦斯的生活、艺术、文学评论、诗歌都是密切联系在一起的，很难把他某一方面的成就与其他方面分开。"他早期诗歌带有自传色彩，《瞧！我们走过来了!》是庆祝他和弗莉达结合的新婚曲，是爱的贺颂，是他们早期婚姻生活中欢乐与痛苦的记录。

> 我在你身上呼吸我的美梦，
> 我把嘴按在你的嘴上
> 从你身上呼吸我画面朦胧的梦境
> 以及我灵魂的意愿，并使你成为真实——
> 但你是我的全部……
> ——劳伦斯《爱的交战》节选

劳伦斯早期的情诗读来不晦涩，比后来《鸟·兽·花》诗集里的诗意象简洁明了，多为直白的诗句。

> 为了她的全部羞涩，急切地
> 戏弄她的眼神。
> 梨花间蜜蜂的忙碌，
> 微妙、急切的嗡嗡声，
> 就像火焰的絮语
> 朝我的血液里渗进。
> ——劳伦斯《她是个小贤妻》节选

2. 尽管没有家庭感情，从开头就没有

劳伦斯对动物、植物的观察，如同他对女性的观察，细微而生动。他的代表诗《蛇》，这条水槽边的蛇，被想象性地转化为一个象征，一种神秘力量，于是混合起来的担忧、欢欣、迷惑、惊恐、崇敬不仅引向了这种蛇类，而且也引向了交织在诗中的黑暗、死亡、下界、爱情、神性的联系和内涵。

> 我不敢杀他，这是怯懦吗？
> 我渴望和他交谈，这是悖逆吗？
> 感到这么光荣，这是谦卑吗？
> 我感到得了荣耀。
>
> ……

马上我就后悔了。

我想，这是多么卑鄙、庸俗、小气的行为！

我蔑视我自己，还有我那该死人类教养的声音。

我想到了信天翁，

我希望他回来，我的蛇。

因为我又觉得他是一个王，

像一个流亡的王，在下界被摘除了王冠，

现在该重新加冕。

这次，我错过了一个

生命之王。

我有一种东西需要赎罪；

一种卑鄙。

　　　——劳伦斯《蛇》节选

　　我最怕蛇。我的父亲属蛇。我常常想，与父亲无法亲近，是不是因为他属蛇，而蛇是我最惧怕的。它那扭曲的身体盘在哪个角落，都令我浑身起疙瘩，或许我是硬朗的性格，见不得如此柔软的身体。小时候最怕看的节目就是《动物世界》，基本每集都会出现这个幽灵般四处缠绕的身体，除非播放北极熊啊、企鹅啊，大着胆子看。虽无比惧怕，但还是摘抄下整首诗，不要去想这个字的象形就好了嘛！我在想，每逢小镇举办物资交流会，有马戏团演出什么美女与蛇、人蛇大战之类的节目，假使马戏团的宣传语用劳伦斯的诗，或许我会受美感吸引而进去观看的。

再来看劳伦斯写的几首乌龟的诗，出神入化，把这个背着重重壳的家伙，包括它的内心活动，描写得何止入木三分？

你脖子前伸，慢慢地，从你小小的褶皱里
前举，慢慢伸着，由有四根别针的脚趾支撑着，
慢慢向前划着。
要去哪里呢，小鸟儿？
倒是像一个婴儿挥着四肢，
只是你作着缓慢的、永久的进步
这是婴儿作不出的。
　　　　——劳伦斯《婴儿龟》节选

这只婴儿龟被劳伦斯比拟成一个先锋，一个孤独的战士，一个健将。

沉闷的、压倒性的、
死气沉沉的宇宙；
而你缓慢地移动着，先锋，独自一个。
　　　　——劳伦斯《婴儿龟》节选

劳伦斯在《龟壳》一诗中将龟壳形象地寓意成十字架，当这个圣灵背着防御外界的壳，其实反向是给自己背负一个枷锁。

十字架，十字架
比我们知晓的更为深入，

深入到生命里；

到骨

到髓。

　　　——劳伦斯《龟壳》

　　诗中不乏对龟壳的外形进行细致的观察与描写：五个，五个，还是五个，边缘周围二十五个小的，婴儿龟壳的片段。诗中使用了好几组数字来形容：四个，以及一个拱顶石；四个，以及一个拱顶石；四个，以及一个拱顶石；那么就有二十四个，以及一个微而小的拱顶石。还有一节由数字构成：五个，十个，三个四个十二个，一切小数的大拐弯，十二的陀螺，七的小尖塔。

　　而在《龟的家庭联系》这首诗里面，最触动我的是劳伦斯描写夫妻关系的诗句，真实而客观。

爸爸和妈妈，

以及三个小兄弟，

全都漫无目的地踱着步，像零散地撒在花园里的小圆石头。

隔着土块和旧锡罐彼此不认识。

当然，只有爸爸妈妈是老相识，

尽管没有家庭感情，从开头就没有。

　　　——劳伦斯《龟的家庭联系》节选

　　龟的恋爱场面在劳伦斯诗中也是生动有趣的。一只母龟的殷勤被公龟的冷漠所看穿，两只龟之间的周旋便开始了。

他前行着

并不看她，也不以鼻嗅她，

不，甚至不嗅她，他的鼻子漠然。

只是感觉到她一叠叠易伤的皮肤

在身体下面用力，当她用不雅的步伐

摊开着她的四肢，

她的叠叠皮肤用力并且划着

在她沾满泥土的小茅屋下。

　　　——劳伦斯《龟的殷勤》节选

　　然而面对母龟的殷勤，公龟还是喜欢孤独，孤独地行走。"严酷、可憎的殷勤，他注定了要如此。"劳伦斯像理解自己一样理解公龟，"此外，我们既已和你走了这么远，就要一走到底。"这或许也是诗人的心声吧！

　　在所有的描写龟的诗中，最著名的是《乌龟的呼喊》。这首诗几乎是一首有关龟的总结诗，内容涵盖了《婴儿龟》《龟壳》《龟的家庭联系》和《龟的殷勤》等，唯独在此诗中埋进声音的元素。

性，把我们劈成声音，迫使我们透过深处

呼唤，呼唤，为整体的完善而呼唤，

歌唱，呼唤，再次歌唱，得到了回答，找到了所寻。

撕碎，为了再次变得完整，经过对于失落之

物的长久的找寻，

乌龟身上的叫喊仿佛来自基督的身上，

地狱判官的放任的叫喊，

整体的东西被撕成散片，

分散的部分通过宇宙又找到了整体。

　　　　——劳伦斯《乌龟的呼喊》节选

3. 女性应该始终成为秘密

《鸟·兽·花》是一本献给大自然神奇的礼物，劳伦斯以别样的角度去描写，吴笛译本《劳伦斯诗选》里面选录了最具代表性的几首《枇杷与山梨》《无花果》《杏花》《蛇》《乌龟的呼喊》《蜂鸟》和《美洲豹》。另一本周伟驰译本《英美十人诗选》中选录了《蛇》《巴伐利亚龙胆花》《死之船》《虹》《婴儿龟》《龟壳》《龟的家庭联系》和《龟的殷勤》。结合两个译本，把这首比拟女性的《无花果》推荐给大家。

社会上，吃无花果的恰当方法，

就是把它放在树桩上，劈成四份，

把它打开，于是它就形成了放射光彩的、

玫瑰色的、含有水分的、甜如蜜的、

花瓣沉重的四瓣花果。

然后，你扔掉它的皮壳，

这皮壳就像四片花萼，

接着你用嘴唇吞下那朵花。

但粗俗的方法

就是用嘴咂开皮壳，一口取出果肉。

每一颗果实都有自己的秘密。

　　　——劳伦斯《无花果》节选

开篇先描写无花果的吃法，接着由吃转入秘密的象征性，此处的嫁接十分自然得体。

无花果是非常守密的果实。

当你看到它伫立成长时，你立刻感到它具有象征性：

它似乎是男性的。

但是，当你更进一步了解之后，你就会同意

罗马人的观点：

它是女性的。

意大利人粗俗地说，它，无花果，代表女性的私处：

有裂缝，有通道，

有通往神经中枢的美妙的湿性传导。

包缠进去，

向内拐弯，

花朵全在内部开放，在有纤维组织的子宫内部，

但只有一个孔口。

无花果，马蹄形，压扁的花。
象征的符号。

有一朵花曾在内部，在子宫内部开放；
现在有了一颗果实，就像成熟的子宫。

它始终是个秘密。
事情就是这样，女性应该始终成为秘密。
　　　——劳伦斯《无花果》节选

女性的秘密，该是什么样的秘密。以我孤僻的个体而言，女性的秘密是缺乏安全感，所以产生一系列的情绪波动，矜持也好，矫揉造作也好，冷漠也好，爱美也好，都源自无法填补完整的安全感。这是一个黑洞，它会吸光自身的魅力，令异性止步于洞口，没有人欢喜见不得光的深邃。

自我交迭，秘密难以形容，
牛奶般的液汁，使牛奶凝结，制成乳酪，
这液汁在你手指间发出怪味，连山羊也不愿品尝；
自我交迭，就像任何伊斯兰的妇女一样封闭起来。
它的裸露全在壁内，它的花朵永远不可目击，
只有一条狭窄的通路，而且已封闭遮光；
无花果，女性秘密之果，遮蔽在内部，
地中海的果实，你带着掩蔽的裸体，
在那儿，一切事情的发生都是不可见的，

开花、授粉、结果，
都发生在你的"你"的内部，眼睛怎么也看不见，
直到它完成，你过于成熟，突然绽开，泄露
出你的幽灵。
　　　　——劳伦斯《无花果》节选

　　我很少写鸟与兽，因为害怕会动的生物。我对它们的观察包括自己，微乎其微。好像迁就外界，是我的全部。直到肺开刀，需要静养，这两年才开始对植物有所亲近。我说过，我是个不容易亲近的人，虽然不想这样。自从晚饭后的散步形成习惯，看院子里的植物也成为我习惯的一部分。

作为忧伤的羽毛
我知道我变得不容亲近；
我也知道你替我在风中独奏
并寄向远方：有些话
该由你来说、你先说。
我不说，因为我只是一根细软的绒毛
你先说，才会吹散无名的我
无根令我恐慌，哪怕有云的厚爱。
我埋下，埋下重生的力量。
你说我们就这样一直飞吧！
幸好你先说出它。
　　　　——罗帆《蒲公英》

蒲公英在院子里随处可见，它们像一个个洁白的梦飘飞。我无比热爱它们，热爱它们的绒毛，热爱它们的飞翔，以及触不可及。

> 蒲公英前几天
> 还是雏鸭似的黄，
> 今日花瓣已白绒绒。
> 变化令人欣喜，
> 毕竟我也是自然界的无常。
> 想到某只蝴蝶，停停飞飞
> 我的心丧失春天的属性
> 只是枯萎的标本。
> ——罗帆《枯萎的标本》

蒲公英有多少绒毛，刚一张口飞走了几丝，在意的事还是放在心里，比较安全呢！我的女性秘密，藏在一朵蒲公英的绒毛里。

你了解恐惧吗

阿莱杭德娜·皮扎尼克（1936-1972），阿根廷女诗人，出生在布宜诺斯艾利斯一个东欧移民家庭，有波兰血统。皮扎尼克的作品，无论是诗歌还是日记，都蕴含着一种奇特诡秘的想象力，她的诗充满了幻觉、冒险和死亡的诱惑。帕斯认为，她的诗歌是混合了情欲的失眠和冥想的清醒之后的词语的结晶体。1972 年，皮扎尼克在布宜诺斯艾利斯一家精神病诊所治疗了一个周末以后，吞下过量的安眠药去世，年仅 36 岁，她的死因至今仍是个谜。

1. 在无法返回的日子里

《夜的命名术：皮扎尼克诗合集》于 2019 年 10 月由作家出版社出版发行，汪天艾翻译，当时我被封面女诗人的照片所迷惑，仿佛指间的烟透过书皮飘过来，而她另一只手拿水杯，眼神恍惚地对着镜头，和杯中的卡通猫一样，下意识地告诉自己，这是一位长期受精神折磨的天才诗人，以及画家、翻译家。而她的故乡，也是博尔赫斯的故乡，无疑这是一片盛产魔幻的土地。百度百科有一条介绍：

返回阿根廷以后，皮扎尼克曾获布宜诺斯艾利斯市年度诗歌奖一等奖，博尔赫斯获得的是二等奖。虽不能以奖项来掂量一个诗人的作品，但读她的诗，仿佛在读一种异样的忧郁气质。我曾和朋友开玩笑说，我的忧郁有着黄昏的色调。朋友问：为什么是黄昏？我回答：温和。皮扎尼克的温和，被调色在疯石、情人、紫色、天真、画、恐惧、绿桌子……

诗人在写诗时的精神世界是一片狼藉的，我曾无数次拜访这狼藉的现场，里面堆满词语的杂物、句子的黏膜，永远想推动它们冲撞，创造一个奇迹。当我沉浸在此，我就成为造梦者。

> 记忆中的岛屿就要爆炸。
> 生活将变成纯粹的仪式。
> 监禁
> 在无法返回的日子里，
> 明天
> 在神秘的玻璃之上
> 庞大的船只将摧毁海滨。
> 明天
> 灵魂之手会触摸到一封陌生的信函。
> ——皮扎尼克《梦》

大部分梦，在醒来的片刻后遗忘，因为不真实，所以遗忘吧！有时，我在清晨做梦，有时在午后，夜晚是大多数。和朋友打趣说，有时候数自己的梦就像策兰数他的杏仁。而当这些梦呈现我的渴望与恐惧时，不得不承认自己的愚蠢，其实它们才是最真实的。不是我在造梦，而是梦在造我。

清晨湿漉悲观主义者的画布
她咬着笔杆，不明却有烟的事物似
两颊垂下的发丝，轻柔、有风。
她的吊带裙试着理解风
片刻过后渗入体内的清凉；
理解夜晚的缺席
总有另一个谁为之颤动。

她拿起笔，开始画梦
梦着冒号：

年轻的人儿弹奏风琴
他朝下望，她永远一副不惹人
不抬头不张望不喜的静止
音符是她的忧伤。

然后他起身，走向靠窗的栏杆
回想那些宏伟壮大的舞台上他的声响
他与人谈笑风生，被人追捧
何以至今，像弹奏她一样
不知如何弹奏？

她给他画梦，他在弹奏她的忧伤

悲观主义者湿漉的清晨
没有风，没有理解。
　　——罗帆《悲观主义者的晨梦》

　　这个早晨的梦，原本有三幅画面，但由于不连贯，所以只取了三个片段之中，最深刻的。梦中，一位弹风琴（因为我母亲当老师时弹风琴，所以对它情有独钟）的少年（大娃的身影）往窗外望，而我永远是一张面孔，或许冷漠或许狰狞或许忧伤，在孩子眼里偶尔我会是这样的母亲。我像伤害自己的童年一样伤害兄弟俩，明知道哪些话开口会伤害他们。父母亲的影子笼罩我，儿时使命想摆脱甩开，未曾想，如今我只罩着我的孩子们。没有风，没有理解。我是我对父母亲想说的，应该也是我的孩子们想对我说的。

　　那天午后阳光不大
　　我们并排坐着。话题自你那
　　葱白的背心；卷尺的童年。
　　你划线，从第几页、某个篇章开始
　　文字的无力像跳蚤般失去平衡；
　　你指着某某某，一个不曾相识
　　或许并不存在只是来造梦的人
　　你列举着他的罪状仿佛在列举我。
　　而这些并不重要，窗外的绿
　　移动着你的移动；即使全世界懂得
　　我不缥缈。我只是你
　　真实而睁不开眼的午梦。

——罗帆《真实而睁不开眼的午梦》

午间的梦随着车窗外绿色的移动而醒来，我知道这是我抓不住的事物。难道需要通过一个梦来拉近或疏远与一个人的距离吗？我就是这样一个懦弱的人啊！我的懦弱诞生于我的童年。皮扎尼克的童年是时间。

关于童年我所知道的
并不比眼前的恐惧多
一只手将我诱住
我的另一个自己。

我的童年和您的香水
都喜欢爱抚的小鸟。
——皮扎尼克《时间》

这首《时间》是皮扎尼克献给奥尔伽·奥罗斯科（阿根廷女诗人），献给童年的回忆仿佛永远是自我救赎，救赎幸与不幸。永远停留在无法返回的日子里。

2. 紫色

最近开始画我的房间系列，手势盒里的小物件、书架上的书、瓶瓶罐罐、梳妆台、台灯以及杂物，等等。我把饰品取名为：房间的红与紫。小时候，每到田里长出成片成片的草籽花（学名紫云英），我和几个小伙伴们摘下花梗做"眼镜"、草帽、耳环、手链、项链、脚环，等等，爱美之心由大自然孕育而生。那时编草帽除了用柳枝把帽檐编好，一定要插上一束束草籽花，只是花梗细，不出一会儿便耷拉下来。

再大点，为了参加绘画比赛，父亲帮我作弊，给我画了一幅睡莲，淡淡的紫，淡淡的粉，我才明白放在书架上最隐蔽的几本人体素描书是怎么回事，恐怕父亲以为他藏得很好不会被我发现，其实我早就偷偷看过好多回，包括边上的其他素描书。看父亲画画写字是种享受，唯有这个时刻父亲是温和的，他告诉我紫色用红色和蓝色调成，虽然那时我并不知道紫色属于中性偏冷色调。我知道热爱这种色彩，衣柜里挂着几件，虽然我的皮肤偏黄，不适合穿这个色系。

诗人周梦蝶《我选择》这首诗，初读时被刺痛，那种悲凉的痛。诗的第一句就是：我选择紫色。紫色，到底是种什么颜色，对于一个流浪街头的卖书写诗者，他的紫色就是凄凉的颜色。而不是高傲的，富态的。只是凄凉的。

　　　在一个垂死的人的抽搐里，
　　　在一个疯子的记忆里，
　　　在一个幼孩的悲哀里，
　　　在伸向杯子的那只手里，
　　　在不可企及的杯子里
　　　在自始至终的渴望里。
　　　　　——皮扎尼克《紫色》

皮扎尼克的紫色，布满渴望，不乏凄凉。我的紫色却是遗憾。

雨后的林子有了生气。
大地生长一寸，雨珠似心上人
每株草挂着晶莹剔透的心思。
我未能幸免。"红尘多往事，
往事多红尘。"紫色的小花
乳苣，难与苦菜联想。
黄色的小花，毛茛
小叶铜钱草，天胡荽
白粉的紫叶李。逐一辨认。
万物精灵。
好奇是所知甚少的伴侣。
我张望着中年的瞳孔，
却遗憾得像个孩子。

    ——罗帆《雨中神色》

3. 让模糊的视线聚在一起

皮扎尼克最初在国立大学学习哲学和文学，后来拜师学画。1960 年来到巴黎，在索邦大学学习法国宗教和文学史，并为多家杂志和出版社工作，写诗也翻译过阿尔托、米肖、塞泽尔、博纳夫瓦等人的作品。她将画融入诗，《戴安娜之树》诗集里写了好多画。

（1）**沃尔斯的一幅画**

这些金属丝线俘获了黑夜

迫使沉默的珠子就范

让模糊的视线聚在一起

（2）**戈雅画展**

黑夜的一个窟窿

突然间被一位天使闯入

（3）**克利的一幅画**

当夜晚的宫殿

刺激她的美丽

我们试探这些镜子

直到面孔像偶像一样歌唱

　　　　——皮扎尼克《戴安娜之树（节选）》

看这些用语言描绘的画，同样的暗浊同时又鲜明。看那黑夜的窟窿闯入天使，戈雅画展所呈现给我们的透亮，仿佛是一束光照射在灰冷的心灵角落。而当我们凝视克利的画，看见镜子后的面孔，不属于自己又属于自己的面孔。到最终，使我们的视线模糊。

一枚鲜艳的花朵

离黑夜不远

我无言的躯体

急切地打开

朝向露水的娇嫩
　　——皮扎尼克《情人》

　　《情人》这首按理运用叙事或抒情的手法来写的诗，皮扎尼克却采用了绘画的手法，她用色彩和画面打开一个情人，将自己镶嵌进去。而献给帕斯的诗《拯救》，从诗句里宛若能瞧见一个人指着河流、花园，对你诉说：在河流的那一边坐落着紫丁香的花园/如果有人问起你的心何在，答案将是/不在这里，而在那里，在河流的那一边。

　　我在诗里面偶尔也会运用绘画的手法，也尝试用音乐的手法，影像的手法，嗅觉的手法。《晨起的清贫》这首诗写于朋友的画室，恰好另一位爱好摄影的朋友要给我拍点影像资料，视频搭配了这首诗，除了我的严肃，其他都挺好的。

　　　　这是一幅毫无由来的画。
　　　　橘黄的线衣失去主人的袖子
　　　　松树枝横亘，它的上方。
　　　　画框里还有一个空白的画框。
　　　　我猜测梦的寓意，像猜测一个人的艰辛
　　　　一条隧道的深邃，一朵花何时绽放
　　　　一颗星离我多远，一个未知的吻。
　　　　我时常做毫无由来的梦
　　　　我在夜晚富有而在晨起清贫。
　　　　　　——罗帆《晨起的清贫》

大概受父亲的影响，我从未学过绘画，只是站在一旁看父亲画画，心里眼底好像握着一支笔，跟着画跟着写，长大后让我画些什么，竟然也能像模像样，虽然不专业，但多少有点天赋，这是上天垂怜。让我在平庸里多了一点才华，在才华里竟是平庸。

4. 你了解恐惧吗

皮扎尼克的《绿桌子》有句：我在这里搅浑空间像一个伟大的疯子。我便想从字句里打捞这个伟大的疯子。她在诗里意识自己的死亡，开始布雷一样铺设这些字眼。《之后》里面：之后/人们死去/我将跳舞/在葡萄酒的光芒里沉沦/和子夜的情人一起。

最深刻的反问句，重重地敲打我。

> 恐惧甚至存在
> 我死亡的回音中。
> 你了解恐惧吗？
> 只要说出我的名字就够了。
> ——皮扎尼克《恐惧》节选

迄今为止，我很少在诗里运用死亡的字眼，或许小时候教育惯了，不能说些不吉利的词，特别在正月里，老人们非常忌讳听。封住的嘴说不出想说的话，自然的话。小时候想，长大了就好了。长大了发现想说的话还是说不出来，还是不够自然。这些由爱与恨培植的话，我也不知什么时候能突破篱笆，够着这些闪亮的智慧。

2019年我写过一个散文诗系列《写给玛丽奥》，当时为了鼓励自己坚持写，每天午间在单位附近串街走巷，到处拍一些有趣的照片，为了发一期个人微信公众号用五首散文诗配若干照片。那时的乐趣就是每天拿着手机四处拍，以自己的视觉角度拍，正是这样无厘头的坚持，这个散文诗系列完成了近万字。

其中《空洞》一篇写到恐惧：昨晚又做了个梦。梦很精彩，可我记不住它。有时它是生活，有时是现实里想实现而未成真的虚幻。这会是一剂良药，是一块糖，尽管它空洞不已。也会是一颗钉子，扎你的恐惧，溢出来。然而，玛丽奥，我的手脚在白天如此真实。

我所有的恐惧，来源于拥有而不是失去。拥有和失去是个因果关系，等于我把拥有扼杀在了摇篮之中。这是我的病，很小的时候我就发觉了，只是自省一直无果而已。比如我爱一个人，得到爱的那一刻，我便开始恐惧，因为恐惧爱的甜蜜不知何时消逝；比如品尝一份美食，享受的那一刻，我便开始恐惧，假使下一次吃已然失去美味的口感；比如穿上一条美美的裙子，我便开始恐惧，洗过之后没有了初次的飘逸；比如工作还没开始，就恐惧会不会有能力做好……被这些无意义的恐惧困惑着，真的，你了解恐惧吗？只要说出我的名字就够了。

生活的齿轮

第三卷 ▽

诗人的命运是选来的

清晨的黑色牛奶我们在夜里喝

你将宽恕我省略一些我所生活的东西

有时候我很早起来，但我的灵魂却是潮湿的

我对自己说现在你不是孩子

这些诗篇献给读不懂和不喜欢它们的人们

回家路上的冷静带给了我们果实

艺术在另一间房里

诗人的命运是选来的

格雷戈里·柯索（1930-2001），美国优秀诗人，与凯鲁亚克、金斯伯格等齐名的垮掉派文学运动开创者。一个街头流浪汉、少年犯，全凭自学和天赋达到艺术的顶峰。其人狂放，从不妥协，长期被主流文坛排斥。他一生穷困潦倒，死后葬在雪莱的墓旁。

1. 我们是力量的仿制品

从字面理解，一个街头流浪汉、少年犯、毒品、女人，与污浊生活为舞的诗人。不可思议，坠落在左翼，右侧的佛光罩着一尊罪恶的身体，没错，他是格雷戈里·柯索，垮掉派主要成员之一。用不着高看或贬低。即使凯鲁亚克说："格雷戈里是一个来自下东区的粗野的年轻小子，他像一个天使从屋顶上升起，唱着意大利民歌，跟卡鲁索和辛纳特拉一样甜美，不过是用文字。"赞誉总是挂在朋友的嘴边，而不是上帝的，这是我们生为凡人的悲哀。即使艾伦·金斯伯格拉着北岛到书店买了本柯索的《思想场》，并把他认为重要的作品一一标出，然后希望北岛能翻译柯索诗歌的文字。即使一小部分如愿，另一部分只是被苍蝇蚊子盯着。

力量是不能从一架飞机投下来的

帽子是力量

这世界是力量

感到害怕是力量

守在一个街角落等到一个没着落是力量

魔鬼并不像走过大街那么有力量

天使并不像看外表那么有力量而且根本没有外表。

——格雷戈里·柯索未发表的《力量》节选

读的是 20 世纪诗歌，眼下的焦虑在 21 世纪烹饪。近几日，我都在网络和数字化的丛林里迷失，DNS 服务器、IP 地址访问、域名解析、玄武盾……不耻下问，一天里不停打电话，请教技术员，我的力量便如同迷失的猎人，沿途丢下寻路的面包粒然而被鸟儿吃掉。还有什么力量可以坚持，拎起手中的锅铲翻炒怪味的杂菜。看看柯索的语言、身份、灵魂，一束眼神射过，似刺来一把剑，你要全副武装，保存好自己的力量。

我们是力量的仿制品

每个人都要被怀疑

根本就没嘴没眼没鼻没耳没手是十足的

五官机能不全

你需要力量才能驱除光亮

而不是闭上一只眼睛

　　——格雷戈里·柯索致艾伦·金斯伯格《力量》节选

在那样迷失的丛林里走，一只黑暗的无形的手推动我。父亲和母亲翻着我的体检报告，右肺术后改变、左肺叶的小结节和肺大泡、多发囊肿。父亲说：闭上眼睛，都是小事，一切终将过去。五年前，引流管插在右肺叶，父亲也曾对着苍白的病床对我说：闭上眼睛，都是小事，一切终将过去。我相信黑暗的力量，也相信光明的力量。我相信夜晚的力量，也相信白天的力量。我相信昨天的力量，也相信明天的力量。我们是力量的仿制品。如果足够真诚。

2. 诗人的命运是选来的

学院派从不认可低阶层的诗人。柯索《在欧洲的感想》里表述过他的底层生活：如果从没有一个能回的家/就肯定有一个不能回的家/作为一个流浪儿我小时候就明白了/我睡在地铁上/而列车总是停靠在我刚逃出来的那个家/哦这正是我最苦涩的悲哀。柯索的诗像阴沟里的老鼠登不了大雅之堂。学究们得保持一颗清醒的脑袋和好看的体面，看好诗歌殿堂的大门，岂能容一只醉醺醺脏兮兮的会偷东西（柯索好多回因偷东西被抓进牢房）的老鼠，高谈阔论圣洁的诗歌呢？

绝对不允许！于是他们紧闭大门。"我干了些什么？/一摊羊羔肉招着苍蝇。"那些膝跳反射式的英国自由主义者，在柯索朗诵《炸弹》的时候扔鞋子（1958年，柯索在牛津大学新学院朗诵时，被核裁军运动团体围攻），他们永远也不会理解诗歌或者诗人，因为诗的真实与政治或社会的真实是完全不相干的。

扔吧！尽管扔吧！今天是鞋子，明天是人言，后天是炸弹。扔吧！尽管扔吧！

怕什么，诗人的命运是选来的。写得好不好，都是自我救赎的事。

我一直靠犹太人和姑娘们的好心过活
我什么也没有
什么也不缺

我写诗发自灵魂
归于灵魂
并拥有一切

诗人的命运是选来的
我已经选择
并且非常满足
　　　　——格雷戈里·柯索《达到诗歌》节选

我对诗人这个称呼，不敢当。对作家这个称呼，也不敢当。我只是个书写者，有几个人会认真读？其中又有几个是伯乐？我为拥有这几个人而幸运。猝不及防的某天，有位远到的朋友，酒后无意提起我的文章，时常令他坐立不安，因为有些情愫太相似。意外在一个个夜晚降临我，诗人的命运是选来的，我已经选择，并且非常满足。

　　　我们谈及一位
　　　极有天赋，投奔世俗的诗人
　　　他说下半生就为儿子而活。
　　　酒后，我们互不认同
　　　醉醒，坚持写作，言语
　　　一心一意。杂念的行为雨刮般来去。
　　　我们惋惜他。他并非觉得。人生
　　　走到终点只是一张照片
　　　看透的事物失去了神秘色彩
　　　我想某天一首诗睡醒
　　　照片里的诗人不是黑白色
　　　　　——罗帆《写不写诗的黑白色》

　　这位朋友已经离开我所生活的城市。我们几乎不联系。对酒后他所说的，坐立不安，感同身受，我相信是真诚的。虽然，那之后我们再也没有交流过文学，我也没有把这首《写不写诗的黑白》赠予他，但凡有心，会读到的。朋友。

　　　一个现实的醉梦人
　　　一个糟糕的矛盾
　　　当心爱的人们离开我
　　　我变得欠缺了

自我诊断：

一个身无分文的活着的奇人

需要去挣钱

或写更多的诗

或两者同时

如果你在两个东西之间

有一个选择

但又不能决定

——就全选

对我来说欠缺是不对的

　　　——格雷戈里·柯索《达到诗歌》节选

我说过我很倔强，喜欢一个人会喜欢到底，喜欢诗歌会努力达到诗歌。

3. 重访出生地

已经有三年多了，没有回过家乡埠头。前几日，一位曾相邀去逛过埠头的朋友，突然说想埠头了。我说，埠头已经容颜不在了。老街被翻新了，江边的白房黑瓦被粉刷得五颜六色，所谓打造欧洲风情小镇。我的埠头，一位素朴的姑娘，摇身一变成了涂脂抹粉的卖唱女。记得那年，特意带这群文人朋友们去重访了我的出生地车门里村，早就倒塌的祖屋，我凭着记忆和他们描绘老屋的大致位置和结构。这是让我絮叨一辈子都不嫌厌烦的地方。

我站在暗黑的光里暗黑的街上

仰望我家窗户，我的出生地。

灯还亮着；其他的人在四周活动。

我穿了雨衣；烟叼在嘴里，

帽遮眼，手搭枪。

我横过大街进入那幢屋子。

垃圾堆里罐头还没停止发臭。

我走上第一层；脏耳崽

拿一把刀子瞄向我……

我灌得他浑身掉表。

　　　——格雷戈里·柯索《重访出生地》

　　有位朋友某次和我谈起电影，他说但凡涉及时间和生命的影片，就抵抗不了的喜欢，或许这和他的悲观主义有关。我说这种感受和我阅读差不多，要是读到写一个人一生的文字，我也会情不自禁地感伤。比如读斯蒂芬·安德雷斯《井中男孩》，足足读了三遍。里面写童年的时光，总是最打动我。被书中三个寓言似的开场深深吸引，它们分别是：摇篮、月亮和水。"有一次，我在大白天看见月亮。起初我想，那不是月亮，就没有理它。天上东西太多了。可是从那次起，我经常在白天看见它，后来我只好相信那就是月亮。用不着怀疑了：它从家里跑了出来，我也是常常从家里跑出来的。"

　　这本书中总能描写出和我儿时相似的情景和对外界的感知。"过了这樱桃树，我从另一面回头看它。樱桃树不能跟我一起去，因此，我感到幸福的同时又有点不好意思。我没有仔细考虑，一棵小树是否能坐到马车上到莱文上教堂去。我无法用语言表达，我只是感觉到，这棵小树是我的朋友，它总是站在老地方，而我却从它身旁走过去了。"

多么童真而美好的回忆啊！我的童年几乎与树、小板凳、水朝夕相处，可见我们和流浪汉的柯索多么不同，他的童年是为了饥饿去偷东西，然后进曼哈顿监狱。

> 又是一年没偷什么东西。
> 已经有八年没偷东西了！
> 我不偷了！
> 　　　——格雷戈里·柯索《作于 32 岁生日之夜》节选

4. 我就是一个例子可以证明世上还有灵魂这样的东西在呼唤

1930 年年末，柯索未满周岁就被送进孤儿院。童年先后随多个收养家庭住遍纽约各区，经常逃跑。在他十岁时，父亲再婚，把他从孤儿院接回，只是过了一年，父亲入伍，他就在街头流浪。1942年，因盗窃或销赃被拘留，关进曼哈顿监狱，小学未毕业即辍学。1946 年开始诗歌写作，写了作品《海谣曲》，我即被诗的第一句所刺痛。

> 我妈妈讨厌大海
> 尤其是我的海，
> 我劝她不要这样；
> 我只能做到这样。
> 两年以后

大海把她吞走。

在海边我发现一种奇怪
但又好看的食物；
我问海，我可以吃它吗，
海说我可以。
——噢，海啊，这是什么鱼
这么鲜这么妙？——
——你娘的脚——它就这么答。
　　　——格雷戈里·柯索《海谣曲》

柯索的童年缺乏母爱。我妈妈讨厌大海，尤其是我的海。忏悔又悲痛，这是柯索诗歌里的特殊成分。他在《作于 32 岁生日之夜》中把这种悲情的元素发挥得淋漓尽致，这是一个流浪汉的呐喊，这是一个孤儿的悲悯，这是一个盗窃犯、吸毒品、沉迷女人的小混混诗人身穿优雅的燕尾服。

我 32 岁了
终究要面对我的年纪，否则也不会再有。
它是否还是一张好脸如果不再像一个孩子的脸？
它显得胖了。还有我的头发，
它老是这么皱巴巴的。我的鼻子太大了吗？
嘴唇还是一样。
而眼睛，啊眼睛总是越来越好看。
32 岁，没有老婆，没有孩子；没有孩子的麻烦，尽管我有的是时间。

我做事情不再那么蠢了。

但也正是这样我要听所谓的朋友说：

"你已经变了。你从前多疯狂多了不得啊。"

如果我严肃起来他们就不舒坦。

让他们去广播城音乐厅吧。

32 岁。看遍了欧洲，见过几百万人；

有些真了不得，其余的糟得很。

我记得我 31 岁的时候还在叫嚷：

"想想吧，我还得再活上 31 年！"

我现在不这样看待这个生日了。

我怕我是要变聪明了要长白头发弄一大堆藏书

坐着大靠椅挨着壁炉。

又是一年没偷什么东西。

已经有八年没偷东西了！

我不偷了！

但我还经常撒谎，

还没羞但又羞愧地

去问人要钱。

32 岁出了四个坚硬真实有趣悲哀低劣精彩的

诗集

——这个世界欠我一百万块。

我想我拥有一个非常怪异的三十二年。

这与我无关，一点关系没有。

没有可选择的两条路；如果有的话，

我毫无犹豫会同时选两条。

我倒是希望"机遇"在我按铃的时候发生。

没准，那个暗示就是我不知羞耻的宣言：

"我就是一个例子可以证明世上还有灵魂这样的东西在呼唤。"

我爱诗歌，因为它让我爱

并带给我生活。

当所有的火熄灭在我心里，

还有一个像太阳燃烧；

尽管它不会构成我的个人生活

我与人们的关系，

或者我对社会的行为，

但它告诉我，我的灵魂里面有一个阴影。

　　　　——格雷戈里·柯索《作于 32 岁生日之夜》

清晨的黑色牛奶我们在夜里喝

保罗·策兰（1920-1970），以《死亡赋格》一诗震动战后德语诗坛，成为继里尔克之后最有影响的德语诗人。1970 年 4 月 20 日跳塞纳河自尽，享年四十九岁。策兰的死让人震动，更让人困惑。如同他的诗一样，他的死也是一个谜。

1. 诗文标题索引

琢磨过一小阵子的德语，书架上摆了好几本德语语法书，对于一个入门级新手，只能理解几个简单的：die、der、das，阴性、阳性和中性名词前的定冠词。或许我和别人阅读的切入点不太一致，喜欢留意细枝而不是粗干。拿到策兰诗选，先翻看策兰诗选后面的《保罗·策兰诗文标题中德文对照索引》，仔细看了遍诗的题目，真带劲。虽然只认得其中几个德语单词，字眼扣在这三个定冠词上，判断着诗名中的名词是阴性啊还是阳性啊？可真够无趣，我时常做这种无用功的。

Als uns das Weisse anfiel 当白色袭击我们

bei wein und verlorenheit 临近酒和绝望

Fadensonnen 线的太阳群

Fahlstimmig 苍白声部

Mit wechselndem Schluessel 带上一把可变的钥匙

Todesfuge 死亡赋格

Was uns 那是把

Zaehle die Mandeln 数数杏仁

索引是我的工作专有名词。谈不上热爱，但十分熟悉。每回有好心的朋友让我写网剧，把默默无闻的档案工作者写成剧本，但提笔构思，立马泄气。不是因为古老，而是任何事物写进人，就难写。刚进单位那会儿，每天伏案，用钢笔写案卷盒，封面的案卷题名字多，脊背上的档号又容易把排序写错，经常拿块刀片刮啊刮，在刮出毛边的盒子上继续写，右手中指的息肉鼓出一个小山包。总登记簿和分类档号登记簿之间是一种索引关系，存放地点和库房位置是一种索引关系，现在轰轰烈烈推进数字化改革，所有的数据挂接，都是索引关系。

所以啊！看到策兰诗文标题索引，注意力翻过诗墙，先采摘这些索引。真是只调皮的蜜蜂。不过没有找到他自杀前的《死亡》，哦！原来生前没发表。"死亡是花，只开放一次。/它就这样绽开，开得不像自己。/它开放，一想就开，它不在时间里开放。/它来了，一只硕大的蝴蝶，装饰细长的苇茎。/让我作一根苇茎，如此健壮，让它喜欢。"读到这儿，不知为何闪现出一个爱散步的瑞士作家罗伯特·瓦尔泽，他那与阿尔卑斯山白雪皑皑的命运，把手稿字写得仅有一至二毫米，用放大镜在废纸、车票、卷烟壳等上面阅读的文字生命。或许，我在策兰和瓦尔泽之间，冥冥之中作了索引。

2. 数数杏仁，黑暗，过去

大部分人知道策兰是知道《死亡赋格》，孤陋寡闻的我是从《数数杏仁》知道他。好像是一位诗人朋友引用过"使我变苦。把我数进杏仁。"一首诗像一个人在特定场合特定时间说出的一句话，扎心或是宽慰，极有可能造成喜欢或是讨厌，爱或是恨，生或死。

数数杏仁，
数数这些曾经苦涩的并使你一直醒着的杏仁，
把我也数进去：

我曾寻找你的眼睛，当你睁开它，无人看你时，
我纺过那些秘密的线。
上面有你曾设想的露珠，
它们滑落进罐子
守护着，被那些无人领会的言词。

仅在那里你完全拥有你的名字，
并以切实的步子进入你自己，
自由地挥动锤子，在你的沉默的钟匣里，
将窃听者向你撞去，
将死者的手臂围绕着你
于是你们三个漫步穿过了黄昏。

使我变苦。

把我数进杏仁。

　　　　——保罗·策兰《数数杏仁》

学写诗后，满脑子天马行空地搜罗，隐喻。不得不提我的一个领导，他布置任何工作都喜欢举例，当他头头是道侃侃而谈时，我们经常暗地里偷笑。如今我和他十分相似，和朋友们聊天时我也经常会用比喻，这估计是令人不舒服的地方。现在我会尽量克制与人谈话时打比喻，脑子里想的只能写。写就得了，但不要说，祸从口出。策兰的杏仁，生活的苦的隐喻，数进去。

而另一首《从黑暗到黑暗》，黑暗的味道不亚于杏仁。

你睁开你的眼睛——我瞅见我黑暗的存在。

我从心底看它：

那里也是我的日子和生活。

渡送这些，然后醒来？

谁的光芒紧跟我的脚步，

可以找到一个船夫？

　　　　——保罗·策兰《从黑暗到黑暗》

我瞅见我黑暗的存在。我从心底看它：那里也是我的日子和生活。联系夏多布里昂在《墓后回忆录》里写过去：如果他们早一些引导我投入学习，我的智力会得到更好的发展吗？对此我是怀疑的：

海浪、风暴、孤独是我最早的导师，它们可能更适合于我的禀性。我的某些品质可能得益于这些大自然的教师。

身为人母后，我很爱和两娃谈我的过去，但以阴谋的角度。我会偏向性和他们谈：少壮不努力，老大徒伤悲。这句古话在如今我的身上的深刻体会，我避开谈儿时在田野、小溪里玩耍的快乐，一味强调读书的重要。两娃其实不爱听，大娃怼我一句：你说的那些后果，我都没有经历过，所以基本上说了也是白说。基本上我也生气了好久。基本上这是个循环，小时候父母亲让我用功读书，我偏不听，现在轮到我和孩子们之间的斗争了。"生娃娃是最不能偷懒的。那是一次最伟大的分裂，也是一次前所未有的聚合。生命在这里，犹如光和水的交接。"钟鸣在《旁观者》里已经阐述母子（母女）的分裂与聚合了。或许，等两娃长大后，读懂我在这儿书写的预谋，两个人要哈哈大笑，其实他们早看穿了呀！

3. 清晨的黑色牛奶我们在夜里喝

压制，黑色的氛围。除了身体和生命的恐惧，精神虽弱化些的压抑、黑色的氛围，一直围绕在我身边。掰着手指数了数，这块乌云笼罩我整整十七年。一个人，长期受一片乌云的笼罩，舒展不开，心底封了厚厚一层釉。黑色的压制感，打穿我的耳洞，沉沉坠在耳边。

清晨的黑色牛奶我们在傍晚喝它

我们在正午喝在早上喝我们在夜里喝

我们喝呀我们喝

我们在空中掘一个墓那里不拥挤

住在那屋里的男人他玩着蛇他书写

他写着当黄昏降临到德国你的金色头发呀

玛格丽特

他散着步出门外而群星照耀他

他打着呼哨就唤出他的狼狗

他打着呼哨唤出他的犹太人在地上让他们掘个坟墓

他命令我们开始表演跳舞

　　　　——保罗·策兰《死亡赋格》节选

　　策兰以《死亡赋格》这首诗震动德语诗坛，共鸣来自全民被笼罩在黑色恐怖之下。清晨的黑色牛奶，在早上喝，在正午喝，在傍晚喝，在晚上喝，一直在喝。

　　我曾与笼罩十七年的乌云发起挑战，但以失败退场。

因为渺小

一个人的发生被命运的黑锤锤成一枚针

我一生被刺又拔不出它

因为理想

像一只猫抓着洗衣机里转动的白色泡沫

我一生抓它又抓不到它

因为虚荣

像海鸥迷恋深邃大海无尽的平静无尽的风浪

我一生追逐它又追不到它

因为爱
烟丝用身体燃烧掉落欢愉的灰烬
我一生抽它又苦咽它

因为虚无
主义不是一堵墙而是一面旗帜
我一生洋溢它又穿不过它

因为执拗
像壳里的乌龟有着双层刚硬
我一生住在里面又不愿搬离

因为未知
时光的指甲抠印成什么样的图腾
我一生迷茫又受它鼓舞

因为不服
竹子要装进口袋还要吹出令人骄傲羡慕的口哨
我一生锯它又锯不断一生吹它又吹不响

因为所以
清晨与黑夜趴在忏悔的案头书写
我一生的失败又不得不承认
　　　——罗帆《案头的反省诗》

你将宽恕我省略一些我所生活的东西

　　安东尼奥·马查多（1875-1939），二十世纪西班牙大诗人，文学流派"九八年一代"最著名的人物之一。马查多的诗作主题为：土地、风光和祖国。早期有现代主义色彩，后来转向直觉型的"永恒诗歌"。他以优美的笔调描绘西班牙自然风光，关注社会政治生活。他的后期作品大多显示出深邃的存在主义观点和诗人的孤独。

1. 我在一百片大海上行驶过

　　生活的圈子越来越小，朋友越来越少，能说上话的只有几个，能懂我的只有一两个，能取暖的也只有一两个。据说，这是中年人的精神怪病。要顾及点面子，有些事不能外说；要顾及点尊重，有些事不能劝说；还有那该死的情义，根深蒂固，有些事更加要保持缄默。最重要的是：惨淡，经历过很多曲折的人与事后，看得淡然，心就无涟漪。昨日，一位诗人朋友所言甚是，诗人把诗写透了，实则是把生活过透了。马查多是个西班牙诗人，惭愧啊！我对西班牙文学涉入非常少，除了早些年读过塞万提斯的《堂吉诃德》，其他好像一无所知。但读过一些文学作品后感悟，虽然世纪、地域、地理环境不同，但人的感知几乎是相似的。像读音乐语言一样，不分国家。无疑，马查多是个把生活过透了的诗人。我对他的几首诗，反复咀嚼。

> 我沿着很多道路行走过，
> 又穿过灌木地带开辟路径，
> 我在一百片大海上行驶过
> 又被系在一百条海岸上。
> ——马查多《我沿着很多道路行走过》节选

前段时间，朋友给我录了段采访影像，他问我：现在你如何看待自己？对着镜头，换成以前或许我会委屈地落下泪，声带哭腔。那天，我没有。因为我知道我厌倦现在的自己，只是暂时的。我和他说：你知道吗？我从小就觉得自己是一个和别人不一样的人，这么多年我一直追求虚无缥缈的个性，努力开辟自己的小径。而当现实的林林总总摆在我面前，我那海市蜃楼装满悔恨的泪水。他又问我：能举例说说，你的现实具体面临了什么？我的现实，挺糟。没有生活常识，父母亲为了让我能安心写作，替我照料了衣食住行上的琐事，有次难得洗衣服，洗衣机里居然忘了放洗衣粉，等到晒衣服时才意识到，只好又重新洗了一遍。洗衣服还是件小事，清洗就清洗了呗。但有一回带两娃去看望李先生，把车次时间记错了，等我们到站，列车已走，只得重买。因为是节假日，票很难买，好不容易买到了沿途站的票，然后补票，害得两娃陪我站了两个小时。李先生原本为了迎接我们，特意邀请他的同事们一起晚饭，只能作罢。这些是不会生活的事，还有写作和工作上的事，也是一团糟。前辈们告诉我的经验，年轻气盛不屑服从，清高孤傲，混到现在不上不下的尴尬，进退维谷。

我在一百片大海上行驶过，又被系在一百条海岸上。我悔恨的是，现实用很多手段告诫，"坚持自己"到头来还是要成为"没有自己"，我居然服从了。但我说过，那服从只是短暂的。朋友们说从我的诗里能读出来。不过我无法确保，短暂过去会不会成为永恒。只是有信心。

> 海面不再宁静
> 搭在沙子里的帐篷不断往后挪
> 我以及我的影子
> 一直退，退到沙子里
> 那里或许能埋下一个人的
> 不安，糟糕的过去
>
> 浪花一层掀过一层
> 仿佛永远不疲倦，它的生命
> 眷恋着它们彼此间的闹腾
> 我却在退潮
>
> 我已不善于和世人打交道
> 不善于违和奉承
> 哪怕是一句善意的谎言
> 是沙滩上背着硬壳的牡蛎

孤独布置了我的整个世界

柔软只藏在心间，很小的地方

我不再相信无缘无故地靠近

不再相信无缘无故的爱与恨

不再相信无缘无故的幸运

也不再相信一个人的嘴和心

我的心被夏目漱石写在了笔下

我在退潮

一朵不愿随波逐流的浪花

　　　　——罗帆《退潮》

2. 清晰的下午昏然欲睡而又悲伤

"这是非常的下午。正如现在

我的水流下来

把它的单调铺展到大理石上。

你记不得了吗？现在你看见这些穿着长长的

宗教法衣的桃金娘渐渐黯淡那你现在

听见的清晰的歌。成熟的火色的果实

就像今天悬挂那样

悬挂在枝条上面。你记不得了吗？……

它是这同一个缓慢的夏季的下午。"

　　　　——马查多《清晰的下午昏然欲睡而又悲伤》节选

　　原谅我时常仅仅引用一首诗里的某段节选，会干扰读者读得前后不连贯。出于一点小小的良苦，潜心的读者势必会去搜寻出完整的诗，也算是与我共同读诗了。回到上面这首诗中的对话，描写诗人和喷泉的对话，前面还有一段前奏。

> 穿过空寂的花园，汩汩的流水声
> 歌唱着它那词意连贯的诗行
> 把我引向喷泉。喷泉把单调
> 滴落在白色大理石板上面。
> 喷泉歌唱："那远方的梦幻，
> 在我现时的歌上，它全都归来吗？
> 这在缓慢的时间中的缓慢的下午……"
>
> 我回答喷泉：
> "它没有归来
> 但我知道，你的歌唱有一种远方的声音。"
> ——马查多《清晰的下午昏然欲睡而又悲伤》节选

　　好了，请费心的你们自己拼凑起来读这首诗的对话。像我如此感性的人，是不能在入睡前读诗的，一旦读到有感触的诗句，我会兴奋地起床，跑到书桌前打开台灯翻开摘抄本，兴致冲冲地抄写下来，用彩铅配图划线，然后对着这些神性的文字发呆、落泪，不知是感动还是什么别的，反正几乎一夜无眠。午睡前我也尽量不读。一读，就是马查多的诗题：清晰的下午昏然欲睡而又悲伤。
　　这段是不是太短，留点时间给大家查找完整的诗出来读吧！

3. 你将宽恕我省略一些我所生活的东西

我的童年是记忆中的塞维利亚的一个天井，
和一个有阳光照亮的柠檬树正在发黄的花园；
我那在卡斯提耳的土地上的二十年青春；
你将宽恕我省略一些我所生活的东西。

我不是一个伟大的诱惑者，也不是茱丽叶的恋人；
——我愚笨的穿着方式足以说明那一点——
但我得到丘比特打算给予我的箭矢，
我爱女人们无论何时在我身上找到一个家。

一股左翼的血液流遍我的全身，
但我的诗篇却从一个平静而深沉的春天升起。
有一个统治者像他应该表现的那样表现，但我
有甚于他，我善于把握对词语的美好感觉。

我崇尚美，又遵循同时代的思想
从龙沙的花园里剪下了某些老玫瑰；
但新的洗涤剂和羽毛不适合于给我；
我不是那歌唱得如此美好的冠兰鸦之一。

我不喜欢用悦耳的颤音歌唱爱情的男高音，
和那蟋蟀对月亮歌唱的合唱。

我为了把噪音从回声中分离出来而坠入沉默，
我在噪音中间倾听一个噪音的唯一噪音。

我是古典的还是浪漫的？谁知道。我想离开
我的诗篇，就像一个战士离开他的剑，因为
那握住它的强劲有力的手而闻名，
而非那骄傲的铸造者的密码暗记而闻名。

我总是与那与我同行的人谈话；——
那对自己谈话的人希望有朝一日与上帝谈话——
我的独白相当于与这个朋友的讨论，
他把热爱人类的秘密教给我。

最后，我不欠你什么；你欠我那我写的东西。
我转向我的工作；我用我所挣得的东西支付
我的衣服和帽子，我居住的房子，
喂养我的身体的食物，我睡觉的床。

而当白日为离开一切而到达时，
那永远不会回到港口的船只准备好了启航，
你将发现我在船上，带着极少所属物品，
几乎赤裸得就像大海的孩子。
　　　——马查多《肖像》

很多诗人写过有关肖像的诗。比如阿什贝利《凸面镜中的自画像》、曼德尔施塔姆《自画像》、叶芝《天青石雕》、伽姆扎托夫《赠给为母亲塑像的雕塑家》、里尔克《1906 年自画像》和《佛祖塑像》、戈麦《凡·高自画像》……除了诗，个人还是最偏爱法国作家玛格丽特·尤瑟纳尔写的《时间，这伟大的雕刻家》，书中《格拉尔多·佩里尼》这篇文章深深打动了我，惊叹于对一座雕像的遐想与思忖。

"我从未见过像我的石雕那么美丽的女人，一个一连几个小时纹丝不动、一声不吭的女人，如同一个不可或缺的物件，它无需显露其必不可少，并使你忘记时间的流逝，因为它始终在那儿。一个不露笑容或不露羞涩，让人观看的女人比其他女人更加纯洁，而且特别是更加忠贞，只不过是，她们不能生儿育女。她们身上没有缝隙可以让快乐、死亡或精子渗透进去，因此，她们没有那么脆弱。如果我有一个儿子的话，他将不会像我在他出生之前所设想的那样。因此，我所雕刻的雕像同我一开始所梦想的有所不同。但上帝保留了自觉地成为创造者的权利。"

多么了不起的细致。书架上还有一本土黄封面的书（比《伊凡·哥尔诗选》色调稍浓）《珍妮的肖像》，周煦良翻译，一位诗人朋友送的，也是极好的书。所以嘛，读过这么多诗人和作家写自画像、肖像、雕像，迟迟不敢提笔写，一个人最看不清楚的就是自己，事实上看不见自己的，也只有自己。

我的中年自画像，你将宽恕我省略一些我所生活的东西吧！

4. 下沉的恐惧

董继平老师在本诗选序篇《卡斯提耳田野上的歌者》中提起：

马查多在这部诗集中的不少诗篇里还采用了民间谣曲形式，但其中既有对自然风光的描写，也有对人类思想和行为的总结，并赋予其具有高度概括性的新的内涵，我最初读到马查多的作品就是这样被震撼的：

> 人类拥有四件东西
> 它们在大海上无用：
> 舵，锚，桨，
> 以及下沉的恐惧。
> ——马查多《谚语和民歌》节选

哲理诗很难驾驭，比抒情、叙事更难，毕竟抒情和叙事是个人的事，哲理是智慧的事。我的太婆活着时，常会说一些古话，押韵而富有哲理，但方言有它的缺憾，如果用普通话表达就没办法押韵，容易丧失原汁原味。所以，记录下来的不多。我和母亲说，改日有闲，回家乡埠头找那些老人，把那些古话记下来，和我尝试诗歌翻译一样，把方言翻译好。

《谚语和民歌》里还有段节选，我个人非常喜欢。仿佛写的是我对写作坦然和平静时的感受。但某些条理的杠杆不平衡时，这种平静会被打破，欲望冉冉而升。我曾经想过，十七年活在一片阴云底下，才华和抱负无法舒展，而那片阴云时不时地下雨淋湿我，处于那样绝望和愤懑的时刻，邪恶或是虚荣的触角就从心底各个阴暗角落伸出来，爬出来。卷起瘦弱的我，进入无声战场。那时，我的眼色发红（不为恨，而是憋屈）。我从不想要荣誉，也不想把我的诗篇，留在人们的记忆中；这句话要改写成：我需要荣誉，想把我的诗篇，留在人们的记忆中。终究这是扭曲的，失衡的秤砣会砸痛脚趾。

> 我从不想要名誉，
> 也不想把我的诗篇
> 留在人们的记忆中。
> 我热爱微妙的世界，
> 精致，几乎没有重量
> 就像肥皂泡。
> 我喜欢看见它们具有
> 阳光的色彩和深红色，漂浮
> 在蓝天上，然后
> 突然战栗又破裂。
> 　　——马查多《谚语和民歌》节选

刚写诗那会儿，语言很低。我回想起当初遇见头顶的阴云，我的姿态也是低。只是如今，不愿低，所以降雨。

> 阴沉的日子
> 云低，心思也低
>
> 路边的野花开成一个颜色
> 只是，每瓣有着不同的伤痕
>
> 山涧里，我静静地坐着

写写，画画

每次抬头云在低处

不知飘向何方

　　——罗帆《每次抬头云在低处》

　　这首小诗写于 2018 年，如果修改，最后一句可能会改一改：每次抬头云在低处，天空奈何？

有时候我很早起来，但我的灵魂却是潮湿的

聂鲁达（1904-1973），生于智利中部帕拉尔，是拉丁美洲最著名的诗人之一，也是二十世纪最有影响力的现代诗人之一，其诗具有丰富的想象力，且集超现实主义、浪漫主义和象征主义于一身，他同时是一位人民诗人和外交家，见证了祖国和拉丁美洲的历史。

1. 一百首爱情十四行诗

聂鲁达的十四行诗跳着爱情的舞步，韵律为：四、四、三、三。他的诗韵像拥着爱妻玛蒂尔德跳入舞池，怀着无比的谦卑，用木材写成这些十四行诗。它们和我练习的十四行诗韵律相同，只是我的缺少爱的音符。第一次晓得聂鲁达的诗，在一个诗歌朗诵会，时间往前推七八年，那时我热衷茶艺、青瓷，还有民间读书会。一位朋友朗诵《我喜欢你是寂静的》。

我喜欢你是寂静的，仿佛你消失了一样。
你从远处聆听我，我的声音却无法触及你。

好像你的双眼已经飞离去，
如同一个吻，封缄了你的嘴。

如同所有的事物充满了我的灵魂，
你从所有的事物中浮现，充满了我的灵魂。
你像我的灵魂，一只梦的蝴蝶，
你如同忧郁这个词。

我喜欢你是寂静的，好像你已远去。
你听起来像在悲叹，一只如鸽悲鸣的蝴蝶。
你从远处听见我，我的声音无法企及你。
让我在你的沉默中安静无声。

并且让我借你的沉默与你说话，
你的沉默明亮如灯，简单如指环。
你就像黑夜，拥有寂静与群星。
你的沉默就是星星的沉默，遥远而明亮。

我喜欢你是寂静的，仿佛你消失了一样，
遥远且哀伤，仿佛你已经死了。
彼时，一个字，一个微笑，已经足够。
而我会觉得幸福，因那不是真的而觉得幸福。
　　　　——聂鲁达《我喜欢你是寂静的》

我震惊于寂静的文字听来一点也不寂静。整个人儿像一只老鼠，受了委屈般的忧伤在屋子里上蹿下跳，唯恐别人抓不住我躁动的尾巴。那几年的我，刚从一场场喧闹中退场，变成别人眼里安静的我，当然瘦小是一成不变的。寂静久了，会产生缥缈的自我怀疑，敏感得似窗台上根植不出的蒲公英，很多情愫要飞翔，但飞不出去。我的爱从来都是震惊，从来都是小心翼翼，我的爱从来不直接，我的爱从来都是宽恕。

> 很多时候只能对自己说：宽恕。
> 任何一个错误，浮在大气层的雨珠
> 它降落时的抛物线比重量本身要重；
> 和清晨一声冥想的问候，夜间从蜜罐
> 倒出的美酒，饮下这些醇酸的果实；
> 方框油画纸里的一柱点墨，把自己涂抹
> 五颜六色的伪装，爱的嫁衣，披在白天的
> 影子身上行走，行走；聆听一句话的风向
> 灵敏嗅着是不是开在花房里才有的芬芳
> 而我多么渴盼这阵香飘自田间地头；手指
> 再也夹不动一支烟的烦躁，夹不动
> 对一个字词回味拆解的宽恕。
> ——罗帆《宽恕》

2. 你的出现是外来的

我的朋友很固定，人至中午的固定。结识一个新朋友，像小时候离家，早上还兴致冲冲，一到晚上，害怕、落魄、不适应等复杂

的感觉直立。命运总是这样的长辈，让你在恰当的时间遇见了恰当的人，我很幸运。假使将这些朋友单列出来，每一个都是缤纷多彩的。对友情和爱情等同重要的我而言，所有的出现是外来的，在我眼里陌生如一件东西。

思索的、紊乱的阴影在深深的孤独里。
你也很遥远，啊，比谁都遥远。
思索的、自由的鸟儿，交融的形象，
埋没的灯。

浓雾的钟楼，多么遥远，耸立在那里！
窒息的哀叹，碾碎而阴影重重的希望，
沉默寡言的推磨人，
黑夜从远方的城市而来，降落在你的脸上。

你的出现是外来的，在我眼里陌生如一件东西。
我想，我是在你面前开拓我的大片生活。
我的在每一个人面前的生活，我的粗糙的生活。
面向大海、回荡在岩石之间的呼喊
放肆而激扬，翻滚在海浪里。

这悲哀的愤怒，这呼喊，这大海的孤独。
奔腾，猛烈，铺天盖地。

你，女人，在那里你是什么？那个辽阔的风扇的什么光线，什么叶片？你遥远如此时此刻的你。

森林之火！燃烧在蓝色的十字架。

燃烧，燃烧，吐焰，闪烁在光的树林里。

它坍塌，爆裂。火。火。

我的灵魂起舞，枯萎在火的卷发里。

谁在叫？什么样的寂静挤满回声？

怀旧的时刻，幸福的时刻，孤独的时刻，

它们之中那属于我的时刻！

被歌唱着的风穿过的猎角。

是这样一种泪汪汪的情欲紧扣在我身上。

所有的根须的撼动，

所有的波涛的冲击！

我的灵魂彷徨，快乐，悲哀，没有尽头。

思索的、埋没的灯在深深的孤独里。

你是谁？你是谁？

　　——聂鲁达《思索的、紊乱的阴影》

　　我的朋友们总在喝酒、醉酒，而我总是清醒、清醒。在无数个醉酒的夜晚，我们谈及清醒时无法谈及的话题，比如编即兴故事，是我们经常玩的文字游戏。我很晚才认识这些朋友，错过他们最精彩的斗酒斗诗，出于友情，我只有书写珍惜的片段。

阿新总在喝高后念叨往事，仿佛既定的一道道工序后，必定转而描述小莎和李久意现场斗诗的场景。唯有此时，他那固有的傲慢才踮起脚尖来，用他优雅的语言舞步诠释，令人瞻仰，向往之。通常是这样起舞的：随口说几个词语，小莎和久意以此编故事或是写诗，一闪而过的想法，精彩至极。形容词虽是一瞬，然而非也，像崖壁的一线天，实则也要有历久的生活高山做基底。酒劲在深夜鼓噪开来，阿新提议大家随口说三个词语。连体姑娘一人说了一个。打扮妖媚些的说了，香烟；另一个是，纽扣。阿庆鹰隼般的慧眼，识破两位姑娘的爱慕，便凑成今晚故事的最后一个关键词：情谜。

——罗帆《李久意的即兴故事》

《李久意的即兴故事》是我献给这些朋友的小说，不知他们是否读出一二，也不知他们读完后有没有找到属于自己的影子和部分。我在这其中是否拨开他们对我的内心探索与理解呢？就让时间来打扫我们之间互相思索的、紊乱的阴影。

3. 有时候我很早起来，但我的灵魂却是潮湿的

在这里我爱你。
在黯淡的松林里风释放它自己。
月亮在漂泊不定的水流里发出磷光。
所有的日子完全一样，都在互相追逐。

雪花在起舞的图案中飘扬。

一只银色的海鸥从西边滑落。

有时候是一片帆。高高的，高高的星星。

啊，一艘船的黑色十字架。

孤零零的。

有时候我很早起来，而甚至我的灵魂也是潮湿的。

在远方大海响着和回响着。

这是一个港口。

在这里我爱你。

在这里我爱你而地平线徒然地隐藏你。

我爱你即便是在这些冷冰冰的事物中间。

有时候我的吻贴着那些横渡大海

朝着达不到的终点驶去的沉重轮船。

我看见自己被遗忘有如那些陈旧的锚。

码头悲哀起来，当下午泊在那里。

我的生活由于没有目标而日益疲乏和饥饿。

我爱着我不能拥有的。你是那么遥远。

我的厌倦在跟缓慢的黄昏搏斗。

但是黑夜来了并且开始向我歌唱。

月亮转动它的发条梦。

那些最大的星星拿你的眼睛望着我。

而既然我爱你，风中的松林

就要以铁丝般的针叶歌唱你的名字。
　　——聂鲁达《在这里我爱你》

每天清晨，我都早起走进树林。每天重复着树、天空和小鸟的记忆。

想到激流夹带那么多石头
的那种努力，博罗水域的三角洲；
想到你和我，被列车和国家分隔，

我们唯有彼此相爱：
连同所有那些迷茫，那些男人和女人，
那使石竹生长和开花的土地。
　　——聂鲁达《早晨》节选

我对自己说现在你不是孩子

　　W・S默・温（1927-2019），二十世纪美国著名诗人，"新超现实主义"诗歌流派的代表人物。默温的诗作貌似松散、甚至神秘，但内含着一种抒情的单调，他善于在诗里将自然和日常经验上升到一个更高的、扑朔迷离的境界中去。

1. 白羊座

　　生于人间四月，月满之日，生肖属狗，星座白羊。生肖学、星座学，一概无知。每回有人热情地向我分析什么星座、什么性格之类的，心虚得很。有一次参加诗会，同行的诗人问起我的年龄和出生年月，听我报完数据后，对方沉默地看了我几秒，然后激动地拉过我的手："不应该啊！白羊座的性格是很热情很活泼的，怎么你如此安静呢？"我只能苦笑，回复她的热情："可能因为我身体不好吧！自从肺开刀后，变得越来越清静，久而久之形成的脾性气候。加上我对人是慢热型的，不是人来熟的，愈发让人觉得清高孤傲，难以接近。"
　　误解吧！世界本身就是个误解。

酒杯不再盛满友谊。

难道喝不出被在意勾兑的误解吗？

那具与夜晚搏斗的形骸，指着

沉重的苍白金属门说要进来再坐一会儿；

再坐一会儿，朋友；再坐一会儿，天就放明。

难道就让自己一醉了事，然后

嚷着：再坐一会儿，某些郁结的心绪

就随晨雾散去了吗？

你难道分明都知道却假装不知道，

我就真的不知道了吗？

想起过去蒸馏的香醇；想起过去

友谊的酒杯透明得交心见底。

想起这些；我想一饮而尽。

　　　——罗帆《想起这些，我想一饮而尽》

　　当我写下有点抱怨和失落的情绪时，雨滴从未吝啬它的幸运。我的两位诗友天武和七夜，同时代的写作者，一位远在阜新，一位与我同城。燎原给昌耀诗文总集的《高地上的奴隶与圣者》代序里写道：一个半吊子诗人可以凭借对时尚哲学文化著作一鳞半爪的涉猎，而在诗歌形而上的氛围作云苫雾罩的玄虚弄巧，但若进入这种微观性的精确造型，他则会立时露出马脚。我在这两位诗人面前，时常露出马脚，他们的光为我启明。

　　任何时候，我们都以为时间是自己的。

它围在我们周围而我们不知道它怎么做到。
我们活过这段时间，用文字，照片，
用我们涉世未深的性格记录五彩缤纷的
翅膀从空中飘落（可能是任何事物）。

今天你的怀里应该有猫。它用柔软的身体
探知我们，这有助于我们的未知领域。
　　　　——王天武《给罗帆，生日快乐》

今天我遇见每棵树都是崭新的
它们有一种自然的魔力，新鲜的枝叶
展开岁月之翼，凋落，重生，
一代人接一代人，一场雨是一场雨。
在这一天最早的几分钟，黑暗
从武汉缓缓下降，你的生日
从那时开始，月亮比任何时候都近，
它被吸引到沉默者的一边；
今天更是珍稀动物保护日，我们
告别白鲟、海雀、斑驴，
如同告别一个不寻常的自己，然后
检讨它，忍受相同的灌溉
相同的收获，你要呈现一致的欲望
并且忽略这种厌倦，掩饰不满，
在短暂的一生当中，我们等待永远的回声。
　　　　——七夜《致罗帆》

　　这是 2020 年收到的最珍贵的生日礼物。除此以外，颓废行走低谷，身边不停传来质疑的声音，自我怀疑像钟摆忽左忽右，下不了的决心，撇不去的在意，剔除得似无骨软体儿，毫无见地。我每天游荡在大院里，构建一个文学的王国，找准自己的位置。好比路灯将昏暗的光铺满青草地，它是与黑夜宣战的勇者；好比一棵地灯笼，它白色的绒毛长得像蒲公英，与生长在地上的蒲公英相比，地灯笼拔了飞翔的高度；好比一座白色的水塔，与冲天的水杉并列，水杉树下的枯枝，孤独似件艺术品，那么三者之间的私语呢？我的白羊座的热情，挪到了大自然身上。

我心存怀疑
像一丝金羊毛，
和像占卜仪的号角
卷曲成虚无；
世界翱翔在这些东西上面。
　　——默温《写给一张圆桌的诗篇》白羊座

2. 房间

我想这一切都是在我体内的某处
冰冷的房间在黎明前没有亮灯
容纳着一种寂静，犹如护理着死亡
一只小鸟在黑暗中偶尔试图扑动几下
翅膀的声音从角落里传来

你会说它正在死去它是不朽的

　　——默温《房间》

　　我的房间和家里的布置格格不入，和整个大院也是。再往外看，和我谋生的工作单位以及外面的世界，大部分也是格格不入的。父亲总是提着木板和铁锤，在我的房间敲打，帮我制作书架、替我造梦；母亲的眼睛总在大院里闪烁，四处找寻木板，帮我的书架造梦。而我，一个不世俗又世俗的诗人，在四面都是书的房间里造梦。造文学梦。造一切用来躲避现实的梦。

　　当工人们和吊机出现在家门口，电动锯刀发出咯咯咯的切割声，仿佛把我的梦活生生割裂成两瓣。我没有哭，躲进房间隔着窗台看他们怎样拔去我的梦（窗外的两棵水杉），我的安宁，以及我所仰望的直立的品性。父亲是个性情粗暴的书生，我不是，我随母亲。但此时，如果我随父亲会爽快些。这个破旧的房间，除了满屋子的书和两棵水杉，除了亲人，我还拥有什么呢？阳光火辣辣照射着我的脸，爬过我的双眼，晒干了我的眼泪。母亲问工人们要了长长一大截树干，她说给女儿做书架用。工人们很慷慨，又给了母亲一大截。无法想象倘若连客厅连父母亲的房间都堆满书，我还是没有出版一本诗集？

　　英国女性主义先锋弗吉尼亚·伍尔芙的随笔《一间自己的房间》：女人想要写小说，她就必须有钱，还有一间属于自己的房间。我没有钱，万幸中的万幸，我有一间属于自己的房间。母亲说，人可以像只蜗牛一样，在坚硬时坚硬，在软弱时软弱。

　　我哭了。

　　房间是我的壳，父母亲是我的壳，里面躲着柔软而脆弱的我。而我，没有成为谁的壳，连自己都成为不了。我对世界近视，对大自然热情，对熟悉的人和事过分依赖。我总在掏空自己，哪怕在梦里。

有些事，蜘蛛网似的密布我整个房间，我万分钦佩卡夫卡在他的房间里书写变形的外界，钦佩伍尔芙淋漓展示着独立女性的魅力，钦佩早逝的才子戈麦年纪轻轻就看透世界，在他的一首《现实一种》里写下惊人的诗句：人的一生，很可能就是/一棵树被一次惊慌的雷电击倒。

而残酷的是，我仅仅是个阅读者和写作者，是个生活的懦夫，在书堆里活着的人。父亲和母亲不再对我苦口婆心，愤懑，只能以视而不见沉默我的存在，仿佛"出息"这个字眼在我家里是个隐形。夏目漱石早就料到这一点，他在《少爷》的开头就反复写他的父亲数落他：你这小子反正是没出息了。真的没出息吗？我不信。

父亲已经很少问及我在写什么，我们之间的对话，基本围绕着越来越高的书架。他说：又要加木板了。我说：嗯，最近又买了一堆书。母亲如获至宝地拿出了那两截杉木，父亲忙着切割，刨木，木卷像雪片落满地，而后在我的房间敲敲打打。书架的层数越来越多，也越来越高，堆得越多越高，意味着我与外界隔离得越远，意味着亏欠父母亲越来越多，意味着迟早我会内被房间湮没，意味着我在人间越来越轻，而在书堆里越来越重。

房间外被砍的杉木并没有死去，它们的新生命钉在了我的房间的书架上，它们替我呼吸书卷味，替我发声，替我造梦。它们的根，一直活在我的未出版的诗集里。

3. 我对自己说现在你不是孩子

默温是个罗列诗歌结构的高手，我退后几步，退到舞台下面，观赏这些诗一首一首上场走秀，在一段深夜的飞驰途中，曾和友谈及此景，翻开诗篇，静坐观赏，这是我每天里最烁动的时刻。赏阅这些诗的结构，聆听它们的呼吸，一粒精美纽扣似的词语，以及曼妙的形体。我好像一提起这些便忘乎所以，直到司机说跳出一盏提示灯，注意力才转移到紧张面前。对这个熟悉的标记，我缓缓平静，对司机说不用紧张，昨晚我的车子也跳出同样的提示灯，也在深夜的高速奔驰。没事儿，就是胎压监测的问题。我想某天，对诗有着等同的辨识度，读和写，像农民熟悉土地一样的，自然熟悉播种与收割。

但是我对自己说现在你不是孩子
如果夜晚漫长就回忆你的琐碎之事
睡觉
　　　——默温《教师》节选

我现在不是孩子了，是两位孩子的母亲。我童年落下遗憾的胞衣，以新的生命裹挟了我的孩子们。两娃都从六岁开始弹钢琴，大娃一边哭一边问我：为什么要让我弹琴？小娃大概耳濡目染，倒没觉得委屈。我把这些记录在下面的文字里。

而这声音传自于窄小的过道，两堵隔空墙之间，粗糙的批灰成白云色，其中一堵墙摆着钢琴，对面摆着差不多长的古筝，而另一堵和隔壁挨着的承重墙像个铠甲勇士扛着木头书架，架上的书大抵是教科书、儿童书和纯文学类，从书的架构便可猜测出这屋的主人有孩子且爱好文学，从墙的架构更易看出一家人对音乐的热爱，因我们好奇的参观者和读者都习惯性用外表来修饰，固然是因内在的虚无缥缈难以捕捉。弹琴的是秦二夕十三岁的儿子，顾长的身子像条折线垂直在琴键前、坐凳和地板上，炯黑的双眸如同两颗星辰镶嵌着，在五线谱上追逐着一群洋溢的小蝌蚪，多么曼妙的曲子，理查德·克莱德曼《梦中的婚礼》，在朦胧的雨夜，琴键在指尖欢快地上下跳动，似一群小鱼钻出水面吐泡泡，又似从屋檐落下的雨滴，那是污浊的大气层被雨滴冲刷而凝集的精灵。音乐就是这些活泼闪耀的精灵，它们牵着秦二夕从困境的栅栏里跨越而出，没有人愿意将自己捆绑进束缚里，渴望精神愉悦是从一口深井里打捞上来的水的欢快。秦二夕总有一个走不出的固执，羡慕着西方电影里不同阶层的自我释放，他们随处可见的音乐，磅礴气势的交响乐，街边的鼓噪，翩翩的华尔兹，灵魂唱颂的圣经，而她没有，身边极少有，她的童年更是苍白，或许每个人都热爱着音乐这只神圣的百灵鸟，可这只鸟被很多人关在了心里。至少在秦二夕固执的思维里，她认为她所生活的圆圈就是封闭的，狭隘的，她不敢随处歌唱，不像少数民族那样信手拈来地唱，她的喉咙如同她的心灵堵着个活塞，不能随意收放。这便是她的困惑，她渴望敞开，维系天性的纽带不仅有周遭对她的输入，更需要的是输出，她对事物的感知，爱与被爱，不是单向的。她有时会回忆起童年，陪母亲在水池边洗碗洗衣服，母亲哼着：月亮在白莲花般的云朵里穿行，晚风吹来一阵阵欢乐的歌声……或许就是这会儿喜欢上诗和音乐的吧！随着年纪增长，她越来越觉得母亲的浪漫情怀一直被压抑着，母亲喜欢唱歌跳舞，然而烦劳的生活碾碎了她饼干般甜美的心，唱也只是忙里偷闲地哼几句，也没有一群人围着唱跳的氛围。小镇的生活就是如此，等到秦二夕长到少年，镇上开起了舞厅，孩子们好奇地张望会被大人们指责，那是个乌烟瘴气的地方，只有品行不端的人才去。于是，秦二夕只有想象舞厅的模样，据说是有个大舞池，舞池中央有棵假树，上面缠绕着星星似的小灯，五颜六色，称之霓虹；去过的人手舞足蹈描绘着舞厅的场景，有一种叫旋三的舞步，可带劲了，从这头旋转到那头，节奏就是这样，蹦恰恰，蹦恰恰，那人一边说一边做示范跳着，手臂半环着，好似搂着个美丽的姑娘，右脚落地，左脚跟着画圈，接着右脚向左脚并拢，一个旋转舞步完成了。秦二夕眼馋得跟着手忙脚乱地跳，双脚好像踩在云端上，有一种说不出的美妙，用什么词来形容好呢？轻飘飘？虚无缥缈？身心愉悦？她没跳过，没感受过，道听途说不如亲身经历一次。在一个夜晚，她像个做坏事的黑衣人蹩进舞厅，用她贪婪的双眼永远地记住了那个场景，以及人们所说的靡靡之音。她的灵魂跟着跳舞的男男女女涌入舞池，音箱一震一震的，鼓舞着人们更加兴奋，看舞池里一双双脚像华容道游戏似的移来移去，真是有趣，然而身体是不听话地站着，每一个关节情不自禁地随着音乐扭动，像被绳子拉着的皮影人，思想已经在舞池里跳起来了。

　　——罗帆《诗音乐》节选

　　当夜晚漫长回忆我的琐碎之事，好了，读完睡觉吧！

这些诗篇献给读不懂和不喜欢它们的人们

保尔·艾吕雅（1895-1952），法国当代杰出诗人，一生写诗和战斗，参加达达运动和超现实主义运动，以及反法西斯斗争。他以生活为诗，以诗为生活，终生激情不减。

1. 光线聚汇之点与光芒四射之点

在艾吕雅的生活里，亲密接触四种人：一是诗人，二是画家，三是女人，第四种是他的四位"缪斯"。虽然在他看来她们是一个"缪斯"。

> 曾经和我共同生活的女人
> 现在和我共同生活的女人
> 将来和我共同生活的女人
> 总是同一个
> 　　——艾吕雅《新夜》节选

　　这些亲密的人让艾吕雅的诗作充满变幻，"自动写作"和"随意拼凑"成为他创作的风格。以艾吕雅自身同这四种人关系的概括："光线聚汇之点与光芒四射之点。"关于发生在诗人身上的四段情爱，每一段情爱与诗的诞生息息相关。译者李玉民在《艾吕雅诗歌的主旋律》里面写着：艾吕雅既探询内心世界，又介入外部世界，因此，对他和他的诗歌有两种截然不同的描述。一种把他描绘成超政治的纯情诗人，政治活动不过是他的生活中的插曲；另一种则把他描绘成圣徒式的人物，是忠诚丈夫和模范斗士，一个被真理的力量所征服，站到工人阶级立场上的小资产阶级诗人。对艾吕雅了解最透的人则认为没有爱情就没有革命，没有革命也没有爱情，两者在艾吕雅身上和诗中是相辅相成的，缺少哪一种就不成其为艾吕雅了。

在亲如手足的人中间

头一种差异

在相差相异的人中间

头一种相似

　　　　——艾吕雅《绵绵无绝的诗》节选

　　我过着什么样的生活？生活的世界，诗的世界，是两个独立分开的世界，还是交集在一块儿的世界？有时我把两者混淆，有时彻底孤立。好一阵子，无法将现实和梦境隔离，我总在内心构建一个虚无，用以逃离、躲避，盛开着美好的花朵。而现实会从四面八方飞来蜜蜂，用刺扎人，采摘那点眷恋的花蜜。因为重情，大部分时间靠情义的柔骨支撑着过活，一个人的一句话、一个眼神、一个举动，像串雨珠拍打我的思绪。

如果说我不全了解我所过的生活

那是因为你的眼睛有时不瞧我

　　　——艾吕雅《须臾的镜子》节选

　　记得一位朋友和我说，像她这种忧郁体质的人，忧伤一旦翻涌便要维持整整一天。印象十分深刻，我把艾吕雅《个性》里面的几句诗送给她：我并不常有勇气考虑第二天/我也不是一挥而能搅混生与死的利剑/我见过许多踌躇满志的人也认识一丝不苟的幻想者/尊严去皮而光亮的模型。朋友开玩笑地说，和诗人对话就像和自己的梦对话，因为自己无法表达出来的感受，一句诗就可以表达出来。我说诗的魅力就在于此。接着我又把这首诗里的我最喜欢的一句发给她：我猛一挥手打断令人沮丧的回忆/这类往事总把一宵变成漫漫长夜。她说没错，就是这种感觉，有时临睡前想事情，越想越睡不着，数星星也睡不着，翻来覆去也睡不着，第二天只好顶着黑眼圈去上班。我也时常这样，所以临睡前基本不敢写作，要不然又会发展成无眠之夜。

2. 舞技

　　我刚参加工作那年，一次在街角邂逅发小，失去多年联系的我们重拾友谊。她从小就胖，不是来自遗传，据说由于医院里的孩子们都吃过胎盘，所以一律，胖。为此事，发小曾无数次数落她当医生的父亲和当护士的母亲，何以断送了她原本曼妙的体型？罪名无法用科学依据解释，只好成立。每回发小以庞大的体型站在她的父母亲面前，他们只好以更多愧疚的爱奉献给女儿。其实小时候十分羡慕她的胖，至少没人敢欺负。更吸引我去她家的原因，可以随时煮方便面，她家在医院宿舍楼有两间房，一间卧室，一间厨房，厨房早早用上电磁炉，比我母亲小卖部的煤饼炉强多了，通常我从家里带上方便面到发小家煮，两个人一人煮一大盆，稀里哗啦下肚，打个饱嗝。那段时间，我一点没胖，她又胖了几斤。

两个人相遇后，风风火火搬到一块儿同居，因她上班的医院离我单位只隔着一条马路，我们又成了形影不离的影子，仍旧一胖一瘦，一白一黑。对于她那重症监护室的工作不再恐惧，起先去她病房里的办公室两腿发软，刺鼻的消毒药水味和奄奄一息的死人味，闻到后来也能自如地吃外卖，看到有人拉进来有人拉出去，见怪不怪，发小取笑我是可造之材。一到天黑，不敢走医院后门，那儿路过停尸房，每回紧紧拽着发小胖胖的手臂，全身起鸡皮疙瘩地埋头走，后来发小说我舞技好，离不开那段埋头疾走的时光啊！

当然，只是句玩笑话。那时为了陪她减肥，正儿八经去专卖店买了舞鞋舞衣，报名国际舞学习班，一周去两次。三分钟热度维持了一个多月，我在小镇初中当教师时跳过整整一年的交际舞，两步、慢三、旋三、四步、恰恰舞、伦巴舞、探戈……每天与舞伴相约舞池，后来被父亲知道，斥责我不准去那种乌烟瘴气的地方。那时，超级迷恋旋转的感觉，更何况我的舞伴是位大姐，压根不存在乌烟瘴气一说，对父亲的斥责自然不理会。后来渐渐有所闻舞厅的风气，有些偷相好、有些来泡妞，特别有一首全场黑灯的四步舞曲（也称咪咪舞），传言可丰盛了。我不曾和别人跳过这样的舞，体会不了。

问问舞厅里时间或顺序。

然而饰金币的水清舞女
不会计算也不识字。

镜子一般天真，
她并没有房顶，
唯有一颗太阳
以及无墙壁的热影。

全身挂得金饰金鳞，
辉光刺人眼睛，
一个虚幻裸体，
观众居然已经忘记
她的跳舞之身天地生成。
——艾吕雅《舞技》

　　我和发小坚持不下去的原因，主要还是缺个跳男步的。她比我高大，自然要她学男步，可跳男步不容易减肥，因为男步形同有节奏的往前走路，不必太费劲。跳女步就累人了，一直往后退着走路，还要垫着脚尖，腰杆笔挺，一圈舞跳下来累得散架。可舞蹈班很少男学生，和女学生比例严重失调，发小只好当了我一个多月的男舞伴。结果她没瘦，我瘦了一圈，两个人以"两百五"（2004 年的物价，一双舞鞋和一套舞衣）结束学舞生涯，学费记不得交了多少，跳舞和学舞这两段美好时光，以此终结，被我写进泛黄的台历里。

　　我伸出手臂。我以为这是飞翔。

三十五度八来自地表，还是体温
测量仪不撒谎，马路不撒谎
我们不生产说谎的工具，哪怕人。
一道弧形拥抱整个世界
你在风中，我在你的倒影
你像个岁月老人，倒退
月亮、灯光、高楼
三三两两，男男女女。
我在你的倒退里倒退，退到
浪潮的海岸线，赤着脚丫
没有一丝风可追忆。
凌晨一点的城市熟睡似婴儿
打着甜甜的呼噜，睡梦里
露出浅笑的酒窝，这是
公元二零二一年，属于奇迹与平凡。
慢三与旋三，再也找不到合拍的舞步
青春舞池的霓虹不再围绕一棵树闪烁
渐渐黯浊下来的光洒在每一对恋人脸上
他（她）们怎有心思来看我的中年的舞鞋。
你说好多事都在倒退啊！隔着空间的镜面
数童年的大米、豆子，一个人的孤寂
蹲在地上而如今不行走的体态；
你说好事无非遗忘与重复！所以你
挠痒诗句的跳蚤，跳来跳去
无非那么一片头皮

时而多几个伙伴而已；

而我最感伤听到的其实是你嘴里的重复

你陪我飞驰重复的日出日落

崭新一天的昨天，今天和明天

陪我穿梭城市的秘密心脏

那个唯有我们能听懂的暗号。

你说好多事都在前进啊！挺在时间的镜面

你用风牵我走，奔往更长的黎明

夜的单薄不独自起雾；不远处

贴上封条的山一动不动，你让我像个

勤劳矿工撬动它的一边一角，这是山

和矿工的品质，一个静守一个挖掘

"终有一天，会挖到宝藏的。"

蔑视的藏青布蒙在天空的瀑布

用尽全力泼洒圣水，人们捧着手钵

心下定义为：可耻而炫耀的施舍

我是其中泼洒的一滴，我能读懂

后面流泻的，不屑的瀑布

声势浩大，吞噬善意的水潭；

你在倒退中看到这一幕，风干

我的潮湿、阴暗，让救赎的重量变轻

因为我记得，你曾说

我在翩翩起舞时最好看。

我伸不出脚。我以为这不是飞翔。

脚下踩着我的生命、血脉

父亲的笑太深沉，而母亲从来

没有一句温柔的话。我不像个女人

却是实实在在的女人。我渴望成为女人

比渴望成为男人更强烈。

我的格子衫替我缝补身为女人的色彩

红的道德，绿的乐观，黑成独一气质

透明的絮叨不停：为一个人而做事

为一个人而造物，有情才完整。

我的坡脚意识停留门槛之外

还有一只脚迈在半空

它被外界的粘牙糖黏住脚跟

即使留神也不会甩掉蒂固的鸡眼

鸡眼里漩涡太多层我至今没有悟透的人情。

我伸出手臂。我伸不出脚。

我以为这是飞翔。我以为这不是飞翔。

　　　　——罗帆《透视镜里的手舞》

3. 这些诗篇献给读不懂和不喜欢它们的人们

某天，办公室来了一位昔日由于工作关系有往来的同行，退休后靠他的老本行开了公司，生意风生水起。当他坐在旁边展望他的辉煌事业，我有一句没一句地搭话，消极不是我所想，竟然成了出口成章。同行提高嗓门，拍了拍我的肩膀：小罗，你说这话我怎么听着都要流泪了，你以前不是意气风发的吗？怎么现在变这样谦虚了，你的能干我还不知道嘛！咱们合作过这么多场培训，指导过这么多项目，我还对你不了解吗？到底是什么让你变得这样消极呢？

　　这几年，其实特别害怕听到"消极"二字，评判我"消极"的人是不懂我的，我只是变得温和、与世无争，而不是"消极"。

　　　海面不再宁静
　　　搭在沙子里的帐篷不断往后挪
　　　我以及我的影子
　　　一直退，退到沙子里
　　　那里或许能埋下一个人的
　　　不安，糟糕的过去

　　　浪花一层掀过一层
　　　仿佛永远不疲倦，它的生命
　　　眷恋着它们彼此间的闹腾
　　　我却在退潮

　　　我已不善于和世人打交道
　　　不善于违和奉承
　　　哪怕是一句善意的谎言
　　　是沙滩上背着硬壳的牡蛎
　　　孤独布置了我的整个世界
　　　柔软只藏在心间，很小的地方
　　　我不再相信无缘无故地靠近
　　　不再相信无缘无故的爱与恨
　　　不再相信无缘无故的幸运

也不再相信一个人的嘴和心

我的心被夏目漱石写在了笔下

我在退潮

一朵不愿随波逐流的浪花

——罗帆《退潮》

虽然这首诗再次被引用，但《退潮》是我的生活写照，写于一段糟糕的境遇。我对朋友说，在一片乌云下生存了近二十年，除了忍耐或是逃离，还有什么办法？

什么也不能打乱光的秩序

在这秩序中我仅仅是我自己

——艾吕雅《绵绵无绝的诗》节选

我无从求得别人的理解，只有试图理解别人对我的理解，那么我只有不再奢求，只求一个本真的事实，我是我的爱人，我是我的敌人，我是我的病人，我是我的老人。

我曾经爱这就是事实

我仍然爱这就是事实

爱情日益占据我的首位

我无视昨天的一切并不懊悔

今后我也不会痛改前非

——艾吕雅《绵绵无绝的诗》节选

　　我想对于某些决定我不会痛改前非，今后我也不会痛改前非。前方的路很坚定，远处的山高而挺立。

　　这些诗篇献给读不懂
　　和不喜欢它们的人们。
　　　　——艾吕雅《绵绵无绝的诗》节选

回家路上的冷静带给了我们果实

梅利尔（1926-1995）是与阿什贝利齐名但方向迥异的美国大诗人，被"新形式主义"奉为学习的楷模。他精通传统格律，擅长双关语和用典，以拼图般的写法于细腻局部见出理性的宏构，被布鲁姆誉为"美国诗歌的莫扎特"。

1. 他的诗和莫扎特的曲子一样

我曾和做音乐的朋友探讨过一个幼稚的问题，那时他给我整个儿的感觉像一把大提琴，低音，冷漠。因为当我抛出：写作有没有和音乐一样有着起承转合的关联？他喝着冷萃，和我说他不曾研究，还真不好回答。多年后我靠近了他的冷漠，才知不是所有故事都存在起承转合，只是自然而然地发生着。幸运的是当年他回答不了的问题，如今他带领我感受音乐的世界：马勒第九交响曲的震撼，舒伯特管弦四重奏的层次感，舒曼音乐里哀伤的爱情，萨蒂的钢琴舞曲，西贝柳斯小提琴协奏曲的回旋，永远的巴赫，与生命决斗的贝多芬，呈现在影像里的莫里康内，帝王指挥卡拉扬，等等。他聊音乐，我聊诗，两种不同的语言体系，我们彼此交谈舒缓，值得深度对话的朋友。这样的舒适感，并不是在每个朋友身上都能找到的，我有时候会把自己包裹成刺猬，我的性格不像我的外表，不轻易以软弱示人，更不轻易向人裸露我的坚硬。能与我交心的朋友，一定听得懂我的协奏曲。

而音乐与诗之间到底有没有关系呢？有的，在汪曾祺笔下，烹饪文字犹如色香味俱全，让人读他的文字就能听见那个声音、看见那幅画面、摸着人物的想法，这是上乘的写作。诗，除了塑造整体性的结构形体，接着便是打磨里面词语与词语、句子与句子的衔接音符，似吟诵古文的韵律，现代诗不乏深谙其道。虽说在诗里面强加于音乐的元素是片面的，强加于绘画、影像的呈现手法也是片面的，诗的母体终归是文字，汉字来源于象形，而不是音乐、绘画、摄影等艺术。但以我眼下的文字审美，我是注重诗的音乐、色彩、舞步、嗅觉这些微乎其微的方面的，我尽量把文字的立体感呈现出来，不知对错，尝试是我的当下。

著名评论家布鲁姆说："梅利尔是一个可与弥尔顿、丁尼生和蒲伯相比的诗歌艺术家，这一点是无可争议的。显然他将作为美国诗歌的莫扎特而被人们记住，他乃是变化之光或慰藉人心之至美的经典大师，而非矫揉造作者或巴洛克主义者。"他的诗和莫扎特的曲子一样，有着将反讽和抒情混在一起的悖论性质，爱意与倦怠、美善与丑恶、忠诚与欲望，都有着细致的表露。他是一位同性恋者，对于爱情生活有着独到的委婉感受。我好像天生对好多人都能理解，仅仅理解而已，却做不到救赎包括自己。不止一个朋友对我说，我是个细心而特别敏感的人，有时太体谅别人会把自己关进严肃的牢门，情绪有时打不开阀门泄洪。我承认一认真就严肃是我的毛病，会让身边的人窒息。可认真是我情感的催化剂。

2. 破碎之家

我诗的这本周伟驰翻译的《梅利尔诗选》未收录梅利尔创作的长达一万七千行的史诗《山多瓦变化的光》，被《诺顿英语诗选》誉为"二十世纪英语诗歌的主要成就之一"，只得编录进今后的阅读书目中。先撇开梅利尔这首史诗，读这首我十分喜爱的《破碎之家》，令我一口气抄完，不管是结构还是语调，用最笨拙的办法，一行一行往下数，数到第十四行，标上分段符。这首诗由多首十四行诗组成，其中有些打破了十四行诗的构成及押韵惯例，所以成为"破碎的"。

> 我的父亲，曾在二战中飞行，
> 本来会继续将生命投资在
> 华尔街上空的云堆，以及妻子身上。
> 但竞争在走下坡，而要点是赢。
>
> 此时太晚了，我努力迎接他蔚蓝的注视
> (通过年已三十六的雾岚重重的镜片)
> 灵魂被两个孪生的黑瞳仁侵蚀，性
> 和生意；那时候时间就是金钱。
>
> 每隔十三年他结婚一次。当他死时
> 已经有好几位冷冰冰的妻子

现身于葬礼——戒指、小车、持久的挥手致意。
我们感到他是在热身娶一个碧绿的新娘。

他买得起。他"正当盛年"
把三分当做十分。但是金钱不是时间。
——梅利尔《破碎之家》节选

　　我想过很多次如何写我的父亲。我一直写不好父亲，正如生活里一直与父亲相处不好，因父亲教化学的缘故，他从小在我心目中就是一张化学元素周期表，刻板而不容变通。氢氦锂铍硼，碳氮氧氟氖，几岁时就会背了，归功于经常坐在教室后面听课的缘故。我的父亲在我两岁时考上师范学校，那是一九八四年，为了节省路费，托关系到供销社找人买了辆自行车，单程要骑四个多小时。在外读了三年书，毕业后带回来一堆书和字画，其中几本人像素描本和化学教材让我无比神奇。

　　曾和两位诗友写过一首同题诗，诗引如下：思想家约翰·亚当斯说，我必须研究政治和战争，那么我的儿子们也许才会拥有研究数学和哲学、地理学、自然史、军舰建造、航海术、商业和农业的自由，以便给他们的孩子们研究绘画、诗歌、音乐、建筑、雕塑、织艺和陶瓷的权利。

父亲是村上第一个大学生
吃公家饭的人。知识改变命运
在我几岁的时候，坐在教室后面
听父亲上课，我看见知识就躺在黑板上

但它们不和我做朋友
只有鼻子乐意让我抠，还有脚趾头。

后来我上学，读了五年又三年
读完三年又四年，终于长到
知识决定命运的年纪。
我也捧了个铁饭碗在手
大城市的摩天大厦在渴望的
脚印上长满遗憾的鸡眼。

大娃出生后，家里随之而增
书架、钢琴、智力玩具。
小娃降临，又增新书架，新钢琴
新智力玩具、油画棒、萨克斯。

当我还是父亲的女儿时，晚风吹来
我们在没有路灯的黑夜歌唱。
当我是两个孩子的母亲后，晚风吹来
孩子们用琴声伴我歌唱。

返回我的爷爷，他是个地道的农民
除了熟悉土地和天气
还熟悉他的大肚子病，以及
用哪个物什可以典当一块肉，一壶酒。
　　　——罗帆《传承》

我时常觉得幸运，命运眷顾我出生在这样的家庭，父母亲除了给予我物质也给我知识。梅利尔在物质生活上是幸运的，一生衣食无忧，让他可以专心致志写诗，热爱古典音乐和戏剧。

我的父母年轻时，这是一个流行的动作：
一个戴面罩的女人从葡萄酒般发暗的电气车里
跳到不管什么东西的台阶上——参议院或豪华酒吧——
用身体，用新闻片的速度，攻击

不管是谁——阿尔·史密斯或何塞·马利亚·塞尔特
或克莱蒙修——她的喉咙上青筋暴露
大声喊着战争贩子！猪！给我们选举权！
因有裙子，被磕磕绊绊地拖走。

男人做了些什么？啊，制造历史。
她的事务（他暗设了）是生孩子，
看房子，补袜子。

总是那个老故事——
父亲时间和母亲大地，
岩石上的婚姻。
　　　　——梅利尔《破碎之家》节选

这一段十四行诗是《破碎之家》里面我最喜欢的一段，因为同性恋的梅利尔写出了婚姻的实质。父亲是时间，母亲是大地，岩石上的婚姻。没错，父亲和母亲的角色在诗里面同样扮演着本真的角色，婚姻站在岩石上既牢固可靠同时面临人生的风雨。我结婚时，母亲对我说了一句话，始终铭记在心：夫妻夫妻，看我和你爸吵吵闹闹一辈子就过去了。没有甜言蜜语、豪言壮语，等我过上婚姻生活，我也懂得平淡两字。

> 一个孩子，一条红色的狗，仍旧
> 在破碎之家的走廊里闲逛。没有声音。闪闪发光的
> 穿破衣的跑步者在大开着的门前止步。
> 我的老房子！它的墙纸——乳白色，贴着
> 粉红与褐色的圆形奖章——带回来了初次的梦魇，
> 漫漫长夏的感冒，以及爱玛，乌贼的脸，
> 因为喝了送到楼上的肉汤而冒汗
> 因为我不能尝的金黄的肥肉而旋转。
>
> 旧房子成了一所寄宿学校。
> 在舞厅天花板的寓言之下
> 某人最终被允许
> 学到一些东西；或者，从我的窗户，为这
> 整个故事的不显沉闷而感到凉爽，
> 观察一位红色排字工在云海里浮沉。
> 　　　　——梅利尔《破碎之家》节选

诗的结尾回到一个孩子和一条狗，这个孩子依旧停留在童年。

一个回不去的梦，破碎的家。

3. 回家路上的冷静带给了我们果实

梅利尔的《1964 年的日子》又是一首令我爱不释手的诗，读这首叙事诗像听一首抒情曲，故事缓缓展开。首先是发生故事的场景，

> 房屋，一家大使馆，医院，
> 我们的邻里沐浴在阳光中，虽然仍因
> 夜里的积雨而发抖……
> 穿过通向城中心的街道
> 一座陡峭的山让人分道扬镳
> 要不在二十分钟内攀援而上
> 为了观看被伞状的松树所框出的，
> 城市和海洋的壮丽景象。
> 脚下，仙客来，秋天的番红花蔓延着
> 仿佛带着晶莹的汗珠，站在黄金时代
> 的遗址之中。倘若不是奥林匹斯，
> 也是一场超出听力范围的，终年不息的山边狂欢。
> 　　　——梅利尔《1964 年的日子》节选

接着人物出场。基利亚·克利奥，一个把诗人称做她真正儿子的老妈妈，一个爱你，爱我，爱我们大家，爱鸟儿，爱猫的老妈妈。这一年的日子拥有爱、怀疑爱，我已走了如此长的路而没有爱。下面的诗句：自我迷失在了软泥小道上，或找到了，立足点，在那里

蓓蕾惊讶着醒来，更美好的有待撷取，自我双膝跪在泥地里，在这儿我冷冷地停步，为我们两人的缘故；我在回家路上的更冷静带给了我们果实。

自《1964 年的日子》，梅利尔还写了《1935 年的日子》《1971年的日子》，《1935 年的日子》同样是一首叙事诗，以四句为一小节，梅利尔有着超强的节奏感，基本每四句就讲了一个故事。比如：我的父母外出派对/我的保姆又老又聋，慢吞吞/穿过仆人们住的翼厢/喋喋不休着一台收音机。四句话的叙事简洁明了。又如：每天早晨弗洛伊德骑车出去/张贴又一张铅笔写的告示/他所写的字眼/激起了全国范围的义愤。还有用对话来讲故事的诗句："孩子，你知道什么故事吗？/真正的故事——我是说，并不真实/不只是人们做的哑事情/可不可以给琼讲一个？"

《1971 年的日子》以四、四、三、三的十四行以及四、四、四、二的十四行两种韵律循环整首诗，每种诗体分别摘选一节供大家欣赏。

从云里掉下来，正好相遇。
这条路通往豪华小巴。
一切还好吗？现在别告诉我！
先来一个 Gaulise，我是说

差点忘了，现在配得上
一个花体字且没有言语
出来了哨兵的轮廓
衬着一只大大的、火焰羽毛的鸟，

你的"新"政权的标志
保持着，为它压抑的方式，
在相当一般的轻视里

那时分享那轻视很难，
在你点燃的战略火焰上
走得如此之远，并且不警惕。
　　　——梅利尔《1971 年的日子》节选

以上节选为四、四、三、三的十四行诗韵律，接着摘选一节四、四、四、二的十四行诗。

斯特拉托，每一年的诗
都向你说再见。
尽管，再一次地，我们经过
再没有失去脾气或丢脸。

倘若关爱揉皱了你的脸
在罗马的另一天，
今晚就请把我的行李箱
扔在屋里，冲向家之所在

当我打开我们所看到的，在
慕然诺所造，你所送给我的——

两盎司白热
旋转、拔除成形，

看哪！另一匹爱幻想的
小马儿，红着脸儿，慢慢地凉下来了。
　　——梅利尔《1971 年的日子》节选

初读这位熟谙音乐的诗人后，他将成为我琢磨诗韵的良师益友。那么接着我要去翻找他的史诗巨作《山多瓦变化的光》了。

艺术在另一间房里

费尔南多·佩索阿（1988-1935），二十世纪最伟大的葡萄牙语诗人，他用一百余个异名创造一个独特的文学世界，每个名字都有自己独特的性格、生平经历。四十七岁病逝，留下了两万五千多页未整理的手稿，包括诗歌、小说、散文、文学批评、哲学论文、翻译作品等。

1. 同一回事

当朋友们纷纷相劝我不要写诗时，喜欢做一件事不被理解，这种感觉仿佛又回到在小镇混迹舞厅那段久远的日子，父亲对我说：不准去。现在大家对我说：不要写。然后我那被湮没许久的反抗体，泡沫般浮上来，甚至将他人产生的怀疑转换成自我怀疑时，我对自己说：就对自己说吧！就要去舞厅！就要写！带着偏执的卷尺，我把自己围攻了两年多，直到一场醉酒的逼问，我才吐露原因。

诚然，我同样热爱写小说的。我那高考后动笔上大学前完稿的小说，已经遗失一半，从残缺来看，有人说是天赋，当初没有出版可惜了。在我身上可惜的事，何止仅仅是一部小说？但两年多了，我对热爱的体裁迟迟不肯介入，因为我望见了我所攀登不了的高山，而每次鼓起勇气提笔写，那座山峰直勾勾地凝视我，用它怀疑的眼神质问：你能写出这样高度的作品吗？在敬畏面前，我没有像在朋友面前浮现反抗，退缩成为我这位懦夫的秘诀。两年多了，被冠以不定性、不专一研究一种体裁的关心，最脆弱的盾牌躲进我所见过的高山后。在这种分裂的时刻，不得不承认，即使有再大的抱负，我也仅仅是个平庸的人。

在佩索阿《惶然录》的以下这段文字，摘自《会计的诗歌和文学》篇幅，诚然解释了我的这种困惑：我有巨大野心和过高的梦想，但小差役和女裁缝也是这样，每一个人都有梦想。区别仅仅在于，我们能否有力量去实现这些梦想，或者说，命运是否会通过我们去实现这些梦想。这些梦境悄然入心之时，我与小差役和女裁缝们毫无差别，唯一能够把我与他们区分开来的，是我能够写作。是的，这是一种活动，一种关于我并且把我与他们作出区别的真正事实。但在我内心深处，我与他们是同一回事。

关于专心研究文学的一种体裁这件事，因为我未曾写出名堂，所以才成为事儿。当我终于领悟出问题的源头时，也似乎有点明白佩索阿为什么化身为这么多异名完成他的写作。或许某种程度上，我也是分裂型的人格，需要多个导电体来发散自己的光芒，如此阿Q一番也便自洽。但是接下来呢？山要不要继续攀登，还是此生仅仅做个观赏者？还是背好行囊，继续咬牙攀登？朋友们，请允许我在颓废时尽情颓废，在攀登时给予热烈的掌声。

我厌倦了，很明显，

因为人到了某种年龄一定会厌倦。

我不知道我厌倦什么：

根本就用不着知道

因为同样的厌倦还在。

　　　　　——坎波斯（佩索阿的异名之一）《我厌倦了》节选

2. 烟草店

　　之前我曾写过姑父的烟草店，在我儿时的记忆里，如同他开过的酱油店、小菜馆、卤味店有着相似的迷幻情感，这些庞杂的情感构建我天马行空的童年直到青年。要是你曾见过姑父的烟草店，你会被这个人深深迷住，卷曲的头发，磁性而带感的声音，无所不知的嘴，以及高大的身躯，他像小镇上的朋克派，潮流先锋的人物。我永远迷恋他不知从哪个排架变戏法一样变出来的走私香烟，那样排列整齐的条烟啊，到底它们是从哪儿变出来的呢？这个谜将伴随我的一生，亦如兜里的彩票是否中奖呢？也将伴随姑父死后的长眠。

你面对着那条人们不停地走过的大街的奥秘，

面对着一条所有思想都无法进入的大街，

真实，又不可能真实，确定，又只是古怪地确定，

在石头和生活下边有着事物的神秘，

有着将墙壁浸湿和带给人白发的死亡，

有着驱使所有的车辆冲进虚无大道的命运。

　　　　　——坎波斯（佩索阿的异名之一）《烟草店》节选

　　回头看，我和姑父是个极相似的人，永远对新鲜事物抱有热情。父亲总说他是个"花头包"（主意多的意思，不定性），多年后父亲也用这句话回馈我。父亲是对的，很准确，姑父和我真的都没有定性，做事三分钟热度，起先轰轰烈烈，结尾残败。当年姑父开烟草店，在小镇上掀起一波热浪，毕竟他是改革开放后第一个去深圳挖金的人。他挖回来的金子，不久被他败光了，败在这间烟草店，败在走私烟。不过，我倒是最怀念开小菜馆和卤味店的时光，那是我儿时的味道。在我的味蕾记忆里，世上再没有一碗榨菜汤粉丝能比得上姑父烧出来的味道。那是一个夜晚，陪父亲从乡下学校回小镇，饿着肚子的两个人到姑父店里觅食，煤炉火不旺，菜也一扫而空了，姑父说只有烧碗粉丝。太好吃了，猪油酱油汤，榨菜丝洒在上面，虽然连一粒葱花都没有，但这清淡而珍贵的味道终将难忘。在我的印象里，烟草店关门一点儿不可惜，倒是小菜馆关门，我的胃难过了一阵子。

> 我生活过，钻研过，爱慕过，还信仰过，
> 而今没有一个乞丐不是我所羡慕的，就因为他不是我。
> 我观察着每个人的褴褛衣衫和溃疡以及虚伪，
> 于是我想：也许你们从未活过，钻研过，爱慕过，也没有信仰过
> （因为什么也没做就等于做了一切也是有可能的）；
> 也许你们几乎没有存在过，就像一条蜥蜴被斩断了尾巴
> 一条失去了蜥蜴的尾巴，蠕动着。
> 我已经了解我自己从前我没有这个判断力。
> 从前我能够了解自己但我没有去了解。
> 　　——坎波斯（佩索阿的异名之一）《烟草店》节选

　　每次去姑父不管开的什么店，我总像块狗皮膏药似的黏着他，他说话的口气像雷阵雨，嘴里的新鲜事像挂在彩虹上，尽管父亲总说他不靠谱，但我爱听他瞎编的故事，那是个神奇的世界。我还敬佩他的聪明，无论什么一学就会，只要他愿意。这样聪明的脑袋被浪漫牵走了。小时候，每逢过年，姑父疼爱我的方式，就是给我做一盘糖醋排骨，因为工序多，又要挑选上好的骨肉，还要起油锅炸，一年就正月里破例烧一回。可想而知，糖醋排骨对我年岁增长意味着什么，我长一岁，肚子里的糖醋排骨也增一盘。

　　但我想姑父的一生虽然颠簸，但是快乐的。他总是随着自己的性情行事，从不理会别人的看法，他活得像法国人一样的浪漫，高兴时开门营业，不高兴时买几张彩票做大梦。一生有所作为又无为。

> 然后我陷入我的椅子
>
> 继续抽烟。
>
> 只要命运允许，我就继续抽烟。
>
> 　　　　——坎波斯（佩索阿的异名之一）《烟草店》节选

3. 几件马甲及本人

　　"他我"是"异名的我"的名字，这些"他我"各有不同的身世职业和风格，而其中地位最重要的四件马甲：卡埃罗、雷斯、坎波斯，以及写《不安之书》的索阿雷斯。

　　正如诗人坎波斯写下《烟草店》，诗人卡埃罗写下《牧羊人》，

两首诗不同的排兵布阵，带领我们驰骋不同疆域的战场。卡埃罗将
自己比喻成一位牧羊人，在诗里面放牧自己的灵魂，诗的开头：

> 我从未照看过羊群，
> 却好像看护过它们。
> 我的灵魂像一个牧羊者，
> 熟悉风向，了解太阳，
> 与四个季节携手前进
> 去跟随去倾听。
> 悄无人迹的大自然的全部静谧
> 来到我身边坐下。
> 　　　　——卡埃罗（佩索阿的异名之一）《牧羊人》节选

生长在农村，但我从未在土地上耕作，也从未放牧牛羊鸡鸭，
这些我所见所熟悉的仅仅是一片风景而已，我连想象自己的灵魂像
牧羊人一样自由都不敢想象，就是我无法突破自己的障碍。

> 但我的悲伤是平静的
> 因为它自然，正确
> 是必将出现在灵魂里的
> 当它正思索着，它就是存在的
> 而双手正摘下花朵，看都不看是哪一朵。
> 　　　　——卡埃罗（佩索阿的异名之一）《牧羊人》节选

当我常常在梦境中回忆童年走的泥土路，窄窄的巷子从村口通

向村尾，它是那样短且窄，以至于一探头便能将它望穿，仿佛当我站在中年的港口一眼能望见停泊在童年的小舟。这条贯穿村子的小路，尘土像雾，迷漫整个村落，空气里永远飘着雨后土腥味与鸡粪鸭粪混杂的味道，闻着闻着，一些人就老了，一些人就长大了，还有一些人远去了。

从我的村庄我能看到那么多，就像人们从大地上能看到宇宙……
所以我的村庄像任何别的星球一样大
因为我就是我看到的事物的尺度
而不是我自己身高的尺码……
　　——卡埃罗（佩索阿的异名之一）《牧羊人》节选

我的村庄那样小，小到如今装进回忆的，也是那样小。除了伸手不见五指的黑夜，其他的便是无尽的黄昏，抬头是黄昏，闭眼是黄昏，低头是黄昏，哭泣是黄昏，快乐也是黄昏。难怪我总觉得自身散发着黄昏的色调，暗浊昏沉，时而淅沥的明朗。村口的石板凳，散发着黄昏的日头气，一屁股坐上去，奏响遍体的交响曲，对着落日，忧伤婉如丝绸绕过脖子、气息。而晚霞红彤彤的脸，真像我童年红扑扑的脸蛋，那样可爱裹挟明天的希望。

我不为诗韵发愁。很少会有
两棵并肩的树是均等的。
就像花朵拥有色彩，我沉思并写作，
但表达自我的技巧远远不够娴熟。

因为我缺乏变成万物的
神圣的质朴，徒具外表。

我注视着，感动着，
我感动是因为当土地倾斜，水开始流淌，
我的诗歌自然得就像一阵风在升起……
　　　——卡埃罗（佩索阿的异名之一）《牧羊人》节选

佩索阿将放牧的灵魂化身诗人卡埃罗，诗人本体的诗呢？我要把很喜欢的一首《在下雨》介绍给大家。因为我也时常听雨、写雨，然而我的雨，不够宁静。

在下雨。一片宁静，因为雨除了
安宁的声音再不造出别的声音。
在下雨。天已睡去。这时灵魂已被
无知而多情的摸索夺去。
在下雨。我的本质（我所是的那个人）已被我取消。

雨是如此宁静，仿佛融进了
（那并非用云朵制造的）大气，
仿佛不是雨，只是一阵低语，
在低语中变得模糊。
在下雨，一切都不发光。
　　　——佩索阿《在下雨》节选

我的雨多为忧伤而无本质，多为躁动不安，多为自己而下。

听了一夜雨。听它
坠落的空无，与雨棚
大地撞击而发声
是的，有些事物彼此撞击才有声。
听它初生婴儿般的啼哭
听它怎样从呜咽转势号啕
听它不是一滴孤单的力量
听它对我说的私语
那样平常，而我是动听的掩体
所以听着，听着，就成了忧伤。
听它到黎明，透过窗子却看不见
我多想站在它的中间，听它吻遍我的全身
只是这些年除了做梦我已不会其他；
听它把冲动留给了梦，克制留给我。
听它从童年落下，栏杆间的夹板一端
踩着我的小脚丫，另一端在接它
接它赐予的生命，接它的荣耀
接它带给我们满脸盆的喜悦
接它像拜一尊神。
听它的中年，不再有声。
听了一夜雨。听它
听了我一夜的凝结。
　　　　——罗帆《听雨》

还有一件重要马甲，诗人雷耶斯，他用一首诗几乎把写出佩索阿的原形。

> 无数人活在我们中间，
> 我思索或感觉却不知道
> 谁在思索，谁在感觉。
> 我只是一个停放
> 思索或感觉的场所。
>
> 我有更多的灵魂，不止一个。
> 也有更多的"我"，多过我本人。
> 我还存在
> 对万物我都是中性的。
> 我让它们安静：而我开口。

——雷耶斯（佩索阿的异名之一）《无数人活在我们中间》节选

4. 艺术在另一间房里

没有任何葡萄牙当代作家追求佩索阿那种伟大。这是萨拉马戈对佩索阿的高度评价。佩索阿的伟大在于他的分裂，合成而后的厚重。卡埃罗、雷斯、坎波斯、索阿雷斯这四位最重要的马甲，为佩索阿本人穿戴闪亮而结实的盔甲。我为分裂而无法表达的自己，找到了一种模仿的方式寻找出口，当我把这个构思和朋友分享的时候，收获的肯定多于否定，其实很多决定在告诉别人之前，就已经决定好了的。

　　佩索阿用索阿雷斯写了这本随笔《惶然录》，里面提到的 V 先生、小会计，这些虚构而真实的人物，替他发声。序言里介绍着这本书是佩索阿晚年的随笔结集，都是"仿日记"的片段体。他在随笔中的立场时有变化，有时是个精神化的人，有时则成了物质化的人；有时是位个人化的人，有时则成了社会化的人；有时是个贵族化的人，有时则成了平民化的人；有时是个科学化的人，有时则成了信仰化的人……

　　我一直感恩于生活环境里的三块宝地，一个是故乡埠头小镇，一个是单位，另一个是现在住的大院。这三个地方埋藏着我的童年、青春与中年，后两块宝地，我迟迟不敢提笔写，怕轻易写了，成为一个破碎的梦。《惶然录》给予我一个启示，有些故事和人物可以用这样的方式去写，去雕琢，去表达对他（她）们的怀念。

　　呵！我现在明白了！V 先生就是生活。生活，单调而必需的生活，威严而不可知的生活。这个平庸的人代表着生活的平庸。表面看来他对于我而言意味着一切，就像表面看来生活对于我而言意味着一切。如果道拉多雷斯大街上的办公室对于我来说代表了我的生活，那么在同一个条街上我就寝的第二层楼房间就代表了艺术。是的，艺术，与生活在同一条街上，却是在另一处不同的房间里。
　　　　　　——佩索阿《惶然录》之《艺术在另一间房里》节选

　　我乏味而枯燥的工作总让我生出很多无端的心来，如写下这些碎片日记的小会计索阿雷斯，他将艺术与生活安排在同一条街的另一处不同房间，安放我凌乱的心绪。

在瓮中（办公室）久坐
小小门院令人闲暇
悲凉处心有阶下。
想想树人兄的百草园
今日踏至，非往日欣荣
人生同草木，所喜多留于字面。
石榴树枝丫直立
想来弯曲的事没那么糟糕
心思也便往上而走。
再力花枯在水池
那是我们紫色的春天
在芭蕉听雨后。
　　——罗帆《紫色春天》

在国贸街，终究我还是缺另一处不同的房间，解决艺术。

跋

　　读了一些诗，写了一点诗，但这些远远不够。生活里的好多事物，不知道是进了还是退了，不明白是甜的还是苦的。于是，有了很多个伏案的日夜，献给读和写，献给勤奋而笨拙的自己。正因为要把那些不明白的事、不知道的事，找到可归宿的家；正因为太了解自己，需要真正明白才心甘情愿接受，哪怕疾苦，哪怕幸福。所以有了这本稚嫩的《透视镜里的手舞》，近乎于治愈自我、靠近自我、接受自我的书。

　　《透视镜里的手舞》书名取自我的一首诗名，此书是我近年来阅读二十世纪外国知名诗人的随笔札记。书中介绍了 24 位诗人的代表作以及我的部分诗和小说作品，分为时间的镜子、梦与界碑、生活的齿轮三卷。

　　第一卷：时间的镜子，以对话和回忆的书写形式索引往昔。此卷中介绍的诗人有沃伦、索德格朗、卡瓦菲斯、阿米亥、特兰斯特罗默、曼德尔施塔姆、阿赫玛托娃和沃尔科特。

　　第二卷：梦与界碑，在文字堆和梦里为自己建构一个喘息之地。此卷中介绍的诗人有伊凡·哥尔、毕肖普、帕斯、博尔赫斯、阿什贝利、叶芝、劳伦斯、皮扎尼克。

第三卷：生活的齿轮，用诗缝合亦深亦浅的现实伤口。此卷中介绍的诗人有柯索、策兰、马查多、聂鲁达、默温、艾吕雅、梅利尔、佩索阿。

无疑，这本书是我的试验田，里面种植的瓜果些许生涩，但我不担心这种生涩感，这促使我去开拓更广阔的疆域。无疑，这也是一次艰难而困惑的书写，外界的强风我一直以为可以抵挡，最终却是一败涂地。趔回文学的自然界，我只做一棵小草，安静地成长、读书和写作。

风起江南·第四辑·

陆春祥／主编

金春妙 著

在寂静中倾听

文汇出版社

图书在版编目(CIP)数据

在寂静中倾听 / 金春妙著. — 上海：文汇出版社，
2022.10
（风起江南 / 陆春祥主编. 第四辑）
ISBN 978-7-5496-3894-9

Ⅰ. ①在… Ⅱ. ①金… Ⅲ. ①散文集-中国-当代
Ⅳ. ①I267

中国版本图书馆 CIP 数据核字(2022)第 183026 号

在寂静中倾听

著　　者 / 金春妙
责任编辑 / 熊　勇
装帧设计 / 书香力扬

出版发行 / **文匯**出版社
　　　　　上海市威海路 755 号
　　　　　（邮政编码 200041）
经　　销 / 全国新华书店
印刷装订 / 成都兴怡包装装潢有限公司
版　　次 / 2022 年 10 月第 1 版
印　　次 / 2022 年 10 月第 1 次印刷
开　　本 / 880×1230　1/32
字　　数 / 855 千
印　　张 / 43

ISBN 978-7-5496-3894-9
定　　价 / 195.00 元（全五册）

风起江南散文系列第二季（总序）

尽力猛扑而朗朗仓仓

陆春祥

1

西湖孤山南麓，有三忠祠，奉祀袁昶、许景澄、徐用仪三人。袁昶（1846—1900）为桐庐人，我的老乡，他殿试二甲，官至三品，庚子事变，力谏朝廷不可纵容义和团滥杀洋人与外国开衅而遇害。袁昶诗文、书法、藏书、刊印、西学等，诸业皆有突出成就。

辛丑春节，我一直在读袁昶的日记。袁的日记，持续时间长，从同治丁卯六年（1867）三月开始写，从无中辍，一直到被害前。他的日记还不是一般的记事，侧重在求知问学、克己慎思上，目的就是迁善改过。

看一则"癸酉正月"：

癸酉元日帖子。元日书红云，癸为揆度，酉象闭门。士君子必有闭关千日，研几极深之思，而后有揆度庶务，洞若观火之量。静存仁也，动察智也。

这一年是同治十二年（1873），鸡年春节，袁昶27岁。一个甲子后的鸡年，我父亲出生。袁昶逝后，一个甲子零一年，我也出生

了。这样看来，袁昶其实离我很近。不过，年轻人袁昶，思想已经成熟，他虽30岁中进士，却早已饱读诗书，有着自己独立的见识。

他解释"癸酉"，别有见地。

"癸为揆度"，就是估计现实情况。为什么他关注现实，从他的经历可以看出，他时刻将读书人的目的与责任和现实紧密相连，虽是保皇派，但在处理义和团滥杀洋人的事件上，眼光却远大，做事不能只顾情绪不计后果，虽被杀，不数日遂昭雪，谥"忠节"。"酉象闭门"，这是从字形上说酉字。闭门干什么？你若要有对事情洞若观火的眼光，则必须闭关千日，将冷板凳坐穿，如此才会形成自己别样的眼光，处理好各种政务。袁昶曾任江宁布政使、光禄寺卿、太常寺卿等，在各个岗位都有建树，芜湖还建有"袁太常祠"纪念他。

静存仁，动察智。胸中有仁义，决事才有智慧。这不是一个死守书斋不知变通的读书人，他将所学与现实、读书与修身、思考与反省紧密结合。

写完那则"癸酉正月"，已经过去整整一年。

又一个年三十夜，袁昶吃过年夜饭，往桐庐城里闲逛。桐君山上祈福的钟声不时撞耳，富春江两岸的爆竹尖叫着频频窜向空中，街上行人已经开始聚集，小儿成群追着叫着倏忽跑过。袁昶抬头望星空，但见北斗星的斗柄已经指向东方，他内心里不断感叹，还有几个时辰，旧的一年转瞬即过，混混与世相处，隼起鹊落，如弹指一刹那，而自己却学业未精，德行也没有进步，真让人惶恐啊。

严格自律的袁昶，每日三省己身，袁昶日记中，他悟出的人生格言，多得让我双眼停不下来，仅以甲戌年（1874）摘要举例：

人惟无欲，始能刚耳，有欲恶能刚。耐坚苦者，始能进德耳，

耽安佚者，则丧德矣。(甲戌正月)

不作无益之事，不道无益之言，不损无益之神，不发无益之虑。

心无二用，自今后作一事竟，再作一事，则心体不疲。(甲戌二月)

抄录七十二岁的黄元同《求是斋记》句：天假我一日，即读一日之书，以求其是；《畏轩记》句：读经而不治心，犹将百万之兵而自乱之。(甲戌六月)

抄录《孙思邈方书》句：口中言少，心中事少，腹中食少，自然睡少，依此四少，神仙诀了。(甲戌七月)

境遇耐得一天是一天，学问长得一天是一天，精神养得一天是一天，嗜欲淡得一天是一天。(甲戌九月)

尽力猛扑，将七阁、四库、三藏、九流、二氏，朗朗仓仓，一齐装满布袋肚子内，此师南皮之法也。(同上)

不见己之善，惟见人之善。不见己之善，故所诣日进，惟见人之善，故无怨于世。(甲戌十二月)

特别喜欢"尽力猛扑"这一句，活画其读书信念与志气。

袁昶要扑向什么？四库、七阁，指清代收藏《四库全书》的七座藏书楼总称；九流，乃秦至汉初的九大学术流派；二氏，佛道两家。南皮，借代籍贯为南皮以张之洞为创始人的学派，该派以汉学、旧学为体，以西学、新学为用。袁昶的阅读，如牛饮，如鲸吸。如此写下阅读的贪念，他暗自笑起，耳边似乎突然响起《双射雁》中穆桂英的唱词："那绣绒宝刀仓仓朗朗朗朗仓仓放光明啊。"嗯，猛扑，唯有尽力猛扑，胸中才会有光明一片啊！

尽力猛扑而朗朗仓仓，越读越有趣，宛如袁昶就站在清丽丽的富春江边，沐着五月的微风，张开双臂，身子前倾，跟我摆那个猛

扑的动作。

2

劲风又绿江南。

风起江南散文系列第二季即将面世。

通读书稿，满心欢喜，文丛的作家们也如袁昶先生一样"尽力猛扑"，他（她）们如饥似渴地扑向经典，努力汲取营养；他（她）们倾力扑向大地，扑向生长养育又骨肉相连的故土，尽情撷取自然的芬芳。他（她），身姿矫健，一路奔跑着穿过光阴，且行且歌。

周天明的《六夫随笔录》，真性率性而又抒写畅快。出自内心，平淡如水，观察细微，不乏孔见，诚如作者所言，其将身子匍匐于地，故园山水动植物及所有人与事，皆掘地三尺，人性练达，世事洞明，真知灼见频现于字里行间，诚挚感情亦满溢于纸上。

罗帆的《透视镜里的手舞》，时间的镜子，梦与界碑，生活的齿轮，作者与数位二十世纪知名外国诗人展开纸上的心灵对话，汪洋而恣肆的虚构想象，灵动而跳脱的叙述表达，个性而独特的深度体验，建立起了具有辨识度极高的阅读坐标，大大拓展了自己广阔的写作疆域。

李建军的《等一朵花开》，无论枇杷、石榴、栀子，它们都是嘉木，即便是孤荷、苔花，只要倾注爱意，它们也有独特的春天，一草一木皆有情。阳春布德泽，给孩子留扇窗，慢慢来就是快，假以时日，所有的花都会盛开，所有的种子都会长成参天大树。

金春妙的《在寂静中倾听》，心底的文字从指间如水样泻出，之所以无限流畅，是因为它们皆来自于最诚挚的心灵叙述。眼前校园

所见，身边万般人与事，抑或浪走天涯海角，只要胸中藏着善良与美，纵然未来变幻莫测，我们都可以在这世界里深情地活着。

陈红华的《这一刻的幸福》，时光深处的飞鸟与群山，少年的懵懂与青春的悸动，世间喧嚣纷扰中的多姿势阅读，浓郁江南风情味的草木果蔬，日常与无常中的岁月轮转与沉淀，只有看清楚自己以及自己生活的地方，才能将已逝的过往与活生生的现实凝聚成这一刻的幸福。

3

有人仔细统计了《诗经》中的草木虫鱼数量，计有：113种草，75种木，39种鸟，67种兽，29种虫，20种鱼。

我读过诸多关于《诗经》中草木虫鱼的书，不一一例举。一个简单事实是，这些鸟兽草木，只是赋比兴的喻体而已，我们的先人，想象力极其丰富，他们用这些喻体，隐晦曲折地表达自己丰沛的情感。

因此，对这样一部博大无比的百科全书，孔老师自然钟爱有加。

孔鲤从对面怯怯走过来，孔老师叫住了儿子：伯鱼呀，你仔细读过《周南》和《召南》没有？

孔鲤就怕老爸问，一脸茫然：爸爸，我没有读过呢？

孔老师感叹：唉！一个人如果不曾仔细读过《周南》与《召南》，就会像面朝墙壁站着的人一样啊！

面壁而立，不是面壁思过，而是说你什么也看不到，哪里都去不了。

《周南》《召南》都居十五国风之首，内容侧重夫妇相处之道，

教育人修身齐家。孔鲤一定听懂了，他已长大成人，老爸这是要他系统学习《诗》呢，否则，怎么能适应这个社会呢？

孔鲤在父亲的课堂上，已经多次听到老爸这样教育他的学生：《诗》三百，一言以蔽之，曰：思无邪（《为政》第二）。这里的关键是"思无邪"，"思"为发语词，"无邪"，没有虚伪造作，都是真情流露。诗三百，用一句话简单概括，就是真情两字。文学作品最需直抒胸意，最怕无病呻吟。这也完全符合我们先人即兴的咏叹，面对残酷的生存现实，恶劣的自然条件，先人们劳力之余，依然手之舞之足之蹈之，自我找乐。

国风，大雅，小雅，周颂，鲁颂，商颂，三百一十一篇，皆为民众心底里喊出，在广漠大地上回响，宫商角徵羽，有时甚至响过行云。

真诚希望我们的散文作家，对眼前的一切，猛扑吧，尽力猛扑！不虚假，不造作，用心用情善待所有，包括天地间的草木虫鱼鸟兽。朗朗仓仓，仓仓朗朗，听，美妙的旋律，从旷野上、烟波里、花朵中清晰传来。

壬寅桃月
富春庄

目　录
Contents

▽
▽ ▽
▽

第一卷　瑞中散记

在寂静中倾听

瑞中散记

开公交车的图书管理员

　　第一次走进这所花园式的省重点中学，我被它的美震撼住了，这哪是中学嘛，分明是一所历史厚重的大学啊，花木繁荫，人才辈出。及至我行走在北京的清华园，不断有校友说起母校瑞中有着大学一般的深厚和美丽，我深信不疑。这真是一所多情而浪漫的中学，食堂里的师傅会作诗，清洁工大姐会唱歌，管图书的大姐居然是小城第一个开公交车的女司机……

　　那个曾经开公交车，现在管图书的大姐就在学校的三余书屋工作。

　　下班后，我喜欢在三余书屋待一会儿。除了喜欢看书这个原因外，三余书屋古色古香的气质同样吸引我。楠木桌椅，菱格屏风，水墨书画，连同她都像古画中穿越过来的。只见她，后脑勺盘着古髻，淡淡刘海点缀前额，柳叶眉，唇红齿白，分明是仕女图中走出来的富家小姐嘛，和古色古香的三余书屋浑然一体。

　　中午来三余书屋的人并不多，她给我泡了一杯绿茶，用的是青瓷杯，绿叶在茶水浸润下苏醒开来，清清朗朗的。她并不说话，只是偶尔好奇地打量我一下，等我阅读结束，她赶紧走过来，手脚麻利地收拾茶杯，弄得我怪不好意思的。为了我的阅读耽误了她的午休时间，还要为我泡茶。

去的次数多了，我们渐渐熟识了，她叫阿斌。她指着门前的匾额"三余书屋"说，知道教师阅览室为什么叫三余书屋么？冬者，岁之余也；夜者，日之余也；雨者，月之余也。老师们利用冬天、夜间、雨天读书，可不就是三余书屋？我其实知道这三余读书典故的，从她口中讲出却另有一番风味——朴拙得近乎可爱。看得出，她是下了力气去记这则典故的。我说："阿斌，你真有才，这么高深的典故居然都知道。"她羞涩了一下，自豪地说："我是从校长那里现学现卖的，校长有时带客人来参观介绍，我也会听一耳朵。"

她知道我会写作后，对我特别亲近。她说她的邻居是个退休老教师，每当她在洗碗时，透过窗户总能看到对方在纸上刷刷写着什么。"唉，他已经写了三年了，不知道写出东西了没有？"她的叹气带着无奈又有几分窥探的意思。"金老师，你是文人，你认识他么？"她报出了那位老教师的名字，我摇摇头。她又叹了口气，为他的籍籍无名惋惜。"也许，他在写回忆录，只要写，哪怕没发表，也是有意义的。"我安慰她。"真的？"她的眉眼舒展开来，为她的那位邻居。

也许是一个人寂寞久了的缘故，她喜欢说话，只要我到三余书屋借书，她总一点一点地向我透露她的个人秘史。她是八年前来到这所省重点中学的，她的父亲是民盟盟员，跟校长是同一个党派。校长每年都要去她父亲家探望，凑巧有一年探望她父亲时她也在，问她愿不愿意到瑞中来，图书馆正缺少一个管理员。她当然求之不得，欣然接受这份工作，在瑞中如鱼得水。

某一天，我们在楼梯上遇见，她看看左右无人，神秘地对我说，金老师，你知道么？我是瑞安公交系统第一个女状元。我吃了一惊，心中涌起的好奇让我停住了脚步。她拉我到走廊上站定。"我其实和孙诒让一样。"她故意卖了一个关子，看到我吃惊的表情后满意地接下去说，"孙诒让19岁中举人，我19岁拿到大巴驾驶执照，是瑞安上世纪80年代第一个开上公交车的女司机，也算'公交车举人'吧。孙诒让46岁时创办学计馆（瑞中的前身），我46岁来到这所学校当图书管理员，你说是不是和孙诒让先生很有缘分？"

"你真是女中豪杰呀！"我说。

阿斌满意地点点头，"为什么那些图书管理员在这里待不住？因为临时工的工资低啊。我为什么能待这么久？因为我是公交公司的退休员工，我每个月能拿到三千多的退休金，再加上现在这份工资，不会比你少吧？"

"太多了，阿斌，你真是文武双全啊。"我说。

阿斌显然对我的赞美很满意。隔一天，我听到"有人自称文武双全。在这藏龙卧虎的地方，居然敢称自己文武双全？"淡淡的揶揄倾泻在空气中。在这所学校，没有两把刷子的人不敢说大话，然阿斌的话还是站得住脚的，上世纪80年代，集体企业可比公务员和事业编吃香得多，隔壁单位的一对事业编的姐妹花争相要嫁杀猪的屠夫，为此姐妹反目，直到20年后，妹妹和屠夫离婚后，姐妹情才重又得续。在公交系统上班的阿斌自然吃香得很。

前日，我参加"两会"发了几张照片在朋友圈，阿斌看到了，在下面留言：1992至2000年，每年"两会"都是我开公交车接送委员和代表们。我的眼前浮现手握方向盘，扎着两根辫子的阿斌，泅着红晕的笑脸傲娇众人，"啪啪"按着喇叭，比人民币上开手扶拖拉机的女司机还要威风。

阿斌的刺绣活儿做得极好，她绣的金陵十二钗仕女图有一米多长，仕女或站或坐或倚，神态各异，眉目含情，栩栩如生。只有心细的人才能做出如此细致活。我侧目看阿斌时，精致的眉眼，清挽的古髻，配上含羞的神态，活脱脱仕女图中走出来的小姐，巧笑倩兮。

看遍全校教职工，开大巴的司机果真没有一个，何况是女司机。开公交车的图书管理员——文武阿斌，果真女中豪杰。如今虽然英雄迟暮，但只要自己打心底认同是文武全才，管他旁人作甚?

阿斌的文武生活是自己过出来的，她敢想敢说，关键是她做到了。我想。

陶社看荷

细雨敲窗。落在青瓦上的雨滴，顺着屋檐垂挂成线。滴答在一缸残荷上，溅落珍珠。

旧时，瑞安一群文人聚集在陶尖山下结庐吟诗作赋，遂有"陶社"这样一个诗意的名字诞生。瑞中的陶社，原是公园路李维樾、胡超群故居迁移重建在此。两座仿明清建筑，白墙青瓦，典型江南人家。与探花楼遥相呼应，浸润岁月胞浆，一缕文脉绵延流转。

那年春节刚过，调入瑞中时，虽是三月，却残留着冬日的萧索，心绪像被连根拔起的老树，沾满泥土的根须一时却找不到扎根的土壤，惶恐、迷惘。直到走进陶社遇见荷，这种凄惶就消逝了。陶社有十一口大水缸，褐色的缸身，褐色的水草，连干枯的莲蓬也是褐色的。一支支荷茎遗世独立，在寒风中，在冷雨中，挺立，掩饰不住风骨。偶有留在枝头的荷叶卷着叶子，像孕在子宫的胎儿。

老单位的同事发来短信问候。回复：看荷呢。

"看荷？"老同事一时无法意会。是啊，这不是荷花开放的季节。寥落的枯枝残叶收藏在画家的笔下、摄影家的镜头里，与追红逐绿的日常生活相距甚远。这个季节看荷，少了热闹，多了沉思。忽忆起从前，也是去看荷，呼啦啦的一大帮人去，在荷塘前绽放笑容，比花儿还要娇艳。不管是盛放时的热闹还是枯萎期的风骨，都值得细细品尝。荷之荣枯和内涵，都随着看荷人的心境。

倏忽已至六月，静默的陶社兀自喧哗和鲜活起来，饱胀着蓬蓬勃勃的生命力量。静置屋檐下的水缸，淤泥里突然有一天长出荷叶，浮在水面，起先是一片，两片，三片，荷叶如手掌般大小，有圆圆的水珠在上面滚来滚去。后来越聚越多，铺满了整个水缸，很快溢出来，向天空伸展。又过了一月，荷叶越长越高，越长越大，一支支擎天而立，如倒立的伞，一层层随风摇曳，又如朱自清先生所写"像婷婷的舞女的裙子"，婀娜多姿。看荷的人逐渐多了起来，尽管荷花还未绽放，还是一颗羞涩的小花苞躲藏在层层叠叠的绿叶丛中，但掩饰不了惊艳的美。那些经典的唐诗宋词一嘟噜一嘟噜从脑中冒泡，"袅袅水芝红""误入藕花深处""镜湖三百里，菡萏发荷花""接天莲叶无穷碧，映日荷花别样红""出淤泥而不染，濯清涟而不妖，中通外直，不蔓不枝"……吟咏咀嚼，妙不可言。

荷花的花期比樱花长，樱花易逝，一夜春风来白花花绽放枝头，又一夜春雨惨淡淡落满大地，大起大落来去如风。荷花的花期从六月开到九月，这朵花开了，并不马上凋谢，而是等着下一朵花的盛开，直到最后一天余下的花苞忽然全部绽放，把积蓄了一冬的力量全使出来。沉默的水缸就像一个不善言辞的父亲，只把肚子里埋藏的肥沃营养，静静输送和供养给花茎，同时把隐隐的期待通过花朵表达——美好的事物值得你花时间等待。平淡无奇的水缸啊，因了荷花的开放有了生命的律动和光泽，不再是一口普通的水缸。

与陶社荷花辉映的是养正书屋门前的荷缸，沾染了书卷气，一枝独秀亭亭玉立。那位戴着眼镜的女老师走过，忍不住纤纤素手轻抚菡萏，让人不禁联想她在课堂上轻拍一个个学子的肩膀，也是用这手指催开他们的理想之花。这一幕被鲍老师用镜头拍下，放在朋友圈，名为"养正书屋的'夏雨荷'"。实在美极啦！

随着时间流逝，看荷不再是孤孤单单一个人。身边的朋友如一朵朵荷花，从暗藏的荷叶间冒出来。最妙的是结伴雨中看荷。雨雾中踩着青石板，轻轻走入陶社，映入眼帘的是雨滴凝聚在屋檐，滴一滴落在石阶上，悠远绵长，仿佛那雨是从明清穿越而来落在今时的屋檐上。淘洗出水墨画的意境。看荷的人一个两个三四个，荷叶上滚动着水珠，晶莹剔透，时光慢下来，凝聚在石板路上的印记，静止。

MC 对着邵美女用手机"形色"了一下，画面上弹出：荷花，又名水芙蓉。他举着手机让众人看，惹来一阵开怀大笑。嗬，美好的女子可不就像是令人倾心的荷中仙子。

那些捧着书本穿梭在陶社的学子，像一枝枝菡萏，蓄势等待他们的花期。我听见芙蓉出水的私语，暗香盈袖。

听雨轩

　　江南有很多亭子，比如黄绾送别高明的三杯亭，比如杜丽娘和柳梦梅生死相依的牡丹亭。学校亦有许多亭子，反哺母校的玉燕亭，老校移建的西砚亭，怀念学校创始人的三公亭……还有刚刚建成的亭子，位于西直河畔，名曰"听雨轩"。我喜欢"轩"字，比"亭"更富含诗意。"小轩窗，正梳妆"，多么美好的画面。

　　听雨轩是一座连廊，木质结构，古朴典雅，轩顶铺以青瓦。每逢下雨，瓦楞间的雨水顺着屋檐，或汹涌如瀑，或滴答成断线的珍珠，形态各异，皆因雨势的不同。坐在听雨轩内，四面皆是美景。东面是呈帆船形状的体育馆，穿着蓝色冬大袍的学生进进出出，青春溢满笑脸。西面是沈海高速，大大小小的车子在这条履带上梭子般飞速疾驰。北面是茶花园，透过一座座门台，却见英国戴安娜、美国大元帅、本土赤丹等不同品种的茶花，你方开罢我上场，花事繁华，放萼三秋。南面是西直河，雨点落在河里，溅起阵阵涟漪。静谧的时光和快速移动的车辆融合，氤氲在江南的水墨画里。

　　听雨轩与周围建筑用曲廊相接。轩前有一口水井，围墙边上植一丛芭蕉，芭蕉叶叶为多情，一叶才舒一叶生。轩侧是一棵江南常见的榕树，虽不是百年的大榕树，却也须繁叶茂，颇有独木成林的架势。轩的周围散落石磨、石缸、石桌等构件，不远处还有一座石桥，桥面用长条石铺成，很像林垟南宋期间的七间桥，与听雨轩相映成趣。无论春夏秋冬，雨点落在不同的植物上，加上听雨人的形态各异，就能听到各具情趣的雨声，境界绝妙，别有韵味。

"少年听雨歌楼上，红烛昏罗帐。壮年听雨客舟中，江阔云低，断雁叫西风。而今听雨僧庐下，鬓已星星也。悲欢离合总无情，一任阶前，点滴到天明。"在所有描写雨的诗句里，我独爱南宋蒋捷的这首《虞美人》。蒋捷在不同的年龄阶段听雨，竟是三种不同的心境，少年时的浪漫不羁，中年时的漂泊不定，老年时的悲苦孤寂，这滴答雨声中道尽了人世的悲欢离合。蒋捷生活在宋、元易代之际，一生颠沛流离，不同时期的人生况味都尽在雨中了。后世学者认为，《虞美人·听雨》不仅仅在写他的人生感悟，更寄托了国破家亡的痛苦和感慨。

听雨是一种意境，是一份自然的馈赠。同事的女儿名叫"听雨"，据说孩子出生在一个下雨天，便取名"听雨"。我讶然，侧目看同事，学计算机的他竟有如此细腻的文艺情怀。他是柔软的父亲，十几年前的那阵雨送来带着他基因的宝贝女儿，这份有关雨的记忆镌刻在生命的每一声叫唤中。每当见他对着窗外绵绵的细雨沉思，我想：是否每一帧江南的雨落在他心里，都化作女儿的欢声笑语、撒娇呢喃？

瑞安最近一直在下雨。地面湿哒哒的，房子、树木、街道全都笼罩在蒙蒙的雨幕中，心情也变得湿哒哒。然独坐听雨轩，那细细的雨丝竟然滋生出无数浪漫的遐想。雨打在芭蕉叶上，漾开一层又一层的绿意，很新，很嫩，好像春天是从绿的鸡蛋壳里剥出来的，光滑如碧玉。王维的"雨打芭蕉叶带愁，心同新月向人羞"，杨万里的"蕉叶半黄荷叶碧，两家秋雨一家声"，在脑中跑过，天地澄明，空阔辽远。我想起去年春天，也是在细雨绵绵的日子走访飞云街道繁荣村的张儿楼。张儿楼建于公元 1700 年清康熙年间，是进士林培厚故居。台湾女作家龙应台的《目送》感动多少人，无独有偶，三百多年前的张儿楼亦上演着"目送"。相传林培厚小时候就读宝香书院，每天上学、放学都从楼下经过，他的母亲在楼上目送目接，经年累月，感动乡里，故留下"张儿楼"这个雅号，"张"，瑞安方言就是"看"的意思。人因楼深情，楼因人生辉，那座被雨雾笼罩的张儿楼啊，激起多少文人雅客美好的遐想。

听雨轩是师生打卡的必选地。那日，我经过听雨轩，语文组的一群老师争论楹联中隶书写成的某字，见了我，向我求证楹联文字。"春风大雅能容物，秋水文章不染尘"。极是极是。他们嬉笑着说。灿烂的笑容，让人恍然穿越到《红楼梦》中。春光明媚，花儿姹紫嫣红，这群吟诗作赋的语文老师，在古朴典雅的听雨轩讨论赏析……听雨轩已不单单是听雨的亭子，它承载着瑞中的文脉和风雅。

一批批学子毕业了，走向四面八方，可无论走到哪里，都忘不了江南的雨丝，河畔的榕树，青瓦的亭子和覆盖青苔的水井。这一处听雨轩正是乡愁的具象化，是乡愁的释放地。

听雨在轩中，轩虽狭窄，可神思却可以超然物外。西直河畔的民居传来悠扬的鼓词声：飞云潮水乐千春，滚滚浪花淘英雄。瑞安地灵出人杰，不少名人出其中。思贤亭出四贤士，玉海楼出孙仲容……

西府海棠

张爱玲说人生多恨，一恨海棠无香，二恨鲥鱼多刺，三恨红楼梦未完。

西府海棠却香气浓郁，是海棠中的例外。自去年见识她的娇艳脱俗后，我便念念不忘，等待一场西府海棠的盛开。不知是我等得心急，还是今年的海棠开得有些迟，柳树吐芽了，桃花燃枝了，紫荆爆红了，樱花花团锦簇了，就连躲在角落的杜鹃也藏不住，一簇簇，一丛丛登上春天的舞台。而西府海棠呢，依然是光秃秃的枝，连发芽都是那么缓慢，她旁边的银杏早就披上了绿装，她才羞答答地冒出一个绿蕾，起先是一个，两个，后来仿佛受了感召似的，一片一片指甲般大小的绿芽在雨中娇滴滴、颤巍巍地呼吸着，让人无端怜爱。如果枝头再着花，该是多么令人心颤。

清明小长假正是浙江省学考选考时间，我从南门步入校园，耳边的噪音骤然消失，通过校训碑，勤勉楼旁一团团红云屏蔽了马路上车来人往的嘈杂，仿若逃出凡尘而进入仙境之感。呀，海棠花盛开了！

举目望去，依偎着勤勉楼和勤思楼，十几株西府海棠树繁花似锦，每个枝头都被肥厚的花覆盖着，压弯了腰。未绽放的花蕾呈紫红色，如点点胭脂，盛开的花变成粉红色，花朵中间带着白色，犹如破晓时分天边的彩霞。它们开得那样热烈，那样超凡，一株株虽躲在角落，依然掩盖不了脱俗的美，娉娉婷婷，摇曳生姿。

走近花丛，一股幽香隐隐入鼻，深吸一口，然后屏息闭目，好像五脏六腑被清洗一番。微风袭来，花瓣飘落洒满了通道，似雪如玉，好一个"自在飞花轻似梦"。

据说，"西府海棠"最早生长于晋朝宫廷的西府之中，故得此名。与一般海棠不同，他不仅艳丽而且芳香。素有"花中神""花贵妃"之美称。海棠属于富贵花，旧时乡村常见的是油菜花、凌霄花、喇叭花，如今人们生活好转，海棠遍植寻常百姓家。

清明节扫墓，我亦邂逅海棠。在山坳，汽车沿着弯曲狭窄的山路，抵达山脚下。停车步行，春风激荡不已。溪水边，一处院落孤立，一枝海棠从青瓦白墙的院落旁逸斜出，仿佛春天的灯盏，点燃了四月嫩青色的天空。"呀，西府海棠。西府海棠。"低低念她的名字。春天的声音，在群山中绵延回响。那些海棠花听到了春天的呼唤，齐刷刷地开得更欢了。

这样的花事繁华，自然想起李清照传诵千古的《如梦令》："昨夜雨疏风骤，浓睡不消残酒，试问卷帘人，却道海棠依旧。知否，知否？应是绿肥红瘦。"《红楼梦》里宝玉与金陵十二钗也在海棠盛开时举行海棠诗会，吟咏诗篇，成千古绝唱。历代文人中，苏轼最爱海棠，有诗为证："东风袅袅泛崇光，香雾空蒙月转廊。只恐夜深花睡去，故烧高烛照红妆。"夜深人静，苏轼只担心眼前的海棠也会像人一样睡去，所以，连忙点燃红烛，照耀着红艳艳的海棠。真乃花痴也！

　　校园的西府海棠正是"只恐夜深花睡去，故烧高烛照红妆"最美时节，让人流连。我穿过勤勉楼，走向考务室时，忍不住多看一眼海棠树。一个穿着蓝色校服的学子在海棠下念念有词，背诵着即将考试的内容。到达二楼，我再次望向西府海棠，不知何时，树下聚集了一批学生，本校的、外校的，穿着不同颜色的校服，缤纷而青春，他们像电线杆上的燕子，面海棠站立，一字排开，默默记诵。青春，海棠。海棠，青春。这样的画面，令人感动而美好。

　　我总觉得，那些海棠花锦簇的时光，看似尘埃般寂静。实则是暗涌着波涛和巨响的——仿佛春雷，一声声的，在他们心中酝酿。如眼前的学子，他们一定如海棠花般积蓄了一冬的力量，就等着这一刻炸响。

美发师

　　这家美发馆位于瑞中边上，沿街店面，十平方米左右。屋子里放着三张旋转皮椅，门口挂着一块旋转霓虹，夹杂在灰暗的居民楼里，如果不仔细看，根本发现不了这是一处美发馆。

　　经营这家美发馆的是一对中年夫妻。男人留着时尚的韩式发型，清清爽爽；女人染成黄发，发尾干枯、毛毛躁躁。从颜值上看，男的明显优于女的，可掌柜的显然是女人。男人沉默，干活慢慢乎乎。女人话多，一边和顾客聊天一边麻利地打造出令人满意的发型。女人如果手头的活干完会接过男人的吹风或剪子，指使他干一些搬搬扫扫不需要技术含量的活儿，或者干脆让他到厨房烧菜。她当然有底气这样做，她十七岁学"顶上功夫"，出道时，他还不知道在哪里混呢？他后来跟她混，成了她的徒弟，也成了她的丈夫。

　　她的大部分客源来自学校的学生、老师和家长，特别是那些家长，过来接孩子时还没下课，又无处可去，那么就进去洗个头吧，渐渐发展成了老顾客。但是即便是如我这般铁杆老顾客，受疫情影响，也已经三个多月未光顾他们的店了。我以为他们会撑不下去，关门大吉，然而，她不仅没有关门大吉，反而在百业萧条中顽强地活了下来。

那天傍晚，我戴着口罩走出校门，远远地看到她的店被隔在了隔离箱的那头，旁边是测体温的卡点。我穿过卡点，发现那块熟悉的霓虹灯在闪烁。门口还摆了铁架衣杆，100 元 3 件的广告牌插在五颜六色的 T 恤中。店里有两个顾客，应该是附近的居民。她正在给顾客剪头发，她的丈夫给另一个洗头，慢慢乎乎地在顾客头上抓呀抓呀，手上沾满泡沫。

对于我的出现，她显得很高兴，热情地让我在沙发上坐下。

"怎么卖起衣服啦？"她正等着我的这句问话，于是从衣服的进货渠道以及销售情况滔滔不绝讲述，当然讲述的过程中手中的活一刻也没停，剪子在头上翻飞，碎头发纷纷飘落。那两位顾客显然已经熟知她所做的一切，不时地接几句话，在她们互相补充中，我勾勒出她的卖衣生意并不红火：受疫情影响，前来洗发的人越来越少，但是正像大家对美发失去兴趣一样，对穿着也失去兴趣，通常一套睡衣穿一个月，她的衣服少有人问津。

"前来买衣服的都是本小区居民，总不能让整个小区的人穿一样的衣服吧？"她为自己惨淡的业绩找台阶。

"剃头老司，你的鸡和鸭还有卖吗？"顶着一头泡沫的顾客问。

"你还卖鸡和鸭？"我更吃惊了，没想到三个月不见，美发师变化这么大。

她不好意思地笑了，说反正闲着也是闲着，代销鸡、鸭、鸽子，赚点生活费维持生计。她递给我两张名片，一张印有鸡鸭鸽子，一张印有桂圆荔枝红枣，附带的二维码和名字无不是她。话题自然从鸡鸭鸽子转移到了红枣桂圆身上，她变魔术似地从纸箱拿出桂圆和荔枝请我们品尝。盛情难却，尝过之后，我买了两斤红枣和一斤桂圆。另两个顾客也分别买了桂圆和红枣——反正要吃的嘛，到哪儿买不是买？

几单生意做下来，她很兴奋，脸上红扑扑的，在我头上抓得更有劲道了。只是我觉得哪里不对劲，对了，她的手机在口袋里叮咚个没完没了。我提醒她也许别人有要紧的事找她，先看看吧。她犹豫了一下，虽然没有摸手机，可在我头上抓得三心二意了。我们都觉得别扭。恰好这时电话响了起来，我俩如释重负。她赶紧洗净泡沫，并不回避我们接起电话。电话很长，纠结在"老瑞中旁边是一小还是二小？"我肯定告诉她是"二小"，她又和对方嘀嘀咕咕说了半天，把我这个洗了一半的头忘得精光。原来她正在牵线当红娘，虽然很不专业，连介绍对象在哪儿上班都搞不清楚，但不影响她当红娘的热情。她不光当红娘，还当房屋买卖中介人，促成了一单生意，赚得一千元佣金。除此之外，她的美发室墙上还挂着文眉、点痣的广告牌，不用说，这也是她的业务之一。这个身兼数业、风风火火的美发师，太有生存智慧了，在大家还在为复工复产发愁的时刻，她早已把每一个前来洗发的人，发展成了她副业的潜在客户。

洗完发，我提着两袋桂圆和红枣出门，美发师热情地欢送：再见——再见——

我紧了紧口罩，想：下次来，她会卖什么东西呢？

院士伍献文

　　中科院院士伍献文（1900—1985），是瑞中校友，1918年瑞安中学旧制毕业，云江屿头（今繁荣村）人，也是林垟的女婿。闻之，我仰慕的目光一直寻找着他，在林垟陈家古屋，在瑞中档案室，在他的出生地的老宅，一点点探寻到他鲜为人知的重情重义的一面。

　　凝视着留存在瑞中档案室的照片——伍献文与梁思成、茅以升、竺可桢等名人同框，一个时代的一群大家风范浮现脑海。

　　一个滂沱大雨的春日，陈良明校长带着我们从瑞中出发，驶过飞云江五桥，半小时车程来到云周街道繁荣村。这里是著名动物学家、鱼类学家、线虫学家、科学院院士伍献文的故乡。他在动物分类学、形态学、组织学、线虫学等方面都有精深的造诣和广泛建树，是中国鱼类学和水生生物学的奠基人之一。他造就和培养了一批科技人才。

　　1900年3月15日，伍献文出生于屿头村一个小康农家。他的父亲伍暇斋粗通文墨，思想开化，后弃农经商，在乡村小镇开办了一个鱼行。但由于不谙经营，以致家道中落。他不顾家境窘迫，坚持让三个儿子读书。1918年伍献文以第一名的成绩从瑞安中学毕业。

大哥、二哥为了支持伍献文继续深造，先后放弃学业，回家担负起养家糊口的重任，集全家之力供养小弟读书。成绩优秀的伍献文不忍心再给家里增加负担，填报了既可免除学杂费又可供应伙食的南京高等师范学校。由于成绩优异，毕业后又以勤工俭学的方式留学法国。

此时，他的父亲因为鱼行经营不善，欠下不少外债。他在法国省吃俭用积攒了一些钱，托一位路过法国的亲戚带回家给父亲还债。哪知道这位亲戚起了贪念，吞下了伍献文用血汗换来的微薄积蓄。伍献文与父亲书信往来后，得知父亲并未收到钱去还清债务。除了气愤外，他只好继续打工，省吃俭用，攒了好多年，终于还清了家里的债务，坚定地履行父债子还的传统道义。

事业有成的伍献文对家人始终眷顾不弃。他的大哥英年早逝，伍献文每年给大嫂汇钱接济他们，他还把侄女伍蕴华接到身边抚养长大，视如己出。我们到屿头采访了伍先生的侄孙伍鸿树，他说："小公在世时，每年都会给他大伯和他家日子最难过的那段时间（瑞安人叫交生时候，即夏收或秋收之前）汇钱，上半年和下半年各一次，每次30元，从未间断。"我们到林垟伍先生爱人陈玉如的老家采访，碰到他内侄陈昭明的爱人张美云，提起伍献文，她跑到阁楼上拿下尘封多年的伍献文一家照片，动情地对我们说："我家的姑爹是天底下最好的人，我姑姑没有读过一天的书，是一位目不识丁的旧式妇女，他是喝过洋墨水的大知识分子，对我家姑姑不离不弃，相爱相伴一生。最感动的是，我家三伯早逝，三伯母寡居，没有子女，按传统伦理习惯，应该由侄儿也就是我的爱人赡养，但我姑爹承担了赡养我三伯母的义务，定期会寄生活费过来，同时还经常接济我家的生活。"

伍献文对朋友重情厚谊，肝胆相照。他与著名鱼类学家方炳文两人是至交，早年两人在中央研究院自然博物馆共事过，方先生经常到伍家食宿，情同手足。后来方炳文到法国留学，在 1944 年 8 月 26 日的巴黎空袭中罹难。伍献文闻讯悲痛不已，亲笔撰文悼念，并介绍方炳文在中国鱼类学研究上作的贡献。此后，伍献文分担起赡养方母的责任，每年给方炳文母亲寄生活费，一直到方母上世纪 70 年代初去世为止。伍献文与柑橘专家曾勉亲如兄弟〔曾勉（1901—1988），字勉之，1919 年瑞安中学旧制毕业，1925 年毕业于东南大学园艺系，留学法国获博士学位。回国后，历任中央大学、云南大学、南京大学、山东大学教授，中国农科院柑橘研究院所第一任所长、研究员，中国园艺学会理事长。国际上著名的柑橘专家，培养了不少的新品种，尤以"夏橙""温州蜜柑"为最。著有《中国柑橘志》《中国果树名录》。瑞安籍著名作家黄宗英的报告文学名篇《桔》，描写的就是他的事迹与行状。〕曾勉夫人去世早，曾勉又被划为"右派"，下发到广西某个农场劳动改造。伍献文收曾勉小儿子曾衍均为干儿子，给予慈父般的关爱，一直培养到考上北京大学并毕业。拨乱反正后，伍献文多方打听，得到的消息是曾勉已经疯癫了！究竟如何，伍献文对老友一直放心不下。1981 年他利用到重庆参加学术会议的机会，千里迢迢，不辞辛苦专程去探望曾勉，了解真实情况。探望的结果是曾勉没疯！他亲自写信给中央领导方毅，反映曾勉的情况，并提出改善曾勉工作生活环境的请求。而他回来后由于过度的劳顿却病倒了。曾家后代用文字记录了这段感人的恩情。

某大学生物系主任是伍献文的学生，中年早逝，伍献文多方奔走，争取捐款，使这个有众多子女的家庭渡过难关。伍献文自己并不富裕，但是助人一直没有停止过。谁家有困难，只要给伍献文写一封信，他总是及时寄钱过去。武汉邮局的工作人员对他说："伍教授，你是我们这里寄钱次数最多的人。"

伍献文对学生倾囊相授。做伍献文的学生是幸福的，学生在他指导下共同完成论文，他用毛笔划去了自己的名字。重病卧床在家时，让学生带论文到家里来，他逐字逐句推敲修改。刘建康是伍献文的学生，他回忆第一次见知名教授伍献文不免紧张，伍先生却毫无架子，推荐刘建康读鱼类学论文，令刘建康打开眼界。他心里充满了对伍献文的崇拜和敬佩，读研究生时考到伍献文门下，六年跟随导师左右，导师民主的学术风格和对他充分的信任，使他敢于大胆创新，研究成果在国际上产生影响。这样的高起点，使他较早地建立自己的学术自信。有意思的是，刘建康读研期间和伍献文的女儿伍韵梅相识相恋结为夫妇。伍献文是 1948 年中央研究院的 81 个院士之一，1955 年新中国的首届中科院院士。1980 年刘建康也当选为中科院院士。于是科学界有了"翁婿院士"的佳话。

伍献文作为科学院院士受到很多人的尊重，然而他谦恭尊师的赤子之心未曾改变。一次，他前去参加科学院院士会议，远远地见自己的恩师秉志老师在身后 200 米处走来，伍献文停下脚步，远远地等候老师到来，恭恭敬敬行弟子礼，让老师先走。后来，伍献文作为专家学者代表出访欧洲，某一天在中国大使馆看到人民日报刊登老师秉志去世的消息，当场号啕痛哭，如同孩子失去挚爱的双亲，流露出视师如父的深厚感情。

作为学界泰斗的伍献文，留下了很多珍贵的学术文章，他的后辈学生多希望他晚年能出版文集。然而伍献文人生的最后一年还在忙碌地整理他的恩师秉志先生的诗稿，并委托他的好友，厦门大学的文史专家何励生（瑞中校友、瑞安同乡）先生校勘诗稿。秉志是清朝旧式举人，古诗功底深厚，一生写了很多古体诗。他生前埋头做学问，一直没时间和条件出版自己的诗集，伍献文在生命的最后一年，不是想着自己的事情，而是辗转联系出版社帮助老师出版了诗集，完成老师的遗愿。

在瑞中档案馆中调出伍献文的档案，薄薄的几张纸，难以诠释伍献文先生的整个人生，我们只能从伍献文的同事、儿子伍惠生、女儿伍又梅以及乡邻亲友的只言片语中了解他鲜为人知的另一面，这一面，尽显他对家庭的责任，对亲人的至爱，对师长的无比爱戴，对朋友的真诚，对学生爱生如子的情怀……所有这些与他作为学术大师的权威、严肃的一面全然不同。很多人只记住了他的科学贡献，却少有人知道他的道德文章同样垂范后世。

多年前，我去瑞安外国语学校接儿子放学。在等待的过程中，偶然抬头，和教室走廊墙上所挂的伍献文相遇，他温和的目光注视着我，我惊讶于此前的十年间我竟对他一无所知。深入走访后，一座丰碑在我心中竖立。金杯银杯，不如后人的口碑，伍献文先生以杰出的科学成就和敦厚的道德品质教育激励着我们今天的学生，既要读书，更要做人！这种精神财富正是当下我们需要继承发扬的。恰如武汉大学7位教授联合写给伍献文先生的挽联所示：

责己严，待人宽，著述等身，道德文章传后起；
从学精，治学博，鱼龙得水，湖山风雨忆先生。

柿子红，像灯笼

瑞安中学食堂边有块石碑，雕刻着"富强之源，在于兴学"，石碑后面是一片小树林，树林里除了挺拔的银杏树外，冬天最好看的是柿子树。霜降后，柿子由青变黄、变红。长柿，圆柿，品种不一，大小各异。只见一个个红柿子熟透了，一颗颗橙黄透红的柿子，像小灯笼似的挂在枝头，把柿子树压弯了腰。熟透了的柿子，软溜溜，红艳艳，甜滋滋，剥皮即可吮食，味道赛过蜂蜜。真是"银杏林里柿如丹，高挂枝头惹嘴馋"。

从十一月开始，这一片柿子林就不断撩拨着过往路人的心，彼时它羞羞答答，躲藏在绿叶深处。清晨从柿子树下走过时，啾啾的鸟声从枝头传来，黄臀鹎、雀嘴鹎等鸟儿尽情啄食甜餐，萌萌的神态全然暴露在众人的视线。偶尔还会窜过一两只小松鼠。

这么美的柿子，怎能不让人心心念念呢？过路的人拿起相机左拍拍右拍拍，更有喜爱者，居然偷摘一两个带走，得知真相的校长痛心疾首：柿子给鸟吃的，怎能随意采摘？其伤心程度不亚于优秀学生被别的学校挖走。

柿子的确好看，以至于某天我尽顾着看它，没注意脚下台阶，一脚踩空摔了个四脚朝天，躺在地上半天起不来。正是中午就餐时间，人来人往，好不尴尬。只是没有人知道我竟是为柿子"折腰"！

有一天，其中一株硕果累累的柿子树不堪重负，"咔嚓"一声断了枝，物业经理很快找人拉走了残枝。"哎哟喂，那谁？怎么不等我们摘了柿子再运走呢？"群里有老师抱怨，"挂在枝头的柿子不能摘，哪想断枝的果实也没份，谁解垂涎苦啊！"群里插科打诨无意，有人隔着屏幕当了真。几天后办公室里出现很多又红又大的柿子，原来是校长特意从果农处买来给大家解馋的，把大家甜的，估计明年今日味犹甘哪！

吃过柿子后，我出差到了北京。与绿意盎然的南方不同，北方凛冽的风刮过枝头，一片萧条。看着光秃秃的树枝，我分外想念学校那一树的红灯笼。一个晚上，路灯下我意外看到一个状如柿饼的果实挂在枝头，欣喜若狂。此后每次路过这棵树，都要多看一眼。培训结束，我又来到这棵树前与它告别。院子里的保安很好奇：你每天盯着这石榴有啥好看的？你们那地方没有吗？

什么？我默默倾注心思自以为柿子的树竟然是石榴，那风化枝头的不是经霜的柿饼而是失去水分的石榴。我失望至极，为这错付的真情哑然。

半月后，重回到校园，银杏树叶铺满一地，光秃秃的枝丫萧索着。柿子树也好不到哪里去，所剩无几的几片叶子眷恋着枝头，将落未落之际，尽显薄暮之态。柿子倒是愈发精神，一副饱满多汁模样，仿佛不知大寒将至。

再一月，柿子叶全落光。寒潮突至，南方各地飘雪，温州虽无雪花，阴冷潮湿的风刮过，也冻得够呛。我担心柿子熬不过这番寒彻骨，会竞相归于尘土。哪想它不畏寒潮，反而如大器晚成的青衣，正式孤绝地登上天空之城，干净，明艳，咿咿呀呀吟唱。即使没有观众，也要把最后一抹倔强的红留驻枝头。三个一丛五个一簇，点亮萧瑟的天幕。

前后算来柿子挂在枝头已三月有余，它从 2018 年跨到了 2019 年，并且还会持续挂下去，它好像不知道严寒为何物，遗世独立，越冷越红，把日子站成一道风景。它不跟春花斗艳，不跟腊梅比香，只是把红色挺立枝头，尽可能地多留一份温暖在人间，因为它是小灯笼呀！

寒风中高挂枝头的红柿子，谁见了都会怦然心动，柿柿如意，喜柿连连，多好的谐音啊，那里藏着一个新年，一个崭新的希望。

桂花香暗飘过

　　桂花的记忆源自一部描写胡雪岩的电视剧《八月桂花香》的主题曲。这部电视剧 1988 年上映，因为彼时年幼，对剧情毫无印象，倒是记住了歌词，每逢在桂花开放的季节，旋律便窜出脑海，慢慢悠悠，一缕一缕的情思随桂花荡荡悠悠牵出来：人随风过，自在花开花又落，不管世间沧桑如何。一城风絮满腹相思都沉默，只有桂花香暗飘过……

　　一个暗字，多好，不争不骄，默默地，静静地开，低调含蓄。桂花小米粒大小，或橙黄色或米白色，掩映在绿叶丛中并不起眼，直到空气中弥漫着甜甜的香味才让人注意到。从桂花树下过，香气清清凉凉的，钻入鼻息萦绕袖口，整个人顿觉清清爽爽，天地澄明，旷古悠远无限延伸。

　　其实，相思并非沉默，桂花亦可传情。上世纪九十年代，我就读师范时，流行书信往来交笔友。我的同桌是个大大咧咧的临海姑娘，绰号"牛爸"。牛爸生性爱闹，有她的地方总会掀起一阵笑的旋风。她经常在各种文艺晚会上出演赵本山演过的小品，脸色黝黑，乡土气息浓厚，给人感觉土得掉渣。一天晚自修下课，我路过校园的那棵桂花树下，见牛爸蹲在树下，一团一团地聚拢落满一地的桂花，装进信封，欲寄给远方的笔友。冷露、月色、花香，最能激发情思，给人以无穷的遐想。牛爸虽是简单的校服穿着，但因了那一袭花香，再粗糙的打扮，也变得百媚千娇。及至经年以后，忆起牛爸，脑海浮现的总是那个捡拾桂花粒的深情的少女，娉娉婷婷，驻留在时光中不老，散发着永久的桂花香。

我供职的瑞中校园里亦有很多桂花树，教学楼边上的小树林里，德字碑旁的草地上，甚至河边的鹅卵石丛中也挺立着几株桂花树。清晨被香气迎进校园，暮色中又被香气送出校园，诗意和浪漫油然而生。

综甄楼前的那棵桂花树据说是从老瑞中移植过来的，沾染了旧岁月，幽香似乎比别处的更加浓郁。去食堂的路上必经这一棵桂花树。因下了一场雨，桂花树下遍地金灿灿。有同事把雨伞倒放在桂花树下，轻摇树枝，瞬间，粒粒精灵般的桂花，散发着幽香，飘落下来。好美的"桂花雨"啊！那伞窝里很快铺了一层。"人间尘外，一种寒香蕊。疑是月娥天上醉，戏把黄云挼碎。"宋词的意境混合着眼前的桂花，有种被熏醉了的感觉，恍惚间，又仿佛看到月中嫦娥赴蟠桃宴，醉酒把黄云搓碎，嬉戏洒向人间，不就是这一阵阵桂花雨吗？

在科举时代，桂花象征文人的荣誉。"蟾宫折桂"就是进士及第的雅称。因"桂"谐音"贵"，所以，桂花又有荣华富贵的寓意。早些年农村新娘子出嫁，红桶木盆中要放桂花，寓意"早生贵子"。

想必每个人的心中都有一树暗香盈袖的桂花吧？最难忘的是著名作家琦君笔下的《桂花雨》，读来让人齿颊留香，故乡的桂花在她笔下成了精神的图腾。

前日，七几届的瑞中校友来校申请开同学会。这两位校友年龄和我父母差不多，他们离开校办后，径直到了甄综楼旁的桂花树下。女校友为男校友拍照。男校友看过照片之后显然对自己的表现不满意。女校友安慰说，重来重来，我们多拍几张，发到群里馋死他们。无疑，他们，指的是那一届的同学吧——瑞中初中部的校友。我被他们的快乐和专注感染，遐思飞扬，他们的故事莫非曾在桂花树下发生、发展、高潮、离别？有香气的青春总是令人难忘的。

我去过很多城市，威尼斯以刚朵拉留在记忆，巴黎以美食常驻心间，香港以购物天堂让人流连……以一种香气来回忆一座城市的，却不多见。若干年前，我带着孩子到深圳过春节，去往世界之窗的路上，行道树两旁满目是开得正艳的紫荆，花形似碟，密密层层，满树紫红，格外娇艳。行走的目光纷纷被它吸引。然而一阵馥郁的清香萦绕周身，让人忍不住抬头四处寻找，是桂花！家乡多是秋天开的丹桂，春天开的桂花却是第一次看见。此种桂花学名木樨花，四季开花，又称月月桂，深圳这片温暖的土壤刚好适合它。一座流香的城市就这样印在了脑海里，每当想起的时候总是有隐隐暗香从心头浮起。

爱一个人，爱得浓烈得要死，直想咬一口。而人们对桂花的喜爱，也是爱到吃进肚子里才算妥帖。清明炊糕，元宵汤圆，甚至一杯清茶，都要点缀桂花娇小的身影。它虽是配角，却是点睛之笔，加了桂花，清香绕舌，滋味便出来了。

桂花有两种花语，其一是吸入你的气息，其二是永伴佳人。无论是哪一种，都是深入骨髓的美好与欢喜。不管世间沧桑如何，有桂花香暗飘过，足矣！

转角遇到邮筒

我举着相机到报告厅拍照。

从报告厅向右拐，是瑞中的养正书屋。北风呼呼地，穿过了三角梅萧索的枝丫和枝丫下一只静静伫立的邮筒。

邮递员载着大箩筐的摩托车嘎吱一声刹住，那个绿漆斑驳的邮筒仿佛被唤醒了，张开肚子，一嘟噜一嘟噜吐出花花绿绿的信封，由邮递员的手通往外面的世界。

邮筒终日站在那里，可却洞悉了整个学校的秘密。

那个考了段里第一名的学霸，恨不得信上插一双翅膀，一路飞奔着，要把"夺魁"的好消息告诉初中同学。

那个参加完篮球赛的运动健将，散发着蓬勃的青春气息，阔步走来。他每月必寄出一封信，分享校园生活的美好时光。

最热闹的，要数那些穿蓝白相间冬大袍的女学生，三三两两的，从飘荡着墨香的养正书屋里走出来。她们十七八岁，正是情窦初开的年纪。晚自习前的片刻时光，她们在班主任的眼皮底下，偷偷溜出教室，给远方的同学或朋友寄信，吐槽成长中的烦恼，倾诉山寒水瘦的思念。

多年前外地求学，我也如那些女学生，把时光交给了邮筒。绿色的邮筒，黑色的投递口，加了把锁的邮箱，在手机还不盛行的年代，那里积聚着最浓烈的情感期盼。我曾给许多未曾谋面的笔友寄过信。每日写信，等信，盼着那个身穿绿衣服的邮差，从邮包的大肚子里掏出信——有时是一叠，有时是一封。收到信时，无一例外要欣喜好几天。那些寄信人，我大多不认识，但也有一两个熟悉的。

那些信件，历经万水千山，长途跋涉而来。来到我这里时，有的已经面目全非——信封上满是皱褶，粘着尘垢。有的还散了封口。可仍俨然是一个忠实的使者，把那个人的笑声和情谊，带到面前。

小小的邮筒。像日子的收发站。把一个个日子寄出去，又收回来。寄出的是风花，收回的是雪月，余下的是等待。

寒暑假回到老家——一座终年荡漾着水汽的小镇。我隔三岔五穿过老街的修车铺，停留在裁缝店的门口，那里挂着一个锈迹斑斑的邮箱。小镇尚不流行寄信，街头街尾的信息口口相传，一字一句的写在纸上寄到远方只是为数不多的学生所为——比如我。我喜欢听信件落在邮箱的声音，咕咚一声，好像花苞开了花，梦想落了地，踏实了。

有一天，那个坐在裁缝店里的女人，终于拉开眯眯眼的链子，使劲张大眼睛忍不住问我："你是干什么的？"她大概以为，我是一个终日无所事事者，信痴。

我没有回答她，低着头逃掉了。

很多年以后，我回到小镇老街。老街依然散发着古朴的气息，一线天的瓦檐，漏下斑驳的影子。街上没有人，高跟鞋发出笃笃笃的空响。那个坐在裁剪台前，用彩色划粉片在布匹上画着线的眯眼裁缝不知道被时光的水流冲向何处——她的子孙也有当裁缝的吗？

如果不当教师，当一个裁缝真是不错。我想把这个愿望告诉远方的朋友，可是邮筒在哪儿呢？谁来收容我一时兴起的念头呢？

我抬头茫然看了一下。修车铺仍在，门面依旧，产品升级换代，早已不见了自行车，排列的是清一色的电动车。修车铺里的男人看了我一下——他没有认出我。他当然认不出我了。当年怯怯的女学生，也早已嫁做人妇。老街的岁月静好的气质仍在，只是昔日的女学生，一个个从老街走散了。

城市发展越来越快，用纸写信的人越来越少。邮递员是否也越来越寂寞？

我端起相机朝眼前的邮递员咔嚓一声，他一点也不知道。枯瘦的日子在信笺里丰盈起来。

一路芳华

及时行善

散席后，夜幕下星光璀璨。老师们舍弃公交车，一路上说说笑笑，沿着塘河边步行回家。同行的有校党委书记，学科主力老师，三五成群低声分享着假期里的趣事。

行至塘河大桥，前面是一段上坡路，一辆装满木材的二轮板车"吭哧吭哧"吃力往上爬，拉车的老汉肌肉紧绷，二轮板车像被路面粘住了似的纹丝不动。书记快速往前一步，托住板车上的货物，使劲向前推。与此同时，男同事有跑上前一起拉住车头的，有在车尾使劲往前推的。一辆笨重的人力货车在众人齐心协力推动下，顺利爬上了坡。

老汉来不及道谢，这群可爱的老师拍拍手早已疾步远去。

书记说，如果不及时推一把，这辆满载货物的板车无论怎样都爬不上坡，及时伸出援手很有必要。

是啊，人生行路难，助力须及时，这一推，或许，令迷茫的人少走弯路；或许，让负重的人能登上那难以逾越的台阶。如果有机会推别人一把，心中涌起的感动不会少于被助力者。助力是一种善意的成全。一个旅客在挤火车时不慎挤掉了脚上刚买的一只新鞋，他马上脱下另一只鞋扔出车窗，他希望捡到的人能穿上，这才不会辜负一双好鞋的作用。

善，是一种力量，点亮心中正能量。

羞怯行善

2015 年的夏天，儿子刚刚小学毕业，我们带他全国各地游学。记得在北京的那个晚上，出南锣鼓巷地铁口，"北漂"艺人小提琴和吉他美妙的合奏牵住了路人行色匆匆的脚步。我们一家也不觉慢下脚步，远远地站在街沿驻足聆听。儿子揭开他的布艺小钱包，把所有的积蓄全部拿出来。他特意绕过灯光，在黑暗中把钱投入了"北漂"艺人的琴盒里。

我不解，为何儿子要这样偷偷摸摸，不想让人发现。后来我自己有过几次想行善的念头，最终在众目睽睽下羞怯放弃。

很多朋友也有过类似遭遇，路遇老人过马路，很想扶她一把，但如果旁边有人的话往往做不了这些事情。难为情，不好意思，好像做这件事情就像做贼一样。我们常常把自己伪装成冷漠的人，不敢做个热心人。不好意思行善，是因为我们在乎别人对行善行为的看法，生怕被贴上了"爱出风头""伪善"的标签。善者软弱，如果有强大的勇气支撑，善才是真的强。承认自己内心"善的顾虑"，也需要勇气，它是真善美的开始。

善是一粒种子，会开出爱的花朵。

我们走在行善的路上，一路行走一路修行。

低调行善

那天是腊八节，我和同事玲作为瑞安中学志愿者服务队中的一员去飞海广场崇德慈善小屋分发面包。我们穿上义工红马甲，戴上口罩，开始忙活起来：抬豆浆，打腊八粥，分发面包，维持秩序。

来领免费早餐的有清洁工人、流浪汉、医院病患，有的穿着工作服，有的坐着轮椅，有的挂着拐杖，他们都是这个城市的贫困人员。我递上面包，受助者双手接过，并深深向我鞠一躬。我赶忙躬身回礼，并且改变递面包的姿势，双手奉上，并对每一个接过我面包的人诚挚说声谢谢。感谢他们成全了我的善行，让我有机会学着行善。

无独有偶，学校里有不少贫困学子，一个企业家捐赠了一些钱，学校举行了隆重的捐赠仪式，作为摄影记录者，我拍摄了很多学生从企业家手中接过红包的镜头。稿子写完后，正当我想把那些拍得很动人的镜头插入文字中去时，同事说：这些学生都是青年了，若非家里十分困难，他们实在不愿意出现在捐赠现场，我们要保护好他们，时刻顾及他们的尊严，不要把他们的身影晒出去。

那一次通讯稿，我没有使用照片，点击量却很高。

善，是一种信仰，指引人生方向。

李白说，行路难，多歧路。我想，行走人世间，善字摆两边，多崎岖的路都会变成爱的坦途，一路芳华。

爷们儿

鞠躬的父亲

那天，我身体不舒服，好不容易熬到下班，正欲离开，一位中等身材的男子如断线的风筝撞进了我的办公室。

他是来帮孩子盖章的。孩子选报三位一体考试，学业忙，很多资料需要家长帮着准备。我仔细阅读了他递上的材料，内容真实，遂在落款处盖上了校印。

"老师，你能等我几分钟吗？我还有几张材料正在复印，几分钟就好。"我蹙着眉头，肚子绞索般翻江倒海，只想去寝室躺着。可面对他满含恳求的目光，不忍拒绝。我点点头。

中年男子风一般疾驰而去。我知道校园很大，从这幢楼到那幢楼，没有十几分钟不能来回。然而不到八分钟，他又风筝般栽在我的门口，扶着门把，弯着腰，"吭哧吭哧"喘着粗气。我把印章清晰地落在申报表上。他长长吁了一口气，仿佛完成了一件大事，露出孩童般天真的笑脸。随即，他又不安地说："老师，对不起，耽误你吃饭了。"我笑笑："没关系。"

中年男子走到门口时，停了一下，转回身，朝我深深鞠一躬——标准的九十度。

我心头一颤：每一个优秀孩子的背后，都有一个全力付出的父亲，为了孩子，他可以低到尘埃里，把身体折叠成九十度。这份父爱，令人动容。

忍者神龟

他是我的同事，每天背着一个小小的双肩包，清瘦的背影和双肩包天然合一，远远望去就像一个盾牌挂在身后。有同事戏称他为"忍者神龟"。

他是数学奇才，随身携带的双肩包里装着密密麻麻的演算草稿。他在而立之年已是乡下一所高中的中层干部，成为中青班培养对象。然而他的儿子寄宿城里朋友家上小学，父子分离。为了陪伴儿子成长，他放下所有的荣誉，一切归零，从乡下调到城里，来到人才济济的省重点中学做普通职员。

他的儿子长得清秀。沉默，爱思考，和他很像，内心很丰饶。我们共同外出旅游，分散景点各处自由活动。午后突遭暴雨，游客四下奔散，寻找躲雨的地方。他和儿子顶着暴雨逆人流而行，见到我们就像找到失散多年的亲人，递上伞。父子俩肩膀被雨水淋湿了一大片，水流滴答而下。父亲的言传身教不觉间在儿子身上留下痕迹，沉默的儿子内心并不沉默，他把对父亲的爱汩汩倾诉笔端：

还记得开学初，我一人去上学，父亲不放心，一直跟着我，好不容易说服他回家。我放学了，刚走到校门口，就见父亲正伸长脖子焦急地东张西望——在找我呢。我面无表情地走过去对他说："你以后不要再来接我了，我又不是小孩子。被同学看见会笑话的。况且，我有自行车，你来接我不是多此一举吗？"他若有所思地点点头，旋即笑眯眯地说："好好，下次不来了。"说罢，父亲骑上他的破破烂烂的改装自行车往前骑，我则骑着父亲给我新买的"捷安特"漫不经心地跟在后面，一路父子二人默默无言。又一次放学，我走出校门，迎面而来的又是父亲。我非常无奈，没好气地冲他嚷道："不是约好了不要来接我的吗？你怎么就记不住呢？"父亲有些委屈："我不是担心你吗？好好，下次不来接你了。"结果隔了几天，他的"老毛病"又犯了。现在想来，这也许是父亲对我的爱吧。我的任性冷漠对父亲又是何等的伤害。

读完他儿子的《父爱从未缺席》，我想：是不是每个父亲都是"忍者神龟"，一边忍受着儿女粗粝的嫌弃，一边毫无保留释放心底的关爱……

男儿有泪不轻弹

我从来没有仔细想过我的父亲，他给我的印象一直是甩手掌柜，家里油瓶倒了也不去扶一下，对儿女更是粗糙，高兴了扎下马步，和我们练一下南拳；不高兴了，毫不留情一脚把我们踹开。只是那一次，我发现他的深情一点也不亚于文学作品里的父亲形象。那天祖母在养老院摔倒，许是大限快到，浑身散发着腐朽的气息，令人不敢近身。父亲一个箭步跃到祖母跟前，半跪着身子，温柔地抱起她，如同捧起一个易碎的瓷器。他抱着她看骨科专家，抱着她默默回家。那一刻，我突然明白农村家庭为什么那么急切想要生儿子，不就是"我养你长大，你抱我回家"？

　　患老年痴呆症遗忘父亲多年的祖母很轻，父亲却憋足了力气，如托着稀世珍宝，大汗淋漓。我不知道他这一路想些什么？有湿湿的雾气爬过他的眼角。这一瞬间，父亲很细腻，很"爷们"。

在寂静中倾听

第二卷 ▽

小镇俗人

保姆

香女

粉墨登场

终极仪式

半个月亮爬上来

左手父亲，右手母亲

那个胶炒米米糖的人

保　姆

月里姆

"阿姆，索面汤煮六碗，等下同事要来看宝宝。"

"好嘞，阿姨这就去煮。"月子保姆巧妙跳过"阿姆"，把"阿姨"两字嵌进我们的心中。

她是我的月里姆，母亲请的，在我妊娠 3 个月时，母亲就多方打听，提早预约了她，下了定金。

别看她现在忙进忙出，当初我进产房，她却久未出现，家里急得团团转。孩子出生一天后，在父母亲的电话轰炸下，她才姗姗来迟。她长得粗壮魁梧，像一堵墙横在我面前，遮挡住了走廊上的冷风。她说话宽音大嗓，眼中无尊卑，大大咧咧性格中有股众生平等的豪迈。她说话从不用腹稿，无论什么事在她眼中都是小事。

对于自己的迟到，她从不解释。直到有一天，一个很凶的男人打电话来和她大吵了一顿，我才知道始末。原来在我之前，她已经收下平阳一户人家的定金，平阳的产妇预产期在我之前，我比她迟二十多天。她的如意算盘打得好，如果平阳产妇提前生产而我的生产延后，她刚好两边活都赶上。万万没想到的是我预产期提早了两周，而平阳的女人延后了半月，结果让我抢了先。要不要过来伺候我月子，她在家里纠结了半天，最终心一狠放了那边的鸽子。不过她到底心大，笑嘻嘻受下平阳主家一顿臭骂，退还定金了却此事。

她贩过鲜货，走过江湖，也算女中豪杰一个。她时常感叹自己嫁错了人。她丈夫在老家，常惹是非。她给丈夫买过两辆三轮车，不是被城管收了，就是做了赌资输光了。月里姆因此不愿回老家，她说喜欢城里，喜欢半夜里璀璨的灯火。她烫发、戴金耳环、着花棉袄，喜气洋洋。她做什么事都风风火火，也都马马虎虎，各种抹布不分，你说她几句，让她务必分下抹布，哪些是洗碗的，哪些是抹镜台的，她笑嘻嘻地全应下来，但下次依然照旧。她像忠实的管家，恪守月子里不能洗澡的民间说法，对我想淋浴的念头严防死守。趁她进厨房煮点心的空当，我让老公放哨，迅速洗了个热水澡。她知道后，捶胸顿足，仿佛酿成什么大错。她每天半夜摇醒我，让我吃下一大碗蛋酒滋补身体。在她的精心伺候下，我的体重一个月飙升30多斤，比生孩子时还重。她也是精明的，一有同行涨了红包，她即刻告知我们并要求与时俱进，伺候月子却始终停留在几年前她刚来城里做事的潦草。她会经常开出菜单让老公去买，说是对产妇有好处，听得出，主要是做点她自个儿想吃的。

我渐渐有些依赖她了，她却服务期满要走了。尽管心里很想留住她，但我知道我们是用不起她的，月里姆的价钱比一般保姆高出4倍，她心高气傲，是不屑做一般住家保姆的。她也一再在我面前表示，等做完这单，她要去做生意去，自己当老板娘，说这话时她的笑声朗朗滚落，带着金属的质感。

再碰到她时，是几年以后，在一家服装店，她抱着一个孩子和一个少妇在看衣服。她想回避我已经来不及了，气氛有些尴尬。阿——阿姨——我把那个快要脱口的"姆"塞回喉咙。她如释重负，她比之前在我们家消瘦些苍老些，不知她那做什么亏什么的丈夫有没有争气些了？

走出服装店时，我听到少妇低声问：阿姆，这谁啊？

"哦，我的一个远房外甥女。"她撒谎。

我一怔。她宽音大嗓的话又温暖又凄凉。

某一天，我路过小镇，河埠头围着一圈人，据说一个赌棍输光家财后跳河自尽了。尸体刚刚捞上岸。我挤进人群，只见伏尸大哭的竟然是她，口口声声骂着"老不死的"，哀嚎遍野，闻者无不落泪。原来，她刀子嘴的外表下藏着一颗不为人知的豆腐心。

甘蔗阿姨

月里姆辞工后，"甘蔗阿姨"来了，陶山人，家里种了很多甘蔗。在第二巷保姆介绍所见面，她提着一个编织袋，衣着普通，整洁。她不多言语，跟在我身后回了家。

她做事很好，被她收拾过的家一尘不染——从她身上，充分体现出家务是门技术活，就像种甘蔗或削甘蔗一样，她显示出一个农妇的专业劲儿。但她做事时我总有些紧张，她的内向，让人不由得也和她同样有点局促不安。她从不当着我的面看电视，尽管我知道她喜欢看电视。她不像月子保姆那样热衷诉说自家琐事。事实上，她从不透露关于自己的片言只语。

她原先在北京的一大户人家做女佣，学得一手好厨艺，她那双挖甘蔗的手时常做出一桌好看又好吃的佳肴。鲜货上市的季节，我喜欢买一些鱼虾之类的菜交于她烧。她在厨房淘洗翻炒。柔和的风从纱窗吹进，树木在暮春的风里焕发出好闻的清香，让人觉得这个上午，在柴米油盐的日子里隐藏着一种难以言说的欢愉。

是我的无知伤害了她。那天，她在厨房忙碌半天不见出来，我疑心她在偷懒，遂进去查看，只见她一只一只挑着虾线，从来不下厨房的我不知道虾需要挑去虾线的。

你在干嘛呢？

她吓了一跳：挑——挑虾线。

谁让你挑的？虾的营养都在这线上，什么矿物质啦，钙质啦，都让你挑没啦？我信口胡诌。

我……我……我真的不知道，是北京那户人家教我这样烧的。

之后，我们的关系依然融洽，只是她再也没有从容地做过饭，每次战战兢兢，生怕做错了什么似的。这样坚持到我放暑假，她说丈夫身体不好，辞了工。这位手脚麻利的"甘蔗阿姨"像一位远方房客提着编织袋走了。

不知道她的下家是谁？如果你有幸雇到她，请善待她。

珍　姐

我差点和珍姐成了生意合伙人。她身材苗条，衣着时尚，染着一头黄色的头发，坐在晦暗菜色的保姆堆里靓得瞎眼。我一眼就相中了她。

她不像其他保姆问东问西，房子大不大？家里有没有老人？价钱多少？提着一个时尚的拉杆箱就来了。她说，以前开过店，卖过衣服，现在因为儿子要读小学了，才从外地回来。我觉得她做保姆真是……有些可惜了。

她喜欢倾诉，说起公公家里条件不错，她才嫁给他儿子。后来公婆生病用去不少钱。她常说起对婆家的不满，兄弟间分摊医药费之类的矛盾。她还说，儿子和丈夫都很听他的——这似乎是仅有的一点安慰。

她手持拖把的俏丽模样，的确不该有一种抱怨的命运，而应当有与她的俏丽更匹配的生活。

她喜欢逛街，喜欢一切时尚的东西。她最乐意做的事情就是陪我买衣服。每一件我试过的衣服她总能评点到位，不愧是卖衣服出身的。她还教我怎样装作店主去商城批发衣服，结果我买回来一大堆好看又便宜的衣服，虽然大部分都穿在了她的身上，但是我依然很高兴。

她常常关起门来发信息，有时发着看着还会甜蜜地笑着，状如坠入爱河的少女，让我疑心她背着丈夫还有情人。她的鞋跟足有十厘米，细细的，让来我家串门的闺密误以为是我的鞋子。她领着我儿子逛广场的样子真像一位都市丽人，跟在她身后的我倒像一个小保姆。

她开口闭口谈生意经，仿佛不屈于当保姆的命运。有天晚上狂风大作，春雷阵阵，她在我卧室门口突然说：我不做了。仿佛是挤压已久的委屈再也不想忍了，又仿佛不甘被雇佣的命运，随着这隆隆的雷声都爆发出来，她毅然做了这个决定。她的脸有种灰蒙蒙的神情，在神情深处，似乎有着从未实现的怨愁。

我想挽留她，但她义无反顾的神色表明了坚定。结掉工钱，她走了。即使是愁怨的样子，背影依然那么挺拔，那么苗条。

她应该属于服装店，天生的衣服架子。

我后来在商城开了一家化妆品店，她若不辞工，一定是不错的合伙人。

生活的事，曲曲折折，往后有什么伏笔，谁知道呢?

香　女

1

香女是在一个雾气蒙蒙的早晨出现在柚子居住的小镇的。彼时，乌人伯正坐在茅坑拉屎，他正被屎憋坏啦，脸憋得通红，那挤在肛门口的硬物就是出不来。他涨红了脸，极力向下运气，喉咙挤出杀猪般地嚎叫：苏三——离了洪洞县——

咚的一声，那团屎终于自由落体之势落入茅坑，惊得尚在打盹的苍蝇四处乱飞。

乌人伯长舒一口气。这时，一个熟悉的身影飘入了乌人伯的眼中。他刚想叫，猛然想起自己的半个屁股还露在空气中，就噤了口。

他赶紧用包过油条的报纸，胡乱擦了一下屁股，尾随着那个熟悉的身影到村头榕树下。

熟悉的身影怀里抱着个大包袱，站在逍遥狄门口，趁着雾色浓厚放下包裹就走了。

乌人伯很好奇，他刚想打开包裹看看到底是什么东西，门嘎吱一声开了，逍遥狄端着"水兜"出来刷牙。乌人伯赶紧闪到一边躲起来。

逍遥狄揭开那团包裹：呀，一个玉人般的小婴儿睡得正香。逍遥狄查看婴儿的褓褛，喜出望外：是个女婴！

逍遥狄已有两个儿子，他做梦都想有个女儿，可是计划生育抓得紧，他哪敢超生。如今见到女婴，逍遥狄认为这是上天赐给他的宝贝，欢喜地欲把女婴抱进家门。

乌人伯跨前一步，拦住逍遥狄：老弟，这孩子不能要！

逍遥狄被突然窜出的乌人伯吓了一跳。

不等逍遥狄发问，乌人伯就把自己在茅坑里的所见和盘托出。

你想，这是熟人的孩子，住的又这么近，养不得。保不准哪天会被她亲娘要了回去，到时竹篮打水，人财两空。不如现在就不要。

这——逍遥狄有点舍不得，他见到这女婴就想好了，养大后给自己的儿子做老婆，既亲又可以省去彩礼，可谓一举多得。

雾气渐渐散去，逍遥狄的爹住在隔壁，听到门外的响动迈出家门。他得知事情的前因，果断地从逍遥狄手中夺过孩子，送到了乡政府。

小镇静水流深，一直很平静，乡政府门口突然出现弃婴，消息传遍了各个角落，全镇沸腾，村民们如过节般涌向乡政府，仿佛看一场好戏。

刚来上班的乡长显然没见过这个阵势，安抚着纷乱的人群。

苦婆夹在看戏的人群中，神色慌张。

乡长说，谁想收养这个弃婴？苦婆马上站了出来，表示想要收养这个可怜的女婴，并请乡长给这个女婴赐名。乡长踱着方步，从栏杆的一头走向旗杆，又从旗杆走向栏杆。村民的头随着乡长来回晃动。有人晃得不耐烦了，大声说：乡长，想出来了没有？没有想出来，俺回家吃碗粥再来。

急什么？乡长白了一眼向他挑战的村民，眼睛直勾勾地落在乡政府的木牌上。

有了，既然这孩子出现在乡政府门口，说明跟乡政府有缘，就叫"乡女"吧。

香女？好名！好名！苦婆不识字，误将"乡女"做"香女"，谢过乡长，抱起孩子急匆匆地往回家的路上走。

瞧这老太婆，高兴得走路一阵风似的。

只有鸟人伯看出苦婆步伐的慌乱。

2

家里多了香女，住在隔壁的苦婆的小儿媳妇脾气变差了。

自己的亲孙女不养，整天抱个茅坑货当宝……

一向在家里很强势的苦婆忍气吞声，一句也不敢还嘴。

冰凌花化了。

燕子在屋檐下呢喃。

苦楝树开满白色的花，结出了绿绿的苦楝果，秋风一吹，落满一地。

苦婆的幺孙女柚子抓一把苦楝果塞进裤兜，站在河边，举着弹弓，从兜里摸出一颗苦楝果，对准河中心射去，河里顿时荡漾开一圈圈涟漪。香女盯着涟漪咯咯而笑。

香女开始牙牙学语，有趣极了。

叫姐姐，叫姐姐。柚子逗着香女。

姐—姐—

哇，真乖！柚子拍着手掌笑，俨然小大人。

柚子背着妈妈缝制的小书包上幼儿园了，每天盼望着放学，放学捏捏香女的嫩藕似的小手，放在鼻子底下：嗯，好香好香。

那天放学比平时早，柚子推门进去，看到母亲在灶间烧火，祖母苦婆抱着香女坐在边上。

三媳妇，你就把香女收养过去吧，你只有两个孩子，负担轻……

柚子母亲断然拒绝了：妈，不是我不肯养，实在养不起啊，你看我自己的俩孩子还这么小，自顾不暇，哪有精力养别人的孩子。我劝你这孩子哪里来还回哪里去，不是咱这家庭能养得起的……

唉——苦婆一声长长的叹息落在柚子的心上，沉重如磐石。

柚子跑过去，抱住母亲的大腿：阿妈，我要香女妹妹，我要香女妹妹……

柚子母亲铁青着脸，苦婆摸摸柚子的头，抱着香女无声地出去了。

香女最终没有成为柚子的妹妹。柚子预感到香女迟早会被送人的，没想到这一天来得这么快。

那一天，柚子放学回家照例先跑到苦婆的房里，意外的是柴仓里没有香女，只有苦婆在烧火。苦婆眼睛直愣愣地盯着窜出火塘的火苗。

奶奶，香女呢？

唉——送人咯……

柚子的眼泪扑簌簌地落下来：奶奶，我要香女，我要香女……

柚子的哭声引来苦婆的泪水，自从丈夫死后，苦婆的眼眶很久都流不出泪水了。

唉，小猫小狗养久了都有感情，何况养了三年的人儿呢?

香女是给村子里的"四好青年"陈青做女儿的，陈青前年订婚，不知何故想退婚，女方抵死不肯。为了断了女方纠缠，陈家放出话说，自己的儿子收养了女儿，将终身不娶。

陈家生活条件不错，香女过去自然改为陈姓，陈家将她取名为陈呼。原只是做做样子的，未婚青年陈青自然不会真心待这个女儿，相反，他一看到这个女儿就会想起自己成为笑柄的婚约。陈青的毁婚大战拉据了一年，终因香女这颗子弹瓦解了。陈呼就被送到五公里外的人家寄养。这倒给了柚子探视的机会。

柚子在堂姐桃子的带领下开始了寻香女之旅，她们走过一线古街，走过开满喇叭花的竹篱笆，走过荒无人烟的旷野，终于在一个僻静村庄破旧的门头角，看到了正在玩泥巴的脏兮兮的香女。

香女——

香女回过头，看到从天而降的两个姐姐，欢快地叫着：姐姐，姐姐……

柚子从书包里掏出幼儿园发的揉得皱巴巴的蛋糕，一点一点掰下来，塞进香女的口中：给，姐姐舍不得吃，留给你吃。

陈呼，你跟谁说话? 一个身材矮胖的黝黑女人出现在柚子的视线。

桃子和柚子赶紧闪到了墙角躲了起来。黝黑女人抱起香女往屋里走去，香女在她肩头挣扎着，呜呜地叫：姐姐，姐姐……

她不是我们的香女了，她叫陈呼。回家途中，柚子悲哀地说。

她还是我们的香女，她不是一直叫我们姐姐么? 桃子像在安慰柚子又像在安慰自己。

没过多久，陈青结婚了，新娘是村里富人家的女儿。遗憾的是，他们婚后一年多无所出。村里的闲言碎语多了起来，有人说陈青祖辈干了缺德事，这辈子断子绝孙；有人说，陈青嫌贫贪富休了第一个对象，这是老天给的报应……

人言可畏，陈家再也不淡定了。为了堵住悠悠众口，陈青把陈呼从寄养家庭抱了回来，亲自喂养。

陈呼被陈家打扮得像小公主似的在小镇子上走来走去，柚子羡慕极了，恨不得自己有一个这样有钱的爸妈。

陈呼的公主生活只过了一年，随着小弟弟的出生，她被打发回了苦婆家。从陈呼又变回了香女。

柚子以为香女从此会和她幸福地生活在一起。

一次偶发的高烧差点要了香女的命，她不幸染上了脑膜炎，高烧到昏厥，苦婆的众多儿子七手八脚齐上阵，连夜划船送到十公里外的县城医院，从死神手中抢回了香女。

人命关天，此事打击不轻，苦婆的儿女们一致要求苦婆将孩子送走。苦婆第二次被迫送走了香女。

3

香女第二次送往的家庭林家有两个儿子，香女是给他们做童养媳的。两个哥哥对这个小妹妹都不错。

香女和柚子隔着千山万水，柚子再也见不到香女了。

香女走后的第二年正月，林家带着香女回来给苦婆拜年。

香女涩涩地叫一声苦婆：阿婆！

柚子在苦婆边上欢快地叫：香女！

一个衣着素洁的妇女牵过香女的手对柚子说：她现在不叫香女，

她叫林蕙。

哦，林蕙，兰心蕙质。柚子喜欢上了这个名字，带有草木的气息，就像桃子、柚子一样，都是属于植物。

柚子去牵林蕙的手，林蕙缩到养母身后去了。一整天，柚子都没有找到和林蕙相处的机会，是林蕙有意躲着她。时间和空间已经在他们之间筑起一堵墙。

此后每到正月，林蕙都会在父母的带领下来给苦婆拜年。只是一年比一年话少，一年比一年陌生。

这样过了三四年便彻底断了来往。

4

柚子再见林蕙是在三十年后，苦婆寿终正寝，在省城工作的柚子回家奔丧。在苦婆的灵堂上，柚子见到了一个满脸哀戚的女人，看起来比柚子大十来岁，一双粗糙的手局促地交叠着。

柚子正想打招呼，柚子母亲拉过哀戚女人对柚子说：柚子，她是香女啊。

香女？柚子的脑子短路了一下，一时恍恍惚惚。

不记得啦？乡政府抱回来的，后来送给陈家，再后来送给林家……

柚子用眼神制止了她母亲的唠叨，当着客人的面说她的身世显然很没有礼貌。

柚子怎能不记得香女的点点滴滴，她差一点成了自己的妹妹，原可以叫李子、杏子什么的，却因为母亲的拒绝，她成了林蕙。成年以后，柚子经常在母亲眼前提起林蕙，假如当初收养了她，如今逛街就有伴了。母亲马上反驳了她：幸亏没有收养她，你们姐弟俩如今都是研究生，有了一份不错的工作，如果她不是读书的料，左邻右舍会怪我偏心，把亲生的儿女培养成才，让养女干苦力。

柚子不想与母亲辩论。

夜深了，众人打牌的打牌，喝酒的喝酒，灵堂里只剩下柚子和林蕙。

柚子往化纸盆里投一张冥纸，冥纸舔着火苗燃得欢快。那冥纸上念有经文。苦婆在世时经常给人念经文，不知道死后这经文是谁给她念的？

一张冥纸还没烧完，另一张已燎燃，那是林蕙接上的。她们相视一笑，陌生感一点点冰融，熟悉感一点点回来。

你嫁给你哥哥了吗？柚子率先打破平静。

没有，我的两个哥哥从小把我当妹妹，长大了养父母遵从我的意见，把我嫁给了别人。现在我儿子已经6岁了。

啊？我记得你可比我小六岁，孩子却和我家的一样大。

……

不知过了多久，灵堂后面响起两个妇人的声音，柚子仔细辨认，一个是姑姑的声音，一个是远方表姨的声音。

你不去认认香女？姑姑说。

不用了。知道她活着就够了。当初要不是你妈抱走，她恐怕早就被溺死在便桶里。怪只怪我那死鬼老公想儿想疯了，头胎就想溺死。幸亏姨来得正巧，才抱了去……

柚子惊愕不已，她想不到自己无意中知道了林蕙的身世秘密。她的脑海里像放电影，乌人伯的雾中告密，乡政府的慌乱收养似乎都有了合理的解释……

柚子抬头看看林蕙，林蕙早已泪流满面，不知道是哭苦婆，还是哭自己？

你，不去看看你的亲妈？

不用了。她还活着，我就知足了。

你不恨她？

……

化纸盆里的火光突然斜飘了一下。她们把目光再次投向火塘，不再说话。

粉墨登场

一

锣鼓一响，粉墨登场。

正月初二夜，我在戏台下逡巡，到底是被什么东西吸引到这戏场来的呢？对，是歌声，是那首《黄土高坡》，到高音时，那音颤巍巍的，让人担心马上要断裂撕破，可到底还是爬上去了，在一片宽敞的平地撒欢打滚。

戏台下聚集了乌泱泱的人头，一半是老年人，一半是青年人。那些青年人大概如我一般是被这歌声吸引过来的。唱戏的人天生一副好嗓子，唱起歌来丝毫不逊色。一个媚眼，一个电臀，台下的观众乐得拍手狂欢。做这些动作的是穿着大花裤的戏班班主，他本来是节目主持人，邀请歌手"莺莺燕燕"上台，可"莺莺燕燕"大概下去准备正本去了，不见人影。他只好亲自上台扯着破喉咙救场。他声嘶力竭地唱着"我嘴里头叫的呦吼呦吼呦，我心里头美的嘟个里格朗"……他一曲接一曲地唱，腰躬得像烧熟的虾，让人疑心他马上要断气。好在定音鼓一敲，咚呛咚呛一阵紧锣密鼓，这令人可笑又讨厌的大花裤终于被轰下台，台下爆发一阵热烈的掌声，这掌声不知道是欢送他还是对即将到来的正本欢迎。

舞台两旁的电子牌打出正要上映的戏剧名曲《珍珠塔》。红丝绒的大幕被徐徐拉开，台上张灯结彩，襄阳府襄阳县御史府第，鼓乐齐鸣，告老还乡的西台御史陈琏，正值五十大寿。一排排朱红翠绿的歌女翩翩起舞，舞姿曼妙，让台下刚想离开的青年又停止了脚步，伸张脖子朝台上张望。

二

泡灯盏糕的"罗锅"，放下一个面团，望一眼戏台。

"罗锅，灯盏糕泡乌焦了。"

罗锅慌忙捞起金黄色的灯盏糕，笑骂了一句："龟孙子，又来捉弄老子。"

罗锅的摊位前，急急走来扎着绿色丝带，画着舞台妆的"书童"，白绸缎的衣服里塞进厚厚的保暖内衣，抵御着天降欲雪的寒潮，这使她看起来臃肿又滑稽。她朝台上张望，像个偷师学艺的学徒，贪恋的目光牢牢粘住猎物——风度翩翩，唱腔悠扬的小生。

倚靠在长案椅边的旦角，满头珠翠，绫罗绸缎加身，在 100 瓦的白炽灯下美得让人心醉——穿越到古代做女人也挺不错。旦角面前摆放着长方形的剧本，她口中念念有词，莫非她也像临阵磨枪的学生一样，上台前也要熟记剧本？

坐在她边上，沉默以对的是团长老黄。

老黄是我朋友，没事他总是骂骂咧咧，"这帮臭戏子，台上帝王将相当惯了，台下也给老子摆谱。"我知道老黄最讨厌剧团开会，老黄的团长职位让"帝王将相"们根本瞧不上眼，他们会把戏里的威严带到会场，每一件事拿到桌面一讨论，谁也不服谁，吵个天翻地覆，最后给老黄层层加压，把老黄逼入死角，无路可退。逼急了，老黄也会歇斯底里，"这帮臭戏子！总有一天老子要解散了剧团！"骂归骂，为了剧团生存，老黄该化缘的时候还得出去化缘。

我刚想和老黄打个招呼，忽见前方一辆闪烁着警灯的警车滑到罗锅灯盏糕摊位前。

戏台下驶来一辆警车绝非好事。果然，不到一分钟功夫，上方二楼老人活动室，"哗啦啦""乒乒乓"一阵乱响。只见头顶百元大钞雪花般飞下，人群一阵骚动，上演真实版抢钱。接着，一个个赌徒从二楼飞身而下。我赶紧逃出包围圈，怕那些来路不明的纸币落在身上，更怕被砸到成了"好奇害死猫"。

一个青年抢到半张"单佰"，他懊恼地拍在罗锅摊前，要求换个灯盏糕吃吃。罗锅掰给他半个灯盏糕，另半个灯盏糕估计等待另半张"单佰"吧。其实抢的最多的是罗锅，然而他一点也不高兴，嘴里不时吐出脏话。原来那天女散花的百元大钞正是罗锅儿子所为。警察把他堵了个正着，无路可逃的罗锅儿子本想把钱投到他父亲的摊位里，哪想到西北风呼啸，那些脱手的纸币散作"片片枫叶"，漫天飞舞，不等落地，早就落在了不同人的手里。罗锅抢到的自然永远无法抵上失去的。

"罗锅"本是英武挺拔男子，多年前，一次逃赌，罗锅从二楼跳下，脊椎摔出毛病，后来成了罗锅，这使他放弃赌博转向泡灯盏糕营生。罗锅不赌了，儿子却遗传了他的基因，成了年轻的赌徒。

三

我的父亲也被堵在了二楼现场。他不赌，却喜欢看别人赌。我拨了他的亲情号 669，《海阔天空》唱过两遍之后依然无人应答。第三遍拨打时，父亲摁下了拒绝键。我无心看戏，回了家专门等父亲归来。父亲倒是没有让我等太久时间，优哉游哉回来了。

"你没有被抓走啊？我和妈以为你要在派出所过完这个春节了呢？"我抑制不住心里的恼怒，责怪父亲不接电话害我们担心。

父亲没有像以往那样对我的揶揄暴跳如雷，而是沉浸在刚才惊险刺激的画面中。正如我们所料，戏台边锣鼓喧天掩盖了警察到来的喧闹，鏖战正酣的赌徒直到警察凭空降临都不知道。

等到有人大喊一声"警察来啦！"，顿时慌作一团，胆大者早已飞身跳下楼。

"那些钱呢？"母亲插话道。

"傻哟──"父亲发出意味深长地哀叹，不知道是叹息母亲的少见多怪还是叹息散落在赌桌上的钞票。

四

我撩起窗帘，警车闪着警灯扬长而去。越剧柔软的清音自远处飘来。

　　赌徒们损失惨重，为捞回损失，他们众筹出资让戏班加演了两天戏。老黄的椭圆形肉脸绽开了一团花。一回身，背部插着四面旗子的武将横在他面前。老黄跳开一丈远，"大爷，出点声好不好？吓死个人哦!"

　　插着四面旗子的武将扫了老黄一眼，迈着八字步，咚锵咚锵咚锵——粉墨登场。

终极仪式

　　我不知道祖母崇拜死亡的仪式从什么时候开始的？也许从祖父的去世开始。祖父遭遇一次意外的工地事故，骤然逝去，令一家老小猝不及防。那年父亲只有18岁，小叔14岁。

　　祖父一生没拍过一张照片。上世纪六十年代，拍照是很奢侈的事，只有大户人家偶尔为之。听祖母说，祖父入葬前，曾请画师来画过像，但是不知道是画师的水平有限呢，还是别的原因？最终，祖父没有留下一张遗照。祖母曾给我断断续续地描述祖父，然他的面貌依然那么模糊不清。

　　祖母相信鬼魂的存在。每逢清明或端午传统节日，家里总要举行一场隆重的祭祀。祭祀的每道程序，总是一丝不苟。在祖母的描述中，我仿佛看到，祖父头戴锅盖（传说鬼魂怕阳气太重魂飞魄散，故用锅盖遮阳），从那边的世界回来了。他坐在酒席上，指点江山，谈笑风生。而这个时候祖母总是不允许儿孙们靠近那空空荡荡的桌椅。

　　先人们用过餐，祖母习惯烧过金银纸箔后，就招呼一家老小上座吃酒席了。

　　祖母对祖父没有留下遗照耿耿于怀，所以在她六十岁那年，她就早早地准备自己百年后的遗照，她先是请摄影师拍，试了几次总觉得不满意。后来，我买了海鸥照相机，就帮她拍照。她把拍好的照片洗出来，高高地挂在堂前。

每逢走进祖母家，看到那张高高悬挂的照片，我总有一种阴森森的感觉，仿佛，靠近死亡那样害怕靠近它。祖母在照片上笑盈盈的，比她现实中的人好看，目光深邃，仿佛洞察了世间一切似的，掌握着死亡密码。

祖母爱热闹，她害怕身后的冷清。她一生育有六个子女，而这六个子女，各有各的负担，各有各的烦恼，他们忙于自己的营生，根本不理解她对死亡的敬畏和膜拜。祖母七十岁时，手上终于攒了一笔钱。有一段时间，我经常看见她颤巍巍地往山上跑。那一点点钱也像沙漏里的沙一样，不停地漏了出去。后来才知道，她频繁上山是给祖父修坟去了。

祖父去世时，由于家里条件艰苦，仅草草垒了个坟堆埋葬了他。祖母把祖父坟墓扩建为大大的椅子圈，在椅背下方是一级一级的空坟，留给身后的子孙。椅子坟在当时也算豪华气派，为此耗光了祖母一生的心血和钱财。我劝阻母不要忙碌了，把背累得弯成了虾公公。死后的事情谁知道呢！面对我心疼的目光，她自嘲说：奶奶已是年久失修的自行车链条，浑身锈迹斑斑，无论上多少润滑油都没用，背驼，不就可以离心脏近一点，供血快一点。

祖母执着修坟，是担心后辈清明祭祖找不到坟地，他们的灵魂就回不了家。

祖母早就预见死亡，好几次，她好像就要去另一个世界了，静默地躺在床上，无声无息。但是几天后，她又如一颗坚韧的小草，春风吹又生。

她一生数不清多少次面对乡邻的死亡。每当邻居去世时,祖母总是在旁念经帮他们超度亡灵。

眼看着比她年纪小的邻居一个个都走了,祖母的眼神满是遗世独立的落寞。

活得越久越寂寞的悲凉袭上她的心头。

有一天,跟她年纪相仿的外祖母也去世了。

外祖母的家底不错。儿孙都是村里的富户。出殡那天,丧事办得隆重而张扬,四班鼓乐队吹吹打打,十八匹白马驮着风华正茂的子孙绕镇而行。我穿着白衣骑在白马上,飞扬的裙裾蓄满哀伤。透过人群,看到祖母刻满风霜的脸上难掩对外婆风光大葬的羡慕,她和上了年纪的街坊窃窃私语。我猜想,她谈论的大概是外祖母的一生,以及儿孙的孝顺。

那卑微又无限神往的神情硌疼了我。我的眼泪夺眶而出,不知道是为祖母,还是为外婆……

我知道,祖母渴望着一场体面的葬礼,就像年轻人渴望一场豪华的婚礼那样。

后来,农村实行殡葬改革。为了防止青山白化,一律实行火葬。祖母得知后,惊慌失措。

死了还要被拉去烧了,这还有天理吗?

她的哀号荒凉而绝望。

她一脸愤懑地对我说:到我临死的那一天,你们把我送到祖坟里,我要坐在里面等死,绝不会受这等酷刑!

祖母混浊的目光中,透出茫然和不甘,她想不明白,即使生不能做主,怎么连死也不能做主了呢?

祖母曾对我们说,算命先生算过她的阳寿是 88 岁。这一点我深信不疑，祖母的家族成员都很长寿，她的母亲活了将近一百来岁，她的姐姐亦活了102岁。

然而，84岁的时候，祖母已经老态龙钟了。她对以前的事情记得很牢固，对刚刚发生的事情转头就忘。她的记忆力衰退得厉害，渐渐滑向了老年痴呆的深渊。

她到处在小镇上游走，出门后，往往找不到回家的路。这样走丢了好几次。叔伯们不放心，商量把她送进养老院。

得知将离开家园，祖母死活不同意。那段时间，她总是到处捡小镇上的垃圾，矿泉水瓶、袋子……凡是她认为能卖钱的东西，统统捡回家里去，把原本干净的家弄得像一个垃圾场。

小叔骗她：养老院里有很多瓶子，捡也捡不完，正等着你去捡呢？

她听后，黯淡的目光亮了一下：真的！那我们赶快去！

大家以为送她到养老院是享福，一日三餐有人照顾，还有同伴陪着聊天。但是，祖母的记忆力退化得太快了，根本无法融入那个大家庭。她太孤独了，如一株遗世独立的古树，对着夕阳的余晖沉默着，偶尔也会开唱：大刀向鬼子们砍去……声音嘶哑沧桑。

时代的车轮滚滚向前驶去，她却遗落在远去的世界里。

祖母住进养老院的那些日子，每逢节日，家里祭祀仪式还是照常进行着，但是少了她的主持，总觉得少了什么？祭祀仪式也变得浮皮潦草。

她在养老院里，一日一日衰老下去，最后完全不认得我们了。和她同居一室的是小她6岁的一个痴呆老太太。两个油尽灯枯的老人把各自的被子抱在一起，同床而眠，互相取暖。祖母常叫痴呆老太为妈妈，对痴呆老太依恋倍增。痴呆老太连话都不会讲，只会傻笑。

祖母渴望母爱。在那个多子女的旧社会家庭里，她最初的母爱有几许？我不得而知。她把最后的温暖寄托在一个小她 6 岁的痴呆老人身上，把自己好吃的东西省下来，分给她幻想中的妈妈。是不是人老之后，都会回到生命的源头？

她活得太孤独，太寂寞了，没有人能懂她。

一日，我接到养老院院长的电话，说祖母早上起来抱着被子执意要回家，挪到门口，不小心摔了一跤，整个人不行了。我们赶到时，她躺在床上，一脸委屈地望着我们。那神情，像一个被遗弃的孩子，见者落泪。我摸摸她跌断的腿，问：疼吗？

回答我的是一脸的不耐烦和咒骂。她不允许我们碰她，大家亦不知道那条断腿有多严重。父亲当机立断，背起她，往我的车里塞。我们一起把她送到医院。医生摸摸她的断腿，说，没必要治了，背回家去吧，给她好吃好喝的，她的大限就在这几天。

我的眼泪刷地涌出了眼眶，对逝去生命的无力感袭上心头。

父辈们轮流值守。才过几天，那天我刚在课堂上打开幻灯片准备讲课，接到父亲的电话，只一句，我的泪无声滑落。

祖母走了。享年 86 岁，她到底没有活到算命先生说的年龄。

她走得很平静，听伯父说，半夜里，他听到一阵"呼噜呼噜"的喘气声，伯父试图叫醒她时，祖母，梦中去了，没有痛苦。只是，她那条折断的左腿，已然伸不直。

我赶回老家时，祖母已被更换完衣服。祖母的寿衣是她脑子尚未退化的时候就准备好了，寿鞋也是她自己亲手缝的。

她安静地躺在木床上，戴着黑色帽子，嘴里含着红纸，像熟睡着的婴儿，那么安详。镜框里的照片笑吟吟地看着我。

我的手抚过她的脸庞，泪水像开闸的水龙头止不住，滴落在红色的绸缎被面上。没有痛苦，只是想哭。母亲把我拉到了一边，说泪水弄花了祖母的妆容，不吉利。

祖母想要的死亡仪式，就此拉开序幕。她分散各地的孝子贤孙匆匆赶来了。道坛上亮起了九层灯塔，念经声丝丝缕缕钻入耳膜。那华丽的灯光迷糊了我的双眼。我梦游般跟在长袍道士后面，一圈一圈地挪移，传说那是送祖母去往西天极乐世界的通天大道。手执经幡的大伯身后逶迤着一众各自表情的孝子贤孙，没有悲哀，反而有人对这滑稽的场面扑哧笑出声来，当意识到这笑声与这肃穆的哀伤氛围格格不入时，空气中只剩下压抑的"哧哧"声，这哧哧声仿佛爆炸的炮仗引燃了更多的炮仗，于是有人终于受不了了，借故离开队伍，跑到无人的地方尽量释放笑声，然后若无其事回到队伍，继续把哀伤挂在脸上。

第二天，领衔丧事的族人拍着祖母的骨灰盒大喝一声："快走！赶快上路！"

我终于哇的一声哭出声来，哭得惊天动地，哭得山河变色。我替祖母委屈，她的灵魂就像狗一样被驱赶出了故土，一生眷恋的家园再也回不去了。

身后传来姑母凄惨的哀嚎：妈呀，你这一走再也没有回来的日子呀，叫女儿怎么办啊……

姑母的哭声终被淹没在噼里啪啦的鞭炮声中，随着一声"起"，长号开道，唢呐合奏，乐队昂首挺胸齐发：我们走在大路上，意气风发斗志昂扬……

祖母向往和筹划了一辈子的丧礼达到了高潮……

原来，先前的热闹都是做给活人看的。

半个月亮爬上来

油条喽——卖油条喽——

豆腐哦——又白又嫩的豆腐哦——

待我披衣出门时，"油条乃"的货担正歇在道坦上，货担的一头是金灿灿的油条，另一头是蒙着白纱的白豆腐。打着哈欠的大叔，拿着搪瓷口杯的阿婶，把油条乃的货担围了个水泄不通。一阵阵热气从油条乃的头顶挤出，四散逃窜，分不清这热气是从蒙着白纱的豆腐发出来的，还是油条乃身上发出的。油条乃用薄铁板横横竖竖随便一划拉，货担上便出现晶莹的"玉块"，轻颤颤的，惹得人怜爱。

当阿叔阿婶拎着油条豆腐归家时，一轮红日从灰白的晨曦中跳出来。油条喽——卖油条；豆腐哦——又白又嫩的豆腐哦——油条乃叫卖的声音穿街串巷，拖着余韵逶迤而去。

油条乃姓王，名阿乃，成为"油条乃"的时候，大概四十不到，黑瘦，一张皱成核桃般的脸让人误你应该以为她老得不成样子。听人说，油条乃因为自己形象欠佳，嫁了一个极老实的男人，为了改变贫困家庭的面貌，油条乃插秧，贩沙，织袜，干了不少工作，却只能保住鼻头下一横——解决嘴巴的吃喝问题。不知哪一年开始，油条乃从娘家学会了炸油条制豆腐的手艺，每当月亮上升的时候，就起床炸油条制豆腐，拂晓出门叫卖。油条乃老归老却很精干，肩上放着沉重的担子健步如飞。有一次，母亲差我买豆腐，油条乃的担子刚刚离开，她沉浸在自己悠扬的叫卖声中，完全忽视后面苦苦追赶的我，硬是追了一条街才追上油条乃。我气喘吁吁地停在油条乃面前，她却面不改色。我吃了一惊，想不到弱小的身躯竟有如此巨大的力量。

油条乃的丈夫喝起酒来其实一点也不老实，无论是挂在梁上的杨梅酒还是藏在猪圈石缝的糟烧，他的牛鼻子总是从一堆臭烘烘的物什中准确无误地找出酒来，自斟自饮，喝得通体发红，喝得月亮羞得躲进云层。他时不时大着舌头跟油条乃讲话，在酒精的作用下，"老实人"变成了粗犷豪放的汉子，指天划地滔滔不绝，仿佛英雄附体，对村子里的一切都看不习惯，他甚至嫌弃油条乃的叫卖声不好听，你应该这样："卖油条喽哦——"他执意油条乃加一个"哦"字更有味道些。

"你这么能干，你挑出去卖哦!"油条乃朝丈夫翻了一个白眼，扭转干瘪的身子进了磨房。白月光仿佛通了灵，跟着油条乃进了磨房，和着黄豆一起磨呀磨，磨出乳白的汁液，磨出碎碎的银光。白月光又跟着油条乃到了柴房，和着面团，在油锅里欢快地翻滚。

油条乃顶着浓重的雾气出门，如开路先锋，把一条雾气笼罩的土路硬生生劈开，她挑着货担走过的身后，那些雾气很快重新聚拢过来，从后面看过去，好像把她挡在了尘世之外。"卖油条喽——"她顿了一顿，清了清嗓子，"卖油条喽哦——"，她停下脚步，连自己都吃惊，怎么把老实人的语调学过来啦。短暂的停顿之后，"卖油条喽哦——""喽哦——喽哦——"在油条乃的内心激荡回旋，发出"吃吃"地笑声，"呸——老实人"，油条乃嘀咕一声，一朵红云爬上她干瘪的脸颊。

油条乃的儿子，遗传了丈夫的基因，木讷寡言，三棍子打不出一个屁来。幸好油条乃早未雨绸缪，靠着十几年卖油条和豆腐的积蓄，在镇上起了一间三层楼房，帮老实的儿子娶了相貌还算过得去的媳妇，实现家族外貌基因的改良。只是老实人的老实基因太强大了，小老实的儿子（油条乃的孙子）小小老实也老实得要命。小小老实读一年级就老实得让人毫无办法。

小小老实的同学升到二年级去了，小小老实还在读一年级。

小小老实的同学升到三年级去了，小小老实还在读一年级。

小小老实的同学升到四年级去了，小小老实还在读一年级。

油条乃叹了一口气，唉，不是读书的料，学做鞋吧，好歹有个手艺傍身，饿不死。

小小老实的同学升到五年级去了，小小老实在学做鞋。

小小老实的同学升到初一去了，小小老实在学做鞋。

小小老实的同学升到初二去了，小小老实还是在做鞋。

……

小小老实成了做鞋的老师头，做鞋技术全镇一流，徒子徒孙带了一大堆。小小老实娶了个跛脚的农村姑娘，她喜欢上网，把油条乃的豆制品放到网上卖，生意红火得不得了。不久，小小老实在县城高档住宅区买了商品房，添置了两辆豪车。村民谈起油条乃时，各种羡慕嫉妒，"油条乃一家哦，闷声发大财。"

半个月亮爬上来，一如几十年前的银光。

左手父亲，右手母亲

父亲在背负中老去

儿子返校日，烈焰灼心，空气中冒着火星。我坐在驾驶室，把空调开到最大档，还是缓解不了秋老虎肆虐的暑热。汽车缓缓驶进校园，看见一个微屈着背的老父亲，肩上挎着一根扁担，一头系着被子衣物，一头系着书本等物，身上劣质的确良衬衫被汗水湿透，贴在黝黑的皮肤上。他的身边走着一位稚嫩的少年。少年怜悯地望一眼父亲，又低头紧跟了上去。在这个不时穿梭豪车的省重点中学，父子俩烈日下踟蹰而行的姿态，成了生动的教科书。一向让我开车送到寝室的儿子也被此情此景触动，提早喊停，下车去了教室自习。

刹那间，我心中的那根弦忽地被轻轻拨动了一下，一些关于爱的温软瞬间就像漾起的波纹，一圈一圈地在心中荡漾开去。我想起了我的父亲，以及他在背负中行走的一段又一段的时光。

我和弟弟，是在父亲的扁担上长大的。记得逢年过节，父亲总是挑上箩筐，一头坐着我们姐弟，一头放着糯米粉干之类的，挑向三里开外的外婆家，给外婆送节。父亲还用这根扁担挑过金黄的稻谷，每当农忙时节，他在田岸上蹒跚行步，高出箩筐的稻谷压弯了他的腰，他总是挑一段路停下休息一下，再扶着后腰奋力站起。那扁担上挑的不再是重物，而是他沉甸甸的希望。

后来，父亲去了外地经商，箩筐入库，扁担下岗。父亲的背负生活并未停止，每当接了订单，为节省搬运费，父亲总是把一编织袋的产品卧在肩上，靠一己之力给客户背过去。市场上的经营户经常笑话父亲抠门，连几块三轮车费都舍不得花，何苦呢？然而父亲从不以背负为苦。爷爷早逝，兄弟姊妹众多，生活极其困顿，父亲从小就背负起生活的重担，这些年，家庭的和谐美满，经济的日益丰盈，子女的顺境无忧，无不与父亲的背负有关。

仍记得一个下着雨的清明节，汽车被堵在路上半天挪不动，我们弃车步行上山祭祖。雨打杏花，意境很美，路途却艰险，被雨水裹挟的脚步泥泞不堪。六岁的儿子渐渐脚力不支。父亲右手撑了一把伞，蹲下身子，熟练地将外孙托上背。我听见儿子大声说了一句："外公快跑啊，超过前面的那些人。"我的父亲，已近花甲之年的老人，真的在雨中奔跑起来。就在他跑动的瞬间，我忽然看到父亲斑白的头发，在风中凌乱，那一刻我不忍直视，眼眶有潮湿的雾气漫过。我想起母亲脚扭伤的那段日子，父亲也是这样背着一百多斤的她上楼下楼。那时的母亲收起了平常的不满和唠叨，幸福感受着父亲背部传来的温度，这个平常有诸多缺点的男人像擎天的大伞，遮挡生活的风雨，用自己坚实宽厚的肩背，延展着母亲的脚步。

父亲的背在一场车祸中迅速佝偻下去。那天晚上，父亲和母亲在人行道上行走，父亲让母亲走在里边。意外发生了，一辆光线微弱的运货车失控冲上人行道，将父亲撞倒在地，头磕在石头上，鲜血喷涌而出，晕了过去。幸亏亲戚家就在边上，送医抢救及时，父亲拣回一条命，头部缝了25针，三根肋骨骨折。车祸留下后遗症，每逢刮风下雨，父亲总会头痛，差不多戴了一年帽子，伤疤处才抽出新头发。

我们知道，父亲的背再也承受不住重物，而他却不甘落寞。一日，父亲照样在老人亭看人下棋，一货车急需人手卸货，到老人亭招募老人，父亲随人流去了卸货地点，把一箱箱货物从车上卸完，拿到了100元工资。父亲并不缺钱，他尚有房子出租，丰厚的租金尚不需要他出卖苦力，况且他的两个子女生活并不坏。父亲只是想证明他对这个家还有用，还能为家里多赚点钱。母亲却心疼不已，责怪父亲不顾旧伤，兀自逞强。父亲嘿嘿乐呵，还说这不是重活，大家一起配合工作，不累。望着日渐衰老的父亲，我暗自心酸，这样的背负还会延续多久？

校园里那个担着重物的父亲把行李挑进了宿舍，消失在我的视野。我想起二十一年前的父亲，在我离开师范的那个夏天，他也是这样用扁担挑着我的行李离开我求学的地方。那时，他的肩背是多么孔武有力，他的脚步是多么沉稳豪迈。

母亲很重要

某天起个大早，忽心血来潮要做个合格的家庭主妇，兴冲冲奔向菜市场。穿越在污秽横流的摊位，顶着难掩的气味，胡乱买了几样菜快速逃离。

妈，鲫鱼怎么烧？

妈，螃蟹要在锅里蒸多久？

……

母亲的热线总会接到我此类的求助电话，她是活菜谱，那些App上一长串百思不得其解的菜肴制作方法，经母亲三言两语就明白精髓。

这一次的下厨就像经历一场马拉松长跑，累得虚脱。买、洗、切、烧，每一样都考验人的耐心和细心。至此，我越发觉得母亲在家中的重要性。

年轻时，自认为读了几本书，大事小情总愿意跟父亲、弟弟分享，忽视母亲的存在，因为在家中，只有母亲没读过书，是个文盲。年岁逐增，越来越觉得母亲在这个家中不可或缺。她不仅是母亲，还是熟谙人情世故、智慧的师长。

母亲很重要，柴米油盐都得母亲操心。都说巧妇难为无米之炊，母亲却总有办法让无米之家吹出烟来。小时候家里穷，没钱买菜，母亲便带上螺蛳耙，在门前的小河里耙螺蛳。母亲不会游泳，为防意外，总是腰间系一水壶保命。有一次我亲见母亲重心不稳翻到河里，她扑腾了好久终于探出水面，呛了好几口水，然而她对自己的险境只字不提。餐桌上端上炒螺蛳、螺蛳肉以及煮河虾，她笑眯眯地看我们吃得欢快，自己却很少动筷子。

母亲很重要，人情世故都得母亲周旋。父亲脾气臭，经常得罪人，为父亲善后，给父亲修补关系的总是母亲。亲戚中有一位长辈，家境颇丰，看不起父亲的贫穷，说话尖酸刻薄，连带着我们小辈也跟着遭殃，从小没少受她奚落。后来这位长辈家道中落，中风瘫痪在床，凄楚度日，原先恭维她的人作鸟兽状，只有母亲有空就会去探望，给她送吃送喝，陪着聊天解闷。有一天父亲得知母亲又给她送去大红包，大发雷霆，说自己年轻时求到她门下找份小工养家糊口，她是怎样羞辱他赶他出门。父亲越说越激动，还摔碎了一个碗。等父亲发泄完，母亲默默地收拾残局，此后去探视这位长辈，总是避开父亲偷偷去。时隔多年，我从另外的亲戚口中得知这位长辈临终前一直夸母亲善良。

母亲以朴素的行动昭告了一个真理：善是一个人的气场。和母亲相处过的人都想再次与她共处。母亲年事渐高从生意场上退休后，因闲不住，应聘到离家较近的服装厂上班。这份新工作她依然上手很快，加上吃苦耐劳，母亲的月工资超过了我的工资，是同一批入厂的女工中工资最高的。后来服装业日渐萧条，老板隔段时间就辞退一批工人，母亲那个工种最后只留下母亲一人。即便如此，母亲还是保质保量地完成工作。

母亲也有烦恼，她排除烦恼的方法是学会屏蔽一些人和事，对伤害过她的人和事，母亲转头就忘，好像得了健忘症。在她的人生信条中，宁肯别人负她，她绝不负别人。她经常对我们说吃亏是福，老天爷是公平的，他让你这方面亏了以后，另一方面会给予补偿，她把吃亏看成人生的修行，把我和弟弟的成才看成老天爷给予的圆满。

我喜欢和母亲在一起，母亲也喜欢和我一起，我们手挽着手逛银楼，我拿出断裂的手镯请师傅修理。母亲说，把我的项链也修一下吧，搭扣坏了。我们在银楼里一起守候，师傅拿着小锤子轻轻击打金属，夕阳的余晖落在银楼的门帘上，慢慢后移，最后余晖落在母亲的脸上，涂上了一层祥和的光晕。母亲帮我戴上手镯，说，真好，还是原来的样子；我帮母亲扣上项链，说，真好，还是原来的模样。呵，岁月静好，心生欢喜。

我想象不出，如果没有母亲的日子，生活该是多么无趣。

母亲很重要，她是一切的来途与归宿。

那个胶炒米糖的人

那个胶炒米糖的人在哪里呢？每次路过小区边上的某某饼业店，我就忍不住地往铺子里张望，柜台上一字排开各色炒米糖，唤起心底深处的记忆：哦，那个胶炒米糖的人去哪了呢？

套着一件大围裙，深陷的眼窝，一副风尘仆仆的样子。令人疑心，他这一年其他事情啥也没干，就好像专门等着来我们村子里胶炒米糖似的。

每年，那个胶炒米糖的人把临时工作坊支在了我家厨房。一只黑乎乎的大油桶，油桶里塞满了蜂窝煤，燃着鲜红的火苗，舔着巨无霸大镬。只见他很有耐心地熬糖水，熬出黏稠的样子，快速倒入炒米，拌匀了，等到炒米变得非常黏稠，端起大镬，将炒米倒入事先准备好的大盘子里，用刮板抹平整形，再用刀切成方方正正的一块块。

孩子们一边嚼着炒米糖，一边围在炉子旁边。在那个胶炒米糖的人还没收摊之前，他们是舍不得离开的。凛冽的寒风，吹不熄跳动的火苗，它像孩子们对年的渴望越来越旺。那翻炒中四处飘散的米香，比水仙花绽放的香气可香多啦，裹着欢乐和喜庆从旧年年底一直持续到正月。请他胶炒米糖的队伍从我家门口蔓延到榕树下。

那个胶炒米糖的人积攒下因胶炒米糖得来的工钱，在乡间车路边开起了酒楼。他早起晚歇，把酒楼经营得风生水起。只是，因为经常熬夜，他的眼睛更加深陷了。一次，他刚刚睡下不久，就被楼下"砰砰砰"的撞门声吵醒。原来是一个赶去医院的孕妇半路临盆，家属求他收留救急。他二话不说，铺床烧水，酒楼瞬间成了产房。孩子顺利降生，母子平安。忙碌了一夜，他顾不上休息，就着微曦的晨光，进货去了。

我的弟弟考上瑞中，那个胶炒米糖的人比我父母还上心。他先是用那只煤炉铁桶，利用上等新鲜食材，做出一桌色香味俱全的谢师宴以表达对老师的感恩之情；接着带着我们走街串巷，终于找到他那个在城里开杂货店的盟兄弟的家。他谦卑地对着盟兄弟笑，历数弟弟的种种好来，目的让弟弟能顺利寄居在盟兄弟家里。我惊讶地发现，他除了炒米糖胶得好吃外，对弟弟的了解远胜过母亲，评价弟弟的精准用语让我这个受过高等教育的人都自愧不如。听得弟弟的眼睛亮亮的，仿佛那人嘴中描述的才俊学子根本不是自己。也许这热切的赞誉和欣赏感染了弟弟，他后来的人生真的朝那人期待的样子发展。

那个胶炒米糖的人除却在我家胶炒米糖外，他大展身手的舞台还有正月廿八大龙宫会市地。他又支着那口大镬在集市上施展十八般"武艺"——煮点心。他的食材特别新鲜，又是小镇方圆几里的大厨，煮出的点心香飘十里，让人吃了欲罢不能。他后来进入我执笔的《琵琶情——高明传》一书中纯属偶然，我写着写着他就冒出来，"他煮了一碗煮粉干。虽说上面只浮着几朵青菜和咸菜，但香味扑鼻。食客一碗在手，'哧溜'一声，声音的亮度就把人的馋虫勾了出来，更有甚者，吃得挂下两行清涕都来不及擦，只大口大口地喝汤，过足嘴瘾。"他毫无征兆流淌在我笔下。好几次我试着删了他，可是连同删去的还有创作灵感。没办法，只好一键还原，变成非让他出场不可。他就这样固执地在书中活了下来。

现实中，那个胶炒米糖的人英年早逝，随他消失的还有胶炒米糖的手艺和渐渐淡了的年味儿。这些年来，不知为什么，我总是梦见他，他一面胶着炒米糖，一面胶着生活的温馨和甜蜜。

那个胶炒米糖的人，就是我的二舅。他是生活的龙套，却是我记忆的主角。他一直走在去新年的路上……

在寂静中倾听

人在旅途

走过六连碓

连着下了一夜暴雨。

载着全国著名作家采风团的中巴在绵延群山间穿越，茂林修竹遮天蔽日。俯瞰山间，溪流纵横交错，清澈且又湍急。停车步行，沿着公路旁的峡谷小路曲折下行，隐隐约约的水声越来越大，渐成轰鸣之势。哗哗的水流声中夹杂着"当——当——当——"的锤击声。

同行的裘山山、邵丽、乔叶三位作家不约而同地问：什么声音？

大概是水碓发出的响声吧？因我也是第一次来到芳庄，回答有点犹疑。

果然，这空谷清音马上显出了它的"庐山真面目"——水碓在作业。

站在爬满藤蔓的石拱桥上，只见两山之间，数条白练奔涌而下，汇聚成一条清澈的小溪。而沿着湍急的水流，顺流而下错落分布着，是六座青瓦遮蔽的水碓房，故名"六连碓"。水碓，既可以利用水力旋动碾米，也可以将水竹捣碎成纸绒。芳庄的水碓主要用于后者。

水碓棚前有一个大的立式水轮，转轴上装有两根错开的碓梢，碓梢是用来拨动碓杆的。碓梢的前端架着一根木杆，杆上装着一块圆柱体的石头捣臼。流水冲击水轮使它转动，轴上的碓梢拨动碓杆，使碓头一起一落舂击作业对象。许是锤击的年头过久，地面被击打过的部位凹陷进去。每当水碓运作时，急流冲击水碓的声音、碓头撞击石板的力量，让人一靠近，就感觉大地都在震动。

水碓房里坐着一位清瘦、头发花白的老人，守候着正在作业的水碓。石臼里铺一层浅浅的竹片，已被碓头捣成纤维状。老人只是在展示这一古老技术，而不是生产。驻足细听，石臼发出空空的响声，粗粝，坚硬，像一个空巢老人在冬夜里的干咳，听起来有点落寞。

整个水碓棚屋约四五个平方米，用石头砌成，棚顶覆盖以青瓦，藤蔓沿着瓦楞逶迤，似娉娉婷婷的含羞娘子，古朴悠远的气息袅袅娜娜地荡漾开来。

咔嚓。镜头定格时间。抿嘴含笑的作家乔叶恬淡倚靠在瓦沿上，目光穿过层层叠叠的竹林，蓝绿色的棉质外套被风吹起一角，古意盎然。似乎《天工开物》中古人造纸的画面在这清幽密林中再次浮现，在浓重的湿气中弥散开深长的历史气息。我在某瞬间产生了错觉，仿佛看到的人都是古人，晃动在从前的某个朝代里。

溪流飞溅，水碓清响。岁月如流，流向时间深处。

六连碓的造纸术相传始于明代，村头的白色墙体上画着造纸的流程：切竹、淹竹、捣刷、捞纸、压纸、晒干等工序。我仿佛看到，那些从远方迁居山谷避战乱的先民，遇见了芳庄充沛的水流和密集的竹林，得天独厚的天然造纸资源让他们停下脚步。为了生存，他们依照地势，搭建了六座水碓棚。造纸。换粮食。一派繁忙。长期以来，芳庄造纸技术全靠家族传承与师徒传承，凭悟性和长期劳作体会及感觉才能掌握。做出来的纸"轻似蝉翼白如雪，抖似细绸不闻声"。

东汉的蔡伦可能没想到，他改进的造纸术穿越千年的时空，依然造福南方某处山村，而且工艺流程惊人的一致。游走六连碓，仅仅探究一下它们的来路，已是一段传奇。更不用说，在过去的几百年间，它们曾以最低的姿态，托举着山乡，使它达到了繁华的顶点。如今，遗留在潮基、瓯海瞿溪等处的卖纸坊都是造纸作坊群从前的见证。

从前的辉煌，历经岁月淘洗遗落下来，是否就是这种纸的质感呢？绵韧、润柔，有隐约竹帘纹理。

手指轻轻触过水碓，这古人的发明之于人类的意义，这青山绿水之于山民的意义缓缓流过周身，让人涌起一阵温暖的感动。六连碓啊，你记载着六百多年的历史，记载着先人博弈大自然的智慧。

溪流欢快地向前奔涌。我们顺着来路往回走，山谷重新变得空阔，碓声仍在彻响。迷蒙的水雾中，那些饱经风霜的水碓，像重新回到了古代，石阶湿漉漉的，爬满青苔。一群人来了。又走了。一切都变了，只有溪流还是老样子，还和古代时一样，倾泻在水碓上，使这些水碓凉凉的，像是历史最后的余温，散作一缕乡愁，回荡在心头。

有滋有味土的城

满载着全国作家采风团的大巴在赤水河沿岸行驶，对岸高低错落的吊脚楼横向铺开，让人一阵惊呼，好美，仿佛来到了湘西凤凰。及至眼前，"千年土城"的大字在山脊闪着金光。

土城是贵州习水县的一个千年古镇，古为习国地，后为习部，秦代属巴郡，汉代属犍为郡，唐代置蔺州，北宋设滋州于此，清朝成了川盐入黔的重要集散地和码头，是赤水河最古老的城镇，因城墙都是泥土垒筑遂得名"土城"。古镇建筑依山就势，形成了层楼叠宇的群体风貌，其造型轮廓高低错落，纵向空间丰富，天际轮廓优美，是一幅"高低俯仰皆成画，前后顾盼景自移"的美妙画卷。

一踏上千年宋窖广场石阶，欢快的音乐顿时唤醒每一个细胞，穿红着绿的土城姑娘扭起秧歌，跳起竹竿舞，采风的作家们情不自禁地随着节奏摇摆，土城独特的味道倾泻而出。

土城的气味是靠酒香肆意汪洋出来的。"阿哥，阿姐，过来喝酒哟——"那边摊位上的小姑娘早就按捺不住心中的热情，一个个小巧玲珑的小酒杯盛满美酒。我双手捧过酒杯，一缕好闻的酒香钻入鼻子，稻香、酱香混合，那股香让人忍不住闭眼深呼吸，沉醉在其中不能自拔，及至小口呡入口中，一股辣味扩散在舌尖味蕾，滑入喉中，辣味消失，接着滚烫的暖意从丹田涌起，"好酒！"极少喝酒的我竟然品出了其中的美妙，酒壮胆子，酒去羞涩，酒生豪迈。真想高歌一曲，真想轻舞一支，真想学"李白斗酒诗百篇，长安市上酒家眠"。

一只只土黄色的酒缸垒出宋窖的旧时模样，以酒为媒，宋窖博物馆赫然在目。室外陈列、室内陈列、千年宋窖遗址馆依次展开，赤水河是美酒河的历史源流，有着丰厚的文化底蕴。近千瓶的美酒展示让人惊讶，千年酿酒历史的古酒窖至今还在生产，其生产工具、方式都完全按照传统工艺操作，行进其中，让人恍惚穿越到宋代酒香四溢的作坊，飘着酒气，古风荡漾。

土城的生活是靠号子喊出来的。"兄弟们哟，嘿哟嘿，斗劲来哟，也含啦；妇人在炕头，哟嘿哟，等我们回哟；嘿嗬，生个儿子，嗬嘿，考状元罗，嘿哟……"裸露的肌肤，响彻云天的号子，透过油画，赤水河边的码头生活入眼入耳入心。这些纤夫们只因牵念于床头妇人一晌温柔的缱绻，那些坚硬的岩石，湍急的河流，都被踩在脚下。号子声中越喊越有力量，土城的日子越过越敞亮。

土城的义气是靠帮派建立的。旧时，土城石板街生存着十八个帮派，盐帮、船帮、马帮、铁帮、茶帮、丐帮、布帮、戏帮、经纪帮、栈房帮、米帮、药帮、油帮、酒帮、石帮、木帮、袍哥，这些颇具传奇色彩的帮派，让人仿佛回到过去的江湖。

就说袍哥吧，有清水袍哥和浑水袍哥，浑水袍哥带有暴力活动性质，清水袍哥与一般社会组织无异，不参与暴力性质活动。土城主要是清水袍哥，这袍哥组织始于清乾隆末年，提倡侠义与互助共济，重视宗法观念，以五伦八德为帮规，最重兄弟情谊。袍哥的江湖黑话通过茶盖传递，茶盖放在右侧表示三天后我会离开，需要盘缠；茶盖放在左侧表示这事我无能为力；将茶盖翻转平放在桌子上，表示没有事麻烦，主要是来拜望……当年红军在土城休整期间，需要补足军需和生活用品，而红军所带钱币是中华苏维埃政府发行的苏维埃币，百姓怕此币没有价值，不敢卖东西给红军，袍哥就敲着锣喊散百姓心头的疑虑，在红军长征路上写下珍贵的一笔。

土城的歌声带着长征气质的。与宋窖博物馆隔路相望的红军四渡赤水纪念馆前，红歌会在夜幕下隆重登场，一幅幅长征画面，一首首长征组歌，引发采风作家几多感慨和共鸣。不管是合唱《四渡赤水出奇兵》、独唱《信仰的力量》，还是表演唱《毛委员和我们在一起》《红军来到我家乡》都很有感染力，让现场观众重温红色经典歌曲的同时，追忆硝烟炮火中那段激情燃烧的岁月。让人想不到的是，艺术团演出人员全部来自当地，有办公室工作人员、纪念馆的解说员、食堂师傅、保洁员、保安……

土城的生活好滋味，冷了有烈酒暖身，热了有盖碗茶润喉，饿了嘛，怎么能少得了一碗苕汤圆？晚餐时同行湖北作家张同端来了一碗"汤圆"，笑眯眯地看着我，那意思是吃吃看。我放入口中，有点带 Q 的弹性感在舌尖蹦跳，好美味啊。张同告诉我，这是土城当地特色小吃苕汤圆，皮薄嫩滑，制作材料以红薯和红薯粉做的，内嵌肉馅和香菇，具有典型的黔北地方风味特色。苕汤圆多吃而不腻，让人回味无穷。

土城，它是一部鲜活的历史，土滋土味，以土活城，每一块青石板，每一捧泥土，无不诉说着千年的历史变迁。这是一座有红歌有韵舞的城，这是一座有情谊有热血的城，这更是一座有古风有精神的城。歌哉土城，舞哉土城，美哉土城，醉哉土城！

邂逅神湖

　　紫红色的僧袍，黝黑脸膛上的两坨高原红，飚到空灵的高音，从炎热的南国到寒冷的高原，如哆啦A梦随便在墙上一画，跌进了冰封的南极，冰火两重天酸爽迎面扑来。冷冷的冰雨在脸上胡乱地拍，没有刘德华歌中的缠绵，结结实实地疼。

　　目的地是俄么塘花海，却在冰雨中邂逅了高山之巅的神湖——措琼神海。通往措琼神海的栈道不是很长，换作平常，跑五个来回没问题，可这是川西北高原，海拔4600米以上，每跨一个台阶，胸闷，气短，脚步像喝醉了酒，踉跄而行。

　　李老师说，快吸一口仙气。说完赶紧拔了氧气罐盖子，罩住我的口鼻"嘶嘶"猛喷一阵，那样子似灭"小强"。接着对着小琴、薇薇两美女又是一阵猛喷。

　　怎样？好受点了吗？

　　我们仨点点头。

　　仙气果然不错，吸了成仙女了。饱受高原反应之苦的李老师仍不忘幽默一下。

　　四人哈哈大笑，突然意识在高原上大笑太奢侈——耗氧，马上闭了嘴。再看看贴着地面生长的灌木丛，比先前绿了许多。眼睛似被氧气洗过，明亮了许多。

慢行。深呼吸。蹒跚爬上高山之巅。

措琼神海浮现在眼前，云遮雾障，湖面平静得如同镜子。措琼神海是灵湖，每年来祈福的游客不少。千百年来藏民族对养育他们的山、水以及大地万物赋予了灵性与生命，高原的湖泊更是充满了神奇美丽的传说：藏族某部落一个叫措琼的姑娘，带领本部落建设美好的家园。不料她的繁荣遭到相邻部落的嘎纳国的羡慕、妒忌，戛纳王串通其他部落，不惜发动战争，来抢夺财富，满足自己的私欲。面对如此状况，措琼亲自上前线，带领牧民同侵略者展开了可歌可泣的保卫家园的战斗。经过长达数月的艰苦战斗，最终赶跑了侵略者。正当人们庆祝胜利的时候，却发现措琼流尽鲜血倒在了草原上。她的身躯在一望无际的大草原上化成一座座雪山，形成了阻挡敌人的天然屏障，永生永世守护着这片土地。而她战争流下的血，在草原上长出80000亩色彩斑斓的花海，也就是现在的俄么塘花海。她的泪水，则化成了高原湖泊群。人们以她的名字纪念称为措琼沟湖泊，将面积最大的一个湖泊命名为措琼神海。

正是这些星罗棋布的湖泊、水系，使高原有了生命并充满了生机，吸引了无数的朝湖人、旅游者和探险家从四面八方涌来，年复一年，从未停止过。

高原的天气预报不足信，老天变幻无常，刚刚晴空万里，转瞬大雨滂沱。有人说高原旅行有雨才是最好的天气，因为连绵阴雨绝不是高原的性格，高原上的雨硬朗，脾气大得吓人，来得凶猛去得也快，雨后初晴的秀美和艳阳高照的豪爽都令人心动。

雨中的寒冷和晴天的热烈是最真实的感受，而我们恰恰遇到了雨后的花海。俄么塘花海安卧在措琼神海脚下，可惜花期近尾声，零星的花儿们放肆地炫耀着自己的美，让短暂的生命把这残酷的高原草甸装点成天下的织锦！姑娘们在草原上翩翩起舞，把自己开成了流动的花儿。

歌声，草原上的歌声。从导游到司机到路人，天籁之音穿透稀薄的空气，若不是下雨，他们可能会下车跳起欢快的锅庄。以前只知道陕北人会唱，那是隔着山沟沟吼出来的宽音大嗓，带着扬起的黄土，从一个窑洞穿过另一个窑洞。藏区牧民爱唱，唱给广袤无际的草原，唱给头顶的白云，以及牦牛、骏马、绵羊，高亢嘹亮，辽阔的气团在歌声中悠扬飞舞。一段歌连接着一个故事。

景点讲解员藏族小伙普通话纯正，令人侧目。在牧区，因为时常迁徙的缘故，读书的孩子并不多。他穿着只有节日才穿的藏袍，以示隆重，就像我们团队里的鲍老师，一到神湖就换上只有登台演出的衣服，他们都把自己活成了景区的一部分，热烈，投入，潇洒。

旅途中遇泥石流滑坡，路被堵死。幸好有警察，指挥铲车通路。

车窗外飘过拿着转经筒的藏妇。安详，似乎把亘古的寂寞抛在身后。那一世，转山转水转佛塔，不为修来世，只为途中与你相见。穿着藏袍的牧羊人，念念有词：藏汉一家亲，藏汉一家亲。

藏族小伙说，扎西德勒。

扎西德勒，束。我们回复。

梦回长安

　　说不清是被《长恨歌》还是兵马俑吸引到这里来？抵达西安，刚刚下过一场雨，在雨里的这座古城，不悲不喜。心中忽然涌现淡淡的惆怅：每个人心中都有一座长安城，或繁华静默、或萧瑟残缺。

　　长安，明代为西北重镇，易名为西安，我却依然固执的叫她长安，我朝思暮想的长安。

　　"西罗马，东长安"，周文王和周武王在此立"丰镐"，秦始皇在此统一中国，玄奘在此出发西天取经。

　　长安是十三朝古都，是丝绸之路的起点，是玄武门之变的历史风云，是秦始皇的兵马俑军阵，是历史勾勒出的长安情节，是周秦汉唐文明的根，是每个中国人心中十分厚重的情感寄托。

　　长安，是爱情和奇迹的长安。

　　"长安回望绣成堆，山顶前门次第开。一骑红尘妃子笑，无人知是荔枝来。"李隆基和杨玉环的爱情，周幽王和褒姒的爱情，甚至大明宫中的风流都与长安有关。如果你没谈恋爱，请去一趟西安吧；如果你正谈着恋爱，更要去一趟西安。它不是艳遇之都，却让人愿意相信，一切美好都在长安发生，包括爱情。

长安是催发爱情的土壤。十年前，在上海工作的弟弟和女朋友去了一趟西安，定下了婚约。如今孩子都能打酱油了。古城见证了他们的爱情。

长安是生发奇迹的地方。二十年前，一位前途迷茫的学长，来到长安，站在西安碑林前，满目沧桑，历史的厚重感扑面而来。瞬间他如醍醐灌顶，眼睛定格在力道道劲的碑文上，就是它了，此生与书法再也无法切割了。对书法的执着真爱让他闯荡出别有天地的人生。果然，这位同学没有像我们一样按部就班走进小学课堂执鞭相教，而是舍弃毕业分配的铁饭碗，继续读研读博，始终耕耘在书法的墨田里，终成大师，后执教于上海师范大学。

长安，是霓裳羽衣曲的长安。

长安的风带着霓裳羽衣曲的气息游走：天阙沉沉夜未央，碧云仙曲舞霓裳；一声玉笛向空尽，月满骊山宫漏长。

关于霓裳羽衣曲的传说很多，我更愿意相信这一种：有一次，李隆基来到三乡译，他向着远远的女儿山眺望，山峦起伏，烟云缭绕。顿时产生了许多美丽的幻想。他把在梦中听到的仙乐全想起来了。立即在谱子上记录下来。创作了一部适合在宫廷演奏的宫中大曲。李隆基命令乐工排练《霓裳羽衣曲》，令爱妃杨玉环设计舞蹈，为了让他们有个好场所排练，李隆基在宫廷中建立了一个梨园（后泛指唱戏的地方）。

后来，南唐李煜曾试图修复毁于战火中的霓裳羽衣曲，但无论怎样还原，再也不是当时的模样。流年已逝，佳乐不复。李煜再如何努力，也难逃亡国的命运，过去了，一切再也回不去了！

长安，华灯初上夜未央。

长安的夜甚是繁华。钟楼和鼓楼遥相呼应，霓虹闪烁，灯火辉煌。边上是热闹繁华的回民街，人头攒动。古城墙上，灯火阑珊，红的、黄的，金的，紫的；高的、低的、远的、近的，灼灼美好交织一起，似乎叙说着十三朝古都精彩的光阴。这些闪耀的灯火曾点燃了多少凯旋的君王和安逸的子民，点燃了多少"犹恐相逢是梦中"，满城尽是赏灯人的盛况。

长安，是秦砖汉瓦的历史沧桑，是晨钟暮鼓的长治久安，是万国来朝的盛世大唐，是歌舞升平、诗人辈出的大好时光。

穿越千年，梦回长安，西周的森严礼仪，秦代的赫赫军威，西汉的漫漫丝路，魏晋的兼并融合，隋唐的强盛辉煌，豪迈的歌，悠扬的诗，十三朝传承的宝藏都是大家的，中国的！

五千年的历史只是匆匆一瞥，长安，但愿下次能再来！

夜长安

长安，是一座值得一去再去的城市。时过三年我再入长安。

了解一座城市，夜，是它的入口。坐着公交车从陕西师范大学长安校区一路晃荡，经过西北政法大学、长安广场、电视塔、小寨……满城的灯光次第开放。我们至钟楼下。钟楼发出耀眼的光芒，闪烁的霓虹，红的、蓝的、紫的、橙的……仿佛一曲气势磅礴的交响乐，交相辉映，金碧辉煌，让人恍若穿越到盛唐的繁华中来。

离钟楼不过百米处便是鼓楼，它们相守相望，一个架着多面鼓，一个悬挂着一口老钟，经历着岁月，重复着暮鼓晨钟的轮回。

钟鼓楼的后面就是回民街。回民街由北广济街、北院门、西羊市、大皮院、化觉巷、洒金桥等数条街道组成。三年前，我曾浮光掠影地走过此地，在古色古香的清真馆采访过一个低调平和的归国华侨。街道两旁是美食店铺，近300种特色风味小吃让人流连忘返。叫卖声、切糕声、银器捶打声透过拥挤的人潮混合成一片。馕、猪手、biang biang面、牛肉泡馍，各色小吃发出诱人的香味。一串一串的羊肉，肥瘦相间，肉香和作料在火中滋滋作响。整个街道都笼罩在热热闹闹的烟雾之中。热闹的街市，风中猎猎飘扬的店旗，让人真切感受到脚下曾是让四方来贺的大唐帝国的土地。

"东市买骏马,西市买鞍鞯",南北朝《木兰辞》中表达方向的街市,到大唐时形成成熟的东市和西市。它们服务人群不同,东市主要服务于达官贵人等少数人群,市中多为奢侈品。而西市则是大众化、平民化,有大量西域、日本等国客商在内的国际性大市场。日常语"买东西"最早即来源于此。

如果说回民街是市井气的,那么长安大牌档则是高端大气上档次的,它不仅仅是大型的餐馆,还是热闹繁华的秀场。四周人潮涌动,吆喝声此起彼伏,排队等候用餐的人群里三层外三层。店小二敲一下锣鼓,表示一锤定音,递给我们一张桌签。尽管排在我们前面还有 11 桌,我们一点都不着急,美好的东西值得花时间等待,更何况长安大牌档是个有趣的品牌大店。十几张长凳在门口一字排开,各种节目粉墨登场。这边仿古赌场押大押小,供等候的食客玩乐,输了不用掏钱,赢了嘛发给银券去门口换零食解馋。那边店小二提着过人长的铜壶表演茶道,在铿锵的音乐声中斟茶自如。跑堂无一不穿上唐代的服装,让人疑心误入某个影视基地。裹着蓝面头巾,身穿蓝布围裙的厨娘正在四面敞亮的铺子前,卖力制作各色小吃,纤纤玉指飞舞间,铜镜糕、文房四宝、麻将牌、关中六煮,惟妙惟肖的造型呼之欲出,让人叹为观止,不忍下箸。长安大牌档的小吃囊括了西安所有的名小吃,我不由想起温州"天一角"的小吃,两者何曾相似,都把地方最特色的美食汇聚在一起,做成了连锁品牌,如此,吃的不再是食物,而是几千年流传下来的文化。

出长安大牌档,移步大雁塔,你同样会惊艳于璀璨的灯光秀。取经归来的"玄奘法师"为保存由天竺经丝绸之路带回长安的经卷佛像而修建的大雁塔,作为现存最早、规模最大的唐代四方楼阁式砖塔，是印度佛寺和汉文化融合的典型物证。如今的大雁塔，除了古代的光辉，还被赋予新的生机。大雁塔北广场建成了亚洲最大的音乐喷泉广场，随着音乐的变化，水珠在迷离的灯光映照下千姿百态。

长安夜色可餐。原以为长安街和大雁塔的灯火好看，然到了华清宫，灯光的饕餮盛宴美得令人产生幻觉。我们端坐在华清宫的观众席上，沉浸在大型实景历史舞剧《长恨歌》中。华清池畔的凄美爱情在骊山脚下徐徐展开，浓郁的盛唐气息扑面而来。夜，是最好的幕布。原本黑漆漆的山体，在灯光的映射下，千娇百媚，似刚出浴的杨贵妃，看的人酥酥的、软软的。随着音乐的变幻，灯光也时刻转换，一会儿繁星满天，一会儿祥云如瀑，一会儿缱绻缠绵，一会儿刀光剑影。突然，战火轰鸣，一阵热浪裹挟水珠而来，啊——观众席上有人不禁喊出声，天哪，这哪是沉默索然的山体，简直是一只灵动跳跃的山妖，让人沉迷，让人战栗。观众似穿越时空隧道，被带到了"安史之乱"的现场……

走出华清宫，同伴说："《长恨歌》，只有'歌'，没有'恨'。这昂贵的票价，值！"

夜长安，不夜城，回望处，青砖，神兽，屋檐。霓裳舞衣仙乐风飘处处闻，那璀璨的灯光依然散发盛唐的宿醉，历史的余韵在光影之中投射……

等你，岁月忽晚终不悔

学校一群热爱摄影的同事赴永嘉采风。从百丈瀑下来，一行人集中景区吃饭，席间一盘山笋让人忍不住举筷。教音乐的环同事吃了一口，感叹说：唉，笋是好笋，可惜老了一天。

我接口道：因为等你啊。为了这一天进你的口腹而非别人的口腹等老了一天。

众大笑，笑声背后是各自的故事和年华。

红尘旧事，多少繁华在等待中落寞。多少岁月在等待中忽已向晚。

与一株花的邂逅，与一个人的重逢，在颠沛流离的光阴里都有定数。那弯浅浅的碧水，只有在人来时，才喧腾起难得的芳华，更多的时候素心等素人，在花开花落花满天中归于寂静。

我牵着友的手缓步走过搭石，碧水投射我们清晰的倒影，就像照见前尘往事。茫茫人海中，能为友人，概率不高，如果彼此的生活偏离了一点点轨道，交集的可能性几乎为零。我多走了几步，抑或你偷懒在某个景点流连了一会儿，我们也没有携手走过搭石的可能。刚好在那一刻赶上了，于是满心欢喜，合影留念。身边的人来来往往，唯有彼此相握才是妥帖安心的，这种安心是一颗灵魂遇见另一颗灵魂，是一朵花催开另一朵花，是一种思想点亮另一种思想！

大巴带我们到茗岙一号摄影点时，既没有明朗的光线，也没有江南的烟雨迷蒙。镜头里是灰蒙蒙的一片，散落在山岙的红墙碧瓦灰溜溜地寂寞着。摇曳的油菜花早已繁华落尽，金黄的麦浪尚未到来，我们处在不花不果的季节，兀自尴尬着，就像二胎政策，对已是人到中年的七零后我们，生或不生？是个难题。抬头远望，山的东边艳阳高照，车来车往，都市繁华；山的西边黑云压城城欲摧，层层的梯田在乌云笼罩下喘不过气来，在我们还没想好怎么办时，豆大的雨点逼得我们纷纷向大巴车逃窜。唉，东边日出西边雨。

等待，等来的并非都是美好。桃红柳绿是上天的馈赠，狂风暴雨亦是命运的礼物，面对无常，只有照单收下。幸好一路有你同行，苦一点也愿意。

采风归来，尽管身心俱疲，君同事执意要陪儿子两小时的书法课。我敬佩君同事的爱子情深，反思自己：有多久没有耐心陪过儿子？一切的人际关系中，只有亲子关系是越长大越疏离，为人父母者只能目送着孩子渐行渐远，直至走出自己的视线。

一日，坐在车里想把手机里积攒了 N 年的采访录音交给主人公转存，于是一边聆听一边删除那些与采访无关的录音。摁下点播键，生活的片段在声音里咿咿呀呀地跑出来，有叮叮当当的钢琴声，有深情的朗读声，有某次公开课的录音声，纷纷扰扰，令人哑然失笑。

忽然，一段奶声奶气的声音抓住了正在开车的先生，他侧脸问我：这小姑娘声音真甜，谁家的？

你儿子。我淡淡地说。

车戛然而止。先生转过身子，不相信地望着我。车厢内流动着清澈的童音，稚嫩干净，仔细分辨，那的确是普通话标准的男童声。那些美好的记忆都回来了，学音乐的儿子小时候对发音咬字表现出不一般的天赋。曾有朋友问先生孩子是不是有一个播音员的妈妈，音准这样好？为此先生嘚瑟了好一阵子。

随着时间的流逝，儿子的灵性逐渐消失，直至泯然于众也。作为一个父亲怎么允许自己的儿子不优秀？于是粗暴的训斥代替了和声细语的引导。学业的压力激发青春期儿子的叛逆反抗，父子俩常常一见面就针尖对麦芒戗上了。如今，在这段流逝的声音时光里，一个父亲找到了淡忘的柔情。他接过补习班归来的儿子的书包，拥抱了儿子。

咦——老爸，都起鸡皮疙瘩了。儿子逃离了父亲的怀抱，打开车载音乐，震耳欲聋的摇滚响彻车厢……

等待。无奈光阴令人老，岁月忽已晚。尽管我们彼此不再同拍，那有什么关系呢？喜欢，就去做；爱，就表达吧，谁让我这么喜欢你呢？

寂寞的山笋，不是在5·20这天最终等来了你的垂顾么？

路过你的城市

常常在出差途中，猛地见到故人，想起湮灭许久的往事，如烟的温情就升腾出来。

1

刚到 C 城，尽管知道童同学就在 C 城，怕麻烦同学，就不想打扰他，和同伴六人悄悄逛 C 城的夜景。哪想到童同学居然查到我的房号，携妻带女赶来探望。得知我不在酒店，又驱车追寻而来。

路上雨很大，视线不太好，但我们在茫茫的雨幕中一眼认出了彼此。

"是不是成老头子了？"见我盯着他看，童自我解嘲道。

"天哪，二十年光阴怎么没在你身上留下印痕？"我惊讶时光对童的垂青。

对童印象还停留在师范里，彼时的他腼腆而羞涩，一双眼睛干净澄澈得仿佛照出一湖秋水。许是烟波浩渺的千岛湖水滋养，童与众不同，自带喜感，为人处事古灵精怪，让人想起男版的黄蓉。班内不知谁送了他一个"小鬼"的雅号，从此叫开了。师范三年，他总是甘当幕后英雄，为班级的活动出谋划策，论功行赏时又悄悄地退居幕后。如今的他依然一说话就露出羞涩的笑容，眼睛汪满了水，内敛而又平和。

童一向行事低调，在师范圈里很少现身，近期却频频出镜，皆因不少师范同学跑到千岛湖疗休，每有同学来，童必尽地主之谊，受他招待的同学免不了在班级群里发照。围观同学惊叹一片，掀起各种怀旧热风。

童带我们走进巷子深处的酒铺对饮叙旧。沏茶，倒酒，布菜，羞涩而娴熟。虽没有北方男子大碗喝酒大口吃肉的粗犷，却有南方男人的细腻和柔情，每一句话每一个手势都是那么温暖而妥帖，让人如沐春风。我们聊过去的同学，聊现在的生活，聊他秀气可爱的女儿，聊他妻子孕育中的二宝。有人开玩笑说，"大宝叫童颜，二宝不如叫无忌，童言无忌嘛！"童看着妻子，腼腆地笑。

他频频劝我们喝酒吃菜。举杯的当儿，青春的涩楚随风飘逝，酒杯里沉淀美好的过往久难散开。回忆，即便泛黄也断不肯老去，犹如玻璃杯中的啤酒，不断冒出的气泡是独属于青春的喜怒哀乐，而今似乎回走少年路。我们碰杯，将所有的味道一干而尽。

2

不知道初中同学余也在 C 城，因我在初中同学群里发了一张和林同学一起疗休的照片，余同学看到了，责怪我们不够意思，到 C 城了都不联系他。

余大学毕业先入车行做销售，积累人脉和资金后，干脆在 C 城开起了车行，是我们这群同学中不多见的老板。

余夫妻二人带我们到 C 城郊外一个清幽的民宿。在清风、朗月、虫鸣声中，仿佛时光倒流，回到我们小时候居住的流水淙淙的小镇。我们虽没有"郎骑竹马来，绕床弄青梅"的两小无猜，却也知根知底，在那个全班盛行唱"浪奔——浪流——"的年代，曾划过三八线，也弄哭过女老师。

毕业那一天微笑挥别，各奔东西，说好的再见，到底一别无期。直到真正懂得在意与伤感，脸上心间有了岁月的纹路，我们已经好多年没有见。

我们仨开怀畅饮之间，感慨良多，最好喝最单纯的酒局就是旧友重聚，想说的话想喝的酒都遂了心意。卸下生活伪装的面具，在"发小"面前坦露最真实的自己。聊山南水北天长地远，畅叙昨日清梦今朝飞花，有回叹，有情愁，有期望，闲散在这片青山绿水中。

分别太久的短暂交集，宛如一抹璀璨烟花，虽就一次，亦是最美记忆。

我们走出民宿，对着门口的招牌咔擦一声，"云里雾里"定格在手机里，只为经年后能找到回忆的路径。

无论和师范同学的童，还是初中同学的余，抑或一起疗休的同学林，我们都有过同窗共读的美好记忆。在生命的时间轴上，我们交集过一点，共行过一段路，至分岔路口各自前行便不再聚集。成为彼此生命的过客。想必你我人生中有太多的过客，唯有同学情谊占据心的角落，在某个瞬间浮上心头爬上眉梢，因为那是一段共同的恰同学少年，风华正茂的岁月。

路过你的城市，一起聊聊那些年那些人那些事，光阴弄旧了记忆，而你的情意却在这里，刚刚好。

三探南浔古镇

初识南浔古镇，是在第六届徐迟报告文学颁奖典礼上。六个妙龄青年身着民国衣衫，优雅灵动地朗读了徐迟先生那篇用了66个"水晶晶"描摹南浔的短文，大屏幕定格在白墙青瓦、水波荡漾的南浔人家。飘逸青淡的水乡气质一下子触动我的神经，顷刻间我的心仿佛也变得水晶晶。

会议期间，一个月朗风清的夜晚，著名作家徐剑老师提议夜游南浔古镇，我们欣然同游。同游者有《中国作家》著名编辑汪雪涛、十堰市作协副主席李兴艳等作家。

夜晚的古镇静谧得如一个清凉的梦。我们四人在清辉里行走。街上空无一人，大地寂寥。屋檐的景光灯倒映在河水中，一派富丽典雅。站在河埠头眺望，小河静水流深，宫灯、垂柳、拱桥在水中投射清晰的影子。

这样的夜适合漫步独行，不惊扰尘世的梦境。古镇如世外桃源遗世独立，似有仙风道骨轻抚周身。天是干净的，地是干净的，人也如婴儿般的清新无尘。

行走在百间楼，一扇扇券门，一盏盏灯笼，像尘世遗立的温暖，在历史的厚重中，在战火的洗礼中，它保存着原始的质朴和风貌，不能不说是个奇迹。

夜渐深沉，景观灯倏忽熄灭，没有了流光溢彩，素颜的南浔像洗尽铅华的美人，淡然的幽香自夜的深处弥漫。樟树的清气自垂柳丛中飘来，混着栀子花浓郁的气息，钻入鼻孔，直达胸腔，让人沉醉。

夜幕下的南浔古镇凸显不可亵渎的威严。天上圆盘似的月亮倒映在水中，照亮一片片青瓦白墙，它们如氤氲开来的水墨画，清冷高贵的气质让人不敢大声喧哗。我们融化在古镇深沉的清幽里，轻歌低吟，把激情和浪漫释放在无边的夜色中。

今夜，容我醉在南浔无波的水乡里。

白天的南浔古镇则是另一种况味。她流荡着吴语软侬的腔调，纤细的，娇酥的，钻进耳朵就在心里扎了根。

船娘摇着乌篷船招徕游客。娶亲表演船在狭长的河道载着十里红妆缓缓前进，桨声诶乃，喜气在水波中荡漾开来，游客不时发出愉快地惊呼。沿着河堤走，青石板铺成的小路印证着岁月的沧桑。丝绸铺、茶铺、糕饼铺轻启门窗，笑迎八方来客。

连排垂挂的灯笼让人仿若穿越民国时代，一串有一串的风雨，一串有一串的故事。漫步小镇，四象八牛七十二金狗的传奇演绎在耳畔；沉浸的人文气息弥漫在周身，砖雕、木雕、印花玻璃都值得细细品味，我索性摘了耳麦，主动和导游失联。南浔的故事从导游口中得来总觉不过瘾，要体味它的古韵和沧桑终须亲自触摸每一块青石板、体味小镇的每一寸肌肤和纹理。

走进小莲庄，我的目光被满池的荷叶勾住了。池广约十亩，边上点缀着亭台楼阁，移步换景，和荷花池相映成趣。小莲庄主人刘镛因爱慕元代书画家赵孟頫建湖州的莲花庄而自命为"小莲庄"。

　　与小莲庄一溪之隔的嘉业藏书楼，不得不看。它是江南四大藏书楼之一。另三个分别是：宁波的天一阁、杭州的文澜阁和瑞安的玉海楼。

　　嘉业藏书楼，是刘镛之孙花费四年所建。置身在正方形连接的中西结合两层式藏书楼，我不禁感慨万千：岁月变迁，万两黄金终有散尽的时刻，唯有知识是火烧不掉，水淹不了，别人抢不去。富甲一方的刘家子孙以藏书这种方式告诉后人，知识永远是立身之本。

　　就在痴迷藏书楼的恢闳大气思载千里时，被湖州电视台拉去采访，无意中当了一回嘉宾，真是：我在南浔看风景，南浔以无比的热情包容和接纳我。

　　离开南浔的前夜，陪室友蓝茹去购买丝巾，第三次踏入了南浔古镇。

　　我躺在丝绸店铺的竹椅上，看蓝茹一条一条展示着光滑鲜丽的丝巾，晚风徐徐，谁家饭香逐风来？

　　夜幕低垂，灯光依次点亮，拱桥和倒影连接成无与伦比的圆。我和蓝茹闲坐小河边，点上两碗素馅饺子，一口一个，口味独特，温暖馨香，吃出了家的味道。

　　不觉间产生奇妙的幻觉：南浔，我不是过客，我是归人！

山风吹过你的发

　　我们总是执着于远方，却忽略眼前的风景。其实，心中有景，何须远方。去过无数次的平阳西湾，趁着国庆又一次光顾，没想到诗意和梦想被山风撩起的发丝唤醒……

　　为保持进入西湾的盘山公路畅通，交警在西湾山脚下一律拦下私家车，让其停靠路边。而公交车只能到西湾乡政府，我们打算去的彩绘村在离乡政府更远的二沙，徒步需要两小时的路程。正犹豫着打道回府之际，一年轻小伙上来搭讪："阿姐，你要去哪里？我可以送你去？"

　　这熟悉的乡音顿时让心的城池松懈："去二沙彩绘村多少钱？"

　　他看了看我们仨，说："50 元，怎么样？"

　　我迟疑了一下，小伙子马上改口："40 元怎样？40 元，刨去油费没赚你多少？"

　　"上山容易下山难，你现在把我们送上去，下山万一没车怎么办？"我道出了心中的隐忧。

　　"嗨，不要操心，你只管打电话给我，无论多晚，我都会去接你们。"

终归是彩绘村的诱惑战胜了对归途的恐惧，我们钻进了小伙子并不宽敞的轿车。

也许是接到了客人，小伙子神采飞扬，旋开了车载音乐，郑智化的《水手》萦绕在车厢内：苦涩的沙吹痛脸庞的感觉，像父亲的责骂母亲的哭泣，永远难忘记。年少的我喜欢一个人在海边，卷起裤管光着脚丫踩在沙滩上……

这是我读初一时风靡校园的歌声，郑智化沙哑的声音，裹着海风的咸味，激荡着整个青春，如今过去了二十五年的岁月，在另一个年轻人的车厢响起，让人怀旧情怀陡升。

"小伙子，你的车怎么可以在这交通管制的时段上山呢？"我禁不住好奇问。

"嗨，我就是本地人，本地村民不受管制，可以自由进出。"说完他递给我一张身份证。我扫了一眼：啊，九五后，这么年轻！比儿子大不了几岁，这么小就出来谋生？

小伙子欢快的和我交谈，浑身上下散发着稚气未褪的热情。他是一家工厂员工，放弃国庆三天休息，载客赚钱为父母减轻负担。

一路上，小伙子既是司机又是导游，他热情地邀我们下车游走观音洞。如果不是他带路，我们真不知道西湾还有这样一个神秘去处。只记得小时候随老师来此秋游，坐在岩石上看一浪又一浪的海水拍在礁石上，淹没了远处的巨石，淹没了曾经的过往……如今，在小伙子的指引下，往事如退潮后的沙滩贝壳，晾晒在秋日的暖阳下。少年的模样渐渐清晰……

山风吹过小伙子的青丝，细细的汗水，明媚的青春，恣意地飘扬！

我们作别小伙子，靠在充满渔村气息的客栈栏杆上，俯视村庄。

彩绘村很美，整个村庄如一副色彩明丽的油画。依着地势，高低起伏的小楼散落其中，仿佛爬行在音阶上的音符，随时奏出美妙的歌曲。蓝色的壁画，彩绘的石阶，点缀在草坪上或红或绿的小舢板，以及充满着小资情调的餐馆，印证了村口木牌上的文字：彩绘村，一个可以发呆的地方。

　　远处的海鸟低旋，在如沈的蓝天下划出一道优美的孤线。眼睛对准客栈边放置的天文望远镜，慵懒、闲适的渔村生活就这样一览无余：海上作业的渔船游到了眼前，滩涂上的桅杆历历在目，如水墨画勾勒出好看的线条。近处的老妪，光着脚板在路上走来走去，不是穿不起鞋子，而是习惯了自由，哪怕一双拖鞋于她们也是累赘；老翁则在自家道坦修补渔网，不变的样子，伫立在茫茫的尘世中。他们是渔村的最后一批守护者。

　　山风吹过老妪的白发，飘散着恬淡岁月深处的坚守。

　　夜幕降临，小伙子果然遵守诺言，送完了最后一拨客人后，如约开到彩绘村接我们下山。一路上，他的电话铃声不断响起，听得出，电话那头是催儿子回家吃晚饭的一位母亲的牵挂声音，车厢里流动着暖暖的温情。我望着头顶敞开的天窗，仿佛看到一位母亲，倚在门口张望儿子的归来，飘起的长发蓄满柔情……

　　晚风轻拂，星星点灯，奋斗的青春，沉淀的岁月，守候的温情，定格成永恒的画面，驻留心间。

　　山风吹过发丝，携一方宁静归途……

诗意楠溪江

　　多次游玩过楠溪江，从春到秋，从山花浪漫到红叶满天，走过古村，趟过溪流，和不同的人走过，有亲朋、同事、文友、官员，人不同，景相似，心底的欢喜也起伏蜿蜒。

　　周末，得朋友引荐，与三五电视里才能相见的大神同游楠溪江。因朋友身份特殊，似乎给楠溪江平添了些许神秘。我们从侧门进入永嘉书院。行进 200 米处，是一个四方的水域，水面上铺设一个大舞台，劲爆热辣的音乐刷新暑夏的高温。戏水的游客或拿着脸盆，或淌着水流，和这湾碧水来个亲密接触。

　　走过方正的搭石，穿越笔直挺立的杉树，跨过曲折的波浪桥，气温逐渐下降，哗哗的水声越来越近，抬头看，一道白练自山间飞落，独具美感，就连平日里深沉的大山，也顿时灵动起来。

　　登高远眺，脚下是满眼绿意原始之林。闲坐凉亭话家常，清风拂面，带着浓郁的草木气息。即使偶像，在大自然面前亦还原本真，开怀大笑，和山水融为一体，亲切平易。

　　如果爬山嫌热，那就下河戏水吧。楠溪江用最宽广的胸怀拥抱你，在清冽的水中融化自己。仰泳水面，澄碧的天空白云朵朵，几只蜻蜓低旋于水面。深处的湖水呈青绿色，平添了几分幽深的神秘。

赤着脚丫，慢慢将脚探入满是鹅卵石的水底，一丝清凉自脚底弥漫全身。一群蝌蚪般大小的小鱼在脚趾间游过，伸手欲去抓，它们却灵巧地避开，钻进石缝，悄然不见。

放眼远望，青山起伏，茂林修竹比邻而生；一叶轻舟，从群山背后漂来，水波漾漾，恍若人间仙境。

行走在鹅卵石铺就的河床上，"白云抱幽石，绿筱媚清涟"，脑海浮现永嘉太守谢灵运的诗。谢灵运是山水诗的开山鼻祖。他的一生命运多舛。他虽出生士族豪门，身为东晋名将谢玄之孙，世袭爵位康乐公，可谓含着金钥匙出生，聪慧博学，才高八斗，名冠京城。有才、多金、官二代，谢灵运集众多标签于一身，本应仕途通达，前程似锦。然而却因本性耿直，恃才傲物，得罪权贵，被逐出京城，流放永嘉。他的郁闷和孤寂无法排解，于是登山涉水，把无边的落寞尽付永嘉山水。一次次与楠溪江坦然相对，他的心结在山水中稀释，他的怨意逐渐消退，于是一首首清丽工整的瓯越山水诗从风光秀丽的楠溪江畔源源流出，流向雅人逸士的书桌，流向达官贵人的几案，一时"洛阳纸贵"，竞相效仿。

到底是楠溪江的山水成就谢灵运的诗名，使其成为山水诗的开山鼻祖？还是谢灵运的诗词让楠溪江名声大振？我不得而知。虽然谢灵运只活了49年，但他创作的山水诗却历经千年而不衰，大放异彩！

在楠溪江众多景点中，我最喜欢丽水古街。它像一位秀丽典雅的古典美人，古朴的长廊，清澈的流水，红红的灯笼，让人忍不住驻足回眸……

丽水古街全长三百多米的廊腰缦回，依水而建，面朝溪流一侧铺设木质长椅，上了年岁的古木屋檐下悬挂着一盏盏红灯笼，郁郁葱葱的树木，暮色四合的天空，流线型的回廊倒影在水中，很轻很静。

古街亭台楼阁错落有致，石桥涧水慢慢悠悠，榕树的根须垂到水面。榕树下乘凉的村民摇着蒲扇，谈天说地，对川流不息的游客熟视无睹，仿佛他们已经融入了这方景致，成了古街的一部分。在长廊里各色店铺依次排开，雀跃的孩子淘得一弯弓箭，一辆木车，把玩半天，沉浸在自己的世界里自得其乐。

拐进天井，徘徊在古戏台前，望着空空荡荡的古戏台，神思飞扬：锣鼓响了，戏台上的大红帷幕徐徐拉开，流苏自牌匾垂下，随风飘动。栀子花盛开着，花香四处弥漫流遍整个天井。台上声泪俱下吟唱，台下如痴如醉神游。

若不是次第点亮的灯笼把我抽离的神思拉回现实，我真不知道夜已浓厚。蓦然回首，布满长廊的灯笼迎来一天中最繁华的时刻，水面依旧平静，碧水被灯光染上了五颜六色，风情万种，似孤芳自赏。难得守住一方清流，不像秦淮河，美则美矣，可惜脂粉味过于浓厚。

最美的山水不是初遇，而是重逢。

最疯狂的一次是在高速上行驶，突然看到永嘉出口，一时兴起，下高速开到楠溪江风景区，在一座桥上吃了块西瓜，小憩片刻，匆匆离开。

我爱楠溪江，爱她江水蜿蜒如丝带，自然飘逸；爱她绿野仙踪，瀑布竞流；爱她林木秀美，山势奇峻；爱她古风古韵，廊腰缦回……

陕北风情

原以为陕北是跟黄天厚土联系在一起，是贫穷落后的代名词，没想到车一进陕北境地就把我原先的想法一扫而空。

陕北是传唱悠扬的诗韵，是色彩鲜艳的国画，是高低起伏的民歌。

"人间四月芳菲尽，山寺桃花始盛开。长恨春归无觅处，不知转入此中来。"车窗外闪过成片的油菜花，黄灿灿直挺挺地在阳光下倔强着，不同于江南的温柔婉约，它豪迈地闯入眼帘，钻进心头，根本让人无法拒绝。南方的油菜花已经结荚变绿，塞北的油菜花才刚刚绽放，带着秧歌的欢快，透着信天游的豪迈。

快看，桃花？桃花！沿途满山遍野的野桃花，把起伏的群山染成粉白一片，绵延数十公里。这儿一丛，那儿一簇，隔着山沟沟互相应和，好像在拉着家常：喂，你在吗？哎，我在呀——细腻柔和、轻快活泼的山歌，优美动听。

一树树樱花不甘落后，多情随风摇曳！一簇簇直逼你的眼，热情奔放如红线线蓝花花，真是爱死个人。

哦，好一个陕北江南！与印象中的黄土高坡完全不一样！

其实，早年的陕北丛林密集，绿树成荫。曾经由于战争，陕北被炸成光秃秃的山头。抗日战争时期，蒋介石部队围剿延安，企图用断粮封锁围困延安。1941 年 3 月，八路军三五九旅在南泥湾开展了著名的大生产运动。于是有了《南泥湾》的经典传唱：到处是庄稼，遍地是牛羊……生产自救取得成功，这段艰难困苦的经历被称为南泥湾精神。南泥湾精神是延安精神的重要组成部分，其自力更生、奋发图强的精神内核，激励着一代又一代中华儿女战胜困难，夺取胜利。如今陕北退耕还林，飞机空中撒种，延安又恢复到郁郁葱葱、姹紫嫣红。

人是流动的风景。头戴白毛巾的陕北老汉站在高凳上放声高歌，悠扬的歌声穿过千沟万壑，直达黄河对岸的山西。游客纷纷驻足观看。歌是陕北人的语言，陕北山连山沟连沟，特殊的地貌造成交流很不方便，需要靠吼才能让对方听得见。久而久之，练出了陕北人高音和大嗓门。在延安宾馆，我特意问过一个服务员和一名保安：是不是陕北人都会唱民歌？他们说，连小孩都会吼几嗓子。这块神奇的土地养出了信天游，养出了世上最好听的陕北民歌。

延安是革命圣地，是思想的发祥地。来延安怎能不看一场《延安保育院》呢？《延安保育院》给人的最强烈感受就是直达心灵的感动与声光特效带来的震撼，75 分钟的演出，硝烟弥漫、冲锋陷阵、舐犊之爱、军民鱼水……一幕幕的感人情景，融合祈雨歌、安塞腰鼓，不仅具有极强的观赏性和视觉冲击力，而且情到深处总是令人潸然泪下。

如果你以为陕北是多情的窈窕女子，那就错了，陕北更是豪迈的铮铮铁汉。

听，隆隆，隆隆的声音自地心深处传来。如战马奔腾，似战鼓齐响，气势恢宏。未见黄河，内心的激动早已被这振聋发聩的涛声激荡得热血沸腾：君不见，黄河之水天上来，奔流到海不复回？及至置身壶口瀑布，但见黄河水浊浪滔滔、悲壮高昂，义无反顾地向地势低的地方奔去，蜿蜒成一条白练消失在天之尽头。伴着呼呼的风声，耳畔忽然回旋着：你晓得天下黄河几十几道湾哎？几十几道湾上，几十几只船哎？几十几只船上，几十几根竿哎？几十几个那艄公嗬呦来把船来搬……让人仿佛看到黄河迂回曲折的河道及无数船只和艄公形象。

哦，黄河，刚柔并济的黄河，你是气势磅礴的交响乐，你是低吟浅唱的摇篮曲；你是喷射的激情，你是如雾似烟的丝雨；你是荡气回肠的君临天下，你是千娇百媚的回眸一笑……

走过延安，走过黄河，走过陕北，书本里平面的历史终于站立起来了！血液里奔流的感动，怎一个震撼了得？是诗歌？是信天游？是滚滚的黄河，是厚重的黄土高坡？是五千年的黄帝陵，是红色的革命圣地？是蓝花花的勾魂，是安塞腰鼓的豪迈？是，又都不是。八百里秦川尘土飞扬，三千万老陕高吼秦腔，端一碗髟面喜气洋洋，没有放辣子嘟嘟囔囔。

陕北，是藏在窑洞里的平凡世界；是宽音大嗓慷慨激越的秦腔；是一路走来浑厚深沉又缠绵悱恻的浓郁风情！

途中百态

旅行，也会上瘾。因为远方未知的诱惑总大于居家生活的毫无悬念。

旅行中，地上的文明——建筑，地下的文明——文物，都可遇得见，早一天迟一天，它依然在那里，不偏不倚；然，人生百态，途中遇到的人早一秒迟一秒都会大相径庭，也许这些一生中仅一次的擦肩而过，却在心中投下波澜。

帝都"北漂"族

从南锣鼓巷出来，一路直奔地铁入口，一阵悦耳的小提琴牵绊住脚步：听见，冬天的离开，我在某年某月醒过来。我想我等我期待，未来却不能因此安排……我遇见谁，会有怎样的对白，我等的人，他在多远的未来；我听见风来自地铁和人海，我排着队拿着爱的号码牌……

琴声缠绵悱恻，低诉浅吟，有对梦想的渴望，有对心上人的诉说。与年轻小提琴手合奏的是一个沧桑的吉他手。他尽量减弱自己的和音以凸显小提琴主旋律，这是一个老"北漂"对小"北漂"的成全。

游人如我这般驻足停留欣赏，有的干脆找了一个台阶坐了下来。同是异乡人，在这微凉的夜里，琴声穿透情感的防线，引起多少"北漂"族的共鸣。有心酸，有梦想，有快乐，有低低的情绪，谁都可以在曲子中找到自己的感动点——听别人的曲子流自己的泪……

弹奏者在广告牌的背光处，留给世界一个暗影，虽看不清面目，却更反衬琴声的清晰。

儿子把零花钱放入吉他盒之后，我们匆匆赶路。不远处，一个头发乱蓬蓬的老者摇头晃脑，沉浸在自己的马头琴声中。更远处，一个流浪女歌声高亢嘹亮的歌声穿透一条街。

他们的生活处境很卑微，很落魄，但我敢说，他们弹起琴唱起歌的那一刻，他们是高贵的，是富有的。因为他们有梦想，有梦想指引的人生不会再迷途……

天津"嘛"的士

高铁从北京到达天津南站时，最后一班地铁刚刚开走。荒凉的郊区，八月热风吹出的却是阵阵寒意。的士汹涌而上，如饥饿多日的狼群遇到猎物将我们团团围住。

我低声用方言和先生讨论去酒店大概的价格。

一个的哥伸出一根手指头高声叫喊："one handred！One handred！"

我一愣，温州话真是强大，居然让的哥误以为我们是外国人了。

"We are Chinese！"儿子用英语回击。

"嘛?"（读第四声，"什么"的意思）司机的表情甚是吃惊。

"One handred！嘛？这么近，五十？要不，叫滴滴了。"我故意突出"嘛"音，有样学样。

"上车上车，为嘛送你，生意难做，拉趟活儿不容易。"

一连几个"嘛"之后，司机终于用"良心价"送我们去酒店。

南京逢"半仙"

绕着玄武湖行走，把玄武湖和杭州西湖，北京圆明园湖都作了比较，它们大致相同，很大，植被多，环境幽雅。然玄武湖与众湖不同的是王安石变法时，曾把湖水抽干，变成良田耕种三百多年。我无法想象这片水域宽阔的水面变成水稻田是何等模样。于是坐在湖边欣赏风景。

"小姐，我观你颧骨平滑，下巴圆润饱满，脸型标致，你这是旺夫相，下半生大富大贵。算一卦吧？"一个俗气的妇人自称"半仙"站在我面前。

联想这一路被骗都是轻信他人，我摆摆手，示意不需要。

刚才还一脸春风的"半仙"此刻凶相毕露，恶狠狠地说："不算，你一辈子会后悔的!"

"那好，你算算，这玄武湖以前是做什么的？"

"你，你一辈子会后悔的。"她又是从牙齿里蹦出恶毒咒语，让人不寒而栗。

"老妈，你为什么不让她算啊？也许准呢!"

"江湖术语，用在谁身上都可以套，讲好听的希望游客花钱买欢喜，讲不好听的诸如'你最近有凶兆'，诬骗人花钱消灾。试想一个连玄武湖以前做什么的都不知道的人，能算准别人的前生今世？玄武湖的介绍就写在王安石的画像旁呢？翻脸比翻书还快，她若真是半仙，何以至此？真正的命运靠自己掌握!"

不受外人言行影响，保持内心平静，你才能专注做自己喜欢的事情，比如欣赏湖面晚景——不以物喜，不以己悲！

坊间有言：读万卷书不如行万里路，行万里路不如阅人无数。此番游走北京、天津、南京，真是：阅途中人生百态，尝人间百般滋味！

云里雾里不同色

到达千岛湖时，岛上刚下过一场雨，湿漉漉的草木散发出好闻的味道。霓虹灯点亮清幽的夜色，倒影在水中模糊成朦胧的光辉，氤氲进沉沉的梦乡。

翌日清晨，叫醒我的不是闹钟，而是迢迢的秀水和云遮雾罩的山峰。光脚踩在地板，拉开厚重的窗帘，柔和的光线从宽大的落地窗透进来。轻轻推开玻璃门走向阳台，小鸟在栏杆上轻快跳跃，甜润清新的空气在五脏六腑穿梭回荡。我伸了个懒腰，斜躺在青褐色的藤椅里，远眺那绸缎般铺展开来的水面，真有坐拥"一城山色半城湖"的奢华之感。

千岛湖披着一层轻纱，风情万种。萦绕山间的雾，时而如袅袅的轻烟，时而如万顷波涛荡漾；时而轻盈如羽衣缥缈湖面，时而沉重如灰铅凝结在山尖……流动的雾霭，仿佛香炉里飘出的轻烟，聚集在湖面，飘逸曼妙。数不尽的小岛，如卧如站，衔着含烟的晨曦，静躺在绿如翡翠的万顷碧波中。若叫它一声，好像这些小岛，都会袅袅婷婷向我走来。

若说烟雾中的千岛湖静如处子，艳阳下的千岛湖则动如脱兔，呈现千娇百媚的风姿。

　　登上"民生5号"，船头犁开的水花如碎玉，晶莹剔透翻滚着。千岛湖是世界上岛屿最多的湖，因湖内拥有1078座翠岛而得名。碧水、翠岛、黄金带浑然天成。连绵的群山，宽阔的水面，散落湖中形态各异的小岛，让人仿佛置身水墨画中，舟在水中行，人在画中游。

　　"民生5号"靠近龙山岛码头。龙山本来是巍峨的高山，由于新安江水库建成蓄水，龙山便成了龙山岛，一同沉入水底的还有狮城和贺城两座古镇。惋惜古镇被淹同时忍不住慨叹：沧海桑田只是一瞬之间，人生最要紧的是把握当下的时光，活出精彩。

　　岛上建有海瑞祠，飞檐翘角。门前的博弈两字甚是有趣。清廉和贪欲博弈？还是人心和世故博弈？想必世上最难的博弈是外在的自我与内心的自我博弈，输赢不是外伤就是内伤，全归了自己，好好活，保持平衡吧！

　　出龙山岛，沿途行驶十分钟左右便靠近渔乐岛。岛不大，岛上有人妖表演，水上摩托等娱乐项目。

　　梅峰岛离渔乐岛不远，"不上梅峰观群岛，不识千岛真面目"。登上梅峰岛极目远眺，群岛星罗棋布、港湾纵横交错。波光粼粼的湖面释放诱惑人的光芒，远观碧水不如和澄澈的湖面做亲密接触。

　　租下皮划艇，一桨在手如得了一枚令箭，撒了欢的向湖心深处划出，仿佛驰骋沙场的战马，所向披靡。溅起的水珠，质感十足，重若大珠小珠落玉盘，在湖面叮咚作响。偶尔和伙伴相遇，互相泼水，皮艇在水面打着璇儿，笑声惊叫声响彻云霄，惊起憩在林中的小鸟，扑棱棱飞向空中。

　　如果受不了皮艇的惊险刺激，约三五知己，闲坐水边放一根鱼竿，慢悠悠地等待大鱼咬钩，做一隐士钓翁亦为不错的选择。哥钓的不是鱼，也不是寂寞，而是一缕清风，一弯闲情逸致。

要想360度观赏千岛湖的风姿雅态，那就租辆自行车环湖绿道骑行吧。

烈日下双人自行车摇摇晃晃上路，无遮无挡的塑胶跑道，处在上坡路段。于是肌肉紧绷，使劲前蹬。太阳似乎把骑行者烤化了，汗水从每个毛孔喷出，把衣服浸湿。生理心理极受考验。就在以为自己坚持不下去弃车逃遁时，前方突然绿树成荫，路况转为下坡路。湖风迎面扑来，穿越一个个路障，飞升的快感油然而生。若无苦过，哪来对比？意外的奖励等在未知的路口。狂欢呐喊中扑进紫色的花海，如历劫飞仙，劫后余生的回味倍感香甜。

逃离城市的喧嚣，只为坐在上江埠大桥吹风发呆，似乎有些矫情。生活不就是这样？离开自己活腻的地方到别人活腻的地方流浪，在路上是一种乐趣，因为你永远不知道下一刻你会遇见谁，会有怎样的对白？追寻着自己内心的那份对生活热爱，在自己的生命中不断奔跑。

感受初心，探索未知，体验意志力达成的过程，延展生命的宽度。

无论是乘坐快艇在碧水翠岛中穿行，还是登顶梅峰俯瞰万顷碧波；不管是骑行环湖绿道挑战对手，还是通过刺激的水上运动释放自己；也不论是声光电影中感受遗失的岁月，还是水上餐厅品尝一碗有机鱼头……任何一种对生命的追求，都是值得被肯定和尊重的。

一个人走得快，一群人走得远。开心了就笑，不开心了过会儿再笑。活在当下，在千岛湖和各种美好不期而遇，习习凉风中听夏虫呢喃，快乐的瞬间被湖光水色打捞起。同游相处的时光总是令人难忘：有一种记忆叫同舟共济，有一种友情叫行者无疆。

别后经年，愿你我都做个生命的发光体，自带热度，散发光芒，温暖如初！

访周坦状元

　　文联摄影班采风团三辆轿车从体育馆出发，上高速，到达仙降状元所在村文化礼堂时，才不过早上七点。

　　负责人分发了资料，简明介绍了此次采风是围绕宋状元周坦的"永安八咏"诗展开，寻觅八首风景诗中的古迹。

　　我有很多次采风经历，以往都是文学采风，熟稔于心，唯独这次是跟随大师们进行摄影采风，新奇而充满期待。大师们身背摄影器材，脚蹬运动鞋，一身工装裤，装备精良，神态自若。我这只"菜鸟"在大师群沾了一回光，所到之处站长、村长奉若上宾。

　　周坦状元是一位学者型官员，其名列于瑞安理学名臣坊。他生于宋宁宗庆元二年，曾就读于常宁寺，他将村中的景化为优美的文字流传千古，吸引我们前去记录和考证。正像班长所说的，一块断裂的古砖，随意抖落的都是千年的尘埃。

　　我们第一站拍摄常宁古塔，古塔建造于宋熙宁间，几番坍塌，几次修缮，修的时候还是用原来城砖，因此虽经九百多年的风雨洗礼，依然一派旧时模样："浮屠幽胜许谁凭，金碧交辉累七层。得意题名穷进士，忘形匿性老禅僧。光涵乌兔鸣风铎，影动珠璃晃夜灯。

回向江干低处望，移来星斗蘸波澄。"

　　采风团成员各自寻找最佳角度，排开阵势，投入抓拍。有的眯缝着眼，嚓嚓按动快门；有的弓步蹲点，斜举相机；有的凝思，仿佛穿透历史风云……我则把镜头对准摄影师们，记录好玩的瞬间。没想到，螳螂扑蝉，黄雀在后，正当我忘情偷拍摄影师们的各自表情时，我的身影早就进入了别人的画面。这是一个互易的世界，摄影师 or 模特，在纷纭复杂的镜头中，一切片子说了算。

　　最考验人的意志和忍耐力的是拍摄《锦屏形胜》。锦屏山山坪有青铜器时代古遗址一处。我们并非探险，而是摄影，自然目光的聚焦点在优美的风景上。七月，九点多钟的太阳就像熔炉的大火倾泻而下，烤得人汗流浃背。徒步上山，如同穿越火焰山。汗水淌进嘴里，一股浓浓的咸味儿。如此骄阳烤人，并未减弱摄影师的艺术敏锐性，队伍中不乏发现美的眼光。一老师指着寸草不生的黄土坡说："谁上去从上面走下来？保准黄土高坡的感觉。"队伍中有人自告奋勇，背着双肩包，手提照相机，如流浪的摄影师从"沙漠"那头风尘仆仆而来，回放片子，惊呼在小土堆里拍出沙漠风光。真正的大家比常人多了一份发现美的慧眼！

　　山坡上没有参天大树，一片草坪在众人眼中已然"草原"，有人说，草原上散落羊群才能拍出草原的灵魂。紧挨"沙漠"的这片"草原"上，有了这些散落各处、手持相机的摄影师，倒能找出几分动感和活趣。可惜太阳当头，除了粗粗的喘息声，再也难有这份闲情，谁也不愿上去当模特。

　　周坦状元墓前的石将军自然又是镜头聚焦的焦点。拍完这些，下山时已是十点左右，这个时候因为逆光，最不适合拍照。负责人可不了解这些，领队把车停靠在状元牌坊前。大家犹豫着要不要下车？班长说：敬业点，人家带路很辛苦的，即使下去做做样子随便拍拍，也让领路人有个心里安慰。（班长，好人哪！）闻听此言，我们这辆车的女摄影师们以大无畏的精神冲入如火艳阳下，一阵猛拍，敬业到极致，直到班长开车离开时，才发现还有俩人未上车。

　　话题过于沉重，我溜出厢房，见黄老师在走廊上教大家拍人物照。黄老师说，人物照最主要的拍出人物的气质和灵魂。有些模特平时生动活泼，一对镜头目光呆滞，四肢僵硬。他通常让模特背对着他，听他口令：头疼——回首做头疼状；肚子疼——捂着肚子；腰疼——叉腰……黄老师边说边做，妙语连珠，回眸一笑，步态摇曳生姿，逗得大家哈哈大笑……一旁默不作声的八十二岁高龄的郑老师把大家的生动笑姿抓拍下来，眼睛传神，笑纹，光斑清晰可辨，令人赞叹！

　　发现自己的潜能，回放镜头里的乾坤，叹息一段闻所未闻的野史；嬉笑逗趣中完成生动的摄影课，擦肩而过低调沉默的大师，这些都是我在空调房里遇不见的。精彩的一瞬，永恒的一刹那，唯美的一枝芬芳，凝固在镜头里，承接汗水与喜悦！我更好地理解采风的含义：推开心扉，让风景进来。物我交叉的片刻，是快门的几分之一呢？人生境遇大抵相似，光圈开多大，曝光多少，只是一瞬间而已。

　　照片可以记录生活，文字也是，两者相通之处是找准灵魂。不起眼的村庄因状元的八咏诗，挥发出浪漫唯美的气息；常宁古塔因注入了时间的灵魂，才有几圮几修；镜头里带着摄影师自身的感悟体验，注定与众不同。

　　有灵魂，方不朽！

北麂慢时光

去过不少岛，在北麂岛会无端想起那年去过的意大利彩色岛，两者有相通之处，彩色岛像浓烈明快的油画，北麂则像清淡悠远的水墨画。海风吹过发梢，在热闹的人群中，我顿感繁华退却，内心宁静浮现……

岛上时光很慢，慢得可以牵着蜗牛去散步。

下了一夜大雨。清晨，被停在电线杆上的燕子的呢喃声叫醒。拉开厚重的窗帘，推开窗，裹着咸味的海风轻拂脸庞。雨后的青山郁郁葱葱，微风吹皱清凉的海水，漾起层层波纹。五六艘蓝色的渔船泊在避风港，静谧得如同远道归来的原乡人。哦，北麂，一夜雨水的冲洗似乎让它更为古朴、纯净。

北麂第一次植入我脑海是那次参加温州演讲赛，一选手所讲内容为北麂灯塔的守望者，令人印象深刻。因为慕名，所以终于踏上北麂的土地上。

北麂岛的面积和厦门鼓浪屿差不多，共有六个村子，北麂本岛有四个村子，外岛有两个村子。去的时候是禁渔期，渔民或外出打工，或搬离此岛，本地留守的居民不多，大多为老年人，他们坐在门前的洗衣板上，有一搭没一搭地聊着，回味着光阴里的故事。一条黑狗躺在他们身边，垂着舌头看着过往的行人，懒得吠叫一声。岛上的时间似乎凝固静止，只有老人额头那纵横交错的纹路显示它曾来过。

沿着堤岸线行走，早起的渔民坐在路边修补残破的渔网，街口的菜摊上摆满龟脚和咸货，静谧的海岛渐渐有了烟火气息。跳操的村姑，觅食的母鸡，散步的蜗牛，带着露珠的野花，互不干扰，在时光里演绎自己的故事。

北麂的房子依山而建，大多石头垒成，建得低矮、敦实，在山间错落有致。屋顶的青瓦用石头压着，防止瓦片被风刮跑。许多房子早已人去楼空，藤蔓爬满了外墙。

北麂山灯塔，有着诗意的美。很多城市青年甘愿抛弃都市的繁华，来到岛上做灯塔工志愿值守。通往灯塔的小路上，芦苇遍地。我只见过水边茂盛的芦苇，长在山上却是少见。芦苇个大穗长，也许这是没有开垦的处女地使然。洁白的柚子花散发出清淡的幽香，啤酒瓶垒成的花坛透着渔民对美的朴素的向往。

几个村民在植树，他们如石头般沉默着，偶尔望着裸露的黄土发呆。植树初衷大概是防风固土吧。据说这特殊的地理环境很难让小树苗存活，还未等它们扎根就被台风刮跑，因此常种常刮，常刮常种。倒是灯塔附近那片平整的草坪缓坡，许是受了灯塔的庇护，一批挂着志愿者姓名的小树青翠欲滴，呈现一片难得的生命力，和红色的灯塔围墙相映成趣。

登上灯塔顶部，底下是苍茫东海，海域疆线一览无余，360 度景致各不一样。往南看，防波堤坝分列左右，犹如两道山门，把海水拦腰阻断。堤内，一艘渔船独自而立，静享岁月静好；堤外随时有浊浪滔天、风起云涌的变幻。往东，两片岛屿如鳄鱼张开的嘴，海水填满了这张嘴。如果晴天，会一睹落日熔金美景，红日渐渐沉没在海平面，残霞染红海水，煞是壮观。

北麂岛拥有温州最好的渔场，海鲜多，几位和我们同时登岛的温州人背着泡沫箱，来北麂，就是奔着海鲜和海钓去的。我们登上摆渡船，渡过一段浅浅的港湾，来到一片别有天地的人工水产养殖场。渔民们正在海上作业，如帽子般的大桶舀起无数黄鱼，大桶四周凿了十几个小洞，随着水流的流失，黄鱼在桶中欢蹦乱跳，映衬着渔民丰收的喜悦。

归途，路过一处泥墙，随行陈医师说："这是我六十年前就读的小学，如今已做民房，没有学校痕迹。"听着陈医师的叹息，似有"宫殿万间都做了土"的慨叹。一切时光里的事物终被时光掩埋。潮涨潮落，海的博大胸襟，囊括了时间一切的悲喜，静默不语。

新北麂小学，是岛上最新的建筑物。时常有志愿者或专家来岛支教。尽管如此，依然留不住流失的学生。如今小学里总共剩 29 名学生，10 个教师。人数最多的班级六年级共 11 个人，二年级只有 2 个学生，因为家长坚持，也独立成班。黑板上挂着宁波志愿者教孩子做的拓鱼，有岩撞、岩闪等鱼，栩栩如生。墙上挂着孩子们画的避风港水彩画，跟实地一模一样，唯美形象。

开往北麂的游轮，从飞云渡出发，因着潮汐，每天出发的时间都在变，可以一天来回。但不在海岛上住一夜，怎能感受海岛悠悠的慢时光呢？

次日中午，船渐渐离岛，电视上放着张学友的《祝福》：伤离别，离别虽然在眼前，说再见，再见不会太遥远……

哦，再见，朴素的民风；再见，美丽的风景；再见，令人留恋的慢时光；再见，仿若世外桃源的北麂。若有缘，有缘就能期待明天……

童年拾忆

前些日，与儿子行走在青石板铺满地的会文里，拐过街角，儿子曾就读过的市中心幼儿园矗立眼前，花花绿绿的装饰透着童真和浪漫。儿子倚门而立，望向里边，怅然曰：真怀念滑滑梯的那些时光啊。我蓦然惊觉，儿子和我一样，只能在记忆中遥望童年，怀念那快乐又青涩的时光。

相比较儿子到处奔波各才艺学习班的圈养童年，我的童年是野生的，充满冒险和野趣。没有太多的学业负担，放学后，上树掏鸟窝、下河摸鱼虾，抑或在门前道坦上玩抓特务的游戏，疯跑至大半夜。

我的童年时代，物质匮乏，大家走路都低着头，眼里放着光，随时捕捉"猎物"，恨不得把一根稻秆枝都往家里捡。对物质的极度渴望幻化为梦里捡钱，那条通往"一线天"老街的沿河石板路洒满一分硬币，捡也捡不完，最后笑醒了。其实，哪里有什么硬币可捡？道路水洗般干净，背着箩筐和锄头的街头阿豹，见到粪便捡；拿着铅丝棒的邻家小孩，一戳一戳戳光了路边的落叶……如果能在路上捡到一颗糖，那真是上天掉馅饼了。上天当然不会掉馅饼，多是孩童制作的"陷阱"，引人上钩寻乐子。

　　记得同伴中有个"孩子王"喜欢作弄人，把搓成长条的泥巴用花花绿绿的糖纸包好，故意撒在路边，等待路过的人过来捡。第一个撞入眼帘的是乌人伯，他看到路上躺着两颗糖，眼睛亮了一下，但随即露出怀疑的神色，无视诱惑，径直走了过去。孩子王不气馁，到路边胡乱抓了一把枯草撒在边上，那两颗糖果就若隐若现了。第二个见到这两颗糖的是垱西角的圆脸少妇，她神色慌张，快速地捡起那两颗糖，放进裤兜就走了。我们很失望，如果被捡粪阿豹捡到，说不定看都不看就丢进嘴里，然后哇啦哇啦大骂恶作剧者。

　　对于我们这些女孩子来说，恶作剧自然是不屑为之的，我们惦念的是每年六一儿童节汇报演出。虽然只是几张课桌拼接起来的简陋舞台，于我们眼中，已是星光大道，如果有幸登台亮相，那美美的滋味可以持续一整年。可惜整个小学时代，上台机会寥寥无几，一则缺乏艺术细胞，二则音乐老师奇缺，很少真正上音乐课。到四年级的时候，来了一个老教师教我们唱《解放区的天》，他口齿漏风，方言腔调严重，不知道五音全不全，摇头晃脑挥舞着拍子。即便是这样，我们依然上得津津有味，压抑很久的歌唱欲望像汗水一样直往外冒。这样上了一个学期，大概老师退休了，音乐课也就销声匿迹。五年级快毕业的时候，班主任宋老师请幼儿园的老师给我们几个成绩好的女孩子排了一个舞蹈——《北京的金山上》。那年的"六一"演出地点改在了高大上的电影院舞台。我们几个穿上统一的白衬衫和蓝裙子，蝴蝶般穿梭在水网纵横的小镇，小胸脯挺得高高的，恨不得昭告整个小镇——我登台演出了。可惜父母都在外地经商，祖母又要守着杂货铺，没能出席我那高调的"六一"演出。隔壁班的女孩子穿着白纱裙跳《亚洲雄风》，一个个像童话里的白雪公主，羡煞我们。许是弥补这种缺憾，上初中后，我和其中的几个白纱裙成了很好的朋友。后来的学生时代也曾在不同场合登台跳过几支舞，但没有一次像这么激动和傲娇。也许，第一次都是令人难忘的吧。

童年的农村生活总是点缀了缤纷的花朵。春有紫云英和油菜花，漫天遍野的霸蛮姿态像极了我们张扬的童年。夏天，洁白的栀子花绽放房前屋后，折枝或插在书桌角，或挂于蚊帐上，满室飘香，数日不散。此后从指甲花、野菊花延续到腊梅，一年四季轮番上场，闻到的都是湿漉漉的泥土气息，蛙叫蝉鸣，此起彼伏，满眼都是"一去二三里，烟村四五家"的诗意生活。

我不知道儿子的回忆里童年是怎样的？那天开车经过万松路，儿子"呀"了一声——原先静立的科技大楼变成一堆废墟。他在车里沉默很久。我知道：那里，曾经流转着他学钢琴、声乐、书法、舞蹈和阅读的时光。消逝的建筑物，无处缅怀的童年，怎不令人怅惘？

"什么时候才能像高年级的同学，有张成熟与长大的脸。盼望着假期盼望着明天，盼望长大的童年……"少年不知曲滋味，听懂已非曲中人。

在寂静中倾听

流年剪影

只能陪你到这里

我是极不愿意去车站送别的，受不了那离别的气氛，如秋风吹落叶，簌簌，荒凉寂寥，好像随时催发泪腺。然而，弟弟客居他乡，中秋短暂的相聚之后面临着长久的分别，不得不送弟弟到车站。

一路无语，从反光镜中看，弟弟脸色凝重，母亲伤感的叹息沉重冗长，就连一向活泼的侄女墩墩，也一改往日的明朗，打蔫地靠在弟弟身边。

车很快到达动车站，母亲叮嘱的话说了一遍又一遍，最后看看时间差不多了才说："行了，进去吧，只能陪你到这里！"

弟弟拉着行李箱，牵着侄女的手，抛给我们一个背影。过了闸口，那背影在楼梯处渐渐矮下去，最终被高大的广告牌遮住了。我拍拍母亲的背："走吧，我们也回吧！"

母亲还在牵念，还在眷恋，她一步三回头。我知道她是希望弟弟回瞥一眼，然熙熙攘攘的人群，难觅那熟悉的背影。母亲走在我前面，她彷徨的背影，像一只迷途的老鸟，忧郁的翅膀找不到飞翔的航向。她仿佛老了十岁，虽然衣着还光鲜，但那光鲜已被离别压得暗淡无光。

"走吧，回去吧。"我拉住母亲的手，曾经温润的手不知何时布满核桃般皱褶，粗糙的纹理硌得我心酸：母亲老了，经不起一次次离别了。

"谁让你们小时候经常离开我们，现在这滋味不好受吧。"我说。

母亲讪讪地笑。

小时候，父母在外地经商，一年只有正月回家团聚六天，初五是一定要离开家乡的。离别的场景总是跟喜庆的春节氛围格格不入。

弟弟像块黏性十足的膏药贴在母亲大腿上，无论祖母怎样撕都撕不下来，哭喊声震天动地。后来，祖母在邻居的帮助下好不容易扯下弟弟，母亲仓皇而逃。弟弟的心像被扯开一个口子，泛着淋淋的血水，扒着窗户喊"妈妈"。母亲颤抖着身子，手背悄悄拭泪，急急走出道坦，转过桥头，淡出了视线。弟弟推开众人，跑向后窗，向着母亲离去的方向哭喊，声音被新年的爆竹掩盖，声嘶力竭地挽留全落进了我的心里，如滂沱大雨淋湿了我整个童年。

只能陪到这里——六天，是父母陪我们的时间界限。

一晃童年过去了，少年过去了，青春也过去了大半……需要陪伴的人物翻了个儿，变成了日益苍老的母亲。凑巧的是弟弟回来过年陪母亲的日子不多不少，也正好六天。

轮回，就这样不期而遇。那头漂染过的青丝中，落了一瓣小小的寂寞。

长大后，我分在了城关工作，每逢周末，总是回老家陪祖母一起过。返回单位时，祖母总是一路相送到车站，行在一座座小桥，一个个河埠头把生活虚化成背景。我的手指轻轻滑过老家的竹篱笆，鲜红艳丽的鸡冠花在风中摇曳，咯咯咯的母鸡从竹篱笆窜出，旁若无人地挡道觅食，留下一堆冒着气泡的鸡屎。祖母笑骂着母鸡的不合时宜，一路提醒我避开一堆堆"地雷"。

后来，祖母生病了，我独自悄无声息地走在越来越冷清的回乡小路上，老家的鸡冠花早已不知所终，码头上已不见停靠的舴艋舟。我知道祖母有一天也会如这消失的舴艋舟一样零落无踪，独留残破的记忆给我。

祖母知道我的脆弱，熬到我成家立业，熬到我生命中有了自己的孩子，熬到我有足够强大的内心面对死亡，她才沉眠南山。

我送她最后一程，走过熟悉的一线天街，走过铺满水葫芦的轮船埠头，走过虔诚守岁的庙宇，走过恩怨，走过悲喜，走向虚无的空间里。唢呐很悲，呜咽声中棺木缓缓被推进了洞穴，主持丧事的帮工开始封"龙门"。

我和祖母之间只隔了一道门，这道门她迈不出来，我亦不能迈进去。我只能陪她到这里。细雨织满了天空，一滴从脸颊上滑下的水，打疼了所有的记忆，那些模糊而清晰的爱的细节在眼前呼啸而过。

驿站。码头。车站。机场。天下伤心处，劳劳送客亭。送君千里，终须一别，一别无归期。所有的相聚都是久别重逢，所有的离别都是此去经年，望断天涯路。

没有人能陪你一辈子，即使亲若父母子女，亦只能陪你走一阵子。

抽不完的青枝，折不完的柳条，陌上花开，生命列车远驰，靠站时，总有人离开，也有人进来。离开的是我们的先人，进来的是我们的后人。在一场场断舍离中，如有下一个相聚期，请好好把握，那是射进生命的一缕微光！

编织岁月

"大儿锄豆溪东，中儿正织鸡笼。最喜小儿无赖，溪头卧剥莲蓬。"每每读辛弃疾的《清平乐·村居》，总会对正织鸡笼的二儿记忆犹新，那个鸡笼总是在我眼前挥之不去。我羡慕善于编织的人，他们总是用一根线、一段丝或一截苇秆编织出一件件或实用或好玩的物什，让人发出惊艳的感叹，时光在编织者手上倒流。

我的姨父是位篾匠，他将一根青竹剖成宽度、厚薄均匀的细篾片，每年在大家忙着抢夏收的时节，悠闲地坐在门坦头，不徐不疾的编席，手指晃动间，那些单独的竹片纠缠在一起，舞动着、交叉着，变戏法似的成为一领好看的篾席。他编织的席子远近闻名，凭着这双会编织的魔手，他的日子过得比一般农家要宽裕很多。可惜姨父英年早逝，一同消逝的还有他那手编织绝活。

沉默寡言的二伯也是一位善于编织的人。他把一段段寂寞的时光揉碎在指尖，幻化出一个个精致的器皿。与姨父不同，他总是躲在楼里独自编织，从不示人。他把藤条要得绵延不绝，从第一根藤条的穿插到最后一笔的收口，行云流水缓而有度，舒展腾挪如一曲曲调悠扬的《平沙落雁》。他编箩筐、篮子、桌盖，除了自己用外，还免费赠送邻里。我最喜欢看二伯编虾笼，二伯许诺编完虾笼就带我们去捕虾。于是那个夏天在等待中度过了慢慢酷暑，二伯也终于编完虾笼，他把虾笼箍在一根黄竹竿上，做成可以自由活动的笼子。在一个红霞满天的傍晚，二伯果然带我们去捕虾。他把虾笼猛地射入水中，水面腾起很大的旋涡，虾笼吃水时自动闭合，被旋涡卷入虾笼的鱼虾无处逃遁。二伯把虾笼从水中拉起，满满的一笼河鲜倒在地上，有活蹦乱跳的鱼虾，有青褐色的螺蛳，我们欢快地低头捡拾。二伯则点上一支烟，在夕阳余晖中悠然地吞吐着。

　　然而，随着外出经商潮的到来，农家纷纷逃离土地，二伯的一手编织绝活成了英雄无用武之地，二伯也背着编织袋外出谋生去了……

　　外婆的编织是慢的，慢工出细活嘛。她用蓝色的尼龙丝编渔网。外婆编织不用人帮忙，她一个人坐在门前，面对着一大片稻田，风吹稻浪沙沙响，和着稻田边角上的茄子、黄瓜、西瓜、西红柿齐齐亮相，好一幅农家田园图。外婆手拿梭子，如一位调兵遣将的将军，在她的尼龙丝上经天纬地，偶尔梭子往头上搔一下，似在思索下一步的布局。我兴致来了，想帮外婆一把，却怎么也织不出外婆的利索和整齐。

　　母亲编织的画面我很少记忆，但对她后来织编织袋的情景却历历在目。大概是我上幼儿园的时候，家里突然多了一台编织袋机器，伴随着梭子来回移动的动作，我总看到父亲和母亲坐在机台上没日没夜的劳作。夜深了，那只梭子还在不停来回穿梭，地下铺了一堆织成的编织袋，我们姐弟俩窝在编织袋上睡着了，边上还躺着我家那只小黄狗。那时候虽然条件艰苦，但能跟父母在一起，再苦也不觉得苦，回忆起来是满满的温馨。

　　有一次，去川西北若尔盖大草原旅游。晚饭后，我们在藏族民居特色的古街散步。这条古街横跨两省，一半隶属四川，一半隶属甘肃，一百多年前因藏汉人民在此交换物资而形成集市。街上有很多店铺，琳琅满目。街旁有一藏族老妪为游客现场编藏族小辫子，她把五颜六色的丝线编入发丝，青丝因这些五彩丝线的加入顿时喜庆洋洋，同伴迫不及待地坐在小凳子上等待编织。我则踱到一家围巾店，这里的围巾与城里的不同，店主在织布机上不疾不缓的织布，质朴的纹理一下子摄住了游人的心，仿佛回到了远古的男耕女织时代，再看织布姑娘，芊芊素手在麻线上翻飞，一副岁月静好的样子。尽管围巾价格不菲，但买者众多。编织起来的围巾，融入编织者的耐心、情感、体温，充满灵性，远非机器快速裁制的能比。更重要的是每一款都是限量版，一丝一念，一念浪漫又柔美。

　　在如织的时光里，能亲手为你织一件毛衫、编一根辫子，哪怕仅仅是一只端午节挂在脖子上的丝线蛋袋，都值得我们深深眷恋。

衣袂飘飘

能不能为你再跳一支舞，只为你临别时的那一次回顾，你看衣袂飘飘，衣袂飘飘……

每当唱起这首歌，眼前总浮现出冰清素色的女子，寒风中独舞，白衫白裙，即使素到极致，那背影依然是美的。衣服之于女人，是精神的展现，是情绪的表达，是吸引眼球的利器，是招摇过市的外交辞令。无论是雍容繁饰的华服，还是清浅素雅的便装，女人爱衣服胜过爱自己。每一次的收腰束腹节食，无不是为了更好展示漂亮的衣服。

女人的大部分时光，总在衣服里跌宕腾挪。

读过范小青的一篇小说，讲的是一件漂亮的红色风衣，被女大学生扔掉，经过收废品阿姨挑拣、废品处理站分类、淘宝上架售卖等环节，这件神奇旅行一周的红色风衣，最后竟然又被女大学生买回。她完全忘了自己曾经就是这件衣服的主人，摸着风衣口袋里的两张电影片还非常惊奇，咦，还有两张旧电影票。小说戛然而止。

有些衣服还没相熟就已遗忘。搁在从前，绝不可想象。

小的时候，穿衣尚处在"新三年旧三年，缝缝补补又三年"的阶段。

　　伯母家子女众多，老大每年都穿新衣服，老大穿了老二穿，老二穿了老三穿，老三穿了老四穿，一件衣服，传到老四早已衣辨认不出原来的颜色，补丁叠着补丁，没有几处地方是好的。我也是家中的老大，通常情况下老大穿衣是占了便宜的，然而我却没有。我没有妹妹，只有一个小一岁的弟弟，弟弟自然不能穿女孩子的衣服，家里要给我们支出都是双份。为了节省开支，我们姐弟俩冬天穿的衣服，都是大人穿旧的毛线衣拆解后重新编织。有时候毛线不够，要从好几件衣服中拆下编织，所以，穿着花花绿绿拼接的线衣出门是常态。不仅是我们家，那时同龄人都是这样，也没有什么难为情的。衣服最容易穿破的地方是膝盖或者胳膊肘处，破了也没什么，拿一块布打上补丁照样穿三年。以前衣服打补丁是无奈之举，如今衣服上的补丁是故意为之，名曰时尚。

　　记得十岁过年的时候，母亲给我买了一件碎花棉衣，为了防止来年个子长高穿不下，母亲特意选大了一码。正月里我"掉"进超大的棉衣中，像一颗臃肿的茧穿梭在大人的桌子之下。因为物资短缺，小孩喝酒不能占席位，只能站在大人身边，等着大人夹菜赏赐。这样过到初五，父母亲去了外地经商。此时，正月走亲访友虽近尾声，但还剩几家亲戚要走，我理所当然担任起我们家的外交大使。正月初八那天，接到第二天赴外婆家宴席。祖母看到我那沾满污渍的棉衣，让我脱下洗了再穿，可没想到天降暴雨，连绵整夜，棉衣自然没办法晾干。让我穿着补丁的旧衣服赴宴，十头牛都拉不去。祖母只好把棉衣靠近火塘烤。就这样，我穿上还未全干的衣服做客去了。

　　在老一辈的观念中，新买的衣服马上拿出来穿太过奢侈，他们总是等到重要的场合（走亲访友）才穿一次，回来后马上清洗放箱底，等再次启用时，人也旧了，衣服也过时了。

结婚后，住房紧挨着虹桥路，整条虹桥路布满大大小小的服装店。我的家成了姐妹们逛街的落脚点。一次，单位长我两岁的师姐把新购买的衣服放在我家寄存。因她家住山区，家境不好，如果让弟弟知道用工资买衣服肯定被骂。那件漂亮的湖蓝色连衣裙在我家的衣柜里挂了一个月后才拿回去，当然对她弟弟说是打很低折扣买的。这位善良胆小的师姐七年后离开了人世。如果能预知生命如此短暂，她定然不怕弟弟责怪，当日便穿上湖蓝色的连衣裙，那随风扬起的裙裾是对青春最美的告白……

早些年，衣服款式不多，又奇贵。经常见店员用鄙夷的目光审视衣着朴素的乡下来客，如果试穿后不买，一定恶语相向，甚至大打出手的。哪想到几十年后，小城各类商场轮番开业，衣服样式繁多，工艺精良，加上淘宝的出现，快递业的发达，货源充足，衣服的标价日趋合理，更重要的是店员的笑容让人如沐春风。

买衣成为稀松平常，再也不是祖辈"千年等一回"的奢望。记得祖母在世时，看着我们每天不重样的穿衣打扮，时常感叹："你们呀，新衣服都穿不过来，天天像做客一样，日子过得恁爽！"

谁说不是呢？如果师姐还活着，还会为"衣"憔悴吗？

炊烟里的往事

　　年关将近，太阳正好。厨房里炊烟袅袅，母亲正在酿酒。高压锅"嗤嗤"腾起阵阵烟雾，那烟雾被一根拇指大的皮管导引着，引到一桶糯米饭中，把糯米饭吹得粒粒饱满，如晶莹剔透的白玉。这些催熟了的白米饭平铺在洗净的篾席上，一大片一大片的雾气氤氲着整个阳台，如烟的往事在眼前渐渐聚拢。

　　酿酒其实很简单，先是将糯米浸泡 5 到 6 小时，将泡好的米清洗两遍，蒸熟，蒸透，小米饭晾到 40℃ 左右，加入山泉水打散。然后再加入酒曲，搅匀成酒窝，在米饭中间挖一个酒窝，把预留的酒曲加半杯水，密封在坛子里发酵。这样发酵出来的黄酒除了用来烧菜，还是父亲冬日离不开的饮品。通常，父亲温一碗黄酒，自斟自酌之间，那些岁月里的沧桑在黄酒中稀释了。

　　这样盛在土陶粗碗的黄酒，就着一盘酱油肉下酒，是别有滋味的。这酱油肉都是自己家做的，因在腊月做的，故又称腊肉。每年一到腊月，趁着阳光充足的时候，做腊肉的工作就开始了。家庭主妇们洗净了猪肉、鸡翅、鸡腿，等它沥干，放入调好的酱油中，用刷子给它们一遍遍刷着，直至这些肉类通体暗紫。浸饱了酱油，再系上一条条红绳，把它们挂在屋檐下或竹竿上。阳光和风真是好东西，用不了多久，肉就改变了颜色，由浅红变为深红直至紫红。北风呼啸的时候如果不想上街买菜那也没关系，只要从屋檐摘下一挂腊肉，放在米饭里蒸煮。饭熟了，酱油肉的香从米饭中溢出来，一些贪馋的人受不了它的诱惑，未等它充分凉掉，就抓过一块丢在嘴里，烫得嘴巴发出嘶嘶的吐气声，满口油汗汗的，真是妙极了。

　　冬日的餐桌上，唱主角的就是"肉冻"了。熬冻，老家的主妇们格外青睐它。似乎无冻不成冬。冻是由猪蹄老鸭本地鸡等混合熬制而成，一个"熬"，可见时间不短。猪蹄或老鸭在锅中炖烂，一次一次地刮去浮油，待肉熬成肉糜，放在阴凉处冷却。南方没有供暖设备，室内的温度和冰箱差不多，肉冻很快冻住。煮粉干里放上一勺肉冻，比放上一勺猪油还香。我最喜欢大年初一的第一餐蒸年糕配肉冻，一口粘糯的年糕，佐一点入口即化的肉冻，吃得通体舒服，真觉得日子一年比年高。而此时年糕散发出来的热气静静地在半空浮悬，窗外是噼里啪啦的爆竹声，大家的脸上就会呈现出那种知足的平和表情。年糕也是自己做的，在放寒假的时候，年糕作为精彩的节目也隆重登场了。一字排开的捣臼，壮年男子抡起大锤，一锤一锤，锤在煮熟的糯米上，把糯米饭锤成软软的一团，放在特制的年糕印模中，各式各样的年糕应运而生。如果在年糕中加入红糖，印出来的年糕呈咖啡色，自带甜味，我们又称它为糖糕。当然这样的手工糖糕是奢侈的，逢上嫁娶才来一回，我们笑称"千年等一回"。更多的年糕是机器搅出来的，蹲守在机器口，用铁片快速切下机器吐出的长长的糯米糕，切成筷子般长度的一截。这时，家里小孩多的就显出优势，孩子们在它们还未粘在一起之前，快速铺开热腾腾的年糕，一张篾席很快铺满。这些白白胖胖的年糕像胖娃娃般惹人喜爱。冷却后的年糕运回家，成"井"字形叠放风干，然后把这些风干后的年糕泡在大水缸里，可以一直吃到来年清明。在少零嘴的年代，放学回家从水缸里摸出一支年糕生啃，既填饱肚子又解馋。

除夕的时候，空气中弥漫着爆竹的气息。堂屋里摆着一张大圆桌，在吃分岁酒之前要举行祭祀礼。祖母端着自家酿成的米酒，一圈圈给逝去的亲人敬酒，我们的手偶尔搭在凳子上，马上遭来祖母的呵斥，她说那是某位祖先的位置，嘴里念念有词，祈求祖先饶恕后辈们的不懂事，态度虔诚而肃穆。我们那时就会发出快意的笑声，觉得祖母是在开玩笑。如今曾说过这话的祖母早已和着缥缈的炊烟去了另一个世界。长大后看《寻梦环游记》，想起祖母，有潮潮的雾气漫过眼角。

过年依然热闹，酒香依然醇厚。如今智能厨房代替了烟囱，袅袅炊烟中一大家子坐在一起吃分岁酒的岁月一去不复返了，让我在回忆往事的时候，为那股亲切而熟悉的气息的远去而深深地怅惘着。

翻过昨日

　　每到岁末，我的案头总是寄来各式各样的日历，有摆在桌子上样式精美的台历，有挂在墙上色彩斑斓的挂历，也有附在杂志或笔记本上的简约日历……无论是哪一种日历，都在提醒你，时间过得飞快，薄如蝉翼，轻轻一翻，三百六十五天就在生活中无声谢幕了。

　　而在各类日历中，我特别怀念起祖母家的老皇历。

　　小时候，我跟随祖母生活，祖母家有一个谷仓，谷仓的上方挂着一本如书本一样厚重的日历，祖母叫它"老皇历"。日历的封面上方印着"恭贺新春"四个烫金大字。中间立着一手端着寿桃，一手拄着拐杖的老寿星，他的膝下围绕着白白胖胖的童子，一年的日子就在这喜气洋洋的画面中拉开了。

　　那时候，我每天早晨醒来的第一件事是撕日历。凡是黑体字的日子就随手揉成一团，用力投掷到对面长着青苔的矮房瓦缝里，然后赶紧洗漱吃早餐，因为这样的日子我要去上学，而到了红色字体的日子基本上是星期天，我便摩挲着将它带回被窝，欢喜地看着它，觉得它上面的每个字都是那么漂亮，那些几点涨潮几点潮落，那些宜什么忌什么的字眼亲切得不能再亲切。于是就赖在被窝做春秋大梦，梦中有吃不完的苹果，有长得可以尽情放纵的假期。祖母在楼下大喊：再不起来，饭就喂猪咯！见我毫无动静，祖母踩着细碎的步子，身后跟着那只毛色斑驳的老猫一步一步行到楼上。于是我就慌里慌张的起身套衣服，那张红色的星期天日历也被带出被窝，飘在冰冷的地板上，一脸委屈。

　　那时候我们居住的房子大都两层砖瓦结构，八九间联排建筑，白墙黑瓦。它们大多坐北朝南，二层的门脸上雕刻着诸如"万山红遍""千娇百媚"的字样，也有更长的，我同学住的房子就是十六间联排房屋。外乡人若是问路某某地方怎么走，被问的人可能一脸懵圈。如果改口问十六间怎么走？被问的人马上会笑着回答：哦，十六间啊！在那里！显然，十六间已成了小镇标志性的建筑，幽幽地泛着岁月的沧桑。小镇有些年头的建筑还真不少，比如爬满青苔的节孝牌坊，比如落在水云间的一线天老街。老街林立着许多老店铺，裁缝店、杂货铺、中药店、打铁铺……不管是九间、十六间民房，还是这些铺子，他们的白墙或板壁上经常点缀着一本老寿星日历。有会过日子的人家不撕日历，用一根橡皮筋勒住日历，将逝去的日子一一塞进去，高高吊起来，年终时拿下来就能派上用场。有时候女人们掸新时用它擦玻璃，有时候孩子们烧灶时用它来点火。可祖母家的日历因我这双不安分的手，日子一个也没留下，统统飞走了。每当青瓦上铺满白霜，稻秆垛子上垂挂冰凌的日子，老皇历上的日子就薄了，一年就要过去了。心中想着父母该从远方回来了，胶炒米糖的异乡人该出现在村口了，沉寂了一年的年糕厂又该升起袅袅炊烟了，由衷的快乐自心底升起。新日子被重新挂到谷仓上方后，老寿星仍然年复一年地笑盈盈端着寿桃。

　　工作以后，住在单身宿舍里，直到周末才回家看祖母。祖母家依然使用老寿星日历，我不在的日子，祖母的日子似乎凝滞了，日历仍然停留在我走的那天。我撕下那些陈旧了的日子，扔到对面的瓦背上。有些被雨打湿了，有些不知道被风吹到哪儿去了。撕去的日子有阳光温煦，也有风雨交加，有欢欣愉悦，也有忧郁和悲伤。虽然日子过得清贫，但因有祖母守着，日子也算温馨。

说来巧合，我的终身大事也因一张日历结缘。那些日子，我和对象关系并不明朗，我们互相猜忌着对方的小心思，若即若离，就像两团摇摇晃晃的火苗，太近了，怕烤了对方，太远了，怕冷了温度。有一天，我们相约去看失事的飞机，路过他家楼下的门口，他说，你等我一下，我拿个东西就来。说完，他蹬蹬上楼了。我坐在他家的沙发上，一抬头就看到了墙上贴着的日历，日历上有三个军人向我敬礼，代表海陆空三军。下方写着，一人参军，全家光荣。那一刻，我一阵悸动，脑中突然闪过一个念头：生命中的另一半就是他了，当过兵的人，应该适合过日子。

如今，每天早晨的第一件事是称体重，然后在台历上记下一个或轻盈或沉重的数字，一天的情绪便随了这些数字起伏。日历由一侧翻到另一侧，当两侧厚薄差不多时，浙南大地便进入一年中最热的一段日子。当日历翻到最后一页时，我将用过的台历放在书架上保存起来。然后拿出一本散发着油墨香气的新台历摆在书桌上，在上面写下新一年的创作计划、减肥计划以及圈出一个个特殊的日子，并书写简要的豪言壮语、所思所虑。

如果能把瓦背上揉成一团的日历一一捡回，也许已故的祖母就会复活，她又会带着那只独眼老猫站在床前唤我起床；也许老家那株被伐掉的柚子树又会开出一簇簇洁白的碎花，香气氤氲在门前的小河上。但日子永远都是：过去了的就像电影的默片，静静立在岁月的深处，成为回忆。

故乡的河

  我的家乡林垟四面环水。我十六岁离开家乡后，很少回乡，故乡的面目非但没有模糊，反而越来越清晰，它逐渐浓缩为清澈的河流，于每个雾气缥缈的清晨和繁星满天的夜晚，在我心中日夜流淌。在世间多如牛毛的四泽水系中，我独爱这微不足道的家乡河。

  林垟是一个冲积平原，早在三国东吴时期，它是万全垟的一部分，东吴在万全垟设立造船基地——横屿船屯，是全国三大造船基地之一。至我出生时，这片广袤的海洋早已完成它的乾坤大挪移，只留下"沉落策洲垟，涨起万全垟"的民谚。清代温州乡土诗人张綦毋有诗："横阳两屿夹晴川，故老相传泊万船。不信蓬莱有清浅，眼观沧海变桑田。"写的就是故乡沧海桑田的演变过程。

  林垟的河属人工运河，其作用是排水泄洪、灌溉粮田以及水路交通。它连接着开凿于东晋（385－400）年间，至南宋时期，已逐步形成一定的规模的瑞平塘河。由于林垟地势低，排水泄洪是其主要功能。

  故乡素有"浙南威尼斯"之称，水是它的灵魂和血脉。这里河流密集，数十条大小河流绕镇而行。民居临河而建，傍桥而市。早年间，河水清澈无比，她浇灌了万亩良田，养育了包括我祖先在内的无数勤劳的人民，他们或为金、陈、谢、柯林垟四大宅的后裔，或为各种在此安居乐业的土著村民。林垟的先民在河两岸生息繁衍。他们逐水而居，沉淀出一支深厚的文脉。河水赋予他们晴耕雨读的灵魂，河浪孕育着数不清的名人异士：南戏鼻祖高则诚，著名学者金鸣昌，浙南著名教育家金嵘轩，拳帅阿树……就连古生物学家、两院院士伍献文先生也曾寓居林垟好多年。河两岸走出的名人，有其独有的底子，他们着眼于实干，又能跳开物的本身，有着面河而生的广阔视野。他们共同创造了小镇的繁荣，书写了人才辈出的史诗，至今我引以为豪。

我从小在河边长大，老宅前门是河，后门也是河。母亲常在前门河埠头洗衣服，那砰砰砰的捣衣声成了最美妙的乐曲。母亲每逢捣完了衣服，便向河中一撒，衣服像一张大网在水中摊开，在沉入水底之前，快速捞起，在石阶上按揉几下，再次漂洗，如此几次三番，拧干衣服归入木盆。母亲心满意足端起木盆走向自家的竹竿前晾晒。水波还在荡漾，河埠头已换了一拨人，锤打声再次响起，嘭嘭嘭，咚咚咚，唰唰唰，此起彼伏，韵律十足。成年后我进了城，阳台上虽装了宽大的洗衣板，但再也洗不出故乡人在河埠头的随心所欲和美感。

沿河最热闹的事，莫过于遇到送嫁迎娶的小船，船上满溢着红红绿绿的喜庆和热闹，有富贵牡丹、龙凤呈祥、鸳鸯戏水图案的绸缎锦被。有红绒线缠绕的陶瓷餐具，它们呈金字塔状叠放。有绸带绑系的锦漆家什，那些家什有很好听的吉祥名字，马桶叫做"聚宝盆"，还有子孙桶、锦绣格什么的，里面会放有红枣、花生、桂圆和莲子，寓意"早生贵子"的吉兆。船上的新娘新郎虽没有凤冠霞帔长袍马褂，也没有现在的婚纱礼服，然也好辨别，穿红衣服的必定是新娘无疑。如果运气好，会遇上新娘隔舟扔把糖果上岸，于是一阵愉快的抢糖嬉闹声在河面上荡漾开来。

半个世纪前，乡间有一新郎，家庭贫困，娶亲时，租不起小船，划了自家农忙时节载谷用的大船——河厢去接亲。女方家看到河厢，倍觉没有面子，冷了脸色，为难男方不让新娘接走。不曾想新娘铁了心要嫁，执意跳入河厢，溅起浪花无数，白鹭扑棱棱在周边盘旋。这条溢满爱意的河流滋养了这对勤劳勇敢的新人。他们闲时摸鱼捉虾，忙时载着一船西瓜河中叫卖。有河埠头的地方就是商场，几十年的光阴小夫妻竟然成了村里的首富。

故乡的河是灵性之河，如一首温馨的诗，似一曲深情的歌，像一杯浓烈的酒，更是一部波澜壮阔、跌宕起伏的交响乐。她励勤策懒，她灌溉出鱼米之乡，她孕育着人文荟萃，她是我成长的摇篮。

人生又何尝不是一条河。有急流，有平缓，有激越，有险滩。然而，物质再丰富也会消失，再华丽也会腐烂。只有精神财富，才会汇入人类文明的历史长河，长流天地间。

故乡的河，静静，静静流淌着。

炒　粉

　　毕淑敏说：在我们的身体里面，居住着某些连我们自己都莫名其妙的客人——记忆。

　　顽强的记忆耐酸碱和腐蚀，岁月无法将它们漂白。比如对某人一见钟情，比如对某事滋生厌倦，比如对某味道念念不忘……

　　柳市新市街，一条不长的街，周围被烟火气息包围着，每个摊位都热气腾腾在做炒粉。

　　掌勺的胖子光着膀子，一手持长筷，一手拿铲子。他用本地猪肉熬出油，将烫熟的粉干放入，然后不停地将粉干夹起三四十厘米高，又抖落开，目的使粉干根根独立，不粘在一起。在"抖"的过程中，不时洒上料酒和佐料，佐料有瘦肉、豆芽、卷心菜、葱花等。胖子掂着墨黑的大锅，锅底的火苗如同调皮的小孩倏忽蹿出，不时舔着油锅里的粉干。胖子用锅盖一盖，锅里的滋滋声顿时轻了下去。

　　装盘。上桌。那盘炒粉真好看，细细的粉干混杂着青的菜叶、绿的豆芽，色香味俱全。我坐在弟弟对面，看他狼吞虎咽地吃。

　　才一会儿功夫，盘子里的炒粉少了一半下去。我咽了咽口水说："弟，吃饱了吗？给姐剩点？"

"还没吃饱呢，你等着。"弟嘴里塞满粉干，含糊着说。我叹了口气，目光重新飘向了胖子。

胖子进行又一锅的翻炒，铲子和长筷左右开弓，在锅里不断搅拌着，抖开一团团纠缠在一起的粉干，香气浓烈扑鼻。

弟弟风卷残云，没给我留一丁点儿。我拉起弟弟往回走，一步三回头，看着胖子把炒好的粉干装在一个大盘子里。什么时候能大快朵颐呢？

这个愿望很快要实现了。那天，父母接了一个大订单，因为出货时间紧，请来了所有在柳市经商的亲戚帮忙，我也投入地帮父母装袋子。从日出干到日落，从日落干到深夜，也不知道为什么能坚持那么久？许是被"夜宵吃新市街的炒粉"这句话支撑着，我的手一直飞快地干活。然而到底是孩子，熬不了夜。等到母亲把炒粉买回来时，我已经躺在一堆产品中呼呼大睡。耳边回响着父母招待众人吃炒粉的声音，我试图醒过来，终究没能撑开疲倦的眼皮。那一夜，我错过了渴盼已久的炒粉。

越是吃不到越是渴念得厉害。肚里的馋虫每日翻卷着，让我对炒粉的想念更加强烈。我一天天数着妈妈给的钢镚儿，离一碗炒粉的钱还很远。本来我和弟弟每个下午的娱乐时间是下象棋，赌注就是那些积攒起来的 5 分钢镚儿，但是在下棋这方面，我没有多少胜算。于是，我千方百计哄弟弟改下棋为打牌。很快，弟弟积攒起来的零花钱都被我赢了过来。

我终于凑够了一碗炒粉的钱。吃过晚饭，我和表姐迫不及待一起去了胖子的炒粉摊，打包了一碗炒粉。我们慌张得忘了拿筷子，一路只好用手抓着吃，狼吞虎咽中迎面撞上邻家男孩。

"喔，你们两个偷吃？"

　　我惊愕不已，如果让母亲知道我使诈，骗了弟弟的钱偷吃炒粉，非被骂死不可。我央求男孩不要告诉我父母。男孩说："如果你分一半炒粉给我，我可以考虑。"

　　我只好拱手相让，男孩接过还剩一大半的炒粉，不屑地说："你们真是老土，炒粉不能干吃，要配一碗紫菜汤才享受呢。"

　　啊？我为自己的孤陋寡闻而羞愧。

　　我开始新一轮漫长的攒钱过程。临开学时，终于如愿以偿坐在了胖子的炒粉摊，豪气地吼一声："老板，一盘炒粉，加一碗紫菜汤。"

　　那是吃得最满足的一次，当喝完最后一滴紫菜汤，我暗暗叹服男孩真会享受，炒粉和紫菜汤果然绝配。只是付钱时那个肉疼：一盘炒粉才一元，而紫菜汤却要五毛，是半盘炒粉的价钱啊！

　　……

　　经世以后，阅历渐深，遍尝过人生百味，"酒干倘卖无"是怀乡味道；"想念你白色袜子"是爱情味道；而炒粉，却是记忆深处飘出的童年味道……我多怀念那等了一个夏天才吃到的炒粉啊！坐在路边排档，看胖子一上一下"抖"出香喷喷的味道。等得越久回味越甘甜，因为那是一段渐行渐远的美好时光……

　　如今生活节奏加快，还有多少人愿意付出大把时间等待，等待一盘烟火气十足的炒粉呢？

四方食事

　　我喜欢南方。南方一年四季分明，春的垂柳，夏的浓荫，秋的辽阔，冬的凛冽，总是给人风情万种的新鲜感，精神也为之一振。我更喜欢藏在四季里的吃食，它总是搅动你的味蕾，升腾起或欢心或满足的幸福感。

　　读小说，每每到吃食的环节，都会停下来，看着文字出戏。近读钟求是的《等待呼吸》，主人公杜怡在前苏联留学，最馋的就是家乡温州的海鲜，那一刻我恨不得穿越书中，给她送去美味的金秋大闸蟹。我在写作的过程中也曾把自己的馋虫勾出来，记得写《老树咖啡馆》时，行笔至农村过年杀猪，那香的流油的猪头肉，令我不知吞咽了多少口水。

　　民以食为天，五千年的历史文化孕育出来中华民族独特的节日文化，春节、元宵、清明、端午……人们对日子的希望和畅想，寄托在岁令节气中以各种各样的美食表达出来。

　　一年的重头戏是春节。从腊月开始，杀猪宰羊、晒酱油肉、捣年糕、熬肉冻，一切的准备工作只为大年初一的第一餐准备。北方吃饺子以贺新春，饺子里会藏进硬币，吃到的人在这一年有格外好的运气。南方则以吃年糕，寓意日子一年比一年高。我的家乡这一天早上还会有卖苎、送元宝或唱莲花的活动，这些民间艺人穿着唐装或三五成群，或单独吟唱，唱到谁家，主妇都会拿出几支年糕送给吟唱者。日子在白白胖胖的年糕中拉开序幕。春节时，亲朋好友还要互相拜年，吃年节酒。年节酒有拜年酒和回年酒，体现中华民族礼尚往来的优良传统。这个习俗古已有之，《法苑珠林》中提到，唐朝时，长安城内"每至元日以后，遂饮酒相邀迎，号'传坐酒'"。古人在大年初一时还会喝屠苏酒、柏味酒、椒华酒以贺新年，取吉辟邪。

卖汤圆卖汤圆，小二哥的汤圆是圆又圆啊……春节过后是元宵节。南方没有北方那般赏花灯逛庙会的热闹，自然也少了"蓦然回首，那人却在灯火阑珊处"的惊艳，但是来一碗汤圆是必须的，北方人称元宵，南方人呼汤圆，意在团团圆圆。吃完元宵，带着吉祥和美好的祝福，人们开始为生计外出打拼去了。

到了夏季，五月初五端午节是民间重大的节日。千百年来，人们为纪念屈原而独创端午节的美食——粽子隆重登场，和着光鲜嫩滑的鸭蛋，美味氤氲在季节深处。以及由此衍生的各种民间活动，比如门前插艾叶，比如额前点雄黄酒，以及声势浩大的划龙舟活动，都令人难忘。贯穿西东的塘河更是给划龙舟提供了便利，这个习俗发展到现在，龙舟成了一个水上竞技项目，在乡邻狂热的追捧中，水花溅起的力与美，当真是"秀色可餐"，惊讶到连手中的粽子居然都忘了送到嘴里。如今的粽子更是花样繁多，除传统的蜜枣粽、豆沙粽外，还有咸菜肉干粽、鸭蛋粽，但万变不离其宗，多用糯米制成。

中秋节和重阳节为人们在金秋时节平添了几分愉悦。今年的八月十五中秋节和国庆节刚好在同一天，双节同庆。赏月、吃月饼、煲老鸭汤都是这个节日必不可少的活动。那天，母亲和儿女三人在刚建成的乡村绿道箭步疾走，河对岸的明月姣姣悬挂中天，丹桂的香气笼罩在周身，一种久违的感动萦绕身边。眼前浮现出小时候中秋跟随母亲去外婆家送节，行走在田间旷野，月亮的清辉撒在身上，轻盈透亮。双手对着月亮比划着"月光饼"，此情此景一晃三十年过去了。

九月九重阳节又称"敬老节"或"老人节"，此时，秋菊盛开，村里老人协会都会摆酒庆祝，相聚、赏菊、聊聊农事和旧村改造，人们在辟邪祈福中憧憬着日子越来越好。

冬天的节日以冬至和除夕最为重要。俗话说"冬至大如年"，古时候，漂泊在外的人到了冬至这一天都要回家团圆的。冬至的饮食习俗很多，由于文化差异，各地又不尽相同。北方吃饺子。饺子原名娇耳，传说和医学家张仲景有关，他曾用"驱寒娇耳汤"救治了当时很多被饥寒冻坏了耳朵的贫苦百姓，人们在冬至吃饺子也是为了纪念他。苏州人吃馄饨，宁夏人吃"头脑"，上海人吃汤圆，潮汕地区吃甜丸，杭州人吃年糕，广东人吃烧腊，而我们温州人吃"冬至丸"，早晨煮好椭圆形的汤圆，把它们倒在豆沙和红糖混合的粉上，裹上一层豆沙，先供奉祖先，然后全家人分而食之。吃了冬至丸，寓意小孩长大一岁，老人老了一岁，所以，这一天对不同的年龄段人，总是有人欢喜有人惆怅。

大年三十儿为除夕之夜。除夕之夜家家户户摆分岁酒，谓之年夜饭。平时少有来往的叔伯兄弟携妻挈子围坐一起，把酒言欢。从古代起，人们极为重视除夕之夜。《清嘉录》即云"除夜家庭举宴，长幼成集，多作吉利语，各年夜饭，俗呼合家欢。"佳肴美味应有尽有，除夕分岁酒是阖家团圆、欢庆丰收、贺岁迎新的象征。

汪曾祺说：四方食事，不过一碗人间烟火。再崇高的理想，再激昂的生活，最终不过是回归饮食日常。我热爱南方，热爱藏在四季里朴素又源远流长的美食，它们总是给我带来最大的欢愉和满足，升腾起新的希望……

在寂静中倾听

好的科幻小说最终的落脚点通常是人性乃至哲学，科幻只是外衣，本质仍是现实。华裔作家特德·姜的科幻小说值得回味。他的作品辨识度高，没有宏伟壮丽的场面或时尚炫酷的高科技，却让人感受到生而为人的温度。比如《大寂静》，它虽然没有非凡的想象力、高深的科学元素、曲折的情节和鲜明的人物刻画，然而看完后能让人掩卷沉思；它的最大魅力是一种"终极"的表达，人性的终极或者说人和自然界发展的终极。它需要慢慢品读，方能品出它的真滋味。

《大寂静》内容深刻，充满哲理。作家毕飞宇说"能深入的小说才可以抵达深刻。深刻是深入的状态，是深入的结果。这里头全是小说家的洞察力和表现力"。特德·姜的"深刻"在《大寂静》里表现为短小精辟，充满哲理。小说以一只名叫阿历克斯的非洲灰鹦鹉作为第一人称叙事视角，叙述节奏平和舒缓，讲述人类孜孜以求探寻外星球的智慧生命，却忽略了地球上智慧生命（诸如鹦鹉之类）的存在。"人类用阿雷西博望远镜寻找外星智慧，因为与之取得联系的渴望如此强烈，所以才创造出这只耳朵来倾听宇宙深处的声音。

可我跟我的鹦鹉伙伴们就在这里，他们为什么没有兴趣倾听我们的声音呢?"因为没人倾听它们的发声，它们在人类过度活动中濒临灭绝。深深的悲凉和讽刺弥漫在字里行间。人和动物的距离这么近却那么远，人类宁愿舍近求远去寻找外太空的智慧声音，却忽略了身边其他物种的存在。读到这里会联想到日常:多少人会对近在咫尺的拥有视而不见，而去追求那种虚无缥缈的海市蜃楼。它就像是一则寓言故事，用科幻小说的语境聚焦存在的真实性问题——隔阂、伤害、消亡、遗忘，等等，悲天悯人的气息氤氲其中。

《大寂静》布局深思熟虑，语言精心架构。它用分割线将全文分成 12 个小节，每个小节就像电视科普文解说词，语言精练准确，将科幻的诗意和哲学的浪漫完美结合，充满对人性的反思和对价值观的拷问。本应是众声喧哗的宇宙，"元音代表天体音乐""灵言是天堂中天使的语言"，鹦鹉有自己的语言，宇宙应该充斥着各种声音，可事实却相反，它寂静得令人不安。这是为什么?"有些人推测，智慧物种向外太空扩张前就灭绝了。"每个句子很平常，细细琢磨，包含着很多隐喻:非人类和人类一样，期待倾听、渴望共生共存。在科技越来越发达的今天，人类认知的领域从自身扩张并遍布整个星系，征服的野心越来越强，人类的过度活动最终导致越来越多物种的灭绝，即便是幸存的物种，也只能"保持安静，避免被有敌意的入侵者当作目标。"这是幸存物种的悲哀，也是人类的悲哀。这精心构架的语言，准确阐释人类的境况。

《大寂静》取题有意味，富有概括力。一篇小说好不好，从题目可以窥一斑而知全豹。作者没有取诸如"一只鹦鹉的自述"此类为题，而是选择"大寂静"，显然后者比前者宏大、深邃，它暗含荒芜和寂寥，透着遗世独立的孤独和悲凉。如果宇宙间只存在人类一种声音，那是多么可怕的事啊——"沉默的夜空就是一片寂静的坟场"。没有什么比这个词更能表达人类探索宇宙的过程中犯下的错。这个错会在未来漫长的岁月中，在每一个夜深人静的孤独时刻，不断侵袭着我们的内心，让我们深陷黑暗。这样的题目让人过目不忘，像烙印一样深刻在我们心头。

《大寂静》结尾温情，余味悠长。人类活动不仅令鹦鹉种族濒临灭绝，就连鹦鹉的语言、礼节和传统都会消亡，就此走入宇宙的大寂静中。"但我不怪他们，他们并非出于恶意，只是没有注意到而已。"阿历克斯真是一只有温度、有情感的鹦鹉，"在离开之前，我们要给人类发送一条信息，灭绝的族群用最后一息发向射电望远镜：'你保重，我爱你。'"如此结尾，温情绵延，它抚慰了人类，让人怦然落泪。《大寂静》的人文精神就在这里，它宽恕人类的过失，它满怀善意地轻声柔语：你只是无意，你是无罪的，只要接下来选择去做正确的事情就好。

科学的终极是哲学，唯有爱能穿越时空。这是《大寂静》带给我们的震撼。愿我们都能在寂静中倾听到"你保重，我爱你"，多一层思考，多一份温情。

陌上花开

一

这世上，最让人惆怅的事莫过于，你曾经历过的蓊郁葱茏，被时光的大手拂拭得干干净净，连灰尘都不留一颗。某一天，试图循着从前的路，想走回去，却早已物非人也非。

那天，带外国学生去位于老家的文化创意学校实践。正是草木葳蕤的季节，蜻蜓低飞，苦楝树的果实掉进水里，叮咚作响。我指着创意学校那一方枯竭的池塘对同事描述，这方池塘曾经开满了亭亭玉立的荷花，诱惑得我每当经过这条路给在田里劳作的父亲送点心，总是一再逗留，迈不开脚。那个时候，还没有这所学校，父亲就在池塘不远处的水田劳作。我站在原来的地方，回望我的家，房子的轮廓依稀可见，只是不见当年的炊烟袅袅。

我忍不住走到了老屋跟前，推开那扇咿呀作响的木门，一个年轻的女子抱着孩子从木梯上下来，警惕地看着我。我语无伦次，竟不知如何解释我是房东的女儿，曾是此屋的小主人。只好讪笑着退出来，望着屋后的小河发呆。这条河是我成长的摇篮，曾经差点淹死在这条河流，又在这条河流度过欢乐的童年和少年时光；会一口气潜水到对岸，又会站在桥上高空跳水；会仰躺在河面数云朵，又会拉住过往船只随波逐流一程，直至船夫作势要打我们，才哄笑着游开了去。记忆中的水花开遍了河流。

有时看书，突然会想起从前的小路，弯弯曲曲的田埂，不是开满了油菜花就是开满了紫云英。冒着炊烟的村舍，蜷在稻草堆里晒太阳的土狗。我沿着河边小岸，在堂姐的陪同下给居住在大池头的外婆送节。半路走累了，堂姐教我画公鸡的口诀：两分钱，肚吃饱，踩三朵梅花，尾巴翘起来……随着口诀，地上浮现出栩栩如生的花翎公鸡，似乎要冲天打鸣。现在每当开车经过当年画公鸡的地方，都冲动地想下车再画一只？

外婆对我可真好，吃点心时，粉干底下总是卧着两个荷包蛋。吃完点心，外婆总是趁四周无人，变魔术似地掏出一把糖果，往我手里塞，并且神秘地对我说："不要让表哥表姐看见了，外婆只对你最好。"我一直深信外婆是最宠我的，长大后，表姐妹说起外婆都曾对他们说过此类的话，才知道都上了外婆的当。但有什么关系呢？记忆中的外婆是最好的人，她会趁周末来林垟做礼拜的时候给我洗澡。阳光下，我站在门头角的木盆里，外婆给我搓着胳肢窝的污垢，我痒痒得笑出了泪花……

二

在南方，渴望下一场雪可真难！雪总也不来，好些个冬天，风是冷的，水是冰的，好些个日子，看天冷的样子会下雪了，可总是拖泥带水，除了淅淅沥沥的小雨外，没有一丝雪花。

从前的天空，可不是这样的，天冷得干脆，果断，彻底，说冷就冷。雪一下就是整天整夜，冰凌在草垛上挂着，一根根，晶莹剔透，像一排珠帘。

我总以为，冬天里最美的花不是红梅，更不是水仙，而是漫天遍野的雪花，给屋檐、稻田、学校盖上了一层厚厚的被子。奇怪，天是冷的，冷得冻出我们的清水鼻涕，而我们的心却奇热无比，不顾没膝的雪会湿透球鞋，深一脚浅一脚向学校迈进，到校后，发现铁将军把门——学校因大雪停课。心中好不惆怅，玩雪，独乐乐不如众乐乐，没有了伙伴，这份快乐总是要大打折扣的。

一脸失望地回家，正逢奶奶请人给我们拍照。于是，弟弟站中间，堂姐和我各站两边，弟弟挺胸收腹，穿着好看的蓝色套装卫衣，雄赳赳气昂昂，我和堂姐穿着旧毛线改织成的毛衣。胶卷定格了我们姐弟三人的童年，仿佛冥冥之中定格了我们的命运，我和堂姐的生活较之弟弟过得辛苦些。这是我们仨拍过的唯一的合照，此后的人生各奔东西，开在雪地里的姐弟情缘就像几年不曾降临的雪花一样，三人很少聚齐。

三

很小的时候，参加过一次追悼会，一个金家的大人物去世了。嵘轩亭挂了白色的幔子，设了灵堂。一堆婶娘挤在一张大桌子上，手指快速飞舞着，手底下开满了白色的小花。雪一样白，堆成山。我真希望一直叠下去永远不要停。

奶奶弄了件洗得发白的大人的白衬衫，给我套上，六七岁的我像穿了一条长裙，一直拖到地上，别一朵小白花在胸口——这真是好玩的事。

一队一队的人，走进灵堂去。有人高喊，一鞠躬。二鞠躬。三鞠躬。唢呐和长号悲鸣。我极力学着大人的样子，让表情沉重肃穆。

出门，过了闹市，送葬队伍中，不时有人扯下胸前的小白花，扔在田埂上，脸上的庄严肃穆倏忽不见。原野上的阳光热烈温暖。生活像一键还原，又恢复到了原处，连情绪都不留痕迹。我在阳光下惆怅，这就完了？地上"开满"了小白花，真漂亮啊，真想捡了它们。

四

汽车行驶在瑞枫线上，乍暖还寒的早春，满目遒劲干枯的枝丫，萧条委顿的茅草，清冷索然。突然，车窗外闪过明艳的黄色——油菜花。先是一丛丛，一簇簇，一小片的黄温暖着你。越往前驶，越来越多的油菜花涌入眼眶，欣喜，震撼。油菜花黄得无边无际，像天空打翻的颜料瓶，将黄色倾倒在大地，热烈、奔放，如一副艳丽的油画铺展开来，无限延伸。远处高低错落的屋舍，镶嵌在金黄的地毯边。

邂逅油菜花，方知身在春天里。我们靠边停车，欢喜地奔向那一片金色的海洋。小路从油菜花之间蜿蜒而出，有姑娘身在油菜花腹地顾盼生姿，闻花香，映花影，或正面陶醉花海，或背面拥抱蓝天，人面菜花互相辉映，手机、相机留住春光无限美。我的思绪飘过油菜花地，飘向那邈远的记忆深处。

每到正月廿八，伴随着古镇旁边的大寮宫会市，记忆里便铺陈开无边无际灿烂的黄。

在缺少娱乐活动的年代，乡村会市是乡民们新春最盛大的狂欢。蛰伏一冬的男女老少闻讯而动，人潮从四面八方汇集，像分支的河流，最后归入通往大寮宫的土路上。这是一条极美的土路，土路两旁的田野冬撒草籽，春天绽放一地的金黄。油菜花绵延三四里，菜花及腰高，远远望去，人在菜花中移动，如同在金色的海洋漂浮。身陷在富贵色的金黄之中，人也变得喜气洋洋。说是会市，更是一场欢喜的郊游。

集市上人头攒动，前胸贴着后背，随着人潮涌动，被挤到了桥头。站在桥头俯视朵朵金黄，更觉美不胜收，油菜花的香味充盈着肺腑，香得人有些眩晕。蜜蜂嗡嗡，彩蝶翩翩，水波粼粼。桥那边是乡村戏台，戏台搭在油菜花地里，浓重的脂粉气掩盖不了油菜花的气息——质朴的土地味儿。台上咿咿呀呀，才子佳人缠绵悱恻；台下蜜蜂嗡嗡作响，蝴蝶恋着油菜花。与其说是来看戏的，不如说是来寻花的。流连花丛，没有"前度刘郎今又来"的惆怅。却有"儿童急走追黄蝶，飞入菜花无处寻"的俏皮。蜂蝶撩人面，暗香阵阵来。却原来身处花海之间的感觉是这样的天人合一。那记忆中的风景，是最美的唯一，是无可替代的绝对。

家乡多湿地，得天独厚，水中欣赏油菜花是另一种况味。清明上坟，瑞平塘河上大小船只逶迤。水泥船，舢板，客货轮，油轮争先恐后，在油菜花包围的水域穿梭巡游，惬意快乐。

坐在船上放眼望去，金黄的油菜花犹如漂浮在水面上，在袅袅蒸腾的雾霭中，片片金黄似乎在移动，在变幻，在分离组合，上演着虚幻蜃楼。

高高在岸上的油菜花比船上的人高。平视，满眼皆是翠绿的油菜花秆；仰视，金黄的一层油菜花仿佛已经融入蓝天。听着船桨搅起的水声，看着微汗、脸色潮红的船夫卖力摇浆，桨起桨落，极富节奏感。

船在窄曲的水道中穿行，船夫紧避着迎面船只，两船相遇轻擦而过；船在相对比较宽的水道中前行，船夫伸展了身姿，船头犁开了浪花。不时有鹭鸶从油菜花田掠过，盘旋水面，留下一连串儿悦耳的鸟鸣。

油菜花环水绕，看似一样其实不一样。水道曲曲折，满目翠金黄。泊船上岸，黄花满地香。提着祭品上山祭祖的乡民们，鸟瞰山下，千亩油菜花一览无余。顺着上山阶梯行走，停一层有一幅风景，看一层有一层惊喜，那种裸视的美不带任何遮掩，惊艳了时光。

年年岁岁花相似，岁岁年年人不同。油菜花年年盛开，只是赏花的人不断变化，从天真儿童到垂垂老者。油菜花期很短，倏忽个把月就过去了。

无论是浪花、雪花、小白花，还是油菜花，都在记忆中渐行渐远。时光似流水，陌上花开，而我却再也无法缓缓归矣。

攒着所有的才气

四月读书节，我去了温州看《芈月传》的作者蒋胜男老师。

彼时，她正在给热爱《芈月传》的读者讲芈月和先秦文化。她说，原先只想写先秦的历史和文化，为了承载这段历史，她本打算选择伍子胥和申包胥的故事来展开，他们两个是刎颈之交。伍子胥有杀父之仇要灭了楚国，申包胥死命忠君力效楚国，这样的纠结和矛盾，放在先秦时代大背景下，想要不好看也难。然而，唯一的遗憾是他们的命不够长，无法连接这段风云起伏的历史。

一次偶然的机会，蒋老师在中央台《探索·发现》栏目看到了介绍秦兵马俑的纪录片。这集纪录片我也看过，有考古学家从出土"芈"姓的砖头上推测，秦兵马俑墓的主人并非秦始皇，而是秦宣太后芈月。于是蒋老师查找了芈月的生平，发现她是秦始皇的高祖母，为秦统一六国打下了坚实的基础。并且她活了70多岁，有足够的生命长度来承载这段历史。她在忠于历史大事件的前提下，把伍子胥和申包胥的历史故事融进在芈月和黄歇的虚构里，情节更显丰满。

蒋老师攒着所有的才气等着变美好，她最终等到了芈月，180字的芈月史记被写成了180万字的小说，精彩纷呈。

末了，是读者向作家提问环节。其中，一个父亲提的问题是：我儿子 10 岁，我想请问蒋老师，如何把他培养成作家？

在座的所有读者都笑了，因为大家都明白，作家可遇不可求，固然后天努力必不可分，天赋却是起了决定性的因素。任何的急功近利都可能会毁了当作家的潜质。我托着腮帮看蒋老师如何回答这个父亲。蒋老师微笑着，很平静地说："多读书，多积累。"

很朴素的一句话却化解了这位父亲的尴尬，又指明了努力的方向。王侯将相，宁有种乎？攒着所有的才气等着变美好！无论这孩子能不能成为作家，多读书，总差不了！

类似的对白我听过很多次，记得一位全国知名作家给与会的青年作者讲座时，曾经很朴实却很激励地说：看着你们明亮的眸子，为文学燃烧激情，我很感动。你们就是当初的我，一直写下去，你们终有一天会变成我，甚至会超越我。

因为在宾馆同住一层，有一天早上，我和这位作家在走廊上遇见，他鼓励我说："小金，你很有才气，一直写下去，让作品替你说话。"我心中漾起淡淡的幸福感：攒着所有的才气等着变美好！

万丈高楼，从地基开始。干任何事不都一样？积攒很重要，聚沙成塔，聚河成海，没有作品之前，所有的空谈只能如那位父亲一样引来尴尬的笑声。

五四青年节，我参加瑞报悦映沙龙的周年小庆。朋友们读《我们的圈子》，把大家带入了无尽的遐想中去。我很庆幸，也在这个以文学名义聚集起来的圈子里。圈子里才子才女很多，大家读诗，吟唱，听歌，赏曲，充满了正能量。才与才是相吸的，不同类型的才气聚集在一起就变得很美好。

真正的聪明人，不在意认识多少人，而是多少人认识你。

　　这个世界，很多不是朋友的人最后都成了朋友。认识之前，只因不够好，吸不到一块儿。默默光阴，一直很努力很努力，所以，你若盛开，蝴蝶自来。

　　那么，攒着所有的才气等着变美好！

我被你同化，你被我招安

出去散步吧？

开什么玩笑，现在快十点半了，还出去？

你以前不是常常晚上十点多去公园散步的吗？我被你同化了，你得陪我走。

我已经好久不去了耶！为什么要陪你去？

你现在被我招安了耶。我笑着挽起他的手，按掉开关，朝楼下走去。

外面凉风习习，星光点点，店铺都打烊了，街道一下子变得空阔起来，静谧中享受凡俗的乐趣。

花坛里的两棵小树苗从我们家搬来后栽下，分列两侧，隔着老远的距离。栽下时完全不同造型，一高一矮，一枝叶茂盛，一枯伶消瘦，如今十五年过去了，不仅长得形似，各自枝繁叶茂，而且神似，带着不屈的倔强和顽皮，枝丫交叉，缠绕在一起，蹿到五层楼那么高。奇怪的是园丁常拿着大剪刀修饰，好不容易把它们分剪开，过不久，新长的枝丫又在空中牵手。

这样的生活是不是很熟悉？无论是人还是物在一起久了之后，

气息相互渗透，许多的行为模式不知不觉朝对方的样子靠近。

　　求学期间，和老弟假期里消磨时间的方式是下象棋，一早起来就摆开楚河汉界厮杀到太阳落山。常常忘了那只不过是一场游戏，偏偏沉醉其中，仿佛是真的战场，风云变幻无常，铁蹄踏疆扩土，杀得心烦气躁……有时输了甚至会掀翻棋盘，发誓这辈子再也不和他下棋。他也指天骂地"再和你下棋就不是人！"哪知誓言尚在耳畔，泪水还未风干，第二天照旧摆开棋盘大战三百回合。我问他"你不是赌咒再和我下棋就不是人了吗？"他腆着脸皮呵呵一笑："是啊，不是人，是神仙嘛！"

　　如此厮杀一个暑假竟不觉腻烦。此后和不少人下过棋，再也难找到又辛又辣的下棋方式。我知道是我被他同化，他被我招安。看似鸡飞狗跳的相处模式，却是带着烟火味的场面，别后好怀念这种日子，可惜各自成家立业后，不复再现。

　　年岁逐增，越来越听从内心的召唤，衣服喜欢棉麻，吃食喜欢清淡，交友喜欢性情相投，性情不一致的连表面的寒暄都懒得应付。

　　有次体检时，碰到一个老朋友，我们从体检开始时人满为患聊到整个医院人去楼空，最后还难分难舍，又找了家咖啡馆继续闲聊。分享小秘密，吐槽各种怪现象，有多久没有这样放肆地倾吐心声了？临别我给她开书目，她劝我坚持每日步行一小时。我竟然真的改变千年老龟静坐不动的写作方式，边步行边思考，为健康储蓄能量，大大提升工作效率。而她则过段时间就会和我交流读书心得，进而喜欢阅读经典作品，对人生的看法变得宽容而积极。

　　周围人惊诧于我俩的变化，殊不知我已被她同化，她亦被我招安。

　　生活中这种互相同化，彼此招安的事例比比皆是。古人所说"近朱者赤，近墨者黑"是也。

鹿木乡有一盲人，衰弱暮年，丈夫去世。儿女为了照顾她的晚年生活，雇了大山里一男保姆照顾她。这男保姆只因生活贫穷一直娶不到老婆，打着光棍，为混口饭吃出来做伺候人的工作，他对盲妇悉心照顾。盲妇的儿媳嫌弃婆婆是个累赘，生活中讽刺挖苦，尽露厌恶之色。光棍同情盲妇，征得盲妇女儿同意，把盲妇带回山中老家，当宝一样呵护。两颗尝尽世态炎凉的心逐渐靠近取暖，最后走到一起。起初村人很不看好他们的结合，认为只是一段露水姻缘，见不得阳光。哪想到他们的真情演绎到生命的尽头，感动村民。每隔一段时间男人牵着盲妇的手，下山采购，然后彼此搀扶着走向山上那一个人的村庄，神态安然满足。前段时间男人患癌病危，反过来盲妇照顾男人，相濡以沫，不离不弃。盲妇在夕阳中摸索着擦洗男人的身体，是天地间最美的画面。

"对不起，我没能死在你的后头，反而拖累了你。"男人一声未竟心愿的叹息，令多少俗世男女动容。盲妇伸手捂住男人嘴巴，泣不成声。他们在"同化"和"招安"中守护着凄美的幸福。

我很多次涌出带上相机探访一下这对苦命鸳鸯的念头，但最终恐惊扰了他们而作罢，幸福不需围观！唯在心里默默祝福，希望这种幸福能多留一天是一天。

鞋子合不合适，只有脚知道。生活幸不幸福，只有自己心里清楚。与旁人何关？日子是过给自己看的。青年作家 LY 辞掉县城电力局的正式编制"北漂"时，父亲跟她决裂：你走后，这个家就家毁人亡！只有 LY 知道自己要什么？有些东西别的城市给不了，只有北京才能给，比如狂热的梦想。

人与人之间，或者物与物之间，或者人与物之间，如若一个愿打一个愿挨，"我被你同化，你被我招安"，何尝不是一种亲昵的幸福呢！

朋友圈

一手翻着朋友圈，一手端起六安瓜片，唇刚触到，烫得我缩回来。茶叶还漂浮在水面，心急喝不得热茶。

我放下手机，舍弃朋友圈，必然的。因为朋友圈不是生活的全部，我们却视为全部的生活，不觉间被其绑架。

朋友圈是美化了的生活。

久未入厨房的人做了一盘菜，不是马上品尝，而是忙着截取一角拍摄，美图后发到朋友圈，享受点赞的快感，殊不知光鲜菜肴的背后是一桌的杯盘狼藉。长城上迎风飘起的长发背后藏着人满为患的不堪。曾在高铁车站上看到一个视频：一群模特镜头前姿态各异，神采飞扬，镜头后憔悴不堪。真正的厨娘从来不发厨照；真正的美景也许空旷荒凉；真正的光彩谁知背后心酸。透过朋友圈，你以为看到真正的生活，哪曾想只是虚假的秀场。

朋友圈是苦涩的排行榜。

一段时间，朋友圈掀起了走路排行榜。我也在好友的邀请下下载了一个 App。起先觉得挺好玩的，走路还可以排行。不久后，我发现生活变了样，明明是和家人一起饭后散步的，我却关注朋友圈里的步数一味快走，令家人跟不上脚步，怨声不断，一场原本美好的散步最后变成"斗走"，与初衷相去甚远，生活情趣尽消。一次外出旅行，那天走了很多步，有望登顶排行榜首。为了登榜小私心，我反对先生滴滴打车的建议，走了很远的路才回到宾馆，直接导致鞋子报废。更悲催的是本以为稳稳占据第一名，没想到我咬紧牙关"万里长征"，朋友圈的圈友们也没闲着，我躺在宾馆揉搓双脚的片刻，有人反超上来，成为那一天的冠军，沮丧之情油然而生。

朋友圈影响了我的生活不止走路这件事。自拍杆，你以为是朋友圈造"秀"神器，却造出一堆垃圾。

曾几何时朋友圈盛行自拍照，而自拍杆无疑是自拍利器，到各地旅游，伸缩杆一拉，各种拍塞满了手机相册，后来仔细查看，在烟波浩渺的照片中，根本找不到一张看上去有点意思的。看似变化多端的表情，其实，照出来的都是差不多的自己。后来，舍弃自拍杆，旅途果然有趣的多了，陌生的城市，陌生的人，为别人搭把手拍照是一种幸福，别人为我拍照更是一段故事。

印象中，深圳一次偶遇让我记忆犹新。那个桂子飘香的清晨，我走进园博会赏花，如画的美景让人流连忘返。期望人景合一，我请求一位大妈为我拍照留念，不要多，只要一张足够。为了拍好这一张，大妈诚惶诚恐，不断调整镜框，直到自己满意为止才按下快门。那张照片是我认为最真实最美的照片，那时那刻那心情独此一张，没有盗版，绝对原创。真品，往往源自慢工出细活。难怪摄影老师说使用胶卷年代，拍出的照片质量比现如今高，那时疼惜胶卷的钱，按下快门那一瞬间总是斟酌斟酌再斟酌，不像现在，数码年代，不费胶卷，拍照的心情也潦草起来，拍了删嘛，反正不花钱。

朋友圈是时间的偷盗者。

　　朋友圈这个快节奏的社交平台，不出几分钟，新内容覆盖旧痕迹，一盏茶的功夫或一泡尿的时间，你被朋友圈已甩出几条街，即使是三分钟刷一次屏的节奏，虽然阅览了海量的信息，放下手机你什么也记不住，除了空虚还是空虚。你以为了解了别人的生活，其实让记忆更陌生。很多人发了一张朋友圈，就像随手丢弃的生活垃圾，再也不管不问，而手机背后的众亲却是各种研读、点赞和评论。也许发照主人早已进入梦乡为第二天的生活充电，而我们却傻傻地熬上两个小时，费时费神，等放下手机，惊呼"时间都去哪儿了"。

　　走出朋友圈，你会发现木心的慢生活确实令人向往：

　　记得早先少年时／大家诚诚恳恳／说一句　是一句／

　　清早上火车站／长街黑暗无行人／卖豆浆的小店冒着热气

　　从前的日色变得慢／车，马，邮件都慢／一生只够爱一个人

　　……

　　望着沉淀下来的六安瓜片，啜一口，我品尝到了不同普洱的绿茶滋味，更品尝到了真生活……

昨日重现

提着脱胶的鞋走出单元楼，一个靓丽的身影闯入我的眼眸，未等开口，对方的目光已与我对接，如花笑容绽放在伊的脸上。我赶忙迎上去：蔡老师？

某某妈妈，你怎么在这里？蔡老师意外之情浮现脸上。

我，我就住在这里啊，你和徐老师家访来过，你忘了？

哦，对对对！她朝我住的单元楼望了一眼，眼里闪烁着动人的光。

循着她的目光，我也望向了自家阳台，脑海不知不觉闪现：叮叮咚咚的琴音穿透时空，一路逶迤而来。五岁的儿子端坐在钢琴前，双脚踩在小凳上，稚嫩的双手敲出一个个音符，那是巴斯蒂安的《懒惰的玛丽》，琴声断断续续，两位老师耐心听完，报以热烈的掌声鼓励儿子……

这是孩子毕业六年之后我和蔡老师首次重逢。她迫不及待向我打听儿子的近况，笑容一如当年甜美。当我告诉她孩子现有1.72米高，将升入初中二年级，她一脸几个"天哪"表现出不可思议。时间真是神奇的魔术师，它让一个叼着奶瓶的稚童转眼间成小伙子。

望着蔡老师因感慨而激动的表情，我多希望这时候儿子优美流畅的琴音能适时响起，传到楼下蔡老师的耳朵里，以慰藉老师当年的鼓励之情。但我知道，这个时候不是练琴时间，儿子正埋头题海战术，早丢了当初练琴的从容和惬意……

蔡老师婉拒上楼坐坐的邀请，我们就此别过。

不觉间，我踱进菜场那家熟悉的饭店。饭店的老板娘一见，露出惊喜的表情："是你？好久不见，我以为你搬家了呢？"

我尴尬笑笑：是呀，有几年不去菜场了呢？

时光荏苒，重逢恍惚。她滔滔不绝地向我描述，水煮鱼是我当年在她家的必点菜。我吃惊她的好记性。

我提着水煮鱼和煎蛋饼走出店堂，想不出是什么原因让原本去修鞋的我竟然鬼使神差到菜场去买回水煮鱼，要知道今晚家里不缺菜啊。我是极力想走近那远去的时光么？

一路上，我的脑子萦绕着 yesterday once more（昨日重现）的旋律：

……

Those were such happy times（那段多么快乐的时光）

And not so long ago（就在不久以前）

How I wondered where they'd gone（我是多么想知道它们去了哪儿）

……

这首歌曾每天晚上在师范的校园响起，只是那时青春飞扬，躁动浮华，无法静心聆听其中况味。工作后，一次和同事秀媚出差卧躺闲聊，电视里忽然出现金发碧眼的歌星演唱 yesterday once more，音符跌落在午夜的缝隙里，如水墨晕染开来：舒缓，沧桑，无奈的寻找……混杂着各种情绪，如电流般击中灵魂，我们顷刻间静默：有些歌只有到一定年龄才听懂，有些书只有爱过痛过才落笔，有些遭遇只有你我之间才交集……

所有时光里的事物都回不去了，它深藏在记忆中。当那熟悉的人再出现，心底的某一份感动，某一种怀念，某一刹欣喜，伴随着 yesterday once more 重现……

秋风起，一地黄。我是多么不舍得跟往事告别啊！

如不相互亏欠，我们凭何怀缅

出差在外的先生视频打进来的时候，我正焦头烂额寻找儿子的校服。与他对话显得很不耐烦："儿子明天开学典礼校服还没准备好，还有，晚上的作业还没来得及检查，没空跟你闲聊，就这样，挂了。"

不等他回答，我摁掉视频，进入抓狂的睡前战斗中。而此之前，我耐心安慰和鼓励了一个为孩子学习焦虑的家长，费时一小时，且句句绞尽脑汁，发之肺腑：

"我的洪荒之力还没使出，孩子们已经表现如此好，我很满意!"

"提高作文方法，一靠阅读，二靠练笔。亲子阅读很重要，怎么做，聪明的你想必早已心领神会。"

……

接着同学求助我找辅导老师。我把业界口碑不错的文友推荐与她。为了不致唐突，和文友微信互动，几个回合后，征得文友同意，把他的微信名片发送给同学，时针走了一节课。

断断续续聆听一个好朋友举办慈善晚会的全部设想，时间又溜走了二十分钟……

和所有人的互动中，我展现了良好的风度和全部的温柔，适时奉献了所有的智慧。对于先生，只是一声简单粗暴的"挂了"。

等孩子安睡，夜归宁静后，打开手机，反思自我，梳理情绪：

刚才对不起，态度不好，把耐心给了别人，对你急了点。

没事，这就是真实的你，我已经习惯了。

手机屏幕上是宽容的笑脸、安抚的熊抱。

……

王菲沙哑通透的嗓音流过电波在房间回荡：我们要藕断丝连，我们要互相亏欠，要不然凭何怀缅？

吉他伴着提琴低低诉说人生的无奈。

《匆匆那年》电影画面记忆不深，主题歌却非常走心。

我们要互相亏欠，要不然凭何怀缅？我们对最亲最爱的人总有一份亏欠在心头。因为知道只有 ta 包容你的无理、任性、坏脾气，捏准了 ta 的弱点，即使肆意欺负，ta 也不会离开。

为人父母，总以为大人忍受孩子的坏习惯，却不知一直是孩子在迁就大人的坏情绪。孩子考上大学，分别那一刻才知道彼此互相亏欠。

大人亏欠孩子一个快乐的童年，而孩子觉得亏欠大人一个满意的分数。互相亏欠呵，又互相怀念，可惜时光一去不复返，徒留岁月深处空惆怅。

做老师的永远在学生面前夸以前的学生怎样怎样好，一个转身，当现届学生变成了前届学生，又时常会在新生面前夸起已经渐行渐远的老生。老师啊，永远欠学生一个当前的表扬，以至于以后的岁月念念不忘。

毕业那天，一个孩子在 QQ 空间里传上校园的每一个角落：空无一人的走廊，人去楼空的教室，散发余温的食堂，安静的图书馆，还有那座风雨中静默的鲁迅像……原先熟视无睹的风景在镜头里竟是美得令人心醉，刻着丝丝眷恋、点点缱绻。以前没有好好珍惜学习机会，转眼成过客了。含着泪的微笑，含着梦的蝴蝶，都远去了，注定此生亏欠，才有十年二十年以后的同学会，集体追忆那晚霞中的红蜻蜓。

过去值得眷恋，是岁月善意落下的悬念，入梦前情不自禁怀缅，因为我们曾经相互亏欠。

打 赏

应文友邀请，加入了一个写作平台，每周更新一篇。通常文章发表后，我不再光顾回访，这块阵地只作保存文章之用。

某一篇文章在报纸刊登了以后，与之相关的公众号没有及时同步更新。一天，好友讨要文章，我便把保存在写作平台上的文章链接发到朋友圈。回看时，不想文章底下出现一排打赏，令我又惊讶又羞愧。惊讶的是居然有这么多人给我打赏，羞愧的是文章只是一般的怡情散文，不值得打赏。由于打赏的人没有登录平台，我看不到究竟是谁打赏的。写作初衷，只为怡情、修身。忙碌空虚时，选择用文字安放心灵，在文字里，保持最初的纯真和梦想。如此打赏，纯属意外。

打赏行为，自古有之。"李白乘舟将欲行，忽闻岸上踏歌声。桃花潭水深千尺，不及汪伦送我情"。诗仙李白也接受打赏。据说李白离开桃花村时，汪伦就赠送八匹白马，绸缎若干。试想，若无打赏，没有收入的李白凭何周游世界？如何"五花马，千金裘，呼儿将出换美酒"这般豪迈？

打赏场景，常见清宫剧里，后宫主子靠打赏笼络人心。细细观之，我们生活中也充满着打赏的喜感。

某天，回乡探亲。路遇一伙江湖卖艺，支着汽油灯，在农村道坦表演杂耍。刀山火海、蟒蛇缠颈，看得人步步惊心，又欲罢不能。演过三巡，表演者抱拳吆喝："在家靠父母，出门靠朋友，有钱的捧个钱场，没钱的捧个人场。在下行走江湖，无以为生，靠卖佛珠项链度日，十元一串，喜欢的朋友请多多支持……"

通常到这个环节，人群会一哄而散。我环视这些趿着拖鞋、光着膀子、并不富裕的村民，肯定无人问津佛珠。出乎意料的是，他们个个慷慨解囊，争相购买。甚至没带钱的或借或跑回家去取，场面热闹。下半场卖艺者表演得更加起劲，喝彩声不断，想必是众多打赏和掌声给了他激情和动力。

与热闹的江湖卖艺打赏不同，艺术打赏显得低调含蓄。时常见一些流浪艺人旁若无人在街角、在地铁吹拉弹唱，被乐声吸引的路人会不自觉地往琴套里放钱。表演者沉醉音乐当中，对眼前的一切毫不在意，好像一切与他无关。打赏的人轻轻放下缓缓离开，如此从容，好像艺术生来高贵，不容半点亵渎。

家长鼓励孩子考出好成绩奖一顿好吃的，是物质的打赏。朋友圈里众多点赞，是精神的打赏——若是选择性点赞的，必是你的图文出彩获得好评；若是每条必赞的，此人不是死党就是知音。有覆盖全民的打赏，如劳动节；也有独属部分人群的打赏，如教师节、记者节等。打赏者愉悦，受赏者欢喜！无论何种打赏，体现了激励和鼓舞。

单位经常开会，领导说过的话很难全部记住。唯有一次，印象深刻。他说道：为师者最高的荣誉不是什么级别的名师楷模，而是若干年后，你已白发苍苍，而你当初的学生一茬一茬的来看你。赢得世人的尊敬和爱戴，这才是当老师最高的奖赏！闻听此言，顿感醍醐灌顶！

体制内的人，获得最高的打赏不是一张张奖状，一个个奖杯，最高的丰碑在人心。常言道，金杯银杯，不如百姓的口碑。

那么，写作者的打赏呢，是一字一元的稿费？是源源不断的稿约？是写的每一篇文章都能见报？还是花费几年时间磨成的作品都能成书？都不是！是某一时刻，你的文字令读者怦然心动；是某一场景，你的描写勾起他人泪流满面……如此，便是最高的打赏！

别被假想的困难吓倒

1

大雨倾盆而下，水果贸易市场门口，我撑着伞围着车一遍遍寻找。就在刚才，我给帮忙运水果的师傅打伞，从车到水果市场不过50米，回途中，我惊慌地发现放在口袋里的车钥匙不见了。我翻遍了全身所有口袋均找不着，又来来回回在这条路上寻了十来遍。路面被雨水冲刷得干干净净，如果钥匙丢在路上，绝对一眼能看见，然，道上空空如也。无奈，我翻出备用钥匙把车前进二十米，期待钥匙能躲在车底，这块未曾被淋湿的地方很快被雨水覆盖，除了白茫茫一片什么也没有。

时间一分分过去，发酵的情绪快要燃烧了自己。我暗骂自己愚蠢：为什么要在这该死的雨天出门买水果？家里的饭菜还没烧，一大堆的稿债今天还！如今却出了这档子事，堵心！去4S店重新配一把车钥匙要上千元不说，关键还得大老远跑一趟……越想越着急，越着急寻东西越没有章法，胡乱把水果倒在座椅上，在果堆里翻来覆去搅拌，还是一无所获。陪同的孩子噤若寒蝉："妈妈，先回家吃饭吧？我等下还要去学习呢！"

　　离开了"案发"现场，我的情绪渐渐平静，理性思维占据上风：这么短的距离，怎么就不见了呢？即使不见了，还有没有其他的办法补救。我微信了同事"灵通戴"，她告诉我，安阳菜市场有配车钥匙的，300元左右。于是，我调转车头往安阳方向开，经过农贸市场时，我不死心，又下去寻找。这次，我不再像无头的苍蝇只顾低头乱转，而是改变策略一家一家沿街询问。也该我的运气好，问到市场保安时，他拿出了那把熟悉的钥匙，说刚才路上捡的。真是踏破铁鞋无觅处，得来全不费功夫。

　　事情没想到这么容易就解决了，我的心情马上雨过天晴。有些事情根本没有那么糟糕，只是被假想的困难乱了心智。

2

　　新学期，接管新班级，兼教新学科——音乐，同时到校办新岗位工作。两天来疲于奔命的繁杂事务，累得几近崩溃。瞅准一个空节，舔着干裂的嘴唇，向校长请辞："新学生，新学科，新岗位，旧人跨三'新'，每一样都是十足的挑战，每一样足以把人压垮，希望辞去校办工作……"校长被我说得头昏脑涨，我知道不是我的理由有多充足，是我的情绪吓坏了他：事情糟糕透了！

　　他递来一瓶矿泉水，笑着说："慢慢来，干不了的事情我帮你一起干！作为写作者，你难道不想在新岗位体验另类人生，丰富写作素材？这样吧，先体验一个学期再说，如果真做不了行政，我再准你请求，如何？"一句话点醒了我，是啊，身边有多少作家朋友不是到新岗位体验生活、挂职锻炼的？没有经历，何来素材？既然一切都是最好的安排，为什么不好好接受呢？

从校长室出来，清风徐来，脑子转向正面思考：新班级还不赖，虽然孩子调皮，但家长配合积极；音乐虽然不是我强项，但是我很享受歌唱时的状态；校办工作烦琐，但每当挑战完一项陌生的工作，意味着又掌握了一项技能，况且同屋两位同事为人低调谦和，热心分担我的部分事务，让我提升技能的同时，学到了很多做人的方法。

人总是习惯于现有的生活状态，而不愿意作出新的尝试，结果故步自封，画地为牢，一辈子被困围在原地，徒羡他人攀登一个又一个高峰。其实，改变现状并没有想象的那么困难，那么可怕，只需要付出一丁点的勇气而已。

3

这个社会，谁不是疲于奔命？绝不能被想象的困难吓倒！先定个小目标吧，虽然比不上王健林的"一个亿"高大上，但至少有方向，不会让前路迷茫。

有方向就不会被想象的困难击溃。曾有两队测试者，挑战30公里徒步走，第一队路上没有任何标志，沿途岔道很多，走着走着，这队人心涣散，大家开始抱怨是不是路走错了？每到一个路口，总有一些畏惧前方迷途而退出实验，坚持到最后的寥寥。第二队测试者路上有指示牌，有里程公里数，大家都知道自己的方向，最终全部走到了终点。

人生旅途，有多少未曾实现的梦想不是被假想的困难吓退？而解决的办法就是放弃抱怨，马上行动。坚持到最后，你会发现：一切的困难都不成为困难！有勇气迈出去，风景这边独好！

比赛记

如果说一切都是命运，一切都是天意早就注定，我只能坦然接受，并经过锤炼，力求化蛹成蝶，尽管过程有点漫长，有些疼痛，但谁让你是命运选中的那粒种子呢？

接到市总工会负责人的电话时，我正手忙脚乱，汇总学校各条线的周行事历。"什么，让我参加演讲比赛？"我惊讶地打错了电脑上的字，"不行不行，这都一把年纪了，让我写点材料可以，登台献丑就免了。"

"金老师，这次推荐你参加温州比赛是因为你征文获一等奖。主办方要求原创作者亲自演讲。你的稿子内容好，可要为瑞安争光哦。"

向来是耳根子软的人，经不住工会老师的三言两语戴高帽和信任，我头脑一热就答应了。

比赛的过程不是一般的烦琐。首先拍摄视频上交温州总工会，拍摄当天适逢学校开运动会。我忙完开幕式，满头大汗地出现在镜头前，刚讲完两句，又轮到我们班仰卧起坐比赛，只好暂停拍摄，陪着学生比完。再次回到镜头前，刚才酝酿的情绪早就抛到爪哇国去了。断断续续录完后，连同事阿杜都不满意了，征求我是否再录一遍。我挥挥手："算了，交差得了，巴不得早点被淘汰呢！免得后续比赛麻烦。"

谁曾想树欲静而风不止，当我把此事忘得一干二净时，手机却跳出一个陌生的号码，它欢快地响个不停。陌生电话骗子多，欲置之不理，它却顽固地提醒我接听。接起时，一个普通话标准的柔和女声告知我，我的演讲视频已经挂在网上了，目前进入投票阶段。好惊讶！就我那蓬头垢面的视频能进网页投票？好奇心促使我点开网页，一张张青春靓丽的脸在屏幕上闪现，唯有我这个阿姨级人物面呈菜色。此形象放到微信群里拉票，实在有点影响市容，然而，为了票数也顾不得那么多了。

许是教过的学生多，许是长期的写作积累了一定的粉丝，链接一发上群，票数蹭蹭上涨。从 44 位选手中很快脱颖而出。虽然几经沉浮，前四天票数一直稳居前三位。我知道真正的高潮应该是最后一天吧，前面的领先在最后一天变数很大。果然到最后一天，许多选手后发制人，票数极速飞升，我很快落在了后面。期间又接到刷票商的电话，明码标价，进什么名次是什么价位，我有点气馁，心想算了算了，我的人脉资源用完了，我的"手枪"没子弹了，加上刷票捣乱，想进前三，做梦吧！

没想到前四天一直冷眼旁观的先生却坐不住了，他把投票链接发到同学群、战友群，颇有壮士断腕的决心：为了帮老婆拉票，把丑妻亮相示人，一贯不是他的作风。真是一呼百应，票数飙升飞快。

历届家长也坐不住了，不停群发拉票，在平台关闭前一小时，票数高居第一位，在平台关闭前五分钟，我被其他选手反超，落在了第四。起起落落，哎哟哟，小心脏受不了。我关闭微信，随他去吧，辅导儿子做作业要紧。不知过了多久，电话响个不停，都是报喜信息，我以第二名8709票当选最佳人气奖。

结果很意外，这不是我一个人的惊喜，而是一群人的狂欢！因为投票，把久未联系的朋友凝聚在一起，话题从拉票延伸到各自的生活甚至人生理想。这是我始料未及的。我的快乐并未延续多久，获胜意味着进入决赛，意味着有更漫长的路要走。临决赛前，主办方对进入决赛的选手都进行了培训，决赛过程将现场直播，一言一行都呈现在众人面前，优点缺点一览无余。和90后同台竞技，形象、声音、体力都毫无优势，我又一次打退堂鼓。然箭在弦上，不得不发，进入决赛的人都不是为自己而战了，身后站着单位、地域的荣誉，只好咬紧牙关坚持，剩者为王！能剩到最后已经是冠亚军之争，焉能退出？

推翻原稿，重新再来，咖啡提神，梦中也在背稿。

当舞台的强光打在脸上时，我有一刻的恍惚，不知身在何处，但很快镇静下来，侃侃而谈成长经历，我看到底下安静的目光，我看到评委老师轻松的笑脸，我知道我逆袭成功了：最终囊括了一等奖和最佳人气奖。

当事后回看微信直播录像时，深感评委眼光毒辣，点评到位，我什么优势都没有，唯有我的稿子写得比其他选手好，内容为王，这是我最大的优势，我以我最大的真诚赢得这场比赛。

人生之路越走越宽，是因为一颗真诚的心去引导着，不欺骗生活，不欺骗内心，用匠心点亮生活。

岁月神偷

在老妈家闭关写作的第二个清晨，被一阵歌声唤醒，耳边传来女生版的《时间去哪儿》，哀婉忧伤，配上超大功率的音响，歌声传遍了整个小区。歌声像传自磁带，然细听之又不像，典型的温州普通话泄露了它的秘密——真人驻唱。事后打听，原来小区里有人去世，请的唱班做佛事。

去世的是个四十岁不到的女人，我看到了她的两个未成年女儿，在亲戚的牵领下，左三圈右三圈地跟着众人超度亡灵。大的孩子许是知道没娘的日子不好过，一脸悲戚；小的天真烂漫，尚不知人事的艰辛，不时溜号拨弄烧冥纸的火塘，后在亲戚的牵引下重归队伍。围观的人一脸凄凄地看着姐妹俩：岁月偷走她们的妈妈，偷走最暖的柔情和最深的慈爱。

电影《岁月神偷》中罗进二是个爱顺手牵羊的小孩，偷鱼缸、偷米字旗、偷月光杯……然而他最终偷不过时间，岁月把他的哥哥和爸爸过早地偷走了。

原来，在幻变的生命里，岁月，才是最大的神偷啊！谁不是一边成长一边失去？岁月在不知不觉中偷去我们的亲人和朋友，偷去我们的青春和理想。

记得第一次伤心落泪是 17 岁的那年冬天，一场人为纵火导致情同姐妹的同学华被无情的大火吞没。我依稀记得那个冬天我哭到最后流出来的泪带着血，那是第一次目睹死亡，却始终不肯承认她已离我远去，好多次，她无端入我梦乡，我们一起跳皮筋，一起抓蚱蜢。十年后，当我手握方向盘在飞云江大桥缓慢爬坡时，广播里播出纵火者已抓捕归案，泪水再一次汹涌，十年生死两茫茫，岁月偷走了我最好的朋友。

昨日是农历七月半鬼节，朋友圈里作家徐剑更新说："以往，老母亲会在七月十二日晚上，做元宝，粘天衣，剪黄虔，洒浆水饭，烧冥纸，吟天语，将祖宗一一接回家，供奉案桌之上，在家小住三天。年年如斯，即使'文革'年代也从未间断。而今年，老妈患上老年痴呆症，时而糊涂，时而清醒，这迎祖、送祖之事，已经做不了。祖先之魂无迎送之人，无法回家，赓续千百年之传统，断矣！"

徐剑老师的老家在云南，我不知道他那里的风俗怎样，这段文字，引起我共鸣。自从祖母去世后，金家很久没过节了。祖父去世早，祖母是一家的总司令，每年四季八节总是过得一丝不苟，从春节、清明、端午、鬼节、中秋、冬至、除夕，她必是召集儿孙，上告祖先，团圆喝酒。屋后祖父生前种下的柚子树年年抽花，飘着淡雅的清香。祖母若在，必是亲手摘下柚子，插上香，点燃。暗夜里，我举着红点闪烁的"香球"和村子里的伙伴到处游走。如今，这种仪式没有多少人知道了，就连我那上初中的儿子亦不知道"香球"为何物。

祖母去世后，树倒猢狲散，难得大伯召集过一次节，到的人也是稀稀落落，再浓郁的血缘气息因祖母的缺席逐渐淡了。几年前，柚子树不知被谁砍了去，我连唯一的念想也被岁月偷走了。

作为 70 后 80 后的我们，是末代的乡村青年，随着乡村城市化的进程，捉鱼摸虾的记忆一点点抽离我们的生活，我们的下一代还有乡村记忆吗？

岁月不仅偷走我们的生活，修改我们的记忆，还偷走我们的语言。我们的孩子说方言总是那么别扭，这独特的瓯语不知道还能传多久？会不会一如那些可以吟唱的唐诗宋词散失在浩渺的历史烟尘中？

半个月前，我在家里一边拖地一边冥想，忽然灵感闪现，表达的欲望涌上脑海，于是匆匆找了纸笔，记下三个故事，代表三段人生故事，故事里的情节无端感动自己。然而接下去生活中因突发小小插曲，只好把笔搁在一旁。等再次想起时，已是一周以后，却再也找不到那张记录故事的纸片，灵感被时间偷走了……

日前，应朋友约稿，埋首地方志的查看和研究，没想到对这座居住了大半生的小城却知之甚少。多少沧海桑田，多少人事繁华，都被岁月偷了去，淹没在故纸堆里。翻阅它，努力一点点拼凑，拼凑出模模糊糊的形象，然早已不是当初的模样。

岁月是最大的神偷，偷去山，偷去海，让山水易位；偷去亲人，偷去朋友，让天人阴阳相隔；偷去健康偷去传统，偷去容颜偷去记忆……在偷去的同时他也会留下一些痕迹，他偷去了我的婴儿，留下一位翩翩少年。他偷去我那智慧坚韧的祖母，留下一种绵长的思念。他偷去记忆，留下一首无字的歌……

趁岁月神偷光顾之前，我们要努力用心的活，活成自己喜欢的样子，如有可能，用文字记录每一个平凡而唯一的日子，对每个人来说，那永远是生命的孤本。

读书散想

古人云读书：书中自有千钟粟，书中自有黄金屋，书中自有颜如玉，书中车马多如簇。此等说法未免功利。

真正的读书是蜜蜂扑在花粉上，浑然忘我！

我依然记得阅读的第一本真正意义上的书叫《李自成》，这是一本传记，30多万字，那时我读小学四年级，啃下这大部头并非易事，遇上不认识的字，偶尔跳读，大部分时间是老老实实查字典弄懂。此前，我读的都是堂哥淘汰下来的连环画，有《说岳全传》《牡丹亭》《铁道游击队》，等等，不算真正意义上的书。

我不知道《李自成》这本书从何而来，总之，当我第一次拿起它时，就被书中奇异的描写所吸引。那是个草长莺飞的春天，油菜花成片成片的灿烂在田野。搁在往年，放学后，我一定和小伙伴们疯跑在金灿灿的田野，追花逐蝶，沐浴自然清风。然而我的魂却被《李自成》勾走，翻开它，世界顿时安静了下来。我沉醉在烽烟弥漫的古战场，金戈铁马，血洒疆场，为书中主人公哭为主人公笑，如痴如醉，成疯成魔。那时也迷恋温州鼓词，经常在牛筋琴和扁鼓的平平仄仄里神游四方，我向往一切美好的东西都能和鼓词结合。我甚至想把《李自成》改编成鼓词，唱给祖母听该有多好啊！

　　小伙伴们经常站在楼下喊我出去摘紫云英，而我竟然不顾他们热切的呼唤，连续一个月端坐在桌前看完了此书。《李自成》像一条河流，流过我干枯的心田，所到之处，恍如春风过境，草长花开。原来，读书是世界上最美好的事情：脚步到不了的远方，读书可以；历史无法还原的过去，读书可以；心中无法填补的空虚，读书可以……

　　四年级的这个春天，因为书，我的心忽然长大了，似乎永远喂不饱它，对书有着偏执的热爱。此后，我看遍家里所有的藏书，诸如《薛仁贵征西》《红楼梦》，等等，都是父辈看过的章回体小说。

　　家里的书看完了，小镇上唯一的图书馆——嵘轩图书馆，成了我常待的去处。那时，生活的水乡小镇流行南拳，崇尚尚武之风，图书馆里多是些武侠小说。梁羽生、金庸、古龙、温瑞安都成了我的"座上宾"，以致多年以后，本科毕业的论文课题居然选择研究金庸小说，命运遭际，是否冥冥之中早已注定？我虽不曾有侠义之身，内心却狂热崇拜武侠精神，读书给我带来了变化。

　　书读多了，总是忍不住要分享（这个毛病至今也未改，看到好书总忍不住放朋友圈嘚瑟一下）。孩提时，父亲和姨父边喝酒边闲聊，说到唐朝历史，我插嘴纠正他们的错误历史点。姨父侧目惊讶："你是从哪里知道这些的？"我只好如实以告："我读过《薛仁贵征西》。"姨父忧心忡忡地对父亲说："赶紧把这些书收起来，一个女孩子家读这些书，痴迷进去，学业就荒废了。书有毒啊！"父亲不以为然："反正没指望她吃读书这碗饭，由着她吧。"父亲说的是实话，彼时家里经营变压器生意，正缺人手，他恨不得我小学毕业就辍学做他的助手，无奈国家普及九年制义务教育抓得紧，他的计划才没能得逞。由此，我一路跌跌撞撞读了几十年的书，现在依然在读。

这些年养成了许多爱好，诸如羽毛球、游泳、摄影、书法、旅游，等等，然没有一项像读书那样平易而高贵，令人精神焕发。枕边、等候空档、出差途中，随时随地铺展开来，一书一世界，一人一乾坤。读书改变了我对世界的看法，也教会了我宽容别人、悦纳自己。读书带给我的是精神的富裕和身心的修行。

阅读好书，如同和世界顶级大师神交。它打通了古今中外的界限，在有限的生命长度里拓宽了无限的生命宽度，提升了生命质量。在书中，众生是平等的，作家不仅仅属于一个国度，他更属于世界。一个作家的离世不仅是家庭的损失，更是世界之痛。那天，闻讯《廊桥遗梦》的作者罗伯特·詹姆斯·沃勒逝世，享年77岁，我心痛不已。《廊桥遗梦》是罗伯特的第一部小说，讲述了一位家庭主妇与一位摄影师偶遇的爱情，但为了家庭责任她最终选择将这份爱情珍藏心底。这种"爱而不得"的痛楚感动了许多人。廊桥遗梦教会我，遇见美好的爱情，如果不属于你，远远看着就好，不要总想着占有。如今重温这个故事，向伟大的罗伯特致敬，是你，为人类留下永恒的爱情。

我读书，偶尔也写作，既是作者又是读者，但更多的时候是读者。因为写作，我知道作者的艰辛，他们熬干毕生的智慧来滋养我们的灵魂；因为看书，我深知最好的风景在书中，最好的作品永远是作家的下一部，每个作家都以饱满的激情燃烧自己。

书，犹药也，可医愚。这是我见过最好的读书格言。

读书是打开心灵之窗的密码。愿芸芸众生都能找到属于自己的那串生命密码，放飞心灵。

幸福来敲门

生活中有很多小幸福，只是我们的神经被日益丰富的物质钝化，被以秒更新的海量信息麻木，不再轻易感动。其实，幸福有千万种不同的形式，只要静心捕捉，谁都拥有属于自己的小幸福。

咚咚咚——我打开门。

哇——毕业不久的学生站在门口。我又惊又喜！他们联考后相约来校看我，送了我一盒亲手制作的小蛋糕。我把这份甜蜜的幸福分享朋友圈，并附上"做个老师挺幸福。"

文友看到了，留言道：老师是一个简单的生物，简单的幸福就能满足。

我回复道：舍去繁杂的人事，守一份初心和童真，容易满足就容易幸福。

哦，小幸福是突然回访的师生情！

小时候，亲戚送来一个炊糕，母亲总是切成一片片，左邻右舍前前后后分了个遍。留给自己的仅是薄薄的一片，但是那一片却吃得极为幸福，含在口里的是淡淡的桂花香，经年不忘。

后来父母搬到了新小区。一日，回娘家探望父母。父亲欣喜地告诉我：对门 501 室出海打鱼的陈伯给他送来了几条鱼。他一高兴就把老弟孝敬于他价值不菲的茶叶送给了陈伯。我听后惊呼：爸，你真舍得，那茶叶是特供的，怎么能随便送人呢？

父亲淡淡地说：人家每次出海归来心里想着的都是咱，送点茶叶算什么？父亲脸上漾起幸福感，顷刻感染了我。幸福就是这么简单，你送我几条鱼，我送你一盒茶叶。在迎来送往之间，情谊在悄悄升华……

啊，小幸福是迎来送往的邻里情！

凛冽的寒风中，晚锻炼回家的郑先生路过板车水果摊，看到鲜红的苹果，金灿灿的香蕉，娇嫩得让他迈不开双脚。布满皱纹的水果摊老汉见有顾客上门，黯淡的眼神亮了一下，麻利地装袋，上秤，递给郑先生。郑先生摸摸口袋，尴尬地摊开手：对不起，忘了带钱了。

郑先生刚想转身离去，老汉从一堆水果底下摸出一张纸，说：没带钱不要紧，来，扫一扫二维码。水果摊亦有科技之光！郑先生乐了，随机和老汉攀谈了起来。老汉说前段时间自己摊上的生意越来越难做，即使偶尔做几单，也因为顾客没带钱作罢。后来听从上大学的女儿建议，好不容易学会了微信和支付宝收钱操作方法，生意果然有了起色。

此后，郑先生每回晚锻炼回家，总是到老汉那里带点水果回家。扫二维码的时候是两个人最幸福的时刻：郑先生想着妻儿美美享受水果的欢喜；老汉想着支付宝上的余额又增加了，女儿的学费缺口变少了。

呵，小幸福是路边水果摊的二维码！

邱同事那天来上班精神焕发，一问之下果然人逢喜事精神爽，名牌大学毕业的女儿出国游学给他带来了一双好看又合脚的鞋子，邱同事对这鞋子赞不绝口，其实我明白，是女儿的孝心给他带来极大的幸福感。后来，邱同事的女儿带着他们二老游遍台湾，穿着女儿送的鞋子，邱同事走路更有劲了。如今女儿收到了美国七所知名大学的录取通知书，即将出国深造。想想邱同事穿着女儿送的鞋子陪同女儿飞越另一国度，幸福感是如何爆棚！

哇，小幸福是脚底那双温暖的鞋！

用心细数，小幸福无处不在，它是出门时的一声叮咛，是离别时的一份牵挂，是爱与被爱，是平淡和知足，是黑夜里那盏温柔的灯，是寒冷中那杯氤氲的茶……

做一个能接收到小幸福的人，也做一个能给别人带来小幸福的人，感觉特别特别的好。

幸福来敲门了：喂，我是小幸福，你在吗？

曾为实习生

很多人在正式踏入工作行业时，都有一段或长或短的实习阶段，我也曾经历过。

又是一年实习季，学校迎来了一批来自温州大学的实习生，我有幸成为他们的指导老师。见面会在小型会议室召开，三十多名实习生，十几名指导师把会议室挤得满满当当，望着一张张青春洋溢的脸，神思恍惚，仿佛回到了二十年前。

二十年前的春末，我和来自温州地区的同学共七人带着简单的行李，来到了温州 LY 进行为期两个月的实习生活。

接待我们的校长很有气质，她不紧不慢地跟我们交代了实习的注意事项和要参加的会议。交谈中，她更感兴趣的是来自温州市区的燕子同学。也难怪，遵循从哪儿来回哪儿去的分配原则，我们这群人中只有燕子将来会分到这所实习学校，而我们将回到籍贯所在地的县城。

虽然有些失落，我们的实习热情却并未为此打折扣。遵循导师的吩咐，我们除了实习班主任、语文、数学等岗位外，还要从音体美中选择一门课程实习。因为从小体育成绩突出，在校期间又选修体育，我自然选择实习体育课。

体育指导师是高我一届的师兄，在学校我们没有多少交集，到了实习单位我从师妹降为徒弟。他极其严格，大多时候不苟言笑，教我整队、组织课堂、游戏、解散等体育课的流程，有时我们上体操内容，有时上径赛内容。每逢径赛，因为学校操场场地限制，都要借用隔壁学校的操场，师兄跨上自行车，嘴一咧，示意我坐上后座。我扭扭捏捏，不知如何是好？跟我差不多大的学生一脸羡慕，甚至比比划划说我们是一对，这更加重了我的不安。彼时，师兄和师姐正处在朦胧的好感期，我生怕突兀地坐在后座引来不必要的误会和麻烦。于是，示意师兄先走，我带领学生奔跑前进。

到达操场时，师兄已经在用白粉画圈，只见他以脚为支点，以手臂为半径，绕行 360 度，簸箕上的白色粉末纷纷扬下，一眨眼的功夫，一个标准的圆形呈现在眼前，我暗自惊叹师兄的基本功，亦步亦趋跟着他学习，态度极其虔诚。也许正是因为这份认真，两个月后，师兄在我的实习鉴定表上写下完美的"优"字。

数学指导师是学校的领导，她讲课干脆利落，绝不拖泥带水，每当讲完一个例题，粉笔一挥，即兴出题，当堂检测，学生的学习效果马上反馈。她还教我们油印试卷，当一笔一画刻出试卷时，我们的成就感油然而生。那时还没有"工匠精神"一词，如今想来，那时的老师绝对是用工匠精神来教育学生的。

语文指导师是个很爱笑的中年人，学生们喜欢围绕在她身旁聊天，她像妈妈一样对待学生，亲自给学生理发。电动剃发刀突突突地响，学生枯叉的头发纷纷飘落，剃刀所到之处，如收割机过境，呈现一片整洁的平原，一个个杨梅头干净清爽，充满青春动感。此般境界，看得我心痒痒，央求指导师让我试试，哪想到手的轻重不受控制，剃刀所到之处，坑坑洼洼，学生成了"烂头"。最后指导师只好把学生乱成一团的头发推成光头作为补救。此后，每当学生见我欲进理发室，个个鸡飞狗跳，逃得无影无踪，谁也不敢再当我的试验品。

实习期间恰逢学校举行"六一"庆典，校方看中了年轻的我们，虽然教书经验等于零，排演节目却是一把好手。我记得当时给孩子们排了两个节目，一个是舞蹈《北京的金山上》。这是我六年级时"六一"儿童节跳过的节目，凭着那一点点残存的记忆教学生跳。现在想来毫无舞蹈细胞的我真是不知天高地厚，拿一个残缺不全的舞蹈去忽悠学生，惭愧至极。另一个节目是哑剧《钉子》，指导学生模仿全国获奖的作品演出，节目自然不同凡响。

实习的条件很苦，如今想来却很幸福。那些指导过我的老师现今大多已经退休，师兄成为青年才俊校长，连燕子也当上了领导。我们从青涩走向了成熟，但是指导师教过的东西已然无声渗透在我的血液里：基本功是走向教育大门的入场券，爱和责任是开启教育的密码。教育来不得半点忽悠，产品做不好了可以回炉再造，学生教坏了，是回不去的一辈子。

"金老师，我的备课请您指导下。"肖同学像当年青涩的我站在办公室门口。

我不敢有半点马虎，一如当年带过我的老师们。

黄昏与人生

　　年轻的时候喜欢一首歌，喜欢它的旋律，更喜欢它的歌词，每日在口中浅哼不止，结果在心底唱成了经典。彼时正在热恋中，与男友分分合合，每当闹得想了断前缘时，耳畔萦绕的就是这句"往前一步是黄昏，退后一步是人生"，最后冰释前嫌，终将初恋修成正果，安稳度日。

　　某日看到 2017 年宁波的中考作文题时，吃了一惊，暗叹出卷者的心思竟与我的想法吻合。

　　拍照小贴士：拍照时，走得太近，被摄物体容易变形，有时往后退一退，反而更自然。乘车小贴士：乘车时，一拥而上容易造成拥堵，有时往后让一让，上车更快捷。请以"往后一小步"为题，写一篇文章。

　　脑海中不觉又一次回旋着这句歌词：往前一步是黄昏，退后一步是人生。

　　从小到大，父母和老师无一不教育我们奋勇争先，勇夺第一。很少有家长劝我们：孩子，悠着点！慢慢来！

　　几年前，参加一位文友的葬礼，文友因过于劳累 30 出头而逝，丢下年幼的孩童和日渐衰老的父母。望着文友母亲涕泪俱下自责：我不该从小到大处处要她逞强，形成了她要强的性格，每天写作到深夜，透支了健康，是我害了她啊……

我五味杂陈、泪水汹涌：为一个青年才俊过早仙逝而惋惜；更为白发人送黑发人而悲痛。

一味地向前并非都是好事。前方固然有梦想和荣光，同时也有风霜和十里埋伏。

退一步是为了更好地保护自己啊！

一次，和一群作家聊天，得知其中一位作家写《某某某调查》的幕后故事。因这个调查涉及举世震惊的黑幕，他知道这些黑幕暂时无法曝光在太阳底下，但凭着作家的良知不偏不倚记录，60多万字的作品他没有急着出版，而是把这些书稿压在箱底。直到17年后，社会环境发生变化，这部皇皇巨著终于没有任何删节出版，引起整个文坛震惊。

生活中，我也常被一些事情困扰和打击，每当痛苦不堪时，调整心态的方法是对发生的事情作如实记录，不作任何评价。若干年后，如果这些黑暗能随着时间流逝而瓦解自然更好，如果不能，我希望从这些痛苦中能挖掘出人性的光芒和温暖，让人生不绝望！

后退是为了更好地前进。

某次培训，和我同居一屋的文友是从部队正团转业，一路打拼晋升到处级干部。在别人眼中的她无疑是优秀的代表，著作等身。哪知年近知天命的她却悠悠地说："年轻时过于拼命，日夜写稿，弄坏了颈椎，住进了医院。如果当时能退一步缓一缓也不至于如今这般模样。一次，我顶着病体和一个70多岁的作家去采访时，我好羡慕他。瞧，只要保养得好，七八十岁照样可写作啊。"

有时候走得太快并不见得是好事，走得长久才是最终赢家。

紧张激烈的中高考已经落下帷幕。这几天，几家欢乐几家愁。因为大家都把中高考看作人生的转折点。考得好自然欣喜，考不好也不要垂头丧气过于自责。人生的路很长，我们只是被分在了不同的竞技场，不同的平台接受不同的检阅，千万不要拿着别人的地图，去寻自己的道路。不要耿耿于怀前进道路的拦路虎，试着后退一步，另觅他路，也许曲径通幽，发现另一番人生景致呢？

人生中，不如意的事十有八九，有人想成为一轮明月，到最后却成了一颗星辰；有人想成为一棵大树，到最后却变成了一株小草；还有一些人想成为浩瀚蓝天，到最后却凝结成了一滴雨露。此等落差和痛苦大家都尝过，退一步海阔天空，千万不要苦苦逼自己。人生短短不过百年，少一点执念则多一份快乐。即使化为星辰，也可以璀璨星空；即便是一棵小草，也可以自由自在地盎然大地。

由宁波的考题还想到——

斑马线时，司机后退一步，谦让出安全的距离。

银行排队时，储户后退一步，留出隐私的空间。

……

进，是一种动力；退，何尝不是一种智慧？当前头无路时，试着拐弯或后退，以退为进的人生，不是同样精彩吗？

往前一步是黄昏，退后一步是人生。

追一场作家分享会

　　我去温州听过两场作家分享会，一场是蒋胜男的《芈月传》分享，一场是张翎的《劳燕》分享。有意思的是两位作家最初的创作设想都是写男人故事的，因某种契机改变了初衷，后都以女人为主角，一个是宣太后芈月，一个是村姑姚归燕。两位作家塑造的女性个性鲜明，令人印象深刻。

　　我是张翎的粉丝，喜欢上她是因为由她的中篇小说《余震》改编的电影《唐山大地震》打动了我。那天我们语文组包场看《唐山大地震》，看到生离死别的片段，包厢里响起窸窸窣窣纸巾拭泪的杂音以及鼻子吸溜的声音。我知道张翎把我们感动到了，她善于抓住细节，打开普罗大众的心扉，引起情感共鸣。

　　分享会设在温州市图书馆的二楼档案室，我们一家顾不得吃中饭，提早40分钟赶到会场。我以为作家分享会通常只是文学爱好者之间的聚会，没想到现场来了这么多人：从戴着红领巾的孩童到九十多岁高龄的耋耄。大家秩序井然等待张翎上场，我只找到倒数第二排的座位，但是已经觉得很幸运。比我迟来的人连最后一排都没座位了，只能在过道上加座。

　　分享会由温州大学教授孙良好主持，嘉宾有张翎、谢有顺、鲁敏，都是当今文坛风头正盛的作家。

　　分享《劳燕》时，三位作家语速快而严谨，他们虽没有稿子，然流畅的讲述如同新闻播音员，仿佛他们天生不需要打腹稿似的。三人交流如同聊天那般自如，吐出的每句话却充满哲理，深深吸引了在座的读者。

　　张翎讲述自己写《劳燕》的过程，本来她想写抗日战争时期男人们的故事，可是她到文成玉壶采访抗战老兵时，老兵口中谈论最多的不是那场旷日持久的战争，而是一个叫阿红的女人，这个坚韧的女人曲折的人生故事，让张翎泪流满面……随即张翎改变原先创作设想，全书以阿红为原型。因为温州人喜欢把女孩子叫做"燕"，所以张翎书中的主人公取名姚归燕。

　　评论家谢有顺的评论非常到位：张翎为时下的小说创作，提供了一种考证的态度。这让虚构小说变得坚实、细腻，让每一个器物都有所出处。而且，作者凭借其独特的艺术才华和强大的逻辑能力，为每一种人性都找到了合理的解释。特别是"阿燕"这个人物，是对当代文学人物图谱的一个贡献。她在多种文化中经历了一场洗礼，在历经苦难中，其生命才得以升华。她让人明白——在苦难里长出的精神，是有力量的。

　　鲁敏的小说我读过一些，同为70后的我深深为她的才华折服。鲁敏的口才也如她的小说那么精准深刻，一开口便滔滔不绝。她表示，不管是作为同行还是读者，她都由衷地感佩，"作品中，超现实主义的表现手法和日记、新闻报道、两只狗之间的对话等多种文体的穿插，让整个故事更加结实、饱满，这种标新立异的文体实验和叙事策略让人格外惊喜！"

　　回家后，我顾不上吃晚饭就开始阅读《劳燕》，一直读到深夜一点钟才看完全书，这是我读的最仔细的一次，几乎逐级逐句，对每一个句子表达都仿佛嚼碎了吞进肚子。以前，我只有对自己写的书才逐字逐句读，那是因为要对读者负责必须这样做。而如今只有张翎让我的阅读慢下来。

　　读完了，还意犹未尽，在微信上写下感受：一个晚上看完《劳燕》，小说写战争带给人的创伤，真如张翎所说女人比男人更抗打击，灾难面前，男人可能被压碎，女人却从屈辱中脱胎换骨。刚开始读的时候可能找不到路径，耐着性子读下去时，会发现没有一处是闲笔，两只狗的存在，一本《天演论》的存在，都是玄机。佩服张翎叙述的张力和节制。全书的框架和王十月的《米岛》有相似之处，都是通过亡灵追述故事情节。题材很大，切口很小，人物很饱满，人性的光辉还在，不虚此读。

　　难得过了激情燃烧的青春岁月还去追星，矫情也好，疯狂也罢，能让人这么全身心的投入，证明心还年轻着。这种仿若精神盛宴的作家讲座，一年中多来几次该有多好哇！

陪伴和信任

（一）

周日，带儿去体育馆游泳。

50 米长的泳道，儿在前，我在后，儿选择他比较擅长的自由泳，我选择蛙泳。我潜入水底，看儿两只脚交替拍打浪花，起先脚尚在我眼前晃动，随后越来越远，最终远离了我的视野。我钻出水面，见儿已遥遥领先，拉开我一大截。

儿暑假刚学游泳，而我 5 岁就会游泳，相比较儿子，我是老司机。儿刚游的时候，只能在水中漂浮四五米，后来逐渐增加到 10 米、15 米，每一次进步，我的野心越来越大，不断地把目标拉远——要求儿游 50 米。儿看看长长的泳道表示不可能做到。我鼓励他：试一试，试一试，如果游不到，可以停下来。

儿听了我的鼓励，铆足了劲使劲游，刚开始确实为难他，泳姿别扭，花很大力气，效果却相反。后来熟练了，手脚越来越协调。没多久就完成了 50 米，开始了 100 米的训练。

倒是我，因为多年不练，技艺和体力都相差了一大截，跟在儿后面气喘吁吁，好几次不得不停下来歇息。儿见了，反过来安慰我：妈妈，你慢一点游，保存体力，坚持到最后。就像跑 1000 米，力量分配要均匀，掌握节奏，一定可以游下来的。

啊，这话如此熟悉，原是我教给儿的。记得前年运动会，我担心胖乎乎的他跑不完 1000 米的赛程，陪着他慢跑，陪着他训练，没想到他把这些话都听进去了，反过来教导起我来。

我不再半途而废，紧跟儿子的身后游完全程。我们像海豚一样钻出水面，晃动湿淋淋的水珠，心中无比快乐。

呵，一个人游得吃力，两个人游得快乐！

我想起先前的教育是多么苍白，一味地加大孩子的运动量，没有想过他的身体是否承受得住？一味地加鞭，前进的只能是没有灵魂的身体。如今我亲自试水才知，即使是短短的 50 米距离，我这个有着 30 年泳龄的人尚吃力，凭什么在岸上瞎指挥孩子要游多少米？

我们对孩子做过的瞎指挥何止是这一件错事？没有征求过孩子意见随便替他们报辅导班，不榨干孩子的最后一点精力誓不罢休……看着他们累瘫在床上沉沉睡去，我们虽然心疼不已，但当黎明的太阳升起时，又不断地到处送辅导班。周而复始，直至他们考上大学，淡出我们的视线，才后悔，陪伴孩子的时间太少了。

仔细想来，没有一段陪伴是一辈子的，与父母相守只有短短的 20 多年；与老伴相处稍长些，最长也不过五六十年；与孩子相守更短，随着他们的长大相守时间成反比例。

这世上虽有成千上万种陪伴，但从来没有哪一种陪伴能够重来。

国庆节将近，母亲数着日子等待已在上海生根发芽的弟弟归来……到底是母亲需要弟弟陪伴，还是弟弟需要母亲陪伴？这已不重要。重要的是那个牵着长长思念的日子越来越近，让真实的幸福唾手可得……

哦，思念是最温情的等待；相守是最真实的幸福；陪伴是最长情的告白。

（二）

每个孩子小时候都很可爱，我们不想他成为我们讨厌的样子，于是我们拼命唠叨，企图让他朝我们希望的美好样子那样发展，可事与愿违，偏偏他长成我们讨厌的样子。

讨厌他们，其实是讨厌那个不成功的自己。

昨天看一篇小说《是从过去到现在》，一个腰缠万贯的企业家忙于打拼自己的事业，忽视对儿子的陪伴。缺爱的孩子长大以后拼命寻找缺失的爱。大儿子找了个风尘女子相爱，非她不娶，企业家狠狠吊打了大儿子，迫使大儿子和风尘女子私奔非洲营生，最后死于被劫杀。二儿子爱上了毒品，戒毒后父亲不信任他，整天像牲畜一样使唤他干活，不让他身上有超过 20 块的零用钱，一次迟归，就换来一次吊打，把一个风华正茂的青年的尊严践踏得全无，最后二儿子不堪忍受而自杀。

错误的寻爱打开方式，无疑饮鸩止渴。

这一切源于大人不信任孩子。

信任，会产生积极的影响。患者信医生会把病看好，治疗成效会快；学生信老师会把书教好，成绩会越来越好；家长信自己孩子是模范生，他就会往模范生的道路上走。很多时候，医闹猖獗，医患关系失调，皆因彼此失去信任！

陪伴和信任，是人生旅途上的桅杆和风帆，既要陪伴，又要信任，生命之舟才能抵得住生活的惊涛骇浪，一路扬帆起航！

杨梅醉

报纸刊登了我的某篇散文，一位亦师亦友的老前辈读后留言说：如歌如画如陈酿。

"陈酿"二字突然触及心灵，让我无端想起杨梅酒，思绪在梅雨季节弥漫开来，仿佛酒香还在，故事未远，搁浅的情尚余温。

初夏，杨梅枝繁叶茂，树冠圆整，红果累累，颗颗娇艳，令人垂涎欲滴，思念成灾。

平生不会饮酒，自然很少醉过。唯一的一次长醉不醒因为一颗杨梅。

那年，去姑姑家做客，席间大人们痛饮杨梅酒，饱满红润的杨梅勾起我无限的口欲，眼睛直勾勾地盯着杨梅咽口水。姑姑见状，夹了一颗最大的杨梅放进我碗里。我细细咀嚼，慢慢体味，虽一股浓烈的灼烧感刺激喉咙，但对杨梅的贪恋终压过酒的烈性吞入肚中。杨梅就像一个率真纯粹的女子，甜蜜和柔情相伴着，根本让人无法拒绝，吃了一颗，还想吃下一颗，像被她诱惑了似的，叫人陶醉。杨梅泡的酒，酒红诱人，兼具柔与刚的味道，令九岁的我迷恋贪杯。随后是一阵昏睡，醉在杨梅酒里。

　　醒来时已是第二天中午，亲人们都已回家，独留我一人在姑姑家，拘束、孤独、不安笼罩着我。姑姑给我买了一碗馄饨，青菜和虾皮浮在汤上，翠绿透明。在物资匮乏的年代，一碗馄饨已然奢侈，姑姑却又给我买了许多零食，让我觉得杨梅酒醉得及时。

　　光阴一晃而过，再见姑姑时又是一个杨梅酒飘香的季节，酒香里是刻骨的阴冷。

　　姑姑坐在楼梯上，青丝散乱夹杂着白发，她絮絮叨叨地向我诉说着表哥临走前的遗言：妈，儿子今生不能尽孝，来生再做你的儿子。你和爸要好好活着……

　　姑姑刻意平淡，像是诉说着别人家的故事。我的眼泪汹涌而出，眼泪吧嗒吧嗒砸落到她那干枯的手背上。她茫然地看着我，醒悟过来随即泪水像决堤的海，淹没了杨梅酒的香味，让我惊恐生命的无常：一个转身，那些人那些事怎么会倏忽不见？

　　如果酒能减轻姑姑心底的疼痛，我愿亲酿一壶杨梅酒，陪她醉一回……

　　和友洛阳看牡丹，牡丹盛世繁华迷了眼，有人说牡丹虽好，花期只有 20 天。由此想到家乡的杨梅，虽好吃，果期却只有短短的一个月。

　　一年的等待只换来一月的挂果。正因杨梅果期短暂，思念才在等待中发酵浓烈漫长。

　　那年刚考了驾驶证就迫不及待地买了新车。带着同事去高楼摘杨梅。车是两厢的，却挤进去七个人。那时飞云江大桥还没有它的姊妹桥，拥堵得寸步难行，我踩着离合器，拉着手刹爬坡，车不时后溜，惊得后面车辆喇叭一片，我们却笑得肆意飞扬。

　　在险象环生中抵达杨梅基地。刚下了雨，杨梅树水珠圆滚，红的晶莹，绿的翡翠。我们交了钱，一路摘一路吃，似乎把一个月的果期统统打包塞进胃里。那天杨梅吃得太多，后来几天牙酸得连豆腐都咬不动。

十几年过去了，当年同事早已各奔东西，即使同处一城也难有见面机会，但只要想起摘杨梅的情景，快乐和馨香浮上心头。我望着窗外纷纷扬扬的梅子黄时雨出神：那个傍晚，难道打包进胃里的不是颗颗饱满浑圆的杨梅，而是与杨梅有关的青春记忆？

很多温州人喜欢把杨梅带给远方的亲人。去年这个时候我也带着杨梅上北京，由于飞机延误，落地时，整个机场大厅都是杨梅酸了的味道，像极了杨梅酒。但是大家都没有抛弃这些酸掉的杨梅，而是各送各家。我不知道出门在外的游子有多久没闻过故乡的杨梅味儿了呢？

想念一种食物，留恋一种味道，皆因思念一个人罢了。

《三生三世十里桃花》里有一种酒叫桃花醉，我更愿意叫家乡的杨梅酒为杨梅醉。

杨梅醉，何时与君醉一回？愿苦难和思念在杨梅酒里稀释，愿友情和青春在杨梅酒里永驻。

光阴有脚

1

读书不觉已春深。

灯光下，少年微侧着头，脸上的青春痘清晰可见，他时而蹙眉，时而手舞足蹈，忘情于解题的快感中。

我坐在摇椅上出神地看着他。仿佛就在昨天，尚在蹒跚学步的他咬着我的衣角，抱着我的大腿，示意要抱抱。再大些，他就跟屁虫一样，跟在我的屁股后面从这个办公室出那个办公室进，一离开视线就惊慌地叫：弗瑞丝小姐——弗瑞丝小姐——

引得同事侧目，他怎么叫你弗瑞丝小姐？

呵，童言无忌，叫什么都散发着奶香的甜味儿。

叫着叫着，顺口了，不知从何时起，弗瑞丝小姐代替了妈妈的称呼，又不知从何时起，老妈代替了弗瑞丝小姐的称呼。与此同时，一个软乎乎的小人儿，变成了骨骼健硕的少年。

偶尔一起行走，我伸手拉一下少年，他烫手似地甩开我的手：

哎呀，老妈，肉麻！

在时间的流里走着走着，什么时候丢了那个叫我弗瑞丝小姐的人？聪明的你告诉我，他到底去了哪儿？变成了何种模样？

2

密叶护繁英，花开夏已深。

八月中旬去龙舟基地游泳时，忽见基地周围一大片的向日葵煞是好看。朵朵向阳，黄得热烈。

每回路过向日葵地，总是忍不住想等时间闲了，约三五好友一起拍美照。在群里嚷嚷几回，不是你有事就是她有约，总是凑不到一块儿。

十天后好友在群里发上向日葵照片：一大片打着蔫儿的残枝枯叶丛中，一朵孤单的向日葵花无精打采抵挡着最后的衰败。

伊在手机那头无不遗憾：向日葵败得差不多了……

我的心揪着疼了一下。查过资料得知，向日葵的花期不过短短两周，真正的盛开期只有5—7天，而我居然因为无知，轻易地辜负一片繁华，将美好的花期错过。

多少次，我们将约定的日期一推再推，直至推出岁月之外。

某一段时间，家里总是赴人情宴后带回一箱苹果，由于担心水果烂掉，我总是先吃最打蔫的那个，然而吃的速度赶不上苹果老去的速度，我每天都吃打蔫的苹果，一箱见底，还没尝过新鲜的滋味儿，在蔫蔫的果肉里沉沦。这是不是很好笑？

后来，再有苹果，我换了思路，每天吃那个最新鲜最大的一个，它汁液饱满、肉色鲜香，每次吃总是带来愉悦感，吃到最后，我扔掉烂掉的那几个，居然毫无惆怅，因为我每天吃到了最好最甜美的一个。

多少回，我们将日子过反了？在该发奋的年龄选择偷懒，在该生育的年龄选择打拼事业？当脱轨季节的时间列车远去，年轮把生命的某些功能无情收回。

3

秋风起，一地凉。

我把衣柜里的衣服扒拉出来，重新整理。

人说每一件衣服是女人后宫的"妃子"，日子有限，"妃子"众多，大多数衣服只宠幸过一两次就因季节更迭打入"冷宫"。即使升为专宠地位，一季不过十来天的出场亮相，对衣服来说也还是少了一点。

我把那些上一季穿过的衣服重新试穿，不是太紧了，就是颜色不对，衬不出肤色。那些从全国各地搜刮而来的珍品，才一季的时间，把我抛弃了。

我懊恼地坐在床上，衣服也会造反？我冷落了她，她便站在岁月的深处，看我赘肉暗长。原以为是我把衣服打入冷宫，不曾想，真正被打入冷宫的是我，被岁月关进一层又一层的衰败里。

悲伤是徒劳的，时间不会因悲伤停留。

何不从今天开始，好好过！相对以后的每一个日子，今天无论有多少落败，与不断衰老的日子而言，却永远是最鲜亮的，永远是最年轻的……

天可补，海可填，南山可移。日月既往，不可复追。时间有脚，与其徒叹，不如珍惜过好每一天！

那年花开月正圆

周末，餐桌上突然多出了一份裹满芝麻的大月饼。

先生说：经过糕饼店时，见月饼刚出炉，热乎乎的，忍不住买了一个来。

我掰下一角，送到嘴里，桂花清气弥漫，久远的味道重舔舌尖，暗香盈袖。

思绪随即飘远，明月和花开重聚眼前：哦，世间所有的美好正应了那部电视剧——那年花开月正圆。

1

秋日暖阳下，蓝色的牵牛花在风吹落叶的簌簌声中肆无忌惮地怒放。

中秋节，夜，母亲给我和弟弟一人一个月饼：去吧，去找小伙伴比月亮去吧。

我们踩着青石板，把一地银华踩在脚下，走过临水的大榕树，走过宋朝的八卦桥，走过千年的贞节牌坊……

月亮挂在苦楝树梢头，月影潜入小河中。我走，月亮也走；我停，月亮也停。我们追赶着月亮，月亮追赶着我们。在田野里，在小桥上，在静泊的水泥船上，我们拿着月饼对照着天边那轮姣姣明月，月亮不大不小，和空心月饼重叠在一起，静谧地注视着我们心静如水的童年。

跑累了，躺在母亲的织布机前安然入睡，心轻如纸。半梦半醒之间，父亲小心翼翼地抱我们上床，就像抱着圆圆的大月亮。

月华洒在台阶上，夜色清凉如水，一墙的喇叭花在黑暗中绽放。

2

五月，一树一树的紫荆花开得热烈，把整个春天装扮得喜气洋洋。

作家张同、李兴艳和我从金碧辉煌的大会场走出，避开主办方安排的自助餐，在酒店二楼另开了包间，对酌闲聊，谈人生，谈创作，谈过往的青春岁月。

圆月从菱格的轩窗泻下，照得兴艳的身形纤长而窈窕，一脸文艺气息。

张同逆着光，声音在暗影中柔柔飘来，一如姐姐般的关切和深情，她不断起身给我们斟酒。我们兴奋地讨论中国作协何建明副主席的叮嘱，相约回家后向各自的省作协申请去鲁迅文学院进修的名额。

九月，兴艳拖着拉杆箱去了鲁院。而张同，因为年龄超龄失去资格；我，因为孩子处在中考关键期，不敢申报。

原先约好做同学的三个人最终没能走在一起，然，我们的目光追随着兴艳的日常生活。兴艳在朋友圈发铁凝老师的文学评论，发国家大剧院的演出，发北京小巷的小资情调，发鲁院那只出镜率极高的猫……啊，兴艳读鲁院就当我们读鲁院，我们为她高兴，为她祝福。

人生总有不少约会因各种因素无法抵达，但共同经历过朗朗明月，淡淡清辉里，美酒和友谊的醇香值得珍藏，时光并未走远，记忆仍旧鲜活，那是我们的美好时光。

3

国庆长假，车至西湾山脚，被告知假日交通管制，不能上山。

我和先生本想打道回府，耐不住儿子苦苦哀求，徒步上山。翻过一座山后，是一片宽敞的滩涂，儿在滩涂挖沙筑城堡，我们在晚风中散步闲聊。

忽然一轮黄黄的月亮自蓝色的天幕升起，姣姣。

吟月的诗句脱口而出。

海上生明月，天涯共此时。我说。

小时不识月，呼作白玉盘。儿子做天真状。

明月几时有，把酒问青天。先生哼着歌。

……

啊，古人写月的诗真不少。念着念着，忽然想起少年时作诗的情节：漫天雪花飞舞之际，经营低压电器的父亲正在赶制一批货，为了赶货，父亲连哄带骗用上了我和弟弟两个"童工"。裸露的手指触到石刚片顿觉冰凉到疼痛。

为转移疼痛注意力，父亲说：我们作诗吧，以雪花为题。不用纸笔，要脱口而出。

弟弟做的是七言绝句，类似"我以我血荐轩辕"般豪迈，我们连说大气。后来他的七言格律刊登在了瑞中的校刊，我不知道是不是和这个作诗的冬天有关。

父亲做的是打油诗，充满商人的狡黠和喜感。

我做的是现代诗，为了给自己赢得作诗时间，我用了多个"雪花，一片一片又一片"，飘得父亲和弟弟都不耐烦起来：喂，你的雪花到底下好了没有？

多年以后，看到李慧珍回到瑞安演唱"雪花，一片一片一片"，激动地笑：那不是我少年时代做的诗句么？

后来，南方很少下雪，我多希望能再次遇见漫天的雪花盛开，天地白茫茫一片，空灵、圣洁的气息，似心底白莲花盛开，芜杂尽去。

其实，生活有闲情，时间亦从容，人人都有一段花好月圆的时光。

譬如，你听着鼓词炒着菜，然后看着家人津津有味吃光。

譬如，你边踱步边想解题思路，方法对了坐在书桌击节而歌。

譬如，你对着一盘葡萄狂吃，灵感来了，顾不得擦拭水淋淋的水指，在键盘上狂敲一气。

譬如，你每日准时出现在老人会，打牌的快意固然是一部分，更多的快乐来自回家后永远有新鲜的话题和老伴儿分享。

……

钻入鼻息的一缕花香，落进心里的那轮月亮，正是那年花好月圆，不是吗？

乡　音

经历生活的艰辛和苦难后，世人练就了坚硬的外壳，关闭心门，用以抵挡人世无常的风霜剑雨。你有多久不曾怦然心动？有多久不曾泪流满面？很多时候，打动你的不是山盟海誓，刺激你的不是大喜大悲，而是一句稚嫩的童谣，一声熟悉的方音，人生各种况味席卷而来……

1

舞台上，清澈的童音响起：点脚雷盘，盘到南山，七星北斗，多星牛牛，鸡蹄马蹄，哪只脚脚闭拢米恁齐……

孩子们坐在台阶上，背后的画面是玉海楼门台，从镜头里看就像坐在玉海楼门槛上。台下，如电流过身一阵酥麻，一阵怦然心动。高举手机的手像被点了穴道凝滞，脸上泛着红晕，嘴巴微微张开，想跟着吟唱却又吐不出来，"点脚雷盘……"在心底埋藏了几十年童谣，像一段秘密被掀开，悲喜交加，独属孩童年代的记忆全面复活。遂盯着舞台痴痴地看，那个扎着羊角辫的女孩可是童年的自己？那个跷着二郎腿的可是隔壁鼻涕塌？……

　　台上的孩子懵里懵懂，尽显天真可爱；台下的你感慨万千：孩子，只有你到我这般年岁才会滋生情愁。原以为没有电视、没有电脑、没有游戏机的童年，注定是一段乏善可陈的灰白记忆，随时光的流逝删节掩埋，却不知古老的童谣里掌握着通向年轻时代的密码，以正确的方式打开，抚顺你鬓霜的发丝，这一刻你柔情似水，内心的热流左冲右撞……

　　镜头切回，牛筋琴弹奏，苍凉的声音自舞台深处向四周发散，心陡然一紧，瑞安鼓词的悠扬吟唱震动耳膜：夕阳古柳赵家庄，负鼓盲翁正做场，身后是非谁管得？满村皆唱蔡中郎……

　　被鼓词撩拨的心底，似有万千雷霆滚过，心潮起伏，每段唱词对应的可是你我的人生？经历过沧桑的往事在脑中一一浮现，在古人的故事里代入自己的命运，曲尽乐止，是谁在黑暗中偷偷抹一把泪？唱的是鼓词，诉的可是你的衷肠？

　　童谣或鼓词像电影的默片，曲终了，人散了，记忆却留下了。在某个瞬间，被不经意间唤醒，要么怦然心动，要么泪流满面。无论是哪一种，都是实实在在动了情。

　　走出剧院，心灵如下过一场雨，麻木生活的厚尘被重新涤去，泪水滋润过的双眼清新纯净。

2

　　古镇。清朗云月下，全国各地作家云集。来自湖南的女作家用方音唱曲，婉转动人。一曲毕，众人喝彩，要求在座者以方言吟唱来介绍自己的家乡。玉环的黄作家立身。清嗓。开唱：**吖姆飞过青**

又青哎＼吋㖿飞过打铜铃哦＼吋㖿飞过红加绿＼吋砶飞过抹把胭脂哎＼搭嘴唇哦……

我侧身。屏息。努力捕捉每个落入耳膜的音符。从不饮酒的我第一次把杯子端到他跟前："老乡，先干为敬！"举座皆惊。

有些人，努力了一辈子却走不进对方的眼里；有些人，一句简单不过的乡音就落在了别人的心坎。当然，这种概率一定发生在异乡，四周皆是标准的同一种话，而突然有个声音对你说："黄昏吃哦弗没？"（晚饭吃了没？）

他乡遇故知的你一定拼命点头：吃哦弗——吃哦弗！（吃了哦吃了哦）

眼眶早已泛潮。

3

越野车穿越太阳门，前方道路逐渐开阔，呈现在眼前的是空旷的原野，路上不见车辆。打开天窗，田野的气息随风灌进来，带着薰衣草的清香。蓝紫色的花颀长秀丽，显出优美典雅的体态。可惜是异域的风景，看在眼里，却无法抵达到心底。

从马德里到托雷多看古城堡，我怀疑自己有限的知识能否看懂异域的历史？车程一个多小时，为打消车内的尴尬沉默，司机旋动按钮，原以为播放的是不解其意的西班牙舞曲，没想到车厢里流泻的是重金属的摇滚男声，居然是黄家驹的《光辉岁月》。我的脊背陡然一直。

到达托雷多以后，游走在古老的城堡、塔楼、教堂，穿越密如蛛网的中世纪街道。层层叠叠的老房子。大战风车的唐·吉诃德和耳畔回旋的《光辉岁月》重叠一起：年月把拥有变作失去，疲倦的双眼带着期望，今天只有残留的躯壳，迎接光辉岁月……

中国歌曲和西班牙建筑天然融合，居然没有违和感。塞万提斯的多舛命运竟然和黄家驹的《光辉岁月》无缝对接，他颠沛流离的一生在黄的词中找到注解。我心底泛起阵阵涟漪：艺术可以穿越国界，文化能够渗透疆土。只要它吟唱的是人类共同的情感，那便是乡音。

游走人间，鬓角渐衰，突然有一种声音让你蓦然回首，悄然有一首乐曲让你怦然心动。虽是隔了岁月，长了距离，欣喜若狂却发自心底。这声音起源一个人的记忆，最后却成为地域群体的情感。如果有幸听到，是否，眩晕的幸福感飞上云端？

蛋　糕

踩着上课的铃声，我把一个精致的大盒子放在了讲台桌上。就在刚才，远在西班牙的一位家长通过微信支付，让一家蛋糕店的小哥送来一个双层冰激凌蛋糕。

孩子们的目光全部被这大盒子吸引，猜测这盒子里会是什么东西。当我一层层剥开这美丽的外衣，他们不约而同发出一声惊叫：哇！好漂亮的蛋糕啊！老师，是你生日吗？

我笑而不答，目光从一张张笑脸中滑过，他们循着我的目光纷纷猜测。当我把插着"13"数字蜡烛的蛋糕，送到最后排的佳颖桌上时，佳颖双手捂住嘴巴，吃惊地看着我：老师，你怎么知道今天是我的生日？

"不是我，是你的妈妈给你的惊喜。祝你生日快乐！"

祝你生日快乐——祝你生日快乐——

所有的孩子都围在佳颖身边，唱起了生日快乐歌，中文、英文、意大利文、法文、希腊文混合着……尽管语言不通，但祝福的歌声是真诚的。

蛋糕因为是混合冰激凌做的，冰冻过，很硬，不好切。孩子们把我围住，我怕等的时间过长，他们会争抢起来。当我把第一块切好的蛋糕送给寿星时，出乎意料的是她转给了一个小同学。

随后，男孩子们把蛋糕一块块传给女同学，他们说："老师，我是男生，应该让女生先吃。"没有想象中的争抢和混乱，而是一脸绅士！

切到最后，只剩小小的一块，最后一个还没分到的男生说："老师，你是女生，给你吃。"我俩推来推去谁也不肯吃，后来我把它一分为二，变成一大一小两块蛋糕，我们不约而同把手伸向那块更小的蛋糕。"老师，我是男生，理应小一点的。"我的内心充满感动，不再坚持。

大家在欢乐的氛围中吃完了蛋糕。课桌上留下用过的纸巾刀叉等，我正想收拾残局时，却见潘思思同学默默地往满溢出来的垃圾袋里塞东西，双手沾满奶油。根据以往的教育经验，我觉得这是一个表扬孩子的很好契机。于是我示意孩子们安静下来："同学们，刚才我们在享受美食时，产生了不少垃圾，潘思思同学不用老师吩咐马上收拾，这种精神值得表扬，大家用掌声表示感谢！"

闻听此言的潘思思诧异地抬起头，"老师，不用表扬我，今天是我值日，收拾垃圾是我的责任。"她特意把"责任"两字说得很重，好像那是一种契约，必须履行。我想到了我曾经教过的不少孩子，每当值日不是假装忘了就是敷衍了事，从来没有孩子觉得这是一种责任。

回到办公室，我把刚才所见对同事说了一遍，林同事接口说："有一年，我带 8 个国外来的孩子去吃东西，上来一盘糕点，大家都很喜欢，每个人拿了一个，盘子里还剩一个。这时，一个男孩不小心，糕点滑落在地，不能吃了，他眼巴巴地看着大家品尝。糕点很好吃，从他们陶醉的表情中可以感觉到。然而他们不再去取剩下的那块，相反，孩子们一致把剩下的那块糕点推到男孩跟前，说剩下的这块理应让男孩尝尝味道，否则这么好吃的东西他没吃到岂不太遗憾了?"

大家都沉默了。感动的气流回荡在办公室……

我陷入了沉思：这个夏日，我仅仅教给他们汉语，却收获了汉语以外更美好的东西！谦让、分享、责任，这些美好的因子在海外夏令营学员身上流淌着。

成绩是多少，也许并不重要。

重要的是，我们心里怀揣着什么?

华文二班

1

　　根，怀揣着太多的故事，每一个故事背后沉淀着或花或果或叶子的深情倾诉。树拥有根，才有郁郁葱葱的绿叶，才有枝头硕果的繁华；草拥有根，才有野火烧不尽的绵延，才有春风吹又生的灿烂；人拥有根，才有奋斗的力量，才有走遍万水千山终不迷失方向！

　　人与人的际遇是缘分。学校承办中国寻根之旅夏令营已有几个年头，每次都接了任务，可因为生活中突发的插曲，都未能执教这些海外来的孩子们。倒是自己两年前漂洋过海去看望在欧洲的孩子们，和不少侨二代和侨三代有过接触，他们率真阳光，开朗热情，由于长期居住在海外，对汉语不是很熟练，与他们聊天，温州话的表达明显流畅于汉语。

　　今年暑假，机缘巧合，我有幸担任华文二班的班主任，迎来了海外来的孩子们，和他们零距离接触，记录点点滴滴相处的时光，珍藏这一段跨国的师生情缘。

第一天注册之后是分班考试。看着一张张阳光明媚的脸，带来异域风情新鲜感的同时也隔着文化的陌生。

我监考的孩子年龄不大，一脸天真和懵懂地看着我。发下试卷后，教室里没有以往的笔尖簌簌书写声，而是一声接一声询问声。

老师，第一题是什么意思？

老师，我不会写名字。

老师，我可不可以拼音代替。

老师，可不可以用英语考？我英语可以考到 99 分，中文却只考 1 分。

……

十分钟不到，试卷交了一大半，教室里只剩 4 个孩子还在冥思苦想。

考试结束后，翻看着一张张试卷，不禁哑然失笑：一个孩子把自己的姓——"郑"写成了"关"；一个学生连名字都不会写更别提考试了……

突然，在一片空白的试卷中出现亮点，如同跋涉在沙漠中的人看见绿洲，心底的狂喜不言而喻。这张试卷在介绍自己的房间片段中写道：我的房间和我，肯定是彼此相爱的。

好别致的表达！好温暖的说说。

爱是建立彼此信任的根！但愿漂洋过海的营员和夏令营的老师彼此相爱，但愿漂洋过海的营员和这片他们祖辈生息繁衍的故土彼此相爱。

2

第一堂汉语课，我让他们自我介绍。我先示范介绍姓名、年龄、爱好，然后孩子们按照我的提示依次口述。如此安排，既是认识新人，又锻炼了中文表达能力，可谓一举两得。

孙来自德国。我说：读过《自己的花是给别人看的》吗？这是国学大师季羡林留学德国期间写的，一篇精美隽永的短文，抒写人人为我，我为人人的美好境界，值得好好品读。

王来自法国。我向她推荐读雨果的《巴黎圣母院》，无论英文版或是中文都值得一读。

意大利的孩子占大多数，来自佛罗伦萨的学生有好几位，聊到文艺复兴发源地，聊到威尼斯，聊到比萨斜塔，这些孩子一脸求知若渴。

我推荐他们读《威尼斯小艇》和《两个铁球同时落地》。

随后他们开始做中文名牌卡，一笔一画虔诚地书写各自的姓氏，并且屡出奇招，在中文名牌卡上或装饰或图画，尽显热情奔放之态，浪漫快乐溢于笔端。

寻根，寻祖国故土之根，寻文化渊源之根，寻姓氏血脉之根。没有了祖国故土的根，奋斗拼搏失去了意义；没有了文化渊源的根，贫瘠的大脑开不出文明之花；没有了姓氏血脉之根，繁衍随波逐流成浮萍，来自何方？去向哪里？一切成了迷雾。

3

汉语课上，课堂上突然冒出叽里咕噜的一串话，听懂的孩子笑了。发声的是来自西班牙的石郑宇航。原来在划词语环节，因为找不到词语所在的自然段，他情急之下叫"妈妈，这个词语在哪儿？"把老师当妈妈，嗯，不错，相亲相爱的一家人。

班会课上，为了消除陌生感，大家一起玩"谁是卧底"游戏。石郑宇航热情高涨，他的汉语表达其实挺不错的，也许太能说，在第一轮，孩子们就把他当作卧底踢出了局。他懊恼地坐在底下一副恨铁不成钢的表情为队友出谋划策。

哈哈，重在参与，其实输赢已不重要，重要的是在新集体中发现自己，悦纳自己。

花在他乡艳，根从故土培。我和来自世界各地的青少年营员们，将在为期4周的时间里感受中华文化的精髓和魅力，感受浓浓的乡情和乡音。

此刻，我的脑海中回旋着一首经典的老歌：不要问我，你不要问我到哪里去，我是你的一片绿叶，我的根在你的土地……

藏在这世界的美

上错轿子嫁对郎，错乱的姻缘喜剧收场，很美；高山流水遇知音，萍水相逢的人一见投缘，很美。

倪匡故意写瞎阿紫看金庸如何收尾，成就文坛佳话，很美。

世间有多少阴差阳错的境遇，仔细想想，很美。

因工作需要和出入境民警互加微信。记下了对方的微信号，添加要求发送过去，半天没有回应。仔细核对，原来看错了一个数字，错加了陌生人的电话。那个错加的号码毫不设防通过了我。本想删除，微信名显示女性，遂心一软，让她留着吧。我不言，她不语，彼此在朋友圈里安静着。

某天，编辑了一行字配以图片发在朋友圈：艺术是相通的，被打动了。欣赏，致敬词曲作者老于，意境极其相符，若高明天上有知，定引为知己。

没想到这个陌生的微友复制了我的文字，并增添了"我也喜欢"几个字。

错加的微友，为这份审美一致心生欢喜，很美。

女神节，同事姐妹携手郊外寻春。没有十里桃林，却给点阳光就灿烂，个个快乐成仙。平时千篇一律，板起面孔训人的老师腔不见了。在空旷的田野里，在春风的抚摸下，焕发出本真的一面。心湖投射到面上，呈现出千姿百态的美感。

娜喜欢搞怪，摸摸这个捏捏那个，童真未泯，收入镜头的是一张张俏皮可爱的笑脸。飞心无城府，流露的自然是心无挂碍的欢喜。芳很节制，笑得开合适度，犹抱琵琶半遮面。吴的书卷气，云的"孕"味，林的潇洒，芬的知性……似林间娴静的落叶，似清晨柔和的霞光，似游乐场里跳跃的童真，个性缤纷，让人喜爱得不得了，一一收入镜框。我看看这张，很美，看看那张，舍不得删去。

镜头里从容恬淡的微笑，一派静水流深，岁月安好，很美。

妈妈，今天幼儿园吃的是紫薯。

那不是挺好嘛！

可我不太敢吃。

为什么呀？

因为……不是说子鼠丑牛吗？我可不敢吃老鼠。

这是侄女墩墩和弟媳的日常对话，类似此种可爱稚语，凡家有儿郎的大人肯定忍俊不禁过。

懵懂无知的童真很美，呵护童心的妈妈更美。

墩墩的小兔子白跳跳死了。墩墩回家就问妈妈白跳跳的笼子呢，像团团一样的白跳跳呢。难过的弟媳火速画了《逃家小兔》番外白跳跳篇：

从前有一只小兔子，他很想要离家出走。有一天，他对妈妈说："我要跑走啦。"

"如果你跑走了。"妈妈说，"我就去追你，因为你是我的小宝贝呀！"

"妈妈……春天到了。我要藏到一个叫墩墩的小朋友家。"

"还会躲在她家玩几天，和她成为好朋友。"

"她会给我起名叫白跳跳，你能找到我吗？"

"如果你逃到了墩墩家，我会让你在她家玩几天，然后妈妈就去找你。和你一起回家，我们以后还可以成为墩墩的好朋友。给她写信。"

失去兔子的墩墩翻到最后一页看到：我会一直想念你的，墩墩。落款是白跳跳。

墩墩信以为真，破涕而笑；弟媳却哭得稀里哗啦，为死去的兔子，更为孩子成长不可逆，它是一只永远追不上的"逃家小兔"，一步步逃离父母的视线，逃出父母的生活。

这世界很美，无论是开心的，悲伤的，啼笑的，麻辣的，美，是上天赐予的最好礼物。往事很美，未来亦很美，但最美的莫过于当下，因为美，就藏在此时此刻真真切切的生活里。

亲爱的，你愿不愿意敞开心扉感受美呢？

我和图书馆的故事

午后的阳光洒落市图书馆万松分馆内，静谧温暖。吧台上的绿萝和兰草在春日的阳光下摇曳生姿，最娇俏的是那盆水仙，铜钱般大小的花朵，或含羞低垂，或舒展笑颜，在绿萝的掩映下散发幽香。每个来图书馆的读者都忍不住多看了一眼，好像她沾染了墨香，散发出与别处水仙不同的韵味。

沙沙的翻书声和植物吐纳气息一唱一和。

咚——咚——沉重的捶击声打破了宁静的窗内世界。窗外的工地正如火如荼地建设着。

"少年宫六月份搬迁，这图书馆过一天算一天，恐怕熬不到六月份了，可能随时搬到总馆里去。"管理员轻轻的声音在这静谧的空间无疑一声炸雷，惊得我手中的《人民文学》跌落在桌。尽管早有耳闻此分馆将要关闭，但如今从管理员口中得到证实，还是无比失落。

我的目光随着自动感应门移动，记忆无声开启。脑海里浮现阅读的岁月，以及同窗共读过的那些渐行渐远的伙伴们，多希望时光能缓，故人不散。

和图书馆结缘是香港回归那年，彼时，我刚走上工作岗位，工作之余喜欢逛街，自从发现了图书馆这块宝地后，业余时间便全泡在里面。那真是一个充满宝藏的地方，即便只身游览亦可满载而归。身临其中，静静捧起一本书，便像随手推开一扇窗，面朝大海，春暖花开，尽使我倾心仰赞。书中的风景或粗犷豪放，或细腻委婉，或雄伟磅礴，或感人肺腑，或闲适飘逸……内心贫瘠的方寸之地一点点长出花草．杨柳依依的缠绵，一川烟雨的朦胧，大漠孤烟的辽阔，黄河落日的精致……于暖人的图书馆内，阅尽江山，忘情江湖。

　　那时不曾有新馆，此馆是瑞安市民唯一休闲的图书馆。进出馆中需要证件。证件分两种，一种是绿色的借书证，一次可以借 5 本书；另一种是咖啡色的阅览证，进阅览室翻阅报纸杂志需要出示。作为资深读者，这两本证我随身携带。借书证让我饱览明清历史人文等书；阅览证让我迷醉小说选刊中不能自拔。借书，不光是和作者的交流，也是与上一位读者思想的共鸣。曾依据五花八门的书签以及图书使用情况，推测上位读者的脾性、爱好等等，在脑海中虚构过无数个性迥异的读者。读万卷书，行万里路，阅人无数，在这方小小的图书馆里，我神游四方。

　　随着去图书馆报到的次数增多，馆中的管理员都认识我，进去刷脸即可，再也不用出示阅览证。

　　印象中，一位管理员与我年纪相仿，体态娇小。我看着她从小姑娘变成了孕妇，脸上长出了蝴蝶斑。其间，我亦经历恋爱、结婚、生子的人生旅程。后来某一天，在小区花坛邂逅，眼神交叉之间，我们都愣住了，异口同声地说：是你？原来，管理员送女儿到我们小区一美术老师家学习。彼时的她虽然不再年轻，但眉宇之间却驻留浓浓的书卷气。有人说，书养出来的人最贵。然也。本来想和她多聊几句，儿子却催着我带他去图书馆。图书馆成了我们两代人修行的好地方。

图书馆除了看书，还是写作的好去处。置身书堆，一呼一吸之间，墨香氤氲，空灵的感觉漫上心头，天地沉寂，物化退却，和世界拉开距离，现实的我观照笔下的我，那是个千变万化的精神幻象，看着她哭看着她笑，看着她有个性的在纸上走来走去，与现实中的我不断交流碰撞。搁笔时，像走了长长的远路回到现实中来，既风尘仆仆，又神采飞扬。

图书馆滋养了我，也成就了我。馆中开设的"玉海讲坛"，定期邀请学者专家传道解惑。2016 年 5 月，我做梦都想不到会以作者的身份亮相这神圣的讲坛，向文学爱好者讲述高明和《琵琶记》的故事。这距离我首次迈进图书馆大门已过去二十年之久。舞台很大，灯光很亮，摄像头一直对着讲坛拍，我藏在桌子底下的脚颤抖不停。我既震慑图书馆的博大，也为自己的才疏学浅而羞愧。

一次，将刚出版的散文集赠予图书馆。一工作人员说，金老师，几十年几百年后，您的子孙后代都能在馆中找到您写的书。我闻之惶然，早知如此，当初更应该写得精致些再出书。想不到这一滴无意洒落的墨迹竟然会刻在岁月里，长留在图书馆里。

某天，打着伞去医院探望生病的朋友，病房内空气沉闷压抑。我走到窗旁，透过窗户，正对面图书馆柔和的光，照亮濛濛的烟雨，雨中的建筑映出知识的倒影，一种契合心灵的归属感进入内心。

如今图书馆开设了十座城市书房，有些书房还 24 小时开放，藏书更丰富，环境更美，看书更便捷了。

如果世上真的有天堂，那一定是图书馆的模样。

后记：在变幻莫测的世界深情地活着

这么多年来，我一直靠书滋养着，读过的书，很多书名都忘了，唯有台湾漫画家黄俊郎的书名忘不了：《这本书》《第二本书》《第三本书》，依次延续，有人可能会认为这个漫画家懒，连书名都懒得起，但我却很喜欢——大道至简。后来我写小说，写一个家庭里的兄弟姐妹众多，让人记住的不是那些苦思冥想出来的学名，反而是老大老二老三这样张口即来的排序。

这是我的第五本书。第一本是长篇传记《琵琶情-高明传》（合著，执笔），第二本是散文集《散在时光里》，第三本是长篇小说《老树咖啡馆》。第四本是小说集《走归》。这第五本书原没打算出版，事情转机在 2021 年 5 月，我到浙江大学参加统战部组织的新乡贤骨干班培训，期间，寓居杭州的胡晓霞文友相邀，相聚大运河畔。文人聚会，话题自然少不了读书写作。席间陆春祥老师聊起风起江南文丛正在组稿，而我手头刚好积累了 20 多万字发表过的散文，遂结集成《在寂静中倾听》，有幸加入风起江南文丛，才有了这第五本书。对于作者，不管这书是深思熟虑出版还是心血来潮出版，只要诞生了，每一本书都是心血结晶，都是生命至爱。

2021 年是很重要很忙碌的一年，于个人而言，大事情有三：其一，建党 100 周年，由文联牵头，我执行主编的《魅力南滨》赶在"七一"前夕出刊；其二，我供职的单位浙江省瑞安中学正值 125 周年校庆，瑞中百名博士家乡行，参与宣传报道；第三，陪伴儿子高考，最终如愿考上一所 211 大学——中国地质大学。按说该是圆满，但是心里总是空落落的。我知道这一年最愧对自己，一个写作者最重要的是靠作品说话，2021 年只剩下三个月，而我发表的作品寥寥，难掩心中失落。

这一年的 9 月 10 日是我走上教育岗位第二十五个年头的教师节，我按着伤口缓步离开上海市第一妇婴保健院。几天前我在此经历过一次复杂难缠的手术，手术剥除了囊肿，当我浑身插满管子生不如死，我的思想经历了一次大地震，我想如果因此撒手人寰，我靠什么证明来过这个世界。逐步康复的日子，我倚在病床上读莫言的《红树林》和《透明的红萝卜》，小说魔幻而怪诞。在阅读过程中，我的生理疼痛和精神疼痛慢慢得到缓解——阅读可以治病，也可以治愚。我后悔没有带加缪的《鼠疫》和福克纳的《圣殿》来，以致后面的几天无所事事，于是每天各个病房串门，与病患、家属、护工、医生等不同的人聊天。我发现，世界像书中描写的那般魔幻而怪诞，打乱你对未来的想象和期待。然而我们能做些什么呢，只有在不确定的世界里深情地活着。

住院的时候，我身上的所有社会属性全部去掉，只有一个称呼——37 床。临出院时同屋的 35 床病友突然说，她只有一年的存活期。我看着她艰难咽下馒头，被噎得泪盈满眶——为了活下去，衰失食欲的她强忍恶心咽下去。住院的那些日子，同屋的35床、36床走马灯似的换过三拨病友，他们在病房或挂着引流管，或挂着尿袋进进出出，时而化疗，时而放疗，深夜的翻床声，疼痛的呻吟声清晰可闻。

我在寂静中倾听，倾听人间疾苦。我明白，活着，真诚地活着，不仅仅是为了自己。生活浩大无边，注定被一一埋葬。真诚地写作，打捞或远或近的记忆。我能抓住一个是一个，记录他们，那些普普通通、冒冒失失走过的人事，在笔下，不致被岁月风尘湮没。

写于 2021 年 9 月 13 日